Wer dem Tode geweiht

ELIZABETH GEORGE

Wer dem Tode geweiht

Ein Inspector-Lynley-Roman

Aus dem Amerikanischen von
Charlotte Breuer und Norbert Möllemann

Weltbild

Die amerikanische Originalausgabe erschien 2010 unter dem Titel
This Body of Death
bei HarperCollins*Publishers*, Inc., New York.

Besuchen Sie uns im Internet:
www.weltbild.de

Genehmigte Lizenzausgabe für Verlagsgruppe Weltbild GmbH,
Steinerne Furt, 86167 Augsburg

Übersetzung: Charlotte Breuer und Norbert Möllemann
Umschlaggestaltung: Jarzina kommunikationsdesign, Holzkirchen
Umschlagmotiv: © Thomas Jarzina unter Verwendung
eines Motives von www.istockphoto.com
Gesamtherstellung: CPI – Clausen & Bosse, Leck
Printed in the EU
ISBN 978-3-86800-925-5

2014 2013 2012 2011
Die letzte Jahreszahl gibt die aktuelle Lizenzausgabe an.

Für Gaylynnie

Ich unglücklicher Mensch!
Wer wird mich aus diesem
dem Tod verfallenen Leib erretten?

Römer, 7:24

ANFÄNGE

Aus den Berichten der ermittelnden Polizisten, die Michael Spargo und seine Mutter vor der Anklageerhebung vernahmen, geht hervor, dass der Tag, an dem der Junge zehn Jahre alt wurde, für ihn bereits schlecht angefangen hatte. In Anbetracht des von Michael begangenen Verbrechens und der großen Antipathie, die ihm später vonseiten der Polizei und der Mitbürger entgegengebracht wurde, kann man derlei Darstellungen zwar als fragwürdig betrachten. Allerdings kommt auch der ausführliche Bericht der Sozialarbeiterin, die Michael sowohl während der Verhöre als auch während der späteren Gerichtsverhandlung zur Seite gestellt war, zu dem gleichen Ergebnis.

Manche Einzelheiten werden sich selbst demjenigen, der sich mit Kindesmissbrauch, Familiendysfunktion und der daraus resultierenden Psychopathologie beschäftigt, nie erschließen. Doch die wesentlichen Charakteristika sind unverkennbar und unweigerlich erfahrbar für jedermann, der mit den betroffenen Personen in Kontakt kommt, wenn diese – bewusst oder unbewusst – ihre mentalen, psychischen und emotionalen Störungen an den Tag legen.

Dies war auch bei Michael Spargo und seiner Familie der Fall.

Michael ist der sechste von neun Brüdern. Gegen zwei seiner Brüder (Richard und Pete, damals achtzehn und fünfzehn Jahre alt) sowie gegen seine Mutter Sue lagen wegen anhaltender Streitereien mit den Nachbarn, wegen Belästigung diverser Rentner, die in der Sozialsiedlung wohnten, wegen Trunkenheit in der Öffentlichkeit und Zerstörung privaten und städtischen Eigentums Anzeigen vor. In dem Haushalt gab es keinen Vater. Vier Jahre vor Michaels zehntem Geburtstag hatte Donovan Spargo Frau und Kinder verlassen und war mit einer fünfzehn Jahre älteren Witwe nach Portugal gezogen. Auf dem Küchentisch hatte er einen Abschiedsbrief und fünf Pfund in Münzen hinterlassen. Seitdem hatte man nie wieder von ihm gehört. Er erschien nicht zu Michaels Gerichtsverhandlung.

Sue Spargo, die weder über einen Schulabschluss noch über nennenswerte berufliche Qualifikation verfügt, gab freimütig zu, dass sie, nachdem ihr Mann sie sitzen gelassen hatte, »ein bisschen zu viel getrunken« habe und von da an kaum noch in der Lage gewesen sei, sich um ihre Söhne zu kümmern. Bis zu Donovan Spargos Verschwinden hatte die Familie zumindest nach außen hin einigermaßen stabil gewirkt, wie sich aus Schulzeugnissen und Berichten von Nachbarn und der örtlichen Polizei schließen lässt. Aber nachdem das Familienoberhaupt sich abgesetzt hatte, traten die Störungen innerhalb der Familie offen zutage.

Die Spargos wohnten in Buchanan Estate, einer trostlosen Ansammlung von grauen Stahlbetontürmen und schmucklosen Reihenhäusern in einem Stadtteil mit dem treffenden Namen »The Gallows« – »Galgen« –, der bekannt ist für Schlägereien, Straßenraub, Autodiebstahl und Einbruchdiebstähle. Morde geschahen dort nur selten, aber Gewalt war an der Tagesordnung. Die Spargos gehörten zu den Bewohnern, die etwas besser gestellt waren. Aufgrund der Größe der Familie lebten sie in einem Reihenhaus und nicht in einem der Wohntürme. Sie hatten einen Garten und einen kleinen Vorgarten, die sie allerdings nicht pflegten. Das Haus verfügte über ein Wohnzimmer, eine Küche, vier Schlafzimmer und ein Bad. Michael teilte sich ein Zimmer mit seinen drei jüngeren Brüdern. Sie schliefen in zwei Etagenbetten. Vier seiner älteren Brüder teilten sich das Nebenzimmer. Nur Richard, der Älteste, hatte ein eigenes Zimmer – ein Vorrecht, das offenbar seiner Neigung zuzuschreiben war, seine jüngeren Brüder zu schikanieren. Auch Sue Spargo bewohnte ein eigenes Zimmer. Interessanterweise betonte sie während der Vernehmungen mehrmals, dass, wenn einer der Jungen krank war, dieser bei ihr schlief und »nicht bei diesem Rüpel Richard«.

An Michaels zehntem Geburtstag wurde kurz nach sieben Uhr morgens die Polizei gerufen. Ein Familienstreit war so weit eskaliert, dass die Nachbarn sich veranlasst gesehen hatten einzugreifen. Später sagten sie aus, sie hätten lediglich wieder Ruhe herstellen wollen. Dagegen steht Sue Spargos Behauptung, die Nachbarn hätten ihre Söhne angegriffen. Aus den Protokollen der anschließend von der Polizei durchgeführten Vernehmungen geht jedoch hervor, dass im ersten Stock des Hauses der Familie Spargo ein Streit zwischen Richard und Pete entstanden war, nachdem Letzterer das Bad nicht schnell genug frei gemacht hatte. Richard, größer und kräftiger als sein fünfzehnjähriger Bruder, ging daraufhin brutal auf diesen los. Der sechzehnjährige Doug eilte Pete zu Hilfe, woraufhin Pete und Richard sich verbündeten und sich gemeinsam gegen Doug wendeten. Bis Sue schließlich eingriff, hatte die Schlägerei sich bereits ins Untergeschoss verlagert. Als es so aussah, als würde Sue unter Richards und Petes Fäuste geraten, versuchte der zwölfjährige David, sie mit einem Fleischmesser aus der Küche zu verteidigen, wo er angeblich dabei gewesen war, sich sein Frühstück zu machen.

An diesem Punkt hatten die Nachbarn eingegriffen, die den Lärm durch die schlecht isolierten Wände gehört hatten. Unglücklicherweise waren sie – insgesamt drei Personen – bewaffnet mit einem Kricketschläger, einem Wagenheber und einem Hammer erschienen, und laut Richard Spargos Aussage war es ebendieser Anblick, der ihn hatte rotsehen lassen. »Die hatten's auf unsere Familie abgesehen«, lautete sein spontaner Kommentar – die Worte eines Jungen, der sich als neues Familienoberhaupt betrachtete und sich verpflichtet fühlte, seine Mutter und seine Geschwister zu verteidigen.

Mitten in diesem Durcheinander wachte Michael auf. »Richard und Pete hatten Zoff mit Mum«, gab er später zu Protokoll. »Wir konnten sie hören, ich und die Kleinen, aber wir wollten damit nichts zu tun haben.« Er behauptete, keine Angst gehabt zu haben. Aber im Lauf der Vernehmung stellte sich heraus, dass Michael stets einen großen Bogen um seine älteren Brüder machte, »um sich keine einzufangen, wenn die glauben, man guckt sie schief an«. Dass es ihm nicht immer gelungen war, seinen Brüdern aus dem Weg zu gehen, geht aus den Aussagen dreier seiner Lehrer hervor, die den Sozialarbeiterinnen von blauen Flecken, Kratzspuren, Verbrennungen und mindestens einem blauen Auge berichteten, die sie bei Michael festgestellt hatten. Bis auf einen einzigen Hausbesuch hatten diese Aussagen jedoch keine weiteren Konsequenzen. Offenbar war das System überlastet.

Verschiedene Hinweise lassen darauf schließen, dass Michael seine Wut über die Misshandlungen seinerseits an den jüngeren Brüdern ausließ. Aus Berichten, die entstanden, nachdem vier der Kinder in Pflegefamilien untergebracht worden waren, geht hervor, dass Michael den Auftrag hatte, dafür zu sorgen, dass sein Bruder Stevie »nicht ins Bett macht«. Da er nicht wusste, wie er dies bewerkstelligen sollte, verabreichte er dem Siebenjährigen offenbar regelmäßig eine Tracht Prügel, woraufhin Stevie seine Wut wiederum an den jüngeren Brüdern ausließ.

Ob Michael an jenem Morgen die kleineren Jungen attackierte, ist nicht bekannt. Er sagte lediglich aus, er sei aufgestanden, nachdem die Polizei eingetroffen war, habe sich seine Schuluniform angezogen und sei nach unten in die Küche gegangen, um zu frühstücken. Obwohl es sein Geburtstag war, rechnete er nicht damit, dass darum irgendein Aufhebens gemacht werden würde. »War mir egal«, sagte er später gegenüber der Polizei.

Das Frühstück bestand aus Cornflakes und Marmeladenbrötchen. Milch gab es nicht, was Michael bei seinen ersten Vernehmungen zwei Mal betonte. Daher aß er die Cornflakes trocken. Die meisten Brötchen ließ er für seine jüngeren Brüder übrig. Ein Brötchen steckte er sich in die Tasche seines senfgelben Anoraks (sowohl dem Brötchen als auch dem Anorak sollte im Verlauf der Ereignisse eine entscheidende Bedeutung zukommen), und er verließ das Haus durch den Garten.

Er sagte aus, er habe vorgehabt, auf direktem Weg zur Schule zu gehen, und bei seiner ersten Vernehmung durch die Polizei behauptete er überdies, dort angekommen zu sein. Bei dieser Version blieb er, bis man ihm die Aussage seines Lehrers vorlas, der erklärt hatte, Michael habe an dem Tag die Schule geschwänzt, woraufhin Michael seine Geschichte änderte und nunmehr behauptete, er habe die Kleingartenkolonie aufgesucht, die zum Buchanan Estate gehörte und sich hinter der Siedlung befand, in der die Spargos wohnten.

»Da war so 'n Opa mit seinem Grünzeug zugange, kann sein, dass ich den geärgert hab«, so Michael gegenüber der Polizei, »und kann sein, dass ich 'ne Schuppentür eingetreten hab oder so«. Aus diesem Schuppen habe er »vielleicht 'ne Heckenschere geklaut, aber ich hab sie nich behalten, das mach ich nie«. Der Rentner bestätigte, Michael um acht Uhr morgens gesehen zu haben. Allerdings ist zu bezweifeln, dass die kleinen Gemüsebeete den Jungen allzu lange interessierten. Eine Viertelstunde lang habe er laut Aussage des Zeugen »darin herumgetrampelt, bis ich ein ernstes Wort mit ihm geredet habe. Er hat geflucht wie ein Kesselflicker und sich verzogen.«

Offenbar ging Michael tatsächlich in Richtung Schule, aber auf dem Weg dorthin begegnete er Reggie Arnold.

Reggie Arnold war der vollkommene Gegensatz zu Michael Spargo. Während Michael für sein Alter groß war und spindeldürr, war Reggie eher klein und pummelig. Sein Haar wurde ihm regelmäßig extrem kurz geschoren, weswegen er in der Schule ständig gehänselt wurde. (Die Mitschüler nannten ihn »diesen Charlie-Brown-Wichser«.) Aber im Gegensatz zu Michael war er für gewöhnlich sauber und ordentlich gekleidet. Laut Aussage der Lehrer war Reggie »ein guter Junge, aber cholerisch«, und auf die Frage hin, worauf sein cholerisches Verhalten zurückzuführen sei, sprachen sie von »Problemen zwischen den Eltern und Problemen mit dem Bruder und der Schwester«. Aus diesen Informationen lässt sich mit großer Sicherheit schließen, dass Reggie sich aufgrund der kriselnden Ehe seiner Eltern in Verbindung mit der Behinderung des älteren Bruders und der geistigen Behinderung der jüngeren Schwester auf verlorenem Posten fühlte.

Man muss betonen, dass Rudy und Laura Arnold in der Tat kein leichtes Schicksal hatten. Ihr ältester Sohn ist aufgrund einer Kinderlähmung an den Rollstuhl gefesselt. Ihre Tochter war als ungeeignet für eine normale Schule eingestuft worden und besuchte eine Sonderschule. Dies führte dazu, dass die elterliche Fürsorge fast ausschließlich den beiden problematischen Kindern galt und die ohnehin schon brüchige Ehe, in deren Verlauf die Arnolds sich immer wieder getrennt hatten, zusätzlich belastet wurde, sodass Laura häufig auf sich allein gestellt war.

In dieser komplizierten familiären Situation wurde Reggie nur wenig Aufmerksamkeit zuteil. Laura gab bereitwillig zu, dass sie »den Jungen vernachlässigt« habe, während sein Vater behauptete: »Ich habe den Jungen fünf oder sechs Mal zu mir geholt«, womit er offenbar betonen wollte, dass er in den Zeiten der Trennung seinen elterlichen Pflichten nichtsdestotrotz nachgekommen sei. Wie man sich leicht vorstellen kann, führte Reggies ungestillte Sehnsucht nach Zuwendung dazu, dass er unablässig versuchte, die Aufmerksamkeit Erwachsener auf sich zu ziehen. Auf der Straße äußerte sich dies darin, dass er regelmäßig kleine Diebstähle beging und hin und wieder jüngere Kinder drangsalierte. In der Schule äußerte es sich in Aufsässigkeit. Diese Aufsässigkeit wurde von den Lehrern bedauerlicherweise als das oben erwähnte »cholerische Verhalten« gedeutet und nicht als der Hilferuf erkannt, der es in Wirklichkeit war. Wenn Reggie sich ungerecht behandelt fühlte, warf er sein Pult um, schlug seinen Kopf gegen Tisch und Wand und warf sich wutschreiend zu Boden.

Am Tag des Verbrechens begegneten sich Michael Spargo und Reggie Arnold Augenzeugen zufolge – und die Überwachungskameras bestätigen dies – vor dem Lebensmittelladen, der in der Nähe von Reggies Zuhause und auf dem Weg zu Michaels Schule lag. Die Jungen kannten sich und hatten schon einige Male miteinander gespielt, waren jedoch den jeweiligen Eltern unbekannt. Laura Arnold sagte aus, sie habe Reggie zum Laden geschickt, um Milch zu holen, und der Ladeninhaber bestätigte, dass Reggie einen halben Liter fettarme Milch gekauft habe. Außerdem stahl er zwei Marsriegel, »einfach so aus Spaß«, wie Michael sich ausdrückte.

Michael begleitete Reggie zurück nach Hause. Die Jungen machten sich einen Spaß daraus, die Milchtüte aufzureißen und den Inhalt in den Tank einer Harley-Davidson zu schütten – ein Streich, der jedoch vom Besitzer des Motorrads beobachtet wurde, der den beiden vergeblich hinterherlief. Später erinnerte er sich an den senfgelben Anorak, den Michael Spargo trug. Zwar kannte er keinen der beiden Jungen mit Namen, doch er identifizierte Reggie Arnold anhand verschiedener Fotos, die die Polizei ihm vorlegte.

Als Reggie ohne die Milch zu Hause eintraf, erzählte er seiner Mutter – indem er sich auf Michael als Zeugen berief –, er wäre unterwegs von zwei größeren Jungen angegriffen worden, die ihm das Geld für die Milch abgenommen hätten. »Er weinte und war drauf und dran, einen von seinen Anfällen zu kriegen«, sagte Laura Arnolds aus. »Ich habe ihm geglaubt. Was blieb mir denn übrig?« In der Tat eine berechtigte Frage, denn in Anbetracht der Tatsache, dass sie sich in Abwesenheit ihres Mannes allein um zwei behinderte Kinder kümmern musste, war eine fehlende Milchtüte, egal wie dringend sie an jenem Morgen benötigt wurde, ein geringes Problem. Allerdings wollte sie von ihrem Sohn wissen, wer Michael Spargo war. Reggie stellte ihn als »Schulkameraden« vor, und er nahm Michael mit, um die nächste Aufgabe zu erfüllen, die seine Mutter ihm stellte: nämlich seine Schwester aus dem Bett zu holen.

Inzwischen war es etwa 8:45 Uhr, und falls die beiden Jungen noch vorhatten, zur Schule zu gehen, würden sie zu spät kommen. Das war ihnen zweifellos klar, wie aus Michaels Vernehmung hervorgeht. Er gab an, dass Reggie sich mit seiner Mutter gestritten habe, weil er sich um seine Schwester kümmern sollte: »Reggie hat rumgemault, er würde zu spät zur Schule kommen, aber das war ihr egal. Sie hat gesagt, er soll machen, dass er nach oben kommt, und seine Schwester holen. Sie hat gesagt, er soll dem lieben Gott danken, dass er nich so ist wie seine beiden Geschwister«, womit sie sicherlich auf die Behinderungen der beiden anspielte. Bemerkungen wie diese von Laura Arnold scheinen in ihrem Haushalt durchaus üblich gewesen zu sein.

Trotz der Anweisung seiner Mutter holte Reggie seine Schwester nicht aus dem Bett. Stattdessen sagte er seiner Mutter, sie solle »sich selbst was Schlimmes tun« (so gab Michael es wieder; Reggie drückte sich wohl drastischer aus), und dann verließen die Jungen das Haus.

Draußen begegneten sie Rudy Arnold, der, während sie sich mit Laura in der Küche aufgehalten hatten, mit seinem Auto angekommen war und »sich draußen rumgedrückt hat, als würde er sich nich reintrauen«. Rudy und Reggie redeten kurz miteinander – ein Gespräch der eher unangenehmen Natur, zumindest aus Reggies Sicht. Michael behauptete, er habe hinterher gefragt, wer der Mann gewesen sei, in der Annahme, es handelte sich um den »Freund von

Reggies Mum«, woraufhin Reggie antwortete, »der Vollidiot« sei sein Vater, und seine Worte bekräftigte, indem er sich den Kasten für die Milchflaschen schnappte, der vor der Nachbartür stand, ihn auf die Straße warf und zertrampelte.

Michael sagte aus, er habe sich an diesem Zerstörungsakt nicht beteiligt. Er erklärte, er habe zur Schule gehen wollen, aber Reggie habe verkündet, er werde »schwänzen« und wolle »endlich mal ein bisschen Spaß haben«. Es sei Reggies Idee gewesen, so Michael, Ian Barker mit einzubeziehen in all das, was nun folgen sollte.

Im Alter von elf Jahren galt Ian Barker bereits als geschädigt, schwierig, gestört, borderline, zornig und psychopathisch, je nachdem, wer ihn charakterisierte. Er war zu dem Zeitpunkt das einzige Kind einer vierundzwanzigjährigen Mutter (wer sein Vater ist, konnte nie geklärt werden), war jedoch in dem Glauben aufgewachsen, die junge Frau sei seine große Schwester. Anscheinend hing er sehr an seiner Großmutter, die er für seine Mutter hielt, während er die junge Frau, seine vermeintliche Schwester, verabscheute.

Mit neun Jahren hielt man ihn für alt genug, um die Wahrheit zu erfahren. Allerdings nahm er diese Wahrheit schlecht auf, vor allem da sie ihm verkündet wurde, kurz nachdem Tricia Barker aufgefordert worden war, das Haus ihrer Mutter zu verlassen und ihren Sohn mitzunehmen. Diese Entscheidung, so erklärte Ians Großmutter später, habe sie getroffen, um liebevolle Strenge walten zu lassen. »Ich war bereit, sie beide bei mir zu behalten – Tricia und auch den Jungen –, solange das Mädchen arbeitete. Aber sie hat jeden Job gleich wieder aufgegeben, weil sie lieber Partys feiern und sich die Nächte um die Ohren schlagen wollte, und ich dachte mir, wenn sie den Jungen allein großziehen müsste, würde sie vielleicht endlich zur Besinnung kommen.«

Doch sie kam nicht zur Besinnung. Tricia Barker bekam eine städtische Wohnung zur Verfügung gestellt, die allerdings so klein war, dass sie das Schlafzimmer mit ihrem Sohn teilen musste. In diesem Zimmer wurde Ian Zeuge, wie seine Mutter mit wechselnden Partnern und mindestens vier Mal mit mehr als nur mit einem einzigen Mann

Geschlechtsverkehr hatte. Auffällig ist, dass Ian während der Vernehmungen von Tricia nie als Mutter sprach, sondern sie als »Schlampe«, »Fotze«, »Flittchen«, »Nutte« und »Bettvorleger« bezeichnete. Von seiner Großmutter sprach er überhaupt nicht.

Michael und Reggie hatten offenbar kein Problem damit, Ian an jenem Morgen zu finden. Sie gingen nicht zu ihm nach Hause – »seine Mutter war meistens besoffen«, so Reggie, »und hat nur rumgebrüllt« –, sondern sie kamen dazu, als er gerade einen kleineren Jungen verdrosch, der auf dem Weg zur Schule gewesen war. Ian hatte gerade »den Ranzen von dem Jungen auf der Straße ausgeschüttet« und dessen Inhalt durchsucht, in erster Linie nach Geld. Als aber der Junge nichts bei sich hatte, was Ian brauchen konnte, »hat er ihn ganz gemein gegen eine Hauswand geschubst«, so Michael, »und ist auf ihn losgegangen«.

Weder Reggie noch Michael versuchten, Ian aufzuhalten. Reggie sagte: »Es war nur Spaß. Ich konnte sehen, dass er dem Jungen nichts tun wollte«, während Michael behauptete, er habe »nich richtig gesehen, was der vorhatte«, was man bezweifeln darf, da die Jungen dicht beieinanderstanden. Aber was auch immer Ian vorgehabt haben mag, er konnte seine Pläne nicht in die Tat umsetzen. Ein Autofahrer hielt an und verlangte zu wissen, was sie da trieben, worauf die Jungen Reißaus nahmen.

Es gibt Vermutungen, dass an jenem Morgen Ians Drang, irgendjemandem wehzutun, letztlich zu dem führte, was später geschah. Während der Vernehmungen war Reggie nur zu eifrig, mit dem Finger auf Ian zu zeigen. Aber auch wenn Ians Zorn ihn in der Vergangenheit zweifellos zu Taten getrieben hatte, die so niederträchtig waren, dass sich der ganze Abscheu auf ihn konzentrierte, sobald die Wahrheit ans Licht kam, zeigen die Beweise doch, dass er bei dem, was folgte, *nicht mehr und nicht weniger* beteiligt war als die anderen beiden Jungen [Hervorhebung von mir].

JUNI
NEW FOREST
HAMPSHIRE

Der pure Zufall hatte sie zu ihm geführt. Hätte er nicht ausgerechnet in dem Augenblick von seinem Gerüst hinabgeblickt, würde er sich später sagen, wäre er an jenem Nachmittag mit Tess auf direktem Weg nach Hause anstatt noch in den Wald gegangen, und sie wäre nie in sein Leben getreten. Dass er genau das hatte denken *sollen*, war eine Erkenntnis, die ihm erst kam, als es viel zu spät war.

Es war später Nachmittag, und es war heiß. Gewöhnlich wartete der Juni mit Regengüssen auf, die jeder Hoffnung auf einen Sommer Hohn sprachen. Aber in diesem Jahr hatte das Wetter sich etwas anderes vorgenommen. Sonnige Tage und wolkenloser Himmel versprachen für Juli und August eine anhaltende Hitze, die den Boden austrocknen, die weiten Grasflächen verdorren lassen und die New-Forest-Ponys auf ihrer Futtersuche immer tiefer in die Wälder treiben würde.

Er befand sich ganz oben auf dem Gerüst und wollte gerade aufs Dach klettern, wo er angefangen hatte, das Stroh anzubringen. Weil Stroh viel biegsamer war als Reet, eignete es sich hervorragend für den First. Viele hielten die kunstvoll geflochtenen Strohbunde am First für Zierrat. Er kannte indes den eigentlichen Zweck: die oberste Reetschicht gegen Schäden durch Wetter und Vögel zu schützen.

Er ging auf dem Zahnfleisch. Er war gereizt. Seit drei Monaten arbeitete er schon an diesem Riesenprojekt, und er hatte fest zugesagt, in zwei Wochen das nächste anzufangen; doch immer noch mussten abschließende Arbeiten erledigt werden, und die konnte er nicht seinem Lehrling überlassen. Cliff Coward war noch nicht so weit, dass er mit dem Klopfbrett umgehen konnte. Diese Arbeit war entscheidend für den Gesamteindruck des Dachs, und sie erforderte sowohl Geschick als auch ein erfahrenes Auge. Cliff konnte man solche komplizierten Arbeiten nicht anvertrauen. Er bekam ja nicht einmal die simpelsten Aufgaben auf die Reihe – zum Beispiel ihm jetzt zwei Bunde Stroh aufs Dach zu reichen. Wieso brachte dieser Kerl es nicht fertig, einen so banalen Auftrag auszuführen?

Die Suche nach der Antwort auf diese Frage sollte Gordon Jossies Leben ändern.

Er wandte sich vom First ab und rief ungehalten: »Cliff! Wo zum Teufel steckst du?« Eigentlich hätte sein Lehrling unten bei den Strohbunden auf die Anweisungen des Meisters warten sollen. Doch stattdessen war er zu Gordons verstaubtem Pickup gegangen, der in einigen Metern Entfernung stand. Dort hockte Tess in Habachtstellung und wedelte mit dem Schwanz, während eine Frau ihr den Kopf tätschelte – eine Fremde, wahrscheinlich eine Touristin, nach ihrer Kleidung und der Landkarte zu urteilen, die sie in der Hand hielt.

»Hey, Cliff!«, rief Gordon. Der Lehrling und die Frau blickten zu ihm hoch.

Gordon konnte das Gesicht der Frau nicht erkennen; sie hatte einen breitkrempigen Strohhut auf mit einem fuchsiafarbenen Schal als Hutband. Die gleiche Farbe fand sich in ihrem Kleid, einem Sommerkleid, das ihre gebräunten Arme und Beine betonte. Sie trug einen goldenen Armreif und Sandalen, und unter ihrem Arm klemmte eine aus Stroh geflochtene Handtasche, deren Riemen lose über ihrer Schulter lag.

»Sorry! Ich wollte der Lady nur helfen …«, antwortete Cliff, während die Frau gleichzeitig lachend rief: »Ich habe mich total verirrt! Es tut mir furchtbar leid. Er hat mir angeboten …« Sie wedelte mit der Landkarte, wie um das Offensichtliche zu erklären: Irgendwie war sie vom Park zum Verwaltungsgebäude spaziert, dessen Dach Gordon gerade neu deckte. »Ich habe noch nie gesehen, wie ein Reetdach gedeckt wird«, fügte sie hinzu, vielleicht um etwas Nettes zu sagen.

Aber Gordon stand der Sinn nicht nach Nettigkeiten. Er war

voller Zorn, den er irgendwie loswerden musste. Er hatte keine Zeit für Touristen.

»Sie will zum Monet's Pond«, rief Cliff.

»Und ich will den verdammten First hier fertig kriegen«, lautete Gordons Antwort, allerdings mit einem eindeutigen Unterton. »Am Brunnen drüben geht ein Weg ab. Der Brunnen mit den Nymphen und Faunen. Da muss man links abbiegen. Sie sind rechts abgebogen.«

»Wirklich?«, rief die Frau. »Tja … typisch für mich.« Sie blieb stehen, als erwartete sie, dass das Gespräch weiterging. Sie trug eine dunkle Sonnenbrille, und sie wirkte auf Gordon wie ein Filmstar vom Typ Marilyn Monroe, denn sie war üppig gebaut, genau wie Marilyn, nicht so spindeldürr wie die Stars und Sternchen, die man inzwischen überwiegend zu sehen bekam. Auf den ersten Blick hatte er sie tatsächlich für eine Berühmtheit gehalten. Entsprechend gekleidet war sie jedenfalls, und die Selbstverständlichkeit, mit der sie erwartete, dass ein Mann seine Arbeit unterbrach, nur um mit ihr zu plaudern, legte den gleichen Schluss nahe. »Jetzt müssten Sie den Weg ganz leicht finden«, beschied er der Frau knapp.

»Schön wär's«, sagte sie, und dann fragte sie, was er ziemlich lächerlich fand: »Da sind doch keine … äh, Pferde, oder?«

Gordon dachte schon, was zum Teufel, als die Frau hinzufügte: »Es ist nur, weil … Na ja, ich fürchte mich vor Pferden.«

»Die Ponys tun nichts«, sagte er. »Die bleiben für sich, solange Sie nicht versuchen, sie zu füttern.«

»Gott, das würde ich nie im Leben tun!« Sie schwieg, als erwartete sie, dass er darauf etwas erwidern wollte, was jedoch nicht seine Absicht war. Schließlich sagte sie: »Also dann … Vielen Dank.« Damit war der Plausch beendet.

Sie machte sich auf den Weg, den Gordon ihr genannt hatte, nahm ihren Hut ab und ließ ihn an den Fingerspitzen schwingen. Ihr Haar war blond und zu einem Pagenkopf geschnitten, und wenn sie es schüttelte, fiel es sofort wieder in Form und schimmerte im Licht, so als wüsste es genau, was es zu tun hatte. Gordon war Frauen gegenüber nicht immun, und ihm fiel auf, dass sie einen anmutigen Gang hatte. Aber es regte sich nichts in ihm, weder im Herzen noch im Schritt, und darüber war er froh. Er hielt sich lieber fern von Frauen.

Cliff kam mit zwei Bunden Stroh auf dem Rücken auf das Gerüst geklettert. »Tess gefiel sie«, sagte er, als wollte er irgendetwas erklären oder die Frau in Schutz nehmen. »Vielleicht deine Chance für einen neuen Versuch, Kumpel.«

Gordon sah der Frau nach. Nicht etwa, weil er von ihr fasziniert gewesen wäre oder weil er sie attraktiv gefunden hätte, sondern um zu sehen, ob sie am Nymphenbrunnen richtig abbog. Sie tat es nicht. Er schüttelte den Kopf. Hoffnungsloser Fall, dachte er. Sie würde auf der Kuhweide landen, ehe sie wusste, wie ihr geschah, doch dann sagte er sich, dass sie dort mit Leichtigkeit jemanden finden würde, der ihr weiterhalf.

Cliff wollte nach Feierabend noch einen heben, Gordon nicht. Er trank überhaupt keinen Alkohol, und er hatte noch nie etwas davon gehalten, sich mit seinen Lehrlingen anzufreunden. Außerdem war Cliff erst achtzehn und Gordon dreizehn Jahre älter, sodass er sich meistens vorkam wie dessen Vater. Vielleicht hatte er aber auch nur Empfindungen, wie ein Vater sie haben könnte, dachte er. Schließlich hatte er keine Kinder und wollte auch keine.

»Tess braucht ein bisschen Auslauf«, erklärte er. »Sie findet heute Abend keine Ruhe, wenn sie keine Gelegenheit kriegt, ihre Energie loszuwerden.«

»Bist du dir sicher, Kumpel?«

»Ich kenne meinen Hund«, antwortete Gordon. Er wusste, dass Cliff nicht von Tess gesprochen hatte, aber mit dieser Bemerkung nahm er ihm den Wind aus den Segeln. Cliff redete einfach zu viel.

Gordon nahm ihn mit bis zum Pub in Minstead, einem in einem kleinen Tal gelegenen Dorf, das aus einer Kirche, einem Friedhof, einem Laden, einem Pub und ein paar alten Häusern bestand, die sich um einen winzigen Dorfplatz duckten. In der Mitte stand eine uralte Eiche, und in deren Nähe graste ein gescheckte Pony, dessen gestutzter Schwanz seit dem Zusammentrieb im vergangenen Herbst, als die Tiere markiert worden waren, ordentlich nachgewachsen war.

Das Pony blickte nicht einmal auf, als der Pick-up knapp hinter seinen Flanken geräuschvoll zum Stehen kam. Als langjähriger Bewohner des New Forest wusste das Tier wahrscheinlich ganz genau, dass sein Recht, an jedem beliebigen Ort zu grasen, wesentlich älter war als das Recht des Pick-ups, über die Straßen von Hampshire zu fahren.

»Also dann, bis morgen«, sagte Cliff und ging zum Pub, um sich dort zu seinen Freunden zu gesellen. Gordon sah ihm nach und wartete ohne besonderen Grund, bis die Tür sich hinter ihm geschlossen hatte. Erst dann legte er den Gang ein.

Wie immer fuhr er nach Longslade Bottom. Mit der Zeit hatte er gelernt, dass es Sicherheit mit sich brachte, wenn man ein Gewohnheitstier war. Am Wochenende fuhr er oft woandershin, um Tess Auslauf zu geben, aber nach Feierabend unter der Woche zog er einen Ort vor, der näher an seinem Haus lag. Außerdem gefiel ihm das offene Gelände, das Longslade Bottom bot – und wenn er nicht gesehen werden wollte, konnte er sich in den Wald von Hinchelsea zurückziehen, der sich den Hügel hinaufzog.

Gordon rumpelte über den mit Schlaglöchern übersäten Parkplatz auf die Wiese zu, während Tess auf dem Rücksitz in Erwartung des Spaziergangs freudig kläffte. An schönen Tagen wie diesem war Gordons Pick-up nicht das einzige Fahrzeug auf dem Parkplatz: Wie nuckelnde Kätzchen drückten sechs Fahrzeuge ihre Schnauzen an den Rand der großen Wiese, auf der weiter draußen Ponys grasten, unter ihnen fünf Fohlen. Die Ponys, an die Anwesenheit von Menschen und anderen Tieren gewöhnt, ließen sich von den bellenden Hunden, die um sie herumtollten, nicht stören, aber Gordon wusste sofort, dass er seiner Hündin heute keinen freien Auslauf gestatten durfte.

Tess war ganz versessen auf die wilden Ponys des New Forest, und obwohl sie schon getreten und gebissen worden war und obwohl Gordon sie immer wieder ausgeschimpft hatte, begriff sie einfach nicht, dass sie nicht auf der Welt war, um Ponys zu jagen. Es reizte sie ungemein, und sie winselte und leckte sich das Maul in Vorfreude auf das Abenteuer. Gordon konnte beinahe ihre Hundegedanken lesen: *Und sogar Fohlen! Super! Was für ein Spaß!*

»Kommt nicht infrage«, sagte er laut, nahm die Leine von der Ladefläche, hakte sie am Halsband ein und ließ Tess aus dem Wagen. Hoffnungsvoll machte sie einen Riesensatz. Als er sie kurz nahm, legte Tess unter Husten und Würgen eine filmreife Show hin. Typisch, dachte Gordon resigniert. »Wo hast du das Hirn gelassen, das der liebe Gott dir gegeben hat?«, fragte er sie.

Tess sah zu ihm auf, wedelte mit dem Schwanz und schenkte ihm ihr strahlendstes Hundelächeln. »Das mag früher mal funktioniert haben«, sagte er, »aber die Zeiten sind vorbei.« Entschlossen führte er den Golden Retriever weg von den Ponys und den Fohlen. Tess ging mit, zeigte sich jedoch widerspenstig und sah sich immer wieder winselnd um, offenbar in der Hoffnung, ihn umstimmen zu können. Es gelang ihr nicht.

Longslade Bottom umfasste drei Gebiete: die Wiese, auf der die Ponys grasten, im Nordwesten eine Heidelandschaft, wo Glockenheide und Pfeifengras blühten, und dazwischen ein Moor mit unförmigen, vollgesogenen Torfmooskissen und weißrosafarbenen Bitterkleedolden, die in flachen Teichen aus Rhizomen wuchsen. Auf einem Pfad, der vom Parkplatz abging und zu dessen beiden Seiten sich flauschige weiße Wollgrasbüschel wie Wattebäusche in der warmen Brise wiegten, konnte man das Moor sicher durchqueren.

Gordon entschloss sich, diesen Pfad zu nehmen, denn an seinem Ende gelangte man in den Hinchelsea Wood, wo er die Hündin frei laufen lassen konnte. Von dort aus waren die Ponys nicht zu sehen, und für Tess galt: aus den Augen, aus dem

Sinn. Sie besaß die bewundernswerte Gabe, ganz im Hier und Jetzt zu leben.

So kurz vor der Sommersonnenwende stand die Sonne trotz der späten Stunde noch hoch am Himmel, und ihr Licht brach sich in den bunt schillernden Körpern der Libellen und dem hellen Gefieder der Kiebitze, die aufflogen, sobald Gordon und seine Hündin sich näherten. In der leichten Brise lag der Geruch nach Torf und der sich zersetzenden Vegetation, die ihn entstehen ließ. Die Luft war erfüllt von Geräuschen, angefangen mit den heiseren Schreien der großen Brachvögel bis hin zu den Stimmen der Leute, die auf der Wiese nach ihren Hunden riefen.

Gordon hielt Tess weiter an der kurzen Leine. Auf dem Weg zum Hinchelsea Wood ließen sie Wiese und Moor hinter sich. Wenn er es sich recht überlegte, erschien ihm der Wald ohnehin geeigneter für einen Nachmittagsspaziergang. Die Buchen und Eichen standen in vollem Sommerlaub, ebenso die Birken und Kastanien, und unter dem Blätterdach würde es angenehm kühl sein. Nachdem er den ganzen Tag auf dem Dach geschuftet und Reet und Stroh geschleppt hatte, war Gordon froh, der Sonne für eine Weile zu entkommen.

Als sie die beiden Zypressen erreichten, die den offiziellen Eingang zum Wald flankierten, ließ er Tess von der Leine und schaute ihr nach, bis sie zwischen den Bäumen verschwunden war. Irgendwann würde sie von allein zurückkommen. Es war nicht mehr lange bis zum Abendessen, und Tess verpasste nie freiwillig eine Mahlzeit.

Beim Spazierengehen suchte er sich immer etwas, auf das er sich konzentrieren konnte. Hier im Wald sagte er in Gedanken die Namen der Bäume auf. Er erforschte den New Forest, seit er nach Hampshire gezogen war, und inzwischen, nach zehn Jahren, kannte er seine Entstehungsgeschichte und seinen Charakter besser als die meisten Einheimischen. In der Nähe einiger Stechpalmensträucher setzte er sich auf den Stamm einer umgestürzten Erle. Das Sonnenlicht brach durch die Kronen und besprenkelte den von jahrelanger natürlicher Kompostierung schwammig weichen Boden.

Nachdem Gordon die Namen der Bäume in seiner Umgebung aufgesagt hatte, ging er zu den anderen Pflanzen über. Allerdings gab es davon nicht allzu viele. Der Wald gehörte zum Weideland, und Ponys, Esel und Damhirsche ästen hier. Im April und Mai hatten sie sich an den frischen Farnwedeln gütlich getan, später dann Wildblumen, Erlensprösslinge und junge Brombeertriebe gefressen. Zwar formten sie auf diese Weise das Gelände so, dass man gemütlich darin spazieren gehen konnte und sich nicht mühsam durchs Unterholz kämpfen musste. Doch sie verdarben ihm damit den Spaß an seinem Denksport.

Er hörte seine Hündin bellen und richtete sich auf. Er machte sich keine Sorgen, denn er kannte den unterschiedlichen Klang von Tess' Lauten. Dies hier war ein freudiges Kläffen, das sie immer anschlug, wenn sie einen Freund begrüßte oder wenn man ein Stöckchen für sie in den Weiher warf. Trotzdem stand er auf und sah in die Richtung, aus der das Gebell zu hören war. Es kam näher, und nach einer Weile hörte er eine menschliche Stimme, die es begleitete, eine weibliche Stimme.

Und gleich darauf sah er sie.

Er erkannte sie nicht gleich, denn sie hatte sich umgezogen. Statt Sommerkleid, Sonnenhut und Sandalen trug sie jetzt eine Kakihose und eine kurzärmelige Bluse. Die Sonnenbrille hatte sie immer noch auf – er ebenfalls, denn es war noch immer sehr hell –, und ihr Schuhwerk war auch diesmal ziemlich ungeeignet für ihre Erkundungen. Sie hatte ihre Sandalen gegen Gummistiefel eingetauscht, eine äußerst merkwürdige Wahl für einen Sommerspaziergang, es sei denn, sie hatte vor, durchs Moor zu waten.

Sie ergriff als Erste das Wort: »Dacht ich's mir doch, dass es derselbe Hund ist. Er ist wirklich lieb.«

Er hätte schwören können, dass sie ihm nach Longslade Bottom und in den Hinchelsea Wood gefolgt war – außer dass sie offenbar vor ihm da gewesen war. Sie war auf dem Weg aus dem

Wald hinaus, er ging in den Wald hinein. Er war Menschen gegenüber misstrauisch, aber er wollte nicht paranoid wirken.

»Sie waren doch auf der Suche nach dem Monet's Pond.«

»Und ich habe ihn auch gefunden«, erwiderte sie. »Allerdings erst, nachdem ich auf einer Kuhweide gelandet war.«

»Ja«, sagte er knapp.

Sie legte den Kopf schief. Ihr Haar schimmerte im Sonnenlicht, genau wie zuvor in Boldre Gardens. Aus irgendeinem idiotischen Grund fragte er sich, ob sie sich Glitzer hineinsprühte. Derart glänzendes Haar hatte er noch nie gesehen.

»Ja?«, wiederholte sie.

»Äh, ja«, stotterte er. »Ich meine, ja, ich weiß. Ich habe gesehen, wo Sie abgebogen sind.«

»Ach so. Sie haben mich vom Dach aus beobachtet, was? Ich hoffe, Sie haben mich nicht ausgelacht. Das wäre mir wirklich peinlich.«

»Nein«, sagte er.

»Tja, im Kartenlesen bin ich wirklich eine komplette Niete, und im Befolgen von Wegbeschreibungen bin ich leider auch nicht besser. Es ist also kein Wunder, dass ich mich gleich wieder verlaufen habe. Aber wenigstens bin ich keinen Pferden begegnet.«

Er sah sich um. »Dann ist das hier wohl nicht der richtige Ort für Sie, oder? Wenn Sie weder Karten lesen noch Beschreibungen befolgen können.«

»Der Wald, meinen Sie? Ich habe mir einen Orientierungspunkt gemerkt.« Sie zeigte nach Süden auf einen Hügel jenseits des Waldes, auf dem eine riesige Eiche stand. »Ich habe mich nach diesem Baum gerichtet und mich auf dem Weg in den Wald immer rechts davon gehalten, und da er sich jetzt links von mir befindet, bin ich mir ziemlich sicher, dass es hier entlang zum Parkplatz zurückgeht. Sie sehen also: Auch wenn ich erst auf einer Baustelle und dann auf einer Kuhweide gelandet bin, bin ich kein hoffnungsloser Fall.«

»Das ist Nelsons«, sagte er.

»Wie bitte? Meinen Sie den Baum? Gehört er jemandem? Steht er auf Privatgelände?«

»Nein, das Land gehört der Krone. Das dort ist Nelsons Eiche. Angeblich hat er sie gepflanzt. Lord Nelson, meine ich.«

»Ah, verstehe.«

Er musterte sie. Sie biss sich auf die Lippen, und er hatte das Gefühl, dass sie keinen Schimmer hatte, wer Lord Nelson war. Heutzutage kam das vor. Um ihr aus der Verlegenheit zu helfen, sagte er: »Admiral Nelson hat seine Schiffe drüben in Buckler's Hard bauen lassen. Das liegt hinter Beaulieu. Kennen Sie das? An der Flussmündung? Bei dem enormen Holzverbrauch mussten sie irgendwann anfangen, neue Bäume zu pflanzen. Wahrscheinlich hat Nelson nie eigenhändig einen Baum gepflanzt, aber diese Eiche dort wird ihm trotzdem zugeschrieben.«

»Ich bin nicht von hier«, sagte sie. »Aber das ist Ihnen bestimmt nicht entgangen.« Sie streckte eine Hand aus. »Gina Dickens. Weder verwandt noch verschwägert. Und ich weiß, dass sie Tess heißt.« Sie nickte in Richtung der Hündin, die sich zufrieden neben ihr niedergelassen hatte. »Aber Ihren Namen kenne ich nicht.«

»Gordon Jossie«, sagte er und schüttelte ihr die Hand. Ihre weiche Haut machte ihm bewusst, wie rau seine eigene Hand sich anfühlen musste. Und wie verdreckt er nach einem ganzen Tag auf dem Dach war. »Das dachte ich mir.«

»Was?«

»Dass Sie nicht von hier sind.«

»Hm, ja. Die Einheimischen verlaufen sich wahrscheinlich nicht so leicht wie ich.«

»Nicht das. Ihre Schuhe.«

Sie blickte nach unten. »Was stimmt denn nicht mit meinen Schuhen?«

»Erst die Sandalen, die Sie in Boldre Gardens anhatten, und jetzt die da«, sagte er. »Wieso tragen Sie Gummistiefel? Wollen Sie etwa ins Moor?«

Wieder biss sie sich auf die Lippen. Er fragte sich, ob sie sich ein Lachen verkniff. »Sie werden mich für albern halten«, sagte sie. »Es ist wegen der Schlangen. Ich habe gelesen, dass es hier im New Forest Kreuzottern gibt, und ich will nicht gebissen werden. Jetzt lachen Sie mich bestimmt aus.«

Er musste tatsächlich grinsen. »Sie rechnen also im Wald mit Schlangen?« Er wartete nicht auf eine Antwort. »Die sind draußen auf der Heide. Da kriegen sie mehr Sonne ab. Könnte sein, dass Sie auf dem Weg durchs Moor auf eine stoßen, ist aber ziemlich unwahrscheinlich.«

»Ich sehe schon, ich hätte Sie um Rat bitten sollen, bevor ich mich umgezogen habe. Leben Sie schon immer hier?«

»Seit zehn Jahren. Ich bin aus Winchester hierher gezogen.«

»Ich auch!« Sie warf einen Blick in die Richtung, aus der sie gekommen war, und sagte: »Wollen wir ein Stück gemeinsam gehen, Gordon Jossie? Ich kenne hier sonst niemanden, und ich hätte Lust, noch ein bisschen zu plaudern. Da Sie ziemlich harmlos wirken und noch dazu diesen bezaubernden Hund bei sich haben…«

Er zuckte die Achseln. »Wie Sie wollen. Aber ich bin nur wegen Tess hier. Wir brauchen nicht spazieren zu gehen. Tess rennt im Wald rum und kommt irgendwann von allein zurück. Ich meine, falls Sie lieber ein bisschen hier sitzen möchten, anstatt zu laufen.«

»Ja, gute Idee. Ich habe nämlich schon einen ordentlichen Marsch hinter mir.«

Er machte eine Kopfbewegung zu dem Baumstamm hin, auf dem er gesessen hatte, bis sie gekommen war. Sie nahmen in gehörigem Abstand voneinander Platz, aber Tess blieb zu Gordons Verwunderung bei ihnen. Sie machte es sich neben Gina bequem und legte leise seufzend den Kopf auf die Vorderpfoten.

»Sie mag Sie«, bemerkte Gordon. »Jeder sehnt sich nach Zuwendung.«

»Wie wahr«, sagte Gina.

Sie klang wehmütig, und er ging darauf ein. Es sei ungewöhnlich, dass jemand in ihrem Alter aufs Land ziehe. Junge

Erwachsene ziehe es für gewöhnlich eher in die entgegengesetzte Richtung.

»Hm, ja. Sie haben sicher recht«, antwortete sie. »Es war eine Beziehung, die ein sehr unangenehmes Ende genommen hat.« Ein Lächeln. »Und so bin ich hier gestrandet. Ich will hier mit schwangeren Jugendlichen arbeiten. Das habe ich bereits in Winchester gemacht.«

»Wirklich?«

»Das scheint Sie zu überraschen. Wieso?«

»Sie wirken selbst kaum älter als eine Jugendliche.«

Sie schob sich die Sonnenbrille auf die Nasenspitze und sah ihn über die Gläser hinweg an. »Flirten Sie etwa mit mir, Mr. Jossie?«, fragte sie.

Er spürte, wie seine Wangen zu glühen begannen. »Entschuldigung, das war nicht meine Absicht.«

»Schade. Ich dachte schon …« Sie schob sich die Sonnenbrille auf den Kopf und sah ihn geradeheraus an. Ihre Augen waren weder blau noch grün, sondern irgendetwas dazwischen, undefinierbar und interessant.

»Sie erröten ja! Ich habe noch nie einen Mann zum Erröten gebracht. Wie nett! Passiert Ihnen das öfter?«

Ihm wurde noch heißer. Normalerweise führte er keine solchen Gespräche mit Frauen. Er wusste nicht, wie er damit umgehen sollte – weder mit den Frauen noch mit den Gesprächen.

»Ich bringe Sie in Verlegenheit, das tut mir leid. Das wollte ich nicht! Ich ziehe die Leute gern ein bisschen auf – eine schlechte Angewohnheit. Vielleicht können Sie mir ja dabei helfen, es mir abzugewöhnen.«

»Jemanden aufzuziehen, ist in Ordnung«, sagte er. »Ich bin eher … Ich bin ein bisschen durcheinander. Hauptsächlich … Na ja, ich decke Dächer.«

»Jeden Tag?«

»So sieht's aus.«

»Und zum Vergnügen? Zur Entspannung? Zur Abwechslung? Was machen Sie da?«

Er deutete mit dem Kinn auf Tess. »Dafür hab ich sie.«

»Hm. Verstehe.« Sie beugte sich vor und kraulte Tess hinter den Ohren, da, wo sie es am liebsten hatte. Wenn Hunde schnurren könnten, hätte sie es getan. Gina schien einen Entschluss gefasst zu haben, denn als sie wieder aufblickte, wirkte sie nachdenklich. »Hätten Sie Lust, mit mir irgendwo auf ein Gläschen einzukehren? Wie gesagt, ich kenne hier niemanden, und da Sie mir nach wie vor harmlos erscheinen und ich auf jeden Fall harmlos bin und da Sie so einen netten Hund haben … Wie wär's?«

»Ich trinke eigentlich nicht.«

Sie hob die Brauen. »Sie nehmen überhaupt keine Flüssigkeit zu sich? Das kann ich mir nicht vorstellen.«

Er musste unwillkürlich lächeln, sagte jedoch nichts darauf.

»Ich wollte mir eine Limonade bestellen«, sagte sie. »Ich trinke auch nicht. Mein Vater … Er war Alkoholiker, deswegen lasse ich die Finger von dem Zeug. Es hat mich in der Schule zu einer Außenseiterin gemacht, aber eher im positiven Sinne. Ich war schon immer gern anders als die anderen.« Sie stand auf und klopfte sich die Hose ab. Auch Tess sprang schwanzwedelnd auf. Es war offensichtlich, dass die Hündin Ginas spontane Einladung bereits akzeptiert hatte, und Gordon blieb nichts anderes übrig, als es ihr nachzutun.

Dennoch zögerte er. Er hielt lieber Abstand von Frauen. Aber sie wollte schließlich nicht mit ihm anbandeln, oder? Und sie wirkte tatsächlich harmlos. Ihr Blick war offen und freundlich.

»In Sway gibt es ein Hotel«, sagte er, doch erst als sie ihn verblüfft ansah, wurde ihm klar, wie diese Bemerkung geklungen haben musste. Mit glühenden Ohren fügte er hastig hinzu: »Ich meine, Sway ist das nächste Dorf von hier, aber dort gibt es keinen Pub. Deswegen gehen alle in die Hotelbar. Dorthin könnten wir gehen. Dort können wir eine Limonade trinken.«

Ihr Gesicht entspannte sich. »Sie sind wirklich ein unglaublich netter Kerl.«

»Wenn Sie sich da mal nicht täuschen.«

»Ich glaube nicht.«

Sie machten sich auf den Weg. Tess lief voraus, und dann, wundersamerweise, blieb sie am Waldrand stehen, wo der Weg abwärts zum Moor führt, ein Anblick, den Gordon nicht so schnell vergessen würde. Wartete sie darauf, dass er die Leine an ihrem Halsband einhakte? Das war noch nie passiert! Er neigte nicht dazu, nach Zeichen Ausschau zu halten, und doch schien das ein Hinweis darauf zu sein, was er als Nächstes zu tun hatte.

Als sie bei der Hündin ankamen, befestigte er die Leine und reichte sie Gina. »Was meinten Sie eigentlich mit ›weder verwandt noch verschwägert‹?«, fragte er, und als sie die Brauen zusammenzog, fügte er hinzu: »Das haben Sie gesagt, als Sie mir Ihren Namen genannt haben.«

Schon wieder dieser Gesichtsausdruck. Es lag etwas Zärtliches darin und noch mehr, und es machte ihn misstrauisch, sosehr es ihn gleichzeitig anzog.

»Charles Dickens«, sagte sie. »Der Schriftsteller. Ich bin nicht mit ihm verwandt.«

»Ach so«, sagte er. »Ich… Ich lese nicht viel.«

»Nein?« Sie machten sich auf den Weg den Hügel hinunter. Sie hakte sich bei ihm ein, während sie sich von Tess ziehen ließ. »Das werden wir aber ändern müssen.«

JULI

1

Als Meredith Powell aufwachte und das Datum auf ihrem Digitalwecker sah, registrierte sie innerhalb weniger Sekunden vier Dinge: Es war ihr sechsundzwanzigster Geburtstag, sie hatte sich einen Tag freigenommen, es war der Tag, für den ihre Mutter der einzigen Enkelin ein Abenteuer in Aussicht gestellt hatte, und somit war dieser Tag die perfekte Gelegenheit, sich bei ihrer besten und ältesten Freundin zu entschuldigen für einen Streit, der dazu geführt hatte, dass sie seit fast einem Jahr keinen Kontakt mehr hatten. Die letzte Erkenntnis war der Tatsache geschuldet, dass diese beste und älteste Freundin am selben Tag Geburtstag hatte wie Meredith selbst. Seit sie sechs Jahre alt gewesen waren, waren sie beide unzertrennlich gewesen, und seit ihrem achten Lebensjahr hatten sie jeden Geburtstag gemeinsam gefeiert. Meredith wusste, wenn sie sich heute nicht mit Jemima versöhnte, würde sie es wahrscheinlich nie tun, und dann würde eine Tradition, die ihr immer am Herzen gelegen hatte, für immer verloren sein. Das wollte sie nicht. Gute Freundinnen fand man nicht alle Tage.

Wie genau diese Versöhnung aussehen sollte, war eine andere Frage, über die Meredith beim Duschen nachdachte. Sie entschied sich für einen Geburtstagskuchen, und zwar einen selbst gebackenen. Sie würde nach Ringwood fahren und Jemima den Kuchen überreichen, sich entschuldigen und eingestehen, dass sie ihrer Freundin unrecht getan hatte. Allerdings würde sie mit keinem Wort Jemimas Lebensgefährten erwähnen, der Auslöser für den Streit gewesen war. Meredith war davon überzeugt, dass dies ohnehin zwecklos wäre. Sie musste sich einfach damit abfinden, dass Jemima in Bezug auf Männer eine unverbesserliche Romantikerin war, wohingegen sie, Meredith, aus Erfahrung wusste, dass Männer im Prinzip nur Tiere in Menschengestalt waren. Sie brauchten Frauen als Sexobjekte, Muttertiere und Haushälterinnen. Wenn sie das wenigstens offen zugäben, statt so zu tun, als sehnten sie sich nach etwas anderem, dann könnten Frauen sich wenigstens entscheiden, wie sie ihr Leben gestalten wollten, anstatt sich einzubilden, es ginge um Liebe.

Für das Konzept »Liebe« hatte Meredith nur Verachtung übrig. Sie hatte es ausprobiert und hinter sich gelassen, und das Ergebnis war Cammie Powell: fünf Jahre alt, der Augenstern ihrer Mutter und vaterlos – woran sich voraussichtlich auch nichts mehr ändern würde.

Cammie trommelte gerade mit den Fäusten gegen die Badezimmertür und schrie: »Mummy! Mummy! Oma sagt, wir gehen heute zu den Ottern, und wir essen Eis und Hamburger. Kommst du auch mit? Da gibt's nämlich auch Eulen. Sie sagt, irgendwann gehen wir mal zur Igelklinik, aber da muss man übernachten, und sie sagt, dafür bin ich noch zu klein. Sie denkt, ich würde dich vermissen, das hat sie gesagt, aber du könntest doch einfach mitkommen, oder? Oder, Mummy? Mummy!«

Meredith lachte in sich hinein. Cammie redete immerzu wie ein Wasserfall und hörte meistens erst auf, wenn Schlafenszeit war. Während sie sich abtrocknete, rief sie durch die Badezimmertür: »Hast du schon gefrühstückt, mein Schatz?«

»Nein, hab ich vergessen.« Meredith hörte, wie ihre Tochter mit den Pantoffeln auf dem Fußboden scharrte. »Oma sagt, die haben Junge. Klitzekleine Otter. Sie sagt, wenn die Mutter stirbt oder wenn sie gefressen wird, dann brauchen die Jungen jemanden, der sich um sie kümmert, und das machen die da in dem Park. Im Otterpark. Was für Tiere fressen Otter, Mummy?«

»Keine Ahnung, Cammie.«

»Es muss aber Tiere geben, die Otter fressen. Alle Tiere werden gefressen. Mummy? Mummy?«

Meredith schlüpfte in ihren Morgenmantel und öffnete die Tür. Cammie sah genauso aus, wie ihre Mutter in dem Alter ausgesehen hatte. Sie war zu groß für ihre fünf Jahre und, ebenso wie Meredith, viel zu dünn. Ein Segen, dachte Meredith, dass Cammie ihrem nichtsnutzigen Vater nicht im Geringsten ähnlich sah. Mehr noch als ein Segen, denn er hatte geschworen, Meredith nie wieder eines Blickes zu würdigen, falls sie so stur sein und die Schwangerschaft durchziehen sollte. »Ich bin verheiratet, Herrgott noch mal, du dummes Luder!«, hatte er sie angebrüllt. »Ich habe bereits zwei Kinder, und das hast du die ganze Zeit gewusst!«

»Gib mir einen Gutenmorgenkuss, Cammie«, sagte Meredith. »Geh schon mal in die Küche. Ich muss einen Kuchen backen. Möchtest du mir helfen?«

»Aber Oma macht gerade Frühstück in der Küche.«

»Es ist bestimmt genug Platz für drei Bäckerinnen.«

Die Küche war sehr geräumig. Während Merediths Mutter am Herd stand und Spiegeleier und Speck briet, machte Meredith sich daran, Kuchen zu backen. Sie hatte zu einer Backmischung gegriffen, was ihrer Mutter eine frotzelnde Bemerkung entlockte, während Meredith den Beutelinhalt in eine Schüssel schüttete.

»Der ist für Jemima«, erklärte Meredith.

»Das ist ja wie Eulen nach Athen tragen«, stichelte Janet Powell.

Das wusste Meredith selber, aber daran ließ sich nun mal nichts ändern. Außerdem kam es nicht auf den Kuchen selbst an, sondern auf die gute Absicht. Und abgesehen davon wäre Meredith, selbst wenn ihr irgendeine Küchenfee die Zutaten verraten hätte, niemals in der Lage gewesen, etwas zustande zu bringen, das dem, was Jemima aus Mehl, Eiern und all den restlichen Zutaten zurechtzauberte, auch nur im Entferntesten geglichen hätte. Warum also sollte sie es überhaupt versuchen? Schließlich ging es nicht um einen Backwettbewerb, sondern um die Rettung einer Freundschaft.

Als Meredith den Kuchen aus dem Ofen zog, waren Oma und Enkelin bereits zu ihrem Otterabenteuer aufgebrochen, und Opa war zur Arbeit gefahren. Meredith hatte sich für einen

Schokoladenkuchen mit Schokoglasur entschieden, und auch wenn er ein bisschen schief geraten und in der Mitte ein klein wenig eingesunken war – dafür hatte man ja schließlich die Glasur. Man brauchte nur reichlich davon auf dem Kuchen zu verteilen, und schon sah er einigermaßen passabel aus.

Von der Ofenhitze war es in der Küche so heiß geworden, dass Meredith noch einmal unter die Dusche steigen musste, ehe sie nach Ringwood aufbrach. Dann verhüllte sie ihren mageren Körper wie üblich mit einem knöchellangen Kaftan und trug den Schokoladenkuchen zu ihrem Auto. Vorsichtig stellte sie ihn auf den Beifahrersitz.

Gott, was für eine Hitze, dachte sie. Dabei war es noch nicht einmal zehn Uhr. Sie hatte die Ofenhitze dafür verantwortlich gemacht, dass sie so schwitzte, aber da hatte sie sich offenbar getäuscht. Sie kurbelte die Fenster ihres Wagens herunter und fuhr los. Sie musste sich beeilen, wenn sie nicht wollte, dass von dem Kuchen nur noch eine Schokopfütze übrig blieb.

Bis nach Ringwood war es nicht allzu weit, nur ein kurzes Stück über die A31 bei offenen Fenstern, den Fahrtwind um die Ohren, während ihr Affirmationsband in voller Lautstärke aus dem Kassettenrekorder dröhnte. »Ich will! Ich kann! Ich schaffe es!«, sagte die Stimme, und Meredith konzentrierte sich auf das Mantra. Eigentlich glaubte sie nicht daran, dass so etwas wirklich funktionierte, aber sie war entschlossen, nichts unversucht zu lassen, um voranzukommen.

Ein Stau vor der Ausfahrt nach Ringwood erinnerte sie daran, dass heute Markttag war. Die Innenstadt würde total überfüllt sein, und jede Menge Leute würden in Richtung Marktplatz strömen, wo einmal pro Woche vor der spätnormannischen Kirche St. Peter und Paul farbenfrohe Verkaufsstände aufgebaut wurden. Und nicht nur Einheimische, sondern auch jede Menge Urlauber würden sich durch die Stadt drängeln, denn um diese Jahreszeit fielen die Touristen wie Heuschrecken in den New Forest ein: Camper, Wanderer, Radfahrer, Amateurfotografen und sonstige Naturbegeisterte.

Meredith warf einen Blick auf ihren Schokoladenkuchen. Es war ein Fehler gewesen, ihn auf den Beifahrersitz zu stellen statt auf den Boden. Die Sonne brannte gnadenlos darauf, was der Glasur nicht eben zum Wohl gereichte.

Meredith musste zugeben, dass ihre Mutter recht gehabt hatte: Was in aller Welt hatte sie sich dabei gedacht, Jemima ausgerechnet einen Kuchen schenken zu wollen? Tja, jetzt war es zu spät, sich etwas anderes zu überlegen. Vielleicht konnten sie gemeinsam darüber lachen, wenn sie es endlich mit dem Kuchen zu Jemimas Laden geschafft hatte, der sich *Cupcake Queen* nannte und in der Hightown Road lag. Tatsächlich hatte Meredith wesentlich dazu beigetragen, dass Jemima das Ladenlokal gefunden hatte.

Die Häuser in der Hightown Road bildeten eine bunte Mischung, was die gewundene Straße zu einer perfekten Adresse für die *Cupcake Queen* gemacht hatte. Auf der einen Straßenseite standen hübsche Reihenhäuser aus rotem Backstein mit Rundbogentüren, Erkerfenstern und Dachgauben, deren Giebel mit weißem Holzschnitzwerk verziert waren. Am Ende der Straße befand sich das *Railway Hotel*, ein altes Gasthaus mit farbenprächtig blühenden Hängepflanzen in den Blumenkästen unter den Fenstern. Auf der gegenüberliegenden Seite gab es diverse Kfz-Betriebe und ein Autohaus, wo Fahrzeuge mit Allradantrieb angeboten wurden, außerdem einen Friseurladen und einen Waschsalon. Als Meredith damals gleich nebenan im Fenster eines leeren Ladenlokals das verstaubte »Zu vermieten«-Schild entdeckt hatte, hatte sie sofort an Jemima gedacht, deren selbst gebackene Törtchen den gesamten Freundeskreis zu Jubelrufen hinrissen. »Jem, das wird großartig laufen«, hatte Meredith zu ihr gesagt. »Dann kann ich in der Mittagspause immer zu dir rüberkommen, und wir können zusammen ein Sandwich essen.« Außerdem sei die Zeit reif, hatte sie ihrer Freundin erklärt. Wollte sie ihre Törtchen für immer in der Küche ihres kleinen Häuschens backen oder endlich den Sprung ins kalte Wasser wagen? »Du schaffst das, Jem! Ich glaube an dich.« Zumindest in Bezug auf ihren geschäftlichen Erfolg, dachte sie bei sich. In persönlichen Dingen traute sie Jemima wesentlich weniger zu.

Sie hatte ihre Freundin nicht lange überreden müssen, und Jemimas Bruder hatte ihr einen Teil des nötigen Kapitals zur Verfügung gestellt, ganz wie Meredith es erwartet hatte. Doch kurz nachdem Jemima den Mietvertrag unterschrieben hatte, war ihre Freundschaft aufgrund eines heftigen und dummen Streits über das, was Meredith als Jemimas blinde Bedürftigkeit nach einem Mann bezeichnete, abrupt abgekühlt. »Du nimmst doch jeden, der dir schöne Augen macht«, hatte Meredith Jemima entgegengeschleudert und deutlich ihre Meinung über Jemimas derzeitigen Partner geäußert, einen von vielen, die in Jemimas Leben getreten und wieder gegangen waren. »Komm schon, Jem! Jeder, der Augen im Kopf hat, sieht doch, dass mit dem Kerl etwas nicht stimmt.« Nicht gerade die feine Art, einen Mann zu beurteilen, den die beste Freundin zu heiraten beabsichtigte. Schlimm genug, dass sie mit ihm zusammenlebte, fand Meredith. Aber sich für ewig an ihn binden zu wollen, war etwas ganz anderes.

Sie hatte also nicht nur Jemima beleidigt, sondern auch den Mann, den Jemima zu lieben vorgab. Und so hatte Meredith nie die Früchte von Jemimas Plackerei gesehen, nachdem die *Cupcake Queen* eröffnet wurde.

Bedauerlicherweise konnte sie die Ergebnisse dieser Bemühungen auch jetzt nicht bewundern. Denn als Meredith mit dem Schokoladenkuchen – der inzwischen so aussah, als würde die Schokolade tatsächlich schwitzen, was kein gutes Zeichen sein konnte – aus ihrem Auto stieg und ihr Versöhnungsgeschenk über die Straße trug, fand sie die Ladentür verriegelt und die Fenstersimse verdreckt vor. Und das, was sie durch die Fenster erkennen konnte, sah ganz nach einem Geschäft aus, das pleitegegangen war. An einer Wand stand ein leeres Regal, davor eine verstaubte Verkaufstheke und eine altmodische Etagere, auf der weder Küchengeräte noch Backwaren lagen. Wie lange war es her, dass Jemima den Laden eröffnet hatte? Zehn Monate? Sechs? Acht? Meredith konnte sich nicht genau erinnern, aber was sie vor sich sah, gefiel ihr überhaupt nicht. Es fiel ihr schwer zu glauben, dass Jemimas Geschäft so schnell den Bach runtergegangen war. Selbst als sie noch in der heimischen Küche gebacken hatte, hatte Jemima bereits eine Menge Stammkunden gehabt, die bei ihr bestellt hatten, und die wären ihr doch sicherlich nach Ringwood gefolgt. Was also war passiert?

Meredith beschloss, die Person aufzusuchen, die ihr das alles am ehesten würde erklären können. Sie hatte ihre eigene Theorie zu dem Thema, aber sie wollte gewappnet sein, wenn sie Jemima gegenübertrat.

Meredith fand Lexie Streener im Friseurladen *Jean Michel's* in der High Street. Zuerst war sie zu der jungen Frau nach Hause gegangen. Lexies Mutter hatte ihre Arbeit unterbrochen – sie war gerade dabei gewesen, eine Abhandlung über die dritte Seligpreisung zu tippen –, und sie hatte sich lang und breit darüber ausgelassen, was es bedeutete, zu den Sanftmütigen zu gehören. Als Meredith nicht locker gelassen hatte, hatte sie ihr schließlich verraten, dass Lexie zurzeit im *Jean Michel's* den Kundinnen die Haare wusch. »Es gibt gar keine Jean Michel«, sagte sie streng. »Das ist eine glatte Lüge, und das verstößt gegen Gottes Gebote.«

Im Friseurladen bearbeitete Lexie gerade mit Inbrunst den Kopf einer dicken Frau, die bereits mehr als genug Sommersonne getankt hatte und definitiv zu viel Fleisch zeigte, um diese besorgniserregende Tatsache zur Schau zu stellen. Während Meredith wartete, fragte sie sich, ob Lexie vorhatte, eine Friseurlehre zu machen. Sie konnte nur hoffen, dass dies nicht der Fall war, denn wenn die Frisur des Mädchens irgendetwas über ihr Talent auf diesem Gebiet verriet, dann würde niemand, der bei Sinnen war, sie auch nur in die Nähe seines Kopfs lassen – zumindest nicht, solange sie mit Schere oder Haarfärbemittel bewaffnet war. Ihre Haare waren pink, blond und blau und entweder raspelkurz geschnitten – unwillkürlich drängte sich die Assoziation mit Kopfläusen auf – oder einfach abgebrochen nach all der Misshandlung durch Bleichmittel und Farbe.

»Sie hat mich irgendwann angerufen«, sagte Lexie, als Meredith sie endlich für sich allein hatte. Sie hatte warten müssen, bis Lexie Pause machte, und es hatte sie eine Cola gekostet, aber das war in Ordnung, sofern diese minimale Investition ihr maximale Information einbrachte. »Ich dachte, ich wär fleißig gewesen und alles, aber dann ruft sie mich auf einmal an und sagt, ich brauch am nächsten Tag nich mehr zur Arbeit zu kommen. Ich hab sie gefragt, ob ich was falsch gemacht hätte, vielleicht zu nah an der Tür 'ne Kippe geraucht oder so, aber sie sagt nur… na ja… ›Nein, es hat nichts mit dir zu tun.‹ Also nehm ich an, es hat was mit meinen Eltern zu tun, mit diesem ganzen Bibelgetue, wissen Sie, und diesem Zeug, was meine Mum dauernd schreibt. Vielleicht hat sie ihr mal so 'nen Zettel unter den Scheibenwischer geklemmt. Aber sie sagt nur: ›Es hat mit mir zu tun, nicht mit dir. Und auch nicht mit deinen Eltern. Es hat sich alles geändert.‹ Ich hab gefragt, was denn, aber das wollte sie mir nich sagen. Sie hat gesagt, es tut ihr leid, und ich soll sie nich weiter fragen.«

»Ist das Geschäft schlecht gelaufen?«, wollte Meredith wissen.

»Nee, ich glaub nich. Es waren immer Leute da, die was gekauft haben. Wenn Sie mich fragen, ich fand es total komisch, dass sie dichtmachen wollte, is doch klar. Also hab ich sie 'ne Woche drauf noch mal angerufen. Oder vielleicht später, weiß ich nich mehr genau. Ich hab sie auf ihrem Handy angerufen, aber da is nur die Mailbox angesprungen. Ich hab ihr Nachrichten hinterlassen, mindestens zwei. Aber sie hat mich nicht ein einziges Mal zurückgerufen, und als ich's dann noch mal versucht hab, da war… überhaupt kein Ton. Als hätte sie ihr Handy verloren oder so.«

»Hast du auch bei ihr zu Hause angerufen?«

Lexie schüttelte den Kopf. Sie knibbelte an einer verschorften Wunde an ihrem Arm. Sie fügte sich selbst Schnittwunden zu, das wusste Meredith, denn Lexies Tante gehörte die Firma für

Grafikdesign, bei der Meredith so lange arbeiten wollte, bis sie in die Branche einsteigen konnte, die sie wirklich interessierte, nämlich Stoffdesign, und da Meredith Lexies Tante sehr bewunderte und da Lexies Tante sich ständig Sorgen um Lexie machte und über sie redete und sich fragte, ob es nicht irgendeine Möglichkeit gebe, Lexie dazu zu verhelfen, dass sie wenigstens ein paar Stunden täglich aus dem Haus kam und weg von ihren halb durchgedrehten Eltern, hatte Meredith Lexie irgendwann ihrer Freundin Jemima empfohlen, als die eine Mitarbeiterin suchte. Geplant war, dass Lexie Jemima erst bei der Einrichtung des Ladens und dann hinter der Theke helfen sollte. Jemima konnte nicht alles allein bewältigen, Lexie brauchte den Job, und Meredith wollte bei ihrer Chefin punkten. Es schien das perfekte Arrangement zu sein.

Aber irgendetwas war offenbar schiefgelaufen. Meredith fragte: »Du hast also nicht mit ... *ihm* gesprochen? Sie hat nichts von zu Hause erzählt? Und du hast sie auch nicht dort angerufen?«

Lexie schüttelte den Kopf. »Ich dachte einfach, sie wollte mich nich haben«, sagte sie. »Die meisten wollen mich nich haben.«

Also musste Meredith zu Jemima nach Hause fahren. Etwas anderes blieb ihr nicht übrig. Die Vorstellung gefiel ihr nicht sonderlich, denn es bedeutete, dass Jemima bei dem bevorstehenden Gespräch im Heimvorteil sein würde. Aber wenn sie sich wirklich mit ihrer Freundin versöhnen wollte, dann musste sie alles tun, was dazu erforderlich war.

Jemima wohnte mit ihrem Lebensgefährten Gordon Jossie zwischen Sway und Mount Pleasant. Dort hatten sie es mit viel Glück irgendwie geschafft, an Gemeindeland zu kommen. Zugegeben, es war nicht besonders viel Land, aber fünf Hektar waren auch nicht zu verachten. Mehrere Gebäude standen auf dem Grundstück: ein altes Fachwerkhaus, eine Scheune und ein Schuppen. Es gab einige uralte Pferdekoppeln, wo man Ponys unterbringen konnte, falls sie im Winter Pflege benötigten. Der Rest war ungenutztes Land, größtenteils Heidelandschaft, die an ein Waldgebiet grenzte, das aber nicht zu dem Grundstück gehörte.

Die Gebäude standen im Schatten von Kastanien, die vor Ewigkeiten gekappt worden waren. Äste wuchsen in ungefähr zwei Metern Höhe aus den wulstigen Narben der Amputationen, die die Bäume einst vor den hungrigen Mäulern von Tieren bewahrt hatten. Die Kastanien waren wunderbar: Im Sommer sorgten sie rund ums Haus für Kühle und erfüllten die Luft mit berauschendem Duft.

Meredith fuhr an der Weißdornhecke entlang und bog in die kiesbedeckte Einfahrt ein, die sich als helle Linie zwischen dem Haus und der Westkoppel hinzog. Neben dem Haus standen ein rostiger schmiedeeiserner Tisch, vier Stühle, ein Teewagen und Blumentöpfe mit üppigen Farnen. Auf dem Tisch standen Kerzen in hübschen Kerzenhaltern, und auf den Stühlen lagen bunt geblümte Kissen – ein malerischer Essplatz wie aus einem Hochglanz-Einrichtungsmagazin. Das passte überhaupt nicht zu Jemima, dachte Meredith, und sie fragte sich, wie sehr sich ihre Freundin in den Monaten, seit sie sich zum letzten Mal gesehen hatten, verändert haben musste.

Sie hielt vor dem Haus, ganz in der Nähe des nächsten Anzeichens von Veränderung: einem Mini Cooper – einem neueren Modell, knallrot mit weißen Streifen, blitzsauber, die Chromteile blank poliert und das Verdeck heruntergeklappt. Der Anblick des Autos versetzte Meredith einen Stich. Der Wagen, in dem sie selbst hergekommen war, ein alter Polo, wurde von Klebeband und Träumen zusammengehalten, und sein Beifahrersitz bekam gerade eine Portion Schokoladenguss eines windschiefen Kuchens ab.

Der Kuchen war wirklich ein absolut lächerliches Geschenk, dachte Meredith. Sie hätte auf ihre Mutter hören sollen. Nicht dass sie je auf ihre Mutter gehört hätte – eine Erkenntnis, die sie umso mehr an Jemima erinnerte, die jedes Mal, wenn Meredith sich über die gute Frau beklagte, zu ihr gesagt hatte: »Wenigstens *hast* du eine Mutter.«

Plötzlich fehlte ihr Jemima mehr denn je, und so nahm sie ihren ganzen Mut zusammen, schnappte sich den Kuchen und trat vor die Haustür. Nicht die Vordertür – die hatte sie nie benutzt –, sondern die Hintertür, von der aus man durch einen kleinen Anbau, wo die Waschmaschine stand, in den Hof gelangte, der vom Haus, der Scheune, dem Schuppen, einem Weg und der Ostkoppel eingerahmt wurde.

Auf ihr Klopfen kam keine Reaktion und auch nicht, als sie rief: »Jem? Hallo? Geburtstagskind! Wo bist du?« Sie wollte gerade eintreten – in diesem Teil der Welt verriegelte niemand je seine Türen –, den Kuchen auf den Küchentisch stellen und einen Zettel mit einem Gruß dazulegen, als sie jemanden rufen hörte: »Hallo? Kann ich Ihnen helfen? Ich bin hier drüben!«

Es war nicht Jemima, das erkannte Meredith an der Stimme, ohne sich umzudrehen. Und als sie es tat, sah sie eine junge Blondine um die Scheune herumkommen, die einen Strohhut ausschüttelte und sich dann auf den Kopf setzte. »Verzeihung«, sagte die junge Frau. »Ich war gerade bei den Pferden. Aus irgendeinem Grund jagt dieser Hut ihnen Angst ein, deswegen nehme ich ihn ab, wenn ich mich der Koppel nähere.«

Hatten Gordon und Jemima eine Aushilfe eingestellt? Aufgrund der Rechte, die mit dem Gemeindeland einhergingen, durften sie wilde Ponys halten, waren jedoch auch ausdrücklich dazu verpflichtet, die Tiere zu versorgen, wenn sie aus irgendeinem Grund im West Forest nicht genug Nahrung fanden. So sehr, wie sein Job Gordon in Anspruch nahm, und bei allem, was Jemima mit ihrer Bäckerei um die Ohren hatte, war es gut denkbar, dass sie jemanden zur Unterstützung brauchten, wenn sie Ponys pflegen mussten.

Andererseits sah die Frau nicht aus wie jemand, der Stallarbeiten erledigte. Sie trug zwar Jeans, aber von der Designersorte, die ihre Kurven betonte, wie man es von Filmstars kannte. Ihre Lederstiefel waren modisch und frisch gewienert und nicht dazu gedacht, im Mist herumzutrampeln. Sie hatte eine karierte Bluse an, aber die Ärmel waren hochgekrempelt, sodass ihre gebräunten Unterarme zur Geltung kamen, und sie hatte den Kragen elegant hochgeschlagen. Sie sah aus, wie jemand sich ein Mädchen vom Land vorstellen mochte, aber ganz und gar nicht wie eine echte Landfrau.

»Hallo.« Meredith fühlte sich unbehaglich. Sie und die Blondine waren etwa gleich groß, aber damit hatte es sich auch schon mit den Ähnlichkeiten. Diese Vision des Landlebens in Hampshire, die auf sie zukam, war Meredith vollkommen fremd. In ihrem knöchellangen Kaftan kam sie sich vor wie eine in einen Vorhang gewickelte Giraffe.

»Verzeihung. Ich fürchte, ich blockiere Ihr Auto.« Mit einer Kopfbewegung deutete sie in Richtung ihres Polo.

»Kein Problem«, sagte die Frau. »Ich habe nicht vor wegzufahren.«

»Nein?« Meredith war gar nicht erst auf die Idee gekommen, dass Jemima und Gordon umgezogen sein könnten, aber das schien der Fall zu sein. »Wohnen Gordon und Jemima denn nicht mehr hier?«

»Gordon wohnt noch hier«, antwortete die Frau. »Aber wer ist Jemima?«

Bei der Betrachtung dessen, was mit John Dresser geschah, spielt der Kanal eine entscheidende Rolle. Als Teil des Verkehrswegenetzes aus dem neunzehnten Jahrhundert, auf dem Güter quer durch das Vereinigte Königreich transportiert wurden, teilt dieser spezielle Abschnitt des Midlands Trans-Country Canal, der für uns von Interesse ist, die Stadt und hat auf diese Weise gegensätzliche sozioökonomische Stadtviertel geschaffen. Der Kanal verläuft auf einer Länge von mehr als einem Kilometer entlang der nördlichen Grenze der Gallows. Wie bei den meisten Kanälen in Großbritannien ermöglicht ein Treidelpfad Fußgängern und Radfahrern Zugang zum Kanal, und daran entlang stehen Häuser und Gebäude mit Blick aufs Wasser.

Die Vorstellung von einem Kanal und dem Leben am Wasser mag romantische Gefühle wecken, aber der besagte Abschnitt des Midlands Trans-Country Canal bietet nur wenig Anlass dazu. In der schmierigen Kloake leben weder Enten, Schwäne noch sonstige Tiere, und entlang des Treidelpfads wachsen weder Schilf noch Weiden, Wildblumen oder andere Pflanzen. Die Ufer sind vielmehr übersät von angeschwemmtem Müll, und über dem Wasser liegt ein fauliger Gestank, der auf defekte Abwasserrohre schließen lässt.

Der Kanal diente den Bewohnern der Gallows bereits seit geraumer Zeit als Deponie für jede Art von Sperrmüll. Als Michael Spargo, Reggie Arnold und Ian Barker dort gegen 9:30 Uhr eintrafen, entdeckten sie einen Einkaufswagen im Wasser und begannen, mit Steinen, Flaschen und Ziegeln, die sie vom Weg klaubten, danach zu werfen. Es scheint Reggies Idee gewesen zu sein, dorthin zu gehen. Ian lehnte zunächst mit dem Argument ab, die beiden anderen wollten nur »dorthin, um sich gegenseitig zu wichsen oder es wie die Köter zu treiben«, wobei er zweifellos Vorgänge zitierte, die er im Schlafzimmer seiner Mutter hatte mit ansehen müssen. Reggie zufolge hänselte Ian Michael überdies wegen seines rechten Auges. (Aufgrund einer Schädigung der Wangennerven, verursacht durch die bei seiner Geburt verwendete Zange, war Michaels rechtes unteres Augenlid gelähmt, sodass es herunterhing und das Auge nicht synchron mit dem linken blinzelte.) Reggie gab an, er habe »Ian ordentlich die Meinung gesagt«, woraufhin die Jungen sich anderen Dingen zuwandten und auf der Suche nach Gelegenheiten für andere Streiche weiterzogen.

Da die Gärten der Häuser entlang des Treidelpfads nur durch teils schadhafte Holzzäune geschützt waren, fiel es den Jungen leicht, auf die Grundstücke zu gelangen. In einem Garten rissen sie Wäschestücke von der Leine und warfen sie in den Kanal. In einem anderen entdeckten sie einen Rasenmäher, den dasselbe Schicksal ereilte. (»Der war eh total verrostet«, so Michael.)

Möglicherweise brachte ein Kinderwagen sie schließlich auf die Idee zu ihrem fatalen Plan. Sie entdeckten ihn auf der Terrasse eines der Reihenhäuser. Im Gegensatz zu dem Rasenmäher war der Kinderwagen jedoch nicht nur neu – an ihm tanzte überdies ein metallicblauer Luftballon mit dem Aufdruck: »Es ist ein Junge!« Die drei wussten natürlich, dass sich dies auf ein Neugeborenes bezog.

In den Besitz des Kinderwagens zu gelangen, erwies sich als vergleichsweise schwierig, weil der Zaun zu diesem Reihenhaus intakt war. Die Vermutung scheint berechtigt, dass von dem Punkt an die Situation eskalierte, als zwei der Jungen (Ian und Reggie, laut Michael; Ian und Michael, laut Reggie; Reggie und Michael, laut Ian) hinüberkletterten, den Kinderwagen stahlen, ihn über den Zaun wuchteten und auf den Weg warfen. Dort schoben sie sich gegenseitig in dem Wagen herum, bis sie des Spiels überdrüssig wurden und den Wagen in den Kanal warfen.

Aus Michael Spargos Verhör geht hervor, dass Ian Barker zu diesem Zeitpunkt meinte: »Pech, dass kein Baby drin war. Das hätte 'nen schönen Platscher gemacht.« Ian Barker leugnete das. Als Reggie Arnold danach gefragt wurde, kreischte er hysterisch: »Da war nie 'n Baby! Mum, da war kein Baby!«

Michaels Aussage zufolge äußerte Ian im weiteren Verlauf, »wie geil es wär, irgendwo 'n Baby herzukriegen«. Sie könnten es, so sein Vorschlag, »zur Brücke über der West Town Road mitnehmen und von da kopfüber auf die Straße fallen lassen. Da würden das Blut und das Hirn nur so spritzen. Das hat er gesagt«, berichtete Michael. Er beharrte wiederholt darauf, gegen diese Idee protestiert zu haben, so als ahnte er, wohin das Verhör durch die Polizei führen würde.

Schließlich verloren die Jungen die Lust, noch weiter am Kanal zu spielen. Ian Barker, so gab Michael gegenüber der Polizei an, sei derjenige gewesen, der vorschlug »abzuhauen« und in die Barriers zu gehen.

Es ist bemerkenswert, dass keiner der Jungen leugnete, an jenem Tag in dem Einkaufszentrum gewesen zu sein, auch wenn alle wiederholt ihre Geschichte änderten, sobald die Rede davon war, was sie dort getan hatten.

Die Einkaufspassage West Town Road Arcade wird im Volksmund schon so lange nur »Barriers« genannt, dass sich kaum noch jemand an den ursprünglichen Namen erinnert. Der Name kam auf, weil das Einkaufszentrum eine Art Barriere zwischen der trostlosen Welt der Gallows und einem bürgerlichen Viertel aus Ein- und Zweifamilienhäusern bildet, zu dem die Siedlungen Windsor, Mountbatten und Lyon Housing Estates gehören.

Von den vier Eingängen des Einkaufszentrums werden vorwiegend die beiden benutzt, die den Bewohnern der Gallows und denjenigen des Windsor Estate am nächsten liegen. Die Geschäfte an diesen Eingängen lassen auf deprimierende Weise Rückschlüsse auf ihre Kundschaft zu. Auf der Seite der Gallows beispielsweise finden sich ein William-Hill-Wettbüro, zwei Spirituosengeschäfte, ein Tabakladen, ein Ramschladen und mehrere Schnellrestaurants, die Fish and Chips, Backkartoffeln und Pizza anbieten. Auf der zum Windsor Estate gelegenen Seite dagegen gibt es einen Marks & Spencer, Boots, Russell and Bromley, Accessorize und Ryman's sowie kleine Einzelhandelsgeschäfte für Unterwäsche, Süßwaren, Tee und Bekleidung. Natürlich kann jeder das Einkaufszentrum von den Gallows her betreten, die Passagen durchwandern und einkaufen, wo es ihm beliebt. Allgemein gilt jedoch: Wer der Arbeiterklasse angehört, arm ist oder Sozialhilfe bezieht, wird sein Geld in erster Linie für cholesterinhaltiges Essen, Tabak, Alkohol oder fragwürdige Wetten ausgeben.

Alle drei Jungen sagten übereinstimmend aus, dass sie nach Betreten des Einkaufszentrums zielstrebig die Spielothek im Zentrum der Passage aufsuchten. Sie hatten zwar kein Geld, aber das hielt sie nicht davon ab, den Jeep im »Lets Go Jungle«-Videospiel zu fahren und den »Ocean Hunter« auf der Suche nach Haien »zu fliegen«. In diesem Zusammenhang ist die Tatsache interessant, dass diese interaktiven Videospiele nur für zwei Spieler angelegt sind. Da die Jungen, wie bereits erwähnt, kein Geld hatten, taten sie nur so, als würden sie spielen, wobei Michael und Reggie die Joysticks bedienten und Ian das Nachsehen hatte. Er behauptete, es habe ihn nicht gestört, ausgeschlossen zu sein. Alle drei beteuerten, es habe ihnen nichts ausgemacht, dass sie kein Geld für die Spielothek hatten. Aber man fragt sich unwillkürlich, ob der Tag vielleicht anders verlaufen wäre, hätten die Jungen die Möglichkeit gehabt, ihre Neigungen mithilfe gewalttätiger Videospiele zu sublimieren. (Ich möchte nicht behaupten, dass Videospiele als Erziehungsersatz dienen könnten oder sollten, aber als Ventil für diese Jungen mit mangelndem Verstand und noch weniger Bewusstsein von ihren Störungen hätten sie durchaus hilfreich sein können.)

Dem Besuch in der Spielothek wurde jedoch ein abruptes Ende gesetzt, als jemand vom Sicherheitspersonal sie bemerkte und verscheuchte. Schließlich war noch Schulzeit (die Überwachungskameras geben als Zeit 10:30 Uhr an), und der Angestellte drohte ihnen, die Polizei zu rufen und die Schule zu verständigen, falls sie sich noch ein Mal dort blicken ließen. Der Polizei gegenüber sagte der Mann aus, er habe »die Rotzlöffel nicht mehr wiedergesehen«, was vermutlich nicht der Wahrheit entspricht, sondern ein Versuch war, sich von Schuld und Verantwortung freizusprechen. Denn die Jungen gaben sich nicht die geringste Mühe, sich vor ihm zu verstecken, nachdem sie den Spielsalon verlassen hatten, und hätte er seine Drohung wahr gemacht, wären sie nie auf den kleinen John Dresser gestoßen.

John Dresser – oder Johnny, wie er von der Boulevardpresse genannt wurde – war zweieinhalb Jahre alt. Er war das einzige Kind von Alan und Donna Dresser, und an Werktagen wurde er normalerweise von seiner achtundfünfzigjährigen Großmutter gehütet. Er konnte schon gut laufen, aber wie viele männliche Kleinkinder lernte er nur langsam sprechen. Sein Wortschatz bestand hauptsächlich aus »Mama«, »Pa« und »Lolly« (der Hund der Familie). Seinen eigenen Namen konnte er nicht sagen.

An diesem Tag war seine Großmutter nach Liverpool zu einem Spezialisten gefahren, um ihre drastisch schlechter werdenden Augen untersuchen zu lassen. Da sie nicht selbst Auto fahren konnte, ließ sie sich von ihrem Mann dorthin bringen. So waren Alan und Donna Dresser bei der Betreuung ihres Kindes auf sich gestellt. Wenn dies der Fall war (was hin und wieder vorkam), wechselten sie sich bei dieser Aufgabe ab, da es schwierig war, sich dafür einen Tag freizunehmen. (Donna Dresser war damals Chemielehrerin an einer weiterführenden Schule, Alan arbeitete als Jurist für Immobilienangelegenheiten.)

Die Dressers waren in jeder Hinsicht gute Eltern, und John war ein lang ersehntes Wunschkind. Während der Schwangerschaft, die Donna lange verwehrt geblieben war, hatte die junge Frau sich sehr geschont und alles getan, um ein gesundes Kind zur Welt zu bringen. Auch wenn sie von der Öffentlichkeit scharf kritisiert wurde, weil sie als berufstätige Mutter das Kind an jenem Tag in die Obhut ihres Mannes gegeben hatte, kann kein Zweifel daran bestehen, dass sie John eine liebevolle Mutter war.

Alan Dresser nahm den Kleinen gegen Mittag mit in die Barriers. Er setzte John in den Buggy und ging die achthundert Meter von zu Hause dorthin zu Fuß. Die Dressers wohnten im Mountbatten Housing Estate. In dieser exklusivsten und vom Einkaufszentrum am weitesten entfernt liegenden Siedlung hatten die Dressers vor Johns Geburt eine Vierzimmerdoppelhaushälfte gekauft. Am Tag von Johns Verschwinden waren sie noch immer dabei, eines der beiden Bäder zu renovieren. Der Polizei gegenüber erklärte Alan Dresser, er sei auf die Bitte seiner Frau hin zu Stanley Wallingford's gegangen, einem kleinen Laden für Malerbedarf im zu den Gallows hin gelegenen Teil des

Einkaufszentrums, um Farbproben zu besorgen. Außerdem habe er mit seinem Sohn »ein bisschen frische Luft schnappen« wollen, ein verständliches Bedürfnis nach zwei Wochen Regen.

In dem Malergeschäft versprach Alan Dresser seinem Sohn, mit ihm zu McDonald's zu gehen. Dies scheint zumindest zum Teil dem Versuch geschuldet gewesen zu sein, den kleinen Jungen zu beruhigen, eine Annahme, die durch die Aussage des Angestellten in dem Malergeschäft gestützt wird, der angab, John habe unüberhörbar gequengelt und in seinem Buggy herumgezappelt, während sein Vater sich die Farbproben geben ließ und verschiedene für die Renovierung notwendige Materialien kaufte. Als die beiden schließlich bei McDonald's eintrafen, war John außer Rand und Band und der Vater mit seiner Geduld am Ende. Alan Dresser war nicht grundsätzlich abgeneigt, seinem Sohn »einen Klaps auf den Po zu geben«, wenn dieser sich in der Öffentlichkeit nicht ordentlich benahm. Die Tatsache, dass er dabei beobachtet wurde, wie er vor der McDonald's-Filiale seinem Sohn einen kräftigen Schlag auf den Hintern verpasste, führte zu einer Verzögerung bei den Ermittlungen, nachdem John verschwunden war, wenn auch nicht anzunehmen ist, dass die Ereignisse des Tages durch eine sofortige Suche nach dem Jungen einen anderen Verlauf genommen hätten.

Während Ian Barker im Verhör erklärte, es habe ihn nicht gestört, dass er bei den imaginären Videospielen ausgeschlossen worden war, behauptete Michael Spargo, Ian habe deswegen die beiden anderen »bei dem Wachmann verpfiffen« – eine Anschuldigung, die Ian entschieden bestritt. Aber auf welche Weise auch immer der Angestellte auf die drei aufmerksam wurde: Sie entzogen sich seiner weiteren Beobachtung, indem sie flüchteten und in den Ramschladen weiterzogen.

Auch heute noch wird in diesem Laden von Kleidung bis hin zu Tee alles zu Schleuderpreisen verkauft. Die Gänge sind eng, die Regale hoch, Wühltische quellen über mit Socken, Schals, Handschuhen und Schlüpfern. Im Angebot befinden sich Lebensmittel mit abgelaufenem Verfallsdatum, billige Imitate, Waren zweiter Wahl und chinesische

Importe, und es scheint keine Warenbestandskontrolle stattzufinden, außer dass der Ladeninhaber ein offenbar perfektes System entwickelt hat, sich sein Sortiment zu merken.

Michael, Ian und Reggie betraten den Laden mit der Absicht, etwas zu stehlen, vermutlich um sich für den Rauswurf aus der Spielothek schadlos zu halten. Das Geschäft verfügte über zwei Videokameras, die allerdings bereits seit zwei Jahren nicht mehr funktionstüchtig waren. Dies war bei den Kindern der angrenzenden Viertel, die den Laden regelmäßig heimsuchten, allgemein bekannt. Ian Barker trieb sich sogar so häufig dort herum, dass der Eigentümer ihn kannte, wenn auch nur mit Vornamen.

In dem Laden stahlen die Jungen eine Haarbürste, eine Tüte mit Feuerwerkskörpern und ein Paket Filzstifte. Dies scheint jedoch entweder nicht ausgereicht zu haben, ihre Aggressionen zu befriedigen, oder es bot ein zu geringes Maß an Nervenkitzel, sodass sie nach Verlassen des Ladens als Nächstes einen Imbissstand im Zentrum der Passage ansteuerten. Dem Besitzer, einem siebenundfünfzigjährigen Sikh namens Wallace Gupta, war Reggie Arnold bereits seit Längerem bekannt. Die Befragung Mr. Guptas – die erst zwei Tage später durchgeführt wurde, was einiges zu denken gibt – ergab, dass er die Jungen aufforderte, augenblicklich zu verschwinden, andernfalls werde er den Sicherheitsdienst verständigen, woraufhin er von den Jungen im Gegenzug als »Paki«, »Wichser«, »Stricher«, »Ficker« und »Turbanarsch« beschimpft wurde. Als die drei sich nicht von der Stelle rührten, nahm Mr. Gupta aus einem Fach unter seiner Kasse eine mit Bleichmittel gefüllte Sprühflasche – die einzige Waffe, mit der er sich verteidigen oder die Jungen vertreiben konnte. Die Jungen, wie Ian Barker stolz zu Protokoll gab, lachten den Mann aus und schnappten sich fünf Tüten Kartoffelchips (von denen später eine auf dem Gelände des Dawkins-Gebäudes gefunden wurde), was Mr. Gupta veranlasste, seine Drohung wahr zu machen. Er betätigte die Sprühflasche, und das Bleichmittel traf Ian Barker an Wange und Auge, Reggie Arnold an der Hose und Michael Spargo an Hose und Anorak.

Michael und Reggie begriffen schnell, dass ihre Schulhosen so gut wie ruiniert waren, dennoch reagierten sie auf Mr. Guptas Angriff bei

Weitem nicht so heftig wie Ian. »Der wollte den Paki fertigmachen«, erklärte Reggie Arnold bei seinem Verhör. »Der is total durchgedreht. Er wollte alles kurz und klein schlagen, aber ich hab ihn aufgehalten, ehrlich« – eine Behauptung, die jedoch durch keinerlei Tatsachen gestützt wird.

Es ist allerdings zu vermuten, dass Ian Schmerzen hatte, und unfähig, mit der Situation angemessen umzugehen (offenbar suchten die Jungen keine öffentliche Toilette auf, um das Bleichmittel von Ians Gesicht zu waschen), machte er Reggie und Michael für seine missliche Situation verantwortlich.

Vielleicht um Ians Wut zu besänftigen und nicht am Ende noch Prügel von ihm zu beziehen, machte Reggie ihn auf die Zoohandlung Jones-Carver aufmerksam, in deren Schaufenster drei Perserkätzchen auf einer Kletterlandschaft herumtollten. Auf die Frage, was ihn zu den Katzen hingezogen habe, reagierte Reggie ausweichend, behauptete jedoch später, Ian habe vorgeschlagen, eines der Kätzchen zu stehlen, um sich damit »ein bisschen Spaß« zu machen. Ian stritt dies während des Verhörs ab. Michael Spargo dagegen berichtete, Ian habe gesagt, sie könnten die Katze »an ein Brett nageln wie Jesus« oder ihr den Schwanz abschneiden. »Er meinte, das wär doch geil, das hat er gesagt.« Es ist kaum noch zu ermitteln, wer in dieser Situation was vorgeschlagen hat, denn je näher das Thema John Dresser rückt, umso unpräziser werden die Aussagen.

Folgendes ist bekannt: An die Tiere war nicht heranzukommen, da es sich um wertvolle Rassekatzen handelte, die im Schaufenster in einem Käfig steckten. Vor dem Käfig allerdings stand die vierjährige Tenille Cooper, die den Kätzchen zusah, während ihre Mutter in nur fünf Metern Entfernung Hundefutter kaufte. Sowohl Reggie als auch Michael – die unabhängig voneinander im Beisein eines Elternteils und einer Sozialarbeiterin verhört wurden – sagten aus, dass Ian Barker die kleine Tenille bei der Hand nahm und rief: »Die ist doch noch besser als 'ne Katze, oder?«, und zwar in der eindeutigen Absicht, das Mädchen mitzunehmen. Diese Absicht wurde von Adrienne, der Mutter der Kleinen, vereitelt, die die Bande aufgebracht zur Rede stellte. Sie fragte die Jungen, warum sie nicht in der Schule seien, und drohte, nicht nur den Sicherheitsdienst zu rufen, sondern auch die Schule und die Polizei zu informieren. Später sollte sie eine entscheidende Rolle bei der Identifizierung der Jungen spielen: Als ihr auf dem Polizeirevier sechzig verschiedene Fotos vorgelegt wurden, konnte sie mühelos alle drei benennen.

Eines muss allerdings festgehalten werden: Hätte Adrienne wirklich den Sicherheitsdienst gerufen, wären die Jungen John Dresser möglicherweise nie begegnet. Doch ihr Versäumnis – wenn man überhaupt von einem Versäumnis sprechen kann, denn wie hätte sie ahnen können, welche entsetzlichen Ereignisse sich anbahnten? – ist gering zu bewerten angesichts des Fehlverhaltens all jener Personen, die später einen verzweifelten John Dresser in Begleitung der drei Jungen gesehen haben mussten und dennoch keinerlei Anstalten machten, die Polizei zu verständigen oder das Kind aus den Händen der Jungen zu befreien.

2

»Ich nehme an, Sie sind im Bilde über das, was DI Lynley widerfahren ist«, sagte Hillier, und Isabelle ließ sowohl den Mann als auch die Frage auf sich wirken, ehe sie antwortete. Sie befanden sich in seinem Büro bei New Scotland Yard, von dessen Fenstern aus man einen Blick auf die Dächer von Westminster und einige der teuersten Immobilien des Landes hatte. Sir David Hillier stand hinter seinem gigantischen Schreibtisch, und er wirkte frisch und gepflegt und erstaunlich fit für einen Mann seines Alters. Sie schätzte ihn auf Mitte sechzig.

Er hatte sie aufgefordert, Platz zu nehmen, ein ziemlich cleverer Schachzug, wie sie fand. Er wollte sie seine Dominanz spüren lassen für den Fall, dass sie sich ihm überlegen fühlen könnte. In körperlicher Hinsicht natürlich. Es war unwahrscheinlich, dass sie auf die Idee kam, sich dem Assistant Commissioner der Metropolitan Police in irgendeiner anderen Weise überlegen zu fühlen. Aber sie überragte ihn um zehn Zentimeter – um mehr, wenn sie hohe Absätze trug –, nur war das auch schon alles, was sie ihm voraushatte.

»Sie meinen«, sagte sie, »was Inspector Lynleys Frau widerfahren ist? Ja. Das weiß ich. Ich nehme an, jeder bei der Polizei weiß das. Wie geht es ihm? Wo ist er?«

»Immer noch in Cornwall, soweit ich informiert bin. Aber das Team will ihn wieder hierhaben, und ich schätze, das werden Sie zu spüren bekommen. Havers, Nkata, Hale… Sie alle. Selbst John Stewart. Alle, von den Detectives bis hin zu den Zivilen. Sogar die Pförtner, vermute ich. Er ist sehr beliebt.«

»Ich weiß. Ich hatte bereits das Vergnügen. Er ist ein echter Gentleman. Das dürfte die zutreffende Bezeichnung sein, nicht wahr? Gentleman.«

Hillier musterte sie auf eine Weise, die ihr nicht gefiel, so als würde er sich seine eigenen Gedanken machen über das Wo und Wie ihrer Bekanntschaft mit Detective Inspector Thomas Lynley. Sie zog in Erwägung, ihn über die Begebenheit aufzuklären, entschied sich jedoch dagegen. Sollte der Mann denken, was er wollte. Sie hatte die Chance, den Job zu bekommen, den sie angestrebt hatte, und jetzt kam es nur noch darauf an, ihm zu beweisen, dass sie es verdient hatte, die Stelle als *ständiger* und nicht nur als *kommissarischer* Superintendent zu übernehmen.

»Aber sie sind alle Profis, sie werden Ihnen das Leben nicht schwer machen«, sagte Hillier. »Dennoch gibt es unter ihnen starke Loyalitäten. Manche Dinge halten sich eben hartnäckig.«

Und manche ganz besonders, dachte sie. Sie fragte sich, ob Hillier vorhatte, sich zu setzen, oder ob das ganze Gespräch nach dem Prinzip Direktor/renitente Schülerin ablaufen würde, wie seine Haltung anzudeuten schien. Und sie fragte sich, ob sie womöglich, indem sie sich hingesetzt hatte, einen professionellen Fauxpas begangen hatte. Andererseits hatte er eindeutig auf einen der beiden Stühle gezeigt, die vor seinem Schreibtisch standen.

»… wird Ihnen keine Probleme bereiten. Ein guter Mann«, sagte Hillier gerade. »John Stewart dagegen ist ein harter Brocken. Er hat immer noch Ambitionen, die Stelle des Superintendent zu übernehmen, und es hat ihn sehr getroffen, als er nach der Probezeit die Position nicht bekommen hat.«

Isabelle riss sich zusammen. Als John Stewarts Name gefallen war, war ihr klar geworden, dass Hillier auch von den anderen gesprochen hatte, die den Posten des Superintendent zeitweise innegehabt hatten. Wahrscheinlich hatte er sämtliche Kandidaten erwähnt, die sich innerhalb des Hauses beworben hatten. Eine Aufzählung der Kandidaten von außerhalb der Met, die hier vorgesprochen hatten – anders konnte man es nicht nennen –, war überflüssig, da sie keinem von ihnen auf den endlosen Linoleumkorridoren im Tower Block oder im Victoria Block über den Weg laufen würde. DI John Stewart hingegen würde zu ihrem Team gehören. Dem würde sie ein bisschen die Federn stutzen müssen. Das gehörte nicht gerade zu ihren Stärken, aber sie würde tun, was sie konnte.

»Verstehe«, sagte sie zu Hillier. »Ich werde ihn mit Samthandschuhen anfassen. Ich werde sie alle mit Samthandschuhen anfassen.«

»Sehr gut. Haben Sie sich schon eingewöhnt? Wie geht's Ihren Jungs? Zwillinge, nicht wahr?«

Sie verzog den Mund zu einem Lächeln, das man für gewöhnlich aufsetzte, wenn die Rede auf »die Kinder« kam, und sie zwang sich, sie genau so zu betrachten – in Anführungszeichen. So konnte sie ihre Gefühle auf Distanz halten, und darauf war sie angewiesen. »Wir sind zu dem Schluss gekommen – ihr Vater und ich –, dass es besser für sie ist, wenn sie vorerst bei ihm bleiben, solange ich noch in der Probezeit bin. Mein Mann wohnt in der Nähe von Maidstone auf dem Land, und da zurzeit Sommerferien sind, scheint es uns das Beste, wenn sie eine Weile bei ihm leben.«

»Nicht leicht für Sie, nehme ich an«, bemerkte Hillier. »Sie werden Ihnen fehlen.«

»Ich werde beschäftigt sein«, erwiderte sie. »Und Sie wissen ja, wie achtjährige Jungs sind. Man muss sie ständig im Auge behalten. Da Bob und seine Frau beide zu Hause sind, können sie das wesentlich besser als ich, würde ich sagen. Das ist schon in Ordnung.«

Es klang wie eine ideale Situation: sie bei der Arbeit in London in der sprichwörtlichen Tretmühle, während Bob und Sandra die Kinder in frischer Landluft mit Liebe überhäuften und ihnen aus Biozutaten selbst gebackene Hähnchenpasteten und eisgekühlte Milch vorsetzten. Und wenn sie ehrlich war, entsprach das sogar in etwa der Wahrheit. Bob war vernarrt in seine Jungs, und Sandra war auf ihre Art sehr liebevoll, wenn auch für Isabelles Geschmack ein wenig zu schulmeisterlich. Obwohl sie zwei eigene Kinder hatte, war sowohl in ihrem Haus als auch in ihrem Herzen noch Platz für Isabelles Söhne. Denn Isabelles

Söhne waren auch Bobs Söhne, und er war ein fürsorglicher Vater. Das war er schon immer gewesen. Er war charakterfest, der gute Robert Ardery. Er stellte stets die richtige Frage im rechten Augenblick, und er äußerte nie eine Drohung, die nicht klang wie eine großartige Idee, die ihm spontan gekommen war.

Hillier schien ihre Gedanken zu lesen oder es zumindest zu versuchen, aber Isabelle wusste, dass es niemandem so schnell gelang, die Rolle zu durchschauen, die sie spielte. Die hohe Kunst, nach außen hin kühl, beherrscht und hochkompetent zu wirken, beherrschte sie perfekt, und die professionelle Fassade hatte ihr über so viele Jahre hinweg so gute Dienste geleistet, dass sie ihr zur zweiten Natur geworden war. Sie trug sie wie ein Kettenhemd. So erging es nun mal einer Frau, die den Ehrgeiz hatte, sich in einer männerdominierten Welt nach oben zu arbeiten.

»Ja.« Hillier zog das Wort in die Länge, sodass es eher kalkulierend als bestätigend klang. »Sie haben natürlich recht. Schön, dass Sie eine gute Beziehung zu Ihrem Exmann pflegen. Alle Achtung. Das ist bestimmt nicht leicht.«

»Wir haben uns über die Jahre immer um einen freundlichen Umgang bemüht«, erwiderte sie, wieder mit dem angedeuteten Lächeln. »Es schien uns das Beste für die Kinder. Eltern, die ständig im Streit liegen – das tut niemandem gut, nicht wahr?«

»Freut mich zu hören. Ja.« Hillier sah zur Tür, als erwartete er jemanden. Doch niemand trat ein. Er wirkte angespannt, was Isabelle mit Genugtuung zur Kenntnis nahm. Es ließ darauf schließen, dass der Assistant Commissioner nicht ganz so dominant war, wie er vorgab zu sein.

»Ich nehme an«, sagte er in einem Ton, mit dem er zu erkennen gab, dass er das Gespräch zu beenden gedachte, »dass Sie darauf brennen, Ihr Team kennenzulernen. Offiziell vorgestellt zu werden. Sich an die Arbeit zu machen.«

»Ganz recht«, sagte sie. »Ich würde mich gern mit jedem Einzelnen persönlich unterhalten.«

»Dann wollen wir das doch gleich in Angriff nehmen«, gab Hillier lächelnd zurück. »Soll ich Sie begleiten?«

»Sehr gern.« Sie erwiderte das Lächeln und hielt seinem Blick so lange stand, bis er errötete. Er war ein rotgesichtiger Mann, dem das leicht passierte. Sie fragte sich jedoch intuitiv, wie er wohl aussehen mochte, wenn er in Wut geriet.

»Wenn ich mich vorher noch kurz frisch machen dürfte, Sir?«

»Selbstverständlich«, sagte er. »Lassen Sie sich Zeit.«

Was natürlich das Letzte war, was er von ihr erwartete. Sie überlegte, ob er häufiger Bemerkungen machte, die er nicht ernst meinte. Nicht dass dies eine große Rolle spielte, denn sie hatte nicht vor, viel Zeit mit dem Mann zu verbringen. Aber es war immer nützlich zu wissen, wie jemand tickte.

Hilliers Sekretärin – eine streng dreinblickende Frau mit fünf Warzen im Gesicht, die dringend dermatologisch untersucht werden sollten – erklärte Isabelle, wo sich die Damentoilette befand. Nachdem sie sich vergewissert hatte, dass sich niemand sonst in dem Raum aufhielt, schloss sie sich in der hintersten Kabine ein und erledigte ihr Geschäft. Dies allerdings diente nur der Tarnung. Der eigentliche Grund für ihren Besuch der Damentoilette befand sich in ihrer Handtasche.

Sie nahm das Fläschchen heraus und trank es in zwei großen Schlucken aus. Wodka. Schon seit Langem ihr treuer Begleiter. Sie wartete einen Moment, bis die Wirkung einsetzte.

Sie verließ die Kabine, trat ans Waschbecken und fischte Zahnbürste und Zahnpasta aus ihrer Handtasche. Sie putzte sich gründlich Zähne und Zunge.

Dann war sie bereit, sich der Welt zu stellen.

Die Detectives, deren Vorgesetzte sie sein würde, arbeiteten auf engem Raum zusammen, sodass Isabelle sich zunächst allen gleichzeitig gegenübersah. Auf beiden Seiten herrschte Skepsis; das war normal, und es machte ihr nichts aus. Hillier stellte sie den Kollegen vor und gab ihren beruflichen Werdegang in chronologischer Reihenfolge wieder: Kontaktpolizistin, Einbruchsdelikte, Sitte, Brandstiftungsdelikte und zuletzt Gewaltverbrechen. Wie lange sie in den jeweiligen Abteilungen tätig gewesen war, erwähnte er nicht. Isabelle Ardery befand sich auf der Überholspur, wie sich an ihrem Alter leicht ablesen ließ. Sie war achtunddreißig, wirkte jedoch, wie sie selbst fand, jünger, was sie darauf zurückführte, dass sie sich klugerweise ihr Leben lang von Zigaretten und direkter Sonneneinstrahlung ferngehalten hatte.

Die Einzige, die sich von ihrem Werdegang beeindruckt zeigte, war die Sekretärin der Abteilung, eine junge Frau – Typ Kronprinzessin – namens Dorothea Harriman. Isabelle fragte sich, wie die Frau es schaffte, sich von einem Sekretärinnengehalt so elegant zu kleiden. Vermutlich kaufte sie ihre Garderobe in exklusiven Secondhandläden, wo man zeitlose Schätzchen ausgraben konnte, wenn man ausdauernd genug war, gründlich suchte und einen Blick für Qualität hatte.

Sie verkündete den Anwesenden, dass sie mit jedem Teammitglied ein Einzelgespräch führen wolle. In ihrem Zimmer, sagte sie. Heute noch. Sie wünsche darüber informiert zu werden, woran genau die Kollegen derzeit arbeiteten, fügte sie hinzu und forderte sie auf, ihre Aufzeichnungen mitzubringen.

Es lief in etwa so ab, wie sie erwartet hatte. DI Philip Hale gab sich kooperativ und professionell und hatte seine Aufzeichnungen parat. Er schien sich zu sagen, warten wir's ab, was sie ihm nicht verübeln konnte. Derzeit unterstützte er die Staatsanwaltschaft bei der Vorbereitung eines Prozesses gegen einen Serienmörder, der es auf männliche Jugendliche abgesehen hatte. Mit ihm würde sie keine Probleme bekommen. Er hatte sich nicht für den Posten des Superintendent beworben und schien zufrieden mit seiner Rolle im Team zu sein.

DI John Stewart war von anderem Kaliber. Er war ein nervöser Typ, zumindest nach seinen abgekauten Fingernägeln zu urteilen, und die Art, wie er auf ihre Brüste starrte, sprach von einer Frauenfeindlichkeit der Sorte, die sie besonders verabscheute. Aber sie würde schon mit ihm fertigwerden. Er nannte sie *Ma'am*. Sie entgegnete, *Chefin* würde reichen. Er ließ sich betont viel Zeit damit, sich umzustellen. Sie habe nicht vor, ihm Probleme zu machen, sagte sie. Ob er seinerseits vorhabe, ihr Probleme zu machen? Nein, keineswegs, *Chefin*, erwiderte er, aber sie wusste, dass er nicht aufrichtig war.

Als Nächsten empfing sie DS Winston Nkata. Der Mann war ihr ein Rätsel. Sehr groß, sehr schwarz, das Gesicht vernarbt von einer Messerstecherei in seiner Jugend, der typische Abkömmling von Einwanderern von den Westindischen Inseln, der im Süden Londons aufgewachsen war. Harte äußere Schale, aber irgendetwas in seinen Augen verriet ihr, dass der Mann ein weiches Herz besaß, das darauf wartete, angesprochen zu werden. Sie fragte ihn nicht nach seinem Alter, schätzte ihn jedoch auf etwa Mitte zwanzig. Er war einer von zwei Brüdern, die gegensätzlicher kaum sein konnten: Sein älterer Bruder saß wegen Mordes im Gefängnis. Diese Tatsache, sagte sie sich, machte den DS zu einem hoch motivierten Polizisten, der etwas zu beweisen hatte. Das gefiel ihr.

Was sie nicht von DS Barbara Havers behaupten konnte, die sie als Letzte aufsuchte. Die Frau kam missmutig ins Zimmer gelatscht – anders konnte man es weiß Gott nicht ausdrücken – und stank nach Zigarettenrauch. Isabelle wusste, dass Havers bis zum Tod seiner Frau mehrere Jahre lang DI Lynleys Partnerin gewesen war. Sie waren sich schon einmal begegnet, und sie fragte sich, ob Havers sich noch daran erinnerte.

Das tat sie. »Der Fleming-Mord«, lauteten Havers' erste Worte, nachdem sie allein waren. »Draußen in Kent. Sie haben die Ermittlungen geleitet.«

»Sie haben ein gutes Gedächtnis, Sergeant«, erwiderte Isabelle. »Darf ich fragen, was mit Ihren Zähnen passiert ist? Ich kann mich nicht erinnern, sie in diesem Zustand gesehen zu haben.«

Havers zuckte die Achseln. »Kann ich mich setzen?«

»Bitte sehr.«

Sie hatte die Gespräche nach Hillier-Art geführt – allerdings stand sie dabei nicht hinter ihrem Schreibtisch, sondern saß in ihrem Sessel –, aber jetzt erhob sie sich, ging zu einem kleinen Konferenztisch und bedeutete Havers, ihr dorthin zu folgen. Sie wollte sich nicht mit Sergeant Havers verbünden, war sich jedoch darüber im Klaren, dass sie mit ihr eine andere Beziehung würde aufbauen müssen als mit den restlichen Teammitgliedern. Dies hatte allerdings mehr damit zu tun, dass sie Lynleys Partnerin gewesen war, als damit, dass sie beide Frauen waren.

»Ihre Zähne?«, nahm Isabelle den Faden wieder auf.

»Bin in 'ne Art Auseinandersetzung geraten«, erwiderte Havers.

»Ach? Sie sehen gar nicht aus wie jemand, der sich auf Schlägereien einlässt«, bemerkte Isabelle. Das stimmte zwar, aber es stimmte auch, dass Havers absolut so wirkte wie jemand, der sich verteidigen würde, wenn es darauf ankam, was offenbar dazu geführt hatte, dass ihre Schneidezähne sich in dem jetzigen Zustand befanden, nämlich abgebrochen.

»Dem Typ gefiel's nicht, dass ich ihn daran gehindert hab, ein Kind zu entführen«, sagte Havers. »Es gab 'ne Rangelei, ein paar Fausthiebe, ein paar Fußtritte, und ich bin mit dem Gesicht auf den Boden geschlagen. Und der war aus Stein.«

»Ist das im vergangenen Jahr passiert? Während Sie im Dienst waren? Warum haben Sie Ihre Zähne nicht richten lassen? Die Met wird sich doch nicht geweigert haben, die Kosten der Behandlung zu übernehmen?«

»Ich find, sie geben meinem Gesicht Charakter.«

»Aha. Woraus ich schließe, dass Sie etwas gegen moderne Zahnbehandlung haben. Oder haben Sie Angst vorm Zahnarzt, Sergeant?«

Havers schüttelte den Kopf. »Ich will mich nicht in eine Schönheit verwandeln. Wär mir zu anstrengend, all die Scharen von Bewunderern abzuwehren. Außerdem ist die Welt voll von Leuten mit perfekten Gebissen. Ich heb mich gern ab.«

»Tatsächlich?« Isabelle entschloss sich, Havers gegenüber etwas direkter zu werden. »Das erklärt dann wohl auch Ihre Kleidung. Hat Sie noch nie jemand darauf angesprochen, Sergeant?«

Havers veränderte ihre Sitzposition. Sie schlug die Beine übereinander, woraufhin – *Gott bewahre!*, dachte Isabelle – ein knöchelhoher roter Turnschuh und einige Zentimeter eines lilafarbenen Strumpfs zum Vorschein kamen. Trotz der unerträglichen Sommerhitze hatte Havers diese modische Farbzusammenstellung durch eine olivgrüne Cordhose und einen braunen Pullover ergänzt. Letzterer war von Fusseln geziert. Sie sah aus wie jemand, der undercover die Schrecken des Flüchtlingslebens erkundete. »Bei allem Respekt, Chefin«, sagte Havers, obwohl ihr Ton nahelegte, dass sie sich leicht gekränkt fühlte, »mal abgesehen davon, dass die Dienstvorschriften Sie nicht dazu berechtigen, mir wegen meiner Kleidung Stress zu machen, glaub ich nicht, dass mein Äußeres irgendwas damit zu tun hat, wie ich …«

»Akzeptiert. Aber Ihre äußere Erscheinung hat etwas damit zu tun, ob Sie professionell wirken«, fiel Isabelle ihr ins Wort. »Was man zurzeit nicht behaupten kann. Offen gesagt, Vorschriften hin oder her, ich möchte, dass meine Mitarbeiter einen professionellen Eindruck machen. Deswegen rate ich Ihnen, sich die Zähne richten zu lassen.«

»Was, heute noch?«, fragte Havers.

War sie wirklich so dummdreist? Isabelles Augen wurden schmal. »Spielen Sie das nicht herunter, Sergeant«, sagte sie. »Ich empfehle Ihnen außerdem, sich Ihrem Beruf entsprechend zu kleiden.«

»Wie gesagt, bei allem Respekt, aber Sie können nicht von mir verlangen …«

»Das ist richtig. Da haben Sie recht. Aber ich verlange ja auch nichts von Ihnen, nicht wahr? Ich rate Ihnen. Ich mache Ihnen Vorschläge. Ich gebe Ihnen Hinweise. Die Sie sicherlich schon des Öfteren gehört haben.«

»Nicht direkt.«

»Nein? Nun, dann hören Sie sie jetzt. Und wollen Sie mir ernsthaft weismachen, DI Lynley hätte nie eine Bemerkung über Ihre äußere Erscheinung gemacht?«

Havers schwieg. Isabelle spürte, dass der Name Lynley seine Wirkung getan hatte. Sie fragte sich kurz, ob Havers in den Mann verliebt gewesen war – oder es immer noch war. Es schien absurd, ja lächerlich. Andererseits, falls es stimmte, dass Gegensätze sich anzogen, so gab es kaum zwei Menschen, die gegensätzlicher sein konnten als Barbara Havers und Thomas Lynley, den Isabelle als liebenswürdig, gebildet, vornehm im Ausdruck und ausnehmend gut gekleidet in Erinnerung hatte.

»Sergeant, bin ich die Einzige, die …«, setzte sie an.

»Hören Sie, ich hab nichts übrig für Shoppingtouren«, sagte Havers.

»Gut. Dann lassen Sie mich Ihnen ein paar Tipps geben«, sagte Isabelle. »Erstens brauchen Sie einen Rock, der gut sitzt, gebügelt ist und die angemessene Länge hat – oder meinetwegen eine entsprechende Hose. Außerdem eine Jacke, die sich vorne zuknöpfen lässt. Des Weiteren eine gebügelte Bluse, eine Strumpfhose, ein Paar Pumps oder Halbschuhe, die sauber und poliert sind. Das hat nichts mit Gehirnwäsche zu tun, Barbara.«

Havers hatte die ganze Zeit ihr Fußgelenk betrachtet, das in dem roten Turnschuh steckte, doch als Isabelle sie jetzt mit ihrem Vornamen anredete, blickte sie auf. »Wo?«, fragte sie.

»Wie bitte?«

»Wo soll ich mir das Zeug besorgen?« Sie stellte die Frage in einem Ton, als hätte Isabelle von ihr verlangt, dass sie die Straße ableckte.

»Bei *Selfridge's* zum Beispiel«, sagte Isabelle. »Oder bei *Debenham's*. Und wenn Sie sich das nicht allein zutrauen, nehmen Sie jemanden zur Begleitung mit. Sie haben doch bestimmt die eine oder andere Freundin, die weiß, wie man sich als berufstätige Frau kleidet. Und falls nicht, blättern Sie mal in einer Modezeitschrift und lassen sich inspirieren. *Vogue*. Oder *Elle*.«

Havers schien weder erfreut noch erleichtert noch irgendwie einverstanden. Im Gegenteil, sie wirkte jämmerlich. Nun, daran konnte sie nichts ändern, dachte Isabelle. Man hätte das ganze

Gespräch als sexistisch bezeichnen können, aber Herrgott noch mal, sie versuchte doch nur, der Frau zu helfen! Deshalb entschloss sie sich, aufs Ganze zu gehen. »Und wo wir schon mal beim Thema sind: Darf ich vorschlagen, dass Sie auch etwas in Bezug auf Ihre Haare unternehmen?«

Havers zuckte zusammen, antwortete jedoch relativ ruhig: »Ich hab noch nie ein Händchen dafür gehabt, viel draus zu machen.«

»Vielleicht hat jemand anders eine Idee. Gehen Sie regelmäßig zum Friseur, Sergeant?«

Havers berührte ihr kurzes Haar. Die Farbe war annehmbar. Kieferfarben würde sie einigermaßen treffend beschreiben, dachte Isabelle. Aber von Frisur keine Spur. Offenbar schnitt Havers sich die Haare selbst. Der Himmel wusste, wie sie das anstellte, wahrscheinlich mit einer Gartenschere.

»Nun?«, hakte Isabelle nach.

»Nicht direkt.«

»Dann gewöhnen Sie es sich an.«

Havers empfand anscheinend das dringende Bedürfnis nach einer Zigarette, denn sie bewegte die Finger, als würde sie sich eine unsichtbare Kippe drehen. »Ab wann?«, fragte sie.

»Ab wann, was?«

»Ab wann soll ich mir all Ihre … Vorschläge zu Herzen nehmen?«

»Ab gestern. Aber so genau wollen wir es nicht nehmen.«

»Ab sofort, meinen Sie also?«

Isabelle lächelte. »Ich sehe, dass Sie in der Lage sind, meine Worte richtig zu deuten. Und jetzt …« Sie kam zum eigentlichen Thema, dem Grund, warum sie Havers an den Konferenztisch gebeten hatte. »Erzählen Sie mal. Was hören Sie denn so von Inspector Lynley?«

»Nicht viel«, antwortete Havers ausweichend. »Ich hab ein paar Mal mit ihm gesprochen, mehr nicht.«

»Wo ist er?«

»Keine Ahnung«, sagte Havers. »Wahrscheinlich immer noch

in Cornwall. Er war gerade auf einer Küstenwanderung, als ich das letzte Mal von ihm gehört hab.«

»Da hat er sich ja ordentlich was vorgenommen. Was für einen Eindruck hat er denn auf Sie gemacht, als Sie zuletzt mit ihm gesprochen haben?«

Havers zog ihre ungezupften Brauen zusammen, während sie offenbar zu ergründen versuchte, worauf Isabelle hinauswollte. »So wie man es von einem Menschen erwartet, der sich gezwungen gesehen hat, die Maschinen abzustellen, die seine Frau am Leben gehalten haben. Also nicht gerade putzmunter. Er hatte sich im Griff, Chefin. Mehr weiß ich nicht.«

»Wird er wieder zurückkommen?«

»Hierher? Nach London? Zur Met?« Havers überlegte. Und sie schien über Isabelle nachzudenken und die Möglichkeiten durchzugehen, warum die neue kommissarische Vorgesetzte sich über den ehemaligen kommissarischen Detective Superintendent informierte. Schließlich sagte sie: »Er wollte den Job nicht. Er hatte den Posten nur vorübergehend übernommen. Er ist nicht erpicht auf eine Beförderung. So ein Typ ist er nicht.«

Isabelle gefiel es nicht, durchschaut zu werden, erst recht nicht von einer Frau. Thomas Lynley war tatsächlich ein Faktor, der ihr zu schaffen machte. Sie hätte nichts dagegen, ihn in ihrem Team zu haben, aber falls es dazu kam, wollte sie vorher darüber informiert sein, und sie wollte, dass es zu ihren Bedingungen geschah. Dass er unerwartet auftauchte und von allen mit Verehrung empfangen wurde, war das Letzte, was sie gebrauchen konnte.

Sie sagte zu Havers: »Ich bin um sein Wohlergehen besorgt, Sergeant. Falls Sie von ihm hören, würde ich das gern erfahren. Nur, wie es ihm geht. Nicht, was er sagt. Kann ich mich in dieser Hinsicht auf Sie verlassen?«

»Sicher«, sagte Havers. »Aber ich werde nicht von ihm hören, Chefin.«

Isabelle war davon überzeugt, dass Havers in beiden Punkten log.

Allein seine Musik machte die Fahrt erträglich.

Die Hitze war erdrückend, denn die Seitenfenster des Fahrzeugs, groß wie Kinoleinwände, ließen sich nicht öffnen. Darüber befanden sich zwar schmale Kippfenster, und die waren alle offen, aber das nützte nichts gegen den Mief, den das Sonnenlicht, das Wetter und die ruhelosen menschlichen Körper in dem Stahlrohr auf Rädern erzeugten.

Wenigstens handelte es sich um einen Gelenkbus und nicht um einen Doppeldecker. Wenn er hielt, gingen vorne und hinten die Türen auf, und ein Luftzug – heiß und schwül, aber immerhin frisch – erlaubte es ihm, tief durchzuatmen und daran zu glauben, dass er die Fahrt überleben würde. Die Stimmen in seinem Kopf behaupteten das Gegenteil. Sie schrien ihn an, er solle aussteigen, und zwar möglichst bald, denn es warte Arbeit auf ihn: das Werk Gottes. Aber er konnte nicht aussteigen, und deswegen hörte er Musik. Wenn sie nur laut genug aus seinen Ohrstöpseln kam, übertönte sie alles andere, einschließlich der Stimmen.

Am liebsten hätte er die Augen geschlossen, um sich ganz der Musik hinzugeben, den traurigen Klängen eines Cellos. Aber er musste sie im Auge behalten, er musste bereit sein. Sobald sie Anstalten machte auszusteigen, würde er ihr folgen.

Sie fuhren schon seit über einer Stunde. Sie hätten beide nicht in diesem Bus sitzen dürfen. Er hatte seine Arbeit und sie ebenfalls, und wenn man seinen Pflichten nicht nachkam, dann geriet die Welt aus dem Gleichgewicht, und er musste es wieder in Ordnung bringen. Ihm war befohlen, es in Ordnung zu bringen, und deswegen folgte er ihr, sorgfältig darauf bedacht, nicht gesehen zu werden.

Sie war zuerst in einen Bus gestiegen und dann in einen anderen umgestiegen, und jetzt sah er, dass sie einen Stadtplan benutzte, um die Route zu verfolgen. Daraus schloss er, dass ihr das Viertel, das sie durchquerten, unvertraut war – eine Gegend, wo es in seinen Augen aussah wie überall in London: Reihenhäuser, Läden mit verschmierten Plastikschildern über den

Schaufenstern, Graffiti aus ineinander verschlungenen Buchstaben, die sinnlose Wörter ergaben wie *killdick boyz*, *chackers* und *porp*.

Auf der langen Fahrt durch die Stadt wimmelte es auf den Gehwegen von Menschen. Touristen wichen Studenten mit Rucksäcken, die wiederum Frauen in knöchellangen schwarzen Burkas mit Sehschlitz, begleitet von Männern in bequemen Jeans und weißen T-Shirts. Dann afrikanische Kinder, die in einem Park unter Bäumen herumtollten. Häuserblocks, dazwischen eine Schule neben einer Ansammlung von Verwaltungsgebäuden, von denen er den Blick abwandte.

Schließlich wurde die Straße schmaler, machte eine Kurve, und plötzlich war es, als führen sie durch ein Dorf. Aber natürlich war es keins, sondern nur ein Stadtteil, der früher einmal eins gewesen war – eine der vielen Gemeinden, die mit der Zeit von dem wuchernden Moloch London verschlungen worden waren.

Die Straße stieg leicht an, und dann waren sie mitten in einer Einkaufsstraße. Mütter schoben Kinderwagen, die Leute vermischten sich. Afrikaner unterhielten sich mit Weißen. Asiaten kauften Halal-Fleisch. Alte Leute schlürften türkischen Mokka in einem Café, das französische Backwaren feilbot. Es war eine schöne Gegend. Er fühlte sich so entspannt, dass er beinahe seine Musik ausgeschaltet hätte.

Dann bemerkte er, wie sie sich auf ihrem Platz weiter vorne regte. Sie schlug ihren Stadtplan zu, nachdem sie sorgfältig die Ecke einer Seite heruntergefaltet hatte, und steckte ihn in die Handtasche. Dann trat sie an die Bustür.

Sie näherten sich dem Ende der Einkaufsstraße. Ein schmiedeeisernes Gitter auf einer niedrigen Steinmauer ließ darauf schließen, dass sie an einem Park angekommen waren.

Er fand es seltsam, dass sie eine so weite Strecke mit dem Bus gefahren war, um einen Park aufzusuchen, wo es doch keine zweihundert Meter von ihrer Arbeitsstelle einen Park gab oder, genauer gesagt, einen Landschaftsgarten. Zugegeben, es war fürchterlich heiß, und unter den Bäumen würde es kühl sein. Auch er freute sich auf den Schatten nach der Fahrt in dem rollenden Ofen. Aber wenn sie Kühle suchte, hätte sie doch einfach in die St.-Paul's-Kirche gehen und die Schrifttafeln an den Wänden lesen oder einfach in der ersten Bank sitzen und den Altar und das Gemälde darüber betrachten können, wie sie es manchmal in ihrer Mittagspause tat. Die Muttergottes mit Kind. So viel wusste er, obwohl er sich – trotz der Stimmen – nicht für einen religiösen Menschen hielt.

Erst im allerletzten Moment stieg auch er aus dem Bus. Er hatte sein Instrument zwischen seinen Füßen auf dem Boden abgestellt, und weil er sie so aufmerksam beobachtet hatte, während sie in Richtung Park fuhren, hätte er es beinahe stehen lassen. Das wäre ein schlimmer Fehler gewesen, und weil er ihn um ein Haar begangen hätte, nahm er die Ohrstöpsel ab, um die Musik nicht mehr zu hören. *Die Flamme ist gekommen, ist gekommen, sie ist hier*, ertönte es sofort in seinem Kopf. *Ich rufe die Vögel, sie sollen sich an den Gefallenen gütlich tun.*

Er kniff die Augen zu und schüttelte heftig den Kopf.

Oberhalb von vier Stufen, die in den Park führten, befand sich ein schmiedeeisernes Tor, das weit offen stand. Zuerst jedoch näherte sie sich einer Schautafel. Hinter Glas war ein Lageplan des Parks angebracht. Sie studierte den Plan, aber nur kurz, wie um sich einer Information zu vergewissern, die ihr bereits bekannt war. Dann ging sie durch das Tor, und gleich darauf war sie zwischen den dicht belaubten Bäumen verschwunden.

Er eilte ihr nach. Er warf einen Blick auf die Schautafel – Wege, die sich in alle Richtungen schlängelten, ein Gebäude, Text, ein Denkmal –, aber er konnte nirgendwo den Namen des Parks ausmachen, und so bemerkte er erst, als er dem Weg in die Tiefen des Parks folgte, dass er sich auf einem Friedhof befand.

Einen solchen Friedhof hatte er noch nie gesehen. Efeu und andere Rankpflanzen überwucherten die Grabsteine und verhüllten Statuen, zu deren Füßen Leimkraut blühte und Brombeeren glänzten. Die Verstorbenen, die hier lagen, waren längst ebenso vergessen wie der Friedhof selbst. Die Inschriften auf den Grabmälern waren verwittert und dem Vordringen der Natur zum Opfer gefallen, die zurückeroberte, was ihr gehört hatte, lange bevor die Menschen auf die Idee gekommen waren, ihre Toten hier zu bestatten.

Der Ort behagte ihm nicht, aber daran ließ sich nichts ändern. Er war ihr Beschützer – *ja, ja, allmählich begreifst du es* –, und sie war seine Schutzbefohlene. Er hatte eine Pflicht zu erfüllen. Aber jetzt begann ein Sturm in seinem Kopf zu heulen. *Ich bin der Bote des Tartarus*, erklang es in dem Brausen. Dann: *Hör zu, hör zu*, und: *Wir sind sieben*, und: *Wir stehen zu seinen Füßen*, und er suchte nach seinen Ohrstöpseln und drehte die Musik so laut auf, wie es nur ging, bis er nichts mehr hörte als das Cello und dann die Geigen.

Der Weg, auf dem er lief, war von Steinen übersät, uneben und staubig, und an den Rändern lag noch das Laub vom letzten Jahr, aber die Schicht war nicht so dick wie direkt unter den Bäumen, die hoch in den Himmel ragten. Ihre Kronen spendeten kühlen Schatten und erfüllten die Luft mit ihrem Duft, und er dachte, wenn er sich nur darauf konzentrierte – wie die Luft sich anfühlte und wie es nach grüner Natur roch –, wären die Stimmen nicht mehr so überwältigend.

Er atmete tief ein und lockerte seinen Hemdkragen. Der Weg machte eine Biegung, und da sah er sie. Sie war stehen geblieben, um eine Statue zu betrachten.

Diese Statue war anders. Sie war vom Wetter gezeichnet, aber ansonsten unbeschädigt und nicht von Pflanzen überwuchert, sondern erhob sich stolz und unvergessen: ein schlafender Löwe auf einem marmornen Sockel. Der Löwe war lebensgroß und der Sockel entsprechend wuchtig. Er bot ausreichend Platz für Grabinschrift und Familiennamen, und auch die waren nicht verwittert.

Er sah, wie sie eine Hand hob, um das steinerne Tier zu streicheln, zuerst die breiten Pfoten, dann die Stelle unter den geschlossenen Augen. Ein Glücksritual, zumindest erschien es ihm so, und deswegen berührte er den Löwen ebenfalls, als er an ihm vorüberging.

Sie bog nach rechts in einen schmaleren Weg ein. Ein Radfahrer kam ihr entgegen, und sie trat zur Seite in ein Gestrüpp aus Efeu und Sauerampfer. Direkt daneben wand sich eine Kletterrose um die Flügel eines betenden Engels.

Ein Stück weiter machte sie Platz für ein junges Paar, das Arm in Arm hinter einem Kinderwagen herschlenderte, den beide mit einer Hand schoben. Statt eines Kindes lagen in dem Wagen allerdings ein Picknickkorb und zwei Weinflaschen, die im Licht funkelten, als er daran vorbeiging. Um eine Bank am Wegrand standen ein paar Männer. Sie rauchten und hörten Musik aus einem Gettoblaster. Die Männer waren Asiaten, und sie hörten asiatische Musik, die so laut dröhnte, dass sie sogar das Cello und die Geigen übertönte.

Plötzlich wurde ihm bewusst, dass sie die einzige Frau war, die hier allein spazieren ging. Das konnte nur Gefahr bedeuten, und er erkannte ebendiese Gefahr, als die Asiaten sich nach ihr umdrehten und ihr nachsahen. Sie machten keine Anstalten, ihr zu folgen, aber er wusste, dass sie es am liebsten getan hätten. Eine Frau allein bedeutete für einen Mann ein Angebot – oder die Aufforderung, sie zu disziplinieren.

Es war töricht von ihr hierherzukommen, dachte er. Steinerne Engel und schlafende Löwen konnten sie nicht vor den Gefahren schützen, die hier auf sie lauerten. Es war helllichter Tag und Sommer, aber überall standen hohe Bäume, und das Unterholz war dicht. Es wäre ein Leichtes gewesen, sie zu überfallen, ins Gestrüpp zu zerren und ihr Schlimmes anzutun.

Sie brauchte Schutz in einer Welt, in der es keinen gab. Er fragte sich, wie es sein konnte, dass sie das nicht wusste.

Weiter vorne stieß der Weg auf eine Lichtung, wo ungemähtes Gras – ganz braun, weil es so lange nicht geregnet hatte – platt getrampelt war von Leuten, die einen Zugang zu der Kapelle gesucht hatten. Die Kapelle war aus Backstein gebaut, mit kreuzförmigem Grundriss und mit einem Turm, der hoch in den Himmel ragte, und mit Rosettenfenstern an den Enden der Querflügel. Betreten konnte man die Kapelle nicht. Es handelte sich um eine Ruine. Erst beim Näherkommen sah man, dass Eisengitter den Zutritt versperrten, wo einmal die Tür gewesen war, dass die Fenster mit Blechen abgedeckt waren und dass anstatt bunter Glasscheiben abgestorbene Efeuranken die Rosettenfenster an den Stirnwänden des Querschiffs füllten, als wollten sie den Betrachter auf makabre Weise an die Vergänglichkeit allen Lebens erinnern.

Im Gegensatz zu ihm wirkte sie in keiner Weise verwundert darüber, dass die Kapelle so ganz und gar nicht das war, was sie zu sein versprach, wenn man sie vom Weg aus erblickte. Sie näherte sich der Ruine, aber statt sie genauer zu betrachten, schritt sie durch das hohe Gras zu einer Steinbank ohne Rückenlehne. Wenn sie sich umdrehte, um sich auf die Bank zu setzen, würde er in ihr Blickfeld geraten, deshalb machte er einen Satz zum Rand der Lichtung, wo ein von grünen Flechten bedeckter Engel ein riesiges Kreuz umfasst hielt. Hinter diesem Engel versteckte er sich gerade rechtzeitig, ehe sie auf der Bank Platz nahm. Sie öffnete ihre Handtasche und nahm ein Buch heraus, sicherlich nicht den Stadtplan, denn inzwischen würde sie ja wissen, wo sie sich befand. Wahrscheinlich handelte es sich um einen Roman oder einen Gedichtband oder ein Gebetbuch. Sie begann zu lesen, und schon kurz darauf sah er, dass sie in ihre Lektüre vertieft war. Leichtsinnig, dachte er. *Sie ruft nach Remiel*, sagten die Stimmen. Sie übertönten das Cello und die Geigen. Wie gelang es ihnen nur, so laut zu rufen?

Sie braucht einen Beschützer, sagte er sich, von den Stimmen alarmiert. Sie sollte auf der Hut sein.

Und da sie das nicht war, würde er über sie wachen. Dies und nichts anderes war die Pflicht, die er übernahm.

3

Sie hieß Gina Dickens, erfuhr Meredith, und anscheinend war sie Gordon Jossies neue Lebensgefährtin, auch wenn sie sich selbst nicht als solche bezeichnete. Sie sagte nicht *neu*, weil sie, wie sich herausstellte, nichts von einer *ehemaligen* Lebensgefährtin wusste oder wie auch immer man Jemima Hastings titulieren wollte. Sie benutzte auch nicht das Wort *Lebensgefährtin*, da sie eigentlich nicht mit Gordon Jossie zusammenlebte. Sie mache sich jedoch Hoffnungen, fügte sie lächelnd hinzu. Sie halte sich inzwischen tatsächlich häufiger auf dem Hof auf als in ihrem Pensionszimmer über dem *Mad Hatter Tea Rooms*, vertraute sie Meredith an. Die Teestube lag an der Lyndhurst High Street, wo es vom frühen Morgen bis zum späten Nachmittag unerträglich laut sei. Wenn sie es sich recht überlege, gehe der Lärm bis in die späten Abendstunden weiter; immerhin sei Sommer, und in der Straße gebe es mehrere Hotels, einen Pub, Restaurants… und bei all den Urlaubern um diese Jahreszeit… Sie könne von Glück reden, wenn sie vier Stunden Schlaf bekam, wenn sie dort übernachtete. Was sie, ehrlich gesagt, zu vermeiden suche.

Sie waren ins Haus gegangen. Meredith stellte schnell fest, dass sämtliche Spuren von Jemimas Anwesenheit getilgt waren, zumindest in der Küche. Weiter kam Meredith nicht, und weiter wollte sie auch nicht vordringen. In ihrem Kopf schrillten Alarmglocken, ihre Handflächen wurden feucht, und Schweiß lief ihr am Körper hinunter. Das war einerseits der unerträglichen Hitze geschuldet, vor allem aber der Tatsache, dass hier einfach überhaupt nichts stimmte.

Bereits draußen hatte Meredith einen extrem trockenen Mund bekommen. Als hätte sie dies geahnt, hatte Gina sie ins

Haus eingeladen, ihr einen Platz an dem alten Eichentisch angeboten und aus dem Kühlschrank Designerwasser in einer eiskalten Flasche geholt – etwas, wofür Jemima nur Verachtung übrig gehabt hätte.

Sie füllte zwei Gläser und sagte: »Sie sehen aus, als wären Sie … Ich weiß nicht, wie ich es sagen soll.«

»Heute ist unser Geburtstag«, stotterte Meredith.

»Ihrer und Jemimas? Wer ist sie?«

Meredith konnte nicht glauben, dass Gina Dickens nichts über Jemima wusste. Wie konnte jemand so lange mit einer Frau zusammenleben wie Gordon und seiner nächsten Geliebten jede Information über die Existenz seiner Exfreundin vorenthalten? War Gina überhaupt seine nächste Geliebte? War sie gar eine von vielen? Und wo waren dann die anderen? Wo war Jemima? Meredith hatte von Anfang an das Gefühl gehabt, dass man Gordon Jossie nicht über den Weg trauen durfte.

»… in Boldre Gardens«, sagte Gina gerade. »In der Nähe von Minstead. Kennen Sie das? Er arbeitete dort gerade an einem Dach, und ich hatte mich verlaufen. Ich hatte zwar einen Plan von der Gegend, aber das nützt bei mir überhaupt nichts. Ich habe einfach keinen Orientierungssinn. Norden, Westen, was weiß ich. Das sagt mir alles überhaupt nichts.«

Meredith bemühte sich zuzuhören. Gina erzählte ihr, wie sie und Gordon Jossie sich kennengelernt hatten, aber das interessierte sie nicht. Sie wollte etwas über Jemima Hastings wissen. »Hat er Jemima denn nie erwähnt?«, unterbrach sie Gina. »Oder die *Cupcake Queen*? Den Laden in Ringwood, wo sie ihre Törtchen verkauft hat?«

»Törtchen?«

»Ihre Spezialität. Anfangs hat sie sie hier gebacken und von hier aus verkauft, und sie hatte so großen Erfolg damit … Bäckereien und Hotels haben bei ihr bestellt … und sie hatte einen Lieferservice für Kindergeburtstage und … Hat er nie etwas davon erwähnt?«

»Ich fürchte, nein. Nein, hat er nicht.«

»Und ihren Bruder? Robbie Hastings? Er ist Wildhüter. Das hier…« Sie machte eine ausladende Handbewegung. »Das alles hier gehört zu seinem Revier. Schon sein Vater war verantwortlich dafür. Und sein Großvater. Und sein Urgroßvater. In seiner Familie gibt es schon seit so vielen Generationen Wildhüter, dass die Gegend hier im Volksmund ›The Hastings‹ genannt wird. Wussten Sie das?«

Gina schüttelte den Kopf. Sie wirkte verwirrt und sogar ein bisschen eingeschüchtert. Sie rückte mit ihrem Stuhl vom Tisch ab und sah zu dem Kuchen hinüber, den Meredith aus irgendeinem idiotischen Grund mit ins Haus gebracht hatte. In dem Moment wurde Meredith klar, dass Gina nicht von Gordon eingeschüchtert war – wozu sie zwar allen Grund gehabt hätte –, sondern von ihr, Meredith, die wie eine Verrückte daherredete.

»Sie halten mich sicherlich für übergeschnappt«, seufzte Meredith.

»Nein, nein! Überhaupt nicht! Es ist nur…« Gina sprach schnell, beinahe atemlos, doch dann unterbrach sie sich.

Eine Weile schwiegen sie. Dann war von draußen ein Wiehern zu hören.

»Die Ponys!«, rief Meredith aus. »Wenn Sie Ponys hier haben, dann hat Robbie Hastings sie wahrscheinlich aus dem Wald herübergebracht. Oder er hat Gordon gebeten, sie abzuholen. Aber auf jeden Fall ist er irgendwann vorbeigekommen, um nach ihnen zu sehen. Wieso haben Sie überhaupt Ponys auf der Koppel?«

Angesichts von Merediths sprunghaften Gedankengängen wirkte Gina noch verstörter als zuvor. Sie umklammerte ihr Wasserglas mit beiden Händen und sagte eher ins Glas als zu Meredith: »Es ist irgendwas mit… Ich weiß es nicht genau.«

»Sind sie verletzt? Lahmen sie? Fressen sie nicht?«

»Ja, genau. Gordon sagt, sie lahmen. Er hat sie aus dem Wald mitgebracht, vor… drei Wochen oder so. Ich kann mich nicht genau erinnern. Ich interessiere mich nicht für Pferde.«

»Ponys«, korrigierte Meredith. »Es sind Ponys.«

»Ah, ja, sicher. Ich weiß gar nicht, was der Unterschied ist.« Sie zögerte, als dächte sie angestrengt über irgendetwas nach. »Er hat gesagt…« Sie trank einen Schluck Wasser, hob das Glas mit beiden Händen, als wäre es für eine Hand zu schwer.

»Was? Was hat er gesagt? Hat er Ihnen erzählt…«

»Natürlich *fragt* man irgendwann, nicht wahr?«, sagte Gina. »Ich meine, ein netter Mann, der allein lebt, gutmütig, zärtlich, leidenschaftlich, wenn's drauf ankommt. Sie wissen, was ich meine.«

Meredith blinzelte. Sie wollte es gar nicht wissen.

»Ich habe ihn also gefragt, wie es kommt, dass er allein lebt, ohne Freundin, ohne Lebensgefährtin, ohne Ehefrau. Ich hab ihn beim Abendessen aufgezogen, nach dem Motto: Wollte dich keine haben?«

Klar, dachte Meredith. Draußen im Garten, bei Kerzenschein an dem schmiedeeisernen Tisch. »Und was hat er geantwortet?«, fragte sie steif.

»Dass er mal eine längere Beziehung hatte und tief verletzt wurde und nicht darüber reden wollte. Und ich wollte nicht in ihn dringen. Ich dachte, er würde mir schon davon erzählen, wenn er so weit wäre.«

»Das war Jemima«, sagte Meredith. »Jemima Hastings. Und sie ist…« Sie wollte es nicht aussprechen. Wenn sie es aussprach, würde es wahr werden, und das wollte sie ganz und gar nicht.

Sie ging die Fakten durch, und das waren nicht viele: Die *Cupcake Queen* war geschlossen. Lexie Streener hatte vergeblich versucht, Jemima anzurufen. Jemimas Platz in diesem Haus hatte eine andere Frau eingenommen.

»Seit wann kennen Sie sich eigentlich, Gordon und Sie? Wie lange sind Sie schon zusammen? Oder was auch immer?«

»Wir haben uns Anfang letzten Monats kennengelernt. In Boldre…«

»Ja, in Boldre Gardens. Was haben Sie da gemacht?«

Gina wirkte verdattert. Mit dieser Frage hatte sie offensichtlich nicht gerechnet, und sie behagte ihr überhaupt nicht. »Ich war spazieren«, sagte sie zögerlich. »Ich wohne noch nicht lange im New Forest, und ich wollte mir die Gegend ein bisschen ansehen.« Sie lächelte, wie um dem, was sie als Nächstes sagte, die Schärfe zu nehmen. »Wissen Sie, ich verstehe nicht recht, warum Sie mich das alles fragen. Glauben Sie, dass Jemima Hastings etwas zugestoßen ist? Dass Gordon ihr etwas angetan hat? Oder ich? Oder dass Gordon und ich ihr gemeinsam etwas angetan haben? Also, eines möchte ich jedenfalls betonen: Bereits als ich dieses Haus zum allerersten Mal betreten habe, da gab es nicht das geringste Anzeichen dafür, dass irgendjemand …«

Gina brach abrupt ab. Sie schaute Meredith noch immer an, aber es war, als würde sie etwas ganz anderes vor sich sehen.

»Was ist los?«, fragte Meredith.

Gina senkte den Blick. Eine Weile herrschte Stille. Draußen wieherten die Ponys, und ein paar Bachstelzen zwitscherten aufgeregt, wie um einander vor einem Raubtier zu warnen.

»Vielleicht sollten Sie mal mitkommen«, sagte Gina schließlich.

Als Meredith Robbie Hastings endlich fand, stand er auf dem Parkplatz des *Queen's Head* in Burley. Der Ort lag an einer Kreuzung dreier Landstraßen: ein Straßendorf mit einer uneinheitlichen Mischung aus Fachwerk-, Holz- und Backsteinhäusern, deren Dächer ebenso uneinheitlich entweder mit Stroh oder Schiefer gedeckt waren. Jetzt, mitten im Sommer, wimmelte es von Fahrzeugen, darunter sechs Reisebusse, deren Passagiere hier wahrscheinlich die einzige Gelegenheit erhielten, einen Teil des New Forest zu erkunden, den sie ansonsten von ihren bequemen Sitzen aus in klimatisiertem Ambiente an sich vorbeirauschen sahen. Sie würden Schnappschüsse von den Ponys machen, die überall frei herumliefen, im Pub oder in einem der malerischen Cafés ein teures Mittagessen zu sich nehmen und in dem einen oder anderen Andenkenladen ein paar Souvenirs erstehen. Letztere prägten das Bild des Dorfes. Es gab Läden jeder Art, vom *Coven of Witches*, das stolz damit warb, dass in dem Haus einmal eine echte Hexe gelebt hatte, die so berühmt geworden war, dass sie schließlich vor der nicht enden wollenden Schar Ratsuchender die Flucht ergriff, bis zum *Burley Fudge Shop* und allem Möglichen dazwischen. Über dem Ganzen thronte das *Queen's Head*, das größte Gebäude am Ort und während der Nebensaison Treffpunkt der Einheimischen, die während der Urlaubszeit sowohl den Pub als auch Burley selbst tunlichst mieden.

Zuerst hatte Meredith bei Robbie zu Hause angerufen, auch wenn kaum damit zu rechnen gewesen war, dass sie ihn um diese Tageszeit dort erreichen würde. Als Wildhüter war er für das Wohlergehen sämtlicher frei lebenden Tiere in dem ihm zugewiesenen Gebiet verantwortlich – dem Gebiet, das, wie sie Gina Dickens erklärt hatte, hier nur »The Hastings« hieß –, und wahrscheinlich war er entweder in seinem Wagen oder zu Pferd unterwegs, um sich zu vergewissern, dass die Esel, Ponys, Kühe und auch ein paar Schafe in Ruhe gelassen wurden. Dies war die schwierigste Aufgabe für all diejenigen, die im Forest arbeiteten, vor allem während der Sommermonate. Es war reizvoll, Tieren zu begegnen, die sich ungehindert von Zäunen, Mauern oder Hecken frei bewegen konnten. Doch noch reizvoller war es offenbar, sie zu füttern. Die Leute meinten es gut, aber sie waren nun mal von Natur aus dumm. Sie begriffen nicht, dass sie, sobald sie im Sommer ein süßes, kleines Pony fütterten, das Tier zu der Annahme verleiteten, dass auch mitten im Winter jemand auf dem Parkplatz des *Queen's Head* stehen und es füttern würde.

Offenbar war Robbie Hastings gerade dabei, das einer Gruppe von mit Kameras bewaffneten Rentnern in Bermudashorts und Schnürschuhen zu erklären. Robbie hatte sie um seinen Landrover versammelt, an den ein Pferdeanhänger angekoppelt war. Anscheinend hatte er eines der New-Forest-Ponys eingefangen, um es mitzunehmen, was ungewöhnlich war um diese Jahreszeit. Meredith sah das Tier unruhig in dem

Anhänger mit den Hufen stampfen. Robbie zeigte auf das Pony, während er zu den Leuten sprach.

Als Meredith aus dem Auto stieg, warf sie einen Blick auf ihren Schokoladenkuchen. Die inzwischen vollends geschmolzene Glasur war in den Teig gesickert und hatte um den Kuchen herum eine hässliche Pfütze gebildet. Ein paar Fliegen hatten die Leckerei entdeckt, aber dieser süße Brei war wie eine fleischfressende Pflanze: Alles, was darauf landete, versank augenblicklich in dem Gemisch aus Zucker und Kakao. Tod durch Genusssucht. Der Kuchen war endgültig hinüber.

Aber das spielte längst keine Rolle mehr. Alles war aus den Fugen geraten, und Robbie Hastings musste ins Bild gesetzt werden. Er hatte Jemima von ihrem zehnten Lebensjahr an großgezogen. Er war fünfundzwanzig Jahre alt gewesen, als ein Autounfall ihn gezwungen hatte, diese Aufgabe zu übernehmen. Derselbe Autounfall hatte ihn auch in einen Beruf katapultiert, den er nie hatte ergreifen wollen: den eines von fünf Wildhütern im New Forest als Nachfolger seines Vaters.

»… weil wir unbedingt vermeiden wollen, dass die Ponys sich immer an ein und derselben Stelle aufhalten.«

Aus den betretenen Gesichtern seiner Zuhörer schloss Meredith, dass sie ihre Taschen voll hatten mit Äpfeln, Möhren, Zuckerwürfeln und allem Möglichen, was einem Pony schmecken mochte, das sich eigentlich von dem ernähren sollte, was Wald und Wiesen hergaben.

Robbie beendete seinen Vortrag – den er mit großer Geduld gehalten hatte, während die Leute Fotos von ihm machten, obwohl er statt seiner offiziellen Uniform Jeans, T-Shirt und eine Baseballmütze trug –, und mit einem knappen Nicken öffnete er die Fahrertür des Landrover. Meredith zwängte sich durch die Menge, die sich in Richtung Dorf und Pub schob, und rief seinen Namen.

Er drehte sich um. Meredith empfand, was sie jedes Mal für ihn empfand, wenn sie ihn sah: Sie mochte ihn sehr, und zugleich bemitleidete sie ihn dafür, wie seine riesigen Schneidezähne sein Gesicht entstellten. Sein Mund war das Einzige, was einem an ihm auffiel, und das war wirklich ein Jammer. Denn er war ausgesprochen gut gebaut, muskulös und maskulin, und seine Augen waren einzigartig – eines war braun und eines grün, genau wie bei Jemima.

Sein Gesicht hellte sich auf. »Merry die Widerspenstige«, rief er erfreut. »Es ist eine Ewigkeit her, Mädel! Was verschlägt dich denn in diese Einöde?« Er zog seine Handschuhe aus und breitete die Arme aus, so wie er es schon immer getan hatte.

Sie umarmte ihn. Sie waren beide verschwitzt, und Robbie roch säuerlich nach Mann und Pferd.

»Was für eine Hitze!« Er nahm seine Baseballmütze ab, sodass sein dunkelbraunes Haar zum Vorschein kam, das dicht und wellig wäre, wenn er es nicht so extrem kurz schneiden würde. Es war grau meliert, was Meredith einmal mehr daran erinnerte, wie sehr Jemima und sie sich entfremdet hatten, denn als sie Robbie das letzte Mal begegnet war, hatte er noch keine grauen Haare gehabt.

»Ich habe in der Forstmeisterei angerufen«, sagte sie. »Dort hat man mir gesagt, dass ich dich hier antreffen würde.«

Er wischte sich die Stirn mit dem Unterarm ab, setzte seine Mütze wieder auf und zog sie tief ins Gesicht. »So so. Was gibt's denn?« Er drehte sich kurz um, als das Pony in seinem Anhänger so heftig gegen die Seitenwände trat, dass das Gefährt wackelte. »Jetzt reicht's aber, alter Junge«, sagte Robbie und machte schnalzende Geräusche. »Du weißt genau, dass du nicht hier beim *Queen's Head* bleiben kannst. Ruhig, ganz ruhig.«

»Jemima«, sagte Meredith. »Sie hat heute Geburtstag, Robbie.«

»Richtig. Und du auch. Was bedeutet, dass du jetzt sechsundzwanzig bist, und das bedeutet, dass ich … Herr im Himmel, ich bin schon einundvierzig! Man sollte meinen, dass ich Zeit genug gehabt hätte, eine Frau zu finden, die bereit wäre, mit so einem Prachtexemplar von Männlichkeit in den Hafen der Ehe einzufahren, was?«

»Hat dich noch keine für sich beansprucht?«, fragte Meredith. »Die Frauen in Hampshire müssen ja halb blind sein!«

Er lächelte. »Und du?«

»Ich bin stockblind. Der eine, den ich hatte – schönen Dank auch. Das muss ich nicht wiederholen.«

Robbie lachte in sich hinein. »Verdammt, Merry, du kannst dir nicht vorstellen, wie oft ich das schon gehört habe. Was ist also der Grund für deinen überraschenden Besuch, wenn du mich schon nicht heiraten willst?«

»Jemima. Ich bin zu ihrem Laden gefahren, Robbie, und habe gesehen, dass er geschlossen ist. Dann habe ich mit Lexie Streener gesprochen, und dann bin ich zu ihnen nach Hause gefahren – zu Gordon und Jemima –, aber da war eine Frau, Gina Dickens. Sie lebt nicht mit ihm zusammen oder so, aber … Sie haben eindeutig eine Beziehung. Und sie hatte noch nie von Jemima gehört.«

»Du hast also keinen Kontakt mit ihr?«

»Mit Jemima? Nein.« Meredith zögerte verlegen. Dann sah sie ihm in die Augen, versuchte zu ergründen, was er dachte. »Na ja, sie wird dir doch bestimmt erzählt haben …«

»Was zwischen euch beiden vorgefallen ist?«, fragte er. »Sicher. Sie hat mir vor längerer Zeit erzählt, ihr hättet euch zerstritten. Aber ich habe nicht angenommen, dass es ein endgültiger Bruch war.«

»Ich musste ihr einfach sagen, dass ich Gordon gegenüber ein ungutes Gefühl hatte. Dafür sind Freunde doch da, oder?«

»Ja, das sehe ich auch so.«

»Aber alles, was sie dazu zu sagen hatte, war: Robbie hat keine Vorbehalte gegen ihn, wieso hast du dann welche?«

»Das hat sie gesagt?«

»Hattest du denn Vorbehalte? So wie ich? Hattest du welche?«

»Ja, allerdings. Irgendwas stimmte nicht mit ihm. Es war nicht so, dass ich ihn nicht ausstehen konnte, aber wenn sie sich schon mit einem Kerl zusammentat, dann wäre mir einer lieber gewesen, den ich gut gekannt hätte. Gordon Jossie kannte ich nicht. Aber letztlich hätte ich mir keine Gedanken zu machen brauchen – und dasselbe gilt auch für dich –, denn nachdem sie mit ihm zusammengezogen war, hat Jemima ihn ziemlich schnell durchschaut, und dann war sie klug genug, rechtzeitig einen Schlussstrich zu ziehen.«

»Was meinst du damit?« Meredith trat von einem Fuß auf den anderen. Die Hitze brachte sie schier um. Sie hatte das Gefühl, als würde ihr ganzer Körper dahinschmelzen, genau wie der arme Schokoladenkuchen in ihrem Auto. »Sag mal, können wir nicht ein bisschen aus der Sonne rausgehen?«, fragte sie. »Irgendwo etwas trinken oder so? Hast du Zeit? Wir müssen reden. Ich glaube … Irgendetwas stimmt da ganz und gar nicht.«

Robbie sah zuerst zu dem Pony hinüber und dann wieder zu Meredith. Er nickte. »Aber nicht im Pub«, sagte er und führte sie über den Parkplatz in eine kleine Einkaufspassage. Sie kauften sich etwas zu trinken und setzten sich dann am Rand des Parkplatzes im Schatten einer Kastanie auf eine Bank. Eine Rasenfläche breitete sich wie ein Fächer vor ihnen aus.

Ein paar vereinzelte Touristen fotografierten eine Gruppe von Ponys, die mit ihren Fohlen in der Nähe grasten. Die Fohlen waren besonders niedlich, aber sie waren scheu, und das machte die Muttertiere gefährlich.

Robbie beobachtete das Geschehen. »Nicht zu fassen«, sagte er. »Sieh dir diesen Typen da an! Der gibt keine Ruhe, bis er gebissen wird. Und hinterher verlangt er, dass das Pony erschossen wird, oder er verklagt Gott weiß wen. Nicht dass er damit weit kommen würde. Trotzdem, ich finde, man sollte stattdessen solche Leute abschießen.«

»Meinst du das ernst?«

Er errötete leicht, dann sah er sie an. »Natürlich nicht«, sagte er. Dann fuhr er fort: »Sie ist nach London gezogen, Merry. Sie hat mich angerufen, irgendwann Ende Oktober, und verkündet, sie würde nach London fahren. Ich dachte, für einen Tag, irgendwas für ihren Laden kaufen, aber sie meinte: Nein, nein, es geht nicht um den Laden. Ich brauche Zeit zum Nachdenken. Gordon redet von Heiraten, und ich bin mir nicht sicher. Das hat sie gesagt. Sie ist immer noch in London.«

»Ist das dein Ernst? Dass er von Heiraten gesprochen hat?«

»Ja. Warum?«

»Und was ist mit der *Cupcake Queen*? Warum hat sie ihren Laden aufgegeben?«

»Ja, das ist merkwürdig, nicht wahr? Ich habe versucht, mit ihr darüber zu reden, aber es war zwecklos. Sie meinte einfach nur, sie brauche Zeit zum Nachdenken.«

»London.« Meredith ließ sich das Wort auf der Zunge zergehen. Versuchte, es mit ihrer Freundin in Verbindung zu bringen. »Worüber wollte sie nachdenken? Übers Heiraten? Warum?«

»Das wollte sie mir nicht sagen, Merry. Sie hat es mir bis heute nicht gesagt.«

»Du hast Kontakt mit ihr?«

»Klar! Sie ruft mich mindestens einmal pro Woche an. Da ist sie wirklich zuverlässig. Na ja, du kennst sie ja. Sie macht sich ein bisschen Sorgen, wie es mir geht, jetzt da sie nicht mehr bei mir vorbeikommt wie früher. Also meldet sie sich regelmäßig.«

»Lexie sagt, sie hat mehrmals versucht, Jemima anzurufen. Anfangs hat sie ihr Nachrichten hinterlassen, aber dann hat sie gar keine Verbindung mehr bekommen. Wie kann es dann sein …«

»Sie hat ein neues Handy«, sagte Robbie. »Sie wollte nicht, dass Gordon ihre Nummer hat. Er hat sie dauernd angerufen. Er soll nicht wissen, wo sie sich aufhält.«

»Was in aller Welt ist denn zwischen den beiden vorgefallen?«

»Das weiß ich nicht, und sie will es mir nicht sagen. Ich bin einmal zu Gordon gefahren, nachdem sie ausgezogen ist, weil sie derart aus dem Häuschen war. Ich wollte ein ernstes Wort mit ihm reden.«

»Und?«

Er schüttelte den Kopf. »Nichts. Gordon meinte: ›Du weißt so viel wie ich, Kumpel. Meine Gefühle für sie haben sich nicht geändert. Sie ist diejenige, die gegangen ist.‹«

»Ist irgendjemand anderes im Spiel?«

»Bei Jemima?« Robbie hob seine Coladose an den Mund und trank sie fast leer. »Als sie weggegangen ist, jedenfalls nicht. Ich habe sie danach gefragt. Aber du kennst Jemima. Man kann sich kaum vorstellen, dass sie Gordon verlässt, ohne dass sie einen anderen in petto hat.«

»Ja, ich weiß. Allein hält sie es nicht aus.«

»Man kann es ihr nicht verdenken. Nach dem, was mit unseren Eltern passiert ist.«

Eine Weile schwiegen sie und dachten darüber nach, welche Ängste der Verlust ihrer Eltern in Jemima ausgelöst und wie diese ihr Leben bestimmt hatten.

Auf der Wiese kam ein alter Mann mit einer Gehhilfe einem Fohlen zu nahe. Der Kopf des Muttertiers schnellte hoch, aber sie brauchten sich keine Sorgen zu machen. Das Fohlen lief davon, und die kleine Herde folgte ihm. Der alte Mann stellte für die Ponys keine Gefahr dar. Er rief ihnen nach, eine Möhre in der ausgestreckten Hand.

Robbie seufzte. »Die Mühe hätte ich mir sparen können. Die hören ja doch nicht auf einen. Manche Leute haben wirklich nur Stroh im Kopf! Sieh dir bloß diesen Alten an, Merry!«

»Du brauchst ein Megafon«, sagte sie.

»Ich brauche eine Schrotflinte.« Robbie stand auf. Er wollte den Mann zur Rede stellen, und sie konnte ihn verstehen. Aber zuerst musste sie ihm noch etwas mitteilen. Einiges von dem, was mit Jemima passiert war, ließ sich ja durchaus erklären, aber Meredith wurde das Gefühl nicht los, dass trotzdem irgendetwas nicht stimmte.

»Rob, wie ist Jemima nach London gekommen?«, fragte sie.

»Mit dem Auto, nehme ich an.«

Genau das war der springende Punkt. Diese Antwort hatte sie gefürchtet. Sie ließ bei ihr alle Alarmsirenen schrillen. Trotz der Hitze lief es Meredith eiskalt über den Rücken. »Nein«, sagte sie. »Das kann nicht sein.«

»Was?« Robbie drehte sich zu ihr um.

»Sie kann nicht mit dem Auto gefahren sein.« Meredith stand ebenfalls auf. »Das ist es ja gerade. Deswegen bin ich hergekommen. Ihr Auto steht bei Gordon in der Scheune, Robbie. Gina Dickens hat es mir gezeigt. Es ist mit einer Plane bedeckt, so als wollte er es verstecken.«

»Du nimmst mich auf den Arm.«

»Warum sollte ich das tun? Gina hat Gordon nach dem Auto gefragt. Er hat behauptet, es wäre seines. Aber er fährt nie damit, und deswegen hat sie sich gefragt…« Merediths Kehle war plötzlich wieder genauso trocken wie während des Gesprächs mit Gina.

Robbie runzelte die Stirn. »Was hat sie sich gefragt? Was ist los, Merry?«

»Genau das möchte ich auch gern wissen.« Sie legte ihm eine Hand auf den muskulösen Arm. »Denn das ist noch nicht alles, Robbie.«

Robbie Hastings gab sich alle Mühe, sich nicht zu beunruhigen. Er musste seinen Pflichten nachkommen – die vorrangigste bestand im Moment darin, das Pony in seinem Anhänger an seinen Bestimmungsort zu bringen –, und er musste bei der Sache bleiben. Aber Jemima gehörte ebenfalls zu seinen Pflichten, auch wenn sie mittlerweile erwachsen war. Doch das hatte zwischen ihnen nichts geändert. Für sie war er nach wie vor eine Vaterfigur, und sie war seine kleine Schwester, das kleine Würmchen, dessen Eltern nach einem späten Abendessen im Spanienurlaub ums Leben gekommen waren: zu viel Alkohol, der unvertraute Rechtsverkehr, und dann war es passiert. Sie waren sofort tot gewesen, zerquetscht von einem Lastwagen. Jemima hatte sich nicht mit im Auto befunden, und dafür dankte er Gott. Denn wäre sie dabei gewesen, hätte er seine gesamte Familie verloren. Er war in sein Elternhaus zurückgezogen, um sich um sie zu kümmern, und dabei war es geblieben.

Während er also das Pony bei seinem Eigentümer ablieferte, dachte er über Jemima nach – er dachte sogar über sie nach, während er dem Mann erklärte, was dem Tier seiner Meinung nach fehlte. Er glaubte, dass es sich um Krebs handelte und das Pony eingeschläfert werden musste, riet dem Mann allerdings, sich von einem Tierarzt eine zweite Diagnose einzuholen.

Er hatte sie am Morgen gleich nach dem Aufstehen angerufen, weil sie ja Geburtstag hatte, und er rief sie noch einmal auf dem Rückweg nach Burley an, nachdem er das Pony abgeliefert hatte. Aber auch diesmal bekam er dasselbe zu hören wie am Morgen: die fröhliche Stimme seiner Schwester auf dem Anrufbeantworter.

Beim ersten Mal hatte er sich noch nichts dabei gedacht, denn es war noch sehr früh gewesen, und er hatte angenommen, seine Schwester hätte einfach ihr Handy abgeschaltet, um an ihrem Geburtstag ausschlafen zu können. Aber normalerweise rief sie sofort zurück, wenn sie eine Nachricht von ihm erhielt, und er begann, sich Sorgen zu machen, als er die zweite Nachricht hinterließ. Er rief auf ihrer Arbeitsstelle an, wo man ihm sagte, sie habe sich bereits am Vortag einen halben Tag freigenommen, und heute sei ohnehin ihr freier Tag. Ob er eine Nachricht für sie hinterlassen wolle. Nein, wollte er nicht.

Er beendete das Gespräch und fummelte an dem abgegriffenen Lederbezug seines Lenkrads herum. Also gut, sagte er sich, mal abgesehen davon, dass Meredith sich Sorgen machte, hatte Jemima schließlich Geburtstag, und wahrscheinlich machte sie sich einfach einen schönen Tag. Das tat sie ganz bestimmt. Er erinnerte sich, dass sie neuerdings immer wieder begeistert vom Schlittschuhlaufen erzählt hatte. Sie nahm Unterricht oder irgendetwas. Es war also durchaus möglich, dass sie zur Eisbahn gefahren war. Das würde zu ihr passen.

Aber Robbie hatte Meredith nicht alles erzählt, als sie in Burley unter der Kastanie gesessen hatten. Er hatte es nicht für nötig gehalten, vor allem da Jemima im Gegensatz zu Meredith, der guten Seele, jede Menge Männergeschichten hinter sich hatte. Er hatte Meredith, die sich nach der einen katastrophalen Beziehung, auf die sie sich eingelassen hatte, als alleinerziehende Mutter durchschlug, nicht mit der Nase darauf stoßen wollen. Außerdem hatte er große Achtung vor Meredith Powell: Sie hatte ihre Mutterrolle angenommen und machte ihre Sache richtig gut.

Jemima hatte Gordon Jossie tatsächlich nicht wegen eines anderen verlassen, insofern entsprach das, was Robbie Meredith erzählt hatte, der Wahrheit. Aber wie es von seiner Schwester nicht anders zu erwarten gewesen war, hatte sie schon bald einen Neuen gehabt. Das hatte er Meredith verschwiegen. Und jetzt fragte er sich, ob das vielleicht ein Fehler gewesen war.

»Er ist etwas ganz Besonderes«, hatte Jemima auf ihre typische Art geschwärmt. »Ich bin *wahnsinnig verliebt* in ihn.«

Das war sie jedes Mal: wahnsinnig verliebt. Warum sollte man sich mit Neugier, Interesse oder Freundschaft begnügen, wenn man wahnsinnig verliebt sein konnte? Denn wahnsinnig verliebt zu sein bedeutete, nicht einsam zu sein.

Jemima war nach London gegangen, um nachzudenken, aber allzu intensives Nachdenken löste bei ihr regelmäßig Ängste aus, und sie lief lieber vor ihren Ängsten davon, als sich ihnen zu stellen. Aber tat das nicht jeder? Würde er es nicht auch tun, wenn er könnte?

Robbie fuhr ein Stück außerhalb von Burley die Honey Lane hinauf. Im Hochsommer glich sie einem grünen Tunnel, gesäumt von Ilex und überdacht von den Kronen der Buchen und Eichen. Der Weg war nicht asphaltiert, und Robbie fuhr äußerst vorsichtig, um Schlaglöcher zu vermeiden. Er befand sich lediglich einen Kilometer außerhalb des Dorfs, aber hier geriet man in eine andere, vergangene Zeit. Hinter den Bäumen lagen Pferdekoppeln und daran angrenzend Ländereien und Bauernhöfe. Dahinter begann dichtes Waldgebiet, wo duftende Fichten, Haselsträucher und Birken allem möglichen wilden Getier einen Lebensraum boten, von Hirschen bis zu Haselmäusen, von Wieseln bis zu Spitzmäusen. Von Burley aus konnte man zu Fuß hier heraufkommen, aber zu Fuß kam kaum jemand. Es gab bequemere Wege, und aus Erfahrung wusste Robbie, dass die Leute es gern bequem hatten.

Auf der Hügelkuppe bog er nach links ab in das weitläufige Gebiet, für das seit Generationen die Hastings' verantwortlich waren: vierzehn Hektar Wald- und Weideland. Im Nordosten war das Dach von Burley Hill House zu sehen und ganz weit hinten die höchste Stelle der Castle Hill Lane. Auf einer Koppel grasten seine beiden Pferde, froh, ihn an diesem heißen Sommertag nicht durch den New Forest tragen zu müssen.

Robbie parkte in der Nähe der baufälligen Scheune und des angebauten Schuppens, bemüht, nicht hinüberzusehen, um nicht daran erinnert zu werden, wie viel Arbeit es ihn kosten würde, sie wieder in Schuss zu bringen. Er stieg aus und schlug die Tür zu, woraufhin sein Hund hinter dem Haus hervorgerannt kam, wo er garantiert im Schatten geschlafen hatte. Er wedelte mit dem Schwanz und hechelte mit heraushängender Zunge und war so verdreckt, dass er kaum wiederzuerkennen war. Normalerweise war der Weimaraner eine elegante Erscheinung. Aber die Hitze machte ihm zu schaffen, und er hatte sich im Komposthaufen gewälzt, als könnte das helfen. Er schüttelte sich, um den Dreck loszuwerden, der in seinem Fell klebte.

»Na, Frank? Das findest du wohl lustig, was?«, sagte Robbie. »Du siehst zum Fürchten aus, und das weißt du ganz genau. So kommst du mir jedenfalls nicht ins Haus.«

Aber im Haus gab es keine Frau, die ihm Vorhaltungen machen oder Frank hinausscheuchen konnte. Als der Hund ihm also hineinfolgte, ließ Robbie es geschehen und war dankbar für die Gesellschaft. Er stellte dem Weimaraner frisches Wasser hin, und Frank trank den Napf gierig aus, verschlabberte dabei jedoch die Hälfte auf den Küchenfußboden.

Robbie ging nach oben. Er war total verschwitzt und stank nach Pferd, aber anstatt ins Bad zu gehen – um diese Tageszeit machte er sich nicht die Mühe zu duschen, denn er wusste, dass er kurze Zeit später ohnehin wieder schwitzen und stinken würde –, betrat er Jemimas Zimmer.

Er ermahnte sich, Ruhe zu bewahren. Wenn er sich aufregte, konnte er nicht mehr klar denken, aber das musste er jetzt. Seiner Erfahrung nach gab es für alles eine Erklärung, und es würde auch eine Erklärung geben für das, was Meredith Powell ihm berichtet hatte.

»Ihre Kleider sind dort, Robbie. Aber nicht im Schlafzimmer. Er hat sie in Kartons gepackt und auf dem Dachboden verstaut. Gina hat mir erzählt, dass sie sie entdeckt hat, weil ihr irgendwas komisch vorgekommen war – so hat sie sich ausgedrückt –, als er über Jeminas Auto gesprochen hatte.«

»Was hat sie gemacht? Hat sie dir die Klamotten gezeigt? Ist sie mit dir auf den Dachboden gestiegen?«

»Erst hat sie mir nur davon erzählt«, hatte Meredith gesagt. »Aber ich habe gefragt, ob ich die Sachen sehen könnte. Ich dachte, vielleicht standen die Kartons ja schon eine Weile auf dem Dachboden – vielleicht stammten sie noch aus der Zeit, bevor Jemima und Gordon dort eingezogen waren, und es waren gar nicht ihre Sachen darin. Aber so war es nicht. Die Kartons waren nicht alt, und ich habe etwas darin gefunden, das ich kannte. Etwas, das mir gehörte. Jemima hatte es sich irgendwann von mir geliehen und nie zurückgegeben. Du siehst also …«

Er sah es, und er sah es auch wieder nicht. Wenn er seit ihrem überstürzten Aufbruch nicht regelmäßig jede Woche von seiner Schwester gehört hätte, wäre er auf der Stelle nach Sway gefahren und hätte Gordon Jossie zur Rede gestellt. Aber er hatte Kontakt mit ihr, und am Ende jedes Telefongesprächs hatte sie ihm versichert: »Mach dir keine Sorgen, Robbie, es wird alles gut.«

Anfangs hatte er dann gefragt: »Was wird gut?«, aber sie war der Frage ausgewichen, wodurch er sich mehr als einmal gezwungen gesehen hatte zu fragen: »Hat Gordon dir etwas angetan, Kleines?«, worauf sie stets geantwortet hatte: »Natürlich nicht, Rob.«

Wenn Jemima nicht mit ihm in Kontakt geblieben wäre,

würde er jetzt das Schlimmste annehmen: dass Gordon sie umgebracht und irgendwo auf seinem Grundstück verscharrt hatte – oder irgendwo tief im Wald, damit ihre Leiche, wenn überhaupt, erst in fünfzig Jahren gefunden würde, wenn es keine Rolle mehr spielte. In gewisser Weise würde sich eine unausgesprochene Weissagung – oder eine Überzeugung oder eine Befürchtung – durch ihr Verschwinden bewahrheiten, denn die Wahrheit war, dass er Gordon Jossie nie hatte leiden können. Oft genug hatte er zu ihr gesagt: »Mit ihm stimmt was nicht, Jemima«, aber sie hatte immer nur gelacht und erwidert: »Du meinst wohl, er ist nicht wie du.«

Schließlich war ihm nichts anderes mehr übrig geblieben, als ihr recht zu geben. Es war leicht, Menschen zu akzeptieren und zu mögen, die einem ähnlich waren. Bei Menschen, die anders waren als man selbst, war das etwas ganz anderes.

Von ihrem Zimmer aus rief er sie noch einmal an. Wieder erreichte er sie nicht. Nur ihre Stimme auf dem Anrufbeantworter, die ihn bat, eine Nachricht zu hinterlassen, was er tat. »Hallo, Geburtstagskind, ruf mich doch mal zurück! Ich bin es gar nicht gewöhnt, dass du dich nicht meldest, und ich mache mir ein bisschen Sorgen. Merry die Widerspenstige hat mich besucht. Sie hatte einen selbst gebackenen Kuchen für dich mitgebracht, Kleines. In der Affenhitze ist er geschmolzen, aber es ist die gute Absicht, die zählt, oder? Ruf mich an, ja? Ich will dir von den Fohlen erzählen.«

Am liebsten hätte er noch mehr gesagt, aber er redete ins Nichts. Er wollte seiner Schwester keine Nachricht hinterlassen, er wollte mit ihr persönlich sprechen.

Er trat ans Fenster. Das Sims bot eine weitere Abstellfläche für das, wovon die notorische Sammlerin Jemima sich nicht hatte trennen können, was so ziemlich alles einschloss, was sie jemals besessen hatte. Die Fensterbank war vollgestellt mit eingestaubten Plastikponys. Draußen vor dem Fenster sah er die echten Vorbilder auf der Koppel: Ponys, deren gepflegtes Fell in der Sonne glänzte.

Dass Jemima nicht zurückgekommen war, um dabei zu sein, wenn die Fohlen zur Welt kamen, hätte ihn hellhörig machen müssen, dachte er. Diese Jahreszeit hatte sie immer geliebt. Ebenso wie er stammte sie schließlich aus dem New Forest. Er hatte sie aufs College in Winchester geschickt, so wie seine Eltern auch ihn dorthin geschickt hatten, aber nachdem sie ihr Studium beendet hatte, war sie wieder zurückgekehrt und hatte sich anstatt der Computertechnik der Bäckerei gewidmet. »Hier gehöre ich hin«, hatte sie gesagt. Und das stimmte.

Vielleicht war sie nicht nach London gegangen, weil sie Zeit zum Nachdenken brauchte, sondern weil sie Zeit gewinnen wollte? Vielleicht hatte sie mit Gordon Jossie Schluss machen wollen und einfach nicht gewusst, wie sie es anstellen sollte? Vielleicht hatte sie sich auch gesagt, wenn sie nur lange genug wegbliebe, würde Gordon eine andere finden, und sie könnte wieder zurückkommen. Aber nichts von all dem passte zu ihr.

Er solle sich keine Sorgen machen, hatte sie gesagt. Mach dir keine Sorgen, Rob.

Was für ein schlechter Witz.

4

David Emery betrachtete sich als einen der wenigen EXPERTEN des Friedhofs von Stoke Newington, und das Wort EXPERTE stellte er sich immer in Großbuchstaben geschrieben vor – so groß, wie er sich fühlte. Er hatte sich die genaue Erkundung des Abney Park Cemetery zur LEBENSAUFGABE gemacht (eine große Aufgabe), und er hatte den Friedhof jahrelang durchstreift, sich in ihm verirrt und sich dagegen gewehrt, sich von der Unheimlichkeit des Orts einschüchtern zu lassen, bis er sich mit Fug und Recht als seinen MEISTER bezeichnen konnte. Er war schon so oft eingeschlossen worden, dass er aufgehört hatte zu zählen, aber er hatte sich von den Schließungszeiten des Friedhofs noch nie in seinen Plänen beirren lassen. Wenn er eines der Tore unverhofft verschlossen vorfand, rief er nicht bei der Polizei in Hackney an, wie es ihm auf einem Schild am Tor geraten wurde. Für ihn war es keine große Sache, über das schmiedeeiserne Gitter zu klettern und auf die High Street von Stoke Newington zu springen oder, was ihm noch lieber war, in den Garten eines der Reihenhäuser, die den Friedhof entlang der Nordostseite säumten.

Als Meister des Parks wusste er die Wege und Winkel des Friedhofs für seine Zwecke zu nutzen, vor allem für amouröse Abenteuer. Das tat er mehrmals im Monat. Er hatte einen Schlag bei den Mädchen – sie sagten ihm oft, er habe seelenvolle Augen, was auch immer sie damit meinten –, und da bei David, wenn er mit einem Mädchen zusammen war, gewöhnlich eins zum anderen führte, lehnten sie es nur selten ab, wenn er einen Spaziergang durch den Park vorschlug, vor allem da Park im Vergleich zu Friedhof ziemlich unverfänglich klang.

Eigentlich war er immer auf einen Fick aus. *Einen Spazier-*

gang machen, sich die Beine vertreten, ein bisschen frische Luft schnappen waren doch nur beschönigende Umschreibungen fürs Ficken, und die Mädels wussten das genau, auch wenn sie so taten, als hätten sie keine Ahnung. Sie sagten: »Huh, Dave, hier ist es aber unheimlich!« oder ähnliche Dinge, aber sie waren immer bereit, mit ihm zu gehen, wenn er ihnen erst einmal einen Arm um die Schultern gelegt – wenn möglich so, dass seine Fingerspitzen eine Brust berührten – und ihnen versichert hatte, dass ihnen in seiner Begleitung nichts zustoßen würde.

Dann gingen sie auf den Friedhof, und zwar durch das Haupttor, weil dort der Weg breit war und weniger unheimlich als der, auf den man durch den Nebeneingang an der Stoke Newington Church Road gelangte. Dort geriet man schon nach wenigen Schritten in den Schatten hoher Bäume und zwischen die Grabsteine. Aber auf dem Hauptweg konnte man sich wenigstens einbilden, man sei in Sicherheit, bis man nach rechts oder links auf einen der schmalen Pfade einbog, die zwischen die hohen Platanen führten.

Diesmal hatte Dave Josette Hendricks dazu überredet, ihn zu begleiten. Mit ihren fünfzehn Jahren war Josette etwas jünger als die Mädchen, die er üblicherweise abschleppte, ganz zu schweigen davon, dass sie dauernd kicherte, was er erst gemerkt hatte, als sie in den ersten der schmalen Pfade eingebogen waren. Aber sie war ein hübsches Ding und hatte ein schönes Gesicht, und ihre üppigen Titten waren auch nicht zu verachten. Als er gesagt hatte: »Wie wär's mit dem Park?«, hatte sie mit strahlendem Blick und feuchten Lippen geantwortet: »Au ja, Dave!«, und die Sache war geritzt gewesen.

Er hatte eine kleine Mulde hinter einem Mausoleum im Sinn, die zwischen zwei Grabsteinen entstanden war, als ein Sturm einen Ahornbaum entwurzelt hatte. Dort würde es interessant werden. Aber er war viel zu gewieft, um die Mulde direkt anzusteuern. Zuerst führte er sie zu ein paar hübschen Statuen, vor denen er Hand in Hand mit ihr stehen blieb, um sie zu betrachten. (»Ach, wie traurig der kleine Engel aussieht!«) Seine Hand wanderte in ihren Nacken und kraulte sie ein bisschen (»Huch, Dave, das kitzelt!«), dann ein Kuss, der ahnen ließ, was kam, aber mehr nicht.

Josette war ein bisschen langsamer als die meisten Mädchen. Wahrscheinlich lag das an ihrer Erziehung. Anders als die meisten Fünfzehnjährigen war sie die Unschuld in Person und noch nie mit einem Jungen ausgegangen (»Mum und Dad meinen, es ist noch zu früh«), und deswegen verstand sie die Vorzeichen nicht so schnell. Aber er war geduldig, und als sie endlich von sich aus anfing, sich an ihn zu drücken und nach seinen Küssen zu gieren, schlug er vor, den Pfad zu verlassen. »Mal sehen, ob wir ein stilles Plätzchen finden zum …«, sagte er mit einem Zwinkern.

Wie hätte er ahnen sollen, dass die Mulde, sein privates Verführungsplätzchen, besetzt sein würde? Das war eine Frechheit, verdammt, aber was sollte er machen? Dave hörte das Stöhnen und Keuchen, als er sich mit Josette näherte, und da waren unverkennbar Arme und Beine, die im Gestrüpp ineinander verknäuelt waren, vier von jeder Sorte und splitternackt. Außerdem war der nackte Hintern des Typs zu sehen, der sich wie wild auf und ab bewegte, und er drehte sich zu ihnen um, das Gesicht vollkommen verzerrt. Verflucht, fragte sich Dave, sehen wir alle so aus?

Josette kicherte, als sie es sah, und das war gut so, denn alles andere hätte auf Angst oder Geilheit schließen lassen. Dave konnte sich zwar nicht vorstellen, dass es heutzutage noch irgendwo eine ahnungslose Jungfrau gab, aber man konnte ja nie wissen. Er nahm Josette an die Hand, zog sie fort und überlegte fieberhaft, wohin sonst er mit ihr gehen konnte. Sicher, hier gab es reichlich Ecken und Winkel, aber er musste schnell etwas finden, jetzt da Josette langsam warmlief.

Dann kam ihm eine geniale Idee. Sie befanden sich in der Nähe der Kapelle in der Mitte des Friedhofs. Da kam man zwar nicht hinein, aber es gab einen kleinen Anbau, in den sie sich verziehen konnten. Dort hätten sie ein Dach und vier Wände, was sogar noch besser war als die Mulde, wenn er es sich recht überlegte.

Er machte eine Kopfbewegung in Richtung des Paars im Gebüsch und zwinkerte Josette erneut zu. »Nicht schlecht, was?«

»Dave!« Sie tat erschrocken. »Wie kannst du nur?«

»Und?«, sagte er. »Soll das heißen, dass du nicht ...?«

»Das hab ich nicht gesagt«, fiel sie ihm ins Wort.

Wenn das keine Einladung war! Also machten sie sich auf den Weg zur Kapelle, Hand in Hand und ziemlich in Eile. Josette, dachte Dave, war eine Blume, die zum Pflücken reif war.

Sie erreichten die Lichtung, auf der die Kapelle stand. »Hier lang, Schätzchen«, murmelte er.

Er führte sie am Eingang der Kapelle vorbei und um das Gebäude herum. Doch auch dort wurden seine Pläne unerwartet vereitelt.

Denn ein halbwüchsiger Junge mit einem breiten Hintern stolperte aus dem Anbau, den Dave sich als Liebesnest auserkoren hatte. Bei seinem entgeisterten Gesicht hätte man beinahe übersehen können, dass er sich die offene Hose festhielt. Er rannte über die Lichtung und verschwand in der Dunkelheit.

Dave Emery vermutete, dass der Junge sich in dem Anbau erleichtert hatte. Das frustrierte ihn mächtig, denn er konnte sich nicht vorstellen, dass Josette Lust hatte, sich drinnen auf dem Boden zu wälzen, wenn es nach Pisse stank. Aber da er sie nun schon mal so weit hatte und da er endlich loslegen wollte und da immer noch die Hoffnung bestand, dass der Junge den Anbau nicht als öffentliche Toilette benutzt hatte, zuckte Dave die Achseln und schob Josette weiter vor sich her. »Da rein, Schätzchen.«

Er war so sehr auf das Eine aus, dass er beinahe in Ohnmacht gefallen wäre, als Josette den Anbau betrat und anfing zu schreien wie am Spieß.

»Nein, nein, nein, Barbara«, sagte Hadiyyah. »Wir können nicht einfach so bummeln gehen. Nicht ohne einen Plan. Da verlieren wir ja völlig den Überblick! Als Erstes machen wir uns eine Liste, aber vorher müssen wir uns überlegen, was wir brauchen. Und um das rauszufinden, müssen wir deinen Figurtyp ermitteln. So macht man das. Im Fernsehen zeigen sie es die ganze Zeit.«

Barbara Havers warf ihrer kleinen Freundin einen skeptischen Blick zu. Sie fragte sich, ob es wirklich klug war, sich von einer Neunjährigen in Kleidungsfragen beraten zu lassen. Aber die einzige andere Möglichkeit wäre, sich an Dorothea Harriman zu wenden, wenn sie sich Isabelle Arderys Ratschläge zu Herzen nehmen wollte, und Barbara hatte nicht vor, sich der Gnade der größten Modeexpertin von Scotland Yard auszuliefern. Mit Dorothea am Ruder würde die Einkaufstour garantiert auf direktem Weg auf die King's Road oder – noch schlimmer – nach Knightsbridge führen, wo sie in einer Boutique, wo man von gertenschlanken Verkäuferinnen mit perfekten Frisuren und Fingernägeln bedient wurde, ein Monatsgehalt für einen Schlüpfer würde hinblättern müssen. Wenn sie mit Hadiyyah loszog, bestand zumindest die leise Hoffnung, dass sie ihre Einkäufe bei *Marks & Spencer* würde erledigen können.

Aber davon wollte Hadiyyah nichts wissen. »*Topshop*«, verkündete sie. »Wir müssen zu *Topshop* gehen, Barbara. Oder zu *Jigsaw*. Oder vielleicht zu *H&M*, aber nur vielleicht.«

»Ich will aber nicht aussehen wie eine Modepuppe«, erklärte Barbara. »Ich brauche Sachen, die professionell wirken. Nichts mit Rüschen. Und auch nichts mit Nieten oder Ketten.«

Hadiyyah verdrehte die Augen. »*Bar*bara«, sagte sie. »Also wirklich! Glaubst du vielleicht, *ich* würde was mit Nieten und Ketten anziehen?«

Da hätte ihr Vater ein Wörtchen mitzureden, dachte Barbara. Taymullah Azhar hielt seine Tochter an einer sehr kurzen Leine. Selbst jetzt, während der Sommerferien, ließ er sie nicht mit Kindern ihres Alters herumziehen. Stattdessen büffelte sie Urdu und lernte kochen, und wenn sie nicht Urdu büffelte oder kochen lernte, wurde sie von Sheila Silver beaufsichtigt, einer Rentnerin, die – wie sie nicht müde wurde zu erzählen – als Backgroundsängerin für einen Cliff-Richard-Imitator auf der Isle of Wight eine kurze Zeit des Ruhms erlebt hatte.

Mrs. Silver wohnte im Großen Haus, wie sie es alle nannten, einem prunkvollen edwardianischen Gebäude in Eton Villas. Barbara wohnte auf demselben Grundstück hinter dem Haus in einem für Hobbits ausgelegten Gartenhäuschen. Hadiyyah und ihr Vater, Barbaras Nachbarn, lebten im Vorderhaus in der Parterrewohnung, die nach vorne hin über eine Terrasse verfügte. Dort saßen Barbara und Hadiyyah, jede ein Glas Johannisbeersaft vor sich und über eine zerknitterte Seite der *Daily Mail* gebeugt, die Hadiyyah offenbar für eine solche Gelegenheit aufbewahrt hatte. Sie hatte die Zeitung aus ihrem Zimmer geholt, nachdem Barbara ihr von ihrem Kleidungsproblem berichtet hatte. »Ich hab genau das Richtige für dich«, hatte sie strahlend ausgerufen, war mit fliegenden Zöpfen verschwunden und gleich darauf mit der Seite zurückgekehrt, die sie auf dem Korbtisch ausbreitete. Es handelte sich um einen Artikel über Kleidung und Figurtypen. Auf zwei Seiten waren Models mit unterschiedlichem Körperbau abgebildet, ausgenommen natürlich magersüchtige und übergewichtige Frauen. Die *Daily Mail* wollte wohl keinen Extremen Vorschub leisten.

Hadiyyah erklärte Barbara, dass sie als Erstes ihren Figurtyp ermitteln müssten, und um dies zu bewerkstelligen, müsse sie sich etwas anderes anziehen, vielleicht etwas, das … na ja, das es ihnen erlaubte zu sehen, womit sie es zu tun hatten. Sie schickte Barbara zum Umziehen in ihr Häuschen. »Es ist sowieso viel zu warm für Cordhose und Wollpullover«, bemerkte sie als kleinen Tipp und beugte sich wieder über die Zeitung, um die Models zu studieren. Barbara tat, wie ihr geheißen, und erntete ein Stöhnen von Hadiyyah, als sie in einer weiten Leinenhose mit Gummizug und T-Shirt zurückkehrte.

»Was ist los?«, fragte Barbara.

»Ach, egal«, erwiderte Hadiyyah unbekümmert. »Wir werden unser Bestes tun.«

Ihr Bestes bestand darin, dass Barbara auf einen Stuhl stieg – und sich vorkam wie eine Idiotin – und Hadiyyah auf den Rasen trat, »weil ich von hier aus einen besseren Blick habe, um dich mit den Frauen auf den Bildern zu vergleichen«. Das tat sie, indem sie die Zeitung hochhielt, die Nase krauszog und abwechselnd Barbara und die Abbildungen betrachtete. Schließlich verkündete sie: »Birne, würde ich sagen, und kurze Taille. Kannst du die Hose ein bisschen hochziehen? Du hast ja richtig hübsche Knöchel, Barbara! Wieso zeigst du die nie? Frauen sollten immer ihre Vorzüge hervorheben, weißt du.«

»Und wie könnte ich das tun?«

Hadiyyah überlegte. »Hohe Absätze. Du musst hohe Absätze tragen. Hast du Schuhe mit hohen Absätzen, Barbara?«

»Na klar«, sagte Barbara. »Genau das Richtige für meinen Job. An so 'nem Tatort sieht es sonst viel zu gruselig aus.«

»Du nimmst das alles überhaupt nicht ernst! Aber du musst es ernst nehmen, wenn wir es richtig machen wollen.« Hadiyyah kam über den Rasen auf sie zugehüpft. Den Zeitungsartikel hielt sie an einer Ecke, sodass er wie eine Fahne wehte. Sie breitete ihn wieder auf dem Tisch aus und betrachtete ihn eingehend. Nach einer Weile erklärte sie: »Ausgestellter Rock. Die Grundlage jeder Garderobe. Das Jackett muss so lang sein, dass es deine Hüften kaschiert, und da du ein rundes Gesicht hast …«

»Ich arbeite noch daran, meinen Babyspeck loszuwerden«, fiel Barbara ihr ins Wort, doch Hadiyyah ließ sich nicht beirren: »… solltest du eine Bluse mit rundem Ausschnitt tragen, nicht mit eckigem. Der Blusenausschnitt sollte nämlich die Gesichtsform widerspiegeln. Na ja, eigentlich das Kinn. Ich meine, die ganze Linie von einem Ohr zum anderen, mit dem Kinn in der Mitte.«

»Aha. Verstehe.«

»Der Rock sollte knielang sein, und die Schuhe sollten Riemchen haben – wegen deiner hübschen Knöchel.«

»Riemchen?«

»M-hm. Steht hier. Und dann brauchen wir noch Accessoires.

Viele Frauen machen den Fehler, die falschen Accessoires auszusuchen oder – noch schlimmer – überhaupt keine zu tragen.«

»Verflixt, das darf uns natürlich nicht passieren«, murmelte Barbara. »Äh, was genau meinst du eigentlich?«

Hadiyyah faltete die Zeitungsseite ordentlich zusammen und strich mit den Fingern sorgfältig jeden Knick nach. »Na ja, Schals und Hüte und Gürtel und Broschen und Halsketten und Armbänder und Ohrringe und Handtaschen. Außerdem Handschuhe, aber die braucht man nur im Winter.«

»O Gott«, stöhnte Barbara. »Würde ich mit all dem Zeug nicht ein bisschen überkandidelt aussehen?«

»Man trägt es doch nicht alles auf einmal!« Hadiyyah klang wie die Geduld in Person. »Ehrlich, Barbara, es ist eigentlich gar nicht so kompliziert. Na ja, vielleicht ist es ein *bisschen* kompliziert, aber ich helfe dir. Es macht bestimmt viel Spaß.«

Das bezweifelte Barbara zwar, aber nichtsdestotrotz machten sie sich auf den Weg. Vorher riefen sie noch Hadiyyahs Vater an der Uni an. Sie erwischten ihn zwischen einer Vorlesung und einer Besprechung mit einem Doktoranden. Gleich zu Beginn ihrer Freundschaft mit Taymullah Azhar und seiner Tochter hatte Barbara gelernt, dass man sich nicht mit Hadiyyah vom Haus entfernen durfte, ohne deren Vater darüber in Kenntnis zu setzen. Da es ihr widerstrebte einzugestehen, warum sie Hadiyyah mit zu ihrem Einkaufsbummel nehmen wollte, begnügte sie sich mit: »Ich muss ein paar Sachen für die Arbeit besorgen und dachte, es würde Hadiyyah Spaß machen, mich zu begleiten. Ein kleiner Ausflug kann ja nicht schaden. Ich dachte, wir könnten noch irgendwo ein Eis essen, wenn wir fertig sind.«

»Hat sie ihre Aufgaben für heute erledigt?«, fragte Azhar.

»Ihre Aufgaben?« Barbara warf Hadiyyah einen strengen Blick zu. Das Mädchen nickte eifrig, allerdings hatte Barbara ihre Zweifel, was den Kochkurs anging. Hadiyyah war nicht begeistert gewesen von der Vorstellung, bei dieser Hitze in der Küche zu stehen.

»Aber sicher«, sagte sie zu Azhar.

»Also gut«, sagte Azhar. »Aber nicht Camden Market, Barbara.«

»Nie im Leben, darauf können Sie Gift nehmen«, erwiderte Barbara.

Es stellte sich heraus, dass die nächste *Topshop*-Filiale sich an der Oxford Street befand – zu Hadiyyahs Entzücken und zu Barbaras Entsetzen. Auf Londons beliebtester Einkaufsmeile, auf der sich außer an Heiligabend Menschenmassen wälzten, war jetzt während der Sommerferien, wo es in der Hauptstadt zusätzlich von Touristen aus aller Welt wimmelte, die Hölle los – Menschenmassen hoch vier. Hoch zehn.

Sie brauchten vierzig Minuten, um in einem Parkhaus einen Parkplatz für Barbaras Mini zu finden, und weitere dreißig Minuten, um sich durch die Massen auf dem Gehweg zu kämpfen, die sich wie Lachse zu ihrem Laichplatz drängelten. Endlich bei *Topshop* angekommen, hätte Barbara am liebsten sofort die Flucht ergriffen. Der Laden war rappelvoll mit jungen Mädchen in Begleitung ihrer Mütter, Tanten, Großmütter, Nachbarn … Sie standen Schulter an Schulter, sie standen Schlange an den Kassen, sie schoben sich zwischen Regalen, Kleiderständern und Wühltischen hindurch, schrien gegen die stampfende Musik in ihre Handys, probierten Modeschmuck an: hielten sich Ohrringe an die Ohren, Halsketten an die Hälse, Armbänder an die Handgelenke. Barbara fühlte sich, als wäre ihr schlimmster Albtraum wahr geworden.

»Ist es nicht großartig?«, schwärmte Hadiyyah. »Ich hab meinen Vater schon so oft gefragt, ob er mal mit mir herkommt, aber er sagt, die Oxford Street ist der reine Wahnsinn. Er sagt, keine zehn Pferde würden ihn hierher kriegen! Er sagt, die Oxford Street ist die Londoner Version von … ich kann mich nicht erinnern, aber es war was Schlimmes.«

Dantes Inferno, dachte Barbara. Ein Kreis der Hölle, in den Frauen wie sie geworfen wurden, die sich gegen Modetrends sträubten, denen ihre äußere Erscheinung gleichgültig war und die einfach unmöglich aussahen, egal was sie anzogen.

»Aber ich finde es super hier«, rief Hadiyyah. »Ich wusste es! Ich wusste es einfach!«

Und damit flitzte sie in den Laden. Barbara blieb nichts anderes übrig, als ihr zu folgen.

Sie verbrachten mörderische neunzig Minuten bei *Topshop*, wo das Fehlen einer Klimaanlage – schließlich befanden sie sich in London, wo die Leute immer noch glaubten, es gäbe höchstens vier oder fünf heiße Tage im Jahr – und ungefähr tausend Teenager auf Schnäppchenjagd Barbara zu der Überzeugung gelangen ließen, dass sie nun für alle irdischen Sünden gebüßt hatte und nicht nur für die, die sie gegen die Haute Couture begangen hatte. Doch von dort zogen sie weiter zu *Jigsaw* und dann zu *H&M*, wo sie in ein ähnliches Inferno gerieten wie bei *Topshop*, verschlimmert nur durch Kleinkinder, die nach ihren Müttern, Eis, Lutschern, Schoßhunden, Hotdogs, Pizza, Fish and Chips und allem anderen schrien, was ihnen in ihrem durchgedrehten Zustand in den Sinn kam. Auf Hadiyyahs Drängen hin – »Barbara, sieh dir bloß mal an, wie der Laden heißt!« – hatten sie dieselbe Erfahrung bei *Accessorize* gemacht und waren schließlich bei *Marks & Spencer* gelandet, was Hadiyyah mit einem Stöhnen quittiert hatte.

»Hier kauft Mrs. Silver ihre *Schlüpfer*, Barbara«, sagte sie, als könnte sie das aufhalten. »Willst du etwa aussehen wie Mrs. Silver?«

»Nein, dann schon eher wie Dame Edna.« Barbara betrat das Kaufhaus. »Dem Himmel sei Dank für kleine Wohltaten«, bemerkte Barbara zu Hadiyyah, die ihr widerwillig folgte. »Hier gibt's nicht nur Schlüpfer, sondern auch eine Klimaanlage.«

Alles, was sie bisher ergattert hatten, waren eine Halskette von *Accessorize*, die Barbara nicht allzu bescheuert vorkam, und einige Schminkutensilien von *Boots*, die Hadiyyah ausgesucht hatte. Allerdings bezweifelte Barbara, dass sie die jemals benutzen würde. Sie hatte sich überhaupt nur dazu überreden lassen, die Schminksachen zu kaufen, weil Hadiyyah es heldenhaft hingenommen hatte, dass Barbara bisher schlichtweg alles abgelehnt hatte, was das Mädchen für sie von den Kleiderständern angelte. Es war nur fair, in irgendeinem Punkt nachzugeben, und Schminke schien das Einfachste zu sein.

Sie hatte ihren Einkaufskorb also gefüllt mit Grundierung, Rouge, Lidschatten, Eyeliner, Wimperntusche, mehreren Lippenstiften in scheußlichen Farben, vier verschiedenen Pinseln und einem Döschen mit Puder, der »alles kaschiert«, wie Hadiyyah ihr versichert hatte. Bei ihrer Auswahl hatte Hadiyyah sich anscheinend an den morgendlichen Ritualen ihrer Mutter orientiert, die offenbar ein ganzes Arsenal an Tiegeln und »Döschen mit allem Möglichen« besaß. »Sie sieht immer großartig aus, Barbara, wart's nur ab, wenn du sie kennenlernst!«

In den vierzehn Monaten, seit Barbara mit Hadiyyah und ihrem Vater eine nachbarschaftliche Freundschaft pflegte, war sie der Mutter des Mädchens noch nicht ein einziges Mal begegnet, und Barbara dämmerte allmählich, was in Wahrheit dahintersteckte, wenn Hadiyyah erklärte, sie sei nach Kanada in Urlaub gefahren.

Als Barbara, verstimmt ob der überflüssigen Ausgaben, fragte: »Reicht nicht ein bisschen Rouge?«, schnaubte Hadiyyah nur verächtlich: »Also wirklich, Barbara«, und beließ es dabei.

Sobald Barbara bei *Marks & Spencer* irgendetwas ansteuerte, das Hadiyyah als »passend für Mrs. Silver« erachtete, wurde sie gnadenlos in eine andere Richtung gezerrt. »Du weißt schon …« Das Mädchen war entschlossen, mit der Grundlage jeder Garderobe zu beginnen – dem ausgestellten Rock –, und äußerte sich erfreut darüber, dass die neue Herbstmode bereits frisch eingetroffen war. Das bedeute, erklärte sie, dass die Kleidungsstücke noch nicht von »Millionen berufstätiger Mütter« durchwühlt worden seien, »die solche Sachen tragen, Barbara. Die sind jetzt mit ihren Kindern in den Ferien. Wir brauchen also nicht zu befürchten, dass wir nur noch kriegen, was übrig geblieben ist.«

»Dem Himmel sei Dank«, sagte Barbara. Sie ging gerade auf einen Ständer mit Kostümen in Pflaume und Olivgrün zu.

Hadiyyah fasste sie entschlossen am Arm und bugsierte sie in eine andere Richtung. »Wir brauchen Einzelteile, Barbara«, erklärte sie, »die wir dann kombinieren können. Und sieh mal, die haben hier sogar Blusen mit Schleifen am Kragen! Die sind echt hübsch!« Sie hielt Barbara eine zur näheren Begutachtung hin.

Barbara konnte sich nicht in einer Bluse vorstellen, erst recht nicht in einer mit einer überdimensionalen Schleife am Kragen. Sie wiegelte ab: »Ich glaub nicht, dass das meiner Kinnpartie schmeicheln würde, oder? Was hältst du denn hiervon?« Sie nahm einen Pullover von einem säuberlich gefalteten Stoß.

»Keine Pullover«, beschied ihr Hadiyyah. Dann hängte sie die Bluse wieder weg mit der Bemerkung: »Na ja, die Schleife ist vielleicht wirklich ein bisschen übertrieben.«

Barbara dankte dem Allmächtigen für die Erkenntnis und begann, sich bei den Röcken umzusehen. Hadiyyah half ihr, und schließlich einigten sie sich auf fünf Stück, allerdings erst nach zahlreichen Kompromissen, denn Hadiyyah hängte alles prompt wieder auf die Stange, was sie als Mrs.-Silver-mäßig erachtete, während Barbara alles mit Schaudern ablehnte, was ihr zu auffällig erschien.

Als sie die Umkleidekabinen aufsuchten, bestand Hadiyyah darauf, sich als Barbaras Garderobiere zu betätigen, was dazu führte, dass sie ihre Unterhose zu Gesicht bekam, worauf sie ausrief: »Die ist ja grauenhaft, Barbara! Du musst dir unbedingt ein paar Stringtangas zulegen!« Da Barbara auf keinen Fall bereit war, sich auch nur in die Nähe der Dessousabteilung zu begeben, ermahnte sie Hadiyyah, sich auf die Röcke zu konzentrieren, die sie ausgewählt hatten. Alles, was dem Mädchen als »unpassend, Barbara« erschien, wurde mit einer wegwerfenden Handbewegung quittiert. Einer werfe sich an den Hüften auf, verkündete sie, ein anderer spanne über dem Hintern, ein weiterer sehe »absolut unmöglich« aus, und der vierte sei etwas, das nicht einmal jemandes Großmutter anziehen würde.

Barbara überlegte gerade, wie sie Isabelle Ardery dafür bestrafen könnte, dass sie sich diesem Modealbtraum ausliefern musste, als ihr Handy in den Tiefen ihrer geräumigen Handtasche die ersten vier Zeilen von »Peggy Sue« erschallen ließ. Sie hatte sich den Klingelton voller Begeisterung aus dem Internet heruntergeladen.

»Buddy Holly«, bemerkte Hadiyyah.

»Freut mich, dass ich dir wenigstens *etwas* beigebracht habe.« Barbara kramte das Handy aus ihrer Tasche und las die Nummer auf dem Display. Entweder die sprichwörtliche Rettung in letzter Minute – oder ein Beweis dafür, dass sie überwacht wurde.

Sie klappte das Handy auf. »Chefin«, sagte sie.

»Wo sind Sie, Sergeant?«, fragte Isabelle Ardery.

»Ich mache gerade einen Einkaufsbummel«, antwortete Barbara. »Wie Sie mir geraten haben.«

»Sagen Sie mir, dass Sie sich nicht in einer Kleiderkammer befinden, und ich werde mich glücklich schätzen.«

»Sie dürfen sich glücklich schätzen.«

»Darf ich wissen, wo …«

»Lieber nicht.«

»Und was haben Sie erreicht?«

»Eine Halskette bisher.« Um einer Bemerkung ihrer Vorgesetzten über ihre Prioritäten zuvorzukommen, fügte sie hinzu: »Und Kosmetikartikel. Jede Menge Kosmetikartikel. Ich werde aussehen wie …« Sie suchte fieberhaft nach einem passenden Bild. »Ich werde aussehen wie Elle Macpherson, wenn wir uns das nächste Mal sehen. Und jetzt gerade stehe ich in einer Umkleidekabine, und eine Neunjährige kritisiert meine Unterhose.«

»Ihre Begleiterin ist neun Jahre alt? Sergeant …«

»Glauben Sie mir, Chefin, sie hat sehr genaue Vorstellungen davon, wie meine Garderobe aussehen sollte, was der Grund dafür ist, dass ich bisher nur eine Halskette gekauft hab. Aber wir stehen kurz davor, uns auf einen Rock zu einigen. Wir sind schon seit Stunden unterwegs, und ich glaub, ich habe ihre Geduld allmählich erschöpft.«

»Also gut, einigen Sie sich, und machen Sie sich auf den Weg. Wir haben etwas.«

»Etwas?«

»Eine Leiche auf einem Friedhof, Sergeant. Und zwar eine, die nicht dorthin gehört.«

Isabelle Ardery wollte nicht an ihre Söhne denken, aber der Abney Park Cemetery machte ihr einen Strich durch die Rechnung. Die Jungen waren in einem Alter, in dem Abenteuer zu erleben alles bis auf Weihnachten in den Schatten stellte, und der Friedhof war der ideale Ort für Abenteuer. Vollkommen überwuchert, mit düsteren, von Efeu umrankten viktorianischen Grabfiguren, umgestürzten Bäumen, die sich geradezu anboten, um Forts und geheime Lager darin zu errichten, mit umgefallenen Grabsteinen und verwitterten Denkmälern… Ein Ort wie aus einem Fantasyroman, einschließlich einiger knorriger Bäume, in deren Rinde sich auf Schulterhöhe Schnitzereien von Monden, Sternen und heimtückisch grinsenden Gesichtern befanden. Und das alles lag direkt an der Hauptstraße hinter einem schmiedeeisernen Zaun mit mehreren Toren, zugänglich für jedermann.

DS Nkata hatte den Wagen vor dem Haupteingang geparkt, wo bereits ein Krankenwagen stand. Der Haupteingang lag an der Kreuzung Northwold Road und Stoke Newington High Street, ein asphaltierter Platz vor zwei cremefarbenen Gebäuden, von denen der Putz abbröckelte. Zwischen den Gebäuden befand sich ein riesiges schmiedeeisernes Tor, das, wie Isabelle erfuhr, normalerweise tagsüber geöffnet, inzwischen jedoch geschlossen war und von einem Constable des örtlichen Reviers bewacht wurde. Jetzt kam der Mann auf ihren Wagen zu.

Isabelle stieg aus. Die Sommerhitze wurde in Wellen vom Asphalt zurückgeworfen und trug nicht gerade zur Linderung ihrer Kopfschmerzen bei, und das Dröhnen in ihrem Schädel wurde noch verschlimmert durch das Tschacktschacktschack des Hubschraubers eines Nachrichtensenders, der über ihnen kreiste wie ein Flugsaurier.

Die Polizisten hatten von einer Straßenlaterne bis zum Zaun

rechts und links des Eingangstors ein Absperrband gespannt. Es hielt eine kleine Menschenmenge auf Abstand. Unter den Neugierigen entdeckte Isabelle einige Pressevertreter, erkennbar an ihren Notizblöcken und Diktiergeräten und der Tatsache, dass gerade ein Mann mit ihnen sprach, bei dem es sich wahrscheinlich um den Pressesprecher des Polizeireviers von Stoke Newington handelte. Er drehte sich kurz um, als Isabelle und Nkata ausstiegen, und begrüßte sie mit einem knappen Nicken. Der am Tor stehende Constable tat es ihm gleich. Sie wirkten missmutig. Die Einmischung der Met in ein anderes Territorium wurde selten mit Begeisterung quittiert.

Beschwert euch bei den Politikern, dachte Isabelle. Beschwert euch beim SO5 und der Abteilung für Vermisstenanzeigen, die beide weder in der Lage waren, Vermisste zu finden, noch die Namen der als vermisst gemeldeten Personen, die wieder aufgetaucht waren, von ihrer Liste zu streichen. Sollten sie sich doch bei der Presse beschweren, die eine Enthüllungsstory darüber gebracht und damit beim SO5 einen Machtkampf ausgelöst hatte zwischen den Zivilisten in Führungspositionen und den frustrierten Polizisten, die verlangten, dass einer von ihnen die Abteilung leitete, als könnte das ihre Probleme lösen. Und vor allem sollten sie sich bei Assistant Commissioner Sir David Hillier beschweren über dessen Vorgehensweise bei der Neubesetzung des Postens, den Isabelle jetzt zur Probe innehatte. Hillier hatte es nicht ausgesprochen, aber Isabelle ließ sich nicht täuschen: Dies hier war ihr Probelauf, und alle wussten es.

Sie hatte DS Nkata angewiesen, sie zum Tatort zu fahren. Er war ebenso verstimmt wie die Constables. Zweifellos behagte es ihm nicht, als Detective Sergeant zu Chauffeursdiensten herangezogen zu werden, aber er war professionell genug, um seine Meinung für sich zu behalten. Ihr war nichts anderes übrig geblieben. Sie hatte vor der Wahl gestanden, entweder ein Mitglied ihres Teams als Fahrer abzustellen oder den Abney Park Cemetery mithilfe eines Stadtplans selbst zu suchen. Sollte sie den von ihr angestrebten Posten auf Dauer übernehmen, würde sie wahrscheinlich Jahre brauchen, um sich in dem Wirrwarr aus Straßen und Vierteln zurechtzufinden, die über die Jahrhunderte zu dem Monstrum London zusammengewachsen waren.

»Der Pathologe?«, fragte sie den Constable, nachdem sie sich und Nkata vorgestellt und ihre Namen in eine Liste eingetragen hatte. »Der Fotograf? Die Spurensicherung?«

»Drinnen. Sie warten darauf, dass sie die Leiche einpacken können. Wie angeordnet.«

Der Constable war höflich … gerade eben. Das Funkgerät an seiner Schulter krächzte, und er stellte es leiser.

Isabelle sah zu den Gaffern hinüber und dann zu den Gebäuden auf der anderen Straßenseite. Die Ladenzeile bestand aus den immer gleichen allgegenwärtigen Geschäften, die auf jeder High Street des Landes zu finden waren: von *Pizza Hut* bis zum Zeitungsladen. Über allen Läden befanden sich Wohnungen, und über einem – *Polnische Spezialitäten* – erhob sich ein moderner Wohnblock. Man würde jeden einzelnen der zahllosen Anwohner befragen müssen. Die Kollegen in Stoke Newington, dachte Isabelle, sollten dem Himmel dafür danken, dass die Met den Fall übernahm.

Als sie den Friedhof betraten und in das grüne Labyrinth eintauchten, erkundigte sie sich nach den Rindenschnitzereien. Ihr Führer, ein Rentner von etwa achtzig Jahren, erklärte ihnen, es gebe keine Friedhofswärter oder -gärtner, sondern nur ehrenamtliche Parkpfleger wie ihn, Gemeindemitglieder, die sich zu Komitees zusammengeschlossen und es sich zur Aufgabe gemacht hatten, den Abney Park Cemetery der Natur wieder abzutrotzen. Natürlich würde der Friedhof nie wieder so werden wie früher, erklärte der alte Herr, aber darum gehe es nicht. Das wolle niemand. Vielmehr strebe man ein Naturreservat an. Dann könne man Vögel und Füchse und Eichhörnchen und andere Tiere beobachten, sagte er. Und sich an den Wildblumen und Pflanzen erfreuen. »Wir sorgen dafür, dass die Wege passierbar sind und dass Menschen, die sich gern in der Natur aufhalten, sich hier sicher fühlen können. So etwas braucht man doch in einer Großstadt, meinen Sie nicht? Einen Zufluchtsort, wenn Sie verstehen, was ich meine. Und diese Schnitzereien, die macht ein Jugendlicher. Wir kennen ihn, aber wir haben ihn leider noch nie auf frischer Tat ertappt. Aber wenn es so weit ist, dann werde ich ihm eine ordentliche Abreibung verpassen«, gelobte er.

Das bezweifelte Isabelle. Der Mann war so zart wie die wilden Löwenmäulchen, die am Wegrand blühten.

Er führte sie über Pfade, die immer schmaler wurden, je tiefer sie in den Friedhof vordrangen. Die breiteren Wege waren mit Kieselsteinen von so unterschiedlicher Farbe und Musterung bedeckt, als stammten sie aus allen erdenklichen geologischen Epochen. Auf den schmaleren Pfaden lag eine dicke Schicht aus verrottendem Laub, die weich war wie ein Schwamm und angenehm nach Kompost duftete.

Endlich kam der Turm in Sicht und dann die Kapelle selbst, eine traurige Ruine aus Backstein und rostigem Metall, in deren Innenraum Gestrüpp wucherte und deren Portal durch eiserne Gitterstäbe versperrt war.

»Da drüben«, sagte der alte Mann überflüssigerweise. Er zeigte auf eine Gruppe ganz in Weiß gekleideter Spurensucher am anderen Ende einer vertrockneten Rasenfläche. Isabelle bedankte sich bei dem Mann und sagte zu Nkata: »Finden Sie denjenigen, der die Leiche entdeckt hat. Ich möchte mit ihm reden.«

Nkata warf einen Blick zur Kapelle hinüber. Isabelle war klar, dass er den Tatort sehen wollte. Sie wartete darauf, dass er protestieren oder sich mit ihr anlegen würde. Doch er tat weder das eine noch das andere. »In Ordnung«, sagte er nur, und sie enthielt sich eines weiteren Kommentars. Seine Reaktion machte ihn ihr sympathisch.

Sie ging zu dem kleinen Kapellenanbau hinüber, vor dem ein Leichensack neben einer zusammenklappbaren Bahre lag. Man würde die Leiche aus dem Friedhof tragen müssen, da die unebenen Wege es unmöglich machten, die Bahre zu schieben.

Die Spezialisten waren immer noch dabei, den Tatort zu untersuchen und zu vermessen und Fußabdrücke abzunehmen, was wahrscheinlich wenig nützen würde, denn es wimmelte nur so von Fußspuren. Isabelle streifte sich ein Paar Latexhandschuhe über, während sie vorsichtig über die schmalen Bretter ging, die man als Zugang zu der Leiche über den Rasen gelegt hatte.

Die Rechtsmedizinerin kam soeben aus dem Kapellenanbau, eine Frau mittleren Alters, deren Zähne, Haut und ein irritierendes Hüsteln die Kettenraucherin verrieten.

Isabelle stellte sich vor. »Was ist das?«, fragte sie mit einer Kopfbewegung zu dem Anbau hin.

»Keine Ahnung«, antwortete die Rechtsmedizinerin. Sie nannte ihren Namen nicht, und Isabelle fragte sie auch nicht danach. »Keine Tür, die in die Kapelle führt. Es kann sich also nicht um die Sakristei handeln. Vielleicht ein Geräteschuppen?« Die Frau zuckte die Achseln, wie um zu sagen: Spielt doch auch keine Rolle, oder?

Natürlich tat es das nicht. Es ging um eine Leiche – die einer jungen Frau. Sie lehnte an der Wand des kleinen Anbaus, die Beine vor sich ausgestreckt, als wäre sie, nachdem sie angegriffen wurde, rückwärts gestolpert und an der Wand hinuntergerutscht. Die Wand war verwittert, und über der Leiche befand sich ein Graffito mit einem Auge in einem Dreieck und dem Text: »God Goes Wireless«.

Der Steinboden war übersät mit Müll. Der Tod hatte die junge Frau inmitten von Chipstüten, Sandwichpapier, Schokoriegelverpackungen und leeren Coladosen ereilt. Zwischen all dem Abfall lag ein Pornoheft, das jedoch erst kürzlich hier hinterlassen worden sein musste. Es war neu und unzerknittert. Es war aufgeschlagen bei einem Hochglanzfoto von einer breitbeinig dasitzenden Frau mit knallrot geschminktem Schmollmund, die nichts weiter trug als Lederstiefel und einen Zylinderhut.

Was für ein entwürdigender Ort, den Tod zu finden, dachte Isabelle. Sie ging in die Hocke, um das Opfer näher in Augenschein zu nehmen. Der Gestank, der von der Leiche ausging, drehte ihr den Magen um: Fleisch, das bei drückender Hitze verrottete. Frisch geschlüpfte Maden krochen in den Nasenlöchern und im Mund herum, und das Gesicht und der Hals der Toten hatten sich bereits grünlich-rot verfärbt.

Der Kopf der jungen Frau lag auf ihrer Brust, die mit geronnenem Blut bedeckt war. Auch dort wimmelte es von Fliegen, und das Summen wirkte in dem geschlossenen Raum wie das Geräusch von Hochspannungsleitungen. Als Isabelle den Kopf der jungen Frau vorsichtig anhob, um den Hals sehen zu können, flog von einer hässlichen Wunde ein Schwarm Fliegen auf. Die Wundränder waren gezackt und ausgerissen: das Werk eines Mörders, der ungeschickt war im Umgang mit seiner Waffe.

»Halsschlagader«, sagte die Rechtsmedizinerin. Sie zeigte auf die Hände der Toten, die die Spurensicherung mit Plastiktüten umhüllt hatte. »Sieht so aus, als hätte sie versucht, die Blutung zu stoppen, aber es war zwecklos. Sie muss ziemlich schnell verblutet sein.«

»Tatwaffe?«

»Am Tatort wurde keine gefunden. Irgendein scharfkantiges Objekt. Genaueres können wir erst sagen, wenn wir sie auf dem Tisch haben. Jedenfalls kein Messer. Dafür ist die Wunde viel zu ausgefranst.«

»Wie lange, schätzen Sie, ist sie schon tot?«

»Schwer zu sagen bei der Hitze. Die Totenflecke haben sich schon gebildet, und die Leichenstarre hat sich aufgelöst. Vielleicht seit vierundzwanzig Stunden.«

»Wissen wir, wer sie ist?«

»Sie hat nichts bei sich. Es wurde auch keine Handtasche am Tatort gefunden. Nichts, was auf ihre Identität schließen ließe. Aber die Augen … Die werden Ihnen bei der Identifizierung helfen.«

»Die Augen? Warum? Was ist damit?«

»Sehen Sie selbst«, sagte die Medizinerin. »Sie sind trüb, wie zu erwarten, aber die Iris ist noch erkennbar. Sehr interessant, wenn Sie mich fragen. Solche Augen sieht man nicht oft.«

Nach Alan Dressers Aussage, die später von den Angestellten der Filiale bestätigt wurde, war die McDonald's-Filiale an diesem Tag ungewöhnlich gut besucht. Möglicherweise nutzten auch andere Eltern kleiner Kinder das schöne Wetter für einen Ausflug; jedenfalls scheinen sie alle dasselbe Ziel gehabt zu haben. Dresser war mit einem quengelnden Kleinkind unterwegs, und er räumte ein, dass er John möglichst schnell etwas zu essen besorgen, nach Hause bringen und dann ins Bett stecken wollte. Er setzte den Jungen an einen von drei freien Tischen – den zweiten neben dem Eingang – und trat an den Tresen, um seine Bestellung aufzugeben.

Man kann Dresser im Nachhinein vorwerfen, dass er seinen Sohn eine halbe Minute lang unbeaufsichtigt ließ, aber zur selben Zeit hielten sich in der McDonald's-Filiale mindestens zehn Mütter mit mindestens zweiundzwanzig Kindern auf. Wie hätte er auf die Idee kommen sollen, dass an einem solchen öffentlichen Ort mitten am Tag eine unvorstellbare Gefahr lauerte? Wenn man in einer derartigen Situation überhaupt an Gefahr denkt, stellt man sich wohl eher herumlungernde Pädophile vor, die auf eine günstige Gelegenheit warten, und nicht drei Jungen unter zwölf Jahren. Keiner der Anwesenden wirkte auch nur im Geringsten gefährlich. Tatsächlich war Dresser der einzige männliche Erwachsene vor Ort.

Auf den Bildern der Überwachungskameras sind drei Jungen zu sehen, die sich um 12:51 Uhr der McDonald's-Filiale nähern. Sie wurden später als Michael Spargo, Ian Barker und Reggie Arnold identifiziert. Sie hatten sich zu dem Zeitpunkt bereits seit mehr als zwei Stunden im Einkaufszentrum herumgetrieben. Mittlerweile hatten sie zweifellos Hunger – den sie mit den bei Mr. Gupta gestohlenen Chips hätten stillen können. Offenbar betraten sie jedoch das Schnellrestaurant mit der Absicht, einem Kunden sein Essen zu entreißen und damit wegzurennen. In diesem Punkt stimmen Michaels und Ians Aussagen überein, während Reggie Arnold sich grundsätzlich weigerte, über McDonald's zu sprechen. Dies ist wahrscheinlich dem Umstand zuzuschreiben, dass – wessen Idee auch immer es gewesen sein mag, John Dresser zu entführen – Reggie Arnold den kleinen John an der Hand hielt, als die Jungen zum Ausgang des Einkaufszentrums strebten.

John Dresser muss für Ian, Michael und Reggie das absolute Gegenteil ihrer selbst als Kleinkinder verkörpert haben. Zum Zeitpunkt seiner Entführung trug der Junge einen nagelneuen himmelblauen Schneeanzug mit gelben Entchen auf der Brust. Sein blondes Haar war frisch gewaschen und erst kürzlich geschnitten worden, und mit den Löckchen, die sein Gesicht einrahmten, erinnerte er an die pausbäckigen Engelchen auf Renaissancegemälden. Er trug leuchtend weiße Turnschuhe und hielt sein Lieblingsplüschtier umklammert, einen kleinen braun-schwarzen Hund mit Schlappohren und einer rosafarbenen Zunge, die zum Teil abgerissen war. Dieses Stofftier wurde später auf dem Weg gefunden, den die Jungen einschlugen, nachdem sie John aus der McDonald's-Filiale entführt hatten.

Johns Entführung ging offenbar ohne jede Schwierigkeit vonstatten und nahm nur wenige Augenblicke in Anspruch. Das Video der Überwachungskamera, das die Entführung dokumentiert, lässt einem das Mark in den Knochen gefrieren. Man sieht deutlich, wie die drei Jungen die Filiale betreten (die zu diesem Zeitpunkt noch nicht über eine vollständige Kameraüberwachung im Verkaufsraum verfügte). Weniger als eine Minute später kommen sie wieder heraus. Reggie Arnold taucht als Erster auf, mit John Dresser an der Hand. Fünf Sekunden später folgen Ian Barker und Michael Spargo. Michael isst etwas aus einem konischen Behälter, wahrscheinlich Pommes frites.

Eine der Fragen, die später immer wieder gestellt wurden, lautete: Wie kann Alan Dresser nicht bemerkt haben, dass sein Sohn entführt wurde?

Dafür gibt es zwei Erklärungen. Erstens war das Schnellrestaurant überfüllt, und in dem Lärm wäre jeder Hilferuf John Dressers untergegangen. Zweitens erhielt Alan Dresser in dem Moment, als er endlich an der Kasse seine Bestellung aufgeben wollte, einen Anruf aus seiner Kanzlei auf dem Handy. Der unglückliche Zeitpunkt dieses Anrufs hatte zur Folge, dass er seinem Sohn länger den Rücken zuwandte, als er es sonst möglicherweise getan hätte. Zudem senkte Dresser den Kopf, wie es viele Leute beim Telefonieren tun, und behielt diese Position bei, während er sich mit dem Anrufer unterhielt, vermutlich um sich in der chaotischen Atmosphäre konzentrieren zu können. Bis er den Anruf beendet, das Essen bezahlt hatte und damit an den Tisch ging, war John verschwunden, und das wahrscheinlich bereits seit fast fünf Minuten – mehr als genug Zeit, ihn aus dem Einkaufszentrum zu schaffen.

Dresser dachte nicht sofort an eine Entführung. Im Gegenteil: Da der Laden so überfüllt war, kam er gar nicht erst auf den Gedanken. Vielmehr nahm er an, der Junge, der im Farbengeschäft schon so zappelig gewesen war, sei von seinem Stuhl geklettert und herumgestromert, vielleicht nachdem irgendetwas seine Neugier erregt hatte, möglicherweise sogar außerhalb des Restaurants; aber auf jeden Fall vermutete Dresser ihn innerhalb des Einkaufszentrums. Dies waren entscheidende Minuten, was Dresser allerdings nicht bewusst war. Verständlicherweise sah er sich zunächst bei McDonald's nach ihm um und fragte anwesende Erwachsene, ob sie John gesehen hätten.

Man fragt sich, wie das möglich sein kann. Es ist helllichter Tag. Ein öffentlicher Ort, an dem sich andere Menschen befinden: sowohl Kinder als auch Erwachsene. Und doch sind drei halbwüchsige Jungen in der Lage, ein ihnen fremdes Kleinkind an die Hand zu nehmen und mit ihm wegzugehen, ohne dass es jemand bemerkt.

Wie konnte dies geschehen? Und warum geschah es?

Das Wie erklärt sich vermutlich aus dem Alter der Täter, die das Verbrechen begingen. Dass sie selbst noch Kinder waren, machte sie buchstäblich unsichtbar, weil das, was sie taten, für diejenigen, die sich in dem Restaurant aufhielten, schlichtweg unvorstellbar war. Niemand konnte damit rechnen, dass sich das Böse in eben der Form präsentierte, wie es an jenem Tag geschah. Schulkinder in Schuluniform passen einfach nicht in das Bild, das man sich von Kindesentführern macht.

Als feststand, dass John sich nicht länger in dem Restaurant befand und auch niemand ihn gesehen hatte, dehnte Dresser seine Suche aus. Doch erst nachdem er in den vier nächstgelegenen Geschäften nachgesehen hatte, wandte er sich an die Sicherheitskräfte des Einkaufszentrums und ließ die Ladenbesitzer per Lautsprecher darüber informieren, dass sie Ausschau halten sollten nach einem kleinen Jungen in einem hellblauen Schneeanzug. Eine volle Stunde verging, in der Dresser die Suche nach seinem Sohn fortsetzte, begleitet vom Geschäftsführer des Einkaufszentrums und dem Leiter des Sicherheitsdienstes. Niemand kam auf die Idee, sich die Überwachungsvideos anzusehen, weil zu diesem Zeitpunkt niemand das Undenkbare denken wollte.

5

Barbara Havers hatte ihren Dienstausweis zücken müssen, um den Constable davon zu überzeugen, dass sie Polizistin war. Als sie sich dem Haupteingang näherte, nachdem sie endlich hinter einem Schuttcontainer vor einer Baustelle in der Stoke Newington Church Street einen Parkplatz für ihren altersschwachen Mini gefunden hatte, hatte er sie angeherrscht: »Hey! Der Friedhof ist geschlossen, Madam!«

Barbara machte ihre Aufmachung dafür verantwortlich. Mit Hadiyyahs Hilfe hatte sie es zwar geschafft, sich die Grundlage einer jeden Garderobe zuzulegen: einen ausgestellten Rock. Aber damit hatte es sich auch schon. Nachdem sie Hadiyyah wieder bei Mrs. Silver abgeliefert hatte, hatte sie sich den Rock in aller Hast angezogen, festgestellt, dass er viel zu lang war, und sich trotzdem entschlossen, ihn anzubehalten. Dann hatte sie sich die Kette von *Accessorize* umgehängt, weiter jedoch keine Verbesserungen an ihrem Erscheinungsbild vorgenommen.

»Die Met?«, fragte sie den Constable, der sie mit offenem Mund anstarrte, ehe er sich wieder im Griff hatte. »Da drin«, sagte er und hielt ihr sein Klemmbrett hin, damit sie sich in die Liste eintragen konnte.

Verdammt hilfreich, dachte Barbara. Sie steckte den Dienstausweis zurück in ihre Tasche, fischte ein Päckchen Zigaretten heraus und zündete sich eine an. Sie wollte gerade höflich um einen winzigen Hinweis auf die genaue Lage des Tatorts bitten, als unter den Platanen hinter dem Friedhofszaun eine langsame Prozession auftauchte. Sie bestand aus der Besatzung eines Notarztwagens, der Rechtsmedizinerin mit ihrer Instrumententasche und einem uniformierten Constable. Die Sanitäter transportierten einen Leichensack auf einer Rollbahre, die sie über den Kiesweg trugen. Dann blieben sie stehen, um die Beine auszuklappen, und schoben die Bahre den Rest des Weges in Richtung Friedhofstor.

Barbara ging ihnen entgegen. »Superintendent Ardery?«, fragte sie, woraufhin die Rechtsmedizinerin mit einer Kopfbewegung hinter sich deutete. »Halten Sie nach den Uniformierten Ausschau«, lautete ihre erschöpfende Information. Immerhin fügte sie hinzu: »Sie können sie nicht übersehen. Sie durchkämmen die ganze Umgebung«, um anzudeuten, dass dort genügend Leute waren, falls Barbara noch einmal nach dem Weg fragen musste.

Das brauchte sie nicht, obwohl sie sich wunderte, dass sie in diesem Labyrinth den Tatort überhaupt fand. Aber nach wenigen Minuten entdeckte sie den Turm einer Kapelle und bald darauf Isabelle Ardery mit einem Polizeifotografen. Die beiden beugten sich gerade über das Display einer Digitalkamera. Als Barbara auf sie zuging, hörte sie, wie jemand ihren Namen rief. Dann erschien Winston Nkata auf einem schmalen Pfad, der um eine von Flechten bedeckte Steinbank herumführte. Er klappte gerade ein ledernes Notizbuch zu, in dem er, wie Barbara wusste, wunderbar lesbare Beobachtungen in seiner unerträglich eleganten Handschrift notierte.

»Also, was haben wir?«, fragte sie.

Er brachte sie auf den neuesten Stand, wurde jedoch in seinen Ausführungen unterbrochen, als Isabelle Ardery nach Barbara rief, und zwar in einem Ton, der weder Willkommen noch Freude ausdrückte, obgleich sie selbst Barbara angewiesen hatte, auf dem schnellsten Weg zum Friedhof zu kommen. Als Nkata und Barbara sich umdrehten, kam Superintendent Ardery auf sie zumarschiert. Hier wurde nicht gegangen oder geschlendert. Ihr Gesichtsausdruck war steinern.

»Soll das ein Witz sein?«, fragte sie.

Barbara sah sie verwirrt an. »Hä?« Sie warf Nkata einen Blick zu. Er wirkte ebenso ratlos.

»Ist das etwa Ihre Vorstellung von professionell?«, fragte Ardery.

»Ach so.« Barbara sah an sich hinunter. Rote Schnürschuhe, ein marineblauer Rock, der ihr bis an die Waden reichte, ein T-Shirt mit dem Aufdruck »Talk to the Fist Cos the Face Ain't Listening« und eine Perlenhalskette mit einem filigranen Anhänger. Tja, das konnte Ardery durchaus deuten als ein trotziges Dir-werd-ich's-zeigen.

»Sorry, Chefin«, sagte sie. »Weiter bin ich noch nicht gekommen.« Aus dem Augenwinkel sah sie, wie Nkata sich eine Hand vor den Mund hielt. Zweifellos versuchte er, ein Grinsen zu verbergen. »Ehrlich«, sagte sie, »großes Indianerehrenwort! Sie sagten, ich solle auf schnellstem Weg herkommen, und das hab ich getan. Ich hatte keine Zeit …«

»Das reicht!« Ardery musterte sie von oben bis unten, die Augen schmal. »Nehmen Sie die Halskette ab! Die macht es auch nicht besser, glauben Sie mir!«

Barbara tat wie geheißen. Nkata wandte sich ab. Seine Schultern zuckten kaum merklich. Er hustete.

»Was haben Sie herausgefunden?«, herrschte Ardery ihn an.

Er fuhr herum. »Die Jugendlichen, die die Leiche gefunden haben, sind inzwischen weg. Die Kollegen vom hiesigen Revier haben sie mitgenommen, um ihre Aussagen zu Protokoll zu nehmen. Aber ich konnte vorher kurz mit ihnen sprechen. Es handelt sich um einen jungen Mann und ein junges Mädchen.« Er berichtete, was er in Erfahrung gebracht hatte: Die zwei hatten einen Jungen vom Tatort flüchten sehen. Ihre Beschreibung des Jungen beschränkte sich auf »einen dicken Hintern, und er war gerade dabei, sich die Hose hochzuziehen«, aber der junge Mann habe erklärt, er könne wahrscheinlich bei der Anfertigung eines Phantombilds behilflich sein. Mehr war aus ihnen nicht herauszubekommen, so Nkata. Sie wollten offenbar in den Anbau, um zu vögeln, und »die hätten wahrscheinlich nicht mal die Kreuzigung Christi mitbekommen, wenn sie vor ihrer Nase stattgefunden hätte«.

»Wir brauchen ihre Aussagen«, stellte Ardery fest. Sie klärte Barbara über die Einzelheiten des Verbrechens auf und rief dann den Fotografen zu sich. Während Nkata und Barbara sich die digitalen Aufnahmen ansahen, sagte Ardery: »Halsschlagader. Der Täter muss buchstäblich in Blut gebadet haben.«

»Es sei denn, er hat sie von hinten überrascht«, bemerkte Barbara, »sie am Kopf gepackt, nach hinten gerissen und zugestochen. Dann hätte er Blut an Armen und Händen, aber nur wenig am Körper, oder?«

»Möglich«, sagte Ardery. »Aber an der Stelle, wo die Leiche lag, ist es unmöglich, jemanden von hinten zu überraschen, Sergeant.«

Von dort, wo sie standen, konnte Barbara den Kapellenanbau sehen. »Vielleicht von hinten überrascht und dann dort hineingeschleppt?«

»Keine Spuren, die darauf hindeuten.«

»Wissen wir, wer sie ist?« Barbara blickte von den Bildern auf.

»Keine Papiere. Wir lassen gerade die Umgebung durchkämmen, und wenn wir dabei nicht auf die Tatwaffe stoßen oder auf irgendetwas, das uns Anhaltspunkte gibt, wer sie ist, werden wir den gesamten Friedhof abschnittsweise absuchen. Ich möchte, dass Sie das übernehmen. Setzen Sie sich mit den Kollegen vom hiesigen Revier in Verbindung. Außerdem möchte ich, dass Sie Haustürbefragungen organisieren. Konzentrieren Sie sich zunächst auf die Häuser, die direkt an den Friedhof grenzen. Wenn Sie damit fertig sind, sprechen wir uns wieder in der Met.«

Während Barbara nickte, sagte Nkata: »Soll ich auf das Phantombild warten, Chefin?«

»Darum kümmern Sie sich ebenfalls«, sagte Ardery zu Barbara. »Sorgen Sie dafür, dass die Aussagen der beiden in die Victoria Street geschickt werden. Und ich möchte, dass Sie versuchen, noch ein bisschen mehr aus ihnen herauszuquetschen.«

»Ich kann ...«, hob Nkata an, doch Ardery unterbrach ihn: »Sie brauche ich weiterhin als Fahrer.« Sie ließ ihren Blick über die Lichtung schweifen, auf der die Kapelle stand. Mehrere Constables waren dabei, sie abzusuchen. Sie waren sternförmig ausgeschwärmt auf der Suche nach der Tatwaffe, der Handtasche des Opfers oder irgendeinem anderen Gegenstand, der als Beweismittel dienen konnte. Der Ort war ein Albtraum, an dem man zu viel oder aber gar nichts finden würde.

Nkata schwieg. Barbara sah einen Muskel an seinem Kiefer zucken. Schließlich sagte er: »Bei allem Respekt, Chefin, aber könnten Sie nicht einen Constable als Fahrer abstellen? Oder einen der Hilfs-Constables?«

»Wenn ich einen Constable als Fahrer wünschte, hätte ich einen. Haben Sie ein Problem mit Ihrer Aufgabe, Sergeant?«

»Ich könnte vielleicht besser eingesetzt werden …«

»Wo immer ich Sie einsetzen möchte«, fiel Ardery ihm erneut ins Wort. »Haben wir uns verstanden?«

Er antwortete nicht gleich. »Chefin«, sagte er dann lediglich und nickte.

Bella McHaggis war nass geschwitzt, und das war gut so. Sie kam gerade von ihrer Yogastunde – bei dem Wetter hätte jede Yogaübung sie ins Schwitzen gebracht –, und sie fühlte sich großartig und im Frieden mit sich selbst. Das hatte sie Mr. McHaggis zu verdanken. Wenn der arme Kerl nicht auf dem Klo gestorben wäre, sein Glied in der Hand und vor sich auf dem Fußboden eine Zeitung mit einem Tittenmädchen, dann würde sie sich wahrscheinlich noch immer in demselben Zustand befinden wie an jenem Morgen, als sie festgestellt hatte, dass er von ihr gegangen war, um seinen himmlischen Lohn zu empfangen. Der Anblick des armen Mr. McHaggis war für sie ein Ruf zu den Waffen gewesen. Hatte sie vor seinem Tod nicht einmal eine Treppe hochsteigen können, ohne außer Atem zu geraten, war sie jetzt zu ganz anderen Leistungen in der Lage. Besonders stolz war sie auf ihren geschmeidigen Körper. Sie konnte bei Rumpfbeugen die Handflächen auf den Boden legen. Sie bekam ihr Bein so hoch, dass sie ihren Fuß auf das Kaminsims legen konnte. Nicht schlecht für eine Frau von fünfundsechzig.

Sie befand sich auf dem Heimweg über die Putney High Street. Sie trug immer noch ihre Yogakleidung und die Matte unter dem Arm. Sie dachte über Würmer nach, genauer gesagt über die Regenwürmer, die sie in einem Behälter in ihrem Garten züchtete. Es waren erstaunliche Geschöpfe. Sie fraßen fast alles, was man ihnen gab, aber sie brauchten viel Pflege. Extreme Bedingungen bekamen ihnen überhaupt nicht – zu große Hitze oder zu große Kälte, und sie gingen in den Ewigen Komposthaufen ein. Sie überlegte gerade, ab wann genau Hitze als zu groß zu betrachten wäre, als sie am Tabakladen vorbeikam, vor dem ein großes Plakat für die Abendausgabe des *Evening Standard* warb.

Bella war den Anblick von Schlagzeilen gewöhnt, die ein dramatisches Ereignis auf drei, vier Wörter reduzierten; ausreichend, um die Leute in den Laden zu locken und die Zeitung an den Mann zu bringen. Normalerweise ging sie daran vorbei und sah zu, dass sie nach Hause in die Oxford Road kam. In ihren Augen gab es viel zu viele Zeitungen und Boulevardblätter in London, die – Recycling hin oder her – sämtliche Waldflächen der Erde verschlangen, und sie wollte verdammt sein, wenn sie zu diesem Kahlschlag beitrug. Aber dieses Plakat ließ sie in ihren Schritten innehalten: »Tote im Abney Park«.

Bella hatte keine Ahnung, wo der Abney Park lag, und doch blieb sie wie angewurzelt stehen und fragte sich, während Passanten an ihr vorbeihasteten, ob es sein konnte …

Sie sträubte sich gegen den Gedanken. Alles in ihr sträubte sich dagegen. Aber da es theoretisch sein konnte, betrat sie den Laden und kaufte die Zeitung. Falls sich herausstellte, dass an der Geschichte nichts dran war, konnte sie die Zeitung immer noch zerreißen und an die Würmer verfüttern.

Sie las den Artikel nicht sofort. Da sie nicht dastehen wollte wie jemand, der sich von einer reißerischen Schlagzeile zum Kauf eines Boulevardblatts hinreißen ließ, kaufte sie außerdem eine Rolle Pfefferminzbonbons und Kaugummis. Die Plastiktüte, die ihr angeboten wurde, lehnte sie ab – irgendwo musste man schließlich eine Grenze ziehen, und Bella weigerte sich, zur Verschmutzung und Zerstörung des Planeten beizutragen, indem sie die Art von Plastiktüten benutzte, die tagtäglich vom Wind durch die High Street gefegt wurden.

Von dem Tabakladen war es nicht mehr weit bis zur Oxford Road, einer schmalen Durchgangsstraße, die sowohl zur Putney Bridge Road als auch zur Themse führte. Vom Yogastudio bis zu ihr nach Hause brauchte sie zu Fuß lediglich eine Viertelstunde, und so war sie in kürzester Zeit durch ihr Vorgartentörchen getreten und vorbei an den acht Plastiktonnen, die sie zur Mülltrennung benutzte.

In der Küche goss sie sich erst einmal grünen Tee auf, von dem sie täglich zwei Tassen trank. Sie konnte das Zeug zwar nicht ausstehen – so musste Pferdepisse schmecken –, aber sie hatte genug über seinen gesundheitlichen Nutzen gelesen, und deshalb trank sie das Gebräu regelmäßig mit zugehaltener Nase. Erst nachdem sie ihre Tasse mit Todesverachtung geleert hatte, breitete sie die Zeitung auf der Anrichte aus und betrachtete die Titelseite.

Das Foto sagte ihr nichts. Es zeigte einen düsteren, von einem Polizisten bewachten Eingang. Ein kleineres Foto, das das große überlappte, war eine Luftaufnahme von einer Lichtung in einer Art Waldgebiet mit irgendeiner kleinen Kirche in der Mitte, um die Tatortspezialisten in weißen Overalls herumkrabbelten wie Ameisen.

Bella überflog den begleitenden Artikel auf der Suche nach den wichtigsten Informationen: junge Frau, ermordet, offenbar erstochen, gut gekleidet, nicht identifiziert …

Sie schlug die Seite drei auf, wo ein Phantombild abgedruckt war mit der Unterschrift: »Zeuge gesucht«. Phantombilder, fand Bella, hatten nie eine Ähnlichkeit mit den Personen, die sie angeblich darstellten, und dieses Gesicht wirkte so alltäglich, dass auf seiner Grundlage praktisch jeder männliche Jugendliche auf der Straße von der Polizei aufgegriffen und verhört werden konnte: dunkles Haar, das ihm über die Augen fiel, fleischige Wangen, trotz der Hitze bekleidet mit einem Kapuzenshirt. Wenigstens hatte er die Kapuze nicht über den Kopf gezogen.

Völlig unbrauchbar als Beschreibung. Eben erst hatte sie auf der Putney High Street mindestens ein Dutzend Jugendliche gesehen, die dem Bild entsprachen.

Aus dem Artikel ging hervor, dass die betreffende Person beim Verlassen des Tatorts auf dem Abney Park Cemetery gesehen worden war, woraufhin Bella einen alten Stadtplan vom Bücherregal im Esszimmer nahm. Der Friedhof lag in Stoke Newington, meilenweit von Putney entfernt, und das gab ihr zu denken.

Sie war immer noch in Gedanken vertieft, als sie hörte, wie die Haustür aufgeschlossen wurde und sich durch den Flur Schritte näherten.

»Frazer? Sind Sie das, mein Lieber?«, rief sie, ohne auf eine Antwort zu warten. Sie legte großen Wert darauf, über das Treiben ihrer Mieter im Bilde zu sein, und Frazer Chaplin kam jeden Tag um diese Uhrzeit nach Hause, um sich nach seinem Tagesjob frisch zu machen und sich für seinen Abendjob umzuziehen. Sie bewunderte den jungen Mann dafür, dass er zwei Jobs bewältigte. Arbeitsame Mieter waren ihr die liebsten.

»Haben Sie einen Augenblick Zeit?«

Als Frazer in der Tür erschien, blickte sie von ihrem Stadtplan auf. Er hob eine Braue – schwarz wie sein Haar, das dicht und lockig war und an Spanien unter der Ägide der Mauren erinnerte. Nur dass der junge Mann Ire war. »Eine Affenhitze, was? Heute waren sämtliche Jugendlichen aus Bayswater im Eisstadion, Mrs. McH.«

»Garantiert«, sagte Bella. »Werfen Sie doch mal einen Blick hierauf, mein Lieber.«

Sie führte ihn in die Küche und zeigte ihm die Zeitung. Er überflog den Artikel, dann sah er sie an. »Und?« Er klang verblüfft.

»Wieso und? Junge Frau, gut gekleidet, ermordet…«

Endlich fiel der Groschen, und sein Gesichtsausdruck veränderte sich. »Nein, das glaube ich nicht«, sagte er, wirkte jedoch leicht verunsichert, als er hinzufügte: »Das kann gar nicht sein, Mrs. McH.«

»Warum nicht?«

»Was sollte sie denn in Stoke Newington zu suchen haben? Und dazu ausgerechnet auf einem Friedhof?« Er betrachtete noch einmal die beiden Fotos. Dann das Phantombild. Er schüttelte langsam den Kopf. »Nein, nein. Wirklich. Wahrscheinlich ist sie einfach irgendwohin gefahren, um mal auszuspannen. Um der Hitze zu entkommen. Ans Meer oder so. Meinen Sie nicht? Man könnte es ihr jedenfalls nicht verdenken.«

»Dann hätte sie Bescheid gesagt, damit niemand sich Sorgen macht. Das wissen Sie genau.«

Als Frazer von der Zeitung aufblickte, lag Besorgnis in seinem Blick, wie Bella voller Genugtuung feststellte. Es gab wenig, das sie mehr nervte als Menschen mit einer langen Leitung, und sie musste Frazer zugutehalten, dass er schnell schaltete. Er sagte: »Ich habe nicht wieder gegen die Regeln verstoßen. Ich bin vielleicht kein Unschuldslamm, aber ich bin auch kein …«

»Das weiß ich doch, mein Lieber«, sagte Bella hastig. Er war weiß Gott ein guter Junge. Leicht verführbar vielleicht. Ein bisschen allzu sehr hinter den Mädchen her. Aber wenn es darauf ankam, war er ein anständiger Kerl. »Ich weiß, ich weiß. Aber manche junge Frauen können Raubtiere sein, wie Sie aus eigener Erfahrung wissen.«

»Diesmal nicht. Und nicht diese junge Frau.«

»Aber Sie waren doch mit ihr befreundet, oder?«

»Genauso, wie ich mit Paolo befreundet bin. So wie ich mit Ihnen befreundet bin.«

»Sicher«, sagte Bella. Sie konnte nicht umhin, sich geschmeichelt zu fühlen, weil er sie beide als Freunde bezeichnete. »Aber wenn man mit jemandem befreundet ist, lernt man ihn besser kennen. Man erfährt, was in der Person vorgeht. Meinen Sie denn nicht, dass sie sich in letzter Zeit verändert hat? Hatten Sie nicht auch den Eindruck, dass irgendetwas sie belastete?«

Frazer rieb sich nachdenklich das Kinn. Bella hörte das kratzende Geräusch seiner Fingerkuppen auf den Bartstoppeln. Er würde sich rasieren müssen, ehe er zur Arbeit ging. »Ich habe kein Händchen dafür, Leute zu durchschauen«, sagte er schließlich. »Nicht so wie Sie.« Wieder schwieg er.

Auch das gefiel Bella an ihm. Er gab nicht voreilig eine Meinung zum Besten, die sich auf nichts gründete, so wie man es von vielen jungen Leuten kannte. Er war bedächtig und scheute sich nicht, sich Zeit zu lassen.

»Könnte sein«, sagte er schließlich, »falls sie es ist, aber das will ich nicht behaupten, weil es wirklich keinen Sinn ergeben würde ... Vielleicht ist sie dorthin gefahren, um nachzudenken? Ein Friedhof ist schließlich ein stiller Ort.«

»Um nachzudenken?«, rief Bella aus. »Sie meinen, sie könnte bis nach Stoke Newington gefahren sein, um *nachzudenken*? Das könnte sie doch überall tun! Im Garten. In ihrem Zimmer. Oder bei einem Spaziergang an der Themse.«

»Stimmt. Also, was war es dann?«, fragte er. »Angenommen, dass sie es ist. Warum hätte sie nach Stoke Newington fahren sollen?«

»Sie war in letzter Zeit ziemlich geheimnistuerisch – ganz anders als sonst. Wenn sie es ist, kann sie nur einen schlechten Grund dafür gehabt haben.«

»Was denn für einen?«

»Sich dort mit jemandem zu treffen. Mit ihrem Mörder.«

»Das ist doch der reine Wahnsinn!«

»Kann sein, aber ich rufe trotzdem an.«

»Wen?«

»Die Polizei, mein Lieber. Die Polizei bittet um Informationen, und wir haben schließlich welche. Sie und ich.«

»Und was wollen Sie denen sagen? Dass eine Mieterin zwei Nächte lang nicht nach Hause gekommen ist? So etwas passiert doch dauernd hier in der Stadt.«

»Mag ja sein. Aber meine Mieterin hat ein braunes und ein grünes Auge, und ich bezweifle, dass diese Beschreibung auf eine einzige weitere vermisste Person zutrifft.«

»Aber wenn sie es ist und wenn sie tot ist ...«

Als Frazer abbrach, blickte Bella von der Zeitung auf. Irgendetwas lag in seinem Ton, das Bella hellhörig machte. Sie beruhigte sich jedoch sofort wieder, als er fortfuhr: »Sie ist so eine nette Frau, Mrs. McH. Sie ist immer offen und freundlich, nicht wahr? Sie wirkt überhaupt nicht wie jemand, der Geheimnisse hat. Falls sie es also ist, dann sollten wir uns weniger den Kopf darüber zerbrechen, warum sie dort war, sondern darüber, wer in Gottes Namen einen Grund gehabt hätte, sie umzubringen.«

»Irgendein Wahnsinniger, mein Lieber«, erwiderte Bella. »Wir wissen doch beide, dass es in London nur so davon wimmelt.«

Von unten waren die üblichen Geräusche zu hören: akustische und elektrische Gitarren, beide schlecht gespielt. Die akustischen Gitarren waren halbwegs erträglich, weil die zögernd gespielten Akkorde nicht verstärkt wurden. Was aber die elektrischen Gitarren anging, so kam es ihm vor, als würden die schlechtesten Schüler die größten Verstärker benutzen. Als würde es ihnen besonderen Spaß machen, schlecht zu spielen. Oder vielleicht machte es dem Lehrer Spaß, seine Schüler möglichst schlecht und möglichst laut spielen zu lassen, als hätte der Unterricht überhaupt nichts mit Musik zu tun.

Er begriff einfach nicht, wie so etwas sein konnte, aber er versuchte schon lange nicht mehr, die Menschen zu verstehen. *Wenn du verkündigen würdest, würdest du verstehen. Wenn du dich als derjenige zeigen würdest, der du sein könntest. Neun Ordnungen, aber wir –* wir *– sind die höchste. Wer Gottes Plan vereitelt, stürzt wie die anderen. Willst du …*

Ein Kreischen, verursacht durch einen falschen Akkord. Es vertrieb die Stimmen. Das war ein Segen. Er musste nach draußen, wo er sich meistens aufhielt während der Stunden, in denen der Laden unter ihm geöffnet war. Aber die letzten zwei Tage hatte er das Haus nicht verlassen können. So lange hatte er gebraucht, um das Blut auszuwaschen.

Er bewohnte ein Einzimmerapartment, und er hatte das Waschbecken benutzt. Aber das Becken war winzig und befand sich in der Zimmerecke. Außerdem konnte man es vom Fenster aus sehen, deswegen hatte er äußerste Vorsicht walten lassen müssen. Denn auch wenn es unwahrscheinlich war, dass jemand ihn durch die feinen Gardinen sah, musste man immer damit rechnen, dass der Wind sie ausgerechnet in dem Augenblick auseinanderblies, da er gerade dabei war, sein Hemd, seine Jacke oder seine Hose auszuwringen, und kirschfarbenes Wasser ins Becken lief. Aber er brauchte Luft im Zimmer, auch wenn das Gefahr bedeutete. Er hatte das Fenster geöffnet, weil er in der stickig heißen Luft kaum noch hatte atmen können, und er hatte immerzu gehört: *Du bist nutzlos für uns, wenn du dich nicht zeigst*, bis er ans Fenster gestolpert war und es aufgerissen hatte. Er hatte es in der Nacht getan, *ganz sicher*, in der Nacht, was bedeutete, dass er sehr wohl Unterscheidungen zu machen wusste, und *wir sollen uns nicht gegenseitig bekämpfen. Wir sollen die Söhne der Finsternis bekämpfen. Siehst du denn nicht…*

Er stopfte sich die Ohrstöpsel in die Ohren und drehte die Lautstärke auf. Immer wieder hörte er sich die »Ode an die Freude« an. Die Musik belegte so viel Raum in seinem Gehirn, dass sie keine Gedanken zuließ, die nichts mit ihr zu tun hatten, und keine Stimmen, die nicht zu dem Chor gehörten. Genau das brauchte er, um durchzuhalten, bis er sich wieder auf die Straße wagen durfte.

In der Hitze waren seine Kleider schnell getrocknet, und das war ein Segen. So hatte er sie ein zweites und sogar ein drittes Mal einweichen und auswaschen können. Das Wasser war erst blutrot, dann kirschrot und schließlich so blassrosa gewesen wie Frühlingsblüten. Um das Hemd wieder weiß zu bekommen, würde er allerdings ein Bleichmittel benutzen oder es in die Reinigung bringen müssen, aber die schlimmsten Flecken waren weg. An der Jacke und der Hose war überhaupt nichts mehr zu sehen. Jetzt musste er die Sachen nur noch bügeln. Er besaß sogar ein Bügeleisen, denn er legte großen Wert auf seine äußere Erscheinung. Er mochte es nicht, wenn Leute sich abgeschreckt fühlten. Er wollte sie in seiner Nähe haben, er wollte, dass sie zuhörten, und er wollte, dass sie ihn so kennenlernten, wie er wirklich war. Aber das würde nicht passieren, wenn er ungepflegt aussah, wenn seine Kleidung verschmutzt war, sodass man meinen könnte, er sei arm und würde auf Parkbänken schlafen. Denn weder das eine noch das andere war der Fall. Er hatte sich für dieses Leben entschieden. Und er wollte, dass die Leute das wussten.

... andere Entscheidungen. Eine steht jetzt vor dir. Die Not ist groß. Not führt zu Taten und Taten zur Ehre.

Er hatte sich entschieden. Der Ehre wegen, nur der Ehre wegen.

Sie hatte ihn gebraucht, und er hatte den Ruf vernommen. Aber dann war alles schiefgegangen. Sie hatte ihn angeschaut. Er hatte in ihren Augen gesehen, dass sie ihn erkannte, und gleichzeitig gewusst, dass es Verwunderung war, denn es war klar, dass sie sich wundern würde, aber es bedeutete auch, dass sie froh war, ihn zu sehen. Er war auf sie zugegangen und hatte getan, was getan werden musste, und in dem Augenblick hatte er keine Stimmen gehört, keinen Chor, nichts, nicht einmal die Musik aus den Ohrstöpseln.

Aber er hatte versagt. Überall Blut, auf ihr und auf ihm und an ihren Händen und an ihrem Hals.

Er war geflohen. Zuerst hatte er sich versteckt, hatte sich mit welkem Laub abgerieben, um das Blut abzubekommen. Er hatte sein Hemd ausgezogen und zusammengeknüllt. Er hatte seine Jacke gewendet. Die Hose war besudelt, aber sie war schwarz, und das Schwarz hatte das Blutrot verdunkelt, das von ihr auf ihn gespritzt war. Er musste nach Hause, was bedeutete, dass er den Bus nehmen musste, mehr als einen Bus, und er hatte nicht gewusst, wo er umsteigen musste, und so hatte er Stunden gebraucht, und er war gesehen worden, war angestarrt worden, die Leute hatten über ihn getuschelt, aber das hatte ihn nicht aufhalten können, weil ...

Noch ein Zeichen, und du hättest es erkennen müssen. Überall um dich herum gibt es Zeichen, aber du ziehst es vor zu beschützen, wenn du kämpfen müsstest…

Er musste unbedingt nach Hause und sich reinigen, damit er tun konnte, was ihm aufgetragen worden war. Niemand, so redete er sich ein, würde einen Zusammenhang herstellen. In den Londoner Bussen fuhren so viele unterschiedliche Leute, und niemand kümmerte sich um irgendetwas, und selbst wenn sie aufmerksam gewesen waren und ihn gesehen und vielleicht sogar darüber gesprochen hatten oder sich daran erinnerten, wo sie ihn gesehen hatten – es spielte keine Rolle. Nichts spielte eine Rolle. Er hatte versagt, und damit würde er leben müssen.

6

Isabelle Ardery gefiel es ganz und gar nicht, dass AC Hillier zur Teambesprechung erschienen war. Obwohl er behauptete, er sei nur gekommen, um seine Anerkennung für die Pressekonferenz zum Ausdruck zu bringen, die sie am vorigen Nachmittag gehalten hatte, roch sein Besuch nach Kontrolle, und das war ihr unangenehm. Am liebsten hätte sie ihm gesagt, dass sie nicht von gestern war: Sie wusste genau, warum er gekommen war und sich wichtigtuerisch am hinteren Ende des Besprechungszimmers aufgepflanzt hatte, und sie wusste auch, dass der leitende Ermittler – *in diesem Fall ich, Sir* – sich ohnehin danach zu richten hatte, welche Informationen der Pressesprecher an die Medien zu geben bereit war, also bestand überhaupt kein Anlass zur Lobhudelei. Sie hatte das Kompliment jedoch mit einem höflichen »Danke, Sir« akzeptiert und darauf gewartet, dass er wieder verschwand. »Sie halten mich doch auf dem Laufenden, Acting Superintendent, nicht wahr?«, hatte er noch gesagt, und auch diese Botschaft war angekommen. *Acting* Superintendent. Man brauchte sie nicht daran zu erinnern, dass dies ihre Probezeit war, aber der Mann hatte sich offenbar vorgenommen, sie bei jeder sich bietenden Gelegenheit darauf hinzuweisen. Sie hatte ihm geantwortet, die Pressekonferenz und der Aufruf an die Bürger, sich als Zeugen zu melden, sofern sie etwas Verdächtiges beobachtet hatten, trügen bereits Früchte, und sie hatte ihn gefragt, ob er eine Zusammenfassung der täglich eingehenden Anrufe wünsche. Er hatte sie prüfend angesehen, als versuchte er zu ergründen, was hinter ihrer Frage steckte, und hatte das Angebot schließlich abgelehnt, und ihre Miene war ausdruckslos geblieben. Womöglich war er zu dem Schluss gekommen, dass sie es ehrlich meinte. »Wir sehen uns später«, hatte er gesagt, und damit war das Gespräch beendet gewesen. Er war gegangen und hatte sie den feindseligen Blicken von DI John Stewart überlassen, die sie ignorierte, so gut es ging.

In Stoke Newington hatte man mit den Haustürbefragungen begonnen. Der langsame Prozess der Spurensuche auf dem Friedhof war noch nicht beendet, Anrufe aus der Bevölkerung wurden bearbeitet, Diagramme und Pläne waren erstellt worden. Man rechnete damit, dass die Pressekonferenz, die darauf folgenden Berichte in Nachrichten und Zeitungen und das Phantombild, das nach den Angaben der beiden Jugendlichen angefertigt worden war, die die Leiche entdeckt hatten, zu wichtigen Hinweisen führen würden. Es lief alles wie geplant. Bisher war Isabelle mit ihrer Arbeit zufrieden.

Der Obduktion allerdings sah sie mit gemischten Gefühlen entgegen. Dafür hatte sie noch nie etwas übrig gehabt. Sie war weit davon entfernt, beim Anblick von Blut in Ohnmacht zu fallen, aber der Anblick eines geöffneten Brustkorbs und das Entfernen und Wiegen von Teilen, die noch vor Kurzem funktionstüchtige Organe gewesen waren, drehte ihr regelmäßig den Magen um. Aus diesem Grund beschloss sie, am Nachmittag ohne Begleitung zur Rechtsmedizin zu gehen, um der Obduktion beizuwohnen. Außerdem ließ sie das Mittagessen aus und leerte stattdessen eines der drei Fläschchen Wodka, die sie extra zu diesem Zweck eingesteckt hatte.

Sie hatte kein Problem, die Leichenhalle zu finden, wo ein Rechtsmediziner sie bereits erwartete. Er stellte sich als Dr. Willeford vor. »Aber nennen Sie mich Blake. Wir wollen doch ein gutes Klima, nicht wahr?« Dann fragte er sie, ob sie einen Stuhl oder einen Hocker wünsche, »für den Fall, dass die bevorstehende Untersuchung sich als zu strapaziös für Sie erweist«. Er klang durchaus freundlich, aber in seinem Lächeln lag etwas, das ihr nicht behagte. Sie hatte keinen Zweifel daran, dass ihre Reaktion auf die Autopsie Hillier zu Ohren kommen würde, dessen Tentakel garantiert selbst bis hierher reichten. Sie schwor sich, nicht umzukippen, erklärte Willeford, sie rechne nicht mit

Problemen, da ihr bisher noch keine Autopsie irgendwelche bereitet habe – eine glatte Lüge, aber woher sollte er das wissen? –, und als er in sich hineinlachte, sich das Kinn rieb, sie musterte und dann verkündete: »Na, dann wollen wir mal«, trat sie an den Edelstahltisch, heftete ihren Blick auf die Leiche, die dort auf dem Rücken lag und auf den Y-Schnitt wartete, die tödliche Wunde wie ein blutroter Blitz rechts an ihrem Hals.

Als Erstes zählte Willeford die äußeren Merkmale auf und redete dabei in einem Plauderton, als wollte er denjenigen, der die Abschrift machte, unterhalten. »Hallo, Kathy, Darling«, sagte er in das Mikrofon, das über dem Obduktionstisch hing. »Wir haben es hier mit einer jungen Frau zu tun. Gute körperliche Verfassung, keine Tätowierungen, keine Narben. Sie ist fünf Fuß vier Inches groß – das Umrechnen in Meter überlasse ich Ihnen, Schätzchen, das ist mir zu kompliziert –, und sie wiegt sieben Komma acht Stone. Seien Sie so gut, und rechnen Sie das in Kilo um, ja, Kath? Wie geht's übrigens Ihrer Mutter, meine Liebe? Sind Sie bereit, Superintendent Ardery? Äh, das war nicht für Sie, Kath, Darling. Wir haben eine Neue hier, sie heißt Isabelle Ardery« – er zwinkerte Isabelle zu –, »und sie hat noch nicht mal um einen Stuhl gebeten für den Fall der Fälle. Jedenfalls …« Er beugte sich über die Leiche, um die Halswunde zu inspizieren. »Wir haben eine durchtrennte Karotis. Sehr hässlich. Seien Sie froh, dass Sie jetzt nicht anwesend sind – nicht dass Sie das jemals wären, Schätzchen. Die Wunde ist stark ausgefranst und … sieben Inches lang.« Er ging um den Obduktionstisch herum, hob erst eine, dann die andere Hand der Leiche an, entschuldigte sich bei Isabelle, als sie einen Schritt zurücktreten musste, um ihn vorbeizulassen, wobei er Kathy mitteilte, dass Superintendent Ardery bisher weder umgekippt noch erbleicht sei, aber man werde schon noch sehen, was passiere, wenn die Leiche erst einmal geöffnet war, nicht wahr?

»Keine Verletzungen an den Händen, die darauf hindeuten, dass das Opfer sich gewehrt hätte«, fuhr er fort. »Keine abgebrochenen Fingernägel, keine Schürfwunden. Beide Hände voller Blut, aber das wird passiert sein, als sie versucht hat, die Blutung zu stoppen, nachdem die Tatwaffe entfernt wurde.« Er schwatzte noch mehrere Minuten, zählte alles auf, was mit bloßem Auge sichtbar war. Er schätzte das Alter der Frau auf zwanzig bis dreißig und bereitete sich dann auf den nächsten Schritt der Obduktion vor.

Isabelle war darauf gefasst. Er rechnete offenbar fest damit, dass sie in Ohnmacht fallen würde. Doch sie war ebenso fest entschlossen, genau das nicht zu tun. Nachdem Willeford den Y-Schnitt gesetzt hatte und begann, mit einer Art Geflügelschere den Brustkorb zu öffnen – es war das Zerschneiden der Knochen, das ihr immer am meisten zusetzte –, hätte sie noch einen Schluck Wodka gebrauchen können. Was folgte, war zwar nicht angenehm, aber zumindest erträglich.

Nachdem Willeford seine Erläuterungen beendet hatte, sagte er: »So, das war's, Kath. Es war mir ein Vergnügen, wie immer. Könnten Sie das alles möglichst bald abtippen und Superintendent Ardery zukommen lassen, Darling? Sie hält sich übrigens immer noch auf den Beinen, ich schätze also, sie ist hart im Nehmen. Erinnern Sie sich noch, wie DI Shatter – was für ein passender Name, was? – damals in Berwick-on-Tweed mit dem Gesicht in den offenen Brustkorb gefallen ist? Gott, haben wir gelacht! Aber wie sagte schon Jane Austen? *Wofür leben wir, wenn nicht dafür, unseren Nächsten zu geben* – was auch immer wir ihnen geben sollen, ich kann mir das Zitat nie richtig merken – *und unsererseits über sie zu lachen*. Adieu, meine liebe Kath, bis zum nächsten Mal!«

Ein Assistent kam dazu, um aufzuräumen und alles sauber zu machen. Willeford zog seinen Kittel aus, warf ihn in einen Korb und bat Isabelle in sein Büro. »*Treten Sie ein, sagte die Spinne zur Fliege*. Ich habe noch etwas für Sie.«

Dieses Etwas bestand in der Information, dass an den Händen des Opfers zwei Haare gefunden worden waren, und außerdem, so Willeford, würden die Kriminaltechniker sie schon bald darüber in Kenntnis setzen, dass man jede Menge Fasern von der Kleidung der Toten geklaubt hatte. »Sie ist ihrem Mörder ziemlich nahe gekommen, wenn Sie verstehen, was ich meine«, schloss er mit einem Augenzwinkern.

Isabelle überlegte, ob das als sexuelle Belästigung zählte, während sie mit ausdruckslosem Gesicht fragte: »Geschlechtsverkehr? Vergewaltigung? Ein Kampf?«

Weder noch, sagte er. Keinerlei Beweise. Die junge Frau sei, wenn er sich so ausdrücken dürfe, eine bereitwillige Beteiligte gewesen bei dem, was zwischen ihr und dem Besitzer der Fasern passiert war. Dies sei wahrscheinlich auch der Grund dafür, dass man sie ausgerechnet an jenem Ort gefunden hatte, da keinerlei Beweise dafür sprachen, dass sie gegen ihren Willen dort hineingezerrt worden war – keine Hämatome, keine Hautpartikel unter den Fingernägeln, nichts dergleichen.

Ob er ihr etwas dazu sagen könne, in welcher Körperhaltung sie angegriffen worden sei, fragte Isabelle den Pathologen. Oder über den Zeitpunkt des Todes? Wie lange sie seiner Meinung nach noch gelebt habe, nachdem ihr die tödliche Wunde zugefügt worden war? Aus welcher Richtung der Angriff ausgeführt worden sei? War der Täter Rechts- oder Linkshänder?

Willeford durchsuchte gerade die Taschen seiner Windjacke – er hatte sie hinter einer Tür aufgehängt und an den Tisch geholt, an dem sie saßen – und brachte einen Müsliriegel zum Vorschein. Er müsse etwas für seinen Blutzuckerspiegel tun, erklärte er ihr. Der Stoffwechsel sei sein Lebensfluch.

Das konnte Isabelle sich gut vorstellen. Ohne seinen Kittel war er so dünn wie ein Gartenschlauch. Bei seiner Größe von eins fünfundneunzig musste er wahrscheinlich den ganzen Tag über essen – bei seinem Beruf sicher keine leichte Übung.

Er sagte, die Maden in den Körperöffnungen ließen darauf schließen, dass der Tod zwischen vierundzwanzig und sechsunddreißig Stunden vor dem Auffinden der Leiche eingetreten war, wobei man bei der derzeitigen Hitze eher von vierundzwanzig Stunden ausgehen könne. Sie habe gestanden, als sie angegriffen wurde, und ihr Mörder sei Rechtshänder. Die toxikologische Untersuchung würde noch zeigen, ob Drogen oder Alkohol im Spiel gewesen waren, aber die Ergebnisse würden auf sich warten lassen, ebenso wie die Ergebnisse der DNS-Analyse der Haare, die an ihren Händen gefunden wurden, »und zwar mitsamt Follikeln, ist das nicht großartig?«

Ob der Täter vor oder hinter der jungen Frau gestanden habe, wollte Isabelle wissen.

Auf jeden Fall vor ihr, antwortete der Pathologe.

Was bedeutete, dachte Isabelle, dass sie ihren Mörder womöglich gekannt hatte.

Auch zu ihrem nächsten Termin an diesem Tag fuhr Isabelle allein. Vorher studierte sie den Stadtplan und stellte erleichtert fest, dass die Strecke nach Eaton Terrace keine große Herausforderung darstellte. Das Wichtigste war, dass sie sich in der Nähe der Victoria Station nicht verfuhr. Wenn sie die Nerven behielt und sich nicht vom dichten Verkehr nervös machen ließ, sollte sie es schaffen, sich in dem Straßengewirr zurechtzufinden, ohne an der Themse oder – in der anderen Richtung – am Buckingham Palace zu landen.

In Eaton Terrace bog sie einmal falsch ab, fuhr nach links anstatt nach rechts, erkannte ihren Irrtum jedoch, als sie die Nummern über den herrschaftlichen Haustüren sah. Nachdem sie gewendet hatte, hatte sie ihr Ziel schnell gefunden. Dort angekommen, blieb sie ganze zwei Minuten in ihrem Auto sitzen und überlegte, wie sie vorgehen sollte.

Sie gelangte zu dem Schluss, dass es am besten war, sich an die Wahrheit zu halten, was ja eigentlich immer das Beste war. Aber um sie auszusprechen, brauchte sie Unterstützung, und die fand sie ganz unten in ihrer Handtasche. Zum Glück hatte sie für diesen speziellen Arbeitstag mehr als nur ein Fläschchen eingesteckt.

Sie kippte den Wodka hinunter. Den letzten Rest behielt sie so lange auf der Zunge, bis er warm war, dann schluckte sie, fischte einen Streifen Juicy Fruit aus ihrer Handtasche und steckte ihn in den Mund. Dann stieg sie aus.

Auf den schachbrettartig verlegten Verandafliesen nahm sie den Kaugummi wieder aus dem Mund, legte rasch etwas Lipgloss auf und glättete die Aufschläge ihrer Jacke. Dann drückte sie die Klingel.

Sie wusste, dass er einen Butler hatte – was für ein Anachronismus!, dachte sie –, und dieser Mann öffnete ihr die Tür: relativ jung, von eulenhaftem Aussehen und im Tennisdress, eine merkwürdige Aufmachung für einen Bediensteten, Sekretär, Butler oder wen auch immer ein Earl auf Tauchstation beschäftigen würde. Denn so stellte Isabelle sich DI Thomas Lynley vor: als Earl auf Tauchstation. Es war ihr nämlich schlicht und einfach unbegreiflich, wie jemand in seiner sozialen Stellung auf die Idee kommen konnte, sein Leben als Polizist zu verbringen, es sei denn, es diente ihm als eine Art Inkognito, hinter dem er sich vor seinesgleichen verbarg. Seinesgleichen – das waren die Leute, deren Fotos auf den Titelseiten der Boulevardblätter prangten, wenn sie sich in die Bredouille gebracht hatten, oder auf den Seiten von *Hello!*, *OK!*, *Tatler* und derlei Illustrierten. Bilder, auf denen sie den Fotografen mit Champagnergläsern zuprosteten. Sie vergnügten sich bis zum Morgengrauen in Nachtklubs, sie reisten zum Skifahren in die Alpen – nach Frankreich, Italien, in die Schweiz, wohin auch immer –, und sie machten Urlaub in Portofino oder Santorini oder anderen mehrsilbigen Orten am Mittelmeer, am Ionischen Meer oder in der Ägäis, die alle auf einen Vokal endeten. Aber sie übten sicherlich keine normalen Berufe aus, und wenn sie es doch taten, weil sie auf das Geld angewiesen waren, dann wurden sie garantiert keine Polizisten.

»Guten Tag«, sagte der Mann im Tennisdress. Er hieß Charlie Denton. Isabelle hatte ihre Hausaufgaben gemacht.

Sie zeigte ihren Dienstausweis und stellte sich vor. »Mr. Denton, ich suche den Inspector. Ist er vielleicht zufällig zu Hause?«

Falls er sich wunderte, dass sie seinen Namen kannte, war Charlie Denton viel zu umsichtig, um es sich anmerken zu lassen. »Zufällig, ja …«, sagte er und bat sie ins Haus. Er zeigte auf eine Tür zu ihrer Rechten, die in ein Empfangszimmer führte, das in einem angenehmen Grünton gehalten war.

»Ich nehme an, er ist in der Bibliothek.« Er deutete auf eine Gruppe von Sitzmöbeln vor einem offenen Kamin und sagte, er könne ihr etwas zu trinken bringen, wenn sie es wünsche. Sie überlegte, ob sie das Angebot annehmen und sich gleich einen Wodka Martini genehmigen sollte, lehnte dann aber doch höflich ab, weil sie annahm, dass Charlie Denton in Anbetracht der Tatsache, dass sie im Dienst war, wahrscheinlich an etwas anderes dachte.

Während er seinen – ja, was? Seinen Dienstherrn? Seinen Arbeitgeber? – holen ging, sah sie sich in dem Zimmer um.

Das Haus war eine alte Stadtvilla, die wahrscheinlich schon seit Generationen im Besitz von Lynleys Familie war, da niemand die typischen baulichen Merkmale der Villa aus dem neunzehnten Jahrhundert zerstört hatte. Die Stuckverzierungen am Rand und in der Mitte der Decke sowie an den Wänden unterhalb der Decke waren perfekt erhalten. Für diese Details gab es garantiert alle möglichen architektonischen Fachbegriffe, die Isabelle nicht geläufig waren – was sie allerdings nicht daran hinderte, das Ambiente gebührend zu bewundern.

Anstatt Platz zu nehmen, trat sie an das Fenster, das zur Straße hin lag. Unter dem Sims stand ein Tisch mit mehreren gerahmten Fotos, darunter ein Hochzeitsfoto von Lynley und seiner Frau. Isabelle nahm es in die Hand und betrachtete es: ein Schnappschuss, Braut und Bräutigam lachend und strahlend und umringt von ihren Gästen.

Sie war sehr attraktiv gewesen, fiel Isabelle auf. Nicht schön wie Porzellan oder im klassischen Sinne oder puppenhaft oder wie auch immer man eine Frau am Tag ihrer Hochzeit beschreiben mochte. Auch war sie keine englische Rose gewesen. Sie hatte dunkles Haar und dunkle Augen gehabt, ein ovales Gesicht und ein anziehendes Lächeln. Und sie war modisch schlank gewesen. Aber waren sie das nicht alle?, dachte Isabelle.

»Superintendent Ardery?«

Sie drehte sich um, den Bilderrahmen immer noch in der Hand. Sie hatte ein bleiches Abbild der Trauer erwartet – vielleicht einen Hausrock, eine Pfeife in der Hand und Pantoffeln an den Füßen oder irgendetwas anderes in der Art, jedenfalls lächerlich edwardianisch. Aber Thomas Lynley war braun gebrannt, das Haar von der Sonne gebleicht, und er trug Jeans und ein Polohemd mit drei Knöpfen und Kragen.

Ihr war entfallen, dass er braune Augen hatte. Er musterte sie ohne Misstrauen. Er hatte überrascht geklungen, als er ihren Namen sagte, aber was auch immer sonst noch in ihm vorgehen mochte, ließ er sich nicht anmerken.

»Nur Acting Superintendent«, entgegnete sie. »Noch hat man mir den Posten nicht endgültig übertragen. Ich bin noch in der Probezeit, so wie Sie es waren.«

»Ah.« Er trat ein. Er gehörte zu der Sorte Männer, die stets eine natürliche Selbstsicherheit ausstrahlten und den Eindruck vermittelten, als könnten sie sich auf jedem Parkett bewegen. Isabelle ahnte, dass dies mit seiner Herkunft zu tun hatte. »Es ist wohl nicht dasselbe«, sagte er, als er zu ihr an den Tisch trat. »Ich hatte keine Probezeit. Ich habe nur ausgeholfen. Ich hatte kein Interesse an dem Posten.«

»Das habe ich gehört, aber es fällt mir schwer, es zu glauben.«

»Warum? Die Erfolgsleiter hinaufzuklettern, hat mich noch nie interessiert.«

»Sich auf der Erfolgsleiter hochzuarbeiten, interessiert jeden, Inspector.«

»Bis auf diejenigen, die die Verantwortung nicht wollen, ganz besonders wenn sie eine Vorliebe für die Versenkung haben.«

»Versenkung? Was für eine Art von Versenkung?«

Er deutete ein Lächeln an. »Die Art, in der man verschwinden kann.«

Sein Blick fiel auf ihre Hände, und sie wurde gewahr, dass sie das Hochzeitsfoto immer noch festhielt. Sie stellte es zurück auf den Tisch und sagte: »Ihre Frau war sehr schön, Thomas. Es tut mir leid, dass sie gestorben ist.«

»Danke«, sagte er, und mit einer Offenheit, die Isabelle völlig verblüffte, auch wenn sie sie als sehr gewinnend empfand, fügte er hinzu: »Wir waren eigentlich nicht füreinander geschaffen, was uns wiederum perfekt füreinander geschaffen machte. Ich habe sie sehr geliebt.«

»Was für ein Glück, so lieben zu können«, sagte sie.

»Ja.« Wie zuvor Charlie Denton bot er ihr etwas zu trinken an, und wieder lehnte sie ab. Und ebenso wie Charlie Denton forderte er sie auf, Platz zu nehmen, aber nicht in einem der Sessel vor dem Kamin, sondern an einem Tisch, auf dem ein angefangenes Schachspiel stand. Er warf einen Blick darauf, runzelte die Stirn und machte schließlich mit seinem weißen Läufer einen Zug, mit dem er einen der beiden schwarzen Läufer schlug. »Charlie Denton tut nur so, als würde er Gnade walten lassen«, bemerkte Lynley. »Das bedeutet, dass er etwas im Schilde führt. Was kann ich für Sie tun, Superintendent? Ich würde Ihren Besuch gerne für einen privaten Besuch halten, aber ich bin mir recht sicher, dass dies nicht der Fall ist.«

»Wir haben einen Mordfall im Abney Park. In Stoke Newington. Eigentlich ist es ein Friedhof.«

»Die junge Frau, ja. Ich habe im Radio davon gehört. Sie ermitteln in dem Fall? Warum überlässt man das nicht den Kollegen vor Ort?«

»Hillier hat ein paar Beziehungen spielen lassen. Außerdem gibt es schon wieder Ärger mit dem SO5. Aber ich glaube, vor allem Ersteres spielt eine Rolle. Er will sehen, wie ich im Vergleich mit Ihnen abschneide – und wie ich mit John Stewart umgehe, sollte es Probleme mit ihm geben.«

»Sie haben Hillier also bereits durchschaut.«

»Das war nicht besonders schwierig.«

»Er hält mit seinen Gefühlen nicht hinterm Berg, nicht wahr?« Wieder lächelte Lynley, doch Isabelle fiel auf, dass es eher eine Form der Höflichkeit war als der Ausdruck eines Gefühls. Er war sehr auf der Hut, was vermutlich jeder in seiner Situation wäre. Eigentlich hatte sie keinen Grund, ihn aufzusuchen. Das wusste er natürlich, und er wartete darauf, den Anlass ihres Besuchs zu erfahren.

»Ich möchte, dass Sie sich an den Ermittlungen beteiligen, Thomas«, eröffnete sie ihm unvermittelt.

»Ich nehme gerade eine Auszeit.«

»Das weiß ich. Aber ich hoffe, dass es mir gelingt, Sie dazu zu überreden, sich eine Auszeit von der Auszeit zu nehmen. Wenigstens für ein paar Wochen.«

»Sie arbeiten mit meinem ehemaligen Team zusammen, nicht wahr?«

»Richtig. Stewart, Hale, Nkata …«

»Und Barbara Havers?«

»Aber ja. Die gefürchtete Barbara Havers gehört auch dazu. Abgesehen von ihrem bedauernswerten Geschmack in Sachen Mode habe ich den Eindruck, dass sie eine sehr gute Polizistin ist.«

»Das ist sie wirklich.« Er legte die Fingerspitzen aneinander. Sein Blick wanderte zum Schachbrett, und es hatte den Anschein, als grübelte er über Charlie Dentons nächsten Zug nach, aber viel wahrscheinlicher war es, dass er über ihren nächsten Zug nachdachte. Nach einer Weile sagte er: »Sie brauchen mich nicht. Jedenfalls nicht als Ermittler.«

»Kann eine Mordkommission jemals genug Ermittler haben?«

Wieder dieses Lächeln. »Die Antwort darauf ist einfach«, sagte er. »Es wäre gut für das Ansehen der Met, aber schlecht für …« Er zögerte.

»Sie meinen, es könnte mir schaden?« Sie veränderte ihre Sitzposition und beugte sich vor. »Also gut. Ich hätte Sie gern in meinem Team, weil ich nicht möchte, dass jedes Mal, wenn ich Ihren Namen erwähne, ein ehrfurchtsvolles Raunen durch den Besprechungsraum geht, und diese Lösung scheint mir die einfachste zu sein. Außerdem bin ich daran interessiert, mit allen in der Met ein einigermaßen normales Verhältnis aufzubauen, und zwar weil ich diesen Job haben will.«

»Sie sind ziemlich unverblümt, wenn Sie mit dem Rücken zur Wand stehen.«

»Das bin ich immer – Ihnen gegenüber und auch allen anderen gegenüber. Und zwar *bevor* ich mit dem Rücken zur Wand stehe.«

»Das wird Ihnen Vorteile und Nachteile einbringen. Vorteile in Bezug auf das Team, das Sie leiten, und Nachteile in Bezug auf Ihr Verhältnis zu Hillier. Er zieht Glacéhandschuhe der eisernen Faust vor. Oder haben Sie das bereits festgestellt?«

»Die wichtigste Beziehung bei der Met ist für mich die zwischen mir und meinem Team und nicht die zwischen mir und David Hillier. Was meine Leute angeht: Die wollen, dass Sie zurückkommen. Die wollen Sie auf dem Posten des Superintendent sehen – na ja, alle außer John Stewart, aber das sollten Sie nicht persönlich nehmen …«

»Ich würde nicht auf die Idee kommen.« Er lächelte, und diesmal war das Lächeln echt.

»Ja, sicher. Also gut. Sie wollen, dass Sie zurückkommen, und sie werden sich erst zufriedengeben, wenn sie wissen, dass Sie nicht sein wollen, was sie von Ihnen erwarten, und dass Sie kein Problem damit haben, wenn jemand anderes den Posten übernimmt.«

»Wenn Sie ihn übernehmen …«

»Ich glaube, dass Sie und ich gut zusammenarbeiten könnten, Thomas. Ich glaube sogar, dass wir beide sehr gut zusammenarbeiten könnten, wenn es darauf ankäme.«

Er schien sie eingehend zu mustern, und sie fragte sich, was er in ihrem Gesicht zu lesen versuchte. Ein Moment des Schweigens folgte, und sie kostete ihn aus, während sie sich der vollkommenen Stille im Haus bewusst wurde und sich fragte, ob es auch so still gewesen war, als seine Frau noch lebte. Sie hatten keine Kinder gehabt, erinnerte sie sich. Zum Zeitpunkt ihres Todes waren sie noch nicht einmal ein Jahr verheiratet gewesen.

»Wie geht es Ihren beiden Jungen?«, fragte er unvermittelt.

Die Frage war entwaffnend, wahrscheinlich mit Absicht. Sie

überlegte, woher in aller Welt er wusste, dass sie zwei Söhne hatte.

Als hätte sie laut gedacht, sagte er: »Damals in Kent haben Sie einen Anruf auf Ihrem Handy angenommen. Von Ihrem Exmann … Sie haben sich mit ihm gestritten … Dabei erwähnten Sie die Jungen.«

»Sie sind in der Nähe von Maidstone. Bei ihm.«

»Darüber sind Sie bestimmt nicht glücklich.«

»Weder glücklich noch unglücklich. Ich habe einfach keinen Sinn darin gesehen, sie nach London zu verfrachten, solange ich nicht weiß, ob ich diese Stelle bekomme oder nicht.« Ihr wurde bewusst, dass ihre Worte härter geklungen hatten als beabsichtigt. Um den Eindruck ein bisschen abzumildern, fügte sie hinzu: »Natürlich fehlen sie mir. Aber es ist bestimmt besser für sie, wenn sie die Sommerferien bei ihrem Vater auf dem Land verbringen als bei mir hier in London. Dort können sie sich austoben. Hier wäre das undenkbar.«

»Und wenn Sie die Stelle bekommen?«

Er hatte eine Art, einen zu beobachten, wenn er eine Frage stellte – wahrscheinlich bekam er ziemlich schnell mit, ob jemand log oder die Wahrheit sagte. Aber in diesem speziellen Fall konnte er unmöglich den Grund für die Lüge erraten, die sie ihm jetzt auftischte: »Dann würden sie selbstverständlich zu mir nach London ziehen. Aber ich treffe nicht gern voreilige Entscheidungen. Das halte ich grundsätzlich für unklug, und in diesem Fall wäre es regelrecht tollkühn.«

»Wie den Tag vor dem Abend zu loben.«

»Ganz genau«, sagte sie. »Und das ist ein weiterer Grund, Inspector …«

»Wir hatten uns schon auf Thomas geeinigt.«

»Thomas«, sagte sie. »Also gut. Ich will ganz offen sein. Ich möchte Ihre Mitarbeit an diesem Fall, weil ich glaube, dass dadurch meine Chancen steigen, die Stelle zu bekommen. Wenn Sie mit mir zusammenarbeiten, wird das allen Spekulationen ein Ende bereiten, und gleichzeitig werden Sie mit Ihrer Kooperation demonstrieren, dass …« Sie suchte nach den richtigen Worten.

»Dass ich Ihre Ernennung zum Superintendent befürworte«, half er ihr aus.

»Ja. Wenn wir gut zusammenarbeiten, wird es so laufen. Wie gesagt, ich bin in dieser Hinsicht ziemlich unverblümt.«

»Und meine Rolle wäre an Ihrer Seite? Stellen Sie sich das so vor?«

»Vorerst ja. Das kann sich ändern. Je nachdem, wie sich alles entwickelt.«

Er schwieg, aber sie sah ihm an, dass er über ihren Vorschlag nachdachte: Er wägte ihn ab gegen das Leben, das er derzeit führte, überlegte, was sich ändern würde und ob diese Veränderung einen Einfluss auf das haben würde, womit er sich herumplagte.

Schließlich sagte er: »Ich muss darüber nachdenken.«

»Wie lange?«

»Haben Sie ein Handy?«

»Natürlich.«

»Dann geben Sie mir Ihre Nummer. Ich gebe Ihnen bis heute Abend Bescheid.«

Für ihn lautete die eigentliche Frage, was es bedeutete, nicht, ob er es tun würde. Er hatte versucht, die Polizeiarbeit hinter sich zu lassen, aber die Polizeiarbeit hatte an seine Tür geklopft, und das würde sie wahrscheinlich immer wieder tun, ob es ihm nun gefiel oder nicht.

Nachdem Isabelle Ardery sich verabschiedet hatte, trat Lynley ans Fenster und sah ihr nach, wie sie entschlossenen Schrittes zu ihrem Wagen ging. Sie war groß – mindestens eins achtzig. Er war eins fünfundachtzig groß, und sie waren buchstäblich auf Augenhöhe gewesen. Alles an ihr war professionell, von ihrer maßgeschneiderten Kleidung bis zu den blank polierten Pumps und dem glatten, bernsteinfarbenen, exakt auf Kinnlänge geschnittenen Haar, das sie hinter die Ohren geschoben hatte.

Goldene Ohrstecker und eine Halskette mit einem kleinen runden Anhänger waren alles, was sie sich an Schmuck gestattete. Sie trug eine Armbanduhr, aber keine Fingerringe, und ihre Hände waren gepflegt, die Nägel kurz und manikürt, die Haut weich. Sie war eine Mischung aus männlich und weiblich, was sie vermutlich sein musste: Um in der Welt der Polizei erfolgreich zu sein, war sie gezwungen, sich nach außen hin männlich zu geben, während sie tief im Innern immer eine Frau bleiben würde. Das war bestimmt nicht leicht.

Er sah, wie sie vor dem Auto ihre Handtasche öffnete. Die Autoschlüssel fielen ihr aus der Hand, sie hob sie auf und öffnete die Fahrertür. Sie wühlte nach irgendetwas in ihrer Handtasche, aber offenbar fand sie es nicht, denn sie warf die Tasche auf den Beifahrersitz, stieg ein, ließ den Motor an und fuhr davon.

Eine Weile blieb er am Fenster stehen. Er hatte schon lange nicht mehr an diesem Fenster gestanden, denn es ging zu der Straße hinaus, in der Helen gestorben war, und er hatte sich nie überwinden können hinauszuschauen, vor lauter Angst, alles wieder vor sich zu sehen. Doch jetzt stellte er fest, dass es einfach nur eine Straße war, die aussah wie viele Straßen in Belgravia. Herrschaftliche weiße Häuser, schmiedeeiserne Zäune, die im Sonnenlicht glänzten, Blumenkästen, in denen Efeu rankte und Sternjasmin seinen Duft verströmte.

Er wandte sich vom Fenster ab und ging nach oben. Aber er ging nicht zurück in die Bibliothek, wo er die *Financial Times* gelesen hatte, sondern zu dem Zimmer neben dem Schlafzimmer, das er mit seiner Frau geteilt hatte, und öffnete zum ersten Mal seit dem vergangenen Februar die Tür. Und zum ersten Mal seit dem vergangenen Februar betrat er das Zimmer.

Es war nicht ganz fertig geworden. Ein Kinderbettchen musste noch zusammengebaut werden, denn sie waren nicht weiter gekommen, als die Einzelteile auszupacken. Sechs Rollen Tapete lehnten an der Holzvertäfelung, die nur vorgestrichen worden war. Die Deckenlampe befand sich noch immer im

Originalkarton, und unter einem der Fenster stand ein Wickeltisch, allerdings ohne Wickelauflage. Die befand sich aufgerollt in einer Einkaufstüte von *Peter Jones*, eine von mehreren derselben Sorte mit Kissen, Windeln, Milchpumpe, Fläschchen … Unglaublich, wie viele Sachen man für ein Geschöpf benötigte, das bei seiner Geburt knappe drei Kilo wog.

Die Luft in dem Zimmer war stickig und heiß, und Lynley riss die Fenster auf. Von draußen kam kaum ein Luftzug herein, was ihn dazu veranlasste, sich zu fragen, warum sie das nicht bedacht hatten, als sie sich entschlossen hatten, hier das Kinderzimmer für ihren Sohn einzurichten. Es war Spätherbst gewesen, der Winter hatte sich bereits angekündigt, und sie waren gar nicht erst auf die Idee gekommen, sich über die Sommerhitze Gedanken zu machen. Und alles hatte sich um die Schwangerschaft selbst gedreht anstatt um das, was die Schwangerschaft hervorbringen würde. Wahrscheinlich ging es vielen Paaren so, dachte er. Sie beschäftigten sich mit den Problemen, die es bis zur Geburt zu bewältigen galt, und erst dann fingen sie an, sich als Eltern zu begreifen. Solange kein Kind da war, dem man Vater oder Mutter sein konnte, war es unmöglich, sich als Vater oder Mutter zu fühlen.

»M'lord.«

Lynley fuhr herum. Charlie Denton stand in der Tür. Er wusste, dass Lynley es nicht mochte, mit seinem Titel angeredet zu werden, aber sie hatten sich nie darüber verständigt, was er tun oder sagen sollte, um sich bemerkbar zu machen, außer den Titel in irgendeiner Form zu nuscheln oder sich zu räuspern.

»Was gibt's, Charlie? Machen Sie sich auf den Weg?«

Er schüttelte den Kopf. »Ich war schon da.«

»Und?«

»Bei diesen Dingen weiß man nie. Ich dachte, mein Outfit käme gut an, aber der Regisseur hatte kein gutes Wort dafür übrig.«

»Nein? So ein Pech.«

»Hm. Ich habe gehört, wie irgendjemand gemurmelt hat:

›Das Gesicht würde passen‹, aber das war's auch schon. Ansonsten heißt es nur warten.«

»Wie immer«, bemerkte Lynley. »Und wie lange wird es dauern?«

»Bis sie mich anrufen? Nicht lange. Werbespots, wissen Sie. Sie sind wählerisch, aber so wählerisch auch wieder nicht.«

Er klang resigniert. So war es in der Welt der Schauspielerei, dachte Lynley. Der Überlebenskampf dort war wie ein Mikrokosmos des Lebens. Wunsch und Kompromiss. Man versuchte sein Glück und musste viel häufiger Ablehnungen einstecken, als man Erfolge verbuchen konnte. Aber es gab nun mal keinen Erfolg, ohne dass man sein Glück versuchte, ohne Risikobereitschaft, ohne den Mut, ins kalte Wasser zu springen.

»Während Sie darauf warten, dass man Ihnen die Rolle des Hamlet anbietet ...«

»Sir?«, sagte Denton.

»Wir müssen dieses Zimmer leer räumen. Wenn Sie uns einen Pimm's mixen und hier raufbringen, dürften wir es bis heute Abend schaffen.«

7

Meredith spürte Gordon Jossie schließlich in Fritham auf. Sie hatte angenommen, dass er immer noch an dem Haus in Boldre Gardens arbeiten würde, wo Gina Dickens ihn kennengelernt hatte, aber als sie dort eintraf, erkannte sie am Zustand des Dachs, dass er längst mit einem anderen Projekt beschäftigt war. Das Stroh war sauber geschnitten, und am First prangte ein Prachtstück – Gordons persönliche Handschrift: ein eleganter Pfau, dessen Schwanzfedern die empfindliche Giebelkante schützten und sich dekorativ mehr als einen Meter weit zu beiden Seiten auf dem Dach ausbreiteten.

Meredith murmelte einen Fluch vor sich hin, so leise, dass Cammie es nicht hörte, und sagte zu ihrer Tochter: »Lass uns einen Spaziergang zum Ententeich machen, ja? Da soll es eine hübsche grüne Brücke geben.«

Der Abstecher zum Ententeich und zur Brücke verschlang eine Stunde, die sich jedoch lohnte, wie sich herausstellte. Als Meredith hinterher am Kiosk für Cammie ein Eis und für sich eine Flasche Wasser kaufte, erfuhr sie, wo sie Gordon Jossie finden konnte, ohne ihn anrufen zu müssen und ihm damit Zeit zu geben, sich auf ihren Besuch vorzubereiten.

Er arbeite am Pub in der Nähe des Eyeworth Pond, wusste die Kassiererin zu berichten, die nur deshalb über die Information verfügte, weil sie ein Auge auf Gordons Lehrling geworfen hatte, während die beiden Männer in Boldre Gardens gearbeitet hatten. Es war ihr tatsächlich gelungen, das Interesse des jungen Mannes zu gewinnen, und das, obwohl – oder gerade weil – sie fürchterliche O-Beine hatte. Dort, beim Eyeworth Pond, würde Meredith die Dachdecker antreffen, sagte sie, doch dann wurden ihre Augen schmal, und sie fragte, an welchem der beiden Meredith denn interessiert sei. Am liebsten hätte Meredith ihr geantwortet, sie solle sich ihre Befürchtungen für wichtigere Dinge aufsparen. Ein Mann, egal welcher Größe, welchen Alters, welcher Art, war das Letzte, was sie in ihrem Leben brauchte. Sie suche Gordon Jossie, sagte sie schließlich nur, woraufhin die junge Frau ihr bereitwillig erklärte, wo genau der Eyeworth Pond lag, nämlich gleich östlich von Fritham. Der Pub liege ohnehin näher bei Fritham als am Weiher.

Die Aussicht auf einen weiteren Weiher mit Enten machte es leicht, Cammie von den Wiesen und Blumen in Boldre Gardens weg und ins Auto zu locken, was sonst immer ein Problem war, weil sie es nicht ausstehen konnte, in ihrem Kindersitz angeschnallt zu werden, noch dazu in einem Fahrzeug ohne Klimaanlage, und für gewöhnlich brachte sie ihr Missfallen auch lautstark zum Ausdruck. Zum Glück lag Fritham nur eine Viertelstunde entfernt gleich hinter der A31.

Meredith kurbelte sämtliche Fenster weit auf, und anstelle ihrer Affirmationskassette ließ sie eine von Cammies Lieblingskassetten laufen. Cammie stand ausgerechnet auf Tenöre, und sie konnte »Nessuno dorma« mit erstaunlich opernhaftem Tremolo schmettern.

Den Pub zu finden, war ein Kinderspiel. Das *Royal Oak* war eine wilde Mischung aus verschiedenen Baustilen, an denen sich ablesen ließ, in welchen Epochen es durch Anbauten erweitert worden war. Lehmbauweise mischte sich mit Fachwerk und Backstein, und das Dach war teils mit Reet gedeckt und teils mit Schiefer. Gordon hatte das alte Reet von der Lattung gerissen. Als Meredith eintraf, kletterte er gerade vom Gerüst, während sein Lehrling unter der dem Pub den Namen gebenden alten Eiche dabei war, Strohbunde vorzubereiten. Cammie flitzte sofort zu einer Schaukel, die im hinteren Teil des Gartens stand, und Meredith wusste, ihre Tochter würde beschäftigt sein, während sie selbst ein Wörtchen mit dem Dachdeckermeister redete.

Gordon wirkte nicht überrascht, sie zu sehen. Wahrscheinlich hatte Gina Dickens ihm von Merediths Besuch berichtet, und wer konnte es ihr verdenken? Sie fragte sich, ob Gina ihn anschließend wegen des Autos gelöchert hatte, das nicht ihm gehörte, und wegen der Kleider, die er in Kartons auf dem Dachboden aufbewahrte. Sie hielt es durchaus für möglich. Gina hatte ziemlich nervös gewirkt, als Meredith sie darüber aufgeklärt hatte, welchen Platz Jemima Hastings in Gordon Jossies Leben innegehabt hatte.

Nachdem sie sich vergewissert hatte, dass Cammie auf der Schaukel saß, verschwendete Meredith keine Zeit für höfliche Floskeln. Sie ging entschlossen auf Gordon Jossie zu und sagte ohne Umschweife: »Ich wüsste gern, wie sie ohne Auto nach London gekommen sein soll, Gordon.« Sie lauerte darauf, was er antworten und was für ein Gesicht er machen würde.

Gordon warf einen Blick zu seinem Lehrling. »Kleine Pause, Cliff«, rief er und schwieg, bis der junge Mann genickt hatte und im Pub verschwunden war. Dann nahm er seine Baseballmütze ab und wischte sich mit einem Taschentuch über das Gesicht und die Halbglatze.

Wie immer trug er eine Sonnenbrille, was es Meredith erschweren würde, seine Gedanken zu erraten. Sie hatte immer angenommen, dass er sich angewöhnt hatte, eine dunkle Brille zu tragen, damit niemand seinen unruhigen Blick bemerkte, aber Jemima hatte gesagt: »Was für ein Unsinn.« Sie hatte es offenbar völlig normal gefunden, dass ein Mann bei jedem Wetter mit einer Sonnenbrille rumlief, manchmal sogar im Haus. Aber genau das war von Anfang an das Problem gewesen: In Merediths Augen war alles Mögliche an Gordon nicht normal gewesen, doch Jemima hatte das einfach nicht sehen wollen. Schließlich war er ein *Mann*, ein Angehöriger jener Spezies, der Jemima jahrelang wie besessen nachgejagt war.

Jetzt nahm Gordon seine Sonnenbrille kurz ab, aber nur, um sie mit seinem Taschentuch zu putzen, dann setzte er sie gleich wieder auf, stopfte das Tuch zurück in die Hosentasche und antwortete ruhig: »Wieso bist du eigentlich so schlecht auf mich zu sprechen, Meredith?«

»Weil du Jemima von ihren Freunden ferngehalten hast.«

Er nickte langsam, als würde er darüber nachdenken. Schließlich sagte er: »Du meinst, ich habe sie von dir ferngehalten.«

»Von allen, Gordon. Das willst du doch nicht etwa leugnen?«

»Es hat keinen Zweck, irgendetwas zu leugnen, das nicht wahr ist. Und dummes Zeug, mit Verlaub. Du bist einfach nicht mehr zu Besuch gekommen. Also, wenn sich hier einer ferngehalten hat, dann warst du es. Bist du gekommen, um mir zu erzählen, warum?«

»Ich bin gekommen, weil ich wissen will, warum ihr Auto in deiner Scheune steht. Weil ich wissen will, warum du dieser… dieser… *Blondine*, die bei dir wohnt, gesagt hast, es wäre dein Auto. Außerdem will ich wissen, warum auf deinem Speicher Kartons mit ihren Klamotten stehen und warum in deinem ganzen Haus aber auch gar nichts an Jemima erinnert.«

»Warum sollte ich dir das erklären?«

»Weil – wenn du es nicht tust oder wenn das, was du mir erklärst, mich nicht zufriedenstellt…« Sie ließ die Drohung unausgesprochen. Er war nicht dumm. Er wusste, wie der Rest des Satzes lauten würde.

Trotzdem fragte er: »Was dann?«

Er trug ein langärmeliges T-Shirt mit Brusttasche, aus der er eine Schachtel Zigaretten nahm. Er schüttelte eine heraus und zündete sie mit einem Plastikfeuerzeug an. Dann wartete er auf ihre Antwort. Er wandte kurz den Kopf und sah an ihr vorbei zu einem Bauernhaus aus rotem Backstein gegenüber dem Pub auf der anderen Straßenseite. Die Heide erstreckte sich dahinter wie ein violetter Teppich aus Erika, jenseits davon ein Wald. Die Baumwipfel schienen in der Sommerhitze zu flimmern.

»Antworte mir einfach«, sagte Meredith. »Wo ist sie, und warum hat sie ihr Auto nicht mitgenommen?«

Er wandte sich ihr wieder zu. »Was soll sie in London mit einem Auto? Sie hat es nicht mitgenommen, weil sie es nicht braucht.«

»Und wie ist sie dann dahin gekommen?«

»Keine Ahnung.«

»Das ist doch lächerlich! Du erwartest doch nicht etwa von mir, dass ich dir glaube …«

»Mit dem Zug, mit dem Bus, per Hubschrauber, per Hängegleiter, auf Rollschuhen«, fiel er ihr ins Wort. »Ich weiß es nicht, Meredith. Eines Tages hat sie mir erklärt, sie würde gehen, und am nächsten Tag ist sie abgehauen. Sie war weg, als ich von der Arbeit kam. Ich nehme an, sie ist mit dem Taxi nach Sway gefahren und dort in den Zug gestiegen. Und?«

»Du hast ihr etwas angetan!« Meredith hatte nicht vorgehabt, ihn zu beschuldigen, nicht auf diese Weise und nicht so schnell. Aber der Gedanke an das Auto und die Lügen und die Tatsache, dass Gina Dickens bei ihm eingezogen war, während Jemimas Sachen noch auf dem Dachboden in Kartons lagen … »Stimmt's?«, herrschte sie ihn an. »Rob hat mehrmals versucht, sie anzurufen, aber sie geht nicht ans Telefon. Sie reagiert nicht auf seine Nachrichten, und …«

»Ach, du bist an ihm interessiert? Na ja, er ist immerhin noch zu haben und, wenn ich's mir recht überlege, gar keine schlechte Partie.«

Am liebsten hätte sie ihn geohrfeigt – weniger wegen der Bemerkung, denn die war einfach nur lächerlich, sondern weil er tatsächlich annahm, sie sei genau wie Jemima ständig auf der Suche nach einem Mann, weil sie ohne Mann unvollständig und frustriert und überhaupt so … so … so verzweifelt wäre, dass sie ihre Fühler ständig ausgestreckt hielt für den Fall, dass ein verfügbarer Typ in ihre Nähe käme. Was in Rob Hastings' Fall vollkommen absurd war, denn er war fünfzehn Jahre älter als sie, und sie kannte ihn, seit sie acht war.

»Wo kommt diese Gina überhaupt her?«, fragte sie. »Seit wann kennst du sie? Du hattest schon was mit ihr, bevor Jemima verschwunden ist, stimmt's, Gordon? Ihretwegen ist sie gegangen.«

Er schüttelte den Kopf, ungläubig und angewidert zugleich.

Er zog an seiner Zigarette und inhalierte tief und wütend, wie es Meredith schien.

»Du hast diese Gina kennengelernt…«

»Sie heißt Gina Dickens, Punkt. Nenn sie nicht *diese Gina*, das gefällt mir nicht.«

»Wieso sollte mich interessieren, was dir gefällt und was nicht? Du hast diese Gina kennengelernt und Jemima ihretwegen fallen lassen, richtig?«

»Das ist verdammter Schwachsinn! Ich gehe wieder an die Arbeit.« Er wandte sich zum Gehen.

»Du hast sie vertrieben!«, schrie Meredith ihm nach. »Kann ja sein, dass sie jetzt in London ist, aber der einzige Grund dafür bist du. Sie hatte hier ein eigenes Geschäft. Sie hatte eine Angestellte. Sie hatte Erfolg mit der *Cupcake Queen*, aber das hat dir nicht gefallen, stimmt's? Du hast es ihr schwer gemacht. Und irgendwie hast du das Geschäft oder ihre Begeisterung dafür oder die Stunden, die sie darauf verwendet hat, oder *irgendetwas* benutzt, um ihr das Gefühl zu geben, dass sie gehen musste. Und dann hast du auch noch Gina angeschleppt…« Es kam Meredith völlig plausibel vor – so typisch für die Art, wie Männer sich verhielten.

Er sagte noch einmal: »Ich gehe wieder an die Arbeit«, und machte Anstalten, auf das Gerüst zu klettern, das sich über die gesamte Front des Hauses erstreckte. Am Fuß der Leiter blieb er jedoch noch einmal stehen und drehte sich zu ihr um. »Fürs Protokoll, Meredith: Gina wohnt erst hier – im New Forest – seit Juni. Vorher hat sie in Winchester gewohnt, und…«

»Du kommst doch auch aus Winchester! Du hast in Winchester studiert. Da hast du sie kennengelernt.« Ihre Stimme klang ganz schrill, aber sie konnte nichts daran ändern. Aus irgendeinem Grund, der ihr nicht klar war, hatte sie plötzlich das beinahe verzweifelte Bedürfnis, in Erfahrung zu bringen, was hier los war, was schon seit Monaten vor sich ging und dazu geführt hatte, dass sie und Jemima sich immer mehr voneinander entfremdet hatten.

Gordon winkte ab. »Glaub doch, was du willst! Ich wüsste nur gern, warum du mich von Anfang an nicht ausstehen konntest.«

»Das hier hat nichts mit mir zu tun.«

»Es hat alles mit dir zu tun, auch der Grund, warum du mich vom ersten Moment an verachtet hast. Denk darüber nach, ehe du noch mal herkommst! Und lass gefälligst Gina in Ruhe!«

»Jemima ist der Grund …«

»Jemima«, entgegnete er ruhig, »hat garantiert inzwischen einen anderen gefunden. Das weißt du doch so gut wie ich. Und ich schätze, auch das macht dich stinkwütend.«

Als Robbie Hastings an den hohen Hecken vorbei in die Einfahrt des Grundstücks einbog, war Gordon Jossies Pick-up nirgendwo zu sehen. Aber davon ließ er sich nicht beirren. Gordon mochte nicht zu Hause sein, aber vielleicht würde er die neue Frau antreffen. Dann würde er sie gleich mal kennenlernen, und daran war ihm genauso gelegen wie an einem Gespräch mit Gordon. Außerdem wollte er sich auf dem Hof umsehen. Und er wollte Jemimas Auto mit eigenen Augen sehen, auch wenn Meredith sich unmöglich geirrt haben konnte. Es war ein Figaro, und so ein Auto bekam man nicht alle Tage zu Gesicht.

Er hatte keine Ahnung, was das alles beweisen oder auch nicht beweisen würde. Aber nachdem er zwei weitere Nachrichten auf Jemimas Mailbox hinterlassen hatte und immer noch keine Reaktion gekommen war, war er allmählich in Panik geraten. Jemima war flatterhaft, aber dass sie sich nicht einmal bei ihrem eigenen Bruder meldete, passte einfach nicht zu ihr.

Robbie ging zu der Koppel hinüber, auf der zwei Ponys grasten. Um diese Jahreszeit kam es nur selten vor, dass Tiere aus dem Wald geholt wurden, und er fragte sich, was ihnen fehlte. Sie wirkten vollkommen gesund.

Er drehte sich nach dem Haus um. Die Fenster standen offen, wie in der Hoffnung auf eine frische Brise, aber es schien niemand zu Hause zu sein. Umso besser.

Meredith hatte gesagt, dass Jemimas Auto in der Scheune stand, also ging er zuerst dorthin. Er hatte das Tor gerade weit aufgemacht, als eine angenehme Frauenstimme rief: »Hallo? Kann ich Ihnen helfen?«

Die Stimme kam von einer zweiten Koppel, die seitlich der Scheune lag und vom Hofgelände getrennt war durch einen schmalen, zerfurchten Feldweg, der in die Heide führte. Robbie sah eine junge Frau, die sich Pflanzenreste von den Knien ihrer Jeans klopfte. Sie sah aus, als wäre sie von einem dieser Designer eingekleidet worden, die man in Fernsehshows sah: weiße, gestärkte Bluse mit hochgestelltem Kragen, Cowboyhalstuch, Strohhut, der ihr Gesicht verschattete. Sie trug eine dunkle Sonnenbrille, aber es war nicht zu übersehen, dass sie hübsch war: wesentlich hübscher als Jemima, groß und mit Kurven an Stellen, wo Frauen in ihrem Alter sie gewöhnlich nicht haben wollten.

»Suchen Sie jemanden?«, fragte sie.

»Meine Schwester.«

»Oh.«

Keine Verwunderung, dachte er. Na ja, wieso sollte sie sich auch wundern? Meredith war schließlich auch schon hier, und welche Frau würde ihren Mann nicht zur Rede stellen, wenn plötzlich der Name einer anderen fiel, von der er bisher nichts erzählt hatte?

»Man hat mir gesagt, dass ihr Auto hier in der Scheune steht.«

»Richtig«, sagte sie. »Meins auch. Warten Sie.«

Sie duckte sich unter dem Zaun hindurch. Es war Stacheldraht, aber sie trug Handschuhe, mit denen sie die Drähte auseinanderbog. Außerdem hatte sie eine Art Landkarte in der Hand, eine offizielle Vermessungskarte, wie es aussah. »Ich bin hier sowieso fertig«, erklärte sie ihm. »Das Auto steht da drinnen.«

Und da stand es. Nicht mit einer Plane bedeckt, wie Meredith berichtet hatte, sondern unverhüllt und nicht zu übersehen: kriegsschiffgrau mit cremefarbenem Dach. Es stand ganz hinten in der Scheune. Daneben war noch ein Auto zu sehen, ein Mini

Cooper, ein nagelneues Modell, das offenbar der gut aussehenden Frau gehörte.

Sie stellte sich vor, aber er wusste natürlich längst, dass sie Gina Dickens war, Jemimas Nachfolgerin. Sie erzählte ihm frei heraus, dass es sie ziemlich geärgert hatte zu erfahren, dass das Auto nicht Gordon, sondern seiner Exfreundin gehörte. Sie habe sich deswegen mit ihm gestritten, berichtete sie. Auch über die Kartons mit Jemimas Sachen, die auf dem Dachboden stünden.

»Er meinte, sie ist schon vor Monaten verschwunden«, fuhr sie fort. »Seitdem hat er nichts mehr von ihr gehört. Er glaubt, sie wird wahrscheinlich nicht wieder herkommen und dass sie ... Na ja, er hat nicht direkt gesagt, sie hätten sich gestritten, nur dass sie sich getrennt hätten. Es hätte sich schon lange abgezeichnet, sagt er, und dass es ihre Idee war und dass er sein Leben neu organisieren musste. Und weil er ihre Sachen nicht wegwerfen wollte, hat er sie auf den Speicher geschafft. Er rechnet damit, dass sie ihre Sachen irgendwann brauchen und ihn bitten wird, sie ihr nachzuschicken, wenn sie ... sich eingerichtet hat, nehme ich an.« Sie nahm ihre Sonnenbrille ab und sah ihn offen an. »Ich quatsche Ihnen die Ohren voll«, sagte sie. »Verzeihen Sie bitte! Das Ganze macht mich irgendwie nervös. Ich meine, der Eindruck, der entsteht, und so. Ihr Auto hier, ihre Sachen in den Kartons.«

»Glauben Sie ihm?« Robbie fuhr mit einer Hand über Jemimas Auto. Es war staubfrei und strahlte in altem Glanz. Jemima hatte ihr Auto stets gut gepflegt. Meredith fragte sich also zu Recht, warum sie es nicht mitgenommen hatte. Sicher, in London war es problematisch, ein Auto zu halten, aber das hätte Jemima nicht bedacht. Sie handelte stets impulsiv, ohne sich groß Gedanken zu machen.

Gina antwortete in einem leicht veränderten Ton: »Nun, ich habe keinen Grund, das nicht zu tun, Mr. Hastings. Ihm zu glauben, meine ich. Sind Sie anderer Meinung?«

»Robbie«, sagte er. »Ich heiße Robbie.«

»Und ich Gina.«

»Ja, ich weiß.« Er sah sie direkt an. »Wo ist Gordon?«

»Er arbeitet im Moment in der Nähe von Fritham.« Sie rieb sich die Arme, als wäre ihr kühl geworden. »Möchten Sie mit reinkommen? Ins Haus, meine ich?«

Er war nicht besonders erpicht darauf, folgte ihr jedoch in der Hoffnung, dort etwas zu entdecken, das ihn vielleicht beruhigen konnte.

Sie gingen durch den Waschraum in die Küche. Gina legte die Karte auf dem Tisch ab, und er sah, dass es sich tatsächlich um einen offiziellen Vermessungsplan handelte, genau wie er vermutet hatte. Sie hatte das Grundstück darauf markiert und ein Blatt Papier mit einer Bleistiftzeichnung angeheftet, auch dies eine Skizze des Grundstücks, allerdings in einem größeren Maßstab.

Gina hatte offenbar bemerkt, dass er die Karte betrachtete. »Wir ...« Sie klang zögernd, als widerstrebte es ihr, darüber zu reden. »Wir wollen hier ein paar Dinge verändern.«

Das sagte natürlich eine Menge über Jemimas Abwesenheit aus. Robbie sah Gina Dickens an. Sie hatte ihren Hut abgenommen. Ihr Haar war wie flüssiges Gold. Es war so geschnitten, dass es den Kopf umgab wie eine eng sitzende Mütze, ein Stil, der an die goldenen Zwanziger erinnerte.

Sie zog ihre Handschuhe aus und warf sie auf den Tisch. »Gott, was für ein Wetter!«, sagte sie. »Möchten Sie ein Glas Wasser? Cider? Cola?« Als er den Kopf schüttelte, trat sie zu ihm an den Tisch. Sie räusperte sich. Er spürte ihre Verlegenheit. Da stand sie in ihrer Küche mit dem Bruder der Verflossenen ihres Liebhabers. Das war wirklich peinlich. Er selbst empfand es ebenso.

»Ich hätte so gern einen richtigen Garten«, sagte sie, »aber ich muss mir noch überlegen, an welcher Stelle ich ihn anlegen soll. Ich habe versucht herauszufinden, bis wo genau das Grundstück geht, und dachte, die Vermessungskarte würde mir helfen, aber leider ist das nicht der Fall. Also habe ich überlegt, vielleicht auf der hinteren Koppel ... da wir die ... da er die doch gar nicht benutzt. Dort könnten wir einen hübschen Garten anlegen, einen Ort, wo ich mit meinen Mädchen hinkommen könnte.«

»Sie haben Kinder?«

»Nein, nein. Ich arbeite mit Jugendlichen. Die Sorte, die leicht in Schwierigkeiten gerät, wenn sich ihrer niemand annimmt. Deswegen hätte ich gern irgendwo einen Ort, der ein bisschen freundlicher ist als ein Büro ...« Sie brach ab und biss sich auf die Lippe.

Er hätte sie gern unsympathisch gefunden, aber es gelang ihm nicht. Es war nicht ihre Schuld, dass Gordon Jossie sich ihr zugewandt hatte, nachdem Jemima ihm davongelaufen war. Wenn es denn tatsächlich so gewesen war.

Robbie betrachtete die Karte und Ginas Skizze. Sie hatte die Koppel in Quadrate eingeteilt und diese nummeriert.

»Ich habe versucht, die genaue Größe zu ermitteln«, erklärte sie ihm. »Um eine Vorstellung davon zu bekommen, wie viel wir ... wie viel ich zur Verfügung habe. Ich weiß noch nicht, ob die Koppel groß genug ist für das, was ich mir vorgenommen habe, und wenn nicht, könnte man vielleicht einen Teil des Heidelands dazuschlagen. Deswegen versuche ich herauszufinden, wo die Grundstücksgrenzen verlaufen – für den Fall, dass ich den Garten ... dass wir den Garten irgendwo anders anlegen müssen.«

»Das müssen Sie.«

»Was?«

»Sie können in der Koppel keinen Garten anlegen.«

Sie wirkte überrascht. »Und warum nicht?«

»Gordon und Jemima« – Robbie würde nicht zulassen, dass Jemima in dem Gespräch übergangen wurde – »haben hier Rechte und Pflichten. Bei dem Grundstück handelt es sich um Gemeindeland, und die Koppeln sind für die Ponys bestimmt: für den Fall, dass sie gepflegt werden müssen.«

»Ich hatte ja keine Ahnung ...«, stammelte sie.

»Dass das hier Gemeindeland ist?«

»Ich weiß noch nicht einmal, was das bedeutet, ehrlich gesagt.«

Rob erklärte ihr in knappen Worten, dass im New Forest Flächen als Gemeindeland ausgewiesen waren, deren Nutzung mit bestimmten Rechten verknüpft war – Weiderecht, Mastrecht, Holzrecht, Mergelrecht, Torfrecht –, dass aber auf diesem speziellen Grundstück auch das allgemeine Weiderecht galt, was bedeutete, dass Gordon und Jemima Ponys halten durften, die im New Forest frei grasten, allerdings unter der Bedingung, dass das Land um das Haus herum frei gehalten werden musste, damit die Tiere, die aus irgendeinem Grund aus dem Wald geholt werden mussten, dort gegebenenfalls zur Pflege untergebracht werden konnten. »Hat Gordon Ihnen das nicht gesagt?«, fragte er. »Seltsam, dass er sich überlegt, dort einen Garten anzulegen, wo er doch genau weiß, dass er das nicht darf.«

Sie befingerte den Rand der Karte. »Über den Garten habe ich noch gar nicht so direkt mit ihm gesprochen. Er weiß, dass ich meine Mädchen gern mit hierher bringen würde. Ich möchte ihnen die Pferde zeigen, mit ihnen im Wald oder auf den Koppeln spazieren gehen, an den Weihern picknicken ... Mehr habe ich ihm noch gar nicht erzählt. Ich wollte mir erst einen Plan machen, wissen Sie? Eine Skizze.«

Robbie nickte. »Keine schlechte Idee. Kommen die Mädchen aus der Stadt? Aus Winchester oder Southampton?«

»Nein, nein. Sie kommen aus Brockenhurst. Ich meine, sie gehen in Brockenhurst zur Schule – auf die höhere Schule oder die Gesamtschule –, aber sie stammen wahrscheinlich aus allen möglichen Ecken des New Forest.«

»Hm. Dann werden manche von ihnen auf Höfen wie diesem hier aufgewachsen sein«, bemerkte er. »Für die wäre ein Besuch hier draußen also nicht so wahnsinnig aufregend, oder?«

Sie runzelte die Stirn. »Daran habe ich noch gar nicht gedacht.« Sie trat ans Küchenfenster, von dem aus man die Einfahrt und die Koppel dahinter sehen konnte. Seufzend sagte sie:

»So viel Land… Was für eine Schande, dass man es nicht sinnvoll nutzen kann.«

»Kommt darauf an, was Sie unter sinnvoll verstehen«, entgegnete Robbie. Er sah sich in der Küche um. Jemimas Sachen waren alle verschwunden: ihre Kochbücher, ihre bunten Wandbehänge, ihre Plastikpferdchen – ein Teil der Sammlung, die sie in ihrem Elternhaus aufbewahrte. Stattdessen standen auf dem Regal über dem Tisch jetzt alte Grußkarten aus der Zeit, als man noch Postkarten verschickte: eine mit Ostergrüßen, Valentinstagsgrüße, zwei Weihnachtskarten und so weiter. Die gehörten nicht Jemima.

Als er die Karten sah, wurde Robbie klar, dass Meredith Powell recht gehabt hatte mit ihrer Vermutung. Gordon Jossie hatte Jemima aus seinem Leben verbannt. Das war nur nachvollziehbar. Aber dass ihr Auto in seiner Scheune stand und dass er ihre Kleider in Kartons auf dem Dachboden aufbewahrte, war nicht nachvollziehbar. Er musste dringend ein Wörtchen mit Jossie reden, daran bestand kein Zweifel.

8

Am nächsten Morgen wachte Gordon Jossie schweißgebadet auf, und das hatte nichts mit der Sommerhitze zu tun. Es war noch früh am Tag – kurz nach sechs –, und noch waren die Temperaturen mild.

Er hatte wieder einen Albtraum gehabt.

Da schrak er jedes Mal nach Luft ringend aus dem Schlaf, mit einem Gewicht auf der Brust wie bei einem Hexentest, und dann brach ihm der Schweiß aus, bis sein Schlafanzug und die Laken klatschnass waren. Und dann begann das Zittern, von dem Gina wach wurde, genau wie früher Jemima.

Aber die Reaktionen der beiden Frauen waren vollkommen unterschiedlich. Jemima hatte ihn immer mit Fragen gelöchert: Warum hast du denn solche Albträume? Warum redest du mit niemandem darüber? Warum hast du noch nie einen Arzt aufgesucht wegen deiner Schweißausbrüche? Es könnte sich um ein Anzeichen für irgendeine Krankheit handeln, hatte sie gesagt. Schlafstörungen, eine Lungenkrankheit, etwas mit dem Herzen … weiß der Himmel. Auf jeden Fall müsse er etwas unternehmen, denn an so etwas könne man sterben. Das war immer Jemimas erster Gedanke gewesen: dass jemand sterben könnte. Es war ihre größte Angst, und niemand hatte ihm erklären müssen, woher diese Angst kam.

Seine Ängste waren völlig anderer Art, aber für ihn nicht weniger real, als Jemimas Ängste es für sie waren. So war das Leben nun mal. Man hatte Ängste. Man lernte, damit umzugehen. Er hatte gelernt, mit seinen Ängsten zu leben, und er hatte keine Lust, darüber zu reden.

Mit Gina brauchte er nicht darüber zu reden. Wenn er morgens schweißgebadet neben ihr aufwachte – sie übernachtete inzwischen fast immer bei ihm, und er fragte sich, warum sie ihr Pensionszimmer in Lyndhurst nicht endlich aufgab –, dann stand sie auf, ging ins Bad, befeuchtete einen Waschlappen und wusch ihn. Außerdem brachte sie immer eine Schüssel kühles Wasser mit, und wenn der Lappen von seiner Haut zu heiß wurde, tauchte sie ihn hinein und fuhr fort damit, ihn zu waschen. Im Sommer schlief er nackt, sodass sie ihm nicht erst den feuchten Schlafanzug ausziehen musste. Sie ließ den Waschlappen sanft über seine Arme und Beine gleiten, über Gesicht und Brust, und wenn ihn das erregte, beugte sie sich lächelnd über ihn und besorgte es ihm mit dem Mund oder tat andere, ebenso angenehme Dinge mit ihm, bis die Albträume – nächtliche und reale – vergessen waren und die Gedanken, die ihn verfolgten, ebenso.

Außer dem Gedanken an Jemima.

Gina verlangte nichts von ihm. Sie wollte ihn nur lieben und mit ihm zusammen sein. Jemima dagegen hatte alles von ihm verlangt. Letztlich hatte sie das Unmögliche von ihm verlangt. Und als er ihr erklärt hatte, warum er es ihr nicht geben konnte, war alles vorbei gewesen.

Vor Jemima hatte er Frauen stets gemieden. Aber als er sie kennengelernt hatte, hatte er die unbeschwerte junge Frau in ihr gesehen, das lebenslustige junge Mädchen mit der kindlichen Zahnlücke. Er hatte geglaubt, genau so jemanden in seinem Leben zu brauchen, aber er hatte sich geirrt. Die Zeit war noch nicht reif gewesen, und das würde sie wahrscheinlich niemals sein – doch jetzt hatte er schon wieder eine Frau, und zwar eine, die so anders war als Jemima, wie man es sich nur vorstellen konnte.

Er konnte wahrlich nicht behaupten, dass er Gina liebte, obwohl er das eigentlich müsste, denn sie hatte die Liebe eines Mannes verdient. Als sie an jenem Nachmittag, an dem er ihr im Wald begegnet war, zusammen in das Hotel in Sway gegangen waren, um etwas zu trinken, hatten einige der Anwesenden zuerst sie und dann ihn gemustert, und er hatte genau gewusst, was sie alle dachten. Beim Anblick von Gina Dickens dachte man unwillkürlich solche Dinge, wenn man ein normalsterblicher Mann war. Gina schien das nichts auszumachen. Sie hatte ihn offen angesehen, als wollte sie sagen: Du kannst das alles haben, wenn du willst. Und als er zu dem Schluss gekommen war, dass er wollte, weil er nicht mehr so weiterleben konnte, wie er lebte, seit Jemima fort war, hatte er ihr Angebot angenommen. Jetzt war sie da, und er bereute seine Entscheidung nicht im Geringsten.

Sie wusch ihn. Verwöhnte ihn nach Strich und Faden. Und wenn er sich über sie hermachte, anstatt sich von ihr bedienen zu lassen, hatte sie auch nichts dagegen. Sie lachte atemlos, sobald er sie auf den Rücken warf, und schlang die Beine um ihn, als er sich auf sie legte. Er küsste sie, und ihr Mund öffnete sich wie alles andere an ihr, und er fragte sich, wie er so viel Glück hatte haben können und welchen Preis er dafür würde zahlen müssen.

Hinterher waren sie beide schweißgebadet. Sie rollten sich auf die Seite und lachten über das schmatzende Geräusch, das entstand, wenn sich nasse Haut von nasser Haut löste. Sie duschten gemeinsam, sie wusch ihm die Haare, und als er wieder erregt wurde, sagte sie: »Mein Gott, Gordon«, lachte und nahm das Problem in die Hand. Er stöhnte. »Genug.« Doch sie entgegnete nur: »Nicht genug«, und dann bewies sie es ihm. Seine Knie wurden schwach.

»Wo hast du das gelernt?«, fragte er sie, und sie antwortete: »Hatte Jemima keinen Spaß an Sex?«

»Nicht so«, antwortete er und wollte sagen, sie sei nicht so lüstern gewesen. Jemima habe Geborgenheit gesucht. *Liebe mich, verlass mich nicht!* Und dann hatte sie ihn verlassen.

Es war kurz vor acht, als sie nach unten gingen, um zu frühstücken. Gina sagte irgendetwas über einen Garten. Er wollte keinen Garten. Der würde ihm nur lästig werden, ganz zu schweigen davon, dass man als Erstes Wege anlegen, Beete einteilen, graben, pflanzen und einen Schuppen für die Gartengeräte, Gewächshäuser oder sonst etwas bauen musste. An alldem hatte er kein Interesse. Er sagte ihr das nicht rundheraus, weil es ihm gefiel, wie sie strahlte, wenn sie ihm erklärte, wie viel ein Garten ihr bedeuten würde, was er für sie beide bedeuten würde und für »meine Mädchen«, wie sie sie immer nannte. Aber dann erwähnte sie Rob Hastings und was er ihr über das Land erklärt hatte.

Gordon bestätigte die Informationen, aber er hatte nicht vor, mehr über Rob zu sagen. Der Wildhüter hatte ihn genau wie Meredith Powell im *Royal Oak* aufgestöbert, und auch diesmal hatte er Cliff vorgeschlagen, eine Pause einzulegen, damit niemand mitbekam, was Rob Hastings ihm zu sagen hatte. Um nur ja in niemandes Hörweite zu sein, waren sie zum Eyeworth Pond gegangen, bei dem es sich genau genommen nicht um einen Teich, sondern um einen vor langer Zeit aufgestauten Bach handelte, auf dem friedlich Enten dümpelten und an dessen Ufern sich Weiden drängten, deren Zweige bis ins Wasser reichten. In der Nähe gab es einen Parkplatz mit zwei Ebenen, und von dort aus führte ein Weg in den Wald, wo das Laub von Buchen und Kastanien im Lauf von Jahrzehnten eine dicke, weiche Schicht gebildet hatte.

Sie waren bis ans Ufer des Weihers gegangen. Gordon hatte sich eine Zigarette angezündet und gewartet. Was auch immer Rob Hastings von ihm wollte, es konnte nur um Jemima gehen, und Gordon hatte ihm nichts über Jemima zu sagen, was Rob nicht schon wusste.

»Sie ist ihretwegen abgehauen«, sagte Rob. »Stimmt's? Wegen der Frau, die jetzt bei dir wohnt. So war es doch, oder?«

»Aha, du hast dich also mit Meredith unterhalten.« Gordon ging der ganze Zirkus allmählich auf die Nerven.

»Jemima hat mir nichts davon erzählt«, sagte Rob Hastings, offenbar nicht gewillt, von dem Thema abzuweichen. »Sie wollte wohl nicht, dass ich von Gina erfuhr und von der Schande, die das alles über sie gebracht hat.«

Trotz seines Widerwillens, über Jemima zu reden, fand Gordon die Theorie zumindest interessant, auch wenn sie falsch war. »Und was ist deiner Meinung nach dann passiert?«

»Sie muss euch beide zusammen gesehen haben. Du hast vielleicht in Ringwood gearbeitet oder vielleicht sogar in Winchester oder Southampton, wo sie manchmal hingefahren ist, um für ihren Laden einzukaufen. Wahrscheinlich hat sie irgendwas beobachtet, woraus sie geschlossen hat, dass zwischen euch was läuft, und dann hat sie dich verlassen. Aber sie hat es nicht fertiggebracht, mir davon zu erzählen, weil sie zu stolz ist und weil es so eine Schande für sie war.«

»Was für eine Schande?«

»Betrogen zu werden. Dafür hat sie sich geschämt, vor allem weil ich ihr von Anfang an gesagt hab, dass mit dir etwas nicht stimmt.«

Gordon schnippte die Asche von seiner Zigarette auf den Boden und zertrat sie mit der Fußspitze. »Du konntest mich also auch nicht ausstehen. Hast es gut verborgen.«

»Ist doch klar, vor allem nachdem sie mit dir zusammengezogen war. Ich wollte, dass sie glücklich war, und wenn du derjenige warst, der sie glücklich machte, wie käme ich dazu, ihr zu sagen, dass mir irgendwas an dir komisch vorkam?«

»Und was genau wäre das?«

»Sag du's mir.«

Gordon schüttelte den Kopf, was keine Weigerung bedeutete, sondern zum Ausdruck bringen sollte, dass er es für zwecklos hielt, Robbie Hastings etwas zu erklären, da dieser ihm ohnehin kein Wort glauben würde. »Wenn ein Typ wie du – oder irgendein Typ – einen anderen nicht ausstehen kann, findet er immer einen Grund dafür, Rob. Verstehst du, was ich meine?«

»Ehrlich gesagt, nein.«

»Tja, dann kann ich dir auch nicht helfen. Jemima hat mich verlassen, Punkt, aus. Falls jemand Drittes bei der Angelegenheit eine Rolle gespielt haben sollte, muss es auf Jemimas Seite gewesen sein. Auf meiner war es jedenfalls nicht.«

»Mit wem warst du vor ihr zusammen, Gor?«

»Mit niemandem«, antwortete Gordon. »Vor ihr hatte ich noch nie eine Frau.«

»Komm schon, Mann! Du bist… wie alt?« Rob schien zu überlegen. »Du bist einunddreißig und willst mir erzählen, du hättest vor meiner Schwester noch nie eine Frau gehabt?«

»Genau das will ich, denn es ist die Wahrheit.«

»Dass du noch Jungfrau warst? Dass du, als ihr euch kennengelernt habt, ein unbeschriebenes Blatt warst, ein unberührter Knabe?«

»Du hast es erfasst.« Er sah Robbie an, dass er ihm kein Wort glaubte.

»Bist du schwul, Gor?«, fragte er. »Oder ein gefallener katholischer Priester oder was?«

Gordon sah ihn an. »Willst du das Thema wirklich vertiefen, Rob?«

»Was soll das heißen?«

»Ich glaube, das weißt du genau.«

Rob lief hochrot an.

»Sie hat sich manchmal Gedanken über dich gemacht, weißt du«, sagte Gordon. »Verständlich, oder? Alles in allem ist es schon ein bisschen merkwürdig. Ein Typ in deinem Alter, Anfang vierzig…«

»Red nicht so über mich!«

»Und du nicht über mich«, erwiderte Gordon. Jedes Gespräch über das Thema würde sich im Kreis drehen, also beendete er es. Was er Robbie Hastings zu sagen hatte, war zweifellos dasselbe, was der Mann schon von Meredith Powell oder sogar von Jemima gehört hatte. Aber offenbar war Jemimas Bruder damit nicht zufrieden.

»Sie ist gegangen, weil sie nicht mehr mit mir zusammen sein wollte«, sagte Gordon. »Das ist alles. Mehr gibt's dazu nicht zu sagen. Sie hatte es eilig, weil sie es immer eilig hatte, und das weißt du verdammt genau. Wenn ihr etwas in den Sinn kommt, tut sie es einfach. Wenn sie Hunger hat, isst sie. Wenn sie Durst hat, trinkt sie. Wenn sie zu dem Schluss kommt, dass sie einen neuen Mann braucht, dann kann ihr das niemand ausreden. So sieht's aus.«

»Mehr nicht, Gor?«

»Mehr nicht.«

»Ich glaube dir kein Wort«, sagte Rob.

»Daran kann ich nichts ändern.«

Aber nachdem Robbie sich am *Royal Oak* von ihm verabschiedet hatte, wohin sie schweigend zurückgekehrt waren, die Stille nur unterbrochen durch das Geräusch ihrer Schritte auf dem steinigen Weg und das Zwitschern der Feldlerchen in der Heide, dachte Gordon, wie sehr ihm daran gelegen war, dass Rob ihm glaubte, denn solange er es nicht tat, würde dies genau das zur Folge haben, was am nächsten Morgen passierte, als er und Gina sich in der Einfahrt vor seinem Pick-up verabschiedeten.

Ein Austin hielt direkt hinter dem alten Toyota. Der Mann, der ausstieg, trug eine Brille mit Gläsern so dick wie Flaschenböden mit aufgesteckten Sonnengläsern und eine Krawatte um den Hals, die er jedoch gelockert hatte. Er nahm die Aufsteckgläser ab, als könnte er Gordon und Gina so besser sehen, nickte wissend und sagte: »Ah.«

Gordon hörte, wie Gina fragend seinen Namen flüsterte, und sagte zu ihr: »Warte hier!« Er schlug die Tür des Pick-ups zu, die er gerade geöffnet hatte, und ging zu dem Austin hinüber.

»Morgen, Gordon«, sagte der Mann. »Das wird heute wieder eine Affenhitze, was?«

»Ja.« Weiter sagte Gordon nichts, denn er rechnete damit, dass der Besucher ihm ziemlich schnell klarmachen würde, was er von ihm wollte.

Und so war es. Der Mann sagte leutselig: »Wir beide müssen uns unterhalten.«

Meredith hatte sich auf ihrer Arbeitsstelle krankgemeldet und sich für den Anruf sogar Watte in die Nase gestopft, um eine Sommergrippe vorzutäuschen. Es widerstrebte ihr, so etwas zu tun, und es widerstrebte ihr noch mehr, ein derart schlechtes Beispiel für Cammie abzugeben, die am Küchentisch saß, Cheerios aß und ihre Mutter mit großen Augen beobachtete. Aber sie hatte keine andere Wahl.

Meredith war am vergangenen Nachmittag bei der Polizei gewesen und hatte nichts erreicht. Am Ende des Gesprächs war sie sich vorgekommen wie eine komplette Idiotin. Was hatte sie schon zu berichten, das Verdacht und Zweifel rechtfertigte? Das Auto ihrer Freundin Jemima in der Scheune hinter dem Haus, in dem sie fast zwei Jahre lang mit ihrem Lebensgefährten gewohnt hatte. Ihre Kleider in Kartons auf dem Dachboden. Das neue Handy, das sie sich zugelegt hatte, damit Gordon sie nicht ausfindig machen konnte. Und der Laden in Ringwood, verlassen und verriegelt. »All das passt überhaupt nicht zu Jemima, verstehen Sie das denn nicht?« Aber das hatte den Polizisten auf der Wache in Brockenhurst, wo sie darum gebeten hatte, mit jemandem über »eine Angelegenheit von äußerster Dringlichkeit« zu sprechen, kaum beeindruckt.

Man hatte sie an einen Sergeant verwiesen, an dessen Namen sie sich weder erinnern konnte noch wollte, denn nachdem sie ihm die Situation geschildert hatte, hatte er ziemlich gereizt gefragt, ob sie es nicht für möglich halte, dass diese Leute ganz normal ihrem Leben nachgingen, ohne es für nötig zu erachten, sie über jeden ihrer Schritte zu informieren, weil es sie einfach nichts angehe, *Madam*?

Natürlich hatte sie diese Bemerkung selbst provoziert, indem sie dem Sergeant gegenüber eingeräumt hatte, dass Robbie Hastings seit Jemimas Umzug nach London regelmäßig mit ihr telefoniert hatte. Aber das war noch lange kein Grund für den Sergeant, sie anzusehen wie etwas Ekelhaftes, das an seiner Schuhsohle klebte. Sie war keine Wichtigtuerin. Sie war eine besorgte Bürgerin. Und war es nicht die Pflicht einer besorgten Bürgerin – und Steuerzahlerin, wohlgemerkt –, die Polizei zu informieren, sofern etwas Merkwürdiges passierte?

»Ich kann nichts Merkwürdiges daran finden«, hatte der Sergeant geantwortet. »Jossie wird von einer Frau verlassen und sucht sich eine neue. Was soll daran komisch sein? So läuft das im Leben, wenn Sie mich fragen.« Und als ihr daraufhin ein »Himmelherrgott!« herausgerutscht war, hatte er ihr gesagt, sie solle ihr Problem zur Wache in Lyndhurst tragen, wenn ihr nicht gefalle, was er ihr zu sagen hatte.

Das würde sie sich auf keinen Fall antun, dachte Meredith. Sie würde auf dem Revier anrufen, mehr nicht. Und dann würde sie die Sache selbst in die Hand nehmen. Sie wusste einfach, dass da irgendetwas vor sich ging, und sie wusste auch schon, wo sie anfangen würde, Nachforschungen anzustellen.

Also rief sie im Grafikdesign-Büro an, wo sie arbeitete, erzählte etwas von einer fürchterlichen Sommergrippe, die sie erwischt habe und mit der sie die Kollegen nicht anstecken wolle, und nachdem sie ein paar Mal theatralisch geniest hatte, damit Cammie von der Vorstellung ihrer Mutter keinen Schaden davontrug, machte sie sich auf den Weg zu Lexie Streener.

Sie brauchte nicht lange auf Lexie einzureden, bis auch sie sich im Friseursalon krankmeldete, wo ihre Zukunft als Nicky Clarke von Ringwood noch immer auf sich warten ließ. Lexies Vater stand mit seinem Anhänger auf einem Parkplatz an der A336 und verkaufte Kaffee, Tee, Kekse und dergleichen, und ihre Mutter klemmte Zitate aus der vierten Seligpreisung unter die Scheibenwischer von Autos, die am Lymington Pier in der Warteschlange für die Fähre zur Isle of Wight standen und deren Insassen unbedingt darüber aufgeklärt werden mussten, was Rechtschaffenheit in der heutigen Welt bedeutete. Keiner von beiden würde je erfahren, dass Lexie einen Tag schwänzte – es würde sie ohnehin nicht interessieren, maulte sie –, und für Lexie war es kein großer Akt, bei *Jean Michel's* anzurufen und stöhnend zu erklären, sie habe am Vorabend einen offenbar vergammelten Hamburger gegessen und die ganze Nacht gekotzt. Dann legte sie auf und sagte zu Meredith: »Ich muss mich nur noch schnell fertig machen.«

Kurz darauf erschien sie in Plateauschuhen, Netzstrumpfhose, einem extrem kurzen Rock – sie durfte sich auf keinen Fall bücken, dachte Meredith – und einer Bluse mit hoch angesetzter Taille, die an Jane-Austen-Filme erinnerte oder an Umstandsmode. Dieses letzte Detail war gar nicht schlecht. Es war beinahe, als hätte Lexie Merediths Absichten durchschaut.

Die waren zwar nicht ganz koscher, aber auch nicht illegal. Lexie sollte die Rolle einer Jugendlichen spielen, die dringend Betreuung brauchte und deren ältere Schwester – die Rolle würde Meredith übernehmen – von einem Programm gehört hatte, das von einer netten jungen Frau geleitet wurde, die kürzlich aus Winchester hergezogen war. Nach dem Motto: Ich krieg sie einfach nicht unter Kontrolle, und ich fürchte, dass sie mir noch völlig aus der Bahn gerät, wenn wir nicht schleunigst etwas unternehmen, würde Meredith sich an die betreffenden Stellen wenden. Als Erstes wollte sie das Brockenhurst College aufsuchen, wo Mädchen in Lexies Alter nach dem Abschluss der Gesamtschule hingingen in der Hoffnung, dort etwas zu lernen, das sie später dazu befähigen würde, einen Beruf auszuüben, statt von der Stütze zu leben.

Das College lag in der Lyndhurst Road, gleich hinter dem Pub *The Snake Catcher*. Zu Lexies Rolle gehörte es, dass sie rauchte, schmollte und sich in jeder Hinsicht widerspenstig gab – ein Mädchen, dem alle erdenklichen Gefahren drohten: von einer ungewollten Schwangerschaft über Geschlechtskrankheiten bis hin zur Heroinsucht. Meredith würde sich hüten, eine Bemerkung dazu zu machen, aber mehrere Narben von Schnittwunden an den Armen, die die kurzärmelige Bluse preisgab, trugen das ihre dazu bei, der Geschichte Glaubwürdigkeit zu verleihen.

Meredith fand ein schattiges Fleckchen, wo sie ihren Wagen abstellen konnte. Dann marschierten sie über den glühend heißen Asphalt zum Verwaltungsgebäude. Dort sprachen sie mit einer gestressten Sekretärin, die gerade versuchte, den Wünschen mehrerer ausländischer Studenten gerecht zu werden, die kaum Englisch sprachen.

Sie sagte zu Meredith: »*Was* wollen Sie?«, und dann: »Wenden Sie sich an Monica Patterson-Hughes im Sanitätsraum«, woraus Meredith schloss, dass die Frau nicht verstanden hatte, was sie mit »die Situation meiner kleinen Schwester« gemeint hatte. Aber Monica Patterson-Hughes war immerhin besser als niemand, und so machten Meredith und Lexie sich auf die Suche nach ihr.

Sie fanden sie in einem Raum, wo sie einen Babywickelkurs abhielt, umringt von Teenagern, die so fürsorglich dreinblickten wie zukünftige Kindermädchen. Im Mittelpunkt ihrer Aufmerksamkeit stand eine ziemlich abgegriffene Cabbage-Patch-Puppe, die zu Demonstrationszwecken benutzt wurde. Offenbar reichten die Mittel der Organisation nicht aus für die Anschaffung anatomisch korrekter Babypuppen.

»Im zweiten Teil des Kurses nehmen wir echte Babys«, wandte sich Monica Patterson-Hughes an Meredith, nachdem sie zur Seite getreten war und die zukünftigen Kindermädchen auf die Puppe losgelassen hatte. »Außerdem sind wir wieder dazu übergegangen, die Benutzung von Stoffwindeln zu empfehlen. Wir wollen schließlich gesunde Kinder großziehen.« Sie sah Lexie an. »Möchtest du dich hier anmelden? Der Kurs ist sehr beliebt. Unsere Mädchen finden überall in Hampshire Arbeit. Allerdings müsstest du ein bisschen was an deiner äußeren Erscheinung ändern – die Frisur ist ein *bisschen* ungewöhnlich –, aber mit etwas Beratung kriegst du das schon hin. Das heißt, wenn du dich für unseren Kurs interessierst.«

Lexie machte unaufgefordert ein verdrießliches Gesicht. Meredith nahm Monica Patterson-Hughes zur Seite. Darum gehe es nicht, erklärte sie, eher um etwas ganz anderes: »Lexie treibt es ein bisschen zu bunt, und ich bin für sie verantwortlich, und man hat mir gesagt, dass es hier ein Programm gibt für Mädchen wie Lexie – Mädchen, die von jemandem an die Hand genommen werden müssen, der ihnen ein Vorbild ist, sich um sie bemüht wie eine große Schwester. Was ich natürlich bin, ihre große Schwester, meine ich. Aber manchmal ist eine *echte* große Schwester nicht die Richtige, auf die die kleine Schwester hört, vor allem wenn die kleine Schwester, so wie Lexie, schon ein bisschen auf die schiefe Bahn geraten ist – Jungs, Komasaufen und so weiter«, flüsterte Meredith, »und die ihre große Schwester nur noch für eine verdammte Moralpredigerin hält. Ich habe von so einem Programm gehört…«, wiederholte sie hoffnungsvoll. »Eine junge Frau aus… ich glaube, Winchester… die sich solcher Mädchen annimmt.«

Monica Patterson-Hughes runzelte die Stirn. Dann schüttelte sie den Kopf. Das College biete kein solches Programm an. Und sie habe auch nichts davon gehört, dass irgendwo anders eines angeboten würde. Gefährdete Jugendliche… Richteten sich solche Programme nicht vielmehr an jüngere Mädchen? Und würde so etwas nicht eher von der Bezirksverwaltung gesteuert?

Lexie, die in ihrer Rolle geradezu aufging, schnaubte verächtlich. Sie wolle »mit der Scheißverwaltung nichts zu schaffen haben« und nahm ihre Zigaretten aus der Tasche, als beabsichtigte sie, sich im Sanitätsraum eine anzuzünden.

Monica Patterson-Hughes sah sie entgeistert an. »Also, meine Liebe, du kannst hier nicht…«, woraufhin Lexie entgegnete, dass sie verdammt noch mal tun könne, was ihr passte. Meredith erschien das ein bisschen dick aufgetragen, und sie beeilte sich, ihre »kleine Schwester« schleunigst aus dem Klassenzimmer hinauszulotsen.

Kaum waren sie draußen, juchzte Lexie: »Das war affengeil«, und: »Wo machen wir weiter?«, und: »Beim nächsten Mal erzähl ich von meinem Freund!«

Am liebsten hätte Meredith ihr erklärt, dass ein bisschen weniger Theatralik angebracht wäre, aber in Lexies Leben gab es nicht viel Abwechslung, und wenn dieser kleine Ausflug ihr ein bisschen Vergnügen bereitet hatte, das ihre bibelversessenen Eltern ihr verwehrten, dann wollte sie ihr das nicht verderben. Und so legten sie im Empfangsbereich der New-Forest-Bezirksverwaltung – die in Lyndhurst in einem U-förmig angeordneten Gebäudekomplex namens Appletree Court untergebracht war – eine derartig überzeugende Show hin, dass man sie sogleich in die Obhut des Sozialarbeiters Dominic Cheeters übergab, der ihnen Kaffee und Zitronen-Ingwer-Kekse vorsetzte und so hilfsbereit war, dass Meredith ein ganz schlechtes Gewissen bekam, weil sie dem Mann etwas vorschwindelten.

Aber auch bei der Bezirksverwaltung erfuhren sie, dass kein Programm für gefährdete Mädchen existierte und erst recht kein Programm, das von einer Gina Dickens aus Winchester initiiert worden war. Dominic, die Hilfsbereitschaft in Person, machte sich sogar die Mühe, einige seiner »persönlichen Quellen« anzurufen, wie er sie nannte. Aber das Ergebnis blieb dasselbe: nichts. Dann ging er sogar noch weiter und rief die Schulverwaltung in Southampton an in der Hoffnung, dass man ihm dort weiterhelfen würde. Inzwischen war Meredith bereits überzeugt, dass diese Telefonate ebenfalls ergebnislos sein würden, und so war es auch.

Am Ende verschlang der Ausflug mit Lexie Streener fast den ganzen Tag. Aber Meredith fand, dass sie ihre Zeit sinnvoll verbracht hatte. Jetzt hatte sie den handfesten Beweis dafür, dass Gina Dickens' Geschichte über ihr Leben im New Forest erstunken und erlogen war. Und wer einmal log, der log noch öfter, das wusste Meredith aus eigener Erfahrung.

Als Gordon wieder allein war, pfiff er nach Tess. Die Hündin kam sofort angerannt. Sie war seit dem frühen Morgen draußen gewesen und hatte sich schließlich an ihren Lieblingsschattenplatz unter einer Kletterhortensie hinter dem Haus zurückgezogen. Dort gab es ein Fleckchen Erde, das selbst an heißesten Sommertagen kühl blieb.

Er nahm die Hundebürste, woraufhin Tess mit einem freudigen Japsen und Schwanzwedeln reagierte. Sie sprang auf den niedrigen Tisch, der stets diesem Zweck diente, Gordon zog seinen Hocker heran und begann bei den Ohren. Die Hündin musste ohnehin täglich gebürstet werden, also konnte er das auch jetzt erledigen.

Er hätte gern eine geraucht, aber er hatte keine Zigaretten mehr, und so widmete er sich eben mit Inbrunst der Pflege von

Tess' Fell. Er war von Kopf bis Fuß verkrampft, und er wollte sich entspannen und wohlfühlen. Er wusste nur nicht, wie er das anstellen sollte, und so bürstete er und bürstete und bürstete.

Sie waren von seinem Pick-up weggegangen in Richtung Scheune und schließlich in die Scheune hinein. Gina hatte sich wahrscheinlich gewundert, aber das durfte keine Rolle spielen, denn Gina war unberührt wie eine Lilie, die auf einem Misthaufen wuchs, und so sollte es bleiben. Also hatte er sie in der Einfahrt stehen lassen, verwirrt oder verängstigt oder besorgt oder was auch immer eine Frau empfinden mochte, die mitbekam, dass der Mann, dem sie ihr Herz geöffnet hatte, unter der Knute von jemandem stand, der ihm oder ihnen beiden Leid zufügen konnte.

Er bürstete und bürstete. Tess winselte. Er war zu grob. Er übte weniger Druck aus. Und bürstete und bürstete.

Sie waren also in die Scheune gegangen, und auf dem Weg dorthin hatte Gordon versucht, es so aussehen zu lassen, als hätte der Besuch des Fremden etwas mit dem Land zu tun. Er hatte hierhin und dorthin gezeigt und damit Erheiterung erzeugt. Der andere hatte in sich hineingelacht.

»Ich hab gehört, deine Süße ist verschwunden«, hatte er gesagt, als sie in der kühlen Scheune standen. »Aber wie es aussieht«, fügte er mit einem Augenzwinkern und einer obszönen Geste hinzu, die Gordon als sexuelle Anspielung auffassen sollte, was er auch tat, »ist das kein großer Verlust für dich. Die Neue ist wirklich ansehnlich. Hübscher als die andere. Schöne, feste Schenkel, nehm ich an. Und sie sieht aus, als könnte sie ordentlich zupacken. Die andere war schmächtiger, oder?«

»Was wollen Sie?«, hatte er gefragt. »Ich muss nämlich zur Arbeit und Gina ebenfalls, und Sie blockieren die Auffahrt.«

»Das macht es ein bisschen kompliziert, was? Dass ich die Auffahrt blockiere. Wo ist die andere?«

»Welche andere?«

»Du weißt genau, wen ich meine. Irgendeine Tussi macht sich deinetwegen ins Hemd. Wo ist die andere? Spuck's aus, Gordon! Ich weiß, dass du es weißt.«

Ihm war nichts anderes übrig geblieben, als es ihm zu sagen: dass Jemima ohne ersichtlichen Grund und ohne Auto aus dem New Forest verschwunden war und fast alle ihre Sachen dagelassen hatte. Es würde ohnehin herauskommen, ob er nun zugab, dass er es wusste, oder nicht, und dann würde er verdammt großen Ärger kriegen.

»Sie ist also einfach sang- und klanglos verschwunden?«, hatte der Mann nachgehakt.

»Genau so war's.«

»Und warum? Hast du's ihr nicht ordentlich genug besorgt, Gordon? Ein gesunder, kräftiger Kerl wie du, ein Mann, an dem alles dran ist, was dazugehört?«

»Ich habe keine Ahnung, warum sie abgehauen ist.«

Der Mann musterte ihn. Er nahm seine Brille ab und putzte sie mit einem speziellen Tuch, das er aus der Tasche zog. »Erzähl mir keinen Scheiß«, sagte er, und die falsche Jovialität, die er bis dahin an den Tag gelegt hatte, war verschwunden. Sein Ton war jetzt so eisig wie eine kalte Klinge, die erhitzte Haut berührt. »Versuch nicht, mich für dumm zu verkaufen. Ich mag es nicht, wenn über dich geredet wird. Das macht mich nervös. Also, willst du immer noch behaupten, sie wäre abgehauen und du hättest keinen Schimmer, warum? Das kauf ich dir nicht ab.«

Gordon hatte sich die ganze Zeit über gesorgt, dass Gina in die Scheune kommen könnte, um nachzusehen, um ihre Hilfe anzubieten, einzugreifen, ihn zu schützen. So war sie einfach.

»Sie hat gesagt, sie könnte es nicht ertragen«, sagte Gordon. »Okay? Sie könnte es nicht ertragen.«

»Was genau könnte sie nicht ertragen?« Dann grinste er. Aber es lag kein Humor in seinen Augen. Wie auch. »Was konnte sie nicht ertragen, mein Süßer?«, wiederholte er.

»Das wissen Sie ganz genau«, stieß Gordon zwischen zusammengebissenen Zähnen hervor.

»Ah… Nicht frech werden, mein Junge. Das bekommt dir gar nicht gut.«

9

Die Haustürbefragung in Stoke Newington erbrachte letztlich nichts, ebenso wenig wie die Durchsuchung der unmittelbaren Umgebung der Kapelle, und auch die systematische Suche auf dem gesamten verflixten in Raster eingeteilten Friedhof förderte nichts Brauchbares zutage. Ihnen standen genug Leute zur Verfügung – Polizisten des örtlichen Reviers und Kollegen aus anderen Stadtteilen –, aber am Ende hatten sie keinen Zeugen, keine Tatwaffe, keine Handtasche, keine Umhängetasche, kein Portemonnaie, nichts, um die Leiche zu identifizieren. Nur einen von einem bemerkenswerten Haufen Müll befreiten Friedhof.

Andererseits hatten jede Menge Leute angerufen, und eine Personenbeschreibung, die man an das SO5 weitergeleitet hatte, hatte sich tatsächlich als brauchbare Spur entpuppt. Als hilfreich erwies sich dabei die Tatsache, dass die Leiche ungewöhnliche Augen hatte: ein grünes und ein braunes. Nach Eingabe dieses Details in den Computer hatte sich die Anzahl der als vermisst gemeldeten Personen, die infrage kamen, auf eine einzige reduziert.

Laut Vermisstenanzeige war die Frau aus ihrer Pension in Putney verschwunden, und zwei Tage nach dem Auffinden der Leiche wurde Barbara Havers nach Putney geschickt, genauer gesagt in die Oxford Road, die zwischen der Putney High Street und dem Wandsworth Park verlief. Dort parkte sie regelwidrig in einer Anwohnerparkzone, legte den Polizeiausweis gut sichtbar hinter die Windschutzscheibe und klingelte an der Tür eines Reihenhauses, in dessen Vorgarten so viele Mülltonnen und Plastikcontainer standen, dass man ihn für das Recyclingzentrum der ganzen Straße hätte halten können.

Sie wurde von einer älteren Frau mit militärisch kurzem Haarschnitt und dem Hauch eines militärischen Schnurrbarts eingelassen. Die Frau trug einen Trainingsanzug und schneeweiße Sportschuhe mit pink- und lilafarbenen Schnürsenkeln. Bella McHaggis, stellte sie sich vor. Es sei allerhöchste Zeit, dass die Polizei bei ihr aufkreuzte. Für so viel Inkompetenz zahle sie auch noch Steuern, und die vermaledeite Regierung sei so was von unfähig, oder etwa nicht? Man brauche sich ja nur mal den Zustand der Straßen anzusehen, ganz zu schweigen von der U-Bahn, außerdem habe sie die Polizei schon vor zwei Tagen angerufen, und...

Bla, bla, bla, dachte Barbara. Während Bella McHaggis ihrem Ärger Luft machte, sah sie sich um: Holzboden ohne Teppich, eine Garderobe, an der Mäntel und Schirme hingen, und an der Wand ein gerahmtes Dokument mit der Überschrift »Hausordnung« und darunter ein Schild mit der Aufschrift »Vermieterin wohnhaft im Hause«.

»Man kann seinen Mietern die Hausordnung gar nicht oft genug einbläuen«, verkündete Bella McHaggis. »Ich habe sie überall aufgehängt. Die Hausordnung, meine ich. Es hilft, wenn die Leute wissen, wo's langgeht.«

Sie führte Barbara in ein Esszimmer und durch eine geräumige Küche ins Wohnzimmer im hinteren Teil des Hauses. Dort teilte sie Barbara mit, dass ihre Mieterin – eine Frau namens Jemima Hastings – verschwunden sei, und wenn die Leiche, die man im Abney Park gefunden hatte, ein braunes und ein grünes Auge habe... Bella brach ab und versuchte, Barbaras Gesichtsausdruck zu lesen.

»Haben Sie ein Foto von der Frau?«

»Ja, ja, selbstverständlich«, sagte Bella. »Kommen Sie.« Sie ging voraus durch eine Tür am hinteren Ende des Wohnzimmers und in einen schmalen Flur, an dessen Ende die Hintertür zu sehen war. Vom Flur führte eine Treppe nach oben. Unter der Treppe befand sich eine weitere Tür, die bislang vor ihren Blicken verborgen gewesen war. An dieser Tür hing ein Poster. Trotz der schwachen Beleuchtung konnte Barbara erkennen, dass es sich um das Schwarz-Weiß-Foto einer jungen Frau handelte, der der Wind das helle Haar ins Gesicht wehte. Hinter ihr war unscharf ein Teil eines Löwenkopfs zu sehen. Der Löwe war aus Marmor, mit schwarzen Streifen vom Regen, und er schlief. Bei dem Poster handelte es sich um ein Werbeplakat für das Cadbury-Fotoporträt des Jahres. Offenbar ging es um eine Art Fotowettbewerb. Die Siegerfotos waren derzeit in einer Ausstellung in der National Portrait Gallery am Trafalgar Square zu sehen.

»Und? Ist es Jemima?«, fragte Bella McHaggis. »Es passt überhaupt nicht zu ihr, einfach wegzufahren, ohne hier jemandem Bescheid zu sagen. Als ich den Artikel im *Evening Standard* gelesen habe, da dachte ich mir, also, wenn die Tote solche Augen hatte – zwei verschiedene Farben …« Als Barbara sich zu ihr umdrehte, verstummte sie.

»Ich würde mir gern ihr Zimmer ansehen.«

Bella stieß eine Mischung aus Seufzer und Aufschrei aus.

»Ich bin mir noch nicht ganz sicher, Mrs. McHaggis«, behauptete Barbara beschwichtigend.

»Es ist einfach so, dass sie nach einer Weile irgendwie zur Familie gehören«, flüsterte Bella. »Die meisten meiner Mieter …«

»Sie haben also mehrere? Ich möchte mit ihnen allen sprechen.«

»Sie sind im Moment nicht da. Sie sind auf der Arbeit, wissen Sie? Es sind nur zwei. Außer Jemima, meine ich. Junge Männer. Wirklich nette junge Männer.«

»Kann es sein, dass sie mit einem der beiden ein Verhältnis hatte?«

Bella schüttelte energisch den Kopf. »Gegen die Hausordnung. Ich mag es nicht, wenn meine Herren und Damen allzu vertrauten Umgang miteinander pflegen, solange sie unter meinem Dach wohnen. Anfangs habe ich es nicht verboten, als ich nach dem Tod von Mr. McHaggis angefangen habe, Zimmer zu vermieten. Aber dann habe ich festgestellt…« Sie betrachtete das Poster an der Tür. »Ich habe festgestellt, dass alles unnötig kompliziert wird, wenn meine Mieter… sagen wir mal, wenn sie fraternisieren. Unausgesprochene Spannungen, möglicherweise Trennungen, Eifersucht, Tränen. Streitereien am Frühstückstisch. Also habe ich die Regel eingeführt.«

»Und wie stellen Sie fest, ob Ihre Mieter sich daran halten?«

»Glauben Sie mir«, sagte Bella. »Ich erfahre es.«

Barbara fragte sich, ob das bedeutete, dass sie die Laken inspizierte. »Aber ich nehme doch an, dass Jemima mit den beiden anderen Mietern bekannt war.«

»Selbstverständlich. Vor allem mit Paolo, würde ich sagen. Er hat sie schließlich mitgebracht. Paolo di Fazio. Gebürtiger Italiener, aber da würden Sie nie drauf kommen. Überhaupt kein Akzent. Und keine… Na ja, keine merkwürdigen italienischen Angewohnheiten, wenn Sie wissen, was ich meine.«

Barbara wusste es nicht, aber sie nickte. Was für italienische Angewohnheiten konnten das sein? Weetabix mit Tomatensoße?

»… das Zimmer neben ihr«, erklärte Bella gerade. »Sie hat in einem Laden irgendwo in Covent Garden gearbeitet, und Paolo hat einen Stand in der Jubilee Market Hall. Ich hatte ein Zimmer frei, suchte einen Mieter. Ich wollte am liebsten eine Frau, und er wusste, dass sie ein Zimmer suchte.«

»Und der andere Mieter?«

»Frazer Chaplin. Er wohnt im Souterrain.« Sie deutete mit einer Kopfbewegung auf die Tür, an der das Poster hing.

»Ach, das ist seins? Das Poster?«

»Nein. Das ist nur die Tür, die zu seinem Zimmer führt. Sie hat mir das Poster geschenkt. Jemima, meine ich. Ich glaube, sie war nicht besonders begeistert, als ich es hier aufgehängt habe, wo es keiner sieht. Aber… Na ja, so ist das nun mal. Es gab einfach nirgendwo anders Platz dafür.«

Barbara wunderte sich. Sie hatte den Eindruck, dass es reichlich Platz gab, trotz der Unmengen an Hinweisschildern. Sie warf einen letzten kurzen Blick auf das Poster und bat noch einmal darum, Jemima Hastings' Zimmer sehen zu dürfen. Die Frau sah tatsächlich so aus wie die junge Frau, deren Autopsiefotos Isabelle Ardery am Morgen im Besprechungsraum aufgehängt hatte. Und wie immer war es erschütternd, den Unterschied zwischen einem lebenden und einem toten Gesicht zu sehen.

Sie folgte Bella in den ersten Stock, wo Jemima das Zimmer bewohnt hatte, das zur Straße hin lag. Paolos Zimmer befinde sich am anderen Ende des Flurs im hinteren Teil des Hauses, sagte Bella. Sie selbst wohne im zweiten Stock.

Sie öffnete die Tür. Sie war unverschlossen. Auch von innen steckte kein Schlüssel. Was nicht bedeuten musste, dass es im Zimmer keinen Schlüssel gab, dachte Barbara. Ihn zu finden, wäre allerdings eine Aufgabe, die dem Ausmisten des Augiasstalls gleichkäme.

»Sie hatte etwas von einem Hamsterer«, bemerkte Bella.

Sie hätte wohl auch von Noah behauptet, er hätte etwas von einem Bootsbauer. Denn Barbara hatte noch nie ein derart vollgemülltes Zimmer gesehen, und es war nicht mal klein. Klamotten lagen auf dem ungemachten Bett, auf dem Fußboden und in den offenen Kommodenschubladen; überall Zeitschriften, Boulevardzeitungen, Stadtpläne, Broschüren und Handzettel, ein Durcheinander aus Spielkarten, Visitenkarten und Postkarten, stapelweise Fotos, die mit Gummibändern zusammengehalten wurden …

»Wie lange hat sie hier gewohnt?«, fragte Barbara. Es schien ihr unvorstellbar, dass jemand in weniger als fünf Jahren so viel Kram anhäufen konnte.

»Fast sieben Monate«, sagte Bella. »Ich habe sie darauf angesprochen. Sie meinte, sie würde irgendwann aufräumen, aber ich glaube …«

Barbara sah die Frau an. Sie hatte nachdenklich die Oberlippe eingezogen. »Ja?«, fragte Barbara.

»Ich glaube, sie hat eine Art Trost darin gefunden. Sie konnte sich einfach von nichts trennen.«

»Tja, hm.« Barbara seufzte. »Das muss natürlich alles durchgesehen werden.« Sie nahm ihr Handy aus der Tasche und klappte es auf. »Ich werde Verstärkung anfordern müssen«, erklärte sie Bella.

Lynley nahm den Wagen als Vorwand, denn das war das Einfachste, was er sich selbst und Charlie Denton einreden konnte. Nicht dass er sich verpflichtet fühlte, Denton über seine Aktivitäten zu informieren, aber er wusste, dass der junge Mann sich immer noch wegen seines Gemütszustands sorgte. Also ging er in die Küche, wo Denton gerade seine außerordentlichen Kochkünste darauf verwendete, eine Fischmarinade zuzubereiten, und sagte: »Ich bin kurz weg, Charlie. Ich fahre für etwa eine Stunde nach Chelsea.« Ihm entging nicht das freudige Leuchten, das kurz in Dentons Augen aufblitzte. Chelsea konnte alles Mögliche bedeuten, aber Denton würde sich denken können, dass nur ein Grund Lynley aus Belgravia fortlocken konnte. Er fügte hinzu: »Ich will ein bisschen mit meinem neuen Wagen angeben«, und Denton sagte: »Dann fahren Sie hübsch vorsichtig. Nicht dass der schöne neue Lack eine Schramme abkriegt.«

Lynley versprach, alles Nötige zu beachten, um eine derartige Tragödie zu vermeiden. Dann ging er zum Nebengebäude, wo das Auto stand, das er als Ersatz für den Bentley gekauft hatte, den Barbara Havers fünf Monate zuvor zu Schrott gefahren hatte. Er schloss das Garagentor auf, und da stand es, und tatsächlich empfand er einen Anflug von Besitzerstolz beim Anblick des kupferfarbenen Prachtstücks. Es hatte vier Räder und war letztlich nichts weiter als ein Fahrzeug. Aber es gab Fahrzeuge und Automobile, und dies hier war eindeutig ein Automobil. Der Healey Elliott gab ihm etwas, worüber er beim Fahren nachdenken konnte und das ihn von den Themen ablenkte, über die er lieber nicht nachdenken wollte. Das war einer der Gründe gewesen, warum er sich zu dem Kauf entschlossen hatte. Man musste sich zum Beispiel überlegen, wo man den Wagen parkte und welche Strecke man von A nach

B zurücklegte, um Zusammenstöße mit Radfahrern, Taxis oder Bussen zu vermeiden oder mit Fußgängern, die Rollkoffer hinter sich herzogen, ohne auf ihren Weg zu achten.

Außerdem musste man so ein Automobil sauber halten und darauf achten, dass man es in weniger zivilisierten Gegenden stets in Sichtweite parkte. Man musste den Ölstand sorgsam überwachen und dafür sorgen, dass die Zündkerzen in praktisch keimfreiem Zustand blieben, man musste bei den Rädern regelmäßig die Spur und den Reifendruck überprüfen lassen. Ein typischer englischer Oldtimer also, der permanente Umsicht und ebensolche Wartung verlangte, kurz: Es war genau das, was er in dieser kritischen Phase seines Lebens brauchte.

Von Belgravia nach Chelsea hätte er genauso gut zu Fuß gehen können, trotz der Hitze und der vielen Einkaufsbummler auf der King's Road. Kaum zehn Minuten nachdem er sein Haus verlassen hatte, kroch er im Schneckentempo über die Cheyne Row, guter Dinge, in der Nähe der Ecke Lordship Place einen Parkplatz zu finden. Das Glück wollte es, dass am *King's Head and Eight Bells* gerade ein Lieferwagen wegfuhr, sodass er direkt vor dem Pub parken konnte. Auf dem Weg zu dem hohen Backsteinhaus an der Ecke Lordship Place und Cheyne Row hörte er, wie eine Frau seinen Namen rief: »Tommy! Hallo!«

Die Stimme kam aus der Richtung des Pubs, wo seine Freunde gerade um die Ecke des Cheyne Walk bogen. Wahrscheinlich hatten sie einen Spaziergang am Themse-Ufer gemacht, dachte er, denn Simon St. James trug Peach auf dem Arm – eine Langhaardackelhündin, die Hitze ebenso wenig ausstehen konnte wie ausgedehnte Spaziergänge –, während seine Frau Deborah sich bei ihm untergehakt hatte, in der Hand ihre Sandalen, die sie an den Riemchen schlenkerte.

»Verbrennst du dir auf dem Asphalt nicht die Füße?«, rief er ihr zu.

»Doch«, gab sie gut gelaunt zu. »Ich wollte, dass Simon mich trägt, aber als er sich zwischen Peach und mir entscheiden musste, hat der Mistkerl Peach den Vorrang gegeben.«

»Ein eindeutiger Scheidungsgrund«, lachte Lynley. Peach, die ihn sofort erkannte, zappelte in St. James' Armen, um auf die Erde gesetzt zu werden, damit sie an Lynley hochspringen und verlangen konnte, dass er sie auf den Arm nahm. Sie bellte, wedelte mit dem Schwanz und sprang aufgeregt auf und ab, während er St. James die Hand schüttelte und sich von Deborah herzlich umarmen ließ.

»Hallo, Deb«, sagte er in ihr Haar.

»Ach, Tommy!« Sie trat einen Schritt zurück und nahm den Dackel hoch, der zappelte und bellte und nach Aufmerksamkeit heischte. »Du siehst richtig gut aus. Wie schön, dich zu sehen! Simon, sieht Tommy nicht blendend aus?«

»Beinahe so gut wie sein Auto.« St. James war zu dem Wagen hinübergegangen, um ihn näher in Augenschein zu nehmen, und stieß einen anerkennenden Pfiff aus. »Hast du den mitgebracht, um damit anzugeben?«, fragte er. »Schickes Gefährt! Baujahr achtundvierzig?«

St. James war seit Langem ein Liebhaber von Oldtimern. Er selbst fuhr einen alten MG, den er hatte umbauen lassen, um ihn mit seinem steifen Bein fahren zu können. Es war ein TD classic, Baujahr circa fünfundfünfzig, aber der noch ältere Healey Elliott mit seiner außergewöhnlichen Form war noch seltener und ein wahrhafter Blickfang.

St. James schüttelte den Kopf – sein dunkles Haar war wie immer zu lang, und wahrscheinlich lag Deborah ihm täglich in den Ohren, er solle gefälligst zum Friseur gehen. Er seufzte wehmütig. »Wo hast du ihn aufgetrieben?«

»In Exeter«, sagte Lynley. »Ich hatte eine Anzeige gelesen. Der arme Kerl hat Jahre darauf verwendet, den Wagen zu restaurieren, aber seine Frau war eifersüchtig auf sein Spielzeug …«

»Absolut verständlich«, bemerkte Deborah spitz.

»… und hat so lange gemeckert, bis er sich entschlossen hat, sich davon zu trennen.«

»Absoluter Wahnsinn«, murmelte St. James.

»Ja. Hm. Und da stand ich praktischerweise da mit Bargeld in der Hand und vor mir ein Healey Elliott.«

»Wir waren übrigens in Ranelagh Gardens, um über Adoptionsmöglichkeiten zu sprechen«, sagte St. James. »Da kommen wir gerade her. Aber soll ich dir mal was sagen? Die ganzen Babys können mir gestohlen bleiben! Viel lieber würde ich dieses Auto adoptieren.«

Lynley lachte.

»Simon!«, rief Deborah empört.

»So sind Männer nun mal, mein Herz«, sagte St. James. Dann wandte er sich wieder an Lynley. »Seit wann bist du wieder zurück, Tommy? Komm rein! Wir hatten gerade überlegt, uns im Garten einen Drink zu genehmigen. Willst du auch einen?«

»Wozu haben wir denn den Sommer?«, erwiderte Lynley. Er folgte ihnen ins Haus, wo Deborah den Dackel absetzte, der schnurstracks in die Küche flitzte, um nachzusehen, ob sein Napf etwas Fressbares enthielt. »Seit zwei Wochen«, sagte er zu St. James.

»Seit zwei Wochen?«, wiederholte Deborah. »Und du hast nicht angerufen? Tommy, weiß sonst noch irgendjemand, dass du wieder da bist?«

»Denton hat es nicht an die große Glocke gehängt, falls du das meinst«, entgegnete Lynley trocken. »Aber nur, weil ich ihn darum gebeten habe. Er hätte Flugzeugbanner gemietet, wenn ich ihn gelassen hätte.«

»Er ist bestimmt auch froh, dass du wieder da bist. Wir freuen uns jedenfalls sehr, dass du zurück bist! Hier gehörst du hin.« Sie drückte kurz seine Hand, rief laut nach ihrem Vater, warf ihre Sandalen in Richtung Garderobe und sagte: »Ich bitte Dad, uns einen Pimm's zu machen, einverstanden?« Sie ging in dieselbe Richtung, in die der Dackel verschwunden war: in die nach hinten gelegene Souterrainküche.

Lynley sah ihr nach. Er hatte ganz vergessen, wie es war, eine Frau um sich zu haben, die einem vertraut war. Deborah St. James hatte zwar keinerlei Ähnlichkeit mit Helen, aber sie sprühte genauso vor Energie und Lebendigkeit. Die Erkenntnis traf ihn so heftig, dass es ihm fast den Atem raubte.

»Komm, wir gehen nach draußen«, sagte St. James.

»Danke.« Wie gut sein alter Freund seine Gedanken erriet, dachte Lynley.

Sie setzten sich auf abgenutzte Korbstühle, die unter einer Zierkirsche um einen kleinen Tisch herumstanden. Kurz darauf brachte Deborah auf einem Tablett eine Karaffe Pimm's, einen kleinen Kübel mit Eis und Gläser mit den obligaten Gurkenscheiben. Peach folgte ihr auf den Fersen, und dann tauchte auch noch Alaska auf, der große graue Hauskater, der um die Blumenbeete strich und Fantasiemäuse jagte.

Um sie herum waren die typischen Geräusche des sommerlichen Chelsea zu hören: in der Ferne die Autos, die am Embankment entlangrasten, Spatzengezwitscher in den Bäumen und die Stimmen und das Gelächter der Leute im Nachbargarten. Der Duft von Grillfleisch lag in der Luft, und die Sonne heizte die Erde immer mehr auf.

»Ich habe unerwartet Besuch bekommen«, sagte Lynley. »Und zwar von Acting Superintendent Isabelle Ardery.« Er berichtete von Arderys Bitte und von seiner Unentschlossenheit.

»Was wirst du tun?«, fragte St. James. »Es wäre vielleicht ein guter Zeitpunkt, Tommy.«

Lynley betrachtete die Blumenbeete entlang der Backsteinmauer, die den Garten säumte. Jemand – Deborah, wie er vermutete – hatte ihnen viel Pflege angedeihen lassen, wahrscheinlich indem sie das Spülwasser wiederverwendet hatte. Die Beete sahen besser aus als in der Vergangenheit, sie strotzten vor Leben und Farbe.

»Ich habe es geschafft, das Kinderzimmer in Howenstow auszuräumen, und ich habe die Freizeitkleidung weggegeben, die sie dort aufbewahrte. Das Kinderzimmer hier habe ich auch schon teilweise leer geräumt. Aber ich bringe es nicht fertig, ihre Sachen hier in London anzurühren. Als ich vor zwei Wochen zurückgekommen bin, dachte ich, ich wäre so weit, aber offenbar war das ein Irrtum.« Er trank einen Schluck von seinem Pimm's und ließ seinen Blick zu der Gartenmauer wandern, an der eine Clematis mit einer Unmenge lavendelfarbener Blüten emporrankte. »Es ist alles noch da, im Kleiderschrank und in der Kommode. Auch im Bad: ihre Kosmetika, ihre Parfüms. In ihrer Haarbürste sind noch ihre Haare ... Sie waren so dunkel, mit einem leichten Rotton.«

»Ja«, sagte St. James. Lynley hörte es an Simons Stimme: die tiefe Trauer, die St. James sich zu zeigen versagte, weil er glaubte, dass Lynleys Trauer viel größer sein musste, und das trotz der Tatsache, dass auch St. James Helen innigst geliebt und einmal vorgehabt hatte, sie zu heiraten.

»Mein Gott, Simon ...«

Aber St. James fiel ihm ins Wort: »Es braucht seine Zeit.«

»Natürlich«, sagte Deborah und blickte von einem zum anderen, und Lynley erkannte, dass auch sie Bescheid wusste. Er musste daran denken, wie ein sinnloser Akt der Gewalt so viele Menschen in Mitleidenschaft gezogen hatte und dass sie drei jetzt hier im Garten saßen und keiner es wagte, ihren Namen auszusprechen.

Die Küchentür ging auf, und sie wandten die Köpfe, um zu sehen, wer da aus dem Haus kam. Es war Deborahs Vater, der seit langen Jahren den Haushalt führte und seit genauso langen Jahren in St. James' Diensten stand. Lynley dachte schon, er wollte sich zu ihnen gesellen, doch stattdessen sagte Joseph Cotter zu Deborah: »Noch mehr Besuch, Liebes. Ich wusste nicht ...« Er neigte den Kopf kaum merklich in Lynleys Richtung.

»Bitte«, sagte Lynley, »schicken Sie meinetwegen niemanden weg, Joseph!«

»In Ordnung«, sagte Cotter, und an Deborah gewandt: »Ich dachte nur, seine Lordschaft würde vielleicht nicht ...«

»Wieso? Wer ist es denn?«, fragte Deborah.

»Detective Sergeant Havers«, erwiderte Cotter. »Ich weiß

nicht, was sie möchte, Liebes, aber sie würde dich gern sprechen.«

Der Letzte, den Barbara im Garten der St. James' anzutreffen erwartet hatte, war ihr ehemaliger Partner. Aber da saß er, und sie brauchte nur wenige Sekunden, um zu wissen: Die Luxuskarosse draußen gehörte ihm. Völlig klar. Das Auto passte zu ihm, und er passte zu dem Auto.

Lynley sah viel besser aus als vor zwei Monaten in Cornwall, wo sie ihn zuletzt gesehen hatte. Da war er das wandelnde Elend gewesen. Jetzt wirkte er eher wie das wandelnde Grübeln.

»Sir. Sind Sie nur wieder da, oder sind Sie wieder richtig da?«

Lynley lächelte. »Im Moment bin ich nur wieder da.«

»Aha.« Sie war enttäuscht, und sie wusste, dass man es ihr ansah. »Tja«, sagte sie. »Ein Schritt nach dem anderen. Haben Sie die Küstenwanderung beendet?«

»Ja«, sagte er. »Ohne weitere Vorkommnisse.«

Deborah bot Barbara einen Pimm's an, den sie liebend gern genommen oder sich vielmehr über den Kopf geschüttet hätte, denn bei der Hitze kochte sie in ihren Klamotten, und sie verfluchte Isabelle Ardery einmal mehr für die Anweisung, ihren Kleidungsstil zu ändern. Bei dieser Affenhitze wären eine Leinenhose mit Gummizug und ein weites T-Shirt das einzig Richtige. Stattdessen trug sie einen Rock, eine Strumpfhose und eine Bluse, Ausbeute eines weiteren Einkaufsbummels mit Hadiyyah, der allerdings wesentlich schneller über die Bühne gegangen war, weil Hadiyyah unerbittlich gewesen war, was Barbara vielleicht nicht gerade gefügig, aber letztlich mürbegemacht hatte. Gott sei Dank hatte ihre kleine Freundin wenigstens eine Bluse ohne Schleife ausgesucht.

Sie sagte zu Deborah: »Danke, nicht im Dienst. Ich bin nämlich eigentlich dienstlich hier.«

»Wirklich?« Deborah sah zuerst ihren Mann, dann Barbara an. »Wollen Sie mit Simon sprechen?«

»Nein, mit Ihnen.« In der Nähe des Tischs stand ein vierter

Stuhl, den Barbara heranzog. Sie spürte Lynleys Blick, und sie wusste, was er dachte. Sie kannte ihn nur zu gut. »Es war ein Befehl, sozusagen. Na ja, eher eine dringende Empfehlung«, erklärte sie ihm. »Sonst wär das nie passiert, glauben Sie mir.«

»Ah«, sagte Lynley. »Ich habe mich schon gewundert. Und wer hat diese Empfehlung sozusagen ausgesprochen?«

»Die neueste Bewerberin für Webberlys alten Job. Ihr gefiel meine Aufmachung nicht. Sie fand sie unprofessionell. Sie hat mir gesagt, ich soll mir etwas Ordentliches zum Anziehen kaufen.«

»Verstehe.«

»Sie ist aus Maidstone. Isabelle Ardery, diese …«

»DI aus der Abteilung Brandstiftung.«

»Sie erinnern sich also. Alle Achtung! Jedenfalls war es ihre Idee, dass ich aussehen sollte wie … Was weiß ich. Jetzt seh ich halt so aus.«

»Hm. Verzeihen Sie die Frage, Barbara, aber kann es sein, dass Sie …«

»Dass ich Schminke aufgelegt habe?«, fragte sie. »Läuft sie mir schon das Gesicht runter? Na ja, bei der Hitze – und wo ich noch dazu keinen Schimmer hab, wie man das Zeug benutzt …«

»Sie sehen großartig aus, Barbara.«

Deborah wollte sie bloß aufbauen, dachte Barbara. Sie selbst trug keine Spur Make-up auf ihrer sommersprossigen Haut, und sie hatte im Gegensatz zu Barbara eine rote Lockenmähne, die ihr selbst in dem üblichen zerzausten Zustand außergewöhnlich gut stand.

»Danke«, sagte Barbara. »Ich seh aus wie ein Clown, und es wird noch schlimmer kommen. Aber darüber werde ich mich jetzt nicht auslassen.« Sie hievte ihre Umhängetasche auf den Schoß und pustete nach oben, um sich das Gesicht zu kühlen. Unter dem Arm hatte sie ein zusammengerolltes Poster von der Cadbury-Ausstellung: das Fotoporträt des Jahres, das sie hinter Jemima Hastings' Tür entdeckt hatte, als sie deren Zimmer in

Augenschein genommen hatte. Die gute Beleuchtung hatte es ihr erlaubt, sowohl das Foto als auch den Text darunter genauer unter die Lupe zu nehmen, und die so gewonnenen Informationen hatten Barbara nach Chelsea geführt.

»Ich hab hier was, auf das Sie bitte einen Blick werfen möchten«, sagte sie und rollte das Poster aus, damit Deborah es sich ansehen konnte.

Als Deborah erkannte, worum es sich handelte, lächelte sie. »Haben Sie die Ausstellung in der Portrait Gallery besucht?« Dann wandte sie sich an Lynley und erzählte ihm, was er in seiner Abwesenheit verpasst hatte, nämlich dass sie an einem Fotowettbewerb teilgenommen hatte und dass ihr Beitrag als eines von sechs Porträts ausgewählt worden war, die Werbeplakate für die Ausstellung zu zieren. »Die Bilder hängen immer noch«, sagte sie. »Leider habe ich nicht gewonnen. Die Konkurrenz war überwältigend. Aber es hat mich wahnsinnig gefreut, dass mein Porträt zu den sechzig gehört, die jetzt ausgestellt werden. Sie …« – Deborah wies mit einer Kopfbewegung auf das Poster – »wurde ausgewählt für die Poster und Postkarten, die im Souvenirladen verkauft werden. Ich war völlig aus dem Häuschen, als ich davon erfahren habe, stimmt's, Simon?«

»Deborahs Telefon hat gar nicht mehr aufgehört zu klingeln«, sagte St. James. »Alle möglichen Leute wollten ihre Arbeiten sehen.«

Deborah lachte. »Er übertreibt mal wieder! Es war *ein* Anruf von einem Mann, der wissen wollte, ob ich daran interessiert wäre, für ein Kochbuch, das seine Frau schreibt, die Fotos beizusteuern.«

»Klingt doch prima«, bemerkte Barbara. »Aber alles, was mit Essen zu tun hat, na ja …«

»Großartiges Foto, Deborah.« Lynley beugte sich vor, um das Poster zu betrachten. »Wer ist das Modell?«

»Sie heißt Jemima Hastings«, klärte ihn Barbara auf, und dann fragte sie Deborah: »Wie haben Sie sie kennengelernt?«

»Sidney, Simons Schwester … Ich suchte nach einem Modell

für den Fotowettbewerb, und erst dachte ich, Sidney wäre die perfekte Kandidatin, weil sie doch so viel Erfahrung damit hat. Ich habe ein paar Aufnahmen von ihr gemacht, aber die Bilder wirkten zu professionell. So wie Sidney in die Kamera schaut, wie sie ihre Kleidung zur Geltung bringt, anstatt sich als Person ins Bild zu setzen… Jedenfalls war ich nicht zufrieden mit dem Ergebnis, und ich habe mich auf die Suche nach einer Alternative gemacht, als Sidney auf einmal mit Jemima im Schlepptau aufkreuzte.« Deborah runzelte die Stirn, weil ihr plötzlich ein Licht aufzugehen schien. Vorsichtig fragte sie: »Worum geht es eigentlich, Barbara?«

»Sie wurde ermordet. Dieses Poster hab ich aus ihrem Zimmer.«

»Ermordet?«, wiederholte Deborah, und auch Lynley und St. James waren mit einem Mal hochaufmerksam. »Ermordet, Barbara? Wann? Wo?«

Barbara berichtete ihnen von dem Fund der Leiche. Als die anderen drei Blicke austauschten, registrierte sie dies sofort. »Was ist? Wissen Sie irgendwas?«

»Abney Park«, sagte Deborah. »Dort habe ich die Fotos aufgenommen. Hier!« Sie zeigte auf den verwitterten Löwenkopf, der hinter dem Modell zu sehen war. »Das ist eine der Skulpturen auf dem Friedhof. Jemima war vorher noch nie dort gewesen. Das hat sie uns jedenfalls erzählt.«

»Uns?«

»Sidney hat uns begleitet. Sie wollte zusehen.«

»Verstehe. Tja, sie ist noch mal hingefahren«, sagte Barbara. »Jemima, mein ich.« Sie enthüllte noch ein paar Einzelheiten, gerade genug, um sie alle ins Bild zu setzen. Dann sagte sie zu Simon: »Wo ist sie im Moment? Wir werden uns mit ihr unterhalten müssen.«

»Sidney? Sie wohnt in Bethnal Green, in der Nähe der Columbia Road.«

»Am Blumenmarkt«, fügte Deborah hinzu.

»Mit ihrem neuesten Lebensgefährten«, sagte Simon trocken.

»Unsere Mutter – ganz zu schweigen von Sid – hofft, dass er auch der endgültige Lebensgefährte bleibt, aber ehrlich gesagt, sieht es nicht danach aus.«

»Sie steht eben auf dunkle, gefährliche Typen«, sagte Deborah zu ihrem Mann.

»Nachdem sie in ihrer Jugend zahllose Liebesromane verschlungen hat. Ja, ich weiß.«

»Ich bräuchte ihre Adresse«, sagte Barbara.

»Ich hoffe, Sie glauben nicht, dass Sid …«

»Sie kennen ja das Prozedere. Jede denkbare Spur und so weiter.« Sie rollte das Poster wieder auf und blickte in die Runde. Irgendetwas war da im Busch. »Nachdem Sidney sie angeschleppt hatte und Sie die Fotos geschossen hatten, haben Sie sie noch mal gesehen?«

»Sie kam zur Ausstellungseröffnung in die Portrait Gallery. Alle Modelle waren dazu eingeladen.«

»Ist dort irgendwas vorgefallen?«

Deborah sah Hilfe suchend ihren Mann an. Simon schüttelte den Kopf und zuckte die Achseln. Sie sagte: »Nein. Nicht dass ich … Na ja, ich glaube, sie hat ein bisschen zu viel Champagner getrunken, aber sie hatte einen Mann bei sich, der sie nach Hause begleitet hat. Das ist wirklich alles …«

»Einen Mann? Kennen Sie seinen Namen?«

»Nein, den habe ich vergessen. Ich wusste ja nicht, dass ich ihn … Simon, erinnerst du dich noch an seinen Namen?«

»Ich weiß nur noch, dass er dunkelhaarig war. Und daran erinnere ich mich hauptsächlich wegen …« Er zögerte. Offenbar behagte ihm der Gedanke nicht.

Barbara beendete den Satz für ihn. »Wegen Sidney? Sagten Sie nicht, sie steht auf dunkle, gefährliche Typen?«

Bella McHaggis hatte noch nie einen Toten identifizieren müssen. Natürlich hatte sie schon Tote gesehen. Im Fall des verstorbenen Mr. McHaggis hatte sie, ehe sie die Polizei verständigte, sogar die Todesumstände verfälscht, um den Ruf des armen

Mannes zu schützen. Aber noch nie war sie in einen Raum geführt worden, in dem unter einem Laken das Opfer eines Gewaltverbrechens lag.

Nachdem sie die Leiche identifiziert hatte, war sie bestrebt, alles Erdenkliche zu unternehmen, um das Bild aus ihrem Gedächtnis zu löschen.

Jemima Hastings – es gab nicht den geringsten Zweifel daran, dass sie es war – hatte auf einer Bahre gelegen, eine dicke Schicht Verbandmull um den Hals, als hätte man ihr gegen die Kälte in dem Raum einen warmen Schal umgelegt. Bella hatte daraus geschlossen, dass man dem Mädchen die Kehle durchgeschnitten hatte, aber als sie gefragt hatte, ob dies der Fall sei, war die Antwort eine Gegenfrage gewesen: »Erkennen Sie sie?« Ja, ja, hatte Bella gesagt. »Ja natürlich, das ist Jemima.« Sie hatte es sofort gewusst, als diese Polizistin zu ihr gekommen war und das Poster betrachtet hatte. Die Polizistin – ihr Name war Bella entfallen – hatte sich durch ihren Gesichtsausdruck verraten, und da war Bella klar gewesen, dass es sich bei der Toten auf dem Friedhof tatsächlich um ihre vermisste Mieterin handelte.

Um die Bilder aus ihrem Kopf zu verscheuchen, machte Bella sich an die Arbeit. Sie hätte auch zur Yogastunde gehen können, aber Arbeit schien ihr die geeignetere Methode zu sein. Auf diese Weise würde sie sich von dem Bild der armen toten Jemima auf dem kalten Stahltisch ablenken und gleichzeitig Jemimas Zimmer für eine neue Mieterin herrichten können, jetzt da die Polizei Jemimas Habseligkeiten mitgenommen hatte. Und Bella wollte möglichst schnell eine neue Mieterin finden, obwohl sie zugegebenermaßen bislang nicht viel Glück mit dem zarten Geschlecht gehabt hatte.

Dennoch wollte sie eine Frau. Eine zweite Frau im Haus sorgte für ein gewisses Gleichgewicht, auch wenn Frauen wesentlich komplizierter waren als Männer. Sie überlegte kurz, ob ein weiterer Mann ihr das Leben leichter machen und dafür sorgen würde, dass die anderen beiden aufhörten, sich derart aufzuplustern. Sich aufplustern und herumstolzieren, genau das taten sie nämlich. Sie taten es unbewusst, wie Hähne, wie Pfauen, wie praktisch jedes Männchen einer jeden Spezies. Im Prinzip amüsierte sie dieser permanente Balztanz, aber nichtsdestotrotz musste sie sich Gedanken darüber machen, ob es nicht für alle Beteiligten einfacher wäre, wenn sie ihren gemeinsamen Haushalt von der Notwendigkeit dazu befreite.

Nach der Identifizierung von Jemimas Leiche hatte sie ihr »Zimmer zu vermieten«-Schild ins Wohnzimmerfenster gehängt und bei *Loot* angerufen, um eine Anzeige aufzugeben. Dann war sie in Jemimas Zimmer gegangen und hatte es einer gründlichen Reinigung unterzogen.

Da die Polizei all ihre Habe in Kisten und Kartons abtransportiert hatte, dauerte es nicht allzu lange. Staub saugen, Staub wischen, frisches Bettzeug aufziehen, ein bisschen Möbelpolitur, Fenster putzen – Bella war besonders stolz auf den makellosen Zustand ihrer Fenster –, das parfümierte Schrankpapier durch frisches ersetzen, die Gardinen und Vorhänge in die Reinigung bringen, alle Möbel von den Wänden rücken, um dahinter zu kommen… Niemand, dachte Bella, reinigte ein Zimmer so gründlich wie sie.

Als Nächstes nahm sie sich das Bad vor. Im Allgemeinen überließ sie dessen Reinigung ihren Mietern, aber wenn das Zimmer bald wieder einen neuen Bewohner haben sollte, dann mussten auch die restlichen Sachen von Jemima, die die Polizei nicht mitgenommen hatte, von den Regalen und aus den Schubladen verschwinden. Sie hatten im Bad die eine oder andere Kleinigkeit übersehen, weil da ja auch die Sachen der anderen Mieter standen. Bella ging sicherheitshalber alles noch einmal durch. Und so kam es, dass sie – nicht in Jemimas Schublade, sondern in der darüber, die einem anderen Mieter zugewiesen war – einen merkwürdigen Gegenstand entdeckte, der dort weiß Gott nicht hingehörte.

Ein Schwangerschaftstest. Bella wusste es in der Sekunde, als ihr Blick darauf fiel. Ob das Resultat positiv oder negativ war, konnte sie nicht sagen, da sie selbst nie einen solchen Test benutzt hatte. Ihre Kinder – die längst nach Detroit und Buenos Aires ausgewandert waren – hatten sich auf die altmodische Art angekündigt, nämlich durch fürchterliche Übelkeit, die fast mit dem Tag eingesetzt hatte, als Sperma und Ei sich vereinigt hatten, was ebenfalls auf die altmodische Art in die Wege geleitet worden war, Mr. McHaggis sei's gedankt.

Als Bella das verdächtige Plastikröhrchen aus der Schublade nahm, wusste sie also nicht, was die Anzeige besagte. Eine blaue Linie. War das negativ? Oder positiv? Sie würde es in Erfahrung bringen müssen. Außerdem musste sie herausfinden, was das Röhrchen in der Schublade des anderen Mieters zu suchen hatte. Er hatte es garantiert nicht von einem Essen zur Feier des Ereignisses oder von einem Streit in einem Café mit der zukünftigen Mutter mit nach Hause gebracht. Wenn eine Frau, die er vögelte, schwanger geworden war und ihn mit dem Beweis konfrontiert hatte, warum sollte er diesen aufbewahren? Als Souvenir etwa? War das zu erwartende Kind nicht Souvenir genug? Nein, es war anzunehmen, dass der Schwangerschaftstest von Jemima stammte. Und wenn er sich nicht unter Jemimas Sachen und auch nicht in Jemimas Abfall befunden hatte, dann musste es dafür einen Grund geben. Mehrere Möglichkeiten drängten sich auf, aber eine, die Bella vorerst nicht in Betracht ziehen wollte, war der Verdacht, dass zum wiederholten Mal zwei ihrer Mieter sie in Bezug auf ihr Verhältnis hinters Licht geführt hatten.

Verflixt und zugenäht, dachte Bella. Es gab schließlich eine Hausordnung! Sie hing überall! Sie war Bestandteil des Mietvertrags, den sie jeden Mieter lesen und unterschreiben ließ. Waren diese jungen Leute wirklich so lüstern, dass sie es nicht lassen konnten, miteinander ins Bett zu springen – trotz des ausdrücklichen Verbots, intime Beziehungen zu einem anderen Haushaltsmitglied zu unterhalten? Offenbar ja. Offenbar konnten sie es einfach nicht lassen. Sie würde mit jemandem ein ernstes Wort reden müssen.

Während Bella sich gedanklich auf dieses Gespräch vorbereitete, klingelte es an der Haustür. Sie sammelte ihre Putzsachen ein, streifte die Gummihandschuhe ab, stieß einen verärgerten Seufzer aus und ging nach unten. Es klingelte erneut, sie rief: »Ich komme!«, und als sie öffnete, stand eine junge Frau auf der Veranda, einen Rucksack zu ihren Füßen und einen hoffnungsvollen Ausdruck im Gesicht. Sie schien keine Engländerin zu sein, und als sie anhob zu sprechen, schloss Bella aus ihrem Akzent, dass sie aus der ehemaligen Tschechoslowakei stammen musste, aus jenem Land, das inzwischen wie so viele andere Länder irgendeinen unaussprechlichen Namen mit Gott weiß wie vielen Silben, noch mehr Konsonanten und umso weniger Vokalen hatte. Bella hatte es aufgegeben, sich die neuen Namen zu merken.

»Sie haben ein Zimmer frei?«, fragte die junge Frau und zeigte auf das Wohnzimmerfenster. »Ich habe Ihr Schild gesehen …«

Bella war drauf und dran zu sagen: Ja, sie habe ein Zimmer zu vermieten, aber wie sieht's bei Ihnen aus mit der Befolgung von Hausregeln, Missy? Doch dann wurde sie abgelenkt. Aus dem Augenwinkel sah sie, wie jemand sich hinter die spärlichen Sträucher duckte, die zwischen den Mülltonnen ihr Leben fristeten. Eine Frau versuchte, sich dort ihren Blicken zu entziehen. Trotz der Hitze trug sie ein maßgeschneidertes Wollkostüm und dazu ein bunt gemustertes Tuch – ihr vermaledeites Markenzeichen, dachte Bella –, das sie zu einem breiten Band gefaltet und sich um den Kopf gebunden hatte, um ihre rot gefärbte Mähne in Zaum zu halten.

»Sie da!«, rief Bella. »Ich rufe die Polizei! Ich habe Ihnen gesagt, Sie sollen sich von meinem Haus fernhalten. Jetzt reicht's!«

Vollkommen gleichgültig, ob es sie viel oder wenig Zeit kosten würde – und Barbara Havers war klar, dass sie mit Ersterem rechnen musste –, unter keinen Umständen würde sie der Schwester von Simon St. James in ihrem derzeitigen Aufzug unter die Augen treten, erst recht nicht mit einem Gesicht, das versuchte, sich durch exzessives Schwitzen von dem Make-up zu befreien, das sie am Morgen aufgelegt hatte. Also fuhr sie statt von Chelsea nach Bethnal Green erst einmal nach Chalk Farm. Zu Hause wusch sie sich das Gesicht und stieß einen Seufzer der Erleichterung aus. Als Kompromiss trug sie einen Hauch Rouge auf. Dann zog sie sich um – Leinenhose und T-Shirt, Halleluja! –, und nachdem sie sich wieder in ihren üblichen, nachlässig gekleideten Zustand gebracht hatte, war sie bereit, Sidney St. James aufzusuchen.

Allerdings konnte sie sich nicht sofort auf den Weg zu Sidney machen. Denn als sie ihr Häuschen verließ, hörte sie Hadiyyah von oben rufen: »Barbara! Hallo, Barbara!«, als hätten sie sich seit Ewigkeiten nicht gesehen. »Mrs. Silver bringt mir heute bei, wie man Silber poliert«, fuhr das Mädchen begeistert fort, und als Barbara dem Klang der Stimme folgte, sah sie Hadiyyah, die sich aus einem Fenster im zweiten Stock des Vorderhauses lehnte. »Wir machen das mit Backpulver, Barbara«, verkündete sie. Dann drehte sie sich um, als drinnen jemand etwas zu ihr sagte, und korrigierte sich: »Nein, Back*soda*, Barbara. Und weil Mrs. Silver gar kein Silber hat, nehmen wir ihr Besteck, und es glänzt richtig toll! Ist das nicht großartig? Warum hast du denn deinen neuen Rock nicht an, Barbara?«

»Feierabend, Kleine«, sagte Barbara. »Ich bin jetzt in Zivil.«

»Und gehst du…« Hadiyyahs Aufmerksamkeit wurde von etwas abgelenkt, das Barbara nicht sehen konnte, und dann rief sie: »Dad! Hallo, Dad! Soll ich jetzt nach Hause kommen?« Diese Aussicht schien sie noch mehr zu begeistern als das Gespräch mit Barbara, was einiges darüber aussagte, wie viel Spaß es ihr tatsächlich machte, eine weitere von Mrs. Silvers »hausfraulichen Fertigkeiten« zu erlernen, wie sie sie nannte. Im Lauf des Sommers hatten Stärken, Bügeln, Staubwischen, Staubsaugen, das Entkalken von Kloschüsseln und die zahllosen Möglichkeiten für den Einsatz von Essig auf dem Programm gestanden. Hadiyyah hatte brav alles gelernt, Barbara pflichtschuldigst davon berichtet und sowohl ihr als auch ihrem Vater Kostproben ihres Könnens gegeben. Aber das Erlernen dieser Fertigkeiten hatte den Reiz des Neuen eingebüßt – wie hätte es anders sein können, dachte Barbara. Zwar war Hadiyyah viel zu höflich und wohlerzogen, um sich bei der älteren Frau zu beklagen, aber konnte man es ihr verübeln, dass sie das Ende dieser Unterweisungen von Tag zu Tag ungeduldiger herbeisehnte?

Barbara hörte, wie Taymullah Azhar von der Straße aus antwortete, konnte jedoch nicht verstehen, was er sagte. Hadiyyah winkte ihr kurz zum Abschied und verschwand vom Fenster. Barbara setzte ihren Weg seitlich am Haus vorbei fort, und als sie aus dem Laubengang trat, der vom Duft von Sternjasmin erfüllt war, sah sie Hadiyyahs Vater gerade durch das Gartentörchen kommen, in einer Hand mehrere volle Plastiktüten, in der anderen seine abgegriffene lederne Aktentasche.

»Silber polieren!«, begrüßte Barbara ihn. »Ich hatte keine Ahnung, dass man angelaufenes Silber mit Backsoda wieder zum Glänzen bringt. Sie etwa?«

Azhar lachte. »Der Schatz an Haushaltstricks der guten Frau scheint unerschöpflich zu sein. Wenn ich dächte, dass Hadiyyah ihr Leben als Hausfrau verbringen würde, könnte ich keine bessere Lehrerin für sie finden. Übrigens hat sie auch schon gelernt, Scones zu backen. Habe ich Ihnen das schon erzählt?« Er machte eine Geste mit der Hand, in der er die Einkaufstüten hielt. »Wollen Sie mit uns zu Abend essen, Barbara? Es gibt Chicken Jalfrezi mit Pilaw-Reis. Wenn ich mich recht erinnere« – sein Lächeln entblößte Zähne von einem derart makellosen Weiß, dass Barbara sich schwor, so bald wie möglich einen Zahnarzt aufzusuchen –, »ist das eins Ihrer Lieblingsgerichte.«

Barbara erklärte ihrem Nachbarn, die Versuchung sei groß, aber leider rufe die Pflicht. »Ich bin auf dem Sprung«, sagte sie, doch weiter kam sie nicht. Die Haustür flog auf, und Hadiyyah kam die Stufen heruntergesprungen, hinter ihr Mrs. Silver, groß und knochig, eine Schürze umgebunden.

Sheila Silver besaß, wie Barbara von Hadiyyah wusste, einen ganzen Schrank voll Schürzen. Sie waren nicht nur nach Jahreszeiten, sondern auch nach Art der Festlichkeit sortiert. Mrs. Silver besaß Weihnachts-, Oster- und Halloweenschürzen, Silvester- und Geburtstagsschürzen, Schürzen zur Erinnerung an jeden erdenklichen Jahrestag, von der Guy-Fawkes-Nacht bis zur unglückseligen Hochzeit von Charles und Diana. Und zu jeder Schürze besaß sie eine passende Kochmütze. Barbara vermutete, dass Mrs. Silver die Kochmützen aus Geschirrtüchern selbst herstellte, und sie zweifelte nicht daran, dass das Anfertigen von Kochmützen in Angriff genommen würde, sobald Hadiyyah alle anderen hausfraulichen Fertigkeiten beherrschte.

Noch während Hadiyyah auf ihren Vater zustürmte, hob Barbara eine Hand zum Abschied und machte sich auf den Weg. Als sie sich noch einmal umdrehte, sah sie, wie Hadiyyah die schlanke Taille ihres Vaters umschlungen hielt, während die hagere Mrs. Silver herbeieilte, als wäre das Mädchen ihr zu früh entwischt und müsse zurückgeholt werden, um noch ein paar letzte Einsatzmöglichkeiten von Backsoda zu erlernen.

In ihrem Auto warf Barbara einen Blick auf die Uhr. Sie würde eine kreative Schleichwegstrategie entwickeln müssen, wenn sie vor Einbruch der Dunkelheit in Bethnal Green sein wollte.

Sie umfuhr die Innenstadt, so gut es ging, und erreichte Bethnal Green über die Old Street. Die Gegend hatte sich über die Jahre stark verändert, seit junge Berufstätige, die sich die teuren Wohnungen in der Londoner City nicht mehr leisten konnten, zunehmend in Viertel auswichen, die lange Zeit als unattraktiv gegolten hatten. In Bethnal Green mischte sich inzwischen alt mit neu, Sari-Läden und Henna Weddings lagen neben Computerfachmärkten und Maklerbüros, die Immobilien für größer werdende Familien feilboten.

Sidney wohnte in der Quilter Street, einer Straße mit Reihenhäusern aus Londoner Backstein. Die Häuser waren zwei Stockwerke hoch und bildeten die Südseite eines Dreiecks, in dessen Mitte sich ein kleiner Park namens Jesus Green befand. Im Gegensatz zu vielen anderen kleinen Parks in der Stadt war dieser nicht verschlossen. Er war von einem für Londoner Parks typischen schmiedeeisernen Zaun umgeben, der allerdings nur hüfthoch war und dessen Tor weit offen stand, sodass die Rasenflächen und die schattigen Stellen unter den dichten Baumkronen für jeden zugänglich waren. In der Nähe der Parklücke, wo Barbara ihren Mini abstellte, tollten Kinder kreischend auf dem Rasen herum. In einer Ecke saß eine Familie beim Picknick, und in einer anderen spielte ein Gitarrist für eine junge Frau, die ihm voller Bewunderung zuhörte. Es war ein guter Ort, um der Hitze zu entkommen.

Als Sidney auf Barbaras Klopfen hin die Tür öffnete, gab sich Barbara alle Mühe, sich nicht als das zu fühlen, was sie neben St. James' jüngerer Schwester tatsächlich darstellte: ein erschreckender Gegensatz.

Sidney war groß und schlank, und die Natur hatte sie mit der Art Wangenknochen bedacht, für deren Erwerb sich andere Frauen unters Messer legten. Sie hatte das gleiche pechschwarze Haar wie ihr Bruder und die gleichen heute-blauenmorgen-grauen Augen wie er. Sie trug eine Caprihose, die ihre endlos langen Beine aufs Vorzüglichste betonte, und ein kurzes ärmelloses T-Shirt, das ihre Arme zur Geltung brachte, die genauso unverschämt braun gebrannt waren wie ihr ganzer Körper. An ihren Ohren baumelten große Kreolen, die sie gerade abnahm. »Hallo, Barbara. Der Verkehr war bestimmt ein Albtraum«, sagte sie zum Gruß und bat die Polizistin ins Haus.

Das Haus war klein. Die Fenster standen offen, was allerdings wenig dazu beitrug, die Hitze zu lindern. Offenbar gehörte Sidney zu der verabscheuenswerten Sorte Frau, die nicht schwitzte, was Barbara von sich selbst nicht behaupten konnte. Sie spürte, wie ihr der Schweiß auf die Stirn trat, sobald die Tür sich hinter ihr schloss.

»Furchtbar, nicht wahr?«, sagte Sidney mitfühlend. »Wir beklagen uns dauernd über den Regen, und dann das! Man sollte meinen, es würde mal ein Mittelwetter geben, aber das passiert einfach nicht. Hier entlang bitte.«

Sie wies auf eine Treppe, die im hinteren Teil des Flurs zu

einer offenen Tür führte, die den Blick auf einen kleinen Garten freigab. Von draußen war lautes Gehämmer zu hören. Sidney ging voraus und sagte über die Schulter zu Barbara: »Das ist bloß Matt.« Und als sie in den Garten trat: »Matt, Darling, ich möchte dir Barbara Havers vorstellen.«

Barbara spähte an Sidney vorbei und entdeckte einen Mann – kräftig, mit nacktem Oberkörper –, der einen Vorschlaghammer in den Händen hielt und offenbar gerade dabei war, eine Sperrholzplatte kurz und klein zu hauen. Er schien dies völlig grundlos zu tun, dachte Barbara, es sei denn, er hatte sich auf eine denkbar ineffiziente Methode verlegt, Mulch für das einzige, sonnenverbrannte Blumenbeet zu produzieren. Auf Sidneys Ruf hin grüßte er nur kurz über die Schulter und setzte seine Arbeit fort. Er trug eine schwarze Sonnenbrille, und seine Ohren waren gepierct. Sein Kopf war kahl rasiert und glänzte wie sein ganzer Körper schweißnass.

»Ist er nicht hinreißend?«, wisperte Sidney.

Es wäre nicht gerade Barbaras Wortwahl gewesen. »Was macht er da eigentlich?«, fragte sie.

»Rauslassen.«

»Was?«

»Hm?« Sidney betrachtete ihn genüsslich. Er war nicht unbedingt gut aussehend, aber er besaß einen ganz und gar durch Muskeln geformten Körper: definierter Brustkorb, schmale Hüften, ausgeprägte Rückenmuskulatur und einen Hintern, der so ziemlich überall in der Welt zum Kneifen einladen würde. »Äh, Aggressionen. Er lässt alles raus. Es macht ihn rasend, wenn er nichts zu tun hat.«

»Ist er arbeitslos?«

»Meine Güte, nein! Er arbeitet… äh, irgendwas für die Regierung. Kommen Sie mit nach oben, Barbara! Macht es Ihnen etwas aus, wenn wir uns im Bad unterhalten? Ich war gerade dabei, mir eine Gesichtsbehandlung zu gönnen. Ist es in Ordnung, wenn ich damit weitermache?«

Sie habe nichts dagegen, meinte Barbara. Sie hatte noch nie

bei einer Gesichtsbehandlung zugesehen, und da sie sich derzeit selbst einer erbarmungslosen Verschönerungskur unterziehen musste, konnte sie vielleicht ein paar gute Ratschläge von einer Frau bekommen, die seit ihrem siebzehnten Lebensjahr als Model arbeitete. Auf dem Weg die Treppe hinauf fragte sie: »Was denn zum Beispiel?«

»Matt?«, fragte Sidney zurück. »Das ist alles top secret, behauptet er. Ich nehme an, er ist Spion oder so etwas. Er will es mir nicht sagen. Aber er verschwindet manchmal tage- oder wochenlang, und wenn er zurückkommt, schnappt er sich eine Sperrholzplatte und schlägt darauf ein wie ein Irrer. Im Moment hat er gerade keinen Auftrag.« Sie drehte sich in die Richtung, aus der das Hämmern kam, und sagte beiläufig: »Matthew Jones, der Geheimnisvolle.«

»Jones«, bemerkte Barbara. »Interessanter Name.«

»Es ist wahrscheinlich sein … na ja … sein Deckname. Ziemlich aufregend, finden Sie nicht?«

Für Barbara war die Vorstellung, Haus und Bett mit jemandem zu teilen, der mit einem Vorschlaghammer Sperrholzplatten zertrümmerte, einer dubiosen Tätigkeit nachging und einen Namen führte, bei dem es sich aller Wahrscheinlichkeit nach um ein Pseudonym handelte, in etwa so attraktiv, wie mit einem verrosteten .45er Colt russisches Roulette zu spielen, aber sie behielt den Gedanken für sich. Jedem Tierchen sein Pläsierchen, und wenn der Typ da unten Sidneys Saiten zum Schwingen brachte – lieber nicht zu viele Metaphern mischen, dachte Barbara –, warum sollte ausgerechnet sie darauf hinweisen, dass geheimnisvolle Männer meistens aus Gründen geheimnisvoll waren, die nichts mit James Bond zu tun hatten? Sidney hatte drei Brüder, die sie zweifellos bereits mehrfach darauf angesprochen hatten.

Sie folgte ihr ins Bad, wo sie eine eindrucksvolle Sammlung von Tiegeln und Fläschchen erwartete. Sidney begann, ihr Make-up zu entfernen, während sie im Plauderton die einzelnen Schritte kommentierte: »Ich nehme vor dem Peeling immer eine Tonic Lotion. Wie oft peelen Sie, Barbara?«

Barbara murmelte eine ausweichende Antwort. Ihr war nicht ganz klar, warum man sich das Gesicht mit Tonic waschen sollte anstatt mit Wasser, und Peeling klang in ihren Ohren eher wie etwas, das man im Fitnessstudio machte.

Nachdem Sidney sich eine Maske aufgetragen hatte – »Meine T-Zone ist einfach grauenhaft«, gestand sie –, brachte Barbara den Grund für ihren Besuch in Bethnal Green zur Sprache. »Deborah hat mir erzählt, Sie haben sie mit Jemima Hastings bekannt gemacht.«

Sidney bestätigte das. »Es waren ihre Augen. Ich hatte für Deborah Modell gestanden – für den Fotowettbewerb der Portrait Gallery, wissen Sie? –, aber als die Bilder nicht das waren, was sie sich vorgestellt hatte, fiel mir Jemima ein. Wegen der Augen.«

Barbara wollte wissen, wie sie die junge Frau kennengelernt hatte.

»Zigarren. Matt raucht gern Havannas. Gott, Sie glauben gar nicht, wie die stinken! Ich war in den Laden gegangen, um eine zu kaufen. Später habe ich mich wegen der Augen an sie erinnert, und ich dachte, ihr Gesicht könnte interessant sein für Deborahs Porträtfotografie. Also bin ich noch mal hingegangen und habe sie gefragt, und dann habe ich sie mitgenommen, um sie Deborah vorzustellen.«

»Wo sind Sie wieder hingegangen?«

»Oh, Entschuldigung: nach Covent Garden. Dort gibt es ein Tabakgeschäft um die Ecke von der Jubilee Market Hall. Die verkaufen Zigarren, Pfeifentabak, Schnupftabak, Zigarettenspitzen… eben alles, was mit Rauchen zu tun hat. Matt und ich waren schon einmal da gewesen, daher wusste ich, wo der Laden ist und was er sich dort gekauft hatte. Kurz bevor er von seinen geheimnisvollen Aufträgen zurückkommt, gehe ich immer in den Laden und kaufe ihm zur Begrüßung eine Zigarre.«

Igitt, dachte Barbara. Sie war selbst Raucherin – sie wollte es immer aufgeben, nur anscheinend war ihr Wille zu schwach –, aber irgendwo musste man eine Grenze ziehen, und sie würde sich niemals etwas anzünden, das nach Hundekacke stank.

»Deborah jedenfalls gefiel ihr Gesicht«, erzählte Sidney weiter, »und sie hat sie sofort gefragt, ob sie ihr Modell stehen würde. Warum fragen Sie? Suchen Sie nach ihr?«

»Sie ist tot«, sagte Barbara. »Sie wurde auf dem Abney Park Cemetery ermordet.«

Sidneys Augen verdunkelten sich. Genau wie die ihres Bruders, wenn ihn etwas erschütterte, dachte Barbara.

»O Gott! Sie ist die Tote in der Zeitung, stimmt's? Ich habe die *Daily Mail* gesehen ...« Und als Barbara dies bestätigte, fuhr Sidney fort – sie gehörte zu der Sorte Frau, die kaum zu bremsen war, wenn sie einmal anfing zu reden, ganz im Gegensatz zu Simon, dessen Reserviertheit einen mitunter auf die Palme bringen konnte –, und sie berichtete Barbara von sämtlichen relevanten und irrelevanten Einzelheiten über Jemima Hastings und die Fotosession mit Deborah St. James.

Sidney hatte keine Ahnung, was Deborah auf die Idee gebracht hatte, die Fotos ausgerechnet auf dem Abney Park Cemetery zu schießen, »weil der so weit weg und so schwer zu erreichen ist, aber Sie kennen ja Deborah. Wenn sie sich einmal etwas in den Kopf setzt, ist jeder Gegenvorschlag zwecklos«. Offenbar hatte sie vor dem Fototermin wochenlang nach passenden Orten gesucht. Dann hatte sie über den Friedhof gelesen – »irgendein Artikel über Naturschutz« – und war hingefahren, um sich dort umzusehen. Und dabei hatte sie den schlafenden Löwen entdeckt, der ihr das perfekte Hintergrundmotiv für ihr Foto zu sein schien.

Sidney hatte Deborah und Jemima dann zu dem Friedhof begleitet. »Ich gebe zu, ich war ein bisschen enttäuscht, dass ihr mein Foto nicht gefallen hatte.« Während sie Deborah beim Fotografieren zugesehen hatte, hatte sie sich gefragt, warum Deborah sie selbst als ungeeignet für das Porträt betrachtet hatte, während sie von Jemima offenbar begeistert war. »Als Profi muss man das wissen, verstehen Sie? Wenn ich keine Ausstrahlung mehr habe, muss ich unbedingt daran arbeiten.«

»Sicher«, stimmte Barbara zu. Sie fragte Sidney, ob sie an dem Tag auf dem Friedhof irgendetwas gesehen, irgendetwas bemerkt hätte … Ob sie sich an irgendetwas erinnerte. Irgendetwas Ungewöhnliches. Hatte zum Beispiel jemand die Fotosession beobachtet?

Also, ja, natürlich, es gebe immer Leute – vor allem Männer. Aber Sidney konnte sich an keinen davon erinnern, schließlich war es schon eine Ewigkeit her, und wie hätte sie auf die Idee kommen sollen, dass sie sich einmal würde erinnern müssen, und Gott, die Vorstellung, dass Deborahs Foto womöglich dazu geführt hatte … »Ich meine, wäre es nicht möglich, dass jemand Jemima aufgrund des Fotos aufgespürt hat und ihr zu dem Friedhof gefolgt ist?« Nur, was habe sie dort gewollt? Ob die Polizei das wisse? Oder vielleicht hatte sie jemand gekidnappt und dorthin entführt? Wie sie denn gestorben sei?

»Wer?« Das war Matt Jones. Er war lautlos die Treppe hochgekommen. Barbara fragte sich, wann er aufgehört hatte, auf die Sperrholzplatte einzudreschen, und wie lange er bereits zugehört hatte. Jetzt stand er hünenhaft und verschwitzt in der Badezimmertür, die er auf eine Art ausfüllte, die Barbara als bedrohlich bezeichnet hätte, wäre es ihr nicht gleichzeitig merkwürdig vorgekommen. Als er jetzt so dicht vor ihr stand, schien er Gefahr und Wut auszudünsten. Er erinnerte sie irgendwie an Mr. Rochester, hätte Mr. Rochester ein Arsenal an schweren Waffen auf dem Söller gehabt statt einer verrückten Frau.

»Die junge Frau aus dem Zigarrenladen, Darling. Jemima … Wie hieß sie noch mit Nachnamen, Barbara?«

»Hastings. Sie hieß Jemima Hastings.«

»Was ist mir ihr?«, fragte Matt. Er verschränkte die Arme unter braun gebrannten, haarlosen, sehr eindrucksvollen Brustmuskeln, auf die er sich die Buchstaben M-U-M und drum herum einen Dornenkranz hatte tätowieren lassen. Außerdem hatte er drei Narben auf der Brust, wie Barbara bemerkte: kleine Fleischwülste, die verdächtig nach Schusswunden aussahen. Wer zum Teufel war dieser Typ?

»Sie ist tot«, erklärte Sidney ihrem Lover. »Jemima Hastings ist ermordet worden, Darling.«

Er schwieg. Dann grunzte er einmal, trat vom Türrahmen weg und rieb sich den Nacken. »Was gibt's zum Abendessen?«

Die Überwachungsvideos der West Town Road Arcade von jenem Tag waren so grobkörnig, dass man die Jungen, die John Dresser entführten, mithilfe des Filmmaterials allein nicht eindeutig identifizieren konnte. Hätte nicht Michael Spargo den viel zu großen senfgelben Anorak getragen, wären Johns Entführer möglicherweise unerkannt geblieben. Aber so viele Leute hatten die drei Jungen gesehen und waren bereit, sie zu identifizieren, dass die Videobänder letztlich nur noch als Bestätigung dienten.

Auf dem Videomaterial ist zu sehen, dass John Dresser an der Hand von Reggie Arnold freiwillig mit den Jungen geht, als würde er sie kennen. Als sie sich dem Ausgang des Einkaufszentrums nähern, nimmt Ian Barker Johns andere Hand, und dann lassen er und Reggie Arnold das Kind zwischen sich schwingen, vielleicht als Vorgeschmack auf weitere Spiele. Michael holt sie ausgelassen hüpfend ein und bietet John von seinen Pommes frites an. Dass sie John Dresser, der die ganze Zeit hungrig auf seine Mahlzeit gewartet hatte, zu essen gaben, wird dessen Bereitschaft, mit ihnen zu gehen, gefördert haben, zumindest anfänglich.

Es ist interessant, dass die Jungen das Einkaufszentrum *nicht* durch den Ausgang verließen, der zu den Gallows führt, also: in die ihnen bestens vertraute Gegend. Stattdessen wählten sie einen der weniger benutzten Eingänge, als hätten sie bereits vorgehabt, etwas mit dem kleinen Jungen anzustellen, und sich gewünscht, möglichst unbemerkt mit ihm zu verschwinden.

Bei seinem dritten Verhör durch die Polizei gestand Ian Barker, dass ihre Absicht darin bestanden habe, »ein bisschen Spaß« mit John Dresser zu haben, während Michael Spargo behauptete, er habe nicht gewusst, »was die beiden andern mit dem Baby wollten« – ein Begriff (»das Baby«), den Michael während sämtlicher Verhöre in Bezug auf John Dresser verwendete. Reggie Arnold erwähnte John Dresser überhaupt erst beim vierten Verhör. Er unternahm Verschleierungsversuche, indem er wiederholt die Rede auf Ian Barker brachte und auf seine Ratlosigkeit, »was der mit dem Kätzchen wollte«. Immer wieder lenkte er das Gespräch auf seine Geschwister oder beteuerte seiner Mutter, die bei allen Verhören anwesend war, er habe »nix geklaut, Mum, noch nie!«

Michael Spargo behauptete, er habe den Jungen wieder zurückbringen wollen, nachdem sie das Einkaufszentrum verlassen hatten. »Ich hab denen gesagt, wir sollten wieder zurückgehen und das Baby irgendwo an der Tür abstellen oder so, aber die wollten das nicht und ich hab gesagt, dass wir Ärger kriegen würden, weil wir es geklaut hatten. [Man beachte die verdinglichende Verwendung des Wortes »klauen«, so als wäre John Dresser ein Gegenstand, den sie aus einem Geschäft hatten mitgehen lassen.] Aber die haben nur Wichser zu mir gesagt und mich gefragt, ob ich sie verpfeifen will.«

Ob es sich tatsächlich so zugetragen hat, ist zu bezweifeln, da die beiden anderen Jungen mit keiner Silbe erwähnten, dass Michael es sich möglicherweise anders überlegt hatte, und später bestätigten nahezu alle Zeugen – die man im Nachhinein als »die Fünfundzwanzig« bezeichnen würde –, dass sie John Dresser zusammen mit allen drei Jungen gesehen hatten und dass alle drei aktiv mit dem Kleinen beschäftigt waren.

In Anbetracht von Ian Barkers Vergangenheit scheint die Annahme berechtigt, dass er derjenige war, der vorschlug auszuprobieren, was passieren würde, wenn sie den Kleinen zwischen sich schaukelten wie zuvor, ihn aber diesmal fallen ließen, anstatt ihn wieder sicher auf die Füße zu stellen. Beim nächsten Mal ließen sie ihn genau in dem Moment los, als sie ihn kräftig nach vorn schwangen, was, wie zu erwarten war, dazu führte, dass John auf dem Pflaster aufschlug und zu weinen begann. Bei dem Sturz zog er sich die ersten blauen Flecke am Gesäß zu, und seine Kleidung wurde beschädigt. Im Lauf der Ereignisse würde sie fast völlig zerfetzt werden.

Überfordert mit dem schreienden Kleinkind, unternahmen die Jungen einen nächsten Versuch, John zu beruhigen, und boten ihm das

Brötchen an, das Michael Spargo am Morgen von zu Hause mitgenommen hatte. Dass John das Angebot akzeptierte, geht nicht nur aus dem ausführlichen Bericht von Dr. Miles Neff vom Innenministerium hervor, sondern auch aus den Schilderungen einer Augenzeugin, denn zu diesem Zeitpunkt hatten die Jungen ihre erste Begegnung mit jemandem, der sie nicht nur mit John zusammen beobachtete, sondern sie überdies zur Rede stellte.

Aus den Prozessprotokollen geht hervor, dass die siebzigjährige Zeugin A (aus Personenschutzgründen werden die Zeugen in diesem Dokument nicht namentlich genannt), als sie die Jungen sah, mit Bestürzung reagierte, weil der kleine John so bitterlich weinte. »Ich habe sie gefragt, was der Kleine denn hätte«, sagt sie, »und einer von ihnen – ich glaube, es war der Dicke [gemeint ist Reggie Arnold] – erklärte mir, er sei auf den Hintern gefallen. Na ja, Kinder fallen ja schon mal hin, oder? Ich dachte nicht... Ich habe ihnen meine Hilfe angeboten. Ich habe ihnen mein Taschentuch gegeben, damit sie ihm das Gesicht abwischen konnten, weil er so geweint hat. Aber dann hat der größere Junge gesagt [gemeint ist Ian Barker], dass der Kleine sein Bruder wäre und dass sie ihn nach Hause bringen würden. Ich habe sie gefragt, wie weit es denn bis nach Hause wäre, und sie meinten, nicht weit. Gleich drüben in Tideburn, haben sie gesagt. Und als sie dem Kleinen dann ein Brötchen zu essen gaben, konnte ich ja nicht ahnen, dass es noch mehr Probleme geben würde.«

Weiterhin berichtete die Zeugin, sie habe die Jungen gefragt, warum sie nicht in der Schule seien, woraufhin sie antworteten, der Unterricht wäre bereits zu Ende. Dies hat die Zeugin A offenbar beruhigt, und sie legte ihnen lediglich nahe, »den Kleinen aber jetzt nach Hause zu bringen«, weil »er zu seiner Mutter« wolle.

Zweifellos fühlte sie sich zusätzlich beruhigt, weil die Jungen ausgerechnet Tideburn als Wohnort angegeben hatten. Tideburn war damals ebenso wie heute eine Wohngegend der Mittelschicht und gehobenen Mittelschicht. Hätten sie die Gallows genannt, wären der Frau aufgrund des Rufs, in dem das Viertel stand, vielleicht Bedenken gekommen.

Von vielen Seiten wurde darauf hingewiesen, dass die Jungen zu diesem Zeitpunkt John Dresser an die Zeugin A hätten übergeben können, etwa mit der Begründung, sie hätten ihn vor dem Einkaufszentrum aufgegriffen. Und es habe noch weitere Situationen gegeben, in denen sie John Dresser einem Erwachsenen hätten überlassen und ihrer Wege hätten ziehen können. Dass sie dies jedoch nicht taten, legt den Verdacht nahe, dass irgendwann zumindest einer der drei sich einen ausführlicheren Plan zurechtgelegt hatte oder dass die drei Jungen inzwischen einen gemeinsamen Plan ausgeheckt hatten. Sollte Letzteres zutreffen, so war keiner der drei jemals bereit, dies zuzugeben.

Nachdem der Chef des Sicherheitsdienstes die Überwachungsvideos überprüft hatte, wurde die Polizei gerufen. Bis diese eintraf, um sich die Videos anzusehen und die Suche zu organisieren, war John Dresser bereits ca. eineinhalb Kilometer weit weg. In Begleitung von Ian Barker, Michael Spargo und Reggie Arnold hatte er mittlerweile zwei stark befahrene Durchgangsstraßen überquert und war hungrig und müde. Er war anscheinend mehrmals hingefallen und hatte sich an einer Pflasterkante die Wange verletzt.

Obwohl John Dresser den Jungen allmählich lästig wurde, kamen sie auch weiterhin nicht auf den Gedanken, ihn an einen Erwachsenen zu übergeben.

Laut Michael Spargos Aussage in seinem vierten Verhör war es Ian Barker, der dem Kleinen als Erster einen Tritt versetzte, als dieser hinfiel, und es war Reggie Arnold, der ihn wieder auf die Füße zog und hinter sich herzerrte. John Dresser war offenbar inzwischen nahezu hysterisch, aber das scheint die Passanten umso mehr darin bestärkt zu haben, den Jungen die Geschichte des »kleinen Bruders« abzukaufen, der nach Hause gebracht werden sollte.

Wessen kleiner Bruder John Dresser angeblich gewesen sein sollte, variierte je nach Aussage der Augenzeugen (Zeugen B, C und D). Obwohl Michael Spargo beharrlich leugnete, John Dresser als seinen kleinen Bruder ausgegeben zu haben, wird dieser Darstellung vom Zeugen E widersprochen, einem Postangestellten, der den Jungen auf halbem Weg zum Dawkins-Gelände begegnete.

Zeuge E sagte aus, er habe die Jungen gefragt, was mit dem Kleinkind los sei, warum es so schrecklich weine und was mit seinem Gesicht geschehen sei.

»Der mit dem gelben Anorak hat behauptet, der Kleine wär sein Bruder, und weil seine Mutter es zu Hause gerade mit ihrem Freund trieb, müssten sie den Kleinen so lange beschäftigen. Sie meinten, sie wären ein bisschen zu weit gelaufen und ob ich sie in meinem Lieferwagen nach Hause bringen könnte.«

Den Jungen muss bewusst gewesen sein, dass der Zeuge E nicht in der Lage sein würde, ihrer Bitte nachzukommen. Er musste seine Tour fahren, und selbst wenn dies nicht der Fall gewesen wäre, hätte er wahrscheinlich nicht genug Platz in seinem Auto gehabt. Doch die Tatsache, dass sie diese vermeintliche Bitte äußerten, verlieh ihrer Geschichte Glaubwürdigkeit.

Zeuge E sagte aus, er habe »sie aufgefordert, den Bengel auf direktem Weg nach Hause zu bringen, weil der derart geplärrt hat, wie ich's noch nie erlebt hab, und ich hab selbst drei von der Sorte zu Hause«. Die Jungen hätten versprochen, der Aufforderung Folge zu leisten.

Es ist durchaus denkbar, dass die drei zu dem Zeitpunkt, als sie John Dresser entführten, noch unschlüssig waren, was sie mit ihm anfangen sollten, und erst, als ihnen eine Lüge nach der anderen abgekauft wurde, der teuflische Plan in ihnen reifte, so als hätte die Gutgläubigkeit der Zeugen ihre Gier nach Grausamkeit angestachelt. Es genügt festzuhalten, dass sie ihren Weg fortsetzen und den Kleinen mehr als drei Kilometer weit mit sich zerren konnten, obwohl er sich verzweifelt sträubte und nach Mutter und Vater rief, was mehr als ein Passant hörte – und ignorierte.

Michael Spargo behauptete, er habe die anderen immer wieder gefragt, was sie mit John Dresser vorhätten. »Ich hab denen gesagt, dass wir den nich mit nach Hause nehmen können. Das hab ich gesagt, ehrlich.« Dies geht aus der Mitschrift seines fünften Verhörs hervor. Weiterhin sagte er aus, er habe zu diesem Zeitpunkt vorgeschlagen, John an einer Polizeiwache abzusetzen. »Ich hab gesagt, wir könnten ihn ja vorm Eingang stehen lassen oder so. Oder wir könnten ihn auch reinbringen. Ich hab gesagt, dass seine Mum und sein

Dad sich Sorgen machen würden. Dass die glauben würden, ihm wär was passiert.«

Ian Barker, so Michael, habe ihm erklärt, dass dem Kleinen tatsächlich etwas passiert sei. »Er hat gesagt: ›Du Blödmann, dem is ja auch was passiert.‹ Und er hat Reg gefragt, ob er auch finden würde, dass das Baby 'nen ordentlichen Platscher machen würde, wenn es im Wasser landet.«

Ob Ian in diesem Moment den Kanal in Betracht zog? Möglicherweise. Aber Tatsache ist, dass die Jungen sich gar nicht in der Nähe des Midlands Trans-Country Canal befanden, und sie hätten den völlig erschöpften John Dresser wohl auch nicht dorthin bringen können, ohne ihn zu tragen, wozu sie aber offenbar keine Lust hatten. Selbst wenn Ian Barker der Sinn danach gestanden hätte, John in der Umgebung des Kanals irgendetwas anzutun, wäre das unmöglich gewesen – und der Grund dafür war John selbst.

Da John Dresser ihnen immer lästiger geworden sei, hätten sie beschlossen, »das Baby in irgendeinem Laden abzuliefern«, so Michael Spargo. Die Sache sei mittlerweile »total langweilig« geworden. Doch in der unmittelbaren Umgebung befand sich kein Ladengeschäft, und so hätten sie sich auf die Suche nach einem gemacht. Unterwegs habe Ian jedoch darauf hingewiesen, wie Michael und Reggie bei ihren jeweiligen Verhören unabhängig voneinander aussagten, dass sie in einem Supermarkt gesehen und von Videokameras gefilmt werden könnten. Er behauptete, er kenne einen viel sichereren Ort, und führte sie daraufhin zum Dawkins-Gelände.

Beim Dawkins-Gelände handelte es sich um ein Bauprojekt, das mit viel Tamtam begonnen und dann wegen Geldmangels halb fertig aufgegeben worden war. Geplant waren drei schicke, moderne Bürogebäude inmitten »einer parkähnlichen Landschaft mit Bäumen, Gärten, Wegen und großzügigen Picknickplätzen«, die die umliegenden Viertel aufwerten und ihnen wirtschaftlichen Aufschwung bescheren sollten. Missmanagement aufseiten des Bauherrn hatte jedoch dazu geführt, dass das Projekt eingestellt wurde, noch ehe der erste Büroturm fertiggestellt war.

Das Gelände, zu dem Ian Barker seine Gefährten an jenem Tag führte, war seit eineinhalb Jahren eine Bauruine. Es war durch einen Maschendrahtzaun gesichert, der jedoch leicht zu überwinden war. Obwohl ein Schild am Zaun darauf hinwies, dass das Grundstück »rund um die Uhr bewacht« werde und »Eindringlinge und Randalierer strafrechtlich verfolgt« würden, bewiesen regelmäßige Streifzüge von Kindern und Jugendlichen das Gegenteil.

Es war ein verlockendes Gelände für Spiele und heimliche Stelldicheins. Es gab Dutzende Verstecke; Erdhügel boten Rampen für BMX-Fahrer; herumliegende Bretter, Rohre und Schläuche eigneten sich als Waffen für Kriegsspiele; kleinere Betonbrocken ließen sich als Handgranaten und Bomben einsetzen. Während das Gelände eine mehr als zweifelhafte Lokalität darstellte, um »das Baby loszuwerden« und darauf zu hoffen, dass jemand vorbeikommen und den Kleinen zur nächstgelegenen Polizeiwache bringen würde, war es ein perfekter Ort für das entsetzliche Geschehen, das an jenem Tag folgen würde.

10

Als Thomas Lynley am nächsten Morgen vor dem Pförtnerhäuschen von New Scotland Yard hielt, begann er sich innerlich zu wappnen. Der diensthabende Constable, der den Wagen nicht kannte, trat näher. Er sah Lynley am Steuer und stutzte. Dann beugte er sich zu dem offenen Fenster herunter und sagte mit belegter Stimme: »Inspector. Sir. Schön, dass Sie wieder da sind.«

Lynley hätte ihm am liebsten gesagt, dass er nicht wieder da war. Stattdessen nickte er, aber ihm wurde klar, was ihm längst hätte klar sein müssen: dass die Leute auf sein Auftauchen im Yard reagieren würden und dass er auf ihre Reaktion würde reagieren müssen. Also bereitete er sich auf seine nächste Begegnung vor. Er parkte seinen Wagen und ging hinauf in den Victoria Block, der ihm so vertraut war wie seine Westentasche.

Dorothea Harriman entdeckte ihn als Erste. Es war fünf Monate her, dass er die Sekretärin der Abteilung zuletzt gesehen hatte, aber weder die Zeit noch die Umstände würden sie jemals ändern. Sie war wie immer perfekt gestylt. Sie trug einen schmalen roten Rock und eine kesse Bluse, dazu einen breiten Gürtel um die schlanke Taille, bei deren Anblick jeder viktorianische Gentleman in Ohnmacht gefallen wäre. Sie stand mit dem Rücken zu ihm an einem Aktenschrank, und als sie sich umdrehte und ihn erblickte, wurden ihre Augen feucht. Sie legte die Akte auf ihren Schreibtisch und fasste sich mit beiden Händen an den Hals.

»Oh, Detective Inspector Lynley! O mein Gott, wie wunderbar! Es könnte gar nicht besser sein, Sie wiederzusehen.«

Mehr als eine Begrüßung dieser Art würde er nicht überleben, dachte Lynley, also sagte er, als wäre er nie weg gewesen:

»Dee. Sie sehen großartig aus. Sind sie …« Mit einer Kopfbewegung deutete er auf das Zimmer des Superintendent.

Sie seien alle im Besprechungsraum, sagte sie. Ob er einen Kaffee wolle. Einen Tee? Ein Croissant? Toast? Neuerdings gebe es sogar Muffins in der Kantine, und es mache ihr überhaupt nichts aus …

Er brauche nichts, erwiderte er. Er habe gerade gefrühstückt. Sie solle sich keine Mühe machen. Er lächelte knapp und machte sich auf den Weg zum Besprechungsraum, doch er spürte ihren Blick in seinem Rücken, und er sagte sich, dass er sich daran würde gewöhnen müssen, dass die Leute ihn taxierten, dass sie überlegten, was sie sagen konnten und was sie besser nicht sagten – unsicher, wann oder ob sie ihren Namen aussprechen durften. So reagierten die Menschen nun mal, wenn sie die Untiefen der Trauer eines anderen umschiffen mussten.

Im Besprechungsraum war es kaum anders. Als er die Tür öffnete und eintrat, schloss er aus dem betretenen Schweigen, das ihm entgegenschlug, dass Acting Superintendent Ardery nichts davon erwähnt hatte, dass er zum Team gehören würde. Sie stand neben mehreren Magnettafeln mit Fotos und Einsatzplänen. Als sie ihn sah, sagte sie beiläufig: »Ah, Thomas. Guten Morgen«, und dann zu den anderen: »Ich habe Inspector Lynley gebeten, wieder an Bord zu kommen, und ich hoffe, dass seine Mitarbeit von Dauer sein wird. Er hat sich freundlicherweise bereit erklärt, mich bei der Einarbeitung hier zu unterstützen. Ich gehe davon aus, dass niemand ein Problem damit hat.« Sie sagte das in einem Ton, der eine eindeutige Botschaft enthielt: Lynley würde ihr Untergebener sein, und falls irgendjemand damit ein Problem hatte, dann sollte sich derjenige eben in eine andere Abteilung versetzen lassen.

Lynley ließ den Blick über seine langjährigen Kollegen, seine alten Freunde, wandern. Sie hießen ihn alle auf ihre Weise willkommen: Winston Nkata mit Herzenswärme in seinen dunklen Zügen, Philip Hale mit einem Zwinkern und einem Lächeln, John Stuart mit der reservierten Erwartungshaltung eines

Mannes, der wusste, dass da mehr im Busch war, als mit bloßem Auge zu sehen war, und Barbara Havers mit Verwirrung. Ihr stand die Frage ins Gesicht geschrieben, die sie ihm am liebsten laut gestellt hätte: Warum haben Sie mir gestern nichts davon gesagt? Er wusste nicht, wie er es ihr erklären sollte. Von allen im Yard war sie diejenige, die ihm am nächsten stand, und genau deswegen war sie auch diejenige, mit der er am wenigsten entspannt reden konnte. Sie würde es nicht verstehen, und bisher fehlten ihm die Worte, um es ihr verständlich zu machen.

Isabelle Ardery setzte die Besprechung fort. Lynley zog seine Lesebrille heraus und trat näher an die Magnettafeln, auf der die Fotos des Opfers befestigt waren. Neben einer Aufnahme, die die junge Frau noch lebend zeigte, hingen Fotos von der Toten sowie einige schaurige Autopsieaufnahmen. Ein Fahndungsporträt einer Person hing neben Fotos vom Tatort und daneben eine Nahaufnahme von einer Art Steinschnitzerei. Es handelte sich um eine Vergrößerung: Der Stein war rötlich und rechteckig und sah aus wie ein Amulett.

»... in der Hosentasche des Opfers«, sagte Ardery gerade. »Größe und Form könnten darauf hindeuten, dass es sich um einen Stein aus einem Männerring handelt. Man sieht hier, dass sich auf der einen Seite eine Schnitzerei befindet, die allerdings nicht mehr deutlich zu erkennen ist. Der Stein wird derzeit von den Forensikern untersucht. Was die Tatwaffe betrifft, haben uns die Kollegen vom SO7 mitgeteilt, dass es sich um einen Gegenstand handeln muss, der eine Wunde von zwanzig bis zweiundzwanzig Zentimetern Tiefe herbeiführen kann. Mehr können sie noch nicht sagen. Nur dass Rostspuren in der Wunde gefunden wurden.«

»Davon gibt's jede Menge am Tatort«, bemerkte Winston Nkata. »Eine alte Kapelle, die mit eisernen Stangen verrammelt ist... Da findet sich alles mögliche Gerümpel, das sich als Mordwaffe eignen könnte.«

»Was die Möglichkeit eröffnet, dass es sich hierbei um ein Verbrechen aus Gelegenheit handelt«, sagte Ardery.

»Keine Handtasche beim Opfer«, warf Philip Hale ein. »Keine Papiere – nichts, anhand dessen man sie identifizieren könnte. Aber um nach Stoke Newington zu kommen, muss sie irgendetwas bei sich gehabt haben – Geld, Fahrkarte, irgendetwas. Es könnte sich um einen schiefgegangenen Handtaschenraub handeln.«

»Ja… Wir müssen also ihre Handtasche finden, falls sie eine bei sich hatte«, sagte Ardery. »Allerdings haben wir zwei sehr brauchbare Spuren auf dem Pornoheft, das in der Nähe der Leiche lag.«

Das Heft mit dem Titel *Girlicious* gehörte zu der Sorte von Magazinen, die wegen des heiklen Inhalts – Ardery verdrehte die Augen – in schwarzen Plastikhüllen verkauft wurden. Die Plastikhülle verhinderte, dass unschuldige Kinder in den Heften blätterten und die diversen darin abgebildeten Geschlechtsteile zu Gesicht bekamen. Außerdem hatte die Hülle den weniger offensichtlichen Vorteil, dass nur der Käufer seine Fingerabdrücke auf dem Heft selbst hinterlassen konnte. Dieser Umstand hatte ihnen einen Satz hervorragender Abdrücke beschert, und nicht nur das: Sie hatten auch einen Kassenzettel, der zwischen den Seiten steckte, als wäre er als Lesezeichen benutzt worden. Wenn dieser Kassenzettel aus dem Laden stammte, wo das Heft gekauft worden war – was Ardery für wahrscheinlich hielt –, dann hatten sie gute Chancen, den Dreckskerl zu schnappen, der sich das Heft gekauft hatte.

»Es könnte sich um den Mörder handeln oder auch nicht. Es könnte sich um diesen Mann dort handeln oder auch nicht.« Sie zeigte auf das Phantombild. »Das Heft war auf jeden Fall neu. Es hat noch nicht lange dort gelegen. Wer auch immer es mit in den Anbau der Kapelle genommen hat, wir müssen mit ihm reden. Also…«

Sie verteilte die Aufgaben. Sie kannten das Prozedere: ermitteln, vernehmen, ausschließen. Jeder Einzelne, der mit Jemima Hastings in Kontakt gewesen war, musste vernommen werden: in Covent Garden, wo sie gearbeitet hatte, in ihrer Pension in

Putney, an jedem anderen Ort, den sie regelmäßig aufgesucht hatte, in der Portrait Gallery, wo sie die Ausstellungseröffnung besucht hatte, in der ihr Porträt hing. Jedes einzelne Alibi musste überprüft werden. Die Habseligkeiten des Opfers, die in Kisten und Kartons aus ihrem Zimmer geschafft worden waren, mussten durchforstet werden. Die Umgebung des Friedhofs musste nach ihrer Handtasche, nach der Tatwaffe und allem abgesucht werden, was einen Hinweis auf ihre Fahrt quer durch London nach Stoke Newington geben konnte.

Ardery beendete die Aufgabenverteilung. Als Letztes beauftragte sie Detective Sergeant Barbara Havers, eine Frau namens Yolanda die Hellseherin ausfindig zu machen.

»Yolanda *wie*?«, fragte Havers.

Ardery ignorierte die Frage. Jemima Hastings' Vermieterin in Putney habe auf der Wache angerufen. Sie sollten diese Yolanda überprüfen. Die Frau habe Jemima heimlich aufgelauert – »Bellas Ausdrucksweise, nicht meine« –, und deswegen sollte man sie finden und vernehmen. »Ich darf davon ausgehen, dass Sie damit kein Problem haben, Sergeant?«

Havers zuckte die Achseln. Sie warf Lynley einen Blick zu. Er wusste, was sie erwartete. Und anscheinend wusste Isabelle Ardery das ebenfalls, denn sie sagte: »Inspector Lynley wird vorerst mit mir zusammenarbeiten. DS Nkata, Sie sind ab sofort Barbaras Partner.«

Isabelle Ardery reichte Lynley ihre Autoschlüssel. Sie erklärte ihm, wo ihr Wagen stand, sagte, sie würde ihn unten treffen, nachdem sie die Damentoilette aufgesucht hätte, und ging den Korridor hinunter. Sie kippte ihren Wodka beim Pinkeln, aber das Fläschchen war schneller leer, als ihr lieb war, und sie war froh, dass sie noch ein weiteres eingesteckt hatte. Sie betätigte die Spülung und trank den Inhalt des zweiten, dann verstaute sie die leeren Fläschchen in ihrer Handtasche und vergewisserte sich, dass beide in ein Papiertaschentuch eingewickelt waren und nicht zu dicht beieinander lagen, denn es würde keinen guten Eindruck machen, mit einer klimpernden Handtasche herumzulaufen wie eine halb besoffene Nutte, die ihren Vorrat an Sprit mit sich herumschleppte. Vor allem, dachte sie, da sie jetzt ohnehin keinen Vorrat mehr hatte. Es sei denn, sie hielt kurz an einem Schnapsladen – keine allzu gute Option allerdings, solange sie sich in Begleitung von Thomas Lynley befand.

Sie hatte verkündet: »Sie und ich, wir nehmen uns Covent Garden vor«, und weder er noch sonst jemand hatte einen Einwand erhoben. Sie beabsichtigte, an jeder Aktion dicht dranzubleiben, für den Fall, dass sie den Posten des Superintendent bekam, und alle waren darüber informiert, dass Lynley da war, um ihr beim Einarbeiten zu helfen. Wenn er sie überallhin chauffierte, war für alle klar ersichtlich, dass sie seine Unterstützung hatte. In erster Linie wollte sie den Mann kennenlernen. Denn ob es ihm nun bewusst war oder nicht: Er war auf mehr als eine Weise ihr Rivale, und sie würde ihn auf mehr als eine Weise entwaffnen.

Sie trat ans Waschbecken, um sich die Hände zu waschen, und nutzte die Gelegenheit, ihr Haar zu glätten und ordentlich hinter die Ohren zu schieben, ihre Sonnenbrille aus der Handtasche zu kramen und frischen Lippenstift aufzutragen. Sie steckte sich zwei Pfefferminzbonbons in den Mund und legte sich sicherheitshalber noch einen Streifen Listerine auf die Zunge. Dann ging sie hinunter zum Parkplatz, wo Lynley neben ihrem Toyota auf sie wartete.

Durch und durch Gentleman – der Mann hatte seine Manieren wahrscheinlich mit der Muttermilch aufgesogen – hielt er ihr die Beifahrertür auf. Sie herrschte ihn an, er solle das in Zukunft unterlassen – »Wir haben kein Rendezvous, Inspector« –, und sie fuhren los.

Er war ein ausgezeichneter Fahrer, wie sie feststellte. Auf der Strecke von der Victoria Street bis nach Covent Garden konzentrierte Lynley seine Blicke ausschließlich auf die Straße, die Bordsteinkanten oder die Spiegel des Toyota, und er versuchte gar nicht erst, ein Gespräch in Gang zu bringen. Das war ihr nur recht. Die Fahrten mit ihrem Exmann waren für Isabelle jedes Mal eine Tortur gewesen, da Bob sich für einen Meister des Multitasking hielt und glaubte, er könne gleichzeitig Auto fahren, die Kinder in Schach halten, sich mit ihr streiten und häufig überdies noch mit dem Handy telefonieren. Sie waren über mehr rote Ampeln gefahren, hatten mehr Zebrastreifen nicht beachtet und waren häufiger verkehrt herum in Einbahnstraßen eingebogen, als Isabelle sich erinnern mochte. Ein positiver Nebeneffekt der Scheidung war das Vergnügen, sich selbst ans Steuer zu setzen und sicher zu fahren.

Von New Scotland Yard bis Covent Garden war es nicht weit, aber sie mussten sich durch den Verkehr am Parliament Square quälen, der während der Sommermonate besonders dicht war. Vor der St. Margaret's Church hatten sich außerdem Demonstranten versammelt, und jede Menge Constables in gelben Windjacken bemühten sich, die Massen in Richtung Victoria Tower Gardens abzudrängen.

In Whitehall war es auch nicht besser. Dort war der Verkehr in der Nähe der Downing Street ins Stocken geraten. Die Ursache hierfür war jedoch keine weitere Demonstration, sondern eine Horde von Gaffern, die sich vor den schmiedeeisernen Toren drängten und auf Gott weiß wen warteten. Und so verging mehr als eine halbe Stunde von dem Moment an, als Lynley vom Broadway in die Victoria Street eingebogen war, bis er in Long Acre einen Parkplatz ansteuerte und seinen Polizeiausweis gut sichtbar hinter die Windschutzscheibe legte.

Covent Garden hatte sich längst von dem malerischen Blumenmarkt der Eliza Doolittle in einen gigantischen Albtraum amoklaufender Globalisierung verwandelt: ein Ort, an dem alles angeboten wurde, was Touristen zu kaufen gewillt waren, und der von allen halbwegs vernünftigen Bewohnern der Stadt gemieden wurde. Natürlich suchten auch die Angestellten, die in der Gegend arbeiteten, die umliegenden Pubs, Restaurants und Imbissstände auf, aber ansonsten verirrte sich kaum ein Londoner hierher, es sei denn, um etwas zu kaufen, das es nirgendwo sonst gab.

Und das gab es zum Beispiel in dem Tabakladen, wo Sidney St. James laut Barbara Havers' Bericht Jemima kennengelernt hatte. Der Laden befand sich am südlichen Ende der Courtyard Shops, und auf dem Weg durch das Gedränge kamen sie an allen erdenklichen Variationen von Straßenkünstlern vorbei: an solchen, die als Statuen posierten, an Zauberern, Einradjongleuren und Zweimannbands bis hin zu einem aufgedrehten Luftgitarristen. Auf praktisch jedem Fleckchen, das nicht von einem Kiosk, einem Tisch oder Stühlen eingenommen wurde und wo die Touristen, die Eis am Stiel, Ofenkartoffeln oder Falafel verzehrten, ein bisschen Raum ließen, wetteiferten die Künstler um Spenden. Genau der Ort, auf den ihre Jungs total abfahren würden, dachte Isabelle. Genau der Ort, von dem sie selbst am liebsten schreiend flüchten würde, um sich ein stilles Plätzchen zu suchen, was wohl nur in der Kirche am südwestlichen Ende des Platzes sein konnte, der zu Covent Garden gehörte.

In den Courtyard Shops war es nur unwesentlich erträglicher. Hier befanden sich hauptsächlich teure Nobelläden, und es verirrten sich nicht allzu viele der allgegenwärtigen Teeniegrüppchen und Turnschuhtouristen hierher. Sogar die Straßenkunst war hier von höherer Qualität. In einem tiefer gelegenen Hof spielte vor einem Restaurant mit Sitzgelegenheiten im Freien ein Geiger mittleren Alters zu Orchesterbegleitung aus einem Gettoblaster auf.

Über den Sprossen der auf alt gemachten Schaufenster des Tabakladens prangte ein Schild mit der Aufschrift: *Segar and Snuff Parlour*, und neben der Eingangstür stand traditionsgemäß eine Holzfigur, die einen Highlander darstellte, komplett mit Kilt und einem Fläschchen Schnupftabak in der Hand. Auf schwarzen Tafeln, die unter dem Fenster und neben der Tür an der Wand lehnten, standen mit Kreide die Namen verschiedener exklusiver Tabaksorten sowie die Spezialität des Tages, eine Sorte namens Larranaga Petit Corona.

Der Laden war so klein, dass kaum fünf Leute darin Platz hatten. In dem kleinen Verkaufsraum, in dem es angenehm nach

Tabak duftete, standen ein alter Eichentresen mit Glasplatte, in dem Pfeifen- und Zigarrenraucherutensilien ausgestellt waren, und verschlossene Eichenvitrinen voller Zigarren. In einem kleinen Hinterzimmer waren Dutzende mit Tabak gefüllte Glasbehälter aufgereiht, auf deren Etiketten jeweils die Sorte und die Duftnote vermerkt waren. Eine elektronische Waage, eine Kasse und ein kleinerer, mit Zigarren gefüllter Glaskasten auf dem Tresen vervollständigten das Inventar.

Der Verkäufer kassierte gerade eine Kundin ab, die ein paar Zigarillos erstanden hatte. »Bin gleich für Sie da«, rief er in einem Singsang, den man von einem Gecken aus dem neunzehnten Jahrhundert erwartet hätte. Die Stimme passte überhaupt nicht zum Alter und zur Erscheinung des Verkäufers. Er wirkte nicht älter als einundzwanzig, und obwohl er mit einem leichten Sommeranzug bekleidet war, trug er Ohrtunnel, und zwar offenbar schon ziemlich lange, denn seine Ohrläppchen waren schauderhaft geweitet, und während des Gesprächs mit Isabelle und Lynley steckte er immer wieder den kleinen Finger durch die Löcher. Isabelle fand das so widerlich, dass ihr beinahe übel wurde.

»So. Ja, ja, ja?«, flötete er, nachdem die Kundin mit den Zigarillos sich entfernt hatte. »Was kann ich für Sie tun? Zigarren? Zigarillos? Tabak? Schnupftabak? Was darf's denn sein?«

»Ein Gespräch«, antwortete Isabelle. »Polizei«, fügte sie hinzu und zeigte ihm ihren Dienstausweis. Lynley tat es ihr gleich.

»Oh, da bin ich aber gespannt«, sagte der junge Mann. Er stellte sich als J-a-y-s-o-n Druther vor. Sein Vater, erklärte er, sei der Inhaber des Ladens, wie schon sein Großvater und sein Urgroßvater vor ihm. »Was wir Ihnen nicht über Tabak sagen können, lohnt nicht zu wissen.« Er selbst sei erst vor Kurzem ins Geschäft eingestiegen, weil er darauf bestanden habe, zuerst Marketing zu studieren, »bevor ich mich den Reihen der arbeitenden Bevölkerung anschloss«. Er würde das Geschäft gern erweitern, aber sein Vater sei dagegen. »Wir wollen doch nicht in etwas investieren, das nicht absolut notwendig ist, Gott bewahre!«, fügte er mit theatralischem Schaudern hinzu. »Also …« Er breitete die Hände aus – sie waren weiß und weich, wie Isabelle auffiel, wahrscheinlich von wöchentlicher Maniküre verwöhnt – und deutete an, dass er für alles zur Verfügung stehe, was man von ihm wünschte.

Lynley blieb schräg hinter Isabelle stehen, was ihr gestattete, das Gespräch zu führen. Das gefiel ihr.

»Jemima Hastings«, sagte sie. »Ich nehme an, Sie kennen sie?«

»Flüchtig.« Er sprach das Ü beinahe wie ein Ö aus. Er würde nur zu gern ein Wörtchen mit Jemima reden, sagte er. Ihretwegen müsse er »zurzeit zu jeder absurden Tageszeit arbeiten. Wo steckt das verdammte Luder überhaupt?«

Das verdammte Luder sei tot, klärte Isabelle ihn auf.

Ihm fiel die Kinnlade hinunter. Dann klappte er den Mund wieder zu. »Großer Gott«, sagte er. »Doch kein Verkehrsunfall? Sie ist doch nicht überfahren worden? Himmel, es hat doch wohl nicht schon wieder einen Terroranschlag gegeben?«

»Sie wurde ermordet, Mr. Druther«, sagte Lynley ruhig. Jayson registrierte Lynleys vornehmen Akzent und begann, an seinem Ohrläppchen zu zupfen.

»Auf dem Abney Park Cemetery«, fügte Isabelle hinzu. »Die Zeitungen haben über einen Mord auf dem Friedhof berichtet. Lesen Sie Zeitung, Mr. Druther?«

»Gott, nein«, rief er. »Keine Boulevardblätter, keine Tageszeitung und vor *allem* keine Radio- und Fernsehnachrichten! Ich ziehe es vor, in meinem eigenen Wolkenkuckucksheim zu leben. Alles andere deprimiert mich so sehr, dass ich morgens nicht aus dem Bett komme, und dann sind Mums Ingwerplätzchen das Einzige, was mich wieder aufrichtet. Aber wenn ich die esse, nehme ich wieder zu, dann passe ich nicht mehr in meine Kleider, muss mir neue kaufen und … Sie verstehen das sicher, oder? Abney Park Cemetery? Wo liegt der denn überhaupt?«

»In Nordlondon.«

»Nordlondon?« Als läge das auf dem Mars. »Mein Gott! Was wollte sie denn da? Wurde sie überfallen? Entführt? Sie wurde doch nicht … Sie wurde doch hoffentlich nicht unsittlich berührt?«

Isabelle fand, dass das Durchtrennen der Halsschlagader als reichlich unsittlich durchgehen konnte, aber das hatte er vermutlich nicht gemeint. »Belassen wir es vorerst bei ›ermordet‹. Wie gut kannten Sie Jemima?«

Nicht besonders gut, wie sich herausstellte. Jayson hatte hin und wieder mit Jemima telefoniert, war ihr jedoch nur zwei Mal begegnet, da sie keine gemeinsamen Arbeitszeiten und auch sonst nichts gemeinsam hatten. Er kenne sie eher von *diesen hier* als durch persönlichen Kontakt, erklärte er und zog einen Stapel Postkarten aus einem Fach neben der Kasse. Es handelte sich um Drucke des Porträts, das Deborah St. James von Jemima gemacht hatte, zweifellos ein Motiv von mehreren aus dem Sortiment des Souvenirladens in der National Portrait Gallery. Jemand hatte mit einem schwarzen Filzstift »Haben Sie diese Frau gesehen?« auf die Karten geschrieben. Rückseitig war eine Telefonnummer angegeben und darunter die Worte: »Bitte rufen Sie mich an!«

Paolo habe sie für Jemima vorbeigebracht, erzählte Jayson. Das wisse er, weil Paolo auch an Jemimas freien Tagen, wenn er, Jayson, im Laden arbeitete, vorbeigekommen sei, um die Karten abzugeben. Diese hier habe er erst vor wenigen Tagen dagelassen, allerdings sei Jemima nicht gekommen, um sie abzuholen. Jayson nahm an, dass Jemima die Karten vernichtete. Er habe mehrmals Schnipsel davon im Papierkorb entdeckt, wenn er zur Arbeit gekommen war. »Ich glaube, es war für sie so eine Art Ritual.«

Paolo di Fazio. Einer der Mieter. Isabelle erinnerte sich, dass Barbara Havers den Namen in ihrem Bericht über ihr Gespräch mit Jemima Hastings' Vermieterin erwähnt hatte. »Arbeitet Mr. di Fazio hier in der Nähe?«, fragte sie.

»Ja. Er ist der Maskenmann.«

»Er ist maskiert?«, fragte Isabelle. »Was in aller Welt…«

»Nein, nein, nicht *maskiert*. Er stellt Masken her. Er hat einen Stand drüben in der Markthalle. Er ist sehr gut. Von mir hat er auch eine angefertigt. Sie sind eine Art Andenken an… na ja, eigentlich mehr als ein Andenken. Ich glaube, er ist ein bisschen in Jemima verknallt. Ich meine, warum sollte er sonst dauernd hier im Laden auftauchen mit Postkarten, die er für sie eingesammelt hat?«

»Ist sonst noch jemand hier gewesen, der nach ihr gefragt hat? Ich meine, an ihren freien Tagen, wenn Sie hier im Laden waren?«, fragte Isabelle.

Er schüttelte den Kopf. »Keine Menschenseele«, sagte er. »Nur Paolo.«

»Hatte sie Kontakte hier auf dem Markt?«

»Oh, die würde ich nicht kennen, du liebe Zeit, wenn sie überhaupt welche hatte! Es wäre natürlich möglich, dass sie Kontakte hatte, aber wie gesagt, wir haben an unterschiedlichen Tagen gearbeitet, tja…« Er zuckte die Achseln. »Paolo wird Ihnen mehr sagen können. Das heißt, wenn er dazu bereit ist.«

»Warum sollte er nicht dazu bereit sein? Gibt es etwas, das wir über Paolo wissen sollten, ehe wir mit ihm sprechen?«

»Lieber Himmel, nein! Ich wollte nicht andeuten… Na ja, ich hatte schon den Eindruck, dass er ein sehr wachsames Auge auf sie hatte, wenn Sie verstehen, was ich meine. Er hat sich nach ihr erkundigt, so ähnlich wie Sie. Ob jemand hier im Laden nach ihr gefragt hätte, wollte er wissen, ob jemand sie hier besucht oder auf sie gewartet hätte und so weiter…«

»Wie kam es dazu, dass sie hier arbeitete?« Die Frage kam von Lynley, der eine der Vitrinen und die darin ausgestellten Zigarren betrachtet hatte.

»Job-Center«, sagte Jayson. »Ich kann Ihnen nicht sagen, welches. Die sind ja heutzutage alle vernetzt, nicht wahr? Sie kann also genauso gut aus Blackpool gekommen sein. Wir hatten beim Job-Center eine Anzeige aufgegeben, und irgendwann stand sie da. Dad hat das Vorstellungsgespräch mit ihr geführt und sie auf der Stelle eingestellt.«

»Wir müssen uns mit ihm unterhalten.«

»Mit Dad? Warum? Gütiger Gott, Sie nehmen doch nicht etwa an … Uups!« Jayson lachte und schlug sich die Hand vor den Mund. Er bemühte sich um einen angemessen traurigen Gesichtsausdruck. »Sorry, ich habe gerade versucht, mir Dad als Mörder vorzustellen. Ich nehme an, deswegen wollen Sie mit ihm reden, nicht wahr? Um ihn nach seinem Alibi zu fragen? So gehen Sie doch vor, oder?«

»Ja, so gehen wir vor. Ihr Alibi brauchen wir übrigens auch.«

»Mein Alibi?« Er legte die Hand auf die Brust. »Ich habe ja nicht mal eine Ahnung, wo Ashley Park liegt. Außerdem: Wenn Jemima dort war und sie während der Ladenöffnungszeit ermordet wurde, dann war ich auf jeden Fall hier.«

»Abney Park«, korrigierte Isabelle ihn. »Nordlondon. Stoke Newington, um genau zu sein, Mr. Druther.«

»Wo auch immer. Ich war hier. Von halb zehn bis halb sieben, und falls es an einem Mittwoch passiert ist, bis acht. War es an einem Mittwoch? Denn, wie ich bereits anfangs erwähnte, ich lese keine Zeitung, und ich habe keine Ahnung …«

»Fangen Sie damit an«, sagte Isabelle.

»Wie bitte?«

»Die Zeitung. Fangen Sie an, Zeitung zu lesen, Mr. Druther. Sie werden sich wundern, was Sie alles darin entdecken. Und jetzt sagen Sie uns bitte, wo wir Paolo di Fazio finden.«

Er fragte sich, ob sie Seraphim waren. Irgendetwas an ihnen sagte ihm, dass sie anders waren. Sie waren keine Sterblichen, das war offensichtlich. Also lautete die Frage: Zu welcher Art gehörten sie? Cherubim, Thronen, Herrscher, Fürsten? Waren sie gut oder böse, Krieger oder Wächter? Vielleicht sogar Erzengel wie Raphael, Michael oder Gabriel? Erzengel, von denen Gelehrte und Theologen noch gar nichts wussten? Vielleicht Engel der höchsten Ordnung, die gekommen waren, um Mächte zu bekämpfen, die so böse waren, dass nur ein Schwert in der Hand eines Geschöpfes des Lichts sie besiegen konnte?

Er wusste es nicht. Er konnte es nicht erkennen.

Er hatte sich selbst für einen Beschützer gehalten, aber er hatte sich geirrt. Inzwischen wusste er, dass er zu Michaels Krieger bestimmt war, aber bis er das begriffen hatte, war es zu spät gewesen.

Aber Wachen ist Macht …

Wachen ist nichts. Wachen bedeutet, mit dem Bösen in Kontakt kommen, und das Böse zerstört.

Zerstörung zerstört. Zerstörung erzeugt noch mehr Zerstörung. Die Aufgabe lautet Lernen. Beschützen bedeutet Lernen.

Beschützen bedeutet Angst.

Angst bedeutet Hass. Angst bedeutet Zorn. Beschützen bedeutet Liebe.

Beschützen bedeutet Verstecken.

Verstecken bedeutet Wachen, was Beschützen bedeutet, was Liebe bedeutet. Ich bin zum Beschützen bestimmt.

Ihr seid zum Töten bestimmt. Krieger besiegen. Ihr wurdet gerufen, um Krieg zu führen. Ich rufe euch. Legionen und Legionen, sie rufen euch.

Ich habe beschützt. Ich beschütze.

Ihr habt getötet.

Am liebsten hätte er auf die Stelle, wo die Stimmen in seinem Kopf entstanden, eingeschlagen. Sie waren lauter denn je, lauter als Geschrei, lauter als Musik. Er konnte die Stimmen nicht nur hören, sondern auch sehen, und sie füllten sein ganzes Blickfeld aus, bis er schließlich sogar die Flügel erkennen konnte. Sie waren verkleidete Engel, aber ihre Flügel verrieten sie, und sie beobachteten ihn, legten Zeugnis ab von oben. Sie reihten sich nebeneinander auf, ihre Münder öffneten und schlossen sich, und eigentlich hätte himmlischer Gesang erklingen müssen, doch stattdessen kam Wind aus ihren Mündern. Ein Heulen ertönte, und nach dem Wind kamen die Stimmen, die er kannte und denen er nicht zuhören wollte, und deshalb wandte er sich den Kriegern und den Wächtern und ihrer Entschlossenheit zu, die ihn für Aufgaben gewinnen wollten, die so gar nicht zu ihm passten.

Er kniff die Augen zu, aber er sah sie immer noch, und er hörte sie immer noch, und trotzdem gab er nicht auf, bis seine Wangen schweißnass waren, bis er merkte, dass es kein Schweiß war, sondern Tränen. Und dann kamen Bravorufe irgendwoher, aber diesmal nicht von den Engeln. Die waren verschwunden, und dann war auch er verschwunden. Er stolperte, kletterte, kämpfte sich zum Friedhof durch und dann zu der Stille, die gar keine Stille war, denn es gab nirgendwo Stille, nicht für ihn.

Lynley hatte kein Problem mit der Rolle, die er bei den Ermittlungen spielte: eine Mischung aus Chauffeur und Gehilfe von Isabelle Ardery. Die Rolle gestattete es ihm, sich ganz allmählich wieder an den Polizeidienst zu gewöhnen, denn falls er in den Polizeidienst zurückkehren würde, musste dies als ganz langsamer Prozess geschehen.

»Was für ein Wichser«, lautete Arderys Kommentar zu Jayson Druther, als sie den Tabakladen verließen.

Lynley widersprach ihr nicht. Er wies ihr den Weg, den sie zur Jubilee Market Hall einschlagen mussten, quer über das Kopfsteinpflaster von Covent Garden.

Der Lärm in der Halle war ohrenbetäubend: Marktschreier, Musik aus Gettoblastern in den Ständen, Leute, die schrien, statt Gespräche zu führen, und Käufer, die mit Händlern, die von bedruckten T-Shirts bis hin zu Kunstwerken alles feilboten, um Preise feilschten. Nachdem sie sich durch drei Gänge gekämpft hatten, fanden sie den Stand des Maskenherstellers. Er hatte einen guten Platz in der Nähe eines Ausgangs, sodass sein Stand entweder der erste oder der letzte war, an dem man vorbeikam. Aber er war ohnehin nicht zu übersehen: ein Eckladen ohne angrenzenden Stand. Und er war groß, größer als die meisten, und das war dem Umstand geschuldet, dass die Masken an Ort und Stelle angefertigt wurden. Unter einer hohen Stehlampe stand ein Hocker für das Modell des Künstlers, auf einem Tisch daneben befanden sich Tüten mit Gips und mehrere andere Behälter. Was sich im Moment leider nicht am Stand befand, war der Künstler selbst, aber an der schweren Plastikplane, die die Rückwand des Stands bildete, hingen Fotos von den Masken, die er hergestellt hatte, und Fotos der jeweiligen Modelle.

Auf einem Schild am behelfsmäßigen Tresen war die Uhrzeit angegeben, zu der der Künstler wieder zurückkehren würde. Ardery warf einen Blick auf das Schild, sah auf die Uhr und sagte zu Lynley: »Kommen Sie. Ich muss was Kühles trinken.«

Sie gingen zurück über den Platz ins Untergeschoss von Covent Garden. Der Geiger, der vor dem Restaurant gespielt hatte, war verschwunden, was Ardery ganz recht war. Sie wollte sich mit Lynley unterhalten.

Als sie sich ein Glas Wein bestellte, hob Lynley eine Braue, was ihr nicht entging. »Ich habe kein Problem damit, ein Glas Wein zu trinken, während ich im Dienst bin, Inspector Lynley. Nach der Begegnung mit J-a-y-s-o-n haben wir uns eins verdient. Bestellen Sie sich auch eins, sonst komme ich mir noch vor wie eine Säuferin.«

»Lieber nicht«, sagte er. »Ich habe es ziemlich übertrieben nach Helens Tod.«

»Ah. Ja, das verstehe ich.«

Lynley bestellte ein Mineralwasser, woraufhin Ardery ihrerseits eine Braue hob. »Nicht einmal eine Limo? Sind Sie immer so tugendhaft, Thomas?«

»Nur wenn ich Eindruck schinden will.«

»Und wollen Sie das?«

»Bei Ihnen Eindruck schinden? Wollen wir das nicht alle? Wenn Sie demnächst den Chefsessel einnehmen, sollten wir allmählich alle anfangen, uns in eine gute Position zu drängeln, meinen Sie nicht?«

»Ich bezweifle doch sehr, dass Sie sich jemals in eine gute Position gedrängelt haben.«

»Im Gegensatz zu Ihnen? Sie haben eine steile Karriere gemacht.«

»Das ist richtig.« Sie sah sich in dem Innenhof um. Es war bei Weitem nicht so voll wie oben, was daran lag, dass sich im Untergeschoss lediglich dieses eine Restaurant befand. Nur eine breite Treppe führte hierher.

Trotzdem waren alle Tische besetzt. Sie konnten von Glück reden, dass sie noch zwei freie Plätze ergattert hatten. »Gott, was für Menschenmassen«, stöhnte Isabelle. »Was zieht die Leute bloß an solche Orte, was meinen Sie?«

»Assoziationen«, sagte er. Sie sah ihn an. Er drehte ein Keramikschälchen voll Zuckerwürfel, während er weitersprach. »Geschichte, Kunst, Literatur. Die Gelegenheit, die Fantasie schweifen zu lassen. Vielleicht Kindheitserinnerungen. Es gibt alle möglichen Gründe.«

»Nicht, um T-Shirts mit dem Aufdruck ›Mind the gap‹ zu kaufen?«

»Das ist nur ein bedauerliches Nebenprodukt des ausufernden Kapitalismus.«

Darüber musste sie lächeln. »Sie können ja beinahe amüsant sein!«

»Das hat man mir schon öfter gesagt. Meistens mit der Betonung auf *beinahe.*«

Ihre Getränke wurden gebracht. Lynley fiel auf, wie gierig sie den ersten Schluck nahm, und sie bemerkte, dass es ihm auffiel. »Ich versuche, die Erinnerung an Jayson runterzuspülen. Er hatte so widerliche Ohrläppchen.«

»Ein interessantes stilistisches Detail«, räumte er ein. »Wenn jetzt Verstümmelungen en vogue sind, fragt man sich, was die nächste Modewelle mit sich bringen wird.«

»Wahrscheinlich Brandzeichen. Was für einen Eindruck hat er auf Sie gemacht?«

»Abgesehen von den Ohrläppchen? Ich schätze, dass es ziemlich leicht sein wird, sein Alibi zu überprüfen. Auf den Kassenzetteln werden Datum und Uhrzeit ausgedruckt sein…«

»Jemand kann ihn im Laden vertreten haben, Thomas.«

»… und wahrscheinlich gibt es einen oder zwei Stammkunden und sicherlich auch den einen oder anderen Ladeninhaber hier, der bestätigen kann, dass er auf seinem Posten war. Ich kann mir nicht vorstellen, dass er der Typ ist, der jemandem die Kehle durchschneidet. Sie etwa?«

»Eigentlich nicht. Und Paolo di Fazio?«

»Oder wer auch immer die Postkarten verteilt. Die Nummer auf der Rückseite war eine Handynummer.«

Isabelle griff nach ihrer Handtasche und zog die Karten heraus. Jayson hatte sie ihr ausgehändigt. »Ich bin froh, dass ich sie los bin, Darling«, hatte er gesagt.

»Die machen die Sache interessant«, sagte sie zu Lynley, und dann, ihr Gegenüber fest im Blick: »Was uns zu Sergeant Havers bringt.«

»Von wegen interessant«, sagte er ironisch.

»Haben Sie gern mit ihr zusammengearbeitet?«

»Ja, sehr.«

»Trotz ihrer …« Ardery schien nach dem richtigen Ausdruck zu suchen.

Er bot ihr mehrere an. »Widerspenstigkeit? Weigerung, sich anzupassen? Ihrer mangelnden Gewandtheit? Ihrer verblüffenden Eigenheiten?«

Ardery hob ihr Weinglas, nahm einen Schluck und musterte ihn über den Rand hinweg. »Sie geben ein seltsames Paar ab. Mit so etwas rechnet man nicht. Ich denke, Sie wissen, was ich meine. Sie hatte berufliche Probleme. Ich habe ihre Personalakte gelesen.«

»Nur ihre?«

»Natürlich nicht. Ich habe alle gelesen, auch Ihre. Ich will diesen Job, Thomas. Ich will ein Team, das funktioniert wie ein gut geölter Motor. Falls Sergeant Havers sich als Sand im Getriebe erweist, werde ich sie aus dem Team entfernen.«

»Haben Sie ihr deswegen zur Veränderung geraten?«

Sie runzelte die Stirn. »Veränderung?«

»Barbaras Kleidung. Das Make-up. Ich würde mich nicht wundern, wenn sie demnächst ihre Zähne richten ließe und sich eine Designerfrisur zulegte.«

»Es schadet einer Frau nicht, das Beste aus sich zu machen. Einem Mann in meinem Team würde ich die gleichen Ratschläge geben, wenn er in einer ähnlichen Aufmachung wie Barbara Havers zur Arbeit käme. Aber sie ist die Einzige, die aussieht, als hätte sie die Nacht auf einer Parkbank verbracht, wenn sie zum Dienst erscheint. Hat sie denn noch nie jemand darauf angesprochen? Superintendent Webberly? Oder Sie?«

»Sie ist, wie sie ist«, erwiderte Lynley. »Schlauer Kopf, großes Herz.«

»Sie mögen sie.«

»Ich kann mit niemandem zusammenarbeiten, den ich nicht mag, Chefin.«

»Nennen Sie mich Isabelle, wenn wir uns privat unterhalten«, sagte sie.

Ihre Blicke begegneten sich. Er sah, dass sie wie er braune Augen hatte, nur dass ihre nicht einheitlich braun waren. Sie waren hellbraun gesprenkelt, und er vermutete, dass sie, wenn sie andere Farben trug als an diesem Morgen – eine cremefarbene Bluse unter einem gut geschnittenen rotbraunen Jackett –, sogar grün erscheinen könnten.

Er sah sich in dem Innenhof um, in dem sie saßen. »Das hier ist wohl kaum privat, oder?«

»Ich glaube, Sie wissen, was ich meine.« Sie sah auf die Uhr. Sie hatte ihr Weinglas erst halb ausgetrunken, und als sie aufstand, leerte sie es in einem Zug. »Gehen wir Paolo di Fazio besuchen«, sagte sie. »Inzwischen dürfte er wieder an seinem Stand sein.«

Er war wieder da. Als sie dort eintrafen, war er gerade dabei, ein Paar mittleren Alters dazu zu überreden, sich als Andenken an ihre Silberhochzeitsreise Masken anfertigen zu lassen. Auf dem Tresen hatte er sein Werkzeug ausgebreitet. Einige fertige

Masken lehnten an kurzen, auf einem kleinen, lackierten Sockel befestigten Stäben. Sie waren verblüffend lebensecht, ähnlich wie die Totenmasken, die einst von wichtigen Persönlichkeiten genommen wurden.

»Das perfekte Erinnerungsstück an Ihren Londonbesuch«, erklärte der Künstler dem Paar. »Wesentlich aussagekräftiger als eine Henkeltasse mit dem Porträt der Königin, meinen Sie nicht?«

Die beiden zögerten. Sie schauten einander an, flüsterten: »Sollen wir …?«, und di Fazio wartete höflich auf ihre Entscheidung. Sein Gesichtsausdruck war freundlich, und er änderte sich auch nicht, als die Leute ihm erklärten, sie müssten noch einmal darüber nachdenken.

Als das Paar gegangen war, wandte di Fazio seine Aufmerksamkeit Lynley und Ardery zu. »Ah, noch ein hübsches Paar«, sagte er. »Ihre Gesichter sind wie geschaffen für Masken. Bestimmt sind Ihre Kinder genauso gut aussehend wie Sie.«

Lynley hörte, wie Ardery schnaubte. Sie zeigte ihren Dienstausweis und sagte: »Superintendent Isabelle Ardery, New Scotland Yard. Das ist Detective Inspector Lynley.«

Im Gegensatz zu Jayson Druther wusste di Fazio sofort, warum sie da waren. Er nahm seine Nickelbrille ab und polierte sie an seinem Hemd. »Jemima?«

»Sie wissen also, was mit ihr passiert ist.«

Er setzte die Brille wieder auf und fuhr sich mit der Hand über das längliche Gesicht. Er war ein gut aussehender junger Mann, dachte Lynley, klein und kompakt, aber mit Schultern und einem Brustkorb, die darauf schließen ließen, dass er viel Zeit im Fitnessstudio verbrachte. »Natürlich weiß ich, was mit Jemima passiert ist. Das wissen wir alle.«

»Alle? Jayson Druther sagte, er hätte keine Ahnung davon gehabt.«

»Kann ich mir vorstellen«, sagte di Fazio. »Jayson Druther ist ein Idiot.«

»Hat Jemima das auch so gesehen?«

»Jemima war eine gute Seele. So etwas hätte sie nie gesagt.«

»Wie haben Sie von ihrem Tod erfahren?«, fragte Lynley.

»Bella hat's mir erzählt.« Er fügte hinzu, was sie bereits aus Barbaras Bericht wussten: dass er einer der Mieter von Bella McHaggis in Putney sei. Er sei es gewesen, der Jemima das Zimmer bei Mrs. McHaggis besorgt habe, sagte er. Er habe ihr davon erzählt, kurz nachdem sie sich kennengelernt hatten.

»Wann war das?«, wollte Lynley wissen.

»Ein, zwei Wochen, nachdem sie nach London gekommen war. Irgendwann im vergangenen November.«

»Und wie haben Sie sich kennengelernt?«, fragte Isabelle.

»In ihrem Laden.« Er rauche selbst gedrehte Zigaretten und kaufe Tabak und Blättchen in dem Tabakladen. »Meistens ist dieser Idiot Jayson da«, fügte er hinzu. »*Pazzo uomo!* Aber eines Tages stand Jemima hinterm Tresen.«

»Sie sind Italiener, Mr. di Fazio?«, fragte Lynley.

Di Fazio nahm eine Selbstgedrehte aus der Brusttasche seines frisch gebügelten weißen Hemdes und schob sie sich hinters Ohr. »Äußerst scharfsinnige Schlussfolgerung, bei einem Namen wie di Fazio.«

»Ich glaube, der Inspector wollte wissen, ob Sie in Italien geboren sind«, erklärte Isabelle. »Ihr Englisch ist perfekt.«

»Ich lebe hier seit meinem zehnten Lebensjahr.«

»Und Sie wurden geboren in …«

»Palermo. Warum? Was hat das mit Jemima zu tun? Ich bin legal eingewandert, falls es Sie interessiert, auch wenn das heutzutage bei dem EU-Chaos, wo jeder nach Belieben jede Grenze überqueren kann, kaum noch eine Rolle spielt.«

Lynley bemerkte, wie Ardery eine Änderung des Gesprächsthemas anstrebte, indem sie die Finger auf dem Tresen leicht anhob.

»Man sagte uns, dass Sie Postkarten von der National Portrait Gallery für Jemima gesammelt haben. Hatte sie Sie darum gebeten, oder war das Ihre Idee?«

»Wie sollte ich denn auf die Idee gekommen sein?«

»Vielleicht können Sie uns das erklären.«

»Es war nicht meine Idee. Ich hatte eine dieser Karten am Leicester Square gefunden. Ich kannte sie von der Werbung für die Portrait Gallery – draußen hängt ein Transparent mit Jemimas Bild drauf, falls Sie es noch nicht gesehen haben –, und da habe ich die Karte mitgenommen.«

»Wo genau haben Sie die Postkarte gefunden?«

»Weiß ich nicht mehr... An dem Ticketschalter? Vor dem Odeon? Sie war mit Haftknete festgeklebt, und es war eine Botschaft darauf geschrieben, also habe ich sie abgenommen und ihr mitgebracht.«

»Haben Sie die Nummer angerufen, die auf der Rückseite angegeben war?«

Er schüttelte den Kopf. »Ich hatte doch keine Ahnung, wer zum Teufel das war und was er wollte.«

»Er?«, wiederholte Lynley. »Sie wussten also, dass ein Mann die Karten verteilt hatte?«

Di Fazio hatte sich verplappert, und er wusste es genau. Es dauerte ein paar Sekunden, bis er antwortete. »Sie hat mir gesagt, dass wahrscheinlich ihr Freund dahintersteckte. Ihr *Ex*freund. Ein Typ aus Hampshire. Sie kannte die Telefonnummer. Sie hat mir erzählt, dass sie sich von ihm getrennt hatte und dass er damit nicht fertig geworden war und jetzt anscheinend versuchte, sie zu finden. Aber sie wollte nicht gefunden werden. Sie wollte die Karten verschwinden lassen, ehe jemand, der wusste, wo sie sich aufhielt, eine in die Finger bekam und den Typen anrief. Also haben wir sie eingesammelt – so viele, wie wir nur auftreiben konnten, und bei jeder Gelegenheit.«

»Hatten Sie ein Verhältnis mit ihr?«, fragte Lynley.

»Sie war eine Freundin.«

»Abgesehen von der Freundschaft. Hatten Sie ein Verhältnis mit ihr, oder machten Sie sich Hoffnungen, eines mit ihr einzugehen?«

Wieder antwortete di Fazio nicht gleich. Er wusste, dass die falsche Antwort ihn in ein schlechtes Licht rücken würde. Ja, nein, vielleicht, wie auch immer. Zwischen einem Mann und einer Frau spielte das sexuelle Element immer eine Rolle, und man wusste ja, wohin das sexuelle Element führen konnte: nämlich zu einem Motiv für einen Mord.

»Mr. di Fazio«, sagte Ardery. »Gibt es irgendetwas an der Frage, das Sie nicht verstehen?«

Unvermittelt antwortete er: »Wir hatten mal ein Verhältnis.«

»Ah«, sagte Ardery.

Er wirkte irritiert. »Das war, bevor sie bei uns eingezogen ist. Sie hatte ein beschissenes kleines Zimmer in der Charing Cross Road, über dem *Keira News*. Und überteuert war es obendrein.«

»Und dort hatten Sie ...« Ardery ließ ihn den Gedanken selbst zu Ende führen. »Wie lange kannten Sie sich, als Sie das Verhältnis miteinander eingingen?«

»Ich weiß nicht, was das mit dieser Sache zu tun hat.« Er war sichtlich verärgert.

Ardery erwiderte nichts auf seine Bemerkung, und auch Lynley hielt sich zurück. Di Fazio fauchte: »Eine Woche? Ein paar Tage? Ich weiß es nicht.«

»Sie wissen es nicht?«, fragte Ardery. »Mr. di Fazio, ich habe den Eindruck, dass ...«

»Ich bin in den Laden gegangen, um Tabak zu kaufen. Sie war freundlich, hübsch, Sie kennen das ja. Ich habe sie gefragt, ob sie Lust hätte, nach der Arbeit mit mir ein Gläschen zu trinken. Wir sind zu diesem Laden am Long Acre gegangen ... zu diesem Pub ... Keine Ahnung, wie der heißt. Es war rappelvoll, und jede Menge Leute standen draußen vor der Tür. Wir haben ein Glas getrunken, und dann sind wir abgehauen. Wir sind zu ihr gegangen.«

»Sie sind also an dem Tag, als Sie sich kennengelernt haben, zusammen ins Bett gegangen«, stellte Ardery fest.

»So etwas kommt vor.«

»Und dann sind Sie in Putney zusammengezogen«, sagte Lynley. »Ins Haus von Bella McHaggis.«

»Nein.«

»Nein?«

Di Fazio kramte nach einer Zigarette. »Nein.« Und wenn sie sich noch länger mit ihm unterhalten wollten – was ihm übrigens die verdammte Kundschaft vertreibe –, dann würde er das Gespräch gerne draußen fortsetzen, wo er wenigstens eine rauchen konnte.

Ardery signalisierte ihr Einverständnis, woraufhin di Fazio die Masken samt den hölzernen Gestellen und das Werkzeug unter dem Tresen verstaute. Lynley nahm es zur Kenntnis. Das Werkzeug war scharf gewesen und nicht nur zum Schnitzen geeignet – und er wusste, dass es Ardery ebenfalls aufgefallen war. Sie tauschten einen Blick aus und folgten di Fazio nach draußen.

Dort zündete er sich seine Selbstgedrehte an und erzählte Lynley und Ardery den Rest seiner Geschichte. Er sei davon ausgegangen, dass sie ihr Verhältnis in Putney fortsetzen würden, habe jedoch nicht damit gerechnet, dass Jemima eine starke Neigung dazu gehabt habe, sich streng an Vorschriften zu halten.

»Kein Sex«, so drückte er sich aus. »Bella erlaubt es nicht.«

»Hat sie etwas gegen Sex im Allgemeinen?«, fragte Lynley.

Sex unter Mietern, erklärte di Fazio. Er habe versucht, Jemima davon zu überzeugen, dass sie einfach weitermachen könnten wie bis dato, ohne dass jemand davon erfuhr, da Bella eine Etage über ihnen schlafe wie ein Stein, und Frazer Chaplin – der dritte Mieter – wohne im Souterrain und bekäme nicht mit, was auf ihrer Etage passiere. Sie beide – Jemima und di Fazio – bewohnten die einzigen zwei Zimmer im ersten Stock des Hauses. Bella würde nie die Nase dran kriegen, dass zwischen ihnen etwas lief.

»Aber Jemima wollte nichts davon wissen«, sagte di Fazio. »Als sie nach Putney kam, um sich das Zimmer anzusehen, hat Bella ihr sofort klargemacht, dass sie die letzte Mieterin rausgeworfen hatte, weil die sich mit Frazer eingelassen hatte. Sie hatte sie eines frühen Morgens erwischt, wie sie aus Frazers Zimmer gekommen war, und kurzen Prozess gemacht. Jemima wollte nicht, dass ihr so etwas passierte – es ist nicht einfach, in London ein ordentliches Zimmer zu finden –, und deswegen hat sie zu mir gesagt: Kein Sex. Anfangs hieß das, kein Sex in Bellas Haus, aber dann wollte sie überhaupt keinen Sex mehr. Sie meinte, es wäre ihr zu kompliziert geworden.«

»Zu kompliziert?«, fragte Ardery. »Wo hatten Sie denn Sex?«

»Jedenfalls nicht in der Öffentlichkeit«, erwiderte er. »Und auch nicht auf dem Abney Park Cemetery, falls Sie darauf hinauswollen. In meinem Atelier.« Er teile sich einen Raum mit drei weiteren Künstlern in einem Eisenbahnbogen in der Nähe von Clapham Junction, erklärte er ihnen. Anfangs waren sie immer dorthin gegangen, er und Jemima, aber nach ein paar Wochen hatte sie genug. »Sie meinte, sie wollte Bella nicht auf diese Weise hintergehen.«

»Haben Sie ihr geglaubt?«

»Mir blieb ja wohl nichts anderes übrig. Sie hat einfach Schluss gemacht.«

»So wie sie es mit dem Mann gemacht hatte, der die Postkarten verteilte? Hat sie das Ihnen gegenüber so dargestellt?«

»So in etwa«, sagte er.

Womit beide ein Motiv für den Mord hatten, dachte Lynley.

11

Yolanda die Hellseherin betrieb ihr Gewerbe in einer Markthalle in der Nähe des Queensway in Bayswater. Barbara Havers und Winston Nkata hatten keine Mühe, sie aufzuspüren, nachdem sie die Markthalle erst einmal ausfindig gemacht hatten. Sie war so unauffällig, dass man glatt daran vorbeilaufen könnte, ohne sie zu bemerken: ein niedriger Bau mit einem Labyrinth aus ethnisch orientierten Läden und Ständen, die ausschließlich von Bewohnern des Viertels geführt wurden. Es gab russische Cafés, asiatische Bäckereien und Läden, die Wasserpfeifen feilboten, neben Ständen, aus denen afrikanische Musik plärrte.

Sie betraten die Halle durch einen ungekennzeichneten Eingang zwischen einem winzigen Zeitungskiosk und einem der allgegenwärtigen billigen Kofferläden, die neuerdings in London wie Pilze aus dem Boden zu sprießen schienen.

Als sie sich in einem russischen Café erkundigten, erhielten sie die Information, dass es innerhalb der Markthalle eine Gasse namens Psychic Mews gab. Dort, so erfuhren Barbara und Nkata, arbeitete Yolanda die Hellseherin, und zu dieser Tageszeit würden sie sie aller Wahrscheinlichkeit nach auch antreffen.

Nachdem sie noch ein bisschen durch die Markthalle geirrt waren, gelangten sie in die Psychic Mews. Der Komplex sah aus – wahrscheinlich sah es nur so aus –, als handelte es sich um ehemalige Stallungen, komplett mit Kopfsteinpflastergassen und Häuschen, die an Pferdeställe erinnerten, wie in allen Londoner Mews. Im Gegensatz zu anderen Mews waren diese jedoch durch ein Dach geschützt, ebenso wie der Rest der Markthalle. Diese Tatsache verlieh den Psychic Mews eine düstere, geheimnisvolle, ja regelrecht gefährliche Atmosphäre. Hier rechnete man jeden Augenblick damit, dass Jack the Ripper sich von irgendeinem Dach auf einen stürzte, dachte Barbara.

Yolanda betrieb einen von drei spiritistischen Kulträumen. In dem einzigen Fenster – mit geschlossenem Vorhang, um die Privatsphäre der Kunden zu schützen – waren die für ihr Gewerbe typischen Utensilien ausgestellt: eine Hand aus Porzellan, auf deren Handfläche die Linien nachgezeichnet waren. Ein Kopf aus Porzellan, auf dem mehrere Schädelpartien gekennzeichnet waren. Eine astrologische Tabelle. Tarotkarten. Nur die Kristallkugel fehlte.

»Glaubst du an diesen Quatsch?«, wollte Barbara von Nkata wissen. »Liest du dein Horoskop in der Zeitung oder so?«

Winston verglich seine Handfläche mit der im Fenster. »Wenn das da stimmt, müsste ich schon seit einer Woche tot sein«, bemerkte er und drückte die Tür mit der Schulter auf. Er musste den Kopf einziehen, um eintreten zu können. Barbara folgte ihm in den Vorraum, wo Räucherstäbchen brannten und Sitarmusik erklang. An einer Wand befand sich das Relief einer Elefantengottheit, an der gegenüberliegenden Wand hing ein Kreuz über einer Art Kachinapuppe, und auf dem Boden saß ein riesiger Buddha, der offenbar als Türstopper diente. Anscheinend deckte Yolanda sämtliche spirituellen Bereiche ab, dachte Barbara.

»Ist hier jemand?«, rief sie.

Eine Frau kam hinter einem Perlenvorhang hervor. Barbara war überrascht. Irgendwie hatte sie sich die Hellseherin in einer Art Zigeunerinnenkostüm vorgestellt: großes Schultertuch, farbenfroher, langer Rock und jede Menge Goldketten und dazu passende, riesige Kreolen. Stattdessen trug die Frau ein Kostüm, das Isabelle Arderys Wohlgefallen gefunden hätte. Es schien für ihren fülligen Körper maßgeschneidert, und selbst Barbaras ungeübtes Auge erkannte, dass es sich um französisches Design handelte. Das einzige Zugeständnis ans Klischee war ein Tuch, das sie zu einem schmalen Streifen gefaltet hatte, um es als Haarband benutzen zu können. Ihr Haar war nicht schwarz, sondern orangerot, ein ziemlich irritierender Farbton, der einen unglücklichen Zusammenstoß mit einer Flasche Wasserstoffperoxid nahelegte.

»Sind Sie Yolanda?«, fragte Barbara.

Die Frau hielt sich die Ohren zu. »Ja, ja, ist ja gut!« Sie hatte eine seltsame, tiefe Stimme. Sie klang wie ein Mann. »Ich hab's verstanden, Himmel noch mal!«

»Verzeihung«, sagte Barbara, obwohl sie nicht das Gefühl hatte, besonders laut gesprochen zu haben. So eine Hellseherin, dachte sie, war wahrscheinlich extrem geräuschempfindlich. »Ich wollte nicht …«

»Ich sag's ihr. Aber Sie müssen aufhören zu schreien. Ich bin schließlich nicht taub.«

»Ich hatte nicht das Gefühl, laut zu sein.« Barbara zückte ihren Dienstausweis. »Scotland Yard«, sagte sie.

Yolanda öffnete die Augen. Sie warf nicht einmal einen flüchtigen Blick auf Barbaras Ausweis, sondern sagte: »Er ist ein ziemlicher Schreihals.«

»Wer?«

»Er sagt, er ist Ihr Vater. Er sagt, Sie sollen …«

»Er ist tot«, sagte Barbara.

»Natürlich ist er tot! Sonst könnte ich ihn ja nicht hören. Ich höre nur Tote.«

»Wie in *Alias – Die Agentin*?«

»Machen Sie sich nur über mich lustig. In Ordnung! In Ordnung! Nicht so laut! Ihr Vater …«

»Er war kein Schreihals. Nie.«

»Jetzt ist er einer, meine Liebe. Er sagt, Sie sollen Ihre Mutter besuchen. Sie fehlen ihr.«

Das bezweifelte Barbara. Als sie ihre Mutter das letzte Mal besucht hatte, hatte die sie für ihre langjährige Nachbarin Mrs. Gustafson gehalten, und als sie daraufhin in Panik geriet – während der letzten Jahre, die sie zu Hause verbracht hatte, hatte ihre Mutter eine panische Angst vor Mrs. Gustafson entwickelt, als wäre sie der Teufel persönlich –, war es Barbara nicht gelungen, sie wieder zu beruhigen, weder mithilfe ihres Dienstausweises, noch indem sie die anderen Bewohner des Seniorenheims, in dem ihre Mutter wohnte, um Hilfe anflehte. Seitdem war Barbara nicht mehr dort gewesen. Es war ihr als das Beste erschienen.

»Was soll ich ihm sagen?«, fragte Yolanda, dann hielt sie sich wieder die Ohren zu. »*Wie bitte?* Ja, natürlich glaube ich Ihnen!« Zu Barbara sagte sie: »James, nicht wahr? Aber so hat man ihn nicht genannt, richtig?«

»Jimmy.« Barbara trat verlegen von einem Fuß auf den anderen. Sie warf Winston einen Blick zu. Auch er schien bereits eine unwillkommene Nachricht aus dem Jenseits zu befürchten. »Sagen Sie ihm, ich geh hin. Morgen. Was weiß ich.«

»Sie dürfen die Geister nicht belügen.«

»Dann eben nächste Woche.«

Yolanda schloss die Augen. »Sie sagt, nächste Woche, James.« Dann, zu Barbara: »Früher schaffen Sie's nicht? Er ist ziemlich hartnäckig.«

»Sagen Sie ihm, ich arbeite an einem Fall. Das wird er verstehen.«

Offenbar tat er das, denn nachdem Yolanda diese Nachricht in die Geisterwelt übermittelt hatte, atmete sie erleichtert auf und schenkte nun Winston ihre Aufmerksamkeit.

Er habe eine bemerkenswerte Aura, erklärte sie ihm. Ausgeprägt, außergewöhnlich, strahlend und sehr gut entwickelt. Fantas-tisch.

Nkata bedankte sich höflich. »Können wir uns kurz mit Ihnen unterhalten, Miss …«

»Einfach nur Yolanda.«

»Kein Nachname?«, fragte Barbara. Fürs Protokoll, erklärte sie. Es gehe um eine Polizeiangelegenheit, das verstehe Yolanda doch sicherlich, oder?

»Polizei? Mein Geschäft ist vollkommen legal«, entgegnete sie. »Ich habe eine Lizenz. Was auch immer Sie brauchen.«

»Davon gehen wir aus. Wir sind nicht hier, um Ihre Geschäftsunterlagen zu überprüfen. Ihr voller Name lautet also …?«

Es stellte sich heraus – nicht gerade verwunderlich –, dass Yolanda ihr Künstlername war. Sharon Price besaß für das Hellsehergewerbe wohl nicht den rechten Klang.

»Miss oder Mrs. Price?«, fragte Nkata, Notizheft und Bleistift in der Hand.

Mrs., erklärte Yolanda. Der Mister fahre eines der schwarzen Londoner Taxis, und die Kinder von Mister und Mrs. seien inzwischen erwachsen und selbstständig.

»Sie sind *ihret*wegen hier, nicht wahr?«, schloss sie scharfsinnig.

»Dann kannten Sie Jemima Hastings also?«, fragte Nkata.

Yolanda hatte nicht mitbekommen, dass Nkata in der Vergangenheit gesprochen hatte. »Selbstverständlich kenne ich Jemima! Aber ich meinte nicht Jemima, sondern diese Kuh aus Putney. Sie hat Sie also tatsächlich angerufen, was? Eine Frechheit!«

Sie standen immer noch in dem Vorraum, und Barbara fragte, ob sie sich irgendwo in Ruhe unterhalten könnten. Daraufhin bat Yolanda sie hinter den Perlenvorhang in einen Raum, der eine Mischung war aus einer Psychopraxis mit einer Couch an der Wand und einem Séancezimmer mit einem runden Tisch in der Mitte, an dem ein thronartiger Sessel stand, der offenbar der Hellseherin vorbehalten war. Yolanda setzte sich und bedeutete Havers, links von ihr, und Nkata, ihr gegenüber am Tisch Platz zu nehmen. Das hatte offenbar mit Nkatas Aura zu tun beziehungsweise mit Barbaras Mangel an einer solchen.

»Um Sie mache ich mir ein bisschen Sorgen«, sagte Yolanda zu ihr.

»Da sind Sie nicht die Einzige.« Barbara warf einen Blick zu Nkata hinüber. Er wirkte zutiefst besorgt angesichts ihres offenkundigen Mangels an einer Aura. »Wir sprechen uns noch«, murmelte sie, woraufhin er sich ein Lachen verkniff.

»Ah, ich sehe schon, Sie sind eine Ungläubige«, sagte Yolanda mit ihrer seltsamen Männerstimme. Dann langte sie unter den Tisch, und Barbara rechnete schon damit, dass er gleich anfangen würde zu schweben. Stattdessen brachte die Hellseherin den Grund für ihre ruinierten Stimmbänder zum Vorschein: ein Päckchen Dunhills. Sie zündete sich eine an und schob die Zigaretten zu Barbara hinüber, offenbar wohl wissend, dass Barbara dem gleichen Laster frönte. »Sie giepern doch nach einer Zigarette«, sagte sie. »Bedienen Sie sich!« Und zu Winston: »Sorry, mein Lieber. Aber keine Sorge, Sie werden nicht an den Folgen des Passivrauchens sterben. Wenn Sie mehr wissen wollen, kostet das allerdings fünf Pfund.«

»Ich lasse mich lieber überraschen«, erwiderte er.

»Wie Sie wollen, mein Lieber.« Genüsslich inhalierte sie den Zigarettenrauch und machte es sich für einen längeren Plausch in ihrem Sessel bequem. »Ich will nicht, dass sie in Putney wohnen bleibt. Es geht mir nicht um Putney, wohlgemerkt, sondern um *sie*, das heißt, um ihr Haus.«

»Sie waren dagegen, dass Jemima in Mrs. McHaggis' Haus wohnte?«, fragte Barbara.

»Genau.« Yolanda schnippte die Asche auf den Perserteppich zu ihren Füßen, was sie jedoch nicht zu stören schien. »Häuser des Todes müssen gereinigt werden. In den Zimmern muss Salbei verbrannt werden, und glauben Sie mir, es hilft nicht, einfach nur durchs Haus zu laufen und damit kurz ein bisschen herumzuwedeln. Und ich rede nicht von der Art Salbei, der auf jedem x-beliebigen Markt feilgeboten wird. Es reicht nicht, bei *Sainsbury's* ein Tütchen getrockneten Salbei aus dem Kräuterregal mitzunehmen, einen Teelöffel davon in einem Aschenbecher zu verbrennen und fertig. Das reicht hinten und vorne nicht! Man muss sich echten Salbei besorgen, der zum Zweck des Verbrennens zu einem ordentlichen Sträußchen gebunden ist. Dann zündet man ihn an und spricht die entsprechenden Gebete. Geister, die auf Erlösung warten, werden erlöst, das Haus wird vom Tod gereinigt, und erst dann ist es unbedenklich, jemanden darin wohnen zu lassen.«

Winston schrieb alles so akribisch mit, sah Barbara, als hätte er vor, auf dem Rückweg irgendwo anzuhalten, um die nötigen Reinigungsutensilien zu erstehen. Sie sagte: »Verzeihen Sie, Mrs. Price, aber …«

»Yolanda, Himmel noch mal!«

»Äh, ja. Yolanda. Beziehen Sie sich auf das, was mit Jemima Hastings passiert ist?«

Yolanda sah sie verwirrt an. »Ich beziehe mich auf die Tatsache«, sagte sie, »dass sie in einem Haus des Todes wohnt. Diese Mc*Haggis* – hat je eine Frau einen treffenderen Namen gehabt, frage ich Sie – ist Witwe. Ihr Mann ist in ihrem Haus gestorben.«

»Unter verdächtigen Umständen?«

Yolanda schnaubte verächtlich. »Das müssen Sie sie fragen. Ich sehe die Verunreinigung aus jedem einzelnen Fenster heraussickern, wenn ich an dem Haus vorbeigehe. Ich habe Jemima gesagt, dass sie unbedingt ausziehen muss. Und ja, ich gebe zu, dass ich ziemlich beharrlich auf sie eingeredet habe.«

»Deswegen wurde die Polizei verständigt?«, fragte Barbara. »Von wem? Ich frage Sie das, weil wir wissen, dass Sie einmal verwarnt wurden, weil Sie Jemima nachgestellt haben. Ist unsere Information …«

»Das ist eine *Interpretation*«, fiel Yolanda ihr ins Wort. »Ich habe lediglich meine Besorgnis zum Ausdruck gebracht. Irgendwann wurden meine Befürchtungen noch stärker, also habe ich sie abermals ausgesprochen. Vielleicht war ich ein bisschen … Na ja, vielleicht habe ich es ein bisschen übertrieben. Vielleicht bin ich auch ein bisschen ums Haus geschlichen. Aber was soll ich denn machen? Sie einfach dahinsiechen lassen? Jedes Mal, wenn ich sie sehe, ist sie weiter zusammengeschrumpft! Soll ich das etwa tatenlos mit ansehen? Soll ich nichts dazu sagen?«

»Zusammengeschrumpft«, wiederholte Barbara. »Was ist zusammengeschrumpft?«

»Ihre Aura«, half Nkata ihr auf die Sprünge.

»Genau«, bestätigte Yolanda. »Als ich Jemima kennenlernte, hat ihre Aura gestrahlt. Na ja, nicht wie bei Ihnen, mein Lieber« – ein Blick in Nkatas Richtung –, »aber immer noch stärker als bei den meisten Menschen.«

»Wie haben Sie sie denn kennengelernt?«, wollte Barbara wissen. Sie wollte nichts mehr von Auren hören, denn Nkatas selbstgefälliges Grinsen ging ihr reichlich auf die Nerven.

»Auf der Eisbahn. Natürlich nicht direkt auf der Eisbahn selbst. Abbott hat uns einander vorgestellt. Wir treffen uns manchmal auf einen Kaffee, Abbott und ich. Manchmal sehe ich ihn auch zufällig an einem der Stände. Er hat eine angenehme Aura …«

»Klar«, murmelte Barbara.

»Seine Ehefrauen machen ihm dermaßen das Leben schwer – also, ich meine, seine Exfrauen –, und ich sage ihm immer, er soll sich nicht so viele Gedanken darüber machen. Man kann nicht mehr leisten, als man leisten kann, oder? Und wenn er nicht genug verdient, um ihnen allen Unterhalt zu zahlen, dann soll er sich deswegen nicht zu Tode grämen. Er tut, was er kann: Er gibt Schlittschuhunterricht. Er führt Hunde aus. Er gibt Nachhilfe. Was erwarten diese drei Schnepfen denn noch von ihm?«

»Gute Frage«, bemerkte Barbara.

»Und wer ist dieser Typ?«, fragte Winston.

Abbott Langer, erklärte Yolanda. Er arbeite als Schlittschuhlehrer im *Queen's Ice and Bowl*, einer Eishalle, und die liege nur ein Stück die Straße rauf von der Markthalle, in der sie sich gerade befänden.

Wie sich herausstellte, hatte auch Jemima Hastings bei Abbott Langer Unterricht genommen, und Yolanda hatte die beiden zusammen hier in der Markthalle im russischen Café angetroffen. Abbott habe sie miteinander bekannt gemacht. Yolanda sei beeindruckt gewesen von Jemimas Aura …

»Garantiert«, murmelte Barbara.

… und sie habe Jemima ein paar Fragen gestellt, woraus sich ein Gespräch ergeben habe, was wiederum dazu geführt habe, dass Yolanda Jemima ihre Visitenkarte gegeben habe. So sei das gewesen.

»Sie hat mich drei, vier Mal aufgesucht«, sagte Yolanda.

»Und was wollte sie von Ihnen?«

Yolanda brachte es tatsächlich fertig, gleichzeitig an ihrer Zigarette zu ziehen und entgeistert dreinzublicken. »Ich spreche nicht über meine Klienten«, sagte sie. »Was sich hier drinnen abspielt, ist streng vertraulich.«

»Wir brauchen ein paar grundsätzliche Hinweise ...«

»Ach nein, wirklich?« Sie blies eine dünne Rauchwolke aus. »Grundsätzlich ist sie wie alle anderen. Sie will über einen Mann reden. Wollen sie das nicht alle? Es geht doch immer um einen Mann. Wird er? Wird er nicht? Werden sie? Werden sie nicht? Soll sie? Soll sie nicht? *Ich* mache mir Sorgen, weil sie in diesem Haus wohnt. Aber will *sie* jemals etwas davon hören? Will *sie* etwas davon hören, *wo* sie wohnen sollte?«

»Und wo wäre das?«, fragte Barbara.

»Dort jedenfalls nicht, das kann ich Ihnen versichern. Ich sehe dort Gefahren. Ich habe ihr sogar zu einem Freundschaftspreis ein Zimmer bei mir im Haus angeboten. Wir haben zwei Gästezimmer, und beide sind rituell gereinigt worden. Aber sie will nicht von dieser McHaggis weg. Ich gebe ja zu, dass ich vielleicht ein bisschen zu aufdringlich gewesen bin. Ich bin vielleicht hin und wieder zu ihr gegangen, um mit ihr darüber zu reden. Aber das habe ich nur getan, weil sie aus dem Haus rausmuss! Was soll ich denn tun? Den Mund halten? Dem Schicksal seinen Lauf lassen? Warten, bis passiert, was passieren wird?«

Anscheinend wusste Yolanda wirklich nicht, dass Jemima tot war, dachte Barbara. Reichlich merkwürdig, da sie doch angeblich Hellseherin war und jetzt zwei Polizisten gegenübersaß, die sie nach einer ihrer Klientinnen ausfragten. Einerseits war Jemimas Name noch nicht an die Medien gegeben worden, da man immer noch nach ihren Angehörigen suchte. Andererseits ... Wenn Yolanda sich mit Barbaras Vater unterhielt, warum schrie Jemimas Geist nicht mindestens genauso laut aus der Unterwelt?

Als sie an ihren Vater dachte, warf Barbara aus dem Augenwinkel einen Blick in Richtung Nkata. Hatte der Mistkerl womöglich Yolandas Adresse ausfindig gemacht und sie angerufen, um ihr ein paar einschlägige Hinweise auf Barbaras Leben zu flüstern? Zuzutrauen war's ihm. Er ließ sich nicht so leicht einen Spaß entgehen.

»Yolanda«, sagte sie. »Bevor wir fortfahren, möchte ich gern etwas klarstellen: Jemima Hastings ist tot. Sie wurde vor vier Tagen auf dem Abney Park Cemetery in Stoke Newington ermordet.«

Stille. Und dann, als stünde ihr Hintern in Flammen, sprang Yolanda so plötzlich von ihrem Thron auf, dass dieser nach hinten kippte. Sie ließ ihre Zigarette auf den Teppich fallen und trat sie aus – das hoffte Barbara zumindest, denn sie hatte keine Lust auf einen Feuerwehreinsatz –, und dann riss sie die Arme in die Luft und schrie, als hätte ihr letztes Stündlein geschlagen: »Ich wusste es! Ich wusste es! O ihr Unsterblichen, vergebt mir!«

Dann warf sie sich mit ausgestreckten Armen über den Tisch. Eine Hand tastete nach Nkata, die andere nach Barbara. Als beide nicht begriffen, was sie von ihnen wollte, schlug sie mit den Handflächen auf die Tischplatte und streckte die Hände erneut nach ihnen aus. Sie sollten einander die Hände reichen.

»Sie ist hier unter uns!«, schrie Yolanda. »Sag's mir, mein geliebtes Kind! Wer? *Wer?*« Sie begann zu stöhnen.

»Ich glaub, mein Schwein pfeift.« Barbara sah Winston entgeistert an. Sollten sie Hilfe holen? Den Notruf wählen oder was auch immer? Sollten sie ihr kaltes Wasser ins Gesicht spritzen? Gab es hier irgendwo ein Sträußchen Salbei?

»So dunkel wie die Nacht«, flüsterte Yolanda, noch heiserer als zuvor. »Er ist so dunkel wie die Nacht.«

Klar war er das, dachte Barbara. Das waren sie doch immer.

»Begleitet von seiner Partnerin, der Sonne, kommt er über sie. Sie tun es gemeinsam. Er war nicht allein. Ich sehe ihn. Ich sehe ihn. Ach, mein liebes Kind!« Sie schrie erneut. Und dann fiel sie in Ohnmacht. Oder so schien es zumindest.

»Verflucht«, flüsterte Nkata. Er sah Barbara fragend an.

Am liebsten hätte sie ihm gesagt, dass er derjenige mit der großartigen Aura war, und deswegen müsste verdammt noch mal er wissen, was zu tun war. Stattdessen stand sie auf, er erhob sich ebenfalls, und mit vereinten Kräften richteten sie Yolandas Thron wieder auf, hoben sie darauf und legten ihr den Kopf zwischen die Knie.

Als sie wieder zu sich kam und eine Munterkeit an den Tag legte, die vermuten ließ, dass sie gar nicht ohnmächtig gewesen war, stöhnte sie über McHaggis, das Haus, Jemima, Jemimas Fragen in Bezug auf den Mann und Liebt er mich, Yolanda? Ist er der Richtige, Yolanda? Soll ich tun, was er von mir verlangt, Yolanda?

Aber abgesehen davon, dass Yolanda immer wieder stöhnte: »So dunkel wie die Nacht, die mich umgibt«, was in Barbaras Ohren verdächtig nach einer Gedichtzeile klang, konnte die Hellseherin ihnen keine weiteren Hinweise liefern. Abbott Langer würde wahrscheinlich mehr über Jemima wissen, sagte sie, weil sie regelmäßig Stunden bei ihm genommen habe. Er sei sehr beeindruckt von ihrer Hingabe an den Sport gewesen.

»Es ist das Haus«, sagte sie abschließend. »Ich habe versucht, sie vor dem Haus zu warnen.«

Abbott Langer zu finden, war nicht schwierig. Das *Queen's Ice and Bowl* lag nur ein Stück weiter die Straße hinauf, genau wie Yolanda gesagt hatte. Wie der Name bereits nahelegte, gab es dort eine Eisbahn und eine Bowlingbahn, außerdem Videospiele, eine Snackbar und einen Lärmpegel, der selbst bei Leuten, die bisher dagegen immun gewesen waren, Migräne verursachte.

Der Lärm kam aus allen Richtungen, eine infernalische Kakofonie: Rock'n'Roll-Musik von der Bowlingbahn, Gekreische, Piepen, Knallen, Hupen und Gebimmel aus der Halle mit den Videospielen, Tanzmusik von der Eisbahn, Geschrei und Gelächter von den Eisläufern. Aufgrund der Jahreszeit wimmelte es von Kindern mit ihren Eltern, Jugendlichen, die einen Ort brauchten, wo sie herumhängen, SMS verschicken und sich auf jede andere erdenkliche Art cool geben konnten. Außerdem war es hier angenehm kühl, und viele Leute waren in erster Linie hier, um der Hitze für eine Weile zu entkommen.

Auf dem Eis befanden sich vielleicht fünfzig Schlittschuhläufer, von denen die meisten sich allerdings an die Bande klammerten. Die Musik – oder was man bei dem Lärm davon hören konnte – schien dazu gedacht, zu langen, ruhigen Zügen zu animieren, aber irgendwie funktionierte es nicht richtig. Barbara fiel auf, dass außer den Trainern niemand den Takt einhielt. Es gab drei Trainer, erkennbar an gelben Westen und daran, dass sie als Einzige rückwärts Schlittschuh laufen konnten, was Barbara tief beeindruckte.

Sie und Winston lehnten sich an die Bande und sahen dem Treiben eine Weile zu. Einige Kinder unter den Schlittschuhläufern schienen gerade in der Mitte der Eisbahn Unterricht zu bekommen. Ihr Lehrer, ein auffallend großer Mann, hatte eine Frisur, mit der er aussah wie ein Elvis-Imitator. Er war viel größer, als man sich einen Schlittschuhläufer vorstellte, mindestens eins fünfundachtzig und gebaut wie ein Kühlschrank: keineswegs fett, aber kompakt. Es war fast unmöglich, ihn zu übersehen, nicht nur wegen der Frisur, sondern auch, weil er – trotz seines Körperbaus – erstaunlich leichtfüßig wirkte. Das war Abbott Langer, und nachdem einer der anderen Trainer ihm Bescheid gegeben hatte, kam er kurz zu ihnen an die Bande.

Er müsse seine Unterrichtsstunde noch beenden, erklärte er ihnen. Sie könnten entweder am Rand der Eisbahn auf ihn warten – »Achten Sie mal auf die Kleine in Pink da drüben: eine zukünftige Goldmedaillengewinnerin!« – oder in der Snackbar.

Sie entschieden sich für die Snackbar. Da es schon später Nachmittag war und sie noch nicht einmal zu Mittag gegessen hatte, wählte Barbara ein Sandwich mit Schinken und Salat, Fritten mit Salz und Essig, einen Haferflocken- und einen Kitkatriegel und dazu eine Cola, um alles hinunterzuspülen. Winston – wie überraschend – begnügte sich mit einem Orangensaft.

Sie bedachte ihn mit einem finsteren Blick. »Hat eigentlich jemals einer einen Kommentar zu deinen abartigen Angewohnheiten gemacht?«

Er schüttelte den Kopf. »Nur zu meiner Aura«, erwiderte er. »Ist das dein Abendessen, Barb?«

»Soll das ein Witz sein? Ich hab noch nicht zu Mittag gegessen.«

Abbott Langer gesellte sich zu ihnen, als Barbara gerade ihre Mahlzeit beendete. Er hatte seine Schlittschuhe mit Kufenschonern versehen. In einer halben Stunde fange seine nächste Unterrichtsstunde an, sagte er; was er für sie tun könne.

»Wir kommen gerade von Yolanda«, eröffnete Barbara ihm.

»Sie ist absolut seriös«, sagte er spontan. »Geht es um eine Referenz? Wollen Sie ihre Dienste in Anspruch nehmen? Im Fernsehen?«

»Äh … nein.«

»Sie hat uns an Sie verwiesen, damit wir mit Ihnen über Jemima Hastings reden«, erklärte Winston. »Sie ist tot, Mr. Langer.«

»Tot? Was ist passiert? Wann ist sie denn gestorben?«

»Vor ein paar Tagen. Im Abney …«

Seine Augen weiteten sich. »Sie ist die Tote vom Friedhof? Ich hab's in der Zeitung gelesen, aber es war kein Name angegeben.«

»Das machen wir erst, wenn wir ihre Angehörigen gefunden haben«, sagte Nkata.

»Tja, dabei kann ich Ihnen nicht helfen. Ich kenne ihre Angehörigen nicht.« Er blickte zur Eisbahn hinüber, an deren hinterem Ende sich eine Massenkarambolage ereignet hatte. Die Trainer eilten den Gestürzten zu Hilfe. »Gott, das ist ja furchtbar.« Er sah sie wieder an. »Auf einem Friedhof ermordet.«

»Ja, das ist furchtbar«, sagte Barbara.

»Können Sie mir sagen, wie …?«

Nein, das konnten sie leider nicht. Vorschriften, polizeiliche Ermittlungen und so weiter. Sie waren hergekommen, um Informationen über Jemima zu sammeln. Seit wann hatte er sie gekannt? Wie gut hatte er sie gekannt? Wie hatte er sie kennengelernt?

Abbott überlegte. »Am Valentinstag. Das weiß ich noch, weil sie Luftballons für Frazer mitgebracht hat.« Er sah, wie Nkata etwas in sein Notizheft schrieb, und fügte hinzu: »Er gibt die Schlittschuhe aus, die man hier mieten kann, drüben bei den Spinden. Frazer Chaplin. Erst habe ich sie für eine Lieferantin gehalten, wissen Sie? Eine, die für Frazers Freundin Valentinsballons liefert. Dann stellte sich heraus, dass sie Frazers neue Freundin war – oder zumindest wollte sie das gern sein –, und sie war vorbeigekommen, um ihn zu überraschen. Frazer hat sie mir vorgestellt, und wir haben uns ein bisschen unterhalten. Sie wollte gerne Unterricht nehmen, also haben wir Termine vereinbart. Wir mussten ihre Arbeitszeiten berücksichtigen, aber das war nicht sonderlich kompliziert. Mir war es nur recht, noch eine Schülerin zu bekommen. Ich habe drei Exfrauen und vier Kinder, da lehne ich zahlende Kundschaft nicht ab.«

»Andernfalls hätten Sie es getan?«, fragte Barbara.

»Sie weggeschickt? Nein, nein. Na ja, irgendwann hätte ich sie vielleicht weggeschickt, wenn meine Situation nicht so schwierig wäre – mit dem Unterhalt für die Frauen und die Kinder… Aber da sie regelmäßig kam und immer pünktlich war und bezahlt hat, hatte ich keinen Grund, mich zu beklagen, wenn sie während des Trainings andere Dinge im Kopf hatte, oder?«

»Was für Dinge? Wissen Sie das?«

Er sah sie an, als wollte er gerade sagen, es gehöre sich nicht, schlecht über eine Tote zu sprechen. Doch dann überlegte er es sich anders. »Ich nehme an, es hatte mit Frazer zu tun. Ich glaube, sie hat die Trainingsstunden nur gebucht, um in seiner Nähe zu sein, und deswegen konnte sie sich nicht konzentrieren. Sehen Sie, Frazer hat etwas an sich, das die Frauen anzieht, und wenn sie sich angezogen fühlen, dann jagt er sie nicht unbedingt fort, wenn Sie verstehen, was ich meine.«

»Nein, das verstehen wir leider nicht«, sagte Barbara.

»Er verabredet sich schon mal«, sagte Langer vorsichtig. »Hin und wieder. Nicht dass Sie mich missverstehen: Was das Alter der Ladys angeht, ist er immer korrekt – keine Minderjährigen oder so. Sie bringen ihre Schlittschuhe zurück, plaudern ein bisschen mit ihm, geben ihm ihr Kärtchen oder einen kleinen Zettel und… Na ja, Sie wissen schon. Mit der einen oder anderen zieht er dann ab. Manchmal geht er auch ein bisschen später zu seinem Abendjob – er arbeitet als Barkeeper in irgend so einem vornehmen Hotel – und amüsiert sich ein paar Stunden mit seiner neuen Eroberung. Er ist kein schlechter Kerl, wirklich nicht. Er ist einfach so.«

»Wusste Jemima von all dem?«

»Sie hat es geahnt. Frauen sind ja nicht dumm. Das Problem für Jemima war, dass er hier während der Frühschicht arbeitet, und sie konnte nur abends herkommen oder an ihren freien Tagen. So hatte er natürlich viel Gelegenheit, sich um Frauen zu kümmern, die gern flirteten, oder um diejenigen, die mehr wollten.«

»Was für eine Beziehung hatten Sie zu Jemima?«, fragte Barbara, denn Yolandas Gebrabbel – so gern sie es ignorieren wollte – konnte sich auch auf ihn beziehen. Immerhin hatte er schwarzes Haar, »dunkel wie die Nacht«.

»Ich?«, fragte er und zeigte auf sich selbst. »Ich lasse mich nie mit einer Schülerin ein. Das wäre vollkommen unmoralisch. Außerdem habe ich drei Exfrauen und…«

»Vier Kinder, ja, ja«, sagte Barbara. »Aber ein Quickie nebenbei wär doch nicht verkehrt? Wenn sich die Gelegenheit ergäbe und keine Verpflichtungen damit verbunden wären?«

Langer errötete. »Ich sage ja nicht, dass mir nicht aufgefallen ist, dass sie hübsch war«, sagte er. »Ziemlich außergewöhnlich, wissen Sie, mit diesen Augen. Ein bisschen mager. Sie hatte nicht viel auf den Rippen. Aber sie war sehr freundlich, nicht wie eine typische Londonerin. Ich schätze, das hätte ein Mann falsch deuten können, wenn er gewollt hätte.«

»Aber Sie haben es nicht falsch gedeutet?«

»Nachdem ich drei Ehen in den Sand gesetzt habe, bin ich nicht erpicht darauf, einen vierten Versuch zu wagen. Ich habe kein Glück mit der Ehe, deswegen lasse ich lieber die Finger von Beziehungen.«

»Aber wenn Sie die Situation hätten ausnutzen wollen, hätten Sie sie haben können, oder?«, beharrte Barbara. »Ein Fick führt ja heutzutage nicht immer gleich zu einer Ehe.«

»Situation hin oder her, ich hätte es nicht versucht. Ein Fick mag heutzutage nicht mehr zwangsläufig zu einer Ehe führen, aber bei Jemima hatte ich das Gefühl, dass sie das anders sah.«

»Wollen Sie damit sagen, sie wollte Frazer heiraten?«

»Ich sage, sie wollte heiraten, Punkt. Ich hatte den Eindruck, dass es Frazer hätte sein können. Aber es hätte auch jeder andere sein können.«

Um diese Uhrzeit hielt Frazer Chaplin sich nicht mehr im *Queen's Ice and Bowl* auf, aber das war kein Problem. Der Name war ziemlich ungewöhnlich, und Barbara konnte sich nicht vorstellen, dass es zwei Frazer Chaplins in London gab. Es musste sich um denselben Mann handeln, der bei Bella McHaggis wohnte, erklärte sie Nkata. Sie würden sich ihn vorknöpfen müssen.

Auf dem Weg quer durch die Stadt berichtete sie Winston von Bella McHaggis' Hausregel bezüglich der Fraternisierung von männlichen und weiblichen Mietern. Wenn Jemima Hastings und Frazer Chaplin tatsächlich ein Verhältnis gehabt hatten, dann hatte ihre Vermieterin entweder nichts davon geahnt, oder sie hatte aus irgendeinem Grund beide Augen zugedrückt, was Barbara stark bezweifelte.

In Putney betrat Bella McHaggis gerade ihren Vorgarten mit einem Einkaufstrolley, der zur Hälfte mit Zeitungen gefüllt war. Während Nkata den Wagen parkte, begann sie, Zeitungen in einer der Plastikmülltonnen zu verstauen, die in ihrem Vorgarten standen. Sie leiste ihren Beitrag für den Umweltschutz, erklärte sie ihnen, als sie durch das Törchen traten. Ihre Nachbarn würden sich nicht im Geringsten um Mülltrennung kümmern, wenn sie nicht so hartnäckig hinter ihnen her wäre.

Barbara murmelte eine verständnisvolle Bemerkung und fragte dann, ob Frazer Chaplin zu Hause sei. »Das ist DS Nkata«, fügte sie hinzu.

»Was wollen Sie denn von Frazer?«, fragte Bella. »Sie sollten sich lieber mit Paolo unterhalten. Was ich gefunden habe, befand sich in seiner Schublade, nicht in der von Frazer.«

»Wie bitte?«, sagte Barbara. »Könnten wir uns vielleicht drinnen unterhalten, Mrs. McHaggis?«

»Wenn ich hier fertig bin«, beschied sie ihnen. »Manche Dinge sind manchen Leuten wichtig, Miss.«

Barbara war drauf und dran, der Frau zu erklären, dass Mord zweifellos zu diesen Dingen zählte, doch sie verdrehte nur die Augen und warf Nkata einen kurzen Blick zu, während Mrs. McHaggis weiter ihr Altpapier entsorgte. Schließlich bat sie sie ins Haus, und kaum hatten sie den Hausflur betreten, hielt Bella ihnen einen Vortrag über das Beweismaterial, das sie sichergestellt hatte, und verlangte zu wissen, warum man immer noch niemanden vorbeigeschickt habe, um es abzuholen.

»Ich habe bei der Nummer angerufen, die in der *Daily Mail* angegeben war für den Fall, dass jemand Informationen hat. Also, ich habe Informationen, wohlgemerkt, und da sollte man doch meinen, es würde jemand herkommen und mir Fragen stellen. Und man sollte meinen, dass dies unverzüglich passieren würde.«

Sie führte sie ins Wohnzimmer, wo die Menge an Zeitungen und Boulevardblättern, die sie auf dem Tisch ausgebreitet hatte, darauf schließen ließ, dass sie den Fortgang der Ermittlung genauestens verfolgte. Sie forderte sie auf, Platz zu nehmen, während sie herbeischaffe, weswegen sie gekommen wären. Barbara wies sie erneut darauf hin, dass sie gekommen waren, um Frazer Chaplin zu sprechen, falls er zu Hause war, doch Mrs. McHaggis sagte nur: »Dummes Zeug! Er ist ein Mann, aber er ist nicht blöd, Sergeant. Und haben Sie sich diese Hellseherin schon vorgenommen? Auch ihretwegen habe ich die Polizei angerufen. Die hat sich schon wieder auf meinem Grundstück herumgetrieben.«

»Wir haben uns mit Yolanda unterhalten«, sagte Barbara.

»Dem Himmel sei Dank für kleine Gnaden.« Bella schien in puncto Frazer Chaplin nachzugeben, doch dann änderte sich ihr Gesichtsausdruck, als sie endlich den Zusammenhang herstellte. »Ah, ich verstehe! Dieses verrückte Weibsstück hat Ihnen etwas über Frazer erzählt, wie? Sie hat Ihnen etwas gesteckt, und jetzt sind Sie gekommen, um ihn festzunehmen? Also, das lasse ich nicht zu. Statt dass Sie sich diesen Paolo vorknöpfen mit seinen fünf Verlobten, und wo er es doch war, der Jemima hergebracht hat, und wo die beiden sich auch noch gestritten haben! Nur eine Freundin, sagt er mir, und sie bestätigt das, und sehen Sie sich bloß an, was dabei rausgekommen ist.«

»Lassen Sie mich klarstellen, dass Yolanda sich nicht über Frazer Chaplin geäußert hat«, sagte Barbara. »Wir sind auf andere Weise auf ihn aufmerksam geworden. Wenn Sie ihn jetzt bitte holen würden? Denn wenn er nicht hier ist …«

»Welche andere Weise? Es gibt keine andere Weise! Warten Sie hier, ich werde es Ihnen beweisen.«

Sie marschierte aus dem Wohnzimmer und stampfte die Treppe hoch. Als sie außer Hörweite war, schaute Winston Barbara an. »Um ein Haar hätte ich salutiert.«

»Die ist echt 'ne Marke«, sagte Barbara. »Hörst du auch Wasser rauschen? Kann es sein, dass Frazer gerade duscht? Sein Zimmer liegt im Souterrain. Kommt mir fast so vor, als wollte sie nicht, dass wir mit ihm reden.«

»Du meinst, sie beschützt ihn? Sie hat eine Schwäche für ihn?«

»Würde jedenfalls zu dem passen, was Abbott Langer uns über Frazer und die Frauen erzählt hat, oder?«

Bella kam mit einem weißen Briefumschlag zurück. Mit dem triumphierenden Blick einer Frau, die gerade alle ausgetrickst hatte, forderte sie sie auf, sich *das* einmal anzusehen. Es handelte sich um ein spatelartiges Plastikstäbchen, aus dessen einem Ende ein Stückchen Papier ragte und dessen anderes Ende geriffelt war. In der Mitte befanden sich zwei winzige Fenster, ein rundes und ein quadratisches, die jeweils von einer feinen blauen Linie durchzogen waren, die eine senkrecht, die andere waagerecht. Barbara hatte so etwas noch nie gesehen – bei ihrem Lebensstil kam sie nicht in die Verlegenheit, so etwas zu benötigen –, aber sie wusste sofort, worum es sich handelte. Winston schien es ebenfalls zu wissen.

»Ein Schwangerschaftstest«, verkündete Bella. »Er befand sich nicht unter Jemimas, sondern zwischen Paolos Sachen. *Paolos!* Und ich möchte mal behaupten, dass Paolo sich nicht selbst getestet hat.«

»Wahrscheinlich nicht«, pflichtete Barbara ihr bei. »Aber wie kommen Sie darauf, dass er von Jemima ist? Das nehmen Sie doch an, oder?«

»Das ist doch sonnenklar! Sie haben sich immerhin ein Bad geteilt, und dort befindet sich auch die Toilette. Entweder hat sie ihm das gegeben« – sie nickte in Richtung des Corpus Delicti –, »oder er hat's im Müll gefunden und an sich genommen, was auch ihren Streit erklären würde. Er hat behauptet, es wäre darum gegangen, dass Jemima ihre Unterwäsche im Bad aufhängte, und sie hat behauptet, es wäre darum gegangen, dass er immer die Klobrille oben ließ. Aber ich sage Ihnen, ich hatte von Anfang an den Verdacht, dass zwischen den beiden was lief. Sie taten so, als könnten sie kein Wässerchen trüben, als wären sie nur Freunde, die sich auf der Arbeit in Covent Garden kennengelernt hatten. Zufällig hatte ich ein Zimmer frei, und zufällig kannte er jemanden, der ein Zimmer suchte, und ob er die Person mal mitbringen könnte, liebe Mrs. McHaggis. Eine nette junge Frau, meinte er. Und ich war dumm genug, den beiden zu glauben, während sie auf der Etage unter mir rumgeschlichen sind und es hinter meinem Rücken getrieben haben wie die Karnickel. Also, eines kann ich Ihnen flüstern: Wenn sie nicht tot wäre, hätte ich sie rausgeworfen. Hochkant! Ein für alle Mal. Auf die Straße.«

Genau das, was Yolanda gewollt hatte, dachte Barbara. Alles schön und gut, aber Yolanda wäre wohl kaum heimlich ins Haus eingedrungen, um einen Schwangerschaftstest im Bad zu deponieren, auf die geringe Chance hin, dass Bella McHaggis ihn finden, eins und eins zusammenzählen und ausgerechnet die Frau aus dem Haus werfen würde, die Yolanda unter ihre Fittiche zu nehmen gedachte. Oder war ihr das zuzutrauen?

»Wir werden Ihre Aussage in unsere Überlegungen mit einbeziehen«, sagte Barbara.

»Das möchte ich Ihnen auch geraten haben. Dies hier ist ein eindeutiges Motiv, direkt vor Ihrer Nase.« Sie beugte sich über den Tisch, die flache Hand auf dem *Daily Express.* »Er war schon fünf Mal verlobt, wohlgemerkt. *Fünf* Mal, und was sagt das über ihn aus? Ich sage Ihnen, was das über ihn aussagt: Er ist verzweifelt. Und einer, der verzweifelt ist, der schreckt vor nichts zurück.«

»Und wen genau meinen Sie?«

»Paolo di Fazio. Wen denn sonst?«

Jeden außer Frazer Chaplin, vermutete Barbara, und sie sah, dass Winston den gleichen Gedanken gehabt hatte. Ja, sagte sie, natürlich, und sie würden sich auch mit Paolo di Fazio unterhalten.

»Na, das will ich doch hoffen. Irgendwo hat er einen Unterschlupf, da bastelt er auch seine Masken. Wenn Sie mich fragen, hat er die Ärmste dorthin geschleppt, ihr das Schlimmste angetan und ihre Leiche dann …«

Sie würden das alles überprüfen, versicherte ihr Barbara mit einer Kopfbewegung in Winstons Richtung, um darauf hinzuweisen, dass er alles mitgeschrieben hatte. Sie würden mit allen ihren Mietern reden, und dazu gehöre auch Paolo di Fazio. Was aber Frazer Chaplin angehe …

»Warum wollen Sie Frazer unbedingt etwas unterstellen?«, fragte Bella.

Weil du es nicht tust, dachte Barbara. »Wir müssen jede Möglichkeit in Betracht ziehen, um sie gegebenenfalls auszuschließen. Das gehört zu unserem Job.« Das war nun mal ihr Job: ermitteln, vernehmen, ausschließen.

Während Barbara sprach, war die Tür zum Souterrain geöffnet und wieder geschlossen worden, und eine angenehme Männerstimme rief: »Ich bin dann mal weg, Mrs. McH.«

Winston sprang auf und trat in den Flur. »Mr. Chaplin? DS Winston Nkata. Wir würden uns gern kurz mit Ihnen unterhalten.«

Stille. Dann: »Soll ich im *Duke's* anrufen und Bescheid sagen? Ich werde in einer halben Stunde auf der Arbeit erwartet.«

»So lange wird's nicht dauern«, sagte Nkata.

Als Frazer Winston ins Zimmer folgte, konnte Barbara den Mann zum ersten Mal aus der Nähe betrachten. *Dunkel wie die Nacht.* Noch einer, dachte sie. Nicht dass sie etwas auf Yolandas Gebrabbel geben würde. Aber dennoch … Er war ein Stein, den sie auf jeden Fall umdrehen würden.

Er schien so um die dreißig zu sein. Seine olivfarbene Haut war pockennarbig, aber das tat seinem Aussehen keinen Abbruch, und obwohl er die Narben hätte verbergen können, wenn er den Dreitageschatten an seinem Kinn zu einem Bart wachsen ließe, war er klug genug, dies nicht zu tun. Er hatte etwas von einem Piraten an sich, was, wie Barbara mittlerweile wusste, auf manche Frauen durchaus attraktiv wirkte.

Ihre Blicke begegneten sich, dann nickte er zum Gruß. Er hatte ein Paar Schuhe in der Hand, setzte sich an den Tisch und zog sie an. Bella McHaggis bot ihm einen Tee an, doch er lehnte dankend ab. Den anderen beiden hatte sie, zweifellos mit Absicht, keinen Tee angeboten.

Die Art, wie sie um den Mann herumscharwenzelte – sie nannte ihn »Darling« –, in Verbindung mit dem, was Abbott Langer ihnen über dessen Wirkung auf Frauen erzählt hatte, ließ ihn Barbara auf der Stelle verdächtig erscheinen. Was nicht unbedingt als gute Polizeiarbeit durchgehen würde, aber Typen wie er waren ihr grundsätzlich suspekt. Er hatte diesen typischen Ich-weiß-was-du-willst-und-genau-das-hab-ich-in-der-Hose-Gesichtsausdruck. Der Altersunterschied zwischen den beiden mochte noch so groß sein; falls Chaplin es Bella nebenbei besorgte, war es kein Wunder, dass sie ihn anhimmelte.

Und das tat sie, das war nicht zu übersehen. Ihre Bewunderung ging weit über die Tatsache hinaus, dass sie ihn mit »Darling« anredete. Bella bedachte Frazer mit liebevollen Blicken, die Barbara als mütterlich interpretieren *könnte*, wäre sie nicht eine Polizistin, die im Laufe ihrer Dienstjahre jede Spielart menschlicher Beziehungen erlebt hatte.

»Mrs. McH hat mir erzählt, was mit Jemima passiert ist«, sagte Frazer gerade. »Dass sie die Tote auf dem Friedhof ist. Sie werden wissen wollen, was ich weiß, und das sage ich Ihnen gerne. Ich nehme an, dass Paolo das auch tun wird, so wie jeder, der sie gekannt hat. Sie ist eine sehr nette junge Frau.«

»War«, sagte Barbara. »Sie ist tot.«

»Sorry. War.« Seine Miene war irgendetwas zwischen ausdruckslos und ernst, und Barbara fragte sich, ob die Tatsache, dass seine Hausgenossin ermordet worden war, überhaupt irgendwelche Gefühle in ihm auslöste. Sie bezweifelte es.

»Wir haben gehört, dass sie in Sie verliebt war«, sagte Barbara. Winston war mit Notizheft und Bleistift zugange, doch auch er beobachtete Frazer mit Adleraugen. »Luftballons zum Valentinstag und so weiter.«

»Was meinen Sie mit und so weiter? Soweit ich weiß, ist es kein Verbrechen, zum Valentinstag sechs harmlose Luftballons zu verschenken.«

Bella McHaggis' Augen wurden schmal, als er die Luftballons erwähnte. Sie sah zuerst die Polizisten, dann ihren Mieter an. »Keine Sorge, Mrs. McH«, sagte er. »Ich habe Ihnen gesagt, dass ich denselben Fehler nicht zwei Mal mache. Ich gebe Ihnen mein Wort, dass ich es nicht getan habe.«

»Was für ein Fehler?«, fragte Barbara.

Er suchte sich eine bequemere Sitzposition. Er saß breitbeinig da, bemerkte Barbara; die Sorte Typ, der gern das Familiensilber zur Schau stellte.

»Ich hatte mal ein Verhältnis mit einer Frau, die hier wohnte«, sagte er. »Das war ein Fehler, das weiß ich, und ich habe Abbitte geleistet. Mrs. McHaggis hat mich nicht auf die Straße gesetzt, was sie normalerweise vielleicht getan hätte, und dafür bin ich ihr dankbar. Ich würde wohl kaum ein zweites Mal den missratenen Sohn spielen.«

Nach allem, was sie von Abbott Langer erfahren hatten – falls er die Wahrheit gesagt hatte –, hegte Barbara starke Zweifel an der Ehrlichkeit von Frazers Antwort. »Wir wissen, dass Sie mehr als einer Beschäftigung nachgehen, Mr. Chaplin«, sagte sie. »Könnten Sie mir sagen, wo Sie außer im Eisstadion noch arbeiten?«

»Warum?«, mischte Bella McHaggis sich ein. »Was hat das mit all dem zu tun?«

»Es gehört zum Prozedere«, erklärte Barbara.

»Was für ein Prozedere?«, wollte Bella wissen.

»Kein Problem, Mrs. McH«, sagte Frazer. »Die beiden tun nur ihre Pflicht.« Er arbeite spätnachmittags und abends als Barkeeper im Hotel *Duke's* in St. James, und zwar schon seit drei Jahren.

»Fleißig, fleißig«, bemerkte Barbara. »Zwei Jobs.«

»Ich spare«, sagte er. »Das ist kein Verbrechen.«

»Auf was sparen Sie denn?«

»Was spielt *das* denn für eine Rolle?«, empörte sich Bella. »Sehen Sie sich doch bloß …«

»Alles spielt eine Rolle, bis wir wissen, dass es unwichtig ist«, entgegnete Barbara. »Mr. Chaplin?«

»Ich will auswandern«, sagte er.

»Nach …?«

»Auckland.«

»Warum?«

»Ich möchte dort ein kleines Hotel eröffnen. Ein hübsches kleines Boutique-Hotel.«

»Hilft Ihnen jemand beim Sparen?«

Er runzelte die Stirn. »Wie meinen Sie das?«

»Eine junge Frau vielleicht, die zu Ihrem Hotelfonds beisteuert und mit Ihnen Pläne schmiedet in der Hoffnung, an Ihrem Unternehmen beteiligt zu werden?«

»Ich nehme an, Sie meinen Jemima.«

»Wie kommen Sie denn darauf?«

»Weil es Sie andernfalls nicht interessieren würde.« Grinsend fügte er hinzu: »Es sei denn, *Sie* wollen gern etwas beisteuern.«

»Nein, danke.«

»Schade. Noch eine von vielen Frauen, die mir das Sparen allein überlassen. Und dazu gehörte Jemima ebenfalls.« Er schlug sich auf die Schenkel, um anzudeuten, dass das Gespräch für ihn beendet war, und stand auf. »Sie sagten, es würde nicht lange dauern, und ich muss zur Arbeit …«

»Gehen Sie nur, Darling«, sagte Bella McHaggis und fügte bedeutungsvoll hinzu: »Falls hier noch irgendetwas zu klären sein sollte, übernehme ich das.«

»Danke, Mrs. McH«, sagte Frazer und drückte ihre Schulter.

Bella genoss die Berührung sichtlich. Barbara vermutete, dass dies Teil des Frazer-Effekts war. Sie sagte zu den beiden: »Bleiben Sie in London. Ich habe das Gefühl, dass dies hier nicht unser letztes Gespräch war.«

Als sie in die Victoria Street zurückkehrten, hatte die Nachmittagsbesprechung bereits begonnen. Unwillkürlich hielt Barbara beim Betreten des Besprechungsraums nach Lynley Ausschau und schalt sich dann innerlich dafür. Den ganzen Tag über hatte sie kaum an ihren ehemaligen Partner gedacht, und so sollte es bleiben. Doch dann entdeckte sie ihn am gegenüberliegenden Ende des Raums.

Lynley nickte ihr zu, und ein Lächeln hob seine Mundwinkel kaum merklich. Er sah sie über seine Lesebrille hinweg an, dann konzentrierte er sich wieder auf einen Stapel Unterlagen, die er in den Händen hielt.

Isabelle Ardery stand vor den Magnettafeln und hörte sich gerade John Stewarts Bericht an. Stewart und die Constables, die ihm zugeteilt gewesen waren, hatten die undankbare Aufgabe gehabt, die Unmengen an Material zu sichten, die man in Jemima Hastings' Zimmer sichergestellt hatte. Der DI erzählte gerade von Rom. Ardery wirkte ungehalten, als wartete sie auf die erste relevante Erkenntnis. Es sah nicht so aus, als wäre damit bald zu rechnen.

»Der gemeinsame Nenner ist die Invasion. Wir haben Pläne des British Museum und des Museum of London sichergestellt, und die Säle, die sie darin eingekringelt hat, beherbergen Material über die Römer, die Invasion, die Besetzung, die Festungen und sämtlichen Krempel, den sie hinterlassen haben. Außerdem hat sie in beiden Museen jede Menge Postkarten gekauft sowie ein Buch mit dem Titel *Britannien unter den Römern.*«

»Hast du nicht gesagt, sie hatte auch Pläne von der National Gallery und der Portrait Gallery?«, wandte Philip Hale ein. Er bezog sich auf die Notizen, die er sich gemacht hatte. »Außerdem vom Geffrye, von der Tate Gallery und der Wallace Collection. Ich würde sagen, die hat sich London angesehen. Eine Besichtigungstour.« Er las aus seinen Notizen ab: »Sir-John-Soane-Haus, Charles-Dickens-Haus, Thomas-Carlyle-Haus, Westminster Abbey, der Tower… Von all diesen Sehenswürdigkeiten hatte sie Prospekte, richtig?«

»Ja, aber wenn wir einen Zusammenhang finden wollen…«

»Der Zusammenhang besteht darin, dass sie eine Touristin war, John«, sagte Isabelle Ardery und teilte den Anwesenden mit, dass vom SO7 ein Bericht eingetroffen war, dessen erste Seite gute Nachrichten enthielt: Man hatte die Fasern an Jemimas Kleidung identifiziert. Es handelte sich um eine Mischung aus Baumwolle und Viskose, und sie waren gelb. Nichts, was die Tote am Körper getragen hatte, passte dazu, was bedeutete, dass sie nun über einen weiteren Hinweis auf den Täter verfügten.

»Gelb?«, fragte Barbara. »Abbott Langer, der Typ von der Eisbahn, trägt eine gelbe Weste. Wie alle Trainer dort.« Sie berichtete, dass Jemima bei Langer Privatstunden genommen hatte. »Die Fasern könnten während des Trainings an ihre Kleidung gekommen sein.«

»Dann brauchen wir diese Weste«, sagte Ardery. »Langers – oder die eines Kollegen. Schicken Sie jemanden hin, der uns eine Weste für einen Faservergleich besorgt.« Dann fuhr sie fort: »Außerdem hat der ganze Medienrummel uns eine seltsame Beschreibung eingebracht. Offenbar ist ein ziemlich verdreckter Mann im Zeitfenster des Mordes aus dem Friedhof gekommen. Er wurde von einer älteren Frau gesehen, die am Eingang des Friedhofs in der Stoke Newington Church Street auf den Bus wartete. Sie erinnert sich so gut an ihn – ich habe selbst mit ihr gesprochen –, weil er aussah, als hätte er sich im Laub gewälzt. Er hatte langes Haar, und er war entweder Japaner, Chinese, Vietnamese oder – wie sie sich ausdrückte – ›einer von diesen Asiaten‹. Er war mit einer schwarzen Hose bekleidet und hatte eine Art Koffer bei sich, den sie leider nicht genau beschreiben konnte. Sie meinte, es könnte sich um eine Aktentasche gehandelt haben. Und er trug seine restliche Kleidung als Bündel unterm Arm. Nur sein Jackett hatte er an, und zwar linksherum. Wir haben die Frau herbestellt und versuchen gerade, mit ihrer Hilfe ein Fahndungsporträt anzufertigen. Mit etwas Glück bringt uns das ein paar Hinweise ein, wenn wir es veröffentlichen. Sergeant Havers und Nkata …?«

Nkata nickte Havers zu, ließ ihr den Vortritt. Anständiger Typ, dachte Ardery, und sie fragte sich, wie Winston es schaffte, so vorausschauend und zugleich so selbstlos zu sein.

Barbara begann mit ihrem Bericht: Yolanda die Hellseherin, Abbott Langer und die Privatstunden, der Grund für die Privatstunden, die Luftballons, der Schwangerschaftstest – »Er war übrigens negativ«, ergänzte sie –, Frazer Chaplin und Paolo di Fazio. Sie erwähnte auch den Streit zwischen dem Opfer und Paolo di Fazio, den die Zimmerwirtin zufällig mit angehört hatte, sowie Paolos angeblichen Unterschlupf, wo er seine Masken herstellte, außerdem Frazers Schlag bei den Frauen, Bella

McHaggis' mehr als mütterliche Zuneigung zu Frazer, Frazers Zweitjob im *Duke's* und seine Auswanderungspläne.

»Alle Personen überprüfen«, ordnete Isabelle an.

»Wird sofort in Angriff genommen«, sagte Barbara, worauf Ardery entgegnete: »Nein. Ich möchte, dass Sie beide – Sie und Sergeant Nkata – nach Hampshire fahren. Philip, Sie und Ihre Leute übernehmen die Überprüfungen.«

»Hampshire?«, fragte Barbara. »Was hat denn Hampshire mit …«

Ardery setzte sie ins Bild und fasste zusammen, was sie zu Beginn der Besprechung verpasst hatten. »Nehmen Sie eine davon mit nach Hampshire«, sagte sie und reichte ihnen eine Postkarte, eine kleine Version des Plakats mit dem Porträt von Jemima Hastings, wie Barbara sah. Quer über das Bild hatte jemand mit schwarzem Filzstift geschrieben: »Haben Sie diese Frau gesehen?«, darunter ein Pfeil, der dazu aufforderte, die Karte umzudrehen. Auf der Rückseite war eine Telefonnummer angegeben, allem Anschein nach eine Handynummer.

Die Nummer, erklärte Ardery, gehöre einem Mann namens Gordon Jossie, der in Hampshire wohne. Barbara und Sergeant Nkata sollten nach Hampshire fahren und sich mit ihm unterhalten. »Packen Sie ein paar Sachen ein. Es wird wahrscheinlich länger als einen Tag dauern«, fügte sie hinzu.

Diese Information provozierte Gelächter und die üblichen Spötteleien: »Ah, ein paar Tage Urlaub für euch zwei!«, und: »Pass auf, dass du zwei Einzelzimmer buchst, Winnie«, bis Ardery fauchte: »Es reicht!« In diesem Augenblick betrat Dorothea Harriman den Raum. Sie hatte eine Telefonnotiz in der Hand, die sie Ardery übergab. Ardery las die Nachricht, dann blickte sie voller Genugtuung auf.

»Das Phantom hat einen Namen«, verkündete sie und zeigte auf die Magnettafeln, wo das Phantombild hing, das anhand der Aussagen der beiden Jugendlichen, die die Leiche auf dem Friedhof gefunden hatten, angefertigt worden war. »Einer der ehrenamtlichen Friedhofswärter glaubt, dass es sich um Marlon Kay handelt. Inspector Lynley und ich werden dem Hinweis nachgehen. Alle anderen … Sie haben Ihre Aufgaben. Noch Fragen? Nein? Also gut.«

Sie würden sich am nächsten Morgen wieder im Besprechungsraum sehen. Einige tauschten verblüffte Blicke aus: ein freier Abend? Was dachte sie sich dabei? Aber niemand stellte ihre Entscheidung infrage. Während laufender Ermittlungen kam so etwas für gewöhnlich selten vor. In die allgemeinen Aufbruchsvorbereitungen hinein sagte Ardery: »Thomas? Wir sprechen uns noch kurz in meinem Büro.«

Lynley nickte. Ardery verließ den Besprechungsraum. Er folgte ihr jedoch nicht gleich, sondern trat an die Magnettafeln, um einen Blick auf die dort befestigten Fotos zu werfen, und Barbara ergriff die Gelegenheit, sich ihm zu nähern. Er hatte seine Lesebrille wieder aufgesetzt und war gerade dabei, die Luftaufnahmen mit der gezeichneten Skizze des Tatorts zu vergleichen.

Sie trat hinter ihn und sagte: »Ich bin noch gar nicht dazu gekommen …«, woraufhin er sich zu ihr umdrehte.

»Barbara«, grüßte er sie.

Sie musterte ihn aufmerksam in der Hoffnung, aus seinem Gesichtsausdruck etwas herauslesen zu können, etwas über das Warum und das Wie zu erfahren und was dies alles zu bedeuten hatte. »Freut mich, dass Sie wieder an Bord sind, Sir. Bin noch gar nicht dazu gekommen, Ihnen das zu sagen.«

»Danke.« Er fügte nicht hinzu, dass er froh war, wieder an Bord zu sein, so wie das jemand anders vielleicht getan hätte. Vielleicht war er ja gar nicht froh darüber. Es gehörte einfach zu seiner Art, unermüdlich weiterzumachen.

»Ich wüsste zu gern … Wie hat sie das fertiggebracht?«

Was Barbara wirklich wissen wollte, war, was es zu bedeuten hatte, dass er wieder bei der Met war: was es in Bezug auf ihn bedeutete, in Bezug auf sie, in Bezug auf Isabelle Ardery, und was es in Bezug auf die Frage bedeutete, wer Macht und Einfluss besaß und wer nicht.

»Ist doch klar. Sie will den Job.«

»Und Sie sind hier, um ihr dabei zu helfen, dass sie ihn kriegt?«

»Es schien einfach der richtige Zeitpunkt zu sein. Sie hat mich zu Hause aufgesucht.«

»Hm. Tja.« Barbara rückte ihre Umhängetasche zurecht. Sie wollte noch mehr von ihm wissen, aber sie konnte sich nicht überwinden, die Frage zu stellen. »Es ist einfach alles ein bisschen anders«, war das Einzige, was sie herausbrachte. »Ich geh dann mal. Wie gesagt, schön, Sie wieder an Bord …«

»Barbara.« Seine Stimme klang ernst. Und verdammt liebenswürdig. Er wusste, was sie dachte und fühlte, wie er es immer gewusst hatte – ein Zug an ihm, den sie auf den Tod nicht ausstehen konnte. »Es spielt keine Rolle«, sagte er.

»Was?«

»Das hier. Es spielt wirklich keine Rolle.«

Sie lieferten sich ein Blickduell. Er beherrschte die Kunst des Durchschauens, des Vorhersehens, des Verstehens – all jene verfluchten zwischenmenschlichen Fähigkeiten, die aus einem Menschen einen guten Polizisten machten und aus einem anderen den sprichwörtlichen Elefanten im Porzellanladen.

»Also gut«, sagte sie. »Richtig. Danke.«

Wieder sahen sie einander in die Augen, bis jemand fragte: »Tommy, können Sie sich das hier mal ansehen?«, und er sich von ihr abwandte. Philip Hale kam auf sie zu, und das war Barbara nur recht. Sie ergriff die Gelegenheit, sich aus dem Staub zu machen. Auf der Heimfahrt fragte sie sich, ob es die Wahrheit gewesen war, als er gesagt hatte, es spiele keine Rolle. Denn Tatsache war, dass es ihr nicht gefiel, dass ihr Partner mit Isabelle Ardery zusammenarbeitete, auch wenn sie sich lieber nicht allzu sehr den Kopf darüber zerbrechen wollte, aus welchem Grund es ihr nicht gefiel.

12

Als sie am nächsten Morgen ihre Tasche für die ihr aufgebrummte Reise packte, führte vor allem das, worüber Barbara *nicht* nachdenken wollte, dazu, dass sie peinlichst darauf achtete, kein einziges Kleidungsstück einzustecken, das Isabelle Arderys Zustimmung gefunden hätte. Sie brauchte nicht lange zu überlegen und war gerade fertig, als ein Klopfen an der Tür ihr signalisierte, dass Winston Nkata eingetroffen war. Er hatte klugerweise vorgeschlagen, mit seinem Wagen zu fahren, da ihrer notorisch unzuverlässig war. Außerdem wäre es für ihn eine qualvolle Fahrt geworden, wenn er seine langen Gliedmaßen in Barbaras alten Mini hätte falten müssen.

»Ist offen!«, rief sie und zündete sich eine Zigarette an, um sich noch schnell eine ordentliche Dosis Nikotin zu gönnen. Nkata, das wusste sie, würde nicht zulassen, dass sie den Innenraum seines perfekt gepflegten Vauxhall mit Zigarettenqualm besudelte, ganz zu schweigen von – o Graus! – mikroskopisch kleinen Ascheflöckchen.

»Barbara, du weißt doch, dass du mit dem Rauchen aufhören sollst«, sagte Hadiyyah.

Barbara fuhr herum und ließ ihre Tasche, die sie auf dem Schlafsofa abgestellt hatte, Tasche sein. Nicht nur ihre kleine Nachbarin, sondern auch deren Vater stand in der Tür ihres Häuschens. Hadiyyah hatte ihre braunen Arme vor der Brust verschränkt und einen Fuß ausgestellt, als wollte sie auf den Boden klopfen wie eine leidgeprüfte Lehrerin, die sich eine aufsässige Schülerin vorknöpft. Azhar stand hinter ihr, in den Händen drei Plastikbehälter mit Essensresten. Lächelnd hielt er ihr die Behälter entgegen. »Von gestern Abend, Barbara. Das Chicken Jalfrezi ist mir besonders gut gelungen, und Hadiyyah hat die Chapatis gemacht… Vielleicht für Ihr Abendessen heute?«

»Großartig«, sagte Barbara. »Zehnmal besser als Hackfleischsoße aus der Dose mit Cheddar auf Toast, was ich geplant hatte.«

»Barbara!« Hadiyyahs Stimme klang engelsgeduldig, selbst wenn sie sie wegen ihrer Essgewohnheiten schalt.

»Nur leider…« Barbara fragte, ob die Reste sich im Kühlschrank halten würden, da sie für einen oder zwei Tage weg müsse. Doch noch ehe sie dazu kam, weitere Erklärungen abzugeben, schrie Hadiyyah entsetzt auf, rannte quer durchs Zimmer und zog ein Kleidungsstück hinter dem Fernseher hervor, das Barbara achtlos dorthin geworfen hatte. »Was hast du denn mit deinem schönen Rock gemacht?«, fragte sie, während sie ihn ausschüttelte. »Warum hast du ihn nicht an? Den sollst du doch tragen, oder? Und wieso liegt er hinterm Fernseher? Sieh dir das an! Jetzt ist er voller Staubfussel!«

Barbara zuckte zusammen. Um Zeit zu gewinnen, nahm sie Azhar die Plastikdosen ab und verstaute sie im Kühlschrank, darauf bedacht, dass er keine Gelegenheit bekam, einen Blick ins Innere zu werfen, wo es aussah wie in einem Experimentierkasten für neue Lebensformen. Die Zigarette zwischen die Lippen geklemmt, gelang ihr das Manöver, allerdings nicht ohne dass ein Stück Asche auf ihr T-Shirt fiel, das die Frage an die Welt richtete: »Wie viele Kröten muss ein Mädchen küssen?« Sie wischte die Asche fort, wodurch ein schmieriger Fleck entstand, fluchte leise vor sich hin und fand sich damit ab, dass sie mindestens eine von Hadiyyahs Fragen würde beantworten müssen.

»Ich muss ihn ändern lassen«, erklärte sie ihrer kleinen Freundin. »Er ist ein bisschen zu lang, das haben wir doch schon gesehen, als ich ihn anprobiert hab, erinnerst du dich? Du hast gesagt, er soll bis zur Mitte der Knie reichen, aber er schlabbert mir ziemlich unschön um die Beine.«

»Aber wieso liegt er hinter dem Fernseher?«, fragte Hadiyyah. »Denn wenn du ihn ändern lassen willst…«

»Äh. Ach, das.« Barbara machte ein paar mentale Verrenkungen. »Na ja, wenn ich ihn in den Schrank hänge, vergess ich's. Aber wenn er da hinterm Fernseher liegt … Sobald ich die Glotze einschalte, was sehe ich? Den Rock, der mich daran erinnert, dass er gekürzt werden muss.«

Hadiyyah schien alles andere als überzeugt. »Und was ist mit den ganzen Schminksachen? Du bist heute auch nicht geschminkt. Ich kann dir dabei helfen, Barbara, weißt du? Ich habe Mummy immer zugesehen. Mummy schminkt sich immer, stimmt's, Dad? Barbara, weißt du schon, dass Mummy …«

»Genug, *khushi*«, sagte Azhar zu seiner Tochter.

»Aber ich wollte ihr doch nur erzählen …«

»Barbara hat zu tun, das siehst du doch. Und wir beide müssen zur Urdustunde, nicht wahr?« Er wandte sich an Barbara. »Da ich heute nur eine Vorlesung an der Uni habe, wollten wir Sie einladen, uns nach Hadiyyahs Unterricht zu begleiten: eine Fahrt über den Kanal zum Regent's Park, um dort ein Eis zu essen. Aber wie es aussieht …« Er zeigte auf Barbaras Reisetasche, die noch geöffnet auf dem Schlafsofa stand.

»Hampshire«, sagte sie und sah im selben Moment Winston Nkata durch die immer noch offene Tür kommen. »Und da kommt meine Verabredung.«

Nkata musste sich bücken, um das Häuschen zu betreten. Er schien es komplett auszufüllen. Ebenso wie sie hatte er sich etwas Bequemeres angezogen als seine übliche Aufmachung. Im Gegensatz zu ihr sah er trotzdem professionell aus. Andererseits war Thomas Lynley sein Vorbild in Stilfragen, und Barbara konnte sich Lynley einfach nicht anders als gut gekleidet vorstellen.

Nkata trug eine Freizeithose und ein blassgrünes Hemd. Die Hose hatte Bügelfalten, die jedem Soldaten die Freudentränen in die Augen getrieben hätten, und er hatte es irgendwie geschafft, quer durch London zu fahren, ohne dass sein Hemd zerknittert war. Wie in aller Welt, fragte sich Barbara, war das möglich?

Hadiyyah sah Nkata mit großen, ernsten Augen an. Er nickte ihr und ihrem Vater zum Gruß zu und sagte zu dem Mädchen: »Ich nehme an, du bist Hadiyyah?«

»Was ist mit Ihrem Gesicht passiert?«, fragte sie. »Sie haben eine Narbe.«

»*Khushi!*«, sagte Azhar entsetzt. Aus seinem Gesichtsausdruck schloss Barbara, dass er ihren Besucher blitzschnell eingeschätzt hatte. »Wohlerzogene junge Damen stellen nicht solche …«

»Sie stammt von einer Messerstecherei«, antwortete Nkata freundlich. Und zu Azhar sagte er: »Schon in Ordnung. Das werde ich dauernd gefragt. Schwer zu übersehen, was, Kleine?« Er hockte sich hin, damit sie sich die Narbe besser ansehen konnte. »Einer von uns hatte ein Messer und der andere eine Rasierklinge. Die Sache ist die: Eine Rasierklinge ist schnell und richtet großen Schaden an. Aber am Ende gewinnt immer das Messer.«

»Das muss man unbedingt wissen«, sagte Barbara. »Sehr nützlich für Bandenkriege, Hadiyyah.«

»Sie sind in einer *Bande*?«, fragte Hadiyyah, nachdem Nkata sich wieder zu voller Größe aufgerichtet hatte. Sie sah ehrfurchtsvoll zu ihm auf.

»Das war einmal«, sagte er. »Da hab ich mir das hier zugezogen.« Und zu Barbara: »Fertig? Soll ich im Auto warten?«

Barbara überlegte, warum er die Frage stellte und was er glaubte, was passieren würde, wenn er sich verkrümelte: dass sie sich zärtlich von ihrem Nachbarn verabschiedete? Was für eine aberwitzige Vorstellung! Sie versuchte kurz zu ergründen, wie Nkata auf so eine Idee kam, und bemerkte Azhars Gesichtsausdruck, in dem eine Verlegenheit lag, wie sie sie bei ihm noch nie gesehen hatte.

Mehrere Möglichkeiten gingen ihr durch den Kopf, die drei Plastikdosen mit Essensresten, Hadiyyahs Urdustunde, eine Bootsfahrt auf dem Kanal und Winston Nkatas Auftauchen in ihrem Häuschen in Einklang bringen konnten, aber sie waren alle zu absurd, um überhaupt einen Gedanken daran zu verschwenden. Hastig verwarf sie sie, nur um sich mit einem Mal der Tatsache bewusst zu werden, dass sie Winston als ihre Verabredung vorgestellt hatte, und in Verbindung damit, dass sie gerade dabei gewesen war, ihre Tasche zu packen, war Azhar – ganz der Gentleman – zu dem Schluss gelangt, dass sie sich gerade fertig machte für ein paar Tage auf dem Land mit ihrem großen, gut aussehenden, gut gebauten, muskulösen und wahrscheinlich in jeder Hinsicht hinreißenden Liebhaber. Bei der Vorstellung hätte sie am liebsten laut gelacht. Sie und Winston Nkata, Abendessen bei Kerzenschein, Wein, Rosen, Romantik und ein paar heiße Nächte in einem von Glyzinien umrankten Hotel … Das alles entlockte ihr ein verächtliches Schnauben, das sie mit einem Hüsteln kaschierte.

Sie stellte die Männer einander kurz vor und fügte hinzu: »Wir haben einen Fall in Hampshire.« Ehe Azhar reagieren konnte, wandte sie sich wieder ihrer Reisetasche auf dem Schlafsofa zu.

Sie hörte Hadiyyah sagen: »Sie sind auch Polizist? So wie Barbara?«

»Ganz genau«, sagte Nkata.

Als Barbara ihre Tasche schulterte, fragte Hadiyyah gerade ihren Vater: »Kann er auch mit auf den Bootsausflug kommen, Dad?«

Worauf Azhar erwiderte: »Du hast doch gehört, dass Barbara gesagt hat, sie müssen nach Hampshire, *khushi*.«

Gemeinsam verließen sie den Bungalow in Richtung Straße. Barbara und Winston gingen hinter den beiden anderen her, trotzdem hörte Barbara, wie Hadiyyah sagte: »Das hatte ich ganz vergessen. Das mit Hampshire, meine ich. Aber wenn nicht? Wenn sie nicht nach Hampshire müssten, Dad? Könnte er dann auch mitkommen?«

Azhars Antwort konnte Barbara nicht verstehen.

Auch diesmal saß Lynley am Steuer von Isabelles Wagen. Auch diesmal schien er mit dem Arrangement kein Problem zu haben.

Er hatte gar nicht erst versucht, ihr die Tür aufzuhalten – das hatte er nicht mehr getan, seit sie ihn zurechtgewiesen hatte –, und auch diesmal konzentrierte er sich voll und ganz auf den Verkehr. Kurz hinter Clerkenwell hatte sie die Orientierung verloren, also nahm sie, als ihr Handy klingelte, während sie an einem namenlosen Park vorbeifuhren, das Gespräch an.

»Sandra will wissen, ob du auf einen Besuch rauskommen möchtest.« Es war Bob, der wie immer ohne Umschweife zum Thema kam. Isabelle verfluchte sich innerlich dafür, dass sie nicht auf die Nummer auf dem Display geachtet hatte, aber wie sie Bob kannte, rief er wahrscheinlich ohnehin mit unterdrückter Rufnummer an. Das würde ihm ähnlich sehen. Heimlichtuerei war seine wichtigste Waffe.

Nach einem kurzen Blick zu Lynley, der ihr keine Aufmerksamkeit zu schenken schien, sagte sie: »Was schwebt dir denn vor?«

»Sonntag zum Mittagessen. Du könntest nach Kent kommen. Die Jungs würden sich freuen.«

»Du meinst, mit den beiden? Allein? In einem Hotelrestaurant oder so?«

»Natürlich nicht«, sagte er. »Ich wollte nur sagen, dass die Jungs sich freuen würden, wenn du dich zu uns gesellen würdest. Sandra macht einen Rinderbraten. Ginny und Kate gehen am Sonntag auf eine Geburtstagsparty, also …«

»Wir wären also zu fünft?«

»Ja. Ich kann wohl kaum von Sandra verlangen, dass sie ihr eigenes Haus verlässt.«

»Ein Hotel wäre besser. Ein Restaurant. Ein Pub. Die Jungs könnten …«

»Kommt nicht infrage. Ein Mittagessen mit uns am Sonntag ist das höchste der Gefühle.«

Schweigend betrachtete sie die Londoner Szenerie, die sie durchquerten: Müll auf den Gehwegen, trostlose Ladenfassaden mit verschmutzten Firmenschildern aus Plastik, Frauen, eingehüllt in schwarze Zelte mit Sehschlitzen, Kisten mit halb vergammeltem Obst vor Gemüseläden, Videotheken, Wettbüros ... Wo zum Teufel waren sie gelandet?

»Isabelle? Bist du noch dran?«, fragte Bob. »Ist die Verbindung abgebrochen?«

Ja, dachte sie. Ganz genau. Die Verbindung ist abgebrochen. Sie klappte ihr Handy zu. Als es gleich darauf erneut klingelte, ließ sie die Mailbox anspringen. Sonntagsessen, dachte sie. Sie konnte es sich genau vorstellen: Bob am Kopfende des Tischs mit dem dampfenden Rinderbraten, neben ihm die gekünstelt lächelnde Sandra – obwohl, Sandra lächelte eigentlich nicht gekünstelt, und sie war wirklich eine patente Frau, wofür Isabelle alles in allem dankbar war. Die Jungs frisch gebadet und gekämmt und vielleicht ein bisschen verwirrt angesichts der modernen Version von Familie, die sie da erlebten, mit Mummy, Dad und Stiefmutter um den Mittagstisch, als wäre es das Normalste auf der Welt. Roastbeef und Yorkshirepudding und Rosenkohl würden herumgereicht, und alle würden höflich warten, bis jeder etwas auf dem Teller hatte und bis das Tischgebet gesprochen war, wer auch immer dies tun würde, denn Isabelle kannte keines und wollte auch keines kennen, aber eins wusste sie, verdammt noch mal: nämlich dass sie um nichts in der Welt an einem Sonntagsessen im Haus ihres Exmannes teilnehmen würde, weil er es nicht ehrlich meinte, sondern nur darauf aus war, sie zu bestrafen oder sie zu erpressen, und weder das noch die Blicke ihrer Jungen würde sie ertragen.

Du willst mir doch nicht drohen? Du willst doch nicht, dass wir vor Gericht landen, Isabelle?

Abrupt sagte sie zu Lynley: »Wo in aller Welt sind wir hier? Wie lange haben Sie gebraucht, um sich in dieser Stadt zurechtzufinden?«

Nur ein Blick. Er war viel zu wohlerzogen, um das Telefongespräch zu erwähnen.

»Sie werden sich schneller zurechtfinden, als Sie denken. Vermeiden Sie einfach die U-Bahn.«

»Ich gehöre zum gemeinen Volk, Thomas.«

»So habe ich das nicht gemeint«, sagte er leichthin. »Ich wollte sagen, dass die U-Bahn, oder besser: der U-Bahn-Plan, keinerlei Ähnlichkeit hat mit der Anlage der Stadt. Das U-Bahn-Netz wird in Stadtplänen schematisch dargestellt, um es übersichtlich zu machen. Auf dem Plan liegen Ortsteile im Norden, Süden, Osten oder Westen, auch wenn sich das in Wirklichkeit gar nicht so verhält. Nehmen Sie lieber den Bus. Gehen Sie zu Fuß. Fahren Sie Auto. Das ist gar nicht so schwierig, wie es scheint. Sie werden sich wirklich schnell zurechtfinden.«

Das bezweifelte sie. Nicht dass jedes Viertel aussähe wie das andere. Im Gegenteil, sie unterschieden sich meist beträchtlich voneinander. Die Schwierigkeit bestand darin zu verstehen, wie die Viertel miteinander in Verbindung standen, wie es sein konnte, dass ein Viertel mit vornehmen georgianischen Häusern plötzlich in eine Gegend mit Mietskasernen überging. Es ergab überhaupt keinen Sinn.

Und dann waren sie völlig unverhofft in Stoke Newington. Sie erkannte einen Blumenladen vom letzten Mal wieder – in einem Haus, wo zwischen dem ersten und dem zweiten Stock WALKER BROS. FOUNT PEN SPECIALISTS auf die Backsteinwand gemalt war. Das musste die Stoke Newington Church Street sein. Also lag der Friedhof ein Stückchen weiter geradeaus. Sie beglückwünschte sich zu ihrem Erinnerungsvermögen. »Der Haupteingang liegt an der Hauptstraße, links an der Ecke«, sagte sie.

Lynley parkte den Wagen, und sie betraten das Informationshäuschen gleich neben dem Eingangstor. Dort erklärten sie einer runzligen ehrenamtlichen Mitarbeiterin ihr Anliegen, und Isabelle zeigte ihr das Phantombild, aufgrund dessen man New Scotland Yard verständigt hatte. Sie habe nicht bei der Polizei angerufen. »Das wird Mr. Fluendy gewesen sein«, sagte die Frau. »Ich bin Mrs. Littlejohn.« Aber sie erkannte die Person auf dem Phantombild.

»Ich nehm an, das ist der Junge, der diese Schnitzereien macht. Ich hoffe, Sie sind hier, um ihn zu verhaften. Wir rufen nämlich schon bei der Polizei an, seit meine Oma noch klein war, ob Sie's glauben oder nicht. Kommen Sie mal mit, ich zeige Ihnen, was ich meine.«

Sie bugsierte sie aus dem Informationshäuschen hinaus, hängte ein Schild in die Tür, das die nicht vorhandenen Besuchermassen darüber informierte, dass sie gleich wieder zurück sei, watschelte ihnen voraus auf den Friedhof und führte sie zu einem der Bäume, die Isabelle bereits bei ihrem ersten Besuch des Friedhofs aufgefallen waren. Die kunstvolle Schnitzerei zeigte einen Viertelmond und Sterne, die teilweise von Wolken verdeckt waren. Die Schnitzerei nahm einen Großteil des Baumstamms ein, von dem alle Rinde entfernt worden war. So etwas ließ sich nicht in kurzer Zeit herstellen. Die Schnitzerei war mindestens einen Meter zwanzig hoch und über einen halben Meter breit. Abgesehen davon, dass sie den Baum beschädigte, war sie wirklich gut.

»Das macht er überall«, erklärte die Frau. »Wir haben schon oft versucht, ihn auf frischer Tat zu schnappen, aber der Kerl wohnt drüben in Listria Park, gleich hinter dem Friedhof. Wir wissen nie, wann er hier ist. Er braucht ja nur über die Mauer zu klettern. Ein Kinderspiel, wenn man jung ist.«

Listria Park war kein Park, wie Isabelle zuerst angenommen hatte, sondern eine gewundene Straße mit großen alten Häusern, die inzwischen in Wohnungen aufgeteilt waren, mit Blick auf den Abney Park Cemetery und mit Gärten, die an die Friedhofsmauer grenzten, wie Mrs. Littleton ihnen erklärte.

Es kostete einige Mühe herauszufinden, in welchem Haus Marlon Kay wohnte, aber nachdem sie das in Erfahrung gebracht hatten, wollte es das Glück, dass der Junge zu Hause war. Sein Vater war ebenfalls zu Hause, und anscheinend war es dessen geisterhafte Stimme, die ihnen antwortete, als sie die Klingel neben dem Namen D.W. Kay drückten.

»Ja? Was wollen Sie?«, bellte er.

Isabelle bedeutete Lynley mit einem Nicken, sie vorzustellen. »Metropolitan Police. Wir suchen …«

Selbst durch die knisternde Gegensprechanlage konnten sie hören, was für einen Tumult Lynleys Worte auslösten: krachende Möbel, stampfende Füße, Geschrei. »Was zum Teufel… Was glaubst du eigentlich… Was hast du schon wieder angestellt?« Dann summte der Türöffner, und sie betraten das Haus.

Als sie gerade auf die Treppe zugingen, kam ihnen ein dicker Junge entgegengestürmt. Mit angstvoll aufgerissenen Augen und schwitzend versuchte er, an ihnen vorbei zur Tür zu gelangen. Es war ein Leichtes für Lynley, ihn aufzuhalten. Mit einem Arm versperrte er ihm den Weg, mit dem anderen hielt er ihn fest.

»Lassen Sie mich los«, schrie der Junge, »er bringt mich um!«, während der Mann von oben brüllte: »Mach, dass du wieder raufkommst, du verdammter kleiner Gauner!«

Klein war nicht gerade das treffende Adjektiv. Der Junge war zwar nicht fettleibig, aber doch ein anschauliches Beispiel für die Vorliebe der modernen Jugend für alles, was frittiert, schnell zubereitet und möglichst fett und süß war.

»Marlon Kay?«, fragte Isabelle den Jungen, der sich unter Lynleys festem Griff wand.

»Lassen Sie mich los!«, jammerte er. »Er schlägt mich grün und blau! Sie haben ja keine Ahnung!«

In dem Augenblick kam D.W. Kay die Treppe heruntergepoltert, in der Hand einen Kricketschläger, den er drohend schwang. »Was zum Henker hast du schon wieder angestellt?«, brüllte er. »Sag's mir, bevor diese Polizisten es tun, sonst schlag ich dir den Schädel ein!«

Isabelle trat ihm in den Weg. »Es reicht, Mr. Kay«, fuhr sie ihn an. »Legen Sie den Kricketschläger weg, sonst lasse ich Sie wegen häuslicher Gewalt einbuchten.«

Vielleicht lag es an ihrem Ton. Der Mann blieb wie angewurzelt stehen. Er schnaufte wie ein geschlagenes Rennpferd – allerdings stank sein Atem so bestialisch, als wären alle seine Zähne bis an die Wurzeln verfault. Er blinzelte.

»Ich nehme an, Sie sind Mr. Kay. Und das ist Marlon? Wir möchten mit ihm reden.«

Marlon wimmerte. Er wich vor seinem Vater zurück. »Er verprügelt mich, glauben Sie mir!«

»Er wird nichts dergleichen tun«, versicherte Isabelle dem Jungen. »Mr. Kay, können wir uns in Ihre Wohnung zurückziehen, bitte? Ich habe nicht vor, ein Gespräch im Treppenhaus zu führen.«

D.W. musterte sie von oben bis unten. Ihr war klar, dass er zu der Sorte Mann gehörte, dem moderne Psychologen ein »Frauenproblem« attestieren würden. Dann sah er Lynley an, als vermutete er, dass dieser Spitzenhöschen trug, wenn er in seiner Gegenwart einer Frau gestattete, Kommandos zu erteilen. Am liebsten hätte Isabelle *ihm* den Schädel eingeschlagen. Was glaubte er eigentlich, in welchem Jahrhundert sie lebten?, fragte sie sich.

»Muss ich mich wiederholen?«, fragte sie, und er schnaubte verächtlich, gab jedoch klein bei. Sie folgten ihm die Treppe hoch, Marlon mit eingezogenem Kopf in Lynleys Griff. Eine Frau mittleren Alters in Fahrradkleidung stand auf dem ersten Treppenabsatz. Ihre Miene drückte Abneigung und Widerwillen aus. »Das wird aber auch höchste Zeit«, bemerkte sie zu Mr. Kay.

Er schubste sie aus dem Weg, woraufhin sie Lynley anging: »Haben Sie das gesehen? Haben Sie das *gesehen*?« Sie würdigte Isabelle keines Blickes. Ihr wütendes »Werden Sie endlich irgendetwas gegen ihn unternehmen?« war das Letzte, was sie von ihr hörten, als sich die Tür hinter ihr schloss.

Die Fenster in der Wohnung standen weit offen, aber da es keine Querlüftung gab, half das nichts, um die Temperatur erträglicher zu machen. Erstaunlicherweise war die Wohnung nicht der Saustall, den Isabelle erwartet hatte. Zwar lag eine verdächtige hauchdünne weiße Schicht auf allem, die sich jedoch als Gipsstaub entpuppte, denn D.W. Kay war Stuckateur von Beruf und hatte sich, als sie klingelten, gerade fertig gemacht, um zur Arbeit zu gehen.

Isabelle erklärte ihm, sie wollten mit seinem Sohn reden, und fragte Marlon, wie alt er sei. Sechzehn, antwortete Marlon und zog den Kopf ein, als fürchtete er, sein Alter könnte Anlass zu körperlicher Züchtigung geben.

Isabelle seufzte. Sein Alter war der Grund dafür, dass außer der Polizei ein Erwachsener anwesend sein musste, vorzugsweise ein Elternteil, was bedeutete, dass sie den Jungen entweder im Beisein des finster dreinblickenden, cholerischen Vaters oder aber eines Sozialarbeiters würden befragen müssen.

Sie sah Lynley an. Wie es sich gehörte, sagte ihr sein Blick, dass sie entscheiden solle. Sie war die Vorgesetzte. Zum Vater des Jungen sagte sie: »Wir müssen Marlon ein paar Fragen in Bezug auf den Friedhof stellen. Sie wissen doch sicherlich, dass dort jemand ermordet wurde, Mr. Kay?«

Das Gesicht des Mannes lief puterrot an. Die Augen schienen ihm aus den Höhlen treten zu wollen – als würde er gleich explodieren, dachte Isabelle. »Wir können ihn hier befragen oder auf der örtlichen Polizeiwache. Wenn wir es hier tun, erwarten wir von Ihnen, dass Sie den Mund halten, und vor allem, dass Sie den Jungen nicht anrühren, und zwar nie wieder. Falls Sie noch einmal die Hand gegen ihn erheben, werden Sie auf der Stelle verhaftet. Ein Anruf von ihm, von einem Nachbarn, von irgendjemandem, und Sie wandern in den Knast. Für eine Woche, einen Monat, ein Jahr, zehn Jahre. Ich kann Ihnen nicht sagen, was der Richter Ihnen aufbrummen wird, aber ich versichere Ihnen, dass ich das, was ich soeben unten im Treppenhaus gesehen habe, vor Gericht bezeugen werde. Und ich nehme an, dass Ihre Nachbarn sich ebenfalls liebend gern als Zeugen zur Verfügung stellen werden. Habe ich mich klar genug ausgedrückt, oder wünschen Sie noch ausführlichere Erläuterungen zu dem Thema?«

Er nickte. Er schüttelte den Kopf. Isabelle nahm an, dass damit beide Fragen beantwortet waren. »Also gut. Setzen Sie sich, und verhalten Sie sich ruhig.«

Schmollend warf er sich auf ein durchgesessenes graues Sofa, das zu einer dreiteiligen, mit Troddeln verzierten Sitzgruppe gehörte, wie Isabelle sie schon seit Jahren nicht mehr gesehen hatte. Eine weiße Wolke aus Gipsstaub wirbelte auf. Lynley drückte Marlon sanft in einen der beiden Sessel und trat dann ans Fenster, wo er sich gegen die Fensterbank lehnte.

Alles im Zimmer war auf einen riesigen Fernseher mit Flachbildschirm ausgerichtet, wo gerade eine Kochsendung lief, allerdings bei abgeschaltetem Ton. Auf dem Boden lag eine Fernbedienung, die Isabelle aufhob, um das Gerät abzuschalten, woraufhin Marlon aus irgendeinem Grund wieder zu wimmern begann, als hätte man ihm eine Lebenslinie gekappt. Sein Vater verzog verächtlich den Mund. Isabelle warf ihm einen durchdringenden Blick zu. Der Mann setzte eine ausdruckslose Miene auf. Sie nickte knapp und nahm in dem anderen Sessel Platz, der ebenso voller Gipsstaub war wie alle anderen Möbel.

Sie klärte Marlon über den Sachverhalt auf: Er sei gesehen worden, wie er aus dem Anbau neben der zerfallenen Kapelle auf dem Friedhof kam. In diesem Anbau sei die Leiche einer jungen Frau gefunden worden, und ein Heft mit den Fingerabdrücken einer Person habe daneben gelegen. Aufgrund der Angaben von Zeugen, die ihn aus dem Anbau hatten kommen sehen, sei ein Phantombild angefertigt worden, und sollte eine Gegenüberstellung erforderlich sein, würden die Zeugen ihn zweifellos wiedererkennen. Allerdings würde man wegen seines jugendlichen Alters voraussichtlich Fotos benutzen, er werde also wahrscheinlich nicht persönlich vorgeführt werden. Ob er ihnen etwas dazu zu sagen habe?

Der Junge brach in Tränen aus. Sein Vater verdrehte die Augen, sagte jedoch nichts.

»Marlon?«, drängte Isabelle.

Er schniefte. »Es ist doch bloß, weil ich Schule scheiße finde. Die hänseln mich alle. Bloß weil ich ’nen dicken … Weil ich einen dicken Hintern hab, deswegen lachen die mich aus, und das haben sie schon immer gemacht, und ich find das zum Kotzen! Deswegen geh ich nicht hin. Aber ich muss ja morgens hier weg und irgendwohin gehen, und deswegen geh ich dahin.«

»Auf den Friedhof statt in die Schule?«

»Ja, genau.«

»Zurzeit sind Sommerferien«, bemerkte Lynley.

»Ich red davon, wenn Schule ist«, sagte Marlon. »Jetzt geh ich auf den Friedhof, weil ich immer hingeh. Hier gibt's nichts zu tun, und ich hab ja auch keine Freunde.«

»Also gehst du auf den Friedhof und machst Schnitzereien an den Bäumen?«, fragte Isabelle.

Marlon rutschte auf seinem enormen Gesäß hin und her. »Das hab ich nicht gesagt …«

»Besitzt du Schnitzwerkzeug?«, wollte Lynley wissen.

»Ich hab der Tussi nichts getan! Die war schon tot, als ich reinkam!«

»Du warst also in dem Anbau hinter der Kapelle?«, sagte Isabelle. »Du gibst zu, dass du derjenige bist, den unsere Zeugen vor vier Tagen aus dem Anbau haben kommen sehen?«

Der Junge bestätigte das nicht, stritt es aber auch nicht ab.

»Was hast du dort gemacht?«

»Ich schnitze«, sagte er. »Das ist doch nichts Schlimmes. Sieht doch viel schöner aus.«

»Ich meinte nicht, was du auf dem Friedhof«, sagte Isabelle, »sondern was du in dem Anbau gemacht hast. Warum warst du dort?«

Der Junge schluckte. Offenbar waren sie zum Kern der Angelegenheit gelangt. Marlon sah zu seinem Vater hinüber. Der wandte sich ab.

»Das Heft«, flüsterte Marlon. »Es war … Ich hab's mir gekauft und wollt's mir ansehen und …« Er sah erst Isabelle, dann Lynley flehend an. »Als ich die Bilder in dem Heft gesehen hab … die Weiber … Sie wissen schon.«

»Marlon, versuchst du, mir zu sagen, dass du in den Anbau gegangen bist, um dir Bilder von nackten Frauen anzusehen und zu masturbieren?«, fragte Isabelle unverblümt.

Wieder begann er zu weinen.

»Verdammter Trottel!«, fauchte sein Vater, und Isabelle warf ihm einen Blick zu. Lynley sagte: »Bitte, Mr. Kay!«

Marlon verbarg sein Gesicht in den Händen und kniff sich mit den Fingern in die Wangen. »Ich wollte nur… Also bin ich da reingegangen – Sie wissen ja –, aber da lag sie, und da hab ich Angst gekriegt und bin abgehauen. Ich hab gleich gesehen, dass sie tot war. Alles war voller Käfer, und sie hatte die Augen offen, und da krabbelten Fliegen drin rum… Ich weiß, ich hätte was unternehmen müssen, aber ich konnte nicht, weil… weil ich… Die Polizei hätte mich gefragt, was ich da wollte, genau wie Sie jetzt, und dann hätte ich alles sagen müssen, so wie jetzt. Er kann mich doch sowieso schon nicht ausstehen, und dann wär alles rausgekommen! Ich geh nicht zur Schule. Ich geh da nicht mehr hin. Das mach ich nicht. Aber sie war tot, als ich da reinkam. Sie war tot, wirklich!«

Wahrscheinlich sagte er die Wahrheit, dachte Isabelle. Sie traute dem Jungen keine Gewalttat zu. Er war einer der am wenigsten aggressiven Jugendlichen, denen sie je begegnet war. Aber selbst ein Junge wie Marlon konnte durchdrehen, und auf irgendeine Weise mussten sie ihn als Verdächtigen ausschließen.

»Also gut, Marlon. Ich habe den Eindruck, dass du die Wahrheit sagst.«

»Klar sag ich die Wahrheit!«

»Ich werde dir trotzdem noch einige weitere Fragen stellen, und du musst dich beruhigen. Schaffst du das?«

Sein Vater schnaubte, was wohl so viel heißen sollte wie: *Vergessen Sie's.*

Marlon warf seinem Vater einen ängstlichen Blick zu, dann nickte er, die Augen wieder mit Tränen gefüllt. Aber er wischte sich die Wangen ab – was irgendwie heldenhaft wirkte – und setzte sich aufrecht hin.

Isabelle ging ihre Fragen durch. Ob er die Leiche angefasst habe? Nein. Hatte er irgendetwas vom Tatort entfernt? Nein. Wie nah war er der Leiche gekommen? Das wusste er nicht mehr. Bis auf einen Meter? Mehr als einen Meter? Er war einen oder zwei Schritte in den Anbau hineingegangen, mehr nicht, denn da hatte er sie schon gesehen und …

»In Ordnung«, sagte Isabelle, um zu vermeiden, dass er wieder hysterisch wurde. »Und was war dann?«

Er hatte das Heft fallen gelassen und war geflüchtet. Er hatte das Heft nicht fallen lassen wollen. Er hatte es nicht mal gemerkt. Aber als ihm aufgefallen war, dass er es nicht mehr bei sich hatte, hatte er sich nicht getraut, noch einmal umzukehren, »weil, ich hab noch nie einen Toten gesehen. Nicht so.« Ihr ganzer Oberkörper sei voll Blut gewesen.

Ob er eine Waffe gesehen habe?, fragte Isabelle.

Er habe noch nicht mal erkennen können, wo die Wunde war, antwortete er. Für ihn hatte es so ausgesehen, als sei sie überall aufgeschlitzt, weil sie so voller Blut war. Musste einer nicht richtig aufgeschlitzt sein, um so schrecklich zu bluten?

Isabelle lenkte seine Aufmerksamkeit vom Innern des Anbaus weg und hin zu dem Geschehen außerhalb. Auch wenn Marlon erst mindestens einen Tag nach dem Mord auf die Leiche gestoßen war, konnte es für die Ermittlungen eine Rolle spielen, was er in der Umgebung der Kapelle gesehen hatte.

Aber er hatte nichts gesehen. Und was Jemimas Handtasche oder irgendetwas anderes anging, das ihr gehört haben könnte, schwor der Junge Stein und Bein, er habe nichts an sich genommen. Falls sie eine Handtasche bei sich gehabt habe, so wisse er nichts davon. Selbst wenn die Tasche direkt neben ihr gelegen hätte, versicherte er, hätte er sie nicht bemerkt, denn er habe nur die Frau gesehen. Und das viele Blut.

»Aber du hast es nicht gemeldet«, sagte Isabelle. »Die Einzigen, die die Polizei informiert haben, sind die beiden jungen Leute, die dich gesehen haben, Marlon. Warum hast du es nicht gemeldet?«

»Wegen der Schnitzereien«, sagte er. »Und wegen des Heftes.«

»Aha.« Beschädigung öffentlichen Eigentums, Erwerb eines

Pornohefts, Masturbation – oder zumindest der Versuch – in der Öffentlichkeit: All das musste ihn eingeschüchtert haben – und zweifellos auch der Unmut seines Vaters und die Tatsache, dass dieser dazu neigte, seinem Unmut mithilfe eines Kricketschlägers Ausdruck zu verleihen. »Verstehe. Tja, wir brauchen ein paar Dinge von dir. Bist du bereit, mit uns zu kooperieren?«

Er nickte eifrig. Kooperation? Kein Problem. Alles, was sie wollten.

Sie brauchten eine Speichelprobe von ihm. Außerdem seine Schuhe, seine Fingerabdrücke, die sich leicht abnehmen ließen. Und sie brauchten sein Schnitzwerkzeug für die Spurensicherung. »Ich nehme an«, sagte Isabelle, »dass es sich um alle möglichen scharfen Gegenstände handelt. Richtig? Die müssen wir alle überprüfen, Marlon.«

Tränen, Wimmern. Verächtliches, an einen Stier erinnerndes Schnauben des Vaters.

»Das alles dient nur dazu zu beweisen, dass du die Wahrheit sagst«, versicherte Isabelle dem Jungen. »Tust du das, Marlon? Sagst du die Wahrheit?«

»Ich schwör's«, sagte er. »Ich schwör's, ich schwör's, ich schwör's.«

Am liebsten hätte Isabelle ihm versichert, dass ein Schwur völlig ausreichte, doch sie sagte sich, dass dies wahrscheinlich reine Zeitverschwendung wäre.

Auf dem Weg zurück zu ihrem Wagen fragte sie Lynley, was er von der ganzen Sache halte. »Es ist wirklich nicht unbedingt nötig, dass Sie in solchen Situationen die ganze Zeit schweigen, wissen Sie.«

Er sah sie von der Seite an. In Anbetracht der Hitze und der Begegnung mit den Kays wirkte sie bemerkenswert gefasst, ruhig, professionell, ja sogar kühl trotz der sengenden Sonne. Klugerweise – wenn auch untypischerweise – trug sie statt eines leichten Kostüms ein ärmelloses Kleid, was mehr als einem Zweck diente, wie Lynley erkannte: Denn es war nicht nur bequemer, sondern ließ sie auch weniger einschüchternd wirken, wenn sie die Zeugen befragte. Zeugen wie Marlon, dachte er, einen halbwüchsigen Jungen, dessen Vertrauen sie gewinnen musste.

»Ich hatte nicht den Eindruck, Sie bräuchten meine …«

»Hilfe?«, fiel sie ihm ins Wort. »Das habe ich nicht gemeint, Thomas.«

Lynley schaute sie wieder an. »Eigentlich wollte ich sagen, meine Mitwirkung«, sagte er.

»Ah. Tut mir leid.«

»Das Thema macht Sie also angriffslustig?«

»Absolut nicht.« Sie kramte in ihrer Tasche herum und brachte eine dunkle Brille zum Vorschein. Dann seufzte sie und sagte: »Nein, es stimmt. Ich bin tatsächlich angriffslustig. Aber das muss man sein in unserem Job. Es ist nicht leicht für eine Frau.«

»Was ist nicht leicht? Die Ermittlung? Die Beförderung? Sich in den Fluren der Macht in der Victoria Street zurechtzufinden, so fragwürdig sie auch sein mögen?«

»Ja, ja, für Sie ist es leicht, sich auf meine Kosten zu amüsieren«, bemerkte sie. »Aber wahrscheinlich muss sich kein Mann mit den Fährnissen herumplagen, die einer Frau das Leben schwer machen. Erst recht kein Mann …« Anscheinend widerstrebte es ihr, den Satz zu Ende auszusprechen.

Er tat es für sie. »Kein Mann wie ich?«

»Ich bitte Sie, Thomas. Sie können wohl kaum behaupten, dass ein privilegiertes Leben – Familiensitz in Cornwall, Eton, Oxford … vergessen Sie nicht, ich weiß ein bisschen was über Sie – es Ihnen schwer gemacht hat, in Ihrem Metier erfolgreich zu sein. Und warum tun Sie das überhaupt? Sie haben es doch gewiss nicht nötig, als Polizist zu arbeiten. Geht ein Mann Ihres Schlags nicht im Allgemeinen Beschäftigungen nach, bei denen er weniger …«, sie suchte nach den richtigen Worten, »… weniger mit dem gemeinen Volk in Berührung kommt?«

»Zum Beispiel?«

»Ich weiß nicht. Im Vorstand von Krankenhäusern und Universitäten sitzen? Vollblutpferde züchten? Ein Anwesen verwalten – das eigene natürlich – und Pacht von Bauern eintreiben, die Schirmmützen und Gummistiefel tragen?«

»Meinen Sie solche, die mit demütig gesenktem Blick an der Küchentür erscheinen? Die in meiner Gegenwart hastig ihre Schirmmütze abnehmen? Den Bückling machen und so weiter?«

»Was zum Teufel ist ein Bückling?«, fragte sie. »Das habe ich mich schon immer gefragt. Ich meine, für mich ist ein Bückling was zum Essen.«

»Es hat mit Verbeugen und Füßescharren zu tun«, sagte er ernst, »mit dem Verhältnis zwischen Bauern und Herren, das zum Leben von Männern meines Schlags gehört.«

Sie sah ihn an. »Verdammt, ich sehe genau, wie Ihre Augen funkeln!«

»Entschuldigung«, sagte er lächelnd.

»Es ist tierisch heiß«, sagte sie. »Hören Sie, ich brauche etwas Kühles zu trinken. Und wir könnten die Zeit nutzen, um uns in Ruhe zu unterhalten. Hier gibt es bestimmt irgendwo einen Pub.«

Daran zweifelte er keineswegs, aber zuerst wollte er sich die Stelle ansehen, wo die Leiche entdeckt worden war. Sie waren bei ihrem Wagen angekommen, der vor dem Friedhof stand, und er fragte sie, ob sie ihn zu der Kapelle führen könne, wo man Jemima Hastings' Leichnam gefunden hatte.

Während er die Worte aussprach, wurde ihm bewusst, dass er einen weiteren Schritt getan hatte, fünf Monate, nachdem seine Frau auf den Stufen vor ihrem Haus ermordet worden war. Noch im Februar wäre die Vorstellung, dass er sich einen Ort ansehen würde, an dem ein Mensch getötet worden war, undenkbar gewesen.

Wie erwartet fragte Ardery ihn, warum er den Tatort zu sehen wünsche. Sie klang argwöhnisch, als hätte sie das Gefühl, er wolle ihre Arbeit kontrollieren. Sie erklärte ihm, der Tatort sei gründlich überprüft, geräumt und wieder für die Öffentlichkeit freigegeben worden, worauf er entgegnete, es sei reine Neugier, mehr nicht. Er habe die Fotos gesehen, jetzt interessiere ihn der Ort.

Sie gab nach. Er folgte ihr auf den Friedhof und über Wege, die sich zwischen den Bäumen hindurchschlängelten. Es war kühler hier, wo das Laub Schatten spendete und kein Asphalt die Hitze in Wellen abstrahlte. Ihm fiel auf, dass sie »eine stattliche Figur« abgab, wie man es früher genannt hätte, als sie vor ihm herschritt. Sie ging, wie sie alles tat: selbstbewusst.

Sie führte ihn um die Kapelle herum zu dem Anbau. Dahinter, jenseits einer mit verdorrtem grasbedeckten Lichtung, an deren Rand eine steinerne Bank stand, ging der Friedhof weiter. Gegenüber der ersten stand eine zweite Steinbank, und dahinter befanden sich drei überwucherte Gräber und ein verfallenes Mausoleum.

»Der Tatort und die Umgebung wurden systematisch abgesucht«, erklärte Ardery. »Es wurde nichts gefunden, außer all dem Kram, der an einem solchen Ort zu erwarten ist.«

»Wie zum Beispiel?«

»Coladosen und sonstiger Müll wie Bleistifte, Kulis, Lagepläne des Friedhofs, Chipstüten, Schokoladenpapier, alte Busfahrscheine – ja, die werden zurzeit überprüft – und benutzte Kondome in einer Menge, die einen hoffen lässt, dass Geschlechtskrankheiten bald der Vergangenheit angehören werden.« Dann: »Sorry. Das war unangebracht.«

Er stand in der Tür des Anbaus, und als er sich umdrehte, sah er, wie sie errötete.

»Das mit den Kondomen«, sagte sie. »Wenn es andersherum wäre, könnte man die Bemerkung als sexuelle Belästigung auslegen. Ich entschuldige mich dafür.«

»Ah«, sagte er. »Kein Problem. Aber in Zukunft werde ich auf der Hut sein, also sehen Sie sich vor, Chefin.«

»Isabelle«, sagte sie. »Sie dürfen mich Isabelle nennen.«

»Ich bin im Dienst«, erwiderte er. »Was halten Sie von dem Graffito?« Er zeigte auf die Wand in dem Anbau, wo mit schwarzer Farbe »God Goes Wireless« und ein Auge in einem Dreieck aufgemalt waren.

»Das ist alt«, sagte sie. »Das war schon lange da, bevor sie ermordet wurde. Riecht nach Freimaurern, oder?«

»Ganz Ihrer Meinung.«

»Gut.« Als er sich ihr wieder zuwandte, sah er, dass die Röte in ihrem Gesicht nachgelassen hatte.

»Wenn Sie genug gesehen haben, würde ich jetzt gern etwas Kühles trinken. Auf der Stoke Newington Church Street gibt es ein paar Cafés, und wahrscheinlich finden wir dort auch einen Pub.«

Sie verließen den Friedhof auf einem anderen Weg, der sie an dem Grabmal vorbeiführte, das, wie er sich erinnerte, den Hintergrund auf Deborah St. James' Foto von Jemima Hastings gebildet hatte. Es stand an einer Weggabelung: ein lebensgroßer marmorner Löwe auf einem Sockel. Lynley blieb stehen, um die Inschrift zu lesen, die besagte, dass »sich alle an einem glücklichen Ostermorgen wiedersehen« würden. Wäre es doch wahr, dachte er.

Ardery beobachtete ihn. Nach einer Weile sagte sie nur: »Hier entlang, Thomas«, und führte ihn in Richtung Straße.

Ein Café und ein Pub waren schnell gefunden, und Ardery entschied sich für den Pub. Kaum waren sie eingetreten, bat sie ihn, ihr einen Cider zu bestellen. »Herrgott noch mal, Thomas, das ist ein *leichtes* Getränk«, sagte sie, als er angesichts ihrer Wahl verwundert die Brauen hob. Immerhin würden sie noch mehrere Stunden lang im Dienst sein. Sie erklärte ihm, sie habe nicht vor, ihre Leute in Bezug auf ihre Wahl von Erfrischungsgetränken zu kontrollieren. Wenn jemand mittags ein Lager trinken wolle, habe sie nichts dagegen einzuwenden. Auf die Arbeit komme es an, erklärte sie, und auf die Qualität dieser Arbeit. Dann verschwand sie auf der Damentoilette.

Er bestellte ihr einen Cider – »Und zwar ein großes Glas«, hatte sie präzisiert – und für sich eine Flasche Mineralwasser. Er ging mit den Getränken zu einem Tisch in der hinteren Ecke, überlegte es sich anders und wählte einen anderen Tisch, der ihm für zwei Kollegen, die ein Arbeitsgespräch führten, angemessener erschien.

Typisch Frau, dachte er, zumindest was ihren Aufenthalt auf der Toilette betraf. Sie blieb geschlagene fünf Minuten verschwunden, und als sie zurückkehrte, hatte sie ihre Frisur in Ordnung gebracht. Sie hatte sich das Haar hinter die Ohren geschoben, und ihm fiel erst jetzt auf, dass sie Ohrringe trug. Dunkelblau, in Gold eingefasst, passend zur Farbe ihres Kleids. Er sinnierte über die kleinen Eitelkeiten der Frauen. Helen hatte sich morgens nie einfach nur angezogen, sie hatte ganze Ensembles zusammengestellt.

Herrgott noch mal, Helen, du fährst doch nur zur Tankstelle!

Tommy, Darling, aber ich könnte gesehen werden.

Er blinzelte, füllte sein Glas. Man hatte ihm ein Stück Zitrone dazugegeben, das er kräftig ausdrückte.

Ardery bedankte sich.

»Es gab nur eine Sorte«, sagte er entschuldigend.

»Ich meinte nicht den Cider. Danke, dass Sie nicht aufgestanden sind. Ich nehme an, dass Sie das normalerweise tun.«

»Ach … Tja, die guten Manieren werden einem von Geburt an eingebläut, aber ich dachte mir, dass es Ihnen lieber wäre, wenn ich sie während der Arbeit etwas vernachlässige.«

»Hatten Sie schon einmal eine Vorgesetzte?«, fragte sie. Und als er den Kopf schüttelte: »Sie kommen gut damit zurecht.«

»So bin ich nun mal.«

»Wie? Einer, der zurechtkommt?«

»Ja.« Dann wurde ihm klar, dass die Antwort zu einer Diskussion führen könnte, die er vermeiden wollte. Daher sagte er: »Und Sie, Superintendent Ardery?«

»Sie wollen mich also nicht Isabelle nennen?«

»Nein.«

»Warum nicht? Das ist ein privates Gespräch, Thomas. Wir sind Kollegen, Sie und ich.«

»Und im Dienst.«

»Damit antworten Sie wohl auf alles?«

Er dachte darüber nach, wie bequem diese Vorlage für ihn war. »Ich schätze, ja.«

»Sollte mich das kränken?«

»Ganz und gar nicht, Chefin.«

Er sah sie an, und sie wich seinem Blick nicht aus. Es knisterte zwischen ihnen.

Das Risiko, dass Sex ins Spiel kam, bestand immer, wenn Männer und Frauen zusammenarbeiteten. Bei Barbara Havers war es allerdings so weit außerhalb des Denkbaren gewesen, dass die Vorstellung eher zum Lachen gewesen wäre. Bei Isabelle Ardery war das anders. Er wandte sich ab.

»Ich glaube ihm«, sagte sie leichthin. »Und Sie? Natürlich wäre es möglich, dass er zum Tatort zurückgekehrt ist, zurück zu der Toten, um zu sehen, ob sie schon entdeckt wurde. Aber das halte ich für unwahrscheinlich. Er wirkt nicht intelligent genug, um alles so gut zu durchdenken.«

»Sie meinen, das Pornoheft mitzunehmen, um es so aussehen zu lassen, als hätte er einen Grund gehabt, den Anbau zu betreten?«

»Genau das meine ich.«

Lynley stimmte ihr zu. Marlon Kay wirkte nicht wie ein Mörder. Doch Ardery war dennoch auf Nummer sicher gegangen. Ehe sie den Jungen und seinen griesgrämigen Vater verlassen hatten, hatte sie dafür gesorgt, dass seine Fingerabdrücke und eine Speichelprobe genommen würden, und sie hatte seine Kleider durchgesehen. Nichts Gelbes darunter. Die Sportschuhe, die er an dem Tag auf dem Friedhof angehabt hatte, wiesen zwar keine sichtbaren Blutspuren auf, würden aber dennoch für alle Fälle ins Labor geschickt werden.

Marlon hatte sich insgesamt sehr kooperativ verhalten. Er schien ebenso bestrebt, ihnen alles recht zu machen, wie er bemüht war zu beteuern, dass er mit dem Tod von Jemima Hastings nichts zu tun hatte.

»Jetzt bleibt uns also nur noch der Asiate, den unsere Zeugen gesehen haben wollen. Hoffen wir, dass uns das auf eine Spur bringt«, sagte Ardery.

»Oder die Überprüfung dieses Mannes in Hampshire«, bemerkte Lynley.

»Ach ja, den haben wir ja auch noch. Was glauben Sie, wie Sergeant Havers bei diesem Teil der Ermittlungen vorgehen wird, Thomas?«

»Auf ihre übliche Art«, antwortete er.

13

»Phänomenal. So etwas hab ich noch nie gesehen.« Der New Forest und die wilden Ponys, die dort frei herumliefen, entlockten Barbara Havers unverhohlenes Staunen. Es waren Hunderte, vielleicht sogar Tausende, und sie grasten, wo immer es ihnen beliebte, auf weiten Wiesen, die Fohlen immer in der Nähe. Unter uralten Eichen und Buchen, unter Eschen und Birken fraßen sie junge Schösslinge und schufen einen lichten, von Sonnenlicht durchfluteten Wald mit einem von verrottendem Laub bedeckten, schwammig weichen Boden, der frei war von Unterholz, Gestrüpp und Rankgewächsen.

Es war fast unmöglich, sich nicht verzaubern zu lassen von dieser Landschaft, wo Ponys aus Tümpeln und Teichen tranken, wo reetgedeckte, weiß gestrichene Fachwerkhäuser aussahen, als würden sie täglich geschrubbt. Über den Hügeln ringsum lag ein Flickenteppich, auf dem die Farne bereits braun wurden und das Gelb des Ginsters allmählich das Violett des Heidekrauts ablöste.

»Ich könnte glatt auf die Idee kommen, meine Zelte in London abzubrechen«, bemerkte Barbara. Sie hatte Winston Nkata auf der Fahrt von London hierher als Beifahrerin den Weg gewiesen, und der große A–Z-Straßenatlas lag noch immer aufgeschlagen auf ihren Knien. Sie hatten einmal angehalten, um zu Mittag zu essen, und noch einmal zum Kaffee, dann waren sie von der A31 abgefahren und befanden sich jetzt auf dem Weg nach Lyndhurst, wo sie sich als Erstes den Kollegen vor Ort vorstellen wollten, in deren Revier sie einzudringen gedachten.

»Ja, hübsch«, lautete Nkatas Kommentar. »Aber mir wär's hier ein bisschen zu ruhig. Ganz abgesehen davon«, er sah sie an, »würde ich mir hier vorkommen wie die sprichwörtliche Rosine im Reispudding.«

»Ach so. Hm. Ja.« Er hatte wahrscheinlich recht. Hier draußen würden sie kaum auf Angehörige einer Minderheit treffen, erst recht auf niemanden mit einer Geschichte wie Nkata, der in Brixton aufgewachsen war, mit Wurzeln in Westafrika und in der Karibik, und der als Jugendlicher zeitweilig an Bandenkämpfen in seinem Viertel beteiligt gewesen war. »Aber eine schöne Gegend, um Urlaub zu machen. Vorsicht auf dem Weg durch die Stadt! Hier sind alles Einbahnstraßen.«

Sie durchquerten den Ort ohne Probleme und fanden die Polizeiwache gleich außerhalb in der Romsey Road. Der gedrungene Backsteinbau im langweiligen Stil der Sechzigerjahre stand auf einem kleinen Hügel, das Dach krönten Stacheldrahtrollen und Überwachungskameras, die den Komplex als verbotene Zone für all diejenigen auswiesen, die nicht wollten, dass jede ihrer Bewegungen aufgezeichnet wurde. Ein paar Bäume und ein Blumenbeet vor dem Gebäude sollten die allgemeine Trostlosigkeit des Komplexes wohl ein bisschen mildern, aber nichts konnte seinen institutionellen Charakter verbergen.

Den Dienstausweis in der Hand, machten sie sich mit dem wachhabenden Special Constable bekannt, einem jungen Mann, der aus einem Zimmer trat, als sie den zu diesem Zweck auf dem Empfangstresen angebrachten Klingelknopf drückten. Dass New Scotland Yard zu Besuch kam, schien ihn zu interessieren, aber nicht sonderlich zu beeindrucken. Sie wollten den Chief Superintendent sprechen, erklärten sie, woraufhin er die Fotos auf ihren Ausweisen betont gründlich mit ihren Gesichtern verglich, als argwöhnte er böse Absichten. »Einen Augenblick, bitte«, sagte er schließlich und verschwand mit ihren Ausweisen in den Tiefen des Gebäudes. Es dauerte fast zehn Minuten, bis er wieder zurückkehrte, ihnen die Ausweise aushändigte und sie bat, ihm zu folgen. Zachary Whiting, der Chief Super, sei in einer Besprechung gewesen, die er jedoch vorzeitig beendet habe.

»Wir werden ihn nicht lange aufhalten«, sagte Barbara. »Es ist nur ein Höflichkeitsbesuch, wenn Sie verstehen, was ich meine. Um ihn ins Bild zu setzen, damit es keine Missverständnisse gibt.«

Lyndhurst war die Zentrale für sämtliche Polizeireviere im New Forest. Die Leitung hatte ein Chief Superintendent inne, der wiederum dem Polizeibezirk Winchester unterstellt war. Ein Polizist drang nicht in das Revier eines Kollegen ein, ohne vorstellig zu werden, und genau aus diesem Grund waren Barbara und Winston hergekommen. Falls sich herausstellte, dass irgendwelche Vorkommnisse in der Gegend mit ihren Ermittlungen in Zusammenhang standen, umso besser. Barbara rechnete zwar nicht damit, aber man konnte ja nie wissen, wohin einen dienstliche Verpflichtungen führten.

Chief Superintendent Zachary Whiting stand hinter seinem Schreibtisch und erwartete sie. Durch seine Brille musterte er sie skeptisch, was kaum verwunderlich war angesichts eines Besuchs von New Scotland Yard. Wenn Leute von der Met aufkreuzten, bedeutete das nicht selten Ärger in Form von internen Ermittlungen.

Winston nickte Barbara zu, und sie stellte sich und Nkata vor. Anschließend schilderte sie den Mordfall, der sich in London ereignet hatte. Das Opfer sei eine junge Frau namens Jemima Hastings, erklärte sie und legte die Gründe für ihre Anwesenheit dar.

»Auf einer Postkarte mit dem Bild des Opfers befand sich eine Handynummer. Wir haben die Nummer zu einem gewissen Gordon Jossie zurückverfolgt, der hier in Hampshire lebt. Und so …« Sie sprach den Satz nicht zu Ende.

Der Chief Superintendent kannte das Prozedere. »Gordon Jossie?« Er klang nachdenklich.

»Sie kennen ihn?«, fragte Nkata.

Whiting ging einen Stapel Papiere auf seinem Schreibtisch durch. Barbara und Winston tauschten Blicke aus.

»Hat er schon mal Ärger gehabt?«, fragte Barbara.

Whiting antwortete nicht gleich. Er wiederholte den Nachnamen, dann sagte er: »Nein, Ärger nicht«, was er zögerlich aussprach, so als hätte Gordon Jossie so etwas Ähnliches wie Ärger gehabt.

»Aber Sie kennen den Mann«, hakte Nkata noch einmal nach.

»Der Name ist mir bekannt.« Der Chief Superintendent hatte offenbar gefunden, was er suchte. Es handelte sich um eine Telefonnotiz. »Jemand hat seinetwegen hier angerufen. Eine Verrückte, wenn Sie mich fragen, aber offenbar war die Frau so hartnäckig, dass die Nachricht auf meinem Tisch gelandet ist.«

»Ist das der normale Weg?«, fragte Barbara. Aus welchem Grund sollte ein Chief Superintendent darauf bestehen, über Anrufe informiert zu werden, egal ob sie verrückt waren oder nicht?

Es sei ganz und gar nicht der normale Weg, erwiderte er, aber in diesem Fall habe sich die Frau einfach nicht abwimmeln lassen. Sie habe darauf bestanden, dass man im Fall eines gewissen Gordon Jossie etwas unternehme. Man habe sie gefragt, ob sie gegen den Mann Anzeige erstatten wolle, aber daran sei sie nicht interessiert gewesen. »Sie meinte, er komme ihr verdächtig vor«, sagte Whiting.

»Merkwürdig, dass man Sie über so etwas informiert«, bemerkte Barbara.

»Normalerweise wäre das auch nicht passiert. Aber dann hat eine zweite Frau angerufen und mehr oder weniger das Gleiche gesagt, und erst dann hat man mich über die Sache in Kenntnis gesetzt. Ich kann mir vorstellen, dass Ihnen das merkwürdig erscheint, aber Sie sind hier nicht in London. Dies hier ist ein kleiner, überschaubarer Ort, und ich halte mich gern auf dem Laufenden über alles, was in meinem Revier passiert.«

»Nehmen Sie an, dass dieser Jossie irgendetwas im Schilde führt?«, fragte Nkata.

»Es deutet nichts darauf hin. Aber das hier«, und Whiting zeigte auf die Telefonnotiz, »hat dafür gesorgt, dass wir ihn ins Visier genommen haben.«

Sie sollten ruhig in seinem Revier ermitteln, fuhr er fort, und als sie ihm Jossies Adresse nannten, erklärte er ihnen, wie sie das Haus des Mannes in der Nähe eines Dorfes namens Sway finden würden. Falls sie seine Hilfe benötigten oder die eines seiner Mitarbeiter …

Etwas an der Art, wie er das Angebot machte, kam Barbara merkwürdig vor. Sie hatte das Gefühl, dass es mehr war als reine Höflichkeit.

Sway lag etwas abseits der üblichen Trampelpfade des New Forest und markierte die Spitze eines Dreiecks, das der Ort selbst mit den Gemeinden Lymington und New Milton bildete. Die Straße, die sie dorthin führte, wurde zunehmend schmaler, bis sie auf die Paul's Lane gelangten, wo die Häuser zwar Namen, aber keine Hausnummern hatten und hinter hohen Hecken verborgen lagen.

Entlang der Straße standen eine ganze Reihe Cottages, aber es gab nur zwei größere Anwesen, und Jossies war eines davon.

Sie parkten vor einer hohen Weißdornhecke. Über die holprige Zufahrt näherten sie sich einer Koppel, die hinter einem hübschen Reetdachhaus lag. Jossie untersuchte gerade die Hinterhufe zweier unruhiger Ponys. Gegen das grelle Sonnenlicht trug er eine dunkle Sonnenbrille und eine Baseballmütze, und sein Körper war gegen die Hitze geschützt durch lange Ärmel, Handschuhe, Jeans und Stiefel.

Ganz anders dagegen war die junge Frau gekleidet, die ihm vom Zaun aus zusah. »Glaubst du, sie sind schon so weit, dass du sie freilassen kannst?«, rief sie gerade. Sie trug ein gestreiftes Sommerkleid, das weder ihre Arme noch ihre Beine bedeckte. Trotz der Hitze wirkte sie frisch. Ihr Kopf war geschützt durch einen Strohhut, der von einem Schal aus demselben Stoff gehalten wurde, aus dem auch ihr Kleid genäht war. Hadiyyah, dachte Barbara, hätte die Aufmachung gefallen.

»Einfach albern, sich vor Ponys zu fürchten«, antwortete Gordon Jossie.

»Ich versuche ja, mich mit ihnen anzufreunden, ehrlich!« Sie drehte sich um und sah Barbara und Winston auf sich zukommen. Sie musterte sie beide, aber ihr Blick blieb an Winston hängen. Sie war attraktiv, dachte Barbara. So unerfahren, wie sie in diesen Dingen war, konnte sie nichtsdestotrotz erkennen, dass die junge Frau wie ein Profi geschminkt war. Auch das hätte Hadiyyah gefallen.

»Hallo«, sagte die Frau zu ihnen. »Haben Sie sich verirrt?«

Gordon Jossie blickte auf. Er beobachtete, wie sie die Zufahrt hochkamen und sich dem Stacheldrahtzaun näherten. Die junge Frau stand an einem der Pfosten und stützte sich mit beiden Händen darauf.

Jossie besaß den drahtigen Körperbau eines Fußballers, dachte Barbara. Als er die Mütze abnahm und sich den Schweiß von der Stirn wischte, sah sie, dass sein Haar begann, schütter zu werden, aber das rötliche Blond stand ihm gut.

Barbara und Winston zückten ihre Dienstausweise. Diesmal stellte Winston sie vor. Dann fragte er den Mann auf der Koppel: »Sind Sie Gordon Jossie?«

Jossie nickte. Er kam zum Zaun herüber. An seinem Gesicht ließ sich nichts ablesen. Seine Augen konnten sie natürlich nicht sehen. Die Gläser seiner Sonnenbrille waren nahezu schwarz.

Die junge Frau stellte sich als Gina Dickens vor. »Scotland Yard?«, wiederholte sie lächelnd. »Wie Inspector Lestrade?« Dann zog sie Jossie auf: »Gordon, hast du etwas angestellt?«

Es gab ein hölzernes Tor im Zaun. Jossie kam trotzdem nicht aus der Koppel, sondern ging auf einen Wasserschlauch zu, der aufgerollt an einem ziemlich neu wirkenden Zaunpfahl hing und an einer frei stehenden Wasserleitung außerhalb der Koppel angeschlossen war. Er nahm den Schlauch vom Haken, wickelte ihn aus und zog ihn auf einen steinernen Trog zu. Der Trog war makellos sauber, wie Barbara auffiel. Er war entweder neu, so wie der Zaunpfahl, oder der Mann war mehr als nur ein bisschen zwanghaft in seinem Bestreben, alles blitzblank zu halten. Letzteres schien eher unwahrscheinlich, denn ein Teil der Koppel war überwuchert und verfallen, als hätte Jossie mitten in dem Versuch, sein Anwesen auf Vordermann zu bringen, aufgegeben. Gerade begann er, den Trog mit Wasser zu füllen. Über die Schulter fragte er: »Was gibt's denn für Ärger?«

Interessante Frage, dachte Barbara. Rechnete er denn mit Ärger? Andererseits: Wer konnte es ihm verdenken? Einen persönlichen Besuch von Scotland Yard erhielt man nicht alle Tage.

»Könnten wir Sie kurz sprechen, Mr. Jossie?«, fragte sie.

»Wir sprechen doch schon.«

»Gordon, ich glaube, die beiden würden gerne …« Gina zögerte, dann sagte sie zu Winston: »Unter dem Baum im Vorgarten stehen ein Tisch und Stühle.« Sie zeigte zum Haus hinüber. »Wollen wir uns dort zusammensetzen?«

»Von mir aus gern«, sagte Nkata, und dann fügte er hinzu: »Ziemlich heiß heute, nicht wahr?« Er gab Gina Dickens eine Kostprobe seines Tausendwattlächelns.

»Ich hole uns etwas Kühles zu trinken«, sagte Gina, warf einen besorgten Blick auf Jossie und wandte sich dann dem Haus zu.

Barbara und Nkata warteten auf Jossie, um sich zu vergewissern, dass er auf direktem Weg den Vorgarten ansteuerte. Nachdem er den Trog für die Ponys gefüllt hatte, hängte er den Schlauch wieder an den Zaunpfahl, kam durch das hölzerne Gattertor und zog seine Handschuhe aus.

»Hier entlang«, sagte er, als würden sie den Weg ohne seine Hilfe nicht finden. Er ging voraus in den Vorgarten, ein Fleckchen von der Sonne ausgedörrten Rasens, der jedoch von ein paar gepflegten Blumenbeeten eingerahmt wurde. Er bemerkte, dass Havers die Beete betrachtete, und sagte: »Gina schüttet das Spülwasser an die Blumen. Wir benutzen ein spezielles Spülmittel«, wie um zu erklären, dass die Blumen mitten in einem extrem trockenen Sommer und trotz des Verbots, Gärten zu sprengen, noch prächtig blühten.

»Hübsch«, bemerkte Barbara. »Mir geht immer alles ein, auch ohne dass ich ein spezielles Spülmittel benutze.« Sie setzten sich an den Tisch. Es handelte sich um einen kleinen Essplatz im Freien, mit Kerzen, einem geblümten Tischtuch und passenden

Stuhlkissen. Anscheinend hatte hier jemand ein Händchen fürs Dekorative. Barbara nahm die Postkarte mit dem Foto von Jemima Hastings aus der Tasche und legte sie vor Gordon Jossie auf den Tisch. »Können Sie uns etwas über diese Frau erzählen, Mr. Jossie?«

»Warum?«

»Weil Ihre Handynummer«, sie drehte die Karte um, »hier hinten draufsteht. Und aus dem, was vorne draufsteht – ›Haben Sie diese Frau gesehen?‹ –, schließen wir, dass Sie sie kennen.« Barbara drehte die Karte wieder um und schob sie zu Jossie hinüber. Er rührte sie nicht an.

Gina kam mit einem Tablett, auf dem ein bauchiger Glaskrug mit einem pinkfarbenen Getränk stand. In der Flüssigkeit schwammen frische Minzeblätter und Eiswürfel. Als sie das Tablett auf den Tisch stellte, fiel ihr Blick auf die Postkarte. Sie sah Jossie an. »Gordon. Ist etwas …«

»Das ist Jemima.«

Gina setzte sich zögerlich. Sie wirkte verunsichert. »Die Frau auf der Postkarte?«

Jossie antwortete nicht. Barbara wollte daraus keine voreiligen Schlüsse ziehen. Dass er nicht auf die Frage reagierte, sagte sie sich, konnte unter anderem ein Ausdruck der Verlegenheit sein. Offensichtlich war diese Gina Dickens ihm nicht gleichgültig, und wahrscheinlich fragte sie sich, warum man ihm eine Postkarte mit dem Foto einer anderen Frau vorlegte, die er zweifellos kannte.

Barbara wartete darauf, dass Jossie auf Ginas Frage antwortete. Sie tauschte einen kurzen Blick mit Winston aus. Sie waren sich einig, dass sie Jossie ein bisschen schwitzen lassen würden.

»Darf ich?«, fragte Gina, und als Barbara nickte, nahm sie die Postkarte in die Hand. Sie machte keine Bemerkung zu dem Foto, aber sie las die Frage am unteren Rand, drehte die Karte um und sah die Handynummer, die auf der Rückseite notiert war. Wortlos legte sie die Karte wieder auf den Tisch und schenkte allen etwas von dem pinkfarbenen Gebräu ein.

Die Stille schien die Hitze noch zu intensivieren. Schließlich brach Gina das Schweigen. »Ich hatte keine Ahnung…« Sie fasste sich an den Hals. Barbara sah ihre Halsschlagader pulsieren. Es erinnerte sie daran, auf welche Weise Jemima Hastings gestorben war. »Seit wann suchst du sie, Gordon?«, fragte Gina.

Jossie starrte auf die Postkarte. Dann sagte er: »Das ist Monate alt. Ich habe mir einen Stapel davon besorgt… das war… ich weiß nicht. Im April oder so. Da kannte ich dich noch nicht.«

»Wollen Sie es uns erklären?«, fragte Barbara, und Nkata schlug sein Notizheft auf.

»Ist irgendetwas nicht in Ordnung?«, wollte Gina wissen.

Barbara war noch nicht bereit, mehr Informationen als nötig preiszugeben. Auch Winston hielt sich zurück und murmelte lediglich: »Also… Mr. Jossie?«

Gordon Jossie rutschte nervös auf seinem Stuhl herum. Die Geschichte, die er erzählte, war kurz und knapp. Jemima Hastings sei seine Exfreundin; sie habe ihn verlassen, nachdem sie mehr als zwei Jahre zusammengelebt hatten; er habe versucht, sie zu finden. Er habe zufällig in der *Mail on Sunday* Werbung für die Porträtausstellung gesehen, und dieses Foto – er zeigte auf die Karte – sei für die Werbeanzeige benutzt worden. Jemima sei nach London gegangen. Aber in der Galerie habe ihm niemand sagen können, wo sie wohnte, und er habe keine Ahnung gehabt, wie er Kontakt zu der Fotografin aufnehmen konnte. Also habe er die Karten aufgekauft. Vierzig, fünfzig oder sechzig waren es gewesen, er könne sich nicht erinnern, denn sie mussten den Rest aus dem Hinterzimmer holen. Dann habe er sie in Telefonzellen, Schaufenstern und überall dort aufgehängt, wo man sie bemerken würde. Er habe die Karten im Umkreis der Galerie verteilt, bis sie ihm ausgegangen waren. Und dann habe er abgewartet.

»Und? Hatten Sie Glück?«, fragte Havers.

»Es hat sich nie jemand bei mir gemeldet, der etwas über sie wusste.« Und noch einmal sagte er zu Gina: »Das war alles, bevor wir uns kennengelernt haben. Es hat mit uns beiden nichts zu tun. Soweit ich weiß, hat niemand, der sie kennt, die Karten gesehen und eins und eins zusammengezählt. Das Ganze war reine Zeit- und Geldverschwendung. Aber ich musste es einfach versuchen.«

»Sie zu finden, meinst du«, sagte Gina leise.

»Wir hatten so viel Zeit miteinander verbracht«, erwiderte er. »Über zwei Jahre. Ich wollte Klarheit. Aber es ist nicht mehr wichtig.« Jossie wandte sich an Barbara: »Wo haben Sie die überhaupt her? Was hat das alles zu bedeuten?«

Sie antwortete mit einer Gegenfrage: »Würden Sie uns erzählen, warum Jemima Sie verlassen hat?«

»Ich habe keinen blassen Schimmer. Irgendwann hat sie einfach beschlossen, dass es aus war zwischen uns, dass sie nicht mehr wollte. Das hat sie mir eröffnet, und am nächsten Tag war sie weg.«

»Einfach so?«

»Erst dachte ich, sie hätte es seit Wochen geplant. Ich habe sie sofort angerufen. Ich wollte verdammt noch mal wissen, was los war. Wem würde das nicht so gehen nach zwei gemeinsamen Jahren, wenn der andere verkündet, dass es aus ist, und einfach verschwindet, und man hat nichts davon geahnt? Ich hab's immer wieder probiert, aber sie ist nie rangegangen, und sie hat auch nie zurückgerufen. Und dann hat sie ihre Handynummer geändert oder sich ein neues Handy besorgt, was weiß ich, denn auf einmal gingen die Anrufe nicht mehr durch. Ich hab sogar ihren Bruder darauf angesprochen…«

»Ihren Bruder?« Nkata blickte von seinem Notizheft auf, und als Gordon Jossie den Namen des Bruders nannte, Robbie Hastings, schrieb Nkata ihn auf.

»Aber der hat behauptet, er hätte keine Ahnung, was sie vorhat. Ich habe es ihm nicht abgekauft – der konnte mich noch nie ausstehen, der hat sich bestimmt ins Fäustchen gelacht, als Jemima Schluss gemacht hat. Aber rauskriegen konnte ich nichts aus ihm. Irgendwann hab ich's dann aufgegeben. Und dann, vor einem Monat« – mit einem Blick zu Gina, in dem Dankbarkeit lag –, »habe ich Gina kennengelernt.«

»Wann haben Sie Jemima das letzte Mal gesehen?«, fragte Barbara.

»An dem Morgen, als sie mich verlassen hat.«

»Und wann genau war das?«

»Am sechsten November, am Morgen nach Guy Fawkes. Letztes Jahr.« Er trank einen Schluck und wischte sich dann mit dem Arm den Mund ab. »Wollen Sie mir jetzt endlich erklären, was das alles zu bedeuten hat?«

»Ich frage Sie, ob Sie sich in der vergangenen Woche außerhalb von Hampshire aufgehalten haben.«

»Wieso?«

»Würden Sie bitte meine Frage beantworten?«

Jossie lief rot an. »Nein, das werde ich nicht. Was zum Teufel soll das alles? Woher haben Sie diese Postkarte? Ich habe nichts Ungesetzliches getan. Überall in Londoner Telefonzellen hängen solche Postkarten, und die meisten sind verdammt viel zweideutiger als die da.«

»Diese Karte haben wir in Jemimas Zimmer unter ihren Habseligkeiten gefunden«, sagte Barbara. »Ich muss Ihnen leider mitteilen, dass sie tot ist. Sie wurde vor sechs Tagen in London ermordet. Ich frage Sie also noch einmal: Sind Sie in letzter Zeit außerhalb von Hampshire gewesen?«

Barbara kannte den Ausdruck: *Alle Farbe wich ihm aus dem Gesicht.* Aber sie hatte noch nie erlebt, dass es so schnell geschah. Sie nahm an, dass es eine natürliche Eigenheit von Jossie war: Er errötete leicht und erbleichte ebenso schnell.

»O mein Gott«, murmelte Gina Dickens. Sie nahm Jossies Hand.

Bei ihrer Berührung zuckte er zurück. »Was soll das heißen, ermordet?«, fragte er Barbara.

»Gibt es mehr als eine Bedeutung von ›ermordet‹?«, fragte sie. »Haben Sie Hampshire verlassen, Mr. Jossie?«

»Wo ist sie gestorben?«, fragte er stattdessen, und als Barbara nicht antwortete, wandte er sich an Nkata: »Wo ist es passiert? Wie? Wer?«

»Sie wurde an einem Ort namens Abney Park Cemetery ermordet«, sagte Barbara. »Ich frage Sie noch ein letztes Mal, Mr. Jossie …«

»Hier«, sagte er tonlos. »Ich war nicht weg. Ich war hier.«

»Hier zu Hause?«

»Nein. Natürlich nicht. Ich gehe schließlich arbeiten. Ich war …« Er wirkte wie benommen. Entweder das, dachte Barbara, oder er durchforstete verzweifelt sein Gedächtnis, weil er völlig unerwartet ein Alibi benötigte. Er erklärte ihnen, er sei Reetdachdecker und habe die ganze Zeit gearbeitet, so wie immer außer an Wochenenden und manchmal freitagnachmittags. Auf die Frage, ob das jemand bestätigen könne, sagte er, ja, selbstverständlich, er habe einen Lehrling. Er nannte ihnen den Namen – Cliff Coward – und gab ihnen die Telefonnummer. Dann sagte er: »Wie …?«, und leckte sich die Lippen. »Wie ist sie … gestorben?«

»Sie wurde erstochen, Mr. Jossie«, sagte Barbara. »Sie ist verblutet.«

Gina drückte Jossies Hand, sagte jedoch nichts. Aber was hätte sie auch sagen können in ihrer Situation?

Barbara dachte über Ginas Situation nach und fragte sich, wie sicher oder auch wie unsicher sie sich fühlen mochte. Sie fragte: »Und Sie, Miss Dickens? Sind Sie außerhalb von Hampshire gewesen?«

»Nein, natürlich nicht.«

»Und vor sechs Tagen?«

»Ich weiß nicht. Vor sechs Tagen? Ich bin nur in Lymington gewesen. Im Einkaufszentrum … von Lymington.«

»Kann das jemand bestätigen?«

Sie antwortete nicht. Eigentlich hätte jetzt jemand empört ausrufen müssen: »Sie wollen doch nicht etwa andeuten, dass ich etwas damit zu tun habe?«, aber beide schwiegen. Stattdessen sahen sie einander an, und dann sagte Gina: »Ich glaube nicht, dass das jemand bestätigen kann – außer Gordon. Aber warum sollte es jemand bestätigen?«

»Sie haben doch sicher die Kassenbelege von Ihren Einkäufen aufbewahrt, oder?«

»Ich weiß nicht. Ich glaube nicht. Ich meine, das macht man doch normalerweise nicht. Ich kann mal nachsehen, aber ich habe doch nicht damit gerechnet ...« Sie wirkte verängstigt. »Ich kann versuchen, sie zu finden«, sagte sie. »Aber wenn nicht ...«

»Was für ein Unsinn«, sagte Jossie zu Barbara und Winston. »Was soll sie denn getan haben? Soll sie vielleicht ihre Rivalin ausgeschaltet haben? Jemima war keine Rivalin. Es war aus und vorbei zwischen uns.«

»Tja«, sagte Barbara. Sie nickte Winston zu, der sein Notizheft umständlich zuklappte. »Das ist es jetzt wohl tatsächlich zwischen Ihnen und Jemima, nicht wahr? Aus und vorbei.«

Er ging in die Scheune. Er wollte Tess bürsten – was er meist in solchen Momenten tat –, aber trotz allen Rufens und Pfeifens kam die Hündin einfach nicht. Wie ein Idiot stand er an dem Tisch, auf dem er Tess immer bürstete, und schrie mit trockenem Mund: »Tess! Tess! Hierher!«, was natürlich überhaupt nichts fruchtete, weil Tiere eben intuitiv reagierten und Tess genau wusste, dass etwas nicht stimmte.

Aber Gina kam. »Gordon«, sagte sie leise, »warum hast du ihnen nicht die Wahrheit gesagt?« Sie klang ängstlich, und er verfluchte sich selbst wegen dieser Angst in ihrer Stimme.

War doch klar, dass sie fragen würde. Die Frage des Tages. Am liebsten hätte er sich bei ihr dafür bedankt, dass sie den Leuten von Scotland Yard nichts gesagt hatte. Er konnte sich lebhaft vorstellen, wie es auf Gina gewirkt haben musste, dass er die beiden angelogen hatte.

»Du bist doch nach Holland gefahren. Du warst doch da, oder? Um Reet zu kaufen? Da, wo sie das Schilfrohr anpflanzen? Weil das Reet aus der Türkei nichts mehr taugt ... Da warst du doch, oder? Warum hast du ihnen das nicht gesagt?«

Er brachte es nicht fertig, sie anzusehen. Er hörte es in ihrer Stimme und wollte es nicht auch noch in ihrem Gesicht sehen. Aber er musste ihr in die Augen sehen, aus dem einfachen Grund, weil sie Gina war und nicht irgendjemand.

Also schaute er sie an. Was er sah, war nicht Angst, sondern Mitgefühl. Es galt ihm, und diese Erkenntnis machte ihn schwach und hilflos. »Ja«, sagte er.

»Du bist nach Holland gefahren?«

»Ja.«

»Warum hast du ihnen das nicht einfach gesagt? Warum hast du gesagt… Du warst doch gar nicht bei der Arbeit, Gordon.«

»Cliff wird ihnen bestätigen, dass ich auf der Arbeit war.«

»Er wird für dich lügen?«

»Wenn ich ihn darum bitte, ja. Er hat was gegen Polizisten.«

»Aber warum solltest du ihn überhaupt darum bitten? Warum sagst du ihnen nicht einfach die Wahrheit? Gordon, ist irgendwas… Hat es irgendwas…«

Er wünschte sich, sie würde sich ihm nähern, so wie sie es am frühen Morgen getan hatte und dann noch mal unter der Dusche. Auch wenn es Sex und nichts weiter als Sex gewesen war, *bedeutete* es mehr als Sex, und das war es, was er jetzt brauchte. Wie seltsam, dass ihm ausgerechnet in diesem Augenblick klar wurde, was Jemima sich von ihm gewünscht hatte – was sie sich von Sex mit ihm versprochen hatte. Sie hatte gewollt, emporgehoben und davongetragen zu werden. Sie hatte gewollt, dass endlich aufhörte, was nie aufhören konnte, weil es in ihre Seele eingebrannt war und durch keine körperliche Vereinigung befreit werden konnte.

»Gina…« Er legte die Bürste weg. Es war klar, dass die Hündin nicht gehorchen würde, nicht einmal, um sich das Fell bürsten zu lassen, und er kam sich inzwischen bescheuert vor, dass er immer noch auf sie wartete. Sie entgegnete nur: »Sag mir die Wahrheit!«

»Wenn ich ihnen gesagt hätte, dass ich in Holland war, dann hätten sie weitergebohrt.«

»Wie meinst du das?«

»Sie hätten verlangt, dass ich es beweise.«

»Und? Kannst du das nicht? Warum solltest du es nicht beweisen können? Warst du gar nicht in Holland, Gordon?«

»Natürlich war ich da! Aber ich habe die Fahrkarte weggeworfen.«

»Aber so was lässt sich doch nachprüfen. Und du hast doch in einem Hotel übernachtet. Und der Mann, den du aufgesucht hast… der Bauer… oder wer auch immer… der das Schilf anbaut. Er kann doch bestätigen… Du könntest die Polizei anrufen und ihnen die Wahrheit sagen, und damit wäre die Sache erledigt.«

»So war es einfacher.«

»Wieso zum Teufel ist es einfacher, wenn du Cliff bittest, für dich zu lügen? Denn wenn er lügt und wenn die das rausfinden, dann…«

Jetzt wirkte sie tatsächlich ängstlich, aber damit konnte er umgehen. Ängstlichkeit war etwas, das er verstand. Er ging auf sie zu, so wie er es immer bei den Ponys auf der Koppel tat, eine Hand ausgestreckt und die andere gut sichtbar: keine bösen Überraschungen, Gina, nichts zu befürchten. »Kannst du mir vertrauen? Vertraust du mir?«

»Natürlich vertraue ich dir. Warum sollte ich dir nicht vertrauen? Aber ich verstehe nicht…«

Er legte eine Hand auf ihre nackte Schulter. »Du bist mit mir zusammen. Wir sind seit… wie lange? …einem Monat zusammen? Länger? Glaubst du im Ernst, ich hätte Jemima etwas antun können? Ich wäre nach London gefahren, hätte sie ausfindig gemacht und erstochen? Traust du mir das wirklich zu? Hältst du mich für so einen? Einen, der nach London fährt, eine Frau ermordet, obwohl er gar keinen Grund dazu hat, weil sie ihn schon längst verlassen hat, nach Hause kommt und mit der Frau schläft, um die sich seine ganze verdammte Welt dreht? Warum? *Warum?*«

»Ich will dir in die Augen sehen.« Sie nahm ihm die Sonnenbrille ab, die er immer noch trug. Sie legte die Brille auf den Tisch und berührte seine Wange. Ihre Blicke begegneten sich. Er hielt ihrem Blick stand, und endlich wurden ihre Züge weicher. Sie küsste ihn auf die Wange und dann auf die geschlossenen Lider. Dann küsste sie ihn auf den Mund. Ihre Lippen öffneten sich, ihre Hände wanderten zu seinem Hintern, und sie zog ihn an sich.

Nach einer Weile sagte sie atemlos: »Nimm mich gleich hier«, und das tat er.

Sie fanden Robbie Hastings zwischen Vinney Ridge und Anderwood, zwei Rastplätzen auf der Lyndhurst Road zwischen Burley und der A35. Sie hatten ihn unter der Nummer, die Gordon Jossie ihnen gegeben hatte, auf seinem Handy erreicht. »Er erzählt Ihnen garantiert nur Schlechtes über mich«, hatte Jossie gesagt.

Es war nicht einfach gewesen, Jemima Hastings' Bruder ausfindig zu machen, da viele Straßen im New Forest zwar Namen hatten, aber nicht durch Schilder gekennzeichnet waren. Schließlich stießen sie per Zufall auf den entscheidenden Hinweis, als sie an einer Stelle, wo die Straße eine scharfe Kurve machte, an einem Haus hielten, das den Namen Anderwood Cottage trug. Der Besitzer des Cottages versicherte ihnen, sie würden Rob Hastings, wenn sie der Straße weiter folgten, auf einem Weg nach Dames Slough Inclosure antreffen. Hastings sei Wildhüter, erklärte ihnen der Mann, und man hatte ihn gerufen, um einmal mehr »seine traurige Pflicht« zu erfüllen.

Die traurige Pflicht bestand darin, eines der New-Forest-Ponys zu erschießen, das auf der A35 von einem Auto angefahren worden war. Das arme Tier hatte sich offenbar quer über das Heideland geschleppt, ehe es zusammengebrochen war. Als Barbara und Nkata den Wildhüter fanden, hatte er das Pony bereits mit einem Gnadenschuss aus einer .32er Pistole von seinen Qualen erlöst und den Kadaver an den Straßenrand geschafft. Er sprach gerade in sein Handy, und neben ihm saß hellwach ein prächtiger Weimaraner, der so gut erzogen war, dass er nicht nur die Eindringlinge, sondern auch das tote Pony ignorierte, das in der Nähe des Landrover lag.

Nkata parkte so weit wie möglich auf dem Straßenrand. Hastings nickte zum Gruß, als sie sich näherten. Sie hatten am Telefon nur gesagt, dass sie ihn dringend sprechen müssten, und er wirkte sehr ernst. Kaum anzunehmen, dass er hier draußen häufig Anrufe von der Metropolitan Police erhielt.

»Sitz, Frank«, sagte er zu dem Hund und kam auf sie zu. »Sie sollten sich lieber von dem Pony fernhalten. Kein schöner Anblick.« Er warte auf die »New Forest Hounds«, sagte er, und dann: »Ah, da ist er ja«, als ein Pick-up angerumpelt kam. Das tote Pony würde abtransportiert und das Fleisch zu Hundefutter verarbeitet werden, erklärte Robbie Hastings ihnen, während der Wagen in Position gebracht wurde. So hatte die Rücksichtslosigkeit und Dummheit manch eines Autofahrers, der den New Forest für seine private Rennstrecke hielt, wenigstens noch etwas Gutes, fügte er hinzu.

Barbara und Nkata hatten sich darüber verständigt, dass sie Robbie Hastings auf keinen Fall hier am Straßenrand vom Tod seiner Schwester unterrichten würden. Sie hatten damit gerechnet, dass allein ihre Anwesenheit den Mann nervös machen würde, und ihre Vermutung bestätigte sich. Nachdem das Pony aufgeladen war und der Laster von New Forest Hounds mühsam hin und her rangiert hatte, um zurück auf die Straße zu gelangen, wandte Hastings sich ihnen zu und fragte: »Was ist passiert? Es ist etwas Schlimmes. Sonst wären Sie nicht hier.«

Barbara sagte: »Können wir uns irgendwo in Ruhe mit Ihnen unterhalten, Mr. Hastings?«

Hastings tätschelte seinem Hund den seidigen Kopf. »Sie können's mir gleich hier sagen«, erwiderte er. »Hier gibt es nichts, wo man hingehen und sich in Ruhe unterhalten kann, da müssten Sie schon bis nach Burley fahren, und davon würde ich Ihnen abraten, jedenfalls um diese Jahreszeit.«

»Wohnen Sie hier in der Nähe?«

»Hinter Burley.« Er nahm seine Baseballmütze ab. Sein Haar war grau meliert und wäre dicht und kräftig gewesen, wenn er es nicht so extrem kurz geschnitten trüge. Mit einem Taschentuch wischte er sich zuerst den Nacken und dann das Gesicht. Er war hässlich, hatte vorstehende Schneidezähne und ein fliehendes Kinn. Aber in seinen Augen lag etwas zutiefst Menschliches, und sie füllten sich mit Tränen, als er sie ansah. »Sie ist also tot, ja?«, fragte er, und als Barbaras Gesichtsausdruck dies bestätigte, stieß er einen fürchterlichen Schrei aus und wandte sich von ihnen ab.

Barbara und Nkata sahen einander an. Keiner von beiden rührte sich. Dann legte Nkata ihm eine Hand auf die Schulter und sagte: »Es tut uns wirklich leid. Es ist schlimm, wenn jemand so von einem geht.«

Er war selbst erschüttert. Barbara konnte hören, dass sein karibischer Akzent wieder durchkam. »Ich fahre Sie nach Hause. Meine Kollegin kann uns in meinem Wagen folgen. Sagen Sie mir einfach, wo's langgeht, wir bringen Sie schon hin. Hat ja keinen Zweck, dass Sie noch länger hier draußen bleiben.«

»Ich kann selber fahren«, entgegnete Hastings.

»Kommt überhaupt nicht infrage.« Nkata gab Barbara ein Zeichen, und sie beeilte sich, die Beifahrertür des Landrover zu öffnen. Auf dem Sitz lagen eine Schrotflinte und die Pistole, mit der Hastings das Pony erschossen hatte. Sie schob beides unter den Sitz, und dann half sie Nkata, Hastings in den Wagen zu bugsieren. Sein Hund sprang hinterher: ein eleganter Satz, und Frank schmiegte sich auf die stille Art an sein Herrchen, mit der Hunde Trost zu spenden wissen.

Sie bildeten eine traurige, kleine Prozession. Sie fuhren nicht zurück in die Richtung, aus der sie gekommen waren, sondern folgten der Straße durch einen Wald aus Eichen und Kastanien, deren ausladende Kronen ein grünes Dach bildeten. Als sie wieder auf die Lyndhurst Road stießen, breitete sich zu einer Seite Grasland und zur anderen wild bewachsenes Heideland aus. Überall grasten Ponyherden, und die Tiere überquerten die Straße, wie es ihnen beliebte.

In Burley angekommen, begriffen sie schnell, warum Hastings gemeint hatte, es gebe dort keinen Ort, wo man sich in Ruhe unterhalten könne. Es wimmelte nur so von Urlaubern, die sich offenbar die Ponys und Kühe zum Vorbild nahmen und im hellen Sonnenlicht überall herumspazierten, wo es ihnen gefiel.

Hastings wohnte auf der anderen Seite des Dorfs am oberen Ende einer Straße namens Honey Lane. Sie war tatsächlich mit einem Schild gekennzeichnet, fiel Barbara auf. Als sie auf das Grundstück einbogen, sah sie, dass es sich um eine Art Bauernhof mit mehreren Nebengebäuden und Koppeln handelte. Auf einer Koppel grasten zwei Pferde.

Die Tür, durch die sie das Haus betraten, führte direkt in die Küche. Barbara nahm den elektrischen Wasserkocher vom Abtropfgestell, füllte ihn und schaltete ihn ein, dann nahm sie drei Henkeltassen aus dem Schrank und hängte Teebeutel hinein. Manchmal war das verdammte Nationalgetränk die einzige Möglichkeit, Mitgefühl zu zeigen.

Nkata führte Hastings an einen alten Resopaltisch, wo der Wildhüter seine Mütze abnahm und sich mit seinem Taschentuch die Nase schnäuzte. Er schob es zusammengeknüllt einfach von sich weg. »Tut mir leid«, sagte er, aber seine Augen füllten sich erneut mit Tränen. »Als sie auf meine Anrufe an ihrem Geburtstag nicht reagiert hat, hätte ich es wissen müssen. Und als sie auch am nächsten Tag nicht angerufen hat. Sie hat immer zurückgerufen. Meistens nach spätestens einer Stunde. Als sie das nicht getan hat, habe ich mir eingeredet, sie wäre einfach zu beschäftigt. Hätte zu viel um die Ohren, wissen Sie.«

»Sind Sie verheiratet, Mr. Hastings?« Barbara stellte die Tassen auf den Tisch und dazu eine zerbeulte Blechdose mit Zucker, die sie auf einem Regal zwischen zwei gleich aussehenden Dosen mit Mehl und Kaffee gefunden hatte. Es war eine altmodische Küche mit altmodischer Einrichtung, angefangen bei den Geräten bis hin zu den Gegenständen auf den Regalen und in den Schränken. Sie war über die Jahre liebevoll erhalten und gepflegt und nicht künstlich auf alt getrimmt worden.

»Kaum anzunehmen«, lautete Hastings' Antwort auf ihre Frage. Es klang wie eine resignierte und trübsinnige Bemerkung zu seinem unvorteilhaften Aussehen.

Wie traurig, dachte Barbara, sich so in sein vermeintliches Schicksal zu fügen. »Hm. Wir müssen uns mit allen in Hampshire unterhalten, die Jemima gekannt haben. Wir hoffen, dass Sie uns dabei helfen können.«

»Warum?«, fragte er.

»Wegen der Art und Weise, wie sie gestorben ist, Mr. Hastings.«

In diesem Augenblick schien Hastings etwas zu begreifen, das er bis dahin noch gar nicht in Betracht gezogen hatte, trotz der Tatsache, dass ihn zwei Vertreter der Metropolitan Police aufgesucht hatten. »Ihr Tod… Jemimas Tod…«

»Wir müssen Ihnen leider mitteilen, dass sie vor sechs Tagen ermordet wurde.« Barbara erläuterte die Umstände, nicht *wie* sie ermordet wurde, sondern *wo* man ihren Leichnam gefunden hatte. Und auch in diesem Punkt beließ sie es bei einer allgemeinen Information, indem sie den Friedhof nannte, aber nicht, wo sich dieser befand, und auch nicht, wo genau die Tote gelegen hatte. Zum Schluss fügte sie hinzu: »Wir werden also alle vernehmen müssen, die sie gekannt haben.«

»Jossie.« Hastings wirkte wie benommen. »Sie hat ihn verlassen. Das hat ihm nicht gefallen. Sie hat mir erzählt, dass er sich nicht damit abfinden wollte. Er hat sie immer wieder angerufen und sie einfach nicht in Ruhe gelassen.« Dann hob er eine Faust an die Augen und weinte wie ein Kind.

Der Wasserkocher schaltete sich ab, und Barbara füllte die Tassen, dann nahm sie eine Tüte Milch aus dem Kühlschrank. Ein ordentlicher Schluck Whisky hätte dem armen Mann besser getan, aber sie wollte nicht in seinen Küchenschränken kramen, also musste der Tee herhalten, trotz der großen Hitze. Wenigstens war es im Haus einigermaßen kühl dank der dicken Lehmwände, die außen unverputzt und weiß gekalkt und in der Küche hellgelb gestrichen waren.

Die Anwesenheit des Weimaraners schien Hastings schließlich zu trösten. Der Hund hatte seinen Kopf auf Hastings' Oberschenkel gelegt, und sein tiefes, lang gezogenes Winseln brachte sein Herrchen wieder zur Besinnung. Robbie Hastings wischte sich die Augen und schnäuzte sich erneut. »*Aye*, Frank.« Er legte dem Hund eine Hand auf den Kopf, beugte sich hinunter und drückte seine Lippen auf die Stirn des Tiers. Als er sich wieder aufrichtete, sah er weder Barbara noch Nkata an, sondern starrte in seine Teetasse.

Vielleicht, weil er ahnte, was für Fragen sie ihm stellen würden, begann er zu sprechen, erst zögernd, dann bestimmter. Nkata, der neben ihm saß, zückte sein Notizheft.

Bei Longslade Bottom, erzählte Hastings, gebe es eine große Wiese, wo die Leute hingingen, um ihre Hunde frei laufen zu lassen. Vor ein paar Jahren sei er mit seinem Hund dort gewesen, und Jemima habe ihn begleitet. Bei der Gelegenheit habe sie Gordon Jossie kennengelernt. Das sei etwa drei Jahre her.

»Er war noch ziemlich neu hier in der Gegend«, sagte Hastings. »Hatte bei einem Dachdeckermeister irgendwo in der Nähe von Itchen Abbas aufgehört; Heath heißt der Mann. Er war hierher gezogen, um sich selbstständig zu machen. Der Typ hat nicht viel geredet, aber Jemima war sofort hin und weg. War ja auch nicht anders zu erwarten, wo sie gerade ohne war.«

Barbara runzelte die Stirn. »Ohne?«

»Ohne Mann«, stellte er klar. »Jemima hat es nie lange ohne Mann ausgehalten. Seit sie … ich weiß nicht … zwölf war oder dreizehn … Sie war immer hinter den Jungs her. Ich hab mir immer gesagt, dass es daran lag, wie unser Vater gestorben ist und unsere Mutter auch. Sind bei einem Autounfall ums Leben gekommen, alle beide. Ich glaube, deswegen brauchte sie immer jemanden, der an ihrer Seite war.«

»Außer Ihnen«, bemerkte Nkata.

»Na ja, ich schätze, Jemima brauchte jemanden für sich ganz allein. Sehen Sie, ich war ihr Bruder. Dass ihr Bruder sie liebte, war überhaupt nichts Besonderes, weil das ja normal ist.« Hastings zog seine Tasse zu sich heran. Etwas Tee schwappte auf den Tisch. Er wischte die Flüssigkeit mit der Hand weg.

»War sie promiskuitiv?«, fragte Barbara und fügte hinzu, als der Wildhüter scharf aufblickte: »Tut mir leid, aber wir müssen das fragen. Und es spielt keine Rolle, Mr. Hastings, nur insoweit, als es etwas mit ihrem Tod zu tun haben könnte.«

Er schüttelte den Kopf. »Für sie ist es immer um Liebe gegangen. Klar, sie hat sich auf den einen oder anderen eingelassen, wenn Sie verstehen, was ich meine. Aber nur, wenn sie das Gefühl hatte, dass der Typ in sie verliebt war. ›Wahnsinnig verliebt‹, hat sie das immer genannt. ›Wir sind wahnsinnig verliebt, Rob.‹ Typische Mädchenschwärmerei, wenn Sie mich fragen. Na ja … mehr oder weniger.«

»Mehr oder weniger?«, fragten Barbara und Nkata wie aus einem Mund.

Hastings wirkte nachdenklich, als betrachtete er seine Schwester plötzlich in einem neuen Licht. Dann sagte er langsam: »Sie hat ziemlich geklammert, würde ich sagen. Kann sein, dass sie deswegen keinen von den Jungs halten konnte. Ich glaube, sie hat zu viel von ihnen erwartet, und das … na ja, das hat dann immer dazu geführt, dass es irgendwann vorbei war. Ich hab mich nicht besonders klug angestellt, aber ich hab versucht, es ihr zu erklären: dass Männer es nicht leiden können, wenn eine Frau sich so an sie klammert. Aber ich nehme mal an, dass sie sich allein fühlte in der Welt, wegen unserer Eltern, auch wenn sie nicht allein war, überhaupt nicht, jedenfalls nicht so, wie man meinen könnte. Aber weil sie sich nun mal allein *fühlte*, musste sie gegen dieses Alleinsein … ankämpfen. Sie wollte …« Er runzelte die Stirn und schien zu überlegen, wie er seinen Gedanken formulieren sollte. »Es war beinahe, als versuchte sie, den Männern unter die Haut zu kriechen, um eins zu sein mit ihnen.«

»Eine Art Würgegriff?«, fragte Barbara.

»Das war nicht ihre Absicht, nie. Aber ich nehm an, dass es etwa so gewesen ist. Und wenn ein Mann ein bisschen Freiraum wollte, dann konnte Jemima nicht damit umgehen. Dann hat sie noch mehr geklammert. Wahrscheinlich hatten die Männer das Gefühl, keine Luft mehr zu kriegen, und dann haben sie ihr den Laufpass gegeben. Sie hat jedes Mal geweint, bis sie zu dem Schluss kam, dass der Typ nicht der Richtige gewesen war. Und dann hat sie sich den Nächsten gesucht.«

»Aber bei Gordon Jossie war es nicht so?«

»Dass sie ihm die Luft genommen hat?« Er schüttelte den Kopf. »Bei dem konnte sie klammern, so viel sie wollte. Es schien ihm zu gefallen.«

»Wie standen Sie ihm gegenüber?«, fragte Barbara. »Was hielten Sie von der Verbindung?«

»Ich *wollte* ihn mögen, weil er sie so glücklich gemacht hat, wie ein Mensch einen anderen nur glücklich machen kann, wissen Sie. Aber irgendetwas an ihm gefiel mir einfach nicht. Er war anders als die Männer hier aus der Gegend. Ich hab ihr so gewünscht, dass sie einen findet, dass sie heiratet und Kinder kriegt, weil sie sich doch so danach gesehnt hat. Aber ich konnte mir nicht vorstellen, dass das mit Jossie gehen würde. Das hab ich ihr nicht gesagt, wohlgemerkt. Hätte sowieso nichts genützt.«

»Warum nicht?«, fragte Nkata. Barbara fiel auf, dass er seinen Tee nicht angerührt hatte, aber Winston war noch nie ein großer Teetrinker gewesen. Er stand eher auf Lagerbier, allerdings in geringen Mengen. Winston war beinahe so enthaltsam wie ein Mönch: kaum Alkohol, keine Zigaretten. Sein Körper war ein Tempel der Reinheit.

»Also, wenn sie erst mal ›wahnsinnig verliebt‹ war, dann war alles zu spät. Da war nichts mehr zu machen. Außerdem hab ich mir keine großen Gedanken darüber gemacht, weil damit zu rechnen war, dass Jemima ihn genauso schnell wieder ablegen würde wie all die anderen. In ein paar Monaten, dachte ich, wäre alles vorbei und sie wieder auf der Suche nach einem Neuen. Aber so ist es nicht gelaufen. Es hat nicht lange gedauert, und sie hat ganze Nächte bei ihm verbracht. Dann haben sie dieses Haus an der Paul's Lane gefunden und sind zusammengezogen. Da konnte ich ja wohl nichts sagen. Ich hab nur noch aufs Beste gehofft. Und eine Zeit lang sah es ja auch so aus, als wäre alles in Butter. Jemima wirkte richtig glücklich. Sie hat drüben in Ringwood einen kleinen Laden aufgemacht, wo sie ihre Törtchen verkauft hat. Und er hat seinen Dachdeckerbetrieb aufgebaut. Es sah wirklich so aus, als kämen sie gut miteinander zurecht.«

»Törtchen?«, fragte Nkata. »Wie hieß denn der Laden?«

»*Cupcake Queen*. Klingt ziemlich albern, was? Aber Jemima war eine gute Köchin, und sie hatte ein Händchen fürs Kuchenbacken. Sie hatte jede Menge Kunden, die bei ihr Törtchen kauften: schön verziert und alles. Sie bestellten sie für besondere Anlässe, Geburtstagspartys, Hochzeitstage, Familientreffen. Irgendwann hat sie sich ein Herz gefasst und in Ringwood diesen Laden aufgemacht, und es lief richtig gut. Aber dann war plötzlich alles vorbei, weil sie mit Jossie Schluss gemacht hat und weggezogen ist.«

Während Nkata sich das notierte, sagte Barbara: »Gordon Jossie behauptet, er hat keine Ahnung, warum Jemima ihn verlassen hat.«

Hastings schnaubte verächtlich. »Mir hat er erzählt, sie hätte wahrscheinlich einen anderen kennengelernt und ihn deswegen sitzen lassen.«

»Und was hat sie Ihnen erzählt?«

»Dass sie Zeit zum Nachdenken brauchte.«

»Mehr nicht?«

»Nein, mehr nicht. Das hat sie gesagt. Sie brauchte Zeit zum Nachdenken.« Hastings rieb sich das Gesicht. »Das fand ich gar keine schlechte Idee, wissen Sie? Dass sie weg wollte. Ich dachte, sie hätte eingesehen, dass es besser wäre, nichts zu überstürzen mit Jossie. Dass es besser wäre, sich erst einmal über sich selbst klar zu werden, ehe sie sich fest an einen Mann bindet. Das war eine gute Idee, fand ich.«

»Aber mehr als das hat sie nicht angedeutet?«

»Nein, nur dass sie nachdenken wollte. Sie hat regelmäßig

Kontakt gehalten. Hat sich ein neues Handy besorgt und mir erklärt, dass sie ein neues brauchte, weil Gordon sie dauernd angerufen hat, aber ich hab nicht darüber nachgedacht, was das bedeuten könnte, wissen Sie. Nur, dass er sie zurückhaben wollte. Na ja, und das wollte ich ja auch.«

»Ach ja?«

»Ja, verdammt. Sie ist… Sie ist alles, was mir an Familie geblieben ist. Ich wollte, dass sie wieder nach Hause kommt.«

»Sie meinen hierher?«, fragte Barbara.

»Einfach nach Hause. Egal wo. Hauptsache, sie kam wieder zurück.«

Barbara nickte und bat Hastings, ihnen so gut er konnte eine Liste von Jemimas Freunden und Bekannten aus der Gegend zusammenzustellen. Außerdem erklärte sie ihm, dass sie – leider – auch wissen müssten, wo er sich an dem Tag aufgehalten hatte, als seine Schwester gestorben war. Zum Schluss fragte sie ihn noch, was er über Jemimas Aktivitäten in London wisse. So gut wie gar nichts, erwiderte er, außer dass sie »dort einen Neuen gefunden hatte, einen Typen, in den sie wie üblich ›wahnsinnig verliebt‹« gewesen sei.

»Hat sie Ihnen seinen Namen genannt?«

»Nichts zu machen. Sie hat gemeint, es wär alles noch ganz frisch, diese neue Beziehung, und sie wollte nicht, dass irgendetwas schiefging. Sie hat nur gesagt, dass sie überglücklich wäre und dass sie endlich den Richtigen gefunden hätte. Na ja, das hatte sie schon öfter behauptet. Eigentlich jedes Mal. Also hab ich da nichts weiter drauf gegeben.«

»Das ist alles? Mehr wissen Sie nicht?«

Hastings überlegte. Frank stieß einen tiefen Seufzer aus. Er hatte sich auf den Boden gelegt, aber als Hastings begann, unruhig auf seinem Stuhl hin und her zu rutschen, sprang der Hund sofort auf, bereit, ihm beizustehen. Hastings lächelte den Hund an und zog ihn liebevoll am Ohr. »Sie hatte angefangen, Schlittschuhlaufen zu lernen. Weiß der Himmel, warum, aber so war sie nun mal. Es gab da so ein Eisstadion, das nach der

Queen oder sonst irgendeinem Mitglied der königlichen Familie benannt war. Vielleicht war's auch der Prince of Wales, und …« Er schüttelte den Kopf. »Ich nehm an, es war ihr Schlittschuhlehrer. Das würde jedenfalls zu ihr passen. Ein Typ, der ihr den Arm um die Taille legt und mit ihr über die Eisbahn schwebt. In so einen würde sie sich sofort verknallen. In solchen Gesten hat sie immer gleich eine tiefere Bedeutung gesehen, auch wenn's nur hieß, dass der Typ sie auf den Beinen halten wollte.«

»War das typisch für sie?«, fragte Nkata. »Dinge falsch zu verstehen?«

»Sie hat immer alles gleich für Liebe gehalten, auch wenn's nichts damit zu tun hatte«, sagte Hastings.

Nachdem die beiden Polizisten sich verabschiedet hatten, ging Robbie nach oben. Er wollte sich den Geruch nach totem Pony abduschen. Und er brauchte einen Ort zum Weinen.

Wie wenig die Polizisten ihm erzählt hatten, dachte er. Sie war auf irgendeinem Friedhof von London tot aufgefunden worden, mehr nicht. Und wie wenig er sie gefragt hatte. Er hatte weder gefragt, wie sie gestorben war, noch, wo genau auf dem Friedhof, nicht einmal, wann genau. Oder wer sie gefunden hatte. Oder was sie bisher herausgefunden hatten. Als ihm das bewusst wurde, schämte er sich zutiefst. Und er weinte darüber und über den unermesslichen Verlust seiner kleinen Schwester. Solange er Jemima gehabt hatte, dachte er, war er nie wirklich allein gewesen, egal wo sie sich gerade aufhielt. Jetzt kam es ihm so vor, als sei sein Leben vorbei. Er konnte sich nicht vorstellen, wie er ohne sie zurechtkommen sollte.

Aber mehr Trauer gestand er sich nicht zu. Er musste sich zusammenreißen. Es gab Dinge zu erledigen.

Er trat aus der Dusche, zog sich an und ging zu seinem Landrover. Frank sprang auf den Beifahrersitz, und gemeinsam fuhren sie in Richtung Westen nach Ringwood. Es war eine langsame Fahrt über Land, die ihm Zeit zum Nachdenken gab. Er dachte an Jemima und daran, was sie ihm in den vielen Gesprächen erzählt hatte, seit sie nach London gegangen war. Er versuchte, sich zu erinnern, ob sie irgendetwas gesagt hatte, was ein Hinweis darauf gewesen sein könnte, dass sie dem Tod entgegengegangen war.

Es konnte ein Zufallsmord gewesen sein, aber das kam ihm unwahrscheinlich vor. Nicht nur wäre ihm die Vorstellung unerträglich, dass seine Schwester von jemandem ermordet worden sein könnte, der sie zufällig gesehen und sich gesagt hatte, dass sie das perfekte Opfer für einen dieser perversen Lustmorde war, wie sie heutzutage fast an der Tagesordnung zu sein schienen. Dagegen sprach auch der Ort, an dem man sie gefunden hatte. Die Jemima, die er kannte, ging nicht auf Friedhöfe. An den Tod erinnert zu werden, war das Letzte, was sie wollte. Sie hatte nie Todesanzeigen gelesen, sie hatte sich keinen Film angesehen, in dem einer der Hauptdarsteller am Ende starb, sie hatte Bücher gemieden, die kein Happy End hatten, und sie hatte die Zeitung sofort umgedreht, wenn auf der Titelseite vom Tod die Rede war, was häufig geschah. Wenn sie also freiwillig einen Friedhof aufgesucht hatte, dann musste sie einen Grund dafür gehabt haben. Und wenn er über Jemimas Leben nachdachte, gelangte er zu einem Schluss, den er lieber nicht in Erwägung ziehen wollte.

Ein Rendezvous. Der Kerl, in den sie sich zuletzt verliebt hatte, war wahrscheinlich verheiratet gewesen. Das hätte Jemima nicht abgeschreckt. Verheiratet oder ledig, in einer festen Beziehung oder Single, solche feinen Unterschiede hatten für Jemima keine Rolle gespielt. Liebe – oder das, was sie darunter verstand – hatte alles andere überwogen. Was auch immer sich zwischen ihr und dem Mann abgespielt hatte, sie hätte es für Liebe gehalten. Sie hätte es Liebe genannt, und sie hätte geglaubt, dass es sich so entwickeln würde, wie es die Liebe ihrer Meinung nach natürlicherweise tat: Zwei Menschen entdeckten auf wundersame Weise ihre Seelenverwandtschaft – noch so ein bescheuertes Wort, das sie dauernd im Mund geführt hatte –

und gingen fortan Hand in Hand durchs Leben bis ans Ende ihrer Tage. Wenn es nicht so ablief, fing sie an zu klammern und zu fordern. Und dann?, fragte sich Robbie. Was dann, Jemima?

Am liebsten würde er Gordon Jossie die Schuld an dem geben, was Jemima zugestoßen war. Er wusste, dass Jossie sie gesucht hatte. Jemima hatte es ihm selbst gesagt, allerdings nicht, *woher* sie es gewusst hatte. Deswegen hatte er angenommen, dass sie es sich eingebildet hatte. Aber wenn Gordon Jossie sie tatsächlich gesucht und falls er sie gefunden hatte, war es gut möglich, dass er nach London gefahren war …

Die Frage war nur: Warum? Jossie hatte inzwischen eine neue Freundin. Und Jemima hatte ebenfalls einen Neuen, wenn man ihren Worten glauben konnte. Also, was war der Grund? Missgunst? So etwas war schon vorgekommen. Ein Kerl wird sitzen gelassen, sucht sich eine Neue und kann die andere trotzdem nicht vergessen. Er kommt zu dem Schluss, dass er seine Verflossene töten muss, um sie vergessen und mit ihrer Nachfolgerin ein neues Leben anfangen zu können. Jemima war die erste Frau in Jossies Leben gewesen, wie er selbst behauptet hatte, und das, obwohl er nicht mehr der Jüngste war. Und die erste Enttäuschung in der Liebe war immer die schlimmste.

Die Augen ständig hinter einer dunklen Sonnenbrille verborgen, dachte Robbie. Und so wortkarg. Jossie arbeitete hart, aber was hatte das schon zu bedeuten? Die Fähigkeit, sich ganz auf eine Sache zu konzentrieren – den Aufbau seines Betriebs –, konnte er schließlich auch auf etwas anderes anwenden.

All diese Gedanken gingen Robbie auf dem Weg nach Ringwood durch den Kopf. Er nahm sich vor, Jossie zur Rede zu stellen, aber jetzt war nicht der richtige Zeitpunkt. Er wollte ihn allein erwischen, ohne Jemimas Nachfolgerin an seiner Seite.

Die Verkehrsführung in Ringwood war kompliziert. Robbie kam aus der Richtung Hightown Hill. Das zwang ihn, an Jemimas ehemaligem Laden vorbeizufahren. Er konnte den Anblick nicht ertragen und sah in die andere Richtung. Er parkte den Landrover in der Nähe der Pfarrkirche St. Peter and Paul, die sich oberhalb des Marktplatzes, umgeben von uralten Grabsteinen, auf einem Hügel erhob. Vom Parkplatz aus konnte Robbie das konstante Dröhnen des Verkehrs hören und sogar die Abgase der Lastwagen riechen, die über die Umgehungsstraße donnerten. Er sah die bunten Blumen auf dem Kirchhof und die makellos sauberen Fassaden der georgianischen Häuser entlang der High Street, wo über einem Laden namens *Food for Thought* die Büroräume der Firma *Gerber & Hudson Graphic Design* untergebracht waren. Er befahl Frank, an der Tür zu warten, und ging hinauf.

Meredith Powell saß an ihrem Computer und entwarf gerade ein Poster für ein Kindertanzstudio in der Stadt. Sie war nicht besonders begeistert von ihrem Job, das wusste Robbie. Aber im Gegensatz zu Jemima war Meredith absolut realistisch, und solange sie als alleinerziehende Mutter aus finanziellen Gründen gezwungen war, mit ihrer Tochter im Haus ihrer Eltern zu leben, war sie sich darüber im Klaren, dass ihr Traum, als Textildesignerin zu arbeiten, sich nicht so bald verwirklichen lassen würde.

Als Meredith Robbie sah, stand sie auf. Sie trug einen Kaftan in bunten Sommerfarben: Zitronengelb mit violetten Einschüssen. Selbst Robbie sah, dass die Farben überhaupt nicht zu ihr passten. Sie war genauso ungeschickt und verschroben wie er. Die Erkenntnis erfüllte ihn ganz plötzlich mit einer Zuneigung, die ihn verlegen machte.

»Hast du einen Moment Zeit, Merry?«, fragte er, und Meredith schien etwas an seinem Gesichtsausdruck abzulesen. Sie ging zu einer Bürotür, streckte den Kopf hinein und redete kurz mit jemandem. Dann kam sie zu ihm. Gemeinsam gingen sie nach unten auf die High Street. Die Kirche, dachte Robbie, wäre der geeignete Ort, es ihr zu sagen, oder vielleicht auch der Friedhof.

»Frank, alter Junge«, begrüßte Meredith den Hund, der freudig mit dem Schwanz wedelte und ihnen die Straße entlang folgte. Meredith sah Robbie an. »Du siehst aus … Ist etwas passiert, Rob? Hast du von ihr gehört?«, worauf er mit Ja antwortete. In gewisser Weise stimmte es sogar. Wenn auch nicht *von* ihr, aber *über* sie. Das Ergebnis war allerdings dasselbe.

Sie stiegen die Stufen zum Friedhof hoch, aber dort war es zu heiß, dachte Robbie. Die Sonne brannte gnadenlos vom Himmel, und kein Lüftchen regte sich. Unter einer Bank fand er ein schattiges Plätzchen für Frank und führte Meredith in die Kirche. »Was ist los?«, fragte sie. »Es ist etwas Schlimmes, das sehe ich dir an. Was ist passiert?«

Sie weinte nicht, als er es ihr sagte. Sie ging zu einer der alten Kirchenbänke. Aber anstatt ein rotes Lederkissen vom Haken zu nehmen und niederzuknien, setzte sie sich. Sie faltete die Hände im Schoß, und als er sich neben sie setzte, sah sie ihn an.

»Es tut mir so schrecklich leid, Rob«, murmelte sie. »Es muss furchtbar für dich sein. Ich weiß, was sie dir bedeutet. Ich weiß, dass sie … dass sie dein Ein und Alles war.«

Er schüttelte den Kopf. Er brachte kein Wort heraus. In der Kirche war es kühl, trotzdem schwitzte er. Er wunderte sich, als Meredith neben ihm zu zittern begann.

»Warum ist sie fortgegangen?« Ihre Stimme klang gequält. Aber Robbie wusste, dass ihre Frage eine Version der universellen Warum-Fragen war: Warum passieren schlimme Dinge? Warum treffen Menschen unbegreifliche Entscheidungen? Warum gibt es das Böse? »Mein Gott, Rob. Warum ist sie nur fortgegangen? Sie hat den New Forest doch so geliebt. Sie ist nie eine Stadtpflanze gewesen. In Winchester hat sie es kaum ausgehalten, als sie dort studiert hat.«

»Sie hat gesagt …«

»Ich weiß, was sie gesagt hat. Du hast es mir erzählt. Und er auch.« Einen Moment lang schwieg sie nachdenklich. Dann sagte sie: »Daran ist er schuld, nicht wahr? Daran ist Gordon schuld. Vielleicht nicht an dem Mord selbst, aber er hat irgendetwas damit zu tun. Auf eine Weise, die wir bloß noch nicht sehen oder verstehen. Irgendwie.«

Und dann brach sie doch in Tränen aus, nahm sich ein Kissen vom Haken und sank auf die Knie. Robbie dachte, sie wollte beten, aber stattdessen redete sie. Sie sprach mit ihm, betrachtete jedoch die geschnitzten Engel auf den Altarretabeln, die ihre Schilde hochhielten. Die Schilde waren jeweils mit einem Vierpass dekoriert, in denen die Passionswerkzeuge abgebildet waren. Interessant, dachte Rob hilflos, dass sie nichts mit Verteidigungswerkzeug gemein hatten.

Meredith erzählte ihm, dass sie sich nach Gordons neuer Freundin Gina Dickens erkundigt hatte, nach der Arbeit, die sie angeblich nach Hampshire geführt hatte. Sie hatte herausgefunden, dass es überhaupt kein Programm für gefährdete Mädchen gab. Meredith klang verbittert, als sie das sagte. Kein Programm am College in Brockenhurst, kein Programm, das von der Bezirksverwaltung gefördert wurde, kein Programm weit und breit.

»Sie lügt«, sagte Meredith. »Sie kennt Gordon schon lange, glaub's mir. Sie wollte ihn haben und er sie. Es hat ihnen nicht gereicht, in einem Hotel oder wo auch immer miteinander ins Bett zu gehen« – sie sagte es mit der Verbitterung einer Frau, die genau das getan hatte –, »ohne dass jemand davon erfuhr. Sie wollte mehr. Sie wollte alles. Aber solange Jemima da war, konnte sie nicht alles haben. Also hat sie dafür gesorgt, dass er Jemima rausgeekelt hat. Sie ist nicht die, die sie vorgibt zu sein, Rob.«

Robbie wusste nicht, wie er darauf reagieren sollte. Es kam ihm allzu weit hergeholt vor. Er fragte sich, welchen Grund Meredith in Wirklichkeit gehabt hatte, sich über Gina Dickens zu erkundigen und darüber, was sie in Hampshire zu suchen hatte. Meredith neigte dazu, Leute abzulehnen, die sie nicht verstand, und das hatte über die Jahre mehr als einmal die Freundschaft zwischen ihr und Jemima belastet, weil Meredith nicht begreifen konnte, warum Jemima es ganz im Gegensatz zu ihr ohne Mann einfach nicht aushielt. Meredith war nicht ständig auf der Jagd nach einem Mann, und deshalb sollte Jemima es auch nicht sein.

Aber in diesem speziellen Fall steckte mehr dahinter, und

Robbie glaubte zu wissen, was es war: Wenn Gina hinter Gordon her gewesen war und ihn dazu hatte anstiften wollen, Jemima aus seinem Leben zu entfernen, damit sie ihn für sich haben konnte, dann hatte Gordon für Gina das getan, was Merediths Liebhaber damals in London für sie nicht getan hatte, obwohl sie sogar von ihm schwanger gewesen war. Gordon hatte Jemima aus dem Haus gejagt und damit Gina die Tür in sein Leben geöffnet. Jetzt war sie nicht mehr seine heimliche Geliebte, sondern seine offizielle Lebensgefährtin. Das würde Meredith natürlich schmerzen. Sie war schließlich nicht aus Stein.

»Die Polizei war bei Gordon«, sagte Robbie. »Ich nehm an, die haben auch mit ihr geredet. Mit Gina. Sie haben mich gefragt, wo ich war, als Jemima … als es passiert ist und …«

Meredith fuhr herum. »Das haben sie nicht!«

»Doch. Das müssen sie. Also haben sie auch ihn gefragt und sie wahrscheinlich auch. Und wenn nicht, dann werden sie es noch tun. Die kommen bestimmt auch zu dir.«

»Zu mir? Warum denn?«

»Weil du ihre Freundin warst. Sie wollten von mir die Namen von allen Leuten haben, die ihnen vielleicht etwas sagen können. Irgendetwas. Deswegen sind sie hier.«

»Um uns zu verdächtigen? Dich? Mich?«

»Nein, nein! Um alles über sie rauszufinden. Und das bedeutet …« Er zögerte.

Sie legte den Kopf schief. Ihr Haar berührte ihre Schulter. Er sah, dass ihre Haut an den Stellen, die ihr Kaftan nicht bedeckte, genauso sommersprossig war wie ihr Gesicht. Er musste daran denken, wie Meredith und seine Schwester sich als Teenager über ihre Sommersprossen aufgeregt und alle möglichen Kosmetikprodukte ausprobiert und mit Schminke herumexperimentiert hatten wie alle Mädchen in dem Alter. Er wunderte sich, wie genau er sich daran erinnerte.

»Ach, Merry«, sagte er. Weiter kam er nicht. Er wollte nicht vor ihr weinen. Es kam ihm schwach und hilflos vor. Ganz plötzlich und blöd und selbstsüchtig musste er daran denken, wie verflucht hässlich er war und dass er, wenn er weinte, Jemimas Freundin noch hässlicher erscheinen würde, was eigentlich nie eine Rolle gespielt hatte und jetzt auf einmal wichtig war, weil er Trost brauchte. Und er dachte, dass es für hässliche Männer wie ihn keinen Trost gab, nie gegeben hatte und nie geben würde.

Sie sagte: »Ich hätte die ganze Zeit mit ihr in Kontakt bleiben müssen, Robbie. Wenn ich das getan hätte, wäre sie vielleicht nicht fortgegangen.«

»Das darfst du nicht denken«, sagte er. »Es ist nicht deine Schuld. Du warst ihre Freundin, und ihr beide hattet einfach eine Pechsträhne. So was kommt vor.«

»Es war mehr als eine Pechsträhne. Es war… Ich wollte, dass sie mir zuhört, Rob, ich wollte, dass sie ausnahmsweise mal auf mich hört. Aber über manche Dinge konnte man einfach nicht mit ihr reden, zum Beispiel über Gordon. Als wir uns gestritten haben, da ging sie schon mit ihm ins Bett, und wenn sie erst mal mit einem Typen ins Bett ging…«

Er packte sie am Arm, um ihr Einhalt zu gebieten. Am liebsten hätte er geschrien, aber er wollte und musste den Impuls unterdrücken. Er konnte sie nicht ansehen, deswegen schaute er die bunten Fenster hinter dem Altar an und dachte, wahrscheinlich stammten sie aus viktorianischer Zeit, denn die Kirche war doch neu errichtet worden, und da stand Jesus und sagte: »Ich bin es, fürchte dich nicht«, und dort war Petrus und dort der Gute Hirte, und da, ja, da war Jesus mit den Kindern, und er ließ die kleinen Kinder zu sich kommen, und genau das war das Problem, oder nicht? Dass die kleinen Kinder mit ihren Sorgen nicht geduldet wurden. War das nicht das eigentliche Problem, wenn man alles andere einmal beiseiteließ?

Meredith schwieg. Er hielt sie immer noch am Arm, und er merkte, wie fest er sie gepackt hatte und dass ihr dies wahrscheinlich wehtat. Er spürte ihre Finger auf den seinen, die sich wie Klauen in ihre nackte Haut krallten, und dann begriff er, dass sie nicht versuchte, seinen Griff zu lösen, sondern dass sie seine Finger streichelte und dann seine Hand, mit kleinen, langsamen Bewegungen, um ihm zu zeigen, dass sie seine Trauer verstand, obwohl sie unmöglich verstehen konnte, weder sie noch sonst jemand, wie es war, den letzten Angehörigen zu verlieren und keine Hoffnung zu haben, die entstandene Leere zu füllen.

14

»Na klar war der hier«, lautete Cliff Cowards Bestätigung von Gordon Jossies Alibi. »Wo soll er denn sonst gewesen sein?« Der kleine, großspurige Mann in verdreckten Jeans und mit schweißnassem Stirnband stand am Tresen seiner Stammkneipe in Minstead, ein großes Glas Bier vor sich und eine leere, zusammengedrückte Chipstüte, mit der er herumspielte, während sie sich unterhielten. Er hatte nicht viel zu berichten. Sie hatten am Dach eines Pubs in der Nähe von Fritham gearbeitet, und er müsse es ja wohl wissen, ob Gordon Jossie vor sechs Tagen auf der Baustelle war, schließlich seien sie nur zu zweit, und irgendjemand habe die Reetbunde angenommen, die er aufs Dach hochgereicht habe. »Ich nehm an, das war Gordon«, fügte er mit einem Grinsen hinzu. »Wieso eigentlich? Was soll er denn ausgefressen haben? Hat er vielleicht einer alten Lady auf dem Markt in Ringwood die Handtasche geklaut?«

»Es geht eher um Mord«, sagte Barbara.

Cliffs Gesichtsausdruck änderte sich, doch er blieb bei seiner Geschichte. Gordon Jossie sei mit ihm zusammen auf der Baustelle gewesen, sagte er, und Gordon Jossie sei kein Mörder. »Das würd ich doch wissen«, sagte er. »Ich arbeite seit einem Jahr bei ihm. Wen soll er denn um die Ecke gebracht haben?«

»Jemima Hastings.«

»*Jemima?* Nie im Leben.«

Von Minstead nahmen sie die Autobahn an Winchester vorbei nach Itchen Abbas. Auf einem zwischen Itchen Abbas und einem Weiler namens Abbotstone gelegenen kleinen Anwesen fanden sie den Dachdeckermeister, bei dem Gordon Jossie vor Jahren seine Lehre absolviert hatte. Sein Name war Ringo Heath. »Fragen Sie nicht«, sagte er mürrisch. »Es hätte genauso gut John, Paul oder George sein können, weiß ich selbst.« Bei ihrem Eintreffen hatte er auf einer alten Holzbank im Schatten eines Backsteinhauses gesessen. In einer Hand hielt er ein gefährlich aussehendes Messer mit einer scharfen, gekrümmten Klinge, mit der er einen dünnen Zweig in zwei Teile gespalten hatte, deren Enden er gerade zuspitzte. Zu seinen Füßen lag ein Stapel Zweige, die noch bearbeitet werden mussten. In einer Kiste neben ihm auf der Bank lagen die fertigen Stäbe, die etwa einen Meter lang waren. Für Barbara sahen sie aus wie für einen Riesen gedachte Zahnstocher. Sie eigneten sich sicherlich auch als Stichwaffen – ebenso wie das Messer, das sich Hippe nannte, wie sie erfuhren. Die Zahnstocher hießen Reetpinne, und sie wurden gebraucht, um Krampen herzustellen.

Heath hielt einen der Riesenzahnstocher an beiden Enden hoch. Er bog ihn so weit, dass die beiden Spitzen sich fast berührten, dann ließ er ihn wieder los, und der Stab nahm wieder seine gerade Form an. »Biegsam«, erklärte er ihnen, ohne dass sie ihn danach gefragt hätten. »Haselnussholz. Notfalls kann man auch Weiden nehmen, aber Hasel ist das Beste.« Der Reetpinn werde zu einer Krampe gebogen, erklärte er ihnen, mit der das Reet in Position gehalten wurde, nachdem es auf dem Dach befestigt war. »Die Pinne verschwinden im Reet und verfaulen irgendwann, aber das spielt keine Rolle. Bis dahin ist das Reet schon dicht zusammengepresst, und darauf kommt es an: auf die Verdichtung. Reet ist das Beste, was es gibt für Dächer. Es gibt ja auch noch was anderes als Reihenhäuser mit Stiefmütterchen im Vorgarten, stimmt's?«

»Sicher«, sagte Barbara leutselig. »Was meinst du, Winnie?«

»Sieht gar nicht schlecht aus, so 'n Dach«, sagte Nkata. »Bisschen problematisch, falls es mal brennt, würd ich vermuten.«

»Ach was, Unsinn«, sagte Heath. »Das ist ein Ammenmärchen.«

Das bezweifelte Barbara. Aber sie waren nicht gekommen, um über die Brennbarkeit von Reetdächern zu diskutieren. Sie erklärte Heath, dass sie mit ihm über Gordon Jossie und dessen

Lehrzeit reden wollten. Als sie ihn angerufen hatten, um einen Termin zu vereinbaren, hatte er geblafft: »Scotland Yard? Was haben Sie denn hier draußen zu suchen?« Aber abgesehen davon verhielt er sich kooperativ.

Was er ihnen über Gordon Jossie sagen könne, fragte Barbara. Ob er sich überhaupt an ihn erinnere.

»Aber ja! Warum hätte ich Gordon vergessen sollen?« Heath widmete sich weiter seiner Schnitzerei, während er ihnen von Jossie berichtete. Der Mann hatte seine Lehre ziemlich spät angefangen, mit einundzwanzig. Normalerweise kamen die Jungs mit sechzehn zu ihm, »was besser ist für die Ausbildung, weil sie noch von nichts eine Ahnung haben und weil sie immer noch in einem Alter sind, wo sie tatsächlich *glauben*, sie hätten von nichts eine Ahnung. Aber einundzwanzig ist schon ein bisschen spät, weil einer in dem Alter schon ziemlich gefestigt ist, nicht mehr so leicht formbar, und das hat man nicht so gern. Ich war mir erst nicht sicher, ob ich ihn nehmen sollte.«

Aber dann hatte er Jossie eingestellt und war sehr zufrieden mit ihm gewesen. Ein guter Arbeiter sei er gewesen. Ein Kerl, der wenig redete und gut zuhörte und »nicht dauernd diese verdammten Stöpsel im Ohr hatte und sich mit Musik zudröhnte wie die jungen Leute heutzutage. Die halbe Zeit kriegen sie nicht mal mit, dass man mit ihnen redet. Man steht oben auf dem Dachstuhl und ruft ihnen etwas zu, und die stehen unten und nicken mit dem Kopf im Takt zu irgendeinem *Beat.*« Das letzte Wort sprach er voller Verachtung aus, offenbar war die Leidenschaft für die Musik nichts, was er mit seinem Namensvetter gemeinsam hatte.

Jossie war ganz anders gewesen als der typische Lehrling. Und er hatte bereitwillig jedwede Tätigkeit ausgeführt, die man ihm aufgetragen hatte, und nie irgendetwas als »unter seiner Würde oder so einen Blödsinn« bezeichnet. Sobald man ihm richtige Dachdeckerarbeiten übertragen konnte, was erst im neunten Monat der Ausbildung auf dem Lehrplan stand, war er nie zu stolz gewesen, Fragen zu stellen. Und es waren meistens sinnvolle Fragen gewesen, nichts in der Art wie: »›Wie viel Geld kann ich mal mit dem Job verdienen, Ringo?‹, als bildeten sie sich ein, sie könnten sich von dem, was ein Dachdecker verdient, irgendwann einen Maserati leisten. Man kommt gut über die Runden, sag ich den Jungs immer, aber man verdient sich keine goldene Nase. Wenn ihr also davon träumt, die Weiber mit goldenen Manschettenknöpfen oder so zu beeindrucken, dann seid ihr auf dem falschen Dampfer. Ich sage denen, Reetdachdecker werden immer gebraucht, denn hier stehen jede Menge Häuser unter Denkmalschutz. Überall im Süden und bis rauf nach Gloucestershire und noch weiter. Die haben alle Reetdächer, und das muss auch so bleiben. Die dürfen nicht durch Schindel- oder Schieferdächer ersetzt werden. Wenn ihr also gut seid – und Jossie wollte unbedingt gut sein, das kann ich Ihnen sagen –, dann habt ihr das ganze Jahr über Arbeit und meistens mehr Aufträge, als ihr ausführen könnt.«

Offenbar war Gordon Jossie ein vorbildlicher Lehrling gewesen: Ohne zu murren, hatte er zu Beginn der Lehrzeit untergeordnete Aufgaben übernommen, hatte Material geholt, gehievt, angereicht, hatte aufgeräumt und Abfall verbrannt – und das, wie Heath versicherte: »Gewissenhaft. Keine Schlamperei. Und als er anfing, auf dem Gerüst zu arbeiten, wusste ich, dass aus ihm ein guter Dachdecker werden würde. Das ist Feinarbeit, sag ich Ihnen. Es sieht nach nichts aus, so als bräuchte man nur das Reet auf die Dachlatten zu packen, aber da kommt es auf jeden Handgriff an, und für ein ordentliches Dach – sagen wir mal, ein großes – braucht man Monate, weil es nicht dasselbe ist wie Dachziegel zu legen oder Schindeln anzunageln. Wir arbeiten schließlich mit einem Naturprodukt, und das Reet ist unterschiedlich dick und lang. Dafür braucht man Geduld und Geschick, und es dauert Jahre, bis einer den Dreh raushat und so ein Dach ordentlich decken kann.«

Gordon Jossie hatte fast vier Jahre lang bei Heath gelernt, und am Ende hatten sie wie Partner zusammengearbeitet. Ringo Heath hätte ihn gern als Geschäftspartner behalten, aber Jossie wollte sich selbstständig machen. Er war mit Heaths Segen gegangen und hatte angefangen wie alle anderen: als Subunternehmer für einen größeren Betrieb, bis er in der Lage war, auf eigenen Füßen zu stehen.

»Seitdem plage ich mich dauernd mit stinkfaulen Lehrlingen ab«, schloss Heath. »Und glauben Sie mir, wenn noch mal so ein Kerl wie Gordon Jossie käme, ich würde ihn mit Handkuss nehmen.«

Während des Gesprächs hatte er so viele Pinne geschnitzt, dass die Holzkiste voll war. Er trug sie zu einem Pritschenwagen und wuchtete sie auf die Ladefläche, wo bereits mehrere Kisten zwischen allen möglichen Gerätschaften standen, deren Zweck Heath ihnen unaufgefordert erläuterte. Der Mann war voll in seinem Element. Reetmesser, um das Deckmaterial zu beschneiden. »Damit kann man millimetergenau arbeiten, diese Messer sind so scharf wie Rasierklingen, und man muss aufpassen, dass man sich nicht verletzt.« Ein Klopfbrett zum Glätten des Reets, das Barbara eher vorkam wie ein Aluminiumgrill mit Griff, etwas, das man auf den Herd stellte, um Speck zu braten. Dann gab es schmalere Klopfbretter, die man benutzte, wenn das Dach gewölbt war…

Während Winston alles in seinem Notizheft festhielt, als rechnete er damit, später einer Prüfung unterzogen zu werden, nickte Barbara nur wissend, doch sie hatte Mühe, den Ausführungen zu folgen, und überlegte krampfhaft, wie sie den Dachdecker von seinem Vortrag über die Kunst des Dachdeckens ablenken und zurück auf das Thema Gordon Jossie bringen konnte. Heath sagte gerade: »… und sie sind alle unterschiedlich«, was sie aus ihren Gedanken riss und dazu brachte, ihm wieder aufmerksamer zuzuhören. »… und dann der ganze Kleinkram, den wir vom Schmied bekommen, wie Reetnägel und Knechte.« Die Reetnägel waren an einem Ende gebogen. Sie sahen aus wie kleine Hirtenstäbe, und sie wurden um die Reetbunde gelegt und in die Dachlatten getrieben, um das Reet zu befestigen. Die Knechte, die an gigantische Nähnadeln erinnerten, dienten dazu, das Reet zu halten, während der Dachdecker es befestigte. Dieses Werkzeug wurde von einem Schmied hergestellt, und das Interessante war, dass jeder Schmied sie nach eigenem Gusto herstellte, vor allem was die Spitze betraf.

»Auf vier Seiten geschmiedet, auf zwei Seiten geschmiedet, eingekerbt, mit gezahnter Spitze … das bleibt ganz der Fantasie des Schmieds überlassen. Mir sind die aus Holland am liebsten. Die sind noch richtig geschmiedet, und das gefällt mir.« Er sagte das, als könnte man nicht erwarten, dass in England noch richtig geschmiedet würde.

Aber dass plötzlich vom Schmieden die Rede war, machte Barbara hellhörig, vor allem in Anbetracht der Tatsache, dass ein Schmied Waffen herstellen konnte. Im Prinzip waren die Dachdeckerutensilien die reinsten Waffen, auch wenn Heath sie als Kleinkram bezeichnete.

Barbara nahm einen Knecht in die Hand und stellte fest, dass er eine schöne, scharfe Spitze besaß, die ihn ohne Weiteres zu einer Mordwaffe machen konnte. Als sie Winston den Knecht reichte, sah sie ihm an, dass er der gleichen Meinung war.

»Warum hat Jossie sich eigentlich erst mit einundzwanzig um eine Lehrstelle beworben, Mr. Heath? Wissen Sie das zufällig?«, wollte sie wissen.

Heath stutzte, offenbar aus dem Konzept gebracht durch den plötzlichen Themenwechsel. Er hatte sich gerade darüber ausgelassen, dass die Holländer im Gegensatz zu den Engländern noch stolz auf ihre Handwerkskunst waren, was garantiert mit der EU zu tun habe und der Masseneinwanderung von Albanern und Osteuropäern ins Vereinigte Königreich. Er blinzelte und sagte: »Äh? Wer?«

»Sie sagten, einundzwanzig wäre vergleichsweise alt für einen Lehrling. Was hat Gordon Jossie denn gemacht, bevor er zu Ihnen kam?«

Er habe studiert, sagte Ringo Heath. An irgendeinem College in Winchester, welches Fach, wisse er nicht mehr. Aber er habe zwei Empfehlungsschreiben vorgelegt. Von irgendwelchen Professoren. Es komme selten vor, dass ein Lehrling sich auf diese Weise vorstellte, und er sei ziemlich beeindruckt gewesen. Ob sie die Empfehlungsschreiben sehen wollten? Er habe sie wahrscheinlich noch.

Als Barbara sagte, ja, die würden sie gern sehen, drehte er sich zum Haus um und brüllte: »Kitten! Du wirst gebraucht!« Woraufhin eine alles andere als kätzchenhafte Frau aus der Tür trat. Sie hatte ein Nudelholz unterm Arm, und wie sie aussah, wäre ihr zuzutrauen, dass sie es auch zum Einsatz brachte: kräftig gebaut, streitlustig und muskulös.

»Also wirklich, Herzchen, du musst doch nicht so brüllen«, tadelte Kitten, und ihre Stimme klang überraschend, beinahe unpassend damenhaft. Sie redete wie eine Lady aus einem Kostümfilm, aber sie sah aus, als würde sie in der Spülküche eines heruntergekommenen Wirtshauses die Töpfe und Pfannen schrubben.

Heath lächelte sie an und sagte: »Ach, Liebes, ich kann einfach meine eigene Stimme nicht einschätzen. Tut mir leid. Haben wir noch diese Briefe, die Gordon Jossie damals mithatte, als er sich für die Lehrstelle beworben hat? Du weißt, welche ich meine. Die von seinem College. Erinnerst du dich?« Dann sagte er zu Barbara und Winston: »Meine Kitten führt bei uns die Bücher. Und die Kleine hat ein Gedächtnis für Einzelheiten, da kann man nur mit den Ohren schlackern. Ich sag ihr immer, sie soll sich im Fernsehen bewerben. Bei einer von diesen Quizsendungen, Sie wissen schon. Wir könnten Millionäre sein, wenn sie in so 'ner Quizsendung auftreten würde.«

»Red nicht so einen Unsinn, Ringo«, sagte Kitten. »Ich hab übrigens den Hühnchen-Porree-Pie gemacht, den du so gern hast.«

»Du bist ein Schatz.«

»Dummerchen.«

»Wir sprechen uns noch.«

»Ach, Ring.«

»Äh … die Empfehlungsschreiben?«, schaltete Barbara sich

ein. Sie schielte zu Winston hinüber, der das Geplänkel zwischen den Eheleuten beobachtete wie ein Kind, das ein Tischtennisspiel verfolgt.

Sie werde die Briefe holen, sagte Kitten. Sie befänden sich wahrscheinlich bei Ringos Geschäftsunterlagen. Sie sei gleich wieder zurück, schließlich sei sie gut organisiert, denn »wenn man Ringo alles überlassen würde, dann wären wir längst unter einem Papierberg erstickt, das kann ich Ihnen versichern«.

»Wohl wahr, mein Herzblatt«, sagte Ringo.

»Bärchen, ich ...«

»*Danke*, Mrs. Heath«, sagte Barbara nachdrücklich.

Kitten warf ihrem Mann ein paar schmatzende Luftküsse zu, der so tat, als wollte er ihr einen Klaps auf den Hintern geben, woraufhin sie kichernd im Haus verschwand. Zwei Minuten später kam sie mit einem Ordner zurück, nahm die besagten Schreiben heraus und reichte sie Barbara und Winston zur Begutachtung.

Es handelte sich um Empfehlungsschreiben, die Gordon Jossie einen angenehmen Charakter und eine gute Arbeitseinstellung bescheinigten, außerdem mustergültige Umgangsformen, eine große Bereitwilligkeit, Anweisungen zu befolgen, und so weiter und so fort. Sie waren auf Papier mit dem Briefkopf des Winchester Technical College II verfasst, eines von einem Jonas Bligh und das andere von einem gewissen Keating Crawford. Beide gaben an, Gordon Jossie sowohl als Studenten im Unterricht als auch privat kennengelernt zu haben. Ein sympathischer junger Mann, lautete ihr einhelliges Urteil, vertrauenswürdig, herzensgut und absolut geeignet, ein Handwerk wie das des Reetdachdeckers zu erlernen. Man könne gar nichts falsch machen, wenn man ihn als Lehrling einstellte. Der Erfolg sei ihm gewiss.

Barbara fragte, ob sie die Schreiben behalten könne. Sie würde sie den Heaths natürlich zurückgeben, aber falls sie sie im Moment nicht benötigten ...

Sie hatten nichts dagegen einzuwenden. Allerdings wollte

Ringo Heath nun doch wissen, wieso Scotland Yard sich nach Gordon Jossie erkundigte. »Was soll er denn verbrochen haben?«, fragte er.

»Wir untersuchen einen Mordfall, der in London passiert ist«, erklärte Barbara den beiden. »Das Opfer ist eine junge Frau namens Jemima Hastings. Kennen Sie sie vielleicht?«

Sie kannten sie nicht. Allerdings waren sie sich ganz sicher, dass Gordon Jossie kein Mörder war. Dann fügte Kitten, als Barbara und Winston sich gerade auf den Weg machen wollten, den Informationen über Jossie ein interessantes Detail hinzu.

Er könne nicht lesen, erklärte sie, und sie habe sich immer gefragt, wie er unter diesen Umständen ein Studium abgeschlossen haben konnte. Zwar gebe es sicher Kurse, bei denen es nicht darauf ankam, lesen zu können, aber sie habe es sehr merkwürdig gefunden, dass er so erfolgreich gewesen sein sollte. Sie sagte zu ihrem Mann: »Weißt du, mein Hase, das lässt schon darauf schließen, dass irgendetwas mit Gordon nicht stimmt, oder? Ich meine, wenn er es geschafft hat, ein ganzes Studium zu absolvieren, ohne dass jemandem aufgefallen ist, dass er nicht lesen kann … Das legt doch nahe, dass er auch in der Lage ist, andere Dinge zu verbergen, meinst du nicht?«

»Was soll das heißen, er konnte nicht lesen?«, fragte Ringo. »Das ist doch dummes Zeug.«

»Nein, mein Goldstück. Es ist die Wahrheit. Ich hab's selbst gesehen. Er konnte wirklich nicht lesen.«

»Wollen Sie damit sagen, dass ihm das Lesen schwerfällt«, fragte Winston, »oder dass er Analphabet ist?«

Er könne nicht lesen, beharrte sie. Zwar kenne er das Alphabet, aber er habe es sich immer aufschreiben müssen, um sich zu vergewissern. Es sei das Seltsamste gewesen, was sie je erlebt habe. Und aufgrund dieser Beobachtung habe sie sich mehr als einmal gefragt, wie er es fertiggebracht hatte, ein Studium zu bewältigen. »Ich habe mir gesagt, dass er den Professoren vielleicht nicht unbedingt auf akademische Weise gefällig war«, sagte sie. »Wenn Sie wissen, was ich meine.«

Den ganzen Tag lang hatte Meredith Powell das Gefühl, als schwelte ein Feuer in ihrem Innern. Begleitet wurde es von einem Pochen in ihrem Kopf, das nichts mit Schmerz zu tun hatte, sondern aus Worten bestand: *Sie. Ist. Tot.*

Schlimm genug, dass Jemima tot war: Es erfüllte Meredith mit Fassungslosigkeit und Trauer, und sie hätte nie geglaubt, dass sie um einen Menschen, der nicht einmal zu ihrer Familie gehörte, so tief trauern könnte. Hinzu kam jedoch, dass Jemima ihr genommen worden war, ehe sie Gelegenheit gehabt hatte, sich mit ihr auszusöhnen, und das nagte an ihrem Gewissen. Sie konnte sich nicht einmal mehr erinnern, was genau ihre alte Freundschaft so erschüttert hatte. Hatte irgendetwas ihre Gefühle füreinander langsam, aber stetig ausgehöhlt, oder hatten sie einen plötzlichen, vernichtenden Schlag erlitten? Sie konnte sich einfach nicht erinnern, und das sagte ihr, dass es etwas vollkommen Unwichtiges gewesen sein musste.

»Ich bin nicht wie du«, hatte Jemima immer wieder gesagt. »Warum kannst du das nicht akzeptieren?«

Weil ein Mann dir deine Angst nicht nehmen kann, hatte die Antwort gelautet. Aber diese Antwort hatte Jemima als Ausdruck von Merediths Eifersucht abgetan. Dabei war sie gar nicht eifersüchtig gewesen, nicht wirklich. Sie hatte sich nur Sorgen gemacht. Sie hatte jahrelang miterlebt, wie Jemima von einem Jungen zum nächsten, von einem Mann zum nächsten geflattert war, rastlos auf der Suche nach etwas, das keiner ihr jemals geben konnte. Das hatte sie ihrer Freundin immer und immer wieder klarzumachen versucht, bis sie schließlich die Arme resigniert in die Luft geworfen hatte – oder vielleicht war es auch Jemima gewesen, sie konnte sich nicht mehr erinnern –, und da war es dann mit ihrer Freundschaft aus gewesen.

Doch es hatte noch etwas anderes eine Rolle gespielt, wie Meredith erst jetzt erkannte: Warum war es ihr so wichtig gewesen, dass Jemima Hastings die Welt mit Meredith Powells Augen betrachtete? Auf diese Frage wusste Meredith keine Antwort. Aber sie war entschlossen, eine zu finden.

Kurz vor Feierabend rief sie bei Gordon Jossie an. Gina Dickens meldete sich, und das war gut so, denn es passte genau in ihren Plan. »Ich muss mit Ihnen reden«, sagte sie. »Können wir uns treffen? Ich bin gerade in Ringwood, aber ich kann auch an jeden anderen Ort kommen. Nur nicht … Nur nicht zu Gordon.« Sie wollte das Haus nicht noch einmal sehen. Das würde sie im Moment nicht verkraften. Nicht, solange eine andere Frau mit Gordon Jossie ein glückliches Leben führte, während Jemima tot, kalt und ermordet in London lag.

»Die Polizei war hier. Sie haben gesagt, dass Jemima …«

Meredith kniff die Augen zu, und das Telefon in ihrer Hand fühlte sich plötzlich kalt und glitschig an. Sie sagte: »Ich muss mit Ihnen reden.«

»Warum?«

»Wir müssen uns sehen. Sagen Sie mir, wo.«

»Warum? Sie machen mich nervös, Meredith.«

»Das ist nicht meine Absicht. Bitte. Ich komme, wohin Sie wollen. Nur nicht zu Gordon nach Hause.«

Stille in der Leitung. Dann schlug Gina den Hinchelsea Wood vor. Ein Wald war Meredith nicht geheuer – die Einsamkeit dort und das Gefühl von Gefahr, das Einsamkeit mit sich brachte. Da konnte Gina Dickens ihr lange erzählen, Meredith mache sie nervös, was sie garantiert nur tat, um unschuldig dazustehen. Also schlug Meredith vor, sich im Heideland zu treffen. In Longslade Heath? Da gebe es einen Parkplatz, von dort aus könnten sie …

»Nicht im Heideland«, sagte Gina sofort.

»Warum nicht?«

»Schlangen.«

»Welche Schlangen?«

»Kreuzottern. In der Heide gibt es Kreuzottern. Das müssen Sie doch wissen. Ich hab's irgendwo gelesen, und ich will nicht …«

»Dann eben am Hatchet Pond«, fiel Meredith ihr ins Wort. »Der liegt außerhalb von Beaulieu.«

Sie kamen überein, sich dort zu treffen.

Als Meredith am Hatchet Pond eintraf, waren Leute dort. Und Ponys mit ihren Fohlen. Die Leute gingen am Ufer des Sees spazieren, führten ihre Hunde aus, saßen lesend im Auto, angelten, plauderten auf Parkbänken. Die Ponys tranken Wasser und grasten.

Der See erstreckte sich über eine weite Fläche, und an seinem Ende ragte eine schmale Halbinsel ins Wasser, auf der Birken, Kastanien und eine einzelne Trauerweide standen. Der Parkplatz war ein beliebter abendlicher Treffpunkt für junge Pärchen, weit genug von der Straße abgelegen, dass parkende Autos von dort nicht zu sehen waren, und zugleich praktisch an einer Stelle gelegen, wo mehrere Straßen sich kreuzten: die nach Beaulieu im Osten, die nach East Boldre im Süden und die nach Brockenhurst im Westen. Hier konnte man in alle möglichen Streitereien zwischen heißblütigen Jugendlichen geraten. Das wusste Meredith von Jemima.

Sie musste etwa zwanzig Minuten auf Gina warten. Sie selbst war, von Entschlossenheit getrieben, von Ringwood hierhergerast. Es war eine Sache, Gordon Jossie und Gina Dickens gegenüber misstrauisch zu sein und sich von der Tatsache beunruhigen zu lassen, dass Jemimas Sachen in Kartons auf Gordons Speicher standen. Aber zu erfahren, dass Jemima ermordet worden war, das war etwas ganz anderes.

Auf der ganzen Fahrt von Ringwood bis hierher hatte Meredith in Gedanken mit Gina über diese und andere Dinge diskutiert. Als Gina schließlich in ihrem kleinen roten Cabrio eintraf, das halbe Gesicht verdeckt von der riesigen dunklen Sonnenbrille und einem Kopftuch, das ihre Frisur in Ordnung hielt, als wäre sie Audrey Hepburn oder sonst wer, war Meredith bereit.

Gina stieg aus und blickte kurz zu einem der Ponys in der Nähe, während Meredith auf sie zuging. »Gehen wir spazieren«, schlug sie vor, und als Gina zögernd anmerkte: »Die Pferde sind mir nicht geheuer«, entgegnete Meredith: »Herrgott noch mal, die tun Ihnen nichts! Das sind harmlose Ponys. Machen Sie sich nicht lächerlich.« Dann nahm sie Ginas Arm.

Gina riss sich los. »Ich kann allein gehen«, sagte sie steif. »Aber ich will nicht in die Nähe der Pferde.«

»Meinetwegen.« Meredith ging in Richtung See, weg von den Ponys. Am Ufer saß ein einzelner Angler, in sicherem Abstand neben ihm ein Reiher, der reglos im seichten Wasser stand und auf einen arglosen Aal lauerte.

»Was hat das alles zu bedeuten?«, fragte Gina.

»Na, was glauben Sie wohl? Gordon hat ihr Auto. Er hat ihre Klamotten. Und jetzt ist sie tot. In London ermordet.«

Gina blieb stehen, und Meredith drehte sich zu ihr um. »Wenn Sie glauben oder auch nur *andeuten* wollen, dass Gordon …«

»Hätte sie nicht ihre Sachen abholen lassen? Irgendwann?«

»In London hätte sie die Sachen, die sie hier auf dem Land getragen hat, nicht gebraucht«, entgegnete Gina. »Was hätte sie dort damit anfangen sollen? Dasselbe gilt für das Auto. Sie brauchte es nicht. Wo hätte sie es lassen sollen? Warum hätte sie es nach London holen sollen?«

Meredith knabberte an ihrer Nagelhaut. Irgendwo war die Wahrheit verborgen, und sie würde sie erfahren. »Ich weiß über Sie Bescheid, Gina. Es gibt hier in der ganzen Gegend kein Programm für gefährdete junge Mädchen. Weder im College in Brockenhurst noch an der Gesamtschule. Auf dem Sozialamt hat niemand von einem solchen Programm gehört, und dort hat auch niemand von Ihnen gehört. Ich weiß das, weil ich's überprüft habe, kapiert? Also sagen Sie mir gefälligst, was Sie wirklich hier zu suchen haben. Sagen Sie mir die Wahrheit über sich und Gordon! Wann und wo Sie sich kennengelernt haben und was das für ihn und Jemima bedeutet hat.«

Gina öffnete den Mund, dann schürzte sie die Lippen. »Also wirklich. Sie haben Erkundigungen über mich eingezogen? Was ist los mit Ihnen, Meredith? Warum sind Sie so …«

»Wagen Sie es nicht, den Spieß umzudrehen! Das ist raffiniert gedacht, aber das lasse ich nicht mit mir machen.«

»Machen Sie sich nicht lächerlich. Niemand versucht, etwas mit Ihnen zu *machen.*« Sie schob sich auf dem schmalen Uferpfad an Meredith vorbei. »Sie wollten doch spazieren gehen. Also: Setzen Sie sich in Bewegung!«

Gina marschierte los. Nach einer Weile drehte sie sich um und sagte im Gehen: »Denken Sie mal nach, wenn Sie dazu in der Lage sind. Ich habe Ihnen erzählt, dass ich dabei bin, ein Programm *aufzubauen.* Ich habe nie behauptet, dass bereits eines existiert. Und das Erste, was man macht, wenn man ein Programm einrichten will, ist festzustellen, wie groß der Bedarf ist, Herrgott noch mal! Damit bin ich derzeit beschäftigt. Und damit war ich auch beschäftigt, als ich Gordon kennengelernt habe. Und, ja, ich gebe es zu, ich lege mich nicht so sehr ins Zeug, wie ich könnte. Ich bin nicht mehr so … so rührig, wie ich es war, als ich in den New Forest gekommen bin. Und zugegeben, der Grund dafür ist meine Beziehung zu Gordon. Es gefällt mir, mit Gordon zusammen zu sein und mich von ihm umsorgen zu lassen. Aber soweit ich weiß, ist das kein Verbrechen, Meredith. Und deswegen wüsste ich wirklich mal gern, wenn es Ihnen nichts ausmacht, was Sie eigentlich gegen Gordon haben. Warum können Sie den Gedanken nicht ertragen, dass ich mit ihm zusammen bin – oder, wie es aussieht, irgendeine andere Frau? Denn das alles hat in Wirklichkeit gar nichts mit mir zu tun, stimmt's? Es geht um Gordon.«

»Wie haben Sie ihn kennengelernt? Wie haben Sie ihn *wirklich* kennengelernt?«

»Das habe ich Ihnen doch gesagt. Ich habe Ihnen von Anfang an die Wahrheit gesagt. Ich habe ihn vor einem Monat in Boldre Gardens zum ersten Mal gesehen. Am selben Nachmittag sind wir uns zufällig wieder begegnet und in ein Café gegangen. Er hat mich eingeladen, er kam mir vertrauenswürdig vor, und es war ein öffentlicher Ort und … Gott, warum erzähle ich Ihnen das überhaupt? Warum rücken Sie nicht einfach mit der Sprache raus? Sagen Sie mir doch einfach, was Sie mir unterstellen! Dass ich Jemima ermordet habe? Dass ich den Mann, den ich liebe, zum Mord an Jemima angestiftet habe? Oder passt es Ihnen nicht, dass ich Gordon liebe? Und wenn ja, was geht Sie das überhaupt an?«

»Es geht nicht um Liebe.«

»Ach nein? Dann glauben Sie wohl aus irgendeinem Grund, ich hätte Gordon nach London geschickt, damit er Jemima ermordet? Vielleicht stellen Sie sich vor, wie ich in der Haustür gestanden und mit einem weißen Taschentuch gewinkt habe, als er losgefahren ist, um zu tun, was er tun musste? Aber warum hätte ich das tun sollen? Jemima war längst aus seinem Leben verschwunden.«

»Vielleicht hat sie sich bei ihm gemeldet. Vielleicht wollte sie zu ihm zurück. Vielleicht haben die beiden sich irgendwo getroffen, und sie hat ihm gesagt, dass sie ihn immer noch liebte. Das konnten Sie natürlich nicht zulassen, denn dann hätten Sie ja …«

»Sie meinen also, *ich* hätte sie umgebracht? Nicht Gordon, sondern *ich*! Haben Sie eine Ahnung, wie lächerlich Sie sich aufführen? Und haben Sie sich schon mal gefragt, ob es ratsam ist, mit einer Mörderin am See spazieren zu gehen?« Sie stemmte die Hände in die Hüften, als müsste sie über die Antwort auf ihre eigene Frage nachdenken. Dann verzog sich ihr Mund zu einem bitteren Lächeln: »Na klar. Jetzt weiß ich, warum Sie sich nicht im Wald mit mir treffen wollten. Wie dumm von mir! Da hätte ich Sie ja um die Ecke bringen können. Ich habe zwar keine Ahnung, wie ich das hätte bewerkstelligen sollen, aber genau das glauben Sie. Dass ich eine Mörderin bin. Oder dass Gordon ein Mörder ist. Oder dass wir es beide sind, dass wir unter einer Decke stecken und Jemima aus unerfindlichen Gründen gemeinsam aus dem Weg geräumt haben.«

Sie wandte sich ab, ging zu einer halb verwitterten Holzbank und setzte sich. Sie riss sich das Tuch vom Kopf und schüttelte ihr Haar nach hinten, nahm ihre Sonnenbrille ab, klappte sie zusammen und hielt sie fest in der Hand.

Meredith blieb vor ihr stehen, die Arme vor der Brust verschränkt. Plötzlich wurde ihr mit aller Deutlichkeit bewusst, wie unterschiedlich sie beide waren: Gina braun gebrannt, mit üppigen weiblichen Formen und zweifellos für jeden Mann attraktiv. Sie selbst eine erbärmliche sommersprossige Bohnenstange, einsam und wahrscheinlich dazu verdammt, es auch zu bleiben. Aber darum ging es im Moment nicht.

Als hätte Gina ihre Gedanken gelesen, sagte sie plötzlich in einem Ton, der nicht mehr schneidend, sondern nur noch resigniert klang: »Ich frage mich, ob Sie so mit jeder Frau umgehen, die in einer Beziehung lebt. Ich weiß, dass Sie etwas gegen die Verbindung von Gordon und Jemima hatten. Er hat mir erzählt, Sie wollten nicht, dass sie sich mit ihm einließ. Aber ich habe nie kapiert, warum – was Sie daran gestört hat, dass die beiden zusammen waren. War es, weil Sie selbst keinen Partner haben? Vielleicht, weil Sie vergeblich nach einem Mann suchen und die ganze Zeit mitbekommen, wie Männer und Frauen um Sie herum mühelos zueinanderfinden? Ich weiß, was Ihnen passiert ist. Gordon hat's mir erzählt. Er weiß es von Jemima. Er hat sich natürlich auch den Kopf darüber zerbrochen, warum Sie ihn so grundsätzlich ablehnen, und sie hat ihm erklärt, dass es etwas mit London zu tun hat, dass Sie mal dort gewohnt haben und eine Beziehung mit einem verheirateten Mann hatten, von dem Sie aber nicht wussten, dass er verheiratet war, und dass Sie von ihm schwanger geworden sind …«

Meredith spürte, wie sich ihr die Kehle zuschnürte. Sie hätte den Wortschwall am liebsten aufgehalten, aber sie wusste nicht, wie. Es war die Geschichte ihrer Fehlschläge. Ihr wurde ganz schwindlig, während Gina immer weiter redete: wie er sie verraten und dann sitzen gelassen hatte. Und auf einmal war alles wieder da: *Dumme Pute, tu bloß nicht so, als hättest du nicht gewusst, dass ich verheiratet bin, so blöd kannst du gar nicht sein! Ich hab dich nie belogen, niemals, und warum zum Teufel hast du nicht verhütet? Oder hast du's etwa drauf angelegt? Ja, genau, du wolltest mich reinlegen, aber ich lasse mich nicht reinlegen, nicht von deinesgleichen und auch von sonst niemandem, und ich kann nur hoffen, dass du kapierst, was das bedeutet, meine Liebe.*

»Gott, tut mir leid. Tut mir wirklich leid! Kommen Sie, setzen Sie sich.« Gina stand auf und zog Meredith neben sich auf die Bank. Minutenlang saßen sie schweigend da. Über dem stillen See schwirrten Libellen. Ihre zarten Flügel schimmerten im Sonnenlicht grün und violett.

»Hören Sie«, sagte Gina leise, »wir beide könnten doch Freundinnen sein, oder? Und wenn schon nicht richtige Freundinnen, dann wenigstens gute Bekannte? Oder vielleicht zuerst Bekannte und dann Freundinnen?«

»Ich weiß nicht«, sagte Meredith tonlos. Sie fragte sich, wer sonst noch alles von ihrer Schande wusste. Wahrscheinlich alle. Sie hatte es nicht anders verdient, dachte sie. Dummheit musste bestraft werden, und sie war unverzeihlich dumm gewesen.

Bis John Dressers Leiche zwei Tage nach seinem Verschwinden gefunden wurde, war das Kind bereits Thema in den landesweiten Nachrichten. Die Öffentlichkeit kannte die Bilder der Überwachungsvideos, auf denen ein Kleinkind Hand in Hand und anscheinend fröhlich mit drei Jungen mitging. Die von der Polizei veröffentlichten Aufnahmen ließen sich auf zweierlei Weise interpretieren: Entweder handelte es sich um Kinder, die einen umherirrenden kleinen Jungen aufgegriffen hatten, um ihn zu einem Erwachsenen zu bringen, der ihm schließlich Gewalt antat – oder um Kinder, die vorhatten, ein anderes Kind zu entführen und ihm selbst Gewalt anzutun. Die Fotos erschienen auf den Titelseiten der Boulevardblätter, der nationalen Tageszeitungen, in Lokalzeitungen und im Fernsehen.

Michael Spargo in seinem unverwechselbaren, übergroßen senfgelben Anorak wurde schnell von seiner Mutter identifiziert. Sue Spargo brachte ihren Sohn unverzüglich aufs Polizeirevier. Dass er geschlagen worden war, ließ sich an Hämatomen in seinem Gesicht deutlich ablesen, allerdings existieren keine Aufzeichnungen darüber, ob Sue Spargo zu diesem Thema befragt wurde.

Wie gesetzlich vorgeschrieben, wurde Michael Spargo im Beisein einer Sozialarbeiterin und seiner Mutter verhört. DI Ryan Farrier, der das Verhör durchführte, war bereits neunundzwanzig Jahre im Polizeidienst, hatte selbst drei Kinder und zwei Enkel. Seit neunzehn Jahren war er als Ermittler bei Straftaten tätig, aber er hatte nie ein Verbrechen erlebt, das ihm so naheging wie der Mord an John Dresser. Was er während der Ermittlungen zu sehen und zu hören bekam, erschütterte ihn so tief, dass er später den Polizeidienst quittierte und sich seitdem in psychiatrischer Behandlung befindet. Erwähnenswert ist, dass die Polizei auch allen anderen Mitarbeitern, die nach dem Auffinden von John Dressers Leiche mit der Aufklärung des Verbrechens befasst waren, psychologische sowie psychiatrische Betreuung anbot.

Wie zu erwarten war, stritt Michael Spargo anfangs alles ab. Er behauptete, an jenem Tag in der Schule gewesen zu sein, und er hielt diese Behauptung aufrecht, bis er sowohl mit den Bildern der Überwachungskameras als auch mit den Aussagen seines Lehrers konfrontiert wurde. »Also gut, ich war mit Reg und Ian zusammen«, ist alles, was er zu diesem Zeitpunkt aussagte. Als er nach den Nachnamen der beiden gefragt wurde, gab er zur Antwort: »Die Idee war von denen. Ich wollte das Baby nich klauen.«

Seine Worte trieben Sue Spargo zur Weißglut. Ihre verbalen Ausbrüche und ihre Versuche, körperliche Gewalt anzuwenden, wurden allerdings von den anderen anwesenden Erwachsenen unterbunden. Ihre hysterische Drohung: »Du sagst jetzt verdammt noch mal die Wahrheit, oder ich bring dich um, das schwör ich dir«, sind die letzten Worte, die sie im weiteren Verlauf der Ermittlungen und bis zur Urteilsverkündung zu Michael sagen würde. Dass sie ihren Sohn in diesem entscheidenden Moment im Stich ließ, ist charakteristisch für ihre Erziehungsmethoden und sagt vielleicht mehr als alles andere über die Ursachen von Michaels psychischen Störungen aus.

Unmittelbar nachdem Michael Spargo ihre Namen genannt hatte, wurden Reggie Arnold und Ian Barker festgenommen. Zu diesem Zeitpunkt war lediglich bekannt, dass John Dresser in ihrer Begleitung gesehen worden und verschwunden war. Als Reggie der Polizei vorgeführt wurde (die drei Jungen wurden auf unterschiedliche Reviere gebracht und hatten bis zum Prozessauftakt keinen Kontakt mehr zueinander), war er in Begleitung seiner Mutter Laura. Später kam auch sein Vater Rudy dazu.

Ian war allein, allerdings erschien seine Großmutter zum Verhör. Wo Ians Mutter Tricia sich zum Zeitpunkt seiner Festnahme aufhielt, geht aus den Protokollen nicht hervor. Sie war auch nicht beim Prozess anwesend.

Anfänglich hatte niemand den Verdacht, dass John Dresser tot sein könnte. Die Mitschriften und Tonbandprotokolle der ersten Verhöre durch die Polizei lassen darauf schließen, dass man ursprünglich davon ausging, die Jungen hätten John aus irgendeinem dummen Einfall heraus mitgenommen, wären seiner überdrüssig geworden und hätten ihn irgendwo sich selbst überlassen. Zwar waren die drei Jungen der Polizei bekannt, doch bis dato waren sie lediglich durch Schulschwänzen, Tierquälerei und kleinere Diebstähle aufgefallen. (Man wundert sich allerdings, dass Ian Barkers Hang zur Tierquälerei so wenig Beachtung geschenkt worden war.) Erst als sich während der ersten sechsunddreißig Stunden nach Johns Verschwinden mehrere Zeugen meldeten und berichteten, wie jämmerlich der kleine John geweint und geschrien hatte, begann man bei der Polizei zu ahnen, dass etwas weitaus Schlimmeres als nur ein böser Streich passiert sein könnte.

Die Suche nach John hatte bereits begonnen, und nachdem diese sich anfänglich auf die Umgebung des Einkaufszentrums konzentriert hatte und dann aufgrund mehrerer Meldungen besorgter Bürger systematisch auf andere Viertel ausgedehnt worden war, dauerte es nicht mehr lange, bis das Dawkins-Gelände ins Visier der Polizeikräfte geriet.

Constable Martin Neild, damals vierundzwanzig Jahre alt und frischgebackener Vater, war derjenige, der John Dressers Leiche entdeckte, nachdem er zunächst den blauen Schneeanzug zusammengeknüllt und blutverschmiert neben einem nicht mehr benutzten Toilettenhäuschen gefunden hatte. Die Leiche des kleinen Jungen befand sich in dem Toilettenhäuschen, brutal in die Schüssel des Chemieklos gepresst. Neild berichtete, dass er »am liebsten geglaubt hätte, es wäre nur eine Puppe«, wenn er es nicht besser gewusst hätte.

15

»Wie hast du dich wegen Sonntagmittag entschieden, Isabelle? Ich habe den Jungs übrigens davon erzählt. Sie freuen sich schon.«

Isabelle Ardery presste die Finger an die Stirn. Sie hatte zwei Paracetamol genommen, aber auch die hatten ihre Kopfschmerzen nicht gelindert. Und ihrem Magen hatten sie auch nicht gutgetan. Sie hätte etwas essen sollen, bevor sie die Tabletten schluckte, aber bei dem Bauchgrimmen, das sie plagte, war ihr allein der Gedanke daran zuwider gewesen.

»Lass mich mit ihnen reden, Bob. Sind sie da?«

»Du klingst so komisch«, antwortete er. »Fühlst du dich unwohl, Isabelle?« Natürlich meinte er etwas ganz anderes. *Unwohl* war ein Euphemismus und kaum verhohlen. *Unwohl* stand für alles, wonach er nicht zu fragen beabsichtigte, das er aber gleichwohl anklingen lassen wollte.

»Gestern Abend ist es ziemlich spät geworden. Ich arbeite an einem Fall. Vielleicht hast du darüber gelesen. Die Frauenleiche auf dem Friedhof in Nordlondon.«

Selbstverständlich interessierte ihn dieser Teil ihres Lebens nicht im Geringsten, alles andere dafür umso mehr. »Hm. War wohl heftig?«

»Bei einer Mordermittlung kommt es häufig vor, dass man bis spät in die Nacht arbeiten muss«, entgegnete sie und tat so, als hätte sie seine Anspielung nicht verstanden. »Das weißt du, Bob. Kann ich jetzt mit den Jungs sprechen? Wo sind sie? So früh am Morgen sind sie bestimmt noch nicht draußen.«

»Sie schlafen noch«, sagte er. »Ich möchte sie nicht wecken.«

»Sie können doch wieder ins Bett gehen. Ich will nur kurz Hallo sagen.«

»Du kennst sie doch. Sie brauchen ihren Schlaf.«

»Sie brauchen ihre Mutter.«

»Sie haben eine Mutter. Sandra ist …«

»Sandra hat selbst zwei Kinder.«

»Ich hoffe, du willst damit nicht andeuten, dass sie mit ihnen anders umgeht. Denn das werde ich mir, ehrlich gesagt, nicht anhören. Und sie geht, ebenfalls ehrlich gesagt, wesentlich besser mit ihnen um als ihre leibliche Mutter, weil sie nämlich bei vollem Bewusstsein und im Vollbesitz ihrer geistigen Kräfte ist. Legst du tatsächlich Wert auf ein solches Gespräch, Isabelle? Also noch mal: Kommst du nun am Sonntag zum Mittagessen oder nicht?«

»Ich schicke den Jungs einen Brief.« Es gelang ihr nur mit Mühe, ihre Wut zu unterdrücken. »Ich darf hoffentlich davon ausgehen, dass du und Sandra es mir nicht untersagt, ihnen zu schreiben?«

»Wir untersagen überhaupt nichts«, erwiderte er.

»Ich bitte dich. Machen wir uns doch nichts vor.« Sie legte auf, ohne sich zu verabschieden. Das würde er sie später büßen lassen. *Hast du wirklich einfach aufgelegt, Isabelle? Oder ist die Leitung unterbrochen worden?* Aber im Moment konnte sie nicht anders. Das Telefongespräch fortzusetzen, hätte bedeutet, sich noch länger das perfide Gerede anzuhören, mit dem er den besorgten Vater zu markieren versuchte, und das verkraftete sie nicht. Sie hatte heute ohnehin keinen guten Tag erwischt, und daran musste sich unbedingt etwas ändern, bis sie in den Yard fuhr.

Vier Tassen schwarzer Kaffee – na gut, es war Irish Coffee, aber das war verzeihlich, denn sie hatte nur einen winzigen Schuss Alkohol hinzugefügt –, eine Scheibe Toast, dann kurz unter die Dusche, und sie fühlte sich schon ganz anders.

Erst während der Morgenbesprechung kam die Versuchung wieder, aber es fiel ihr leicht, ihr zu widerstehen. Sie konnte schließlich nicht mitten in der Besprechung für kleine Mädchen verschwinden, und damit war der Fall erledigt. Stattdessen konzentrierte sie sich auf die Arbeit und schwor sich, den Tag diesmal nicht mit einem solchen Abend und einer solchen Nacht zu beschließen. Das dürfte leicht zu schaffen sein, sagte sie sich.

Havers und Nkata meldeten sich aus dem New Forest. Sie hatten sich in einem Hotel in Sway einquartiert – im *Forest Heath Hotel*, berichtete Havers, woraufhin einige Kollegen in lautes Gelächter ausbrachen und Bemerkungen machten wie: »Hoffentlich hat Winnie ein Einzelzimmer ergattert!«

Isabelle gebot ihnen mit einem scharfen »Schluss damit!« Einhalt und ging dazu über, die Informationen auszuwerten, die die beiden Sergeants bis dahin zusammengetragen hatten.

Havers schien sich an der Tatsache festzubeißen, dass Gordon Jossie Dachdeckermeister war und dass Dachdeckerwerkzeug nicht nur als Mordwaffe dienen konnte, sondern auch von Hand angefertigt wurde. Nkata dagegen maß der Tatsache besondere Bedeutung bei, dass Gordon Jossie eine Neue hatte, mit der er zusammenlebte. Havers erwähnte außerdem die Empfehlungsschreiben eines Colleges in Winchester, die Gordon Jossie bei einem Dachdeckermeister namens Ringo Heath vorgelegt hatte. Zum Schluss gab sie die Namen mehrerer Personen durch, die noch überprüft werden mussten.

»Könnt ihr Daheimgebliebenen das übernehmen?«, fragte Havers. »Hastings, Jossie, Heath, Dickens…« Mit den Kollegen vor Ort hätten sie übrigens schon gesprochen, seien dort allerdings nicht unbedingt auf Begeisterung gestoßen. Der CS in Lyndhurst habe zwar nichts dagegen gehabt, dass die Kollegen von New Scotland Yard in seinem Revier herumschnüffelten. Aber da der Mord in London verübt worden sei, betrachteten die Einheimischen den Fall nicht als ihr Problem.

Ardery versicherte Havers, dass sie jemanden daransetzen werde, schließlich liege ihr daran, alles über jeden zu erfahren, der auch nur entfernt mit Jemima Hastings zu tun gehabt hatte. »Mich interessiert jedes noch so kleine Detail, einschließlich, ob sie regelmäßigen Stuhlgang haben«, erklärte sie dem Team. Sie wies Philip Hale an, sich die Leute aus Hampshire vorzunehmen, und nannte ihm noch einmal die anderen Namen für den Fall, dass er sie vergessen hatte: Yolanda die Hellseherin alias Sharon Price; Jayson Druther; Abbott Langer; Paolo di Fazio; Frazer Chaplin; Bella McHaggis. »Bestätigte Alibis für alle, und sehen Sie zu, dass Sie jeweils zwei Zeugen auftreiben. John, das übernehmen Sie. Und stimmen Sie sich mit dem SO7 ab! Machen Sie denen ein bisschen Dampf. Wir brauchen verwertbare Informationen.«

Stewart ließ nicht erkennen, dass er sie gehört hatte, also hakte sie nach. »Haben Sie mich verstanden, John?«, worauf er hämisch grinsend auf seine Schläfe zeigte.

»Alles da drin... Chefin«, bemerkte er, »sonst noch was?«, als hätte er das Gefühl, dass sie diejenige war, der man auf die Sprünge helfen musste.

Ihre Augen wurden schmal. Sie wollte ihm gerade eine Retourkutsche verpassen, doch Thomas Lynley kam ihr zuvor. Er stand ganz hinten im Raum und hatte sich bisher höflich zurückgehalten, wobei sie sich nicht ganz sicher war, ob das seine Art war, ihr seine Unterstützung zu demonstrieren, oder ob er alle anderen auf den krassen Unterschied zwischen ihrem und seinem Führungsstil aufmerksam machen wollte.

»Vielleicht noch Matt Jones? Der Lebensgefährte von Sidney St. James? Wahrscheinlich ist es nicht von Bedeutung, aber wenn er in dem Zigarrenladen gewesen ist, wie Barbara sagte...«

»Matt Jones ebenfalls«, sagte Isabelle. »Philip, kann das jemand aus Ihrem Team übernehmen?«

»Geht klar«, sagte Hale.

Sie entließ alle an ihre Arbeit und sagte zu Lynley: »Thomas? Wenn Sie mit mir kommen würden...«

Sie würden Paolo di Fazio in seinem Atelier aufsuchen, erklärte sie ihm. Zwischen dem, was der Maskenbauer ihnen gegenüber ausgesagt hatte, und dem, was Barbara Havers in ihrem Gespräch mit Bella McHaggis über Paolo und den Schwangerschaftstest in Erfahrung gebracht hatte, lagen Welten, die erforscht werden wollten.

Lynley nickte, offen für alles, so schien es.

Sie würde ihn an ihrem Wagen treffen, sagte sie. Sie brauche fünf Minuten, um sich frisch zu machen.

Selbstverständlich, sagte er auf seine wohlerzogene Art, und sie spürte, wie er ihr nachsah, als sie sich auf den Weg machte. Sie holte ihre Handtasche aus ihrem Büro und nahm sie mit zur Toilette. Daran konnte niemand etwas auszusetzen haben, sagte sie sich.

Wie beim letzten Mal wartete er geduldig beim Wagen, allerdings diesmal an der Beifahrerseite. Als sie fragend eine Braue hob, sagte er: »Ich dachte, Sie brauchen ein bisschen Übung, Chefin. Der Londoner Verkehr und so weiter …«

Sie suchte in seinem Gesicht nach Anzeichen für versteckte Anspielungen, aber er war ein Meister des Pokerface. »Also gut«, sagte sie. »Und sagen Sie endlich Isabelle!«

»Bei allem Respekt, Chefin …«

Sie atmete ungehalten aus. »Herrgott noch mal, Thomas! Wie haben Sie denn Ihren letzten Superintendent hinter den Kulissen angeredet?«

»Meistens mit *Sir*. Ansonsten mit *Chef*.«

»Toll. Großartig. Also, ich gebe Ihnen den dienstlichen Befehl, mich mit Isabelle anzureden, wenn wir unter uns sind. Kostet Sie das so große Überwindung?«

Er schien darüber nachzudenken. Er betrachtete den Türgriff, auf dem seine Hand ruhte. Als er wieder aufblickte, sah er sie mit seinen braunen Augen direkt an, und die plötzliche Offenheit in seinem Blick irritierte sie. »Ich glaube, *Chefin* schafft eine Distanz, die Ihnen entgegenkommen dürfte«, sagte er. »Alles in allem betrachtet.«

»Was, alles?«

»Alles.«

Die Direktheit ihres Blickwechsels gab ihr zu denken. »Sie lassen sich nicht gern in die Karten sehen, nicht wahr, Thomas?«

»Ich habe überhaupt keine Karten«, entgegnete er.

Sie schnaubte verächtlich und stieg ein.

Paolo di Fazios Atelier befinde sich in der Nähe von Clapham Junction südlich der Themse, erklärte er ihr, nicht weit von Putney. Der kürzeste Weg dorthin führe über das Embankment. Ob er sie dirigieren solle?

»Bis zur Themse schaff ich's gerade so«, erwiderte sie.

Paolo di Fazio hatte ihnen die Adresse selbst mitgeteilt. Bei ihrem Anruf hatte er protestiert, er habe ihnen bereits alles gesagt, was es über ihn und Jemima Hastings zu sagen gebe, aber wenn sie unbedingt ihre Zeit damit vergeuden wollten, alles noch einmal durchzukauen, bitte sehr. Sie würden ihn finden, wo er sich jeden Vormittag aufhalte, nämlich in seinem Atelier.

Und das war in einem der vielen Eisenbahnbögen unter den Gleisen untergebracht, die aus dem Bahnhof von Clapham hinausführten. Die meisten dieser Gewölbe wurden schon lange als Weinkeller, Outletläden und Autowerkstätten benutzt. In einem der Bögen hatte sogar ein Delikatessengeschäft seinen Platz gefunden, wo importierte Oliven, Würste und alle möglichen Käsesorten angeboten wurden. Di Fazios Atelier lag zwischen einer Werkstatt, in der Bilderrahmen hergestellt wurden, und einem Fahrradladen.

Als Ardery und Lynley eintrafen, stand die Tür weit offen, und drinnen brannte helles Licht. Der Innenraum hatte weiß getünchte Wände und war in zwei Bereiche aufgeteilt. Im vorderen Bereich wurden offenbar die Arbeiten ausgeführt, die notwendig waren, bevor es ans Gießen von Bronzeskulpturen ging. Überall standen Behälter mit Wachs, Latex, Fiberglas und Gips in Säcken herum, und alles war so verstaubt und verdreckt, wie es an einem Ort, wo mit solchen Materialien gearbeitet wurde, nicht anders zu erwarten war. Der hintere Bereich beherbergte die Arbeitsplätze von vier Künstlern, deren Werke, die sich in unterschiedlichen Stadien der Vollendung befanden, mit Plastikplanen abgedeckt waren. In der Mitte des Raums waren fertige Bronzeskulpturen aufgereiht, wobei alle erdenklichen Stilrichtungen von realistisch bis fantastisch vertreten waren.

Paolo di Fazio bevorzugte einen figurativen Stil und kreierte

Geschöpfe mit knotigen Ellbogen und Knien, langen Gliedmaßen und unproportioniert kleinen Köpfen. »Erinnert an Giacometti«, murmelte Lynley, als er vor einer Skulptur stehen blieb. Isabelle schaute ihn von der Seite an, um seinen Gesichtsausdruck zu ergründen. Sie hatte keine Ahnung, wovon er redete, und wenn sie eines nicht ausstehen konnte, so war es Angeberei. Aber sie sah, dass er sich seine Brille aufsetzte, um die Skulptur näher zu betrachten. Er schien nur laut gedacht zu haben, ohne sich dessen gewahr gewesen zu sein. Sie überlegte, was es bedeuten mochte, dass er so langsam und nachdenklich um die Skulptur herumging. Einmal mehr wurde ihr bewusst, wie undurchschaubar er war, und einmal mehr fragte sie sich, ob sie in der Lage sein würde, mit jemandem zusammenzuarbeiten, der die Kunst beherrschte, seine Gedanken für sich zu behalten.

Paolo di Fazio war nicht im Atelier. Es war überhaupt niemand da. Aber während sie sich seinen Arbeitsplatz ansahen, erkennbar an den typischen Masken, die auf einem Regal an der hinteren Wand auf staubigen Sockeln ruhten, kam er durch die Tür – genau in dem Moment, als sie sich sein Werkzeug ansahen und es auf sein Potenzial hin untersuchten, als gefährliche Waffen zu dienen.

Di Fazio kam auf sie zu. »Bitte nichts anfassen«, sagte er. Er hatte einen Pappbecher mit Kaffee in der einen Hand und in der anderen eine Tüte, aus der er zwei Bananen und einen Apfel auspackte. Vorsichtig, als arrangierte er es für ein Stillleben, legte er das Obst auf ein Regalbrett. Er trug dieselben Sachen, die er bei ihrer ersten Begegnung angehabt hatte: Jeans, ein T-Shirt und elegante Lederschuhe, eine merkwürdige Aufmachung für jemanden, der mit Gips und dergleichen Materialien arbeitete, vor allem die Lederschuhe, die erstaunlicherweise so blank geputzt waren, dass sie einer militärischen Inspektion standgehalten hätten. »Ich arbeite hier, wie Sie sehen«, sagte er und schwenkte den Kaffeebecher zu einem unter einer Plane verborgenen Werkstück.

»Dürfen wir uns Ihre Arbeit einmal ansehen?«, fragte Isabelle.

Anscheinend musste er erst darüber nachdenken, ehe er die Schultern zuckte und die aus Plastikplane und Tüchern bestehende Hülle entfernte. Zum Vorschein kam eine weitere langgliedrige Figur mit knotigen Gelenken, offensichtlich männlich und dem Gesichtsausdruck nach zu urteilen von Todesqualen gepeinigt. Weit aufgerissener Mund, Arme und Beine gestreckt, der Kopf zurückgeworfen und die Schultern hochgezogen. Zu Füßen der Plastik lag eine Art Rost, und es schien Isabelle, als wäre die Figur wegen eines zerbrochenen Grills in Verzweiflung geraten. Wahrscheinlich hatte das Ganze irgendeine tiefere Bedeutung, und sie wappnete sich innerlich für Lynleys nächste unerträglich aufschlussreiche Bemerkung dazu. Doch Lynley schwieg, und di Fazio trug ebenso wenig Erhellendes zur Sache bei, als er lediglich erklärte, es handle sich bei der Figur um den heiligen Laurentius. Er arbeite gerade an einer Reihe christlicher Märtyrer für ein sizilianisches Kloster, woraus Isabelle schloss, dass Laurentius auf einem Grill zu Tode geröstet worden war. Sie fragte sich, für welchen Glauben sie bereit wäre zu sterben, was wiederum die Frage nahelegte, ob und wie der Märtyrertod von christlichen Heiligen etwas mit Jemima Hastings' Tod zu tun hatte.

»Ich habe bereits Sebastian, Lucia und Cecilia für das Kloster angefertigt«, sagte di Fazio gerade. »Dies hier ist die vierte von zehn Figuren, die in Auftrag gegeben wurden. Sie sollen in den Seitenkapellen der Klosterkirche aufgestellt werden.«

»Dann sind Sie also in Italien sehr bekannt?«, bemerkte Lynley.

»Nein. Mein Onkel ist in dem Kloster sehr bekannt.«

»Ihr Onkel ist Mönch?«

Di Fazio lachte sarkastisch. »Mein Onkel ist Verbrecher. Er glaubt, er kann sich den Eintritt in den Himmel erkaufen, wenn er dem Kloster nur genug spendet. Geld, Lebensmittel, Wein, meine Kunst. Ihm ist es gleich. Und da er mich für meine Arbeit gut bezahlt, stelle ich den …« Er schürzte die Lippen, als suchte er nach dem passenden Wort. »… den Sinn seines Handelns nicht infrage.«

In der doppelflügeligen Eingangstür zum Atelier erschien eine Gestalt, deren Silhouette sich gegen das Tageslicht abhob. Eine Frau. »Ciao, Baby«, rief sie und ging zu einem der anderen Arbeitsplätze hinüber. Sie war klein und pummelig, mit einem enormen Busen und espressobraunen Locken. Sie riss die Plastikplane von ihrer unfertigen Skulptur und machte sich an die Arbeit, ohne einen Blick auf die Besucher zu werfen. Doch ihre Gegenwart schien di Fazio nervös zu machen. Er schlug vor, das Gespräch an einem anderen Ort fortzuführen.

»Dominique hat Jemima nicht gekannt«, sagte er mit einer Kopfbewegung zu der Frau hin. »Sie kann Ihnen keine brauchbaren Hinweise geben.«

Aber sie kannte di Fazio, dachte Isabelle, und sie könnte sich später noch als nützlich erweisen. »Wir werden leise reden, falls Sie deswegen besorgt sind, Mr. di Fazio.«

»Sie wird sich auf ihre Arbeit konzentrieren wollen.«

»Davon werden wir sie nicht abhalten.«

Die Augen des Bildhauers wurden hinter den Gläsern seiner Goldrandbrille ganz schmal. Es war kaum wahrnehmbar, aber Isabelle entging es nicht. »Es wird nicht lange dauern«, sagte sie. »Es geht um Ihren Streit mit Jemima. Und um einen Schwangerschaftstest.«

Di Fazio zeigte keine Reaktion auf Arderys Erklärung, sondern blickte nur kurz von Isabelle zu Lynley, als versuchte er zu ergründen, in welchem Verhältnis die beiden zueinander standen. Dann sagte er: »Ich kann mich an keinen Streit mit Jemima erinnern.«

»Man hat Sie streiten hören. Und zwar in Ihrem Zimmer in Putney. Es ist anzunehmen, dass es dabei um den Schwangerschaftstest gegangen ist, der übrigens unter Ihren Sachen gefunden wurde.«

»Sie haben keinen Durchsuchungs…«

»Er wurde nicht von uns gefunden.«

»Dann ist er kein Beweismittel. Ich weiß, wie so etwas läuft. Da gibt es Vorschriften, an die Sie sich halten müssen. Und das haben Sie nicht getan, also kann der Schwangerschaftstest – oder was auch immer es sein mag – nicht als Beweis gegen mich verwendet werden.«

»Wie gut Sie sich mit dem Gesetz auskennen, alle Achtung.«

»Ich habe genug über Ungerechtigkeiten in diesem Land gelesen, Madam. Ich habe gelesen, wie die britische Polizei arbeitet. Über Menschen, die zu Unrecht angeklagt und zu Unrecht ins Gefängnis gesteckt wurden. Die sechs Gentlemen von Birmingham. Die vier von Guildford.«

»Das mag sein«, sagte Lynley. Isabelle fiel auf, dass er sich nicht die Mühe machte, seine Stimme zu senken, damit Dominique ihn nicht hörte. »Dann werden Sie sicher ebenfalls wissen, dass das Belastungsmaterial, das in einem Mordfall zusammengetragen wird, sowohl aus Hintergrundinformationen als auch aus Beweismitteln besteht. Die Tatsache, dass Sie sich mit einer Frau gestritten haben, die ermordet aufgefunden wurde, mag weder in die eine noch in die andere Kategorie gehören. Aber wenn es weder das eine noch das andere ist, dann scheint es mir das Klügste, die Sache aufzuklären.«

»Anders ausgedrückt«, sagte Isabelle, »werden Sie uns einiges erklären müssen. Sie haben ausgesagt, dass Sie und Jemima Ihre Beziehung beendet haben, nachdem sie das Zimmer bei Mrs. McHaggis bezogen hat.«

»Das ist die Wahrheit.« Di Fazio warf einen Blick in Dominiques Richtung. Isabelle fragte sich, ob die Künstlerin wohl Jemimas Platz eingenommen hatte.

»Ist sie schwanger geworden, als Sie beide noch ein Paar waren?«

»Nein.« Noch ein Blick zu Dominique hinüber. »Können wir uns nicht woanders unterhalten?«, fragte er. »Dominique und ich … Wir wollen im Winter heiraten. Sie braucht nicht zu hören …«

»Ach, wirklich? Das wäre dann Ihre sechste Verlobung, richtig?«

In seinen Augen blitzte Zorn auf, aber er bekam sich in den

Griff. »Dominique muss nicht hören, was mit Jemima war. Jemima war erledigt.«

»Interessante Wortwahl«, bemerkte Lynley.

»Ich habe Jemima nichts getan. Ich habe sie nicht angerührt. Ich war nicht dort.«

»Dann wird es Ihnen ja nichts ausmachen, uns alles über sie zu erzählen, was Sie uns bisher verschwiegen haben«, sagte Isabelle, »und uns ein Alibi für die Zeit des Mordes an Jemima zu liefern.«

»Nicht hier. Bitte.«

»Also gut. Dann gehen wir zur nächsten Polizeiwache.«

Di Fazios Gesicht versteinerte. »Solange Sie mich nicht festnehmen, bin ich nicht verpflichtet, mit Ihnen auch nur vor die Tür des Ateliers zu gehen, das weiß ich. Glauben Sie mir, ich weiß das genau. Ich habe mich über meine Rechte informiert.«

»In dem Fall«, sagte Isabelle, »werden Sie auch wissen, dass Sie umso besser dastehen, je eher Sie uns Klarheit verschaffen über Sie und Jemima, den Schwangerschaftstest, den Streit und Ihr Alibi.«

Abermals sah di Fazio zu Dominique hinüber. Sie schien in ihre Arbeit vertieft zu sein, dachte Isabelle, aber wer konnte das schon wissen? Sie waren auf dem besten Weg, in eine Sackgasse zu geraten, als Lynley das Dilemma auflöste. Er ging zu Dominique, betrachtete ihr Kunstwerk und sagte: »Darf ich mir das mal ansehen? Ich dachte eigentlich, dass das Wachsausschmelzverfahren …« Er plauderte drauflos, bis er Dominiques volle Aufmerksamkeit hatte.

»Also?«, sagte Isabelle zu di Fazio.

Er wandte Lynley und Dominique den Rücken zu, wahrscheinlich damit seine Zukünftige ihm nicht am Ende etwas von den Lippen ablesen konnte, dachte Isabelle. Dann sagte er: »Das war alles vor Dominique. Es war Jemimas Test, der im Badezimmer im Mülleimer lag. Sie hatte mir gesagt, es hätte keinen anderen in ihrem Leben gegeben. Sie hatte gesagt, sie hätte überhaupt nichts mehr mit Männern zu tun haben wollen. Aber als ich den Test gesehen habe, da wusste ich, dass sie mich belogen hatte. Sie hatte einen Neuen. Also hab ich sie darauf angesprochen. Und ja, das Gespräch war ziemlich hitzig. Weil sie nicht mit mir zusammen sein wollte, aber ich wusste, dass sie mit ihm zusammen war.«

»Mit wem?«

»Mit wem wohl? Mit Frazer. Mit mir wollte sie das Risiko nicht eingehen. Aber mit ihm? Und wenn sie wegen Frazer aus ihrem Zimmer rausfliegen würde, dann wäre das halt Pech.«

»Sie hat Ihnen gesagt, dass es Frazer Chaplin war?«

Er verdrehte die Augen. »Das brauchte sie mir nicht zu sagen. So ist Frazer nun mal. Kennen Sie ihn? Haben Sie mit ihm gesprochen? Er kann von keiner Frau die Finger lassen. So ist er einfach. Wer sonst hätte Jemimas Neuer sein sollen?«

»Er war nicht der einzige Mann in ihrem Leben.«

»Sie ging dauernd zum Eisstadion, um Trainingsstunden zu nehmen, hat sie behauptet, aber ich wusste Bescheid. Und manchmal ist sie auch ins *Duke's* gegangen. Sie wollte wissen, was Frazer so trieb. Und Frazer war permanent hinter den Weibern her.«

»Mag sein«, sagte Isabelle. »Aber sie ist auch mit anderen Männern in Kontakt gekommen. An ihrem Arbeitsplatz, im Eisstadion ...«

»Wie bitte? Wollen Sie etwa andeuten, sie hatte was mit ... Abbott Langer? Oder mit Jayson Druther? Sie ist zur Arbeit gegangen, dann zum Eisstadion, dann zum *Duke's*, und dann ist sie nach Hause gegangen. Da gab's nichts anderes, glauben Sie mir.«

»Wenn das so ist«, sagte Isabelle, »gibt Ihnen das ein gutes Motiv für einen Mord. Das sehen Sie doch ein, oder?«

Das Blut stieg ihm ins Gesicht. Er schnappte sich eines seiner Werkzeuge und fuchtelte damit in der Luft. »Ich? Frazer hat ihr den Tod an den Hals gewünscht! Frazer Chaplin. Er wollte sie loswerden. Weil sie ihm nicht die Freiheit ließ, die er brauchte, um seinem Hobby nachzugehen.«

»Und das wäre?«

»Weiber flachlegen. Und den Weibern gefällt's. Er bringt sie dazu, dass sie scharf auf ihn sind. Wenn er sie so weit hat, dann laufen sie ihm nach. Und genau das hat Jemima gemacht.«

»Sie scheinen ja eine Menge über ihn zu wissen.«

»Ich habe ihn gesehen. Ich habe sie beobachtet, Frazer und seine Frauen.«

»Manch einer würde sagen, er hat einfach mehr Glück bei den Frauen, Mr. di Fazio. Was meinen Sie dazu?«

»Ich weiß, worauf Sie hinauswollen. Ich bin ja nicht blöd. Ich sage Ihnen nur, was Frazer für ein Typ ist. Und ich frage Sie eines: Wenn Frazer Chaplin nicht ihr Liebhaber war, wer war es dann?«

Interessante Frage, dachte Isabelle. Aber noch viel interessanter war die Tatsache, dass di Fazio anscheinend genau über alles Bescheid gewusst hatte, was Jemima tat.

Da flatterten zwei. Sie hatten unterschiedliche Formen angenommen. Einer erhob sich aus einem Aschenbecher auf einem Tisch, eine graue Wolke, die zu einer Lichtwolke wurde, von der er sich abwenden musste, als er den dröhnenden Ruf hörte: *Der Achte Chor steht vor Gottes Thron.*

Er versuchte, die Worte auszublenden.

Sie sind die Boten, die den Menschen die göttliche Offenbarung bringen.

Die Stimmen waren laut, lauter denn je, und als er seine Ohren mit Musik füllte, kam der Ruf aus einer anderen Richtung: *Heerscharen, geboren aus dem Lichtbringer. Vereitelt Gottes Plan, und ihr werdet in die Verdammnis gestürzt.*

Obwohl er sich bemühte, die Quelle der zweiten Stimme nicht zu suchen, sah er sie trotzdem, denn vor ihm flog ein Stuhl durch die Luft, nahm Gestalt an und kam auf ihn zu. Er wich zurück.

Er wusste, dass sie andere Gestalt annahmen. Sie waren Wanderer, sie waren Heiler der Siechen, sie waren Bewohner des

Sees von Probatica, an dessen Ufern die Kranken lagen und auf die Bewegungen des Wassers warteten. Sie waren die Schöpfer, die Sklavenmeister von Dämonen.

Der Heiler war auch da. Er sprach aus der grauen Wolke, und er wurde zur Flamme, und die Flamme brannte in smaragdenem Licht. Er forderte keinen gerechten Zorn, sondern Musik, die in Lobpreisung erklang.

Aber der andere bekämpfte ihn. Er, der die Zerstörung selbst war, bekannt aus Sodom, Held Gottes genannt. Aber er war auch die Gnade, und er verlangte, zur Linken Gottes zu sitzen, nicht zur Rechten. Fleischwerdung, Empfängnis, Geburt, Träume, das waren seine Darbringungen. *Komm mit mir.* Aber das hatte einen Preis.

Ich bin Raphael, und du bist es, der gerufen wird.

Ich bin Gabriel, und du bist es, der erwählt ist.

Dann ertönte ein ganzer Chor, eine wahre Stimmenflut, und sie waren überall. Er wehrte sich dagegen, von ihnen mitgenommen zu werden. Er sträubte sich, bis ihm der Schweiß ausbrach, und immer noch ließen sie nicht nach. Sie stiegen zu ihm herab, und dann erschien ein mächtiger Engel, der sich ihm näherte. Ihn konnte man nicht verleugnen. Er war der Bezwinger, und darauf gab es keine andere denkbare Antwort, und deshalb musste er fliehen. Er musste entkommen und einen sicheren Ort finden.

Er stieß den Schrei aus gegen die Vielzahl der Engel, die, wie er jetzt wusste, der Achte Chor waren. Aus dem Licht erhob sich eine Treppe. Auf die rannte er zu, wohin auch immer sie führen mochte. Zum Licht, zu Gott, zu irgendeiner anderen Gottheit, es spielte keine Rolle. Er stieg die Treppe hoch. Er rannte.

»Yukio!«, rief jemand hinter ihm.

»Ich habe den Eindruck, dass es sich bei dieser Verlobung um ein Hirngespinst von di Fazio handelt«, sagte Lynley. »Dominique hat nur die Augen verdreht, als ich ihr gratuliert habe.«

»Sieh mal einer an«, sagte Isabelle Ardery. »Tja, sechs Verlobungen, das kam mir, was menschliche Beziehungen angeht, schon ziemlich grenzwertig vor. Ich meine, ich habe schon davon gehört, dass einer sechs Mal verheiratet war. Na ja, vielleicht bei amerikanischen Filmstars, als die tatsächlich noch geheiratet haben ... Aber es ist schon merkwürdig, dass er es bei all den Verlobungen noch nie bis zum Traualtar geschafft hat. Da fragt man sich doch, wie viel daran echt und wie viel eingebildet ist.«

»Womöglich hat er es ja geschafft.«

»Bitte?« Ardery sah Lynley an. Sie hatten den Feinkostladen betreten, der in einem der Eisenbahnbögen untergebracht war, und sie kaufte Oliven und Wurst. Im Weinkeller nebenan hatte sie bereits ein paar Flaschen Wein erstanden.

Wahrscheinlich waren das ihre Einkäufe fürs Abendessen, dachte Lynley. Nachdem er jahrelang mit Barbara Havers zusammengearbeitet und sich an die Essgewohnheiten der alleinstehenden Kollegin gewöhnt hatte, wusste er die Zeichen zu deuten. Er überlegte, ob er Ardery zum Abendessen in sein Haus in Eaton Terrace einladen sollte, verwarf die Idee jedoch wieder, weil er sich noch immer nicht vorstellen konnte, seinen Esstisch mit jemandem zu teilen.

»Womöglich hat er es bis zum Traualtar geschafft«, sagte er. »Und geheiratet. Das wird Philip Hale uns sagen können. Oder vielleicht John Stewart. Die Liste der zu überprüfenden Personen wird immer länger. John könnte da aushelfen, falls Sie ihn einem anderen Team zuteilen möchten.«

»Um die Aufgabe wird er sich bestimmt reißen.« Ardery nahm ihre Einkaufstüte, bedankte sich bei der Verkäuferin und ging zu ihrem Wagen. Es wurde allmählich heiß. Die Gegend um die Eisenbahnbögen, bestehend aus und umgeben von einem Meer aus Backsteinmauern, Beton und Asphalt und flankiert von überquellenden Mülltonnen und von abfallverstopften Straßenrinnen, kam ihr vor wie eine dampfende, stinkende Waschküche.

Ehe Isabelle Ardery sich noch weiter zu dem Thema ausließ,

stieg sie ein. Sie kurbelte ihr Fenster herunter, fluchte innerlich darüber, dass ihr Auto keine Klimaanlage besaß, verzieh sich das Fluchen und sagte dann: »Was halten Sie von ihm?«

»Gibt es nicht einen Song, in dem das Thema besungen wird?«, fragte Lynley. »*Looking For Love In All the Wrong Places.*« Er kurbelte ebenfalls sein Fenster herunter.

Isabelle fuhr los. Lynleys Handy klingelte. Als er die Nummer sah, erschrak er unerklärlicherweise. Der Anruf kam von Assistant Commissioner Hillier. Aus seinem Vorzimmer.

Wo Inspector Lynley sich gerade aufhalte und ob er ins Zimmer des AC kommen könne, wollte die Sekretärin wissen. »Und wie schön, dass Sie wieder bei New Scotland Yard sind, Detective Inspector. Es handelt sich übrigens um eine inoffizielle Besprechung. Und es besteht kein Grund, das irgendjemandem gegenüber zu erwähnen.«

Was im Klartext bedeutete: Sagen Sie Isabelle Ardery nichts davon. Und: Warum haben Sie den Assistant Commissioner nicht darüber in Kenntnis gesetzt, dass Sie in den Dienst zurückkehren würden?

Lynley gefielen die Schlussfolgerungen ganz und gar nicht, die sich aus all dem ziehen ließen. Er sei gerade unterwegs, sagte er, werde den Assistant Commissioner jedoch so bald wie möglich aufsuchen. Die Worte *Assistant Commissioner* sprach er betont langsam aus. Er spürte, wie Ardery ihm von der Seite einen Blick zuwarf.

Nachdem er das Gespräch beendet hatte, sagte er zu ihr: »Hillier. Er will mit mir reden.«

Sie hielt den Blick auf die Straße gerichtet. »Danke, Thomas. Sind Sie immer so anständig?«

»So gut wie nie.«

Sie lächelte. »Übrigens meinte ich John Stewart.«

»Wie bitte?«

»Als ich Sie gefragt habe, was Sie von ihm halten.«

»Ah. Verstehe. Er und Barbara hätten sich im Lauf der Jahre einige Male fast geprügelt, falls Ihnen das weiterhilft.«

»Hat er generell etwas gegen Frauen? Oder nur gegen Polizistinnen?«

»Das ist mir nie ganz klar geworden. Er ist einmal verheiratet gewesen. Die Ehe ist auf sehr unschöne Weise zu Ende gegangen.«

»Ha. Ich kann mir lebhaft vorstellen, wer die Ehe beenden wollte.« Isabelle schwieg eine Weile. Erst nachdem sie die Themse wieder überquert hatten, sagte sie: »Ich werde einen Durchsuchungsbeschluss beantragen, Thomas.«

»Ja, uns bleibt wohl nichts anderes übrig. Er kennt seine Rechte allzu genau, nicht wahr? Hillier würde dies als bedauerliches Zeichen der Zeit bezeichnen.«

Lynley wurde bewusst, dass er Isabelles Gedankengang mühelos gefolgt war. Sie hatten angefangen bei John Stewart und waren bei Paolo di Fazio gelandet, ohne dass eine Erklärung vonnöten gewesen war und ohne dass Isabelle hatte erläutern müssen, warum sie einen Durchsuchungsbeschluss brauchten. Wegen seines Werkzeugs. Ja, sie würden das Werkzeug sämtlicher Künstler sicherstellen müssen, mit denen di Fazio sich das Atelier teilte. Es musste von der Spurensicherung untersucht werden.

»Di Fazios Freunde«, bemerkte Lynley, »werden nicht gerade begeistert sein.«

»Davon, was das alles für die Verlobung mit Dominique bedeutet, ganz zu schweigen. Hat sie ihm eigentlich ein Alibi gegeben?«

»Nein. Sie hat nur gesagt, sie nimmt an, dass er in Covent Garden war. Wenn es um den Nachmittag gehe – um die Zeit sei er meistens dort, sagte sie, und irgendjemand dort werde ihn doch gesehen haben. Sie wusste übrigens, warum ich danach gefragt habe. Und im Gegensatz zu di Fazios Aussage hat sie Jemima sehr wohl gekannt, zumindest vom Sehen. Sie nannte sie ›Paolos Ex‹.«

»Keine Eifersucht? Keine Besorgnis?«

»Ich habe jedenfalls nichts dergleichen bemerkt. Sie schien

zu wissen – oder zu glauben –, dass es aus war zwischen ihnen. Zwischen Jemima und Paolo, meine ich.«

Sie fuhren schweigend weiter. Erst als sie in der Tiefgarage von Scotland Yard geparkt hatten, ergriff Isabelle Ardery wieder das Wort. Sie nahm die Tüten mit ihren Einkäufen und sagte: »Was halten Sie von di Fazios Behauptung, Frazer Chaplin hätte ein Verhältnis mit Jemima gehabt?«

»Im Moment halte ich alles für möglich.«

»Ja. Aber es passt auch zu dem, was Sergeant Havers über den Mann gesagt hat.« Sie schlug die Wagentür zu, verriegelte sie und fügte hinzu: »Und das ist mir, ehrlich gesagt, eine ziemliche Erleichterung. Es ist mir nicht ganz geheuer, wie Barbara auf manche Männer reagiert.«

»Ach?« Lynley ging neben ihr her. Er war so große Frauen nicht gewöhnt. Barbara Havers reichte ihm nicht einmal bis zu den Schultern, und Helen war zwar etwas größer gewesen, aber nicht so groß wie Isabelle Ardery. Sie beide waren annähernd gleich groß. »Barbara hat einen guten Riecher, was Menschen betrifft. Im Allgemeinen kann man sich auf ihre Einschätzung verlassen.«

»Ah. Und wie ist das bei Ihnen?«

»Meine Einschätzung, so hoffe ich …«

»Ich meinte Ihren Riecher, Thomas. Wie steht es damit?« Sie sah ihn mit offenem Blick an.

Er wusste nicht recht, wie er ihre Frage verstehen sollte, und auch nicht, was er davon halten sollte. »*Wenn der Wind südlich ist, kann ich einen Kirchturm von einem Leuchtpfahl unterscheiden*«, sagte er schließlich.

Im Besprechungsraum trafen nach und nach immer mehr Informationen ein. Jayson Druther hatte im Zigarrenladen gearbeitet, als Jemima Hastings in Stoke Newington ermordet worden war, und er hatte die Namen von drei Kunden angegeben, die dies bestätigen konnten. Außerdem hatte er für alle Fälle auch seinem Vater ein Alibi verschafft. »Er war im Wettbüro in der Edgware Road«, berichtete John Stewart.

Abbott Langer hatte seine letzten Trainingsstunden im Eisstadion gegeben, anschließend ein paar Hunde im Hyde Park ausgeführt und war dann wieder ins Eisstadion zurückgekehrt, um seine Abendkurse abzuhalten. Allerdings hätte er in der Zeit, als er angeblich im Hyde Park gewesen war, gut und gern nach Stoke Newington und zurück fahren können, denn natürlich gab es keinen Hundebesitzer, der bestätigen konnte, dass Abbott seinen Hund ausgeführt hatte. Ein Hundesitter wurde schließlich für die Zeit eingestellt, in der niemand zu Hause war.

Auch bei den Hintergrundinformationen waren Fortschritte erzielt worden. Yolanda der Hellseherin war per einstweiliger Verfügung verboten worden, Jemima Hastings nachzustellen, aber nicht Jemima Hastings selbst, sondern Bella McHaggis hatte die Anzeige erstattet.

»McHaggis' Ehemann ist zu Hause gestorben, aber an dem Fall ist nichts Verdächtiges«, berichtete Philip Hale. »Er ist einem Herzinfarkt erlegen, als er gerade auf der Toilette saß. Yolandas Tochter ist tot. Hat sich zu Tode gehungert. War genauso alt wie Jemima.«

»Interessant«, sagte Ardery. »Sonst noch was?«

Frazer Chaplin, geboren in Dublin, eines von sieben Kindern, keine Vorstrafen, keine Klagen. Stets pünktlich am Arbeitsplatz, antwortete Hale.

»Er hat zwei Jobs«, merkte Isabelle an.

»Er erscheint auf beiden Arbeitsstellen pünktlich. Scheint ein bisschen auffällig hinterm Geld her zu sein, aber wer ist das nicht? Im Hotel *Duke's* witzelt man über ihn, er sei auf der Suche nach einer reichen Amerikanerin-Brasilianerin-Kanadierin-Russin-Japanerin-Chinesin-Außerirdischen, die ihn aushält. Wäre ihm alles recht. Er hat große Pläne, meint der Hotelmanager, aber niemand hat irgendetwas an ihm auszusetzen, und er ist allgemein beliebt. Ein Typ von der Sorte ›unser Frazer‹«, schloss Hale.

»Irgendetwas Neues über Paolo di Fazio?«, fragte Isabelle.

Di Fazio hatte eine interessante Geschichte: geboren in Palermo, das seine Familie auf der Flucht vor der Mafia verlassen hatte. Seine Schwester hatte dort einen kleinen Mafioso geheiratet und war von ihm zu Tode geprügelt worden. Der Ehemann wurde in seiner Gefängniszelle, wo er auf den Prozess wartete, erhängt aufgefunden, aber niemand glaubte an Suizid.

»Und der Rest?«, fragte Isabelle Ardery.

Viel mehr gebe es bisher nicht. Gegen Jayson Druther liege eine Beschwerde vor, anscheinend aufgrund einer Beziehung, die in die Brüche gegangen war. Allerdings handle es sich dabei um eine Beziehung zu einem Mann, nicht zu einer Frau, welchen Wert auch immer diese Information besitze.

Abbott Langer war ihnen bisher ein ziemliches Rätsel. Dass er früher einmal Eiskunstläufer gewesen war und an Olympischen Spielen teilgenommen hatte und inzwischen als Trainer und Hundesitter arbeitete, konnte zwar bestätigt werden. Aber dass er verheiratet gewesen war und für mehrere Kinder aufkommen musste, hatte sich als Märchen erwiesen. Offenbar war er gut befreundet mit Yolanda, aber daran war bisher nichts Verdächtiges festzustellen, da Yolanda nicht nur aus Händen las und Kontakte zur Geisterwelt pflegte, sondern auch ständig auf der Suche war nach Ersatzkindern, derer sie sich annehmen konnte.

»Über diese Sache mit Abbotts Exfrauen brauchen wir mehr«, sagte Ardery. »Wir müssen ihn genauer unter die Lupe nehmen.«

Lynley verließ unauffällig den Raum, während Ardery Anweisungen bezüglich der Überprüfung von Alibis zum Zeitpunkt von Jemima Hastings' Tod gab, der zwischen zwei und fünf Uhr eingetreten sei. Das dürfe die Sache erleichtern, sagte sie. »Die meisten dieser Leute gehen einer geregelten Arbeit nach. Irgendjemandem muss etwas aufgefallen sein. Das müssen wir in Erfahrung bringen.«

Lynley ging zum Tower Block hinüber und begab sich zum Büro des Assistant Commissioner. Hilliers Sekretärin erhob sich ganz gegen ihre Angewohnheit von ihrem Schreibtischstuhl und kam ihm mit ausgestreckter Hand entgegen. Judi MacIntosh, sonst die Diskretion in Person, wenn es um Hillier ging, sagte: »Großartig, Sie zu sehen, Inspector. Und lassen Sie sich nicht täuschen! Er ist hocherfreut über das alles.«

Das alles konnte sich nur auf Lynleys Rückkehr in den Yard beziehen, und mit *er* war natürlich Sir David Hillier gemeint. Der Assistant Commissioner machte indes nur eine beiläufige Bemerkung über Lynleys Rückkehr, als dieser das Zimmer betrat. »Sie sehen erholt aus. Sehr gut«, sagte er und ging ohne weitere Umschweife zum Geschäftlichen über. Wie Lynley bereits geahnt hatte, ging es darum, wie die Stelle des Detective Superintendent zu besetzen sei, die seit fast neun Monaten vakant war.

Hillier näherte sich dem Thema wie üblich auf Umwegen. »Wie gefällt Ihnen der Job?«, fragte er, was Lynley natürlich auf unterschiedliche Weise verstehen konnte. Hillier würde die Frage benutzen, um das Gespräch in die von ihm gewünschte Richtung zu lenken.

»Es ist anders und zugleich wie immer«, antwortete Lynley. »Alles hat eine etwas andere Schattierung.«

»Sie ist ehrgeizig, würde ich behaupten. Sonst hätte sie nicht eine derart steile Karriere gemacht, nicht wahr?«

»Eigentlich …« Lynley hatte davon gesprochen, wie es war, in seinen Beruf zurückzukehren, nachdem die Welt, die er gekannt hatte, in einem einzigen Augenblick auf der Straße durch die Waffe in der Hand eines Kindes auf den Kopf gestellt worden war. Er überlegte, ob er Hillier darauf hinweisen sollte, sagte jedoch stattdessen: »Sie ist intelligent und wendig«, womit er einerseits eine Antwort gab und andererseits so gut wie nichts aussagte.

»Wie reagieren die Kollegen auf sie?«

»Sie sind alle Profis.«

»John Stewart?«

»Egal, wer den Posten übernimmt, es wird in jedem Fall eine Eingewöhnungsphase geben, meinen Sie nicht? John hat seine Eigenheiten, aber er ist ein guter Polizist.«

»Man setzt mich unter Druck, jemanden zu Malcolm Webberlys Nachfolger zu ernennen«, sagte Hillier. »Ich denke, Ardery wäre eine gute Wahl.«

Lynley nickte, mehr nicht. Die Richtung, in die das Gespräch führte, behagte ihm keineswegs.

»Es würde eine Menge Pressewirbel geben, wenn sie den Posten bekäme.«

»Was nicht unbedingt von Nachteil wäre«, sagte Lynley. »Eher im Gegenteil, würde ich sagen. Eine Frau auf eine Spitzenposition zu hieven, erst recht eine Frau, die von außerhalb der Met kommt… Ich könnte mir vorstellen, dass das als positiver Schritt bewertet würde. Es würde gute Presse für die Met bedeuten.« Was dringend nötig war, fügte er im Stillen hinzu. In den vergangenen Jahren hatte die Met schwere Vorwürfe hinnehmen müssen, von institutionalisiertem Rassismus bis hin zu eklatanter Inkompetenz. Eine Kandidatin, die keine Leiche im Keller hatte, wäre zweifellos ein Segen.

»Falls es ein positiver Schritt ist«, sagte Hillier. »Womit wir beim eigentlichen Thema wären.«

»Aha.«

Hillier warf ihm einen scharfen Blick zu. Doch dann überging er Lynleys Bemerkung und sagte: »Ihre Papiere sind hervorragend, und alle reden in den höchsten Tönen von ihr. Aber wir wissen beide, dass alle höflichen Floskeln der Welt noch keine gute Führungskraft ausmachen.«

»Richtig. Aber Schwächen treten immer irgendwann zutage«, sagte Lynley. »Früher oder später.«

»In der Tat. Aber man drängt mich, die Entscheidung möglichst *früher* zu treffen, wenn Sie verstehen. Und wenn ich mich *früher* entscheide, dann will ich keinen Fehler machen.«

»Verständlich«, räumte Lynley ein.

»Offenbar hat sie Sie gebeten, mit ihr zusammenzuarbeiten.«

Lynley fragte nicht, woher Hillier diese Information hatte. Hillier wusste im Allgemeinen ziemlich genau, was sich in der Met abspielte. Er hätte seinen derzeitigen Posten nicht inne, wenn er nicht über ein Heer von Informanten verfügte. »Ich weiß nicht, ob ich es Zusammenarbeit nennen würde«, sagte Lynley vorsichtig. »Sie hat mich gebeten, mich ihrem Team anzuschließen und ihr dabei zu helfen, sich hier zurechtzufinden und sich schneller einzuarbeiten. Sie hat es gewiss nicht leicht hier: Sie ist nicht nur neu in London, sondern auch bei der Met, wo sie gleich einen Mordfall lösen muss. Wenn ich ihr bei der Eingewöhnung behilflich sein kann, tue ich das gern.«

»Sie kennen sie schon ein bisschen. Besser als die anderen, würde ich vermuten. Was mich zum Thema bringt. Ich will nicht lange um den heißen Brei herumreden: Falls Ihnen irgendetwas auffällt, das Sie an ihr zweifeln lässt, dann will ich es wissen. Egal was es ist.«

»Sir, ich glaube nicht, dass ich der Richtige …«

»Sie sind haargenau der Richtige für diese Aufgabe. Sie hatten den Job, Sie wollen ihn nicht, Sie arbeiten mit ihr zusammen, und Sie besitzen eine ausgezeichnete Menschenkenntnis. Wir beide hatten im Lauf der Jahre manche Meinungsverschiedenheit …«

Gelinde ausgedrückt, dachte Lynley.

»… aber ich kann nicht leugnen, dass Sie sich nur selten in einem Menschen geirrt haben. Sie haben ein persönliches Interesse daran – das haben wir alle –, dass dieser Posten mit einem guten Kandidaten besetzt wird, und zwar mit dem besten, den wir bekommen können. Sie werden sehr bald feststellen, ob sie diese Kandidatin ist. Ich bitte Sie nur, mich darüber zu informieren. Und ich werde Einzelheiten brauchen, denn falls sie den Posten nicht bekommt, ist das Allerletzte, was wir brauchen, ein Vorwurf der sexuellen Diskriminierung.«

»Was genau erwarten Sie von mir, Sir?« Falls der Assistant Commissioner von ihm verlangte, Isabelle Ardery auszuspionieren, dann sollte er es gefälligst offen aussprechen. »Schriftliche Berichte? Regelmäßige Besprechungen? Treffen wie dieses?«

»Ich denke, Sie wissen, was ich erwarte.«

»Ehrlich gesagt …« Sein Handy klingelte. Er warf einen Blick aufs Display.

»Lassen Sie es klingeln«, sagte Hillier.

»Es ist Ardery«, erwiderte Lynley. Trotzdem wartete er, bis der Assistant Commissioner ihm mit einem knappen Nicken zu verstehen gab, er solle das Gespräch annehmen.

»Wir haben einen Namen zu dem zweiten Phantombild«, teilte sie ihm mit. »Es handelt sich um einen Geiger. Sein Bruder hat ihn identifiziert.«

16

Barbara Havers übernahm die Telefonate, während Winston Nkata die Route plante. Es kostete sie nicht viel Mühe, Jonas Bligh und Keating Crawford ausfindig zu machen, die beiden Professoren am Winchester Technical College II, wobei nichts darauf hindeutete, dass es ein Winchester College I gab. Beide erklärten sich zu einem Gespräch mit den Detectives von Scotland Yard bereit. Beide erkundigten sich, um was es bei dem Gespräch gehen solle. Als Barbara erklärte, sie interessierten sich für einen Mann namens Gordon Jossie, der Empfehlungsschreiben von ihnen erhalten habe, reagierten beide mit: »Wer?«

Barbara wiederholte seinen Namen. Es müsse so etwa elf Jahre her sein, sagte sie.

Wieder bekam sie in beiden Fällen dieselbe Reaktion: elf Jahre? Man könne kaum erwarten, dass man sich an einen Studenten erinnere, der vor elf Jahren am College gewesen sei, Sergeant. Beide versicherten ihr jedoch, sie würden die Detectives empfangen.

In der Zwischenzeit studierte Nkata die Straßenkarte, um herauszufinden, wie sie nach Winchester hinein- und dort das College finden würden. Er fühlte sich zunehmend unwohl in Hampshire, was Barbara ihm nicht verübeln konnte. Er war der einzige Schwarze, den sie gesehen hatten, seit sie in den New Forest gekommen waren, und nach den Reaktionen im Hotel in Sway zu urteilen, war er der erste Schwarze, den man dort überhaupt jemals zu Gesicht bekommen hatte – vom Fernsehen einmal abgesehen.

Am Abend zuvor hatte sie ihm als Erklärung für die neugierigen Blicke des Kellners beim Abendessen zugeraunt: »Erstens halten uns die Leute hier für ein Liebespaar, Winnie.«

»Ach ja?«, hatte er entnervt gefragt. »Und wenn wir eins wären? Sind Beziehungen zwischen Schwarzen und Weißen vielleicht verboten?«

»Natürlich nicht«, erwiderte Barbara hastig. »Verdammt, Winnie! Ich wär der Glückspilz des Jahrhunderts! Darum glotzen die alle. Der und *die*?, sagen sie sich. Wie hat sie es nur geschafft, sich so einen Typen zu angeln? Jedenfalls nicht mit ihrem Aussehen. Sieh uns doch mal an – dich und mich –, wie wir hier im Hotel beim Abendessen sitzen. Kerzenlicht, Blumen auf dem Tisch, die Musik…«

»Das ist eine CD, Barb.«

»Versuch, mir zu folgen, okay? Die Leute ziehen Schlüsse aus dem, was sie sehen. Glaub's mir! Als ich mit DI Lynley unterwegs war, ist mir das dauernd passiert.«

Der Speisesaal des Hotels war wirklich etwas Besonderes, auch wenn die alten Neil-Diamond-Songs aus der Konserve kamen und die Blumen auf dem Tisch aus Plastik waren. Das Hotel war der einzige Ort in Sway, an dem man einen halbwegs romantischen Abend verbringen konnte. Trotzdem sagte er: »Und zweitens?«, worauf sie fragte: »Hä?«

»Du hast gesagt, erstens. Wo bleibt das Zweitens?«

»Ach so«, sagte sie. »Zweitens bist du ziemlich groß, und du hast diese Narbe im Gesicht. Damit fällst du auf. Und dann deine Kleidung im Vergleich zu meiner. Womöglich halten die dich für 'ne wichtige Persönlichkeit und mich für deine Sekretärin oder Assistentin oder was weiß ich. Wahrscheinlich Fußballspieler. Du, nicht ich. Oder ein Filmstar. Wahrscheinlich fragen sie sich gerade, wo sie dich zuletzt gesehen haben. Vielleicht bei *Big Brother* oder in irgendeiner anderen Show oder bei *Morse*, als du noch in den Windeln lagst.«

Er sah sie amüsiert an. »Machst du das bei Inspector Lynley auch, Barb?«

»Was?«

»Machst du dir über ihn auch so viele Gedanken? Wie du es jetzt mit mir machst?«

Sie spürte, wie sie rot anlief. »Tu ich das? Sorry. Es ist nur …«

»Nett von dir«, sagte er. »Aber ich bin schon schlimmer angestarrt worden als hier, glaub mir.«

»Oh«, sagte sie. »Ach so.«

»Und«, fügte er hinzu, »deine Klamotten sind gar nicht so übel.«

Sie musste laut lachen. »Und Jesus ist gar nicht am Kreuz gestorben. Aber keine Sorge! Superintendent Ardery kümmert sich um das Problem. Demnächst bin ich die Antwort der Met auf… auf…« Sie biss sich auf die Lippe. »Siehst du, genau das ist das Problem. Ich kenne noch nicht mal die neuesten Models. Ich lebe total hinterm Mond. Aber egal, da kann man nichts machen. Als es noch ausreichte, den Geschmack der Queen nachzuahmen, war das Leben einfacher, das kann ich dir sagen.« Nicht dass sie selbst dies je versucht hatte, dachte Barbara. Allerdings fragte sie sich tatsächlich, ob Superintendent Ardery damit zufrieden wäre, wenn sie in Zukunft vernünftige Schuhe, Handschuhe und ein Handtäschchen tragen würde.

Da Winchester kein Dorf war, sondern eine Kleinstadt, zog Winston Nkata dort nicht ganz so viele Blicke auf sich. Auch auf dem Campus des Winchester Technical College II, das sie aufgrund von Winstons sorgfältiger Planung schnell gefunden hatten, fiel er nicht weiter auf.

Jonas Bligh und Keating Crawford waren dagegen nicht so leicht ausfindig zu machen. Da Barbara davon ausgegangen war, sie in einem Institut anzutreffen, das irgendetwas mit Dachdeckerei zu tun hatte, war sie am Telefon gar nicht erst auf die Idee gekommen nachzufragen, wo sich ihre Zimmer befanden. Es stellte sich heraus, dass Bligh irgendetwas mit Computern zu tun hatte, während Crawford im Fachbereich Telekommunikation tätig war.

Bligh hielt, wie sie erfuhren, gerade seine Sprechstunde ab, und sie fanden sein Zimmer unterhalb einer Treppe, über die Horden von Studenten pausenlos hinauf- und hinuntertrampelten. Barbara konnte sich nicht vorstellen, wie ein Mensch in einer solchen Umgebung vernünftig arbeiten sollte, doch die Wachsstöpsel, die Bligh sich aus den Ohren nahm, als sie sich vorstellten, lieferten ihr die Erklärung. Er schlug vor, einen anderen Ort aufzusuchen, ein Café vielleicht, oder einfach einen Spaziergang zu machen. Barbara meinte, sie sollten lieber versuchen, Crawford ausfindig zu machen, wodurch sie etwas Zeit sparen würden.

Sie erreichten den Professor für Telekommunikation per Handy und trafen sich mit ihm auf dem Parkplatz, wo einige Leute vor einem Imbisswagen standen, an dem man Eis und Getränke erstehen konnte. Crawford war einer von ihnen. Den Mann als massig zu beschreiben, wäre eine höfliche Untertreibung gewesen. Auf das Cornetto, das er sich zu Gemüte führte, hätte er lieber verzichten sollen. Er schob sich gerade den Rest des Hörnchens in den Mund und kaufte sich ein zweites. »Noch jemand ein Eis?«, rief er den Detectives und seinem Kollegen zu.

Barbara, die durchaus in der Lage war, ihre Zukunft vor sich zu sehen, wenn sie ihr derart drastisch vorgeführt wurde, lehnte ab; Winston und Bligh ebenfalls. »Der wird keine fünfzig, warten Sie's ab«, murmelte Bligh, sagte jedoch mit einem Blick auf das zweite Cornetto freundschaftlich zu Crawford: »Ich kann Sie gut verstehen. Verdammt heißer Sommer, was?«

Es folgte das für Engländer typische Thema, mit dem jedes Gespräch eingeleitet wird: ein kurzes Geplänkel über das Wetter. Sie schlenderten zu einer Rasenfläche, die von einem ausladenden Ahorn überschattet wurde. Es gab zwar keine Stühle, aber es tat gut, aus der Sonne herauszukommen.

Barbara reichte den beiden Professoren die Empfehlungsschreiben, die sie für Gordon Jossie verfasst hatten. Bligh setzte sich seine Brille auf. Von Crawfords Cornetto tropfte ein Klecks Vanilleeis auf das Blatt. Er wischte es an seiner Hose ab, murmelte: »Sorry, Berufsrisiko«, und begann zu lesen. Einen Augenblick später blickte er stirnrunzelnd auf. »Was zum Teufel…«, sagte er. Gleichzeitig schüttelte Bligh den Kopf. »Das ist eine Fälschung«, sagte er, während Crawford erklärte: »Das habe ich nicht geschrieben.«

Barbara und Winston tauschten Blicke aus. »Sind Sie sicher?«, fragte Barbara. »Könnten Sie es einfach vergessen haben? Ich meine, Sie werden doch am Ende des Semesters von vielen Studenten um solche Schreiben gebeten, oder?«

»Natürlich«, räumte Bligh ein. »Aber gewöhnlich werde ich von Studenten meines Fachs um Empfehlungsschreiben gebeten, Sergeant. Dies hier ist zwar der Briefkopf des Colleges, aber in dem Schreiben werden Gordon Jossies Leistungen auf den Gebieten Finanzen und Buchhaltung beurteilt – Fächer, die ich nicht unterrichte. Und das ist auch nicht meine Unterschrift.«

»Und Sie?« Barbara wandte sich an Crawford. »Ich nehme an …«

Er nickte. »Hausgerätetechnik«, sagte er und gab ihr das Schreiben zurück. »Nicht mein Fachbereich. Nicht im Entferntesten.«

»Und die Unterschrift?«

»Dito. Wahrscheinlich hat jemand ein paar Briefbögen aus irgendeinem Büro mitgehen lassen oder den Briefkopf auf dem PC abgekupfert und sich dann die Empfehlungsbriefe selbst geschrieben. Das kommt schon mal vor. Aber eigentlich sollte man meinen, dass einer sich vorher erkundigt, wer welches Fach unterrichtet. Sieht so aus, als hätte er unsere Namen willkürlich aus dem Vorlesungsverzeichnis abgeschrieben.«

»Genau«, stimmte Bligh ihm zu.

Barbara schaute Winston an. »Das erklärt jedenfalls, wie ein Typ, der weder lesen noch schreiben kann, an einen Collegeabschluss kommt.«

Winston nickte. »Aber nicht, wie einer, der weder lesen noch schreiben kann, diese Briefe verfasst hat. Denn das kann er nicht selbst getan haben.«

»Sieht so aus.«

Was natürlich bedeutete, dass jemand anderes die Schreiben für Gordon Jossie aufgesetzt hatte – jemand, der ihn von früher

her kannte, jemand, mit dem sie wahrscheinlich noch nicht gesprochen hatten.

Robbie Hastings wusste: Wenn er herausfinden wollte, was seiner Schwester zugestoßen war und warum, und wenn er weiterleben wollte – egal wie freudlos –, dann musste er als Erstes einigen fundamentalen Tatsachen ins Auge sehen. In der Kirche in Ringwood hatte Meredith versucht, ihm mindestens eine dieser Tatsachen beizubringen. Er hatte sie daran gehindert, weil er schlicht und einfach ein Feigling war. Aber so konnte es nicht weitergehen. Und deshalb griff er schließlich zum Telefon.

Als sie seine Stimme hörte, sagte sie: »Hallo, wie geht's? Ich meine, wie geht es dir wirklich, Rob? Kommst du zurecht? Ich kann nicht schlafen und nichts essen. Du? Ich wollte gerade …«

»Merry.« Er räusperte sich. Es kostete ihn Mühe, die innere Stimme zu ignorieren, die schrie: *Besser, es nicht zu wissen, besser, es nie zu erfahren.* »Was hast du … Als wir in der Kirche über sie gesprochen haben, was hast du da gemeint?«

»Wann?«

»Du hast gesagt: jedes Mal, wenn. Das waren deine Worte.«

»Rob, ich weiß nicht …«

»Mit einem Mann zusammen, hast du gesagt. Jedes Mal, wenn sie mit einem Mann zusammen war.« *Gott*, dachte er, *zwing mich doch nicht, noch mehr zu sagen!*

»Ach so«, antwortete Meredith leise. »Du meinst, Jemima und Sex.«

»Ja«, flüsterte er.

»Ach, Rob, das hätte ich besser für mich behalten.«

»Aber das hast du nicht. Also musst du es mir jetzt erzählen. Wenn du etwas weißt, das mit ihrem Tod zu tun hat …«

»Es ist nichts«, antwortete sie hastig. »Da bin ich mir ganz sicher. Damit hat es nichts zu tun.«

Er schwieg in der Hoffnung, dass sie weiterreden würde, wenn er nichts sagte. Und das tat sie.

»Damals war sie noch jünger. Es ist jedenfalls schon Jahre her.

Und sie hatte sich bestimmt geändert, Rob. Menschen ändern sich.«

Er wollte ihr so gern glauben. Er könnte einfach sagen: »Ja, stimmt. Danke, Merry«, und auflegen.

Im Hintergrund hörte er Stimmengemurmel. Er hatte Meredith auf der Arbeit angerufen, und das hätte ihm ohne Weiteres als Vorwand gereicht, um das Gespräch in diesem Augenblick zu beenden. Sie hätte dies natürlich genauso gut tun können. Aber er entschied sich dagegen. Er konnte jetzt nicht einfach auflegen und dann mit dem Wissen leben, dass er mal wieder gekniffen hatte, genauso wie in der Kirche, als er die Augen vor dem verschlossen hatte, was sie ihm wahrscheinlich erzählt hätte, wenn er drangeblieben wäre.

»Ich glaube, es ist an der Zeit, dass ich alles erfahre, Merry. Es ist kein Vertrauensbruch, wenn du mir alles erzählst. Nichts, was du sagst, kann es jetzt noch schlimmer machen.«

Als sie endlich zu sprechen begann, klang ihre Stimme, als käme sie aus einem Rohr, aus einem Hohlraum, aber es konnte auch daran liegen, dass sein Herz hohl war. »Also gut«, sagte sie. »Elf.«

»Elf was?«, fragte er.

Elf Liebhaber? War Jemima schon mit so vielen ins Bett gegangen? In welchem Alter hatte sie damit angefangen? Und hatte sie tatsächlich mitgezählt?

»Jahre«, sagte Meredith. »So alt war sie.« Als er nichts erwiderte, fuhr sie fort: »Ach, Rob, du willst das alles doch gar nicht wissen. Wirklich. Sie war nicht *verdorben*. Sie hat nur … Sie hat eines mit dem anderen verwechselt. Das wusste ich damals natürlich nicht. Warum sie das gemacht hat, meine ich. Ich wusste nur, dass sie Gefahr lief, schwanger zu werden, aber sie sagte, nein, sie würde verhüten. Sie kannte sogar das Wort: Verhütung. Ich weiß nicht, was sie benutzt hat oder wo sie es herhatte, denn das wollte sie mir nicht verraten. Sie hat mir nur gesagt, es stünde mir nicht zu, ihr zu sagen, was recht und unrecht war, und wenn ich ihre Freundin wäre, dann wüsste ich das. Und dann ging es plötzlich darum, dass ich noch nie einen Freund gehabt hatte. Nach dem Motto: ›Du bist ja bloß neidisch, Merry.‹ Aber das war es nicht, Rob. Sie war meine Freundin. Ich wollte nur, dass ihr nichts passierte. Und die Leute haben über sie geredet. Vor allem in der Schule.«

Robbie brachte kein Wort heraus. Er stand in der Küche und tastete hinter sich nach einem Stuhl, auf den er sich ganz langsam sinken ließ. »Jungs aus der Schule?«, fragte er. »Jungs aus der Schule hatten Sex mit Jemima, als sie *elf* war? Wer? Wie viele?« Er würde sie finden, dachte er. Er würde sie aufspüren und ihnen eine Lektion erteilen, selbst nach so vielen Jahren.

»Ich weiß nicht, wie viele. Ich meine, sie hatte immer irgendeinen Freund, aber ich nehme nicht an … Jedenfalls nicht alle haben es mit ihr …«

Er wusste, dass sie log, um seine Gefühle zu schonen, oder vielleicht, weil sie glaubte, sie hätte Jemima verraten, obwohl doch er derjenige war, der sie verraten hatte, weil er nicht mitbekommen hatte, was sich vor seiner Nase abspielte.

»Erzähl mir den Rest«, sagte er. »Das war noch nicht alles, oder?«

Als sie weitersprach, klang ihre Stimme ganz anders. Er merkte, dass sie weinte. »Nein, nein. Mehr gibt's nicht zu erzählen.«

»Herrgott noch mal, Merry …«

»Wirklich!«

»Sag's mir!«

»Robbie, bitte, dräng mich nicht!«

»Was war noch?« Dann versagte ihm die Stimme. Er flüsterte: »Bitte!«, und vielleicht war es das, was sie zum Weiterreden veranlasste.

»Wenn sie mit einem Jungen zusammen war und ein anderer sie wollte … Sie hat es nicht verstanden. Sie konnte nicht treu sein. Für sie bedeutete es nichts, und deswegen war sie auch kein Flittchen. Sie hat nur nie verstanden, wie es auf andere wirkte. Ich meine, was die anderen dachten oder was sie tun oder von ihr verlangen könnten. Ich habe versucht, es ihr zu erklären, aber da war sie gerade wieder mit irgendeinem Jungen zusammen oder später mit irgendeinem Mann. Sie hat einfach nicht kapiert, dass es nichts mit Liebe zu tun hatte – also das, was sie von ihr wollten. Aber wenn ich versucht habe, es ihr begreiflich zu machen, hat sie immer nur gedacht, ich wäre …«

»Ja«, sagte er. »Ist gut. Ja.«

Wieder schwieg sie, aber er hörte etwas rascheln, wahrscheinlich ein Papiertaschentuch. Sie hatte die ganze Zeit geweint. »Weißt du noch, wie wir uns immer gestritten haben?«, sagte sie. »Wie wir stundenlang in ihrem Zimmer geredet haben?«

»Ja. Daran erinnere ich mich.«

»Du siehst also … Ich hab's versucht … Ich hätte mit jemandem drüber reden sollen, aber ich wusste nicht, mit wem.«

»Hast du denn nie daran gedacht, mit mir darüber zu sprechen?«

»Doch, das hab ich. Aber dann musste ich daran denken, dass diese Männer … und vielleicht sogar du …«

»O Gott, Merry!«

»Tut mir leid! Es tut mir so leid!«

»Hast du … Hat sie gesagt …?«

»Nein, nie! Das nicht.«

»Und trotzdem dachtest du …« Er hätte beinahe laut gelacht vor lauter Verzweiflung über eine derart absurde Idee, die himmelweit entfernt war von dem, was er für ein Mensch war und wie er sein Leben lebte.

Wenigstens, dachte Robbie, hatte Gordon Jossie das Leben seiner Schwester verändert. Offenbar hatte sie endlich gefunden, was sie gesucht hatte. Ihm war sie bestimmt treu gewesen. Es konnte gar nicht anders gewesen sein. Er sagte: »Aber bei Jossie war es anders. Ihn hat sie nicht betrogen. Ich hab dir doch erzählt, er wollte sie sogar heiraten, und das hätte er nicht gewollt, wenn er auch nur den geringsten Zweifel …«

»Wirklich?«

Etwas an der Art, wie sie die Frage stellte, ließ ihn innehalten.

»Was wirklich?«

»Wollte er sie wirklich heiraten?«

»Ja. Sie ist weggegangen, weil sie Zeit brauchte, um darüber nachzudenken. Ich nehme an, er dachte, es wäre aus zwischen ihnen, weil er sie so oft angerufen hat, bis sie sich ein neues Handy besorgte. Du siehst also, dass sie endlich … Aber das hab ich dir ja alles schon erzählt, Merry.« Er faselte nur noch dummes Zeug, das war ihm klar, aber er fürchtete einfach, dass die beste Freundin seiner Schwester ihm noch mehr sagen würde.

Und so war es tatsächlich. »Aber Rob, bevor wir … Wie soll ich es nennen? Uns zerstritten haben? Bevor unsere Freundschaft in die Brüche gegangen ist? Also, jedenfalls, bevor es dazu kam, hat sie mir erzählt, Gordon wollte grundsätzlich nicht heiraten. Es hätte nichts mit ihr zu tun, meinte sie. Er wollte einfach nicht heiraten, Punkt, aus. Sie hat mir erklärt, er hätte Angst vor der Ehe. Er hätte Angst vor Nähe.«

»Das sagen Männer immer, Merry. Am Anfang.«

»Nein, hör zu! Sie hat gesagt, sie hätte ihn eine Ewigkeit bearbeiten müssen, bis er einverstanden war, dass sie zusammenzogen, und davor hatte sie mir erzählt, er hätte sich dagegen gesträubt, dass sie bei ihm übernachtete, und davor hatte sie behauptet, sie hätte ihn erst zum Sex überreden müssen. Dass er auf einmal ganz wild drauf gewesen sein soll, sie zu heiraten … Was hätte denn den plötzlichen Sinneswandel auslösen sollen?«

»Das Zusammenleben mit ihr. Er hatte sich daran gewöhnt. Er hat gemerkt, dass nichts Schlimmes passiert, wenn man mit jemandem zusammenlebt. Er hat gelernt …«

»Gelernt? Was soll er denn gelernt haben? Machen wir uns doch nichts vor, Rob! Falls es etwas zu lernen gab, falls es was zu erfahren gab … dann hätte er doch am ehesten rausgefunden, dass Jemima …«

»*Nein!*« Er sagte es nicht, weil er es glaubte, sondern weil er es glauben wollte – dass seine Schwester für Gordon Jossie gewesen war, was sie für ihren eigenen Bruder nie gewesen war: ein offenes Buch. Sollte es nicht genauso sein zwischen Partnern, die sich liebten? Er hatte keine Antwort auf diese Frage. Woher zum Teufel sollte er die auch haben, wo eine Liebesbeziehung mit einer Frau für ihn ins Reich der Fantasie gehörte?

»Ich wünschte, du hättest mich nicht ausgefragt«, sagte Meredith. »Ich wünschte, ich hätte dir nichts erzählt. Was spielt das alles jetzt noch für eine Rolle? Ich meine, letzten Endes hat sie doch nur jemanden gesucht, der sie liebte. Aber das hab ich damals nicht verstanden, als wir noch junge Mädchen waren. Und als es mir endlich klar wurde, als wir erwachsen waren, hatten wir uns schon so weit auseinanderentwickelt, dass es jedes Mal, wenn ich versucht habe, mit ihr darüber zu reden, so aussah, als hätte ich ein Problem und nicht Jemima.«

»Deswegen ist sie ermordet worden«, sagte Robbie. »So ist es doch, oder?«

»Bestimmt nicht. Denn wenn sie sich verändert hatte, so wie du sagst, wenn sie Gordon treu war … Und mit ihm war sie länger zusammen als mit jedem anderen, nicht wahr? Mehr als zwei Jahre, fast drei.«

»Aber sie ist übereilt fortgegangen. Er hat die ganze Zeit hinter ihr hertelefoniert.«

»Siehst du? Das bedeutet doch, dass er sie zurückhaben wollte, was bestimmt nicht der Fall gewesen wäre, wenn sie ihn betrogen hätte. Ich glaube, sie wollte das alles hinter sich lassen, Rob. Wirklich.«

Aber an Merediths eindringlichem Ton erkannte Robbie, dass alles, was sie jetzt sagte, nur dazu diente, ihn zu beruhigen. Er war hin- und hergerissen, ihm war regelrecht schwindlig. Unter all den Informationen, die er gesammelt hatte, musste eine tiefere Wahrheit über seine Schwester verborgen liegen. Es musste eine Möglichkeit geben, sowohl ihr Leben als auch ihren Tod zu erklären.

Er musste diese Wahrheit in Erfahrung bringen, denn nur so würde er sich jemals verzeihen können, dass er Jemima, als sie ihn am dringendsten brauchte, im Stich gelassen hatte.

Barbara Havers und Winston Nkata kehrten zur Polizeiwache in Lyndhurst zurück, wo sie dem Chief Superintendent die gefälschten Empfehlungsschreiben vom Winchester Technical College II übergaben. Whiting las die Schreiben. Er gehörte zu denen, die beim Lesen stumm die Lippen bewegten. Er ließ sich Zeit.

»Wir haben mit den beiden Herren gesprochen, Sir«, berichtete Barbara. »Sie haben die Schreiben nicht verfasst. Sie kennen keinen Gordon Jossie.«

Er blickte auf. »Das«, sagte er, »ist problematisch.«

Vornehm ausgedrückt, dachte Barbara. Allerdings schien Whiting die Angelegenheit nicht sonderlich zu interessieren. »Als wir das letzte Mal hier waren, sagten Sie, zwei Frauen hätten hier angerufen und sich über ihn beklagt.«

»Habe ich das?« Whiting schien darüber nachzudenken. »Ja, ich glaube, es hat zwei Anrufe gegeben. Zwei Frauen, die meinten, wir sollten diesen Jossie unter die Lupe nehmen.«

»Und?«, fragte Barbara.

»Und was?«, fragte Whiting.

Barbara warf Winston einen kurzen Blick zu. Er übernahm das Gespräch. »Sehen Sie, wir haben diese beiden Schreiben. Wir haben in London eine Tote, die mit dem Kerl zusammengelebt hat. Er ist vor Kurzem nach London gefahren, um nach ihr zu suchen, was er nicht abstreitet. Er hat überall Postkarten mit ihrem Konterfei verteilt und jeden, der sie gesehen haben könnte, um einen Anruf gebeten. Und Sie haben zwei Anrufe erhalten, die Sie auf ihn aufmerksam gemacht haben.«

»Die Frauen, die hier angerufen haben, haben nichts von einer Postkarte in London erwähnt«, sagte Whiting. »Und auch nichts von einer Toten.«

»Der springende Punkt sind die Anrufe selbst. Und wie sich eins zum andern addiert, das gegen Jossie spricht.«

»Ja«, sagte Whiting. »Das kann schon einen merkwürdigen Eindruck machen. Das sehe ich ein.«

Barbara kam zu dem Schluss, dass man dem Chief Superintendent auf Umwegen nicht beikam. »Sir«, sagte sie. »Was wissen Sie über Gordon Jossie, das Sie uns verschweigen?«

Whiting reichte ihr die Schreiben zurück. »Überhaupt nichts«, sagte er.

»Haben Sie ihm denn nach diesen Anrufen auf den Zahn gefühlt?«

»Sergeant… Wie waren noch Ihre Namen? Havers? Nkata?« Er wartete, bis sie nickten. Allerdings hätte Barbara schwören können, dass er ihre Namen genau kannte, obwohl er sie falsch aussprach. »Sie werden kaum von mir erwarten, dass ich Arbeitskraft vergeude, weil eine Frau hier anruft, die womöglich bloß sauer ist, weil sie von einem Mann versetzt wurde.«

»Sie erwähnten zwei Frauen«, bemerkte Nkata.

»Eine Frau, zwei Frauen. Fakt ist, dass sie nichts Konkretes vorbringen konnten, nur Verdächtigungen, und die waren ziemlich dubios, wenn Sie verstehen, was ich meine.«

»Nein, verstehe ich nicht«, entgegnete Havers.

»Ihre Verdächtigungen waren völlig aus der Luft gegriffen. Er hat in keine Fenster geglotzt. Er hat nicht vor Grundschulen herumgelungert. Er hat keinen alten Damen die Handtaschen geklaut. Er hat keine fragwürdigen Dinge in sein Haus oder aus seinem Haus herausgeschafft. Er hat nicht versucht, Frauen auf der Straße zu überreden, in sein Auto zu steigen für ein bisschen Sie-wissen-schon. Diese Anruferinnen – die übrigens ihren Namen nicht nennen wollten – hatten nicht mehr vorzubringen, als dass Jossie ihnen irgendwie verdächtig vorkam. Und diese Briefe da«, er zeigte auf die gefälschten Empfehlungsschreiben, »machen den Kohl auch nicht fett. Der springende Punkt ist doch nicht, dass er sie gefälscht hat…«

»Hat er nicht«, sagte Havers. »Er kann weder lesen noch schreiben.«

»Also gut. Dann hat sie jemand für ihn gefälscht. Ein Freund. Eine Freundin. Wer weiß. Haben Sie sich schon mal überlegt, dass er keine Chance gehabt hätte, in seinem Alter noch eine Lehrstelle zu finden, wenn er nicht etwas vorgewiesen hätte, das ihn als brauchbaren Kandidaten ausweist? Mehr haben diese Briefe nicht zu bedeuten, wenn Sie mich fragen.«

»In Ordnung«, sagte Havers. »Aber Tatsache ist...«

»Tatsache ist, dass es um die Frage geht, ob er seine Sache als Lehrling gut gemacht hat. Und das hat er doch, oder? Er hat in Itchen Abbas eine glänzende Lehre absolviert. Dann hat er sich selbstständig gemacht. Sein Betrieb läuft gut, und soweit ich informiert bin, hat er sich nichts zuschulden kommen lassen.«

»Sir...«

»Ich würde sagen, damit ist der Fall erledigt, meinen Sie nicht?«

Das meinte sie keineswegs, doch sie sagte nichts. Auch Nkata schwieg. Und ebenso wie sie es vermied, ihn anzusehen, hielt auch Nkata seinen Blick geradeaus gerichtet. Denn es gab einen Punkt, den der Chief Superintendent nicht bedacht hatte: Sie hatten mit keinem Wort erwähnt, dass Gordon Jossie bei Ringo Heath oder wem auch immer eine Lehre absolviert hatte, und die Tatsache, dass Whiting darüber offenbar Bescheid wusste, legte den Schluss nahe, dass es über Gordon Jossie und sein Leben im New Forest mehr zu erfahren gab, als auf den ersten Blick zu erkennen war. Und Barbara war sich ganz sicher: Chief Superintendent Zachary Whiting wusste ganz genau, worum es sich dabei handelte.

Nach dem Telefongespräch mit Rob Hastings gelangte Meredith zu der Überzeugung, dass sie etwas unternehmen musste. Der arme Mann war am Boden zerstört und zugleich überwältigt von Schuldgefühlen, und da dies zum Teil dem Umstand geschuldet war, dass sie ihren Mund nicht hatte halten können und Dinge ausgeplappert hatte, die sie besser für sich behalten hätte, unternahm sie einen ersten Schritt, um den Schaden wiedergutzumachen. Sie hatte genug Krimis gesehen, und als sie nach Lyndhurst aufbrach, wusste sie, was sie zu tun hatte. Sie war sich ziemlich sicher, dass sie Gina Dickens nicht in ihrem Zimmer über den *Mad Hatter Tea Rooms* antreffen würde, da die Blondine zurzeit all ihre Energie auf ihr Zusammenleben mit Gordon Jossie verwandte. Aus diesem Grund hatte sie wahrscheinlich schon seit Tagen keinen Fuß mehr in ihr Pensionszimmer gesetzt. Und sollte Gina wider Erwarten doch auf das Klopfen an ihrer Tür reagieren, hatte Meredith den Vorwand für ihren unerwarteten Besuch schon parat: Sie sei gekommen, um sich für ihre Unverschämtheit zu entschuldigen. Ich bin im Moment einfach völlig von der Rolle, würde sie sagen – was sogar stimmte, auch wenn es nur die halbe Wahrheit war.

Sie hatte sich für den Rest des Tages krankgemeldet. Rasende Kopfschmerzen, die Hitze und auch noch ihre Tage. Sie würde zu Hause weiterarbeiten, wo sie ihre Kopfschmerzen mit kalten Kompressen lindern konnte. Sie sei ohnehin schon weit gediehen mit den Entwürfen. Mehr als eine Stunde brauche sie nicht, um sie fertigzustellen.

Ihr Chef war einverstanden, und sie hatte sich auf den Weg gemacht. In Lyndhurst stellte sie ihren Wagen vor dem New-Forest-Museum ab und ging den kurzen Weg zur Teestube in der High Street zu Fuß. Jetzt im Hochsommer wimmelte es in Lyndhurst nur so von Urlaubern. Die Stadt lag mitten im New Forest und war für gewöhnlich die erste Anlaufstelle für Besucher, die sich mit diesem Teil von Hampshire vertraut machen wollten.

Zu Ginas Zimmer über dem *Mad Hatter Tea Rooms* gelangte man durch eine separate Tür neben der Teestube, aus der um diese Tageszeit der Duft von frischen Backwaren drang. Es gab nur zwei Gästezimmer in dem Haus, und da aus einem Zimmer laute Hip-Hop-Musik drang, steuerte Meredith gleich das andere an. Jetzt konnte sie einen der Tricks anwenden, die sie aus den Krimiserien im Fernsehen gelernt hatte. Mithilfe einer Kreditkarte versuchte sie, die Zimmertür zu öffnen. Sie brauchte fünf Versuche, und sie war nass geschwitzt – vor Aufregung und von der stickigen Luft im Haus –, als sie es endlich geschafft hatte. Sie wusste sofort, dass sie die richtige Entscheidung getroffen hatte, denn auf dem Nachttisch klingelte ein Handy, und sie wollte verdammt sein, wenn das kein Verdachtsmoment war.

Sie stürzte zu dem Nachttisch, nahm das Handy auf, sagte mit aller Entschiedenheit, die sie aufbringen konnte: »Ja?«, wobei sie noch zusätzlich ein bisschen keuchte, um ihre Stimme unkenntlich zu machen.

Das Handy ans Ohr gedrückt, sah sie sich im Zimmer um. Es war spartanisch eingerichtet: ein Bett, eine Kommode, ein Nachttisch, ein Schreibtisch, ein Kleiderschrank. Es gab ein Waschbecken mit einem Spiegel darüber, aber kein Bad. Da das Fenster geschlossen war, herrschte eine Hitze wie in einem Brutkasten.

Am anderen Ende der Leitung war es still. Sie dachte schon, sie hätte den Anruf verpasst, und verfluchte sich innerlich dafür. Doch dann sagte eine Männerstimme: »Baby, Scotland Yard war bei mir. Wie lange zum Teufel brauchst du noch?«

Meredith lief ein eiskalter Schauer über den Rücken, als hätte jemand hinter ihr einen Tiefkühlschrank aufgerissen.

»Wer spricht da?«, fragte sie. »Sagen Sie mir, wer Sie sind!«

Wieder Stille. Dann hörte sie die Stimme leise murmeln: »Scheiße.« Dann nichts mehr.

»Hallo? Hallo? Wer ist da?« Aber sie wusste, dass der Anrufer, wer auch immer er sein mochte, längst aufgelegt hatte. Sie drückte die Antworttaste, um zurückzurufen, auch wenn sie nicht damit rechnete, dass der Mann den Anruf entgegennehmen würde. Aber das brauchte er auch nicht. Sie brauchte nur die Nummer des Anrufers. Doch auf dem Display erschien nur die Information: UNBEKANNT.

Verdammt, dachte sie, der Mistkerl hatte die Nummer unterdrückt. Es klingelte und klingelte am anderen Ende, genau wie sie erwartet hatte. Keine Mailbox, keine Ansage. Der Anruf war von jemandem gekommen, der mit Gina unter einer Decke steckte.

Diese Erkenntnis verschaffte ihr ein Triumphgefühl. Sie bewies, dass sie von Anfang an richtig gelegen hatte. Sie hatte gleich gewusst, dass Gina Dickens Dreck am Stecken hatte. Jetzt musste sie nur noch herausfinden, warum sie sich in Wirklichkeit im New Forest aufhielt, denn egal was Gina über ihr Programm zur Unterstützung von gefährdeten Jugendlichen erzählt hatte: Meredith kaufte es ihr nicht ab. Soweit sie das sah, war Jemima weit und breit die einzige gefährdete Jugendliche gewesen.

Nebenan hämmerte immer noch Hip-Hop-Musik. Von unten schwoll der Lärm der Teestube an. Von draußen dröhnten die Straßengeräusche herein: Lastwagen, deren Getriebe kreischte, wenn die Fahrer herunterschalteten, um die Steigung zu überwinden. Autos auf dem Weg nach Southampton oder Beaulieu. Reisebusse von der Größe kleiner Häuser, die ihre Passagiere nach Brockenhurst oder bis zu der kleinen Hafenstadt Lymington kutschierten oder zu einem Ausflug auf die Isle auf Wight. Meredith musste daran denken, wie Gina sich über den unerträglichen Lärm vor ihrem Fenster beklagt hatte. In diesem Punkt hatte sie ausnahmsweise nicht gelogen. Aber sonst? Tja, um das zu klären, war Meredith hergekommen.

Sie musste sich beeilen. Inzwischen war ihr fürchterlich heiß, doch sie konnte nicht das Fenster aufmachen und riskieren, dass man so auf sie aufmerksam würde. Aber die Hitze machte Meredith regelrecht klaustrophobisch.

Als Erstes nahm sie den Nachttisch in Angriff. Der Radiowecker war auf Radio Five eingestellt, was nichts zu bedeuten hatte, und die Schublade enthielt nichts weiter als eine Schachtel Kleenex und eine angebrochene Packung Blu-Tack-Klebeknete, von der ein kleines Stück fehlte. In dem offenen Fach unter der Schublade lagen einige Zeitschriften, die zu alt waren, als dass sie Gina Dickens gehören konnten.

Im Kleiderschrank befanden sich ein paar Kleidungsstücke, aber längst nicht so viele, wie man erwarten würde, wenn hier jemand dauerhaft wohnte. Die Sachen waren allerdings von guter Qualität und passten zu dem Stil, den Meredith von Gina kannte. Die Frau hatte einen teuren Geschmack. Keinerlei billiger Modefummel in ihrem Schrank. Doch darüber hinaus sagten die Kleider leider gar nichts über ihre Besitzerin aus. Meredith fragte sich zwar, wie Gina sich bei dem, was Gordon Jossie als Dachdecker verdiente, weiterhin so teure Kleider leisten wollte, das war's aber auch schon.

Die Kommode sagte ihr etwa genauso viel, nämlich dass Gina ihre Schlüpfer auf keinen Fall in Ramschläden kaufte. Sie waren samt und sonders aus Seide oder Satin, in mindestens sechs verschiedenen Farben und unterschiedlich gemustert, und zu jedem Höschen gab es einen passenden BH. Einen Moment lang betrachtete Meredith neidisch die teure Wäsche. Dann nahm sie sich die anderen Schubladen vor. Sie enthielten säuberlich gefaltete T-Shirts und Pullover und einige Halstücher. Mehr nicht.

Der Schreibtisch gab noch weniger her. Obenauf in einem hölzernen Ständer ein paar Broschüren und in der Schublade billiges Briefpapier, zwei Ansichtskarten von dem *Mad Hatter Tea Rooms* und ein einzelner Kugelschreiber in einer dafür vorgesehenen Vertiefung. Meredith schloss die Schublade, setzte sich auf den Schreibtischstuhl und dachte über all das nach, was sie gesehen hatte.

Praktisch nichts von Nutzen. Gina mochte hübsche Kleider und edle Unterwäsche, und sie hatte ein Handy. Warum sie dieses Handy nicht bei sich hatte, war eine interessante Frage. Hatte sie es vergessen? Sollte Gordon Jossie nicht wissen, dass sie es besaß? Fürchtete sie, dass der Besitz des Handys etwas über sie verriet, das er nicht erfahren sollte? Fürchtete sie Anrufe von einer Person, mit der sie nicht sprechen wollte? War sie auf der Flucht?

Antworten auf diese Fragen würde Meredith nur bekommen, wenn sie sich direkt an Gina wandte, was sie jedoch schlecht tun konnte, ohne zu verraten, dass sie in ihr Zimmer eingedrungen war. Das konnte sie also vergessen.

Sie ließ ihren Blick wieder durch das Zimmer wandern. Weil ihr nichts Besseres einfiel, sah sie unterm Bett nach und wunderte sich nicht, dass sie dort nur einen Koffer vorfand, der sich als leer erwies. Sie ging sogar so weit, den Koffer auf einen falschen Boden zu überprüfen, und kam sich allmählich lächerlich vor. Als sie sich ächzend aufrichtete, wurde ihr erneut die Enge des Zimmers bewusst. Sie kam auf die Idee, sich das Gesicht mit Wasser zu kühlen, aber das Wasser war lauwarm. Sie hätte es minutenlang laufen lassen müssen, bis es kühl genug würde, um sie zu erfrischen.

Sie trocknete sich das Gesicht mit dem Handtuch ab und hängte es wieder ordentlich über die Stange. Dann nahm sie das Waschbecken unter die Lupe. Es war vom Stil her modern und feminin, mit einem Muster aus Blumen und Ranken. Meredith fuhr mit der Hand über das Porzellan. Wenn ihr das Waschbecken aufgefallen war, dachte sie, hatte es vielleicht auch Ginas Aufmerksamkeit erregt, und so fühlte sie auch darunter nach. Und dort berührten ihre Finger etwas, das sich merkwürdig anfühlte. Sie ging in die Hocke, um nachzusehen.

Unter dem Becken war mit einem Stückchen Blu-Tack etwas angeklebt: ein kleines, mehrmals gefaltetes, mit Klebeband verschlossenes Papierpäckchen. Sie löste es vom Waschbecken und legte es auf den Schreibtisch. Vorsichtig entfernte sie erst das Stückchen Blu-Tack, das sie aufbewahrte, und löste dann sorgfältig das Klebeband, damit sie es später wieder benutzen konnte.

Sie faltete das Papier auseinander. Es handelte sich um ein Blatt Schreibpapier, wie sie es in der Schreibtischschublade gefunden hatte, und das, was darin eingewickelt war, schien ein kleines Medaillon zu sein. Viel lieber wäre Meredith eine Nachricht gewesen, egal wie kryptisch. Sie hätte gern etwas gelesen wie: »Ich habe Gordon Jossie dazu angestiftet, Jemima Hastings zu ermorden, damit er für mich frei ist.« Selbst mit »Ich halte Gordon Jossie für einen Mörder, aber ich selbst habe nichts damit zu tun« wäre sie zufrieden gewesen.

Stattdessen hielt sie ein rundes, flaches Ding in der Hand, das aussah, als wäre es in einem Metallurgiekurs gebastelt worden. Offenbar hatte jemand vergeblich versucht, etwas vollkommen Kreisrundes herzustellen. Das Metall erinnerte an verschmutztes

Gold, aber wahrscheinlich war es nur irgendetwas Goldfarbenes, denn Meredith konnte sich kaum vorstellen, dass man Schüler mit so teurem Material herumexperimentieren ließ.

Bei dem Gedanken an einen Kurs musste Meredith unwillkürlich an Winchester denken, wo Gina Dickens herkam. Es wäre sicherlich lohnenswert, diese Spur weiterzuverfolgen. Meredith konnte natürlich nicht wissen, ob dieses Medaillon Gina gehörte. Sie konnte sich auch nicht vorstellen, warum Gina oder sonst jemand es unter das Waschbecken geklebt haben sollte. Aber die geöffnete Packung Blu-Tack in der Nachttischschublade legte den Schluss nahe. Und solange die Möglichkeit bestand, dass das Ding Gina gehörte, befand Meredith sich mit ihren Nachforschungen noch nicht in einer Sackgasse.

Die Frage war nur, ob sie das kleine Medaillon mitnehmen oder sich merken sollte, wie es aussah, damit sie es später würde beschreiben können. Sie überlegte, ob sie eine Zeichnung davon anfertigen sollte, sie nahm sogar ein Blatt von dem billigen Briefpapier aus der Schreibtischschublade und unternahm einen Versuch. Das Problem war, dass sie es nicht richtig hinbekam und dass sie die Prägung, die sich auf einer Seite befand, nicht einmal deutlich erkennen konnte. Schließlich rang sie sich dazu durch, einen kleinen Diebstahl zu begehen. Immerhin war es für eine gute Sache, sagte sie sich.

Als Gordon Jossie nach Hause kam, fand er Gina an einem Ort vor, wo er sie am wenigsten erwartet hätte: auf der westlichen Koppel, und zwar ganz am hinteren Ende. Er hätte sie nicht einmal dort bemerkt, hätte nicht gerade eines der Ponys gewiehert und seine Aufmerksamkeit auf die Stelle gelenkt.

Er sah Ginas blondes Haar vor dem Dunkelgrün des Waldrands aufleuchten. Zuerst dachte er, sie gehe jenseits der Koppel entlang, hinter dem Zaun, vielleicht auf dem Rückweg von einem Waldspaziergang. Aber als er aus dem Pick-up stieg, dicht gefolgt von Tess, und an den Zaun trat, sah er, dass Gina sich tatsächlich innerhalb der Koppel befand.

Sofort sträubten sich ihm die Nackenhaare. Normalerweise hatte Gina eine Heidenangst vor den New-Forest-Ponys. Sie jetzt bei ihnen auf der Koppel anzutreffen, weckte sein Misstrauen.

Sie hatte ihn nicht kommen hören. Langsam ging sie am Stacheldraht entlang, den Blick auf den Boden geheftet und offenbar sorgfältig darauf bedacht, die Ponys zu ignorieren und ihre Schritte vorsichtig zu setzen, um nicht in Pferdeäpfel zu treten.

Er rief ihren Namen. Sie erschrak und fasste sich an den Hals. In der anderen Hand hielt sie etwas, das wie ein Plan aussah.

Sie trug kniehohe Gummistiefel. Daraus schloss er, dass sie sich, egal was sie dort trieb, schon wieder vor Kreuzottern fürchtete. Man müsste ihr mal erklären, dass die Kreuzottern nicht auf die Koppeln kamen. Dass sie im Heideland lebten. Aber es war nicht an ihm, irgendetwas zu erklären. Vielmehr wollte er von ihr wissen, was sie auf der Koppel zu suchen und was sie mit dem Plan vorhatte.

Sie winkte ihm lächelnd zu. »Du hast mir vielleicht einen Schrecken eingejagt«, rief sie lachend.

»Was machst du da?« Unwillkürlich hatte er einen scharfen Ton angeschlagen. Er gab sich große Mühe, die Schärfe aus seiner Stimme zu nehmen, doch es gelang ihm nicht ganz, so wie immer zu klingen. »Ich dachte, du hättest Angst vor den Ponys?«

Sie sah sich nach den Tieren um. Sie bewegten sich langsam auf den Wassertrog zu. Gordon trat mit Tess auf den Fersen an den Zaun und warf einen Blick hinein. Der Trog enthielt nur noch wenig Wasser.

Gordon wickelte den Gartenschlauch von der Halterung. Er betrat die Koppel, befahl Tess zu bleiben, wo sie war – was ihr überhaupt nicht gefiel und sie veranlasste, missmutig vor dem Zaun auf und ab zu traben –, und drehte das Wasser auf.

Während er den Trog füllte, kam Gina auf ihn zu, aber nicht quer über die Wiese, wie jeder andere es gemacht hätte, sondern dicht am Zaun entlang. Erst als sie auf diese Weise das vordere Ende der Koppel erreicht hatte, beantwortete sie seine Frage.

»Du hast mich erwischt«, sagte sie. »Puh. Dabei wollte ich dich so gern überraschen.« Argwöhnisch beäugte sie die Ponys. Je näher sie Gordon kam, umso näher kam sie auch den Tieren.

»Womit überraschen?«, fragte er. »Ist das da ein Plan? Was machst du denn mit einem Plan? Wie kann ein Plan zu einer Überraschung gehören?«

Sie lachte. »Also wirklich! Eins nach dem anderen.«

»Warum bist du auf die Koppel gegangen, Gina?«

Sie musterte ihn einen Augenblick lang. Dann sagte sie vorsichtig: »Stimmt irgendetwas nicht? Hätte ich das nicht tun sollen?«

»Du hast mir gesagt, die Ponys … Du hast gesagt, Pferde im Allgemeinen …«

»Ich weiß, was ich über Pferde gesagt habe. Aber das bedeutet nicht, dass ich nicht versuche, meine Angst zu überwinden.«

»Wovon redest du?«

Bevor sie antwortete, trat Gina neben ihn. Sie fuhr sich mit der Hand durch das seidige Haar. Obwohl er zornig war, gefiel ihm diese Geste. Er mochte es, wie sich ihr Haar, egal wie sie – oder er – es zerzauste, sofort wieder ordentlich legte. »Ich rede davon, dass man irrationale Ängste auch überwinden kann«, sagte sie. »Man nennt es Desensibilisierung. Hast du noch nie davon gehört, dass Menschen bestimmte Phobien überwinden, indem sie sich ihnen bewusst aussetzen?«

»Blödsinn. Ängste wird man nicht los.«

Auf seinen Ton hin verschwand ihr Lächeln. »Was für ein Unsinn, Gordon«, sagte sie. »Natürlich kann man Ängste loswerden, man muss es nur wollen! Man setzt sich den Ängsten Schritt für Schritt immer mehr aus, bis sie verschwinden. Wenn man zum Beispiel Höhenangst hat, begibt man sich auf immer größere Höhen, bis es einem nichts mehr ausmacht. Oder Leute, die an Flugangst leiden, führt man zuerst auf die Fluggastbrücke, dann bis an die Tür des Flugzeugs, und dann begleitet man sie zu den Sitzen. Hast du noch nie davon gehört?«

»Was hat das damit zu tun, dass du auf der Koppel bist? Und dass du einen Plan bei dir hast? Was zum Teufel machst du mit dem Plan?«

Sie runzelte die Stirn. Sie verlagerte ihr Gewicht auf diese für Frauen typische Weise, indem sie eine Hüfte herausschob. »Gordon, hast du ein Problem damit, dass ich auf die Koppel gehe?«

»Beantworte mir einfach meine Frage!«

Sie wirkte verblüfft, genauso wie in dem Moment, als er sie von Weitem gerufen hatte. Aber diesmal lag es daran, dass er sie regelrecht angefahren hatte.

»Ich habe es dir doch gerade erklärt«, sagte sie ruhig. »Ich gehe auf die Koppel, um mich an sie zu gewöhnen. Ich gehe nicht nah an sie heran, aber ich bleibe auch nicht auf der anderen Seite des Zauns. Ich wollte bleiben, bis sie mich nicht mehr so nervös machen. Und dann wollte ich vorsichtig ein bisschen näher gehen. Das ist alles.«

»Der Plan«, sagte er. »Ich will wissen, wozu du den Plan brauchst.«

»Mein Gott! Ich hab ihn aus meinem Auto genommen, Gordon. Ich wollte etwas in der Hand halten, womit ich notfalls wedeln konnte, falls sie mir zu nahe gekommen wären.«

Er erwiderte nichts darauf. Sie sah ihn so eindringlich an, dass er sich abwandte, damit sie seinen Gesichtsausdruck nicht deuten konnte. Er spürte ein Pochen in den Schläfen, und er wusste, dass sein hochrotes Gesicht ihn verraten würde.

Vorsichtig sagte sie: »Merkst du eigentlich, dass du redest, als hätte ich irgendetwas Verbotenes getan?«

Wieder sagte er nichts. Er wollte die Koppel verlassen. Und er wollte, dass auch sie aus der Koppel verschwand. Als er zum Gatter ging, lief sie hinter ihm her. »Was ist denn los, Gordon? Ist etwas passiert? Ist irgendetwas anders?«

Er fuhr herum. »Was meinst du damit? Was soll denn passiert sein?«

»Herrgott noch mal, ich weiß es nicht. Aber zuerst kommt dieser seltsame Typ her, um mit dir zu reden. Dann tauchen zwei Detectives von Scotland Yard auf und erzählen dir, dass Jemima …«

»Das hat nichts mit Jemima zu tun!«, schrie er.

Sie starrte ihn mit offenem Mund an, dann machte sie den Mund wieder zu. »Also gut«, sagte sie. »Es hat nichts mit Jemima zu tun. Aber über irgendetwas hast du dich offenbar aufgeregt, und ich kann mir nicht vorstellen, dass du nur deswegen so aus dem Häuschen bist, weil ich auf der Koppel war, um mich an die Pferde zu gewöhnen. Weil das nämlich überhaupt keinen Sinn ergibt.«

Er zwang sich zu antworten, einfach, um etwas zu sagen. »Sie haben mit Ringo geredet. Er hat mich angerufen.«

»*Ringo?*« Sie war völlig verblüfft.

»Er hat ihnen meine Empfehlungsschreiben ausgehändigt, und die waren gefälscht. Das weiß er nicht, aber die kriegen das garantiert raus! Und dann stehen die sofort wieder bei mir auf der Matte. Cliff hat ihnen was vorgelogen, weil ich ihn darum gebeten hatte. Aber wenn sie ihn unter Druck setzen, spuckt er bestimmt die Wahrheit aus. Sie werden nicht lockerlassen, sie kriegen ihn schon klein.«

»Spielt das alles denn eine Rolle?«

»Natürlich spielt es eine Rolle!« Er riss das Gatter auf. Den Hund hatte er ganz vergessen. Tess stürmte auf die Koppel und sprang begeistert an Gina hoch. Tess mochte Gina. Tess hatte ein Gespür für Menschen, und wenn sie Gina mochte und für harmlos hielt, was sonst spielte dann eine Rolle?

Gina kniete sich hin und kraulte Tess den Kopf. Schwanzwedelnd schob der Hund sich näher an sie heran.

Sie blickte auf. »Aber du warst doch nur in Holland, was ist schon dabei? Wenn's darauf ankommt, kannst du der Polizei doch einfach sagen, dass du gelogen hast, weil du es nicht beweisen kannst. Und was bedeutet es schon, wenn du die Unterlagen weggeworfen hast? Den Reiseplan und die Fahrkarten oder was weiß ich? Du warst in Holland, und das wirst du schon irgendwie beweisen können. Sie brauchen doch nur in dem Hotel anzurufen, wo du übernachtet hast. Sie können im Internet nachforschen. Sie können mit dem Mann reden, mit dem du wegen des Reets gesprochen hast. Das kann doch nicht so kompliziert sein, oder?« Als er nicht antwortete, fragte sie: »Oder stimmt das alles nicht, Gordon? Du warst doch in Holland, oder?«

»Warum willst du das wissen?«, herrschte er sie an. Er wollte ihr gegenüber nicht aufbrausend sein, aber er würde sich auch nicht von ihr unter Druck setzen lassen.

Sie war aufgestanden und einen Schritt vor ihm zurückgewichen. Ihr Blick wanderte zu etwas, das sich hinter ihm befand, und er drehte sich um, weil er wissen wollte, was dort vor sich ging, aber sie sah nur zu ihrem Auto hinüber. Womöglich überlegte sie gerade, ob sie einfach in ihr Auto steigen und wegfahren sollte. Doch sie schien den Impuls zu unterdrücken, denn sie sprach ruhig weiter, auch wenn er an der Art, wie ihre Lippen die Worte formten, ablesen konnte, dass sie auf der Hut war und bereit, jederzeit die Flucht zu ergreifen. Er fragte sich, wie es so weit hatte kommen können, aber im Grunde genommen wusste er, dass er in Beziehungen zu Frauen immer irgendwann an diesen Punkt gelangen würde, als wäre es in Stein gemeißelt.

»Was ist los, Liebling?«, fragte sie. »Wer ist Ringo? Was für Empfehlungsschreiben sollen das gewesen sein? Waren die beiden Polizisten heute noch mal bei dir? Oder geht es in Wirklichkeit nur um mich? Denn wenn das so ist, dann weiß ich überhaupt nicht… Ich wollte keinen Schaden anrichten. Ich dachte nur, wenn wir zusammenbleiben – für immer, meine ich –, dann muss ich mich irgendwann an die Tiere gewöhnen. Oder? Die Pferde gehören schließlich zu deinem Leben. Sie gehören zu diesem Hof. Ich kann ihnen nicht ewig aus dem Weg gehen.«

Es war vielleicht kein Friedensangebot, aber zumindest ein Ausweg, den er nehmen konnte, wenn er wollte. Er überlegte, welche Möglichkeiten sich ihm boten, und dann sagte er:

»Wenn du dich an sie gewöhnen wolltest, hätte ich dir dabei helfen können.«

»Das weiß ich. Aber dann wäre es keine Überraschung mehr gewesen. Und ich wollte dich so gern damit überraschen.« Sie wirkte schon etwas entspannter. »Tut mir leid, wenn ich eine Grenze überschritten habe. Ich dachte nicht, dass ich etwas falsch machen könnte. Sieh mal!« Sie faltete den Plan auseinander. »Ich möchte dir gern etwas zeigen. Ist das okay, Gordon?«

Sie wartete. Als er schließlich nickte, ging sie langsam auf den Wassertrog zu, den Plan locker in einer Hand. Die Ponys tranken gerade, aber sie hoben misstrauisch den Kopf. Schließlich waren sie keine Haustiere, und das sollte auch so bleiben.

Tess begann zu winseln, um seine Aufmerksamkeit auf sich zu lenken, und Gordon packte sie am Halsband. Kurz vor dem Trog hob Gina den Plan, wedelte damit in der Luft und rief: »Husch, ihr Pferde!«

Tess bellte, als die Ponys sich umdrehten und zum anderen Ende der Koppel trotteten.

Gina wandte sich wieder zu Gordon. Sie sahen einander schweigend an. Wieder konnte er sich entscheiden, welchen Weg er einschlagen wollte, aber inzwischen gab es so viele Möglichkeiten, so viele Wege, und jeden Tag schienen neue dazuzukommen. Ein falscher Schritt, und alles würde vorbei sein, das wusste er genau.

Sie kam zu ihm zurück. Als sie sich wieder außerhalb der Koppel befand, ließ er den Hund los, und Tess rannte auf Gina zu. Nachdem Tess sich ausgiebig den Kopf hatte kraulen lassen, lief sie in Richtung Scheune, zu ihrem Schattenplätzchen, wo ihr Wassernapf stand.

Gina blieb vor Gordon stehen. Er trug wie immer seine dunkle Sonnenbrille. Sie nahm sie ihm ab und sagte: »Ich möchte deine Augen sehen.«

»Das helle Licht«, sagte er, auch wenn das nicht die ganze Wahrheit war, und: »Ohne die Brille fühle ich mich nicht wohl«, was der Wahrheit entsprach.

»Gordon, entspann dich. Lass mich dir helfen, dich zu entspannen, ja?«

Er fühlte sich steif von Kopf bis Fuß, gefangen in einem Schraubstock, den er sich selbst angelegt hatte. »Ich kann nicht.«

»Doch, das kannst du«, sagte sie. »Lass mich dir helfen, Liebling.«

Das Unfassbare an Gina war, dass es für sie nie eine Rolle spielte, wie er sich Augenblicke zuvor ihr gegenüber verhalten hatte. Sie lebte nur für den Moment. Die Vergangenheit überließ sie der Vergangenheit.

Sie legte ihm eine Hand auf die Brust und einen Arm um den Hals. Sie zog ihn an sich, während ihre andere Hand langsam nach unten glitt, um ihn zu erregen.

»Lass mich dir helfen, alles loszulassen«, flüsterte sie, ganz dicht an seinen Lippen. »Lass es zu, Liebling.«

Er stöhnte hilflos, und dann entschied er sich und zog sie fest an sich.

17

»Er heißt Yukio Matsumoto«, erklärte Isabelle Ardery Lynley auf dem Weg zu ihrem Büro. »Sein Bruder hat das Fahndungsporträt gesehen und angerufen.«

»Hiro Matsumoto?«

Sie blickte auf. »Das ist der Bruder. Kennen Sie ihn?«

»Ich habe von ihm gehört. Er ist Cellist.«

»In einem Londoner Orchester?«

»Nein. Er ist Solist.«

»Sehr bekannt?«

»Wenn man sich für klassische Musik interessiert.«

»Was Sie tun, nehme ich an?« Sie schien leicht beleidigt, als wäre es seine Absicht gewesen, mit Wissen zu glänzen, das sie als obskur und anstößig betrachtete. Außerdem wirkte sie nervös. Lynley überlegte, ob es damit zu tun hatte, dass sie sich Gedanken über sein Gespräch mit Hillier machte. Am liebsten hätte er ihr gesagt, dass sie sich in dem Punkt keine Sorgen zu machen brauchte. Zwar hatten er und Hillier sich nach Helens Tod einander angenähert, aber er hatte das Gefühl, dass dies kein Zustand von Dauer war und sie einander demnächst wieder wie in alten Zeiten an die Gurgel gehen würden.

»Ich habe ihn spielen gehört«, sagte er. »Wenn es sich tatsächlich um denselben Hiro Matsumoto handelt, der Sie angerufen hat.«

»Ich kann mir nicht vorstellen, dass es zwei Männer mit diesem Namen gibt. Er hat sich übrigens geweigert hierherzukommen. Er hat angeboten, sich in der Kanzlei seiner Anwältin mit uns zu unterhalten. Nach einigem Hin und Her haben wir uns dann auf die Bar im *Hotel Milestone* geeinigt. In der Nähe der Albert Hall. Kennen Sie das?«

»Es kann nicht schwer zu finden sein«, erwiderte er. »Aber warum nicht in der Kanzlei seiner Anwältin?«

»Ich mag es nicht, wenn es so aussieht, als würde ich spuren.« Sie warf einen Blick auf ihre Armbanduhr. »Zehn Minuten«, sagte sie. »Wir treffen uns am Wagen.« Sie warf ihm die Autoschlüssel zu.

Es dauerte fünfzehn Minuten, bis sie erschien. Als sie im Wagen saßen, roch sie nach Pfefferminz. »Also«, sagte sie, als Lynley die Parkplatzausfahrt ansteuerte. »Spucken Sie's aus, Thomas.«

Er sah sie kurz an. »Was?«

»Stellen Sie sich nicht dumm. Hat Hillier Sie angewiesen, mich im Auge zu behalten und ihm Bericht zu erstatten?«

Lynley lächelte in sich hinein. »Nicht direkt.«

»Aber bei diesem Gespräch mit Sir David ging es um mich, stimmt's?«

Bevor er auf die Straße einbog, hielt er kurz und schaute sie an. »Wissen Sie, manchmal wirken Sie fast ein wenig narzisstisch. Und die angemessene Antwort würde lauten: ›Die Welt dreht sich nicht nur um Sie, Chefin.‹«

»Isabelle«, korrigierte sie.

»Chefin«, wiederholte er.

»Herrgott noch mal, Thomas, ich werde nicht lockerlassen. Was das mit der Anrede betrifft, meine ich. Werden Sie es mir also sagen, oder soll ich einfach meine Schlüsse ziehen? Ich ziehe es übrigens vor, mit Leuten zusammenzuarbeiten, die loyal sind. Sie werden sich für eine Seite entscheiden müssen.«

»Und wenn ich das nicht möchte?«

»Dann fliegen Euer Hochwohlgeboren hochkant raus. Sie glauben gar nicht, wie schnell Sie dann wieder Verkehrspolizist sind.«

»Ich bin nie Verkehrspolizist gewesen, Chefin.«

»Isabelle. Und Sie wissen verdammt genau, was ich meine, Ihre untadeligen Manieren hin oder her.«

Er bog auf den Broadway ein. Nach kurzem Überlegen entschied er sich dafür, über den Birdcage Walk zu fahren und sich von dort aus nach Kensington durchzuschlängeln.

Das *Hotel Milestone* war eines der zahlreichen Boutique-Hotels, die in den vergangenen Jahren überall in der Stadt eröffnet hatten. Es war in einer der eleganten Backsteinvillen gegenüber der Kensington Gardens untergebracht, mit viel Eichenholzvertäfelung, kühl und diskret, eine Oase an der stark befahrenen Kensington High Street. Außerdem verfügte es über eine Klimaanlage: ein echter Segen.

Die Hotelangestellten trugen teure Uniformen und sprachen so leise wie Menschen in einer Kirche. Als Lynley und Ardery das Hotel betraten, wurden sie von einem freundlichen Portier begrüßt, der sie fragte, ob er ihnen behilflich sein könne.

Sie suchten die Bar, erklärte Ardery. Sie gab sich knapp und offiziell. »Wo finden wir die?«

Das kurze Zögern des Mannes erkannte Lynley als Zeichen des Missfallens, das der Portier nicht in Worte fassen wollte. Schließlich mochte Ardery eine Hotelinspektorin sein oder eine Kritikerin, die für einen der zahllosen Londonführer einen Artikel über das *Milestone* schreiben wollte. Es war also im Interesse aller Beteiligten, wenn er so höflich wie möglich war und sich mit Äußerungen über ihr Benehmen so gut es ging zurückhielt. »Selbstverständlich, Madam«, sagte er also und führte sie persönlich in die Bar, die sich als idealer Ort für ein ungestörtes Gespräch erwies.

Isabelle bat den Portier, ihnen den Kellner zu schicken, und als dieser an ihren Tisch kam, bestellte sie einen Wodka Tonic. Zu Lynley, der ein vornehm ausdrucksloses Gesicht aufgesetzt hatte, sagte sie: »Erzählen Sie mir jetzt, was Sir David wollte, oder nicht?«

Er war überrascht. Er hatte erwartet, dass sie etwas zu dem Drink sagen würde, den sie sich bestellt hatte. »Es gibt nicht viel zu berichten. Er ist daran interessiert, den Posten so bald wie möglich zu besetzen. Es wird Zeit, dass irgendjemand dauerhaft Webberlys Platz einnimmt. Sie haben gute Chancen, soweit …«

»Ich keinen Bock schieße, nicht das Mannweib markiere, niemandem auf die Füße trete und mich immer schön an die Vorschriften halte«, sagte sie. »Wozu ebenfalls gehört, im Dienst keinen Wodka Tonic zu trinken, egal wie heiß es ist.«

»Ich wollte sagen: soweit ich das beurteilen kann«, sagte Lynley. Er hatte sich ein Mineralwasser bestellt.

Ihre Augen wurden schmal, und sie betrachtete stirnrunzelnd die kleine Flasche San Pellegrino. »Sie halten mich für ungeeignet, stimmt's?«, fragte sie. »Werden Sie das Sir David sagen?«

»Dass ich Sie für ungeeignet halte? Natürlich nicht.«

»Werden Sie ihm nicht einmal berichten, dass ich mir im Dienst hin und wieder einen Drink genehmige? Ich bin keine Säuferin, Thomas.«

»Es besteht kein Grund für Sie, sich mir zu erklären, Chefin. Und ich habe nicht vor, zu Hilliers Schnüffler zu werden. Das weiß er.«

»Aber er legt Wert auf Ihre Meinung.«

»Ich weiß nicht, warum das neuerdings der Fall sein sollte. Früher hat er jedenfalls nie etwas auf meine Meinung gegeben.«

Sie hörten leise Stimmen, die sich näherten, und einen Augenblick später betraten zwei Personen die Bar. Lynley erkannte den Cellisten sofort. Seine Begleiterin war eine attraktive Asiatin in einem elegant geschnittenen Kostüm und Schuhen mit Stilettoabsätzen, die auf dem Fußboden ein Geräusch machten wie Peitschenhiebe.

Sie warf Lynley einen kurzen Blick zu und wandte sich dann an Ardery: »Superintendent?« Als Ardery nickte, stellte sie sich als Zaynab Bourne vor. »Und das ist Mr. Matsumoto«, fügte sie hinzu.

Hiro Matsumoto deutete steif eine Verbeugung an, streckte gleichzeitig seine Hand aus und murmelte ein paar Begrüßungsfloskeln. Sein Händedruck war kräftig. Er hatte ein liebenswürdiges Gesicht, dachte Lynley. Seine Augen hinter der Nickelbrille wirkten freundlich. Für einen international berühmten Star der klassischen Musik wirkte er außerdem erstaunlich bescheiden, als er um eine Tasse Tee bat. Grünen Tee, wenn möglich, sagte er. Wenn nicht, sei schwarzer auch in Ordnung.

Er sprach ohne wahrnehmbaren Akzent. Lynley erinnerte sich, dass Matsumoto in Kyoto geboren war, jedoch in Europa studiert und schon seit Jahren als Musiker gearbeitet hatte.

Zurzeit spiele er in der Albert Hall, sagte er. Er sei nur für zwei Wochen in London und unterrichte eine Meisterklasse am Konservatorium. Es sei reiner Zufall, dass er das Phantombild seines Bruders – »das Porträt des Künstlers«, wie er sich ausdrückte – in der Zeitung und in den Fernsehnachrichten gesehen hatte. »Bitte glauben Sie mir«, sagte Matsumoto ruhig, »wenn ich Ihnen versichere, dass Yukio die Frau, von der in den Zeitungen berichtet wird, nicht getötet hat. Er kann das unmöglich getan haben.«

»Warum?«, fragte Ardery. »Er war in der Nähe des Tatorts. Dafür haben wir einen Zeugen. Und er ist offenbar von dort geflüchtet.«

Matsumoto blickte gequält drein. »Dafür wird es eine Erklärung geben. Was auch immer er sein mag, was auch immer er tut, mein Bruder ist kein Mörder.«

Wie zur Erklärung sagte Zaynab Bourne: »Mr. Matsumotos jüngerer Bruder leidet an paranoider Schizophrenie, Superintendent. Leider nimmt er keine Medikamente. Aber er hat, seit er in London lebt, noch nie Ärger mit der Polizei gehabt. Das können Sie gern überprüfen. Er führt im Allgemeinen ein zurückgezogenes Leben. Mein Mandant« – dabei berührte sie besitzergreifend Hiro Matsumotos Arm – »hat seinen Bruder identifiziert, sodass Sie Ihre Bemühungen jetzt auf das konzentrieren können, worauf es ankommt.«

»Das mag ja durchaus sein – also, dass der Bruder schizophren ist«, sagte Ardery. »Aber ein Zeuge hat gesehen, wie er von einem Tatort geflüchtet ist, an dem ein Mord verübt wurde. Und da er eines seiner Kleidungsstücke ausgezogen hatte und zusammengeknüllt unterm Arm hielt …«

»Es war sehr heiß«, warf die Anwältin ein.

»… werden wir mit ihm reden müssen. Wenn Sie also wissen, wo er sich aufhält, Mr. Matsumoto, dann müssen Sie uns das sagen.«

Der Cellist zögerte. Er zog ein Taschentuch heraus und putzte seine Brille. Ohne die Brille wirkte er plötzlich sehr jung. Er war Ende vierzig, das wusste Lynley, hätte aber gut und gerne für Anfang dreißig durchgehen können.

Er sagte: »Zuerst muss ich Ihnen etwas erklären.«

Ardery machte ein Gesicht, als wäre eine Erklärung das Letzte, was sie wünschte, aber Lynley war neugierig. Als Untergebener von Ardery stand es ihm zwar nicht zu, dennoch sagte er: »Ja?«

Sein Bruder sei ein begabter Musiker, sagte Hiro Matsumoto. Sie seien eine Musikerfamilie, und man habe ihnen allen dreien – es gebe noch eine Schwester, sie sei Flötistin und spiele in einem Orchester in Philadelphia – schon im Kindesalter Instrumente in die Hand gedrückt. Man habe von ihnen erwartet, dass sie lernten, dass sie viel und intensiv übten, dass sie erfolgreiche Musiker würden. Die Familie habe keine Kosten gescheut, um ihnen eine musikalische Ausbildung zu ermöglichen. Es habe sowohl ihren Eltern als auch ihnen selbst große Opfer abverlangt.

»Natürlich«, sagte er, »durchlebt man keine normale Kindheit bei solch einer … Fokussierung.« Das letzte Wort sprach er mit Bedacht aus. »Ich studierte an der Julliard School in New York, Miyoshi in Paris, und Yukio kam nach London. Anfangs lief alles gut für ihn. Es gab keine Anzeichen, die darauf hindeuteten, dass etwas nicht stimmte. Die Krankheit machte sich erst später bemerkbar. Und deswegen – weil es mitten in seinem Studium passierte – glaubte unser Vater, er würde die Krankheit nur vortäuschen. Dass er den Anforderungen des Studiums vielleicht nicht gewachsen wäre und sich das nicht eingestehen wollte oder nicht wusste, wie er damit umgehen sollte. Das war natürlich nicht der Fall. Er war schwer krank. Aber in unserer Kultur und in unserer Familie …« Matsumoto hatte die ganze Zeit seine Brille geputzt, die er nun wieder aufsetzte und sorgfältig zurechtrückte. »Unser Vater ist kein schlechter Mensch. Aber er hat feste Prinzipien, und er war nicht davon zu überzeugen, dass Yukio mehr als eine Standpauke benötigte. Er kam aus Kyoto hierher und hat Yukio deutlich gemacht, was er von ihm erwartete. Er hat ihm strikte Anweisungen gegeben und rechnete damit, dass sie befolgt würden. Und da er es gewohnt war, dass seine Anweisungen befolgt wurden, glaubte er, er hätte genug getan. Zunächst sah es tatsächlich auch danach aus. Yukio übte wie besessen, aber die Krankheit… So etwas geht nicht einfach weg, weil man gute Vorsätze hat oder hart arbeitet. Irgendwann ist er zusammengebrochen, hat das College verlassen und ist verschwunden. Zehn Jahre lang haben wir nichts von ihm gehört. Als wir ihn endlich gefunden hatten, wollten wir ihm helfen, aber er ließ sich zu nichts bewegen. Seine Ängste sind einfach zu groß. Er fürchtet die Medikamente. Er hat eine Heidenangst vor Krankenhäusern. Er schafft es, von seiner Musik zu leben, und meine Schwester und ich tun, was wir können, um auf ihn aufzupassen, wenn wir in London sind.«

»Und wissen Sie, wo er sich derzeit aufhält?«

Matsumoto sah seine Anwältin an. Zaynab Bourne schaltete sich ein. »Mr. Matsumoto hat klargestellt, dass sein Bruder krank ist. Er möchte sich darauf verlassen können, dass nichts unternommen wird, was seinen Bruder ängstigen könnte. Er ist sich darüber im Klaren, dass Sie Yukio vernehmen müssen, aber er besteht darauf, dass Sie ihn rücksichtsvoll behandeln und dass die Vernehmung in meinem Beisein sowie im Beisein eines Psychiaters durchgeführt wird. Darüber hinaus möchte er Ihre Zusicherung, dass die Aussagen seines Bruders aufgrund der Tatsache, dass bei ihm eine paranoide Schizophrenie diagnostiziert wurde, die nicht behandelt wird, nicht gegen ihn verwendet werden können, was immer sie beinhalten mögen.«

Lynley warf Ardery einen Blick zu. Sie hielt ihren Wodka Tonic mit beiden Händen und klopfte mit den Fingerspitzen gegen das kühle Glas, das inzwischen fast leer war. Jetzt kippte sie den Rest. »Ich verspreche Ihnen, dass wir vorsichtig vorgehen werden. Sie werden dabei sein, ebenso wie ein Spezialist. Meinetwegen auch der Papst, der Innenminister oder der Premierminister, wenn Sie das wünschen. Sie können so viele Zeugen mitbringen, wie Sie wollen, aber sollte er den Mord gestehen, wird er vor Gericht gestellt.«

»Er ist schwer krank«, gab die Anwältin zu bedenken.

»Wir haben ein Rechtssystem, das darüber entscheiden wird.«

Eine Weile herrschte Schweigen, während der Cellist und seine Anwältin über das Gesagte nachdachten. Ardery lehnte sich in ihrem Sessel zurück. Lynley wartete darauf, dass sie die beiden darüber aufklärte, dass sie im Begriff waren, jemanden zu schützen, der sich als wichtiger Zeuge eines Verbrechens oder, schlimmer noch, als der Täter erweisen könnte. Doch sie spielte diese Karte nicht aus. Sie machte vielmehr den Eindruck, als wüsste sie, dass das nicht nötig war.

Stattdessen sagte sie: »Es ist ganz einfach, Mr. Matsumoto. Wenn Sie uns nicht zu Ihrem Bruder führen, dann wird es jemand anderes tun.«

Hiro Matsumoto schwieg. Er wirkte gequält, und Lynley wurde plötzlich von Mitgefühl für den Musiker überwältigt – ein Gefühl, das so stark war, dass er sich fragte, ob er sich immer noch für die Arbeit als Polizist eignete. Denn es ging darum, Leute in die Enge zu treiben. Ardery war mehr als bereit, genau das zu tun, das war nicht zu übersehen. Aber er selbst war sich nicht sicher, ob er dazu noch die Nerven besaß.

Matsumoto sagte leise: »Er ist in Covent Garden. Er verdient dort sein Geld als Straßenmusiker.« Er ließ den Kopf hängen, als wäre dieses Eingeständnis etwas Demütigendes, was es womöglich auch war.

Ardery erhob sich. »Danke«, sagte sie. »Ich habe nicht vor, ihm Angst einzujagen.« Und seiner Anwältin erklärte sie: »Sobald wir ihn in Gewahrsam haben, rufe ich Sie an und teile Ihnen mit, wo er sich befindet. Wir werden nicht mit ihm reden, ehe Sie eintreffen. Rufen Sie den Spezialisten an, und bringen Sie ihn mit.«

»Ich möchte ihn sehen«, sagte Hiro Matsumoto.

»Selbstverständlich. Das werden wir arrangieren.« Sie nickte ihm zum Abschied zu und bedeutete Lynley, dass sie sich auf den Weg machen würden.

Lynley sagte zu dem Cellisten: »Sie haben das Richtige getan, Mr. Matsumoto. Ich weiß, dass es nicht leicht für Sie war.« Am liebsten hätte er noch mehr gesagt. Er fühlte sich dem Mann verbunden, weil sein eigener Bruder in der Vergangenheit schwerwiegende Probleme gehabt hatte. Aber Peter Lynleys Probleme mit Alkohol und Drogen waren vergleichsweise geringfügig gewesen, daher sagte er nichts weiter.

Auf dem Weg zu ihrem Wagen zückte Ardery ihr Handy. Sie hätten ihren Mann, erklärte sie DI Hale knapp. »Fahren Sie sofort nach Covent Garden, und nehmen Sie ein Team mit. Fünf Mann dürften reichen. Verteilen Sie sich, suchen Sie nach einem Japaner mittleren Alters, der auf einer Geige fiedelt. Kreisen Sie ihn ein, aber nähern Sie sich ihm nicht. Er ist komplett verrückt und gefährlich. Geben Sie mir seinen genauen Standort durch. Ich bin unterwegs.«

Sie klappte ihr Handy zu und wandte sich an Lynley. »Schnappen wir uns den elenden Dreckskerl.«

Er wirkte überrascht oder bestürzt oder irgendetwas, das sie sich nicht erklären konnte.

»Der Typ ist höchstwahrscheinlich ein Mörder, Thomas«, sagte sie.

»Ganz recht, Chefin«, sagte er höflich.

»Wie bitte? Sollen die doch ihren gottverdammten Psycho-was-weiß-ich-Experten anschleppen! Ich werde kein Wort mit ihm reden, bis Miss Stiletto auf seinem Schoß sitzt. Aber ich werde nicht riskieren, dass er uns durch die Lappen geht.«

»Ich erhebe keine Einwände.«

Aber sie wusste genau, dass er irgendetwas einzuwenden hatte, und sie ließ nicht locker. »Haben Sie vielleicht einen besseren Vorschlag?«

»Keineswegs.«

»Herrgott noch mal, Thomas, wenn wir zusammenarbeiten wollen, dann werden Sie mir gefälligst offen sagen, was Sie denken, und wenn ich Ihnen den Arm umdrehen muss.«

Sie standen an ihrem Wagen, und er zögerte. Wenigstens, dachte sie, hatte sie ihm abgewöhnt, ihr die Tür zu öffnen.

»Sind Sie sich da ganz sicher?«, fragte er.

»Natürlich bin ich mir sicher. Warum sollte ich es sonst sagen? Ich will wissen, was Sie denken, und ich will es wissen, sobald es Ihnen in den Sinn kommt.«

»Also gut. Haben Sie ein Alkoholproblem?«, fragte er.

Es war nicht das, was sie erwartet hatte. Sie hätte darauf gefasst sein müssen, aber sie war es nicht, und daher explodierte sie. »Ich hab einen verdammten Wodka Tonic getrunken! Sehe ich aus, als wäre ich volltrunken?«

»Und vor dem Wodka Tonic?«, fragte er. »Chefin, ich bin kein Idiot. Ich nehme an, Sie haben das Zeug in Ihrer Handtasche. Wodka, vermute ich, weil die meisten Leute annehmen, er sei geruchlos. Außerdem benutzen Sie ständig Pfefferminzbonbons, Kaugummis und alles Mögliche, um Ihre Fahne zu verbergen.«

»Sie sind nicht bei Trost, Inspector Lynley«, sagte sie eisig. »Und zwar dermaßen, dass ich Sie dazu verdonnern sollte, in South London Streife zu laufen.«

»Das kann ich verstehen.«

Am liebsten hätte sie ihn geohrfeigt. Doch dann wurde ihr klar, dass ihn das nicht beeindrucken würde. Dass es ihn wahrscheinlich noch nie beeindruckt hatte, wenn ihm mit Strafe gedroht wurde. Er war anders als die anderen, weil er den Job nicht brauchte, und wenn man ihm den Job nahm oder ihm damit drohte oder sich ihm gegenüber auf eine Weise benahm, die sein aristokratisches Missfallen erregte, dann konnte er einfach gehen und sich den Dingen widmen, denen die Lords und Earls dieses verdammten Königreichs sich eben widmeten, wenn sie nicht einer anderen einträglichen Beschäftigung nachgingen. Der Gedanke war mehr als unerträglich für sie. Es machte ihn unberechenbar, weil er niemandem gegenüber loyal sein musste.

»Steigen Sie ein«, sagte sie. »Wir fahren nach Covent Garden.«

Schweigend fuhren sie südlich der Kensington Gardens in Richtung Hyde Park. Sie brauchte einen Drink. Der Wodka Tonic war ein typischer Hotel-Wodka-Tonic gewesen: ein guter Fingerbreit Wodka im Glas mit einer kleinen Flasche Tonic dazu, damit man den Drink so stark oder schwach mixen konnte, wie man wollte. In Lynleys Anwesenheit hatte sie die ganze Flasche Tonic ins Glas geschüttet, was sie jetzt bereute. Sie ärgerte sich kolossal darüber. Fieberhaft ging sie in Gedanken ihr Verhalten in den vergangenen Tagen durch. Sie war verdammt vorsichtig gewesen. Er hatte lediglich ins Blaue geschossen und wartete jetzt ab, wie sie reagieren würde.

»Ich werde vergessen, dass wir dieses Gespräch hatten, Thomas«, sagte sie.

Seine Antwort lautete: »Chefin«, in einem Ton, als hätte er gesagt: *Wie Sie wünschen.*

Sie ließ nicht locker. Sie wollte wissen, ob und was er zu Hillier sagen würde. Aber wenn sie weiter auf dem Thema herumritt, konnte es gut und gern so aussehen, als würde sie seinen Verdacht bestätigen, und das konnte sie nicht riskieren.

Sie versuchten gerade, sich durch den dichten Verkehr am Piccadilly Circus zu fädeln, als ihr Handy klingelte. »Ardery«, bellte sie hinein.

Es war Philip Hale. Sie hätten den Mann mit der Geige gefunden, berichtete er. »Am Fuß einer Treppe in einem Innenhof, gleich hinter …«

»Dem Zigarrenladen«, beendete Ardery den Satz für ihn, denn plötzlich fiel ihr ein, dass sie und Lynley den verdammten Straßenmusikanten mit eigenen Augen gesehen hatten. Er hatte dort zu Musik aus einem Gettoblaster gespielt. Er hatte langes, grau meliertes Haar, hatte einen Smoking getragen und im unteren Lichthof vor dem Weinlokal gestanden. Warum zum Teufel hatte sie sich nicht schon eher an den Mann erinnert?

Es sei der Mann, sagte Philip Hale, nachdem sie ihn beschrieben hatte.

»Haben Sie Uniformierte dabei?«

Nein. Sie seien alle in Zivil. Zwei Kollegen säßen an einem Tisch im Lichthof, und die anderen …

Hale brach ab. Dann sagte er: »Verdammt, Chefin. Er packt seine Sachen. Er hat den Gettoblaster ausgeschaltet und ist gerade dabei, die Geige … Sollen wir ihn uns schnappen?«

»Nein. *Nein!* Halten Sie sich von ihm fern. Folgen Sie ihm, aber bleiben Sie auf Distanz. Er soll nicht merken, dass er beschattet wird, verstanden?«

»In Ordnung.«

»Gut, Philip. Wir sind gleich da.« Sie wandte sich an Lynley. »Er macht sich davon. Geben Sie Gas, verdammt noch mal!«

Sie spürte ihre angespannten Nerven bis in die Zehenspitzen, während er völlig gelassen wirkte. Aber als sie Piccadilly Circus umrundet hatten, schienen sich vor ihnen kilometerweise Taxis zu stauen.

Sie fluchte. »Herr im Himmel, Thomas, tun Sie was!«

Er sagte nichts, erwies sich aber ganz als alteingesessener Londoner, als er ganz cool durch schmale Seitenstraßen fuhr, als kennte er jeden Schleichweg der Stadt. Während er endlich einparkte, klingelte Isabelles Handy.

»An dem Platz steht eine Kirche«, sagte Philip Hale durchs Telefon.

»Ist er hineingegangen?«

Nein, erwiderte Hale. Vor der Kirche befinde sich ein kleiner Park, und dort spiele er jetzt, mitten auf dem Weg. Am Wegrand stünden Bänke. Ein paar Leute säßen dort und hörten ihm zu.

»Wir sind sofort da.« Zu Lynley sagte sie: »Eine Kirche?«

»Das dürfte St. Paul's Covent Garden sein.«

Als sie sich dem alten Blumenmarkt näherten, berührte er sie kurz am Ellbogen und deutete geradeaus. Sie sah das Gebäude über die Köpfe der Leute hinweg, eine Kirche aus Backstein mit hellen Ecksteinen. Sie gingen darauf zu, aber sie mussten sich durch die Menge arbeiten. Überall gaben Straßenkünstler ihr Können zum Besten – Zauberer, Ballonkünstler, Stepptänzer, sogar ein paar grauhaarige Frauen, die auf Marimbas spielten –, und alle waren umringt von Zuschauern.

Gerade dachte Isabelle, dass dies der perfekte Ort für eine Katastrophe wäre – von einem Terroranschlag bis hin zu einem wegrollenden Fahrzeug –, als ein Tumult seitlich der Kirche ihre Aufmerksamkeit erregte und gleichzeitig ihr Handy klingelte. Jemand schrie auf, und sie brüllte in ihr Handy: »Was ist los?« Ihr war sofort klar, dass irgendetwas schiefgegangen war, und im selben Augenblick sah sie Yukio Matsumoto durch die Menge rennen, die Geige in der Hand, die blanke Panik im Gesicht.

»Er hat uns entdeckt, Chefin«, rief Philip Hale ins Telefon. »Wie, weiß ich auch nicht. Wir …«

»Ich sehe ihn«, sagte sie. »Nehmen Sie die Verfolgung auf! Wenn wir ihn jetzt entwischen lassen, kriegen wir ihn nie wieder.« Sie sah Lynley an und zischte: »Mist, *verfluchter Mist*«, als der Geiger in der Menge verschwand. Man hörte ärgerliche Aufschreie und gleichzeitig aus verschiedenen Richtungen: »Polizei! Halten Sie den Mann auf!«, und dann brach die Hölle los, denn zur dunklen Geschichte der Verfolgungsjagden durch die Metropolitan Police gehörte eine Episode, bei der in der U-Bahn ein unbewaffneter, unschuldiger Zivilist erschossen worden war. Nun wollte natürlich niemand in die Schusslinie geraten. Dass die Polizisten in Zivil gar nicht bewaffnet waren, spielte keine Rolle. Das wusste wahrscheinlich ohnehin niemand.

Die Leute flüchteten in alle Richtungen, Mütter schnappten sich ihre Kinder, Männer zogen ihre Frauen hinter sich her, und alle, die mit der Polizei noch ein Hühnchen zu rupfen hatten, stellten sich ihr in den Weg.

»Wo ist er hin?«, wollte Isabelle von Lynley wissen.

»Da!«, rief er und zeigte ungefähr nach Norden. Als sie in die

Richtung schaute, sah sie den Kopf des Mannes und dann den Rücken seines schwarzen Smokings. Sie rannte los, während sie in ihr Handy schrie: »Philip, er läuft nach Norden auf der … Wie heißt die Straße?«

»James Street«, sagte Lynley. »Richtung Long Acre.«

»James Street«, wiederholte sie. »Richtung … Wohin?« Sie sah Lynley fragend an, dann sagte sie: »Verdammt, reden Sie mit ihm.« Sie drückte Lynley das Handy in die Hand und kämpfte sich durch die Menge, wobei sie schrie: »Polizei! Polizei! Aus dem Weg!«

Matsumoto hatte sein Ziel fast erreicht. Er rannte in der Mitte der Straße, ohne darauf zu achten, mit wem oder was er kollidierte. Wo er entlanggerannt war, lagen gestolperte Kinder, ein umgekippter Zeitungsstand und zertrampelte Einkaufstüten auf dem Boden, aber auf ihre Rufe »Haltet den Mann auf!« reagierte niemand.

Bei der Verfolgungsjagd waren sie gegenüber Philip Hale und seinen Männern im Vorteil, aber Matsumoto war schnell. Er war getrieben von Angst und von den Dämonen in seinem Kopf. Nicht weit vor sich sah Isabelle ihn in die Long Acre einbiegen und hörte gleich darauf ein wütendes Hupen. Um ein Haar wäre er überfahren worden.

Sie rannte schneller und sah ihn gerade noch in eine andere Straße abbiegen. Er rannte, als ginge es um sein Leben, die Geige fest an die Brust gedrückt. Den Bogen hatte er längst fallen lassen.

»Wohin führt diese Straße?«, rief sie Lynley zu. »Wo läuft er hin?«

»Zur Shaftesbury Avenue«, sagte er, dann rief er in das Handy: »Philip, schneiden Sie ihm den Weg ab! Er müsste jeden Augenblick die Shelton Street überqueren. Er achtet nicht auf den Weg und rennt alles über den Haufen. Wenn er es bis zur Shaftesbury schafft … Ja. Ja. In Ordnung.« Zu Isabelle sagte er: »Irgendwo hier in der Nähe müssen ein paar Streifenpolizisten sein. Hale hat bei der Met Verstärkung angefordert.«

»Verdammt, wir können keine Leute in Uniform gebrauchen, Thomas.«

»Wir haben keine andere Wahl.«

Sie rannten weiter. Matsumoto rempelte Fußgänger an, rechts und links. Er riss eine Werbetafel des *Evening Standard* um. Isabelle dachte schon, sie hätten ihn, als der Zeitungsverkäufer ihn am Arm packte und schrie: »Dir werd ich's zeigen!«, aber Matsumoto stieß den wütenden Mann mit unglaublicher Kraft gegen ein Schaufenster. Das Glas zerbarst, und zahllose Scherben regneten auf den Gehweg.

Er erreichte die Shaftesbury Avenue. Bog nach rechts ab. Vergeblich hoffte Isabelle auf einen uniformierten Constable oder auf ein Wunder. Als sie und Lynley um die Ecke stürmten, erkannte sie die Gefahr, und sie wusste sofort, was passieren würde, wenn sie Matsumoto jetzt nicht aufhielten.

»Wo sind wir hier?«, rief sie Lynley zu. Er hatte sie überholt, aber sie war ihm dicht auf den Fersen.

»High Holborn, Endell, New Oxford …«, keuchte er. »Er darf da nicht rüber!«

Das war ihr auch klar. Eine Lawine aus Autos, Taxis, Lastwagen und Bussen strömte aus allen Richtungen auf den Verkehrsknotenpunkt zu. Aber er wollte rüber, und er versuchte es, ohne nach rechts oder links zu blicken, als liefe er durch einen Park und nicht über eine stark befahrene Straße.

Das Taxi, das ihn erwischte, hatte keine Chance zu bremsen. Es war aus nordöstlicher Richtung gekommen und hatte sich wie alle anderen Fahrzeuge, die in diesem riesigen Zusammenfluss von Straßen unterwegs waren, mit hohem Tempo in den dichten Verkehr eingefädelt. Matsumoto, entschlossen, auf die andere Seite zu gelangen, wurde von dem Taxi erfasst und in einem hohen Bogen durch die Luft geschleudert.

»Großer Gott!«, hörte Isabelle Lynley ausrufen. Und dann schrie er in ihr Handy: »Philip! Philip! Er ist angefahren worden! Rufen Sie sofort den Notarzt! Am Ende der Shaftesbury Avenue, Ecke St. Giles High Street.«

Überall waren Gehupe und das Quietschen von Bremsen zu hören. Der Taxifahrer sprang aus seinem Wagen und stürzte – die Hände am Kopf – zu dem am Boden liegenden Yukio Matsumoto. Ein Busfahrer kam dazu, dann drei weitere Männer, bis der Geiger vor ihren Blicken verborgen war.

»Polizei!«, rief Lynley. »Treten Sie zurück! Bewegen Sie ihn nicht!«

Und in dem Augenblick wurde Isabelle klar, dass sie in dem Moment, da sie sich entschlossen hatte, ein ganzes Team auf Matsumoto anzusetzen, die falsche Entscheidung getroffen hatte – die schlimmste Entscheidung überhaupt.

Als Lynley sich bereit erklärt hatte, Isabelle Ardery bei der Mordermittlung zu unterstützen, hätte er sich nie träumen lassen, dass er ausgerechnet in der Notaufnahme des St.-Thomas-Krankenhauses landen würde. Es war dasselbe Krankenhaus, in dem er die Entscheidung hatte treffen müssen, Helen und ihr gemeinsames Kind aufzugeben. Ausgerechnet dorthin wurde Yukio Matsumoto gebracht, und als Lynley die Tür zur Notaufnahme durchschritt, wo hektische Betriebsamkeit herrschte und mit gedämpften Stimmen gesprochen wurde, war es, als wäre seit dem, was seiner Frau zugestoßen war, kein Tag vergangen. Derselbe Geruch nach Antiseptika und Reinigungsmitteln lag in der Luft. Dieselben blauen, miteinander verbundenen Stühle standen an den Wänden, darüber dieselben Plakate, die vor Aids und anderen Geschlechtskrankheiten warnten oder dazu aufriefen, sich häufig die Hände zu waschen. Auch die Geräusche waren wohl die gleichen: das Vorfahren von Krankenwagen, das Scharren von Füßen, laut gerufene Anweisungen, wenn Verletzte auf Tragen in die Untersuchungsräume geschoben wurden.

Als all diese Eindrücke auf Lynley eindrangen, fühlte er sich sofort in den Augenblick zurückversetzt, als er die Notaufnahme betreten und erfahren hatte, dass seine Frau auf den Stufen vor seiner Haustür angeschossen worden war. Dass es zwanzig Minuten gedauert hatte, bis der Notarzt eingetroffen war. Dass Helens Gehirn zwanzig Minuten lang nicht mit Sauerstoff versorgt worden war, während ihr Herz unnütz Blut in ihre Brusthöhle gepumpt hatte. Es war alles so realistisch, dass ihm der Atem stockte und er abrupt stehen blieb und erst wieder zur Besinnung kam, als Isabelle Ardery seinen Namen aussprach und ihre Stimme ihn aus seinen Gedanken riss: »... Uniformierte postieren, und zwar rund um die Uhr, egal wo er behandelt wird, egal wohin sie ihn verlegen. Gott, was für ein Schlamassel! Ich hatte ihnen eingeschärft, sich ihm nicht zu nähern, verdammt!«

Ihm fiel auf, dass sie die Hände rang, und wie benommen dachte er, dass er dies noch nie bei jemandem beobachtet hatte, obwohl es häufig in Büchern beschrieben wurde, um die Nervosität einer Person zu beschreiben. Zweifellos lagen ihre Nerven blank. Die Metropolitan Police verfolgt einen Verdächtigen, der dann im Krankenhaus landete? Es spielte keine Rolle, dass sie sich dem Mann gegenüber zu erkennen gegeben hatten. In der Presse würde es anders dargestellt werden, und das wusste sie. Und sie wusste auch: Sollten deswegen Köpfe rollen, würde ihrer der erste sein.

Die Türen gingen auf. Philip Hale trat ein. Die Zerknirschtheit stand ihm ins Gesicht geschrieben. Schweiß rann ihm über Stirn und Schläfen. Er hatte sich die Jacke ausgezogen. Das Hemd klebte ihm am Oberkörper.

Ardery schoss auf ihn zu. Sie hatte ihn am Arm gepackt und gegen die Wand gedrückt, noch ehe er sie überhaupt in dem Durcheinander ausgemacht hatte. »Haben Sie Bohnen in den Ohren?«, zischte sie dicht vor seinem Gesicht. »Ich habe Sie angewiesen, sich von dem Mann fernzuhalten!«

»Chefin, ich ...«

»Wenn er hopsgeht, werden Sie zur Rechenschaft gezogen. Dafür werde ich persönlich sorgen.«

»Aber Chefin ...«

»Ich bringe Sie vor eine Kommission, vor Gericht, notfalls in den Knast. Was auch immer nötig ist, damit Sie kapieren, was Sache ist. Denn wenn ich Ihnen sage, halten Sie sich von dem Verdächtigen fern, dann meine ich verflucht noch mal genau das. Und jetzt erklären Sie mir gefälligst, welchen Teil davon Sie nicht verstanden haben, denn wir haben hier einen Verdächtigen, der von einem Auto angefahren wurde und wahrscheinlich seinen Verletzungen erliegen wird, und glauben Sie ja nicht, dass hier irgendeiner vorhat, die Sache zu übergehen und so zu tun, als wäre nichts geschehen. Das können Sie sich ein für alle Mal aus dem Kopf schlagen.«

Hale warf Lynley einen kurzen Blick zu. Es konnte keinen besseren Polizisten und keinen anständigeren Menschen geben als Philip Hale, dachte Lynley. Er führte jeden Befehl korrekt aus, und genau das hatte er auch diesmal getan, was sie alle wussten.

»Irgendetwas hat ihn erschreckt, Chefin«, sagte Hale. »Er stand da und spielte auf seiner Geige, und ganz plötzlich ist er losgerannt. Ich weiß nicht, warum. Ich schwöre bei Gott…«

»Ach, Sie schwören bei Gott?« Sie schüttelte ihn. Lynley betrachtete die Hand, die sich in Hales Arm krallte. Die Fingerspitzen waren weiß und die Haut unter den Nägeln dunkelrosa. »Mir kommen gleich die Tränen, Philip. Reißen Sie sich zusammen, und übernehmen Sie Verantwortung! Ich habe keine Zeit für Männer, die anfangen zu flennen, sobald…«

»Chefin«, schaltete Lynley sich ein. »Es reicht.«

Arderys Augen weiteten sich. Er sah, dass sie ihren Lippenstift abgekaut hatte und dass sich wie zum Ausgleich auf ihren Wangen zwei dunkelrote Wutflecke gebildet hatten. Ehe sie etwas entgegnen konnte, sagte er eindringlich: »Wir müssen den Bruder finden und ihm sagen, was passiert ist.«

Als sie den Mund öffnete, um etwas zu sagen, fügte er hinzu: »Wir dürfen nicht zulassen, dass er es aus der Zeitung oder aus den Nachrichten erfährt. Und auch sonst niemand darf es auf diese Weise erfahren.« Womit er Hillier meinte, und eigentlich hätte ihr das klar sein müssen, auch wenn sie von Dämonen getrieben war, die er zwar erkannte, aber nicht wirklich verstand.

Sie ließ Hales Arm los. »Fahren Sie in den Yard«, befahl sie ihm, und dann sagte sie zu Lynley: »Das war jetzt das zweite Mal. Hiermit verwarne ich Sie.«

»Verstanden«, sagte er.

»Und es ist Ihnen auch noch scheißegal, stimmt's?«, sagte sie, ehe sie noch einmal auf Hale losging. »Sind Sie ein Idiot, Philip? Haben Sie mich nicht verstanden? Verziehen Sie sich in den Yard!«

Philip Hale sah erst Ardery, dann Lynley, dann wieder Ardery an, sagte: »Chefin«, nickte kurz und machte auf dem Absatz kehrt. Lynley sah, wie er kopfschüttelnd zur Tür hinausging.

Ardery wandte sich an Lynley: »Kontaktieren Sie den Bruder.« Dann begann sie, im Raum auf und ab zu gehen.

Während er die nötigen Anrufe erledigte, beobachtete er sie und fragte sich, wann sie wohl wieder auf der Damentoilette verschwinden würde. Er zweifelte nicht daran, dass sie dringend einen Drink benötigte.

Doch während der vierzig Minuten, die es dauerte, bis Hiro Matsumotos Anwältin ihren Mandanten ausfindig gemacht und zum Krankenhaus begleitet hatte, blieb Isabelle Ardery im Wartezimmer, und Lynley konnte nicht umhin, einen gewissen Respekt für ihre Selbstbeherrschung zu empfinden. Sie telefonierte mit dem Yard, setzte die Pressestelle ins Bild und übermittelte einen Bericht über die Vorfälle an AC Hilliers Vorzimmer. Hillier würde Ardery beizeiten eine ordentliche Standpauke halten, dachte Lynley. Es gab nichts, was der Assistant Commissioner mehr verabscheute als schlechte Presse. Schießereien in sämtlichen Straßen Londons konnten Hillier nicht annähernd so sehr auf die Palme bringen wie eine Schlagzeile mit dem Wortlaut: »Erneut brutales Vorgehen der Met!«

Als Hiro Matsumoto schließlich eintraf, war er wesentlich gefasster als seine Anwältin, die Gift und Galle spuckte und mit Klage drohte, womit zu rechnen gewesen war. Ihr Redeschwall wurde erst unterbrochen, als der Arzt sich zu ihnen gesellte, der den Geiger als Erster versorgt hatte. Der Mann sah aus wie ein Kobold mit übergroßen, seltsam durchscheinenden Ohren und einem Namensschild, auf dem HOGG stand. Er sprach Hiro Matsumoto direkt an. Er hatte ihn offenbar als denjenigen erkannt, der dem Verletzten am nächsten stand. Die anderen würdigte er keines Blickes.

Eine Schulter und die Hüfte gebrochen, lautete die erste Diagnose, was sie in Anbetracht dessen, wie schlimm es hätte kommen können, aufatmen ließ. Doch dann sprach Mr. Hogg von einer Schädelfraktur und einem Subduralhämaton und erklärte, dass aufgrund der Schwere der Verletzung mit einer gefährlichen Druckerhöhung im Schädel zu rechnen sei, was wiederum das empfindliche Gehirngewebe schädigen könne, wenn nicht sofort Maßnahmen ergriffen würden. Man müsse Yukio Matsumoto schnellstens einer Operation unterziehen, für die soeben Vorbereitungen getroffen würden.

»Der Mann wird des Mordes verdächtigt«, klärte Ardery den Arzt auf. »Wir müssen mit ihm reden, bevor Sie *irgendetwas* unternehmen und er vernehmungsunfähig werden könnte.«

»Der Patient ist im Moment nicht in der Lage …«, setzte der Arzt an, aber der Bruder und seine Anwältin fielen ihm gleichzeitig ins Wort. »Mein Bruder hat die Frau nicht ermordet«, sagte der Cellist, während seine Anwältin sagte: »Sie reden mit niemandem außer mit mir, Madam, das möchte ich hiermit ein für alle Mal klarstellen. Und wenn Sie sich ohne mein Wissen auch nur in die Nähe von Yukio Matsumoto …«

»Wagen Sie es nicht, mir zu drohen«, fauchte Isabelle Ardery.

»Ich werde in Erfahrung bringen, was genau zu diesem unglaublichen Vorfall geführt hat, und wenn ich es herausgefunden habe, dann können Sie sich auf eine Dienstaufsichtsbeschwerde gefasst machen, die sich gewaschen hat. Ich hoffe, ich habe mich deutlich genug ausgedrückt.«

»Mein Interesse gilt dem Verletzten und nicht den Streitereien zwischen Ihnen beiden«, mischte sich der Arzt wütend ein. »Der Mann wird jetzt operiert, Ende der Debatte.«

»Bitte«, sagte Hiro Matsumoto leise. Seine Augen waren feucht. »Mein Bruder. Wird er überleben?«

Der Gesichtsausdruck des Arztes wurde weicher. »Es handelt sich um ein Schädelhirntrauma, Mr. Matsumoto. Wir tun, was in unserer Macht steht.«

Nachdem der Arzt gegangen war, sagte Isabelle Ardery zu Lynley: »Wir brauchen seine Kleidung für die Spurensicherung.«

»Da habe ich auch noch ein Wörtchen mitzureden«, sagte Zaynab Bourne scharf.

»Er ist der Hauptverdächtige in einem Mordfall«, entgegnete Ardery heftig. »Wir werden uns die notwendigen Verfügungen besorgen, und wir werden seine Kleidung mitnehmen, und falls Sie ein Problem damit haben, dann können Sie auf dem vorgeschriebenen Weg Beschwerde dagegen einlegen.« Zu Lynley sagte sie: »Ich will, dass auch hier jemand postiert wird, und zwar einer, der in der Lage ist, über die Entwicklung genau im Bilde zu bleiben. Sobald er sprechen kann, will ich, dass ein Kollege bei ihm im Zimmer ist.« Sie wandte sich an Hiro Matsumoto und fragte ihn, ob er ihnen sagen könne, wo sein Bruder wohne.

Seine Anwältin wollte schon protestieren, doch Matsumoto sagte: »Nein, bitte, Mrs. Bourne. Ich glaube, dass es in Yukios Interesse ist, diese Sache aufzuklären.«

»Hiro, Sie können nicht...« Mrs. Bourne zog ihn von Lynley und Ardery weg. Außer Hörweite redete sie eindringlich auf ihn ein, und er hörte ihr konzentriert zu. Doch er ließ sich nicht umstimmen. Er schüttelte den Kopf. Sie sprachen noch kurz miteinander, dann strebte Zaynab Bourne dem Ausgang zu und klappte noch im Gehen ihr Handy auf. Lynley hegte keinen Zweifel daran, dass die Anwältin Beziehungen zu jemandem hatte, den sie dazu bringen würde, der Met die Hölle heißzumachen.

Hiro Matsumoto kam zu ihnen zurück. »Kommen Sie. Ich bringe Sie hin.«

Isabelle rief AC Hillier zurück, als sie die Themse überquerten und am Victoria Embankment entlangfuhren, um den Parliament Square zu umgehen. Bisher hatte sie nur mit der Sekretärin des AC gesprochen, dankbar für die Zeit, die sie gewonnen hatte, um sich die Formulierung für eine Erklärung des Sachverhalts zu überlegen, der ihn zur Weißglut bringen würde.

Anstelle einer Begrüßung blaffte Hillier nur: »Ich höre.« In Anbetracht der Tatsache, dass Hiro Matsumoto vom Rücksitz aus alles mithören konnte, gab sie Hillier so wenig Informationen wie möglich. Sie schloss ihren Bericht ab mit den Worten: »Er wird jetzt gerade operiert, und sein Bruder ist bei uns. Wir sind unterwegs zu seiner Wohnung.«

»Haben wir unseren Mann?«

»Durchaus möglich.«

»In Anbetracht der Situation reicht mir *möglich* nicht. Ich möchte *wahrscheinlich* hören. Ich möchte *ja* hören.«

»Wir werden es bald wissen.«

»Das kann ich Ihnen weiß Gott nur wünschen. Kommen Sie zu mir, sobald Sie das erledigt haben! Wir müssen uns mit Deacon unterhalten.«

Sie hatte keine Ahnung, wer Deacon war, aber sie würde den Teufel tun und Hillier danach fragen. Sie versicherte ihm, dass sie ihn so bald wie möglich aufsuchen werde, und nachdem sie das Gespräch beendet hatte, erkundigte sie sich bei Lynley.

»Der Chef der Pressestelle«, sagte Lynley. »Hillier lässt die Kavallerie aufmarschieren.«

»Wie bereite ich mich darauf vor?«

Er schüttelte den Kopf. »Das habe ich nie herausgefunden.«

»Philip hat es vermasselt, Thomas.«

»Glauben Sie.«

Er hatte die Worte wie eine Feststellung ausgesprochen, woraus sie schloss, dass er damit seine Meinung kundtat, womöglich sogar ein Urteil abgab. Und vielleicht machte er damit auch klar, wo seine Loyalitäten lagen.

In angespanntem Schweigen fuhren sie in die Charing Cross Road. Hiro Matsumoto dirigierte sie zur Ecke Denmark Street. Dort stand ein achtstöckiges Backsteinhaus, eine Art Studentenwohnheim namens Shaldon Mansions. Im Erdgeschoss befanden sich mehrere Läden, die sich alle in irgendeiner Weise auf das Thema Musik spezialisiert hatten. Die Ladenzeile zog sich über die gesamte Denmark Street hin: überall Musikinstrumente in den Schaufenstern – Gitarren, Schlagzeuge, Blasinstrumente –, dazwischen ein Zeitungskiosk, ein Taschengeschäft und ein paar Cafés. Der Eingang zu den Wohnungen lag zwischen *Keira News* und *Mucci Bags*, und als sie darauf zugingen, spürte Isabelle, wie Lynley seine Schritte verlangsamte. Sie drehte sich nach ihm um. Er betrachtete eingehend das Gebäude.

»Was ist?«, fragte sie.

»Paolo di Fazio.«

»Was ist mit ihm?«

»Hier ist Jemima Hastings mit ihm hergekommen.« Mit einer Kinnbewegung deutete er auf den Hauseingang. »An dem Abend, als sie sich kennengelernt haben. Er hat ausgesagt, dass sie mit ihm in eine Wohnung über dem *Keira News* gegangen ist.«

Isabelle lächelte. »Gut gemacht, Thomas. Dann wissen wir ja jetzt, woher Yukio sie kennt.«

Hiro Matsumoto sagte: »Dass die beiden sich gekannt haben, bedeutet noch nicht …«

»Selbstverständlich nicht«, erwiderte Isabelle unwirsch. Hauptsache, er machte keinen Rückzieher. Hauptsache, er führte sie in die Wohnung seines Bruders.

Leider besaß der Cellist keinen Schlüssel zur Wohnung seines Bruders. Aber nachdem sie auf ein paar Klingeln gedrückt, an ein paar Türen geklopft und ein paar Fragen gestellt hatten, landeten sie im *Keira News*. Isabelle wies sich aus, und der Ladenbesitzer, der für die Bewohner Päckchen und Pakete entgegennahm und als Kontaktperson in Notfällen fungierte, nahm einen Generalschlüssel aus einer Schublade. Es handle sich tatsächlich um einen Notfall, hatte Isabelle ihm erklärt.

Der Mann übergab ihnen den Schlüssel. In der Tür drehte Lynley sich noch einmal um und fragte den Mann nach Jemima Hastings. Ob er sie gekannt habe. Ob er sich an sie erinnere. Sie habe ungewöhnliche Augen gehabt, ein grünes und ein braunes.

Bei der Erwähnung der Augen fiel der Groschen. Ja, sie habe in Shaldon Mansions gewohnt, in einem Einzimmerapartment ähnlich dem, zu dem sie Zugang wünschten.

Dies bestätigte die Verbindung zwischen Yukio Matsumoto und Jemima Hastings, wie Isabelle hocherfreut zur Kenntnis nahm. Die Verbindung über Covent Garden herzustellen war eine Sache, aber dass sie quasi Wohnungsnachbarn gewesen waren, war etwas ganz anderes. Die Sache nahm Form an.

Yukios Apartment lag im obersten Stock, wo im Gegensatz zu den hellen Räumen in den anderen Stockwerken kleine Mansardenzimmer untergebracht waren. Man hatte so viele winzige Wohnungen wie nur möglich unter das Dach gequetscht, und die Luft in dem engen Flur, von dem rechts und links die Türen abgingen, war so abgestanden, dass man meinen könnte, hier sei seit dem ersten Golfkrieg nicht mehr gelüftet worden.

In Yukio Matsumotos Apartment war es heiß und stickig, und auf die Wände hatte jemand mit einem breiten Filzstift lauter überlebensgroße Figuren gezeichnet. Es waren Dutzende, die überall aus der Höhe herabblickten. Bei genauerer Betrachtung stellte sich heraus, dass es sich um Engel handelte.

»Was in drei Teufels Namen …«, murmelte Isabelle, während Lynley neben ihr seine Brille aufsetzte, um die Zeichnungen näher in Augenschein zu nehmen.

Hinter sich hörte sie Hiro Matsumoto einen tiefen Seufzer ausstoßen. Sie drehte sich um. Er wirkte unglaublich traurig.

»Was ist das?«, fragte sie.

Der Cellist ließ seinen Blick über die Figuren wandern. »Er

glaubt, dass sie mit ihm sprechen. Die himmlischen Heerscharen.«

»Die was?«

»Alle möglichen verschiedenen Engel«, sagte Lynley.

»Gibt es denn mehr als eine Sorte?«

»Es gibt neun.«

Und er würde sie zweifellos aufzählen können, dachte Isabelle grimmig. Sie jedenfalls brauchte die unterschiedlichen Kategorien der himmlischen Was-auch-immer nicht zu kennen, und sie wollte sie auch nicht kennen. Sie wollte lediglich wissen, ob sie etwas mit Jemima Hastings' Tod zu tun hatten, und wenn ja, was. Wahrscheinlich hatten sie überhaupt nichts mit dem Fall zu tun, dachte sie. Aber Hiro sagte: »Sie kämpfen für ihn. Das spielt sich natürlich nur in seinem Kopf ab, aber er hört sie, und manchmal glaubt er sie auch zu sehen. Was er sieht, sind Menschen, aber in der Vergangenheit sind schon häufig Engel in Menschengestalt erschienen. In der Kunst und in Büchern werden sie immer wie menschliche Wesen dargestellt, und deswegen hält er sich für einen von ihnen. Er glaubt, sie warten darauf, dass er seine Absicht erklärt. Das ist der Kernpunkt seiner Krankheit. Aber es beweist doch nur, dass er niemandem etwas zuleide getan hat.«

Isabelle betrachtete die Zeichnungen, während Lynley nachdenklich an ihnen vorüberschritt. Es gab Engel, die auf Teiche herabschwebten, in denen Menschen mit verzerrten Gesichtern flehend die Arme zu ihnen emporreckten. Es gab Engel, die Dämonen vor sich hertrieben, um sie an einem in der Ferne sichtbaren Tempel arbeiten zu lassen. Es gab Engel mit Trompeten, Engel mit Büchern, Engel mit Waffen und eine riesige Gestalt mit ausgebreiteten Flügeln, die eine ganze Armee anführte, während in der Nähe eine weitere Gestalt eine biblische Stadt zerstörte. An einer Wand war der Kampf zwischen zwei Arten von Engeln dargestellt: eine Gruppe Bewaffneter und eine Gruppe von Engeln, die mit ihren Flügeln am Boden kauernde Menschen zu beschützen versuchten.

»Er glaubt, er müsse sich entscheiden«, bemerkte Hiro Matsumoto.

»Entscheiden wofür?«, fragte Isabelle. Lynley war an ein schmales Bett getreten. Auf dem Nachttisch standen eine Lampe und ein beschmiertes Glas mit Wasser, neben dem ein Buch lag. Er nahm das Buch in die Hand und schlug es auf. Eine Karte fiel heraus, und er bückte sich, um sie aufzuheben.

»Ob er ein Schutzengel oder ein Streiter sein will«, sagte Matsumoto. »Ob er beschützen will oder ...« Als er zögerte, beendete Isabelle den Satz für ihn.

»Oder bestrafen«, sagte sie. »Sieht so aus, als hätte er sich inzwischen entschieden, meinen Sie nicht?«

»Bitte, er hat nicht ...«

»Chefin.« Lynley betrachtete die Karte. Sie trat zu ihm. Es handelte sich um eine der Postkarten aus der National Portrait Gallery. Jemima Hastings' Konterfei. Unter dem Gesicht stand geschrieben: »Haben Sie diese Frau gesehen?« Über den schlafenden Löwen hatte jemand einen Engel gezeichnet. Er hatte seine Flügel schützend ausgebreitet. Eine Waffe hielt er nicht in der Hand.

»Dies scheint mir eher dafür zu sprechen, dass er lieber beschützen wollte als bestrafen«, sagte Lynley.

Isabelle wollte ihm gerade erklären, dass er sich irrte, als Yukios Bruder aufschrie. Sie fuhr herum. Er stand vor dem Waschbecken und starrte hinein. »Finger weg!«, herrschte sie ihn an und ging zu ihm, um sich anzusehen, was er dort entdeckt hatte.

Was auch immer es sein mochte, es war blutverschmiert. Es war so sehr mit Blut verkrustet, dass nur noch eine vage Form zu erkennen war.

»Aha«, sagte Isabelle. »Sieh mal einer an. Berühren Sie das nicht, Mr. Matsumoto.«

Um diese Uhrzeit gab es in Chelsea nicht viele Parkmöglichkeiten. Lynley musste einen längeren Fußweg vom Carlyle Square in Kauf nehmen. Er überquerte die King's Road und ging durch die Old Church Street in Richtung Themse. Unterwegs überlegte er einerseits, welche Möglichkeiten er hatte, AC Hillier während der kommenden Tage aus dem Weg zu gehen, und andererseits, wie er das, was er an Isabelle Arderys Seite erlebt hatte, darstellen sollte, falls er sich zu einem Gespräch mit dem Assistant Commissioner gezwungen sah.

Er wollte Ardery den Rücken freihalten. Als Neuling auf dem Posten des Superintendent stand sie unter dem Druck, sich beweisen zu müssen. Aber er wollte auch, dass die richtige Person verhaftet wurde, wenn es so weit war, und er war keineswegs davon überzeugt, dass Yukio Matsumoto sich eines Mordes schuldig gemacht hatte. Dass er sich in irgendeiner Weise schuldig gemacht hatte, stand kaum außer Zweifel. Aber Mord? Lynley konnte es sich einfach nicht vorstellen.

»Das liegt bloß an seinem Bruder«, hatte Isabelle ihm auf dem Rückweg zum Yard brüsk beschieden. »Sie verehren ihn, und deswegen wollen Sie alles glauben, was er sagt. Ich nicht.«

Im Besprechungsraum war es diesmal ungewöhnlich still zugegangen. Die Kollegen wussten, was mit Yukio Matsumoto passiert war; sicherlich ein Grund für ihre Schweigsamkeit. Aber der andere Grund war Isabelle Arderys Konfrontation mit Philip Hale im Krankenhaus. Selbst wenn Philip den anderen gegenüber nichts davon erwähnt hatte, hatten sie es aus seinem Verhalten schließen können.

Bis zum späten Nachmittag hatten keine neuen Informationen aus dem Krankenhaus über Yukio Matsumotos Zustand vorgelegen, und so hatten sie sich einfach gesagt, keine Nachricht ist eine gute Nachricht. Man hatte die Spurensicherung in die Wohnung des Geigers geschickt und den blutverkrusteten Gegenstand aus dem Waschbecken für eine genaue Analyse ans Labor übergeben.

Alles fügte sich zusammen: Marlon Kays Schnitzwerkzeug war sauber, ebenso das Werkzeug, das sie in der Künstlerwerkstatt in der Nähe von Clapham Junction sichergestellt hatten.

Frazer Chaplins Alibi für den Mordtag war von seinen Kollegen an der Eisbahn, von seinen Kollegen im *Duke's* und von Bella McHaggis bestätigt worden. Mrs. McHaggis' Alibi war von einem Yogastudio und von ihren Nachbarn bestätigt worden. Es war immer noch nicht gänzlich geklärt, ob und wo Abbott Langer mit den Hunden draußen gewesen war, und dass Paolo di Fazio sich in der Jubilee Market Hall aufgehalten hatte, konnte für jeden und keinen Tag gelten, da dort niemand wirklich auf so etwas achtete. Aber wahrscheinlich war er dort gewesen, und »wahrscheinlich« reichte Superintendent Ardery. Sie war sich ziemlich sicher, dass man gegen Yukio Matsumoto Anklage erheben würde, sobald der endgültige Bericht des Labors vorlag.

Lynley hatte seine Zweifel daran, doch er sagte nichts. Als die Besprechung beendet war, trat er an die Magnettafeln und studierte mehrere Minuten lang die Aufzeichnungen. Auf ein Foto konzentrierte er sich besonders, und er nahm eine Kopie davon mit, als er die Victoria Street verließ und nach Chelsea fuhr anstatt nach Hause.

St. James traf er nicht an, dafür aber Deborah, die ihn ins Wohnzimmer führte. Dort hatte sie für den Nachmittagstee gedeckt, aber nichts war zum Verzehr gedacht. Sie überlege, ob sie sich der Lebensmittelfotografie widmen solle, erklärte sie ihm. Als man zum ersten Mal mit dem Vorschlag an sie herangetreten sei, habe sie es für »eine Beleidigung meiner hehren Ziele betrachtet«, sagte sie. »Aber da ich mir mit dem Verfolgen meiner hehren Ziele keine goldene Nase verdienen kann und da mir die Vorstellung widerstrebt, mich vom armen Simon aushalten zu lassen, bis ich altersschwach bin, habe ich mir gesagt, dass das Fotografieren von Lebensmitteln vielleicht genau das Richtige für mich sein könnte, bis ich als die neue Annie Leibovitz entdeckt werde.«

Auf diesem Gebiet, erläuterte sie ihm, gehe es vor allem um Beleuchtung, Requisiten, Farben und Formen. Zusätzlich müsse man bedenken, dass man die Bilder nicht überlade – dass man sie so gestalte, dass der Betrachter Teil der Szenerie würde und dass man die Speisen zwar in den Mittelpunkt rücken, aber dabei die Stimmung, die das Bild ausstrahlen sollte, nicht außer Acht lassen dürfe.

»Ich probiere derzeit nur wild herum«, gestand sie. »Ich würde ja vorschlagen, dass wir beide uns das Zeug einverleiben, wenn ich fertig bin, aber ich kann die Scones nicht empfehlen, die habe ich nämlich selbst gebacken.«

Lynley sah, dass sie eine sehr ansprechende Szenerie geschaffen hatte, ein gedeckter Tisch wie im Ritz mit allem Drum und Dran, von einem silbernen Tablett mit Sandwiches bis zu einem silbernen Schälchen, in dem sich ein Berg Sahne türmte. In der Ecke stand sogar eine Flasche Champagner in einem Sektkübel, und während Deborah daherplauderte und ihm etwas über Perspektiven erklärte und die Kunst, es so aussehen zu lassen, als wären die Erdbeeren mit glitzernden Wassertropfen überzogen, wurde ihm klar, dass sie krampfhaft bemüht war, wieder so etwas wie Normalität in ihre Beziehung zu bringen.

»Es geht mir gut, Deb«, unterbrach er sie. »Es ist schwierig, was ja nicht anders zu erwarten war, aber ich komme zurecht.«

Deborah sah weg. Sie arrangierte eine Rose in einer schlanken Vase neu, ehe sie leise antwortete: »Sie fehlt uns fürchterlich. Vor allem Simon. Er spricht nicht darüber. Ich glaube, er hat Angst, er könnte damit alles nur noch schlimmer machen. Schlimmer für mich *und* für ihn. Das ist natürlich Unsinn. Wie könnte es schlimmer sein? Aber es ist alles ein großes Durcheinander.«

»Wir vier waren schon ein eigenartiges Knäuel, nicht wahr?«, sagte er.

Sie blickte auf, antwortete jedoch nicht.

»Es wird sich alles wieder entwirren«, sagte er. Er wollte ihr gern sagen, dass die Liebe etwas Seltsames war, dass sie Gräben überwand, dass sie verblasste und sich wieder neu erfand. Aber ihm war klar, dass sie das selbst wusste, denn sie erlebte es genauso wie er. Und so sagte er stattdessen: »Ist Simon nicht hier? Ich habe etwas mitgebracht, das ich ihm zeigen möchte.«

»Er kommt gleich. Er war zu einem Treffen im *Gray's Inn*. Was hast du denn für ihn?«

»Ein Foto«, sagte er, und im selben Moment fiel ihm ein, dass wahrscheinlich noch mehr davon existierten, die ihm weiterhelfen konnten. »Hast du irgendwelche Fotos von der Ausstellungseröffnung in der Portrait Gallery, Deb?«, fragte er.

»Du meinst, eigene? Ich hatte meine Kamera gar nicht dabei.«

Nein, sagte er. Er meine Pressefotos. Ob bei der Vernissage in der National Portrait Gallery jemand gewesen sei, der Fotos geschossen habe. Vielleicht für eine Broschüre, eine Zeitschrift oder eine Zeitung.

»Ah«, sagte sie. »Du meinst Fotos von Prominenten und Möchtegernprominenten? Von den Reichen und Schönen mit Champagnerflöten in der Hand, die ihre Sonnenbräune und ihre perfekten Zähne zur Schau stellen? Ich kann nicht behaupten, dass viele von ihnen zu der Vernissage gekommen sind, Tommy. Aber es wurde tatsächlich fotografiert. Komm mit!«

Sie führte ihn in Simons Arbeitszimmer im vorderen Teil des Hauses. Aus einem antiken hölzernen Zeitungsständer neben Simons Schreibtisch fischte sie eine alte Ausgabe von *Hello!* Sie verzog das Gesicht. »Es war ein schlechter Tag für glamouröse Veranstaltungen«, sagte sie.

Hello! hatte die üblichen Bilder von den Schönen und Reichen gebracht, die bereitwillig für den Fotografen posiert hatten. Zwei Seiten voller Hochglanzfotos, stellte Lynley zufrieden fest.

Es war eine ganze Menge Leute zu der Ausstellungseröffnung erschienen. Lynley erkannte einige wichtige Persönlichkeiten der Londoner Gesellschaft sowie einige, die hofften, eines Tages zu diesem illustren Zirkel zu gehören. Es gab auch ein paar Schnappschüsse unter den Fotos, und auf einem entdeckte er Deborah und Simon im Gespräch mit Jemima Hastings und einem Mann, der einen ziemlich finsteren Eindruck machte. Er hoffte, dass es sich um einen der Männer handelte, die in irgendeiner Verbindung zu der Toten standen, doch zu seiner Überraschung erklärte ihm Deborah, dass er Matt Jones vor sich sehe, den neuen Lebensgefährten von Sidney St. James, Simons jüngerer Schwester.

»Sidney ist ganz vernarrt in ihn«, sagte Deborah. »Simon dagegen hält sie für verrückt. Ein ziemlich geheimnisvoller Typ, dieser Matt. Manchmal verschwindet er für mehrere Wochen und behauptet, er sei im Auftrag der Regierung unterwegs. Sidney hält ihn für einen Spion. Simon glaubt, dass er eher ein Auftragskiller ist.«

»Und was glaubst du?«

»Mir gegenüber kriegt er die Zähne nicht auseinander, Tommy. Ehrlich gesagt, er macht mich ein bisschen nervös.«

Lynley betrachtete ein Foto von Sidney: groß, gertenschlank, in koketter Pose mit einem Champagnerglas in der Hand, den Kopf zurückgeworfen. Es sollte aussehen wie ein Schnappschuss – sie war im Gespräch mit einem dunkelhäutigen Mann, der gerade sein Glas austrank –, aber Sidney war nicht umsonst ein Profimodel. Egal wie viele Leute um sie herumstanden, sie wusste immer genau, wann eine Kamera auf sie gerichtet war.

Es gab noch mehr Fotos, einige davon gestellt, andere Schnappschüsse. Die würde er sich noch genauer ansehen müssen. Wahrscheinlich verfügte die Zeitschrift noch über eine Menge weiterer Aufnahmen, die nicht gedruckt worden waren, die dennoch wertvolle Hinweise enthalten konnten und die Lynley sich wohl besorgen sollte. Er fragte Deborah, ob er die Zeitschrift behalten könne. Selbstverständlich, sagte sie. Ob er denn annehme, der Mörder sei auf der Vernissage gewesen?

Durchaus möglich, erwiderte er. Also müsse alles überprüft werden.

Die Haustür wurde geöffnet, und sie hörten St. James' unregelmäßige Schritte im Flur. Deborah trat an die Tür des Arbeitszimmers. »Tommy ist hier, Simon. Er will dich sprechen.«

Als St. James sich zu ihnen gesellte, entstand ein Moment der Verlegenheit. Lynleys alter Freund musterte ihn, während Lynley sich fragte, ob je eine Zeit kommen würde, in der Verlegenheiten zwischen Freunden der Vergangenheit angehörten. Dann sagte St. James: »Tommy! Ich brauche einen Whisky. Du auch?«

Lynley brauchte keinen, aber aus Höflichkeit erwiderte er: »Da sage ich nicht nein.«

»Einen Lagavulin?«

»Bin ich so ein besonderer Gast?«

St. James lächelte. Er trat an den Getränkewagen, der unter der Fensterbank stand, und schenkte zwei Whisky und für Deborah einen Sherry ein. Als er die Gläser herumreichte, fragte er Lynley: »Hast du mir etwas mitgebracht?«

»Du kennst mich einfach zu gut.« Lynley gab ihm die Kopie des Fotos und berichtete St. James von den Ereignissen des Tages: von Yukio Matsumoto, der wilden Jagd durch die Stadt, dem Unfall auf der Shaftesbury Avenue. Dann erwähnte er noch, was sie in der Wohnung des Geigers gefunden hatten und dass Ardery zu der Überzeugung gelangt war, dass sie ihren Täter hatten.

»Nicht von der Hand zu weisen, wenn man alles bedenkt«, sagte St. James. »Aber du bist anderer Meinung?«

»Ich habe ein Problem mit dem Motiv.«

»Zwanghafte Liebe? So etwas kommt weiß Gott oft genug vor.«

»Falls Besessenheit im Spiel ist, dann ist er wohl eher von Engeln besessen. Er hat die Wände in seinem Zimmer mit Engeln bemalt.«

»Wirklich? Wie merkwürdig.« St. James betrachtete das Foto.

Deborah sah ihm über die Schulter. »Was ist das, Tommy?«, fragte sie.

»Das wurde in Jemimas Tasche gefunden. Die Kollegen vom SO7 sagen, es ist ein Karneol, aber das ist auch alles. Ich hatte gehofft, du könntest mir etwas dazu sagen. Oder wenn nicht …«

»Dass ich jemanden kenne, der dir weiterhelfen kann? Ich muss mir das mal näher ansehen.« St. James ging mit dem Foto an seinen Schreibtisch und nahm ein Vergrößerungsglas zur Hand. »Ziemlich abgenutzt. Der Größe nach zu urteilen, könnte es sich um einen Stein aus einem Herrenring handeln oder aus einem Anhänger. Oder auch aus einer Brosche.«

»Auf jeden Fall also ein Schmuckstück«, stimmte Lynley zu. »Was sagst du zu der Schnitzarbeit?«

St. James beugte sich erneut über das Foto. Nach einer Weile sagte er: »Hm, irgendetwas Heidnisches. Das ist ziemlich offensichtlich, oder?«

»Das dachte ich auch. Aber keltisch scheint es nicht zu sein.«

»Nein, nein, auf keinen Fall keltisch.«

»Woher weißt du das?«, fragte Deborah.

St. James reichte ihr die Lupe. »Amor«, sagte er. »Eine der geschnitzten Figuren. Er kniet vor der Frau. Und sie ist ... Minerva? Was meinst du, Tommy?«

»Oder Venus.«

»Aber die Waffen?«

»Hat es mit Mars zu tun?«

Deborah blickte auf. »Das hieße doch, dass dieses Ding ... wie alt ist? Tausend Jahre?«

»Noch älter, würde ich sagen. Wahrscheinlich drittes oder viertes Jahrhundert.«

»Wo hatte sie den Stein her?«, wollte Deborah von Lynley wissen.

»Das ist die große Frage.«

»Kann es sein, dass sie deswegen ermordet wurde?«, fragte Deborah. »Wegen eines geschnitzten Steins? Er muss ziemlich wertvoll sein.«

»Er besitzt sicherlich einen gewissen Wert«, sagte Lynley. »Aber wenn ihr Mörder hinter dem Stein her gewesen wäre, hätte er ihn kaum in ihrer Tasche gelassen.«

»Es sei denn, er wusste nicht, dass sie ihn bei sich trug«, sagte Deborah.

»Oder er wurde gestört, ehe er dazu kam, ihre Taschen zu durchsuchen«, meinte St. James.

»Was das angeht…« Lynley berichtete ihnen von der Mordwaffe oder von dem, was sie für die Tatwaffe hielten. Sie war, so erklärte er, blutverschmiert.

»Um was handelt es sich denn?«, fragte St. James.

»Das wissen wir noch nicht genau«, sagte Lynley. »Bisher können wir nur von der Form ausgehen.«

»Und die ist…?«

»Tödlich scharf an einem Ende, vielleicht fünfundzwanzig Zentimeter lang, mit einem gebogenen Griff. Wie ein merkwürdig geformter Nagel.«

»Und wozu wird das Ding normalerweise benutzt?«

»Keine Ahnung.«

Nachdem mehrere Streifenwagen, die Fahrzeuge der Spurensicherung, ein Krankenwagen und Dutzende uniformierte Polizisten an der Dawkins-Bauruine eingetroffen waren, war innerhalb kürzester Zeit auch die Presse zur Stelle, und die Nachricht, dass eine Leiche entdeckt worden war, verbreitete sich in dem Viertel wie ein Lauffeuer. Auch wenn die Polizei vor Ort sich redlich bemühte, den Informationsfluss zu kontrollieren, ließ sich kaum verheimlichen, um welche Art von Verbrechen es sich handelte. Bereits nach vier Stunden veröffentlichten die Medien Einzelheiten über den Zustand von John Dressers Leiche und deren genauen Fundort. Außerdem wurde landesweit über die Festnahme dreier Jungen berichtet (deren Namen selbstverständlich geheim gehalten wurden), die der Polizei »bei den Ermittlungen geholfen« hätten; ein altbekannter Euphemismus für »tatverdächtig«.

Michael Spargos senfgelber Anorak hatte ihn nicht nur für die Besucher des Einkaufszentrums identifizierbar gemacht, die ihn auf den Überwachungsvideos erkannten, sondern auch für die Bewohner seines Viertels. Innerhalb kürzester Zeit versammelte sich ein aufgebrachter Mob vor dem Haus der Spargos. Sechsunddreißig Stunden später wurde daher die gesamte Familie unter anderem Namen in einen anderen Stadtteil umgesiedelt (und nach dem Prozess in einen anderen Teil des Landes). Als die Polizei Reggie Arnold und Ian Barker abholte, hatte dies dieselben Konsequenzen, woraufhin auch ihre Familien umgesiedelt wurden. Die Einzige aus den betroffenen Familien, die sich in den folgenden Jahren gegenüber der Presse äußerte, war Tricia Barker, die sich energisch weigerte, einen anderen Namen anzunehmen. Es wird vermutet, dass sich ihre Kooperation aus der Hoffnung speiste, eine gewisse Berühmtheit zu erlangen und im Reality-TV auftreten zu können.

Die stundenlangen Verhöre der drei Jungen im Lauf der folgenden Tage enthüllen außergewöhnlich viel über ihre Psychopathologie und über die Dysfunktion der jeweiligen Familien. Oberflächlich betrachtet, stammte Reggie Arnold von allen drei Jungen aus dem stabilsten Elternhaus, denn bei allen Verhören waren neben dem verhörenden Detective und einer Sozialarbeiterin sowohl Rudy als auch Laura Arnold anwesend. Aber ich möchte daran erinnern, dass Reggie nach Aussage seiner Lehrer die deutlichsten Symptome von innerem Gefühlschaos erkennen ließ; die Wutausbrüche, die Hysterie und die selbstzerstörerischen Neigungen, die auch sein schulisches Verhalten charakterisierten, traten im Verlauf der Verhöre umso stärker in den Vordergrund, je deutlicher ihm bewusst wurde, dass die Manipulationsversuche, mit denen er sich in der Vergangenheit aus Schwierigkeiten hatte herauswinden können, in der Verhörsituation nichts fruchteten.

In den Tonbandaufnahmen hört man ihn zunächst schmeicheln und betteln. Dann beginnt er zu wimmern. Sein Vater ermahnt ihn, sich aufrecht hinzusetzen und sich »wie ein Mann, nicht wie ein Waschlappen« zu benehmen, während seine Mutter unter Tränen jammert: »Was tust du uns nur an!« Die Sorge der Eltern galt immer nur sich selbst: welche Auswirkungen Reggies Situation auf sie beide haben würde. Offenbar blendeten sie nicht nur die Schwere des Verbrechens aus, das Gegenstand des Verhörs war, sowie die Frage, was dieses Verbrechen über die Psyche ihres Sohnes aussagte, sondern auch das, was ihm bevorstand.

Einmal sagte Laura zu ihm, sie könne »hier nicht den ganzen Tag rumsitzen, während du Rotz und Wasser heulst, Reg«, schließlich müsse sie nach Reggies »Bruder und Schwester sehen, kapierst du das nicht? Was glaubst du denn, wer sich um die zwei kümmert, während ich hier bei dir rumsitze? Während dein Vater bei dir rumsitzt?« Noch bedrückender ist, dass beide Eltern anscheinend nicht bemerkten, wie das Verhör sich auf das Dawkins-Gelände und auf John Dressers Leiche zu konzentrieren begann und darauf, was sich aus den am Tatort gefundenen Beweisstücken in Bezug auf John Dressers Schicksal schließen ließ.

Reggies Verhalten eskalierte; selbst wiederholte Pausen und Interventionen durch die Sozialarbeiterin vermochten ihn nicht mehr zu beruhigen. Obwohl inzwischen eindeutig klar war, dass er höchstwahrscheinlich in irgendetwas Grauenhaftes verwickelt war, nahmen seine Eltern dies nicht zur Kenntnis, sondern versuchten weiterhin, ihn zu einem Verhalten zu bewegen, das sie billigen konnten. Wir haben es hier mit einem typischen Fall narzisstischer Elternschaft zu tun, und Reggie ist ein Beispiel dafür, welche extremen Auswirkungen eine solche Art von Erziehung auf ein Kind haben kann.

Ian Barker befand sich in einer ähnlichen Situation wie Reggie, blieb jedoch die ganze Zeit über stoisch. Erst anhand von Zeichnungen, die er später während seiner Sitzungen bei einem Kinderpsychiater anfertigte, wurde seine Beteiligung an dem Verbrechen in vollem Ausmaß deutlich. Während der Verhöre jedoch blieb er selbst dann noch bei seiner Version, »nichts von einem Baby« zu wissen, als er mit den Bildern der Überwachungskameras und den Aussagen der Zeugen konfrontiert wurde, die ihn zusammen mit den anderen Jungen und John Dresser gesehen hatten.

Im Verlauf des Verhörs brach seine Großmutter immer wieder in Tränen aus. Auf dem Tonbandmitschnitt ist zu hören, wie ihr Schluchzen in Abständen zunimmt und die Sozialarbeiterin vergeblich versucht, sie zu beruhigen. Ihre einzige Bemerkung lautet: »Ich habe eine Pflicht«, aber es wird nicht erkennbar, ob sie die Kommunikation mit ihrem Enkel für einen Teil dieser Pflicht hielt. Obwohl sie verständlicherweise starke Schuldgefühle gehabt haben muss, weil sie Ian der unzulänglichen und häufig gewalttätigen Obhut seiner Mutter überlassen hatte, schien sie dies und die daraus resultierende emotionale und psychische Verwahrlosung Ians nicht in Verbindung damit zu bringen, was John Dresser zugestoßen war.

Ian selbst fragte kein einziges Mal nach seiner Mutter, so als wüsste er im Voraus, dass er während der Ermittlungen allein dastehen würde, lediglich unterstützt von einer Sozialarbeiterin, die er bis zum Tag seines Verbrechens noch nie gesehen hatte.

Was Michael Spargo betrifft, wissen wir bereits, dass seine Mutter ihn quasi vom ersten Moment an, also bei seiner Festnahme, im Stich ließ – eine Erfahrung, die sein junges Leben bereits geprägt hatte: Dass der Vater die Familie verließ, wird tief greifende Auswirkungen auf all seine Söhne gehabt haben. Sue Spargos Alkoholismus und ihre Unzulänglichkeit als Mutter werden Michaels Gefühl des Verlassenseins zusätzlich verstärkt haben. Sue Spargo war nie in der Lage gewesen, die Brutalität der älteren gegenüber den jüngeren Brüdern zu unterbinden, und so wird Michael keine Hoffnung gehegt haben, dass sie ihn vor irgendetwas schützen konnte.

Nach ihrer Verhaftung wurden Michael, Reggie und Ian bis zu sieben Mal täglich verhört. Wie angesichts der Ungeheuerlichkeit und der Grauenhaftigkeit ihres Verbrechens nicht anders zu erwarten, zeigte jeder mit dem Finger auf die anderen. Zu bestimmten Fragen äußerten sich die Jungen überhaupt nicht – insbesondere dazu, was es mit der in dem Ramschladen gestohlenen Haarbürste auf sich hatte –, aber Michael Spargo und Reggie Arnold waren sich der Schwere ihres Verbrechens durchaus bewusst. Ungeachtet ihrer anfänglichen Unschuldsbeteuerungen verdeutlichen ihre wiederholten Hinweise auf »das, was mit dem Baby passiert ist«, in Verbindung mit ihrer zunehmenden Verzweiflung, sobald bestimmte Themen angesprochen wurden (und im Fall von Reggie Arnold das wiederholte hysterische Anflehen seiner Eltern, ihn nicht zu hassen), dass sie sich sehr wohl darüber im Klaren waren, wie sehr sie mit ihrem Verbrechen an John Dresser die Grenze von Sittlichkeit und Menschlichkeit überschritten hatten. Dahingegen blieb Ian Barker bis zum Schluss ungerührt, als hätten seine Lebensumstände ihn nicht nur gewissenlos gemacht, sondern auch jede Empathie ausgelöscht, die er andernfalls gegenüber anderen menschlichen Wesen empfunden hätte.

»Ist dir bekannt, was forensische Beweismittel sind, Junge?«, waren die Worte, die die Tür zum Geständnis aufstießen, denn ein Geständnis war das, was die Polizei wie jedem Verbrecher auch den Jungen entlocken wollte. Bei ihrer Festnahme waren die Schulkleidung der Jungen, ihre Schuhe und ihre gesamte Oberbekleidung zur Untersuchung sichergestellt worden, und das Spurenmaterial dieser Kleidungsstücke sollte sie später nicht nur mit dem Dawkins-Gelände in Verbindung bringen, sondern auch mit den letzten, grauenvollen Augenblicken von John Dressers Leben.

An den Schuhen aller drei Jungen fanden sich Blutspritzer des Kleinkinds. Fasern ihrer Kleidung wurden nicht nur an Johns Schneeanzug gefunden, sondern auch in seinem Haar und an seinem Körper. Ihre Fingerabdrücke befanden sich an der Haarbürste, an einem vom Tatort stammendem Kupferrohr, an der Tür des Toilettenhäuschens, an der Klobrille und an John Dressers Turnschuhen. Der Fall war eindeutig, die Beweislage wasserdicht, was während der ersten Verhöre, als die Analyse der Beweismittel noch nicht abgeschlossen war, natürlich noch nicht feststand.

Nach Meinung der ermittelnden Polizisten, der sich auch die Sozialarbeiterinnen anschlossen, würde ein Geständnis der Jungen verschiedenen Zwecken dienen: Danach wäre das jüngst erlassene Gesetz zum Schutz eines Gerichtsverfahrens vor unerlaubten Veröffentlichungen auf den vorliegenden Fall anwendbar, womit sich nicht nur den immer wilderen Spekulationen der Presse über den Fall ein Ende setzen ließe, sondern auch dem möglichen Durchsickern vorverurteilender Details an die Öffentlichkeit. Es würde der Polizei erlauben, ihre Aufmerksamkeit auf einen klaren Fall zu konzentrieren, den sie den Anklägern der Krone präsentieren konnte. Und schließlich würde es den Psychologen das notwendige Material für eine Beurteilung der Jungen an die Hand geben.

Nicht alle Polizisten betrachteten ein Geständnis als wertvoll für den Heilungsprozess der Jungen. Dass »in diesen Familien etwas zutiefst faul« war (so Detective Superintendent Mark Bernstein in einem Interview zwei Jahre nach dem Prozess), war für jeden offensichtlich, aber die Polizei sah es nicht als ihre Pflicht an, die psychischen und emotionalen Schädigungen zu lindern, die Michael Spargo, Ian Barker und Reggie Arnold in ihrem Elternhaus erlitten hatten. Dies kann man der Polizei nicht zum Vorwurf machen, auch wenn die an Raserei grenzende Gewaltbereitschaft, die zu der Tat führte, auf eine schwere Psychopathologie der Täter hindeutet. Denn die Aufgabe der Polizei bestand darin, die Mörder von John Dresser vor Gericht zu bringen und damit seinen leidgeprüften Eltern wenigstens einen Hauch von Genugtuung zu verschaffen.

Erwartungsgemäß begannen die Jungen, sich gegenseitig zu beschuldigen, nachdem sie darüber informiert worden waren, dass man John Dressers Leiche gefunden hatte und alle in der Nähe des Toilettenhäuschens gefundenen Beweismittel – angefangen von Fußabdrücken bis hin zu Kotspuren – von Kriminologen analysiert und zweifellos mit seinen Entführern in Verbindung gebracht werden würden. »Es war Ians Idee, den Kleinen zu klauen!«, schrie Reggie Arnold, allerdings nicht an die vernehmenden Polizisten gerichtet, sondern an seine Mutter. »Mum, ich hab den Kleinen nich mitgenommen! Ehrlich nich!« Michael Spargo beschuldigte Reggie Arnold, und Ian Barker sagte gar nichts, bis er von Reggies Anschuldigung gegen sich erfuhr, worauf er erklärte: »Ich wollte bloß das Kätzchen, sonst nichts.«

Michael war der Erste, der einräumte, sie hätten John Dresser »aus den Barriers für 'nen Spaziergang oder so was mitgenommen, aber nur, weil wir nich wussten, wo er hingehörte«, aber alle drei beteuerten, sie hätten »dem Baby nichts getan«. Sie wurden wiederholt dazu gedrängt, die Wahrheit zu sagen. »Die Wahrheit ist besser, als zu lügen, mein Sohn«, sagte der vernehmende Polizist immer wieder zu Michael Spargo. »Du musst es sagen. Bitte, Junge, du musst es sagen«, bekam Ian Barker von seiner Großmutter zu hören. Reggie wurde von seinen Eltern geraten: »Spuck's aus, und zwar sofort, wie irgendwas, das du verschluckt hast und das dir Bauchschmerzen macht!« Aber die volle Wahrheit war so abscheulich, dass die Jungen sich fürchteten, daran zu rühren, und ihre Reaktionen auf die oben genannten Aufforderungen lassen die unterschiedlichen Abwehrmechanismen erahnen, die sie entwickelten, um die Wahrheit nicht aussprechen zu müssen.

18

Als der Mann vorfuhr, war Gordon auch diesmal gerade dabei, die Ponys zu tränken. Zehn Minuten später, und er wäre unterwegs zum *Royal Oak* gewesen, dessen Dach er neu eindecken sollte. Jetzt saß er in der Falle. Er stand auf der Koppel, einen Wasserschlauch in der Hand, und füllte den Trog, während Gina ihm vom Zaun aus zusah. Heute hatte sie nicht auf die Koppel gehen wollen. Die Ponys wirkten schreckhaft an diesem Morgen, hatte sie gesagt. Da habe sie der Mut verlassen.

Das Wasser rauschte und gurgelte so laut im Trog, dass Gordon nicht hörte, wie das Auto die Zufahrt heraufkam. Gina dagegen sah den Besucher sofort, und sie rief vorsichtig Gordons Namen, als im selben Moment das Zuschlagen der Autotür seine Aufmerksamkeit weckte.

Gordon sah die Sonnenbrille. Die Gläser glänzten im Morgenlicht wie die Flügel einer verirrten Fledermaus. Dann näherte sich der Mann dem Zaun, und seine Lippenbewegungen drückten die hämische Vorfreude auf das aus, was gleich kommen würde.

In einem Ton, der sorgfältig gewählt war, um absoluten Mangel an Mitgefühl zum Ausdruck zu bringen, sagte der Mann zu Gina: »Herrlicher Tag, was, meine Liebe? Ein bisschen heiß, aber wir wollen nicht klagen. In diesem Land werden wir ja nicht gerade mit schönem Wetter verwöhnt.«

Gina drehte sich kurz zu Gordon um, und in ihrem Blick lagen Fragen, die sie nicht zu stellen wagte. Sie sagte: »Ehrlich gesagt hätte ich nichts gegen eine kühle Brise.«

»Ach, tatsächlich? Fächert unser guter Gordon Ihnen keine Luft zu, wenn Sie beide nachher völlig verschwitzt sind?« Er lächelte, aber es war eher ein hinterhältiges Zähnefletschen.

»Was wollen Sie?« Unwirsch warf Gordon den Schlauch zu Boden. Das Wasser sprudelte weiter heraus. Die Ponys, irritiert von seiner abrupten Bewegung, trotteten davon. Gordon erwartete schon, dass Gina jetzt auf die Koppel kommen würde, nachdem die Ponys sich entfernt hatten, aber sie blieb am Zaun stehen, die Hände um einen Pfosten geklammert. Nicht zum ersten Mal verfluchte er diesen Pfosten und auch alle anderen. Er hätte den ganzen Zaun einfach verrotten lassen sollen, dachte er.

»Das klingt aber nicht sehr freundlich«, lautete die Antwort auf seine Frage. »Ich bin zu einem kleinen Plausch gekommen. Das können wir hier erledigen, oder wir fahren ein Stückchen spazieren.«

»Ich muss zur Arbeit.«

»Es wird nicht lange dauern.« Er rückte seine Hose kurz zurecht: zwei Handgriffe, und die Eier lagen bequem. Es war eine Bewegung, die sich auf hundert verschiedene Arten deuten ließ, je nach Situation und je nachdem, wer sie ausführte. Gordon wandte sich ab.

»Was ist denn los, mein Lieber?«

»Ich muss zur Arbeit«, wiederholte Gordon.

»Ja, ja, ich weiß. Also … eine kleine Spritztour?« Und an Gina gerichtet: »Wir fahren nicht weit. Ehe Sie dazu kommen, ihn zu vermissen, ist er schon wieder zurück.«

Gina schaute erst Gordon, dann den Mann, dann wieder Gordon an. Gordon sah, dass sie Angst hatte, und ihn überkam sinnlose Wut. Aber genau das wollte der andere natürlich. Er musste dafür sorgen, dass der Scheißkerl von seinem Hof verschwand.

Entschlossen ging er zum Wasserhahn und drehte das Wasser ab. »Gehen wir«, sagte er, und dann zu Gina: »Alles in Ordnung. Bin gleich wieder zurück.«

»Aber warum …«

»Bis gleich.«

Er stieg in den Wagen. Hinter sich hörte er ein leises Lachen. »Guter Junge!« Dann stieg der Mann ebenfalls ein, setzte zurück und bog in Richtung Sway auf die Straße ab. »Du musst ja wirklich ein süßes kleines Stück Dreck sein. Sie würde dich nicht ansehen wie ein Geschenk Gottes für ihr feuchtes Loch, wenn sie die Wahrheit über dich wüsste, stimmt's?«

Gordon erwiderte nichts. Ihm drehte sich der Magen um. Am Ende der Straße bogen sie links ab, weiter in Richtung Sway. Zuerst dachte er, das Dorf sei ihr Ziel, aber sie fuhren am Hotel vorbei, rumpelten über die Eisenbahnschienen und am Dorfrand zwischen hübschen Einfamilienhäusern hindurch. Sie näherten sich dem Friedhof mit seinen sauberen Grabreihen, der rundherum von Erlen, Buchen und Birken umgeben war. Dort, dachte Gordon, würde Jemima wahrscheinlich beerdigt werden. Die alten Friedhöfe in der Nähe waren alle voll belegt, und er glaubte kaum, dass es irgendwo eine Familiengrabstätte gab, denn sie hatte nie eine erwähnt, und er wusste, dass ihre Eltern verbrannt worden waren. Sie hatte mit ihm überhaupt nie über den Tod gesprochen. Sie hatte den Unfall ihrer Eltern lediglich einmal erwähnt, und dafür war er ihr dankbar, auch wenn er jetzt erstmals darüber nachdachte.

Auch am Friedhof fuhren sie vorbei. Als Gordon gerade fragen wollte, wohin zum Teufel sie unterwegs waren, bogen sie nach links über einen Feldweg auf einen holprigen Parkplatz ab. Und da wusste er Bescheid. Vor ihnen lag die Set-Thorns-Schonung, ein Waldgebiet wie viele andere im New Forest, eingezäunt zum Schutz gegen die freilaufenden Tiere, bis die Bäume so groß waren, dass Verbiss ihnen keinen Schaden mehr zufügen konnte.

Schmale Spazierwege schlängelten sich durch den Wald. Auf dem Parkplatz stand zurzeit nur ein einziges Auto, doch kein Fahrer weit und breit. Sie hatten den Wald also praktisch für sich allein, genau so, wie der andere es wollte.

»Komm mit, Süßer«, sagte der Mann. »Machen wir einen kleinen Spaziergang.«

Gordon wusste, dass es zwecklos war, auf Zeit zu spielen. Es würde laufen, wie es eben lief. Es gab Situationen, die er zumindest nach außen hin im Griff hatte. Aber diese gehörte nicht dazu.

Er stieg aus und atmete die Morgenluft ein. Sie duftete frisch und rein. In einiger Entfernung befand sich ein Gatter. Er ging darauf zu, öffnete es, betrat die Schonung und wartete auf weitere Anweisungen. Sie würden nicht lange auf sich warten lassen. Dort, wo er stand, begannen drei Pfade: Einer führte tiefer in den Wald, die anderen beiden folgten dem Waldrand. Ihm war es egal, welchen Weg sie einschlugen, denn es stand ohnehin längst fest, was geschehen würde.

Ein kurzer Blick auf den Boden, und sie wussten, welchen Weg sie nehmen mussten. Ziemlich frische Huf- und Fußspuren führten in den Wald hinein, also folgten sie einem anderen Weg, der sich am Waldrand entlangschlängelte, durch eine Senke, über einen kleinen, von Kastanien bewachsenen Hügel und in dichtes Ilexgestrüpp. Auf einigen Lichtungen hatten Waldarbeiter Holz von gefällten oder vom Sturm entwurzelten Bäumen gestapelt. Hier, wo mehr Sonnenlicht einfiel, wuchs der Farn dicht und saftig, doch die Farnwedel hatten bereits angefangen, sich an den Rändern braun zu färben. Im Spätsommer und im Frühherbst würde das Farnkraut dort, wo die Sonne den Waldboden erreichte, einen dichten braunen Spitzenteppich bilden.

Sie stapften schweigend weiter, während Gordon sich für das wappnete, was ihn erwartete. Sie begegneten niemandem, hörten nur in der Ferne einen Hund bellen. Die einzigen anderen Geräusche waren Vogelstimmen: das tiefe Krächzen von Krähenvögeln und hin und wieder der plötzlich ertönende Gesang von im Blattwerk verborgenen Buchfinken. Es war ein Ort voller Leben, wo Eichhörnchen die Kastanien einsammelten, die der Wind von den Bäumen fegte, und Füchse durchs Unterholz schnürten.

Überall gab es Schatten, und in der Luft lag ein schwerer Duft. Hier im Wald hätte Gordon beinahe vergessen können, dass ihm jemand folgte, der vorhatte, ihm etwas anzutun.

»Das reicht«, sagte der Mann. Er hatte Gordon eingeholt und

legte ihm eine Hand auf die Schulter. »Jetzt möchte ich dir eine Geschichte erzählen, mein Kleiner.«

Sie standen dicht hintereinander. Gordon spürte den heißen, geilen Atem des anderen im Nacken. Sie waren an einer Stelle angelangt, wo der Weg sich ein wenig verbreiterte und eine kleine Lichtung bildete, und weiter vorne schien eine Art Kreuzung zu kommen mit einem Gatter dahinter. Wo der Wald aufhörte, konnte Gordon zwischen den Bäumen hindurch eine Wiese ausmachen. Dort, in sicherer Entfernung von der Straße, grasten friedlich einige Ponys.

»So, mein Süßer, dreh dich schön zu mir um. So ist's recht. So gefällst du mir, mein Schatz.«

So dicht vor dem Gesicht des Mannes konnte Gordon mehr sehen, als er wollte – grobe Poren, Mitesser, ein paar Barthaare, die der morgendlichen Rasur entgangen waren –, und er roch den Schweiß der Erregung. Er fragte sich, wie es sich anfühlen mochte, eine solche Macht über jemanden zu besitzen, aber das konnte er den Mann nicht fragen. Es würde alles nur noch schlimmer werden, wenn er jetzt einen Fehler machte, und er hatte schon vor langer Zeit gelernt, dass es das Beste war, es einfach hinter sich zu bringen, damit er wieder in sein normales Leben zurückkehren konnte.

»Man ist uns auf die Schliche gekommen.«

»Was soll das heißen?«

»Ich glaube, das weißt du genau. Die Bullen sind doch bei dir gewesen, oder? Sie sind dir auf den Fersen. Was sagst du dazu?«

»Die Bullen wissen nichts, was Sie denen nicht stecken«, sagte Gordon.

»Das glaubst du also? So, so. Hm. Aber sie waren auch im College, mein Herzblatt. Was glaubst du wohl, wo sie als Nächstes hingehen, jetzt, da sie wissen, dass das alles Lug und Trug war? Das hätte sich längst mal jemand überlegen sollen.«

»Hat aber keiner getan. Außerdem weiß ich nicht, was es für eine Rolle spielen soll. Ich hätte die verdammten Briefe ohnehin nicht gebraucht.«

»Ach nein?« Der Mann trat so nah an ihn heran, dass seine Brust ihn fast berührte. Gordon wäre am liebsten einen Schritt zurückgewichen. Aber er wusste, wie dieser Schritt gedeutet werden würde. Der Mann wollte sehen, wie er vor Angst vor ihm zitterte.

»Ich habe mein Handwerk gelernt. Ich arbeite in meinem Beruf. Ich habe meinen eigenen Betrieb. Was wollen Sie denn noch von mir?«

»Ich?«, fragte er gespielt unschuldig und verblüfft. »Was *ich* will? Um mich geht's hier überhaupt nicht, mein Herzensjunge.«

Gordon schluckte einen bitteren Geschmack hinunter. Irgendwo bellte ein Hund aufgeregt. Er hörte, wie jemand nach dem Hund rief.

In dem Augenblick hob der Mann eine Hand und legte sie Gordon in den Nacken. Er spürte die warme, feuchte Haut, spürte, wie die Finger hinter den Ohren zupackten, wie Daumen und Zeigefinger ihren Druck erhöhten, bis es schmerzte. Er weigerte sich zu reagieren, zu blinzeln, zu stöhnen. Wieder schluckte er. Er schmeckte Galle.

»Aber wir wissen beide, wer hier was will, stimmt's? Und wir wissen auch, was das ist. Du weißt, was *meiner* Meinung nach passieren muss, oder?«

Gordon antwortete nicht. Der Druck verstärkte sich.

»Nicht wahr, mein Liebling? Antworte mir! Du weißt, was meiner Meinung nach passieren muss, nicht wahr?«

»Ich vermute es«, sagte Gordon.

»Nur ein paar Worte von mir. Fünf oder sechs Worte. Das kann nicht das sein, was du willst, oder?« Er schüttelte Gordons Kopf ganz leicht, eine Geste, die beinahe zärtlich wirkte, wäre da nicht der Schmerz hinter seinen Ohren gewesen. Gordons Hals tat weh, und ihm wurde schwindlig.

»Sie sind gebunden«, sagte er.

Einen Moment lang passierte nichts. Dann flüsterte der Mann: »Ich. Bin. Was?«

»Gebunden. Das wissen Sie. Ihr Spielchen …«

»Ich werde dir verdammt noch mal zeigen, was für ein Spielchen wir spielen …« Dann wieder dieses Grinsen, dieses Zähnefletschen wie bei einem Tier, nur dass es eine Beleidigung eines jeden Tieres wäre, diesen Mann für eins von ihnen zu halten.

»Runter«, sagte er durch die zusammengebissenen Zähne. »Runter. So ist's gut. Auf die Knie.« Er erhöhte den Druck seiner Finger, um Gordon auf die Knie zu zwingen. Gordon blieb nichts anderes übrig, als zu gehorchen.

Sein Gesicht befand sich wenige Zentimeter vom Schritt des Mannes entfernt, und er sah, wie dessen behaarte Finger am Reißverschluss nestelten. Er ließ sich problemlos und schnell öffnen, als hätte er ihn extra für diese Gelegenheit geölt. Die Hand verschwand im Hosenschlitz.

Der Hund rettete ihn. Ein Irish Setter kam von der Wegkreuzung her auf die kleine Lichtung gelaufen. Er drehte eine Runde und bellte. Jemand rief: »Jackson! Komm her! Jackson!«

Gordon wurde auf die Beine gerissen. Der Setter schnupperte an seinen Füßen.

»Jackson! Jackson! Wo bist du? Hierher!«

»Er ist hier!«, rief Gordon. »Hier drüben!«

Der Mann lächelte, diesmal zeigte er nicht seine Zähne, aber sein Gesichtsausdruck sagte, dass die Sache nur aufgeschoben war. Er flüsterte: »Ein Wort von mir, und du weißt, wer auftaucht. Ein Wort von mir, und peng … Alles vorbei. Merk dir das.«

»Fahren Sie zur Hölle«, sagte Gordon.

»Aber nicht ohne dich, Schätzchen. Das ist das Schöne an deiner Lage.«

Meredith Powell fand das Büro ohne Probleme. Es lag in der Christchurch Road in der Nähe der Feuerwehr, und sie ging in ihrer Frühstückspause von *Gerber & Hudson Graphic Design* zu Fuß dorthin.

Sie wusste nicht, was sie von einem Privatdetektiv zu erwarten hatte. Sie kannte Privatdetektive aus dem Fernsehen, und die waren immer ziemlich gerissen. Aber sie wollte keinen, der gerissen war, sie wollte einen, der effizient war. Schließlich hatte sie nur wenig Geld, das sie in diese Sache investieren konnte, aber sie wusste auch, dass sie es dafür opfern musste.

Der Anruf, der auf Ginas Handy eingegangen war, hatte sie überzeugt, ebenso die Tatsache, dass Gina das Handy nicht bei sich gehabt hatte. Natürlich konnte sie das Handy an dem Tag einfach vergessen haben, andererseits sah es so aus, als würde sie mehr oder weniger mit Gordon Jossie zusammenleben, und wenn dem so war, warum war sie dann nicht zurückgefahren, als sie festgestellt hatte, dass sie es nicht eingesteckt hatte? Meredith glaubte, dass es auf diese Frage nur eine Antwort gab: Gina hatte das Handy nicht geholt, weil sie nicht wollte, dass es klingelte, vibrierte, den Eingang einer SMS ankündigte oder sich sonst irgendwie bemerkbar machte, wenn Gordon Jossie in der Nähe war. All das machte sie einmal mehr verdächtig. All das hatte zu Merediths Entschluss geführt, sich an *Daugherty Enquiries, Inc.* zu wenden.

Zu Merediths Verblüffung verbarg sich hinter dem Namen Daugherty eine ältere Dame. Kein zerknitterter Trenchcoat, keine verstaubten Zimmerpflanzen, kein von Brandflecken übersäter Schreibtisch. Die Frau trug ein leichtes grünes Kostüm und bequeme Schuhe, und ihre Büromöbel waren blitzsauber. Zimmerpflanzen gab es überhaupt keine, weder verstaubte noch andere. Nur Kunstdrucke an den Wänden, mit Motiven aus dem New Forest.

Auf dem Schreibtisch standen Fotos von Kindern und Enkelkindern. Vor sich hatte die Frau einen geöffneten Laptop, daneben lag ein ordentlicher Stapel Papier, doch sie klappte den Laptop zu und schenkte Meredith während des Gesprächs ihre volle Aufmerksamkeit.

Meredith redete sie mit Mrs. Daugherty an. Die Frau antwortete, korrekt sei Miss, aber sie könne sie getrost Michele nennen. Sie sprach den Namen *Mi*-chele aus, mit der Betonung auf Mi.

»Ein ungewöhnlicher Name für eine Frau meines Alters, aber meine Eltern waren Vordenker«, sagte sie.

Meredith war sich nicht ganz sicher, was das bedeutete. Einmal verhaspelte sie sich beim Aussprechen des Namens, aber dann bekam sie es hin, was Michele Daugherty zu freuen schien, denn sie strahlte und zwinkerte ihr zu.

Meredith kam ohne Umschweife zur Sache: Sie benötige Informationen über eine gewisse Gina Dickens. Alles, was Michele in Erfahrung bringen könne, sagte sie. Sie wisse nicht, was die Detektivin herausfinden werde, aber sie hoffe, so viel wie möglich.

»Ah, die Konkurrenz?« Der Ton der Frau ließ darauf schließen, dass Meredith nicht die Erste war, die hier saß und Informationen über eine andere Frau wünschte.

»In etwa«, sagte Meredith. »Aber es ist für eine Freundin.«

»Das ist es immer.«

Sie verhandelten kurz über das Honorar, und Meredith zückte ihr Scheckbuch, weil im Fernsehen immer ein Vorschuss gezahlt wurde. Aber Michele Daugherty winkte ab: Meredith solle zahlen, sobald die Leistung erbracht war.

Das Ganze war kurz und schmerzlos über die Bühne gegangen. Meredith machte sich auf den Weg zurück zu *Gerber & Hudson*, überzeugt, einen richtigen Schritt unternommen zu haben.

Doch dann kamen ihr Zweifel. Gina Dickens wartete auf sie. Sie saß in der Ecke, die als Empfangsbereich diente, auf einer Stuhlkante, die Füße flach auf dem Boden, die Handtasche auf dem Schoß. Als Meredith eintrat, stand sie auf und kam auf sie zu.

»Ich wusste nicht, an wen ich mich sonst wenden konnte«, flüsterte sie aufgeregt. »Sie sind der einzige Mensch, den ich hier kenne. Man hat mir gesagt, Sie seien kurz unterwegs, und man hat mir angeboten, auf Sie zu warten.«

Meredith fragte sich, ob Gina ein paar unangenehme Dinge herausgefunden hatte: dass sie in ihr Zimmer über den *Mad*

Hatter Tea Rooms eingedrungen war, dass sie ans Telefon gegangen war, dass sie den Gegenstand, der unter dem Waschbecken geklebt hatte, mitgenommen hatte, dass sie eben erst eine Privatdetektivin angeheuert hatte, um Ginas Leben durchleuchten zu lassen. Sofort meldete sich ihr schlechtes Gewissen, doch es gelang ihr, es zu beruhigen. Ungeachtet Ginas Gesichtsausdruck, einer Mischung aus Aufdringlichkeit und Angst, war dies nicht der Moment, um sich mit einem schlechten Gewissen zu belasten. Außerdem: Was passiert war, war passiert. Jemima war tot, und es gab zu viele offene Fragen.

Meredith sah zu dem kleinen Erker hinüber, wo ihr Arbeitsplatz untergebracht war. Damit wollte sie demonstrieren, dass sie keine Zeit hatte, aber offenbar hatte Gina nicht vor, irgendetwas aus Merediths Gesten zu lesen, das sie nicht lesen wollte. Sie sagte: »Ich habe etwas gefunden… Meredith, ich… Ich weiß nicht, was es zu bedeuten hat, aber ich glaube, ich *weiß* es und *will* es nur nicht wissen, und ich muss unbedingt mit jemandem reden…«

Dass Gina etwas gefunden hatte, ließ Meredith aufhorchen.

»Was ist es denn?«

Gina zuckte zusammen, als hätte Meredith zu laut gesprochen. Nachdem sie sich kurz im Büro umgesehen hatte, sagte sie: »Können wir draußen weiterreden?«

»Meine Pause ist gerade zu Ende. Ich muss…«

»Bitte, nur fünf Minuten. Oder noch weniger. Ich… Ich habe Robbie Hastings angerufen, um herauszubekommen, wo ich Sie finden kann. Er wollte es mir nicht sagen. Ich weiß auch nicht, was er sich gedacht hat. Aber ich habe ihm erzählt, dass wir beide uns schon mal unterhalten haben und dass ich mit einer Frau reden muss, und da ich bisher hier noch keine Freundin habe… Gott, sich an einen Mann zu binden, ist wirklich das Dümmste, was man machen kann. Ich wusste es, und ich hab's trotzdem getan, weil Gordon so anders zu sein schien als alle Männer, die ich bisher kannte…« Ihre Augen füllten sich mit Tränen, ohne dass welche flossen. Sie ließen die Augen nur glänzen. Meredith fragte sich, wie Gina das fertigbrachte. Wie schaffte es eine Frau, auch dann noch attraktiv auszusehen, wenn sie kurz vorm Heulen stand? Sie selbst bekam bei solchen Gelegenheiten nur rote Flecken im Gesicht.

Meredith zeigte auf die Tür. Sie traten in den Hausflur. Gina machte Anstalten, die Treppe runter- und auf die High Street rauszugehen, aber Meredith sagte: »Wenn, dann hier.« Dann, als Gina sich umdrehte, verdattert über Merediths scharfen Ton, fügte sie hinzu: »Sorry.«

»Ja. Sicher.« Gina lächelte mit bebenden Lippen. »Danke. Ich bin Ihnen wirklich sehr dankbar. Sehen Sie, ich …« Sie kramte in ihrer Korbtasche und brachte einen einfachen Briefumschlag zum Vorschein. Dann sagte sie leise: »Zwei Polizisten aus London waren bei uns. Von Scotland Yard. Sie waren wegen Jemima da, und sie haben Gordon gefragt – also, sie haben uns beide gefragt –, wo wir an dem Tag waren, als sie ermordet wurde.«

Meredith jubilierte innerlich. Scotland Yard! Großartig!

»Und?«, fragte sie.

Gina sah sich um, als könnte sie jemand belauschen. »Gordon war da«, sagte sie.

Meredith packte sie am Arm. »Was? In London? An dem Tag, als sie ermordet wurde?«

»Die Polizisten sind gekommen, weil sie eine Postkarte gefunden haben. Mit ihrem Foto. Er hatte sie überall in London verteilt, Meredith, jedenfalls in der Gegend, wo er sie vermutete. Das hat er zugegeben, als die Polizisten ihm die Postkarte gezeigt haben.«

»Eine *Postkarte*? Mit einem Bild von ihr? Was um alles in der Welt …«

Atemlos berichtete Gina ihr von einer Geschichte, der Meredith nur mit Mühe folgen konnte: die National Portrait Gallery, ein Foto, irgendein Wettbewerb, ein Werbeplakat und so weiter. Gordon hatte das Plakat vor ein paar Monaten gesehen, war nach London gefahren, hatte Gott weiß wie viele von den Postkarten gekauft und wie Steckbriefe überall aufgehängt. »Und hintendrauf hat er seine Handynummer geschrieben«, sagte Gina.

Meredith lief es eiskalt über den Rücken. »Und dann hat ihn jemand wegen so einer Postkarte angerufen«, flüsterte sie. »Er hat sie gefunden, nicht wahr?«

»Das weiß ich nicht«, sagte Gina. »Er sagt, nein. Mir hat er erzählt, er wäre in Holland gewesen.«

»Wann?«

»An dem Tag. Sie wissen schon. Als Jemima … Na ja. Aber den Polizisten hat er etwas anderes gesagt, Meredith. Denen hat er erzählt, er hätte an dem Tag gearbeitet. Ich habe ihn gefragt, warum er das gesagt hat, und er meinte, Cliff würde ihm ein Alibi geben.«

»Warum hat er ihnen nicht einfach gesagt, dass er in Holland war?«

»Das habe ich ihn ja auch gefragt. Er meinte, er kann es nicht beweisen. Er hätte alle Unterlagen weggeworfen. Ich habe ihm gesagt, sie könnten doch einfach in dem Hotel anrufen, wo er übernachtet hat, und bei dem Bauern, mit dem er geredet hat, aber … Darum ging es eigentlich gar nicht, Meredith.«

»Das versteh ich nicht. Wieso ging es nicht darum?«

»Weil …« Ihre Zunge schoss hervor, und sie leckte sich die Lippen. Der pinkfarbene Lippenstift passte genau zu einer der Farben in ihrem Sommerkleid. »Weil ich es da schon wusste.«

»Was?« Meredith schwirrte der Kopf. »War er nun in London oder nicht? An dem Tag, als sie ermordet wurde? Warum haben Sie das nicht der Polizei …«

»Weil er nicht wusste – weil er nicht weiß –, dass ich ihm auf die Schliche gekommen bin. Er meidet bestimmte Themen, und jedes Mal, wenn ich etwas anspreche, worüber er nicht reden will, macht er einfach dicht. Zweimal ist er sogar richtig ausgerastet, und das letzte Mal, als das passiert ist, da … da hat er mir Angst gemacht. Und jetzt frage ich mich: Was ist, wenn er es tatsächlich war? Was ist, wenn er … Der Gedanke, dass er derjenige sein könnte, bringt mich schier um, aber … Ich habe Angst, und ich weiß nicht, was ich machen soll.« Sie drückte Meredith den Umschlag in die Hand. »Sehen Sie sich das an.«

Meredith öffnete den Umschlag. Er enthielt drei Dinge: zwei Zugtickets nach London und zurück und eine Hotelrechnung für eine Übernachtung. Die Hotelrechnung war mit Kreditkarte bezahlt worden, und Meredith nahm an, dass das Datum mit dem Tag übereinstimmte, an dem Jemima umgebracht worden war.

»Das hatte ich alles schon gefunden«, berichtete Gina weiter. »Ich habe den Müll rausgebracht – einen Tag nachdem er wieder zurück war. Das hier lag ganz unten im Papierkorb. Ich hätte die Sachen nie bemerkt, wenn mir nicht ein Ohrring in den Papierkorb gefallen wäre. Ich habe in dem Papier rumgewühlt, und da habe ich die Farbe von dem Zugticket gesehen und wusste natürlich sofort, was es war. Und da habe ich angenommen, er wäre wegen Jemima nach London gefahren. Zuerst dachte ich, es wäre noch nicht alles aus zwischen den beiden, obwohl er es beteuert hatte, oder wenn doch, dass sie noch etwas miteinander zu besprechen gehabt hätten. Ich wollte ihn sofort zur Rede stellen, aber dann habe ich es doch nicht getan. Ich war … Wissen Sie, wie das ist, wenn man sich vor der Wahrheit fürchtet?«

»Welcher Wahrheit? Wussten Sie denn, dass er ihr etwas angetan hatte?«

»Nein. Nein! Ich wusste doch gar nicht, dass sie tot war! Ich dachte, es wäre noch nicht *vorbei* zwischen den beiden. Ich dachte, er würde sie immer noch lieben und dass er mir das gestehen würde, wenn ich ihn zur Rede stellte. Und dann wäre es zwischen *uns* vorbei gewesen, und sie würde wieder zurückkommen. Der Gedanke war mir unerträglich.«

Merediths Augen wurden schmal. Sie durchschaute den Hinterhalt, wenn es denn einer war: Denn vielleicht hatten Jemima und Gordon sich tatsächlich wieder miteinander ausgesöhnt. Vielleicht hatte Jemima tatsächlich vorgehabt zurückzukommen. Und wenn das der Fall war, was hätte Gina daran gehindert, nach London zu fahren, Jemima aus dem Weg zu räumen und die Fahrkarten und die Hotelrechnung aufzubewahren, um Gordon die Tat in die Schuhe zu schieben? Was für ein großartiger Racheplan einer verschmähten Frau!

Aber irgendetwas stimmte an der ganzen Sache nicht. Die unterschiedlichen Möglichkeiten verwirrten Meredith.

Gina sagte: »Ich habe Angst. Irgendetwas stimmt hinten und vorne nicht, Meredith.«

Meredith gab ihr den Umschlag zurück. »Den müssen Sie unbedingt der Polizei übergeben.«

»Aber dann kommen die noch mal zu ihm. Dann erfährt er, dass ich ihn angezeigt habe, und wenn er Jemima wirklich etwas angetan hat, dann …«

»Jemima ist tot. Sie wurde ermordet. Und wer immer sie auf dem Gewissen hat, muss gefunden werden.«

»Ja. Natürlich. Aber wenn Gordon es war … Er kann es nicht gewesen sein. Ich weigere mich einfach, das zu glauben … Es muss eine Erklärung für all das geben.«

»Sie werden ihn einfach fragen müssen.«

»Nein, das geht nicht … Meredith, verstehen Sie denn nicht? Bitte! Wenn Sie mir nicht helfen … Allein schaffe ich es nicht.«

»Sie müssen.«

»Könnten Sie nicht …?«

»Nein. Sie kennen doch die Geschichte. Die Lügen. Wenn ich zur Polizei gehe, weiß ich jetzt schon, was dabei herauskommt.«

Gina schwieg. Ihre Lippen zitterten. Als ihre Schultern sich entspannten, begriff Meredith, dass Gina einen Entschluss gefasst hatte. Wenn Meredith mit den Zugtickets und der Hotelrechnung zur örtlichen Polizei oder zu den Polizisten von Scotland Yard ging, dann würde sie etwas aussagen, was jemand anders ihr erzählt hatte. Diesen Jemand würden die Polizisten als Nächstes aufsuchen, und wahrscheinlich würde Gordon Jossie zu Hause sein, wenn die Polizisten eintrafen, um Gina Fragen zu stellen.

Jetzt begannen Ginas Tränen zu fließen, doch sie wischte sie fort. »Kommen Sie mit?«, fragte sie. »Ich gehe zur Polizei, aber ich schaffe das nicht allein. Es ist ein solcher Verrat, und am Ende hat es vielleicht alles gar nichts zu bedeuten, und wenn es wirklich so ist … Verstehen Sie denn nicht, was ich hier mache?«

»Es kann nicht sein, dass es nichts zu bedeuten hat«, sagte Meredith. »Das wissen wir beide.«

Gina schlug die Augen nieder. »Ja. Richtig. Aber was ist, wenn mich auf der Wache der Mut verlässt … Was mache ich bloß, wenn sie Gordon holen? Denn die kommen garantiert! Irgendwann merken sie, dass er gelogen hat, und dann kommen sie, und dann weiß er Bescheid. O Gott, o Gott, wie konnte ich mir nur so etwas antun?«

Die Tür zu den Räumen von *Gerber & Hudson* öffnete sich, und Randall Hudson streckte den Kopf heraus. Er wirkte verärgert, und es war klar, warum, als er fragte: »Kommen Sie heute noch mal zur Arbeit, Meredith?«

Meredith spürte, wie ihre Wangen glühten. Sie war noch nie am Arbeitsplatz ermahnt worden. Leise sagte sie zu Gina: »Also gut. Ich komme mit. Kommen Sie um halb sechs wieder hierher.« Dann sagte sie zu Hudson: »Tut mir schrecklich leid, Mr. Hudson. Ein kleiner Notfall. Aber den haben wir zum Glück gelöst.«

Das stimmte zwar nicht ganz, aber in ein paar Stunden würden sie der Lösung einen Schritt näher sein.

Barbara Havers rief Lynley an, als Winston Nkata außer Hörweite war – nicht, weil sie Winston verheimlichen wollte, dass sie mit ihrem ehemaligen Partner telefonierte. Es hatte mehr mit dem Timing zu tun. Sie wollte den Inspector erreichen, bevor er im Yard eintraf. Deswegen hatte sie schon früh am Morgen in ihrem Hotelzimmer in Sway zum Telefon gegriffen.

Sie erwischte Lynley beim Frühstück. Er brachte sie über die laufenden Ermittlungen in London auf den neuesten Stand. Was Isabelle Arderys Darbietung als Superintendent anging, hielt er sich ziemlich bedeckt, und Barbara fragte sich, was genau er ihr eigentlich vorenthielt. In seiner Zurückhaltung erkannte sie diese typische Loyalität, die sie selbst über so lange Zeit erfahren hatte, und es versetzte ihr einen Stich, über den sie lieber nicht weiter nachdachte.

»Wenn sie davon überzeugt ist, dass sie ihren Täter hat, warum beordert sie uns dann nicht nach London zurück?«, fragte sie.

»Es ist alles sehr schnell gegangen. Ich denke, dass Sie im Laufe des Tages von ihr hören werden.«

»Und was halten Sie von dem Ganzen?«

Im Hintergrund hörte sie das Klimpern von Besteck auf Porzellan. Sie stellte sich Lynley im Esszimmer seiner Stadtvilla vor, die *Times* und den *Guardian* neben dem Teller und eine silberne Kaffeekanne in Reichweite. Der Mann brachte es fertig, sich den Kaffee einzuschenken, ohne einen einzigen Tropfen zu verschütten, und natürlich klapperte der Löffel auch nicht beim Umrühren. Wie schafften die Leute das bloß, fragte sie sich.

»Sie will keine voreiligen Schlüsse ziehen«, sagte er schließlich. »Anscheinend wurde in Matsumotos Wohnung die Tatwaffe gefunden. Sie ist bereits im Labor. Und in einem seiner Bücher steckte eine dieser Postkarten. Sein Bruder glaubt nicht, dass er Jemima etwas angetan hat, aber ich nehme nicht an, dass sich irgendjemand seiner Meinung anschließen wird.«

Barbara fiel auf, dass er ihre Frage nicht beantwortet hatte. »Und Sie, Sir?«, beharrte sie.

Sie hörte ihn seufzen. »Barbara, ich weiß es einfach nicht. Simon hat übrigens ein Foto von dem Stein, der in ihrer Tasche gefunden wurde. Merkwürdige Sache. Ich möchte wissen, was dieser Stein zu bedeuten hat.«

»Ob jemand sie umgebracht hat, um an den Stein ranzukommen?«

»Auch das weiß ich nicht. Aber im Moment gibt es mehr Fragen als Antworten. Das gefällt mir nicht.« Barbara wartete. Schließlich fuhr er fort: »Ich kann das Bedürfnis verstehen, den Fall so schnell wie möglich abzuschließen. Aber wenn er falsch angepackt oder zusammengeschustert wird, nur um ein schnelles Ergebnis zu erzielen, sieht es nicht gut aus.«

»Für sie, meinen Sie. Für Ardery.« Und weil es für sie selbst und ihre eigene Zukunft im Yard wichtig war, konnte sie sich die Frage nicht verkneifen: »Beschäftigt Sie das, Sir?«

»Sie scheint ganz in Ordnung zu sein.«

Barbara fragte sich, was das bedeutete, aber sie hakte nicht nach. Es ging sie nichts an, ermahnte sie sich, auch wenn sie das Gefühl hatte, es würde sie sehr wohl etwas angehen.

Sie kam auf die Gründe für ihren Anruf zu sprechen: Chief Superintendent Zachary Whiting, die gefälschten Empfehlungsschreiben vom Winchester Technical College II und die Tatsache, dass Whiting von Gordon Jossies Lehre bei Ringo Heath in Itchen Abbas wusste. »Wir haben kein Wort von irgendeiner Lehre erwähnt, erst recht nicht darüber, wo Jossie sie absolviert hat. Woher wusste er also davon? Fühlt er jedem einzelnen Einwohner im ganzen verdammten New Forest auf den Zahn? Ich hab das Gefühl, dass sich zwischen Whiting und diesem Jossie irgendetwas abspielt, Sir. Whiting weiß auf jeden Fall mehr, als er ausspuckt.«

»Woran denken Sie denn?«

»Irgendetwas Illegales. Dass Whiting eine Provision von irgendetwas kassiert, was Jossie treibt, wenn er nicht gerade alten Häusern ein Strohdach verpasst. Er arbeitet schließlich an Wohnhäusern, dieser Jossie. Er sieht, wie es drinnen aussieht. Manche Leute haben Wertsachen. Das ist hier nicht gerade das Armenhaus der Nation, Sir.«

»Einbrüche, die von Jossie ausgeführt und von Whiting gedeckt werden? Dass er sich Diebesgut einsteckt, statt den Übeltäter zu verhaften?«

»Vielleicht ziehen die zwei auch gemeinsam irgendetwas durch.«

»Etwas, das Jemima Hastings entdeckt hat?«

»Das wäre auf jeden Fall eine Möglichkeit. Deswegen dachte ich... Könnten Sie den Mann vielleicht mal überprüfen? Sich ein bisschen umhören? Was er für einen Hintergrund hat und so weiter. Wer ist dieser Zachary Whiting? Wo hat er seine Ausbildung gemacht? Wo hat er gearbeitet, bevor er hier gelandet ist?«

»Ich werde sehen, was ich tun kann«, sagte Lynley.

Zwar führten nicht alle Wege zu Gordon Jossie, dachte Barbara, aber sie waren auf jeden Fall dabei, den Burschen einzukreisen. Es wurde Zeit, dass sie von den Kollegen in London hörten, was die über den Mann in Erfahrung gebracht hatten – und über alle anderen Personen, deren Namen sie nach London durchgegeben hatte. Als sie und Winston sich nach dem Frühstück auf den Tag vorbereiteten, griff Barbara nach ihrem Handy, um bei Scotland Yard anzurufen. Es klingelte, ehe sie dazu kam, die Nummer einzugeben. Es war Isabelle Ardery. Sie hatten einen Tatverdächtigen, sie hatten die Tatwaffe, sie hatten die Schuhe und die Kleidung des Verdächtigen, auf denen mit Sicherheit Jemimas Blut nachgewiesen würde, sie hatten festgestellt, dass die beiden sich gekannt hatten. »Und er ist verrückt«, schloss Ardery. »Ein Schizophrener, der sich weigert, seine Medikamente zu nehmen.«

»Dann kann er nicht vor Gericht gestellt werden«, sagte Barbara.

»Es geht nicht darum, ob er vor Gericht gestellt wird oder nicht, Sergeant«, entgegnete Ardery. »Es geht darum, ihn hinter Gitter zu bringen.«

»Versteht sich. Aber hier gibt's ein paar seltsame Vögel, Chefin«, sagte Barbara. »Jossie zum Beispiel. Wir sollten noch ein bisschen länger hierbleiben und uns umsehen, bevor wir …«

»Ich möchte, dass Sie nach London zurückkehren.«

»Darf ich fragen, was bei der Personenüberprüfung herausgekommen ist?«

»Bisher sind wir auf nichts Fragwürdiges gestoßen«, sagte Ardery. »Vor allem nicht bei den Personen in Hampshire. Ihr Urlaub ist beendet. Kommen Sie nach London zurück, heute noch.«

»Okay.« Barbara beendete das Gespräch und streckte dem Handy die Zunge heraus. Befehl war Befehl. Aber sie war nicht davon überzeugt, dass dieser Befehl sinnvoll war.

»Und?«, fragte Winston.

»Das ist die Preisfrage.«

19

Eigentlich wollte Bella gern glauben, dass ihre Mieter den Müll sorgsam sortierten, aber mit der Zeit hatte sie sich damit abfinden müssen, dass sie ihren Abfall wahllos wegwarfen. Deswegen machte sie einmal pro Woche einen Rundgang durchs Haus. Überall lagen Zeitungen herum, unter den Betten entdeckte sie alte Zeitschriften, in Papierkörben leere Coladosen und alle möglichen wiederverwertbaren Gegenstände an den unmöglichsten Stellen.

Aus diesem Grund trat sie aus dem Haus mit einem Wäschekorb, dessen Inhalt sie auf die unterschiedlichen Behälter zu verteilen gedachte, die sie schon vor langer Zeit zu diesem Zweck in ihrem Vorgarten aufgestellt hatte. Auf der Treppe blieb sie jedoch abrupt stehen. Denn die letzte Person, die sie nach ihrem neuerlichen Zusammentreffen in ihrem Vorgarten zu sehen erwartet hatte, war Yolanda die Hellseherin. Die Frau wedelte mit etwas in der Luft, das aussah wie eine dicke grüne Zigarre, aus der weißer Rauch quoll, und sie ließ mit ihrer männlich-tiefen Stimme einen heiseren Singsang ertönen.

Also, das war nun wirklich die Höhe, dachte Bella. Sie stellte ihren Wäschekorb ab. »Sie da! Was zum Teufel muss ich denn noch unternehmen? Verschwinden Sie auf der Stelle von meinem Grundstück!«

Yolanda hatte die Augen geschlossen gehabt, doch jetzt riss sie sie auf. Anscheinend versuchte sie, aus einer Art Trance zu erwachen. Das gehörte wahrscheinlich zu ihrem Hokuspokus, dachte Bella. Diese Frau war ein veritabler Scharlatan.

Bella schob den Wäschekorb mit dem Fuß zur Seite und marschierte auf Yolanda zu, die sich keinen Millimeter von der Stelle bewegt hatte. »Haben Sie mich verstanden?«, fauchte sie sie an.

»Verlassen Sie auf der Stelle mein Grundstück, oder ich lasse Sie verhaften. Und hören Sie gefälligst auf, mit diesem … *Ding* vor meinem Gesicht herumzufuchteln.«

Aus der Nähe sah Bella, dass es sich bei dem Ding um lauter Blätter handelte, die fest eingerollt und mithilfe eines Bindfadens zusammengebunden waren. Der Rauch roch nicht einmal übel, eher nach Weihrauch als nach Tabak. Aber darum ging es jetzt wirklich nicht.

»Schwarz wie die Nacht«, lautete Yolandas Antwort. Ihre Augen sahen so merkwürdig aus, dass Bella sich fragte, ob die Frau Drogen genommen hatte. »Schwarz wie die Nacht und die Sonne, die Sonne.« Yolanda wedelte mit dem rauchenden Bündel direkt vor Bellas Gesicht herum. »Sickert aus den Fenstern, sickert aus den Türen. Reinheit wird gebraucht, sonst wird das Böse im Innern …«

»Herrgott noch mal«, raunzte Bella. »Geben Sie doch zu, dass Sie nichts als Ärger machen wollen.«

Yolanda schwenkte das rauchende Ding wie eine Priesterin bei einem geheimnisvollen Ritual. Bella packte sie am Arm und wollte sie festhalten. Zu ihrer Überraschung stellte sie fest, dass die Frau kräftig war, und einen Moment lang standen sie da wie zwei Ringerinnen, die versuchten, sich gegenseitig zu Boden zu zwingen. Schließlich trug Bella den Sieg davon, wofür sie dankbar war, denn es tat ihr gut zu sehen, dass ihre Yogastunden und ihr Fitnesstraining wenigstens zu irgendetwas nütze waren, außer ihr Leben auf diesem elenden Planeten zu verlängern.

Sie drückte Yolandas Arm nach unten, schlug ihr die grüne Zigarre aus der Hand und trat darauf herum, bis sie ausging, während Yolanda stöhnte und jammerte und irgendetwas von Gott, Reinheit, Übel, Schwarz wie die Nacht und Sonne faselte.

»Hören Sie endlich auf mit dem Blödsinn!«, sagte Bella. Yolandas Arm immer noch fest im Griff, wollte sie die Frau in Richtung Gartentörchen bugsieren.

Aber Yolanda hatte andere Pläne. Sie machte die Beine so steif wie eine Zweijährige bei einem Tobsuchtsanfall, stemmte sich in den Boden und ließ sich keinen Millimeter von der Stelle bewegen.

»Das ist ein Ort des Bösen«, zischte sie. Auf Bella wirkte sie wie besessen. »Wenn Sie das Haus nicht reinigen, müssen Sie es verlassen. Was ihr passiert ist, wird wieder passieren. Sie sind alle in Gefahr.«

Bella verdrehte die Augen.

»Hören Sie auf mich!«, schrie Yolanda. »Er ist in dem Haus gestorben, und wenn das passiert ...«

»Blödsinn. Tun Sie doch nicht so, als wären Sie aus einem anderen Grund hier, als zu spionieren und Ärger zu machen. Das war doch von Anfang an Ihre Absicht, und versuchen Sie gar nicht erst, das abzustreiten. Was wollen Sie diesmal? Auf wen haben Sie es diesmal abgesehen? Wollen Sie schon wieder einen meiner Mieter zum Ausziehen überreden? Das Zimmer ist noch nicht wieder vermietet. Zufrieden? Und jetzt scheren Sie sich zum ... Machen Sie, dass Sie wegkommen, sonst rufe ich die Polizei.«

Dass sie die Polizei erwähnt hatte, schien seine Wirkung zu tun. Yolanda gab jeden Widerstand auf und ließ sich zum Gartentörchen führen. Dabei sprach sie unaufhörlich über den Tod und die Notwendigkeit eines Reinigungsrituals. Bella konnte aus dem Gebrabbel schließen, dass das alles etwas mit dem vorzeitigen Ableben von Mr. McHaggis zu tun hatte. Dass Yolanda wusste, dass McHaggis im Haus gestorben war, gab ihr zu denken. Doch sie schüttelte den Gedanken ab – wahrscheinlich hatte sie es von Jemima erfahren, mit der Bella mehr als einmal über die Todesumstände ihres Mannes gesprochen hatte. Ohne weitere Worte schob sie Yolanda auf den Gehweg.

»Denken Sie an meine Warnung!«, zeterte Yolanda, worauf Bella erwiderte: »Und denken Sie an meine: Wenn ich Sie das nächste Mal in meinem Vorgarten erwische, können Sie sich mit der Polizei unterhalten. Kapiert? Und jetzt verschwinden Sie!«

Als Yolanda noch etwas sagen wollte, hob Bella drohend die Hand. Das reichte offenbar, denn die Hellseherin eilte los in

Richtung Themse. Bella wartete, bis Yolanda die Putney Bridge Road erreichte und um die Ecke verschwand. Dann widmete sie sich wieder der Aufgabe, die sie sich vorgenommen hatte. Sie nahm den Wäschekorb von der Treppe und trug ihn zu den sauber aufgereihten und beschrifteten Containern.

Sie entdeckte sie in der für Oxfam vorgesehenen Tonne. Später sollte sie sich sagen, was für ein Wunder es doch gewesen war, dass sie diese Tonne überhaupt geöffnet hatte, denn sie leerte sie höchst selten, weil sie selbst, ihre Mieter und die Nachbarn nur unregelmäßig etwas hineinwarfen. Auch an diesem Tag hatte sie nichts, was in die Oxfamtonne gehörte. Sie hob den Deckel nur an, um nachzusehen, wann die Tonne wieder geleert werden musste. Der Altpapierbehälter war fast voll, ebenso der für den Plastikmüll. Die Glascontainer hatten noch Zeit. Seit sie Braun-, Grün- und Weißglas trennte, verteilte es sich hervorragend. Und da sie schon einmal dabei war, sich einen allgemeinen Überblick zu verschaffen, überprüfte sie eben auch die Oxfamtonne.

Die Handtasche lag unter einem unordentlichen Bündel Kleidungsstücke. Verärgert zog sie die Sachen heraus, innerlich fluchend über die Faulheit der Leute, die sich nicht einmal die Mühe machten, Sachen, die sie für einen wohltätigen Zweck hergaben, ordentlich zu falten. Sie war schon drauf und dran, die Kleidungsstücke eines nach dem anderen zusammenzulegen, als sie die Handtasche sah und sofort wiedererkannte.

Sie gehörte Jemima. Daran bestand nicht der geringste Zweifel, und selbst wenn, wäre dieser Zweifel augenblicklich verflogen, als Bella die Tasche aus der Tonne nahm, öffnete und darin Jemimas Portemonnaie, Führerschein, Adressbuch und Handy fand. Die Tasche enthielt auch noch anderen Kleinkram, aber das Einzige, was eine Rolle spielte, war die Tatsache, dass Jemima in Stoke Newington ermordet worden war. Sie war garantiert nicht ohne ihre Handtasche dorthin gefahren. Doch diese Handtasche befand sich jetzt hier in Putney.

Bella wusste sofort, wie sie auf diese unerwartete Entdeckung zu reagieren hatte. Sie steuerte mit der Handtasche unterm Arm auf die Haustür zu, als das Gartentörchen hinter ihr quietschte. Sie fuhr herum. War diese Yolanda…

Aber es war Paolo di Fazio, und als sein Blick auf die Handtasche unter Bellas Arm fiel, sah sie ihm an, dass auch er genau wusste, worum es sich handelte.

Indem sie noch einmal zum St.-Thomas-Krankenhaus gefahren war und dort fast die ganze Nacht auf Neuigkeiten über Yukio Matsumotos Zustand gewartet hatte, war es Isabelle gelungen, der Konfrontation mit AC Hillier noch eine Weile aus dem Weg zu gehen. Er hatte sie angewiesen, ihn aufzusuchen, sobald sie in den Yard zurückkehrte. Doch sie hatte kurzerhand beschlossen, erst wieder dort aufzukreuzen, wenn der Assistant Commissioner längst in den Feierabend gegangen war. Auf diese Weise hatte sie genug Zeit, um in Gedanken alles noch einmal durchzugehen, sodass sie es in klare Worte fassen konnte.

Der Plan hatte funktioniert. Und er hatte ihr den Vorteil eingebracht, die Erste zu sein, die etwas über den Zustand des Geigers erfuhr – was allerdings reichlich wenig war: Der Patient lag im Koma. Er war noch immer nicht außer Lebensgefahr, aber das Koma war künstlich eingeleitet worden, um dem Gehirn Zeit zu geben, sich zu erholen. Hätte sie in dieser Situation das Sagen gehabt, dann wäre Yukio Matsumoto sofort geweckt und einem gründlichen Verhör unterzogen worden. Wie die Dinge jedoch lagen, konnte sie nicht mehr tun, als einen Polizisten vor der Intensivstation zu postieren für den Fall, dass der Mann plötzlich von allein aufwachte, feststellte, dass er bis zum Hals in der Tinte steckte, und das Weite suchte. Obwohl die Vorstellung lachhaft war. Matsumoto war nicht in der Lage, sich aus dem Staub zu machen, wohin auch immer. Aber es gab schließlich Dienstvorschriften, und an die hielt sie sich.

Und ihrer Meinung nach hatte sie das von Anfang an getan. Yukio Matsumoto wurde des Mordes verdächtigt. Sein eigener Bruder hatte ihn auf einem in der Zeitung veröffentlichten

Phantombild erkannt. Es war nicht ihre Schuld, dass der Mann in Panik geraten war und vor der Polizei die Flucht ergriffen hatte. Außerdem war er im Besitz der Tatwaffe, und wenn seine Kleidung und seine Schuhe zusammen mit der Waffe im Labor untersucht wurden, würde man irgendwelche Blutspuren daran finden – egal wie winzig sie waren und egal wie gründlich er alles zu säubern versucht hatte –, und das Blut würde von Jemima Hastings stammen.

Das einzige Problem war, dass diese Informationen nicht an die Presse gegeben werden durften. Sie durften erst beim Prozess freigegeben werden. Und das war tatsächlich ein Problem, denn kaum war bekannt geworden, dass ein in London lebender Ausländer auf der Flucht vor der Polizei von einem Auto angefahren worden war, hatte sich die Presse wie ein Rudel Wölfe auf die Fährte einer Story gestürzt, die eindeutig nach polizeilicher Inkompetenz roch. Jetzt verlangten sie den Kopf des Verantwortlichen, und die Metropolitan Police musste sich für den Augenblick wappnen, da die Wolfsmeute sich zum Angriff zusammenrottete.

Was natürlich einer von zwei Gründen war, warum Hillier sie sprechen wollte: festzulegen, welche Position die Met einnehmen sollte. Der andere Grund war festzustellen, ob sie einen Bock geschossen hatte, und wenn ja, ob es ein kapitaler gewesen war. Sollte er zu dem Schluss kommen, dass sie die Verantwortung für den Schlamassel trug, war sie erledigt, und ihre Festanstellung konnte sie in den Wind schreiben.

Die Tageszeitungen hatten sich am Morgen noch abwartend verhalten und nur die Fakten wiedergegeben. Die Boulevardpresse dagegen tat, was sie immer tat. Isabelle hatte sich beim Frühstück die Nachrichten auf *BBC1* angesehen, und wie üblich hatten die Moderatoren die Tageszeitungen und Boulevardzeitungen zum Ergötzen der Zuschauer in die Kamera gehalten und die Leitartikel kommentiert. Und so hatte sie schon vor ihrer Ankunft im Yard gewusst, dass dem »Bullenhatz-Desaster« tonnenweise Druckerschwärze gewidmet worden war. Das gab ihr Zeit, sich vorzubereiten. Egal was sie Hillier berichtete, es musste Hand und Fuß haben, da gab es gar kein Vertun. Denn sobald die Zeitungen das Opfer mit seinem berühmten Bruder in Verbindung brachten, was bestimmt nicht lange dauern würde, wenn man Zaynab Bournes Drohungen ernst nahm, würde die Geschichte noch mehr Wirbel machen. Sie würde garantiert noch tagelang Schlagzeilen abgeben. Es hätte schlimmer kommen können, auch wenn Isabelle sich nicht vorstellen konnte, wie.

Bevor sie losfuhr, gönnte sie sich einen Irish Coffee. Den hatte sie sich nach einer so kurzen Nacht verdient, dachte sie, und außerdem redete sie sich ein, dass das Koffein den Whisky ausgleichen würde. Sie leerte die Tasse in einem Zug. Dann steckte sie vier Fläschchen Wodka in die Handtasche. Wahrscheinlich würde sie sie nicht brauchen, sagte sie sich, aber wenn doch, würde das bisschen Wodka ihr helfen, einen klaren Kopf zu bekommen, falls sie im Lauf des Tages schlappmachen sollte.

Als Erstes schaute sie im Besprechungsraum vorbei. Sie wies Philip Hale an, den Kollegen im St.-Thomas-Krankenhaus abzulösen. Sein verblüfftes Gesicht sagte ihr, dass man ihm als Detective Inspector keine Aufgaben zuteilen sollte, die auch ein einfacher Constable übernehmen konnte, dass dies eine Vergeudung von Arbeitskraft war. Sie wartete darauf, dass er es aussprach, doch er holte tief Luft und sagte nur höflich: »Chefin.« Aber John Stewart sprang für ihn in die Bresche und sagte: »Also, bei allem Respekt, Chefin …«, auch wenn die Solidarität geheuchelt war, wie Isabelle wusste.

»Was?«, fauchte sie, woraufhin er erklärte, einen Detective Inspector als eine Art einköpfigen Zerberus im Krankenhaus zu postieren, anstatt ihn die ihm zugeteilten Aufgaben erledigen zu lassen – die Überprüfung sämtlicher verdächtigen Personen, eine Heidenarbeit übrigens –, sei kein sinnvoller Einsatz von Philips Fachkompetenz. Sie entgegnete, sie benötige seine Ratschläge nicht. »Rufen Sie im Labor an, und machen Sie denen Dampf. Warum dauert die Analyse der Haare, die an der Leiche gefunden wurden, so lange? Und wo zum Teufel steckt DI Lynley?«

Er sei zu Hillier gerufen worden, teilte man ihr mit. Die Information kam von Stewart, und er machte ein Gesicht, als wäre es ihm ein ganz besonderes Vergnügen, derjenige zu sein, der sie ihr überbrachte.

Unter anderen Umständen hätte sie ihr Treffen mit Hillier vielleicht noch aufgeschoben, aber da Lynley bereits bei ihm war und zweifellos seine eigene Darstellung der Vorkommnisse des vergangenen Tages an den Mann brachte, blieb ihr nichts anderes übrig, als sich sofort zum Zimmer des Assistant Commissioner zu begeben. Eine kleine Stärkung verkniff sie sich. Lynleys unverschämte Frage über ihre Trinkgewohnheiten nagte noch immer an ihr.

Sie begegnete ihm auf dem Flur vor Hilliers Zimmer. »Sie sehen aus, als hätten Sie nicht geschlafen«, sagte er.

Sie berichtete ihm, dass sie noch einmal ins Krankenhaus gefahren sei und die halbe Nacht dort verbracht habe. »Wie hat er reagiert?«, fragte sie dann mit einer Kopfbewegung auf die Tür zu Hilliers Vorzimmer.

»Wie erwartet. Das mit Matsumoto hätte besser laufen können. Er will wissen, warum das nicht passiert ist.«

»Betrachtet er das als Ihre Aufgabe, Thomas?«

»Was?«

»Derlei Schlüsse zu ziehen. Berichte über meine Leistungen abzuliefern. Den Schnüffler für ihn zu spielen. Wie auch immer Sie es nennen wollen.«

Lynley sah sie auf eine Weise an, die sie irritierte. Nicht lüstern. Damit hätte sie umgehen können. Vielmehr war sein Blick unerträglich liebenswürdig. »Ich stehe auf Ihrer Seite, Isabelle.«

»Wirklich?«

»Ja. Er hat Ihnen diese Ermittlung aufgehalst, weil er von oben unter Druck gesetzt wird, einen Nachfolger für Malcolm Webberly zu finden, und er will wissen, wie Sie Ihre Sache machen. Aber wie er reagiert, hat nur zum Teil mit Ihnen zu tun.

Der Rest ist Politik. Und die betrifft den Commissioner, das Innenministerium und die Presse. Er gerät ebenso unter Beschuss wie Sie.«

»Ich habe keine Fehlentscheidung getroffen. Die Situation gestern wurde nicht falsch gehandhabt.«

»Ich habe Hillier gegenüber nichts dergleichen behauptet. Der Mann ist in Panik geraten. Niemand weiß, warum.«

»Das haben Sie ihm gesagt?«

»Das habe ich ihm gesagt.«

»Wenn Philip Hale nicht…«

»Werfen Sie Philip nicht den Haien vor. So etwas fällt nur auf Sie zurück. Sie sollten sich auf den Standpunkt stellen, dass niemanden eine Schuld trifft. Damit fahren Sie auf Dauer am besten.«

Sie dachte darüber nach. »Ist er allein?«

»Als ich bei ihm war, war er das. Aber er hat Stephenson Deacon zu sich rufen lassen. Sie brauchen ein Briefing, und die Abteilung für Öffentlichkeitsarbeit will es so bald wie möglich, das heißt: noch heute.«

Isabelle wünschte sich, sie hätte wenigstens eines ihrer Wodkafläschchen geleert. Es war nicht abzusehen, wie lange das Gespräch mit Hillier dauern würde. Doch dann sagte sie sich, dass sie es schon überstehen würde. Hier ging es nicht um sie, wie Lynley ihr versichert hatte. Sie sollte lediglich erscheinen, um Fragen zu beantworten.

»Danke, Thomas«, sagte sie, doch erst als sie Hilliers Vorzimmer betrat, fiel ihr auf, dass Lynley sie zuvor beim Vornamen genannt hatte. Sie drehte sich in der Tür nach ihm um, aber er war bereits verschwunden.

Judi MacIntosh rief den Assistant Commissioner an. »Superintendent Ardery…«, sagte sie, doch weiter kam sie nicht. Nachdem sie einen Moment lang zugehört hatte, sagte sie: »Sehr wohl, Sir«, und erklärte Isabelle, sie solle warten. Es würde nur ein paar Minuten dauern. Ob sie eine Tasse Kaffee wünsche?

Isabelle lehnte dankend ab. Man erwartete von ihr, dass sie Platz nahm, also setzte sie sich, aber es fiel ihr nicht leicht. Während sie wartete, klingelte ihr Handy. Ein Blick aufs Display verriet ihr, dass es ihr Exmann war. Mit ihm wollte sie jetzt auf keinen Fall reden.

Ein Mann mittleren Alters trat ein, unterm Arm eine Literflasche Mineralwasser. Judi MacIntosh sagte zu ihm: »Gehen Sie nur rein, Mr. Deacon.« Das war also der Leiter der Pressestelle, ausgesandt von der Abteilung für Öffentlichkeitsarbeit, um die Situation in den Griff zu bekommen. Stephenson Deacon hatte eine Plauze wie ein Fußball, obwohl er ansonsten so dünn war wie ein Handtuch in einem billigen Hotel. Er sah irgendwie aus wie eine Schwangere, die verzweifelt darauf bedacht war, nicht zuzunehmen.

Deacon verschwand in Hilliers Büro, und Isabelle verbrachte quälende fünfzehn Minuten, in denen sie sich fragte, was wohl als Nächstes geschehen würde. Was geschah, war, dass Judi MacIntosh gebeten wurde, Isabelle zu Hillier ins Zimmer zu schicken. Allerdings war Isabelle schleierhaft, auf welchem Weg die Sekretärin diese Information erhalten hatte, denn sie hatte ihre Arbeit am Computer keine Sekunde unterbrochen, bis sie plötzlich aufblickte und sagte: »Sie können jetzt hineingehen, Superintendent Ardery.«

Isabelle betrat Hilliers Zimmer. Sie wurde Stephenson Deacon vorgestellt und aufgefordert, am Konferenztisch Platz zu nehmen. Dann wurde sie von beiden Männern in die Mangel genommen – wann war was, wo, wie passiert, wer hatte wem was angetan, wie kam es zu der Verfolgungsjagd, wie viele Zeugen gab es, hätte es eine Alternative zu der Verfolgungsjagd gegeben, sprach der Verdächtige Englisch, hatten die Polizisten sich ausgewiesen, waren Uniformierte beteiligt …?

Isabelle erklärte, der Verdächtige habe völlig unerwartet und grundlos die Flucht ergriffen. Während sie ihn aus gebührender Entfernung beobachtet hätten, habe ihm irgendetwas einen Schrecken eingejagt.

»Irgendeine Idee, was das gewesen sein könnte?«, wollte Hillier wissen.

Sie habe keine Erklärung dafür, erwiderte Isabelle. Ihre Männer sollten sich von dem Mann fernhalten, keine Uniformierten mitnehmen, keine Szene verursachen …

Großartiger Einfall, bemerkte Stephenson Deacon.

Aber irgendetwas müsse dem Verdächtigen Angst eingejagt haben. Womöglich habe er die Polizisten für ein Heer angreifender Engel gehalten.

»Engel? Was zum …«

»Der Mann hat einen Dachschaden, Sir. Wenn wir das gewusst hätten, wenn wir geahnt hätten, dass er es missdeuten könnte, wenn man sich ihm nähert, dass er sich bedroht fühlt, sobald jemand auf ihn zukommt …«

»Angreifende Engel? *Angreifende Engel?* Was zum Teufel hat dieser Vorfall mit Engeln zu tun?«

Isabelle beschrieb ihnen, was sie in Yukio Matsumotos Wohnung vorgefunden hatten. Die Zeichnungen an den Wänden. Sie berichtete, was Yukios Bruder zu den Zeichnungen gesagt hatte, welche Verbindung zwischen dem Geiger und Jemima Hastings bestanden hatte und was sie sonst noch in dem Zimmer gefunden hatten.

Als sie geendet hatte, herrschte Schweigen, wofür Isabelle dankbar war. Sie hielt die Hände fest auf dem Schoß verschränkt. Sie hatte gemerkt, dass sie zitterten. Das war immer ein Signal dafür, dass es ihr sehr bald sehr schwerfallen würde, klar zu denken. Es kam davon, dass sie nicht gefrühstückt hatte, redete sie sich ein. Sie war einfach unterzuckert.

Schließlich ergriff Stephenson Deacon das Wort. Hiro Matsumotos Anwältin, erklärte er ihr mit einem kurzen Blick auf eine Telefonnotiz, werde in knapp drei Stunden eine Pressekonferenz geben. Der Cellist werde dabei zugegen sein, jedoch keine Aussage machen. Zaynab Bourne werde die Metropolitan Police für all das, was in der Shaftesbury Avenue geschehen war, verantwortlich machen.

Isabelle wollte etwas sagen, doch Deacon hob abwehrend eine Hand.

Die Met bereite sich ebenfalls auf eine Pressekonferenz vor – er sprach von einem Präventivschlag –, und die werde in exakt neunzig Minuten stattfinden.

Plötzlich bekam Isabelle einen trockenen Hals. »Ich nehme an, Sie wollen, dass ich daran teilnehme?«

Deacon verneinte. »Keineswegs«, drückte er sich aus. Er selbst werde die Informationen bekannt geben, die er soeben von Superintendent Ardery bekommen habe. Sollte man sie brauchen, schloss er, werde er es ihr rechtzeitig mitteilen.

Damit war sie entlassen. Nachdem sie sich verabschiedet hatte, sah sie, wie die beiden Männer augenblicklich die Köpfe zusammensteckten. Sicherlich tauschten sie sich über ihre Person aus. Es war ein nervtötender Anblick.

»Was machen Sie denn hier?«, fragte Bella McHaggis. Sie mochte keine Überraschungen, und diese irritierte sie ganz besonders. Sollte Paolo di Fazio nicht bei der Arbeit sein?

Um diese Tageszeit rechnete sie nicht damit, dass er plötzlich durch ihr Gartentörchen spazierte. Dass Paolo überdies ausgerechnet in dem Augenblick in Putney auftauchte, da Bella Jemimas Handtasche entdeckt hatte, ließ sie erschaudern.

Paolo antwortete nicht auf ihre Frage. Er betrachtete – wie *gebannt*, dachte Bella – die Handtasche.

»Das ist Jemimas...«, sagte er.

»Interessant, dass Sie das wissen«, entgegnete sie. »Ich musste sie erst öffnen.« Und dann wiederholte sie ihre Frage. »Was machen Sie hier?«

»Ich wohne hier.«

Das fand sie überhaupt nicht lustig. Dann fragte er sie, als hätte sie ihm das nicht längst erklärt: »Haben Sie sie aufgemacht?«

»Das sagte ich doch gerade.«

»Und?«

»Und was?«

»Ist … War irgendetwas drin?«

»Was ist das denn für eine Frage? Und warum sind Sie nicht an Ihrem Arbeitsplatz, wie es sich gehört?«

»Wo haben Sie die Tasche gefunden? Was haben Sie damit vor?«

Das war zu viel. Sie sagte: »Ich habe nicht die Absicht …«

»Wer weiß sonst noch von der Tasche?«, fiel er ihr ins Wort. »Haben Sie schon bei der Polizei angerufen? Warum halten Sie sie so komisch?«

»Was? Wie soll ich sie denn halten?«

Er kramte in seiner Jackentasche und brachte ein Taschentuch zum Vorschein. »Hier. Geben Sie sie mir.«

Das ließ bei Bella sämtliche Alarmglocken schrillen. Plötzlich standen ihr wieder alle Einzelheiten vor Augen, allen voran der Schwangerschaftstest. Aber die anderen waren nicht weniger verdächtig: Paolo di Fazios zahlreiche Verlobungen, der Streit zwischen ihm und Jemima, den Bella mitbekommen hatte, die Tatsache, dass Paolo Jemima in ihr Haus gebracht hatte … Und wahrscheinlich würden sich noch mehr Indizien finden, wenn sie einen kühlen Kopf bewahrte und sich nicht von seinen Augen verwirren ließ. Einen so durchdringenden Blick hatte sie bei Paolo di Fazio noch nie gesehen.

»*Sie* haben die Tasche in die Tonne gesteckt, stimmt's?«, fragte sie. »Zu den Sachen für Oxfam. Mit all Ihren Fragen versuchen Sie jetzt, den Unschuldigen zu mimen, aber mich können Sie nicht zum Narren halten, Paolo.«

»Ich?«, sagte er. »Sie sind ja vollkommen verrückt geworden! Warum sollte ich Jemimas Handtasche in die Oxfamtonne werfen?«

»Das wissen Sie ganz genau. Es ist der perfekte Ort, um eine Handtasche verschwinden zu lassen. Hier in meinem Vorgarten.« Sie konnte sich tatsächlich vorstellen, wie der Plan hätte funktionieren können. Niemand würde so weit entfernt von dem Ort, an dem Jemima ermordet worden war, nach ihrer

Handtasche suchen. Und falls jemand sie per Zufall fand – wie es sich ja jetzt ergeben hatte –, würde sich leicht eine Erklärung dafür finden lassen: Jemima hatte sie selbst weggeworfen, ganz egal ob sie ihre Papiere und Wertsachen enthielt. Aber wenn niemand die Tasche fand, bis die Sachen zu Oxfam gebracht wurden, umso besser. Die Tonne würde erst Monate nach ihrem Tod geleert werden. Der Inhalt würde zu Oxfam wandern, und die Tasche würde an irgendeinem Ort geöffnet werden, wo irgendjemand die Sachen sortierte, bevor sie auf die Läden verteilt wurden. Bis dahin würde niemand mehr wissen, wo die Tasche hergekommen war, oder sich überhaupt noch an den Mord in Stoke Newington erinnern. Niemand würde die Handtasche mit dem Mord in Verbindung bringen. Das hatte er ja wirklich sehr raffiniert eingefädelt.

»Sie glauben, ich hätte Jemima etwas angetan?«, fragte Paolo. »Sie glauben, ich hätte sie umgebracht?« Er fuhr sich mit der Hand über den Kopf, offenbar um ihr weiszumachen, es wäre eine Geste der Verzweiflung. »*Pazza donna!* Wieso hätte ich Jemima etwas antun sollen?«

Ihre Augen wurden schmal. Er klang so überzeugend. Aber das war typisch für ihn – für einen Mann, der fünf oder fünfzehn oder fünfzig Mal verlobt gewesen war mit Frauen, die ihn irgendwann alle hatten sitzen lassen. Und warum wohl? Warum? *Warum?* Was genau stimmte nicht mit Mr. di Fazio? Was machte er mit den Frauen? Was wollte er von ihnen? Oder, noch besser, was erfuhren sie über ihn?

Er trat einen Schritt näher und sagte: »Mrs. McHaggis, lassen Sie uns doch wenigstens …«

»Nein!« Sie wich vor ihm zurück. »Bleiben Sie, wo Sie sind! Wenn Sie auch nur einen Zentimeter näher kommen, schreie ich wie am Spieß. Ihre Sorte kenne ich!«

»Meine *Sorte*? Was meinen Sie damit?«

»Spielen Sie bloß nicht den Unschuldigen!«

Er seufzte. »Dann haben wir ein Problem.«

»Was? Wieso? Versuchen Sie nicht, mich reinzulegen!«

»Ich muss ins Haus«, sagte er. »Und das kann ich nicht, wenn Sie mich nicht vorbeilassen.« Er steckte das Taschentuch wieder ein. Er hatte es die ganze Zeit in der Hand gehalten – und sie wusste genau, dass er es natürlich benutzen wollte, um seine Fingerabdrücke von der Tasche zu wischen. Er war schließlich kein Idiot, aber das war sie auch nicht.

Offenbar sah er ein, dass sie ihn durchschaut hatte, und gab auf. »Ich habe eine Postanweisung in meinem Zimmer vergessen, die ich nach Sizilien schicken möchte. Die muss ich holen, Mrs. McHaggis.«

»Ich glaube Ihnen kein Wort. Die Anweisung hätten Sie gleich losschicken können, als Sie das Geld eingezahlt haben.«

»Ja, das stimmt. Aber ich wollte auch eine Grußkarte dazulegen. Möchten Sie sie sehen? Mrs. McHaggis, seien Sie doch nicht albern.«

»Ich lasse mich nicht von Ihnen ums Fingerchen wickeln, junger Mann.«

»Bitte, denken Sie noch mal nach. Die Schlüsse, die Sie ziehen, ergeben überhaupt keinen Sinn. Wenn Jemimas Mörder hier in diesem Haus wohnt, wie Sie anzunehmen scheinen, dann gibt es doch wohl viel, viel bessere Verstecke für eine Handtasche als Ihren Vorgarten. Meinen Sie nicht auch?«

Bella schwieg. Er versuchte, sie zu verwirren. Das machten Mörder immer, wenn sie sich in die Ecke gedrängt fühlten.

»Ehrlich gesagt, ich hatte eigentlich Frazer im Verdacht, aber die Handtasche sagt mir …«

»Wagen Sie es ja nicht, Frazer zu beschuldigen!« Auch das taten sie alle. Sie versuchten, anderen die Schuld in die Schuhe zu schieben, sie versuchten, den Verdacht von sich abzulenken. Ganz schön durchtrieben, der Bursche.

»… dass es auch keinen Sinn ergibt, ihn für den Täter zu halten. Denn warum sollte Frazer sie ermorden, ihre Handtasche hierher schaffen und in einer Mülltonne deponieren, die vor dem Haus steht, in dem er wohnt?«

»Das ist kein Müll«, entgegnete Bella dümmlich. »Das sind alles wiederverwertbare Stoffe. Ich lasse nicht zu, dass Sie es Müll nennen. Nur weil die Leute so denken, machen sie sich nicht die Mühe, ihre Sachen zu recyceln. Wenn sie nur endlich damit anfingen, dann würden wir unseren Planeten retten. Verstehen Sie das nicht?«

Er verdrehte die Augen himmelwärts. Einen Moment lang sah er genauso aus wie diese Märtyrer auf Heiligenbildchen, dachte Bella, weil er so dunkle Haut hatte, weil er ja Italiener war und die meisten Märtyrer ebenfalls aus Italien kamen. Oder nicht? War er denn überhaupt Italiener? Vielleicht tat er auch nur so. Gott, sie war ja völlig durchgedreht. Passierte einem das, wenn man dem Grauen ins Auge blickte? Außer dass sie gar nicht mehr so entsetzt war wie anfangs oder wie sie es hätte sein müssen, dachte sie.

»Mrs. McHaggis«, sagte Paolo ruhig. »Bitte denken Sie mal darüber nach, dass jemand anderes Jemimas Handtasche in die Tonne gestopft haben könnte.«

»Lächerlich. Warum sollte jemand anders …«

»Und falls jemand anderes die Tasche hier deponiert hat, wer könnte das wohl gewesen sein? Gibt es vielleicht jemanden, der ein Interesse daran haben könnte, einen von uns wie den Schuldigen aussehen zu lassen?«

»Es gibt nur einen, der aussieht wie der Schuldige, mein Lieber, und das sind Sie.«

»Nein! Begreifen Sie denn nicht? Dass die Tasche in Ihrer Tonne gelegen hat, lässt Sie selbst auch nicht besonders gut dastehen. Genauso wie es mich – in Ihren Augen – und Frazer schlecht dastehen lässt.«

»Sie versuchen, jemand anderem die Schuld zu geben! Ich habe Sie gewarnt, das nicht zu tun. Ich habe Sie …« Dann plötzlich fiel der Groschen: das Gebrabbel über Schwarz, Nacht, Sonne und Heraussickern. Die Gebete und die grüne Zigarre. »Großer Gott«, murmelte Bella.

Sie wandte sich von Paolo ab und öffnete mit zitternder Hand die Haustür. Wenn er ihr jetzt ins Haus folgte, würde es keine Rolle spielen.

20

»Ich würde sagen, am besten lässt du mal jemanden von Christie's einen Blick darauf werfen«, sagte St. James. »Oder, falls das nicht geht, jemanden vom British Museum. Du kannst das Ding doch bestimmt mal aus der Asservatenkammer entführen, oder?«

»Ich bin nicht gerade in der Position, eine solche Entscheidung zu treffen«, erwiderte Lynley.

»Ah, die neue Chefin. Wie läuft's denn so?«

»Ein bisschen holprig, fürchte ich.« Lynley sah sich um. Er unterhielt sich per Telefon mit St. James. Bei Bemerkungen über Isabelle Ardery musste er notwendigerweise Vorsicht walten lassen. Ihm war bewusst, wie schwierig Arderys Position war. Er beneidete sie mitnichten darum, sich so kurz nach Beginn ihrer Tätigkeit im Yard schon mit Stephenson Deacon und der Abteilung für Öffentlichkeitsarbeit herumplagen zu müssen. Sobald die Presse sich auf eine Ermittlung stürzte, wurde der Druck, ein Ergebnis vorzulegen, noch wesentlich größer. Und nachdem jetzt sogar ein Verdächtiger im Krankenhaus gelandet war, würde Ardery diesen Druck umso mehr zu spüren bekommen.

»Verstehe«, sagte St. James. »Wenn es dir nicht möglich ist, den Stein selbst begutachten zu lassen, wie wär's dann mit dem Foto, das du mir gezeigt hast? Es ist ziemlich scharf, und man kann die Größe erkennen. Vielleicht reicht das ja schon.«

»Für das British Museum vielleicht. Aber nicht für Christie's.«

St. James schwieg einen Moment. »Ich wollte, ich könnte dir eine größere Hilfe sein, Tommy. Aber ich würde dich ungern in eine falsche Richtung schicken.«

»Du brauchst dich nicht zu entschuldigen«, erklärte Lynley

seinem Freund. »Womöglich hat es ja auch gar keine Bedeutung.«

»Aber das glaubst du nicht.«

»Nein. Andererseits kann es auch sein, dass ich mich lediglich an einen Strohhalm klammere.«

So kam es ihm zumindest vor, denn rechts und links und überall erwies sich alles als verwirrend oder als unbedeutend. Es gab kein Mittelmaß zwischen den Extremen.

Die Hintergrundüberprüfungen hatten bisher Folgendes ergeben: Die Hauptfiguren in London, die in den Fall verwickelt waren, sei es am Rande oder sonst wie, hatten sich als genau diejenigen erwiesen, die sie zu sein vorgaben. Niemand hatte Dreck am Stecken. Es herrschte zwar immer noch Unklarheit über Abbott Langers angebliche Ehefrauen, und Matt Jones – der Liebhaber von St. James' Schwester – war nach wie vor ein großes Fragezeichen, da es mehr als vierhundert Männer namens Matthew Jones in Großbritannien gab. Sie alle aufzutreiben und zu überprüfen, war jedoch problematisch. Und niemandem war auch nur ein Strafzettel nachzuweisen. Das alles ließ die Sache für Yukio Matsumoto düster erscheinen, egal wie vehement der Bruder beteuerte, der Geiger sei ein harmloser Zeitgenosse. Denn da alle anderen offenbar sauber waren und niemand in London ein Motiv für den Mord an Jemima Hastings zu haben schien, musste der Mord entweder ein Akt des Wahnsinns gewesen sein, wie man es sich bei Yukio Matsumoto und seinen Engeln vorstellen konnte, oder die Tat musste etwas mit Hampshire zu tun haben.

In Hampshire hatten die Ermittlungen lediglich zwei interessante Informationen ergeben, und nur eine davon schien eine brauchbare Spur zu sein. Die erste war die Tatsache, dass es in ganz Hampshire keine Gina Dickens zu geben schien, wobei allerdings noch weitere Versionen des Vornamens überprüft wurden: Regina, Jean, Virginia, etc. Die zweite – und interessantere – Information betraf Robert Hastings, der, wie sich herausgestellt hatte, eine Ausbildung zum Schmied durchlaufen hatte, ehe er die Stelle seines Vaters als Wildhüter übernommen hatte. Und auch das wäre vielleicht unter der Rubrik »unbrauchbar« abgehakt worden, hätte die Spurensicherung nicht genauere Erkenntnisse über die Tatwaffe gewonnen. Die mikroskopische Untersuchung hatte ergeben, dass das Werkzeug handgeschmiedet war, und das Blut daran stammte von Jemima Hastings.

Diese Erkenntnis zusammen mit der Tatsache, dass die Tatwaffe bei Yukio Matsumoto gefunden worden war, mit dem Augenzeugenbericht über einen asiatisch aussehenden Mann, der aus dem Abney Park Cemetery geflüchtet war, mit dem Fahndungsporträt, das aufgrund dieser Zeugenaussage angefertigt worden war, und mit der Tatsache, dass die Spuren an der Kleidung und an den Schuhen des Geigers sich wahrscheinlich als Blutspuren des Opfers erweisen würden, machte es schwer, Isabelle Arderys Schlussfolgerung zu widersprechen, dass sie ihren Täter gefunden hatten.

Aber Lynley hatte es gern, wenn es für alles eine plausible Erklärung gab. Daher wandte er sich erneut dem Stein zu, den Jemima in der Tasche gehabt hatte. Er nahm nicht an, dass er sehr wertvoll und der Grund für den Mord gewesen war. Doch der Stein stellte ein Detail dar, das noch geklärt werden musste.

Er betrachtete gerade eingehend das Foto, als er einen Anruf von Barbara Havers erhielt. Sie habe Anweisung, nach London zurückzukehren, erklärte sie ihm, wolle jedoch, bevor sie sich auf den Weg machte, von Lynley wissen, ob er noch etwas über Chief Superintendent Zachary Whiting herausgefunden hatte – oder über Ringo Heath, denn womöglich gebe es zwischen diesen beiden eine Verbindung, die man überprüfen sollte.

Er habe reichlich wenig herausgefunden, sagte Lynley. Whitings Ausbildung zum Polizisten war ganz normal verlaufen: Er hatte die vorgeschriebenen Ausbildungswochen im Centrex Center absolviert, er hatte zusätzliche Ausbildungseinheiten in verschiedenen Abteilungen durchlaufen, und er hatte eine bewundernswerte Anzahl von Zusatzkursen in Bramshill belegt.

Er konnte auf stolze dreiundzwanzig Dienstjahre zurückblicken, die er alle in Hampshire abgeleistet hatte. Sollte er in irgendetwas Ungesetzliches verstrickt sein, so hatte Lynley nichts darüber ermitteln können. »Er kann manchmal ein ziemlicher Kotzbrocken sein«, war der negativste Kommentar, zu dem jemand sich hatte hinreißen lassen. Und: »Manchmal ist er ein bisschen allzu eifrig im Dienst«, was sich auf verschiedene Weise interpretieren ließ.

Über Ringo Heath gab es gar nichts, vor allem keine Verbindung zwischen ihm und Chief Superintendent Whiting. Was also die Verbindung zwischen Whiting und Gordon Jossie betraf, so würde die sich aus der Personenüberprüfung von Jossie ergeben müssen, denn bei Whiting war diesbezüglich nichts herauszufinden.

»Alles für die vermaledeite Katz«, lautete Havers' Kommentar zu den Informationen. »Dann ist ihr Befehl zurückzukommen also sinnvoll.«

»Sie sind doch auf dem Weg hierher, oder?«, fragte Lynley.

»Was glauben Sie wohl? Winston sitzt am Steuer.«

Was heißen sollte, dass Nkata, der im Gegensatz zu Havers dafür bekannt war, dass er Befehle befolgte, die beiden nach London fuhr. Hätte Barbara ihren Willen bekommen, hätte sie wahrscheinlich noch so lange in Hampshire herumgetrödelt, bis sie mit dem zufrieden war, was sie über jeden in Erfahrung gebracht hatte, der auch nur im Entferntesten mit Jemima Hastings' Tod in Verbindung gebracht werden konnte.

Lynley beendete das Gespräch, als Isabelle Ardery von ihrer Besprechung mit Hillier und Stephenson Deacon zurückkehrte. Sie wirkte nicht wesentlich angestrengter als sonst, woraus er schloss, dass die Besprechung halbwegs glimpflich verlaufen war. Dann nahm John Stewart einen Anruf vom SO7 entgegen. Die Analyse der beiden Haare, die man an der Leiche gefunden hatte, liege vor, teilte er ihnen mit.

»Na, Gott sei Dank«, rief Ardery aus. »Und? Wie lautet das Ergebnis?«

»Asiatisch«, sagte Stewart.

»Halleluja!«

Jetzt hätten sie eigentlich die weiteren Ermittlungen einstellen können, und Lynley sah, dass Ardery drauf und dran war, genau das zu tun. Doch im nächsten Augenblick kam Dorothea Harriman ins Zimmer, und was sie sagte, stellte alles wieder auf den Kopf.

Unten am Empfang stehe eine Bella McHaggis, sagte Harriman, die Barbara Havers zu sprechen wünsche.

»Man hat ihr gesagt, dass Detective Sergeant Havers sich zurzeit in Hampshire aufhält. Jetzt will sie eben denjenigen sprechen, der die Ermittlungen leitet«, sagte Harriman. »Sie behauptet, sie hätte Beweise, und die will sie nicht irgendjemandem aushändigen.«

Bella hatte Paolo di Fazio nicht länger in Verdacht. Das war in dem Moment vorbei gewesen, als sie ihren Denkfehler erkannt hatte. Sie bedauerte es nicht, die Polizei auf seine Fährte gesetzt zu haben. Schließlich hatte sie genug Krimis im Fernsehen gesehen und wusste, dass man, um den Schuldigen zu finden, jeden Verdächtigen überprüfen musste, und verdächtig war er gewesen, ob es einem gefiel oder nicht. Und sie selbst war es wahrscheinlich ebenfalls. Er würde darüber wegkommen, dass sie ihn beargwöhnt hatte, und wenn nicht, dann würde er sich eben ein anderes Zimmer suchen müssen, aber das spielte ohnehin alles keine Rolle mehr, denn die Handtasche musste der Polizei übergeben werden, Punkt, aus.

Da sie keine Lust hatte, zu Hause sitzen zu bleiben und darauf zu warten, dass sie sich diesmal zu ihr hin bequemten, hatte sie erst gar nicht versucht anzurufen. Stattdessen hatte sie Jemimas Handtasche in den Leinenbeutel gesteckt, den sie normalerweise zum Einkaufen benutzte, und war schnurstracks damit zu New Scotland Yard gefahren, denn dort arbeitete diese Havers.

Als sie erfahren hatte, dass Sergeant Havers nicht da war,

hatte sie verlangt, jemand anderen zu sprechen. Den Chef, den Vorgesetzten, den Ermittlungsleiter, hatte sie zu dem Uniformierten am Empfang gesagt. Und sie würde nicht wieder gehen, bis sie mit der betreffenden Person gesprochen habe. Und zwar persönlich. Nicht am Telefon. Sie nahm neben dem Mahnmal für die im Dienst gestorbenen Polizisten Platz, entschlossen, sich nicht von der Stelle zu rühren.

Und natürlich ließ man sie verdammte fünfundvierzig Minuten warten, bis die zuständige Person endlich auftauchte. Und als es so weit war, hatte sie nicht den Eindruck, dass sie tatsächlich die zuständige Person vor sich hatte.

Ein großer, attraktiver Mann kam auf sie zu. Er hatte dichtes, sorgfältig frisiertes blondes Haar, und als er sie ansprach, klang er nicht im Entferntesten so barsch wie die Polizisten im Fernsehen. Inspector Lynley, stellte er sich ihr in einem vornehmen Tonfall vor, der ihn sofort als Absolventen eines Eliteinternats auswies. Ob sie gekommen sei, um sachdienliche Hinweise zu den Ermittlungen zu geben.

»Leiten Sie die Ermittlungen?«, fragte sie zurück, und als er einräumte, dass dies nicht der Fall sei, verlangte sie nach der entsprechenden Person. Auf etwas anderes werde sie sich gar nicht erst einlassen. Sie fühle sich von Jemima Hastings' Mörder bedroht und brauche daher Polizeischutz, und er habe sicherlich nicht die Befugnis, diesen anzuordnen. »Ich weiß, wer es getan hat«, erklärte sie und drückte sich den Leinenbeutel an die Brust. »Und den Beweis habe ich gleich mitgebracht.«

»Ah«, sagte er höflich. »Was haben Sie denn da?«

»Ich bin doch nicht verrückt«, fauchte sie. Sie ahnte, was er dachte. »Und jetzt holen Sie endlich denjenigen her, der für die Sache zuständig ist, guter Mann!«

Er entfernte sich ein paar Schritte, um zu telefonieren. Während er sprach, beobachtete er sie vom anderen Ende der Eingangshalle aus. Aber offenbar hatten seine Worte ihren Zweck erfüllt, denn drei Minuten später trat eine Frau aus dem Aufzug und kam durch die Drehtür, die das gemeine Volk von den mysteriösen Vorgängen innerhalb des Yard fernhielt. Dies, erklärte Inspector Lynley, sei Detective Superintendent Ardery.

»Sind Sie die Ermittlungsleiterin?«, fragte Bella.

»Ja, die bin ich«, antwortete Ardery, und ihr Gesichtsausdruck fügte hinzu: Wehe, Sie haben mir nichts Entscheidendes zu berichten.

Na, dachte Bella, das werden wir ja sehen.

Die Handtasche war hoffnungslos unbrauchbar für die Spurensicherung. Isabelle hätte die Frau am liebsten gepackt und geschüttelt. Dass sie es nicht tat, war, so fand sie, ein Beweis für ihre Selbstbeherrschung.

»Die gehörte Jemima«, verkündete Bella McHaggis, als sie die Tasche triumphierend aus ihrem Leinenbeutel zog, den zahllosen Fingerabdrücken noch weitere hinzufügte und so alle wesentlichen, vor allem die des Mörders, verwischte. »Sie lag in der Oxfamtonne.«

»Ist das eine Handtasche, die Jemima weggeworfen hatte, oder eine, die sie täglich benutzte?«, fragte Lynley berechtigterweise.

»Es ist ihre normale Handtasche. Und sie hat sie nicht weggeworfen, weil noch alle ihre Sachen drin sind.«

»Sie haben die Tasche durchwühlt?« Isabelle biss in Erwartung der unvermeidlichen Antwort die Zähne zusammen. Natürlich hatte Bella den Inhalt genauestens überprüft und auf sämtlichen Gegenständen ihre Spuren hinterlassen. »Woher sollte ich denn sonst wissen, dass sie Jemima gehört?«, ergänzte sie.

»Ja, das frage ich mich auch«, entgegnete Isabelle trocken.

Bella McHaggis sah sie mit zusammengekniffenen Augen an, als wollte sie sich ein Urteil über sie bilden. Dann schien sie zu dem Schluss zu gelangen, dass Isabelle sie nicht hatte beleidigen wollen, und noch ehe man sie daran hindern konnte, öffnete sie die Handtasche erneut. »Sehen Sie sich das an«, sagte sie und schüttete den Inhalt auf den Stuhl, auf dem sie vorhin gesessen hatte.

»Nicht! Das muss alles gründlich …«, riefen Isabelle und Lynley wie aus einem Mund, als Bella ein Handy aufhob, damit herumwedelte und rief: »Das gehörte ihr! Und das hier ist ihr Portemonnaie«, und einen Gegenstand nach dem anderen hochhielt. Ihnen blieb nichts anderes übrig, als ihre Hände zu packen in der Hoffnung, dass sie entgegen aller Wahrscheinlichkeit irgendetwas noch nicht angefasst hatte.

»Ja, ja, danke«, sagte Isabelle. Mit einer Kopfbewegung gab sie Lynley zu verstehen, er möge die Sachen wieder in der Handtasche und diese in dem Leinenbeutel verstauen. Dann bat Isabelle die Frau, ihr genau zu schildern, wie es dazu gekommen war, dass sie die Handtasche entdeckt hatte. Was Bella McHaggis mit großem Vergnügen tat.

Sie hielt ihnen einen ausführlichen Vortrag über die Vorzüge der Abfallwiederverwertung und die Rettung des Planeten, woraus Isabelle schloss, dass die Mülltonne, in der die Handtasche gelegen hatte, nicht nur in Mrs. McHaggis' Vorgarten stand, sondern auch von jedem benutzt werden konnte, der zufällig daran vorbeiging. Auf Letzteres legte Bella offenbar großen Wert, denn sie beendete ihre Ausführungen mit: »Und jetzt kommen wir zum springenden Punkt.«

»Und der wäre?«, fragte Isabelle.

»Yolanda.«

Mrs. McHaggis berichtete, die Hellseherin habe sich zum wiederholten Mal in ihrem Vorgarten herumgetrieben, und zwar kurz bevor Bella die Handtasche entdeckt hatte. Sie habe »mit irgendwelchen Geistern kommuniziert«, schnaubte sie verächtlich, und unverständliches Zeug gemurmelt, gestöhnt, gebetet und mit einem brennenden Ding herumgefuhrwerkt, das eine Art Zauberei »oder so einen ähnlichen Schwachsinn« habe bewirken sollen. Bella habe ein paar deutliche Worte gesprochen, woraufhin die Hellseherin abgezogen sei. Einen Augenblick später habe Bella die Oxfamtonne überprüft und die Handtasche entdeckt.

»Aus welchem Grund haben Sie die Tonne überprüft?«, wollte Lynley wissen.

»Weil ich sehen wollte, wie bald sie geleert werden muss, ist doch klar«, lautete ihre vernichtende Antwort. Die anderen Recyclingbehälter füllten sich in der Regel schneller als die Oxfamtonne und müssten im Gegensatz zu dieser zwei Mal pro Monat abgeholt werden.

»Das konnte sie natürlich unmöglich wissen«, verkündete Bella.

»Wir werden die Tonne gründlich untersuchen«, sagte Isabelle. »Sie haben doch mit dem Inhalt nichts angestellt, oder?«

Das hatte sie nicht, wofür Isabelle dem Himmel dankte. Sie erklärte Mrs. McHaggis, dass jemand die Tonne bei ihr abholen werde und dass sie sie bis dahin nicht noch einmal öffnen, ja nicht einmal berühren dürfe.

»Das ist wichtig, nicht wahr?« Bella wirkte äußerst zufrieden mit sich. »Wusste ich's doch.«

Es bestand kein Zweifel daran, dass der Handtaschenfund bedeutungsvoll war, allerdings war Isabelle sich uneins mit Lynley, worin genau die Bedeutung bestand. Im Aufzug auf dem Weg zurück zum Besprechungsraum sagte sie zu ihm: »Er muss gewusst haben, wo sie wohnte.«

»Wer?«, fragte Lynley, und sein Ton sagte ihr, dass er gedanklich auf einer ganz anderen Fährte war.

»Matsumoto. Da war es einfach, die Handtasche in dieser Tonne verschwinden zu lassen.«

»Und die Mordwaffe hat er behalten?«, fragte Lynley. »Was soll er sich denn dabei gedacht haben?«

»Der Mann ist komplett durchgeknallt. Der denkt nicht. Er hat sich überhaupt nichts gedacht. Und wenn doch, dann hat er darüber nachgedacht, was die Engel von ihm wollten. Wirf das weg, behalt das, lauf weg, versteck dich, folge ihr, was auch immer.«

Sie sah ihn durchdringend an. Sein Blick war auf den Boden geheftet, seine Stirn gerunzelt, die Zeigefingerknöchel an die Lippen gedrückt, eine Haltung, die suggerierte, dass er über ihre Worte und über alles andere nachdachte. »Nun?«

»Paolo di Fazio wohnt in diesem Haus. Frazer Chaplin wohnt ebenfalls dort. Und dann ist da noch diese Yolanda.«

»Sie wollen doch nicht im Ernst andeuten, dass Sie glauben, Jemima Hastings sei von einer *Frau* ermordet worden? Mit einem Haken, mit dem sie ihr die Halsschlagader aufgeschlitzt hat? Himmel, Thomas, nichts an der Vorgehensweise weist auf einen weiblichen Täter hin, und das wissen Sie ganz genau.«

»Ich gebe zu, dass es unwahrscheinlich ist«, sagte Lynley. »Aber ich möchte die Möglichkeit nicht außer Acht lassen, dass Yolanda vielleicht jemanden schützt, der ihr die Tasche gegeben und sie gebeten hat, sie verschwinden zu lassen. Wir müssen uns mit ihr unterhalten.«

»Herr im verdammten Himmel …« Und dann sah sie seinen Gesichtsausdruck. Sie spürte, dass er sie taxierte, und sie wusste, was er taxierte. Wut stieg in ihr auf, als ihr dämmerte, dass jeder Mann sich das Recht nahm, sie in einer Situation zu kritisieren, in der er einen anderen Mann nie im Leben kritisieren würde.

»Ich möchte mir den Inhalt dieser Handtasche genau ansehen, bevor wir sie ins Labor geben. Und sagen Sie mir jetzt nicht, dass das regelwidrig ist, Thomas. Wir haben keine Zeit zu warten, bis die uns erklären, dass kein einziger Fingerabdruck zu gebrauchen ist. Wir brauchen ein Ergebnis.«

»Sie sind …«

»Wir ziehen uns Handschuhe an, okay? Und wir beide werden die Handtasche keine Sekunde lang aus den Augen lassen. Stellt Sie das zufrieden, oder brauchen Sie noch mehr Garantien?«

»Ich wollte sagen, Sie sind die Chefin. Sie erteilen hier die Anweisungen«, erwiderte er. »Ich wollte sagen, es ist Ihr Fall.«

Das bezweifelte sie. Der Mann war aalglatt. »Ganz recht. Vergessen Sie das nicht«, sagte sie, als sie aus dem Aufzug stiegen.

Der wichtigste Gegenstand, der sich in der Handtasche befand, war Jemima Hastings' Handy, das Isabelle an John Stewart übergab mit der Anweisung, die Mailbox abzuhören, die Anrufer zu identifizieren, sämtliche SMS zu lesen und abzuschreiben und die Kundendaten der Telefongesellschaft zu beschaffen. »Auch die Handystationen müssen miteinbezogen werden«, fügte sie hinzu. »Die Ping-Signale oder wie die heißen.«

Den Rest des Tascheninhalts ging sie mit Lynley gemeinsam durch, im Großen und Ganzen vollkommen alltägliche Dinge: ein kleiner London-Stadtplan, ein Taschenbuch, das darauf schließen ließ, dass Jemima eine Vorliebe für historische Romane gehabt hatte, ein Portemonnaie mit fünfunddreißig Pfund und zwei Kreditkarten, zwei Kugelschreiber, ein Bleistift mit abgebrochener Spitze, eine Sonnenbrille in einem Etui, eine Haarbürste, ein Kamm, vier Lippenstifte und ein Taschenspiegel. Außerdem fanden sie eine Produktliste des Zigarrenladens und einen Werbeprospekt vom *Queen's Ice and Bowl* – »Gute Küche! Geburtstagspartys! Betriebsfeiern!« –, ein Angebot für eine Mitgliedschaft in einem Fitnessstudio in Putney und Visitenkarten von Yolanda der Hellseherin, dem *London Skate Centre*, dem Schlittschuhlehrer Abbott Langer sowie von *Sheldon Pockworth Numismatics.*

Isabelle betrachtete die letzte Visitenkarte und versuchte sich zu erinnern, was Numismatik bedeutete. Briefmarken, murmelte sie. Münzen, korrigierte Lynley.

Sie bat ihn, das Unternehmen zu überprüfen. »Und Yolanda auch?«, fragte er. »Ich glaube immer noch ...«

»Also gut. Yolanda auch. Aber ich schwöre Ihnen, dass sie nichts damit zu tun hat, Thomas. Dieses Verbrechen wurde nicht von einer Frau verübt.«

Lynley fand Yolandas Laden ohne große Probleme, aber er musste eine ganze Weile warten, denn an der Tür in der auf historisch getrimmten Fassade hing ein Schild mit der Aufschrift: BIN IM BERATUNGSGESPRÄCH! KEIN EINTRITT!

Lynley nahm an, dass Yolanda gerade für einen Kunden aus Teeblättern oder aus der Handfläche die Zukunft las oder Tarotkarten legte. Er holte sich in einem russischen Café an der Kreuzung zweier Gänge der Markthalle einen Kaffee und kehrte mit dem Becher zu Yolandas Laden in der Psychic Mews zurück. Inzwischen war das Schild von der Tür entfernt worden. Hastig trank er den Kaffee aus und trat ein.

»Sind Sie das, meine Liebe?«, rief Yolanda aus einem Hinterzimmer, das vom vorderen Bereich durch einen Perlenvorhang abgetrennt wurde. »Sie sind ein bisschen früh.«

»Nein«, antwortete Lynley. »DI Lynley. New Scotland Yard.«

Sie trat durch den Vorhang. Er betrachtete ihr leuchtend rotes Haar und ihr maßgeschneidertes Kostüm, ein – wie er, durch Helen geschult, erkannte – klassisches Chanel-Modell oder ein Chanel-Imitat. Die Frau entsprach nicht ansatzweise dem, was er erwartet hatte.

Sie blieb wie angewurzelt stehen, als sie ihn erblickte. »Sie pulsiert«, sagte sie.

Er blinzelte. »Wie bitte?«

»Ihre Aura. Sie hat einen fürchterlichen Schlag abbekommen. Sie will ihre Kraft wiedererlangen, aber irgendetwas hindert sie daran.« Noch ehe er darauf etwas erwidern konnte, hob sie die Hand und legte den Kopf schief, als lauschte sie auf etwas. »Hm. Ja«, sagte sie. »Das kommt nicht von ungefähr, wissen Sie. Sie versucht, zu Ihnen zurückzukommen. Und Sie müssen sich auf sie vorbereiten. Es ist eine doppelte Botschaft.«

»Aus dem Jenseits?« Er hatte die Frage leichthin gestellt, aber natürlich musste er sofort an Helen denken – egal wie irrational es war, wenn es um Rückkehr ging, an jemanden zu denken, der so endgültig weg war.

Yolanda sagte: »Sie sollten diese Dinge nicht auf die leichte Schulter nehmen. Das bereut man meist später. Wie war Ihr Name noch mal?«

»DI Lynley. War das bei Jemima Hastings der Fall? Hat sie die Dinge auf die leichte Schulter genommen?«

Yolanda verschwand hinter dem Vorhang. Lynley hörte, wie ein Streichholz angerissen wurde. Wahrscheinlich zündete sie gerade Räucherstäbchen an oder auch eine Kerze – vor den übereinandergeschlagenen Beinen eines Buddhas brannte bereits ein kleiner Räucherkegel –, aber dann erschien sie mit einer brennenden Zigarette. »Gut, dass Sie das Rauchen aufgegeben haben«, sagte sie zu ihm. »Sie werden nicht an Lungenkrebs sterben.«

Er war nicht im Geringsten gewillt, sich auf das Geplänkel einzulassen. »Und Jemima?«

»Sie hat nicht geraucht.«

»Aber das hat ihr am Ende nicht viel genützt, nicht wahr?«

Yolanda tat einen tiefen Zug an ihrer Zigarette. »Ich habe bereits mit der Polizei gesprochen«, sagte sie. »Dieser Schwarze. Die stärkste Aura, die ich seit Jahren gesehen habe! Vielleicht sogar die stärkste, die ich *je* gesehen habe. Aber die Frau, die bei ihm war, die mit den Zähnen ... Ich nehme an, sie hat Probleme, die ihr Wachstum hemmen, und diese Probleme haben nichts mit ihren Zähnen zu tun. Was meinen Sie?«

»Darf ich Sie Mrs. Price nennen?«, fragte Lynley. »Soviel ich weiß, ist das Ihr bürgerlicher Name.«

»Nein, das dürfen Sie nicht. Nicht hier. Hier bin ich Yolanda.«

»Also gut. Yolanda. Sie waren heute Vormittag in der Oxford Road. Darüber müssen wir uns unterhalten. Und auch über Jemima Hastings. Sollen wir das hier tun oder lieber woanders?«

»Wo wäre denn woanders?«

»Ich nehme an, dass es in der Polizeiwache Ladbroke Grove ein Vernehmungszimmer gibt. Dort können wir hingehen, wenn es Ihnen lieber ist.«

Sie lachte. »Polizisten! Passen Sie auf, wie Sie sich verhalten, sonst verschwindet Ihre Aura noch ganz. Es gibt ein Karma, Mr. Lynley. Das war doch Ihr Name, nicht?«

»Ganz recht.«

Sie musterte ihn. »Sie sehen nicht aus wie ein Polizist, und Sie reden auch nicht wie einer. Sie gehören nicht dazu.«

Wie wahr, dachte er. Aber das konnte sie kaum geschlussfolgert haben. »Wo würden Sie sich gern mit mir unterhalten, Yolanda?«

Sie ging durch den Perlenvorhang, und er folgte ihr.

In der Mitte des Zimmers stand ein Tisch, aber dort nahm sie nicht Platz, sondern ging weiter nach hinten, wo ein plüschiger Sessel und eine viktorianische Chaiselongue standen. Sie legte sich hin und schloss die Augen, was sie nicht daran hinderte weiterzurauchen. Lynley setzte sich in den Sessel. »Erzählen Sie mir zunächst, was Sie in der Oxford Road wollten. Zu Jemima kommen wir später.«

Da gebe es nicht viel zu erzählen, sagte die Hellseherin. Sie sei zu dem Haus in der Oxford Road gegangen, weil ihm das Übel anhafte, erklärte sie Lynley. Trotz ihres dringenden Rats, sich eine andere Bleibe zu suchen, sei es ihr nicht gelungen, Jemima zu retten, und nachdem Jemima nun der Verderbtheit des Hauses zum Opfer gefallen sei, fühle sie sich verpflichtet, wenigstens den anderen Bewohnern zu helfen. Da diese aber offenbar ebenso wenig gewillt seien auszuziehen, habe sie versucht, es von außen zu reinigen, indem sie im Vorgarten Salbei verbrannte. »Diese Person hört ja auf nichts, was ich ihr sage«, fuhr sie fort. »Sie weiß nicht einmal zu würdigen, was ich für sie auf mich nehme.«

»Um was für ein Übel handelt es sich denn?«, fragte Lynley.

Yolanda öffnete die Augen. »Es gibt keine verschiedenen Arten von Übel«, sagte sie. »Es gibt nur das Übel. Das Böse. Bisher hat es zwei Menschen in dem Haus das Leben gekostet, und es verlangt nach mehr. Ihr Mann ist dort gestorben, wissen Sie das?«

»Mrs. McHaggis' Ehemann?«

»Man sollte also meinen, dass sie das Haus reinigt, nicht wahr? Aber macht sie's? Nein. Sie ist einfach zu unterbelichtet, um zu kapieren, wie wichtig das wäre. Jetzt ist Jemima auch tot, und es wird noch mehr Tote geben. Warten Sie's nur ab.«

»Und Sie waren nur dort, um …« Lynley suchte nach einem Wort, das das Verbrennen von Salbei angemessen beschrieb. »… um irgendeinen Ritus durchzuführen?«

»Nicht irgendeinen. Oh, ich weiß, was Ihresgleichen über meinesgleichen denken. Sie haben keinen Glauben, bis das Leben Sie in die Knie zwingt, und dann kommen Sie angekrochen, stimmt's?«

»War es so bei Jemima? Warum hat sie Sie aufgesucht? Ursprünglich, meine ich.«

»Ich spreche nicht über meine Klienten.«

»Ich weiß, dass Sie das auch meinen Kollegen gesagt haben, aber sehen Sie, wir haben da ein Problem. Sie sind weder Psychologin noch Psychiaterin noch Rechtsanwältin. Soweit ich das beurteilen kann, können Sie sich nicht auf eine Schweigepflicht berufen.«

»Und was genau bedeutet das?«

»Das bedeutet, dass Sie sich der Behinderung polizeilicher Ermittlungen schuldig machen, wenn Sie Informationen zurückhalten.«

Sie ließ sich seine Worte durch den Kopf gehen. Nachdenklich blies sie den Rauch himmelwärts.

»Ich schlage also vor«, fuhr Lynley fort, »dass Sie mir alles Wesentliche mitteilen. Warum hat Jemima Sie aufgesucht?«

Yolanda schwieg noch immer. Sie schien abzuwägen, welche Konsequenzen es haben könnte, wenn sie redete beziehungsweise wenn sie schwieg. Schließlich sagte sie: »Ich habe den anderen schon gesagt, es ging um Liebe. Aus diesem Grund kommen sie doch fast alle.«

»Wen liebte sie denn?«

Wieder zögerte sie, bevor sie antwortete. »Diesen Iren. Den Mann, der im Eisstadion arbeitet.«

»Frazer Chaplin?«

»Sie wollte wissen, was sie alle wissen wollen.« Yolanda rutschte nervös auf der Couch herum. Sie holte einen Aschenbecher darunter hervor und drückte ihre Zigarette aus. »Das hab ich den anderen aber auch schon gesagt. Mehr oder weniger. Diesem Schwarzen und der Frau mit den Zähnen. Ich weiß nicht, welchen Nutzen es haben soll, das alles noch mal mit Ihnen durchzugehen.«

Lynley überlegte kurz, was Barbara Havers wohl davon halten würde, als »die Frau mit den Zähnen« bezeichnet zu werden. Er schob den Gedanken beiseite. »Nennen Sie es eine neue Perspektive – nämlich meine. Was genau haben Sie ihr gesagt?«

Sie seufzte. »Dass die Liebe gefährlich ist.«

Wohl wahr, dachte Lynley.

»Ich meine, als Thema«, fuhr sie fort. »Man kann über die Liebe keine Voraussagen machen. Es gibt zu viele Variablen, zu viele Unwägbarkeiten, vor allem wenn der Partner nicht dabei ist und man ihn nicht… na ja, eingehend beurteilen kann. Also macht man eher vage Aussagen, wenn Sie verstehen, was ich meine. Und das habe ich getan.«

»Auf dass die Klientin wiederkomme, nehme ich an.«

Sie blickte auf, wie um seinen Ton einzuschätzen. Er schaute sie gelassen an. »Ich betreibe ein Geschäft. Das leugne ich nicht. Aber ich biete auch eine Dienstleistung an, und glauben Sie mir, die Leute brauchen das. Außerdem kommt alles Mögliche hoch, wenn ich mich einmal mit einem Klienten beschäftige. Sie kommen aus einem bestimmten Grund, aber dann kommen andere Gründe dazu. Nicht ich bringe sie dazu, dass sie wiederkommen. Das kann ich Ihnen versichern. Es ist das, was ich weiß. Weil ich ihnen sage, was ich weiß.«

»Und Jemima?«

»Was ist mit ihr?«

»Hatte Sie abgesehen von ihrer Frage nach der Liebe noch andere Gründe?«

»Allerdings.«

»Und welche waren das?«

Yolanda setzte sich auf. Sie stellte die Füße auf den Boden. Ihre Beine waren dick, ohne Fesseln, sie bildeten von den Knien bis zu den Füßen eine gerade Linie. Sie legte die Hände rechts und links neben ihre Oberschenkel, wie um das Gleichgewicht nicht zu verlieren. Sie ließ den Kopf hängen und schüttelte ihn.

Lynley fasste das als Weigerung auf – keine weiteren Informationen, Sir. Stattdessen sagte sie: »Etwas steht zwischen mir und ihnen. Alles ist still geworden. Aber ich wollte niemandem schaden. Ich wusste es nicht.«

Lynley war nicht bereit, sich auf ein solches Gespräch einzulassen. »Mrs. Price, wenn Sie irgendetwas wissen, muss ich darauf bestehen, dass …«

»Yolanda!«, sagte sie und hob energisch den Kopf. »Hier bin ich Yolanda. Ich habe auch so schon genug Probleme mit der Geisterwelt. Es fehlt gerade noch, dass jemand herkommt und sie daran erinnert, dass ich noch ein Leben außerhalb dieses Ladens hier habe, verstehen Sie? Seit sie ermordet wurde – seit man mir gesagt hat, dass sie ermordet wurde –, ist alles still und dunkel. Ich mache alles wie immer, jeden Tag, und ich weiß einfach nicht, *was* ich nicht sehe.« Dann stand sie auf.

Das Zimmer war nur schwach beleuchtet, wahrscheinlich ihrem Metier entsprechend. Sie ging zu der Tür mit dem Perlenvorhang und drückte auf einen Lichtschalter. Das Licht brachte den Zustand des kleinen Raums unerbittlich zum Vorschein: Staub auf den Möbeln, Staubmäuse in den Ecken, Vasen mit abgeschlagenen Kanten und Nippes vom Trödel. Yolanda ging in dem engen Raum auf und ab. Lynley wartete, spürte jedoch, dass ihm allmählich der Geduldsfaden riss.

Endlich sagte sie: »Sie kommen, um sich einen Rat zu holen. Ich versuche, keinen direkten Rat zu geben. So funktioniert das nicht. Aber in ihrem Fall habe ich mehr gespürt, und ich musste wissen, was das war, um mit ihr arbeiten zu können. Sie besaß Informationen, die mir geholfen hätten. Aber sie wollte einfach nicht damit herausrücken.«

»Informationen über wen? Über was?«

»Was weiß ich? Sie wollte es mir nicht sagen. Aber sie hat mich gefragt, wo sie sich mit jemandem treffen könnte, um über Dinge zu reden, die sie sich auszusprechen fürchtete.«

»Ging es um einen Mann?«

»Das wollte sie mir auch nicht sagen. Ich habe ihr geraten, was jeder ihr geraten hätte: Sie solle sich mit der Person an einem öffentlichen Ort treffen.«

»Haben Sie ihr ...«

»Nein, den Friedhof habe ich ihr nicht vorgeschlagen.« Sie blieb stehen. Sie sah ihn über den Tisch hinweg an, als brauchte sie die Entfernung zu ihrer eigenen Sicherheit. »Warum hätte ich ihr ausgerechnet den Friedhof als Treffpunkt vorschlagen sollen?«

»Ich nehme an, Sie haben ihr auch nicht gerade das Starbucks-Café bei ihr um die Ecke vorgeschlagen«, erwiderte Lynley.

»Ich habe ihr gesagt, sie soll einen friedlichen Ort wählen, wo sie den Frieden spüren könnte. Ich weiß nicht, warum sie sich für den Friedhof entschieden hat. Ich weiß noch nicht einmal, woher sie ihn überhaupt kannte.« Sie begann wieder, auf und ab zu gehen. Einmal um den Tisch, zweimal. Dann sagte sie: »Ich hätte ihr etwas anderes raten sollen. Ich hätte es sehen müssen. Oder spüren. Aber ich habe keine Gefahr gesehen, und daher habe ich ihr auch nicht abgeraten.« Sie drehte sich zu Lynley um. »Wissen Sie, was es bedeutet, dass ich keine Gefahr gesehen habe, Mr. Lynley? Können Sie sich vorstellen, in welche Situation mich das bringt? Ich habe nie zuvor daran gezweifelt, dass ich die Gabe besitze. Aber jetzt tue ich es. Ich kann Wahrheit und Lüge nicht mehr unterscheiden. Ich kann die Lügen nicht mehr *sehen*. Und wenn ich Jemima nicht vor der Gefahr beschützen konnte, dann kann ich niemanden davor beschützen.«

Sie klang so verzweifelt, dass Lynley zu seiner eigenen Überraschung Mitleid für sie empfand, obwohl er nicht an übersinnliche Phänomene glaubte. Dass Yolanda von Beschützen gesprochen hatte, erinnerte ihn jedoch an den Stein, den Jemima bei sich gehabt hatte. Konnte es sich um einen Talisman handeln? Um einen Glücksbringer?

»Haben Sie denn versucht, sie zu beschützen?«, fragte er.

»Selbstverständlich.«

»Haben Sie ihr irgendetwas mitgegeben, das sie bei dem Treffen, das sie plante, beschützen sollte?«

Nein, hatte sie nicht. Sie hatte Jemima Hastings mit guten

Ratschlägen zu schützen versucht – unverständliches Zeug gemurmelt, dachte Lynley –, aber es hatte nichts genützt.

Zumindest wussten sie jetzt, was Jemima auf dem Abney Park Cemetery gewollt hatte. Was aber Yolanda an dem Tag in die Oxford Road geführt hatte – diesbezüglich hatten sie nichts als ihre eigene Aussage. Lynley sprach sie noch einmal darauf an. Und er fragte sie, was sie zur Zeit des Mordes an Jemima getan hatte.

Auf letztere Frage antwortete sie, sie habe getan, was sie immer tue: Sie habe Klienten beraten. Sie könne ihm ihren Terminkalender zeigen. Wenn er ihre Klienten anrufen wolle, um sich ihre Aussage bestätigen zu lassen, habe sie nichts dagegen. Was ihren Besuch in der Oxford Road angehe, so habe sie auch das bereits erklärt: Sie habe versucht, das Haus zu reinigen, um zu verhindern, dass noch jemand eines unerwarteten Todes starb. »McHaggis, Frazer oder der Italiener«, sagte sie.

Ob Yolanda die alle kenne, wollte Lynley wissen.

Teils vom Sehen, sagte sie. Mit McHaggis und Frazer habe sie ein paar Mal gesprochen. Mit dem Italiener nicht.

Ob sie Gelegenheit gehabt habe, eine von den Mülltonnen in McHaggis' Vorgarten zu öffnen, fragte Lynley.

Sie sah ihn an, als hätte er den Verstand verloren. Warum zum Teufel sie diese Tonnen öffnen solle, fragte sie. Nicht die Tonnen müssten gereinigt werden, sondern das Haus.

Auf dieses Thema wollte Lynley nicht noch einmal eingehen. Er glaubte, dass er alles, was Yolanda die Hellseherin ihm sagen konnte, in Erfahrung gebracht hatte. Solange die Geisterwelt ihr keine weiteren Informationen zukommen ließ, war sie für ihn ein geschlossenes Buch.

21

Als Robbie Hastings auf Gordon Jossies Grundstück fuhr, wusste er selbst nicht so recht, was er jetzt eigentlich vorhatte. Jossie hatte ihn nicht nur in Bezug darauf belogen, dass er mit Jemima zusammenbleiben wollte, sondern, wie sich herausgestellt hatte, auch auf die Frage, wann er sie zuletzt gesehen hatte. Letzteres hatte Rob von Meredith Powell erfahren, und ihr Anruf hatte ihn dazu veranlasst, sich auf den Weg zu Jossie zu machen. Sie war bei der Polizei in Lyndhurst gewesen; sie hatte ihnen den Beweis geliefert, dass Gordon am Morgen von Jemimas Tod nach London gefahren war. Dort habe er sogar eine Nacht in einem Hotel verbracht, hatte sie Rob erzählt, und auch diese Information habe sie der Polizei gegeben.

»Aber, Rob«, hatte sie gesagt, und durch das Handy hatte er gehört, wie beunruhigt sie klang, »ich glaube, wir haben einen Fehler gemacht.«

»Wir?« Die andere Hälfte des *Wir* stellte sich als Gina Dickens heraus, in deren Begleitung sie zu Chief Superintendent Whiting vorgelassen worden war, »weil wir gesagt haben, dass wir mit *niemandem* außer dem Chef reden würden«. Sie hätten ihn gefragt, wo sie die beiden Polizisten von New Scotland Yard erreichen könnten, weil sie ihnen etwas von größter Wichtigkeit übergeben wollten. Er habe wissen wollen, worum es sich handelte, und es zu sehen verlangt. Nachdem sie es ihm ausgehändigt hätten, habe er es abgeheftet und gefragt, wo sie es herhätten.

»Gina wollte es ihm nicht sagen, Rob. Anscheinend hatte sie Angst vor ihm. Später hat sie mir erzählt, dass er Gordon zu Hause aufgesucht hat, um mit ihm zu reden, aber da wusste sie nicht mal, dass er Polizist war. Er hatte es nicht erwähnt und

Gordon auch nicht. Und als wir dann in sein Zimmer kamen und er da saß, ist es ihr kalt über den Rücken gelaufen, weil sie glaubt, dass Gordon gewusst haben muss, wer der Mann war. Und jetzt kommt sie fast um vor Angst, denn wenn dieser Typ noch mal bei Gordon auftaucht und wenn er das Beweisstück mitbringt, dann weiß Gordon sofort, woher er es hat. Von wem sonst als von ihr sollte er es haben?«

Meredith erzählte ihm so viel, dass er nur mit Mühe mitkam. Zugfahrkarten, eine Hotelrechnung, Gina Dickens im Besitz von beidem, Gordon Jossie, Chief Superintendent Whiting, New Scotland Yard... Und dann auch noch die grandiose Lüge, die Gordon ihm nach Jemimas Umzug aufgetischt hatte: dass sie einen Neuen in London oder sonst wo hätte, dass er mit ihr hätte zusammenbleiben wollen und dass *sie* gegangen wäre und nicht *er* sie rausgeworfen hätte, wie es wohl eher der Wahrheit entsprach.

Zum Schluss hatte Meredith berichtet, dass Chief Superintendent Whiting die Zugtickets und die Hotelrechnung behalten habe, aber als Gina ihr später erzählt habe, dass der Mann irgendetwas mit Gordon Jossie zu tun gehabt hatte – »was auch immer das sein mag, Rob« –, sei ihr sofort klar gewesen, dass er die Informationen niemals an New Scotland Yard weitergeben werde, auch wenn sie nicht genau sagen könne, was sie zu dieser Überzeugung gebracht hatte.

»Wir wussten nicht, wie wir diese Detectives finden sollten, Rob«, jammerte Meredith. »Ich hab ja noch gar nicht mit denen geredet und weiß nicht, wer sie sind. Ich würde sie ja noch nicht einmal erkennen, wenn sie mir auf der Straße entgegenkämen! Warum sind die denn nicht zu mir gekommen? Ich war doch ihre Freundin, ihre beste Freundin, Rob.«

Rob interessierte jedoch nur eines. Dass Chief Superintendent Whiting mögliche Beweismittel in den Händen hatte, wo sich die Detectives von Scotland Yard herumtrieben und dass sie nicht mit Meredith Powell gesprochen hatten, spielte im Moment keine Rolle. Für ihn war nur von Bedeutung, dass Gordon Jossie in London gewesen war.

Rob hatte Merediths Anruf unmittelbar nach einer Versammlung der New-Forest-Wildhüter entgegengenommen, die wie üblich im *Queen's House* abgehalten worden war. Und obwohl der Versammlungsort in der Nähe der Polizeiwache lag, wo Chief Superintendent Whiting arbeitete, hatte Rob keinen Gedanken daran verschwendet, diesen aufzusuchen und zu fragen, was er mit den Informationen vorhatte, die Meredith und Gina Dickens ihm übergeben hatten. Rob hatte nur ein Ziel gehabt.

Er hatte den Motor des Landrover gestartet und so heftig Gas gegeben, dass Frank auf dem Beifahrersitz beinahe das Gleichgewicht verloren hätte.

Als er auf Jossies Grundstück keine Autos sah, wusste er, dass niemand zu Hause war. Angespannt ging er um das Haus herum, als erwartete er, dass ihm Beweise für die Schuld des Mannes aus den Blumenbeeten entgegensprängen. Er spähte durch die Fenster und probierte die Türen. Dass sie abgeschlossen waren in einer Gegend, wo sonst fast niemand seine Türen verriegelte, ließ ihn das Schlimmste vermuten.

Er lief zur Scheune und riss das Tor auf. Entschlossen ging er zum Wagen seiner Schwester, sah den Schlüssel im Zündschloss des Figaro und überlegte, was das zu bedeuten hatte. Aber das Einzige, was ihm dazu einfiel, ergab überhaupt keinen Sinn: dass Jemima nie nach London gegangen, sondern ermordet und irgendwo auf dem Grundstück verscharrt worden war, was natürlich dummes Zeug war. Dann fiel ihm auf, dass am Ring des Zündschlüssels noch ein weiterer Schlüssel hing, vermutlich der Hausschlüssel. Er nahm ihn an sich und eilte zurück zum Haus.

Er hatte keine Ahnung, wonach er eigentlich suchte. Er wusste nur, dass er irgendetwas unternehmen musste. Er öffnete die Schubladen in der Küche. Den Kühlschrank. Er sah im Backofen nach. Er ging ins Wohnzimmer und hob die Sofa- und Stuhlkissen hoch. Nichts. Er stürmte nach oben. Die Kleiderschränke waren ordentlich aufgeräumt. Jacken- und Hosentaschen waren leer. Unter den Betten – nichts. Die Handtücher im Bad waren feucht. Die Kloschüssel hatte einen braunen Kalkring und war offenbar schon länger nicht mehr geschrubbt worden. Entgegen seiner Hoffnung fand er auch im Spülkasten nichts.

Dann begann Frank draußen zu bellen. Ein zweiter Hund fiel ein. Robbie trat an ein Fenster und stellte zweierlei fest. Erstens war Gordon Jossie mit seinem Golden Retriever nach Hause gekommen. Zweitens standen die Ponys immer noch auf der verdammten Koppel, obwohl Rob hätte schwören können, dass sie in den Wald gehörten. Was zum Teufel hatten sie also immer noch hier zu suchen?

Als das Gebell zum wütenden Gekläff anschwoll, eilte Rob die Treppe hinunter. Dass er Hausfriedensbruch begangen hatte, störte ihn nicht. Er war gekommen, um Gordon zur Rede zu stellen.

Die beiden Hunde kläfften wie verrückt. Als Rob zur Tür hinausstürmte, sah er, dass Jossie, der Idiot, Frank aus dem Auto gelassen hatte. Er beugte sich gerade in die offene Fahrertür und durchsuchte den Landrover, als wüsste er nicht ganz genau, wem er gehörte.

Der Weimaraner heulte buchstäblich. Aber die Ursache war nicht der andere Hund, sondern Jossie. Die Erkenntnis versetzte Rob in Rage, denn wenn Frank heulte, dann hatte ihm jemand etwas angetan, und niemand hatte das Recht, Hand an seinen Hund zu legen, erst recht nicht Jossie, der schon woanders Hand angelegt hatte, was tödlich geendet war.

Der Retriever fiel jaulend in Franks Geheul ein. Dann schlossen sich zwei Hunde vom Nachbargrundstück an, woraufhin die Ponys in der Koppel unruhig wurden. Sie begannen, am Zaun hin und her zu traben, und warfen wiehernd die Köpfe hoch.

»Was zum Teufel tust du da?«, schrie Robbie.

Jossie wirbelte herum und gab die Frage zurück, was mehr als berechtigt war, denn die Haustür stand weit offen – Beweis genug für Robs Schnüffelei. Rob herrschte Frank an, er solle still sein, was den Hund nur zu noch lauterem Gekläff anstachelte. Als er dem Weimaraner befahl, wieder ins Auto zu springen, knurrte der stattdessen den Dachdecker an, als wollte er ihm an die Kehle gehen. Jossie sagte: »Tess! Aus!«, und sein Hund hörte auf der Stelle auf zu bellen.

Macht und Kontrolle, dachte Rob. War das Streben nach Macht und Kontrolle womöglich die Ursache für das, was Jemima zugestoßen war? Er musste an die Zugtickets denken, an die Hotelrechnung, an Jossies Fahrt nach London, an die Lügen. Er ging auf den Dachdecker zu, packte ihn am Kragen und drückte ihn gegen den Landrover.

Mit zusammengebissenen Zähnen sagte er: »*London*, du Scheißkerl.«

»Was soll das?«, schrie Gordon Jossie.

»Sie hat dich nicht verlassen, weil sie einen anderen hatte«, erwiderte Robbie. »Sie wollte dich heiraten, Gott weiß warum.« Er hatte Jossie immer noch fest im Griff und drückte ihm einen Arm gegen die Kehle, damit er sich nicht mehr rühren konnte. Mit der anderen Hand riss er ihm die Sonnenbrille vom Gesicht und warf sie auf die Erde, weil er verdammt noch mal seine Augen sehen wollte. Jossies Mütze segelte zu Boden, eine Baseballkappe, die eine Furche wie ein Kainsmal auf Jossies Stirn hinterließ. »Aber du wolltest es nicht, hab ich recht?«, herrschte Rob ihn an. »Du wolltest *sie* nicht. Zuerst hast du sie benutzt, dann hast du sie weggejagt, und dann bist du hinter ihr her.«

Jossie schob Rob von sich weg. Er keuchte, aber er war viel kräftiger, als es den Anschein hatte. »Wovon redest du überhaupt? *Wofür* soll ich sie benutzt haben, Herrgott noch mal?«

»Ich kann mir genau vorstellen, wie es abgelaufen ist, du Scheißkerl.« Es schien jetzt so klar auf der Hand zu liegen, dass Rob sich fragte, warum er es nicht schon vorher gesehen hatte. »Du wolltest das hier haben – dieses Grundstück, stimmt's? Und du hast darauf spekuliert, dass du es mit meiner Hilfe kriegst, weil es zu meinem Revier gehört, und Land mit Gemeinschaftsrechten ist nicht so leicht zu bekommen. Du hast dir gesagt, Jemima zuliebe würde ich dir bestimmt dazu verhelfen, nicht wahr? Es passt alles prima zusammen.«

»Bist du nicht ganz dicht?«, rief Jossie. »Mach, dass du Land gewinnst!«

Rob rührte sich nicht.

»Wenn du nicht sofort von meinem Grundstück verschwindest, dann …«

»Dann was? Dann rufst du die Polizei? Das glaube ich kaum. Du warst in London, Jossie, und das wissen die inzwischen.«

Jossie erstarrte. Egal was er vorgehabt hatte – er war geliefert. Er sagte nichts, aber Robbie merkte genau, dass seine Gedanken rasten.

Rob nutzte seinen Vorteil. »Du warst an dem Tag, als sie ermordet wurde, in London. Die Polizei hat deine Zugtickets. Na, was sagst du dazu? Sie haben die Hotelrechnung, und ich wette, dass dein Name da dick und fett draufsteht. Was glaubst du wohl, wie lange es dauert, bis sie bei dir auf der Matte stehen? Eine Stunde? Länger? Den Nachmittag? Einen Tag vielleicht?«

Vielleicht glaubte Jossie einen Moment lang, sich mit Lügen herausreden zu können, doch sein Gesichtsausdruck verriet ihn, genau wie sein Körper, der erschlaffte und aus dem jeder Kampfwille wich, weil er wusste, dass er erledigt war.

Er bückte sich nach seiner Sonnenbrille, putzte sie an seinem T-Shirt ab, das verschwitzt war und fleckig von der Arbeit. Er setzte sie wieder auf, wahrscheinlich um seine ängstlichen Augen zu verbergen, aber es spielte keine Rolle mehr, denn Rob hatte in ihnen alles gesehen, was er sehen wollte.

»Ja«, sagte Robbie. »Das Spiel ist aus, Gordon. Und glaub ja nicht, du könntest abhauen. Dann verfolge ich dich wenn nötig bis in die Hölle und bringe dich hierher zurück.«

Jossie hob seine Mütze auf, schlug sie gegen seine Jeans, setzte sie jedoch nicht auf. Er nahm seinen Anorak, den er ausgezogen und zusammengeknüllt auf dem Sitz des Landrovers liegen gelassen hatte, und sagte: »In Ordnung, Rob.« Seine Stimme war leise, und Rob bemerkte, dass seine Lippen ganz bleich waren. »In Ordnung«, sagte er noch einmal.

»Und was soll das heißen?«

»Das weißt du genau.«

»Du warst dort.«

»Selbst wenn, spielt es keine Rolle mehr, was ich sage.«

»Du hast mich von Anfang an in Bezug auf Jemima belogen.«

»Ich habe nicht…«

»Sie ist nicht zu einem anderen nach London abgehauen. Das war nicht der Grund, warum sie dich verlassen hat. Sie *hatte* keinen anderen, weder in London noch sonst irgendwo. Es gab bloß dich, und sie wollte nur dich. Aber du wolltest sie nicht: Verpflichtung, Ehe, was weiß ich. Deshalb hast du sie rausgeworfen.«

Jossie blickte zu den Ponys in der Koppel hinüber. »So war es nicht«, sagte er.

»Willst du vielleicht leugnen, dass du da warst, Mann? Auf den Bahnhöfen gibt's überall Überwachungskameras – in Sway, in London –, und die Polizei wird sich die Filme von dem Tag ansehen, als Jemima ermordet wurde. Oder glaubst du etwa, du bist darauf nicht zu sehen? Und wenn die mit deinem Foto in dem Hotel aufkreuzen, glaubst du etwa, da erinnert sich keiner, dass du dort eine Nacht verbracht hast?«

»Ich hatte keinen Grund, Jemima zu töten.« Gordon leckte sich die Lippen. Sein Blick wanderte zur Straße, als hoffte er, es würde dort jemand auftauchen und ihn aus seiner Zwangslage befreien. »Warum zum Teufel hätte ich sie umbringen sollen?«

»Sie hatte in London einen Neuen kennengelernt. Das hat sie mir erzählt. Und das hast du ihr nicht gegönnt, stimmt's? Du wolltest sie zwar loswerden, aber auch kein anderer sollte sie haben.«

»Ich hatte keine Ahnung, dass sie einen anderen hatte. Das höre ich jetzt zum ersten Mal. Woher hätte ich das wissen sollen?«

»Weil du nach ihr gesucht hast. Du hast sie gefunden und mit ihr geredet. Da wird sie es dir gesagt haben.«

»Und wenn es so gewesen wäre, was hätte es mich interessiert? Ich hatte schließlich auch längst eine andere. Ich *habe* eine andere. Ich habe Jemima nicht umgebracht. Ich schwöre bei Gott …«

»Du gibst also zu, dass du da warst. In London.«

»Ich wollte mit ihr reden, Rob. Ich hab monatelang nach ihr gesucht. Dann bekam ich einen Anruf … von einem Typen, der die Karten gesehen hatte, die ich verteilt hatte. Er hat mir eine Nachricht hinterlassen, wo Jemima zu finden war. An ihrer Arbeitsstelle in Covent Garden. Dort habe ich angerufen – in einem Tabakladen –, aber sie wollte nicht mit mir reden. Dann hat sie mich ein paar Tage später angerufen und mir gesagt, okay, sie würde sich mit mir treffen. Nicht wo sie arbeitete, sondern dort an diesem Ort.«

Auf dem Friedhof, dachte Rob. Aber was Jossie erzählte, ergab keinen Sinn. Jemima hatte einen anderen gehabt, und Jossie hatte ebenfalls eine andere. Was gab es da noch zu reden?

Rob ging zur Koppel, auf der die Ponys wieder friedlich grasten. Er blieb am Zaun stehen und sah ihnen zu. Sie waren zu gepflegt, zu gut genährt. Gordon tat ihnen keinen Gefallen, indem er sie hierbehielt. Sie sollten sich eigentlich das ganze Jahr über ihr Futter suchen. Sie gehörten zu einer Herde. Rob öffnete das Gatter und betrat die Koppel.

»Was machst du da?«, wollte Jossie wissen.

»Meine Arbeit.« Rob hörte, wie er ihm auf die Koppel folgte. »Warum sind die hier?«, fragte er ihn. »Sie sollen bei den anderen draußen im Wald sein.«

»Sie haben gelahmt.«

Rob näherte sich den Ponys und sprach beruhigend auf sie ein, während Jossie das Gatter hinter ihm schloss. Rob brauchte nur einen Moment, um festzustellen, dass die Ponys völlig gesund waren, und er spürte ihre Unruhe. Sie wollten hinaus, zu ihrer Herde.

»Die lahmen kein bisschen. Warum hast du sie nicht …« In diesem Augenblick bemerkte er etwas weitaus Merkwürdigeres als den eigenartigen Umstand, dass gesunde Ponys im Juli auf eine Koppel gesperrt waren. Ihm fiel auf, wie ihre Schwänze gestutzt waren. Auch wenn das Haar der Ponys seit dem letzten Herbst, als sie gestutzt worden waren, beträchtlich gewachsen war, ließ sich das Stutzmuster noch gut erkennen. Keines der Tiere gehörte in diese Gegend des New Forest. Außerdem hatten die Ponys Brandzeichen, und an diesen ließ sich ablesen, dass sie in die Nähe von Minstead gehörten, zu einem Hof in der Nähe der Boldre Gardens.

»Das sind gar nicht deine Ponys«, sagte er überflüssigerweise. »Was hast du vor?«

Jossie antwortete nicht.

Robbie wartete. Sie steckten in einer Sackgasse. Er kam zu dem Schluss, dass es zwecklos war, sich noch länger mit dem Dachdecker zu unterhalten oder zu streiten. Außerdem spielte es ohnehin keine Rolle mehr. Die Polizei würde ihn sich vorknöpfen.

»Also gut«, sagte er. »Mach, was du willst. Morgen komm ich mit einem Anhänger und hol sie ab. Sie müssen dahin zurück, wo sie hingehören. Und du lässt in Zukunft die Hände weg von den Tieren anderer Leute.«

Zuerst versuchte Gordon, sich einzureden, dass Robbie Hastings bluffte, denn ihm zu glauben, würde eines von zwei Dingen bedeuten: Entweder hatte er mal wieder völlig blind der falschen Person vertraut, oder es war jemand in sein Haus eingebrochen, hatte Beweismaterial gefunden, von dem er nicht einmal gewusst hatte, dass es existierte, es an sich genommen, in Ruhe abgewartet und es der Polizei übergeben, als er oder sie ihm damit am meisten schaden konnte.

Von beiden Möglichkeiten zog er die zweite vor, denn auch wenn es bedeutete, dass er geliefert war, hieß es wenigstens auch, dass er nicht von jemandem verraten worden war, dem er vertraute. Sollte jedoch die erste Möglichkeit zutreffen, wäre das ein Schlag, von dem er sich wahrscheinlich nie wieder erholen würde.

Natürlich war es viel wahrscheinlicher, dass Gina die Zugtickets und die Hotelrechnung gefunden hatte, als dass Meredith Powell oder irgendwer anderes, der ihn ebenso inbrünstig verabscheute, bei ihm eingebrochen war, seinen Papierkorb durchwühlt und diese Dinge mitgenommen hatte.

Als Gina nach Hause kam, erwartete er sie.

Zuerst hörte er ihr Auto. Merkwürdig. Kaum war sie in die Einfahrt eingebogen, schaltete sie den Motor ab und ließ den Wagen rollen, bis er hinter seinem Pick-up zum Stehen kam. Nachdem sie ausgestiegen war, schloss sie die Tür so leise, dass er nicht einmal ein Klicken hörte. Ebenso wenig hörte er ihre Schritte auf dem Schotterweg oder das Öffnen der Hintertür.

Sie rief nicht seinen Namen, wie sie es normalerweise tat. Sie kam direkt nach oben ins Schlafzimmer und fuhr sichtlich zusammen, als sie ihn am Fenster stehen sah, eine dunkle Silhouette vor dem hellen Sonnenlicht.

Sie fasste sich schnell wieder. »Ach, hier bist du«, sagte sie und lächelte ihn an, als wäre nichts. Wie sehr wünschte er sich in diesem Augenblick, er könnte glauben, dass sie ihn nicht bei der Polizei verpfiffen hatte.

Er bemühte sich, wieder einen klaren Kopf zu bekommen. Sie strich sich eine widerspenstige Locke aus dem Gesicht, sagte seinen Namen, und als er nicht reagierte, trat sie näher auf ihn zu und fragte: »Stimmt irgendetwas nicht, Gordon?«

Irgendetwas. Alles. Hatte er wirklich einmal geglaubt, alles könnte gut werden? Und warum hatte er es geglaubt? Das Lächeln einer Frau vielleicht, die sanfte Berührung einer weichen Hand auf seiner Haut, seine Hände auf einer wohlgeformten Hüfte oder einem kräftigen Hintern, sein Mund auf süßen Brüsten … War er ein solcher Narr gewesen anzunehmen, dass allein die Entscheidung, sich auf eine Frau einzulassen, all das ungeschehen machen würde, was vorher passiert war?

Er fragte sich, was Gina mittlerweile wusste. Die Tatsache, dass sie jetzt hier war, deutete darauf hin, dass es nicht viel sein konnte. Andererseits war es durchaus möglich – sogar wahrscheinlich –, dass sie die Zugtickets und die Hotelrechnung gefunden und aufbewahrt hatte, bis sie beides gegen ihn verwenden konnte. Warum hatte er bei seiner Rückkehr auf dem Bahnsteig in Sway nicht beides weggeworfen? Das war die eigentliche Frage. Hätte er es getan, würden er und diese Frau jetzt nicht hier im Schlafzimmer in dieser unerträglichen Sommerhitze einander gegenüberstehen, die Sünde des Verrats im Herzen – und nicht nur in ihrem. Denn er konnte schwerlich behaupten, dass sie die einzige Sünderin war.

Er hatte weder die Fahrkarten auf dem Bahnsteig weggeworfen noch sich der Hotelrechnung entledigt, weil er gar nicht erst auf die Idee gekommen war, dass Jemima etwas zustoßen könnte, dass der Besitz dieser Papierschnipsel ihm gefährlich werden könnte, dass Gina sie finden und sie behalten und nichts über seine angebliche Fahrt nach Holland sagen, sondern abwarten würde, bis er sich immer tiefer in die Lüge verstrickte. Dass sie auch dann noch kein Wort darüber verlauten lassen würde, dass sie wusste, wo er wirklich gewesen war, weder in Holland noch auf einem Hof, um über den Kauf von Reet zu verhandeln, noch überhaupt außerhalb des Landes, sondern vielmehr auf einem Londoner Friedhof, wo er Jemima angefleht hatte, ihm Dinge zurückzugeben, die sie benutzen könnte, um ihn zu vernichten, wenn sie das wollte.

»Gordon«, unterbrach Gina seine Gedanken. »Warum antwortest du mir nicht? Warum siehst du mich so an?«

»Wie sehe ich dich denn an?«

»Als würdest du …« Sie fuhr sich erneut durchs Haar, obwohl es perfekt saß. Sie zog die Mundwinkel hoch, aber es wurde kein Lächeln daraus. »Warum antwortest du nicht? Warum starrst du mich so an? Stimmt irgendetwas nicht?«

»Ich wollte nur mit ihr reden, Gina«, sagte er. »Das war alles.«

Sie runzelte die Stirn. »Mit wem?«

»Ich musste mit ihr reden. Sie war bereit, sich mit mir zu treffen. Ich habe es dir nicht erzählt, weil es keinen Grund dafür gab. Es war aus zwischen uns, aber sie hatte etwas von mir, das ich zurückhaben wollte.«

Als ihr plötzlich dämmerte, wovon er redete, fragte sie: »Du hast Jemima getroffen? Wann?«

»Tu nicht so, als wüsstest du es nicht längst«, erwiderte er. »Rob Hastings war hier.«

»Gordon, ich weiß nicht…«, sagte sie. »Rob Hastings?« Sie stieß ein kurzes Lachen aus, in dem jedoch keine Heiterkeit lag. »Also wirklich, du machst mir richtig Angst. Du klingst so… wie soll ich sagen… wütend? Hat Rob Hastings irgendetwas über mich gesagt? Hat er irgendetwas getan? Hast du dich mit ihm gestritten?«

»Er hat mir von den Zugtickets und der Hotelrechnung erzählt.«

»Was für Zugtickets? Und was für eine Hotelrechnung?«

»Die du gefunden hast. Und die du weitergegeben hast.«

Sie hob eine Hand. Sie legte die Fingerspitzen zwischen ihre Brüste. »Gordon, ehrlich«, sagte sie. »Du… Wovon redest du? Hat Rob Hastings etwa behauptet, ich hätte ihm irgendetwas gegeben? Etwas, das dir gehört?«

»Der Polizei«, antwortete er.

»Wie bitte?«

»Du hast der Polizei diese Zugtickets und die Hotelrechnung gegeben. Wenn du stattdessen damit zu mir gekommen wärst, hätte ich dir die Wahrheit erzählt. Das habe ich vorher deshalb nicht getan, weil ich nicht wollte, dass du dir Sorgen machst. Du solltest nicht denken, es wäre noch was zwischen uns, weil da nichts war.«

Gina musterte ihn mit ihren großen blauen Augen – schöner als der strahlende Himmel – und legte den Kopf schief. »Wovon um Himmels willen redest du eigentlich? Von welchen Fahrkarten? Von welchen Rechnungen? Was hat Rob Hastings über mich behauptet?«

Er hatte natürlich gar nichts behauptet. Gordon hatte lediglich seine Schlüsse gezogen. Und das hatte er getan, weil sich ihm der Eindruck aufgedrängt hatte, dass, wenn nicht jemand anderes die Papierkörbe durchsucht hatte, niemand außer Gina auf diese Sachen gestoßen sein konnte. »Rob hat mir erzählt, die Polizei hätte Beweise dafür, dass ich an dem Tag in London gewesen bin, als sie gestorben ist.«

»Aber du warst doch gar nicht dort.« Ginas Stimme klang absolut sachlich. »Du warst doch in Holland. Du bist dort hingefahren, weil das Reet aus der Türkei immer schlechter wird. Du hast die Fahrkarten nach Holland weggeworfen, deshalb musstest du sagen, du hättest an dem Tag gearbeitet. Und Cliff hat dem Mann und der Frau von Scotland Yard erzählt, du hättest mit ihm auf dem Dach gearbeitet, weil die sonst geglaubt hätten, du würdest lügen, wenn du die Fahrkarten nicht hättest vorlegen können. So war es doch.«

»Nein. In Wirklichkeit bin ich nach London gefahren. Und ich habe Jemima an dem Ort getroffen, wo sie umgebracht wurde. Und zwar an dem Tag, als sie umgebracht wurde.«

»Was redest du denn da?«

»Es ist die Wahrheit. Aber sie hat noch gelebt, als ich gegangen bin. Sie hat auf einer Steinbank am Rand einer Lichtung gesessen, neben einer alten Kapelle, und sie hat noch gelebt. Ich habe nicht gekriegt, was ich von ihr haben wollte, aber ich habe ihr nichts getan. Ich bin erst am nächsten Tag nach Hause gekommen, damit du denkst, ich wäre in Holland gewesen, und dann habe ich die Fahrkarten in den Papierkorb geworfen. Und da hast du sie gefunden.«

»Nein«, erwiderte sie. »Und nochmals nein. Und wenn ich sie gefunden hätte und sie mir zu denken gegeben hätten, hätte ich mit dir geredet. Ich hätte dich gefragt, warum du mich angelogen hast. Das weißt du ganz genau, Gordon.«

»Und wie kommt die Polizei …?«

»Rob Hastings hat also behauptet, sie hätten die Fahrkarten?« Sie wartete die Antwort nicht ab. »Dann lügt er. Er will dir irgendetwas in die Schuhe schieben. Er will, dass du … was weiß ich … irgendwas Verrücktes tust, damit die Polizei glaubt …

Herrgott noch mal, Gordon, vielleicht hat er den Müll durchwühlt, die Fahrkarten gefunden und sie der Polizei gegeben. Oder er hat sie noch und will den richtigen Zeitpunkt abpassen, wo er sie gegen dich verwenden kann. Und wenn nicht er, dann vielleicht jemand anderes, der etwas gegen dich hat. Aber warum sollte ich mit irgendwelchen Fahrkarten irgendetwas anderes tun, als einfach mit dir darüber zu reden? Aus welchem Grund sollte ich dich in Schwierigkeiten bringen wollen? Sieh mich an! Aus welchem Grund?«

»Vielleicht weil du geglaubt hast, ich hätte Jemima etwas…«

»Warum sollte ich das denn glauben? Ihr wart doch längst fertig miteinander, Jemima und du. Das hast du mir gesagt, und ich habe es dir geglaubt.«

»Das stimmt ja auch.«

»Also?«

Er sagte nichts.

Sie trat zu ihm. Er spürte, dass sie zögerlich war, als wäre er ein nervöses Tier, das man beruhigen musste. Und er spürte, dass sie ebenfalls nervös war. Was er nicht spüren konnte, war der Grund ihrer Nervosität: seine Paranoia? Seine Anschuldigungen? Ihre Schuldgefühle? Die Verzweiflung, mit der jeder wollte, dass der andere ihm glaubte? Warum war überhaupt Verzweiflung im Spiel? Er wusste genau, was er zu verlieren hatte. Aber sie?

Sie schien seine Gedanken zu lesen. »So wenige Leute sind wirklich gut zueinander. Siehst du das nicht?«

Er antwortete nicht, aber er fühlte sich gezwungen, sie anzusehen, ihr in die Augen zu sehen, und dieses Gefühl des Zwangs ließ ihn seinen Blick von ihr losreißen und anderswohin richten, nämlich nach draußen. Er wandte ihr den Rücken zu. Er sah die Koppel mit den Ponys.

»Du hast gesagt, du hättest Angst vor ihnen«, sagte er langsam. »Trotzdem bist du auf die Koppel gegangen. Du warst drinnen bei ihnen. Also kannst du keine Angst gehabt haben, oder? Denn wenn du welche gehabt hättest, wärst du unter keinen Umständen reingegangen.«

»Die Pferde? Gordon, ich hab doch versucht, dir zu erklären …«

»Du hättest gewartet, bis ich sie in den Wald zurückgelassen hätte. Du wusstest, dass ich das irgendwann sowieso getan hätte. Dass ich es tun muss. Dann wäre es für dich absolut ungefährlich gewesen hineinzugehen, aber dann hättest du auch keinen Grund mehr dazu gehabt, stimmt's?«

»Gordon. Gordon.« Sie stand jetzt dicht hinter ihm. »Du solltest dich mal reden hören! Das ergibt doch alles überhaupt keinen Sinn.«

Wie ein Tier konnte er sie riechen, so nah war sie. Der Geruch war nur schwach, aber er mischte sich mit dem Duft ihres Parfüms, einem Hauch von Schweiß und noch etwas anderem. Vielleicht Angst. Oder das Wissen, dass sie durchschaut worden war. Dass er sie durchschaut hatte. Er war sich nicht sicher, aber das Gefühl war da, und es war real. Animalisch.

Die Härchen an seinen Armen stellten sich auf, als lauerte Gefahr, was tatsächlich stimmte. Er war immer in Gefahr gewesen, und diese Tatsache kam ihm so komisch vor, dass er am liebsten laut gelacht hätte, während ihm die simple Tatsache bewusst wurde, dass in seinem Leben alles rückwärts gewandt war: Er konnte sich zwar verstecken, aber nicht davonlaufen.

»Was wirfst du mir eigentlich vor?«, fragte sie. »Warum wirfst du mir überhaupt etwas vor? Du benimmst dich wie …« Sie zögerte, nicht so sehr, als suchte sie nach dem treffenden Wort, sondern eher, als wüsste sie ganz genau, was in ihm vorging, und als wollte sie es nur unter keinen Umständen aussprechen.

»Du willst, dass ich eingesperrt werde, nicht wahr?« Er hielt den Blick immer noch auf die Ponys gerichtet, als wüssten sie die Antwort. »Du willst, dass ich Ärger kriege.«

»Warum sollte ich das wollen? Sieh mich an! Bitte! Dreh dich um! Sieh mich an, Gordon!«

Als ihre Hand seine Schulter berührte, zuckte er zusammen, und sie nahm sie wieder weg. Sie sagte seinen Namen.

»Sie hat noch gelebt, als ich gegangen bin«, wiederholte er

leise. »Sie saß auf dieser Steinbank auf dem Friedhof. Und sie hat gelebt. Ich schwöre es.«

»Natürlich hat sie noch gelebt«, murmelte Gina. »Du hattest doch gar keinen Grund, Jemima etwas anzutun.«

Die Ponys trabten am Zaun entlang, als wüssten sie, dass die Zeit gekommen war, sie freizulassen.

»Aber es wird mir niemand glauben«, sagte er, mehr zu sich selbst als zu ihr. »Vor allem er wird es mir nicht glauben, jetzt da er diese Fahrkarten und die Hotelrechnung hat.« Er würde zurückkehren, dachte Gordon düster. Immer wieder. Und immer wieder bis ans Ende aller Tage.

»Dann musst du einfach die Wahrheit sagen.« Sie berührte ihn erneut, diesmal am Hinterkopf, und fuhr leicht mit den Fingerspitzen über sein Haar. »Warum hast du nicht von Anfang an die Wahrheit gesagt?«

Das war wirklich die Frage, dachte er verbittert. Einfach die Wahrheit sagen und keinen Gedanken an die Konsequenzen verschwenden, selbst wenn die Konsequenz der Tod wäre. Oder etwas Schlimmeres als der Tod, denn der Tod würde zumindest dem Leben, dass er zu führen gezwungen war, ein Ende setzen.

Sie stand jetzt noch dichter hinter ihm. »Warum hast du es mir nicht gesagt? Du kannst doch immer mit mir reden, Gordon. Nichts, was du mir sagst, könnte jemals meine Gefühle für dich ändern.« Und dann spürte er ihre Wange an seinem Rücken und ihre Hände an seinem Körper, ihre erfahrenen Hände. Sie waren zuerst an seinen Hüften. Dann schlang sie die Arme um ihn, und ihre weichen Hände schoben sich auf seine Brust. »Gordon, Gordon«, flüsterte sie, und dann wanderten die Hände hinunter, zuerst zu seinem Bauch und dann, zärtlich streichelnd, zwischen seine Schenkel und immer weiter. »Ich würde nie … Ich würde nie, *niemals*, Liebling …«

Er spürte die Hitze, den Druck und wie sein Blut in Wallung geriet. Dieses Gefühl war so stark, so gut, immer wieder, wenn es ihn überkam, dass er nichts mehr zu denken brauchte. Einfach zulassen, einfach hingeben, dachte er. Hatte er es nicht verdient …

Mit einem Aufschrei riss er sich von ihr los, fuhr herum und starrte sie an.

Sie blinzelte verwirrt. »Was ist los, Gordon?«

»*Nein!*«

»Warum? Gordon, so wenige Menschen …«

»Lass mich in Ruhe. Jetzt ist mir alles klar. Dir hab ich zu verdanken, dass …«

»Gordon? Gordon!«

»Ich will dich hier nicht haben. Ich will, dass du gehst. Verschwinde, in Gottes Namen! Mach, dass du wegkommst!«

Meredith war auf dem Weg zu ihrem Wagen, als ihr Handy klingelte. Es war Gina. Sie schluchzte so heftig, dass sie keinen klaren Satz zustande brachte. Alles, was Meredith aus ihr herausbekam, war, dass irgendetwas zwischen ihr und Gordon Jossie vorgefallen war, als Konsequenz aus ihrem und Ginas Besuch auf dem Polizeirevier in Lyndhurst.

Zuerst glaubte Meredith, Chief Superintendent Whiting sei bei Gordon aufgetaucht, in den Händen die Beweisstücke, die sie und Gina bei ihm abgeliefert hatten. Aber das schien nicht der Fall zu sein, oder wenn es so war, sagte Gina nichts dergleichen. Sie sagte allerdings, Gordon habe irgendwie herausgefunden, dass seine Zugtickets und die Hotelrechnung in den Händen der Polizei gelandet waren, und habe deswegen einen Tobsuchtsanfall bekommen. Sie sei vor Gordon geflohen und habe sich in ihrem Pensionszimmer über den *Mad Hatter Tea Rooms* verkrochen.

»Ich habe solche Angst«, jammerte sie. »Er weiß, dass ich es war. Ich weiß nicht, wozu er imstande ist. Ich wollte mich rausreden … Er hat mich beschuldigt … Was hätte ich denn sagen sollen? Ich wusste nicht, wie ich ihn hätte überzeugen können … Ich habe solche Angst! Hier kann ich nicht bleiben. Er wird herkommen. Er weiß, wo …« Sie schluchzte erneut.

»Ich hätte nie … Er hat ihr nichts getan. Aber ich habe ihm gesagt, er soll der Polizei erklären … Denn wenn die es herausfinden …«

»Ich komme sofort«, sagte Meredith. »Wenn er an die Tür klopft, rufen Sie dreimal neun an.«

»Wo sind Sie?«

»In Ringwood.«

»Aber das dauert … Er wird kommen, Meredith! Er war so wütend.«

»Dann setzen Sie sich in die Teestube. Dort wird er Sie nicht belästigen. Nicht in der Öffentlichkeit. Und wenn nötig, schreien Sie sich die Seele aus dem Leib.«

»Ich hätte nicht …«

»Was? Sie hätten nicht zur Polizei gehen sollen? Was hätten Sie denn stattdessen tun sollen?«

»Aber woher kann er überhaupt wissen, dass sie die Fahrkarten haben? Wie kann das sein? Haben Sie es jemand erzählt?«

Meredith zögerte. Sie wollte nicht zugeben, dass sie es Robbie Hastings erzählt hatte. Sie beschleunigte ihre Schritte, um zum Wagen zu kommen, und sagte: »Dieser Whiting. Wahrscheinlich ist er sofort hingefahren, nachdem wir das Zeug bei ihm abgeliefert hatten. Aber das ist gut so, Gina. Genau das sollte doch auch passieren. Sehen Sie das nicht?«

»Ich wusste, dass er es rauskriegen würde! Deshalb wollte ich ja auch, dass Sie …«

»Es wird schon alles gut werden.«

Meredith beendete das Gespräch. Sie war zwar ein gutes Stück weg von Lyndhurst, aber über die vierspurige Schnellstraße, die aus Ringwood hinausführte, müsste sie es relativ schnell schaffen. Ihre Nerven sehnten sich nach dem Affirmationsband, und während der Fahrt lauschte sie den Sätzen und wiederholte sie aufgeregt: *Ich liebe dich. Ich will dich. Du bist etwas Besonderes für mich. Ich sehe dich, und ich höre dich. Nicht was du tust, sondern was du bist, liebe ich.* Und dann: *Ich bin genug, ich bin genug, ich bin genug, ich bin genug.* Und als auch das nicht die erwünschte Wirkung erzielte: *Ich bin ein Kind Gottes, und er liebt mich. Ich bin ein Kind Gottes, und er liebt mich.*

Ungefähr zwanzig Minuten später hatte sie Lyndhurst erreicht. Sie fühlte sich nur oberflächlich ruhig. Sie parkte das Auto am New-Forest-Museum und eilte zurück durch die enge Einfahrt des Parkplatzes auf die High Street, wo ein Stau an der Ampel zur Romsey Road das Überqueren der Straße zwischen den wartenden Autos hindurch erleichterte.

Gina war nicht in der Teestube. Der Laden war inzwischen geschlossen, aber die Eigentümerin war noch mit der abendlichen Reinigung beschäftigt. Gina hätte also, wenn sie sich sicher fühlen wollte, dort auf sie warten können. Da sie das aber nicht getan hatte, hatte sie sich anscheinend wieder beruhigt.

Sie stieg die Treppe hoch. Oben war alles still, nur die Verkehrsgeräusche von der High Street drangen durch die offene Eingangstür. Wie beim letzten Mal war es in dem Haus heißer als in der Hölle. Ihr perlte der Schweiß den Rücken hinab, und sie wusste, dass dies nicht nur der Hitze zuzuschreiben war. Der Rest war Angst. Was, wenn er hier war? In ihrem Zimmer? Ihr nach Lyndhurst gefolgt war, zum Äußersten bereit?

Kaum hatte Meredith an die Tür geklopft, wurde sie auch schon aufgerissen. Gina bot einen ungewöhnlichen Anblick. Ihr Gesicht war geschwollen und gerötet. Sie hielt sich ein Handtuch über den Oberarm, und eine Naht hatte sich am kurzen Ärmel ihres Hemds gelöst.

Meredith entfuhr ein Schrei.

»Er war so wütend. Er wollte nicht …«

»Was hat er *getan*?«

Gina trat ans Waschbecken, in das sie ein paar armselige Eiswürfel gepackt hatte. Während sie sie in das Handtuch wickelte, bemerkte Meredith den hässlichen roten Fleck an Ginas Arm. Er hatte die Größe einer Faust.

»Wir rufen die Polizei«, sagte sie. »Das ist Körperverletzung. Die Polizei muss davon erfahren.«

»Ich hätte nicht hingehen sollen. Er hat ihr nichts getan. So ist er nicht. Ich hätte es wissen müssen.«

»Sind Sie noch ganz dicht? Sehen Sie doch, was er Ihnen angetan hat! Wir müssen ...«

»Wir haben schon genug getan. Er hat Angst. Er gibt zu, dass er da war. Und jetzt ist sie tot.«

»Er hat es *zugegeben*? Das müssen Sie der Polizei sagen! Diesen Detectives von Scotland Yard. Wo zum Kuckuck sind die überhaupt?«

»Er hat sie nicht umgebracht! Das würde er nie tun! Er hat zugegeben, dass er sich mit ihr getroffen hat. Sie hatten sich verabredet. Er sagt, er wollte sich ganz sicher sein, dass es vorbei war zwischen ihnen, und ich könnte ...« Sie begann zu weinen. Als sie das Handtuch auf ihren Arm legte, biss sie die Zähne zusammen.

»Wir fahren in die Notaufnahme. Vielleicht sind Sie ernsthaft verletzt.«

»Es ist nichts. Nur ein blauer Fleck.« Sie betrachtete ihren Arm. Ihre Lippen bewegten sich krampfhaft. »Ich habe es nicht anders verdient.«

»Das ist doch bescheuert! Das sagen misshandelte Frauen immer.«

»Ich habe nicht an ihn geglaubt. Und nicht an ihn zu glauben und ihn dann auch noch zu verraten, statt ihn ganz einfach zu fragen ... Wo er sich doch bloß mit ihr getroffen hat, um mit ihr zu reden, um sich zu vergewissern, dass es wirklich vorbei war zwischen ihnen, damit er und ich ... Und jetzt will er nichts mehr von mir wissen. Ich habe ihn verraten.«

»Reden Sie nicht so ein dummes Zeug! Wenn überhaupt irgendeiner Verrat begangen hat, dann wissen wir beide doch ganz genau, wer das war. Warum glauben Sie ihm überhaupt? Er behauptet, er ist zu ihr gegangen, um klarzustellen, dass es zwischen ihnen vorbei war. Aber was hätte er denn sonst sagen sollen? Was könnte er denn jetzt noch sagen, wo er weiß, dass die Polizei die Beweisstücke hat, die sie braucht? Er steckt in

Schwierigkeiten, und er kriegt es mit der Angst zu tun. Er wird jeden niedermachen, der sich ihm in den Weg stellt.«

»Das traue ich ihm einfach nicht zu. Es ist dieser Polizist, Meredith. Der Chief Superintendent, bei dem wir waren.«

»Sie glauben, *er* hätte Jemima umgebracht?«

»Ich habe Ihnen doch erzählt, dass er zweimal bei Gordon war. Irgendetwas läuft zwischen den beiden. Irgendetwas ist da faul.«

»Meinen Sie, es geht um Jemima?«, fragte Meredith. »Dass Jemima zwischen ihnen stand? Dass sie sie gemeinsam ermordet haben?«

»Nein, nein. Ach, ich weiß es einfach nicht. Ich hatte mir erst gar nichts dabei gedacht, als er zu Gordon gekommen ist. Aber als wir heute auf dem Polizeirevier waren und ich gesehen habe, wer er wirklich ist… Ich meine, dass er bei der Polizei ist, jemand Wichtiges… Als er zu Gordon kam, hat er nichts davon gesagt. Und Gordon auch nicht. Aber er muss es doch wissen, oder?«

Meredith begriff endlich, wie alles zusammenpasste. Mehr noch, sie begriff, dass sie sich beide in Gefahr gebracht hatten, sie und Gina. Denn wenn Gordon Jossie und der Chief Superintendent unter einer Decke steckten, dann würde Whiting die Beweisstücke, die sie ihm übergeben hatten, auf der Stelle vernichten. Und er würde nicht nur die Zugtickets und die Hotelrechnung vernichten müssen, sondern auch diejenigen, die davon wussten.

Er hatte Gina garantiert erkannt. Aber er wusste nicht, wer Meredith war, und sie konnte sich auch nicht erinnern, ihm ihren Namen genannt zu haben. Also hatte sie nichts zu befürchten, zumindest vorläufig. Sie und Gina könnten…

Oder doch? Hatte sie ihm doch ihren Namen genannt? Sich vorgestellt… ihren Ausweis gezeigt… irgendetwas? Tat man das nicht immer? Nein, ausgeschlossen. Sie waren einfach nur in sein Zimmer gegangen. Sie hatten ihm die Beweisstücke ausgehändigt, mit ihm gesprochen und… Großer Gott, sie konnte sich einfach nicht mehr erinnern! Warum um Himmels willen konnte sie sich nicht erinnern?

Weil es so ein Durcheinander war, dachte sie. Es passierte zu viel. Sie war schon ganz konfus. Gina, Ginas Panik, die Beweisstücke und Gordons Wut und wahrscheinlich noch etwas anderes, aber es fiel ihr nicht ein.

Sie sagte zu Gina: »Wir müssen von hier verschwinden. Sie kommen mit zu mir nach Hause.«

»Aber…«

»Machen Sie schon. Sie können hier nicht länger bleiben und ich auch nicht.«

Sie half Gina dabei, ihre wenigen Sachen zusammenzupacken. Sie stopften sie in eine Reisetasche und machten sich auf den Weg. Gina würde Meredith in ihrem eigenen Wagen folgen, und sie würden nach Cadnam fahren. Das schien der derzeit sicherste Ort zu sein. Sie würden sich nicht nur das Zimmer, sondern auch das Bett teilen müssen, und Meredith würde ihren Eltern irgendeine Geschichte auftischen müssen, aber darüber konnte sie sich unterwegs den Kopf zerbrechen.

Nachdem sie vor dem Haus ihrer Eltern geparkt hatten, erklärte sie Gina, dass ihr Zimmer in den *Mad Hatter Tea Rooms* aufgrund eines Gaslecks derzeit unbewohnbar sei. Auf die Schnelle war es das Beste, was ihr in den Sinn kam. »Wir sind gute Freundinnen. Du hast gerade eine Stelle bei *Gerber & Hudson* als Empfangsdame angetreten, klar?«

Gina nickte, aber sie sah sich ängstlich um, als befürchtete sie, Merediths Eltern könnten Gordon Jossie anrufen und ihm ihren Aufenthaltsort verraten, falls sie sich verplapperte.

Sie beruhigte sich ein wenig, als Cammie aus dem Haus stürmte und rief: »Mummy, Mummy!« Das Mädchen schlang die Arme fest um Merediths Beine. »Oma will wissen, wo du die ganze Zeit warst.« Und zu Gina sagte sie: »Ich heiße Cammie. Und wie heißt du?«

Gina lächelte, und Meredith bemerkte, wie sich ihre Schultern entspannten. »Ich heiße Gina.«

»Ich bin fünf«, sagte Cammie und demonstrierte ihr Alter mit den Fingern, während Meredith sie auf ihre Hüfte hob. »Als Nächstes werde ich sechs, aber das dauert noch ziemlich lange, weil ich erst im Mai fünf geworden bin. Wir haben eine Party gefeiert. Feierst du auch Partys, wenn du Geburtstag hast?«

»Das habe ich schon lange nicht mehr gemacht.«

»Wie schade. Geburtstagspartys sind toll, vor allem wenn's Kuchen gibt.« Und schon war sie, typisch Cammie, bei einem anderen Thema. »Mummy, Oma ist sauer, weil du nicht angerufen und gesagt hast, dass du später kommst. Du sollst ihr doch immer Bescheid sagen.«

»Ich werde mich bei ihr entschuldigen.« Meredith gab ihrer Tochter den lautesten Schmatzer, den ihre Lippen zustande brachten, genau wie Cammie es mochte. Sie stellte sie auf den Boden. »Lauf schon mal rein, und sag Oma, dass wir Besuch haben, ja, Cam?«

Falls Janet Powell verstimmt gewesen war, so verflog der Ärger, als Meredith Gina ins Haus führte. Ihre Eltern waren ausgesprochen gastfreundlich, und als Meredith ihnen die fadenscheinige Geschichte des Gaslecks im *Mad Hatter Tea Rooms* präsentierte, waren keine weiteren erklärenden Worte nötig.

»Wie furchtbar, Liebes«, murmelte Janet und tätschelte Gina den Rücken. »Nun, da können Sie ja wohl schlecht bleiben, nicht wahr? Nehmen Sie doch hier Platz, ich mache Ihnen einen Teller Wurstsalat. Cammie, bringst du bitte Ginas Sachen in Mummys Zimmer und frische Handtücher ins Bad? Und bitte deinen Großvater, die Badewanne zu schrubben.«

Cammie flitzte los, verkündete, Gina könne gern ihre Häschenhandtücher benutzen, und rief: »Opa! Wir beide müssen die Badewanne putzen«, während Gina sich an den Tisch setzte.

Meredith half ihrer Mutter bei der Zubereitung des Wurstsalats. Eigentlich hatte sie gar keinen Hunger und Gina ebenso wenig – wie auch, unter den Umständen? –, doch sie langten ordentlich zu, denn sie wollten auf keinen Fall noch mehr Verdacht erregen.

Meredith fand es bewundernswert, wie lässig und unbefangen Gina über das Gasleck plauderte. Sie wischte alle Sorgen in Bezug auf Gordon Jossie so souverän beiseite, wie es Meredith nie gelungen wäre. Im Handumdrehen hatte sie Janet dazu gebracht, über ihre Ehe mit Merediths Vater zu plaudern, über Janet selbst, über die Mutterrolle und die Rolle von Großeltern. Meredith sah, dass Janet regelrecht hingerissen war.

Nichts beeinträchtigte die abendliche Stimmung, und als es dunkel wurde, hatte sich Merediths Anspannung restlos verflüchtigt. Sie waren jetzt erst einmal in Sicherheit. Am nächsten Tag würden sie ausreichend Zeit haben, sich zu überlegen, wie es weitergehen sollte.

Sie hatte Gina Dickens völlig falsch eingeschätzt. Gina war genauso Opfer, wie Jemima es gewesen war. Beide hatten denselben Fehler begangen: Aus irgendeinem Grund, den Meredith nie würde verstehen können, hatten sich beide Frauen in Gordon Jossie verliebt, und Gordon Jossie hatte sie beide getäuscht.

Sie konnte nicht nachvollziehen, wie zwei intelligente Frauen nicht hatten sehen können, was es mit Gordon auf sich hatte, aber andererseits musste sie sich auch eingestehen, dass andere Frauen ihr Misstrauen gegenüber Männern meist nicht teilten. Im Übrigen lernten Menschen im Allgemeinen nur aus ihren eigenen Begegnungen mit dem anderen Geschlecht. Sie lernten nicht dadurch, dass sie sich Geschichten darüber anhörten, wie andere Beziehungen schiefgegangen waren.

Das war bei Jemima so gewesen, und zweifellos galt das auch für Gina. Jetzt lernte Gina aus ihrer eigenen Erfahrung mit Jossie, auch wenn es immer noch so aussah, als könnte sie es nicht glauben.

»Ich kann mir einfach nicht vorstellen, dass er ihr etwas angetan hat«, sagte Gina leise, als sie endlich allein in Merediths Zimmer waren. Und dann, noch ehe Meredith eine säuerliche Bemerkung über Gordon Jossie machen konnte, fügte sie hinzu:

»Jedenfalls, vielen Dank. Du bist eine echte Freundin. Und deine Mutter ist entzückend. Cammie auch. Und auch dein Vater. Du kannst dich wirklich glücklich schätzen.«

Meredith dachte darüber nach. »Lange Zeit«, erwiderte sie, »sah es gar nicht danach aus.« Sie erzählte Gina von Cammies Vater. Sie gab die ganze verkorkste Geschichte zum Besten und schloss mit den Worten: »Als ich nicht abtreiben wollte, war's das. Er meinte, ich müsste vor Gericht beweisen, dass er der Vater sei, aber an dem Punkt war es mir auch schon egal.«

»Unterstützt er dich denn gar nicht? Zahlt er keinen Unterhalt für Cammie?«

»Wenn ein Scheck von ihm käme, würde ich ihn glatt verbrennen. Meiner Meinung nach ist er derjenige, der arm dran ist. Ich habe Cammie, und er wird sie nie kennenlernen.«

»Was denkt sie denn über ihren Vater?«

»Sie weiß, dass manche Kinder einen Vater haben und andere nicht. Wir haben uns überlegt – Mum und Dad und ich –, wenn wir kein Drama daraus machen, dann ist es auch für sie keines.«

»Aber sie fragt doch bestimmt mal?«

»Manchmal. Aber im Grunde interessiert sie sich viel mehr für die Otter im Zoo, und so ist das Thema meist schnell erledigt. Wenn die Zeit reif ist, werde ich ihr irgendeine Version der Geschichte erzählen, aber da muss sie schon ein bisschen älter sein.« Meredith zuckte die Achseln, und Gina drückte ihre Hand. Sie saßen auf der Bettkante im schwachen Licht einer einzelnen Nachttischlampe. Abgesehen von ihrem Flüstern war es still im Haus.

»Wahrscheinlich hast du die richtige Entscheidung getroffen«, sagte Gina, »aber es war bestimmt nicht leicht für dich, oder?«

Meredith schüttelte den Kopf. Sie war dankbar für das Verständnis. Sie wusste, dass es nach außen hin so aussah, als wäre es leicht für sie gewesen, und sie hatte nie jemandem gegenüber etwas anderes geäußert. Sie lebte schließlich bei ihren Eltern, und sie liebte Cammie. Merediths Mutter kümmerte sich um die Kleine, wenn Meredith bei der Arbeit war. Was hätte einfacher sein können? Vieles natürlich, und ganz oben auf der Liste stand, Single zu sein, unabhängig zu sein und ihren Traumberuf auszuüben, den zu erlernen sie ursprünglich nach London gegangen war. Das alles war vorbei, wenn auch nicht vergessen.

Meredith blinzelte, als ihr plötzlich klar wurde, wie lange es her war, dass sie eine Freundin in ihrem Alter gehabt hatte. »Danke«, sagte sie zu Gina, und dann dachte sie, was wirkliche Freundschaft tatsächlich bedeutete: gegenseitiges Vertrauen, keine Geheimnisse. Aber sie hatte ein Geheimnis, das ihr auf den Nägeln brannte.

»Gina«, sagte sie und holte tief Luft. »Ich habe etwas von dir.«

Gina sah sie überrascht an. »Von mir? Was denn?«

Meredith nahm ihre Umhängetasche von der Kommode. Sie schüttete den Inhalt neben Gina aus und durchwühlte ihn, bis sie gefunden hatte, wonach sie suchte: das winzige Päckchen, das sie unter dem Waschbecken in Ginas Pensionszimmer entdeckt hatte. Sie hielt es Gina hin.

»Ich bin in dein Zimmer eingedrungen.« Sie spürte, wie sie rot anlief. »Ich habe nach etwas gesucht, das ...« Meredith musste erst einmal nachdenken. Wonach hatte sie eigentlich gesucht? Sie hatte es dort nicht gewusst, und jetzt wusste sie es ebenso wenig. »Ich weiß nicht, was ich gesucht habe«, sagte sie, »aber das hier habe ich gefunden und mitgenommen. Es tut mir leid! Schrecklich, dass ich das getan habe.«

Gina betrachtete das kleine Päckchen aus gefaltetem Papier, nahm es jedoch nicht an sich. Sie zog die geschwungenen Augenbrauen zusammen. »Was ist das?«

Meredith hatte keinen Moment lang in Erwägung gezogen, dass das, was sie gefunden hatte, Gina nicht gehören könnte. Sie hatte es in ihrem Zimmer gefunden, also musste es ihres sein. Sie zog die Hand zurück, und als sie die Verpackung entfernte, kam ein annähernd rund geformtes Goldstück zum Vorschein.

Sie zeigte es Gina, und diesmal nahm Gina das kleine Goldstück in die Hand.

»Glaubst du, es ist echt, Meredith?«

»Echt?«

»Echtes Gold.« Gina betrachtete es aus der Nähe. »Es ist bestimmt ziemlich alt«, sagte sie. »Sieh mal, wie abgenutzt es ist! Man erkennt einen Kopf. Und auch ein paar Buchstaben.« Sie blickte auf. »Ich glaube, das ist eine Münze. Oder vielleicht auch eine Medaille, eine Belohnung für irgendetwas. Hast du ein Vergrößerungsglas?«

Meredith überlegte. Ihre Mutter benutzte immer ein kleines, um das Garn in die Nadel ihrer Nähmaschine einzufädeln. Sie ging es holen und gab es an Gina weiter, die versuchte, die Prägung auf dem Objekt in ihrer Hand zu entziffern. »Okay, ein Männerkopf«, sagte sie. »Er trägt eine Art Diadem.«

»So etwas, wie die Könige über ihrem Helm trugen, wenn sie in die Schlacht zogen?«

Gina nickte. »Hier steht auch etwas geschrieben, aber das kann ich nicht lesen. Es scheint auch nicht englisch zu sein.«

Eine Münze oder Medaille, möglicherweise aus Gold, ein König, Worte in einer Fremdsprache. Meredith erinnerte sich daran, dass der New Forest vor langer Zeit einmal Wilhelm dem Eroberer als Jagdgebiet gedient hatte. Er hatte kein Englisch gesprochen. Niemand am Hof sprach damals Englisch. Dort wurde Französisch gesprochen.

»Ist es Französisch?«, fragte sie.

»Keine Ahnung«, erwiderte Gina. »Sieh es dir selbst an. Ist schwer zu entziffern.«

Die Buchstaben waren verwaschen, wahrscheinlich von der Zeit und häufigem Gebrauch, so wie bei jeder Münze, die durch viele Hände gegangen war.

»Sie ist bestimmt wertvoll«, sagte Gina, »schon allein, weil sie aus Gold ist. Natürlich kann ich nur vermuten, dass es Gold ist. Es könnte genauso gut etwas anderes sein.«

»Was denn?«, fragte Meredith.

»Was weiß ich? Messing? Bronze?«

»Warum sollte jemand eine Messingmünze verstecken? Oder eine aus Bronze? Ich nehme einfach mal an, sie ist aus Gold.« Sie hob den Kopf. »Die Frage ist nur, wenn sie nicht dir gehört…«

»Ehrlich! Die hab ich noch nie gesehen.«

»… wie ist sie dann in dein Zimmer gekommen?«

»Ehrlich gesagt, Meredith«, erwiderte Gina mit einem vorsichtigen Unterton, »wenn du so leicht in das Zimmer eindringen konntest…«

Meredith führte den Gedanken zu Ende. »Jemand anderes könnte das Gleiche getan und die Münze unters Waschbecken geklebt haben.«

»Dort hast du sie gefunden?« Gina schwieg eine Weile und überlegte. »Also, entweder hat mein Vormieter sie dort versteckt und beim Auszug vergessen«, sagte sie schließlich, »oder irgendjemand hat sie dort deponiert, während ich das Zimmer hatte.«

»Wir müssen rausfinden, wer das war.«

»Ja. Das glaube ich auch.«

22

Als Lynley aus Yolandas Laden trat, erhielt er einen Anruf von Isabelle Ardery. Zum Glück hatte er sein Handy auf Vibrieren gestellt, sonst hätte er den Anruf gar nicht bemerkt, da die türkische Musik, die aus einem Laden in der Nähe dröhnte, alles andere übertönte.

»Moment, ich muss den Ort wechseln«, sagte er und verließ das Gebäude.

»… hätte nie für möglich gehalten, dass er so schnell arbeiten kann«, sagte Isabelle Ardery gerade, als er draußen auf dem Gehweg das Handy wieder ans Ohr nahm. Auf Lynleys Bitte hin wiederholte sie, was sie zuvor gesagt hatte: dass DI John Stewart auf bemerkenswerte Art bewiesen hatte, wozu er fähig war, wenn er einem nicht gerade das Leben schwer machte. Dass er sämtliche ein- und ausgehenden Anrufe auf Jemima Hastings' Handy zurückverfolgt hatte, und zwar alle Anrufe in den Tagen vor ihrem Tod, am Tag ihres Todes und in den Tagen danach.

»Wir haben einen Anruf aus dem Zigarrenladen an dem Tag, als sie ermordet wurde«, sagte Ardery.

»Jayson Druther?«

»Und er hat es bestätigt. Er sagte, es sei um eine Bestellung kubanischer Zigarren gegangen. Er habe sie nicht finden können. Ihr Bruder hat sie auch angerufen, außerdem Frazer Chaplin… und, ich gebe zu, dass ich mir das Spannendste für den Schluss aufgespart habe. Es gab einen Anruf von Gordon Jossie.«

»Ach?«

»Es ist seine Nummer, kein Zweifel. Dieselbe wie auf den Postkarten, die er rund um die Portrait Gallery und Covent Garden verteilt hat. Interessant, nicht wahr?«

»Haben wir Informationen von den Sendestationen?«, fragte Lynley. »Gibt es da schon irgendetwas?« Sie hatten die Positionen erfahren wollen, von denen aus die Anrufe auf Jemimas Handy gemacht worden waren, und die einzige Möglichkeit dazu bot eine Überprüfung der Ping-Signale der Sendemasten. Auf diese Weise konnte zwar keine völlig exakte Ortung, aber immerhin die ungefähre Position zum Zeitpunkt des Anrufs ermittelt werden.

»John kümmert sich darum, aber das wird einige Zeit in Anspruch nehmen.«

»Was ist mit den Anrufen nach ihrem Tod?«

»Es gab Nachrichten von Yolanda, Rob Hastings, Jayson Druther und Paolo di Fazio.«

»Also keine von Abbott Langer oder Frazer Chaplin? Nichts von Jossie?«

»Absolut nichts. Nicht nach ihrem Tod. Einer von den dreien könnte also gewusst haben, dass ein Anruf sinnlos gewesen wäre.«

»Was ist mit den Anrufen, die sie am Tag ihres Todes selbst getätigt hat?«

»Sie hat drei Mal bei Frazer Chaplin angerufen – und zwar bevor sie seinen Anruf erhalten hat – und ein Mal bei Abbott Langer. Mit beiden müssen wir uns noch einmal unterhalten.«

Er werde sich darum kümmern, sagte Lynley. Er sei ganz in der Nähe der Eisbahn.

Dann informierte er sie darüber, was Yolanda über ihre letzte Sitzung mit Jemima gesagt hatte. Wenn Jemima den Rat der Hellseherin in Bezug auf harte Wahrheiten, die irgendwem gesagt werden mussten, gesucht habe, dann heiße das für ihn, Lynley, dass diese harten Wahrheiten nur für die Ohren eines Mannes bestimmt sein konnten. Denn wenn man den Worten der Hellseherin Glauben schenken könne, sei Jemima in den Iren verliebt gewesen, und dann sei es gut möglich, dass er auch der Adressat jener harten Wahrheiten gewesen sei.

Natürlich, so erklärte Lynley Superintendent Ardery, sei er

nicht blind für die Tatsache, dass genauso gut andere Empfänger von Jemima Hastings' Wahrheit infrage kamen: Abbott Langer gehöre dazu, Paolo di Fazio, Jayson Druther, Yukio Matsumoto ebenso wie jeder andere Mann, der in ihrem Leben eine Rolle gespielt habe, also auch Gordon Jossie und ihr Bruder Rob.

»Beginnen Sie mit Chaplin und Langer«, sagte Ardery, nachdem er geendet hatte. »Da müssen wir noch ein bisschen tiefer bohren.« Sie schwieg einen Augenblick, bevor sie fortfuhr: »Harte Wahrheiten? Das hat sie gesagt? Glauben Sie, dass Yolanda selbst die Wahrheit sagt, Thomas?«

Lynley dachte daran, was Yolanda über ihn gesagt hatte, über seine Aura, über die Rückkehr einer Frau in sein Leben – die zwar gegangen war, die er jedoch nicht vergessen konnte und auch niemals vergessen würde. Er musste einräumen, dass er keine Ahnung hatte, wie viel von dem, was Yolanda gesagt hatte, auf Intuition beruhte, wie viel auf der Beobachtung feinster Reaktionen und wie viel auf dem, was sie wirklich von der »anderen Seite« wusste. Vermutlich würden sie alles, was Yolanda gesagt hatte, das nicht auf knallharten Fakten beruhte, abhaken können. »In Bezug auf Jemima hat die Hellseherin keinerlei Vorhersagen gemacht, Chefin. Sie hat lediglich wiedergegeben, was Jemima ihr tatsächlich erzählt hat.«

»Isabelle«, sagte sie. »Nicht Chefin. Wir waren bereits bei Isabelle, Thomas.«

Einen Moment lang dachte er darüber nach. Schließlich sagte er: »Also gut, Isabelle. Yolanda hat lediglich wiedergegeben, was Jemima ihr gesagt hat.«

»Sie hätte allerdings auch ein persönliches Interesse daran, uns auf eine falsche Fährte zu locken, falls sie selbst die Handtasche in die Mülltonne geworfen haben sollte.«

»Richtig. Aber jemand anderes könnte sie ebenso gut dort deponiert haben. Und diesen Jemand könnte sie schützen wollen. Lassen Sie mich mit Abbott Langer reden.«

Die Auswertung der Informationen auf Jemimas Handy erbrachte für Isabelle zugleich positive wie negative Ergebnisse. Alles, was sie in die Richtung des Mörders führen konnte, musste als Plus angesehen werden. Alles jedoch, was von Yukio Matsumoto als Mörder wegführte, brachte ihre Position ins Wanken.

Es war eine Sache, wenn ein Mörder bei dem Versuch, vor der Polizei zu fliehen, von einem Taxi erfasst und schwer verletzt wurde. Dies war zwar schlecht für ihre Stellung, aber nicht fatal. Es war allerdings etwas ganz anderes, wenn ein unschuldiger psychisch Kranker, der nicht in ärztlicher Behandlung war, angefahren wurde auf der Flucht vor Gott weiß was, das sein fiebriges Hirn ihm vorgegaukelt hatte. Das würde in einem politischen Klima, wo Unschuldige für Terroristen gehalten wurden und aufgrund eines entsetzlichen Irrtums im Kugelhagel starben, alles andere als gut aussehen. Worauf es jetzt ankam, Handyanrufe hin oder her, war etwas Konkretes – etwas absolut Wasserdichtes –, das als Matsumotos Sargnagel herhalten konnte.

Sie hatte die präventive Pressekonferenz der Metropolitan Police verfolgt, die Stephenson Deacon und die Abteilung für Öffentlichkeitsarbeit auf die Beine gestellt hatten. Sie musste zugeben, dass die Leute der Pressestelle so glatt und kühl waren wie behauener Marmor, aber das war nicht weiter verwunderlich, denn sie hatten jahrelange Übung in der Kunst, die Öffentlichkeit mit Informationen zu versorgen, die angeblich zur Aufklärung beitrugen, wenn es in Wirklichkeit darum ging, keinerlei inkriminierende Einzelheiten über einen Polizisten oder irgendeine Aktion der Met preiszugeben.

Deacon und Hillier waren persönlich vor die Kameras getreten. Hillier hatte die vorbereitete Erklärung abgegeben. Den Unfall auf der Shaftesbury Avenue bezeichnete er als unglücklich, unvorhersehbar, unvermeidlich – einfach alles mit »un«, was das Wörterbuch hergab. Die Kollegen seien unbewaffnet gewesen, betonte er, und hätten sich unmissverständlich als Polizisten zu erkennen gegeben. Wenn ein Verdächtiger vor der

Polizei weglaufe, die ihn verhören wolle, sei es nur logisch, dass er von der Polizei verfolgt werde. Bei Ermittlungen in einem Mordfall gehe natürlich die öffentliche Sicherheit vor, insbesondere wenn jemand versuche, sich der Festnahme zu entziehen.

Die Namen der beteiligten Polizisten gab Hillier nicht bekannt. Das würde zu einem späteren Zeitpunkt kommen, so viel wusste Isabelle, und zwar in dem unglücklichen Augenblick, in dem man jemanden brauchte, den man der Meute zum Fraß vorwerfen konnte. Isabelle hatte eine ziemlich genaue Vorstellung davon, wer derjenige sein würde.

Auf der Pressekonferenz durften die Journalisten im Anschluss Fragen stellen, die sie sich jedoch nicht mehr anhörte. Sie konzentrierte sich wieder auf ihre Arbeit und war immer noch darin vertieft, als ein Anruf von Sandra Ardery sie erreichte – allerdings nicht auf ihrem Handy. Ganz schön clever von Sandra, dachte Isabelle. Hätte sie die Nummer auf dem Display gesehen, hätte sie das Gespräch nicht entgegengenommen. Stattdessen war der Anruf über diverse Hausleitungen durchgestellt worden, bis er schließlich bei Dorothea Harriman gelandet war. Harriman kam persönlich zu ihr, um ihr die frohe Botschaft zu überbringen: Sandra Ardery wäre ja so dankbar für »nur ein paar Worte mit Ihnen, Chefin. Sie sagt, es sei wegen der Jungs«. Die Betonung auf den letzten Worten ließ auf Harrimans unbegründete Annahme schließen, Isabelle werde auf der Stelle aufspringen, um mit wem auch immer zu reden, der ihr etwas über »die Jungs« mitzuteilen hätte.

Sie nickte Harriman zu und übernahm das Gespräch. Sie verkniff es sich, in den Hörer zu bellen: »Was gibt's?« Sie hatte nichts gegen Bobs Frau, die immerhin den heldenhaften Versuch unternahm, sich aus Isabelles Streitereien mit ihrem Exmann herauszuhalten.

Wie immer klang Sandras Stimme gehaucht. Aus irgendeinem Grund sprach sie wie jemand, der entweder Marilyn Monroe miserabel nachahmte oder ständig Zigarettenrauch ausatmete, auch wenn sie diesem Laster gar nicht frönte, soweit Isabelle wusste. »Bob hat mir gesagt, dass er versucht hat, dich zu erreichen«, sagte Sandra. »Hat er keine Nachricht auf deiner Mobilbox hinterlassen? Ich habe ihm gesagt, er soll's im Büro versuchen, aber … Du kennst ihn ja.«

Zur Genüge, dachte Isabelle. »Ich stecke bis über beide Ohren in Arbeit, Sandra«, sagte sie. »Wir hatten einen Vorfall mit einem Mann auf der Straße.«

»*Damit* hast du zu tun? Wie entsetzlich! Ich habe die Pressekonferenz gesehen. Das Fernsehprogramm wurde dafür unterbrochen.«

Sandra sah sich regelmäßig eine Sendung an, bei der es um etwas Medizinisches ging, so viel wusste Isabelle. Keine von diesen Krankenhausserien, sondern eine hochwissenschaftliche Serie über Krankheiten und chronische Leiden – tödliche und andere. Sandra verfolgte sie mit geradezu religiösem Eifer und machte sich sorgfältig Notizen, um die Gesundheit ihrer Kinder überwachen zu können. Dies führte dazu, dass sie bei jedem Furz panikartig zum Kinderarzt rannte, wie kürzlich wegen eines Ausschlags am Arm ihrer jüngeren Tochter, den Sandra scharfsinnig als Morgellon-Syndrom diagnostiziert hatte. Sandras Fixierung auf diese Sendung war das Einzige, worüber Bob und Isabelle Ardery noch gemeinsam lachen konnten.

»Ich habe mit einer Ermittlung zu tun, bei der es um diesen Vorfall geht«, erwiderte Isabelle, »deshalb konnte ich auch nicht …«

»Hättest du nicht auch auf der Pressekonferenz sein müssen? Wäre das nicht eigentlich normal?«

»Es gibt dafür keinen *normalen* Modus. Warum fragst du? Überwacht Bob mich etwa?«

»Nein, nein.« Was so viel hieß wie ja. Was wiederum bedeutete, dass er wahrscheinlich seine Frau angerufen und sie aufgefordert hatte, auf der Stelle den Fernseher einzuschalten, weil seine Ex sich diesmal so richtig in die Nesseln gesetzt hätte und sie gerade der Öffentlichkeit zum Fraß vorgeworfen würde.

»Aber deswegen rufe ich nicht an.«

»Und warum rufst du an? Geht's den Jungs gut?«

»Aber ja. Mach dir keine Sorgen, es geht ihnen gut. Sie sind natürlich ein bisschen laut und übermütig …«

»Sie sind acht.«

»Ja, natürlich, selbstverständlich. Ich will ja auch nicht andeuten … Isabelle, mach dir darüber keine Gedanken. Ich habe die Jungs gern, und das weißt du auch. Sie sind einfach ganz anders als die Mädchen.«

»Weil sie nicht mit Puppen spielen und keine Lust auf Teepartys haben, willst du wohl sagen. Aber das hast du doch sicherlich nicht erwartet, oder?«

»Natürlich nicht, überhaupt nicht. Sie sind ganz wundervoll. Gestern haben wir übrigens einen Ausflug gemacht, die Mädchen, die Jungs und ich. Ich dachte, die Kathedrale in Canterbury könnte ihnen gefallen.«

»Ach ja?« Eine Kathedrale, dachte Isabelle resigniert. Mit Achtjährigen. »Ich hätte nicht gedacht …«

»Ja, sicher, du hast ja recht. Es ist nicht so glatt gelaufen, wie ich es mir erhofft hatte. Ich dachte, die Geschichte von Thomas Becket würde sie begeistern. Du weißt schon – Mord auf dem Hochaltar, ein abtrünniger Priester und so weiter. Und es hat ja auch halbwegs geklappt. Am Anfang zumindest. Aber es war nicht einfach, sie bei der Stange zu halten. Wahrscheinlich hätten sie lieber einen Ausflug ans Meer gemacht, aber ich bin so besorgt wegen des Ozonlochs. Wusstest du, dass Basalzellenkarzinome rasant zunehmen? Und sie sträuben sich gegen Sonnenöl, Isabelle, was ich einfach nicht verstehen kann. Die Mädchen schmieren sich ganz dick damit ein, aber so wie die Jungs darauf reagieren, könnte man meinen, ich wollte sie foltern. Hast du denn nie Sonnencreme benutzt?«

Isabelle musste tief einatmen, um sich zu beherrschen. »Vielleicht nicht so oft, wie ich es hätte tun können. Und jetzt …«

»Aber es ist ungeheuer wichtig, Sonnenschutz zu benutzen! Du musst doch wissen …«

»Sandra, gibt es irgendetwas Bestimmtes, weshalb du mich

anrufst? Ich stecke bis über die Ohren in der Arbeit, weißt du, und falls du einfach nur plaudern willst …«

»Du bist beschäftigt, ich weiß. Natürlich bist du beschäftigt. Also: Komm doch bitte zum Mittagessen. Die Jungs wollen dich sehen.«

»Ich glaube nicht …«

»Bitte! Ich fahre mit den Mädchen zu meiner Mutter, dann seid bloß du und die Jungs hier.«

»Und Bob?«

»Und Bob natürlich.« Sie schwieg eine Weile, bevor es impulsiv aus ihr herausbrach: »Ich habe versucht, es ihm begreiflich zu machen, Isabelle. Ich habe ihm gesagt, es wäre das Beste. Es ist wichtig für sie, Zeit mit dir zu verbringen. Ich habe ihm vorgeschlagen, das Mittagessen für euch zu kochen und dann mit den Mädchen zu meiner Mutter zu fahren. Ihr könntet bei uns bleiben, und dann wäre es wie in einem Restaurant oder einem Hotel, nur dass es bei uns zu Hause wäre. Aber … er hat meinen Vorschlag leider nicht einmal in Erwägung gezogen. Er wollte es einfach nicht. Es tut mir so leid, Isabelle. Er meint es nur gut, weißt du?«

Er meint nichts dergleichen, dachte Isabelle.

»Du kommst doch, oder? Die Jungs … geraten zwischen die Fronten. Sie verstehen das nicht. Wie auch?«

»Zweifellos hat Bob ihnen alles erklärt.« Isabelle versuchte erst gar nicht, ihre Verbitterung zu verbergen.

»Nein, nein, das hat er überhaupt nicht getan. Kein Wort, kein einziges Wort. Nur so viel, dass ihre Mum in London ist und einen neuen Job hat. Womit du auch einverstanden warst.«

»Ich war nicht damit einverstanden. Wie zum Teufel kommst du auf die Idee, ich wäre damit einverstanden gewesen?«

»Er hat gesagt …«

»Wärst du damit einverstanden gewesen, deine Kinder abzutreten? Sag's mir. Hältst du mich für diese Sorte Mutter?«

»Ich weiß, dass du dir Mühe gegeben hast, eine sehr gute

Mutter zu sein. Ich weiß, dass du dir Mühe gegeben hast. Die Jungs lieben dich abgöttisch.«

»Mühe? Ich habe mir *Mühe gegeben*?« Isabelle hörte sich plötzlich selbst und hätte sich ohrfeigen können, als ihr bewusst wurde, dass sie anfing, genauso zu klingen wie Sandra, die die nervtötende Angewohnheit besaß, Worte und Sätze doppelt und dreifach zu wiederholen, ein idiotischer Tick, als wäre die Welt mit Schwerhörigen bevölkert, denen man alles doppelt und dreifach erklären musste.

»Gott, ich drücke mich ungeschickt aus. Ich wollte nicht sagen …«

»Ich muss wieder an die Arbeit.«

»Aber du kommst doch? Überleg's dir noch mal. Es geht nicht um dich, und es geht auch nicht um Bob. Es geht um die Kinder. Es geht um die *Kinder*.«

»Wage es verdammt noch mal nicht, mir zu erklären, worum es geht.« Isabelle knallte das Telefon auf den Schreibtisch. Fluchend stützte sie den Kopf in die Hände.

Ich fahre nicht. Ich fahre *nicht*, sagte sie sich. Und dann musste sie laut lachen, aber selbst in ihren eigenen Ohren klang das Lachen hysterisch. Es war diese verfluchte Wiederholerei. Sie hatte das Gefühl, sie würde gleich durchdrehen.

»Äh … Chefin?«

Sie blickte auf, obwohl sie bereits an dem fast schon respektlosen Tonfall erkannt hatte, dass es sich nur um John Stewart handeln konnte. Seinem Gesichtsausdruck konnte sie entnehmen, dass er ihr Gespräch mit Sandra zumindest teilweise mitgehört hatte. »Was gibt's?«, fauchte sie.

»Die Oxfamtonne.«

Sie brauchte einen Augenblick, bis sie begriff, wovon er redete: Bella McHaggis und ihr Recyclinghof. »Was ist damit, John?«

»Da war nicht nur die Handtasche drin. Das sollten Sie sich mal ansehen.«

Die anhaltende Hitzewelle, stellte Lynley fest, machte das *Queen's Ice and Bowl* zu einem begehrten Ort, vor allem die Eisbahn selbst. Sie war wahrscheinlich der kühlste Ort in ganz London, und alle, vom Kleinkind bis zum Rentner, zog es dorthin. Manche klammerten sich einfach an die Bande der Eisbahn und zogen sich daran vorwärts. Andere, die unternehmungslustiger waren, stolperten kreuz und quer auf der Eisfläche herum und zwangen die erfahreneren Schlittschuhläufer zu waghalsigen Ausweichmanövern. In der Mitte der Eisbahn übten zukünftige Olympioniken mit unterschiedlichem Erfolg ihre Sprünge und Pirouetten, während Eistanzlehrer mit unbeholfenen Schülern, die sich tapfer abrackerten, um Torvill und Dean nachzueifern, Mühe hatten, sich den nötigen Platz in der Menge zu schaffen.

Lynley musste eine Weile auf Abbott Langer warten, der in der Mitte der Eisbahn eine Unterrichtsstunde gab. Der Schlittschuhverleiher, der Langer als den »Depp mit den Haaren« bezeichnete, hatte ihm gezeigt, wo er ihn finden konnte. Doch erst als er den Trainer mit eigenen Augen sah, verstand Lynley, was der Mann gemeint hatte.

Die Beschreibung war treffend. In seinem ganzen Leben hatte er außer auf Fotos noch nie einen derart behaarten Muskelprotz gesehen.

Aber Schlittschuhlaufen konnte der Bursche. Lynley beobachtete, wie er sich in einem Sprung mühelos vom Eis hob, während sein vielleicht zehnjähriger Schüler ihm mit großen Augen zusah. Der Junge probierte es ebenfalls und landete prompt auf dem Hintern. Langer glitt zu ihm hinüber und zog ihn wieder auf die Füße. Er erklärte dem Jungen etwas, dann führte er ihm den Sprung ein zweites Mal vor. Er war gut. Er war geschmeidig. Er war kräftig. Lynley fragte sich, ob er vielleicht auch ein Mörder war.

Als die Stunde vorüber war, fing Lynley den Eiskunstlehrer ab, nachdem dieser sich von seinem Schüler verabschiedet hatte und gerade die Schoner über die Kufen seiner Schlittschuhe schob. Ob er ihn einen Augenblick sprechen könne?, fragte Lynley höflich und hielt Langer seinen Dienstausweis hin.

»Ich habe schon mit den beiden anderen gesprochen«, sagte Langer. »Ein Schwarzer und so eine pummelige Frau. Ich wüsste nicht, was ich sonst noch zu sagen hätte.«

»Es gibt noch offene Fragen«, erklärte Lynley. »Es wird nicht lange dauern.« Er wies auf das Café, das sich zwischen der Eisfläche und der Bowlingbahn befand. »Ich lade Sie auf einen Kaffee ein, Mr. Langer«, sagte Lynley und wartete, bis Langer sich einverstanden erklärte.

Lynley holte zwei Becher Kaffee und brachte sie an den Tisch, wo Langer seinen massigen Körper platziert hatte. Er drehte einen Salzstreuer zwischen seinen Fingern. Sie waren dick und sahen stark aus, und seine Hände waren so riesig wie alles an ihm.

»Warum haben Sie meine Kollegen belogen?«, fragte Lynley ohne Umschweife. »Sie müssen doch gewusst haben, dass alles, was Sie sagen, überprüft würde.«

Langer gab darauf keine Antwort. Helles Köpfchen, dachte Lynley. Er wartet auf mehr.

»Sie haben gar keine Exfrauen und Kinder auch nicht«, sagte Lynley. »Warum lügen Sie bei Dingen, die sich so leicht widerlegen lassen?«

Langer ließ sich einen Moment Zeit, um die zwei Zuckertütchen zu öffnen, deren Inhalt er in seinen Kaffee schüttete. Er rührte ihn nicht um. »Es hat nichts damit zu tun, was mit Jemima passiert ist. Ich habe nichts damit zu tun.«

»Ganz normal, dass Sie das sagen, nicht wahr?«, bemerkte Lynley. »Das würde jeder tun.«

»Es ist eine Frage der Übereinstimmung. Das ist alles.«

»Das müssen Sie mir erklären.«

»Ich sage allen dasselbe. Drei Exfrauen, Kinder. Das macht die Sache einfacher.«

»Ist Ihnen das wichtig?«

Langer wandte sich ab. Von ihrem Platz ließ sich die Eisbahn übersehen: lauter hübsche junge Dinger, die in ihren bunten Trikots und knappen Röckchen vorbeiflogen. »Ich will keine Beziehung«, sagte er. »Exfrauen und Kinder machen das einfacher, habe ich festgestellt.«

»Keine Beziehung mit einer Frau?«

»Ich bin Lehrer. Trainieren ist das Einzige, was ich mit ihnen tue, egal wie alt sie sind. Manchmal kommt es vor, dass junge Frauen oder Frauen mittleren Alters oder irgendwelche Frauen sich verknallen, weil man sich halt auf dem Eis sehr nah kommt. Es ist Quatsch, es bedeutet überhaupt nichts, und ich nutze es nicht aus. Exfrauen machen das möglich.«

»War das bei Jemima Hastings auch so?«

»Jemima hat bei mir Stunden genommen«, erklärte Langer. »Mehr war nicht. In gewisser Weise hat *sie* eher *mich* benutzt.«

»Wofür?«

»Das habe ich den beiden anderen bereits erzählt. In dem Punkt habe ich nicht gelogen. Sie wollte Frazer im Auge behalten.«

»Sie hat Sie am Tag ihres Todes angerufen. Ebenso wenig wie die Wahrheit über Ihre Exfrauen und Kinder haben Sie gegenüber den Detectives diesen Punkt erwähnt.«

Langer trank einen Schluck Kaffee. »Ich konnte mich nicht mehr an den Anruf erinnern.«

»Und jetzt erinnern Sie sich?«

Er schien zu überlegen. »Ja, stimmt. Sie hat Frazer gesucht.«

»Hatte sie vor, sich mit ihm auf dem Friedhof zu treffen?«

»Ich glaube eher, dass sie überprüfen wollte, wo er steckte. Das hat sie oft gemacht. Das war bei allen Frauen so, die mit Frazer zu tun hatten. Jemima war nicht die Erste und wird wohl auch nicht die Letzte gewesen sein. Seit er hier arbeitet, geht das so.«

»Dass die Frauen ihn kontrollieren?«

»Frauen, die ihm nicht recht über den Weg trauen und sich vergewissern wollen, dass er die Finger von anderen Frauen lässt. Aber das ist selten der Fall.«

»Und bei Jemima?«

»Sie war keine Ausnahme für Frazer, aber ich weiß es auch nicht genau. Woher auch? Jedenfalls konnte ich ihr an dem Tag nicht helfen, was ihr eigentlich hätte klar sein müssen, bevor sie mich anrief.«

»Warum?«

»Wegen der Uhrzeit. Um diese Zeit ist er nie hier. Hätte sie darüber nachgedacht, hätte sie gewusst, dass er nicht hier sein würde. Er gehe nicht ans Handy, meinte sie. Angeblich hatte sie es ein paar Mal versucht, aber sie konnte ihn nicht erreichen und wollte wissen, ob er vielleicht noch hier war und das Klingeln bei dem Lärm überhört hatte.« Er machte eine Geste, die auf den Krach um sie herum deutete. »Aber sie hätte eigentlich wissen müssen, dass er schon nach Hause gegangen war. Auf jeden Fall habe ich ihr das gesagt.«

Nach Hause, dachte Lynley. »Ist er nicht direkt von hier aus ins Hotel *Duke's* gegangen?«

»Er geht immer erst nach Hause. Er behauptet, dass er seine Sachen fürs *Duke's* nicht mit hierherbringt, damit sie nicht schmutzig werden, aber wer Frazer kennt, weiß, dass er einen anderen Grund hat.« Er machte eine obszöne Geste mit den Händen. »Wahrscheinlich erledigt er das irgendwo unterwegs, zwischen hier und dem *Duke's*. Oder sogar zu Hause. Würde mich nicht wundern. Es würde zu ihm passen. Jedenfalls hat Jemima gesagt, sie hätte ihm schon mehrere Nachrichten hinterlassen und würde allmählich in Panik geraten.«

»Hat sie diesen Ausdruck benutzt? Panik?«

»Nein. Aber ich habe es an ihrer Stimme gehört.«

»War es vielleicht Angst? Keine Panik, sondern Angst? Sie hat schließlich von einem Friedhof aus angerufen. Manchmal kriegen die Leute es auf Friedhöfen mit der Angst zu tun.«

Langer zuckte die Achseln. »Ich glaube nicht, dass es das war«, sagte er. »Wenn Sie mich fragen, war sie in Panik, weil sie etwas zur Kenntnis nehmen musste, wovor sie immer die Augen verschlossen hatte.«

Interessanter Gedanke, dachte Lynley. »Fahren Sie fort.«

»Frazer«, sagte er. »Ich nehme an, sie wollte unbedingt glauben, dass Frazer Chaplin der Richtige war, wenn Sie verstehen, was ich meine: *derjenige*, in Anführungsstrichen. Aber ich denke, im Grunde ihres Herzens wusste sie, dass er es nicht war.«

»Was veranlasst Sie zu dieser Schlussfolgerung?«

Langer lächelte schmallippig. »Weil es die Schlussfolgerung ist, zu der sie alle kommen, Inspector. Alle Frauen, die sich mit dem Burschen einlassen.«

Lynley war gespannt auf die Begegnung mit dem Herzensbrecher, von dem er so viel gehört hatte. Er fuhr zum St. James's Place, einer leicht zu übersehenden Sackgasse, an deren Ende das *Duke's* stand: ein imposantes L-förmiges Gebäude aus rotem Ziegelstein mit dekorativen schmiedeeisernen Gittern, Erkerfenstern und üppig von den Balkonen im ersten Stock herabhängenden Efeuranken. Er parkte den Healey Elliott unter den wachsamen Augen eines uniformierten Portiers und trat in die vornehme Stille, die einen sonst nur an Stätten der Andacht umfing. Was der Herr wünsche?, wurde er von einem Hotelpagen gefragt.

Er suche die Bar, antwortete Lynley. Ein wissendes Lächeln: Lynleys vornehmer Tonfall und seine Aussprache würden ihm auf ewig die Türen zu jedem Etablissement öffnen, wo Menschen sich mit gedämpfter Stimme unterhielten, die Angestellten als »Mitarbeiterstab« bezeichneten und sich vor dem Essen einen Sherry und später einen Portwein genehmigten. Wenn der Gentleman ihm bitte folgen wolle.

Die Bar war überladen mit Bildern von Schiffen und verfallenen Schlössern. Ein Porträt des einarmigen Admirals Nelson dominierte die Sammlung, wie bei solch maritimem Dekor nicht anders zu erwarten war. Die Bar umfasste drei Räume, von denen zwei durch einen offenen Kamin abgetrennt waren, in dem glücklicherweise kein Feuer brannte, und sie war möbliert mit Sesseln und runden Glastischen, an denen sich zu dieser Uhrzeit vorwiegend Geschäftsleute versammelt hatten. Allgemein wurde Gin Tonic getrunken, während abgehärtetere Naturen bereits mit glasigen Blicken über ihre Martinis gebeugt saßen. Wie es aussah, war dies der Spezialmix eines der Barkeeper, eines Italieners mit deutlichem Akzent, der Lynley fragte, ob er auch seine Spezialität kosten wolle. Der Cocktail sei weder geschüttelt noch gerührt, sondern gestoßen und das Ergebnis anscheinend irgendein wundersamer Nektar.

Lynley lehnte dankend ab. Ein Glas Pellegrino wäre ihm recht, falls sie das hätten. Mit Zitrone und ohne Eis. Ob er Frazer Chaplin einen Augenblick sprechen könne? Er zeigte seinen Dienstausweis.

Der Barmann mit dem ziemlich unitalienischen Namen Heinrich zeigte sich nicht im Mindesten beeindruckt von der Anwesenheit eines Polizisten, mit oder ohne kultivierten Akzent. Gleichmütig erklärte er, Frazer Chaplin sei noch nicht eingetroffen, werde aber – wobei er einen Blick auf seine imposante Armbanduhr warf – innerhalb der nächsten Viertelstunde erwartet.

Ob Frazer regelmäßige Arbeitszeiten habe?, wollte Lynley wissen. Oder springe er nur ein, wenn im Hotel Not am Mann sei?

Regelmäßige Arbeitszeiten, antwortete Heinrich. »Sonst hätte er den Job nicht angenommen.«

»Wieso das?«

»Bei der Abendschicht ist am meisten Betrieb. Da gibt's mehr Trinkgeld, und die Kundschaft ist angenehmer.«

Lynley hob eine Braue in Erwartung einer Erklärung, die ihm Heinrich bereitwillig lieferte. Offenbar erfreute sich Frazer der Aufmerksamkeit diverser Damen unterschiedlichen Alters, die die Bar im *Duke's* regelmäßig aufsuchten. Geschäftsfrauen aus aller Herren Länder, die sich aus dem einen oder anderen Grund in der Stadt aufhielten. Frazer war offenbar gewillt, ihnen zusätzliche Gründe für ihren Aufenthalt zu liefern.

»Er ist auf der Suche nach einer Lady, die ihn großzügig aushält«, wie Heinrich es ausdrückte. Er schüttelte den Kopf, aber sein Gesichtsausdruck verriet Sympathie. »Er hält sich für einen Gigolo.«

»Und hat er Erfolg damit?«

Heinrich lachte leise in sich hinein. »Noch nicht. Aber das hindert ihn nicht daran, es weiter zu versuchen. Er würde gern ein Boutique-Hotel aufmachen, so wie dieses hier. Aber er möchte es sich kaufen lassen.«

»Er hält also nach einer Menge Geld Ausschau.«

»So ist Frazer.«

Lynley dachte darüber nach und was dies mit den Wahrheiten zu tun haben könnte, über die Jemima hatte sprechen wollen. Für einen Mann, der eine Frau mit Geld suchte, wäre die Nachricht, dass sie es ihm nicht geben würde, in der Tat eine harte Wahrheit. Ebenso wie die Möglichkeit, dass sie nichts mehr mit ihm zu tun haben wollte, weil sie entdeckt hatte, dass er nur hinter ihrem Geld her war … *falls* sie überhaupt welches besaß.

Aber es kamen auch noch andere Wahrheiten infrage, wenn es um Jemima ging. Für Paolo di Fazio wäre es eine harte Wahrheit, die vielleicht ausgesprochen worden war: dass sie vorhatte, mit Frazer Chaplin zusammenzuleben trotz Paolos Gefühlen für sie. Wenn man erst einmal anfing zu graben, würden bei allen, angefangen bei Abbott Langer bis hin zu Yukio Matsumoto, Wahrheiten zum Vorschein kommen, die vielleicht ausgesprochen werden mussten.

Auf der Grundlage von Frazer Chaplins täglichem Schichtbeginn in der Bar des *Duke's* rechnete Lynley nach: Zwischen dem Feierabend des Iren im Eisstadion und seinem Arbeitsantritt in der Bar lagen anderthalb Stunden. Reichte die Zeit, um nach Stoke Newington zu fahren, Jemima Hastings zu ermorden und rechtzeitig im Hotel einzutreffen? Lynley sah nicht, wie das möglich sein sollte. Außerdem hatte Abbott Langer ausgesagt, dass Frazer immer zuerst nach Putney und erst dann zum *Duke's* fuhr, und selbst wenn das nicht stimmte, würde der Londoner Verkehr es so gut wie unmöglich machen. Und Lynley konnte sich nicht vorstellen, dass der Mörder mit öffentlichen Verkehrsmitteln zu jenem Friedhof gekommen sein sollte.

Als Frazer Chaplin im *Duke's* eintraf, beschlich Lynley das Gefühl, den Mann schon einmal gesehen zu haben. Wo genau er ihn gesehen hatte, konnte er fast mit Händen greifen, aber er kam einfach nicht drauf. Er versuchte, sich zu erinnern, wo er in den letzten Tagen überall gewesen war, aber ein konkretes Ergebnis stellte sich nicht ein. Für den Moment beließ er es dabei.

Er war kein Experte für männliche Attraktivität, aber er konnte sich gut vorstellen, dass Frazer anziehend wirkte auf Frauen, die auf dunkle, kantige Typen standen, die etwas Gefährliches ausstrahlten, eine Mischung aus einem modernen Heathcliff und Sweeney Todd. Chaplin trug ein cremefarbenes Jackett und ein weißes Hemd mit roter Fliege, dazu eine schwarze Hose, und Lynley fand es nachvollziehbar, dass er sich lieber zu Hause umzog, anstatt seine Kleidung mit sich herumzuschleppen oder in einem Spind im Eisstadion aufzubewahren. Ebenso wie Abbott Langer hatte er fast schwarzes Haar, das er allerdings im Gegensatz zu Langer modisch geschnitten trug. Es sah frisch geduscht aus, und er hatte sich rasiert. Seine manikürten Hände wirkten gepflegt, und an seinem linken Ringfinger trug er einen Opalring.

Er gesellte sich unverzüglich zu Lynley, nachdem der Barmann ihn ins Bild gesetzt hatte. Lynley hatte an einem Tisch ganz in der Nähe des auf Hochglanz polierten Mahagonitresens Platz genommen, und Frazer ließ sich in einen Sessel fallen, streckte ihm die Hand hin und sagte: »Heinrich sagt, Sie wollen mich sprechen? Gibt es etwas Neues, das Sie mich fragen wollen? Ich habe mich bereits mit Ihren Kollegen unterhalten.«

Nachdem Lynley sich vorgestellt hatte, sagte er: »Sie sind offenbar der Letzte gewesen, der mit Jemima Hastings gesprochen hat, Mr. Chaplin.«

Lynley fiel sein melodischer irischer Akzent auf, der auf die

Damen sicherlich ebenso anziehend wirkte wie seine Männlichkeit. »Tatsächlich?« Es klang eher wie eine Feststellung. »Und woher wollen Sie das wissen, Inspector?«

»Wir haben die Gespräche aufgezeichnet, die sie mit ihrem Handy geführt hat«, erwiderte Lynley.

»Aha«, sagte Chaplin. »Ich nehme mal an, dass die letzte Person, mit der sie gesprochen hat, der Kerl war, der sie umgebracht hat. Es sei denn, es geschah ohne Vorwarnung.«

»Sie hat in den Stunden vor ihrem Tod mehrmals bei Ihnen angerufen. Auf der Suche nach Ihnen hatte sie auch mit Abbott Langer gesprochen. Er bestätigt das. Langer hat den Eindruck, dass sie in Sie verliebt war, und er ist nicht der Einzige, der das so sieht.«

»Gehe ich richtig in der Annahme, dass es sich bei der anderen Person um einen gewissen Paolo di Fazio handelt?«, fragte Chaplin.

»Wo Rauch ist, da ist nach meiner Erfahrung meist auch Feuer«, antwortete Lynley. »Worum ging es bei Ihrem Telefongespräch mit Jemima Hastings, Mr. Chaplin?«

Frazer trommelte mit den Fingern auf den Glastisch. Dann nahm er sich ein paar Nüsse aus einer silbernen Schale, die auf dem Tisch stand. »Sie war ein nettes Mädchen, das gebe ich zu. Das sage ich jedem, der es hören will. Aber auch wenn wir uns hin und wieder außerhalb getroffen haben ...«

»Außerhalb?«

»Außerhalb von Mrs. McHaggis' Haus. Also, auch wenn ich mich ein paar Mal mit ihr getroffen habe – im Pub, in der High Street, zum Essen irgendwo, wir waren sogar mal im Kino –, war's das auch schon. Ich gebe auch zu, dass es nach außen hin vielleicht so aussah, als wären wir ein Paar. Um ehrlich zu sein, Jemima könnte das tatsächlich genauso gesehen haben. So wie sie immer zur Eisbahn kam und zu dieser Wahrsagerin gerannt ist – all das könnte den Eindruck erweckt haben, wir hätten was miteinander. Aber dass ich mehr als einfach nett zu ihr gewesen wäre ... Netter, als ich es zu jedem wäre, mit dem ich in derselben Pension wohne? Mehr als Freundschaft oder der Versuch einer Freundschaft? Nichts als Hirngespinste, Inspector.«

»Wessen?«

»Wie bitte?«

»Wessen Hirngespinste?«

Er schob sich die Nüsse in den Mund und seufzte. »Inspector, Jemima hat Schlüsse gezogen. Haben Sie das noch nie bei einer Frau erlebt? Man spendiert einem Mädchen ein Bier, und schon träumt sie vom Heiraten, von Kindern und einem rosenumrankten Häuschen auf dem Land. Ist Ihnen das noch nie passiert?«

»Nicht, dass ich wüsste.«

»Sie Glücklicher! Mir ist es nämlich schon passiert.«

»Erzählen Sie mir von Ihrem Telefonat mit ihr am Tag ihres Todes.«

»Ich schwöre es bei Gott, ich kann mich nicht einmal mehr daran erinnern. Aber wenn ich sie angerufen habe und wenn sie, wie Sie behaupten, bei mir angerufen hat, dann habe ich bestimmt nur zurückgerufen, um sie irgendwie abzuwimmeln. Oder um es zu versuchen. Sie war hinter mir her, das will ich ja gar nicht abstreiten. Aber auf keinen Fall habe ich ihr irgendwelche Hoffnungen gemacht.«

»Und am Tag ihres Todes?«

»Was ist damit?«

»Sagen Sie mir, wo Sie waren. Was Sie gemacht haben. Wer Sie gesehen hat.«

»Das habe ich doch schon alles den anderen beiden erzählt.«

»Aber mir nicht. Es kommt vor, dass einem Einzelheiten entgehen oder dass man vergisst, sie in seinem Bericht zu erwähnen. Tun Sie mir bitte den Gefallen.«

»Es gibt nichts, womit ich Ihnen einen Gefallen tun könnte. Ich habe auf der Eisbahn gearbeitet, dann bin ich nach Hause gefahren, habe geduscht, mich umgezogen und bin hierhergekommen. Das mache ich jeden Tag so. Für all das gibt es Zeugen, also brauchen Sie erst gar nicht zu überlegen, ob ich irgendwie nach Stoke Newington verschwunden bin, um Jemima Hastings zu ermorden. Vor allem weil ich nicht den geringsten Grund dazu gehabt hätte.«

»Wie kommen Sie von der Eisbahn hierher zur Arbeit, Mr. Chaplin?«

»Ich habe einen Motorroller«, antwortete er.

»Ach, tatsächlich?«

»Tatsächlich. Und sollten Sie glauben, dass ich die Zeit gehabt hätte, mich durch den dichten Verkehr nach Stoke Newington zu schlängeln und wieder zurück hierher … Kommen Sie mal mit!« Frazer stand auf, nahm sich noch ein paar Nüsse und schob sie sich in den Mund. Er wechselte einige Worte mit Heinrich, dann führte er Lynley nach draußen.

Am Ende der Sackgasse mit dem Namen St. James's Place stand Frazer Chaplins Motorroller. Es war eine Vespa, wie man sie in Italien auf den Straßen jeder größeren Stadt zuhauf sah. Aber anders als die normalen Roller war dieser nicht nur auffällig knallgrün lackiert, sondern zusätzlich noch mit Aufklebern versehen, die in leuchtend roten Buchstaben für ein Produkt namens DragonFly Tonics warben, was den Roller zu einer fahrenden Reklametafel machte, wie man es gelegentlich bei den schwarzen Taxis in der Stadt sah.

»Glauben Sie vielleicht, ich wäre so verrückt, mit diesem Ding rauf nach Stoke Newington zu fahren, es irgendwo zu parken und dann loszurennen, um Jemima umzubringen? Wofür halten Sie mich, Mann, für einen Vollidioten? Würden Sie es vergessen, wenn Sie die Karre jemals irgendwo gesehen hätten? Ich nicht, und ich bezweifle, dass irgendwer sonst es vergessen würde. Sie können ja ein Foto davon machen, wenn Sie wollen, und es da oben rumzeigen. Klappern Sie alle Häuser und Läden in der Gegend ab, und Sie werden die Wahrheit erfahren.«

»Und die wäre?«

»Dass ich Jemima verdammt noch mal nicht ermordet habe.«

Als der Polizist Ian Barker fragte: »Warum hast du das Kind nackt ausgezogen?«, antwortete er zunächst nicht. Auf dem Band ist zu hören, wie seine Großmutter im Hintergrund jammert. Ein Stuhl scharrt über den Boden, und irgendjemand trommelt mit den Fingern auf den Tisch. »Du weißt doch, dass das Kind nackt war, oder? Als wir es gefunden haben, war es nackt. Das weißt du doch, Ian, oder etwa nicht? Du hast den Kleinen nackt ausgezogen, bevor du ihn mit der Haarbürste misshandelt hast. Wir wissen das, weil deine Fingerabdrücke auf dieser Haarbürste sind. Warst du wütend, Ian? Hatte der kleine John irgendetwas getan, das dich wütend gemacht hat? Wolltest du es ihm mal so richtig zeigen mit der Haarbürste?«

Schließlich sagte Ian: »Ich hab dem Kind überhaupt nichts getan. Fragen Sie Reggie! Und Sie können Mikey fragen. Mikey hat ihm nämlich die Windeln abgenommen. Der weiß, wie das geht, der hat ja Brüder. Ich nich. Und Reg hat die Bananen geklaut.«

Als Michael zum ersten Mal nach der Haarbürste gefragt wurde, antwortete er: »Ich hab nix gemacht. Überhaupt nix. Ian hat gesagt, der Kleine hätte gekackt. Er hat gesagt, ich soll ihn sauber machen. Aber ich hab nix gemacht.« Als er jedoch nach den Bananen gefragt wurde, fing er an zu weinen. »Da war Scheiße dran, okay? Das Baby hat auf dem Boden in seiner Scheiße gelegen… Es lag einfach so da…« Das Weinen ging in Wimmern über.

Reggie Arnold wandte sich wie schon zuvor an seine Mutter: »Mum, Mum, da war überhaupt keine Bürste! Ich hab den Kleinen nich nackt ausgezogen. Ich hab ihn auch nich angefasst. Mum, ich hab den Kleinen nich angefasst. Mikey hat ihn getreten, Mum. Der lag mit 'm Gesicht auf 'm Boden… Mum, der muss hingefallen sein, und Mikey hat ihn getreten.«

Als ihm erklärt wurde, was Reggie und Ian behauptet hatten, erzählte Michael Spargo endlich die ganze Geschichte, um sich gegen das zu verteidigen, was er offenbar als Versuch der beiden anderen Jungen ansah, ihm die Schuld in die Schuhe zu schieben. Er gab zu, seinen Fuß gegen John Dresser eingesetzt zu haben, aber er behauptete, dass er »das Baby« bloß hatte umdrehen wollen, »damit es Luft kriegt«.

Von diesem Punkt an kamen die grausamen Einzelheiten langsam ans Licht: wie die Jungen dem kleinen John Dresser Tritte versetzt hatten, wie sie mit Kupferrohren auf ihn eingeprügelt und ihn mit Betonbrocken beworfen hatten. Über bestimmte Aspekte der Geschichte jedoch – über die genauen Einzelheiten, was zum Beispiel mit den Bananen und der Haarbürste geschehen war – weigerte sich Michael zu sprechen, und auch die beiden anderen Jungen schwiegen sich im Verhör über diese Beweisstücke beharrlich aus. Aber sowohl die Obduktion von John Dressers Leiche als auch die zunehmende Panik der drei Jungen, sobald die Haarbürste zur Sprache kam, verweisen auf die sexuelle Komponente des Verbrechens, ebenso wie die dabei angewandte extreme Grausamkeit auf die tiefsitzende Wut schließen lässt, die bei allen drei Jungen in den letzten Momenten von Johns Leben zum Ausdruck kam.

Nachdem die Geständnisse der Jungen vorlagen, traf die Staatsanwaltschaft die äußerst unübliche wie auch umstrittene Entscheidung, dem Gericht während des Prozesses das volle Ausmaß der Verletzungen, die John Dresser vor seinem Tod zugefügt wurden, *nicht* in allen Einzelheiten zu präsentieren. Diese Entscheidung wurde auf zweifache Weise begründet. Erstens gebe es die Filme der Überwachungskameras, die Zeugenaussagen und eine Menge forensischer Beweismittel, die in ihrer Gesamtheit nach Auffassung der Staatsanwaltschaft die Schuld von Ian Barker, Michael Spargo und Reggie Arnold außer Zweifel stellten. Zweitens würden Donna und Alan Dresser von ihrem Recht Gebrauch machen, dem Prozess beizuwohnen, und die Staatsanwaltschaft wollte das Leid der Eltern nicht zusätzlich verschlimmern, indem man ihnen das volle Ausmaß der Brutalität vor Augen führte, die ihrem Kind vor und auch nach dem Tod zugefügt worden war. Reichte es nicht, so die Argumentation der Staatsanwaltschaft, zu erfahren, dass das eigene Kind – das gerade erst laufen gelernt hatte – entführt, durch die halbe Stadt geschleppt, nackt ausgezogen, mit Kupferrohren geprügelt, mit Betonbrocken gesteinigt und in ein Klo geworfen worden war?

Außerdem lägen vollständige Geständnisse von zumindest zwei der Jungen vor. (Ian Barker gestand lediglich, an jenem Tag im Einkaufszentrum gewesen zu sein und John Dresser gesehen zu haben, bevor er sich während aller folgenden Verhöre auf den Satz versteifte: »Vielleicht hab ich was getan, vielleicht auch nicht.«) Mehr als das war für eine Verurteilung nicht notwendig.

Es muss jedoch erwähnt werden, dass möglicherweise noch ein weiteres Argument die Staatsanwaltschaft in Bezug auf die inneren Verletzungen John Dressers zum Schweigen veranlasste: Wären diese Verletzungen bekannt geworden, hätte dies Fragen zum psychischen Zustand der Mörder aufgeworfen, und in diesem Fall hätte das Gericht in seinem Urteil unweigerlich auf Totschlag anstatt Mord entscheiden müssen, denn es wäre nicht umhingekommen, den *Homicide Act* aus dem Jahr 1957 heranzuziehen, in dem es heißt, dass niemand »wegen Mordes zu verurteilen ist, der unter einer solchen Abnormalität seines Geisteszustands leidet [...] die seine geistige Verantwortung für seine Taten erheblich einschränkt«.

Abnormalität des Geisteszustands (zum Zeitpunkt des Verbrechens) ist hier der Schlüsselbegriff, und Johns Verletzungen lassen eindeutig auf schwerwiegende Abnormalität bei allen drei Tätern schließen.

Eine Verurteilung wegen Totschlags wäre jedoch angesichts des allgemeinen Klimas, in dem der Prozess stattfand, undenkbar gewesen. Obwohl der Prozess an ein anderes Gericht verwiesen worden war, hatte das Verbrechen längst internationales Aufsehen erregt. »Blut fordert Blut«, wie Shakespeare schrieb, und die Reaktion der Öffentlichkeit war ein Beispiel dafür.

Von verschiedener Seite wurde das Argument ins Feld geführt, dass die Jungen, als sie die Haarbürste aus dem Ramschladen in dem Einkaufszentrum stahlen, genau gewusst hätten, wozu sie sie später benutzen würden. Es ist allerdings anzuzweifeln, dass sie wirklich dazu in der Lage waren, sich das alles im Voraus auszudenken und zu planen. Ich will nicht leugnen, dass mein Widerstreben, in diesem besonderen Fall an Vorsätzlichkeit zu glauben, mit dem Widerstreben einhergeht einzugestehen, dass ein solches Potenzial an Boshaftigkeit in den Köpfen und Herzen zehn- und elfjähriger Jungen vorhanden sein kann. Ich will nicht abstreiten, dass ich eher daran glaube, dass der Einsatz der Haarbürste auf einen spontanen Impuls zurückzuführen ist.

Allerdings sehe auch ich, was die Art des Einsatzes der Haarbürste über die Jungen aussagt: dass diejenigen, die gewalttätig werden und andere misshandeln, früher selbst Opfer von Gewalt und Misshandlung gewesen sind, und zwar nicht nur ein Mal, sondern wiederholt.

Als die Haarbürste bei den Verhören zur Sprache kam, war keiner der Jungen bereit, darüber zu reden. In den Tonbandmitschnitten variieren ihre Reaktionen von Ians Behauptung, er habe »keine Haarbürste gesehen«, über Reggies Versuch, die Schuld von sich zu weisen – »Mikey hat vielleicht eine in dem Laden geklaut, aber davon weiß ich nichts«, und: »Ich hab keine Haarbürste geklaut, Mum. Du musst mir glauben, dass ich keine Haarbürste geklaut hab« –, bis hin zu Michaels Beteuerung: »Wir hatten keine Haarbürste, wir hatten keine Haarbürste, wirklich nich, ehrlich«, die mit jeder Wiederholung hysterischer wird. Als Michael behutsam erklärt wird: »Du weißt genau, dass einer von euch die Haarbürste gestohlen hat, mein Junge«, gibt er zu: »Reggie vielleicht, aber das hab ich nich gesehn«, und: »Ich weiß nich, was danach damit war.«

Erst als man sie damit konfrontierte, dass die Haarbürste auf dem Dawkins-Gelände gefunden worden war und dass an ihr sowohl Fingerabdrücke als auch Blut- und Kotspuren sichergestellt werden konnten, eskalierten die Reaktionen der Jungen. Michael stammelt: »Ich hab keine … Ich hab doch schon die ganze Zeit gesagt, dass ich keine Haarbürste geklaut hab … Wir hatten überhaupt keine Haarbürste«, und dann: »Reggie hat dem Baby … Reggie wollte … Ian hat sie ihm abgenommen … Ich hab gesagt, er soll aufhören, aber Reggie hat's getan.«

Reggie dagegen wendet sich an seine Mutter: »Mum, nie würd ich 'nem Baby was tun ... Vielleicht hab ich's mal geschlagen ... Aber ich hab nich ... Ich hab ihm den Schneeanzug ausgezogen, aber er war vollgeschissen, deshalb ... Er hat geheult, Mum! Ich tu doch keinem Kind was, das am Heulen is!« Rudy Arnold schweigt dazu, aber man hört Laura stöhnen: »Reggie, Reggie, was hast du uns bloß angetan?«, woraufhin die Sozialarbeiterin sie leise bittet, ein Glas Wasser zu trinken, vielleicht um sie zum Schweigen zu bringen.

Ian beginnt schließlich zu weinen, als ihm das ganze Ausmaß von John Dressers Verletzungen vorgelesen wird. Im Hintergrund hört man auch seine Großmutter weinen. Ihre verzweifelten Worte: »Herrgott, steh ihm bei, rette seine Seele«, legen die Vermutung nahe, dass sie von seiner Schuld überzeugt ist.

Als die Haarbürste bei den Verhören zur Sprache gebracht wurde – drei Tage nachdem die Leiche des kleinen John gefunden worden war –, legten die Jungen ihre Geständnisse ab. Vielleicht ist es eine zusätzliche Grausamkeit im Mordfall John Dresser, dass zu dem Zeitpunkt, da die minderjährigen Täter ihr entsetzliches Verbrechen endlich gestanden, nur ein Elternteil anwesend war. Rudy Arnold saß während der ganzen Zeit bei seinem Sohn. Sowohl Ian Barker als auch Michael Spargo stand nur jeweils eine Sozialarbeiterin zur Seite.

23

Wer auch immer Jemima Hastings getötet hatte, so stellte sich heraus, musste bei der Tat ein gelbes Hemd getragen haben. Lynley erfuhr die Einzelheiten über dieses Kleidungsstück bei seiner Rückkehr zu New Scotland Yard. Seine Kollegen waren im Besprechungsraum versammelt, wo man ein Foto des Hemdes – das sich im Labor der Forensiker befand – an eine der Magnettafeln gehängt hatte.

Barbara Havers und Winston Nkata waren aus dem New Forest zurück, und an Havers' Gesichtsausdruck konnte Lynley ablesen, dass sie alles andere als glücklich darüber war, zurückbeordert worden zu sein. Sie verkniff sich jedoch einen Kommentar – was in ihrem Fall hieß: Sie verkniff es sich, mit Ardery zusammenzurasseln. Nkata dagegen wirkte gelassen und strahlte eine Ergebenheit aus, die für ihn schon immer charakteristisch gewesen war. Er hatte es sich am hinteren Ende des Raums mit einem Plastikbecher gemütlich gemacht. Er nickte Lynley zu und machte eine Kopfbewegung zu Havers hin. Auch er wusste, dass es sie juckte, die Grenze zu überschreiten, die Ardery ihr gesteckt hatte.

»... nach wie vor ohne Bewusstsein«, sagte Ardery gerade. »Aber der Chirurg sagt: Morgen werden sie ihn wecken. Sobald es so weit ist, gehört er uns.« Und zu Lynley, um ihn auf den neuesten Stand zu bringen: »Das Hemd lag zwischen den Altkleidern in der Oxfamtonne. Auf der Vorderseite rechts befindet sich ein großer Blutfleck und am rechten Ärmel und an der Manschette ebenfalls. Noch befindet sich das Hemd im Labor, aber wir gehen vorerst davon aus, dass es sich um das Blut des Opfers handelt. Alles klar?« Sie wartete Lynleys Antwort nicht ab. »Also gut. Fassen wir zusammen: Wir haben zwei Haare eines Asiaten an der Hand des Opfers, keine Verteidigungsverletzungen, eine durchtrennte Halsschlagader und einen Japaner im Besitz der Mordwaffe und mit ihrem Blut an seiner Kleidung. Haben Sie noch etwas Neues, Thomas?«

Lynley berichtete kurz, was er von Yolanda erfahren hatte. Dann fügte er die Einzelheiten hinzu, die er von Abbott Langer und im *Duke's* von Heinrich und Frazer Chaplin ermittelt hatte. Er wusste, dass er im Begriff war, Arderys Position zu erschüttern, aber es führte kein Weg daran vorbei. Schließlich deutete er mit einer Kopfbewegung auf das große Foto von dem Hemd und sagte: »Ich denke, wir haben es mit zwei Personen zu tun, die im Abney Park Kontakt mit Jemima hatten, Chefin. Unter Matsumotos Kleidern befand sich nichts, was auch nur im Entferntesten diesem Hemd ähnelte. Er trägt schwarz und weiß – keine leuchtenden Farben –, und selbst wenn das nicht der Fall wäre: Er trug am Tag des Mordes kein gelbes Hemd, sondern einen Smoking, auf dem Blutspuren des Opfers nachgewiesen wurden, wie Sie soeben selbst sagten. Da also dieses weitere Kleidungsstück aufgetaucht ist und da Jemima zum Friedhof gegangen ist, um mit einem Mann zu sprechen, haben wir es nicht mit einem, sondern mit zwei Männern zu tun.«

»Zu dem Schluss bin ich auch gekommen«, warf Barbara Havers ein. »Also, Chefin, dass Sie mich und Winnie nach London zurückberufen haben, scheint mir …«

»Einer, der sie tötet, und einer, der … was?«, fragte John Stewart.

»Der über sie wacht, vermutlich«, erwiderte Lynley. »Und Matsumoto, der sich als ihr Schutzengel begriffen hatte, hat dabei kläglich versagt.«

»Moment mal, Thomas«, sagte Ardery.

»Lassen Sie mich das bitte zu Ende ausführen«, erwiderte Lynley. Ihre Augen weiteten sich kaum merklich, ein Zeichen, dass sie alles andere als erfreut war. Er war dabei, eine völlig andere Richtung einzuschlagen, und für sie hing weiß Gott viel davon ab, dass die Ermittlungen sich weiterhin auf Matsumoto als Täter konzentrierten.

»Irgendjemand hat sich dort mit ihr getroffen, um sich von ihr unangenehme Wahrheiten anzuhören«, sagte Lynley. »Das haben wir von der Hellseherin erfahren, und egal was man über ihren Berufsstand denken mag, ich halte sie für glaubwürdig. Wenn man einmal Yolandas Gerede über Jemima und das Haus in der Oxford Road außer Acht lässt, bezieht sie sich uns gegenüber ausschließlich auf ihre Begegnungen mit der jungen Frau. Wir wissen von ihr, dass Jemima mit einem wichtigen Mann in ihrem Leben ein ernstes Wort zu reden hatte und Yolanda ihr daher einen ›Ort des Friedens‹ für ihr Treffen vorgeschlagen hat. Jemima kannte den Friedhof, weil dort Fotos von ihr aufgenommen worden waren. Daher hat sie diesen Ort gewählt.«

»Und Matsumoto war rein zufällig da?«, fragte Ardery schnippisch.

»Er ist ihr wahrscheinlich gefolgt.«

»Also gut. Aber nehmen wir mal an, dass er ihr nicht zum ersten Mal gefolgt ist. *Warum* folgte er ihr? Warum ausgerechnet an diesem Tag? Das ergibt doch keinen Sinn. Wenn er ihr also nachgestellt hat, dann wird er auch der Mann gewesen sein, für den die unangenehmen Wahrheiten bestimmt waren, nach dem Motto: Lass mich in Frieden, oder ich zeig dich an. Aber da er sich ausrechnen kann, in welche Richtung ihr Gespräch gehen wird, bringt er, wie alle durchgeknallten Stalker, vorsichtshalber eine Waffe mit. Gelbes Hemd hin oder her, blutbeschmierter Smoking oder nicht, wie erklären Sie sich die Tatwaffe in seinem Besitz, Thomas?«

»Und wie erklären Sie das Blut auf zwei unterschiedlichen Arten von Kleidung?«, meldete sich John Stewart zu Wort.

Zwischen den Anwesenden wurden Blicke ausgetauscht. Es war sein Tonfall. Er bezog Position. Das gefiel Lynley nicht. Er hatte nicht die Absicht, unterschiedliche Meinungen bei der Ermittlung in eine polizeiinterne Intrige ausufern zu lassen. »Er beobachtet, wie sie sich auf dem Friedhof mit jemandem trifft.

Die beiden verschwinden im Anbau hinter der Kapelle, um ungestört reden zu können.«

»Warum?«, fragte Ardery. »Der Ort ist doch schon abgelegen genug. Wozu brauchen sie dann noch mehr Ungestörtheit?«

»Weil derjenige, mit dem sie sich dort verabredet hat, gekommen ist, um sie zu töten«, bemerkte Havers. »Er macht den Vorschlag: ›Lass uns da hinübergehen. Lass uns dort hineingehen.‹ Chefin, wir müssen …«

Lynley hob eine Hand. »Vielleicht streiten sie sich. Einer von ihnen steht auf und geht ein paar Schritte. Der andere läuft hinterher. Sie gehen beide in den Anbau hinein, aber nur der Mörder kommt wieder heraus. Matsumoto beobachtet das. Er wartet darauf, dass Jemima ebenfalls wieder herauskommt. Als das nicht geschieht, geht er nachsehen.«

»Herrgott noch mal, hätte er denn nicht bemerken müssen, dass der andere Typ Blut am Hemd hatte?«

»Möglicherweise. Vielleicht ist das ja sogar der Grund, warum er nachsehen geht. Aber ich halte es für wahrscheinlicher, dass der andere sich das Hemd ausgezogen und eingesteckt hat. Er muss es getan haben. Er konnte den Friedhof nicht blutbeschmiert verlassen.«

»Was Matsumoto wiederum getan hat.«

»Und genau daraus schließe ich, dass *er* Jemima *nicht* getötet hat.«

»Das ist doch ausgemachter Blödsinn«, sagte Ardery.

»Chefin, das ist es nicht.« Havers mischte sich ein, und ihr Tonfall machte deutlich, dass sie es diesmal ernst meinte. Sie würde sich Gehör verschaffen, gleichgültig, welche Folgen das hatte. »Irgendetwas stimmt in Hampshire nicht. Wir müssen noch mal hin. Winnie und ich …«

»Unsere beiden Turteltäubchen«, fiel John Stewart ihr ins Wort.

Automatisch sagte Lynley: »Das reicht, John«, und vergaß, dass er nicht mehr kommissarischer Superintendent, sondern einfacher Inspector war.

»Halt's Maul«, fuhr Havers Stewart unbeeindruckt an. »Chefin, es gibt noch einiges im New Forest, was wir genauer unter die Lupe nehmen müssen. Zum Beispiel dieser Whiting… Mit dem stimmt irgendetwas nicht. Es gibt Widersprüche ohne Ende.«

»Als da wären?«, fragte Isabelle.

Havers blätterte in ihrem chaotischen Notizbuch. Sie warf Nkata einen Blick zu, mit dem sie ihm bedeutete, er solle gefälligst die Klappe aufmachen, und Winston kam ihr zu Hilfe: »Jossie ist nicht, wer er vorgibt zu sein, Chefin. Zwischen ihm und Whiting besteht irgendeine Verbindung. Wir sind noch nicht dahintergekommen, was genau es ist. Aber die Tatsache, dass Whiting über Jossies Dachdeckerlehre Bescheid wusste, lässt uns vermuten – Barb und mich –, dass er Jossie den Job besorgt hat. Und das wiederum legt den Schluss nahe, dass er die Briefe vom College gefälscht hat. Wir sehen nicht, wer es sonst getan haben sollte.«

»Herr im Himmel, warum hätte er das tun sollen?«

»Vielleicht steht er irgendwie in Jossies Schuld«, fuhr Nkata fort. »Das wissen wir nicht. Noch nicht.«

»Aber wir könnten es rausfinden«, insistierte Havers, »wenn Sie uns…«

»Sie bleiben hier in London, wie ich es angeordnet habe.«

»Aber, Chefin…«

»Nein.« Und zu Lynley sagte sie: »Wir können das alles auch genauso gut andersherum betrachten, Thomas. Sie trifft Matsumoto auf dem Friedhof. Sie geht mit ihm in den Anbau. Sie haben eine Auseinandersetzung, er tötet sie mit seiner Waffe und flieht. Der andere – der mit dem gelben Hemd – beobachtet das. Er betritt den Anbau. Er eilt ihr zu Hilfe, aber jede Hilfe kommt zu spät. Er besudelt sich mit ihrem Blut. Er gerät in Panik. Er weiß genau, wie das aussehen wird, wenn seine Beziehung zu Jemima erst ans Licht kommt. Er weiß genau, dass die Polizei jemanden, der einen Mord meldet, auf Herz und Nieren prüft, und das kann er nicht riskieren. Also ergreift er die Flucht.«

»Und dann?«, fragte John Stewart. »Wirft er das Hemd in Bella McHaggis' Oxfamtonne? Zusammen mit der Handtasche? Was hat es damit überhaupt auf sich? Warum nimmt er sie mit?«

»Vielleicht hat Matsumoto die Handtasche mitgenommen. Vielleicht hat er sie in die Tonne geworfen, um den Verdacht auf jemand anderen zu lenken. Um eine falsche Fährte zu legen.«

»Moment mal«, sagte Stewart bissig, »habe ich das richtig verstanden? Dieser Matsumoto und der andere Typ – die einander völlig unbekannt sind – stopfen *beide* ein belastendes Beweisstück in dieselbe Tonne? Meilenweit entfernt vom Tatort? Alle Wetter, Madam! Für wie wahrscheinlich halten Sie das eigentlich, verdammt noch mal?« Er schnaubte geringschätzig und warf den anderen einen Blick zu, der besagte: Bescheuerte Kuh.

Arderys Gesicht war völlig ausdruckslos. »In mein Büro! Sofort!«

Stewart zögerte gerade lange genug, um seine Verachtung zum Ausdruck zu bringen. Er und Ardery maßen einander mit Blicken, bevor seine Vorgesetzte den Raum verließ. Stewart erhob sich gemächlich und folgte ihr.

Betretenes Schweigen breitete sich im Raum aus. Irgendjemand gab einen leisen Pfiff von sich. Lynley trat an die Magnettafeln, um das Foto mit dem gelben Hemd eingehender zu betrachten.

Er nahm eine Bewegung hinter sich wahr, dann stand Havers neben ihm. »Sie wissen, dass sie die falschen Entscheidungen trifft.«

»Barbara …«

»Sie wissen es. Niemand wünscht ihn inbrünstiger auf den Mond als ich. Aber diesmal hatte er recht.«

Sie meinte John Stewart, und Lynley konnte ihr nicht widersprechen. Arderys verzweifelte Bemühungen, die Tatsachen zu verbiegen, bis sie in ihr Bild von Matsumoto passten, behinderten die Ermittlungen.

Sie war in der denkbar schlechtesten Position: Sie befand sich bei der Met in der Probezeit, und ihre erste Ermittlung war dabei, in ein unvorstellbares Desaster zu münden. Ein Verdächtiger lag im Krankenhaus, weil er vor der Polizei geflohen war. Der Bruder des Verdächtigen war ein berühmter Cellist, der sich eine knallharte Anwältin genommen hatte. Die Presse hatte sich auf die Geschichte gestürzt. Hillier hatte sich eingeschaltet. Der fürchterliche Stephenson Deacon versuchte, die Medien zu manipulieren. Und die Beweismittel wiesen in alle Himmelsrichtungen.

Lynley konnte sich kaum vorstellen, wie die Situation für Ardery noch schlimmer werden konnte. Das war keine Feuertaufe, das war die Hölle. »Was sollte ich denn Ihrer Meinung nach tun, Barbara?«

»Reden Sie mit ihr. Auf Sie wird sie hören. Webberly hätte auf Sie gehört, und Sie hätten mit ihm geredet, wenn ihm ein Fall derart entglitten wäre. Sie wissen, dass Sie es getan hätten. Und wenn Sie in der Position wären, in der sie jetzt ist, dann würden Sie auf *uns* hören. Wir sind aus gutem Grund ein Team.« Sie raufte sich die schlecht geschnittenen Haare. »Warum hat sie uns aus Hampshire zurückbeordert?«

»Ihr stehen begrenzte Mittel zur Verfügung. Wie bei jeder Ermittlung.«

»Ach, verdammt noch mal!« Havers stürmte aus dem Besprechungszimmer.

Lynley rief ihr noch nach, aber sie war schon weg. Er blieb vor den Magnettafeln stehen und betrachtete das gelbe Hemd. Und plötzlich verstand er, was es ihm sagte und was es auch Ardery hätte sagen müssen. Ihm wurde bewusst, dass auch er sich in keiner beneidenswerten Position befand. Er überlegte, wie er die Information, die vor ihm lag, am besten verwenden konnte.

Es wollte Barbara einfach nicht in den Kopf, warum Lynley nicht Position bezog. Sie konnte ja verstehen, warum er dies nicht vor versammelter Mannschaft tat. Es fehlte noch, dass er diesem Idioten John Stewart Munition für eine Meuterei gegen Isabelle Ardery lieferte. Aber warum redete er nicht unter vier Augen mit ihr? Lynley war schließlich kein Typ, der sich von irgendwem einschüchtern ließ. Seine ungezählten Auseinandersetzungen mit AC Hillier waren ein deutlicher Beleg dafür. Sie wusste, dass er auch nicht vor einem offenen Wort mit Isabelle Ardery zurückschrecken würde. Aber wenn dem so war, was hielt ihn zurück? Sie konnte es sich nicht erklären. Aber sie wusste, dass er aus irgendeinem Grund nicht mehr er selbst war – und das in einer Situation, wo sie so dringend den Lynley gebraucht hätte, der er immer gewesen war, für sie und für alle anderen.

Dass er nicht mehr der Thomas Lynley war, der ihr vertraut war und mit dem sie jahrelang zusammengearbeitet hatte, bedrückte sie mehr, als sie sich eingestehen wollte. Daran ließ sich ablesen, wie sehr er sich verändert hatte und wie sehr die Dinge, die ihm einmal wichtig gewesen waren, für ihn an Bedeutung verloren hatten. Es war, als schwebte er in einer namenlosen Leere, unerreichbar für seine Kollegen, auf eine entscheidende, aber undefinierbare Weise.

Doch im Moment hatte Barbara keine Lust, sie zu definieren. Sie wollte nur noch nach Hause. Weil sie in Winstons Wagen vom New Forest nach London gefahren war, musste sie die verfluchte Northern Line nehmen, und das zur schlimmsten Tageszeit im grauenhaftesten Wetter. Und als wäre das nicht genug, stand sie auch noch eingekeilt vor den Zugtüren und fragte sich, warum zum Teufel die Leute nicht in den Mittelgang des verdammten Waggons aufrückten, als sie erst gegen den breiten Hintern einer Frau gedrückt wurde, die in ihr Handy keifte: »Beweg deinen Arsch nach Hause, Clive, ich mein es ernst, sonst schneid ich dir die Eier ab, das schwör ich dir«, und anschließend in die verschwitzte Achsel eines Jugendlichen im T-Shirt geschoben wurde, aus dessen Ohrstöpseln ein fürchterlicher Lärm drang.

Zu allem Überfluss hatte sie auch noch ihre Reisetasche bei

sich, und als sie schließlich in Chalk Farm ausstieg, musste sie sie mit Gewalt aus dem Wagen zerren, wobei einer der Griffe abriss. Fluchend trat sie gegen die Tasche. Dabei scheuerte sie sich an einer Schnalle den Knöchel auf. Sie fluchte wieder.

Auf dem Heimweg fragte sie sich, wann endlich der Wetterumschwung kommen würde, ein Gewitter, das den Staub von den Blättern spülen und die versmogte Luft reinwaschen würde. Ihre Stimmung wurde immer finsterer, während sie die Reisetasche hinter sich herschleifte und mehr und mehr zu der Überzeugung gelangte, dass an allem, was sie wütend machte, Isabelle Ardery schuld war. Aber der Gedanke an Isabelle Ardery brachte sie unwillkürlich auf Thomas Lynley, und davon hatte sie für heute genug.

Ich brauche eine Dusche, dachte Barbara. Und eine Zigarette. Und einen Drink. Hölle und Teufel, ich brauche ein Leben.

Als sie endlich zu Hause ankam, war sie nass geschwitzt, und die Schultern taten ihr weh. Sie versuchte, sich einzureden, dass es an der Reisetasche lag, aber sie wusste genau, dass es schlicht und ergreifend die Anspannung war.

Als sie vor ihrer Haustür stand, war sie so froh, zu Hause zu sein, wie schon seit Ewigkeiten nicht mehr. Es störte sie nicht einmal, dass es drinnen so heiß war wie in einem Backofen. Sie riss die Fenster auf und holte den kleinen Ventilator aus dem Schrank, zündete sich eine Zigarette an, sog den Rauch tief ein, dankte dem Himmel, dass es Nikotin gab, ließ sich auf einen der hölzernen Küchenstühle fallen und blickte sich in ihrer extrem spärlich eingerichteten, kleinen Bleibe um.

Sie hatte ihre Reisetasche neben der Tür fallen lassen, und so hatte sie zuerst gar nicht gesehen, was auf ihrem Schlafsofa lag. Aber als sie jetzt am Küchentisch saß, bemerkte sie, dass ihr ausgestellter Rock – nach Meinung von Hadiyyah das passende Kleidungsstück für eine Frau mit ihrer Figur – geändert worden war. Er war gekürzt und gebügelt, und um ihn herum hatte jemand ein komplettes Outfit drapiert: eine gestärkte, nüchterne Bluse, eine transparente Strumpfhose, ein Halstuch, sogar ein breites Armband. Außerdem waren ihre Schuhe geputzt. Sie glänzten regelrecht. Eine gute Fee war hier gewesen.

Barbara stand auf und trat ans Bett. Sie musste zugeben, dass das Ensemble geschmackvoll aussah, vor allem das Armband, das sie von sich aus nie gekauft, geschweige denn getragen hätte. Sie nahm es auf, um es eingehender zu betrachten. Ein Geschenkkärtchen war mit einem violetten Schleifchen daran befestigt.

»Überraschung!«, stand darauf und: »Willkommen daheim!« Darunter der Name der guten Fee, als hätte Barbara nicht sofort gewusst, wer ihr all die Sachen hingelegt hatte: Hadiyyah Khalidah.

Barbaras Laune besserte sich auf der Stelle. Erstaunlich, dachte sie, wie so eine Kleinigkeit, ein Akt der Aufmerksamkeit…

Sie drückte ihre Zigarette aus und zwängte sich in das winzige Badezimmer. Nach einer Viertelstunde hatte sie sich geduscht, frisch gemacht und angezogen. In Würdigung von Hadiyyahs Umerziehungsbemühungen tupfte sie sich ein bisschen Rouge auf die Wangen und ging über den vertrockneten Rasen zum Vorderhaus hinüber.

Die Terrassentür stand offen, und Töpfeklappern und Gesprächsfetzen waren zu hören. Hadiyyah plauderte mit ihrem Vater, und sie klang ganz aufgeregt.

Barbara klopfte und rief: »Jemand zu Hause?«, woraufhin Hadiyyah jauchzte: »Barbara! Du bist wieder da! Wie schön!«

Als Hadiyyah aus der Tür trat, kam sie Barbara verändert vor. Ein bisschen größer, obwohl das eigentlich nicht möglich war, denn in der kurzen Zeit von Barbaras Abwesenheit konnte das Mädchen nicht gewachsen sein. »Ich freu mich so«, rief Hadiyyah. »Dad! Barbara ist da. Kann sie mit uns zu Abend essen?«

»Nein, nein«, stotterte Barbara. »Bitte nicht, Kleines. Ich bin nur gekommen, um mich bei dir zu bedanken. Ich bin gerade erst nach Hause gekommen, und da hab ich den Rock gefunden und die anderen Sachen. Was für eine Überraschung!«

»Ich hab ihn selbst gesäumt«, verkündete Hadiyyah stolz.

»Na ja, vielleicht hat Mrs. Silver mir ein bisschen geholfen, weil die Naht manchmal ein bisschen schief wurde. Aber hast du dich gefreut? Ich hab ihn auch gebügelt. Und hast du auch das Armband gefunden?« Sie hüpfte von einem Fuß auf den anderen. »Gefällt es dir? Als ich es gesehen hab, hab ich Dad gleich gefragt, ob wir es nicht kaufen können. Du brauchst doch noch ein paar Accessoires, Barbara.«

»Gut, dass du mich daran erinnerst. Ich selbst hätte nichts annähernd so Schönes finden können.«

»Es ist die Farbe, nicht wahr?«, sagte Hadiyyah. »Und was es besonders schön macht, ist die Größe. Ich hab nämlich gelernt, dass die Größe eines Accessoires abhängt von der Größe der Person, die es trägt. Aber die hat was zu tun mit den Gesichtszügen und dem Knochenbau und dem Körpertyp und nicht mit dem Gewicht oder der Größe in Zentimetern, du weißt schon. Zum Beispiel deine Handgelenke. Wenn du die mit meinen vergleichst, dann siehst du …«

»*Khushi.*« Azhar kam aus der Küche und wischte sich die Hände an einem Geschirrtuch ab.

Hadiyyah wandte sich zu ihm um. »Barbara hat die Überraschung gefunden«, verkündete sie. »Sie freut sich darüber. Und was ist mit der Bluse, Barbara? Gefällt dir die neue Bluse auch? Eigentlich wollte ich eine aussuchen, aber mein Vater hat sie ausgesucht, stimmt's, Dad? Ich hätte eine andere genommen.«

»Was du nicht sagst. Du wolltest bestimmt eine mit Schleife kaufen.«

»Na ja …« Sie trat von einem Fuß auf den anderen und vollführte einen kleinen Stepptanz. »Nicht direkt. Sie hatte Rüschen. Aber nicht viele! Nur vorne so eine hübsche, die die Knöpfe verdeckt. Die fand ich toll. Wirklich süß. Aber Dad meinte, du würdest keine Rüschen tragen. Ich hab ihm gesagt, dass es bei Mode darum geht, seinen Horizont zu erweitern, Barbara. Aber er meinte, man könnte seinen Horizont nicht endlos erweitern, und er fand die klassische Bluse besser. Ich hab ihm erklärt, dass der Ausschnitt einer Bluse dazu dient, die Kinnpartie zu unterstreichen, und du hast doch ein rundes Gesicht und kein kantiges, zu dem die klassische Bluse passen würde. Da hat er gesagt, wir nehmen sie mal, und du könntest sie ja jederzeit zurückbringen, wenn sie dir nicht gefällt. Und weißt du, wo wir sie bekommen haben?«

»*Khushi, khushi*«, unterbrach Azhar sie freundlich. »Willst du Barbara nicht hereinbitten?«

Hadiyyah schlug sich die Hand vor den Mund und lachte. »Ich bin so aufgeregt!« Sie trat zur Seite. »Es gibt Zitronenlimo. Magst du welche? Wir haben nämlich was zu feiern, stimmt's, Dad?«

»*Khushi*«, erwiderte Azhar bedeutungsvoll.

Die beiden verständigten sich über irgendetwas Wichtiges. Offenbar waren sie in ein persönliches Gespräch vertieft gewesen, und Barbara war mitten reingeplatzt. Hastig sagte sie: »Ich bin dann mal wieder weg, ihr beiden. Ich wollte mich nur gleich bedanken. Das war wirklich 'ne tolle Überraschung! Kann ich Ihnen was für die Bluse geben?«

»Nein, ganz sicher nicht«, sagte Azhar.

»Die Bluse ist ein Geschenk«, erklärte Hadiyyah. »Wir haben sie sogar in der Camden High Street gekauft, Barbara, und nicht auf dem Stables Market oder irgendwo …«

»Gott, nein«, sagte Barbara. Sie bekam jetzt noch rote Ohren bei der Erinnerung an Azhars Reaktion, als sie seine Tochter einmal leichtsinnigerweise in das Labyrinth um den Stables Market und den Camden Lock Market mitgenommen hatte.

»… aber wir waren im Inverness Street Market, und es war super. Ich war zum ersten Mal da.«

Azhar lächelte. Liebevoll tätschelte er seiner Tochter den Kopf und sagte: »Du bist ja gar nicht mehr zu bremsen.« Und zu Barbara: »Wollen Sie nicht zum Abendessen bleiben?«

»Au ja, bitte, Barbara«, drängelte Hadiyyah. »Dad macht Chicken Saag Masala, und es gibt Dal und Fladenbrot und Pilz-Dopiasa. Eigentlich mag ich gar keine Pilze, aber so, wie Dad sie zubereitet, schmecken sie mir. Und außerdem kocht er noch Pilaw-Reis mit Spinat und Möhren.«

»Das klingt ja nach einem richtigen Festessen«, sagte Barbara.

»Ist es ja auch. Weil …« Wieder schlug sie sich die Hand vor den Mund. Ihre Augen tanzten buchstäblich über ihren Fingern. Ohne die Hand vom Mund zu nehmen, fuhr sie fort: »Hach, ich würde so gerne mehr sagen, aber es geht nicht. Ich hab's versprochen.«

»Dann darfst du es auch nicht sagen«, erwiderte Barbara.

»Aber du bist doch eine gute Freundin. Stimmt's, Dad? Darf ich …«

»Nein, du darfst nicht.« Azhar lächelte Barbara an. »So, jetzt haben wir lange genug hier herumgestanden und geredet. Barbara, wir bestehen darauf, dass Sie zum Abendessen bleiben.«

»Es gibt ganz viel zu essen«, bekräftigte Hadiyyah.

»Wenn das so ist, bleibt mir kaum etwas anderes übrig, als mich darüber herzumachen.«

Als sie ihnen ins Haus folgte, fühlte sie sich von einer Wärme umfangen, die nichts mit der Temperatur zu tun hatte, die durch das Kochen nicht gerade gesunken war. Tatsächlich nahm sie die brütende Hitze des Spätnachmittags kaum wahr. Sie spürte nur, wie ihr leichter ums Herz wurde. Sie grübelte nicht mehr darüber nach, was in Thomas Lynley vor sich ging, und die Mordermittlungen waren auf einmal ganz weit weg.

Isabelle wunderte sich darüber, wie sehr der Zusammenstoß mit John Stewart sie mitgenommen hatte. Sie war den Umgang mit männlichen Kollegen seit Langem gewöhnt, aber in der Regel kam von ihnen irgendetwas versteckt Sexistisches in Form von zweideutigen Bemerkungen, die, falls sie sich davon getroffen fühlte, damit abgetan werden konnten, sie sei entweder zu dünnhäutig oder habe mal wieder alles falsch verstanden. John Stewart war ein ganz anderer Fall. Zweideutige Bemerkungen waren nicht sein Stil. Jedenfalls nicht hinter verschlossenen Türen, wo er keine Hemmungen zu haben brauchte, weil es – falls sie sich später auf höherer Ebene über ihn beschweren sollte – auf Aussage gegen Aussage hinauslaufen würde. Sie befand sich in einer Situation, in der eine Beschwerde wegen sexueller Belästigung das Letzte war, was sie vorbringen wollte. John Stewart war verdammt durchtrieben. Er wusste genau, dass sie sich auf dünnem Eis bewegte. Und er machte sich ein Vergnügen daraus, sie in die Mitte des Teichs zu schicken.

Flüchtig fragte sie sich, wie man so kurzsichtig sein konnte, sich mit jemandem anzulegen, der einem womöglich demnächst vor die Nase gesetzt würde. Stewart sah das natürlich ganz anders. Er rechnete nicht damit, dass sie den Job bekam. Und letztlich konnte sie ihm das nicht verübeln.

Was für ein Schlamassel, dachte sie. Es konnte kaum noch schlimmer kommen. Gott, sie brauchte einen Schnaps. Aber sie riss sich zusammen und warf nicht einmal einen Blick in ihre Handtasche, wo die Fläschchen wie schlafende Kindlein nebeneinanderlagen. Sie *brauchte* das Zeug nicht. Sie *wollte* es einfach nur. Etwas wollen war nicht dasselbe wie etwas brauchen.

Sie stand am Fenster und blickte gedankenverloren nach draußen, als es an ihrer Tür klopfte. Sie fuhr herum. »Herein!«

Es war Lynley, der einen großen Briefumschlag in der Hand hielt. »Es tut mir leid. Ich war vorhin ein bisschen neben der Spur.«

Sie lachte kurz auf. »Da sind Sie nicht der Einzige.«

»Trotzdem …«

»Ist schon gut, Thomas.«

Er schwieg einen Augenblick und musterte sie. Er schlug den Briefumschlag in die Handfläche und überlegte, wo er am besten ansetzen sollte. Schließlich sagte er: »John ist …«, aber er zögerte immer noch. Ihm fehlten die passenden Worte.

»Ja, es ist schwer zu beschreiben, nicht wahr? Den richtigen Begriff zu finden, mit dem sich John Stewarts Wesen erfassen lässt.«

»Wahrscheinlich. Ich hätte ihn nicht zurechtweisen sollen, Isabelle. Es war einfach ein Automatismus.«

»Wie gesagt, es spielt keine Rolle.«

»Das hat nichts mit Ihnen zu tun«, sagte Lynley. »Das sollen Sie wissen. John und Barbara liegen seit Jahren im Clinch. Er hat Probleme mit Frauen. Seine Scheidung… Da hat er einen Knacks bekommen. Er hat sich nicht wieder davon erholt und sieht nicht, dass er selbst dazu beigetragen hat.«

»Was ist denn passiert?«

Lynley trat ein und schloss die Tür hinter sich. »Seine Frau hatte eine Affäre.«

»Fragen Sie mich mal, ob mich das überrascht.«

»Sie hatte eine Affäre mit einer Frau.«

»Das kann ich ihr nicht verdenken. Der Typ würde Eva dazu bringen, dass sie Adam für die Schlange sitzen lässt.«

»Die beiden Frauen leben zusammen, und sie haben das Sorgerecht für Johns Töchter.« Er musterte sie, während er das sagte. Sie wandte sich ab.

»Ich habe kein Mitleid mit ihm.«

»Das ist verständlich. Aber manchmal ist es gut, solche Dinge zu wissen, und ich bezweifle, dass es in seiner Akte steht.«

»Sie haben recht. Tut es nicht. Glauben Sie, wir haben etwas gemeinsam, John Stewart und ich?«

»Bei Menschen, die einander bekämpfen, ist das häufig der Fall.« Er wandte sich zur Tür. »Würden Sie mit mir kommen, Isabelle? Sie müssten in Ihrem Wagen fahren, da ich nicht hierher zurückkommen werde. Ich möchte Ihnen gern jemanden vorstellen.«

Sie runzelte die Stirn. »Was hat das jetzt zu bedeuten?«

»Nicht viel eigentlich. Aber da wir ohnehin Feierabend haben… Wir könnten anschließend etwas essen gehen, wenn Sie möchten. Wenn man über einen Fall redet, kommt man manchmal auf Dinge, die man vorher nicht bedacht hat. Streiten kann denselben Effekt haben.«

»Ist es das, was Sie wollen? Streiten?«

»Es gibt doch zweifellos Bereiche, in denen wir geteilter Meinung sind, nicht wahr? Kommen Sie mit.«

Isabelle sah sich in ihrem Büro um. Warum eigentlich nicht?, dachte sie und nickte knapp. »Ich muss nur noch ein paar Sachen zusammenpacken. Wir treffen uns dann unten.«

Nachdem er gegangen war, nutzte sie die Zeit, kurz auf die Damentoilette zu gehen, wo sie sich im Spiegel betrachtete und die Strapazen des Tages auf ihrem Gesicht ablas, vor allem zwischen den Augen, wo sich eine tiefe Falte immer deutlicher eingrub. Sie beschloss, ihr Make-up aufzufrischen, was ihr einen Vorwand verschaffte, ihre Handtasche zu öffnen. Sie warf einen Blick auf ihre schlummernden Schätzchen und wusste, sie würde nur einen Moment brauchen, um sich eines davon zur Brust zu nehmen. Oder alle vier. Aber eisern klappte sie die Handtasche wieder zu und machte sich auf den Weg zu ihrem Kollegen.

Lynley verriet ihr nicht, wohin sie fahren würden. Er nickte nur, als sie unten ankam, und sagte, er werde sie im Rückspiegel im Auge behalten. Dann stieg er in den Healey Elliott und fuhr mit Vollgas aus der Tiefgarage auf die Straße.

Er hielt sich in Richtung Themse. Wie versprochen behielt er sie im Auge, was sich seltsam beruhigend auf sie auswirkte. Sie hätte nicht sagen können, warum.

Da sie sich in London nicht auskannte, hatte sie keine Ahnung, wohin die Fahrt ging, als sie der Themse in südwestlicher Richtung folgten. Erst als sie rechter Hand in einiger Entfernung die goldene Kugel auf dem Obelisken entdeckte, wurde ihr klar, dass sie sich in Chelsea befanden und zum Royal Hospital kamen. Die ausgedehnten Rasenflächen der Ranelagh Gardens waren von der Hitze verdorrt, aber ein paar Unerschrockene hatten sich dort zu einem spätnachmittäglichen Fußballspiel versammelt.

Direkt hinter dem Park bog Lynley rechts ab. Er folgte der Oakley Street, dann hielt er sich wieder links und noch einmal links. Sie befanden sich in einem bürgerlichen Viertel von Chelsea, das von hohen Backsteinhäusern, schmiedeeisernen Gartenzäunen und Laubbäumen geprägt war. Lynley deutete auf eine Parklücke, fuhr ein Stück vor und wartete, bis sie eingeparkt hatte. Nachdem sie bei ihm eingestiegen war, fuhr er noch ein Stück weiter, bis die Themse wieder vor ihnen auftauchte.

Lynley hielt vor einem Pub, sagte, er sei gleich zurück, und ging hinein. Er habe eine Abmachung mit dem Wirt, erklärte er ihr, als er wieder einstieg. Wenn es in der Cheyne Row keinen freien Parkplatz mehr gab, was anscheinend meistens der Fall war, stellte Lynley seinen Wagen am Pub ab und gab sicherheitshalber dem Barkeeper den Schlüssel.

»Hier entlang bitte«, sagte er und führte sie zu einem Haus an der Ecke Cheyne Row und Lordship Place. Sie vermutete, dass das Gebäude wie alle anderen in der Straße in Eigentumswohnungen umgewandelt worden war, weil sie sich nicht vorstellen konnte, dass jemand eine von diesen teuren Londoner Immobilien komplett besitzen konnte. Das Namensschild an der Klingel belehrte sie jedoch eines Besseren, und als Lynley die Klingel betätigte, schlug drinnen sofort ein Hund an, der erst aufhörte zu bellen, als ein Mann ihn anherrschte: »Aus! Man sollte meinen, wir würden überfallen.«

Ein Langhaardackel kam herausgeschossen, der, anstatt die Eindringlinge anzugreifen, freudig um ihre Füße herumsprang.

»Vorsicht, nicht drauftreten«, sagte der Mann zu Isabelle. »Peach will etwas zu fressen. Eigentlich will sie immer nur fressen.« Dann grüßte er Lynley mit einem Nicken und murmelte: »Lord Ash'rton«, als wüsste er zwar, dass Lynley eine andere Anrede bevorzugte, könnte sich jedoch nicht dazu durchringen, ihn weniger formell zu begrüßen. Dann fügte er lächelnd hinzu: »Ich mixe gerade ein paar Gin Tonics. Wollen Sie auch einen?«, und hielt ihnen die Tür auf.

»Sie planen wohl ein Besäufnis?«, bemerkte Lynley, der Isabelle bedeutete, vor ihm einzutreten.

Der Mann lachte in sich hinein. »Tja, manchmal geschehen Wunder«, erwiderte er trocken. Und als Lynley Isabelle Ardery vorstellte, sagte er: »Hocherfreut, Superintendent.«

Er hieß Joseph Cotter, erfuhr sie, und auch wenn er kein Diener zu sein schien – obwohl er für andere Drinks mixte –, war er offenbar auch nicht der Hausherr. Der Hausherr war jemand, den sie oben finden würden, wie Joseph Cotter ihnen mitteilte, bevor er in einem Zimmer zur Linken verschwand. »Also, einen Gin Tonic, M'lord?«, rief er über die Schulter. »Superintendent?«

Lynley antwortete, er werde gern einen nehmen. Isabelle zögerte. »Für mich lieber ein Glas Wasser, bitte«, antwortete sie.

»Geht in Ordnung.«

Der Dackel schnupperte währenddessen an ihren Schuhen, als hoffte er, darin auf Essbares zu stoßen. Als er nicht fündig wurde, verzog er sich nach oben, und Isabelle hörte das Scharren seiner Pfoten auf den hölzernen Stufen.

Lynley und Isabelle folgten ihm die Treppe hinauf. Sie fragte sich, wohin zum Teufel sie eigentlich gingen und was dieser Joseph Cotter gemeint hatte. Sie erklommen Stockwerk um Stockwerk. An den cremefarben gestrichenen Wänden über dunkler Vertäfelung hingen Dutzende von Schwarz-Weiß-Fotos, meist Porträts, aufgelockert durch interessante Landschaftsaufnahmen. Im obersten Stockwerk des Hauses – Isabelle hatte es aufgegeben zu zählen, wie viele es eigentlich waren – gab es nur zwei Zimmer und keinen Flur, und hier waren alle Wände bis unter die Decke voll gehängt mit Fotos, sodass der Eindruck entstand, man befände sich in einem Fotografiemuseum.

»Deborah? Simon?«, rief Lynley, worauf eine Frauenstimme antwortete: »Tommy? Hallo?«, und ein Mann: »Wir sind hier, Tommy. Pass auf die Pfütze auf, Liebes«, worauf sie antwortete: »Lass mich das machen, Simon. Du machst es nur noch schlimmer.«

Isabelle ging Lynley voraus in das Zimmer, das sein Licht hauptsächlich durch ein riesiges Dachfenster erhielt, das fast die ganze Tiefe einnahm. Eine rothaarige Frau kniete auf dem Boden und wischte irgendetwas auf. Ihr hagerer Gefährte reichte ihr ein Handtuch nach dem anderen. Sie sagte: »Noch zwei, dann müssten wir's haben. Gott, was für ein Chaos.«

Genauso gut hätte sie damit das Zimmer selbst meinen können, in dem es aussah wie in dem Labor eines wahnsinnigen Wissenschaftlers. Die Schreibtische waren übersät mit Akten und Dokumenten. Zwei Ventilatoren, die man in dem vergeblichen Versuch, die Hitze etwas zu mildern, in die Fenster gestellt hatte, wirbelten alles durcheinander. Mit Zeitschriften und Büchern vollgestopfte Regale, Gestelle mit Röhren, Bechergläsern und Pipetten, drei Computer, Magnettafeln, Videogeräte und Bildschirme. Isabelle konnte sich nicht vorstellen, wie irgendjemand an diesem Ort vernünftig arbeiten sollte.

Offensichtlich erging es Lynley ebenso, denn er sah sich um und sagte: »Aha«, während er mit dem Mann, den er als Simon St. James vorstellte, Blicke tauschte. Die Frau war St. James' Frau Deborah, und Isabelle erinnerte sich daran, dass so die Fotografin hieß, die das Foto von Jemima Hastings aufgenommen hatte. Auch St. James' Name war ihr geläufig. Er war Rechtsmediziner und wurde schon seit Jahren sowohl von der Verteidigung als auch von der Staatsanwaltschaft bei Mordprozessen als forensischer Gutachter hinzugezogen. Die vertraute Art, wie die drei miteinander umgingen, ließ erkennen, dass sie sich sehr gut kannten, und Isabelle fragte sich, warum Lynley darauf bestanden hatte, sie Simon und Deborah St. James vorzustellen.

»Tja, wie du siehst«, antwortete St. James auf Lynleys »Aha«, und sein gleichmütiger Tonfall schien irgendeine Information über den Zustand des Raums zu vermitteln.

Hinter all den Arbeitsutensilien führte eine Tür in eine Dunkelkammer, aus der die Flüssigkeit ins Zimmer gelaufen war. Fixierer, erklärte Deborah St. James, während sie ihre Aufwischarbeit beendete. Sie habe einen ganzen Kanister davon verschüttet. »Einen fast leeren Behälter kippt man nie um, ist euch das schon mal aufgefallen?«

Als sie fertig war, stand sie auf und warf ihr Haar in den Nacken. Sie griff in die Tasche ihrer Latzhose aus olivgrünem Knitterleinen – ein Kleidungsstück, das ihr ungeheuer schmeichelte, während jede andere Frau darin lächerlich gewirkt hätte – und förderte eine enorme Haarspange zutage. Sie gehörte zu der Sorte Frauen, die ihr Haar mit einer einzigen geschickten Bewegung nehmen und zu einer modisch zerzausten Frisur binden konnten. Sie war nicht schön, dachte Isabelle, aber sie besaß eine Natürlichkeit, die sie äußerst attraktiv machte.

Dass Lynley sie attraktiv fand, versuchte er gar nicht erst zu verbergen. »Deb«, sagte er, umarmte sie und gab ihr einen Kuss auf die Wange. Sie berührte mit den Fingerspitzen kurz seinen Nacken. »Tommy«, erwiderte sie.

St. James sah mit undurchdringlicher Miene zu. Dann wanderte sein Blick von den beiden zu Isabelle. »Wie kommen Sie zurecht bei der Met?«, fragte er leichthin. »Man hat Sie ins eiskalte Wasser geworfen, wenn ich mir die Bemerkung erlauben darf.«

»Tja, besser eiskaltes Wasser als Schlangengrube«, erwiderte Isabelle.

»Dad macht uns ein paar Drinks«, sagte Deborah. »Hat er Ihnen schon etwas angeboten? Hat er bestimmt. Aber wir wollen sie nicht hier oben zu uns nehmen. Im Garten bekommen wir ein bisschen Luft. Es sei denn …« Sie sah von Lynley zu Isabelle. »Geht's um etwas Berufliches, Tommy?«

»Das können wir im Garten genauso gut besprechen wie hier.«

»Mit mir? Oder mit Simon?«

»Diesmal mit Simon«, sagte er, und zu St. James: »Wenn du einen Moment Zeit hättest? Es wird nicht lange dauern.«

»Ich war hier sowieso fertig.« St. James sah sich um und fügte hinzu: »Sie hatte das verrückteste Ordnungssystem, Tommy. Ich schwöre dir, ich blicke immer noch nicht durch.«

»Sie wollte sich dir unentbehrlich machen.«

»Nun, das war sie.«

Isabelle blickte wieder von einem zum anderen. Ein Insidergespräch, dachte sie.

»Irgendwann wird sich alles fügen, meinst du nicht?«, sagte Deborah, aber sie schien nicht die Akten zu meinen. Dann lächelte sie Isabelle an und sagte: »Kommen Sie, gehen wir nach draußen.«

Der kleine Hund hatte es sich in einer Ecke auf einer zerfetzten Decke gemütlich gemacht, flitzte jedoch, als er merkte, wohin es ging, brav die Treppen wieder hinunter. Im Erdgeschoss rief Deborah: »Wir gehen in den Garten, Dad.« Joseph Cotter antwortete aus dem Arbeitszimmer, wo das Klappern von Glas auf Metall darauf schließen ließ, dass die Getränke auf ein Tablett gestellt wurden: »Ich bin gleich da.«

Der Garten bestand aus einem Rasen, einer mit Backsteinen gepflasterten Veranda, Staudenrabatten und einem dekorativen Kirschbaum. Deborah St. James geleitete Isabelle Ardery zu einer Sitzgruppe unter dem Baum und plauderte über das Wetter. Nachdem sie Platz genommen hatten, wechselte sie das Thema. »Wie schlägt er sich denn?«, fragte sie freimütig. »Wir machen uns Sorgen um ihn.«

»Eigentlich kann ich das gar nicht beurteilen, weil ich bisher noch nie mit ihm zusammengearbeitet habe«, antwortete Isabelle. »Er scheint aber ganz gut zurechtzukommen, soweit ich das sagen kann. Er ist sehr liebenswürdig, nicht wahr?«

Deborah ließ sich Zeit mit der Antwort. Ihr Blick wanderte zum Haus, als könnte sie die Männer drinnen sehen. »Helen hat mit Simon zusammengearbeitet. Tommys Frau«, sagte sie schließlich.

»Wirklich? Das wusste ich nicht. War sie auch Forensikerin?«

»Nein, nein. Sie war… Na ja, sie war vor allem Helen. Sie hat ihm geholfen, wenn er sie brauchte, was gewöhnlich drei bis vier Mal die Woche passierte. Sie fehlt ihm sehr, aber er spricht nicht darüber.« Sie schaute Isabelle wieder an. »Vor Jahren wollten die beiden heiraten – Simon und Helen –, aber sie haben es nicht getan. Na ja, versteht sich«, fügte sie lächelnd hinzu, »und Helen hat schließlich Tommy geheiratet. Keine ganz einfache Situation, nicht wahr? Erst Liebende und dann Freunde.«

Isabelle fragte nicht, warum Lynleys Frau und Deborahs Ehemann nicht geheiratet hatten. Sie hätte es gern getan, aber in diesem Augenblick kamen die beiden Männer aus dem Haus, in ihrem Gefolge Joseph Cotter mit dem Getränketablett und der

Haushund, der mit einem gelben Ball in der Schnauze über den Rasen fegte und sich, genüsslich auf dem Ball herumkauend, vor Deborahs Füße warf.

Lynley kam ohne viel Aufhebens auf den Grund seines Besuchs in Chelsea zu sprechen. Er übergab Simon den Briefumschlag, den er schon im Yard in der Hand gehalten hatte. Simon öffnete ihn und nahm den Inhalt heraus. Isabelle erkannte das Foto von dem gelben Hemd aus der Oxfamtonne.

»Was sagt dir das?«, fragte Lynley seinen Freund.

St. James betrachtete das Foto eine Weile schweigend. »Ich denke, es handelt sich um arterielles Blut. An den Sprenkeln auf der Vorderseite des Hemds sieht man deutlich, dass das Blut heftig gespritzt ist.«

»Und das bedeutet?«

»Das bedeutet, der Mörder hat es getragen, und er stand sehr dicht vor dem Opfer, als er ihm die tödliche Wunde beigebracht hat. Sieh dir mal die Blutspuren am Kragen an.«

»Was schließt du daraus?«

St. James dachte darüber nach, den Blick ins Leere gerichtet. »Schon merkwürdig…«, antwortete er. »Ich würde sagen, eine Umarmung. Andernfalls befände sich die größte Blutmenge auf dem Ärmel, nicht auf dem Kragen und der Vorderseite des Hemds. Ich mach's dir vor. Deborah?«

Er stand auf, was ihm nicht leicht fiel, da er behindert war. Das war Isabelle vorher entgangen. Er trug eine Beinschiene, was seine Bewegungen unbeholfen wirken ließ.

Seine Frau stand ebenfalls auf und stellte sich so hin, wie St. James sie anwies. Er legte ihr den linken Arm um die Taille und zog sie an sich. Er beugte sich vor, als wollte er sie küssen, während er die rechte Hand hob und an ihren Hals führte. Nachdem er seine Demonstration beendet hatte, streichelte er seiner Frau über den Kopf, wies mit dem Kinn zum Foto und sagte zu Lynley: »Du siehst, dass der größte Teil des Bluts sich auf der rechten Hemdbrust verteilt hat. Er ist größer, als sie es war, aber nicht wesentlich.«

»Es gab keine Verteidigungsspuren, Simon.«

»Also muss sie ihn gut gekannt haben.«

»Demnach war sie freiwillig mit ihm dort?«

»Das würde ich behaupten.«

Isabelle sagte nichts. Sie begriff den Zweck ihres Besuchs bei den St. James' und wusste nicht, ob sie dankbar dafür sein sollte, dass Lynley diese Schlussfolgerungen – die er sicherlich längst anhand des Fotos gezogen hatte – nicht vor dem versammelten Team im Yard geäußert hatte, oder wütend darüber, dass er sich dazu entschlossen hatte, es vor seinen Freunden zu tun. Hier würde sie sich nicht mit ihm anlegen, und das hatte er natürlich vorausgesehen. Ihr Bild von Matsumoto als Mörder bröckelte gewaltig. Sie musste sich etwas einfallen lassen, und zwar schnell.

Sie rutschte auf ihrem Stuhl hin und her. Sie nickte wissend und murmelte ihren Dank, dass sie sich Zeit genommen hätten, sie müsse allerdings leider aufbrechen. Es gebe einiges zu erledigen, sie müsse früh aufstehen, möglicherweise sei ein Zeuge zu vernehmen, außerdem stehe ein Treffen mit Hillier an… Sie würden das sicherlich verstehen.

Deborah begleitete sie zur Tür. Isabelle fragte sie, ob ihr an dem Tag, als das Foto aufgenommen wurde, irgendetwas Ungewöhnliches aufgefallen sei.

Wie zu erwarten, gab Deborah zur Antwort, das sei alles schon ein halbes Jahr her. Sie könne sich an so gut wie gar nichts mehr erinnern, außer dass Sidney St. James – »Simons Schwester« – bei dem Fototermin anwesend gewesen sei. »Ach ja, und Matt war auch da«, fügte sie hinzu.

»Matt?«

»Matt Jones. Sidneys Lebensgefährte. Er hat sie zum Friedhof gebracht und eine Zeit lang zugesehen. Er ist aber nicht lange geblieben. Tut mir leid, das hätte ich schon früher erwähnen sollen. An ihn hatte ich gar nicht mehr gedacht.«

Darüber dachte Isabelle nach, während sie zu ihrem Wagen ging. Aber sie war in ihren Überlegungen noch nicht weit gediehen, als ihr Name gerufen wurde. Sie drehte sich um und sah Lynley den Gehweg entlangkommen. Als er zu ihr aufgeschlossen hatte, sagte sie: »Matt Jones.«

»Wer?« Er hielt den Briefumschlag wieder in der Hand. Als sie darauf deutete, gab er ihn ihr.

»Sidney St. James' Freund. Ihr Lebensgefährte. Was auch immer. Deborah sagt, er war dort an jenem Tag, auf dem Friedhof. Es war ihr entfallen.«

»Wann?« Dann begriff er. »An dem Tag, als sie das Foto gemacht hat?«

»Genau. Was wissen wir über ihn?«

»Bisher wissen wir nur, dass es Hunderte Männer mit dem Namen Matthew Jones gibt. Philip ist dem nachgegangen, aber ...«

»Schon gut. Ich habe verstanden, Thomas.« Sie seufzte. Sie hatte Hale von den Ermittlungen abgezogen und ihn dazu verdonnert, im St.-Thomas-Krankenhaus Wache zu schieben. Falls es also wichtige Informationen über Matt Jones gab, schlummerten sie noch irgendwo und warteten darauf, entdeckt zu werden.

Lynleys Blick wanderte zur Themse. »Wie wäre es mit einem Abendessen, Isabelle?«, fragte er. »Ich meine, haben Sie Hunger? Wir könnten in einem Pub einkehren. Oder, falls es Ihnen lieber ist – ich wohne nicht weit von hier. Aber das wissen Sie ja. Sie waren ja schon dort.« Die Einladung schien ihn verlegen zu machen, was Isabelle – trotz ihrer wachsenden Beunruhigung in Bezug auf die Ermittlungen – charmant fand. Gleichzeitig war sie sich der Gefahren bewusst, die eine nähere Bekanntschaft mit Thomas Lynley mit sich bringen würde, und diesen Gefahren wollte sie sich nicht aussetzen.

»Ich würde mich gern mit Ihnen über den Fall unterhalten.«

»Das ist alles?«, fragte sie und stellte verblüfft fest, dass er errötete. Sie hatte ihn nicht so eingeschätzt, dass ihm das leicht passierte.

»Natürlich, was sonst?«, gab er zurück. Dann fügte er hinzu:

»Da wären aber auch noch Hillier, die Presse, John Stewart. Die ganze Situation. Und Hampshire.«

»Was ist mit Hampshire?« Ihre Frage kam schroff.

»Kommen Sie mit ins *King's Head*«, sagte er. »Wir brauchen eine Pause.«

Sie blieben drei Stunden. Lynley sagte sich, dass das alles nur dem vorliegenden Fall dienlich war. Dennoch ging es bei ihrem ausgedehnten Aufenthalt im *King's Head and Eight Bells* um mehr als die verschiedenen Aspekte der Ermittlungen. Es war ihm ein Anliegen, Acting Superintendent Ardery näher kennenzulernen und sich ein anderes Bild von ihr zu machen.

Wie die meisten Menschen war sie vorsichtig mit dem, was sie von sich preisgab, und das, was sie preisgab, klang positiv: ein älterer Bruder, der in Neuseeland Schafe züchtete. Beide Eltern rüstig und wohnhaft in der Nähe von Dover, wo Dad Fahrscheinverkäufer bei einer Fährgesellschaft war und Mum Hausfrau und Mitglied im Kirchenchor. Schulischer Werdegang an römisch-katholischen Einrichtungen, allerdings gehörte sie heute keiner Religionsgemeinschaft mehr an. Ihr Exmann war eine Sandkastenliebe gewesen, die sie leider sehr jung geheiratet hatte, als beide noch zu unreif waren, um eine Ehe zu meistern.

»Ich bin nicht geschaffen für Kompromisse«, gestand sie ein. »Ich will, was ich will, und das ist das Problem.«

»Und was wollen Sie, Isabelle?«, fragte er.

Sie sah ihm offen in die Augen, bevor sie antwortete. Es war ein langer Blick, der alles von einer ganzen Reihe von Dingen beinhalten konnte, vermutete er. Schließlich sagte sie achselzuckend: »Ich nehme an, dass ich will, was die meisten Frauen wollen.«

Er wartete auf mehr. Aber mehr bot sie ihm nicht an. Um sie herum schien der Lärm der Nachtschwärmer plötzlich verstummt zu sein, bis ihm klar wurde, dass es sein Herzschlag war, der die Geräusche übertönte und ihm unerklärlich laut in den Ohren pochte. »Und was ist das?«

Sie befingerte den Stiel ihres Glases. Sie hatten Wein getrunken, zwei Flaschen, und am nächsten Morgen würde er den Preis dafür zahlen müssen. Aber sie saßen schon seit mehreren Stunden hier, und er fühlte sich nicht im Mindesten betrunken.

Er sagte ihren Namen, um sie zu einer Reaktion zu ermuntern, und wiederholte die Frage.

»Sie sind doch ein erfahrener Mann, also werden Sie es vermutlich wissen«, sagte sie.

Wieder Herzklopfen, diesmal in Verbindung mit einer zugeschnürten Kehle, was überhaupt keinen Sinn ergab. Aber es hielt ihn davon ab, eine Antwort zu geben.

»Danke für das Abendessen«, sagte sie. »Und auch für den Besuch bei den St. James'.«

»Keine Ursache.«

Sie erhob sich, schulterte ihre Handtasche und legte ihre Hand auf seine. »Doch, doch. Sie hätten die Schlussfolgerungen, die Sie längst gezogen hatten, auch während unserer Teambesprechung vorbringen können. Ich bin nicht blind, Thomas. Sie hätten mich als perfekte Idiotin dastehen lassen und mich in Bezug auf Matsumoto zum Handeln zwingen können, aber das haben Sie nicht getan. Sie sind ein sehr liebenswürdiger und anständiger Mann.«

24

Unter *Sheldon Pockworth Numismatics* hatte Lynley sich einen Laden in einer dunklen Gasse in Whitechapel vorgestellt, mit einem Eigentümer vom Typ des Dickens'schen Mr. Venus, der mit Knochen handelte anstatt mit Medaillen und Münzen. Was er vorfand, war jedoch weit davon entfernt. Das Geschäft war sauber, modern eingerichtet und hell erleuchtet. Es war in der Nähe der Old Town Hall in Chelsea in einem gepflegten Backsteinhaus an der Ecke King's Road und Sydney Street untergebracht, wo es sich die zweifellos teuren Verkaufsräume mit weiteren Läden teilte, die Antiquitäten, Silber, Schmuck, Gemälde und wertvolles Porzellan verkauften.

Einen Sheldon Pockworth gab es nicht und hatte es nie gegeben. Stattdessen traf Lynley auf einen James Dugué, der eher wie ein Technokrat wirkte als jemand, der mit Münzen und Militärorden aus den Napoleonischen Kriegen handelte. Als Lynley das Geschäft betrat, blätterte Dugué gerade in einem dicken Wälzer, der auf einem makellos sauberen Glastresen lag. Darunter glänzten Gold- und Silbermünzen auf einem Drehgestell. Als Mr. Dugué aufblickte, spiegelte sich das Licht in seiner eleganten Nickelbrille. Er trug ein gestärktes rosafarbenes Hemd und eine dunkelblaue Krawatte mit grünen Diagonalstreifen. Seine Hose war ebenfalls dunkelblau, und als er hinter dem Tresen hervorkam, um an eine andere Vitrine zu treten, bemerkte Lynley, dass er blütenweiße Sportschuhe ohne Socken trug. Forsch schien das passende Wort, um ihn zu beschreiben. Und wie sich herausstellte, auch gewissenhaft.

Lynley war auf direktem Weg zu dem Geschäft gefahren anstatt zuerst zum Yard. Da er in der Nähe wohnte, war ihm das sinnvoller erschienen, und er hatte Isabelle per Handy darüber informiert. Sie hatten nur kurz miteinander gesprochen, zögerlich und höflich. Irgendetwas zwischen ihnen hatte sich verändert.

Nach dem Essen am Vorabend hatte er sie zu ihrem Wagen begleitet, obwohl sie ihm erklärt hatte, er brauche nicht den wohlerzogenen Kavalier zu markieren. Sie sei absolut dazu in der Lage, sich selbst zu verteidigen in dem ziemlich unwahrscheinlichen Fall, dass sie in diesem eleganten Viertel belästigt werden sollte. Doch dann war ihr plötzlich bewusst geworden, was sie da gesagt hatte. Sie war unvermittelt stehen geblieben, hatte sich zu ihm umgedreht, ihm eine Hand auf den Arm gelegt und gemurmelt: »O mein Gott. Es tut mir so leid, Thomas«, woraus er geschlossen hatte, dass ihre Bemerkung sich auf Helen bezog, die in einem ähnlichen Viertel und nur knapp anderthalb Kilometer von hier entfernt ermordet worden war.

»Danke«, hatte er erwidert. »Aber Sie müssen wirklich nicht…« Er hatte gezögert, mehr zu sagen, und etwas gestottert wie: »Es ist einfach so, dass…«, bevor es ihm auf der Suche nach den passenden Worten die Sprache verschlug.

Sie standen im Schatten einer Buche, deren Laub sich aufgrund des trockenen, heißen Sommers bereits auf dem Pflaster sammelte. Wieder einmal wurde ihm bewusst, dass er sich beinahe auf Augenhöhe mit Isabelle Ardery befand: eine groß gewachsene Frau, schlank, ohne zu dünn zu sein, mit ausgeprägten Wangenknochen, was ihm bisher nicht aufgefallen war, und großen Augen, die er bisher ebenso wenig bemerkt hatte. Sie öffnete den Mund, als wollte sie etwas sagen.

Er hielt ihrem Blick stand. Ein Moment verging. Als neben ihnen eine Autotür zugeschlagen wurde, sah er weg. »Ich wünschte, man könnte unbefangener mit mir umgehen.«

Sie gab keine Antwort darauf.

»Alle haben Angst, es könnte ihnen etwas herausrutschen, was Erinnerungen in mir weckt. Ich verstehe das. Mir würde es wahrscheinlich genauso gehen. Aber ich verstehe nicht, wie man auf die Idee kommen kann, ich müsste überhaupt erinnert werden oder dass ich mich davor fürchte, erinnert zu werden.«

Sie sagte immer noch nichts.

»Was ich meine, ist, dass Helen ohnehin da ist. Sie ist immer präsent. Wie könnte es anders sein? Sie hat etwas so Simples getan, sie kam vom Einkaufen nach Hause, und plötzlich waren sie da. Zu zweit. Der sie erschossen hat, war zwölf. Er hat es ohne jeden Grund getan. Nur weil sie dort war. Er wurde geschnappt, der andere nicht, und er – der Junge – gibt den Namen des anderen nicht preis. Er sagt kein Wort zu dem, was geschehen ist. Seit man ihn gefasst hat, sagt er nichts. In Wirklichkeit möchte ich nur wissen, was sie vielleicht zu ihnen gesagt hat, bevor sie … Denn irgendwie denke ich, ich würde … Wenn ich nur wüsste …«

Seine Kehle war wie zugeschnürt, und zu seinem Entsetzen spürte er, dass er in Tränen ausbrechen würde, wenn er nicht aufhörte zu reden. Er schüttelte den Kopf und räusperte sich. Er starrte auf die Straße.

Ihre Hand war außergewöhnlich weich, als sie ihn berührte. »Sie brauchen mir nichts zu erklären, Thomas. Wirklich. Kommen Sie.«

Als hätte sie den Eindruck, er werde es nicht tun, fasste sie ihn am Ellbogen, während sie die andere Hand auf seinem Arm liegen ließ. Als sie sich an seine Seite schmiegte, überkam ihn ein tröstliches Gefühl. Bis auf seine unmittelbaren Familienangehörigen und Deborah St. James hatte ihn schon seit Monaten niemand mehr angefasst, außer beim Händeschütteln. Es war, als hätten die Leute Angst vor ihm bekommen, als könnte sich die Tragödie, die ihm widerfahren war, durch eine Berührung irgendwie auf sie übertragen. Er fühlte sich dermaßen erleichtert durch die Berührung, dass er bereitwillig mit ihr ging, und schon bald fanden ihre Schritte einen natürlichen Rhythmus.

»Da sind wir«, sagte sie, als sie ihren Wagen erreichten. Sie stand ihm gegenüber. »Das war ein schöner Abend. Ihre Gesellschaft ist sehr angenehm, Thomas.«

»Da habe ich meine Zweifel«, entgegnete er ruhig.

»Wirklich?«

»Ja. Und Sie können Tommy zu mir sagen. So nennen mich die meisten Leute.«

»Tommy. Ja. Das ist mir schon aufgefallen.« Sie lächelte. »Ich werde Sie jetzt umarmen, und Sie sollen wissen, dass das freundschaftlich gemeint ist.« Sie nahm ihn in die Arme. Sie zog ihn an sich – nur für einen kurzen Moment – und berührte leicht mit ihren Lippen seine Wange. »Ich glaube, ich bleibe erst mal bei Thomas, wenn Sie nichts dagegen haben«, sagte sie, bevor sie in ihren Wagen stieg und davonfuhr.

Und jetzt stand Lynley in dem Münzengeschäft und wartete, während der Eigentümer den schweren Wälzer wegstellte. Lynley reichte Dugué die Visitenkarte, die sie in Jemima Hastings' Handtasche gefunden hatten, legte ihm das Foto von Jemima aus der Portrait Gallery vor und zeigte ihm seinen Dienstausweis.

Zu Lynleys Überraschung sagte Dugué, nachdem er Lynleys Ausweis betrachtet hatte: »Sie sind doch der Polizist, der im vergangenen Februar seine Frau verloren hat, nicht wahr?«

»Stimmt.«

»Ich kann mich noch daran erinnern. Eine fürchterliche Sache. Womit kann ich dienen?« Und als Lynley mit dem Kinn auf Jemimas Porträtfoto deutete, fügte er hinzu: »Ja. Ich erinnere mich an sie. Sie war hier im Laden.«

»Wann war das?«

Dugué überlegte. Er schaute durch die große Schaufensterfront auf die Straße hinaus. »Um Weihnachten herum«, antwortete er schließlich. »Genauer kann ich es Ihnen nicht sagen, aber ich erinnere mich noch an den Weihnachtsschmuck. Sie wurde von hinten beschienen von den Lichterketten, die wir draußen im Gang angebracht hatten. Also muss es um Weihnachten gewesen sein, plus minus zwei Wochen. Im Gegensatz zu anderen Geschäften lassen wir unsere Dekoration nicht so lange hängen. Wir können sie alle nicht ausstehen, ehrlich gesagt. Und dann dieses Weihnachtsgedudel! Bing Crosby mag ja von Schnee träumen. Ich träume nur noch davon, Bing Crosby zu erwürgen, wenn ich ihn eine Woche lang gehört habe.«

»Hat sie etwas gekauft?«

»Soweit ich mich erinnere, hat sie mich gebeten, mir eine Münze anzusehen. Es handelte sich um einen Aureus, und sie dachte, er wäre vielleicht etwas wert.«

»Aureus.« Lynley bemühte sein Schullatein. »Also aus Gold. War die Münze denn wertvoll?«

»Nicht so wertvoll, wie man annehmen könnte.«

»Obwohl sie aus Gold war?« Lynley hätte vermutet, dass allein das Gold sie kostbar machte. »Wollte sie sie verkaufen?«

»Sie wollte nur wissen, welchen Wert sie besaß – und was für eine Münze es war, denn sie hatte keine Ahnung davon. Sie hielt sie für ziemlich alt, und damit lag sie richtig. Sie war tatsächlich alt. Ungefähr hundertfünfzig nach Christus.«

»Also römisch. Hat sie Ihnen gesagt, wie die Münze in ihren Besitz gelangt war?«

Dugué bat darum, Jemimas Foto noch einmal sehen zu dürfen, als könne dies sein Gedächtnis stimulieren. Nachdem er es eine Weile betrachtet hatte, sagte er langsam: »Ich glaube, sie hat gesagt, sie habe sie unter den Sachen ihres Vaters gefunden. Sie hat nichts Genaueres erwähnt, aber ich hatte den Eindruck, dass er kurz zuvor gestorben war und sie seinen Nachlass durchgesehen hatte, wie man es halt so macht, um zu sehen, was man mit diesem und jenem noch anfangen kann.«

»Haben Sie ihr angeboten, ihr die Münze abzukaufen?«

»Wie gesagt, abgesehen vom Gold selbst war sie mir nicht wertvoll genug. Auf dem freien Markt hätte ich dafür nicht viel bekommen. Sehen Sie … Moment, ich zeige Ihnen etwas.«

Er trat an einen Schreibtisch hinter dem Tresen und öffnete eine Schublade mit verschiedenen Büchern. Er fuhr mit dem Finger über die Buchrücken, nahm ein Buch heraus und sagte: »Der Aureus, den sie mitgebracht hatte, wurde unter der Herrschaft von Antoninus Pius geprägt, der unmittelbar nach Hadrian zum Kaiser aufstieg. Schon mal von ihm gehört?«

»Einer der Fünf Guten Kaiser oder Adoptivkaiser«, sagte Lynley.

Dugué wirkte beeindruckt. »Nicht unbedingt die Art Kenntnis, die ich bei einem Polizisten erwarten würde.«

»Ich habe Geschichte studiert«, räumte Lynley ein. »In einem anderen Leben.«

»Dann wissen Sie sicherlich auch, dass die Zeit seiner Herrschaft ungewöhnlich war.«

»Nur dass es eine Zeit des Friedens war.«

»Richtig. Als einer der Guten war er nicht... Nun, sagen wir mal, er war nicht sexy. Oder zumindest aus heutiger Sicht war er nicht sexy, nicht für Sammler. Er war intelligent, gebildet, erfahren, ein Beschützer der Christen, nachsichtig gegenüber Verschwörern, ist lieber in Rom geblieben und hat den Statthaltern viel Verantwortung übertragen. Er hat seine Frau geliebt und seine Familie, sich um die Armen gekümmert und die Wirtschaft gefördert.«

»Mit einem Wort: langweilig.«

»Im Vergleich zu Caligula oder Nero, aber hallo«, sagte Dugué lächelnd. »Über ihn wurde nicht viel geschrieben, deswegen messen die Sammler ihm keine große Bedeutung bei.«

»Folglich sind seine Münzen auf dem Markt weniger wert?«

»Das und die Tatsache, dass während seiner Herrschaft zweitausend unterschiedliche Münzen geprägt wurden.« Dugué hatte gefunden, wonach er suchte, und drehte das Buch so, dass Lynley einen Blick darauf werfen konnte.

Auf der Seite waren die Vorder- und Rückseite der fraglichen Münze abgebildet. Erstere zeigte eine Büste des Kaisers im Profil und die Worte CAES und ANTONINUS, die seinen Kopf einrahmten. Auf der Rückseite erkannte man eine Frau auf einem Thron. Dies sei Concordia, erklärte Dugué. In der rechten Hand hielt sie eine Opferschale, und zu ihren Füßen waren Füllhörner zu erkennen. Solche Bildnisse seien damals gang und gäbe gewesen, führte der Münzhändler weiter aus, was er auch Jemima gesagt habe. Er habe ihr erklärt, dass die Münze zwar ein relativ seltenes Exemplar sei – »Normalerweise findet man Münzen aus weniger edlem Metall, weil sie in wesentlich größerer Menge geprägt wurden als der Aureus« –, ihr Wert jedoch vom Markt bestimmt werde. Und dieser hänge von der Nachfrage nach der Münze unter den Händlern ab.

»Von welcher Größenordnung reden wir genau?«, fragte Lynley.

»Sie meinen den Wert?« Dugué überlegte und trommelte mit den Fingerspitzen auf die Ausstellungsvitrine. »Ich würde sagen, zwischen fünfhundert und tausend Pfund. *Falls* jemand sich dafür interessiert und *falls* dieser Jemand in einer Auktion gegen einen anderen Interessenten bietet. Sie dürfen nicht vergessen«, schloss Dugué, »dass eine Münze …«

»Sexy sein muss«, vervollständigte Lynley den Satz. »Verstehe. Die mit Sex-Appeal sind die bösen Buben, richtig?«

»Traurig, aber wahr«, pflichtete Dugué ihm bei.

Also könne er davon ausgehen, sagte Lynley, dass *Sheldon Pockworth Numismatics* keinen Aureus aus der Zeit von Antoninus Pius in seiner Sammlung habe?

Das treffe zu, erwiderte Dugué. Wenn der Inspector sich eine Münze aus jener Zeit ansehen wolle, sei das British Museum wohl die richtige Adresse.

Barbara Havers hatte sich gezwungen gesehen, den Tag mit einer Rasur ihrer Beine zu beginnen, was ihr nicht gerade zu guter Laune verholfen hatte. Sie hatte inzwischen festgestellt, dass die Veränderung ihrer äußeren Erscheinung einen Dominoeffekt bewirkte: Zum Beispiel verlangte das Tragen eines Rocks – ausgestellt oder nicht –, dass sie entweder eine Strumpfhose anzog oder mit nackten Beinen ging, und beides verlangte, dass sie etwas in Bezug auf ihre Beine unternahm. Dies erforderte die Verwendung einer Rasierklinge auf ihrer Haut. Und diese wiederum verlangte Rasiercreme oder Sprühschaum.

Da sie weder das eine noch das andere besaß, benutzte sie stattdessen einen Schuss Spülmittel, um Schaum herzustellen.

Aber die ganze Operation führte schließlich dazu, dass sie in den Tiefen ihres Medizinschränkchens nach einem Pflaster suchen musste, nachdem sie sich eine heftig blutende Schnittwunde zugefügt hatte. Erst schrie sie auf, dann fluchte sie. Was zum Teufel hatte die Art, wie sie sich kleidete, eigentlich mit ihren Leistungen als Polizistin zu tun?

Aber es stand außer Frage, dass sie den Rock tragen würde. Und zwar weniger wegen Acting Superintendent Arderys eindeutiger Anweisung, sondern weil Hadiyyah sich so tapfer ins Zeug gelegt und den Rock eigenhändig für Barbara geändert hatte. Und natürlich verlangte dieser Morgen darüber hinaus von ihr, auf dem Weg zur Arbeit als Erstes im Vorderhaus vorbeizuschauen, damit Hadiyyah sie begutachten konnte. Sie trug ihr neues Armband und auch die Bluse. Zu dem Halstuch hatte sie sich nicht durchringen können. Zu warm, sagte sie sich. Sie würde es sich für den Herbst aufsparen.

Azhar öffnete die Tür, und Hadiyyah kam sofort gelaufen, als sie Barbaras Stimme hörte. Beide zeigten sich begeistert von der fragwürdigen Veränderung in Barbaras Erscheinung. »Du siehst super aus!«, rief Hadiyyah und verschränkte ihre Hände unterm Kinn, als könnte sie sich nur so davon abhalten, Beifall zu klatschen. »Dad, sieht Barbara nicht wunderschön aus?«

»Das trifft es vielleicht nicht ganz, meine Kleine«, sagte Barbara, »aber trotzdem danke.«

»Hadiyyah hat recht«, bekräftigte Azhar. »Es steht Ihnen wirklich sehr gut.«

»Und sie hat sogar Make-up aufgelegt«, rief Hadiyyah aus. »Siehst du ihr Make-up, Dad? Mummy sagt immer, dass das Make-up nur betont, was man sowieso hat, und Barbara hat es genau wie Mummy benutzt. Findest du nicht auch, Dad?«

»Stimmt.« Azhar legte den Arm um Hadiyyahs Schultern. »Das habt ihr beide richtig gut gemacht, *khushi*«, sagte er zu ihr.

Die Komplimente taten Barbara gut. Sie wusste, dass sie nur der Freundlichkeit und Freundschaft geschuldet waren – sie war keine auch nur annähernd attraktive Frau und würde auch nie eine werden –, und doch gefiel es ihr, dass die beiden ihr nachschauten, als sie durch das Gartentor zu ihrem Wagen ging.

Im Yard nahm sie sowohl das Gejohle als auch die freundlich gemeinten Spötteleien ihrer Kollegen stoisch in Kauf. Sie ertrug die Bemerkungen schweigend, während sie sich auf die Suche nach Lynley machte, der jedoch nicht anwesend war. Auch Isabelle Ardery war nicht in ihrem Büro, wie man ihr mitteilte. Das Erste, was am frühen Morgen vorgefallen sei: Hillier habe Isabelle Ardery zu sich zitiert.

War Lynley mit ihr gegangen? Sie stellte Winston Nkata die Frage betont beiläufig, doch er ließ sich nicht täuschen.

»Abwarten und Tee trinken, Barb«, erwiderte er. »Mach dir bloß nicht ins Hemd.«

Sie warf ihm einen finsteren Blick zu. Dass Winston Nkata sie so gut kannte, brachte sie auf die Palme, und sie fragte sich, wie es dazu hatte kommen können. War sie so leicht zu durchschauen? Was hatte er wohl sonst noch alles über sie rausgefunden?

Unvermittelt fragte sie, ob irgendjemand irgendeine brauchbare Information über Zachary Whiting zu bieten habe außer der Tatsache, dass er sich hin und wieder im Dienst etwas übereifrig gebärdete, was auch immer das letztlich heißen mochte. Aber es gab nichts. Jeder arbeitete an etwas anderem. Barbara seufzte. Falls irgendetwas über irgendjemanden in Hampshire auszugraben war, würde ihr wohl nichts anderes übrig bleiben, als den Spaten selbst in die Hand zu nehmen.

Es lag an dem Ergebnis, das aus der Pathologie über die Haare in Jemima Hastings' Hand gekommen war. Sie hatten Haare eines Asiaten an der Leiche, die Mordwaffe im Besitz eines japanischen Geigers, das Blut des Opfers an dessen Kleidung und darüber hinaus Zeugen, die den Japaner am Tag der Tat mit ebenjener Kleidung in der Nähe des Tatorts gesehen hatten – und sie, Barbara, hatte nichts Dringlicheres zu tun, als weiter in der Geschichte eines nur am Rande verdächtigen

Kollegen herumzuwühlen? Und das, obwohl man in einer Altkleidertonne am anderen Themse-Ufer in Putney ein blutverschmiertes gelbes Hemd gefunden hatte? Dies waren entscheidende Schritte – ganz zu schweigen davon, dass in derselben Altkleidertonne auch noch die Handtasche aufgetaucht war.

Nichtsdestotrotz beschloss sie, sich Whiting vorzunehmen. Jemand hatte ausgesagt, er sei reichlich übereifrig im Dienst, also musste es irgendwo Unterlagen geben, in denen näher definiert war, worin dieser Übereifer bestanden hatte. Man musste lediglich Whitings Werdegang zurückverfolgen, bis sich irgendjemand fand, der bereit war, offen über den Mann zu sprechen. Wo, zum Beispiel, war er vor Lyndhurst gewesen? Es war mehr als unwahrscheinlich, dass er die Stufen der Karriereleiter an einem einzigen Ort erklommen hatte. So etwas kam einfach nicht vor.

Das Innenministerium wäre die geeignetste Informationsquelle, aber dort Nachforschungen anzustellen, würde weder leicht sein noch schnell gehen. Die Hierarchie dieser Behörde war ein einziges Labyrinth; sie war bevölkert vom Staatssekretär, stellvertretenden Staatssekretären, Abteilungsleitern und Ministerialräten. Die meisten dieser Leute verfügten über einen eigenen Stab, und diese Stäbe bildeten wiederum die unterschiedlichen Abteilungen, die verantwortlich waren für die Polizeiarbeit im Lande. Von allen Abteilungen erschien Barbara diejenige, die sich mit Kompetenzen und Befugnissen befasste, als beste Kontaktadresse. Die Frage war nur: Wen konnte sie anrufen, aufsuchen, zu einem Kaffee einladen, unter Druck setzen, bestechen oder anbetteln? Das war ein ganz reales Problem, weil Barbara im Gegensatz zu anderen Polizisten, die ihre Beziehungen hegten und pflegten wie Bauern ihre Feldfrüchte, nie über die sozialen Fähigkeiten verfügt hatte, sich mit Leuten gut zu stellen, die ihr später noch einmal nützlich sein könnten. Aber es musste jemanden geben, der über diese Fähigkeiten verfügte, der sie benutzte, der einen Namen zutage fördern würde …

Sie ging ihre Kollegen durch. Lynley erschien ihr als die beste

Wahl, aber der glänzte durch Abwesenheit. Auch Philip Hale würde ihr unter die Arme greifen, aber der musste immer noch auf Befehl von Ardery im Krankenhaus Wache schieben, so unsinnig das auch sein mochte. John Stewart kam nicht infrage. Er war der Letzte, den Barbara um einen Gefallen bitten würde. Winston Nkatas Beziehungen waren als Folge seiner Zeit, die er als Straßenkampfstratege bei den Brixton Warriors verbracht hatte, eher anders gelagert. Blieben also nur die Constables und die zivilen Mitarbeiter – und unter Letzteren befand sich die ideale Kandidatin. Warum war sie nicht gleich darauf gekommen, dass Dorothea Harriman ihr in dieser Angelegenheit am ehesten weiterhelfen konnte?

Barbara fand die Sekretärin im Kopierraum, wo sie, anstatt etwas zu kopieren, aus irgendeinem Grund Nagellack auf ihre Strumpfhose pinselte. Sie trug einen ihrer modisch engen Röcke – Barbara fühlte sich allmählich wie eine Expertin auf dem Gebiet –, der gut zu ihrer hoch aufgeschossenen Figur passte, und hatte diesen bis zum Oberschenkel hochgeschoben, um den Nagellack auftragen zu können.

»Dee«, sagte Barbara.

Harriman zuckte zusammen. »Ach du liebe Güte«, sagte sie. »Haben Sie mich erschreckt, Detective Sergeant Havers.«

Im ersten Moment glaubte Barbara, dass die Bemerkung sich auf ihre Aufmachung bezog. Dann wurde ihr klar, was Harriman meinte, und sie sagte: »Tut mir leid. Ich wollte Sie nicht überraschen. Was machen Sie da überhaupt?«

»Hiermit?« Harriman hielt das Nagellackfläschchen hoch. »Laufmasche«, antwortete sie. Und als Barbara sie verständnislos ansah, erklärte sie: »Ich habe eine in der Strumpfhose. Den Lack nimmt man, damit sie nicht weiterläuft. Wussten Sie das nicht?«

»Ah ja. Laufmaschen«, beeilte Barbara sich zu sagen. »Sorry. Ich weiß nicht, wo ich mit meinen Gedanken war. Haben Sie vielleicht einen Moment Zeit?«

»Na klar.«

»Können wir …«

Da sie einen Alleingang plante, war Barbara klug genug, das Gespräch unter vier Augen zu führen. Sie deutete mit dem Kopf zur Tür, und Harriman folgte ihr ins Treppenhaus.

Barbara legte ihr Anliegen dar: Sie brauchte einen Spürhund beim Innenministerium, jemanden, der bereit war, sich ein bisschen über einen gewissen Chief Superintendent Zachary Whiting von der Hampshire Constabulary umzuhören. Am besten einen bei der Abteilung für Kompetenzen und Befugnisse, weil dort alle Informationen über Strafregister, regionale Ermittlerteams, Polizeiarbeit und Beschwerden zusammenliefen. Sie habe das Gefühl, dass innerhalb dieser Bereiche irgendwo irgendein winziges Detail zu finden sein müsse – vielleicht etwas, das jemandem, der nicht gezielt danach suche, leicht entgehen werde, das ihr jedoch einen Hinweis darauf geben könne, was es mit diesem Whiting draußen in Hampshire auf sich habe. Bestimmt, so fuhr sie fort, kenne Dorothea Harriman doch jemanden, der sie an jemand anderen verweisen könne, der wiederum einen Dritten …

Harriman schürzte die wohlgeformten Lippen. Sie spielte an ihren perfekt gesträhnten und gut geschnittenen Haaren und tippte sich auf die gepuderte Wange. Unter anderen Umständen hätte man annehmen können, Barbara bekäme von der jungen Frau Nachhilfeunterricht über die Verwendung von Make-up. Harriman war mit Sicherheit eine Anhängerin der Philosophie von Hadiyyahs Mum, dass man Make-up nur zur Betonung der natürlichen Reize benutzen sollte. Barbara kam nicht umhin, aufrichtig die Art und Weise zu bewundern, wie Harriman sich ihr Anliegen durch den Kopf gehen ließ.

Ihr Blick wanderte zum Getränkeautomaten auf dem Treppenabsatz. Zwei Stockwerke tiefer ging eine Tür auf, eine Stimme beschwerte sich lauthals, dass »dieser Fraß wie Kieselsteine in trocknendem Beton« schmecke, und jemand kam die Treppe hoch. Barbara zog Harriman am Arm zurück auf den Korridor und von dort wieder in den Kopierraum.

Dies schien Harriman ausreichend Zeit zu geben, die verschiedenen Möglichkeiten in Betracht zu ziehen, die sie entweder in ihrem Rolodex oder in ihrem privaten Adressbuch auf Lager hatte, denn nachdem sie sich hinter dem Kopierer in Sicherheit gebracht hatten, flüsterte sie konspirativ: »Ich kannte da mal einen, dessen Schwester eine Mitbewohnerin hatte …«

»Ja?«, soufflierte Barbara.

»Ich bin ein paar Mal mit ihm ausgegangen. Wir haben uns auf einer Party kennengelernt. Na ja, Sie wissen ja, wie das ist.«

Barbara hatte keinen blassen Schimmer, wie das war, aber sie nickte ermunternd. »Könnten Sie ihn anrufen? Ihn treffen? Was auch immer?«

Harriman klopfte sich mit dem Fingernagel an die Zähne. »Ist ein bisschen kompliziert. Er war ziemlich draufgängerisch und ich eher weniger, falls Sie wissen, was ich meine. Aber …« Ihr Gesicht hellte sich auf. »Ich sehe mal, was ich tun kann, Detective Sergeant Havers.«

»Könnten Sie es jetzt gleich tun?«

»Ist wohl ziemlich wichtig, was?«

»Dee«, sagte Barbara. »Ich kann Ihnen gar nicht sagen, *wie* wichtig.«

Das Gespräch mit dem Assistant Commissioner hatte sich nicht länger vermeiden lassen. Judi MacIntosh hatte Isabelle schon am frühen Morgen angerufen – noch dazu auf dem Handy –, um die Wünsche von Sir David Hillier deutlich zu machen. Acting Superintendent Ardery habe sich nach Ankunft in der Victoria Street umgehend bei Sir David einzufinden.

Um sicherzustellen, dass Isabelle verstanden hatte, wurde die Anordnung wiederholt, als sie ihr Büro betrat. Diesmal wurde sie von Dorothea Harriman überbracht, die auf mindestens dreizehn Zentimeter hohen Stilettos hereingestakst kam. Die Frau würde sich in spätestens ein paar Jahren die Füße operieren lassen müssen, dachte Isabelle flüchtig.

»Er meinte, Sie sollten sofort kommen«, erklärte Dorothea

entschuldigend. »Soll ich Ihnen einen Kaffee holen, den Sie mit reinnehmen können, Acting Detective Superintendent Ardery? Das mache ich ja normalerweise nicht«, fügte sie hinzu, als wollte sie ihre Aufgaben klarstellen, »aber weil es noch so früh am Morgen ist und Sie vielleicht eine Stärkung gebrauchen können … Der Assistant Commissioner kann manchmal ein bisschen anstrengend sein …«

Womit sie sich am liebsten gestärkt hätte, war nicht unbedingt Kaffee, aber Isabelle war entschlossen, eisern zu bleiben. Sie lehnte das Angebot ab, verstaute ihre Sachen in ihrem Schreibtisch und machte sich auf den Weg zu Hilliers Büro im Tower Block, wo Judi MacIntosh sie begrüßte, sie direkt zum Assistant Commissioner durchwinkte und ihr erklärte, der Chef der Pressestelle werde ebenfalls anwesend sein.

Das war gar keine gute Nachricht. Es hieß, dass noch weitere Machenschaften im Gange waren. Und das wiederum bedeutete, dass Isabelles Position noch angeschlagener war als am Tag zuvor.

Hillier war gerade im Begriff, ein Telefongespräch zu beenden. »Ich bitte Sie nur darum, sich noch ein paar Stunden zurückzuhalten, bis ich einen besseren Überblick habe … Das hat nichts mit einem faulen Handel zu tun … Es müssen noch ein paar Einzelheiten abgeklärt werden, und ich habe vor, das jetzt gleich zu tun … Natürlich werden Sie der Erste sein, der davon erfährt. … Wenn Sie glauben, dass es mir Vergnügen bereitet, einen solchen Anruf … Ja, ja. In Ordnung.« Er legte auf und zeigte auf einen der beiden Stühle vor seinem Schreibtisch. Isabelle nahm Platz und er ebenfalls, was ihr zumindest ansatzweise ein beruhigendes Gefühl gab.

»Es wird Zeit«, sagte er, »dass Sie mir ganz genau erklären, was Sie gewusst haben, und ich kann Ihnen nur raten, sich Ihre Antworten gut zu überlegen.«

Isabelle zog die Brauen zusammen. Auf dem Schreibtisch des Assistant Commissioner lagen eine Boulevardzeitung und eine Tageszeitung mit der Titelseite nach unten, woraus sie schloss, dass die Presse irgendetwas aufgespürt hatte, das sie Hillier und Deacon bisher verschwiegen oder möglicherweise selbst nicht gewusst hatte. Sie hätte einen Blick in die Morgenzeitungen werfen sollen, bevor sie in den Yard fuhr, allein schon um besser vorbereitet zu sein. Aber sie hatte weder Zeitung gelesen noch sich die Frühnachrichten angesehen, in denen gewöhnlich die Schlagzeilen des Tages kommentiert wurden.

»Ich verstehe nicht recht, was Sie meinen, Sir«, sagte sie, obwohl ihr bewusst war, dass er genau das hatte hören wollen, weil es ihn in eine stärkere Position brachte, die er bevorzugte. Sie wartete ab, was als Nächstes kommen würde. Sie war sich ziemlich sicher, dass es der dramatische Augenblick sein würde, in dem er die Zeitungen umdrehte, und genau so war es. Sie begriff sehr schnell, dass Zaynab Bournes nachmittägliche Pressemitteilung, der die Met durch ihre präventive Pressekonferenz den Boden hatte entziehen wollen, stattdessen im Nachrichtenkreislauf derart in den Vordergrund gerückt war, dass die Met sich die Konferenz auch hätte sparen können. Zaynab Bourne war dies durch die Publikmachung eines Details gelungen, das Isabelle bei ihrer Besprechung mit Hillier und Deacon unerwähnt gelassen hatte: dass bei Yukio Matsumoto schon vor langer Zeit paranoide Schizophrenie diagnostiziert worden war. Das Zurückhalten dieser Information durch die Met stellte in den Worten der Anwältin »den offensichtlichen und skandalösen Versuch der Irreführung dar, für den die Metropolitan Police sich wird verantworten müssen«.

Isabelle musste nicht erst den Rest der Geschichte lesen, um zu wissen, dass Mrs. Bourne darauf hingewiesen hatte, dass die ermittelnden Polizisten bei einem Treffen mit dem Bruder des Geigers ausführlich über Yukio Matsumotos Gesundheitszustand in Kenntnis gesetzt worden waren, und zwar *vor* dem Versuch, ihn dingfest zu machen. Somit hatte die Polizei also nicht nur einen Mann in den Stoßverkehr auf der Shaftesbury Avenue getrieben, was womöglich als unglücklicher, aber unvermeidbarer Umstand hätte gelten können, den der Verdächtige selbst verschuldet haben mochte, indem er sich einer zumutbaren Befragung durch unbewaffnete Polizisten entziehen wollte. Vielmehr hatte sie einen verängstigten psychisch Kranken in ebenjenen Verkehr getrieben, einen Mann, der zweifelsohne gerade einen psychotischen Schub erlitten hatte, worauf die Polizei aufgrund der diesbezüglichen Informationen durch den Bruder des Mannes hätte vorbereitet sein müssen. Und es war auch nicht gerade von Vorteil, dass der Bruder des Mannes der weltberühmte Cellovirtuose Hiro Matsumoto war.

Isabelle überlegte, wie sie vorgehen sollte. Ihre Hände waren feucht, aber sie durfte sie auf keinen Fall wie beiläufig an ihrem Rock abwischen. Wenn sie das täte, würde Hillier bemerken, dass ihre Hände zitterten. Sie versuchte, sich zu entspannen. Sie musste Stärke zeigen und klarstellen, dass sie sich weder von Boulevardblättern, Schlagzeilen, Anwälten, Pressekonferenzen noch von Hillier würde einschüchtern lassen. Sie sah dem Assistant Commissioner in die Augen und sagte: »Die Tatsache, dass Yukio Matsumoto psychisch krank ist, spielt meiner Meinung nach keine Rolle, Sir.«

Hilliers Gesicht wurde rosa. Isabelle fuhr fort, bevor er etwas sagen konnte. »Sein psychischer Zustand hat keine Rolle gespielt, als er unseren Fragen aus dem Weg gehen wollte, und er spielt auch jetzt keine Rolle.«

Hillier lief rot an. Isabelle ließ sich nicht beirren. Sie bemühte sich um einen selbstsicheren und beherrschten Tonfall, um zu demonstrieren, dass es sie nicht beeindruckte, ob der Assistant Commissioner ihre Einschätzung der Lage teilte oder nicht, und dass sie selbst davon überzeugt war, dass ihre Einschätzung der Lage von Anfang an richtig gewesen war und auf absolut sicheren Füßen stand. »Sobald Matsumoto zu einer Gegenüberstellung fähig ist, wird ein Zeuge aussagen, ihn in der Nähe des Tatorts gesehen zu haben. Es handelt sich um denselben Zeugen, mit dessen Hilfe das Fahndungsporträt angefertigt wurde, auf dem Matsumoto von seinem Bruder erkannt wurde. Matsumoto war, wie Sie wissen, im Besitz der Mordwaffe und trug blutverschmierte Kleidung, aber Sie wissen vielleicht noch nicht, dass die Analyse zweier Haare, die sich an der Hand des Opfers befanden, ergeben hat, dass diese von einem Asiaten stammen. Die DNS-Analysen werden bestätigen, dass es sich um Matsumotos Haare handelt. Er war mit dem Opfer bekannt – die junge Frau hatte im selben Haus gewohnt wie er –, und wir wissen, dass er ihr nachgestellt hat. Insofern ist es, offen gesagt, nebensächlich, Sir, ob er psychisch krank ist oder nicht. Ich habe gar nicht daran gedacht, dies bei der Besprechung mit Ihnen und Mr. Deacon zu erwähnen, weil bei Berücksichtigung dessen, was wir über den Mann wissen, die Tatsache, dass er psychisch krank ist – was ihm übrigens bisher lediglich von seinem Bruder und der Anwältin seines Bruders bescheinigt wird –, von untergeordneter Bedeutung ist. Wenn überhaupt, ist es ein Detail, das *gegen* ihn spricht: Es wäre nicht das erste Mal, dass ein psychisch Kranker, der jede medizinische Behandlung verweigert, während eines psychotischen Schubs einen Mord begeht, und, traurig genug, sicher auch nicht das letzte Mal.« Sie beugte sich vor und legte die Ellbogen auf Hilliers Schreibtisch, zum Zeichen, dass sie sich ihm für ebenbürtig hielt und dass sie beide – und weiter gefasst auch die Met – in einem Boot saßen. »Also, ich«, fuhr sie fort, »halte Skepsis für angebracht.«

Hillier antwortete nicht sofort. Isabelle spürte, wie ihr Herz pochte – besser gesagt: Es *hämmerte*. Wahrscheinlich hätte man ihren Pulsschlag an den Schläfen ablesen können, würde sie eine andere Frisur tragen, und wahrscheinlich war er deutlich an ihrem Hals zu sehen. Aber solange sie nichts mehr sagte und lediglich auf seine Antwort wartete, während sie pures Selbstvertrauen in ihre bisherigen Entscheidungen ausstrahlte … Sie musste ihm nur in die Augen sehen, die eiskalt und gefühllos wirkten, was ihr bisher noch nie so deutlich aufgefallen war.

»Skepsis«, wiederholte Hillier schließlich. Sein Telefon klingelte. Er griff danach, hörte einen Augenblick lang nur zu und sagte dann: »Sagen Sie ihm, er soll in der Leitung bleiben, ich bin hier gleich fertig«, und zu Isabelle: »Fahren Sie fort.«

»Womit?« Sie ließ es klingen, als sei sie davon ausgegangen, dass Hillier ihrer Argumentation gefolgt war, und als sei sie jetzt überrascht, dass er noch Klärungsbedarf hatte.

Seine Nasenflügel bebten, nicht so sehr vor Wut, eher als würde er Witterung aufnehmen. Als setzte er zum Sprung auf seine Beute an. Sie sah ihn unverwandt an. »Mit Ihren Darlegungen, Superintendent Ardery. Wie gedenken Sie, weiter zu verfahren?«

»Wir werden unsere Verwunderung darüber zum Ausdruck bringen, dass dem psychischen Zustand einer einzelnen Person – so bedauerlich er auch sein mag – eine größere Bedeutung beigemessen wird als der öffentlichen Sicherheit. Die Kollegen vor Ort waren unbewaffnet. Die fragliche Person ist aus Gründen, die sich uns noch nicht erschlossen haben, in Panik geraten. In unserem Besitz befinden sich eindeutige Beweismittel …«

»Von denen die meisten erst nach dem Unfall aufgetaucht sind«, merkte Hillier an.

»Was jedoch nebensächlich ist.«

»Und was ist die Hauptsache?«

»Dass wir eine verdächtige Person in unserem Gewahrsam haben, die uns, wie man so schön sagt, wie keine andere ›bei unseren Ermittlungen behilflich sein kann‹. Liebe Presseleute, vielleicht dürfen wir Sie daran erinnern: Wir suchen den Verantwortlichen für den brutalen Mord an einer unschuldigen Frau in einem öffentlichen Park, und falls uns dieser Gentleman zu ihm führen kann, dann werden wir von ihm verlangen, dass er dies tut. Den Rest können sich die Medien selbst zusammenreimen. Das Letzte, wonach sie fragen werden, ist die Abfolge der Ereignisse. Beweismittel sind Beweismittel. Sie werden wissen wollen, welche das sind, und nicht, wann wir sie gefunden haben. Und selbst wenn sie die Tatsache ausgraben sollten, dass wir sie erst nach dem Unfall gefunden haben, geht es allein um den Mord, den Park und unseren Glauben, dass die Öffentlichkeit mehr daran interessiert ist, vor waffenschwingenden Verrückten geschützt zu werden, als sich viele Gedanken zu machen über jemanden, zu dem Beelzebub persönlich redet.«

Hillier ließ sich ihre Worte durch den Kopf gehen. Isabelle ihrerseits machte sich über Hillier ihre Gedanken. Sie fragte sich, wofür er wohl geadelt worden war, denn es erschien ihr merkwürdig, dass jemandem in seiner Position eine Ehre zuteilwurde, in deren Genuss sonst nur höhere Tiere kamen. Dass er in den Adelsstand erhoben worden war, lag vermutlich weniger an Hilliers heroischen Großtaten im Dienst der Öffentlichkeit als vielmehr an seinen Beziehungen nach oben und – wichtiger noch – an seiner Fähigkeit, sich die Bekanntschaft mit Personen in höheren Positionen zunutze zu machen. Insofern war er jemand, den man besser nicht zum Feind hatte. Das war in Ordnung. Sie hatte nicht vor, sich ihn zum Feind zu machen.

Schließlich sagte er: »Sie haben's faustdick hinter den Ohren, Isabelle, habe ich recht? Mir ist nicht entgangen, dass es Ihnen gelungen ist, dieses Gespräch zu Ihren Gunsten zu wenden.«

»Ich käme überhaupt nicht auf die Idee, dass Ihnen das entgangen sein könnte«, erwiderte Isabelle. »Ein Mann wie Sie steigt nicht in Ihre Position auf, weil ihm die Dinge in den Schoß fallen. Ich kann das nachvollziehen. Ich bewundere es sogar. Sie sind ein Alphatier, Sir. Aber das bin ich ebenfalls.«

»Tatsächlich?«

»Aber ja.«

Einige Augenblicke verstrichen, in denen sie einander musterten. Es lag etwas eindeutig Sexuelles darin, und Isabelle gestand sich die Fantasie zu, es mit David Hillier zu treiben, in ihrem Bett, jeder in einem völlig anderen Kampf gefangen. Sie hatte den Eindruck, dass er derselben Fantasie nachhing. Als sie sich dessen völlig sicher war, senkte sie den Blick.

»Ich vermute«, sagte sie, »dass Mr. Deacon draußen wartet, Sir. Möchten Sie, dass ich bei Ihrem Gespräch mit von der Partie bin?«

Hillier antwortete erst, als sie ihn wieder ansah. Langsam sagte er: »Das wird nicht nötig sein.«

Sie stand auf. »Dann gehe ich wieder an die Arbeit«, sagte sie. »Falls Sie mich wünschen« – ihre Wortwahl erfolgte bewusst –, »Miss MacIntosh hat meine Handynummer. Sie vermutlich auch?«

»Die habe ich«, antwortete er. »Wir sprechen uns noch.«

25

Sie steuerte auf direktem Weg die Damentoilette an. Das einzige Problem war, dass sie nicht daran gedacht hatte, ihre Handtasche mit in Hilliers Zimmer zu nehmen, sie hatte also keinen Proviant und musste mit dem vorliebnehmen, was vorhanden war, und das war Leitungswasser – kein wirksames Mittel gegen ihren Frust. Aber weil es nichts anderes gab, benetzte sie sich wenigstens Gesicht, Hände und Handgelenke.

Als sie den Tower Block verließ und zurück in ihr Büro ging, fühlte sie sich schon besser. Dorothea Harriman rief ihren Namen – aus unerfindlichen Gründen schien sie unfähig zu sein, eine kürzere Anrede als Acting Detective Superintendent Ardery zu verwenden –, aber sie reagierte nicht darauf. Sie schloss die Tür hinter sich und ging zu ihrem Schreibtisch, auf dem sie ihre Tasche liegen gelassen hatte. Als sie sie öffnete, sah sie, dass sie drei Nachrichten auf ihrem Handy hatte. Auch die ignorierte sie. Sie konnte nur noch denken, ja, ja, ja, als sie eines der Fläschchen mit Wodka herausnahm. In ihrer Hast ließ sie es auf den Boden fallen. Auf allen vieren kroch sie unter den Schreibtisch, um es aufzulesen, und leerte es in einem Zug. Es reichte natürlich nicht. Sie schüttete den Inhalt ihrer Handtasche auf den Boden, um das nächste Fläschchen zu bergen. Auch dieses leerte sie in einem Zug, und dann suchte sie das dritte. Sie hatte es sich verdient. Sie hatte eine Konfrontation überlebt, die sie normalerweise nicht hätte überleben dürfen. Sie hatte die Beteiligung von Stephenson Deacon und der Abteilung für Öffentlichkeitsarbeit an dieser Konfrontation vermeiden können. Sie hatte ihren Standpunkt deutlich gemacht, und sie hatte sich durchgesetzt, zumindest vorübergehend. Aber gerade weil es nur vorübergehend war, brauchte sie verdammt noch mal einen

Drink, hatte verdammt noch mal einen verdient, und wenn es irgendjemanden auf dieser verfluchten Welt gab, der das nicht verstehen wollte …

»Acting Detective Superintendent Ardery?«

Isabelle fuhr zur Tür herum. Sie wusste natürlich, wer dort stand. Was sie nicht wusste, war, wie lange diejenige schon dort gestanden oder was sie gesehen hatte. »Kommen Sie nie wieder in dieses Zimmer, ohne anzuklopfen!«, fauchte sie.

Dorothea Harriman wirkte erschrocken. »Ich habe geklopft. Zwei Mal.«

»Und haben Sie eine Antwort gehört?«

»Nein. Aber ich …«

»Dann treten Sie nicht ein. Haben Sie mich verstanden? Wenn Sie das noch ein Mal tun …« Isabelle hörte sich selbst reden. Zu ihrem eigenen Entsetzen klang sie wie eine Furie. Sie bemerkte, dass sie das dritte Fläschchen immer noch in der Hand hielt, und machte eine Faust, um es zu verbergen. Sie holte tief Luft.

»Detective Inspector Hale hat aus dem St.-Thomas-Krankenhaus angerufen, Ma'am«, sagte Harriman in einem förmlichen, höflichen Tonfall. Sie gab sich wie immer vollendet professionell, und dass ihr das selbst in einem solchen Augenblick gelang, führte dazu, dass Isabelle sich vorkam wie ein Riesentrampel. »Verzeihen Sie, wenn ich störe«, fuhr Harriman fort, »aber er hat bereits zwei Mal angerufen. Ich habe ihm ausdrücklich erklärt, dass Sie beim Assistant Commissioner sind, aber er meinte, es ist wichtig und dass Sie es würden wissen wollen, und ich soll Ihnen Bescheid sagen, wenn Sie wieder in Ihrem Büro sind. Er hat es auch auf Ihrem Handy versucht, konnte Sie aber nicht erreichen …«

»Ich hatte es hier in meiner Handtasche gelassen. Was ist denn passiert?«, fragte Isabelle.

»Yukio Matsumoto ist bei Bewusstsein. Der Detective Inspector meinte, Sie sollten es sofort erfahren, sobald Sie wieder zurück sind.«

Als Isabelle eintraf, sah sie als Erstes DI Philip Hale, der ihr auf dem Gehweg entgegenkam, um sie, wie sie irrtümlich annahm, zu begrüßen. Wie sich jedoch herausstellte, war er auf dem Weg zum Yard, weil er die Unverfrorenheit besessen hatte, seine Pflicht als erfüllt zu betrachten, nachdem er so lange im Krankenhaus geblieben war, bis der Hauptverdächtige das Bewusstsein wiedererlangt und sie darüber telefonisch informiert hatte. Er habe dafür gesorgt, so Hale, dass zwei uniformierte Constables vor Matsumotos Tür Posten bezogen, und sei jetzt unterwegs zum Yard, werde sich ins Besprechungszimmer begeben, um die Personenüberprüfungen wieder aufzunehmen, mit denen er und seine Constables …

»Inspector Hale«, unterbrach Isabelle ihn. »*Ich* sage Ihnen, was Sie zu tun haben. Nicht umgekehrt. Sind wir uns darüber einig?«

Hale runzelte die Stirn. »Worüber?«

»Was meinen Sie wohl? Sie sind doch kein Dummkopf, oder? Auf jeden Fall sehen Sie nicht dumm aus. Sind Sie dumm?«

»Sehen Sie, Chefin, ich war …«

»Sie waren in diesem Krankenhaus, und hier in diesem Krankenhaus werden Sie bleiben, bis ich etwas anderes anordne. Sie werden vor der Tür zu Matsumotos Zimmer bleiben – ob Sie sitzen oder stehen, ist mir egal. Wenn nötig, halten Sie dem Patienten Händchen. Aber Sie werden nicht eigenmächtig Ihren Platz verlassen und Constables dazu einteilen, Ihren Platz einzunehmen. Bis Sie eine andere Order bekommen, bleiben Sie hier. Ist das klar?«

»Bei allem Respekt, Chefin, ich könnte meine Zeit besser nutzen.«

»Lassen Sie mich eines klarstellen, Philip. Wir befinden uns in genau dieser Situation, weil Sie Matsumoto zur Rede gestellt haben, als Sie die klare Anweisung hatten, sich von dem Mann fernzuhalten.«

»So war es nicht.«

»Und jetzt«, fuhr sie fort, »obwohl Sie die Anweisung hatten, hier im Krankenhaus zu bleiben, haben Sie die Entscheidung getroffen, selbst für Ihren Ersatz zu sorgen. Ist es nicht so?«

Er trat von einem Fuß auf den anderen. »Ja, zum Teil.«

»Und welcher Teil ist nicht so?«

»Ich habe Matsumoto in Covent Garden nicht zur Rede gestellt, Chefin. Ich habe kein Wort zu dem Mann gesagt. Ich bin ihm vielleicht zu nah gekommen, vielleicht bin ich auch … was auch immer. Aber ich habe ihn nicht …«

»Hatten Sie die Order, sich ihm zu nähern? Ihm auf die Pelle zu rücken? Ich denke, nein. Sie hatten den Auftrag, den Mann ausfindig zu machen, Bericht zu erstatten und ihn im Auge zu behalten. Mit anderen Worten, sich von ihm fernzuhalten. Was Sie nicht getan haben. Und wir stecken in diesem Schlamassel, weil Sie eine Entscheidung getroffen haben, die zu treffen Ihnen nicht zustand. Genau wie jetzt. Sie begeben sich auf der Stelle zurück ins Krankenhaus, postieren sich vor Matsumotos Tür und bleiben dort, bis Sie eine andere Order erhalten. Habe ich mich klar ausgedrückt?«

Während sie mit ihm sprach, bemerkte sie, wie Hales Kiefermuskeln sich anspannten. Als er nicht antwortete, herrschte sie ihn an: »Inspector! Ich habe Ihnen eine Frage gestellt«, woraufhin er schließlich erwiderte: »Wie Sie wünschen, Chefin.«

Sie eilte zum Krankenhauseingang, und er folgte ihr, genau so wie sie es wünschte: mehrere Schritte hinter ihr. Wie war es möglich, dass die Detectives unter ihrem Kommando alle ihrer eigenen Wege gehen wollten? Sie überlegte, was das über den Führungsstil des früheren Superintendent Malcolm Webberly und dessen Nachfolger, einschließlich Thomas Lynley, aussagte. Es wurde höchste Zeit, dass Disziplin einkehrte, aber dass sie sie während der laufenden Ermittlungen durchsetzen musste, trieb sie schier in den Wahnsinn. In diesem Haufen würde gründlich aufgeräumt werden müssen. Das stand außer Frage.

Als sie mit Hale auf den Fersen den Krankenhauseingang erreichte, hielt neben ihnen ein Taxi. Hiro Matsumoto stieg aus, und in seiner Begleitung war eine Frau. Zum Glück war es nicht seine Anwältin, sondern eine Japanerin etwa in seinem Alter. Die Schwester, schlussfolgerte Isabelle, Miyoshi Matsumoto, die Flötistin aus Philadelphia.

Sie lag richtig mit ihrer Vermutung. Sie blieb stehen und bedeutete Hale mit dem Daumen, er solle ins Krankenhaus vorausgehen. Sie wartete, bis Matsumoto das Taxi bezahlt hatte, woraufhin er sie seiner Schwester vorstellte. Sie sei am Vorabend aus den Vereinigten Staaten angereist, erklärte er. Sie habe Yukio noch gar nicht gesehen. Aber man habe am Vormittag mit Yukios Ärzten gesprochen …

»Ja«, unterbrach Isabelle ihn. »Er ist bei Bewusstsein. Und ich muss mit ihm sprechen, Mr. Matsumoto.«

»Nicht ohne seine Anwältin.« Die Antwort kam von Miyoshi Matsumoto, und ihr Ton hatte nichts von dem ihres Bruders. Offenbar hatte sie lange genug in amerikanischen Großstädten gelebt, um zu wissen, dass Regel Nummer eins, wenn man mit der Polizei zu tun hatte, lautete: *Nicht ohne meinen Anwalt.* »Hiro, ruf auf der Stelle Mrs. Bourne an.« Und zu Isabelle sagte sie: »Halten Sie sich zurück. Ich will Sie nicht in der Nähe meines Bruders sehen.«

Isabelle war sich durchaus der Ironie bewusst, dass ihr genau das gesagt wurde, was sie selbst Philip Hale kurz vor Yukio Matsumotos Flucht nahegelegt hatte. »Miss Matsumoto, ich verstehe, dass Sie aufgebracht sind …«

»Das sehen Sie absolut richtig.«

»… und ich bin auch der Meinung, dass es chaotisch ist …«

»Ach, so nennen Sie das?«

»Aber ich möchte Sie bitten zu verstehen …«

»Gehen Sie mir aus den Augen.« Miyoshi Matsumoto schritt eilig an Isabelle vorbei zur Eingangstür. »Hiro, ruf die Anwältin an! Ruf irgendwen an! Sorg dafür, dass sie draußen bleibt!«

Sie trat ein und ließ Isabelle mit Hiro Matsumoto vor dem Eingang stehen. Er schaute zu Boden, die Arme über der Brust verschränkt. »Vermitteln Sie doch bitte«, sagte Isabelle.

Er schien ihre Bitte abzuwägen, und Isabelle machte sich

schon Hoffnungen, bis er sagte: »Das kann ich nicht. Miyoshi empfindet dasselbe wie ich.«

»Und was ist das?«

Er blickte auf. Seine Augen hinter den reflektierenden Brillengläsern wirkten untröstlich. »Verantwortung«, erwiderte er.

»Aber Sie trifft doch keine Schuld.«

»Nicht für das, was geschehen ist«, sagte er, »sondern für das, was nicht geschehen ist.« Er nickte Isabelle zu und betrat ebenfalls das Gebäude.

Sie folgte ihm und schloss nach einigen Schritten zu ihm auf. »Niemand konnte das vorhersehen«, sagte Isabelle. »Der Kollege, den ich nach Covent Garden geschickt habe, hat mir versichert, dass er sich Ihrem Bruder nicht genähert hat, dass Yukio irgendetwas gesehen oder gehört oder vielleicht *gespürt* haben muss – wir haben nicht die geringste Ahnung, was es gewesen sein könnte – und daraufhin die Flucht ergriffen hat. Wie Sie selbst sagten …«

»Superintendent, das meine ich nicht.« Matsumoto schwieg einen Moment. Um sie herum herrschte reges Treiben: Besucher mit Blumen und Luftballons für ihre Lieben und Krankenhausangestellte, die zielstrebig durch die Korridore eilten. Eine Leuchtanzeige an der Decke forderte Dr. Marie Lincoln auf, sich in den Operationssaal zu begeben, und gleich neben ihnen machten zwei Krankenpfleger unter Entschuldigungen den Weg für einen Rollstuhl frei. Matsumoto schien all diese Eindrücke auf sich wirken zu lassen, bevor er fortfuhr. »Miyoshi und ich haben jahrelang für Yukio getan, was wir konnten, aber es war wohl nicht genug. Wir hatten beide nur unsere eigene Karriere im Sinn, und es war einfacher für uns, ihn treiben zu lassen, sodass wir uns der Musik widmen konnten. Uns um Yukio zu sorgen, hätte uns nur belastet …« Er schüttelte den Kopf. »Wie hätten wir sonst so hoch aufsteigen können, Miyoshi und ich? Und jetzt das. Wie konnten wir so tief sinken? Ich bin zutiefst beschämt.«

»Dazu besteht überhaupt kein Grund«, entgegnete Isabelle.

»Denn wenn er wirklich so krank ist, wie Sie sagen, und auch nicht in ärztlicher Behandlung und wenn sein psychischer Zustand dazu geführt hat, dass er etwas Unrechtes getan hat, tragen Sie absolut keine Verantwortung dafür.«

Er ging zum Aufzug, drückte den Knopf und sah sie an. Als sich die Türen öffneten, traten sie schweigend ein und fuhren hinauf. »Sie haben mich immer noch nicht verstanden, Superintendent«, sagte er schließlich. »Mein Bruder hat diese arme Frau nicht getötet. Es gibt sicherlich eine Erklärung für all das: das Blut an seiner Kleidung, für dieses … dieses Ding, das Sie in seiner Wohnung gefunden haben …«

»Dann soll er es mir in Gottes Namen erklären«, sagte Isabelle. »Dann soll er mir erzählen, *was* er getan hat, was er weiß, was wirklich geschehen ist. Sie können dabei sein, an seinem Bett. Ihre Schwester kann ebenfalls dabei sein. Ich trage keine Uniform. Er wird nicht wissen, wer ich bin, und Sie müssen es ihm auch nicht sagen, falls Sie glauben, dass ihn das in Panik versetzt. Sie können auch auf Japanisch mit ihm sprechen, wenn das die Sache einfacher macht.«

»Yukio spricht perfekt Englisch, Superintendent.«

»Dann sprechen Sie auf Englisch mit ihm. Oder auf Japanisch. Oder in beiden Sprachen. Es ist mir egal. Wenn, wie Sie sagen, seine einzige Schuld darin besteht, auf dem Friedhof gewesen zu sein, dann hat er vielleicht etwas gesehen, das uns helfen kann, Jemima Hastings' Mörder zu finden.«

Sie hatten das gewünschte Stockwerk erreicht, und die Aufzugtüren öffneten sich. Auf dem Flur hielt Isabelle ihn ein letztes Mal auf. Als sie seinen Namen aussprach, hörte sie selbst die Verzweiflung in ihrer Stimme. Er sah sie ernst an. »Die Zeit läuft uns davon«, fuhr sie fort. »Wir können nicht auf Zaynab Bourne warten. Sie wird mich nicht mit Yukio sprechen lassen. Wenn also, wie Sie sagen, seine einzige Schuld darin besteht, auf dem Abney Park Cemetery gewesen zu sein, als Jemima Hastings angefallen und ermordet wurde, heißt das, dass er sich womöglich selbst in Gefahr befindet, denn der Mörder weiß mittlerweile aus jeder Zeitung, dass Yukio unter Mordverdacht steht, weil er am Tatort war. Und wenn er dort war, dann hat er wahrscheinlich etwas gesehen, und das wird er uns wahrscheinlich mitteilen. Wozu er nicht in der Lage sein wird, wenn Ihre Anwältin erst einmal hier ist.« Mittlerweile war sie mehr als verzweifelt. Sie redete nur noch wild drauflos, und es spielte kaum noch eine Rolle, was sie sagte oder ob sie selbst glaubte, was sie sagte – was sie im Grunde nicht tat –, denn ihr ging es einzig und allein darum, dass sich der Cellist ihrem Willen beugte.

Sie wartete. Sie sandte Stoßgebete zum Himmel. Als ihr Handy klingelte, ignorierte sie es.

»Lassen Sie mich mit Miyoshi sprechen«, sagte Hiro Matsumoto schließlich und betrat das Krankenzimmer.

Barbara stellte fest, dass Dorothea Harriman über verborgene Talente verfügte. Harrimans Erscheinung und Auftreten hatte sie schon immer zu der Annahme veranlasst, dass die Sekretärin kein Problem hatte, Männerbekanntschaften zu schließen, eine Einschätzung, mit der sie vollkommen richtig lag. Nicht gewusst hatte sie dagegen, dass Harriman ihre Opfer irgendwie dazu brachte, sie erstaunlich lange in guter Erinnerung zu behalten und ihr auch noch nach Jahren bereitwillig jeden Wunsch zu erfüllen.

Bereits anderthalb Stunden nachdem Barbara ihr Anliegen geäußert hatte, kam Dorothea zu ihr und wedelte triumphierend mit einem Zettel. Sie habe die Eintrittskarte zum Innenministerium: die Mitbewohnerin der Schwester eines Mannes, der Dorothea offensichtlich immer noch verfallen war. Die Mitbewohnerin sei ein kleines Rädchen im gut geölten Getriebe des Ministeriums. Ihr Name sei Stephanie Thompson-Smythe. »Und das ist wirklich der Hammer«, flüsterte Dorothea dann: Sie sei liiert mit einem Kerl, der offenbar Zugang zu sämtlichen Codes, Schlüsseln oder Zauberformeln hatte, die notwendig waren, um die Tür zu den Personalunterlagen eines bestimmten Polizisten aufzustoßen.

»Ich musste ihr von dem Fall erzählen«, gestand Dorothea. Sie war offensichtlich mächtig stolz auf ihren Erfolg und begierig darauf, sich wortreich über das Thema auszulassen, und weil Barbara fand, dass sie ihr das schuldig war, hörte sie ihr geduldig zu, während sie darauf wartete, endlich den Zettel in die Finger zu bekommen. »Natürlich wusste sie davon. Sie liest ja schließlich Zeitung. Also habe ich ihr gesagt – na ja, ein bisschen musste ich die Wahrheit schon verdrehen –, dass eine Spur ins Innenministerium zu führen scheint, woraufhin sie gleich dachte, dass der Übeltäter womöglich irgendwo dort sitzt und von einem der großen Tiere geschützt wird. Wie Jack the Ripper, wissen Sie? Jedenfalls habe ich ihr gesagt, es wäre großartig, wenn sie uns irgendwie weiterhelfen könnte, und ich habe geschworen, dass ihr Name nirgendwo auftauchen wird. Aber, habe ich ihr gesagt, selbst mit der kleinsten Kleinigkeit würde sie uns einen *heldenhaften* Dienst erweisen. Das hat ihr anscheinend sehr geschmeichelt.«

»Ganz schön niederträchtig«, bemerkte Barbara. Sie zeigte auf den Zettel, den Dorothea immer noch in der Hand hielt.

»Und sie hat gesagt, sie würde ihren Freund anrufen, was sie dann auch getan hat, und Sie sollen sich mit den beiden am Suffragette Scroll treffen, und zwar in« – Dorothea warf einen Blick auf ihre Armbanduhr, die wie alles an ihr zierlich und goldglänzend war – »zwanzig Minuten.« Sie wirkte wie im Siegestaumel nach ihrem ersten erfolgreichen Ausflug in die Unterwelt der Schnüffler und Spitzbuben. Endlich gab sie Barbara den Zettel, auf dem eine Handynummer stand. Diese, so Dorothea, nur für den Fall, dass irgendetwas passierte und die beiden nicht auftauchten.

»Sie sind ein Phänomen«, sagte Barbara.

Dorothea errötete. »Ja, ich glaube, ich habe meine Sache ganz gut gemacht.«

»Mehr als das«, erwiderte Barbara. »Ich gehe dann mal los. Falls jemand fragen sollte, ich bin auf einer Mission von großer Wichtigkeit für Superintendent Ardery unterwegs.«

»Und wenn Ardery fragt?«, wollte Dorothea wissen. »Sie ist nur kurz zum St.-Thomas-Krankenhaus gefahren und wird bald wieder zurück sein.«

»Ihnen wird schon was einfallen«, erwiderte Barbara, während sie ihre schäbige Umhängetasche schulterte. Dann machte sie sich auf den Weg zu ihrem konspirativen Treffen mit dem potenziellen Maulwurf aus dem Innenministerium.

Das Suffragette Scroll war nicht weit weg, weder von Scotland Yard noch vom Innenministerium. Das Denkmal für die Bewegung gleichen Namens zu Beginn des zwanzigsten Jahrhunderts stand in dem kleinen Park an der Ecke Broadway und Victoria Street. Zu Fuß waren es nur fünf Minuten bis dorthin, einschließlich der Wartezeit für den Aufzug im Victoria Block. Also hatte sie noch Zeit, sich mit einer Dosis Nikotin zu stärken und sich einen Plan zurechtzulegen. Nach einer Weile fielen ihr eine Frau und ein Mann auf, die Hand in Hand in ihre Richtung schlenderten und sich alle Mühe gaben, wie ein Liebespaar zu wirken, das sich bei einem Spaziergang im Grünen von den Strapazen der täglichen Arbeit erholte.

Die Frau war Stephanie Thompson-Smythe – Steph T-S, wie sie sich vorstellte –, und der Mann hieß Norman Wright. Sein extrem schmaler Nasenrücken war ganz sicher das Ergebnis jahrhundertelanger Inzucht unter seinen Vorfahren, dachte Barbara. Mit der Nasenspitze hätte er Brot schneiden können.

Norman und Stephanie sahen sich um, wie Agenten vom MI5. Stephanie sagte zu ihrem Begleiter: »Du redest, ich peil die Lage«, und verzog sich auf eine Bank in einiger Entfernung. Barbara fand das eine gute Idee. Je weniger Leute beteiligt waren, umso besser.

»Wie gefällt Ihnen das Denkmal?«, fragte Norman aus dem Mundwinkel wie ein echter Geheimagent und betrachtete angestrengt die Skulptur. Aha, sie sollten also so tun, als wären sie Bewunderer von Mrs. Pankhurst und ihren Genossinnen, kombinierte Barbara. Damit hatte sie kein Problem. Langsam ging sie um das Denkmal herum, den Blick interessiert nach oben gerichtet, während sie Norman zuraunte, was sie zu erfahren hoffte.

»Whiting heißt der Mann«, schloss sie. »Zachary Whiting. Ich brauche genaue Einzelheiten. In seinen Personalunterlagen muss es irgendetwas geben, das zwar ganz normal aussieht und es doch nicht ist.«

Norman nickte. Er zupfte an seiner Nase, was Barbara zusammenzucken ließ, weil das zarte Ding ihr so zerbrechlich erschien, und grübelte über ihre Worte nach. »Sie wollen also die komplette Akte, richtig? Das könnte schwierig werden. Wenn ich die Infos online schicke, hinterlasse ich Spuren.«

»Dann müssen wir eben auf die altertümliche Weise vorgehen«, erwiderte Barbara. »Vorsichtig und altertümlich.«

Norman, zweifellos ein Kind des Computerzeitalters, sah sie verständnislos an. Seine Augen verengten sich, während er nachdachte. »Altertümlich?«

»Ein Fotokopierer.«

»Aha«, sagte er. »Und wenn es nichts zu fotokopieren gibt? Das meiste ist auf Computer gespeichert.«

»Dann eben ein Drucker. Der Drucker von jemand anderem. Der Computer von jemand anderem. Es gibt Wege, Norman, und Sie müssen einen finden. Es geht um Leben und Tod. Die Leiche einer Frau in Stoke Newington – irgendetwas ist faul …«

»Im Staate Dänemark«, vervollständigte Norman. »Verstehe.«

Barbara fragte sich, wovon zum Teufel er redete, aber der Groschen fiel gerade noch rechtzeitig, bevor sie sich zum Narren machte und ihn fragte, was das alles mit Dänemark zu tun hatte. »Ah. Sehr gut. Sie haben den Nagel auf den Kopf getroffen. Es kommt darauf an, nach etwas zu suchen, das normal *aussieht*, aber vielleicht nicht normal *ist*. Dieser Typ ist in der Hampstead Constabulary bis zum Chief Superintendent aufgestiegen. Wir werden also kaum über ein Corpus Delicti stolpern.«

»Irgendetwas zwischen den Zeilen. Ja. Natürlich.«

»Und?«, fragte Barbara.

Er werde sehen, was er tun könne, antwortete Norman. Ob sie nicht ein Codewort ausmachen sollten? Vielleicht ein Zeichen? Wie er ihr mitteilen könne, dass er gute Nachrichten für sie habe, ohne dass er bei Scotland Yard anrufen müsse? Und falls er etwas kopieren werde, wo solle er die Kopien deponieren?

Wohl zu viel Le Carré gelesen, dachte Barbara. Und doch beschloss sie mitzuspielen. Die Übergabe, flüsterte sie, werde am Geldautomaten vor Barclay's in der Victoria Street stattfinden. Er solle sie auf dem Handy anrufen und sagen: »Sehen wir uns heute Abend, Schätzchen?« Dann werde sie ihn dort treffen. Sie werde sich hinter ihm in die Schlange einreihen. Er werde die Unterlagen am Geldautomaten liegen lassen, nachdem er Geld abgehoben oder auch nur eine Abhebung vorgetäuscht habe. Dann werde sie ebenfalls Geld abheben und die Papiere mitnehmen. Sie wusste selbst, dass es nicht gerade das raffinierteste System war angesichts der zahlreichen Überwachungskameras, die jede Bewegung in der Nähe von Geldautomaten aufzeichneten, aber das ließ sich nicht ändern.

»Also gut«, sagte Norman und wartete darauf, dass sie ihm ihre Handynummer gab. Dann trennten sie sich.

Barbara rief ihm nach: »*Bald*, Norman.«

»Leben und Tod«, war seine Antwort.

Heiliger Strohsack, dachte sie, auf was sie sich alles einlassen musste, nur um einen Mörder zu finden, und ging zurück zum Victoria Block.

Als sie im Besprechungsraum eintraf, herrschte große Aufregung. Sie erfuhr, dass es mit einem Bericht zu tun hatte, der soeben vom SO7 hereingekommen war: Die Blutspritzer auf dem gelben Hemd aus der Oxfamtonne stammten in der Tat von Jemima Hastings. Na ja, dachte Barbara, darauf waren sie auch schon gekommen.

Sie trat an die Magnettafeln mit den Fotos, den handschriftlichen Notizen, den aufgelisteten Namen und den Zeitabläufen. Seit sie aus Hampshire zurückbeordert worden war, hatte sie noch keinen gründlichen Blick darauf werfen können, und unter anderem hing dort ein hervorragendes Foto von dem gelben Hemd. Es könnte ihr vielleicht etwas sagen, dachte sie. Und sie fragte sich, wie Whiting wohl in Gelb aussehen mochte.

Aber es war nicht das Hemd, das ihre Aufmerksamkeit erregte. Es war ein ganz anderes Foto. Nämlich das der Mordwaffe, die neben einem Lineal lag, damit man sich ihre Größe vorstellen konnte.

Sie wirbelte herum und suchte Nkata. Er saß am anderen Ende des Raums und blickte gerade auf, ein Handy am Ohr, und offensichtlich registrierte er ihren Gesichtsausdruck, denn er beeilte sich, das Gespräch zu beenden, und kam zu ihr. »Winnie …« Sie zeigte auf das Foto. Mehr brauchte sie nicht zu sagen. Er pfiff leise durch die Zähne, und sie wusste sofort, dass er das Gleiche dachte wie sie. Die Frage war nur, ob er zur selben Schlussfolgerung gelangte.

»Wir müssen zurück nach Hampshire«, sagte sie.

»Barb …«

»Keine Widerrede.«

»Barb, wir sind zurückbeordert worden. Wir können nicht einfach losfahren, als hätten wir hier das Sagen.«

»Dann ruf sie an. Sie hat ein Handy.«

»Wir können in Hampshire anrufen. Wir können den Kollegen dort sagen …«

»Bist du verrückt? In Hampshire? Wo Whiting das Heft in der Hand hat? Mein Gott, Winnie, das kann doch nicht dein Ernst sein!«

Er betrachtete das Foto von der Waffe, dann das Foto von dem gelben Hemd. Barbara wusste, dass er über die Implikationen ihres Vorschlags nachdachte, und sein Zögern gab ihr die Antwort auf die Frage, auf welcher Seite Winnie immer stehen würde. Sie konnte es ihm nicht verübeln. Ihre Karriere war bereits so ramponiert, dass es auf ein paar Dellen mehr oder weniger nicht mehr ankam. Bei Winnie sah das anders aus.

»Also gut«, sagte sie schließlich. »Ich ruf die Chefin an. Aber dann fahr ich. Es gibt keine andere Möglichkeit.«

Erleichtert stellte Isabelle Ardery fest, dass Hiro Matsumoto tatsächlich einigen Einfluss auf seine Schwester hatte. Nach einem längeren Gespräch im Krankenzimmer ihres Bruders kam Miyoshi Matsumoto heraus und erklärte Isabelle, sie könne jetzt mit Yukio sprechen. Aber falls ihr jüngerer Bruder sich zu sehr über Isabelles Fragen oder ihre bloße Anwesenheit aufregen sollte, würde die Befragung auf der Stelle beendet werden. Und sie – nicht Isabelle – werde diejenige sein, die entscheiden werde, wann dieser Zustand erreicht sei.

Isabelle blieb nichts anderes übrig, als sich auf Miyoshis Spielregeln einzulassen. Sie nahm ihr Handy aus der Handtasche und schaltete es aus. Sie wollte nicht das Risiko eingehen, dass etwas von außerhalb den Geiger beunruhigte.

Yukios Kopf war bandagiert, und er war an verschiedene Geräte und Infusionsschläuche angeschlossen. Er war jedoch bei Bewusstsein und schien die Anwesenheit seiner beiden Geschwister als beruhigend zu empfinden. Hiro saß auf dem Bett neben der Schulter seines Bruders, auf die er seine Hand gelegt hatte. Miyoshi nahm auf der anderen Seite des Bettes Platz. Sie zupfte mütterlich am Kragen seines Morgenmantels und strich die dünne Decke glatt, unter der Yukio lag. Sie musterte Isabelle misstrauisch. »Sie haben Zeit, bis Mrs. Bourne eintrifft«, sagte sie.

Auf diesen Kompromiss hatten sich die Geschwister offenbar geeinigt. Hiro hatte die Anwältin angerufen, während im Gegenzug seine Schwester sich damit einverstanden erklärt hatte, Isabelle einige Minuten mit ihrem Bruder zu gewähren. »In Ordnung«, erwiderte Isabelle und betrachtete den Geiger. Er war kleiner, als es bei der Flucht den Anschein gehabt hatte. Er wirkte erheblich verletzlicher, als sie angenommen hatte.

»Mr. Matsumoto«, sagte sie. »Yukio, ich bin Detective Superintendent Ardery. Ich muss mit Ihnen sprechen, aber ich möchte

Sie nicht beunruhigen. Was wir hier besprechen, hier in diesem Zimmer, wird weder aufgezeichnet noch sonst wie festgehalten. Ihr Bruder und Ihre Schwester sind hier, um dafür Sorge zu tragen, dass ich Sie nicht ängstige, und ich möchte Ihnen versichern, dass das nicht im Geringsten meine Absicht ist. Können Sie mich verstehen?«

Yukio nickte, auch wenn sein Blick zuerst zu seinem Bruder huschte. Die beiden sahen sich nur entfernt ähnlich. Obwohl Hiro Matsumoto der Ältere war, wirkte er um Jahre jünger.

»In Ihrer Wohnung in der Charing Cross Road«, fuhr Isabelle fort, »habe ich auf dem Waschbeckenrand ein wie ein Haken gebogenes Stück Eisen gefunden mit einer Spitze am Ende. Daran befand sich Blut, und dieses Blut stammt von einer Frau, die Jemima Hastings heißt. Wissen Sie, wie dieses Eisen dorthin gekommen ist, Yukio?«

Zuerst antwortete Yukio nicht. Isabelle fragte sich, ob er es überhaupt tun würde. Sie war noch nie mit einem paranoiden Schizophrenen konfrontiert gewesen, daher hatte sie keine Ahnung, was sie erwartete.

Als er schließlich sprach, deutete er auf seinen Hals, etwa auf den Bereich, in dem sich die Wunde an Jemimas Hals befunden hatte. »Ich habe ihn rausgezogen«, sagte er.

»Den Haken?«, stellte Isabelle klar. »Sie haben den Haken aus Jemimas Hals gezogen?«

»Gerissen.«

»Der Haken hat ihre Haut aufgerissen? Hat das die Wunde schlimmer gemacht? Wollen Sie mir das sagen?« Es passte jedenfalls zum Zustand von Jemimas Leiche, dachte Isabelle.

»Bringen Sie ihn nicht dazu zu sagen, was Sie hören möchten«, fuhr Miyoshi Matsumoto sie an. »Wenn Sie meinem Bruder Fragen stellen, wird er sie Ihnen auf seine Art beantworten.«

»Die Quelle des Lebens schoss hervor wie bei Moses, als Gott ihm befohlen hat, auf einen Stein zu schlagen. Aus dem Stein kommt das Wasser, um ihren Durst zu löschen. Das Wasser ist ein Fluss, und der Fluss verwandelt sich in Blut.«

»Jemimas Blut?«, fragte Isabelle. »Ist es auf Ihre Kleidung gespritzt, als Sie den Haken herausgezogen haben?«

»Es war überall.« Er schloss die Augen.

»Das reicht jetzt«, sagte seine Schwester.

Sind Sie verrückt?, hätte Isabelle am liebsten entgegnet, aber das war wohl kaum die angemessene Frage an die Schwester eines paranoiden Schizophrenen. Sie hatte buchstäblich fast nichts von dem Mann erfahren, nicht ein einziges Wort, das vor Gericht verwendet werden konnte. Oder auch nur benutzt werden konnte, um eine Anklage gegen ihn zu erheben. Oder gegen irgendjemanden. Man würde sie auslachen, wenn sie auch nur den Versuch machte. »Warum waren Sie an jenem Tag auf dem Friedhof?«, fragte sie.

Immer noch mit geschlossenen Augen – und Gott allein wusste, was er hinter seinen Lidern sah – antwortete Yukio: »Sie haben mich vor die Wahl gestellt. Beschützen oder Kämpfen. Ich habe mich dafür entschieden zu beschützen, aber sie wollten etwas anderes.«

»Sie haben also gekämpft? Hatten Sie einen Kampf mit Jemima?«

»Das hat er doch gar nicht gesagt«, unterbrach Miyoshi sie. »Er hat nicht mit dieser Frau gekämpft. Er hat versucht, sie zu retten. Hiro, sie verdreht ihm die Worte im Mund.«

»Ich versuche nur herauszufinden, was geschehen ist«, erwiderte Isabelle. »Wenn Sie das nicht verstehen …«

»Dann versuchen Sie, das Gespräch in eine andere Richtung zu lenken«, fauchte Miyoshi. Sie streichelte ihrem kranken Bruder die Stirn und fragte ihn: »Yukio, bist du auf dem Friedhof gewesen, um die Frau zu beschützen? Bist du deshalb dort gewesen, als sie angegriffen wurde? Hast du versucht, sie zu retten? Willst du das sagen?«

Yukio schlug die Augen auf. Er richtete den Blick auf seine Schwester, schien sie aber nicht zu sehen. Als er antwortete, sprach er zum ersten Mal klar und deutlich. »Ich habe sie beobachtet.«

»Kannst du mir sagen, was du gesehen hast?«, fragte Miyoshi.

Seine Worte kamen stockend, das meiste kam Isabelle ziemlich abstrus vor, eine Mischung aus Bibelsprüchen und Ausflüssen seines fiebrigen Hirns. Er hatte Jemima auf der Lichtung bei der Friedhofskapelle beobachtet. Sie saß auf einer Bank, las ein Buch und telefonierte von ihrem Handy aus. Schließlich gesellte sich ein Mann zu ihr. Sonnenbrille und Baseballmütze waren die einzigen Erkennungsmerkmale, die Yukio beschreiben konnte, was wohl auf ein Viertel der männlichen Bevölkerung im Land zutraf, wenn nicht auf der ganzen Welt. Diese Beschreibung schrie so laut und deutlich nach Verkleidung, dachte Isabelle, dass Yukio Matsumoto sie entweder erfunden hatte, oder aber sie hatten endlich ein – wenn auch völlig nutzloses – Bild von ihrem Mörder. Das würde sich erst noch herausstellen müssen. Aber dann wurde die Situation verzwickt.

Dieser Mann hatte sich mit Jemima auf der steinernen Parkbank unterhalten. Yukio konnte nicht sagen, wie lange dieses Gespräch gedauert hatte, aber anschließend ging der Mann weg. Und als er ging, lebte Jemima Hastings noch, da war sich Yukio ganz sicher.

Dann telefonierte sie erneut. Mehrmals. Yukio konnte nicht sagen, wie oft. Aber schließlich bekam sie einen Anruf. Nach diesem Anruf stand sie auf, ging um die Kapelle herum und verschwand aus seinem Blickfeld.

Und dann?, fragte Isabelle.

Nichts. Zumindest anfangs, mehrere Minuten lang nicht. Dann tauchte ein Mann auf der Seite der alten Kapelle auf, aus der Richtung, in die Jemima gegangen war. Ein Mann in Schwarz…

Gott, warum trugen sie eigentlich immer Schwarz?, fragte sich Isabelle.

… mit einem Rucksack. Er verschwand zwischen den Bäumen, bis Yukio ihn nicht mehr sehen konnte.

Yukio wartete noch eine Weile. Aber Jemima Hastings kehrte nicht zurück auf die Lichtung. Also machte er sich auf die Suche nach ihr, und so entdeckte er, was er zuvor nicht bemerkt hatte: dass die Kapelle einen winzigen Anbau hatte. In diesem Anbau lag Jemima. Sie war verwundet und hielt sich mit beiden Händen den Hals, und da sah er den Haken. Er dachte, dass sie versuchte, ihn herausziehen, und wollte ihr dabei helfen.

Und so, dachte Isabelle, sprudelte das Blut, das schon auf das gelbe Hemd ihres Mörders gespritzt war, erst recht aus der Halsschlagader. Yukio hätte nichts unternehmen können, um Jemima zu retten. Nicht bei einer solchen Wunde, die er noch verschlimmert hatte, indem er den Haken herauszog.

Falls man ihm Glauben schenken konnte. Und sie hatte das schreckliche Gefühl, dass er tatsächlich die Wahrheit sagte.

Ein Mann mit Sonnenbrille und Baseballmütze. Der andere in Schwarz. Sie würden versuchen müssen, Phantombilder der beiden anfertigen zu lassen, und Isabelle konnte nur beten, dass ihr das gelang, bevor Zaynab Bourne auftauchte und ihr Knüppel zwischen die Beine warf.

26

Robbie Hastings war bei der Polizei in Lyndhurst auf keinerlei Schwierigkeiten gestoßen. Er hatte vorgehabt, auf raschem Handeln zu bestehen, aber das war gar nicht nötig gewesen. Als er sich auswies, wurde er sogleich ins Zimmer des Chief Superintendent geführt, wo Zachary Whiting ihm einen Kaffee anbot und ihn anhörte, ohne ihn auch nur ein einziges Mal zu unterbrechen. Während Rob sprach, runzelte Whiting besorgt die Stirn, was sich allerdings eher auf Robs Aufgebrachtheit bezog als auf die Fragen, die er stellte, oder die nachdrückliche Aufforderung zu handeln. Nachdem Rob sein Anliegen vorgebracht hatte, erwiderte Whiting: »Keine Sorge, Mr. Hastings, wir haben alles im Griff. Man hätte Sie darüber informieren sollen, und ich weiß selbst nicht, warum das nicht geschehen ist.«

Rob fragte sich, was genau sie im Griff hatten, und das fragte er auch und fügte hinzu, es gebe Zugtickets und eine Hotelrechnung. Er wisse, dass beides an Whiting übergeben worden sei. Was er damit getan habe? Und was er in Bezug auf Jossie bisher unternommen habe?

Whiting beruhigte ihn erneut. Als er gesagt habe, sie hätten alles im Griff, habe er gemeint, dass sich alles, was er – Whiting – wisse, alles, was ihm berichtet und übergeben worden sei, mittlerweile in den Händen der Detectives von Scotland Yard befinde, die im Zusammenhang mit ihren Ermittlungen in dem Londoner Mordfall nach Hampshire gekommen waren. Also auch die Fahrscheine und die Rechnung. Wahrscheinlich befänden sie sich bereits in London, da er sie mit einem Sonderkurier dorthin geschickt habe. Mr. Hastings solle sich deswegen keine Sorgen machen. Falls Gordon Jossie das Verbrechen an Mr. Hastings' Schwester begangen habe…

»Falls?«, entfuhr es Rob.

… dann könne Mr. Hastings damit rechnen, dass die Detectives von Scotland Yard ziemlich bald wieder in Hampshire auftauchen würden.

»Ich verstehe nicht, warum die Londoner Polizei und nicht Sie hier …«

Whiting hob abwehrend eine Hand. Es handle sich um eine komplizierte Angelegenheit, da sich mehrere polizeiliche Aufgabenbereiche überschnitten. Warum sich Scotland Yard eingeschaltet habe und nicht die Polizei des Stadtviertels, in dem Mr. Hastings' Schwester ermordet worden sei, könne er auch nicht sagen. Vermutlich habe das mit den Zuständigkeiten in London zu tun. Aber er könne mit Bestimmtheit sagen, dass die Polizei von Hampshire sich nicht mit dem Fall befasse, weil der Mord nicht in Hampshire geschehen sei. Selbstverständlich werde die Polizei von Hampshire mit London kooperieren und tue dies auch bereits. Das betreffe auch alles, was man hier vor Ort erfahre und an Beweismitteln ausgehändigt bekomme. Er versichere Mr. Hastings nachdrücklich, dass dies schon geschehen sei und auch in Zukunft geschehen werde.

»Jossie gibt zu, dass er in London war«, sagte Rob noch einmal. »Ich habe selbst mit ihm gesprochen. Der Mistkerl gibt es sogar zu.«

Auch das werde man der Londoner Polizei mitteilen. Mr. Hastings könne davon ausgehen, dass jemand vor Gericht gestellt werde, und zwar so bald wie möglich.

Nach dem Gespräch begleitete Whiting ihn persönlich zum Ausgang. Unterwegs stellte er ihn dem wachhabenden Sergeant, dessen Stellvertreter und zwei Kontaktpolizisten vor.

Am Tresen wies Whiting den wachhabenden Polizisten an, dass der Bruder von Jemima Hastings, solange ihr Mörder nicht gefasst sei, jederzeit zum Chief Superintendent vorgelassen werden solle, wenn er diesen zu sprechen wünsche. Rob wusste all dies zu würdigen. Es trug enorm dazu bei, ihn wieder zu besänftigen.

Er fuhr nach Hause und spannte den Pferdehänger an. Mit Frank als Begleiter – der den Kopf aus dem Fenster hängen und die Zunge und die Ohren im Wind flattern ließ – rollte er von Burley über die kleinen Straßen nach Sway und von dort zu Gordon Jossies Grundstück. Die Enge der Straßen und der Pferdehänger ließen nur eine langsame Fahrt zu, aber das spielte keine Rolle. Er rechnete nicht damit, Gordon Jossie um diese Tageszeit zu Hause anzutreffen.

Damit lag er richtig. Als Rob rückwärts die Einfahrt hinauffuhr und den Pferdehänger in die Nähe der Koppel platzierte, in der die beiden Ponys aus Minstead grasten, kam niemand aus dem Haus, um ihn aufzuhalten. Die Abwesenheit von Jossies Golden Retriever war ein weiterer Hinweis darauf, dass niemand da war. Er ließ Frank aus dem Landrover, um ihm ein bisschen Auslauf zu ermöglichen, befahl ihm jedoch, sich fernzuhalten, sobald er die Ponys aus der Koppel holte. Als hätte er den Befehl verstanden, verschwand Frank in Richtung Scheune, die Schnauze schnüffelnd über dem Boden.

Die Ponys waren nicht so scheu wie die meisten im New Forest, und so war es nicht schwierig, sie auf den Hänger zu bugsieren. Das erklärte auch, wie es Jossie gelungen war, sie hierherzuschaffen, denn er war im Gegensatz zu Rob nicht erfahren im Umgang mit Pferden. Es erklärte jedoch nicht, was Jossie überhaupt mit den beiden Ponys hier gewollt hatte, so weit weg von ihrem ursprünglichen Weideland, noch dazu, wo sie jemand anderem gehörten. Ihm musste doch aufgefallen sein, dass ihre Schwänze auf andere Art gestutzt waren, und selbst wenn er sie zuerst für Ponys aus seinem Bereich gehalten haben mochte, so hätte er bei näherem Hinsehen feststellen müssen, dass sie aus einem anderen Gebiet stammten. Sie auf seinem Grundstück zu halten, obwohl er gar nicht für sie verantwortlich war, noch dazu deutlich länger, als es überhaupt nötig war, verursachte Kosten, die jeder andere Pächter vermieden hätte. Rob konnte sich keinen Reim darauf machen, warum Gordon Jossie sie auf sich genommen hatte.

Als die Ponys zum Abtransport fertig waren, ging Rob zurück zur Koppel, um das Gatter zu schließen. Dabei bemerkte er etwas, das ihm vielleicht schon viel früher aufgefallen wäre, wenn ihn nicht die Sorge um seine Schwester und später die Fragen in Bezug auf Gina Dickens' Anwesenheit und die der Ponys beschäftigt hätten. Jossie hatte eine Menge Arbeit in die Koppel gesteckt. Das Gatter war relativ neu, einige Zaunpfähle ebenfalls, und auch der zwischen den Pfählen gespannte Stacheldraht war neu. Aber das war es auch schon. Der Rest war reparaturbedürftig, bei genauerem Hinsehen sogar ziemlich heruntergekommen. Einige Pfähle standen schief, und manche Teile der Koppel waren von Unkraut überwuchert.

Das gab ihm zu denken. Es war nicht ungewöhnlich, dass ein Pächter auf seinem Grundstück Reparaturen vornahm. In der Regel war das sogar notwendig. Es war allerdings merkwürdig, dass jemand wie Jossie – der sonst bei allem, was er tat, mit äußerster Sorgfalt vorging – eine Arbeit wie diese unvollendet ließ. Rob ging zurück auf die Koppel, um die ganze Sache näher in Augenschein zu nehmen.

Er erinnerte sich an Gina Dickens' Wunsch nach einem Garten, und einen Augenblick lang fragte er sich, ob sie und Jossie den eher unwahrscheinlichen Entschluss gefasst hatten, den Garten genau hier anzulegen. Wenn Gordon vorhatte, irgendwo anders eine andere Koppel für die Ponys anzulegen, würde das erklären, warum der Dachdecker die Reparaturarbeiten nicht weitergeführt hatte. Wenn er allerdings diese Koppel nicht länger für die Ponys benutzen wollte, würde das bedeuten, dass er den schweren Granittrog an einen anderen Ort würde schaffen müssen, wozu er jedoch nicht das notwendige schwere Gerät besaß.

Rob runzelte die Stirn. Der Trog kam ihm urplötzlich ebenso unnötig vor wie die Anwesenheit der Ponys. Hatte es nicht vorher bereits einen Trog auf der Koppel gegeben? Ganz sicher.

Er musste nicht erst lange danach suchen. Er fand den alten Trog in dem vernachlässigten Teil der Koppel, völlig überwuchert von Brombeeren, Gestrüpp und Unkraut. Er stand ziemlich weit entfernt von der Wasserquelle, was den neuen Trog nicht völlig unsinnig erscheinen ließ, da man ihn leichter mit einem Wasserschlauch füllen konnte. Dennoch fand er es merkwürdig, dass Gordon für einen neuen Trog Geld ausgegeben hatte, anstatt den alten freizulegen. Er hatte doch annehmen müssen, dass ein Trog wie dieser existierte. Rob nahm sich vor, Gordon Jossie darauf anzusprechen.

Er kehrte zu seinem Wagen zurück und sprach leise mit den Ponys, die sich unruhig im Anhänger bewegten. Er rief Frank zu sich, der sofort angerannt kam, dann machten sie sich auf den Weg in den nördlichen Teil des New Forest.

Man brauchte fast eine Stunde, um dorthin zu gelangen, selbst wenn man die Hauptstraßen benutzte. Aber zuerst wurde er von einem Zug aufgehalten, der in Brockenhurst stillstand und die Kreuzung blockierte, und kurz darauf von einem Reisebus, der südlich von Lyndhurst mit defektem Reifen liegen geblieben war und einen Stau verursacht hatte. Bis der Stau sich schließlich aufgelöst hatte und Rob Lyndhurst erreichte, waren die Tiere im Anhänger so unruhig, dass er die Fahrt bis hinauf nach Minstead für eine schlechte Idee hielt. Schließlich bog er in die Bournemouth Road ein und fuhr Richtung Bank. Jenseits davon befand sich am Ende einer Stichstraße das winzige Runddorf Gritnam, wo die Häuser mit der Rückseite so eng im Kreis standen, dass keine Gärten Platz hatten, sie nach vorn jedoch einen Blick auf den Rasen, die Bäume und Bäche freigaben, die den Gritnam Wood begrenzten. In Gritnam endete die Straße, sodass es vermutlich keinen sichereren Ort im New Forest gab, um Ponys freizulassen, die zu lange in Gordon Jossies Koppel gehalten worden waren.

Da der Ort so winzig war, dass es keinen anderen Platz gab, wo er das Fahrzeug hätte stehen lassen können, parkte Rob mitten auf der Straße, die kreisförmig um die Häuser verlief. Umgeben von einer Stille, die nur vom Ruf der Buchfinken und vom Trillern der Zaunkönige gestört wurde, entließ er die Ponys in die Freiheit. Zwei Kinder kamen aus einem der Häuser, um ihm bei der Arbeit zuzusehen, aber sie waren seit Langem vertraut mit den Regeln des New Forest und blieben auf Abstand. Erst als die Ponys zu einem Bach trabten, der in einiger Entfernung zwischen den Bäumen glitzerte, traute sich eines der Kinder, den Mund aufzumachen: »Wir haben hier Kätzchen, wollen Sie sie sehen? Sechs Stück. Mum hat gesagt, wir müssen sie abgeben.«

Rob ging zu den sommersprossigen Kindern hinüber, die barfuß in der Hitze standen. Ein Mädchen und ein Junge, beide mit einem Kätzchen auf dem Arm.

»Wo sind die Ponys denn her?«, fragte der Junge. Er war ein paar Jahre älter als seine Schwester, die bewundernd zu ihm aufsah. Rob musste daran denken, wie Jemima ihn früher angesehen hatte. Das Mädchen erinnerte ihn daran, dass er Jemima gegenüber versagt hatte.

Er wollte schon erklären, was es mit den Ponys auf sich hatte, als sein Handy klingelte. Obwohl es auf dem Sitz des Landrover lag, hörte er es deutlich.

Er ging zum Wagen zurück und nahm den Anruf entgegen. Als er die unter Wildhütern am meisten gefürchtete Neuigkeit vernahm, stieß er einen Fluch aus. Zum zweiten Mal in einer Woche war ein Pony im New Forest von einem Auto angefahren worden. Robs Dienste wurden verlangt in einer Weise, die er sich am allerwenigsten wünschte: Das Tier musste getötet werden.

Meredith Powells Sorgen hatten sich bis zum Morgen zu purer Angst ausgewachsen. All das hatte mit Gina zu tun. Sie hatten das Doppelbett in Merediths Zimmer geteilt, und Gina hatte Meredith gefragt, ob sie etwas dagegen habe, ihr die Hand zu halten, bis sie eingeschlafen war. Sie hatte gesagt: »Ich weiß, es ist lächerlich, aber vielleicht beruhigt es mich ja ein bisschen …«, und Meredith hatte geantwortet, ja, natürlich, das müsse sie doch gar nicht erst erklären, und sie hatte ihre Hand auf Ginas gelegt, die ihre Hand umdrehte und die von Meredith umklammerte. So hatten ihre Hände stundenlang auf der Matratze zwischen ihnen gelegen. Gina war schnell eingeschlafen, was weiß Gott nicht verwunderlich war, weil die arme Frau völlig erschöpft war nach all dem, was sie bei Gordon Jossie durchgemacht hatte. Sie schlief jedoch leicht und unruhig, und jedes Mal, wenn Meredith ihre Hand wegziehen wollte, verkrampften sich Ginas Finger, sie wimmerte leise, und Meredith zerfloss vor Mitleid. Also lag sie wach im Dunkeln und überlegte, wie sie Gina helfen konnte. Denn Gina musste vor Gordon beschützt werden, und Meredith wusste, dass sie vielleicht der einzige Mensch war, der bereit war, das zu tun.

Die Polizei in dieser Angelegenheit um Hilfe zu bitten, kam nicht infrage. Seit sie wussten, dass Whiting in irgendeiner Beziehung zu Gordon stand, worin auch immer diese bestehen mochte, konnten sie dem Chief Superintendent nicht mehr trauen. Aber selbst wenn es nicht so wäre, würde die Polizei keine Leute abstellen, bloß weil eine Frau ein paar blaue Flecke hatte. Damit die Polizei etwas unternahm, musste man schon andere Geschütze auffahren. Da brauchte man einen Gerichtsbeschluss, eine einstweilige Verfügung, oder man musste zumindest Anzeige erstatten, und Meredith hatte das deutliche Gefühl, dass Gina Dickens viel zu verängstigt war, um irgendetwas in dieser Richtung zu unternehmen.

Meredith konnte Gina drängen, bei ihr zu bleiben, aber das war natürlich keine dauerhafte Lösung. Ihre Eltern, so unendlich hilfsbereit sie auch waren, hatten bereits sie und ihre Tochter aufgenommen. Außerdem hatte Meredith ihnen ja die Geschichte mit dem Gasleck aufgetischt, um Ginas Anwesenheit zu erklären, und ihre Eltern würden verständlicherweise damit rechnen, dass der Schaden innerhalb der nächsten Stunden behoben sein dürfte.

So wie die Dinge lagen, würde Gina wohl oder übel in ihr Zimmer über dem *Mad Hatter Tea Rooms* zurückkehren müssen – der denkbar schlechteste Ort, weil Gordon Jossie wissen würde, wo sie zu finden war. Also musste eine Alternative her, und bis zum Morgen hatte Meredith auch schon eine Idee, wie diese Alternative aussah.

»Rob Hastings wird dich beschützen«, sagte sie Gina beim Frühstück. »Wenn wir ihm erst erzählen, was Gordon dir angetan hat, wird er dir bestimmt helfen. Er hat Gordon noch nie leiden können. Er hat mehrere Zimmer, die nicht benutzt werden, und er wird dir sicher von sich aus eins anbieten.«

Gina hatte nicht viel gegessen, nur in einem Schälchen mit Pampelmusenstücken herumgestochert und von einer Scheibe trockenem Toastbrot abgebissen. Nach längerem Schweigen sagte sie: »Du musst Jemima eine sehr gute Freundin gewesen sein, Meredith.«

Davon konnte kaum die Rede sein. Es war ihr ja nicht einmal gelungen, Jemima davon abzuhalten, mit Gordon zusammenzuziehen, und jetzt hatten sie die Bescherung. Sie setzte an, etwas zu sagen, doch Gina kam ihr zuvor.

»Ich muss wieder zurück.«

»In dein Zimmer? Ganz schlechte Idee. Du kannst nirgendwo hingehen, wo er dich findet. Bei Rob wird er dich niemals suchen. Das ist der sicherste Ort.«

Zu Merediths Verblüffung sagte Gina jedoch: »Ich meine nicht das Zimmer. Ich muss zu Gordon zurück. Ich hatte die ganze Nacht Zeit, darüber zu schlafen, und ich habe über alles nachgedacht, was passiert ist. Mir ist klar geworden, dass ich ihn provoziert habe …«

»Nein, nein, nein!«, rief Meredith. Genauso verhielten sich misshandelte Frauen. Wenn man ihnen Zeit zum Nachdenken gab, endete dieses Nachdenken in aller Regel damit, dass sie sich selbst die Schuld gaben, dass sie glaubten, sie hätten ihre Männer irgendwie dazu provoziert, auf sie loszugehen. Dann redeten sie sich ein, dass die Fäuste niemals in ihre Richtung geflogen wären, wenn sie nur den Mund gehalten oder etwas anderes gesagt hätten oder unterwürfiger gewesen wären.

Meredith hatte sich alle Mühe gegeben, Gina dies zu erklären, aber Gina war halsstarrig geblieben und hatte geantwortet: »Das weiß ich doch alles, Meredith. Ich habe schließlich ein Diplom in Soziologie. Aber das hier ist was anderes.«

»Genau das sagen sie alle!«, hatte Meredith sie unterbrochen.

»Ja, ich weiß. Vertrau mir. Ich weiß es wirklich. Und ich werde ganz bestimmt nicht zulassen, dass er mir noch einmal wehtut. Ehrlich gesagt…« Sie wandte den Blick von Meredith ab, als müsste sie ihren ganzen Mut zusammennehmen, das Schlimmste einzugestehen. »Ich liebe ihn einfach.«

Meredith konnte es nicht fassen. Offenbar stand ihr das Entsetzen ins Gesicht geschrieben, denn Gina fuhr fort: »Ich kann mir nicht vorstellen, dass er Jemima etwas angetan hat. So ist er nicht.«

»Er war in London. Er hat gelogen. Er hat dich belogen und die Polizisten von Scotland Yard ebenso. Warum sollte er lügen, wenn er keinen Grund dazu hätte? Und dich hat er von Anfang an belogen. Er hat behauptet, er war in Holland, um Reet zu kaufen. Du hast es mir selbst erzählt, und dir muss doch klar sein, was das bedeutet.«

Gina ließ Merediths Tirade geduldig über sich ergehen. Schließlich sagte sie: »Er wusste, dass ich sauer sein würde, wenn er mir erzählt hätte, dass er sich mit Jemima getroffen hat. Er wusste, dass ich irgendetwas Unvernünftiges tun würde. Und das habe ich ja auch, vor allem gestern Abend. Sieh mal: Du bist so gut zu mir. Du bist die beste Freundin, die ich hier im New Forest habe. Aber ich liebe ihn nun mal, und ich muss einfach herausfinden, ob wir beide noch eine Chance haben, uns wieder auszusöhnen. Die Sache mit Jemima hat ihn in eine schlimme Lage gebracht. Er hat sich falsch verhalten, das stimmt, aber ich habe mich auch nicht richtig verhalten. Ich kann doch nicht alles wegwerfen, nur weil er mir ein bisschen wehgetan hat.«

»Dir hat er vielleicht nur wehgetan«, rief Meredith, »aber Jemima hat er umgebracht!«

»Das glaube ich nicht«, entgegnete Gina bestimmt.

Meredith musste einsehen, dass es keinen Sinn hatte, das

Thema weiterzuverfolgen. Gina wollte nur noch zu Gordon Jossie zurück, »es noch einmal mit ihm versuchen«. Das war schon schlimm genug, aber noch schlimmer war, dass Meredith keine Wahl hatte. Sie musste sie ziehen lassen.

Trotzdem wurde sie die Sorge um Gina Dickens den ganzen Vormittag über nicht los. Ihr fehlte die kreative Energie für ihre Arbeit bei *Gerber & Hudson*, und als im Büro ein Anruf für sie kam, war sie froh, in ihrer Frühstückspause ins Büro von Michele Daugherty eilen zu können, die gesagt hatte: »Ich habe etwas für Sie. Haben Sie Zeit, kurz rüberzukommen?«

Meredith kaufte sich einen Orangensaft und trank ihn auf dem Weg zu der Privatdetektivin. Sie hatte schon beinahe vergessen, dass sie Michele Daugherty angeheuert hatte, weil so vieles passiert war, seit sie die Frau gebeten hatte, ihr Informationen über Gina Dickens zu beschaffen.

Die Detektivin telefonierte gerade, als Meredith eintraf. Nach endlosen Warteminuten bat Michele Daugherty sie schließlich in ihr Büro, wo ein ordentlicher Stapel Papier anzudeuten schien, dass sie sich in Merediths Auftrag mächtig ins Zeug gelegt hatte.

Die Detektivin kam ohne weitere Umschweife zur Sache. »Es gibt keine Gina Dickens«, sagte sie. »Sind Sie ganz sicher, dass der Name stimmt? Dass Sie ihn richtig geschrieben haben?«

Zuerst verstand Meredith nicht, was die Detektivin meinte, sagte: »Ich kenne die Frau, Miss Daugherty. Es geht hier nicht um einen Namen, den ich in einer Kneipe oder sonst irgendwo aufgeschnappt habe. Sie ist inzwischen … na ja … fast so etwas wie eine Freundin.«

Michele Daugherty fragte nicht, warum Meredith eine Freundin ausspähen lassen wollte. Sie sagte nur: »Wie auch immer. Ich kann keine Gina Dickens finden. Es gibt eine Menge Leute, die Dickens heißen, aber keine mit Vornamen Gina in der von Ihnen angegebenen Altersgruppe. Übrigens auch in keiner anderen.«

Sie erklärte, sie habe es mit jeder Schreibweise und jeder Variation des Namens probiert. Da Gina vermutlich ein Kosename sei oder die Abkürzung eines längeren Namens, habe sie Gina, Jean, Regina, Virginia, Georgina, Marjorina, Angelina, Jacquelina, Gianna, Eugenia und Evangelina in ihre Datenbank eingegeben. »Ich könnte natürlich endlos so weitermachen, aber ich glaube nicht, dass Sie dafür bezahlen wollen. Wenn sich eine solche Situation abzeichnet, sage ich meinen Klienten für gewöhnlich, dass es keine Person dieses Namens gibt, es sei denn, es wäre dieser Person gelungen, durch das System zu schlüpfen, ohne irgendwo eine Spur zu hinterlassen, was nicht möglich ist. Sie ist doch Britin, oder? Besteht daran kein Zweifel? Könnte sie Ausländerin sein? Australierin? Neuseeländerin? Kanadierin?«

»Aber natürlich ist sie Britin. Herrgott noch mal, ich habe gestern den ganzen Abend mit ihr verbracht.« Als würde das irgendetwas aussagen, dachte Meredith, kaum dass sie es ausgesprochen hatte. »Sie wohnt mit einem Mann namens Gordon Jossie zusammen, aber sie hat auch noch ein Pensionszimmer über dem *Mad Hatter Tea Rooms.* Erklären Sie mir, auf welche Weise Sie gesucht haben. Sagen Sie mir, wo Sie nachgesehen haben.«

»Wo ich immer nachsehe. Wo jeder Ermittler sucht, einschließlich der Polizei. Meine Liebe, die Menschen hinterlassen Daten. Sie hinterlassen Spuren, ohne es zu wissen: Geburt, Schule, Krankenhaus, Kreditkarten, finanzielle Transaktionen – ein Leben lang. Parkscheine, der Besitz von allem, wofür ein Kredit oder eine Garantie oder eine Bürgschaft nötig ist und was somit registriert wird, Abonnements von Zeitschriften und Tageszeitungen, Telefonrechnungen, Wasserrechnungen, Stromrechnungen. Nach all diesen Dingen sucht man.«

»Und was genau wollen Sie mir also sagen?« Meredith fühlte sich völlig benommen.

»Ich will sagen, dass es keine Gina Dickens gibt, Punkt, aus. Es ist unmöglich, nicht eine einzige Spur zu hinterlassen, egal wer man ist oder wo man lebt. Wenn also eine Person keine Spur hinterlässt, kann man mit ziemlicher Sicherheit davon ausgehen, dass sie nicht ist, wer sie zu sein behauptet. So sieht's aus.«

»Und wer ist sie dann?« Meredith dachte über die Möglichkeiten nach. »Was ist sie?«

»Ich habe keine Ahnung. Aber die Tatsachen legen die Vermutung nahe, dass sie jemand ganz anders ist, als sie vorgibt.«

Meredith sah die Detektivin an. Sie wollte nicht verstehen, aber in Wirklichkeit verstand sie nur zu gut. Sie sagte wie betäubt: »Also gut. Dann eben Gordon Jossie. J-o-s-s-i-e.«

»Was ist mit Gordon Jossie?«

»Nehmen Sie sich den vor.«

Gordon musste nach Hause fahren, weil er eine Ladung türkisches Reet erwartete. Das Material war eine Ewigkeit zur Überprüfung im Hafen festgehalten worden, wodurch er mit seiner Arbeit am Dach des *Royal Oak* beträchtlich in Verzug geraten war. Er hatte den Eindruck, dass die Hafenbehörden seit den terroristischen Anschlägen der vergangenen Jahre in jedem Winkel jeden Schiffs, das in England anlegte, einen muslimischen Extremisten vermuteten. Besonderes Misstrauen erregten Waren aus Ländern, mit denen die Mitarbeiter der Behörden nicht gut vertraut waren. Dass Reet tatsächlich in der Türkei wuchs, war eine Information, über die die meisten Hafenverantwortlichen nicht verfügten. Also musste dieses Reet genauestens geprüft werden, und wenn diese Prozedur eine oder zwei Wochen in Anspruch nahm, konnte er absolut nichts dagegen unternehmen. Ein Grund mehr, sich das Reet aus den Niederlanden zu besorgen, dachte Gordon. Zumindest war Holland ein vertrautes Gebiet in den Augen dieser unfähigen Pfeifen, die mit der Aufgabe betraut waren, alles zu inspizieren, was ins Land eingeführt wurde.

Als er mit Cliff Coward auf seinen Hof fuhr, bemerkte er sofort, dass Rob Hastings seine Worte wahr gemacht hatte. Die beiden Ponys waren von der Koppel verschwunden. Er war sich nicht sicher, was er deswegen unternehmen würde, aber vielleicht, dachte er erschöpft, konnte er, so wie die Dinge im Moment lagen, überhaupt nichts tun.

Ausgerechnet über die Lage der Dinge wollte nun Cliff plötzlich mit ihm reden. Als ihm auffiel, dass Ginas Wagen nirgendwo zu sehen war, fragte er nach ihr. Nicht wo sie war, wollte er wissen, sondern wie es ihr ging. »Wie geht's unserer Gina heute?«, fragte er wie fast jeden Tag. Gina hatte es Cliff schon vom ersten Moment an angetan.

Gordon antwortete ihm wahrheitsgemäß: »Weg.«

Cliff wiederholte das Wort verständnislos, als würde es nur langsam in seinen Kopf dringen. Als es angekommen war, fragte er: »Wie weg? Hat sie dich verlassen?«, worauf Gordon erwiderte: »Das ist der Lauf der Dinge, Cliff.«

Cliff reagierte mit langatmigen Auslassungen darüber, welche Haltbarkeit – wie er es nannte – Frauen wie Gina im Allgemeinen hatten. »Du hast allerhöchstens sechs Tage, um sie zurückzukriegen, Alter«, erklärte er Gordon. »Glaubst du vielleicht, die Jungs lassen eine wie Gina auf der Straße rumlaufen, ohne es bei ihr zu versuchen? Ruf sie an, entschuldige dich, hol sie zurück. Sag, es tut dir leid, selbst wenn du ihr gar keinen Grund gegeben hast zu gehen. Sag einfach irgendwas! Tu irgendwas!«

»Da ist nichts zu machen«, sagte Gordon.

»Du bist doch nicht ganz dicht«, sagte Cliff.

Als Gina dann tatsächlich wieder auftauchte, während sie das Reet auf Gordons Pick-up luden, seilte Cliff sich ab. Von der Ladefläche aus sah er ihren roten Mini die Straße entlangkommen und sagte: »Ich gebe dir zwanzig Minuten, das wieder in Ordnung zu bringen, Gordon.« Dann verschwand er Richtung Scheune.

Gordon ging zum Ende der Auffahrt, sodass er auf der Höhe des Vorgartens war, als Gina auf das Grundstück einbog. Im Grunde seines Herzens wusste er, dass Cliff recht hatte. Bei einer Frau wie Gina würden die Männer Schlange stehen, wenn sie nur die geringste Chance witterten, bei ihr zu landen. Er wäre ein Narr, wenn er nicht versuchte, sie zurückzubekommen.

Sie bremste, als sie ihn bemerkte. Das Dach des Mini war

zurückgeklappt und ihr Haar zerzaust vom Wind. Er hätte es am liebsten berührt, weil er wusste, wie weich es sich anfühlen würde.

Er trat an den Wagen. »Können wir reden?«

Sie schob sich die Sonnenbrille, die sie gegen die grelle Sommersonne trug, ins Haar. Ihre Augen waren rotgerändert. Und er war schuld an ihren Tränen. Es war eine weitere Last. Wieder einmal hatte er versagt bei dem Versuch, der Mann zu sein, der er sein wollte.

»Bitte. Können wir reden?«

Sie sah ihn misstrauisch an. Sie presste die Lippen zusammen und kaute auf der Unterlippe; nicht als wollte sie sich davon abhalten, etwas zu sagen. Eher als fürchtete sie sich vor dem, was passieren könnte, wenn sie den Mund aufmachte. Als er die Hand auf den Türgriff legte, zuckte sie leicht zusammen.

»Ach, Gina«, sagte er. Er trat einen Schritt zurück, damit sie sich nicht von ihm bedrängt fühlte. Als sie die Autotür aufmachte, atmete er erleichtert auf. »Können wir …«, sagte er. »Lass uns da vorn hinsetzen.«

Da vorn war der Garten, den sie so liebevoll für sie beide gestaltet hatte, mit dem Tisch und den Stühlen, den Fackeln und den Kerzen. *Da vorn* hatten sie bei schönem Wetter im Sommer zwischen den Blumen zu Abend gegessen, die sie gepflanzt und sorgfältig gewässert hatte. Er ging zum Tisch und wartete auf sie. Er beobachtete sie schweigend. Sie musste sich aus freien Stücken entscheiden. Er betete, sie möge sich so entscheiden, dass sie noch eine Zukunft hatten.

Sie stieg aus ihrem Wagen, warf einen Blick zum Pick-up mit dem aufgeladenen Reet und auf die Koppel dahinter. »Was ist mit den Pferden passiert?«, fragte sie stirnrunzelnd.

»Die sind weg«, antwortete er.

Ihr Gesichtsausdruck sagte ihm, dass sie glaubte, er hätte es für sie getan, weil sie Angst vor den Tieren hatte. Er hätte ihr am liebsten die Wahrheit gesagt: dass Rob Hastings sie mitgenommen hatte, weil Gordon weder einen Grund noch das Recht hatte, sie bei sich zu behalten. Aber andererseits sah er, wie er den Moment nutzen konnte, um sie für sich einzunehmen, und er wollte sie unbedingt zurückgewinnen. Sollte sie in Bezug auf die Ponys ruhig glauben, was sie wollte.

Sie kam zu ihm in den Vorgarten, wo sie durch eine Hecke von der Straße getrennt waren. Außerdem waren sie so vor Cliff Cowards neugierigen Blicken geschützt, weil die Scheune hinter dem Haus lag. Hier konnten sie miteinander reden, ohne gehört oder gesehen zu werden, was dazu beitrug, dass Gordon sich entspannte, allerdings auf Gina die gegenteilige Wirkung zu haben schien. Sie sah sich um, bibberte, als wäre ihr kalt, und schlang die Arme um den Körper.

»Was hast du denn bloß mit dir angestellt?«, fragte er. Er hatte die hässlichen blauen Flecke auf ihren Armen bemerkt und trat unwillkürlich auf sie zu. »Was ist passiert, Gina?«

Sie betrachtete ihre Arme, als hätte sie es bereits vergessen. Sie sagte niedergeschlagen: »Das habe ich selbst gemacht.«

»Wie bitte?«

»Hast du dir noch nie selbst wehtun wollen, weil nichts, was du anpackst, zu etwas Gutem führt?«, fragte sie.

»Was? Wie hast du …«

»Ich habe mich geschlagen«, sagte sie. »Und als das nicht gereicht hat, habe ich mit einem …« Sie hatte sich abgewandt, aber als sie ihn jetzt ansah, hatte sie Tränen in den Augen.

»Du hast etwas benutzt, um dir damit wehzutun? Gina …« Er trat auf sie zu, aber sie wich einen Schritt zurück. Er war erschüttert. »Warum tust du so etwas?«

Eine Träne lief ihr über die Wange. Sie wischte sie mit dem Handrücken ab. »Ich schäme mich so«, sagte sie. »*Ich* habe es getan.«

Einen entsetzlichen Moment dachte er, sie wollte sagen, *sie* hätte Jemima umgebracht, aber sie fuhr fort: »*Ich* habe die Fahrkarten und die Hotelrechnung an mich genommen. Ich habe sie gefunden und eingesteckt, und ich habe sie abgegeben … Es tut mir so leid.«

Sie fing an zu schluchzen. Er trat näher, um sie in die Arme zu nehmen, und als sie es zuließ, öffnete sich sein Herz, wie es noch bei niemandem geschehen war, nicht einmal bei Jemima.

»Ich hätte dich nicht belügen dürfen«, sagte er. »Ich hätte nicht sagen dürfen, dass ich in Holland war. Ich hätte dir von Anfang an sagen sollen, dass ich Jemima treffen wollte, aber ich dachte, ich könnte es nicht.«

»Aber warum denn nicht?« Sie ballte die Fäuste auf seiner Brust. »Was hast du denn gedacht? Warum vertraust du mir nicht?«

»Alles, was ich dir über mein Treffen mit Jemima erzählt habe, entspricht der Wahrheit. Ich schwöre es bei Gott. Ich habe mich mit ihr getroffen, aber sie hat noch gelebt, als ich gegangen bin. Wir haben uns nicht im Guten getrennt, aber auch nicht im Streit.«

»Und dann?« Gina wartete auf seine Antwort, und er hätte sie ihr so gern gegeben, mit seinem Körper, seiner Seele und seinem ganzen Leben, das am seidenen Faden der richtigen Worte, die er wählen würde, zu hängen schien. Er schluckte, und sie fragte ihn: »Wovor hast du eigentlich solche Angst, Gordon?«

Er berührte ihr wunderschönes Gesicht mit beiden Händen. »Du bist erst meine Zweite.« Er beugte sich vor, um sie zu küssen. Sie ließ ihn gewähren, öffnete den Mund, nahm seine Zunge auf, legte ihre Hände in seinen Nacken und hielt ihn fest, sodass der Kuss nicht zu enden schien. Ihm wurde heiß, und er – nicht sie – war derjenige, der sich löste. Er atmete so schwer, als wäre er weit gerannt. »Nur Jemima und du. Niemand sonst«, sagte er.

»Ach, Gordon.«

»Komm zurück zu mir. Was du in mir entdeckt hast … diese Wut … die Angst …«

»Sch-sch«, murmelte sie. Sie berührte sein Gesicht mit diesen wunderbaren Fingern, und wo sie ihn berührte, schien seine Haut zu brennen.

»Du lässt mich das alles vergessen«, sagte er. »Komm zurück. Gina. Ich schwöre es.«

»Ich bin ja wieder da.«

27

Als er *Sheldon Pockworth Numismatics* verlassen hatte und zu seinem Wagen ging, um zum British Museum zu fahren, nahm Lynley den ersten Anruf entgegen. Er kam von Philip Hale. Der erste Teil seiner Nachricht war positiv. Yukio Matsumoto sei bei Bewusstsein und Isabelle Ardery befrage ihn gerade in Gegenwart seines Bruders und seiner Schwester. Hale hatte jedoch noch mehr auf dem Herzen, und da er der letzte der Detectives war, der während einer Ermittlung gegen irgendetwas protestierte, wusste Lynley, dass die Situation wirklich ernst war. Ardery habe ihn angewiesen, im Krankenhaus Wache zu schieben, obwohl er besser woanders eingesetzt werden sollte. Er habe versucht, ihr zu erklären, dass man die Bewachung des Verdächtigen auch den Constables überlassen könne, damit er sich einer nützlicheren Beschäftigung zuwenden könne, aber sie habe nichts davon wissen wollen. Er sei immer bereit gewesen, sich ins Team einzuordnen, aber irgendwann komme ein Zeitpunkt, an dem man protestieren müsse. Ardery sei eine Mikromanagerin, und sie überlasse es keinem ihrer Ermittler, selbstständig Entscheidungen zu treffen. Sie sei …

»Philip«, unterbrach Lynley ihn, »hören Sie. Ich kann mich da nicht einmischen. Das steht mir einfach nicht zu.«

»Sie könnten mit ihr reden«, entgegnete Hale. »Wenn Sie ihr dabei helfen sollen, sich im Yard einzuarbeiten, dann könnten Sie ihr das doch sagen. Können Sie sich Webberly vorstellen … oder sich selbst … oder sogar John Stewart, und John ist weiß Gott ein harter Brocken! Kommen Sie schon, Tommy.«

»Sie hat eine Menge um die Ohren.«

»Sie wollen mir doch nicht erzählen, dass sie nicht auf Sie hört? Ich kriege doch mit, wie sie … Ach, zum Teufel.«

»Wie sie was?«

»Sie hat Sie dazu bewogen, Ihre Arbeit wieder aufzunehmen. Das wissen wir doch alle. Dafür muss es einen Grund geben, und das ist wahrscheinlich etwas Persönliches. Also benutzen Sie es.«

»Da gibt's nichts Persönliches …«

»Tommy, Herrgott noch mal, tun Sie doch nicht so, als wären Sie blind. Wir anderen sind es auch nicht.«

Lynley schwieg eine Weile. Er dachte darüber nach, was zwischen ihm und Ardery war: wie es nach außen hin aussah und wie es wirklich war. Schließlich sagte er, er werde sehen, was sich machen lasse, auch wenn er nicht daran glaube, dass es viel sein werde.

Er rief Isabelle Ardery auf ihrem Handy an, das jedoch auf die Mailbox schaltete. Er bat sie um Rückruf und ging weiter zu seinem Wagen. Er war nicht für sie verantwortlich, sagte er sich. Wenn sie ihn um Rat fragte, konnte er ihr damit dienen. Aber er musste sie schwimmen oder untergehen lassen, ohne dass er sich einmischte, ganz gleichgültig, was irgendjemand von ihm erwartete. Wie sonst sollte sie beweisen können, dass sie für diese Aufgabe geeignet war?

Auf dem Weg nach Bloomsbury klingelte sein Handy zum zweiten Mal, als er gerade in der Nähe der U-Bahn-Station Green Park im Stau stand. Diesmal war es Winston Nkata. Barbara Havers, sagte er, habe »nach bester Barb-Manier« vor, die Anweisungen Arderys, in London zu bleiben, zu unterlaufen. Sie sei unterwegs nach Hampshire. Er habe es ihr nicht ausreden können. »Sie kennen ja Barb«, lautete sein Kommentar.

»Auf Sie wird sie hören, Mann«, fuhr Nkata fort. »Auf mich hört sie jedenfalls nicht.«

»Himmel«, murmelte Lynley. »Die Frau treibt einen noch in den Wahnsinn. Was hat sie denn vor?«

»Die Tatwaffe«, sagte Nkata. »Sie hat sie erkannt.«

»Was soll das heißen? Weiß sie, wem sie gehört?«

»Sie weiß, was es ist. Ich auch. Wir haben das Foto erst heute gesehen. Ich habe erst heute Morgen einen Blick auf die Magnettafeln geworfen. Und was da zu sehen war, bringt Hampshire zurück ins Spiel.«

»Spannen Sie mich nicht auf die Folter, Winston.«

»Das Ding nennt sich Reetnagel«, antwortete Nkata. »Ein paar davon lagen in Hampshire neben einer Kiste, als wir mit diesem Ringo Heath geredet haben.«

»Dem Dachdeckermeister.«

»Genau. Mit diesen Nägeln wird das Reet zusammengehalten, während es auf dem Dach befestigt wird. Nicht gerade etwas, was man in London alle Tage zu sehen bekommt, aber in Hampshire? Überall wo es Reetdächer und Dachdecker gibt, findet man diese Nägel.«

»Jossie«, sagte Lynley.

»Oder Hastings. Die Dinger werden nämlich von Hand hergestellt.«

»Wieso Hastings?« Dann fiel es Lynley wieder ein. »Er ist Schmied.«

»Und diese Reetnägel werden von Schmieden hergestellt. Jeder macht sie anders. Am Ende sind sie wie …«

»Fingerabdrücke«, schloss Lynley.

»Genau. Aus dem Grund ist Barb dahin unterwegs. Sie meinte zwar, sie würde Ardery vorher informieren, aber Sie kennen sie ja. Deshalb dachte ich, Sie könnten vielleicht … Sie wissen schon. Auf Sie wird sie hören. Wie gesagt, von mir wollte sie sich nichts sagen lassen.«

Fluchend beendete Lynley das Gespräch. Der Stau hatte sich mittlerweile aufgelöst, und er fuhr weiter, entschlossen, Havers übers Handy anzurufen, sobald er eine Möglichkeit dazu hatte. Aber schon klingelte sein Handy erneut. Diesmal war es Ardery.

»Was haben Sie bei dem Münzhändler in Erfahrung gebracht?«, wollte sie wissen.

Er setzte sie ins Bild. Inzwischen sei er auf dem Weg ins British Museum.

»Ausgezeichnet«, sagte sie. »Das wäre doch ein Motiv, oder?

Und wir haben keine Münzen unter ihren Sachen gefunden, also muss sie ihr jemand weggenommen haben. Immerhin ist das mal eine Spur. Sehr gut.« Sie klärte ihn auf über das, was sie von Yukio Matsumoto erfahren hatte: Es seien zwei Männer in der Nähe der Kapelle auf dem Abney Park Cemetery gewesen, nicht nur einer. Tatsächlich sogar drei, wenn man Matsumoto mitzähle. »Wir versuchen, mit seiner Hilfe ein Fahndungsporträt zu erstellen. Seine Anwältin ist aufgetaucht, während ich mit ihm gesprochen habe, und es gab eine Auseinandersetzung – Gott, diese Frau ist wie ein Pitbull! Aber sie ist für die nächsten zwei Stunden mit von der Partie. Solange die Met die Schuld an dem Unfall einräumt.«

Lynley atmete hörbar ein. »Das macht Hillier niemals mit, Isabelle.«

»Diese Geschichte ist wichtiger als Hillier«, entgegnete Isabelle.

Es musste schon in der Hölle schneien, dachte Lynley, ehe Hillier das so sah. Bevor er ihr das allerdings sagen konnte, hatte sie schon aufgelegt. Er seufzte. Hale, Havers, Nkata und jetzt auch noch Ardery. Wo sollte er anfangen? Er entschied sich für das British Museum.

Nach einigem Suchen fand er dort eine Frau namens Honor Robayo, die den Rücken einer Olympiaschwimmerin und den Händedruck eines erfolgreichen Politikers hatte. Offen und mit einem einnehmenden Lächeln sagte sie: »Nie hätte ich gedacht, dass ich mal mit einem Polizisten reden würde! Ich lese nämlich massenhaft Krimis. Sind Sie eher so ein Typ wie Inspector Rebus oder mehr einer wie Inspector Morse?«

»Ich habe ein großes Faible für Oldtimer«, gestand Lynley.

»Dann sind Sie wie Morse.« Robayo verschränkte die Arme hoch oben vor der Brust, als würde ihr Bizeps verhindern, dass die Arme näher am Körper lagen. »Was kann ich für Sie tun, Inspector Lynley?«

Er erklärte ihr, warum er gekommen war: um sich mit der Kuratorin über eine Münze aus der Zeit von Antoninus Pius zu unterhalten. Bei der Münze handle es sich um einen Aureus, fügte er hinzu.

»Haben Sie sie dabei? Können Sie sie mir zeigen?«, fragte sie.

»Ich hatte das Gegenteil gehofft«, erwiderte er. Ob Miss Robayo ihm vielleicht sagen könne, was eine solche Münze wert sei? »Ich habe gehört, zwischen fünfhundert und tausend Pfund«, sagte Lynley. »Würden Sie das bestätigen?«

»Dann lassen Sie uns mal nachsehen.«

Sie führte ihn in ihr Büro, wo sich außer Büchern, Zeitschriften und Papieren auf ihrem Schreibtisch auch ein Computer befand. Es war ein Leichtes, eine Seite aufzurufen, auf der Münzen angeboten wurden, und noch leichter, auf der Seite einen Aureus aus der Zeit von Antoninus Pius zu finden, der auf dem offenen Markt zum Kauf angeboten wurde. Der geforderte Preis war in Dollar angegeben, und der Betrag belief sich auf dreitausendsechshundert. Mehr, als Dugué geschätzt hatte. Keine Riesensumme, aber vielleicht genug, um dafür jemanden zu töten? Möglich.

»Benötigen Münzen einen Herkunftsnachweis?«, fragte Lynley.

»Nun, es sind ja keine Kunstwerke, nicht wahr. Niemand interessiert sich dafür, wem sie in der Vergangenheit gehört haben, es sei denn, es war ein Nazi, der sie einer jüdischen Familie abgenommen hat. Die eigentlichen Fragen drehen sich eher um ihre Echtheit und das Material.«

»Das heißt?«

Sie zeigte auf den Computerbildschirm, auf dem der zum Kauf angebotene Aureus abgebildet war. »Entweder es ist ein Aureus, oder es ist kein Aureus – reines Gold oder nicht. Und das ist nicht schwer festzustellen. Was das Alter betrifft – stammt sie wirklich aus der Zeit von Antoninus Pius? –, nehme ich mal an, dass man so eine Münze fälschen könnte, aber jeder Münzexperte würde das bemerken. Außerdem, warum sollte sich jemand die Mühe machen, ausgerechnet diese Münze zu fälschen? Wir reden hier ja nicht über die Fälschung eines erst kürzlich entdeckten Rembrandt oder van Gogh. Man kann sich vorstellen, was so etwas wert wäre, wenn jemand es gut hinbekäme. Zehn Millionen? Aber eine Münze? Man würde sich schon fragen, ob dreitausendsechshundert Dollar die Mühe lohnen.«

»Und mit der Zeit?«

»Sie meinen, falls jemand eine ganze Lastwagenladung voll gefälscht hat und sie nach und nach in kleinen Mengen verkauft? Möglich wäre das.«

»Könnte ich mir mal eine ansehen?«, fragte Lynley. »Ich meine, eine echte? Haben Sie welche hier in dem Museum?«

Das hatten sie tatsächlich, erklärte Honor Robayo. Wenn er ihr folgen wolle? Sie müssten zur Münzsammlung gehen, aber es sei kein weiter Weg, und sie nehme an, Inspector Lynley werde die Sammlung interessant finden.

Sie führte ihn auf eine Reise durch Raum und Zeit – vorbei am alten Persien durch das Osmanische Reich, Mesopotamien –, bis sie zu der römischen Sammlung gelangten. Da Lynley ewig nicht im British Museum gewesen war, hatte er völlig vergessen, welche außerordentlichen Schätze es beherbergte.

Mildenhall, Hoxne, Thetford. Die Sammlungen wurden als Horte bezeichnet, weil es sich um Schätze handelte, die die Römer zur Zeit der Besetzung Britanniens vergraben hatten. Es war nicht immer alles reibungslos verlaufen für die Römer, wenn sie versucht hatten, das Volk zu bändigen, zu dessen Herrschern sie sich aufgeschwungen hatten. Da die Menschen nicht gerade begeistert waren von ihrer Rolle als Untertanen der Römer, kam es immer wieder zu Aufständen. Während der Zeiten der Unruhen brachten die Römer ihre Reichtümer in Sicherheit, indem sie sie kurzerhand vergruben. Es kam vor, dass die Eigentümer später nicht mehr in der Lage waren, ihre Schätze zu heben, und so blieben die Preziosen über Jahrhunderte unter der Erde: in versiegelten Tonkrügen oder in strohgefütterten Holzkisten – in allem, was zur damaligen Zeit an Verpackungsmaterial zur Verfügung stand.

Bei den Horten von Mildenhall, Hoxne und Thetford handelte es sich um die bedeutendsten Schätze aus jener Zeit, die jemals gefunden wurden. Nachdem sie mehr als tausend Jahre in der Erde geschlummert hatten, waren sie im zwanzigsten Jahrhundert entdeckt worden. Sie umfassten alle möglichen wertvollen Gegenstände wie Münzen und Gefäße, Körperschmuck und religiöse Gedenktafeln.

In der Sammlung befanden sich auch weniger bedeutende Horte, die verschiedene Siedlungsgebiete der Römer in Britannien repräsentierten. Der Hoxne-Hort war als Letzter entdeckt worden, und zwar 1992 in einem Gebiet, das zum Suffolk County gehörte. Der Finder – ein Mann namens Eric Lawes – hatte den Schatz erstaunlicherweise unberührt gelassen und sofort die Behörden benachrichtigt. Die Archäologen gruben mehr als fünfzehntausend Gold- und Silbermünzen aus sowie Tafelsilber und Goldschmuck in Form von Halsketten, Armbändern und Ringen. Es war ein sensationeller Fund. Ein Schatz von unermesslichem Wert, vermutete Lynley.

»Das ist ihm hoch anzurechnen«, murmelte er.

»Wie bitte?«, fragte Honor Robayo.

»Die Tatsache, dass Mr. Lawes ihn gemeldet hat. Ich meine den Schatz und den Gentleman, der ihn gefunden hat.«

»Ah, ja, natürlich«, sagte sie. »Aber tatsächlich ist es ihm gar nicht so hoch anzurechnen, wie Sie glauben.« Sie standen vor einer der Vitrinen, in denen der Hoxne-Hort ausgestellt war, einschließlich einer Acrylrekonstruktion der Truhe, in der der Schatz vergraben worden war. Von dort gingen sie quer durch den Raum zu der Ausstellung der enormen silbernen Platten und Tabletts aus dem Mildenhall-Hort. Honor Robayo lehnte sich gegen die Vitrine und sagte: »Man muss wissen, dass dieser Eric Lawes mit einem Metalldetektor unterwegs war. Und weil das seine Leidenschaft war, wird er sich ziemlich gut mit dem Gesetz ausgekannt haben. Natürlich ist das Gesetz ein wenig geändert worden, nachdem dieser Hort entdeckt wurde, aber damals war es so, dass ein Fund wie der Hoxne-Hort automatisch an die Krone fiel.«

»Dann hätte er aber doch ein Motiv gehabt, ihn für sich zu behalten?«, sagte Lynley.

Sie zuckte die Achseln. »Was hätte er damit anfangen sollen? Vor allem da das Gesetz vorsah, dass ein Museum diesen Schatz von der Krone erwerben konnte – und zwar zu einem angemessenen Marktpreis – und der Finder diesen Kaufpreis als Belohnung erhielt? Das war schon ein beträchtliches Sümmchen.«

»Aha«, antwortete Lynley. »Also war der Finder eher daran interessiert, den Fund zu melden, als ihn für sich zu behalten.«

»Richtig.«

»Und wie ist die Rechtslage heute?« Er lächelte, weil er sich mit seiner Frage ziemlich albern vorkam. »Verzeihen Sie, als Polizist müsste ich mich mit diesem Gesetz eigentlich auskennen.«

»Ach was«, erwiderte sie. »Ich bezweifle, dass Sie bei Ihrer Arbeit häufig mit Menschen zu tun haben, die Schätze ausgraben. Jedenfalls hat sich das Gesetz nicht erheblich geändert. Der Finder hat zwei Wochen Zeit, dem örtlichen Coroner den Schatz zu melden – falls er *weiß*, dass es sich um einen Schatz handelt. Tatsächlich könnte er strafrechtlich verfolgt werden, wenn er den Coroner nicht verständigt. Der Coroner …«

»Moment mal«, unterbrach Lynley sie. »Was meinen Sie damit: falls er weiß, dass es sich um einen Schatz handelt?«

»Na ja, das ist der Haken an dem Gesetz von 1996. Es definiert, was ein Schatz ist. Eine Münze, zum Beispiel, macht noch keinen Schatz aus. Bei zwei Münzen allerdings kann man schon in die Bredouille kommen, wenn man sich nicht gleich ans Telefon hängt und die Behörden benachrichtigt.«

»Damit die was tun?«, fragte Lynley. »In dem unwahrscheinlichen Fall, dass man nur zwei Münzen gefunden hat und nicht zwanzigtausend?«

»Die bestellen dann Archäologen, die einem das gesamte Grundstück umgraben, nehme ich an«, antwortete Honor Robayo. »Was, ehrlich gesagt, die meisten Leute nicht stört, denn für sie springt ein angemessener Preis für den Schatz heraus.«

»Falls ein Museum diesen kaufen will.«

»Richtig.«

»Und wenn kein Museum ihn haben will? Wenn die Krone ihn für sich beansprucht?«

»Das ist eine weitere interessante Änderung im Gesetz. Die Krone hat lediglich Anspruch auf Schätze aus den Herzogtümern Cornwall und Lancaster. Aber in den übrigen Landesteilen… Da ist es ein bisschen komplizierter, aber der Finder bekommt in jedem Fall eine Belohnung, wenn der Schatz irgendwann verkauft wird. Und wenn er etwa diese Dimension hat« – sie machte eine Kopfbewegung zu den mit Silber, Gold und Juwelen gefüllten Vitrinen in Raum 49 –, »dann kann man schon davon ausgehen, dass die Belohnung saftig ausfällt.«

»Sie wollen also sagen«, resümierte Lynley, »dass der Finder eines solchen Schatzes absolut keinen Grund hätte, die Neuigkeit für sich zu behalten?«

»Vollkommen richtig. Natürlich könnte er die Kostbarkeiten unter seinem Bett verstecken und sie nachts hervorholen, um sie genüsslich zu befühlen. Denn mehr wird er damit nicht anfangen können. Wie in Silas Marner, falls Sie wissen, was ich meine. Aber ich schätze mal, dass die meisten Leute Bares bevorzugen.«

»Und wenn der Schatz nur aus einer einzelnen Münze besteht?«

»Die kann der Finder behalten. Und das bringt uns jetzt zu… Da drüben bitte! Hier haben wir den Aureus, nach dem Sie suchen.«

Er lag in einer der kleineren Vitrinen, in denen verschiedene Münzen ausgestellt und bezeichnet waren. Der fragliche Aureus sah nicht anders aus als der, den Lynley bei *Sheldon Pockworth Numismatics* auf James Dugués Computerbildschirm gesehen hatte. Lynley betrachtete ihn in der Hoffnung, die Münze könnte ihm irgendetwas über Jemima Hastings sagen, die eine solche vermutlich irgendwann besessen hatte. Wenn, wie Honor Robayo so blumig formuliert hatte, eine Münze noch keinen Schatz ausmachte, dann bestand durchaus die Möglichkeit, dass Jemima sie lediglich als Erinnerungsstück oder als Glücksbringer aufbewahrt hatte und dass sie in Erwägung gezogen hatte, das Kleinod zu verkaufen, als sie nach London gezogen war und Geld brauchte. Dann hatte sie sich als Erstes nach dem Wert der Münze erkundigt. Das war absolut vernünftig. Aber ein Teil dessen, was sie dem Münzhändler erzählt hatte, war eine glatte Lüge gewesen: Ihr Vater war nicht vor Kurzem gestorben. Aus Havers' Bericht wusste Lynley, dass Jemimas Vater schon seit Jahren tot war. Spielte diese Lüge eine Rolle? Lynley wusste es nicht. Er musste unbedingt mit Havers reden.

Er wandte sich von der Vitrine mit dem Aureus ab und bedankte sich bei Honor Robayo dafür, dass sie ihm ihre Zeit geopfert hatte. Offenbar hatte sie den Eindruck, ihn irgendwie enttäuscht zu haben, denn sie entschuldigte sich bei ihm und sagte: »Tja. Wie auch immer… Ich hätte mir gewünscht, dass ich irgendetwas für Sie hätte tun können. Konnte ich Ihnen überhaupt weiterhelfen?«

Wieder wusste er es nicht so recht. Sicherlich besaß er jetzt mehr Informationen als vorher. Aber in Bezug auf die Frage, warum Jemima Hastings ermordet worden war…

Er runzelte die Stirn. Plötzlich erregte der Thetford-Schatz seine Aufmerksamkeit. Diese Vitrine hatten sie sich bisher nicht näher angesehen. Sie enthielt keine Münzen, sondern Tafelbesteck und Schmuck. Das Erstere bestand hauptsächlich aus Silber. Das Letztere war aus Gold. Er trat näher heran.

Es war der Schmuck, der ihn interessierte. Ringe, Schnallen, Anhänger, Armbänder und Halsketten. Die Römer hatten es verstanden, sich zu schmücken: mit Edelsteinen und Halbedelsteinen. In die größeren Stücke, darunter einige Ringe, waren Granate, Amethyste und Smaragde eingearbeitet. Und dann gab es noch einen besonderen Stein von rötlicher Farbe. Lynley erkannte ihn sofort als Karneol. Aber was ihm vor allem auffiel, war die Art und Weise, wie der Stein gestaltet war: Laut Beschreibung waren auf dem Stein Venus, Amor und die Waffen des Mars dargestellt. Und er war nahezu identisch mit dem Stein, der bei Jemimas Leiche gefunden worden war.

Lynley drehte sich zu Honor Robayo um. Sie hob die Brauen, als wollte sie sagen: Was gibt's?

»Nicht zwei Münzen«, sagte er, »sondern eine Münze und ein Edelstein. Ist das schon ein Schatz, der gemeldet werden müsste, wie Sie eben erwähnten?«

»Ob das unter das Gesetz fällt?« Sie kratzte sich den Kopf, während sie überlegte. »Man könnte es so sehen. Aber man könnte genauso gut argumentieren, dass jemand, der zufällig zwei Objekte findet – die oberflächlich betrachtet nicht miteinander in Verbindung stehen –, diese reinigt, zur Seite legt und gar nicht auf die Idee kommt, dass man den Fund melden muss. Ich meine, wie viele Leute kennen dieses Gesetz überhaupt? Wenn jemand einen Schatz wie den Hoxne-Hort findet, dann wird er sicherlich herumfragen und sich erkundigen, wie er damit verfahren soll. Aber wenn jemand eine einzelne Münze und einen Stein findet – die wahrscheinlich beide erst einmal gründlich gereinigt werden müssen –, warum sollte der deswegen gleich zum Telefon greifen? Es ist ja nicht so, dass den Fernsehzuschauern einmal pro Woche mitgeteilt wird, sie müssten in dem unwahrscheinlichen Fall, dass sie beim Tulpenpflanzen auf einen Schatz stoßen, den Coroner rufen. Abgesehen davon denken die Leute bei einem Coroner eher an den Tod als an einen Schatz.«

»Aber laut Gesetz bilden zwei Fundstücke schon einen Schatz, richtig?«

»Hm … ja. Das ist richtig.«

Es war reichlich wenig, dachte Lynley, und Honor Robayo hätte seine Annahme ruhig mit ein bisschen mehr Nachdruck bestätigen können. Aber immerhin war es etwas. Wenn schon keine Fackel, dann wenigstens ein Streichholz, und er wusste auch, dass ein Streichholz immer noch besser war als nichts, wenn man im Dunkeln tappte.

Barbara Havers hatte an der Raststätte gehalten, weil sowohl ihr Wagen als auch sie selbst Energienachschub brauchten. Ihr

Handy klingelte. Normalerweise hätte sie es tapfer ignoriert. Aber sie hatte gerade den Wagen in einer Parkbucht abgestellt und war auf dem Weg ins *Little Chef* – das Wichtigste zuerst, lautete ihre Devise, und das Wichtigste war im Moment eine ordentliche Mahlzeit, damit sie den Tag überstand –, als »Peggy Sue« in ihrer Umhängetasche erklang. Sie kramte das Handy hervor und warf einen Blick aufs Display. Es war DI Lynley. Sie nahm den Anruf entgegen, während sie hoffnungsfroh in Richtung Essen und Klimaanlage marschierte.

»Wo sind Sie, Sergeant?«, fragte Lynley ohne Umschweife.

Sein Tonfall verriet ihr, dass jemand sie verpfiffen hatte, und das konnte nur Winston Nkata gewesen sein, denn niemand anderer wusste, was sie vorhatte. Und Winnie befolgte Anweisungen absolut gewissenhaft, unabhängig davon, wie bescheuert sie waren. Tatsächlich befolgte Winnie sogar Nicht-Anweisungen. Er nahm Anweisungen vorweg, verdammt noch mal.

»Ich stehe kurz davor, mir ein kalorienhaltiges Essen aus der Fritteuse einzuverleiben, und es ist mir im Moment egal, wie gesund das ist. Ausgehungert beschreibt meinen Zustand noch nicht einmal ansatzweise, falls Sie verstehen, was ich meine. Wo sind Sie?«

»Havers«, sagte Lynley, »Sie haben meine Frage nicht beantwortet. Bitte tun Sie das.«

Sie seufzte. »Ich bin in einem *Little Chef*, Sir.«

»Aha. *Die* Adresse für gesunde Ernährung. Und wo befindet sich die spezielle Filiale dieses vornehmen Etablissements?«

»Hm, lassen Sie mich überlegen…« Sie dachte nach, wie sie die Information beschönigen konnte, aber sie wusste auch, dass es zwecklos war, sich auf Verschleierungsmanöver zu verlegen. Also sagte sie schließlich: »An der M3.«

»Und wo an der M3, Sergeant?«

Widerstrebend nannte sie ihm die Raststätte.

»Weiß Superintendent Ardery, wohin Sie unterwegs sind?«

Sie gab keine Antwort. Sie wusste, dass es eine rhetorische Frage war. Sie wartete ab, was als Nächstes kam.

»Barbara, kann es sein, dass Sie Ihren beruflichen Selbstmord planen?«, fragte Lynley höflich.

»Ich hab sie angerufen.«

»Aha.«

»Ich hab nur ihre Mailbox erreicht. Ich hab ihr gesagt, dass ich eine Spur verfolge. Was hätte ich denn sonst tun sollen?«

»Vielleicht ihre Anweisungen befolgen? In London?«

»Was soll ich in London? Hören Sie, Sir, hat Winnie Ihnen von diesem Haken erzählt? Das ist ein Dachdeckerwerkzeug und heißt…«

»Er hat mir tatsächlich davon erzählt. Und was genau beabsichtigen Sie, in Hampshire zu tun?«

»Das ist doch klar wie Kloßbrühe: Jossie hat Dachdeckerwerkzeug. Ringo Heath hat Dachdeckerwerkzeug. Rob Hastings hat wahrscheinlich früher Dachdeckerwerkzeug hergestellt, das vermutlich noch in seiner Scheune herumliegt. Dann ist da dieser Typ, der bei Jossie arbeitet, Cliff Coward, der Zugang zu Dachdeckerwerkzeug hat. Und dann haben wir's außerdem noch mit diesem Polizeichef zu tun, diesem Whiting, mit dem irgendetwas faul ist, nur für den Fall, dass Sie mir nahelegen wollen, ich soll in Lyndhurst anrufen und ihm von dem Reetnagel berichten. Ich habe übrigens einen Maulwurf beim Innenministerium aufgetan, der Whiting auf den Zahn fühlen soll.«

Das ist mehr, als Sie bisher herausgefunden haben, hätte sie am liebsten hinzugefügt, ließ es aber bleiben.

Falls sie erwartet hatte, Lynley ließe sich von den rasanten Fortschritten beeindrucken, die sie erzielt hatte, während er in London herumgegondelt war, um zu befolgen, was immer Isabelle Ardery von ihm verlangte, wurde sie eines Besseren belehrt. »Barbara, ich möchte, dass Sie bleiben, wo Sie sind«, sagte er.

»Wie bitte?«, antwortete sie. »Sir, hören Sie mir zu…«

»Sie können die Dinge nicht…«

»Selbst in die Hand nehmen? Das wollen Sie doch sagen, stimmt's? Also, das müsste ich auch nicht, wenn Superintendent

Ardery – besser gesagt: *Acting* Superintendent Ardery – nicht mit Scheuklappen rumlaufen würde. Sie liegt absolut falsch mit diesem Japaner, und das wissen Sie genau.«

»Und sie weiß es mittlerweile auch.« Er berichtete ihr, was Ardery bei ihrer Befragung von Yukio Matsumoto in Erfahrung gebracht hatte.

»*Zwei* Männer waren mit ihr auf dem Friedhof? Außer Matsumoto? Ja, verdammt noch mal, Sir, sehen Sie denn nicht, dass einer davon aus Hampshire gekommen sein könnte? Und vielleicht sogar beide?«

»In diesem letzten Punkt bin ich Ihrer Meinung«, sagte Lynley. »Aber Sie haben nur einen Teil des Puzzles im Ärmel, und Sie wissen so gut wie ich, dass Sie, wenn Sie diesen Joker zu früh in den Ring schicken, das Spiel verloren haben.«

Barbara musste lachen. »Ist Ihnen eigentlich klar, wie viele Metaphern Sie gerade durcheinandergebracht haben?«

Sie konnte das Lächeln in seiner Stimme geradezu hören, als er erwiderte: »Nennen Sie es den Überschwang des Augenblicks. Es verhindert, dass ich vernünftig denke.«

»Wieso? Was ist denn los?«

Sie hörte sich an, was er ihr zu berichten hatte über römische Schätze, über das British Museum, über das Gesetz, über die Finder von Schätzen und deren Belohnung. Als er endete, pfiff sie durch die Zähne. »Hervorragend. Wetten, dass Whiting da von weiß? Es kann gar nicht anders sein.«

»Whiting?« Lynley klang skeptisch. »Barbara …«

»Nein, hören Sie zu! Jemand gräbt einen Schatz aus. Sagen wir, Jossie. Es kann nur Jossie sein. Er weiß nicht, was er machen soll, also ruft er die Polizei an. Wen soll man sonst anrufen, wenn man die Gesetze nicht kennt? Das dringt schließlich in Lyndhurst bis zu Whiting durch, und schon steht er auf der Matte. Er begutachtet die Beute und kapiert auf Anhieb, wie seine Zukunft aussehen könnte, wenn es ihm gelänge, den Fund für sich zu reklamieren. Schließlich ist die Pension von Polizisten nicht gerade üppig. Und dann …«

»Und dann was?«, fuhr Lynley dazwischen. »Dann verschwindet er mal eben nach London und tötet Jemima Hastings? Darf ich fragen, warum?«

»Weil er jeden töten muss, der über den Schatz Bescheid weiß, und wenn sie bei diesem Sheldon Mockworth war ...«

»Pockworth«, korrigierte Lynley sie. »Sheldon Pockworth. Den gibt es allerdings nicht. So heißt nur das Geschäft.«

»Wie auch immer. Sie geht auf jeden Fall zu ihm. Sie verschafft sich Klarheit über die Münze. Sie weiß, dass es davon mehr gibt – jede Menge, einen riesigen Haufen –, und jetzt weiß sie auch, dass es der Jackpot ist. Jede Menge Kohle, die nur darauf wartet, ausgebuddelt zu werden. Und Whiting weiß es natürlich auch.« Barbara redete sich in Fahrt. Sie seien nah dran, das Problem zu knacken. Sie spüre das Prickeln in ihrem ganzen Körper.

»Barbara«, sagte Lynley geduldig, »ist Ihnen eigentlich klar, wie viele Dinge Sie dabei außer Acht lassen?«

»Zum Beispiel?«

»Angefangen damit, dass Jemima Hastings Hampshire überstürzt verlassen hat, obwohl ein riesiger Schatz römischer Münzen nur darauf wartet, von ihr geborgen zu werden? Warum hat sie diesbezüglich nichts weiter unternommen, nachdem sie – übrigens schon vor Monaten – die Münze identifiziert hat? Warum hat sie, wenn der Mann, mit dem sie in Hampshire zusammenlebte, einen vollständigen römischen Schatz entdeckt hat, nie irgendjemandem gegenüber auch nur ein Sterbenswörtchen gesagt, auch nicht gegenüber der Hellseherin, die sie offenbar mehrmals aufgesucht hat, um sie stattdessen über ihr *Liebesleben* zu befragen?«

»Dafür wird es schon irgendeine Erklärung geben.«

»Na gut. Und haben Sie eine?«

»Garantiert hätte ich eine, wenn Sie ...«

»Wenn ich was?«

Wenn Sie mit mir zusammenarbeiten würden. Das war die Antwort. Aber Barbara brachte es nicht über sich, sie auszusprechen, weil sie einiges implizieren würde.

Er kannte sie jedoch gut. Viel zu gut. In seinem typisch vernünftigen Tonfall sagte er: »Hören Sie, Barbara. Können Sie auf mich warten? Können Sie bleiben, wo Sie sind? Ich kann in weniger als einer Stunde dort sein. Sie wollten doch ohnehin etwas essen. Tun Sie das. Und dann warten Sie. Werden Sie das tun?«

Sie dachte nach, obwohl sie längst wusste, wie ihre Antwort lauten würde. Trotz allem war er schließlich über lange Zeit ihr Partner gewesen. Er war schließlich immer noch Lynley.

Sie seufzte. »Also gut. Ich warte«, antwortete sie. »Haben Sie schon zu Mittag gegessen? Soll ich Ihnen auch eine Portion bestellen?«

»Um Gottes willen, nein«, erwiderte er.

Lynley wusste, dass Barbara Havers die Letzte war, die ihre Zeit mit Däumchendrehen verbrachte, nur weil sie vorübergehend von einem Ziel Abstand nahm, das sie sich in den Kopf gesetzt hatte. Und so überraschte es ihn nicht, als er anderthalb Stunden später das *Little Chef* betrat – zu seinem Verdruss aufgehalten durch einen Wasserrohrbruch in South London –, dass Barbara ihr Handy am Ohr hatte und engagiert telefonierte. Vor ihr lagen die Reste einer Mahlzeit, die, wie es typisch für Havers war, eine veritable Huldigung an arterielle Verstopfung darstellte. Man musste ihr zugutehalten, dass zumindest noch ein paar Pommes frites übrig waren, aber die Flasche mit Malzessig sagte ihm, dass der Rest des Mahls wahrscheinlich – wie sie es angekündigt hatte – aus Kabeljau bestanden hatte, in mehreren Lagen Teig und in viel Fett gebacken. Danach hatte sie sich noch einen Sticky Toffee Pudding einverleibt. Er betrachtete all dies und dann sie. Sie war unverbesserlich.

Sie nickte ihm zur Begrüßung zu, während er den Plastikstuhl ihr gegenüber auf Essensreste eines früheren Gastes hin untersuchte. Offenbar zufrieden mit dem Ergebnis, nahm er Platz. »Das ist ja interessant«, sagte sie in ihr Handy, kritzelte hastig ein paar Zeilen in ihr Notizheft und beendete das Gespräch. »Wollen Sie was essen?«, fragte sie Lynley.

»Ich denke daran, es völlig aufzugeben.«

Sie grinste. »Meine Essgewohnheiten inspirieren Sie dazu, nicht wahr, Sir?«

»Havers«, erwiderte er feierlich, »glauben Sie mir, das lässt sich mit Worten gar nicht ausdrücken.«

Sie lachte in sich hinein und kramte eine Schachtel Zigaretten aus ihrer Umhängetasche. Natürlich wusste sie, dass im Restaurant das Rauchen verboten war, und er war gespannt, ob sie sich tatsächlich eine anstecken und riskieren würde, hinausgeworfen zu werden. Sie ließ es bleiben, legte das Päckchen Players zur Seite und kramte noch weiter in ihrer Tasche, bis sie eine Rolle Polos zutage förderte. Sie wickelte ein Bonbon aus und bot ihm ebenfalls eines an. Er lehnte dankend ab.

»Es gibt Neues zu Whiting«, sagte sie mit einem Nicken zu ihrem Handy, das auf dem Tisch lag.

»Und?«

»Also, bei dem Typ sind wir mit Sicherheit auf der richtigen Fährte. Warten Sie's ab. Haben Sie etwas von Ardery gehört? Gibt's schon Phantombilder von den beiden Männern, die Matsumoto auf dem Friedhof gesehen hat?«

»Ich denke, die sind in Arbeit, aber ich habe noch nichts gehört.«

»Ich sage Ihnen, wenn einer von denen ein Doppelgänger von Jossie ist, dann ist der andere ein Zwilling von Whiting, wenn nicht sogar er selbst.«

»Und worauf stützen Sie Ihre Vermutungen?«

»Das war eben Ringo Heath, mit dem ich gesprochen habe. Sie wissen schon: der Typ …«

»Bei dem Gordon Jossie sein Handwerk gelernt hat. Ja, ich weiß, wer er ist.«

»Okay. Unser Ringo hat über die Jahre mehrmals Besuch von Chief Superintendent Whiting gekriegt, und zwar das erste Mal, noch bevor Gordon Jossie bei Ringo in die Lehre gegangen ist.«

Lynley dachte über Havers' Worte nach. Er hatte das Gefühl, dass der Triumph in ihrer Stimme in keinem Verhältnis zur

Bedeutung der Information stand. »Und das ist wichtig wegen …?«, fragte er.

»Wegen dem, was er wissen wollte, als er das erste Mal bei Ringo Heath aufgetaucht ist: ob er Lehrlinge einstellte. Und, ganz nebenbei, wie's denn so um Mr. Heaths familiäre Situation bestellt wäre.«

»Und was meinte er damit?«

»Ob er eine Frau hätte, Kinder, Hunde, Katzen, Papageien. Zwei Wochen später – vielleicht auch drei oder vier, das wusste er nicht mehr so genau, weil es schon so lange her ist – kommt Gordon Jossie vorbei und bringt, wie wir mittlerweile verdammt genau wissen, gefälschte Empfehlungsschreiben vom Winchester Technical College mit. Also stellt Ringo – der Whiting bereits gesagt hatte, er beschäftige Lehrlinge, nur zur Erinnerung – Gordon ein, und das hätt's gewesen sein sollen.«

»Darf ich daraus schließen, dass es das nicht war?«

»Sie haben's erfasst. In mehr oder weniger regelmäßigen Abständen kommt Whiting vorbei. Ein paar Mal verirrt er sich sogar in Ringos Stammkneipe. Was – davon kann man ausgehen – nicht Whitings Stammkneipe ist. Er stellt immer wieder Fragen, ganz beiläufig. Nach dem Motto: Wie läuft's denn so mit der Arbeit, mein Freund? Aber Ringo ist nicht auf den Kopf gefallen und vermutet, dass mehr dahintersteckt als ein freundlicher Plausch beim Bier mit einem Dorfpolizisten. Abgesehen davon: Wer ist schon erpicht darauf, dass der örtliche Bulle einem seine freundliche Aufmerksamkeit schenkt? Das würde ja sogar mich reichlich nervös machen, dabei gehöre ich zum Verein.« Sie holte tief Luft. Lynley hatte den Eindruck, dass sie das jetzt zum ersten Mal tat. Sie leitete offenbar ihr Schlusswort ein. »Also, wie gesagt, ich habe einen Maulwurf im Innenministerium, der unseren Zachary Whiting ein bisschen unter die Lupe nimmt. In der Zwischenzeit müssen wir uns um den Reetnagel kümmern. Keiner unserer Verdächtigen in London kann sich einfach so ein Dachdeckerwerkzeug beschaffen …«

»Moment mal«, sagte Lynley. »Warum nicht?«

Das stoppte ihren Redefluss. Sie sagte: »Was meinen Sie? Solche Dinge wachsen doch nicht in Blumenbeeten.«

»Havers, dieses spezielle Werkzeug war alt und verrostet«, sagte Lynley. »Was schließen Sie daraus?«

»Dass es alt und verrostet war. Es hat irgendwo rumgelegen. In 'nem alten Dach gesteckt. Jemand hat es in einer Scheune vergessen.«

»Oder es wurde auf einem Londoner Markt verkauft, von jemandem, der mit altem Werkzeug handelt.«

»Quatsch mit Soße.«

»Warum? Sie wissen so gut wie ich, dass es überall in der Stadt Trödelmärkte gibt, alles von regulären Märkten bis hin zu privaten Ständen am Sonntagnachmittag. Wenn man es genau überlegt, gibt es sogar einen Markt in Covent Garden, wo einer der Verdächtigen – Sie erinnern sich doch bestimmt an Paolo di Fazio – einen Stand betreibt. Das Verbrechen wurde in London begangen und nicht in Hampshire, und man muss überlegen …«

»Blödsinn!« Havers war laut geworden. Mehrere Gäste im *Little Chef* schauten in ihre Richtung. Sie bemerkte es und sagte: »Entschuldigung!« Dann flüsterte sie: »Sir. *Sir.* Sie wollen mir doch nicht erzählen, dass es kompletter Zufall ist, dass Jemima Hastings ausgerechnet mit einem Dachdeckerwerkzeug ermordet wurde. Das *können* Sie nicht ernst meinen! Dass unser Mörder sie mit irgendetwas um die Ecke gebracht hat, das ihm praktischerweise im richtigen Moment in die Finger geraten ist, und dass dieses Irgendetwas zufällig genau dasselbe Etwas ist, das Gordon Jossie bei der Arbeit benutzt. Das ist doch gequirlter Schwachsinn, und das wissen Sie ganz genau.«

»Das sage ich ja gar nicht.«

»Was dann? Was?«

Er dachte nach. »Vielleicht wurde das Werkzeug benutzt, um den Verdacht auf Gordon Jossie zu lenken. Ist denn tatsächlich anzunehmen, dass Jemima keiner Menschenseele in London von dem Mann erzählt hat, den sie in Hampshire zurückgelassen hat? Dass ihr ehemaliger Liebhaber Dachdeckermeister ist? Nachdem Jossie sich auf die Suche nach ihr gemacht und diese Postkarten mit seiner Telefonnummer überall in den Straßen verteilt hat, ist es da undenkbar, dass sie irgendjemandem – Paolo di Fazio, Jayson Druther, Frazer Chaplin, Abbott Langer, Yolanda, Bella McHaggis … *irgendwem* – erzählt hat, wer dieser Mann ist?«

»Was hätte sie denn erzählen sollen?«, fragte Havers. »Also gut, vielleicht: mein Exfreund. Kann ja sein. Aber mein Exfreund, der Dachdecker? Warum sollte sie jemandem erzählen, dass er Dachdecker ist?«

»Warum nicht?«

Havers lehnte sich in ihrem Stuhl zurück. Sie hatte sich die ganze Zeit über vorgebeugt, um ihren Ausführungen Nachdruck zu verleihen, aber jetzt musterte sie ihn. Um sie herum schwollen die Geräusche an und wieder ab. Als Havers schließlich wieder das Wort ergriff, war Lynley nicht darauf vorbereitet, welche Stoßrichtung sie einschlug.

»Es hat mit Ardery zu tun, nicht wahr, Sir?«

»Was hat mit Ardery zu tun? Wovon reden Sie?«

»Das wissen Sie ganz genau. Ihretwegen reden Sie so, weil sie glaubt, dass wir uns auf London konzentrieren müssen.«

»Wir *müssen* uns auf London konzentrieren, Havers. Ich muss Sie doch wohl kaum daran erinnern, dass der Mord in London begangen wurde.«

»Okay. Großartig. Superschachzug. Sie brauchen mich nicht daran zu erinnern. Und ich muss Sie wohl ebenso wenig daran erinnern, dass wir uns nicht mehr im Zeitalter der Pferdekutschen befinden. Sie glauben offenbar, dass niemand aus Hampshire – und damit meine ich Jossie oder Whiting oder Hastings oder auch den Weihnachtsmann – auf irgendeine Weise nach London gelangt sein, die Tat begangen haben und wieder nach Hause zurückgekehrt sein kann.«

»Der Weihnachtsmann kommt nicht aus Hampshire«, entgegnete Lynley trocken.

»Sie wissen genau, wovon ich rede.«

»Hören Sie, Havers. Werden Sie nicht ...«

»Was? Albern? Das war es doch, was Sie sagen wollten, oder? Aber im Grunde geht es doch darum, dass Sie sie beschützen wollen, und wir wissen es beide, auch wenn nur einer von uns weiß, warum Sie das tun.«

»Das ist unverschämt und unwahr«, entgegnete Lynley. »Und ich möchte noch hinzufügen, auch wenn das Sie noch nie aufhalten konnte: Sie sind völlig durch den Wind.«

»Lassen Sie jetzt bloß nicht den Chef raushängen«, erwiderte Barbara. »Sie hat sich von Anfang an darauf versteift, dass es ein Londoner Fall ist. Und zwar von dem Moment an, als für sie feststand, dass Matsumoto der Täter war. Und genauso wird sie verfahren, wenn sie das Phantombild von ihm bekommt, warten Sie's nur ab! Währenddessen laufen in Hampshire Gangster rum, für die sich kein Schwein interessiert.«

»Herrgott noch mal, Barbara, sie hat Sie doch nach Hampshire geschickt.«

»Aber sie hat mich wieder zurückgepfiffen, bevor meine Arbeit erledigt war. Webberly hätte das nie getan. Und Sie genauso wenig. Selbst dieser Wichser Stewart hätte das nie getan. Sie liegt falsch, ganz einfach falsch, und ...«

Havers unterbrach sich abrupt. Ihr schien der Dampf ausgegangen zu sein. »Ich brauch jetzt 'ne Zigarette«, sagte sie. Sie schnappte sich ihre Sachen und stampfte zum Ausgang. Er folgte ihr zwischen den Tischen hindurch und spürte die neugierigen Blicke der Leute, die sich fragten, was mit den beiden los war.

Lynley hatte das Gefühl, es zu wissen. Es war Barbara Havers' logische Schlussfolgerung. Nur war sie falsch.

Sie eilte zu ihrem Wagen, der am anderen Ende des Parkplatzes in der Nähe der Tankstelle stand. Lynley hatte vor dem *Little Chef* geparkt, also stieg er in den Healey Elliott und fuhr hinter ihr her. Er holte sie ein. Sie zog wütend an ihrer Zigarette und fluchte vor sich hin. Sie warf ihm einen Blick zu und beschleunigte ihre Schritte.

»Havers, steigen Sie ein«, sagte er.

»Ich gehe lieber zu Fuß.«

»Machen Sie keinen Unsinn. Steigen Sie ein! Das ist ein Befehl.«

»Ich befolge keine Befehle.«

»Diesmal schon, Sergeant.« Und dann, als er ihr Gesicht sah und den Schmerz, der der Grund für ihr Verhalten war, sagte er: »Barbara, bitte.«

Sie sahen einander in die Augen. Schließlich warf sie die Zigarette weg, öffnete die Tür und nahm auf dem Beifahrersitz Platz. Er sagte nichts, bis er die einzige Stelle auf dem Parkplatz erreicht hatte, die im Schatten eines riesigen Lastwagens lag, dessen Fahrer vermutlich im *Little Chef* saß.

»Diese Karre muss Sie ein Vermögen gekostet haben«, maulte Havers. »Wieso hat die keine verdammte Klimaanlage?«

»Der Wagen ist Baujahr achtundvierzig, Barbara.«

»Beknackte Ausrede.« Sie sah weder ihn an noch durch die Windschutzscheibe, wo eine Lücke im Gebüsch den Blick auf die M3 freigab, auf der der Verkehr in Richtung Süden floss. Stattdessen starrte sie zum Seitenfenster hinaus, sodass er ihren Hinterkopf bewundern konnte.

»Sie müssen damit aufhören, sich selbst das Haar zu schneiden«, sagte er.

»Halten Sie die Klappe«, sagte sie leise. »Sie reden schon genau wie sie.«

Ein Augenblick verstrich. Er hob den Kopf und betrachtete den makellosen Wagenhimmel. Fast hätte er um Beistand gebetet, aber eigentlich brauchte er keinen. Er wusste, was zwischen ihnen gesagt werden musste. Es war das Unaussprechliche, das sein Leben seit Monaten beherrschte. Er wollte es nicht erwähnen. Er wollte einfach nur weitermachen.

Er sagte ruhig: »Sie war das Licht, Barbara. Das war das Außergewöhnlichste an ihr. Sie hatte diese … diese Fähigkeit, die ihr Wesen ausgemacht hat. Es war nicht so, dass sie Dinge zum Leuchten bringen konnte – Situationen, Menschen, Sie wissen schon, was ich meine –, sondern sie war in der Lage, Licht zu *spenden*, einfach Auftrieb zu geben durch die Art, wie sie war. Ich habe das immer wieder bei ihr erlebt, gegenüber Simon, ihren Schwestern, ihren Eltern und natürlich mir gegenüber.«

Havers räusperte sich. Sie sagte immer noch nichts.

»Barbara«, fuhr er fort, »glauben Sie – glauben Sie etwa ernsthaft –, ich könnte das so leicht hinter mir lassen? Glauben Sie, ich würde so verzweifelt danach streben, aus dem Dickicht herauszukommen? Ich gebe zu, dass ich mich verzweifelt nach einem Ausweg sehne. Aber glauben Sie ernsthaft, dass ich einfach den erstbesten Weg einschlagen würde, der sich mir bietet? Glauben Sie das?«

Sie entgegnete nichts. Aber sie senkte den Kopf. Er hörte, wie ihr ein leiser Schluchzer entfuhr, und er wusste, was es bedeutete. Gott, wie gut er es wusste.

»Lassen Sie es los, Barbara«, sagte er. »Hören Sie auf, sich so viele Sorgen zu machen. Lernen Sie, mir wieder zu vertrauen, denn wenn Sie es nicht tun, wie soll ich selbst lernen, mir wieder zu vertrauen?«

Sie brach in Tränen aus, und Lynley wusste, was es sie kostete, ihren Gefühlen freien Lauf zu lassen. Er sagte nichts mehr, denn es gab einfach nichts mehr zu sagen.

Einige Augenblicke vergingen, bis sie sich zu ihm umwandte, nur um zu sagen: »Ich habe nicht mal ein verdammtes Taschentuch.« Sie rutschte auf ihrem Sitz hin und her, als würde sie etwas suchen. Er fischte ein Taschentuch aus seiner Jacke und reichte es ihr. Während sie sich die Tränen abwischte, sagte sie: »Danke. Typisch, dass Sie so etwas griffbereit haben.«

»Der Fluch meiner Erziehung«, sagte er. »Es ist sogar gebügelt.«

»Hab ich gemerkt«, sagte sie. »Ich nehme nicht an, dass Sie es selbst gebügelt haben.«

»Gott, nein!«

»Hab ich mir gedacht. Sie wissen wahrscheinlich nicht einmal, wie das geht.«

»Nun, ich gebe zu, dass Bügeln nicht gerade zu meinen Stärken gehört. Aber wenn ich wüsste, wo das Bügeleisen in meinem Haus steht – was ich Gott sei Dank nicht weiß –, würde ich es vermutlich sogar benutzen können. Also, zumindest für so etwas Einfaches wie ein Taschentuch. Alles Komplizierte würde mich natürlich hoffnungslos überfordern.«

Sie lachte erschöpft, lehnte sich zurück und schüttelte den Kopf. Dann schien sie das Auto einer Prüfung zu unterziehen. Der Healey Elliott war ein Salon, der vier Personen Platz bot, und sie drehte sich um, um einen Blick nach hinten zu werfen. »Das ist das erste Mal, dass ich in Ihrem neuen Wagen sitze.«

»Das erste von vielen Malen, hoffe ich, solange Sie nicht rauchen.«

»Das würde ich nie wagen. Aber ich kann Ihnen nicht versprechen, dass ich nichts essen werde. Eine ordentliche Portion Fish and Chips würde dem Wagen eine angenehme Duftnote verpassen. Was haben wir denn hier? Ein bisschen leichte Lektüre?« Sie kramte irgendetwas vom Rücksitz und betrachtete es. Mit einem Seitenblick erkannte er die Ausgabe von *Hello!*, die Deborah St. James ihm überlassen hatte. Havers sah von der Zeitschrift zu ihm auf und legte den Kopf schief. »Sie informieren sich wohl, was in den besseren Kreisen so abläuft? Das hätte ich nicht von Ihnen erwartet, es sei denn, Sie nehmen das mit zur Maniküre. Na ja, irgendwas muss man ja lesen, wenn einem die Fingernägel poliert werden.«

»Das Heft gehört Deborah«, erwiderte er. »Ich wollte mir die Fotos von der Vernissage in der Portrait Gallery mal ansehen.«

»Und?«

»Eine ganze Menge hübsch herausgeputzter Leute mit Sektgläsern. Mehr nicht.«

»Aha. Also nicht gerade meine Kreise, was?« Havers schlug die Zeitschrift auf und blätterte darin. Sie fand die Seiten mit den Fotos der Eröffnungsveranstaltung des Porträtwettbewerbs. »Hab ich mir doch gedacht«, sagte sie. »Kein einziges Bierglas, wie traurig. Ein anständiges Bier ist doch allemal besser als so ’n

Fingerhut mit Sekt…« Plötzlich spannte sich ihre Hand um die Zeitschrift. »Heiliger Strohsack«, sagte sie und sah ihn an.

»Was ist?«, fragte Lynley.

»Frazer Chaplin war da«, sagte Havers, »und auf dem Foto…«

»Was?« Dann erinnerte sich Lynley wieder daran, dass Frazer ihm bei ihrer ersten Begegnung irgendwie bekannt vorgekommen war. Das war es also. Er hatte den Iren offenbar auf einem der Fotos von der Ausstellungseröffnung gesehen und anschließend wieder vergessen. Lynley warf einen Blick auf die Zeitschrift. Havers zeigte auf das Bild mit Frazer. Er war der schwarzhaarige Mann auf dem Foto mit Sidney St. James. »Noch ein Beweis dafür, dass er mit Jemima zu tun hatte«, sagte Lynley, »auch wenn er hier mit Sidney posiert.«

»Nein, nein«, entgegnete Havers. »Es geht mir gar nicht um Frazer. Es ist sie. *Sie.*«

»Sidney?«

»Nein, nicht Sidney. Die hier!« Havers zeigte auf die anderen Personen und besonders auf eine Frau, jung, blond und sehr attraktiv. Irgendein Partygirl, wahrscheinlich die Frau oder Tochter eines Galeriesponsors. Aber Havers klärte ihn auf. »Das ist Gina Dickens, Inspector«, sagte sie und fügte überflüssigerweise hinzu, denn Lynley wusste durchaus, wer Gina Dickens war: »Sie wohnt in Hampshire bei Gordon Jossie.«

Nicht nur das britische Strafrechtssystem, sondern auch der Prozess, der auf das Geständnis der Jungen folgte, gab Anlass zu heftigen Auseinandersetzungen. Worte wie *barbarisch*, *verbohrt*, *archaisch* und *inhuman* machten die Runde, und weltweit vertraten Kommentatoren gegensätzliche Positionen. Einige forderten leidenschaftlich, man müsse Unmenschlichkeit mit Unmenschlichkeit begegnen (wobei sie sich auf Hammurabi beriefen), während andere ebenso leidenschaftlich die Ansicht vertraten, dass niemandem damit gedient sei, Kinder öffentlich an den Pranger zu stellen, da ihnen so nur noch weiterer Schaden zugefügt werde. Was bleibt, ist diese eine Tatsache: Auf der Grundlage eines Gesetzes, das Kinder im Alter von zehn Jahren im Falle eines Kapitalverbrechens für ihr Tun voll verantwortlich macht, wurden Michael Spargo, Reggie Arnold und Ian Barker als Erwachsene behandelt. Und folglich mussten sie sich vor einem Schwurgericht verantworten.

Ebenfalls erwähnenswert ist der Umstand, dass Kindern, die ein schweres Verbrechen begangen haben, vor Prozessbeginn von Rechts wegen jede therapeutische Hilfe durch Psychiater oder Psychologen verweigert wird. Auch wenn Vertreter dieser Berufsgruppen bei Verfahren gegen Kinder am Rande hinzugezogen werden, ist ihre Begutachtung der Beschuldigten strikt darauf begrenzt, zwei simple Fragen zu beantworten: ob das betreffende Kind zum Zeitpunkt des Verbrechens zwischen Recht und Unrecht unterscheiden konnte und ob es für seine Taten verantwortlich war.

Sechs Kinderpsychiater und drei Psychologen untersuchten die Jungen. Interessanterweise kamen alle zu identischen Schlüssen: Michael Spargo, Ian Barker und Reggie Arnold waren durchschnittlich bis überdurchschnittlich intelligent. Der Unterschied zwischen Recht und Unrecht war ihnen klar. Sie waren sich der Frage persönlicher Verantwortung bewusst trotz (oder vielleicht wegen) ihrer Versuche, sich gegenseitig die Schuld an John Dressers Misshandlung und Tod zuzuschieben. Welche anderen Schlussfolgerungen hätten in dem allgemeinen Klima, das während der Ermittlungen im Fall von John Dressers Entführung und Ermordung herrschte, gezogen werden können? Wie gesagt: »Blut fordert Blut.« Und doch hätte die schiere Ungeheuerlichkeit dessen, was John Dresser angetan worden war, eigentlich ein unvoreingenommenes Vorgehen aller an den Ermittlungen, den Verhaftungen und dem Prozess beteiligten Parteien verlangt. Ohne ein solches Vorgehen in derartigen Fällen sind wir dazu verdammt, an unserer Ignoranz und an der Vorstellung festzuhalten, dass von Kindern an Kindern verübte Misshandlungen und Mord irgendwie etwas Normales sind, auch wenn kein vernünftig denkender Mensch dies je akzeptieren würde.

Wir müssen das Verbrechen ja nicht verzeihen, und wir müssen es auch nicht entschuldigen. Aber wir müssen die Gründe dafür verstehen, um verhindern zu können, dass so etwas wieder geschieht. Welche auch immer die wahren Ursachen für das abscheuliche Verhalten der drei Jungen gewesen sein mögen, sie wurden bei ihrem Prozess nicht vorgebracht, weil sie nicht vorgebracht zu werden brauchten. Die Aufgabe der Polizei bestand nicht darin, die psychische Disposition der Jungen zu erforschen, nachdem sie erst einmal festgenommen worden waren. Vielmehr bestand ihre Aufgabe darin, die Festnahme durchzuführen, die Beweismittel sicherzustellen, die Zeugenaussagen aufzunehmen und der Staatsanwaltschaft das Geständnis der Jungen zu präsentieren. Die Polizei sah die Aufgabe der Strafverfolgungsbehörden darin, eine Verurteilung zu erreichen. Und weil jedwede Art therapeutischer Betreuung der Jungen durch Psychologen oder Psychiater vor dem Prozess von Gesetzes wegen verboten war, war die Verteidigung der Jungen auf die Versuche der Anwälte angewiesen, die Schuld eines Jungen einem der anderen zu unterstellen sowie Zeugenaussagen und Beweise der Staatsanwaltschaft zu widerlegen.

Am Ende spielte natürlich nichts davon irgendeine Rolle. Aufgrund der erdrückenden Beweislast gegen die drei Jungen war der Ausgang ihres Prozesses unausweichlich.

Wer als Kind misshandelt wurde, trägt die Tendenz zu Misshandlungen immer in sich. Dies ist die undenkbare Mitgift, die weitervererbt wird. Zahllose Studien bestätigen diese Schlussfolgerung, und doch war diese wichtige Erkenntnis nicht Bestandteil des Prozesses gegen Reggie Arnold, Michael Spargo und Ian Barker. Sie konnte nicht berücksichtigt werden, und zwar nicht nur wegen der bestehenden Strafgesetze, sondern auch wegen des Verlangens (man könnte auch von »Blutdurst« sprechen) der Öffentlichkeit nach Gerechtigkeit. Irgendjemand musste für das bezahlen, was dem kleinen John Dresser angetan worden war. Der Prozess hatte ohne jeden Zweifel die Schuld der Jungen bewiesen. Jetzt war es Sache des Gerichts, das Strafmaß festzusetzen.

Im Gegensatz zu in sozialpolitischer Hinsicht fortschrittlicheren Ländern, in denen einer Straftat beschuldigte Kinder in der Obhut ihrer Eltern verbleiben, zu Pflegefamilien gegeben oder in einem Heim untergebracht werden, sperrt man straffällig gewordene Kinder in Großbritannien bis zu ihrem Prozess in sogenannte Secure Units (Teil des Gefängnissystems). Während ihres Prozesses wurden die drei Jungen jeden Tag aus unterschiedlichen Secure Units vorgeführt und wieder dorthin zurückgebracht – in drei gepanzerten Fahrzeugen, die geschützt werden mussten vor dem Mob, der sich vor dem Royal Court of Justice versammelt hatte. Während der Dauer der Verhandlungen saßen sie in Anwesenheit ihrer jeweiligen Sozialarbeiterinnen auf einer speziell für sie angefertigten geschlossenen Anklagebank, die ihnen den Blick über die Seitenwände in den Gerichtssaal erlaubte, sodass sie den Ablauf des Prozesses verfolgen konnten. Sie verhielten sich die ganze Zeit über korrekt, auch wenn sie gelegentlich unruhig wurden. Reggie Arnold hatte man ein Malbuch gegeben, damit er sich während der langatmigen Verhandlungspassagen beschäftigen konnte. Die anderen Jungen hatten Notizblöcke und Bleistifte zur Verfügung.

Ian Barker verhielt sich während der ersten Woche stoisch. Erst gegen Ende der zweiten Woche ließ er den Blick durch den Gerichtssaal schweifen, als suchte er seine Mutter oder Großmutter. Michael Spargo sprach häufig mit seiner Sozialarbeiterin, die ihm oft den Arm um die Schultern legte und ihm erlaubte, seinen Kopf an ihre Schulter zu legen. Reggie Arnold weinte. Die Blicke einiger Geschworener wanderten während der Zeugenaussagen vielfach zu den Angeklagten. Da sie einen Eid auf ihre Pflichterfüllung abgelegt hatten, werden sie nicht umhingekonnt haben, sich zu fragen, was genau in der Situation, der sie sich gegenübersahen, ihre Pflicht sein mochte.

Es dauerte nur vier Stunden, bis sie zu einem Schuldspruch gelangten. Die Entscheidung über das Strafmaß sollte zwei Wochen in Anspruch nehmen.

28

Das Pony lag um sich tretend auf der Mill Lane kurz hinter der Ortsausfahrt von Burley. Es wand sich auf dem Boden, beide Hinterbeine gebrochen, und versuchte verzweifelt aufzustehen und vor den Menschen zu fliehen, die bei dem Wagen standen, von dem es angefahren worden war. Immer wieder bäumte es sich auf und ruderte, vor Schmerzen wiehernd, mit den Beinen.

Robbie Hastings parkte auf dem schmalen Grünstreifen, befahl Frank, sitzen zu bleiben, stieg aus und machte sich inmitten des Tumults aus Kreischen, Rufen und Gesprächen auf den Weg zu dem Pony. Als er näher kam, trat einer der Männer auf ihn zu. Er trug Jeans, Gummistiefel und T-Shirt. Die Jeans waren abgetragen und voller brauner Flecken an den Knien.

Rob kannte ihn von seinen gelegentlichen Besuchen im *Queen's Head*. Er hieß Billy Rodin und arbeitete als Gärtner Vollzeit in einem der weitläufigen Häuser an der Straße. Rob wusste allerdings nicht, in welchem.

»Amis.« Billy zuckte zusammen, als der Hengst wieder angstvoll wieherte, und deutete mit dem Daumen auf die Gruppe. Sie waren zu viert: zwei Paare im mittleren Alter. Eine der Frauen weinte, die andere hatte sich abgewandt und biss sich in die Hand. »Die haben die Orientierung verloren.«

»Falsche Straßenseite?«

»Sieht so aus. Aus der Kurve da ist ihnen ein Wagen zu schnell entgegengekommen.« Billy wies in die Richtung, aus der Rob gekommen war. »Haben einen Schreck gekriegt. Sie sind nach rechts ausgewichen statt nach links und haben dann versucht gegenzulenken, und plötzlich war der Hengst da. Ich wollte denen schon meine Meinung sagen, aber die sind ja eh schon fix und fertig.«

»Und das andere Auto?«

»Ist weitergefahren.«

»Kennzeichen?«

»Konnte ich nicht erkennen. Ich war da drüben.« Billy zeigte auf eine der Ziegelmauern an der Straße, die ungefähr fünfzig Meter entfernt war.

Rob nickte und ging zu dem Hengst, der immer noch verzweifelt schrie. Einer der beiden Amerikaner kam auf ihn zu. Er trug eine Sonnenbrille, ein Golfhemd mit Logo, Bermudas und Sandalen. »Verdammter Mist, es tut mir so leid. Kann ich Ihnen helfen, ihn auf den Anhänger zu schaffen oder sonst was?«, fragte er.

»Wie bitte?«, entgegnete Rob.

»Auf den Anhänger. Vielleicht wenn wir ihn am Rumpf stützen …«

Der Mann schien tatsächlich zu glauben, er habe den Pferdeanhänger wegen dieses armen Viehs auf dem Boden vor ihnen mitgebracht, um es vielleicht zu einem Tierarzt zu transportieren. Rob schüttelte den Kopf. »Ich muss es töten.«

»Können wir nicht … Gibt's denn hier keinen Tierarzt in der Nähe? Verdammter Mist. Hat der Mann Ihnen erzählt, wie es passiert ist? Da kam ein anderer Wagen, und ich habe es völlig vermasselt, weil …«

»Er hat's mir erzählt.« Rob hockte sich hin, um das Pony näher zu begutachten, das die Augen rollte und mittlerweile Schaum vor dem Maul hatte. Ausgerechnet einer der Hengste! Er erkannte ihn, weil er und drei weitere erst im vergangenen Jahr in Robs Gebiet gebracht worden waren, um die Stuten zu decken: ein kräftiger, junger Brauner mit einer Blesse auf der Stirn. Er hätte noch mehr als zwanzig Jahre leben können.

»Hören Sie, müssen wir dabei sein, wenn Sie …«, wollte der Mann wissen. »Ich frage nur, weil Cath sowieso schon aufgebracht genug ist, und wenn sie jetzt noch mit ansehen muss, wie Sie dieses Pferd töten … Sie ist völlig vernarrt in Tiere. Das vermasselt uns ohnehin den Urlaub – abgesehen von dem Schaden am Auto –, und wir sind erst vor drei Tagen in England angekommen.«

»Fahren Sie ins Dorf.« Rob erklärte ihm, wie er dorthin kam. »Warten Sie auf mich im *Queen's Head.* Es liegt auf der rechten Seite. Sie werden bestimmt ein paar Anrufe machen müssen, schon allein wegen des Wagens.«

»Gott, was haben wir jetzt für ein Problem am Hals! Können wir das irgendwie wiedergutmachen?«

»Sie haben kein Problem. Es geht nur um einige Formalitäten …«

Das Pony wieherte wie verrückt. Es klang wie ein herzzerreißender Schrei.

»Tun Sie etwas! *Tun* Sie doch etwas!«, rief eine der Frauen.

Der Amerikaner nickte und sagte: »*Queen's Head.* Also gut«, und zu den anderen: »Kommt. Wir fahren.«

Ohne viel Aufhebens stiegen sie ein und ließen Rob, den Hengst und Billy Rodin am Straßenrand zurück. »Das ist das Schlimmste an dem Job, nicht wahr?«, sagte Billy. »Wie kann man nur so blöd sein.«

Rob war sich nicht sicher, auf wen dieser Satz am besten zutraf: auf den Amerikaner, auf den Hengst oder auf ihn selbst. »Es passiert einfach zu oft, vor allem im Sommer.«

»Brauchen Sie meine Hilfe?«

Rob verneinte. Er werde das arme Tier töten und die New Forest Hounds anrufen, damit sie den Kadaver abtransportierten. »Sie brauchen nicht zu bleiben«, fügte er hinzu.

»Also dann«, erwiderte Billy Rodin und machte sich wieder auf den Weg zur Arbeit.

Rob musste sich jetzt um den Hengst kümmern, und er ging zum Landrover, um seine Pistole zu holen. Zwei Ponys in weniger als einer Woche, dachte er. Die Situation wurde immer schlimmer. Seine Aufgabe bestand darin, die Tiere im Wald zu schützen – vor allem die Ponys –, aber er wusste nicht, wie er das tun sollte, wenn die Leute nicht lernten, sie zu achten und zu schätzen. Den armen, trotteligen Amerikanern machte er keinen Vorwurf. Sie waren vermutlich nicht einmal besonders schnell gefahren. Sie hatten sich die Landschaft angesehen und ihre Schönheit bewundert, waren vielleicht von irgendeiner Aussicht abgelenkt worden, aber wären sie nicht von dem entgegenkommenden Fahrzeug überrascht worden, wäre das alles nicht passiert. Er befahl Frank erneut, sich still zu verhalten, riss die Tür des Rovers auf und langte auf den Rücksitz.

Die Pistole war verschwunden. Er sah es auf den ersten Blick, und eine Schrecksekunde lang dachte er, dass einer der Amerikaner sie genommen haben musste, denn sie waren auf dem Weg nach Burley direkt an dem Landrover vorbeigefahren. Dann fielen ihm die Kinder ein, die ihm in Gritnam zugesehen hatten, als er die beiden Ponys abgeladen hatte. Der Gedanke drehte ihm den Magen um, und er kletterte in den Wagen, um nach der Waffe zu suchen. Er hatte die Pistole immer hinter dem Fahrersitz aufbewahrt, wo er sie in einem verborgenen Halfter genau für diesen traurigen Zweck mitführte, aber sie war nicht da. Sie war nicht auf den Boden gefallen, sie lag nicht unterm Fahrersitz und auch nicht unterm Beifahrersitz. Er überlegte, wann er sie das letzte Mal benutzt hatte. Es war an dem Tag gewesen, als die beiden Detectives von Scotland Yard ihn am Straßenrand bei einem anderen verletzten Pony angetroffen hatten. Vielleicht der Schwarze, weil er schwarz war … Dann wurde ihm plötzlich bewusst, wie schrecklich dieser Gedanke war und was es über ihn aussagte, dass er so etwas überhaupt dachte … und hinter ihm wieherte und strampelte die ganze Zeit das Pony.

Er nahm die Schrotflinte. Gott, er wollte es wirklich nicht auf diese Weise tun, aber ihm blieb nichts anderes übrig. Er lud das Gewehr und trat zu dem armen Tier. Seine Gedanken rasten, während er fieberhaft die vergangenen Tage Revue passieren ließ und wer alles in der Nähe des Wagens gewesen war.

Er hätte die Pistole und die Schrotflinte eigentlich jeden Abend aus dem Wagen nehmen müssen. Aber so vieles hatte ihn abgelenkt: Meredith, die Detectives von Scotland Yard, sein Besuch bei der Polizei, Gordon Jossie, Gina Dickens … Wann hatte er die Pistole und die Schrotflinte das letzte Mal aus dem Wagen entfernt, wie es seine Pflicht war? Er wusste es nicht.

Aber eines wusste er genau. Er musste die Waffe unbedingt finden.

Meredith Powell stand vor ihrem Chef, aber sie konnte ihm nicht in die Augen sehen. Er war im Recht, sie war im Unrecht, daran ließ sich nicht rütteln. Sie war aus dem Tritt geraten. Sie war extrem unkonzentriert. Sie hatte sich unter den fadenscheinigsten Vorwänden von ihrem Arbeitsplatz entfernt. Das alles ließ sich nicht leugnen, also blieb ihr nichts anderes übrig als zu nicken. Noch nie hatte sie sich derart gedemütigt gefühlt, selbst nicht in den schlimmsten Momenten vor all den Jahren in London, als sie sich hatte eingestehen müssen, dass der Mann, dem sie ihre Liebe geschenkt hatte, nicht mehr gewesen war als ein bedeutungsloses Objekt ihrer weiblichen Fantasie, genährt von Filmschnulzen, Liebesromanen und geschickter Werbung.

»Also, das muss sich ändern«, sagte Mr. Hudson abschließend. »Können Sie mir das garantieren, Meredith?«

Ja, natürlich könne sie das. Das war es, was er hören wollte, also sagte sie es. Sie fügte hinzu, dass ihre beste und älteste Freundin vor Kurzem in London ermordet worden sei, und das beschäftige sie ungemein, aber sie werde sich zusammenreißen.

»Ja, ja, tut mir ja auch leid«, sagte Mr. Hudson unwirsch, so als wüsste er längst genau Bescheid über die Umstände von Jemimas Tod, was wahrscheinlich sogar den Tatsachen entsprach. »Das ist sicherlich tragisch. Aber für uns andere geht das Leben weiter, und das tut es bestimmt nicht, wenn wir um uns herum alle Wände einstürzen lassen, nicht wahr?«

Nein, nein, natürlich nicht. Er habe ja recht. Es tue ihr wirklich leid, dass sie sich nicht mehr für *Gerber & Hudson* eingesetzt habe, aber damit werde sie gleich am nächsten Tag wieder beginnen. Es sei denn, Mr. Hudson wolle, dass sie bis zum Abend bleibe, um die verlorene Zeit aufzuarbeiten, was sie natürlich tun werde, allerdings habe sie eine fünfjährige Tochter zu Hause …

»Das wird nicht notwendig sein.« Mr. Hudson war dabei, sich mit einem Brieföffner den Dreck unter den Fingernägeln zu entfernen, was er so emsig betrieb, dass Meredith hätte kotzen können. »Hauptsache, ich sehe die alte Meredith morgen wieder hier an ihrem Schreibtisch.«

Das werde er, auf jeden Fall werde er das, gelobte Meredith. »Danke, Mr. Hudson. Ich weiß Ihr Vertrauen in mich wirklich sehr zu schätzen.«

Er entließ sie, und sie kehrte an ihren Arbeitsplatz zurück. Sie hatte Feierabend, eigentlich könnte sie also nach Hause gehen. Aber unmittelbar nach Mr. Hudsons Verweis zu verschwinden, würde nicht gut aussehen, ganz gleichgültig, wie er das Gespräch beendet hatte. Sie sollte auf jeden Fall mindestens eine Stunde länger als üblich bleiben und sich in das vertiefen, was von ihr erwartet wurde.

Was das war, daran konnte sie sich allerdings nicht mehr erinnern. Und natürlich war das exakt der Grund von Mr. Hudsons Rüge gewesen.

Auf ihrem Schreibtisch hatte sich ein Stapel Telefonnotizen angesammelt, den sie in der Hoffnung auf irgendeinen Hinweis durchblätterte. Es gab sicherlich Namen und auch gezielte Fragen, und bestimmt konnte sie bei irgendetwas anfangen, denn wenn man von den telefonischen Anfragen ausging, wollten die Leute hauptsächlich wissen, wie weit das Design für dies und jenes gediehen sei. Aber sie war nicht mit dem Herzen dabei, und ihr Kopf wollte absolut nicht kooperieren. Sie kam zu dem Schluss, dass sie weit Wichtigeres zu tun hatte, als sich über irgendein Farbschema den Kopf zu zerbrechen, das sie einem Buchladen für seine Werbeplakate für einen neuen Lesezirkel empfehlen konnte.

Sie legte die Nachrichten beiseite. Sie nutzte die Zeit, um ihren Schreibtisch aufzuräumen. Sie gab sich Mühe, geschäftig zu erscheinen, als ihre Kollegen sich verabschiedeten und in den Spätnachmittag entschwanden, aber die ganze Zeit über waren ihre Gedanken wie ein Schwarm Vögel, die um Essensreste kreisten, sich kurz irgendwo niederließen und wieder aufflogen. Statt um etwas Fressbares kreiste der Vogelschwarm jedoch um Gina Dickens, nur um festzustellen, dass es einfach zu viele Landeplätze gab, von denen allerdings keiner sicheren Halt oder Schutz vor Feinden bot.

Aber wie sollte es auch anders sein?, fragte sich Meredith. Bei allem, was irgendwie mit Gina zu tun hatte, war Meredith von Anfang an getäuscht worden.

Sie rief sich alle Begegnungen mit der Frau in Erinnerung, und je länger sie darüber nachdachte, umso mehr kam sie sich vor wie eine komplette Idiotin. Tatsächlich hatte Gina sie genauso leicht durchschaut, wie sie selbst Cammie durchschaute. Sie besaß nicht mehr Verstand und noch weniger Geschick als eine Fünfjährige, und Gina Dickens hatte wahrscheinlich nicht länger als zehn Minuten gebraucht, um das herauszufinden.

Schon am ersten Tag war es so gewesen, als Meredith mit diesem bescheuerten schmelzenden Geburtstagskuchen zu Jemima gefahren war. Als Gina so getan hatte, als wüsste sie überhaupt nichts von Jemima, hatte Meredith ihr geglaubt, einfach so. Und als sie ihr erzählt hatte, dass sich das Programm für gefährdete Jugendliche noch im Embryonalstadium befinde, hatte sie ihr das auch abgekauft. Und sie hatte geglaubt, dass Gordon Jossie – und nicht Gina, was, wenn man es genau betrachtete, viel wahrscheinlicher war – an dem Tag, als Jemima starb, nach London gefahren war. Genauso wie sie geglaubt hatte, dass Gordon Jossie – und nicht Gina selbst – für die blauen Flecke an ihrem Körper verantwortlich war. Und was Gina über ein bestimmtes Verhältnis zwischen Chief Superintendent Whiting und Gordon behauptet hatte … Gina hätte erzählen können, die beiden wären siamesische Zwillinge vom Mars, und Meredith hätte auch das geglaubt.

Jetzt blieb nur noch eine Alternative. Also rief Meredith ihre Mutter an und erklärte ihr, sie werde ein bisschen später nach

Hause kommen, da sie noch etwas zu erledigen habe. Das liege zum Glück auf dem Weg nach Hause, sie brauche sich also keine Sorgen zu machen. Und sie solle Cammie bitte ein Küsschen von Mummy geben und sie fest drücken.

Sie ging zu ihrem Auto und machte sich auf den Weg nach Lyndhurst. Nachdem sie ihre Affirmationskassette eingelegt hatte, wiederholte sie die klangvollen Bestätigungen ihrer Fähigkeiten, ihres Werts als menschliches Wesen und der Möglichkeit, selbst zu einer treibenden Kraft der Veränderung zu werden.

Der übliche Berufsverkehr verlangsamte ihre Fahrt auf der Bournemouth Road, als sie sich Lyndhurst näherte. Die Ampeln auf der High Street waren auch keine große Hilfe, aber das Mitbeten ihrer Affirmationen hielt sie in der seelischen Balance, sodass sich, als sie schließlich die Polizeiwache erreichte, ihr Nervenkostüm beruhigt hatte und sie sich stark genug fühlte, ihre Forderung nach polizeilichem Handeln vorzubringen und verständlich zu machen.

Sie rechnete damit, abgewiesen zu werden. Wahrscheinlich würde der wachhabende Polizist sie erkennen, die Augen verdrehen und ihr erklären, sie könne den Chief Superintendent im Moment leider nicht sprechen. Schließlich sei das hier keine öffentliche Beratungsstelle. Zachary Whiting habe Besseres zu tun, als jede hysterische Frau zu empfangen, die zufällig hereinschneite.

Aber nichts dergleichen geschah. Der Wachhabende bat sie, Platz zu nehmen, verschwand für einen Moment in den hinteren Räumen und kehrte mit der Aufforderung zurück, sie möge ihm bitte folgen; denn obwohl Chief Superintendent Whiting eigentlich gerade habe Feierabend machen wollen, habe er sich an ihren Namen von ihrem ersten Besuch erinnert – also hatte sie ihm doch ihren Namen genannt, dachte sie – und darum gebeten, sie in sein Zimmer zu führen.

Sie erzählte ihm alles von A bis Z und darüber hinaus noch einige Dinge über Gina Dickens. Das Beste sparte sie sich für den Schluss auf: dass sie in Ringwood eine Privatdetektivin angeheuert und was diese über Gina herausgefunden habe.

Währenddessen machte Whiting sich Notizen. Schließlich wollte er wissen, ob Gina Dickens dieselbe Person sei, die Meredith hier in Lyndhurst aufs Revier begleitet habe mit Beweismitteln, aus denen hervorging, dass ein gewisser Gordon Jossie zur selben Zeit in London gewesen war, als seine ehemalige Geliebte ermordet worden war. Es handle sich doch um dieselbe Person, richtig?

Meredith bestätigte dies. Und ihr sei auch klar, Chief Superintendent Whiting, wie das aussehen müsse: dass sie selbst ein ziemlich verrücktes Huhn sei. Aber sie habe ihre Gründe gehabt, in Ginas Geschichte zu graben, weil ihr alles, was Gina erzählt habe, von Anfang an suspekt vorgekommen sei, und sei es nicht eine wichtige Tatsache, dass sie jetzt wüssten, dass jedes Wort dieser Frau eine Lüge war? Sie habe sie sogar in Bezug auf ihn und Gordon Jossie belogen, führte Meredith weiter aus. Gina habe behauptet, er – Whiting persönlich – habe Gordon mehr als einen mysteriösen Besuch abgestattet.

Das habe sie tatsächlich behauptet? Whiting runzelte die Stirn. Er werde sich damit befassen, versprach er ihr. Er sagte, er werde sich persönlich um die Angelegenheit kümmern. Offenbar spiele sich hier mehr ab, als man auf den ersten Blick erkennen könne, und da er Zugang zu erheblich effektiveren Ermittlungsmöglichkeiten habe als eine Privatdetektivin, solle Meredith die Angelegenheit ruhig ihm anvertrauen.

»Aber werden Sie irgendetwas gegen sie unternehmen?«, fragte Meredith beinahe schon händeringend.

Selbstverständlich, erwiderte Whiting. Von jetzt an brauche sie sich über nichts mehr Sorgen zu machen. Er sehe die Dringlichkeit der Situation ein, besonders da es hier ja schließlich um einen Mord gehe.

Daraufhin verabschiedete sie sich. Sie fühlte sich, wenn auch nicht gerade beschwingt, so doch einigermaßen erleichtert. Sie hatte einen Schritt unternommen, um sich mit dem Problem

Gina Dickens zu befassen, und das hatte zur Folge, dass sie sich etwas weniger dämlich vorkam, weil sie sich von Ginas Lügen hatte verführen lassen – anders konnte man das wohl kaum nennen.

Als Meredith vor dem Haus ihrer Eltern in Cadnam hielt, stand in der Einfahrt ein Auto. Sie kannte es nicht, und der Anblick ließ sie erstarren. Sie überdachte kurz die Möglichkeit, die sie idiotischerweise jedes Mal in Betracht zog, wenn irgendetwas Unerwartetes geschah, das mit Cammie zu tun haben konnte: Der Vater ihrer Tochter hatte beschlossen, ihnen einen Besuch abzustatten. Das kam zwar nie vor, aber Meredith konnte einfach nicht vermeiden, dass der Gedanke ihr beim geringsten Anlass sofort in den Sinn kam.

Als sie das Haus betrat, erschrak sie, denn am Küchentisch saß die Privatdetektivin aus Ringwood, vor sich eine Tasse Tee und einen Teller mit einer Feigenrolle. Auf ihrem Schoß saß Cammie, die sich von Michele Daugherty etwas vorlesen ließ. Aber nicht etwa aus einem Kinderbuch, denn Cammie interessierte sich nicht im Geringsten für Geschichten von Elefanten, Jungen und Mädchen, kleinen Hunden oder Häschen. Vielmehr las die Detektivin Merediths Tochter aus einer nicht autorisierten Biografie von Placido Domingo vor: ein Buch, auf dessen Kauf Cammie bestanden hatte, als sie es in einem Laden in Ringwood entdeckt und einen ihrer Lieblingstenöre auf dem Umschlag erblickt hatte.

Merediths Mutter stand am Herd und briet Fischstäbchen für Cammie. Überflüssigerweise sagte sie: »Wir haben Besuch, Liebes«, und zu Cammie: »So, das reicht fürs Erste. Stell Placido schön wieder ins Regal, sei ein braves Mädchen. Wenn du gebadet bist, gibt's noch mehr davon.«

»Aber Oma …«

»Camille«, sagte Meredith streng. Cammie verzog das Gesicht, rutschte jedoch von Michele Daughertys Schoß und marschierte theatralisch in Richtung Wohnzimmer.

Michele Daugherty warf einen Blick zum Herd hinüber. Meredith beschloss, sich auf Small Talk zu beschränken, solange ihre Mutter Cammies Mahlzeit beaufsichtigte. Und da sie nicht wusste, ob ihre Mutter über Michele Daughertys Beruf im Bilde war, wollte sie lieber erst einmal abwarten und sehen, was es mit diesem unerwarteten Besuch auf sich hatte, anstatt eine Erklärung zu verlangen.

Leider ließ sich Janet Powell Zeit, vermutlich um zu erfahren, was diese Fremde bei ihrer Tochter wollte. Sie hatten ein paar Nettigkeiten ausgetauscht, aber Janet Powell briet immer noch, sodass Meredith nichts anderes übrig blieb, als Michele Daugherty vorzuschlagen, ihr den Garten zu zeigen. Michele willigte gut gelaunt ein. Janet Powell warf Meredith einen Blick zu. *Ich kriege es sowieso raus*, lautete die Botschaft.

Gott sei Dank gab es wenigstens einen Garten, der den Namen verdient hatte. Merediths Eltern züchteten begeistert Rosen, die gerade in voller Blüte standen, und da die Powells Wert darauf legten, Rosen zu pflanzen, die nicht nur schön aussahen, sondern auch noch dufteten, war der Garten von einem so betörenden Duft erfüllt, dass man sich unwillkürlich bemüßigt fühlte, einen Kommentar dazu abzugeben. Michele Daugherty erging es nicht anders, aber dann nahm sie Merediths Arm und führte sie so weit weg vom Haus wie möglich.

»Ich konnte Sie nicht anrufen«, sagte sie.

»Woher wussten Sie denn, wo Sie mich finden würden? Ich habe Ihnen doch gar nicht gesagt, wo …«

»Meine Liebe, Sie haben mich angeheuert, weil ich Privatdetektivin bin, nicht wahr? Was glauben Sie wohl, wie schwierig es ist, jemanden zu finden, der kein Problem damit hat, gefunden zu werden?«

Klar, dachte Meredith. Sie war ja nicht auf der Flucht. Was sie unmittelbar auf die Person brachte, die sich tatsächlich versteckte. Oder sonst was tat. »Sie haben etwas herausgefunden …«, sagte sie und wartete darauf, dass ihr Gegenüber den Satz vervollständigte.

»Da stimmt etwas nicht«, sagte sie. »Und zwar ganz und

gar nicht. Deshalb konnte ich Sie nicht anrufen. Ich traue dem Telefon in meinem Büro nicht, und was Handys betrifft, die sind genauso unsicher. Hören Sie, meine Liebe. Nachdem Sie gegangen sind, habe ich mit meinen Nachforschungen weitergemacht. Mit dem anderen Namen, Gordon Jossie.«

Meredith kroch ein Schauer über den Rücken, es fühlte sich an wie Fingerspitzen, die aus einer anderen Welt anklopften. »Sie haben etwas rausgefunden«, murmelte sie. »Ich wusste es.«

»Nein.« Michele sah sich um, als rechnete sie damit, dass jemand über die Gartenmauer springen und durch die Rosen auf sie zustürmen würde, um sie zur Rede zu stellen. »Absolut nicht.«

»Also noch mehr über Gina Dickens?«

»Ebenso wenig. Ich hatte Besuch von der Polizei, meine Liebe. Ein Gentleman namens Whiting war bei mir. In deutlichen Worten, die sich auf meine Lizenz als Privatdetektivin bezogen, hat er mir zu verstehen gegeben, dass ich meine Nachforschungen über einen gewissen Gordon Jossie einzustellen hätte. ›Es ist alles in besten Händen‹, so hat er sich ausgedrückt.«

»Gott sei Dank.« Meredith atmete erleichtert auf.

Michele Daugherty runzelte die Stirn. »Was reden Sie denn da?«

»Ich bin heute Nachmittag auf dem Weg nach Hause bei ihm vorbeigefahren. Chief Superintendent Whiting. Ich habe ihm berichtet, was Sie über Gina Dickens herausgefunden haben. Von Gordon Jossie hatte ich ihm bereits erzählt. Ich war vor ein paar Tagen schon mal bei ihm, um mit ihm über Gordon zu reden. Noch bevor ich mich an Sie gewandt habe. Ich hatte versucht, ihn für das zu interessieren, was vor sich geht, aber …«

»Sie verstehen mich nicht, meine Liebe«, sagte Michele Daugherty. »Chief Superintendent Whiting ist heute Morgen zu mir gekommen. Keine Stunde nachdem Sie bei mir waren. Ich hatte gerade mit meinen Nachforschungen angefangen, war aber noch nicht weit gekommen. Ich hatte noch nicht einmal bei der örtlichen Polizei angerufen oder bei *irgendeiner* Polizeidienststelle. Hatten Sie ihn angerufen und ihm gesagt, ich würde Nachforschungen anstellen? Bevor Sie ihn heute Nachmittag aufgesucht haben?«

Meredith schüttelte den Kopf. Ihr wurde ganz übel.

Michele senkte die Stimme. »Begreifen Sie, was das bedeutet?«

Meredith hatte zwar eine Ahnung, aber sie traute sich nicht, sie auszusprechen. »Sie hatten gerade erst mit den Nachforschungen angefangen, als er auftauchte? Was genau bedeutet das?«

»Es bedeutet, dass ich mich in die nationale Datenbank eingeloggt habe. Es bedeutet, dass allein das Eingeben des Namens Gordon Jossie in die nationale Datenbank irgendwo einen Alarm ausgelöst hat, woraufhin Chief Superintendent Whiting schnurstracks zu mir gekommen ist. Und das bedeutet: Hier geht es um erheblich mehr, als auf den ersten Blick ersichtlich ist. Und das bedeutet: Ich kann Ihnen nicht weiterhelfen.«

Barbara Havers fuhr auf direktem Weg zu Gordon Jossie, wo sie am späten Nachmittag eintraf, ohne von einem Anruf Isabelle Arderys abgefangen worden zu sein, wofür sie ihrem Schutzengel dankte. Sie hoffte nur, dass DI Lynley sich bei Ardery für sie einsetzen würde, falls herauskam, dass sie auf eigene Faust nach Hampshire gefahren war. Falls er das nicht tat, konnte sie einpacken.

In der Einfahrt, die am Haus entlangführte, standen keine Autos. Barbara parkte und klopfte anstandshalber an die Hintertür, obwohl sie den Eindruck hatte, dass niemand zu Hause war, was sich bestätigte. Egal, dachte sie. So hatte sie Zeit, sich umzusehen. Sie ging zur Scheune und probierte die riesigen Schiebetore. Praktischerweise waren sie unverschlossen. Sie ließ sie einen Spaltbreit offen, damit Tageslicht hereinfiel.

Im Innern der Scheune war es kühl und roch muffig nach einer Mischung aus Stein, Staub und Mais. Als Erstes entdeckte sie ein altes Auto, zweifarbig lackiert, wie es in den Fünfzigerjahren modern gewesen war. Es war in makellosem Zustand und sah aus, als käme täglich jemand in die Scheune, um den Staub abzuwischen. Barbara trat näher. Ein Figaro. Italienisch? Lynley würde es wissen, Autonarr, der er war. Sie hatte so einen Wagen noch nie gesehen. Er war nicht verriegelt, also durchsuchte sie ihn von vorne bis hinten, sah unter den Sitzen und im Handschuhfach nach, fand aber nichts von Interesse.

Der Figaro stand am hinteren Ende der Scheune, sodass vorn ausreichend Platz für andere Dinge war. Dort standen eine ganze Menge unverschlossener Kisten, die mit Gordon Jossies Arbeit zu tun haben mussten. Die nahm sie sich als Nächstes vor.

Reetnägel ohne Ende, was Barbara nicht wunderte, da sie das wichtigste Handwerkszeug eines Reetdachdeckers darstellen. Man musste auch kein Experte sein, um sich ihren jeweiligen Einsatzzweck vorstellen zu können. Das gebogene Ende war dafür da, die Reetbunde zusammenzufassen und zu fixieren. Die Spitze wurde in die Balken darunter geschlagen. Dass so ein Ding sich prima als Mordwaffe eignete, lag auf der Hand. Das gebogene Ende diente in diesem Fall als Griff, mit der Spitze machte man dem Opfer den Garaus.

Interessant an Jossies Reetnägeln war, dass sie nicht alle gleich aussahen. Drei Holzkisten, drei verschiedene Sorten. Die Enden waren je nach Verwendungszweck unterschiedlich gebogen, und jede Spitze war anders geformt. In einer Kiste waren die Spitzen mit Kerben versehen. Die Spitzen in der nächsten Kiste waren vom Schmied viermal gedreht und gehämmert worden, bevor der Nagel aus dem Feuer genommen worden war. In der dritten Kiste waren die Spitzen glatter – wahrscheinlich entstanden, indem das Eisen im geschmolzenen Zustand gedreht worden war. Das Ergebnis war in allen Fällen dasselbe, aber die Herstellungsweise zeigte die Handschrift des jeweiligen Schmieds. Für eine Stadtpflanze wie Barbara war die Tatsache, dass solches Werkzeug in der heutigen Zeit noch von Hand gefertigt wurde, äußerst erstaunlich. Es zu betrachten, kam einer Reise in die Vergangenheit gleich. Aber dasselbe galt ja eigentlich auch für den Anblick von Reetdächern.

Sie musste unbedingt Winston anrufen. Zu dieser Tageszeit hielt er sich wahrscheinlich gerade im Besprechungsraum auf, und er könnte sich das Foto von der Mordwaffe noch mal genauer ansehen und ihr sagen, wie die Spitze geformt war. Damit würde man zwar niemandes Schuld an Jemimas Tod nachweisen können, aber zumindest würden sie wissen, ob die Haken in Jossies Scheune irgendeine Ähnlichkeit mit demjenigen aufwiesen, mit dem seine ehemalige Geliebte ermordet worden war.

Sie ging zum Scheunentor, um ihr Handy aus dem Wagen zu holen. In dem Moment hörte sie, wie draußen ein Auto hielt. Eine Tür wurde zugeschlagen, ein Hund bellte. Offenbar kam Gordon Jossie gerade von der Arbeit nach Hause. Er würde nicht begeistert sein, wenn er feststellte, dass sie hier in seiner Scheune herumstöberte.

Damit lag sie richtig. Jossie kam mit energischen Schritten auf sie zu, und trotz der Baseballmütze, die sein Gesicht zum Teil verschattete, war nicht zu übersehen, dass er alles andere als erfreut war.

»Was zum Teufel tun Sie hier?«

»Sie haben ja jede Menge Reetnägel da drin«, erwiderte sie. »Wo haben Sie die her?«

»Was geht Sie das an?«

»Erstaunlich, dass die immer noch von Hand gemacht werden. Das werden sie doch, oder? Ich hätte erwartet, dass sie seit der industriellen Revolution in Fabriken hergestellt würden. Kann man die nicht aus China bestellen? Oder aus Indien? Irgendwer muss die doch massenhaft produzieren.«

Der Golden Retriever – als Wachhund ein hoffnungsloser Fall – hatte sie offenbar von ihrem früheren Besuch wiedererkannt. Er sprang an ihr hoch und leckte ihr die Wange ab. Barbara tätschelte seinen Kopf.

»Tess!«, sagte Jossie. »Schluss jetzt! Verschwinde!«

»Schon in Ordnung«, sagte Barbara. »Im Prinzip ziehe ich Männer vor, aber in der Not tut's auch ein Hund.«

»Sie haben meine Frage nicht beantwortet«, sagte Jossie.

»Dann sind wir ja quitt. Sie haben meine auch nicht beantwortet. Warum werden die Nägel von Hand gemacht?«

»Weil die anderen Schrott sind, und ich arbeite nicht mit Schrott. Ich bin stolz auf meine Arbeit.«

»Da sind wir uns ähnlich.«

Er fand das nicht witzig. »Was wollen Sie?«

»Von wem bekommen Sie sie? Von jemandem hier aus der Gegend?«

»Einer ist hier in der Gegend. Die anderen kommen aus Cornwall und Norfolk. Man braucht mehr als einen Lieferanten.«

»Warum?«

»Liegt doch auf der Hand. Man braucht Unmengen davon für ein Dach, und sie dürfen einem während der Arbeit nicht ausgehen. Können Sie mir vielleicht erklären, warum wir über Reetnägel reden?«

»Ich denke darüber nach, den Beruf zu wechseln.« Barbara ging zu ihrem Mini, um ihre Umhängetasche zu holen. Sie nahm die Players heraus und fragte Jossie: »Stört es Sie?« Sie bot ihm auch eine an, aber er lehnte ab. Während sie sich die Zigarette ansteckte, beobachtete sie ihn. All das gab ihr Zeit, darüber nachzudenken, was es eigentlich bedeutete, dass er sie ebenso nach den Nägeln fragte wie sie ihn. Entweder war er sehr gewieft oder etwas ganz anderes. Unschuldig kam ihr in den Sinn. Aber sie hatte schon genug Verbrecher erlebt, um zu wissen, dass das kriminelle Element deshalb kriminell war, weil es mit dem Kriminellsein ziemlichen Erfolg hatte. Mit einem von ihnen zu reden, war ungefähr so, wie in einem jener Kostümfilme im Fernsehen zu tanzen: Man musste die richtigen Schritte kennen und in welcher Reihenfolge man sie zu absolvieren hatte.

»Wo ist denn Ihre schicke Freundin?«, fragte Barbara.

»Keine Ahnung.«

»Ist sie ausgezogen?«

»Das habe ich nicht gesagt. Sie sehen doch, dass ihr Auto nicht da ist, also…«

»Aber Jemimas Auto steht hier. Das ist doch ihres, oder?«

»Sie hat es hiergelassen.«

»Warum?«

»Keine Ahnung. Wahrscheinlich wollte sie es irgendwann abholen, sobald sie es brauchte oder einen Stellplatz dafür gefunden hatte. Sie hat's mir nicht gesagt, und ich hab sie auch nicht gefragt.«

»Warum nicht?«

»Was zum Teufel spielt das für eine Rolle? Was wollen Sie eigentlich? Warum sind Sie hier?« Er sah sich um, als wollte er irgendwie ergründen, was sie im Schilde führte. Sein Blick wanderte von der Scheune zur östlichen Koppel, dann zur westlichen Koppel und von dort zum Haus.

Der Hund, der Jossies aufgewühlte Stimmung spürte, begann, hin und her zu laufen und abwechselnd sein Herrchen und Barbara zu beäugen. Dann bellte er einmal und trottete zur Hintertür des Hauses. »Ich glaube, der Hund will was zu fressen«, mutmaßte Barbara.

»Ich weiß, wie man einen Hund versorgt.«

Er ging zum Haus und verschwand im Innern. Barbara nutzte die Gelegenheit, um die Zeitschrift, die sie zuvor von Lynley bekommen hatte, aus dem Mini zu holen. Sie rollte sie zusammen und ging ohne anzuklopfen ebenfalls ins Haus.

Jossie war in der Küche, wo der Hund sich gierig über eine Schüssel mit Trockenfutter hermachte. Jossie stand an der Spüle und sah zum Fenster hinaus. Von dort konnte er seinen Pick-up, Barbaras Wagen und eine Koppel sehen. Bei ihrem letzten Besuch waren Tiere auf der Koppel gewesen.

»Wo sind denn die Pferde hin?«

»Ponys«, antwortete er.

»Gibt's da einen Unterschied?«

»Ich nehme an, die sind wieder draußen im Wald. Ich war nicht hier, als er sie geholt hat.«

»Wer?«

»Rob Hastings. Er hat gesagt, er wollte sie holen kommen. Jetzt sind sie weg. Also gehe ich davon aus, dass er sie wieder in den Wald gebracht hat, denn sie werden sich wohl kaum selbst aus der Koppel gelassen haben.«

»Warum waren sie denn überhaupt hier?«

Er drehte sich zu ihr um. »Die Fragestunde ist zu Ende.«

Zum ersten Mal klang er bedrohlich, und Barbara erhaschte einen flüchtigen Blick darauf, wie der Mann unter seiner kontrollierten Oberfläche wirklich war. Sie zog an ihrer Zigarette und fragte sich, ob sie sich womöglich in Gefahr befand. Es schien ihr jedoch äußerst unwahrscheinlich, dass er sie hier in der Küche töten würde, also trat sie näher an ihn heran, schnipste die Zigarettenasche in die Spüle und sagte: »Setzen Sie sich, Mr. Jossie. Ich muss Ihnen etwas zeigen.«

Sein Gesichtsausdruck verhärtete sich. Er schien sich zuerst weigern zu wollen, aber dann setzte er sich an den Küchentisch und legte seine Baseballmütze und die Sonnenbrille ab. »Was«, sagte er. Es war nicht einmal eine Frage. Er klang erschöpft bis auf die Knochen.

Barbara rollte die Zeitschrift auseinander und schlug die Seite mit den Societyfotos auf. Sie setzte sich ihm gegenüber und drehte die Zeitschrift wortlos zu ihm hin.

Er warf einen Blick auf die Fotos, dann sah er Barbara an. »Was?«, sagte er noch einmal. »Ein paar feine Pinkel, die Champagner schlürfen. Was soll mich daran interessieren?«

»Sehen Sie näher hin, Mr. Jossie. Das ist die Eröffnung einer Fotoausstellung in der Portrait Gallery. Ich denke, Sie wissen, von welcher Ausstellung ich spreche.«

Er betrachtete die Fotos noch einmal. Das Foto von Jemima, die neben Deborah St. James posierte, erregte seine Aufmerksamkeit, aber um dieses Foto ging es Barbara nicht. Sie zeigte auf das Foto, auf dem Gina Dickens im Hintergrund zu sehen war.

»Wir beide wissen, wer das ist, nicht wahr, Mr. Jossie?«, sagte Barbara.

Er sagte nichts. Sie sah, dass er schluckte, aber das war seine einzige Reaktion. Er blickte nicht auf, und er rührte sich nicht. Sie betrachtete seine Schläfe, aber die Adern pulsierten nicht. Gar nichts. Nicht, was sie erwartet hätte, dachte sie. Es war Zeit, ein bisschen nachzuhelfen.

»Ich persönlich glaube an Zufälle. Oder an Synchronismus. Oder was auch immer. Solche Dinge passieren, daran gibt's keinen Zweifel, oder? Aber lassen Sie uns mal annehmen, es war *kein* Zufall, dass Gina Dickens bei der Ausstellungseröffnung in der Galerie war. Das würde heißen, sie hätte einen Grund gehabt, dort zu sein. Was glauben Sie, welchen Grund könnte sie gehabt haben?«

Er antwortete nicht, aber Barbara war sich sicher, dass seine Gedanken rasten.

»Vielleicht steht sie ja auf Fotografie«, sagte Barbara. »Wäre durchaus denkbar. Ich habe selbst was dafür übrig. Vielleicht ist sie zufällig dort vorbeigekommen und hat gedacht, sie könnte ein Glas Sekt und ein paar Käsehäppchen abstauben. Das würde mir sogar einleuchten. Aber es gibt ein anderes Vielleicht, und ich denke, Sie und ich, wir wissen beide, welches das ist, Mr. Jossie.«

»Nein.« Er klang ein bisschen heiser. Gut so, dachte Barbara.

»Doch«, sagte sie. »Vielleicht hatte sie einen anderen Grund, dort zu sein. Vielleicht kannte sie Jemima Hastings.«

»Nein.«

»Hat sie sie nicht gekannt, oder wollen Sie nicht glauben, dass sie sie gekannt hat?«

Er sagte nichts.

Barbara nahm eine Visitenkarte aus ihrer Tasche, schrieb ihre Handynummer auf die Rückseite und schob sie ihm über den Tisch hin. »Ich will mit Gina reden«, sagte sie. »Ich möchte, dass Sie mich anrufen, sobald sie nach Hause kommt.«

29

Isabelle hatte fast den ganzen Nachmittag im St.-Thomas-Krankenhaus verbracht. Sie hatte den Windungen von Yukio Matsumotos Gehirn Informationen entlockt, sich mit seiner Anwältin herumgeschlagen und Versprechungen gemacht, die zu geben sie nicht die geringste Befugnis hatte. Als Ergebnis hatte sie am Ende des Tages ein wirres Szenario jener Situation auf dem Abney Park Cemetery und zwei Phantombilder. Außerdem hatte sie zwölf Nachrichten auf der Mailbox ihres Handys. Drei kamen von Hilliers Vorzimmer, was kein gutes Zeichen war. Stephenson Deacons Sekretärin hatte zweimal angerufen, was genauso schlecht war. Sie übersprang diese fünf Nachrichten, außerdem zwei von Dorothea Harriman und eine von ihrem Exmann. Die restlichen Nachrichten stammten von John Stewart, Thomas Lynley und Barbara Havers. Als Erstes hörte sie Thomas Lynley an, der zweimal angerufen hatte, einmal in Sachen British Museum und einmal wegen Barbara Havers. Sie nahm zur Kenntnis, dass Lynleys gepflegter Bariton einigermaßen beruhigend klang, doch die Nachrichten selbst hörte sie nur halb. Denn ganz unabhängig vom Inhalt dieser Nachrichten fühlte sie sich, als wollte sich ihr Innerstes nach außen kehren, und auch wenn sie genau wusste, dass es eine schnelle Möglichkeit gab, sowohl ihren Magen als auch ihre Nerven zu beruhigen, beabsichtigte sie nicht, davon Gebrauch zu machen.

Sie fuhr zur Victoria Street. Unterwegs rief sie Dorothea Harriman an und wies sie an, das Team bis zu ihrer Rückkehr in den Besprechungsraum zu bestellen. Harriman versuchte, sie auf AC Hillier anzusprechen, aber Isabelle fiel ihr ins Wort: »Ja, ja, ich weiß. Er hat mich auch angerufen. Aber das Wichtigste zuerst.« Sie legte auf, bevor Harriman sie darauf hinweisen konnte, dass für Hillier *das Wichtigste zuerst* hieß, dass man seinen Wünschen nachkam. Nun, das spielte im Moment keine Rolle. Sie musste ihr Team zusammenrufen, und das hatte jetzt Vorrang.

Das Team war bereits versammelt, als sie eintraf. »So«, sagte sie, als sie den Raum betrat, »wir haben Phantombilder von zwei Personen, die auf dem Friedhof waren und dort von Yukio Matsumoto gesehen wurden. Dorothea macht gerade Kopien, damit jeder von Ihnen gleich welche bekommt.« Sie beschrieb, was Matsumoto ihr über den Tag auf dem Abney Park Cemetery berichtet hatte: Jemimas Verhalten, die beiden Männer, die er gesehen hatte und wo er sie gesehen hatte, sowie Yukios Versuch, Jemima zu helfen, nachdem er sie tödlich verletzt in dem Anbau der Kapelle entdeckt hatte. »Offenbar hat er die Wunde noch verschlimmert, als er die Waffe herausgezogen hat«, sagte sie. »Sie wäre ohnehin gestorben, aber das Herausziehen der Waffe hat ihren Tod beschleunigt. Außerdem hat sich dadurch ihr Blut über ihn ergossen.«

»Was ist mit seinen Haaren in ihrer Hand?«, wollte Philip Hale wissen.

»Er kann sich nicht daran erinnern, ob sie ihn angefasst hat, aber es wäre möglich.«

»Und er könnte lügen«, fügte John Stewart hinzu.

»Nachdem ich mit ihm gesprochen habe …«

»Schwachsinn, mit dem zu reden!« Stewart warf ein zusammengeknülltes Stück Papier auf seinen Schreibtisch. »Warum hat er nicht die Polizei verständigt? Keine Hilfe geholt?«

»Er ist schizophren, John«, antwortete Isabelle. »Ich glaube nicht, dass wir rationales Verhalten von ihm erwarten können.«

»Aber brauchbare Fahndungsporträts können wir von ihm erwarten?«

Isabelle bemerkte die Unruhe unter den Anwesenden. Stewarts Tonfall grenzte wie üblich an Sarkasmus. Sie würde ihn irgendwann aus dem Team entfernen müssen.

Harriman kam mit dem Stapel Kopien. Sie flüsterte Isabelle

zu, Hilliers Sekretärin habe erneut angerufen. Offenbar wisse man dort, dass Acting Superintendent Ardery sich im Gebäude aufhalte. Ob sie …

Sie sei in einer Besprechung, erwiderte Isabelle. Sie solle dem Assistant Commissioner ausrichten, sie werde sich so bald wie möglich bei ihm melden.

Auf dem Weg liegt Wahnsinn, schien Dorothea zu denken, aber sie eilte wortlos davon, so schnell ihre albernen Stilettos sie trugen.

Isabelle verteilte die Phantombilder. Da die Reaktionen der Anwesenden auf das, was Yukio Matsumoto zustande gebracht hatte, vorhersehbar waren, begann sie zu sprechen, bevor es zu Kommentaren kam. »Wir haben es mit zwei Männern zu tun. Mit einem davon war unser Opfer offenbar auf der Lichtung vor der Kapelle verabredet. Sie erwartete ihn auf einer Steinbank. Sie haben sich eine Zeit lang unterhalten. Als der Mann ging, lebte sie noch und war unverletzt. Matsumoto sagt aus, Jemima habe nach diesem Gespräch einen Anruf erhalten. Kurz darauf sei sie hinter der Kapelle und aus seinem Blickfeld verschwunden. Erst als der zweite Mann auftauchte, und zwar aus der Richtung, in die Jemima weggegangen war, beschloss er nachzusehen, wo sie blieb. Dabei entdeckte er den Anbau der Kapelle und die Verletzte im Innern des Anbaus. Wie weit sind wir mit den Sendemasten, John? Wenn wir wissen, woher der Anruf kam, kurz bevor sie angefallen wurde …«

»Gott, diese Phantombilder …«

»Moment«, sagte Isabelle scharf. John Stewart hatte das Wort ergriffen – kein Wunder, dass er ein anderes Thema aufbrachte, anstatt die Frage zu beantworten –, aber sie konnte an Winston Nkatas Gesichtsausdruck ablesen, dass auch er etwas zu sagen hatte. Philip Hale rutschte unruhig auf seinem Stuhl hin und her, und Lynley war an die Magnettafeln getreten, um sich irgendetwas näher anzusehen. Vielleicht wollte er aber auch nur sein Gesicht verbergen, auf dem sich zweifellos große Sorge spiegelte. Und das zu Recht. Sie war selbst tief besorgt. Die

Phantombilder waren nahezu unbrauchbar, aber dieses Thema wollte sie nicht weiter vertiefen. »Der zweite Mann ist ein dunkler Typ. Das würde zu dreien unserer Verdächtigen passen: Frazer Chaplin, Abbott Langer und Paolo di Fazio.«

»Die alle ein Alibi haben«, warf Stewart ein. Er zählte sie an den Fingern ab. »Chaplin war zu Hause, bestätigt von McHaggis. Di Fazio war im Jubilee Market an seinem Stand, bestätigt von vier weiteren Standbesitzern und gesehen von mindestens dreihundert Personen. Langer hat Hunde im Park ausgeführt, was von seinen Kunden bestätigt wird.«

»Von denen ihn keiner gesehen hat, John«, fauchte Isabelle. »Also werden wir diese verdammten Alibis knacken. Einer der drei hat einen Haken im Hals einer jungen Frau versenkt, und wir werden herausfinden, wer es war. Alles klar?«

»Zu dem Haken«, meldete sich Winston Nkata.

»Einen Moment, Winston.« Isabelle nahm ihren Faden wieder auf. »Wir dürfen nicht vergessen, was wir bereits über die Telefonate des Opfers wissen. Am Tag ihres Todes hat sie Chaplin dreimal angerufen und Langer einmal. Am selben Tag kamen ein Anruf von Gordon Jossie, einer von Chaplin und ein weiterer von Jayson Druther – unser Mann aus dem Zigarrenladen. Alle Anrufe fanden in dem Zeitfenster statt, in dem sie ermordet wurde. Nach ihrem Tod kamen Anrufe von ihrem Bruder, noch einer von Jayson Druther, von Paolo di Fazio und von unserer Hellseherin Yolanda auf ihrem Handy an. Kein Anruf von Abbott Langer und Frazer Chaplin – beides Kandidaten, auf die die Beschreibung des Mannes passt, der beim Verlassen des Tatorts gesehen wurde. Also, ich will, dass die Umgebung des Friedhofs erneut überprüft wird. Ich will, dass allen Bewohnern des Viertels diese Phantombilder gezeigt werden. Außerdem müssen die Überwachungsvideos aus der Gegend noch mal auf einen giftgrünen Vespa-Roller mit Werbeaufdruck für *DragonFly Tonics* hin gesichtet werden. Nach diesem Roller sollen auch die Leute in dem Viertel befragt werden. Philip, Sie koordinieren die Befragung der Bewohner mit dem Revier in Stoke Newington.

Winston, ich möchte, dass Sie sich die Überwachungsvideos ansehen. John, Sie werden …«

»Verflucht noch mal, das ist doch Schwachsinn«, fuhr John Stewart dazwischen. »Diese Scheißphantombilder sind absolut wertlos. Die braucht man sich doch bloß mal anzusehen! Wollen Sie behaupten, es wäre auch nur ein einziges charakteristisches Merkmal zu erkennen? Der dunkle Typ sieht aus wie ein Bösewicht aus einer Fernsehschnulze, und der mit der Baseballmütze und der Sonnenbrille könnte genauso gut eine Frau sein, wenn Sie mich fragen. Glauben Sie tatsächlich, dass die Geschichte von diesem Schlitzauge …«

»Es reicht, Inspector!«

»Nein, es reicht nicht. Wir hätten unseren Täter längst, wenn Sie diesen Schwachkopf nicht in den Verkehr getrieben hätten, um dann nach Ewigkeiten rauszufinden, dass er gar nicht der Mörder ist. Sie haben die ganze Geschichte von Anfang an vermasselt. Sie haben …«

»Mach mal halblang, John«, schaltete Philip Hale sich ein, und Winston Nkata schloss sich ihm an: »Gib Ruhe, Mann.«

»Ihr da solltet lieber mal euren Verstand einschalten, dann würdet ihr sehen, was hier los ist«, blaffte Stewart. »Ihr macht einen Eiertanz um jeden Blödsinn herum, den sie erzählt, als würden wir dieser verdammten Schlampe Loyalität schulden.«

»Herrgott noch mal, Mann«, entfuhr es Hale.

»Du Schwein!«, rief eine der Polizistinnen.

»Du würdest doch einen Mörder nicht mal erkennen, wenn er ihn dir reinschiebt und dich zum Quieken bringt«, lautete Stewarts Retourkutsche.

Chaos brach aus. Außer Isabelle befanden sich fünf junge Frauen im Raum, drei Polizistinnen und zwei Sekretärinnen. Die am nächsten sitzende Polizistin schoss von ihrem Stuhl hoch, und eine der Sekretärinnen warf ihre Kaffeetasse nach Stewart. Er sprang auf und wollte sich auf sie stürzen. Philip Hale hielt ihn zurück. Stewart schlug nach ihm. Nkata packte Stewart, der daraufhin auf ihn losging.

»Du verdammter Nig...«

Nkata versetzte ihm einen Schlag ins Gesicht, hart, schnell und laut. Stewarts Kopf flog nach hinten.

»Wenn ich sage, du sollst Ruhe geben, dann meine ich das auch«, sagte Nkata zu ihm. »Setz dich hin, halt die Klappe, benimm dich, als hättest du was kapiert, und sei froh, dass ich dir nicht die Nase gebrochen habe.«

»Gut so, Winnie«, rief jemand.

»So, das reicht«, sagte Isabelle. Sie bemerkte, dass Lynley sie von seinem Platz an den Magnettafeln aus beobachtete. Er hatte sich nicht bewegt. Sie war dankbar dafür. Das Letzte, was sie gewollt hätte, wäre seine Intervention. Schlimm genug, dass Hale und Nkata Stewart in seine Schranken hatten weisen müssen, was eigentlich ihre Aufgabe gewesen wäre. Zu Stewart sagte sie: »In mein Büro! Warten Sie dort!« Sie schwieg, bis er wutschnaubend die Tür hinter sich zugeschlagen hatte. Dann sagte sie: »Was haben wir noch?«

Jemima Hastings habe eine goldene Münze besessen – die seit Kurzem bei ihren Sachen fehlte – und einen Karneol römischen Ursprungs. Barbara Havers habe die Mordwaffe erkannt und...

»Wo ist Sergeant Havers eigentlich?«, fragte Isabelle, die erst jetzt bemerkte, dass die notorisch schlampig gekleidete Frau nicht bei der Besprechung anwesend war. »Warum ist sie nicht hier?«

Alle schwiegen, bis Winston Nkata sich schließlich zu Wort meldete. »Sie ist noch mal nach Hampshire gefahren, Chefin.«

Isabelle spürte, wie sich ihre Gesichtszüge verhärteten. »Hampshire«, sagte sie nur, weil ihr unter den gegebenen Umständen nichts Besseres einfiel.

»Die Mordwaffe ist ein Reetnagel«, sagte Nkata. »Barbara und ich haben genau solche gesehen, als wir in Hampshire waren. Ein typisches Dachdeckerwerkzeug. Wir haben dort zwei Dachdecker im Visier, und Barbara...«

»Danke«, sagte Isabelle.

»Außerdem werden diese Reetnägel von Schmieden hergestellt«, führte Nkata weiter aus. »Rob Hastings ist Schmied, und weil …«

»Ich sagte, Danke, Winston.«

Schweigen. Irgendwo klingelten Telefone, und der plötzliche Klang machte allen unangenehm bewusst, wie sehr ihre nachmittägliche Lagebesprechung außer Kontrolle geraten war. In das Schweigen hinein ergriff Lynley das Wort, und es war sofort klar, dass er für Barbara Havers Partei ergreifen würde.

»Sie hat eine weitere Verbindung zwischen Ringo Heath, Zachary Whiting und Gordon Jossie aufgespürt, Chefin«, sagte er.

»Und woher wissen Sie das?«

»Ich habe mit ihr auf ihrem Weg nach Hampshire gesprochen.«

»Sie hat Sie angerufen?«

»Ich habe sie angerufen. Sie war bereits unterwegs, aber ich konnte sie abfangen, als sie auf der Autobahn Rast gemacht hat. Aber das Wichtige ist …«

»Sie haben hier nicht zu bestimmen, Inspector Lynley.«

»Verstehe.«

»Woraus ich schließe, dass Sie ebenfalls verstehen, dass es gegen jede Vorschrift war, Sergeant Havers zu ermutigen, irgendetwas anderes zu tun, als ihren Arsch nach London zurückzubewegen. Richtig?«

Lynley zögerte. Isabelle sah ihn herausfordernd an. Erneut breitete sich Schweigen im Raum aus. Herrgott noch mal, dachte sie. Erst Stewart, jetzt Lynley. Havers setzt sich nach Hampshire ab. Nkata prügelt sich mit einem Kollegen.

Lynley wählte seine Worte mit Sorgfalt. »Ich verstehe Ihre Position. Aber es gibt eine neue Verbindung, auf die Barbara gestoßen ist, und Sie werden sicherlich auch der Meinung sein, dass es sich lohnt, einen Blick darauf zu werfen.«

»Und was für eine Verbindung wäre das?«

Lynley berichtete von der Zeitschrift und den Fotos von der

Vernissage der Cadbury-Fotoausstellung. Er erklärte, auf diesen Fotos sei Frazer Chaplin zu sehen, auf einem im Hintergrund auch Gina Dickens. Er schloss mit den Worten: »Es schien mir das Beste, sie nach Hampshire fahren zu lassen. Auch wenn sie weiter nichts herausfindet, kann sie Fotos von Jossie, Ringo Heath und Whiting mitbringen, die man den Anwohnern in Stoke Newington zeigen kann. Und auch Matsumoto. Aber wie ich Barbara kenne, wird sie wahrscheinlich noch einiges mehr zutage fördern.«

»Wollen wir's hoffen«, sagte Isabelle. »Danke, Inspector. Ich werde mich später mit ihr unterhalten.« Sie betrachtete die anderen Anwesenden, die sich alle nicht sonderlich wohl in ihrer Haut zu fühlen schienen. »Sie haben Ihre Anweisungen für morgen. Wir sehen uns dann am Nachmittag wieder.«

Sie verließ den Raum. Auf dem Korridor hörte sie, wie in ihrem Rücken ihr Name gerufen wurde. Sie erkannte Lynleys Stimme, aber sie winkte ab. »Ich muss mich um DI Stewart kümmern«, sagte sie, »und dann muss ich noch zu Hillier. Und das, glauben Sie mir, reicht mir dann für heute.« Ehe er dazu kam, etwas zu erwidern, wandte sie sich hastig ab. Sie war noch nicht an ihrer Tür, als Dorothea Harriman sie abfing. Der Assistant Commissioner habe soeben persönlich angerufen, flötete sie – die Betonung, die sie auf *persönlich* legte, sollte die Dringlichkeit unterstreichen –, und er habe Acting Superintendent Ardery vor die Wahl gestellt: Entweder sie erscheine sofort bei ihm, oder er werde sie aufsuchen.

»Ich habe mir die Freiheit erlaubt …«, fuhr Dorothea bedeutungsschwer fort. »Bei allem Respekt, Detective Superintendent Ardery, Sie werden sicherlich nicht wünschen, dass der Assistant Commissioner zu Ihnen …«

»Sagen Sie ihm, ich bin unterwegs.«

John Stewart würde warten müssen. Einen Moment lang fragte sie sich, ob es an diesem Tag noch schlimmer kommen konnte, aber das würde sie garantiert bald herausfinden.

Entscheidend war, die Situation noch ungefähr eine Stunde lang unter Kontrolle zu halten. Isabelle sagte sich, dass sie dazu in der Lage sein würde. Sie musste sich für eine letzte Arbeitsstunde bei Scotland Yard nicht extra stärken. Sie hätte es vielleicht gewollt, aber sie brauchte es nicht. Wollen und Brauchen waren zwei ganz verschiedene Dinge.

Im Vorzimmer von AC Hillier wurde sie von Judi MacIntosh direkt durchgewinkt. Der Assistant Commissioner erwarte sie. Ob sie einen Tee oder einen Kaffee wünsche? Isabelle bat um einen Tee mit Milch und Zucker. Wenn es ihr gelang, den Tee zu trinken, ohne dass ihre Hände dabei zitterten, würde das etwas aussagen darüber, wie gut sie die Situation unter Kontrolle hatte.

Hillier saß hinter seinem Schreibtisch. Er nickte zum Konferenztisch hin und sagte, sie würden noch auf Stephenson Deacon warten. Hillier nahm ebenfalls am Konferenztisch Platz. Er hatte mehrere Telefonnotizen in der Hand, Zettel, die er vor sich ausbreitete und scheinbar intensiv studierte. Nach zwei Minuten angespannten Schweigens öffnete sich die Tür, und Judi MacIntosh kam mit Isabelles Tee: Tasse und Untertasse, Milchkännchen und Zucker, Teelöffel aus Edelstahl. Dieses Gedeck würde schwieriger zu handhaben sein als ein Plastik- oder Styroporbecher. Die Teetasse würde verräterisch auf der Untertasse klappern. Sehr clever, dachte Isabelle.

»Genießen Sie Ihren Tee«, sagte Hillier. Denselben Tonfall musste Sokrates gehört haben, als er den Schierlingsbecher serviert bekam.

Sie nahm Milch, entschied sich jedoch gegen Zucker. Um den Zucker zu verrühren, müsste sie geschickt mit dem Löffel umgehen, und dazu fühlte sie sich nicht in der Lage. Als sie die Milch umrührte, zerriss ihr das Geräusch von Metall auf Porzellan beinahe das Trommelfell. Sie wagte nicht mehr, die Tasse an die Lippen zu heben. Sie legte den Löffel auf die Untertasse und wartete.

Es dauerte nicht einmal fünf Minuten, bis Stephenson Deacon zu ihnen stieß, aber es kam ihr vor wie eine Ewigkeit. Er nickte zum Gruß, ließ sich in einen Sessel sinken und legte eine Akte vor sich auf den Tisch. Er fuhr sich mit der Hand durch das schüttere, mausgraue Haar und sagte: »Also.« Dann sah er sie durchdringend an und fuhr fort: »Wir haben ein Problem, Superintendent Ardery.«

Das Problem bestand aus zwei Teilen, und der Chef des Pressebüros kam ohne lange Vorrede darauf zu sprechen. Der erste Teil betreffe nicht autorisierte Verhandlungen. Der zweite Teil habe mit den Folgen dieser nicht autorisierten Verhandlungen zu tun. Beides sei in gleicher Weise geeignet, der Met Schaden zuzufügen.

Der Met Schaden zuzufügen hatte nichts mit realem Schaden zu tun, wie Isabelle schnell herausfand. Es bedeutete nicht etwa, dass die Polizei ihre Kontrolle über die kriminellen Elemente verloren hätte. Vielmehr bedeutete *Schaden für die Met* Schaden für das *Image* der Met, und immer wenn das Image der Met beschmutzt wurde, kam dieser Schmutz in der Regel von der Presse.

In diesem Fall stammten die Presseberichte anscheinend direkt aus Zaynab Bournes Feder. Sie hatte den Deal, der ihr von Detective Superintendent Ardery im St.-Thomas-Krankenhaus angeboten worden war, nur zu gern akzeptiert: ungehinderter Zugang zu Yukio Matsumoto im Austausch gegen das Eingeständnis der Met, Mitschuld an der Flucht des Japaners und seinen dabei erlittenen Verletzungen zu tragen. Die Abendausgabe des *Evening Standard* brachte die Meldung als Titelgeschichte, aber leider informierte der *Standard* nur über eine Hälfte des Abkommens, und zwar über die Hälfte, die das Eingeständnis der Mitschuld betraf. »Met gesteht Fehlverhalten ein«, lautete die Schlagzeile der Zeitung in zwölf Zentimeter großen Lettern, darunter Fotos des Unfallorts, der Anwältin bei der Pressekonferenz, auf der sie das Eingeständnis bekannt gegeben hatte, und ein Werbefoto von Hiro Matsumoto mit seinem Cello, gerade so, als sei nicht sein Bruder, sondern er das Opfer des fraglichen Unfalls gewesen.

Nachdem Scotland Yard die Mitschuld an den schrecklichen Verletzungen eingeräumt habe, von denen Yukio Matsumoto heroisch zu genesen versuche, werde Mrs. Bourne die Höhe des Schadenersatzes ermitteln, der ihm zustehe. Man könne Gott danken, dass keine bewaffneten Polizisten an der Jagd auf den armen Mann beteiligt gewesen seien. Hätte die Polizei Waffen eingesetzt, daran habe sie wenig Zweifel, sähe Mr. Matsumoto nunmehr seiner Beerdigung entgegen.

Die Schadenersatzforderungen, die Zaynab Bourne angesprochen hatte, waren garantiert der wahre Grund dafür, dass sie jetzt hier in Hilliers Büro mit dem Assistant Commissioner und Stephenson Deacon saß, dachte Isabelle. Fieberhaft ging sie noch einmal ihr Gespräch mit der Anwältin durch, das sie im Korridor vor Yukio Matsumotos Krankenzimmer geführt hatte. Und plötzlich erinnerte sie sich an ein Detail des Gesprächs, das Bourne vor der Pressekonferenz nicht bedacht hatte.

»Mrs. Bourne übertreibt maßlos, Sir«, sagte sie zu Hillier. »Wir haben darüber gesprochen, was zu Mr. Matsumotos Verletzungen geführt hat, mehr nicht. Ich habe ebenso wenig ihrer Einschätzung der Umstände zugestimmt, wie ich angeboten habe, mir vor laufender Kamera die Pulsadern aufzuschlitzen.« Innerlich zuckte sie über ihre Ausdrucksweise zusammen. Schlechte Wahl des bildlichen Vergleichs, dachte sie. Aber am Gesicht des Assistant Commissioner konnte sie ablesen, dass er nichts dagegen hätte, wenn sie sich die Pulsadern oder sonst etwas aufschlitzte. »Außerdem waren nur wir beide an dem Gespräch beteiligt«, sagte sie und hoffte inständig, dass die beiden Männer von sich aus die entsprechenden Schlussfolgerungen ziehen und sie nicht zwingen würden, sie mit der Nase darauf zu stoßen: dass es keine Zeugen für dieses Gespräch gab. Es spielte keine Rolle, was Zaynab Bourne gesagt hatte. Die Met konnte es schlichtweg abstreiten.

Hillier sah Deacon an. Deacon hob eine Braue und sah Isabelle an. Sie fuhr fort.

»Darüber hinaus«, fügte sie hinzu, »existiert das nach wie vor nicht unerhebliche Thema der öffentlichen Sicherheit, dem wir uns stellen müssen.«

»Erklären Sie uns das«, sagte Hillier. Er warf einen Blick auf die Zettel mit den Telefonnachrichten, die vor ihm auf dem Tisch lagen. Isabelle nahm an, dass sie von Bourne, den Medien und Hilliers Vorgesetztem stammten.

»Als Mr. Matsumoto durchgedreht ist, befanden sich Hunderte Menschen in Covent Garden«, sagte Isabelle. »Es ist wahr, dass wir ihn verfolgt haben, und Mrs. Bourne kann argumentieren, dass wir es getan haben, obwohl wir wussten, dass der Mann paranoid schizophren ist. Aber dieser Meinung können wir getrost entgegentreten mit dem gewichtigeren Argument, dass wir ihn aus genau diesem Grund verfolgt haben. Wir waren über seinen instabilen Zustand informiert. Gleichzeitig wussten wir, dass er in einen Mordfall verwickelt war. Sein eigener Bruder hatte ihn anhand eines Fahndungsporträts in der Zeitung identifiziert. Darüber hinaus hatten wir Haare an der Leiche gefunden, die eindeutig asiatischer Herkunft waren, und das in Verbindung mit der Beschreibung ebendieses Mannes, der in derangierter Kleidung vom Ort eines Gewaltverbrechens geflohen war…« Sie ließ den Satz unvollendet im Raum schweben. Für sie erklärte sich der Rest von selbst: Welche andere Möglichkeit hätte die Polizei gehabt, als die Verfolgung des Verdächtigen aufzunehmen? »Wir hatten keine Ahnung, ob er bewaffnet war«, schloss sie. »Er hätte durchaus ein zweites Mal zuschlagen können.«

Hillier sah wieder Deacon an. Ihre Kommunikation funktionierte nonverbal. In diesem Augenblick begriff Isabelle, dass zwischen den beiden bereits etwas entschieden war. Sie war hier, um diese Entscheidung zur Kenntnis zu nehmen, und nicht, um zu verteidigen, was sich auf der Straße abgespielt hatte.

Schließlich ergriff Hillier das Wort. »Die Medien sind nicht dumm, Isabelle. Sie sind durchaus in der Lage, Ihre zeitliche Darstellung der Geschehnisse zu zerpflücken und gegen Sie und damit gegen die Met zu verwenden.«

»Sir?« Sie runzelte die Stirn.

Deacon beugte sich vor. »Wir legen Wert darauf, nicht wie unsere amerikanischen Kollegen zu operieren, meine Liebe«, sagte er betont geduldig. »Zuerst schießen und dann erst Fragen stellen – das ist nicht unser Stil.«

Bei seinem herablassenden Tonfall stellten sich ihr die Nackenhaare auf. »Ich verstehe nicht…«

»Dann lassen Sie es mich erklären«, unterbrach Deacon sie. »Als Sie den Befehl zur Verfolgung erteilten, wussten Sie noch nichts davon, dass die Haare an der Leiche von einem Asiaten, geschweige denn von Mr. Matsumoto stammten. Und noch weniger wussten Sie, dass er die Person war, die vom Tatort geflohen war.«

»Das hat sich herausgestellt…«

»Ja, das hat es, was für eine Erleichterung, nicht wahr? Aber das Problem ist die Verfolgung selbst und Ihr Schuldeingeständnis.«

»Wie gesagt, gab es keine Zeugen bei meinem Gespräch mit…«

»Und das soll ich der Presse erklären? Unser Wort steht gegen ihres, und das war's? Ist das wirklich die beste Antwort, die Sie zu bieten haben?«

»Sir.« Sie wandte sich an Hillier. »Ich hatte in der Situation im Krankenhaus wenig Alternativen. Yukio Matsumoto hatte das Bewusstsein wiedererlangt. Wir hatten das Einverständnis seiner Schwester und seines Bruders, mit ihm zu reden. Und er hat geredet. Das Ergebnis sind zwei Fahndungsporträts. Hätte ich nicht einen Deal mit seiner Anwältin ausgehandelt, stünden wir heute noch genau dort, wo wir gestern waren.«

»Ach ja, die Fahndungsporträts.« Deacon öffnete die Aktenmappe, die er mitgebracht hatte. Isabelle begriff, dass er gut gerüstet bei Hillier erschienen war: Er hatte sich bereits Kopien der Phantombilder besorgt. Er warf einen Blick darauf, dann sah er Isabelle an. Er reichte Hillier die Kopien. Hillier betrachtete sie. Er ließ sich Zeit dafür. Er klopfte die Fingerspitzen gegeneinander, während er einzuschätzen versuchte, was Isabelles Deal mit Zaynab Bourne ihnen eingebracht hatte – oder auch nicht. Er war ebenso wenig ein Narr wie sie oder wie Deacon oder irgendeiner der anderen ermittelnden Polizisten. Er zog seine Schlussfolgerung, aber sprach sie nicht aus. Das war auch nicht nötig. Stattdessen richtete er seine Augen auf sie. Blau, seelenlos. Lag ein Bedauern darin? Und wenn ja, was bedauerte er?

»Zwei Tage, um den Fall abzuschließen«, sagte er. »Danach, denke ich, können wir davon ausgehen, dass Ihre Zeit bei uns beendet ist.«

Lynley fand das Haus ohne große Schwierigkeiten, obwohl es südlich der Themse lag, wo ein einziges falsches Abbiegen einen leicht auf die Straße nach Brighton anstatt vielleicht in Richtung Kent oder auch Cambridgeshire bringen konnte. Aber er hatte im Stadtplan nachgeschlagen und wusste, dass die gesuchte Straße genau zwischen dem Gefängnis und dem Friedhof von Wandsworth lag. Seine Frau hätte die Lage als *ungesund* bezeichnet. *Liebling, diesen Ort kann man nur Selbstmordgefährdeten oder unheilbar Depressiven empfehlen.* Und Helen hätte nicht falsch gelegen, vor allem in Bezug auf das Gebäude, in dem Isabelle Ardery sich eingerichtet hatte. Das Haus selbst war gar nicht so übel – trotz des absterbenden Baums davor und der Betonplatte, die um den sterbenden Baum angelegt worden und wahrscheinlich maßgeblich dafür verantwortlich war, dass der Baum abstarb –, aber Isabelle hatte die Souterrainwohnung bezogen, und da diese Wohnung nach Norden hin lag, wirkte sie wie ein düsterer Stollen. Lynley musste unwillkürlich an walisische Bergleute denken, dabei hatte er das Haus noch gar nicht betreten.

Isabelles Auto stand an der Straße, also war sie zu Hause. Aber als er anklopfte, machte sie nicht auf. Er klopfte noch einmal. Dann schlug er mit der Faust gegen die Tür. Er rief ihren Namen, und als auch das nichts fruchtete, probierte er die

Klinke und stellte fest, dass sie die Tür nicht abgeschlossen hatte. Ganz schön leichtsinnig. Er trat ein.

Es gab kaum Tageslicht, was wenig verwunderlich war bei einer Souterrainwohnung. Dämmriges Licht fiel durch ein verkrustetes Fenster in die Küche und den daran angrenzenden offenen Raum – vermutlich das Wohnzimmer. Es war mit billigen Möbeln ausgestattet, offenbar das Ergebnis eines hastigen Einkaufstrips zu Ikea. Sofa, Sessel, Couchtisch, Stehlampe und Teppich sollten wohl dazu dienen, die Haushaltssünden der Bewohnerin zu kaschieren.

Nirgendwo konnte Lynley etwas Persönliches entdecken, bis auf ein einziges Foto, das er aus einem Regal über einem elektrischen Kamin nahm. Es war ein gerahmtes Foto, das Isabelle zeigte, wie sie zwischen zwei Jungen kniete und die Arme um ihre Taillen schlang. Sie war für die Arbeit gekleidet, während die Jungen ihre Schuluniformen trugen, die Mützen keck in die Stirn gezogen, die Arme um die Schultern ihrer Mutter gelegt. Alle drei lächelten in die Kamera. Erster Schultag vielleicht, dachte Lynley. Das Alter der Zwillinge konnte hinkommen.

Er stellte das Foto wieder zurück ins Regal. Er sah sich um und wunderte sich über Isabelles Wohnungswahl. Er konnte sich nicht vorstellen, wie die Jungen hier leben sollten. Mietraum war teuer in London, aber es musste doch etwas Besseres zu finden sein, ein Ort, an dem die Jungen wenigstens den Himmel sehen konnten, wenn sie aus dem Fenster sahen. Wo sollten sie überhaupt schlafen? Er machte sich auf die Suche nach den Schlafzimmern.

Im hinteren Teil der Wohnung entdeckte er eines. Die Tür stand offen. Ein Fenster gab den Blick auf einen kleinen, ummauerten Hof frei, von dem aus man vielleicht Zugang zum Garten hatte, falls es denn einen gab. Das Fenster war geschlossen und sah aus, als wäre es seit der Fertigstellung des Hauses noch nicht ein einziges Mal geputzt worden. Es fiel gerade so viel Licht herein, dass man einen Stuhl, eine Kommode mit Schubladen und ein Bett erkennen konnte. Und auf dem Bett lag Isabelle.

Sie atmete schwer wie jemand, der tagelang nicht gut geschlafen hatte. Es widerstrebte ihm, sie zu wecken, und er überlegte, ihr eine Nachricht auf einen Zettel zu schreiben und sie in Frieden zu lassen. Aber als er um das Bett herumging, um das Fenster zu öffnen, damit die Ärmste wenigstens ein bisschen frische Luft bekam, sah er eine Flasche auf dem Boden liegen und begriff, dass sie keineswegs im Tiefschlaf war. Sie war im Vollrausch.

»Mein Gott«, murmelte er. »Verdammte Närrin.« Er setzte sich aufs Bett und zog sie hoch.

Sie stöhnte. Dann öffnete sie kurz die Augen, die ihr aber sofort wieder zufielen.

»Isabelle«, sagte er. »*Isabelle.*«

»Wie sin Sie 'n hier reingekomm?« Sie blinzelte, aber die Augen fielen ihr wieder zu. »He, Sie, ich bin Polizistin.« Ihr Kopf fiel gegen ihn. »Ich ruf… Ich hol… wenn Sie nich gehn.«

»Stehen Sie auf«, sagte Lynley. »Isabelle, stehen Sie auf! Ich muss mit Ihnen reden.«

»Als-gesagt.« Sie streckte die Hand aus, um seine Wange zu tätscheln, aber weil sie nicht hinsah, traf sie nur sein Ohr. »Am Ende. Er hat gesagt… Is sowieso egal…« Sie schien in ihren Rausch zurücksinken.

Lynley atmete tief aus. Er konnte sich nicht erinnern, wann er das letzte Mal jemanden so betrunken erlebt hatte. Sie brauchte ein Abführmittel oder eine große Tasse Kaffee oder *irgendetwas.* Aber vorher musste sie erst einmal so weit bei Bewusstsein sein, dass sie überhaupt etwas zu sich nehmen konnte, und er sah nur eine Möglichkeit, das zu bewerkstelligen.

Vergeblich versuchte er, sie auf die Füße zu ziehen. Es würde unmöglich sein, sie nach Art eines Kinohelden aus dem Zimmer zu tragen. Sie war genauso groß wie er, schwer wie ein nasser Sack, und es gab nirgends genug Platz, um sie in die richtige Position dafür zu bringen, selbst wenn es ihm gelänge, sie sich wie ein Feuerwehrmann über die Schulter zu werfen. Es blieb ihm nichts anderes übrig, als sie unrühmlich vom Bett zu zerren und sie ebenso unrühmlich ins Bad zu schleifen. Dort gab es keine Badewanne, sondern nur eine kleine Duschkabine, die es jedoch auch tun würde. Er bugsierte sie angezogen, wie sie war, unter die Dusche und drehte das Wasser auf. Trotz der alten Leitungen war der Wasserdruck ausgezeichnet, und der Strahl traf Isabelle voll ins Gesicht.

Sie kreischte. Sie ruderte mit den Armen. »Wassum Teufel…«, schrie sie, und erst jetzt schien sie ihn überhaupt wahrzunehmen und zu erkennen. »O Gott!« Sie schlang die Arme um ihren Körper, als glaubte sie, sie sei nackt. Als sie begriff, dass sie voll angezogen war – bis hinunter zu den Schuhen –, stöhnte sie: »O neiiiiin!«

»Wie ich sehe, habe ich jetzt immerhin Ihre volle Aufmerksamkeit«, erwiderte Lynley trocken. »Bleiben Sie so lange da drin, bis Sie wieder nüchtern genug sind, um in zusammenhängenden Sätzen zu reden. Ich setze derweil Kaffee auf.«

Er ging in die Küche und machte sich auf die Suche. Er fand die Kaffeekanne und den elektrischen Wasserkocher und alles, was er brauchte. Er schaufelte eine großzügige Portion Kaffeepulver in die Kanne und setzte Wasser auf. Bis der Kaffee fertig war und er Tassen, Milch und Zucker auf den Tisch gestellt hatte – zusammen mit zwei Scheiben Toast, die er mit Butter bestrich und in perfekte Dreiecke schnitt –, kam Isabelle aus dem Bad. Die nassen Kleider hatte sie ausgezogen und sich in einen Frotteebademantel gehüllt. Sie war barfuß, das Haar klebte ihr nass am Kopf. Sie blieb in der Küchentür stehen und beobachtete ihn.

»Meine Schuhe sind ruiniert.«

»Hm«, erwiderte er, »kann schon sein.«

»Meine Uhr war auch nicht wasserdicht, Thomas.«

»Ein bedauerlicher Fehlkauf.«

»Wie sind Sie reingekommen?«

»Die Tür war nicht abgeschlossen. Das haben Sie leider ebenfalls übersehen. Sind Sie wieder nüchtern, Isabelle?«

»Mehr oder weniger.«

»Dann gibt's jetzt Kaffee. Und Toast.« Er fasste sie am Arm.

Sie schüttelte ihn ab. »Ich kann allein gehen«, fauchte sie.

»Dann machen wir ja Fortschritte.«

Etwas wackelig ging sie zum Tisch und setzte sich. Er goss Kaffee in beide Tassen und schob ihr eine hin, zusammen mit dem Toastbrot. Sie verzog angewidert den Mund und schüttelte den Kopf.

»Verweigerung kommt nicht infrage. Betrachten Sie es als Medizin«, sagte er.

»Ich werd nur kotzen.« Ihre Worte waren genauso wackelig wie zuvor ihre Schritte, als sie an den Tisch gekommen war. Sie war ziemlich gut darin, Nüchternheit vorzutäuschen, aber vermutlich hatte sie jahrelange Übung darin, dachte Lynley.

»Trinken Sie Ihren Kaffee«, sagte er.

Fügsam nahm sie ein paar Schlucke. »Es war nicht die ganze Flasche«, erklärte sie im Hinblick auf das, was er auf dem Boden neben dem Bett gesehen hatte. »Ich hab nur den Rest ausgetrunken. Das ist ja wohl kein Verbrechen. Ich hatte nicht vor, irgendwohin zu fahren. Ich hatte überhaupt nicht vor, die Wohnung zu verlassen. Es geht nur mich allein was an. Außerdem hab ich's mir verdient, Thomas. Es gibt keinen Grund, so ein Theater darum zu machen.«

»Ja«, sagte er. »Ich verstehe Ihren Standpunkt. Sie könnten recht haben.«

Sie musterte ihn. Sein Gesichtsausdruck war absolut nichtssagend. »Was tun Sie hier?«, fragte sie. »Wer hat sie hergeschickt?«

»Niemand.«

»Auch nicht Hillier, der wissen will, wie ich mit meiner Schlappe fertigwerde?«

»Ich fühle mich Sir David nicht auf diese Weise verbunden«, antwortete Lynley. »Was ist passiert?«

Sie berichtete ihm von ihrem Gespräch mit dem Assistant Commissioner und dem Chef des Pressebüros. Sie hielt es für sinnlos, irgendetwas zu beschönigen, und erzählte Lynley schonungslos die ganze Geschichte: von ihrem Handel mit Zaynab

Bourne, um sich Zugang zu Yukio Matsumoto zu verschaffen, von den Phantombildern, die mit Matsumotos Hilfe erstellt worden und, im Gegensatz zu dem, was sie gegenüber den Kollegen im Besprechungsraum behauptet hatte, völlig unbrauchbar waren, über Stephenson Deacons nur notdürftig kaschierte Verachtung – »Ob Sie's glauben oder nicht, er hat tatsächlich *meine Liebe* zu mir gesagt, und ich habe ihn noch nicht einmal dafür geohrfeigt« – bis hin zum bitteren Ende der Sitzung, als Hillier sie mit einer eindeutigen Drohung entlassen hatte.

»Zwei Tage«, sagte sie, »danach bin ich draußen.« Ihre Augen funkelten wütend, aber sie zuckte die Achseln, um das Gefühl abzuschütteln. »Tja, John Stewart wird sich freuen.« Sie lachte leise in sich hinein. »Ich hab ihn in meinem Büro vergessen, Thomas. Wahrscheinlich wartet er immer noch. Ob er dort übernachtet? Gott, ich brauch was zu trinken!« Sie sah sich in der Küche um, als wollte sie aufspringen und sich die nächste Flasche Wodka holen. Lynley fragte sich, wo sie ihre Vorräte aufbewahren mochte. Man sollte sie in den Ausguss schütten. Natürlich würde sie sich neuen Stoff besorgen, aber zumindest im Moment würde es dann nichts mit dem ersehnten Nirwana.

»Ich hab alles vermasselt«, sagte sie. »Ihnen wär das nicht passiert. Malcolm Webberly auch nicht. Selbst diesem verfluchten Stewart wär das nicht passiert.« Sie verschränkte die Arme auf dem Tisch und legte ihren Kopf darauf. »Ich bin zu nichts zu gebrauchen, ein hoffnungsloser Fall, total am Ende und …«

»Und selbstmitleidig obendrein«, warf Lynley ein. Als sie hochfuhr, fügte er freundlich hinzu: »Bei allem gebotenen Respekt, Chefin.«

»Spricht da Seine hermelingekleidete Lordschaft oder der überhebliche Arsch?«

Lynley tat so, als müsste er überlegen. »Da ich von Hermelin Hautausschlag bekomme, vermute ich eher das Letztere.«

»Hab ich's mir doch gedacht. Aber da sind Sie schief gewickelt. Wenn mir danach ist zu sagen, dass ich zu nichts zu gebrauchen bin, ein hoffnungsloser Fall und total am Ende, dann werde ich es sagen, kapiert?«

Er schenkte ihr Kaffee nach. »Isabelle«, sagte er, »es wird Zeit, dass Sie sich zusammenreißen. Ich bestreite nicht, dass Hillier als Vorgesetzter ein Albtraum ist und dass Deacon seine eigene Schwester an einen New Yorker Zuhälter verhökern würde, nur um die Met gut dastehen zu lassen. Aber darum geht es im Moment nicht. Wir müssen einen Mörder dingfest machen und der Staatsanwaltschaft handfeste Beweise liefern. Keines von beidem wird geschehen, wenn Sie sich nicht zusammenreißen.«

Sie nahm die Kaffeetasse, und Lynley fragte sich flüchtig, ob sie sie ihm an den Kopf werfen würde. Aber stattdessen trank sie nur einen weiteren Schluck und betrachtete ihn dabei über den Rand der Tasse hinweg. Ihr schien wieder einzufallen, dass er ihre Frage nach seiner Anwesenheit in ihrer Wohnung gar nicht beantwortet hatte, denn sie sagte: »Was zum Teufel tun Sie eigentlich hier, Thomas? Warum sind Sie hergekommen? Das ist ja nicht gerade Ihr Viertel hier, also erzählen Sie mir nicht, Sie wären zufällig vorbeispaziert. Und woher wissen Sie überhaupt, wo ich wohne? Hat es Ihnen jemand erzählt? Hat Judi MacIntosh mitgehört… Hat sie Sie geschickt? Würde mich nicht wundern, wenn die an Türen lauscht. Die hat so was…«

»Halten Sie mal fünf Minuten lang Ihre Paranoia im Zaum«, sagte Lynley. »Ich hatte Ihnen gesagt, dass ich mit Ihnen reden möchte. Ich habe mehr als eine Stunde im Besprechungsraum auf Sie gewartet. Dee Harriman hat mir schließlich gesagt, dass Sie schon nach Hause gegangen sind. Okay?«

»Worüber wollen Sie mit mir reden?«

»Über Frazer Chaplin.«

»Was ist mit ihm?«

»Ich hatte fast den ganzen Tag Zeit, um die Sache aus jedem erdenklichen Blickwinkel zu betrachten. Ich glaube, Frazer ist unser Mann.«

Sie wartete auf Lynleys Erklärung. Sie entschloss sich, es mit dem Toast zu versuchen. Da ihr Magen bei dem Gedanken an Essen nicht sofort rebellierte, führte sie eines der Dreiecke, die Lynley für sie zubereitet hatte, an den Mund und biss ein Stück ab. Sie fragte sich, ob sich seine kulinarischen Talente darin erschöpften. Vermutlich, er hatte die Butter viel zu dick aufgestrichen.

Wie zuvor im Besprechungsraum, berichtete Lynley von der Zeitschrift, die Deborah St. James ihm überlassen hatte. Frazer Chaplin war auf einem der Fotos zu sehen. Das könne ein Hinweis auf verschiedene Umstände sein, sagte er: Paolo di Fazio hatte von Anfang an behauptet, dass Jemima mit Frazer ein Verhältnis hatte, trotz der Hausordnung, die Mrs. McHaggis für alle sichtbar überall im Haus ausgehängt hatte. Vieles von dem, was Abbott Langer ausgesagt hatte, unterstützte diese Behauptung, und Yolanda – auch wenn es weit hergeholt war, wie Lynley einräumte – hatte ebenfalls davon gesprochen, dass Jemima eine Beziehung mit einem dunklen Typen hatte.

»Also verlassen wir uns jetzt schon auf die Aussagen einer *Hellseherin*«, jammerte Isabelle.

»Warten Sie ab«, sagte Lynley. Sie wussten, dass Jemimas Zuneigung nicht di Fazio galt, denn sie hatte wiederholt von Yolanda wissen wollen, ob ihr *neuer* Liebhaber ihre Gefühle erwidere, und damit konnte sie kaum di Fazio gemeint haben, denn von ihm hatte sie sich ja kurz zuvor getrennt. Wäre es daher nicht naheliegend anzunehmen, dass Frazer Chaplin – auch wenn er eine Beziehung mit Jemima leugnete – der Mann war, nach dem sie suchten?

Wie zum Teufel er zu dieser Schlussfolgerung gelange, wollte Isabelle wissen. Selbst wenn Chaplin tatsächlich ein Verhältnis mit Jemima gehabt habe, heiße das noch lange nicht, dass er sie auch ermordet habe.

Lynley bat sie abzuwarten. Wolle sie ihn bitte seinen Gedanken zu Ende führen lassen?

»Also gut, meinetwegen.« Isabelle war erschöpft. Mit einer Handbewegung forderte sie ihn auf fortzufahren.

»Gehen wir einfach mal von ein paar Annahmen aus«, sagte er. »Nehmen wir erstens an, dass Jemima vor ihrem Tod tatsächlich eine Liebschaft mit Frazer Chaplin hatte.«

»Schön. Nehmen wir das mal an«, sagte Isabelle.

»Gut. Als Nächstes nehmen wir mal an, dass es sich bei der Goldmünze und der Karneolgemme, die Jemima bei sich trug, weder um Glücksbringer noch um Erbstücke ihres Vaters oder etwas dergleichen handelte. Nehmen wir an, diese Gegenstände gehören zu einem römischen Schatz, den jemand gefunden hat. Dann nehmen wir weiterhin an, dass Jemima und Gordon Jossie diejenigen waren, die den Schatz gefunden haben, und zwar auf ihrem Grundstück in Hampshire. Schließlich nehmen wir an, dass, bevor sie diesen Schatz melden – was vom Gesetz vorgeschrieben ist –, etwas zwischen Jemima und Jossie vorfällt, was der Beziehung ein abruptes Ende setzt. Sie verschwindet nach London, aber sie weiß, dass es einen Schatz zu bergen gibt und dass dieser Schatz ein Vermögen wert ist.«

»Und was in drei Teufels Namen hat ihrer Beziehung ein so abruptes Ende gesetzt, dass sie sich sogar vor ihm *versteckt* hat?«, fragte Isabelle.

»Das wissen wir noch nicht«, räumte Lynley ein.

»Na wunderbar«, murmelte Isabelle. »Ich kann es kaum erwarten, Hillier davon zu berichten. Herrgott noch mal, Thomas, das sind einfach zu viele Vermutungen. Was glauben Sie wohl, wer uns aufgrund dieser Spekulationen einen Haftbefehl ausstellt?«

»Wir brauchen keinen Haftbefehl«, antwortete Lynley. »Zumindest vorerst noch nicht. Es fehlen noch ein paar Puzzleteile – und zwar nicht, was die Motive angeht, Isabelle.«

Isabelle überlegte: Jemima Hastings, Gordon Jossie und ein vergrabener Schatz. Sie sagte: »Jossie hat ein Motiv, Thomas. Ich wüsste nicht, wieso Frazer Chaplin eines haben sollte.«

»Natürlich hat er eines. Falls es einen vergrabenen Schatz gibt und falls Jemima ihm davon erzählt hat.«

»Warum sollte sie das getan haben?«

»Warum nicht? Wenn sie in ihn verliebt war, wenn sie gehofft hat, er wäre der Richtige, dann besteht durchaus die Möglichkeit, dass sie ihm von dem Schatz erzählt hat, um dafür zu sorgen, dass er der Richtige blieb.«

»Also gut. Einverstanden. Sie erzählt ihm also von dem Schatz. Wäre es da nicht naheliegender, Gordon Jossie zu beseitigen anstatt Jemima Hastings?«

»Das hätte ihm den Schatz nur gesichert, wenn er sich auch Jemimas Zuneigung langfristig hätte versichern können. Ihre Besuche bei der Hellseherin deuten darauf hin, dass sie durchaus Zweifel in Bezug auf Frazer hatte. Warum sonst musste sie immer wieder fragen, ob er auch wirklich der Richtige war? Nehmen wir an, er wusste von ihren Zweifeln. Nehmen wir an, er hat die Zeichen richtig gedeutet. Verliert er Jemima, verliert er das Vermögen. Die einzige Möglichkeit, das zu verhindern, besteht darin, beide aus dem Weg zu räumen – Jemima *und* Jossie. Dann ist er alle Sorgen los.«

Isabelle ließ sich seine Worte durch den Kopf gehen. Lynley stand auf, lehnte sich an die Spüle und wartete schweigend ab.

Schließlich sagte sie: »Das erscheint mir alles ziemlich weit hergeholt, Thomas. Es gibt einfach zu vieles, was wir nicht beweisen können. Er hat ein Alibi …«

»McHaggis lügt vielleicht. Oder sie irrt sich. Sie sagt zwar, dass er nach Hause gekommen ist, um zu duschen, aber das tut er *immer*, nicht wahr? Sie wurde Tage später danach gefragt, Isabelle, und es ist gut möglich, dass sie ihn schützen will.«

»Warum?«

»Weil sie eine Frau ist.«

»Herrgott noch mal, was soll das denn jetzt …«

»Die Aussagen stimmen allesamt darin überein, dass er einen Schlag bei den Frauen hat. Warum nicht auch bei Bella McHaggis?«

»Und was soll das heißen? Er *schläft* mit ihr? Mit ihr, mit Jemima, mit … wem noch, Thomas?«

»Mit Gina Dickens, würde ich mal vermuten.«

Sie sah ihn verblüfft an. »Gina Dickens?«

»Denken Sie mal nach. Sie ist ebenfalls auf einem der Fotos von der Vernissage zu sehen. Wenn Frazer dort war – und wir wissen, dass er dort war –, ist es dann undenkbar, dass er Gina Dickens an dem Abend kennengelernt hat? Ist es ausgeschlossen, dass er sich dort in sie verliebt hat? Sie zur Liste seiner Eroberungen hinzugefügt hat? Und schließlich beschlossen hat, Jemima durch sie zu ersetzen? Sie nach Hampshire zu schicken, damit sie mit Jossie anbändelt, und …«

»Ist Ihnen eigentlich klar, wie vieles an dem Szenario nicht belegt ist?« Sie stützte den Kopf in die Hände. Ihr Hirn fühlte sich völlig aufgeweicht an. »Wir können dies vermuten und jenes vermuten, Thomas, aber wir haben keine Beweise dafür, dass sich irgendetwas davon tatsächlich so zugetragen hat. Also, was bringt das alles?«

Lynley wirkte völlig unbeeindruckt. Es gebe Beweise, sagte er, sie hätten sie wahrscheinlich nur noch nicht richtig zusammengesetzt.

»Zum Beispiel?«

»Erstens die Handtasche und das blutverschmierte Hemd aus der Oxfamtonne«, sagte er. »Wir sind bisher davon ausgegangen, dass irgendjemand beides dort deponiert hat, um den Verdacht auf einen der Bewohner von Bella McHaggis' Pension zu lenken. Wir haben aber noch nicht in Betracht gezogen, dass einer der Hausbewohner in dem Wissen, dass diese Tonne nicht regelmäßig geleert wird, die Beweismittel hineingetan hat, um sie dort zu lagern.«

»Zu lagern?«

»Bis sie nach Hampshire gebracht werden konnten. Sie mussten Gina Dickens übergeben und irgendwo auf Gordon Jossies Grundstück versteckt werden.«

»Gott. Das ist doch Wahnsinn. Warum sollte er nicht einfach …«

»Hören Sie zu.« Lynley setzte sich wieder an den Tisch. Er beugte sich vor und legte ihr eine Hand auf den Arm. »Isabelle, es ist gar nicht so abwegig, wie es scheint. Dieses Verbrechen hing von zwei Dingen ab. Erstens, der Mörder musste Kenntnis von Jemimas Vergangenheit haben sowie von ihrer gegenwärtigen Situation und ihren Absichten in Bezug auf Gordon Jossie. Zweitens, der Mörder kann nicht allein gehandelt haben.«

»Und warum nicht?«

»Weil er sich die notwendigen Beweisstücke besorgen musste, mit denen Gordon Jossie der Mord angehängt werden sollte. Und diese Beweisstücke mussten in Hampshire gefunden werden: die Mordwaffe und ein gelbes Hemd aus Jossies Kleiderschrank. Gleichzeitig musste der Mörder wissen, was Jemima in Bezug auf Jossie unternehmen würde. Wenn Frazer tatsächlich ihr Liebhaber war, liegt es da nicht nahe, dass sie ihm diese Postkarten gezeigt hat, die Jossie bei seinem Versuch, Jemima ausfindig zu machen, in der Gegend um die Galerie verteilt hatte? Liegt dann nicht die Schlussfolgerung auf der Hand, dass Frazer Chaplin, der von diesen Karten erfuhr und dazu bereits eine Affäre mit Gina Dickens angefangen hatte, die Chance gewittert hat, alles zu bekommen: den Schatz, von dem er erfahren hatte, die Mittel, sich diesen Schatz anzueignen, und zu guter Letzt auch noch Gina Dickens?«

Isabelle dachte darüber nach. Sie versuchte, sich den Ablauf vorzustellen: ein Anruf bei der Telefonnummer auf der Postkarte, mit dem Gordon Jossie erklärt wurde, wo er Jemima finden könne; Jemimas Entscheidung, Jossie an einem verschwiegenen Ort zu treffen; jemand in Hampshire, der ein Auge auf Jossie hatte und seine Schritte verfolgte, und jemand in London, der dasselbe mit Jemima tat; beide gingen jeweils ein Liebesverhältnis mit Jossie und Jemima ein, über deren gescheiterte Beziehung zueinander sie alles wussten. Beide im Kontakt miteinander und ständig damit beschäftigt, ein kompliziertes Timing einzuhalten …

»Mir schwirrt der Kopf«, sagte sie schließlich. »Das ist unmöglich.«

»Ist es nicht«, entgegnete Lynley, »vor allem, wenn Gina

Dickens und Frazer sich am Abend der Vernissage kennengelernt haben. Und es hätte sogar geklappt, Isabelle. So sorgfältig, wie es geplant war, hätte es perfekt funktioniert. Das Einzige, womit sie nicht gerechnet haben, war Yukio Matsumotos Anwesenheit auf dem Friedhof an jenem Tag. Frazer wusste nichts davon, dass Matsumoto Jemimas Schutzengel spielte. Jemima wusste es wahrscheinlich nicht einmal selbst. Von daher hat weder Frazer noch Gina Dickens damit gerechnet, dass jemand sehen würde, wie Jemima sich mit Gordon Jossie traf und wie Gordon Jossie wieder wegging, als sie noch lebte.«

»Wenn es denn Gordon Jossie war.«

»Ich wüsste nicht, wer es sonst gewesen sein könnte. Sie etwa?«

Isabelle betrachtete die Geschichte aus jedem möglichen Blickwinkel. Also gut, es konnte so gewesen sein. Aber es gab ein Problem bei allem, was Lynley gesagt hatte, und sie konnte es genauso wenig ignorieren wie er. »Jemima ist schon lange weg von Hampshire, Thomas«, sagte sie. »Falls es auf dem Grundstück, wo sie mit Gordon Jossie gelebt hat, einen römischen Schatz gibt, warum zum Teufel hat dann keiner von beiden – weder Jossie noch Jemima – irgendetwas in dieser Hinsicht unternommen?«

»Genau das würde ich gern herausfinden«, sagte er. »Aber zuerst will ich Frazers Alibi knacken.«

Immer noch im Bademantel, begleitete sie Lynley zur Tür. Sie sah nicht viel besser aus als zu dem Zeitpunkt, als er sie unter die Dusche gezerrt hatte, aber Lynley hatte den Eindruck, dass ihre Lebensgeister so weit geweckt waren, dass sie sich am Abend wahrscheinlich nicht wieder betrinken würde. Dieser Gedanke beruhigte ihn. Warum, darüber wollte er lieber nicht nachdenken.

Sie begleitete ihn bis zu der schmalen Treppe, die von ihrer Wohnung zur Straße hinaufführte. Er hatte die ersten beiden Stufen bereits erklommen, als sie seinen Namen sagte. Er drehte sich um. Sie stand unter ihm, eine Hand auf dem Geländer, als wollte sie ihm folgen, die andere Hand am Hals, um ihren Bademantel zuzuhalten. »All das hätte doch auch bis morgen warten können, oder?«

Er dachte einen Augenblick nach. »Wahrscheinlich«, sagte er.

»Warum also?«

»Warum jetzt anstatt morgen früh, meinen Sie?«

»Ja.« Sie deutete mit dem Kopf zur Wohnung, deren Tür offen stand. Drinnen brannte kein Licht. »Hatten Sie damit gerechnet?«

»Womit?«

»Sie wissen schon.«

»Ich hielt es für möglich.«

»Und warum sind Sie trotzdem gekommen?«

»Um Sie wieder nüchtern zu machen? Ich wollte mich mit Ihnen über meine Ideen austauschen, und das geht schlecht, wenn Sie nicht bei Bewusstsein sind.«

»Und warum wollten Sie das?«

»Mir gefällt das Geben und Nehmen unter Partnern. So kann ich am besten arbeiten, Isabelle.«

»Sie wären der Richtige.« Sie legte sich einen Zeigefinger an die Brust, wie um anzudeuten, dass sie sich auf die Position des Superintendent bezog. »Nicht ich«, fügte sie hinzu. »Das ist mir inzwischen klar.«

»Da bin ich anderer Meinung. Sie haben ja selbst gesagt: Der Fall ist kompliziert. Man hat Ihnen eine Aufgabe übertragen, bei der die Lernkurve steiler ist als alle Kurven, die ich jemals nehmen musste.«

»Das glaube ich ganz und gar nicht, Thomas. Trotzdem danke, dass Sie es gesagt haben. Sie sind sehr anständig.«

»Ich denke oft das Gegenteil.«

»Dann denken Sie Unsinn.« Sie sah ihm tief in die Augen. »Thomas«, sagte sie. »Ich ...« Aber in dem Moment schien sie der Mut zu verlassen, noch mehr zu sagen. Das war eigentlich nicht typisch für sie, daher wartete er ab. Er ging wieder eine

Stufe nach unten. Sie stand direkt unter ihm, nicht mehr auf Augenhöhe, sondern jetzt befand sich ihr Kopf unterhalb seiner Lippen.

Das Schweigen zwischen ihnen zog sich zu lange hin. Aus Stille wurde Anspannung. Aus Anspannung Begehren. Die natürlichste Sache der Welt war, sie zu küssen, und als sie die Lippen öffnete, war das so natürlich wie der Kuss selbst. Sie schlang die Arme um ihn, und er umarmte sie. Seine Hände glitten unter die Falten des Bademantels, um ihre kühle, weiche Haut zu berühren.

»Ich will«, flüsterte sie schließlich, »dass du mit mir ins Bett gehst.«

»Ich halte das für keine kluge Idee, Isabelle.«

»Das interessiert mich nicht die Bohne.«

30

Gordon hatte Detective Havers von Scotland Yard nicht angerufen, als Gina am Abend zuvor nach Hause gekommen war. Er wollte Gina erst einmal beobachten. Er musste herausfinden, was genau sie hier in Hampshire tat. Er musste herausfinden, was sie wusste.

Er war ein miserabler Schauspieler, aber das ließ sich nun mal nicht ändern. Sie hatte sofort gemerkt, dass etwas nicht stimmte, als sie ihn im Vorgarten im Dunkeln am Tisch sitzen sah. Sie kam sehr spät, und er war dankbar dafür. Sollte sie ruhig denken, dass die späte Stunde ihrer Rückkehr der Grund für sein Schweigen war und dass er sie darum musterte.

Sie sei aufgehalten worden, sagte sie, reagierte jedoch ausweichend auf die Frage, was sie denn aufgehalten habe. Sie habe gar nicht gemerkt, wie die Zeit vergangen sei, sagte sie, sie habe sich mit einem Sozialarbeiter aus Winchester und einem aus Southampton unterhalten, und es bestünden sehr, sehr gute Chancen, dass ein Spezialprogramm für Mädchen aus Immigrantenfamilien aufgelegt werde, und die Mittel sollten verwendet werden für…

Sie hatte weiter munter drauflosgeplappert. Gordon fragte sich, wieso ihm nicht schon viel eher aufgefallen war, dass Gina die Worte allzu leicht über die Lippen kamen.

Sie hatten den Rest des Abends gemeinsam verbracht und waren dann ins Bett gegangen. Sie hatte sich in der Dunkelheit bei ihm eingekuschelt und ihre Hüften rhythmisch an seinem Hintern gerieben. Sie wollte, dass er sich umdrehte und sie nahm, und er spielte seine Rolle. Sie vögelten in wütendem Schweigen, das als wildes Begehren durchgehen sollte. Nach dem Akt waren sie schweißgebadet.

Sie murmelte: »Wunderbar, Liebling«, und hielt ihn in den Armen, als sie einschlief. Er blieb wach, und die Verzweiflung wuchs in ihm. Er wusste einfach nicht, wie es weitergehen sollte.

Am Morgen war sie geil, wie so oft. Sie blinzelte ins Licht, lächelte träge, reckte und streckte sich, während sie unter dem Bettlaken verschwand, um es ihm mit dem Mund zu besorgen.

Abrupt drehte er sich weg und stieg aus dem Bett. Er duschte sich nicht, zog die Sachen an, die er am Vortag getragen hatte, und ging in die Küche, um sich einen Kaffee zu kochen. Sie folgte ihm nach unten.

Zögernd blieb sie in der Tür stehen. Er saß am Tisch unter dem Regal, auf dem Jemimas Plastikponys aus ihrer Kindheit gestanden hatten, ein kleiner Teil der zahlreichen Sammlungen von Gegenständen, von denen sie sich nicht hatte trennen können. Er konnte sich nicht erinnern, wo er die Plastikponys verstaut hatte, und das beunruhigte ihn. Normalerweise hatte er kein Problem mit seinem Gedächtnis.

Gina legte den Kopf schief, und ihr Gesichtsausdruck war sanft. »Du machst dir über irgendetwas Sorgen. Was ist passiert?«

Er schüttelte den Kopf. Er war noch nicht soweit. Reden wäre kein Problem gewesen. Es war das Zuhören, wovor er sich fürchtete.

»Du hast nicht geschlafen, stimmt's?«, fragte sie. »Was ist los? Willst du es mir erzählen? War dieser Mann wieder da?« Sie zeigte nach draußen.

Die Auffahrt zum Grundstück befand sich direkt vor dem Küchenfenster, daher nahm er an, dass sie von Whiting sprach und sich fragte, ob er ihm wieder einen Besuch abgestattet hatte, während sie nicht zu Hause gewesen war. Er war nicht da gewesen, aber Gordon wusste, er würde wiederkommen. Whiting hatte noch immer nicht gekriegt, was er wollte.

Gina nahm eine Flasche Orangensaft aus dem Kühlschrank und schenkte sich ein. Sie trug einen leinenen Morgenmantel, darunter war sie nackt. Die Morgensonne umspielte ihre üppigen Formen. Sie war genau so, dachte er, wie ein Mann sich eine Frau wünschte. Sie kannte die Macht der Sinnlichkeit. Sie wusste, dass bei Männern die Sinnlichkeit immer den Verstand besiegte.

Sie trat an die Spüle und schaute aus dem Fenster. Sie sagte irgendetwas über den Morgen. Es sei noch nicht heiß, aber es würde noch heiß werden. Sie wollte wissen, ob das Arbeiten mit Reet bei großer Hitze schwieriger sei.

Es schien sie nicht zu stören, dass er nicht antwortete. Sie beugte sich vor, als habe etwas ihre Aufmerksamkeit erregt. Dann sagte sie: »Ich könnte dir helfen, den Rest der Koppel in Ordnung zu bringen, jetzt da die Pferde weg sind.«

Pferde. Er wunderte sich zum ersten Mal über das Wort, über die Tatsache, dass sie sie als Pferde bezeichnete anstatt als das, was sie waren, nämlich Ponys. Sie hatte sie von Anfang an als Pferde bezeichnet, und er hatte sie kaum je korrigiert, weil … Ja, warum eigentlich nicht?, fragte er sich. Was hatte sie ihm bedeutet, dass ihm nicht all die Dinge aufgefallen waren, die ihm von Anfang an hätten zeigen müssen, dass irgendetwas nicht stimmte?

»Ich würde es gern tun«, fuhr sie fort. »Ich könnte die Bewegung brauchen, und heute habe ich sowieso nichts vor. Die meinten, es würde noch eine Woche oder so dauern, bis das Geld käme, vielleicht auch weniger, wenn ich Glück habe.«

»Welches Geld?«

»Für das Programm.« Sie drehte sich um und sah ihn an. »Hast du es schon wieder vergessen? Ich habe es dir gestern Abend erzählt. Gordon, was ist los mit dir?«

»Meinst du die westliche Koppel?«, fragte er.

Sie wirkte verwirrt, bis sie begriff, welchen Windungen seine Gedanken folgten. »Du meinst, ob ich dir dabei helfen will, den Rest der westlichen Koppel in Ordnung zu bringen?«, hakte sie nach. »Ja. Ich könnte bei dem überwucherten Teil mithelfen, wo der alte Zaun noch steht. Wie gesagt, die Bewegung würde mir …«

»Kümmer dich nicht um die Koppel«, sagte er schroff. »Die kann so bleiben, wie sie ist.«

Sie wirkte konsterniert. Aber sie fing sich wieder so weit, dass sie ein Lächeln zustande brachte. »Natürlich, Liebling. Ich wollte doch bloß …«

»Die Polizistin war hier«, sagte er. »Die schon mal mit dem Schwarzen hier war.«

»Die Frau von Scotland Yard?«, fragte sie. »Ich kann mich nicht mehr an ihren Namen erinnern.«

»Havers«, sagte er. Er langte unter den Halter für Papierservietten, der auf dem Tisch stand, und zog die Visitenkarte hervor, die DS Havers ihm dagelassen hatte.

»Was wollte sie denn?«, fragte Gina.

»Sie wollte über Dachdeckerwerkzeug sprechen. Vor allem über Reetnägel. Sie hat sich für Reetnägel interessiert.«

»Und warum?«

»Vielleicht will sie ja beruflich umsatteln.«

Sie fasste sich an den Hals. »Du machst Witze. Gordon, Liebling, wovon redest du? Du siehst überhaupt nicht gut aus. Kann ich irgendetwas …«

Er wartete, ob sie den Satz beendete, aber sie tat es nicht. Ihre Worte erstarben, und sie starrte ihn nur an, als wartete sie auf eine Eingebung. »Du kanntest sie, stimmt's?«, sagte er.

»Ich habe sie noch nie gesehen. Woher sollte ich sie kennen?«

»Ich rede nicht von der Polizistin«, sagte er. »Ich rede von Jemima.«

Ihre Augen weiteten sich. »Jemima? Woher in aller Welt sollte ich denn Jemima kennen?«

»Aus London«, sagte er. »Deshalb nennst du sie auch Pferde, nicht wahr? Du stammst gar nicht hier aus der Gegend. Du bist nicht aus Winchester, und du kommst schon gar nicht vom Land. Es hat mit ihrer Größe zu tun, aber woher solltest du das wissen? Du kanntest sie aus London.«

»Gordon! Das ist Blödsinn. Hat diese Polizistin etwa gesagt …«

»Gezeigt.«

»Wie bitte? Was denn?«

Er erzählte ihr von den Fotos in der Zeitschrift, den Fotos von den Leuten aus der High Society, auf denen auch sie abgebildet war. In der National Portrait Gallery, sagte er. Da war sie im Hintergrund zu sehen bei einer Ausstellung, auf der auch Jemimas Foto gezeigt worden war.

Ihr ganzer Körper wurde steif. »Das ist ausgemachter Blödsinn! Die National Portrait Gallery? Ich war da genauso wenig, wie ich in Oz war. Wann soll ich denn da gewesen sein?«

»Am Abend der Ausstellungseröffnung.«

»Mein Gott.« Sie schüttelte den Kopf, ohne den Blick von ihm abzuwenden. Sie stellte ihren Orangensaft auf die Arbeitsfläche. Das Glas knallte so heftig auf die Fliesen, dass er glaubte, es würde zersplittern, aber es blieb heil. »Und was soll ich sonst noch getan haben? Soll ich auch noch Jemima umgebracht haben? Glaubst du das etwa?« Sie wartete nicht auf eine Antwort. Mit zwei Schritten war sie am Tisch. »Gib mir diese Karte! Wie war noch ihr Name? Wo ist sie jetzt, Gordon?«

»Havers«, erwiderte er. »Sergeant Havers. Ich weiß nicht, wohin sie gefahren ist.«

Sie riss ihm die Karte aus der Hand und griff nach dem Telefon. Sie wählte die Nummer und wartete auf das Freizeichen. Schließlich sagte sie: »Spricht da Sergeant Havers? … Danke… Bitte bestätigen Sie das gegenüber Gordon Jossie, Sergeant.« Sie hielt ihm das Telefon hin. »Ich möchte, dass du siehst, dass ich sie anrufe, Gordon, und nicht jemand anderen.«

Er nahm den Hörer und sagte: »Sergeant…«

Mit ihrer unverwechselbaren Londoner Arbeiterklassenstimme sagte sie: »Zum Teufel, wissen Sie eigentlich, wie spät… Was ist los? Ist da Gina Dickens? Sie sollten mich anrufen, sobald sie nach Hause kommt, Mr. Jossie.«

Gordon gab den Hörer zurück, woraufhin Gina neckisch fragte: »Zufrieden, Liebling?«, und dann ins Telefon: »Sergeant Havers, wo sind Sie? In Sway? Danke. Bitte warten Sie dort auf mich. Ich werde in einer halben Stunde dort sein, in Ordnung? … Nein, nein. Bitte nicht. Ich komme zu Ihnen. Ich möchte dieses Zeitschriftenfoto sehen, das Sie Gordon gezeigt haben … In dem Hotel gibt es einen Speisesaal, nicht wahr? Wir treffen uns dort.«

Sie legte auf, dann drehte sie sich zu ihm um. Sie sah ihn an, wie man ein angefahrenes Tier betrachtet. »Wirklich unglaublich.«

Sein Mund war trocken. »Was?«

»Dass du nicht mal auf die Idee gekommen bist, dass es jemand sein könnte, der mir nur ähnlich sieht, Gordon. Was für ein erbärmliches Paar sind wir beide doch geworden.«

Nach einer Nacht, in der ihr Michele Daughertys Mitteilung den Schlaf geraubt hatte, hatte Meredith Powell das Haus ihrer Eltern in Cadnam verlassen, nachdem sie ihrer Mutter auf einen Zettel geschrieben hatte, sie sei schon früher als sonst nach Ringwood gefahren, weil ein Haufen Arbeit auf sie warte. Nach Mr. Hudsons Standpauke war sich Meredith bewusst, dass sie sich keinen weiteren Ausrutscher erlauben konnte, ohne ihren Job zu gefährden, aber sie wusste ebenfalls, dass sie keinerlei kreative Energie dafür aufbringen würde, wenn es ihr nicht gelänge, das Rätsel Gina Dickens zu lösen. Also hatte sie es um fünf Uhr am Morgen aufgegeben, noch Schlaf zu finden, und beschlossen, zu Gordon Jossie zu fahren.

Sie suchte sich eine Stelle in der Nähe der Straße, wo sie parken konnte, eine zerfurchte Einfahrt zum Acker eines Bauern, und setzte den Wagen rückwärts hinein. Von hier aus konnte sie Gordons Haus im Auge behalten, während sie selbst hinter einer Hecke am Rand von Jossies Grundstück vor Blicken geschützt war.

Sie ließ sich alles durch den Kopf gehen, was Gina Dickens ihr erzählt hatte, seit sie sich kannten. Allerdings waren das so viele Informationen, dass es fast unmöglich war, den Überblick zu behalten. Genau das war vermutlich von Anfang an Ginas

Absicht gewesen. Je mehr Einzelheiten sie ihr um die Ohren haute, umso schwerer würde es Meredith fallen, die Wahrheit herauszufiltern. Allerdings hatte Gina nicht damit gerechnet, dass Meredith Michele Daugherty anheuern würde, damit die das Filtern für sie erledigte.

Die Entwicklung der Dinge, da war Meredith sich inzwischen ganz sicher, ließ nur noch einen Schluss zu, nämlich dass sie alle drei unter einer Decke steckten: Chief Superintendent Whiting, Gina Dickens und Gordon Jossie. Sie wusste zwar nicht, wie das Zusammenspiel zwischen den dreien vonstattenging, aber sie war davon überzeugt, dass sie alle eine Rolle gespielt hatten bei dem, was Jemima zugestoßen war.

Um kurz nach sieben bog Ginas leuchtend roter Mini Cooper auf die Straße ein. Sie fuhr in Richtung Mount Pleasant und danach in Richtung Southampton Road. Meredith ließ einen Augenblick verstreichen, dann folgte sie ihr. Zwar gab es hier so wenige Straßen, dass sie sie wahrscheinlich nicht verlieren würde, aber sie wollte nicht riskieren, gesehen zu werden.

Gina fuhr gemächlich, ihr Haar leuchtete in der Sonne, weil sie wie immer das Verdeck geöffnet hatte. Sie fuhr wie jemand, der einen Ausflug aufs Land macht, den rechten Arm im offenen Fenster, wenn sie sich nicht gerade mit der Hand durch die windzerzausten Haare fuhr. Sie folgte den engen Nebenstraßen von Mount Pleasant, hupte vor Kurven als Warnung für entgegenkommende Autos, und als sie schließlich die Southampton Road erreichte, bog sie in Richtung Lymington ab.

Wäre es später am Tag gewesen, hätte Meredith angenommen, Gina sei zu einem Einkaufsbummel aufgebrochen. Als sie am Kreisverkehr in die Marsh Lane einbog, dachte Meredith einen Moment lang, sie wollte sich tatsächlich die frühe Stunde zunutze machen, ihr Auto in der Nähe der High Street parken und vielleicht in ein Café gehen, das so früh schon geöffnet war. Aber noch bevor sie die High Street erreichte, bog Gina erneut ab und überquerte den Fluss, und eine Schrecksekunde lang war sich Meredith sicher, dass Gina Dickens vorhatte, die

Fähre zur Isle of Wight zu nehmen, um zu fliehen und unterzutauchen.

Aber auch diesmal war Meredith im Irrtum, obgleich erleichtert. Gina fuhr in die entgegengesetzte Richtung. Als sie das andere Flussufer erreicht hatte, hielt sie sich nach Norden. Schon kurz darauf war sie auf dem Weg zum Hatchet Pond.

Meredith ließ sich zurückfallen, um ungesehen zu bleiben. Sie fürchtete jedoch, Gina an der Kreuzung direkt hinter dem Hatchet Pond zu verlieren, und schaute angestrengt durch die Windschutzscheibe, froh darüber, dass das grelle Sonnenlicht von den Chromverzierungen an Ginas Wagen reflektiert wurde, die sie lotsten.

Als der Weiher vor ihr auftauchte, überlegte Meredith, ob Gina Dickens sich dort vielleicht mit jemandem treffen wollte, so wie sie sich vor ein paar Tagen mit ihr getroffen hatte. Doch Gina fuhr immer weiter, wandte sich nach Osten Richtung Beaulieu mit seinen georgianisch roten Ziegelgebäuden, aber anstatt in das Dorf hineinzufahren, schlug sie an der Dreieckskreuzung oberhalb des Hatchet Pond den Weg nach Nordwesten ein, und nach weniger als drei Kilometern bog sie in die North Lane ab.

Bingo, dachte Meredith. In der North Lane gab es jede Menge Orte, wo man sich treffen konnte. Zwar war Gina einen unglaublichen Umweg gefahren, um hierher zu gelangen, aber es ließ sich nicht leugnen, dass die Wälder und Koppeln hier genau die Abgeschiedenheit boten, die jemand wie Gina – die auf jeden Fall irgendetwas im Schilde führte, dachte Meredith – verständlicherweise suchte.

Die North Lane folgte dem Beaulieu River, der zur Linken zwischen den Bäumen aus dem Sichtfeld verschwand, und wieder ließ Meredith sich zurückfallen. In dieser Gegend kannte sie sich gut aus, denn von hier gelangte man zum Marchwood Bypass, der sie nach Cadnam brachte, wo sie wohnte. Und als Gina sie direkt zu dieser Umgehungsstraße führte, anstatt irgendwo an der North Lane anzuhalten, fürchtete Meredith schon, dass Gina sie entdeckt hatte und jetzt nach Cadnam fahren, vor dem Haus ihrer Eltern parken, aussteigen und seelenruhig abwarten würde, bis Meredith mit hochrotem Kopf ebenfalls dort eintraf.

Aber wieder lag sie falsch. Gina fuhr tatsächlich nach Cadnam, aber auch hier parkte sie nirgendwo, sondern hielt sich Richtung Lyndhurst. Meredith dachte flüchtig an das *Mad Hatter Tea Rooms* und Gina Dickens' Pensionszimmer, aber es ergab überhaupt keinen Sinn, dass Gina auf solchen Umwegen nach Lyndhurst gefahren war. Sie waren jetzt seit einer Stunde unterwegs. Das konnte eigentlich nur bedeuten, dass Gina sie an der Nase herumführte.

Und so wunderte es Meredith auch nicht, als Gina noch weiter nach Süden fuhr, durch Brockenhurst und weiter Richtung Sway. Sway war natürlich nicht ihr Ziel, das hatte Meredith bereits begriffen, bevor sie dieses Dorf ansteuerten. Ginas Fahrt endete schließlich auf Gordon Jossies Grundstück, dem Ausgangspunkt ihrer Spritztour, die keinem anderen Zweck gedient hatte, als Zeit und Sprit zu vergeuden.

Meredith fluchte: weil sie eine Idiotin war, weil sie ihren Job aufs Spiel setzte und weil sie bestimmt gesehen worden war. Denn Gina musste sie einfach gesehen haben, sonst wäre sie nicht so völlig sinnlos durch die Landschaft gekurvt. Sie verfluchte Gina dafür, dass sie so ungemein gerissen war, dass Meredith ihr einfach nicht beikam – was wahrscheinlich für fast jeden galt.

Trotzdem blieb sie noch, anstatt ihre Niederlage einzugestehen, auf schnellstem Weg nach Ringwood zu düsen und Mr. Hudson eine plausible Erklärung für ihr erneutes Zuspätkommen zu unterbreiten.

Sie parkte wieder rückwärts an der Stelle ein, von wo aus sie vorher schon Gordon Jossies Haus beobachtet hatte, und versuchte, sich zu erinnern, was ihr während Ginas Kurverei durch den New Forest durch den Kopf gegangen war. Eben erst war sie zu dem Schluss gekommen, dass Gina Zeit und Sprit vergeudet hatte. Jetzt fiel ihr auf, dass an dieser simplen Schlussfolgerung etwas dran war, und dieses Etwas war das Vergeuden von Zeit. *Zeit totschlagen* war der Ausdruck, den sie suchte. Falls Gina Dickens sie nicht bemerkt hatte, war es dann nicht denkbar, dass genau das der Zweck ihrer Übung gewesen war?

Als Meredith diese Möglichkeit erwog und die Gründe dafür, war der wahrscheinlichste Grund auch der einleuchtendste: Gina schlug Zeit tot, damit sie, wenn Gordon Jossie zu seiner Arbeitsstelle aufbrach, wieder in Ruhe zurückkehren konnte.

Das musste tatsächlich der Grund sein, erkannte Meredith, denn von ihrem Versteck aus hörte sie, wie zuerst die Tür des Mini und kurz darauf die Eingangstür zugeschlagen wurde, als Gina ins Haus ging. Meredith stieg aus ihrem Polo und suchte sich einen guten Aussichtspunkt, wo umherstreifende Ponys ein Guckloch in die Hecke um Gordons Grundstück gefressen hatten. Von hier aus konnte Meredith sowohl das Haus als auch die westliche Koppel einsehen, als Gina wieder auf der Bildfläche erschien.

Sie hatte sich umgezogen, und anstatt eines sommerlichen Kleids trug sie jetzt Jeans, ein T-Shirt und eine Baseballmütze. Zielstrebig ging sie zur Scheune, verschwand darin und kam wieder heraus mit einer Schubkarre, aus der die Griffe verschiedener Gerätschaften herausragten. Sie schob die Karre zur westlichen Koppel, öffnete das Gatter und ging hinein. Aus der Schubkarre und den Geräten schloss Meredith, dass Gina, nachdem die Ponys weg waren, jetzt vorhatte, den Dung aufzuladen und zum Komposthaufen zu bringen. Es schien eine ziemlich verrückte Betätigung für jemanden wie Gina, aber mittlerweile hatte Meredith das Gefühl, dass so ziemlich alles möglich war.

Zu ihrer Verblüffung jedoch widmete sich Gina der Gartenarbeit. Anstatt Dung einzusammeln, hackte und schnitt sie wie eine Besessene in dem wuchernden Gestrüpp am anderen Ende der Koppel herum, wo Gordon Jossies Bemühungen, den Zaun in Ordnung zu bringen, noch nicht sehr weit gediehen waren. Farn, Unkraut und Brombeersträucher wucherten dort.

Und diesem Gestrüpp rückte Gina mit beachtlichem Eifer zu Leibe.

Meredith konnte nicht umhin, die Energie zu bewundern, mit der die Frau sich ihrer Aufgabe widmete. Den Kraftaufwand und die Verbissenheit, die Gina an den Tag legte, würde sie selbst höchstens fünf Minuten durchhalten, dachte Meredith. Gina schnitt Gestrüpp weg, warf es auf einen Haufen, dann legte sie mit dem Spaten los. Sie schnitt ein paar Ranken ab, dann grub sie wieder. Die Gemütlichkeit ihrer Landpartie war wie weggeblasen. Sie konzentrierte sich vollkommen auf ihre Arbeit. Meredith begann sich zu fragen, was Gina eigentlich vorhatte.

Ihr blieb jedoch kaum Zeit, sich darüber den Kopf zu zerbrechen, denn plötzlich bog ein Wagen in die Einfahrt von Jossies Grundstück. Er war aus der Richtung gekommen, wo sich Merediths Versteck befand, musste also an ihr vorbeigefahren sein. Sie wartete ab, was als Nächstes passieren würde, und irgendwie überraschte es sie ganz und gar nicht, als Chief Superintendent Whiting sich kurz umschaute, wie um zu sehen, ob Leute wie Meredith auf der Lauer lagen, und dann zur Koppel stapfte, um mit Gina Dickens zu sprechen.

Als Gina Dickens nach vierzig Minuten immer noch nicht im *Forest Heath Hotel* in Sway aufgetaucht war, ging Barbara Havers davon aus, dass sie nicht mehr kommen würde. Sway lag nicht einmal zehn Minuten mit dem Auto entfernt von Jossies Hof, und es war undenkbar, dass Gina sich zwischen den beiden Orten irgendwo verirrt hatte. Barbara rief Gordon Jossie auf dem Handy an, um zu hören, wo Gina blieb, erfuhr aber von ihm, dass Gina nicht einmal eine Viertelstunde nach dem Telefonat mit Barbara losgefahren war.

»Sie sagt, dass sie das nicht ist auf dem Foto in der Zeitschrift«, fügte er hinzu.

Ja klar, war Barbaras unausgesprochene Antwort. Sie beendete das Gespräch und verstaute das Handy in ihrer Tasche. Es gab immer noch die unwahrscheinliche Möglichkeit, dass

Gina Dickens irgendwo auf dem Weg nach Sway von der Straße abgekommen war, also konnte es nicht schaden, die Strecke zu erkunden.

Dafür brauchte Barbara nicht lange. Auf der Fahrt von Sway bis zu Jossies Hof gab es nur zwei Abzweigungen, und der komplizierteste Teil war das zügige Überqueren der Birchy Hill Road. Also kein allzu kompliziertes Manöver. Dennoch fuhr Barbara im Schneckentempo, um nicht zu übersehen, falls ein Auto in der Hecke gelandet oder ins Wohnzimmer eines der Häuser am Straßenrand geschossen war.

Nichts dergleichen hatte sich ereignet, auch nicht auf dem Weg zu Gordon Jossie. Als Barbara dort eintraf, fand sie das Haus verlassen vor. Jossie würde auf der Arbeit sein, sie hatte ihn wahrscheinlich auf irgendeinem Dach erwischt, als sie ihn auf dem Handy angerufen hatte. Was Gina Dickens betraf, wer zum Teufel konnte schon wissen, wo die sich herumtrieb? Interessant daran war jedoch, was ihr Verschwinden implizierte.

Barbara sah sich kurz auf dem Grundstück um, um sich zu vergewissern, dass Ginas Auto nicht irgendwo versteckt stand und Gina sich hinter den Vorhängen duckte. Als sie jedoch kein anderes Auto als Jemima Hastings' Figaro an seinem üblichen Platz entdeckte, kehrte Barbara zu ihrem Mini zurück. Als Nächstes würde sie nach Burley fahren.

Ihr Handy klingelte, als sie auf halbem Weg an den Straßenrand gefahren war, um sich auf der Landkarte in dem Wirrwarr kleiner Straßen zurechtzufinden. Sie klappte es auf in der Annahme, endlich etwas von Gina Dickens zu hören – garantiert mit der passenden Ausrede, wie sie es geschafft hatte, Barbaras Hotel zu verfehlen –, der Anrufer war jedoch DI Lynley.

Superintendent Ardery, berichtete er, sei mehr oder weniger einverstanden mit Barbaras ungenehmigtem Ausflug nach Hampshire, aber sie solle möglichst bald mit brauchbaren Ergebnissen aufwarten.

»Und was heißt das genau?«, fragte Barbara. Das *mehr oder weniger* wollte sie erklärt haben.

»Ich nehme an, es heißt, sie hat viel um die Ohren und wird sich später mit Ihnen auseinandersetzen.«

»Aha. Klingt ja sehr beruhigend«, sagte Barbara.

»Sie wird von Hillier und der Pressestelle gewaltig unter Druck gesetzt«, erklärte er ihr. »Es hat mit Matsumoto zu tun. Sie hat mit seiner Hilfe zwei Phantombilder erstellen lassen, die aber anscheinend nicht viel taugen. Zudem scheint sie sich seiner Kooperation unter ziemlich fragwürdigen Umständen versichert zu haben, was eine Standpauke von Hillier nach sich gezogen hat. Er gibt ihr noch zwei Tage, den Fall zum Abschluss zu bringen. Andernfalls war's das mit ihrem Job. Möglicherweise ist sie ihn aber auch unabhängig davon los.«

»Gott. Und das hat sie dem Team mitgeteilt? Na, das wird das Vertrauen der Fußsoldaten ja ordentlich fördern.«

Einen Moment lang herrschte Stille in der Leitung. »Nein, dem Team wurde es so nicht mitgeteilt. Ich habe es gestern Abend erfahren.«

»Sie haben es von *Hillier*? Ist ja 'n Ding. Und warum? Will er, dass Sie die Leitung wieder übernehmen?«

Wieder Stille. »Nein. Isabelle hat es mir gesagt.« Lynley ging sofort zum nächsten Thema über und berichtete von John Stewart und irgendeiner Konfrontation, aber nach dem, was er eben gesagt hatte, hörte Barbara gar nicht mehr richtig zu. *Isabelle hat es mir gesagt.*

Isabelle?, dachte sie. *Isabelle?*

»Und wann war das?«, fragte sie schließlich.

»Bei der Einsatzbesprechung gestern Nachmittag«, erwiderte er. »Es war wohl einer von Johns typischen …«

»Ich meine nicht die Konfrontation mit Stewart«, sagte Barbara. »Ich meine, wann hat sie es Ihnen gesagt? Und warum?«

»Ich sagte doch, gestern Abend.«

»Wo?«

»Barbara, was spielt das für eine Rolle? Übrigens sage ich Ihnen das im Vertrauen. Eigentlich dürfte ich es Ihnen gar nicht erzählen. Ich hoffe, Sie können diese Information für sich behalten.«

Sie erschauderte, und sie wollte lieber nicht so genau wissen, was hinter seiner Bemerkung steckte. Höflich fragte sie: »Also warum erzählen Sie es mir dann, Sir?«

»Um Sie ins Bild zu setzen. Damit Sie die Notwendigkeit verstehen … die Notwendigkeit zu … ja, vielleicht kann man es am besten so ausdrücken, die Notwendigkeit … auf schnellstem Weg Informationen zu beschaffen und sie noch schneller herzubringen.«

Barbara blieb die Spucke weg. Ihr fehlten die Worte für eine Antwort. Mit anhören zu müssen, wie Lynley herumstotterte … ausgerechnet Lynley … Lynley, der das, was er wusste, am Abend zuvor von *Isabelle* erfahren hatte …

Barbara wagte es nicht, sich auch nur eine Sekunde länger in die Schlussfolgerungen zu vertiefen, die seine Bemerkungen, sein Tonfall und sein verlegenes Gestammel nahelegten. Und sie hatte ebenso wenig Lust, darüber nachzudenken, warum sie nicht weiter in das Thema eindringen wollte.

»Also gut«, sagte sie geschäftsmäßig. »Können Sie mir die Phantombilder rüberschicken? Vielleicht kann Dee Harriman sie mir faxen? Ich nehme an, das Hotel hat ein Faxgerät. Bitten Sie Dee, wegen der Faxnummer dort anzurufen. *Forest Heath Hotel.* Wahrscheinlich haben die auch einen Computer, falls es besser per E-Mail geht. Halten Sie es für möglich, dass eines von den Phantombildern eine Frau ist? Verkleidet als Mann?«

Lynley schien erleichtert zu sein über den Themenwechsel. Er ließ sich auf ihren Tonfall ein. »Ehrlich gesagt halte ich alles für möglich. Wir stützen uns auf Beschreibungen eines Mannes, der zwei Meter große Engel an seine Zimmerwände malt.«

»Ach du Scheiße«, murmelte Barbara.

»Genau.«

Sie berichtete ihm von den Reetnägeln, die sie bei Gordon Jossie gesehen hatte, ihrer Überlegung, ob diese zu dem Reetnagel passten, den der Mörder benutzt hatte, von seiner Reaktion auf das Foto von Gina Dickens und von dem Anruf, den sie von ebendieser erhalten hatte. Sie teilte ihm weiterhin mit, dass sie unterwegs sei nach Burley, um sich noch einmal mit Rob Hastings zu unterhalten. Haken und Schmiedekunst seien jetzt ihr Hauptanliegen, sagte sie. Was er jetzt vorhabe, fragte sie Lynley.

Frazer Chaplin, erwiderte er. Er werde sein Alibi zerpflücken.

Ob er nicht das Gefühl habe, er könne genauso gut in den Wind spucken, erkundigte sie sich.

Wenn Zweifel bestünden, müsse man eben wieder von vorn anfangen, entgegnete er. Er sagte irgendetwas darüber, dass man am Ende einer Reise wieder am Anfang stand und den Ort zum ersten Mal wahrnahm, wahrscheinlich mal wieder irgendein bescheuertes Zitat, das ihm gerade in den Sinn gekommen war. »Ja. Gut. In Ordnung. Wie auch immer«, sagte sie und legte auf, um sich um ihre eigenen Angelegenheiten zu kümmern. Das schien ihr die beste Medizin gegen das Gefühlschaos zu sein, das Lynleys Anruf bei ihr ausgelöst hatte.

Sie traf Rob Hastings zu Hause an. Er schien mit einer Art Grundreinigung seines Landrover beschäftigt zu sein, denn er hatte alles außer Motor, Reifen, Lenkrad und Sitzen aus- und abgebaut. Das gesamte Innenleben lag auf dem Boden um den Wagen herum aufgereiht, und er überprüfte die einzelnen Teile. Der Landrover war nicht gerade ein Musterbeispiel an Ordnung. Nach der Menge Krempel zu urteilen, sah es für Barbara so aus, als benutzte Hastings den Wagen als Wohnmobil.

»Später Frühjahrsputz?«, fragte Barbara.

»So ähnlich.« Sein Weimaraner war beim Geräusch von Barbaras Mini ums Haus gerannt gekommen. Rob befahl ihm zu sitzen, was er auf der Stelle tat, obwohl er freudig erregt hechelte, weil Besuch da war.

Barbara bat Hastings, ihr sein Schmiedewerkzeug zu zeigen, worauf Hastings logischerweise fragte, warum. Zuerst wollte sie seiner Frage ausweichen, sagte sich aber dann, dass seine Reaktion auf die Wahrheit aufschlussreicher sein könnte. Sie erklärte ihm, dass die Waffe, mit der seine Schwester getötet worden war, wahrscheinlich von einem Schmied handgefertigt worden sei. Um welche Art Waffe es sich handelte, verriet sie ihm allerdings nicht.

Er erstarrte. Er sah sie durchdringend an. »Glauben Sie etwa, ich hätte meine eigene Schwester umgebracht?«

»Wir suchen jemanden, der Zugang zu Schmiedewerkzeug hat oder zu Werkzeug, das von einem Schmied hergestellt wurde«, sagte Barbara. »Jeder, auf den das zutrifft und der Jemima kannte, wird überprüft. Das ist doch bestimmt in Ihrem Sinne.«

Hastings schaute zu Boden. Selbstverständlich sei es in seinem Sinne.

Sie sah jedoch mit einem Blick, als er ihr seine Werkzeugsammlung zeigte, dass sie seit Jahren nicht benutzt worden war. Zwar wusste sie nicht viel von der Arbeit eines Schmieds, aber sämtliche Gerätschaften, die mit seiner Ausbildung und seiner Arbeit als Schmied zu tun hatten, ließen darauf schließen, dass weder er noch sonst jemand sich daran zu schaffen gemacht hatte, seit er die Sachen vor geraumer Zeit in seinem Schuppen verstaut hatte. Alles war auf engstem Raum aufeinandergestapelt, sodass man sich kaum dazwischen bewegen konnte. Die meisten Gerätschaften lagen auf einer Werkbank: Schmiedezangen, Entgrater, Meißel, Ambossgabeln, Durchschläge. Schmiedeeiserne Stangen lagen unbenutzt auf einem Haufen daneben, zwei Ambosse standen hochkant gegen die Werkbank gelehnt. Es gab mehrere alte Bottiche, drei Schraubstöcke und einen Schleifstein. Besonders aufschlussreich war, dass es keine Esse gab. Selbst wenn es eine gegeben hätte: Die dicke Staubschicht, mit der alles überzogen war, ließ erkennen, dass schon seit Ewigkeiten hier niemand mehr etwas angefasst hatte. Das hatte Barbara sofort gesehen, trotzdem ließ sie sich Zeit damit, den Schuppen genau unter die Lupe zu nehmen. Schließlich nickte sie und bedankte sich bei dem Wildhüter. »Sorry. Musste leider sein.«

»Womit wurde sie denn umgebracht?« Hastings klang wie benommen.

Barbara sagte: »Tut mir leid, Mr. Hastings, das kann ich Ihnen nicht…«

»Es war ein Dachdeckerwerkzeug, stimmt's?«, sagte er. »Natürlich, es war ein Dachdeckerwerkzeug.«

»Warum?«

»Wegen ihm.« Hastings' Blick wanderte zu dem breiten Türrahmen, durch den sie den alten Schuppen betreten hatten, in dem seine Sachen lagerten. Seine Gesichtszüge spannten sich an.

»Mr. Hastings«, sagte Barbara, »Gordon Jossie ist nicht der einzige Dachdecker, den wir im Lauf unserer Ermittlungen aufgesucht haben. Natürlich besitzt er Dachdeckerwerkzeug. Kein Zweifel. Aber ein Mann namens Ringo Heath hat ebenfalls welches.«

Hastings dachte nach. »Heath hat Jossie ausgebildet.«

»Ja. Wir haben mit ihm gesprochen. Was ich sagen will, ist, dass wir jede Verbindung, auf die wir stoßen, überprüfen müssen. Jossie ist nicht der Einzige…«

»Was ist mit Whiting?«, fragte er. »Was ist mit *der* Verbindung?«

»Zwischen ihm und Jossie? Bisher wissen wir nur, dass da irgendetwas im Busch ist. Wir arbeiten dran.«

»Tun Sie das. Whiting ist mehr als einmal bei Jossie gewesen, um ihm sein Herz auszuschütten.« Hastings berichtete Barbara von Jemimas alter Schulfreundin Meredith Powell, die ihm von Whitings Besuchen bei Jossie erzählt hatte. Meredith habe durch Gina Dickens davon erfahren, sagte er. »Außerdem war Jossie in London an dem Tag, als Jemima ermordet wurde. Oder gehört das nicht zu den Verbindungen, auf die Sie gestoßen sind? Gina Dickens hat die Zugtickets gefunden. Und die Hotelrechnung.«

Barbaras Augen weiteten sich. Sie sog scharf die Luft ein. »Seit wann wissen Sie das? Sie haben doch meine Karte! Warum haben Sie mich nicht in London angerufen, Mr. Hastings? Oder

DS Nkata. Seine Karte haben Sie ebenfalls. Einen von uns beiden hätten Sie …«

»Weil Whiting gesagt hat, er würde sich um alles kümmern. Er hat Meredith erklärt, alle Informationen wären nach London weitergeleitet worden. An Sie. An New Scotland Yard.«

Ein korrupter Bulle also. Das überraschte sie gar nicht. Barbara hatte von Anfang an gewusst, dass mit ihm irgendetwas nicht stimmte, und zwar von dem Moment an, als er sich diese gefälschten Empfehlungsschreiben für Gordon Jossie vom Winchester Technical College II angesehen hatte. Da war ihm nämlich ein Schnitzer unterlaufen mit seiner Bemerkung über Jossies Lehre. Sie würde sich den guten Chief Superintendent mal ordentlich zur Brust nehmen.

Als sie fieberhaft ihre Karte des New Forest überflog, dankte sie dem Himmel: Sie brauchte nur auf der Honey Lane zurück- und durch Burley zu fahren. Von dort führte die Straße geradeaus nach Lyndhurst. Wahrscheinlich die einzige verdammte gerade Straße in ganz Hampshire, dachte Barbara grimmig.

Sie fuhr los. Ihre Gedanken rasten. Gordon Jossie in London am Tag von Jemimas Tod. Zachary Whitings Besuche bei ihm. Ringo Heath im Besitz von Dachdeckerwerkzeug. Gina Dickens, die dem Chief Superintendent Informationen übergeben hatte. Und jetzt auch noch Meredith Powell, auf die sie schon viel früher gekommen wären, hätte diese verdammte dämliche Kuh Isabelle Ardery sie nicht überstürzt nach London zurückbeordert. Isabelle Ardery. *Isabelle hat es mir gesagt.* Was Barbara wieder auf Thomas Lynley brachte – das Letzte, was sie jetzt gebrauchen konnte. Sie konzentrierte sich wieder auf Whiting.

Verkleidung. Das war es. Sie hatte die ganze Zeit den Verdacht gehabt, dass die Baseballmütze und die Sonnenbrille eine Verkleidung waren, weil es einfach so verdammt danach aussah. Aber was war mit dem anderen? Dunkle Kleidung, dunkles Haar. Gott, Whiting war so kahlköpfig wie ein Säugling, aber sich eine Perücke zu besorgen, wäre doch wohl ein Kinderspiel für ihn, oder?

Weil ihre Gedanken von einem Punkt zum nächsten stolperten, achtete sie kaum auf die Straße. Am Ortsausgang von Burley kam sie an eine Weggabelung, die ihr auf der Karte nicht aufgefallen war, und sie hielt sich am *Queen's Head* links. Sie sah ihren Irrtum sofort, als die Straße enger wurde – sie hätte die rechte Abzweigung nehmen müssen –, und fuhr auf den Parkplatz hinter dem Pub, um zu wenden. Sie schlängelte sich gerade an den Reisebussen vorbei, als ihr Handy klingelte.

Sie kramte es aus ihrer Tasche und bellte: »Havers.«

»Heute Abend, Schätzchen?«, fragte sie eine Männerstimme.

»Was zum Teufel?«

»Heute Abend, Schätzchen?« Er klang extrem eindringlich.

»Was, heute Abend? Wer verdammt noch mal … Hier spricht DS Barbara Havers. Wer ist da?«

»Ich weiß. Heute Abend, Schätzchen?« Er sprach wie durch die zusammengebissenen Zähne. »Heute, heute, heute?«

Endlich fiel der Groschen. Es war Norman Wie-hieß-er-noch vom Innenministerium, ihr persönlicher Maulwurf mit schönem Gruß von Dorothea Harriman und ihrer Freundin Stephanie Thompson-Smythe. Er hatte das Codewort gesagt, damit sie sich am Geldautomaten von Barclay's in der Victoria Street trafen, was bedeutete, dass er etwas für sie hatte, und …

»Verfluchter Mist«, sagte sie. »Norman. Ich bin in Hampshire. Sagen Sie's mir am Telefon!«

»Geht nicht, Schätzchen«, erwiderte er fröhlich. »Ich stecke bis über beide Ohren in Arbeit. Aber heute Abend wäre nett. Wie wär's mit unserer Stammkneipe? Kann ich dich vielleicht zu einem Gin Tonic überreden? Alte Stelle, alte Welle?«

Sie dachte krampfhaft nach. »Norman, hören Sie. Ich kann jemand schicken in … sagen wir einer Stunde? Er wird ›Gin Tonic‹ sagen, okay? Daran erkennen Sie ihn. In einer Stunde, Norman. Am Geldautomat in der Victoria Street. ›Gin Tonic‹, Norman. Jemand wird da sein.«

Im Vereinigten Königreich stellt »die Internierung zum Wohlgefallen des regierenden Monarchen« – ein Euphemismus für lebenslange Haft – die einzige Strafe dar, die gegen jemanden verhängt werden kann, der des Mordes überführt wurde. Dieses Gesetz wird jedoch nur auf Mörder angewendet, die über einundzwanzig Jahre alt sind. Im Fall John Dresser waren die Mörder Kinder. Sowohl diese Tatsache als auch die aufsehenerregende Art der Tat müssen Richter Anthony Cameron beeinflusst haben, als er darüber nachdachte, welches Strafmaß er empfehlen sollte.

Das Klima, in dem der Prozess stattfand, war geprägt von Feindseligkeit bis hin zur Hysterie, was sich vor allem an der Reaktion derjenigen zeigte, die sich außerhalb des Gerichtsgebäudes versammelt hatten. Während im Gerichtssaal selbst zwar Anspannung herrschte, aber keinerlei gegen die Jungen gerichtete Aggressionen offen zutage traten, war dies vor den Toren des Gerichts keineswegs der Fall. Die anfängliche Wut auf die drei Angeklagten – die sich zuerst in Zusammenrottungen vor den Elternhäusern Luft machte und danach in wiederholten Versuchen, die gepanzerten Fahrzeuge anzugreifen, in denen die Jungen jeden Tag zum Gericht gebracht wurden – ging in organisierte Demonstrationen über, die sich schließlich bis zum sogenannten »Schweigemarsch für Gerechtigkeit« steigerten, bei dem sage und schreibe zwanzigtausend Menschen mit Kerzen und unter Gebeten vom Barriers-Einkaufszentrum zum Dawkins-Gelände zogen, wo sie Alan Dressers mit gebrochener Stimme gehaltener Abschiedsrede für seinen kleinen Sohn lauschten. Alan Dressers Schlussworte: »Johns Tod darf nicht ungesühnt bleiben«, wurden zum Motto für die öffentliche Stimmung.

Man kann nur erahnen, wie Richter Cameron um eine Entscheidung rang. Es kam nicht von ungefähr, dass er seit Langem wegen seiner Neigung, bei Prozessen, denen er vorsaß, die Höchststrafe zu empfehlen, als »Maximum Tony« berüchtigt war. Aber er hatte bisher nie mit zehn- und elfjährigen Straftätern zu tun gehabt, und er konnte nicht die Augen vor der Tatsache verschließen, dass die Beteiligten an dieser entsetzlichen Tat Kinder waren. Sein Auftrag jedoch verlangte von ihm, nur das in Erwägung zu ziehen, was ihm als Strafe und als Abschreckung angemessen erschien. Er empfahl ein Strafmaß von acht Jahren Gewahrsam – eine Strafe, die von der Öffentlichkeit und der Boulevardpresse sowie von den meisten Zeitungen fast als Freispruch gewertet wurde. Daraufhin wurde eine Reihe nie da gewesener rechtlicher Manöver in Gang gesetzt. Eine Woche später hob der Lord Oberrichter das Strafmaß auf und verhängte ein neues Strafmaß von zehn Jahren, aber schon ein halbes Jahr später hatten die Dressers 500000 Unterschriften für eine Petition gesammelt, die eine lebenslange Haftstrafe für die Mörder forderte.

Mittlerweile hatte sich der Fall zu einer unendlichen Geschichte entwickelt. Die Boulevardpresse hatte sich auf John Dressers Eltern gestürzt und Johns Tod in den Rang einer *cause célèbre* gehoben. Nach der Verkündung des Strafmaßes war die Identität der Täter nicht länger geschützt. Die Presse durfte sowohl ihre Fotos als auch die grauenhaften Details des Verbrechens veröffentlichen. Angesichts der Ungeheuerlichkeit des Mordes wuchs die Zahl derer rapide, die eine harte Bestrafung für die einzig mögliche Antwort auf solch ein Verbrechen hielten. Und damit war der Innenminister am Zug, der das Strafmaß noch einmal auf unfassbare zwanzig Jahre anhob, »um der Öffentlichkeit zu versichern, dass ihr Vertrauen in die Justiz gerechtfertigt ist, und um den Menschen zu zeigen, dass dieses Verbrechen bestraft werden wird, unabhängig vom Alter der Täter«. Dieses Strafmaß blieb bestehen bis zur Verhandlung vor dem Europäischen Gerichtshof, bei der die Anwälte der Jungen erfolgreich argumentierten, dass die Rechte ihrer Mandanten durch die Tatsache verletzt worden seien, dass ein Politiker – beeinflusst durch die öffentliche Meinung – sich angemaßt hatte, das Strafmaß festzusetzen.

Als das Strafmaß der Jungen wieder auf zehn Jahre reduziert wurde, stürzten sich die Boulevardblätter erneut auf den Fall. Diejenigen, die ohnehin die Idee der europäischen Einigung verabscheuten, weil sie darin die Wurzel allen Übels in ihrem Land sahen, führten die Entscheidung aus Luxemburg als typisches Beispiel der äußeren Einmischung in die inneren Angelegenheiten der britischen Gesellschaft ins Feld. Was würde als Nächstes kommen?, räsonierten sie. Würde Luxemburg uns den Euro aufzwingen? Würde man dort vielleicht irgendwann auch noch die Abschaffung der Monarchie fordern? Diejenigen, die die europäische Einigung unterstützten, hielten es für klüger, sich jeden Kommentars zu enthalten, denn eine Zustimmung zu der Entscheidung aus Luxemburg bedeutete, eine gefährliche Position einzunehmen, die irgendwie implizierte, dass ein Strafmaß von lediglich zehn Jahren für die Misshandlung und den Mord an einem unschuldigen Kind ausreichend sei.

Die Verantwortlichen – gewählt oder nicht –, die die Entscheidung über das Schicksal von Michael Spargo, Reggie Arnold und Ian Barker zu treffen hatten, waren nicht zu beneiden. Die Natur des Verbrechens legte die Vermutung nahe, dass die drei Jungen schwer gestört und selbst Opfer ihrer sozialen Umstände waren. Es steht außer Frage, dass ihre familiären Bedingungen katastrophal gewesen waren, aber ebenso steht außer Frage, dass andere Kinder, die in ähnlich gestörten oder noch schlimmeren Umständen aufwachsen, deshalb noch lange nicht jemanden umbringen.

Vielleicht liegt die Wahrheit darin, dass die Jungen *als Einzelne* von sich aus nie eine solche Gewalttat begangen hätten. Und vielleicht liegt die Wahrheit darin, dass das unheilvolle Zusammenspiel der Ereignisse an jenem Tag zu der Entführung und dem Tod John Dressers geführt hat.

Als aufgeklärte Gesellschaft müssen wir uns eingestehen, dass etwas mit Michael Spargo, Reggie Arnold und Ian Barker nicht stimmte, und als aufgeklärte Gesellschaft wären wir es den drei Jungen schuldig gewesen, ihnen in Form direkter Intervention zu helfen – und zwar schon lange bevor es zu dem Verbrechen kam – oder ihnen zumindest therapeutisch beizustehen, nachdem sie von zu Hause abgeholt und bis zum Prozess eingesperrt worden waren. Müssen wir uns nicht eingestehen, dass wir, indem wir ihnen weder durch Intervention noch durch Beistand geholfen haben, als Gesellschaft sowohl gegenüber Michael Spargo, Reggie Arnold und Ian Barker versagt haben, wie auch dabei, den kleinen John Dresser vor diesem Verbrechen zu schützen?

Es ist einfach, die Jungen mit dem Bösen gleichzusetzen, aber selbst wenn wir das tun, müssen wir uns vor Augen halten, dass sie zum Zeitpunkt des Verbrechens Kinder waren. Und wir müssen uns fragen, welchem Zweck es eigentlich dienen soll, Kinder vor den Augen der Öffentlichkeit einem Strafprozess auszusetzen, anstatt ihnen ohne Verzug die Hilfe zukommen zu lassen, die sie benötigen.

31

Später hatte sie gesagt: »Ich bin nicht in dich verliebt. Es ist einfach etwas, das passiert ist.«

Er hatte geantwortet: »Natürlich. Das ist mir vollkommen bewusst.«

Sie: »Niemand darf davon erfahren.«

Er: »Ich denke, das wird der wichtigste Punkt sein.«

Darauf sie: »Warum? Gibt es noch andere?«

»Was?«

»Wichtige Punkte. Außer dass ich eine Frau bin und du ein Mann bist und so etwas eben vorkommt.«

Natürlich gab es andere Punkte, hatte er gedacht. Abgesehen von simplen animalischen Trieben musste er seine Motivation bedenken. Sie hatte auch eine. Dann waren da noch das Was jetzt und das Was dann und das Was tun wir, wenn der Boden unter unseren Füßen zu wanken beginnt.

»Bedauern vermutlich«, hatte er gesagt.

»Und? Bedauerst du es? Ich nämlich nicht. Wie gesagt, solche Dinge passieren. Du kannst doch nicht sagen, dass sie ausgerechnet dir nicht passieren. Das würde ich dir nicht abkaufen.«

Er war nicht so, wie sie offenbar glaubte, aber er konnte ihr auch nicht gänzlich widersprechen. Er schwang die Füße aus ihrem Bett, setzte sich auf die Kante und dachte über ihre Frage nach. Die Antwort lautete Ja und gleichzeitig Nein, aber er sagte nichts.

Er spürte ihre Hand auf dem Rücken. Sie war kühl, und ihre Stimme klang verändert, als sie seinen Namen sagte. Nicht mehr knapp und professionell, ihre Stimme war … War sie *mütterlich*? Gott, nein. Sie war absolut kein mütterlicher Typ.

»Thomas, falls wir ein Paar werden sollten …«

»Ich kann das jetzt nicht«, war seine Antwort gewesen. Nicht dass er sich nicht vorstellen konnte, der Liebhaber von Isabelle Ardery zu sein. Im Gegenteil, er konnte es sich nur allzu gut vorstellen, und das, in Verbindung mit allem, was es implizierte, machte ihm Angst. »Ich sollte jetzt besser gehen«, hatte er gesagt.

»Wir reden später darüber«, hatte sie geantwortet.

Er war ziemlich spät nach Hause gekommen. Er hatte nur wenig geschlafen. Am Morgen hatte er Barbara Havers auf dem Handy angerufen, und dieses Gespräch hätte er lieber vermieden. Dann, als er sich in der Verfassung dazu fühlte, nahm er sich Frazer und dessen Alibi vor.

Die Geschäftsräume von *DragonFly Tonics* waren in einem ehemaligen Stallungsgebäude in einer engen Straße hinter dem Brompton Oratory und der Holy Trinity Church untergebracht. Das Gebäude grenzte an den Kirchhof, von dem es allerdings durch eine Mauer, einen Fußweg und eine Hecke getrennt war. Gegenüber dem Geschäft standen zwei Vespas. Eine hellrot, die andere fuchsiafarben, und auf beiden befanden sich Aufkleber mit der Aufschrift »DragonFly Tonics«, ähnlich denen, die Lynley auf Frazer Chaplins Motorroller vor dem Hotel *Duke's* gesehen hatte.

Lynley parkte den Healey Elliott direkt vor dem Laden. Er blieb einen Moment draußen stehen und betrachtete das Warenangebot im Schaufenster. Es bestand aus Getränken mit den fantasievollen Namen Hallo-wach-Pfirsich, Kater-ade-Zitrone und Besser-dich-Orange. Leicht gequält überlegte er, welches Getränk er wählen würde, wenn der Laden es im Angebot hätte: Schalt-deinen-Verstand-ein-Erdbeer fiel ihm ein. Oder auch: Komm-auf-den-Teppich-Grapefruit. Davon hätte er zwei gebrauchen können.

Er betrat den Laden. Die Einrichtung war bescheiden. Abgesehen von ein paar Kartons mit dem Aufdruck »DragonFly Tonics« gab es nur einen Tresen, hinter dem eine Frau mittleren Alters saß. Sie trug einen Herrenanzug aus Seersuckerstoff. Zumindest sah der Anzug aus wie für einen Mann gemacht, denn die Jacke schlackerte der Frau lose um den Körper. Die Größe hätte Churchill gepasst.

Ohne ihre Arbeit zu unterbrechen – sie war gerade dabei, Broschüren in Umschläge zu stecken –, sagte sie: »Ja?« Sie wirkte überrascht. Anscheinend verirrte sich nur selten jemand in den Laden.

Lynley erkundigte sich nach ihren Werbemethoden, woraus sie schloss, dass er den Healey Elliott – der durch die Schaufensterscheibe zu sehen war – mit Aufklebern schmücken wollte. Er erschauderte innerlich bei dem Gedanken an eine solche Entweihung. »Sind Sie noch ganz bei Trost, gute Frau?«, hätte er sie am liebsten wütend angeblafft, setzte jedoch stattdessen eine interessierte Miene auf. Sie holte einen Umschlag aus ihrem Schreibtisch, dem sie einen Vordruck entnahm, bei dem es sich offenbar um einen Vertrag handelte. Sie sprach von Tarifen, die abhängig von der Größe und Anzahl der Aufkleber seien und von der durchschnittlichen Kilometerzahl, die der Fahrer zurücklegte. Natürlich machten die schwarzen Londoner Taxen das lukrativste Geschäft, gefolgt von Kurieren auf Motorrädern und Rollern. Welche Art Fahrten er denn unternehme?, wollte sie wissen.

Dies veranlasste ihn dazu, sie über ihren Trugschluss aufzuklären. Er zeigte ihr seinen Dienstausweis und fragte sie, ob es Unterlagen über die Personen gebe, die Fahrzeuge der einen oder anderen Art mit Aufklebern von *DragonFly Tonics* dekorierten – er benutzte den Begriff im weitesten Sinne. Aber selbstverständlich gebe es Unterlagen darüber, erklärte sie ihm, denn wie sonst sollten die Leute bezahlt werden, die mit Aufklebern auf ihren Fahrzeugen in London und Umgebung herumfuhren?

Lynley hoffte, dass es keinen Frazer Chaplin mit Vertrag für die *DragonFly-Tonics*-Werbung gäbe. Dann könnte er davon ausgehen, dass die Vespa, die Frazer Lynley vor dem *Duke's* gezeigt hatte, gar nicht ihm gehörte, sondern aus einer spontanen

Eingebung hervorgezaubert und als sein Eigentum ausgegeben worden war. Er nannte der Frau Frazers Namen und fragte nach seinem Vertrag.

Leider hatte sie ihn gleich zur Hand, und was Frazer beteuert hatte, stimmte: Die Vespa gehöre ihm. Sie sei limonengrün, und sie sei mit Werbung ihrer Firma beklebt. Die Aufkleber seien in Shepherd's Bush professionell angebracht worden, denn *DragonFly Tonics* wünsche keine Schlamperei. Die Aufkleber sollten halten und nur schwer zu entfernen sein, und wenn sie bei Vertragsende entfernt würden, werde das Fahrzeug neu lackiert.

Lynley seufzte. Wenn Frazer nicht ein anderes Fahrzeug benutzt hatte, um nach Stoke Newington zu gelangen, würde ihnen nichts anderes übrig bleiben, als sich noch einmal sämtliche Filme aus den Überwachungskameras der Gegend vorzunehmen, in der Hoffnung, dass eine davon die Vespa in der Nähe des Friedhofs erfasst hatte. Und sie würden noch einmal alle Bewohner der Häuser um den Friedhof befragen müssen – was auf Isabelles Anweisung hin bereits geschah – und beten, dass irgendjemand den Roller gesehen hatte. Oder Frazer hatte den Roller oder das Motorrad von jemand anderem benutzt. Da er nur anderthalb Stunden gehabt hatte, um die Tat auszuführen und danach rechtzeitig im *Duke's* einzutreffen, konnte er nur auf diese Weise nach Nordlondon gelangt sein. Es gab ganz einfach keine andere Möglichkeit, wie er durch den dichten Verkehr nach Stoke Newington und zurück gelangt sein konnte.

Während Lynley diese Gedanken durch den Kopf gingen, fiel sein Blick auf das Datum des Vertrags: eine Woche vor Jemimas Tod. Das veranlasste ihn dazu, über Daten im Allgemeinen nachzudenken, was ihn zu der Erkenntnis brachte, dass es ein Detail gab, das er übersehen hatte. Es gab tatsächlich eine andere Möglichkeit, wie der Mord an Jemima Hastings organisiert worden sein konnte, dachte er.

Als er gerade in seinen Wagen stieg, rief Havers an. Er sagte: »Lynley«, und sie begann draufloszuplappern – anders konnte man es kaum nennen: über die Victoria Street, einen Geldautomaten, über das Innenministerium und einen Gin Tonic.

Zuerst dachte er, dass sie davon zu viel intus hatte – einen Gin Tonic oder zwei oder drei –, doch dann hörte er aus dem hektischen Monolog das Wort Maulwurf heraus, und es gelang ihm schließlich zu dechiffrieren, dass sie ihn darum bat, jemanden an einem Geldautomaten in der Victoria Street zu treffen, auch wenn er immer noch nicht begriff, warum er das tun sollte.

Als sie kurz Luft holte, sagte er: »Havers, was hat das mit …«

»Er war in London. Am Tag, als sie ermordet wurde. Jossie. Und Whiting hat es die ganze Zeit gewusst.«

Das erregte seine Aufmerksamkeit. »Woher haben Sie diese Information?«

»Von Hastings. Dem Bruder.« Und dann berichtete sie ihm atemlos von Gina Dickens und einer Frau namens Meredith Powell, von Zugtickets, Rechnungen, Gordon Jossies Angewohnheit, eine Sonnenbrille und eine Baseballmütze zu tragen, und habe nicht Yukio Matsumoto den Mann auf dem Friedhof genau so beschrieben, und bitte, bitte, fahren Sie zu diesem Geldautomaten in der Victoria Street, denn was auch immer Norman Wie-hieß-er-noch weiß, spuckt er nicht am Telefon aus, und wir müssen unbedingt wissen, was es ist.

Sie selbst habe vor, Whiting auf die Bude zu rücken oder wie auch immer der korrekte Ausdruck lautete, aber bevor sie das tun könne, müsse sie wissen, was Norman in Erfahrung gebracht habe, also zurück zu Norman: Lynley müsse jetzt sofort in die Victoria Street fahren, und wo er überhaupt jetzt gerade stecke?

Sie holte erneut Luft, was Lynley Gelegenheit gab, ihr seinerseits zu berichten, dass er sich in den Ennismore Gardens Mews gleich hinter dem Brompton Oratory und der Holy Trinity Church befand. Er verfolge die Frazer-Chaplin-Spur und glaube …

»Vergessen Sie Frazer Chaplin«, lautete ihre Antwort. »Das hier ist eine ganz heiße Sache, es geht um Whiting, und das ist unsere Spur! Herrgott noch mal, Inspector, Sie müssen das für mich tun.«

»Was ist mit Winston? Wo ist er?«

»Das müssen Sie machen! Winnie durchforstet doch gerade die Filme aus den Überwachungskameras, oder? Die aus Stoke Newington? Und außerdem, wenn Norman Dingsda … Gott, warum kann ich mir diesen Scheißnamen nicht merken … Das ist ein feiner Pinkel. Der trägt rosa Hemden. Und er hat diese Stimme. Der spricht alles so weit hinten im Hals aus, dass man ihm die Wörter praktisch per Mandeloperation rausholen muss. Wenn Winnie an dem Geldautomaten aufläuft und den Mund aufmacht … Ausgerechnet Winnie … Winnie … Überlegen Sie doch mal, Sir!«

»In Ordnung«, sagte Lynley. »Havers, ist ja gut.«

»Danke, ich *danke* Ihnen«, sagte sie. »Das ist alles ein komplettes Chaos, aber ich glaub, das kriegen wir schon noch entwirrt.«

Da war er sich nicht so sicher. Denn jedes Mal, wenn er das angenommen hatte, waren neue Fakten aufgetaucht und hatten alles nur noch komplizierter gemacht.

Indem er eine Strecke nahm, die ihn über den Belgrave Square führte, schaffte er es in annehmbarer Zeit zurück. Er parkte in der Tiefgarage von Scotland Yard und eilte in die Victoria Street, wo er den Barclay's-Geldautomaten kurz vor der Ecke Broadway gegenüber einem *Ryman's*-Schreibwarenladen entdeckte.

Havers' Maulwurf war ein typischer Fall von An-der-Kleidung-sollt-ihr-sie-erkennen. Sein Hemd war nicht rosafarben. Es war fuchsiafarben, und seine Krawatte war mit Entchen bestickt. Er war eindeutig nicht für den Job als Spion geschaffen, denn er lief nervös auf dem Gehweg auf und ab und blieb schließlich vor einem Schaufenster von Ryman's stehen, als überlegte er, welche Art von Ablagekorb er sich zulegen wollte.

Lynley kam sich ausgesprochen dämlich vor, aber er trat auf den Mann zu und sagte: »Norman?« Als der Mann zusammenzuckte, sagte er freundlich zu ihm: »Barbara Havers meinte, ich könnte Sie zu einem Gin Tonic überreden.«

Norman sah nach links und rechts. Er sagte: »Gott, einen Moment lang dachte ich, Sie seien einer von ihnen.«

»Wie bitte?«

»Hören Sie. Wir können hier nicht reden.« Er schaute auf seine Armbanduhr, eines dieser Chronometer mit mehreren Zifferblättern, die man fürs Tauchen und vermutlich auch für Flüge zum Mond benutzen konnte. Dabei sagte er: »Tun Sie so, als würden Sie mich nach der Uhrzeit fragen. Stellen Sie Ihre eigene Uhr oder so etwas … Gott, eine Taschenuhr? So eine habe ich ja schon seit Ewigkeiten nicht mehr …«

»Ein Familienerbstück.« Lynley sah nach der Zeit, während Norman ihm seine Uhr hinhielt. Lynley war sich nicht sicher, auf welches Zifferblatt er schauen sollte, aber er nickte kooperativ.

»Wir können hier nicht reden«, wiederholte Norman, als sie diesen Teil ihrer Scharade beendet hatten.

»Warum …«

»Überwachungskameras«, murmelte Norman. »Wir müssen woanders hingehen. Man wird uns auf den Filmen sehen, und dann bin ich ein toter Mann.«

Das kam Lynley übertrieben dramatisch vor, bis er begriff, dass der Mann davon redete, seinen Job zu verlieren, nicht sein Leben. Er sagte: »Ich fürchte, da haben wir ein Problem. Kameras gibt es hier überall.«

»Also, gehen Sie zum Geldautomaten und ziehen ein bisschen Geld. Ich gehe ins Ryman's, um etwas einzukaufen. Sie tun dasselbe.«

»Norman, bei Ryman's gibt's wahrscheinlich auch eine Kamera.«

»Tun Sie, was ich Ihnen sage«, stieß Norman zwischen den Zähnen hervor.

Lynley dämmerte, dass der Mann tatsächlich Angst hatte und nicht einfach nur Spion auf gefährlicher Mission spielte.

Also nahm er seine Kreditkarte aus der Brieftasche und ging, wie ihm geheißen, zu dem Geldautomaten. Er zog ein bisschen Geld und betrat dann den Schreibwarenladen, wo Norman an einem Regal mit Klebezetteln stand. Er gesellte sich nicht zu ihm, da er vermutete, seine Nähe werde den Mann nur nervös machen, sondern ging zu den Grußkarten, nahm eine nach der anderen in die Hand und betrachtete sie wie jemand, der etwas Geeignetes suchte. Als er sah, dass Norman sich endlich der Kasse näherte, wählte er willkürlich eine Karte aus und stellte sich ebenfalls an. Dort hatten sie schließlich ein extrem kurzes Tête-à-Tête, wobei Norman äußerst bemüht war, so beiläufig wie möglich zu reden, wenn man überhaupt erkennen konnte, dass er redete, da er aus dem Mundwinkel sprach.

»Zurzeit herrscht große Aufregung bei uns.«

»Im Innenministerium? Weswegen?«

»Es hat ganz klar mit Hampshire zu tun«, sagte er. »Es ist eine ganz große Sache, absolut ernst, und sie setzen alles daran, die Geschichte in den Griff zu kriegen, bevor irgendetwas bekannt wird.«

Isabelle Ardery hatte jahrelange Übung darin, die einzelnen Bereiche ihres Lebens fein säuberlich voneinander zu trennen. Insofern hatte sie auch kein Problem damit, als Thomas Lynley sie am nächsten Tag im Büro aufsuchte. Es gab den Kollegen Thomas Lynley, der zu ihrem Team gehörte, und es gab den Thomas Lynley, mit dem sie ins Bett gegangen war. Sie hatte nicht vor, die beiden miteinander zu verwechseln. Außerdem war sie nicht so dumm anzunehmen, es sei bei ihrer Begegnung um etwas anderes als Sex gegangen, für beide befriedigend und eventuell wiederholbar. Aber abgesehen davon ließ ihr der Alltagsstress bei der Met ohnehin keine Zeit, sich über irgendetwas anderes Gedanken zu machen, schon gar nicht über ihre Nacht mit Thomas Lynley. Denn heute war Tag eins des Ende-aller-Tage-Szenarios, das Assistant Commissioner Hillier ihr angedroht hatte. Sollte man ihr bei New Scotland Yard die Tür weisen, beabsichtigte sie, erst durch diese zu treten, wenn der Fall hinter ihr abgeschlossen war.

Mit diesen Gedanken war sie beschäftigt, als Lynley in ihrem Büro erschien. Dummerweise machte ihr Herz bei seinem Anblick einen kleinen Aussetzer, und so fragte sie forsch: »Was gibt's, Thomas?«, kam hinter ihrem Schreibtisch hervor, ging an ihm vorbei zur Tür und fragte: »Dorothea? Haben die Befragungen in Stoke Newington etwas Neues ergeben? Und wie weit ist Winston mit der Auswertung der Überwachungsvideos?«

Als sie keine Antwort erhielt, rief sie: »Dorothea! Wo zum Teufel…«, und dann sagte sie: »Ach, verdammt«, kehrte zu ihrem Schreibtisch zurück und fragte noch einmal: »Was gibt es, Thomas?«, blieb jedoch stehen.

Er machte Anstalten, die Tür zu schließen. Sie sagte: »Lassen Sie sie bitte offen.«

Er drehte sich zu ihr um. »Es ist nichts Persönliches«, entgegnete er. Dennoch ließ er die Tür, wie sie war.

Sie spürte, wie sie errötete. »Also, schießen Sie los. Was ist passiert?«

Es war eine Mischung aus Informationen, denen sie schließlich entnahm, dass DS Havers – die es verdammt noch mal nicht lassen konnte, ihren sturen Kopf durchzusetzen und in einer Mordermittlung zu tun, was ihr beliebte – jemanden im Innenministerium aufgetrieben hatte, der ihr Material über einen bestimmten Polizisten in Hampshire besorgen sollte. Kaum hatte er – Norman, Havers' Maulwurf – mit seinen Nachforschungen begonnen, wurde er zu einem Staatsdiener allerhöchsten Ranges zitiert, was Norman mehr als beunruhigend fand. Warum sich ein kleiner Ministerialangestellter für Zachary Whiting interessiere?, hatte der Mann von Norman wissen wollen.

»Norman musste sich gewaltig was einfallen lassen, um seine Haut zu retten«, sagte Lynley. »Aber es ist ihm immerhin gelungen, etwas herauszufinden, das uns von Nutzen sein könnte.«

»Und was ist das?«

»Whiting hat offenbar die Aufgabe, jemanden zu schützen, der dem Innenministerium extrem wichtig ist.«

»Jemand in Hampshire?«

»Jemand in Hampshire. Schutz auf höchster Ebene, die höchste Stufe, die es gibt. Es ist die Stufe, bei der sofort alle Alarmlampen aufleuchten, wenn jemand auch nur in die Nähe dieser Person kommt. Und die besagten Alarmlampen befinden sich nach Normans Informationen direkt im Innenministerium.«

Isabelle ließ sich auf ihren Stuhl sinken. Sie wies auf einen zweiten Stuhl, und Lynley nahm Platz. »Was glauben Sie, womit wir es zu tun haben, Thomas?« Sie dachte über die Möglichkeiten nach und sah die wahrscheinlichste. »Jemand, der eine Terrorzelle unterwandert hat?«

»Und der Informant wird jetzt geschützt? Das ist durchaus möglich«, sagte Lynley.

»Aber es sind auch andere Möglichkeiten denkbar, nicht wahr?«

»Nicht so viele, wie man vielleicht annehmen könnte. Nicht auf höchster Ebene«, sagte er. »Nicht, wenn der Innenminister eingreift. Es kann um Terrorismus gehen, wie Sie sagten, einen Informanten, der versteckt werden muss, damit er nicht auffliegt. Es kann auch um den Schutz eines Zeugen gehen, der in einem hochrangigen Fall vor Gericht aussagen soll. Zum Beispiel organisierte Kriminalität oder ein heikler Mordfall, der massive Auswirkungen hat …«

»Wie im Fall Stephen Lawrence.«

»Genau. Dann gibt es Schutz vor Auftragsmördern …«

»Wie bei einer Fatwa.«

»Oder Schutz vor der Russenmafia. Oder vor albanischen Gangs. Aber was auch immer es sein mag, es ist etwas ganz Großes, etwas von ungeheurer Wichtigkeit …«

»Und Whiting weiß genau darüber Bescheid.«

»Richtig. Denn wen auch immer das Innenministerium schützt, diese Person lebt in Whitings Revier.«

»In einem sicheren Haus?«

»Vielleicht. Vielleicht lebt er aber auch unter einer neuen Identität.«

Sie sah ihn an. Er sah sie an. Sie verfielen beide in Schweigen, beide gingen die Möglichkeiten durch und verglichen sie mit allem anderen, das sie wussten. »Gordon Jossie«, sagte Isabelle schließlich. »Whiting ist für seinen Schutz zuständig, und das ist die einzige Erklärung für sein Verhalten. Diese gefälschten Empfehlungsschreiben vom College? Whitings Wissen um Jossies Lehre, als Barbara ihm diese Schreiben gezeigt hat…«

Lynley stimmte ihr zu. »Havers hat noch eine weitere Spur, Isabelle. Sie ist sich ziemlich sicher, dass Jossie an dem Tag, als Jemima Hastings ermordet wurde, in London war.« Er berichtete ihr von dem Telefonat mit Havers, bei dem sie ihn über ihr Gespräch mit Rob Hastings in Kenntnis gesetzt hatte. Dieser habe ihr von den Zugtickets und der Hotelrechnung und Whitings Versicherung gegenüber einer Frau namens Meredith Powell erzählt, diese Informationen seien nach London weitergeleitet worden.

»Meredith Powell? Warum haben wir noch nichts von ihr gehört? Und warum, wenn ich fragen darf, berichtet Sergeant Havers Ihnen und nicht mir?«

Lynley zögerte. Sein offener Blick wanderte von ihr zum Fenster hinter ihr. Ihr wurde bewusst, dass er selbst bis vor einiger Zeit in diesem Zimmer gesessen hatte, und sie fragte sich, ob er es gern zurückhätte, jetzt da sie erledigt war. Er würde es sofort wiederbekommen, wenn er wollte, und er hatte sicherlich wenig Zweifel, dass er besser geeignet war, an diesem Schreibtisch zu sitzen.

»Thomas«, sagte sie schneidend, »warum berichtet Havers Ihnen, und warum haben wir bisher nichts von dieser Meredith Powell gehört?«

Er wandte sich ihr wieder zu. Er beantwortete nur den zweiten Teil ihrer Frage, obwohl die Antwort auf den ersten Teil impliziert war, als er sagte: »Sie haben Havers und Nkata nach

London zurückbeordert.« In seiner Stimme lag kein Vorwurf. Es wäre wohl auch nicht sein Stil gewesen zu erwähnen, dass sie auf ganzer Linie versagt hatte. Andererseits brauchte er das auch nicht, wo alles inzwischen so offensichtlich war.

Sie schwang ihren Stuhl zum Fenster herum. »Gott«, murmelte sie. »Ich habe von Anfang an in jeder Hinsicht falschgelegen.«

»Ich würde nicht sagen …«

»Bitte.« Sie drehte sich wieder zu ihm herum. »Sie brauchen mich nicht mit Samthandschuhen anzufassen, Thomas.«

»Das ist es nicht. Es geht um …«

»Chefin?« In der Tür stand Philip Hale. Er hatte ein Blatt Papier in der Hand. »Ich habe Matt Jones gefunden«, sagte er. »*Den* Matt Jones.«

»Kein Zweifel?«

»Alles passt auf ihn.«

»Und?«

»Söldner. Glücksritter. Was auch immer. Arbeitet für eine Firma namens *Hangtower*. Die meiste Zeit im Nahen Osten.«

»Kann uns irgendjemand sagen, welche Art von Arbeit?«

»Nur, dass es streng geheim ist.«

»Also Auftragskiller?«

»Wahrscheinlich.«

»Danke, Philip«, sagte Isabelle. Er nickte und wandte sich zum Gehen, nicht ohne Lynley einen Blick zuzuwerfen, der keiner weiteren Erläuterung bedurfte, so deutlich drückte er Hales Ansicht über die Rolle aus, die Ardery ihm bei den Ermittlungen zugeteilt hatte. Hätte sie ihn dort gelassen, wo er hingehörte, hätten sie Matt Jones und alle anderen schon vor Tagen dingfest gemacht. Stattdessen hatte sie ihn gezwungen, seine Zeit im St.-Thomas-Krankenhaus abzusitzen. Es war eine Strafmaßnahme gewesen, dachte sie jetzt, die einen absoluten Mangel an Führungsqualität offenbarte. Sie sagte: »Ich höre Hillier schon.«

»Isabelle«, erwiderte Lynley, »machen Sie sich keine Gedanken wegen Hillier. Nichts von dem, was wir heute erfahren haben…«

»Warum? Wollen Sie mir damit sagen: Was passiert ist, ist passiert? Oder dass alles noch schlimmer kommt?« Sie musterte ihn eindringlich und sah ihm an, dass er ihr noch nicht alles erzählt hatte.

Sein Mund verzog sich zu einem angedeuteten Lächeln, fast ein liebevoller Ausdruck, der ihr nicht sonderlich gefiel.

»*Was ist?*«, fragte sie harsch.

»Gestern Abend«, setzte er an.

»Darüber werden wir nicht reden«, fuhr sie ihn an.

»Gestern Abend«, fuhr Lynley entschlossen fort, »haben wir das alles durchgesprochen, und wir haben Frazer Chaplin als unseren Mann ausgemacht, Isabelle. Nichts, was wir heute erfahren haben, ändert etwas daran. Im Gegenteil, was Barbara herausgefunden hat, bestärkt uns in unserer Zielrichtung.« Und da sie im Begriff war, Zweifel anzumelden, sagte er: »Hören Sie mich zu Ende an. Wenn Whiting damit betraut ist, Jossie zu schützen, aus welchem Grund auch immer, wissen wir immerhin zwei Dinge, die uns gestern Abend noch Rätsel aufgegeben haben.«

Sie dachte nach und begriff, worauf er hinauswollte. »Der römische Schatz«, sagte sie. »Falls es denn einen gibt.«

»Nehmen wir an, es gibt ihn. Wir haben uns gefragt, warum Jossie seinen Fund nicht sofort gemeldet hat, wozu er verpflichtet gewesen wäre, und jetzt wissen wir, warum. Versetzen Sie sich mal in seine Situation: Wenn er einen römischen Schatz oder auch nur einen Teil davon ausgräbt und die Behörden verständigt, werden sofort die Journalisten über ihn herfallen und von ihm wissen wollen, wie er den Schatz gefunden und was es damit auf sich hat. Solche Dinge lassen sich nicht geheim halten. Nicht, wenn es sich um einen Schatz handelt, der auch nur annähernd denen von Mildenhall oder Hoxne gleichkommt. Dann erscheint ganz schnell die Polizei, sperrt das Gebiet ab, Archäologen treffen ein und die Experten des British Museum. Ich wette, selbst die *BBC* würde kommen, und schon ist er in den Morgennachrichten. Er soll ja in der Anonymität leben, aber plötzlich fliegt die ganze Tarnung auf. Und das ist das Letzte, was er will.«

Nachdenklich sagte sie: »Aber Jemima Hastings ahnt das natürlich nicht, weil sie nicht weiß, dass er unter Schutz steht.«

»Genau. Er hat es ihr nicht gesagt. Er hat die Notwendigkeit nicht gesehen, oder vielleicht *wollte* er es ihr auch nicht sagen.«

»Vielleicht war sie ja dabei, als er den Schatz gefunden hat«, sagte Isabelle. »Oder er hat etwas mit ins Haus gebracht, wovon er noch nicht wusste, was es war. Er hat es gesäubert und ihr gezeigt. Sie gehen zu der Stelle, wo er es gefunden hat, und …«

»Und sie entdecken noch mehr«, beendete Lynley den Satz. »Jemima weiß, dass man es melden muss. Oder zumindest nimmt sie an, dass sie irgendetwas unternehmen müssen, außer den Schatz auszugraben, zu säubern und dekorativ auf dem Kaminsims zu arrangieren.«

»Zu Geld machen können sie ihn nicht«, sagte Isabelle. »Aber irgendetwas würden sie gern damit anfangen. Also muss sie herausfinden – das würde jeder tun –, was man eigentlich mit so einem Fund tun kann.«

»Das bringt Jossie in die denkbar schlechteste Position«, führte Lynley weiter aus. »Er kann nicht zulassen, dass sein Fund öffentlich bekannt wird, also …«

»Bringt er sie um.« Isabelle fühlte sich völlig ernüchtert. »Das müssen Sie doch einsehen. Er ist der Einzige, der ein Motiv hat.«

Lynley schüttelte den Kopf. »Isabelle, er ist praktisch der Einzige, der *kein* Motiv hat. Das Letzte, was er will, ist, irgendjemandes Aufmerksamkeit zu erregen, und er würde die Aufmerksamkeit massiv auf sich lenken, wenn er sie tötete, denn sie lebt mit ihm zusammen. Wenn er sich versteckt, wird er alles daransetzen, in seinem Versteck zu bleiben, oder? Wenn Jemima darauf besteht, dass sie irgendetwas mit dem Schatz anfangen – und warum sollte sie das nicht tun, denn ihn auf dem Markt zu verkaufen, würde ihnen ein Vermögen einbringen –, dann besteht seine einzige Möglichkeit, dies zu verhindern und das öffentliche Interesse von sich fernzuhalten, auf gar keinen Fall darin, sie zu töten.«

»Mein Gott«, murmelte Isabelle. Ihre Blicke trafen sich. »Sondern ihr die Wahrheit zu sagen. Und deshalb hat sie ihn verlassen. Thomas, sie wusste, wer er ist. Er musste es ihr sagen.«

»Und deshalb ist er nach London gefahren, um sie zu suchen.«

»Weil er Angst hatte, sie könnte es irgendwem erzählen?« Isabelle sah, wie die Puzzleteile zusammenfielen. »Und genau das hat sie getan. Sie hat es Frazer Chaplin erzählt. Nicht sofort natürlich. Aber als sie die Postkarten mit ihrem Foto aus der Portrait Gallery gesehen hat mit Gordon Jossies Handynummer darauf. Aber warum? Warum sollte sie es Frazer erzählen? Hatte sie aus irgendeinem Grund Angst vor Jossie?«

»Wenn sie ihn verlassen hat, können wir annehmen, dass sie entweder nichts mehr mit ihm zu tun haben wollte oder aber Zeit brauchte zu überlegen, was sie tun sollte. Sie hat Angst, sie ist angewidert, sie macht sich Sorgen, sie kommt ins Straucheln, sie will den Schatz, sie sieht ihr Leben aus den Fugen geraten, sie weiß, dass sie Gefahren ausgesetzt ist, wenn sie weiter mit ihm zusammenlebt… Sie kann eine Menge Gründe haben, warum sie nach London geht. Und einer greift in den anderen.«

»Zuerst läuft sie weg. Und dann lernt sie Frazer kennen.«

»Sie werden ein Paar. Sie sagt ihm die Wahrheit. Und damit sind wir wieder bei Frazer.«

»Und warum nicht bei Paolo di Fazio? Schließlich war sie mit ihm zusammen, und er hat die Postkarten gesehen. Oder Abbott Langer oder…«

»Das Verhältnis mit Paolo hatte sie schon vor den Postkarten beendet, und Langer hat die Karten nie gesehen.«

»Frazer hat ein wasserdichtes Alibi, Thomas.«

»Dann müssen wir es widerlegen. Und zwar jetzt sofort.«

Als Erstes müssten sie nach Chelsea und Deborah und Simon St. James einen weiteren Besuch abstatten, sagte Lynley. Es liege auf dem Weg, den sie ohnehin nehmen müssten, und er glaube, dass die beiden etwas in ihrem Besitz hätten, das sich als nützlich erweisen könne.

Während einer Pause im Besprechungsraum kam die Information von Winston Nkata, dass die Durchsicht der Überwachungsvideos nichts anderes ergeben habe als schon zuvor, nämlich nichts. Vor allem sei auf den Filmen keine limonengrüne Vespa zu sehen, die Frazer Chaplin gehöre, und auch keine auffälligen Werbeaufkleber von *DragonFly Tonics.* Wenig überraschend, dachte Isabelle.

Dann erfuhr sie, dass DS Nkata ebenso wie Lynley am Vormittag mit dieser unerträglichen Barbara Havers gesprochen hatte. »Barbara sagt, dass man an den Spitzen der Reetnägel erkennen kann, wer sie hergestellt hat«, sagte er. »Aber sie meint, den Bruder können wir von der Liste streichen. Robert Hastings hat jede Menge Schmiedewerkzeug bei sich zu Hause, aber es ist schon ewig nicht mehr benutzt worden. Andererseits hat Jossie drei verschiedene Sorten Reetnägel in seiner Scheune, und eine davon hat die Form unserer Tatwaffe. Sie möchte wissen, was mit den Phantombildern ist.«

»Ich habe Dee gebeten, sie ihr zu schicken«, sagte Lynley.

Isabelle wies Nkata an weiterzumachen, dann folgte sie Lynley zum Parkplatz.

Deborah und Simon St. James waren zu Hause. St. James kam persönlich an die Tür, und der Familiendackel wuselte ihm kläffend um die Beine. Er bat Isabelle und Lynley herein und ermahnte den Hund, der ihn fröhlich ignorierte und immer weiterbellte, bis Deborah aus einem Zimmer rechts vom Treppenhaus rief: »Herrgott noch mal, Simon, sorg dafür, dass sie Ruhe gibt!« Sie war im Esszimmer, einem sehr formellen Raum, wie man sie in knarrenden alten viktorianischen Häusern fand. Er war auch genauso eingerichtet, zumindest was die Möbel betraf. Gott sei Dank gab es keine Unmengen an Nippes und auch keine William-Morris-Tapeten. Der Esstisch war aus schwerem dunklem Holz, und ein Sideboard war voll gestellt mit englischer Keramik.

Deborah St. James benutzte den Tisch offenkundig zur Sichtung von Fotos, die sie eilig zusammenschob, als sie eintraten. Lynley sagte zu ihr: »Ach, doch nicht?«, was sich auf die Fotos zu beziehen schien.

Deborah sagte: »Wirklich, Tommy. Ich wünschte, du würdest mich nicht so leicht durchschauen.«

»Teetische sind …«

»Nicht mein Ding. Richtig.«

»Das ist bedauerlich«, sagte Lynley. »Aber ich hatte mir gleich gedacht, dass Nachmittagstee nicht gerade … wie soll ich sagen … das geeignete Thema ist, deine Talente zur Geltung zu bringen.«

»Sehr witzig. Simon, willst du tatenlos hinnehmen, dass er sich über mich lustig macht, oder wirst du endlich etwas zu meiner Verteidigung sagen?«

»Ich hatte eigentlich vor, mir anzusehen, wie weit ihr beide diese entsetzliche Frotzelei noch treiben wollt.« St. James war nur bis zur Tür gekommen, wo er sich gegen den Rahmen lehnte.

»Du bist genauso erbarmungslos wie er.« Deborah begrüßte Isabelle – sie nannte sie Superintendent Ardery – und entschuldigte sich, sie müsse nur eben »dieses verkorkste Zeug« in den Müll werfen. Beim Hinausgehen fragte sie, ob sie einen Kaffee wollten. Sie räumte ein, dass dieser bereits seit Stunden auf der Warmhalteplatte in der Küche stehe, aber mit ein bisschen Milch und »ein paar Löffeln Zucker« sei er vielleicht noch genießbar. »Oder ich mache frischen«, bot sie an.

»Wir haben keine Zeit«, sagte Lynley. »Wir würden gern kurz mit dir sprechen, Deb.«

Isabelle war einigermaßen überrascht, weil sie angenommen hatte, dass ihr Besuch in Chelsea nicht Deborah St. James, sondern vielmehr deren Mann galt. Deborah wirkte ebenso überrascht wie Isabelle, aber sie sagte: »Na, dann gehen wir doch hier rüber. Hier ist es gemütlicher.«

Sie betraten eine Art Bibliothek, vermutete Isabelle. Sie befand sich, wo man normalerweise ein Wohnzimmer erwartet hätte, mit dem Fenster zur Straße, und war eingerichtet mit bequemen Sesseln, einem offenen Kamin und einem antiken Schreibtisch. Neben Unmengen von Büchern – auf Regalen, auf Tischen und auf dem Boden – gab es stapelweise Zeitungen. Offenbar hatten die St. James' jede verfügbare Londoner Zeitung abonniert. Als Frau, die gern mit leichtem Gepäck reiste und zum Leben nur das Notwendigste benötigte, fand Isabelle das Haus erschlagend.

Deborah schien ihre Reaktion zu bemerken, denn sie sagte: »Das ist Simon. Er war schon immer so, Superintendent Ardery. Sie können Tommy fragen. Sie sind zusammen aufs Internat gegangen, und Simon hat den armen Hausmeister zur Verzweiflung getrieben. Und er hat sich seitdem kein bisschen gebessert. Bitte werfen Sie einfach irgendetwas auf den Boden, und nehmen Sie Platz. Normalerweise ist es nicht ganz so schlimm. Du weißt das doch, nicht wahr, Tommy?« Bei ihren letzten Worten sah sie Lynley an. Dann wandte sie sich wieder Isabelle zu und lächelte flüchtig. Aber nicht aus Freude oder Freundlichkeit, wie Isabelle bemerkte, sondern um etwas zu verbergen.

Isabelle fand schließlich ein Fleckchen, wo sie am wenigsten aus dem Weg räumen musste. Sie sagte: »Isabelle, nicht Superintendent«, und wieder reagierte Deborah mit diesem flüchtigen Lächeln, nachdem sie Lynley einen Blick zugeworfen hatte. Irgendetwas sah sie ihm an, dachte Isabelle. Deborah St. James musste Thomas wesentlich besser kennen, als ihre Munterkeit vermuten ließ.

»Na schön, Isabelle«, sagte Deborah. Und zu Lynley: »Bis nächste Woche muss er alles aufräumen. Er hat's versprochen.«

»Ach, kommt deine Mutter zu Besuch?«, sagte Lynley zu St. James.

Sie lachten. Wieder hatte Isabelle den Eindruck, dass die drei in einer Art Kurzformeln kommunizierten. Am liebsten hätte sie gesagt: »Also gut, können wir jetzt weitermachen?«, aber irgendetwas hielt sie davon ab, und es gefiel ihr überhaupt nicht, was dieses Irgendetwas ihr sagte: über sie selbst oder über ihre Gefühle. Sie hatte in dieser Hinsicht einfach keine Gefühle.

Lynley kam auf den Zweck ihres Besuchs zu sprechen. Er fragte Deborah St. James nach der Ausstellung in der National Portrait Gallery. Ob er vielleicht noch eine Ausgabe der Zeitschrift mit den Fotos der Vernissage bekommen könne? Barbara Havers habe das andere Exemplar an sich genommen, aber er erinnere sich, dass sie noch eines besitze. Natürlich, sagte Deborah und zog die Zeitschrift aus einem der zahlreichen Stapel. Sie gab sie ihm. Dann entdeckte sie noch eine – eine andere Ausgabe – und reichte sie Lynley ebenfalls. »Ich habe die nicht alle gekauft. Simons Bruder und seine Schwester … Und Dad war so stolz …« Sie errötete.

»An deiner Stelle hätte ich genau dasselbe getan«, sagte Lynley ernst.

»Sie hat mal wieder ihre fünf Minuten«, sagte St. James zu Lynley.

»Ihr beide seid unmöglich«, sagte Deborah, und zu Isabelle: »Sie ziehen mich gern auf.«

St. James fragte, nicht ohne Grund, was Lynley mit der Zeitschrift vorhabe. Was denn da vor sich gehe, wollte er wissen. Das habe doch sicher mit dem Fall zu tun, nicht wahr?

Allerdings, erwiderte Lynley. Sie müssten ein Alibi widerlegen, und er glaube, dass die Fotos von der Ausstellungseröffnung dabei hilfreich sein könnten.

Mit den Zeitschriften unterm Arm machten sie sich auf den Weg zur nächsten Station ihrer Fahrt. Isabelle konnte sich nicht vorstellen, was ihnen ein paar Societyfotos nützen sollten, und das sagte sie ihm auch, als sie nach ihrem Besuch wieder auf der Straße standen. Sie stiegen in den Healey Elliott, bevor er antwortete. Er reichte ihr die Zeitschriften. Er beugte sich zu ihr hinüber, nachdem sie die Seite mit den Fotos von der Vernissage aufgeschlagen hatte, und zeigte auf eines. Frazer Chaplin, sagte er. Die Tatsache, dass er dort gewesen sei, werde ihnen als der Hebel dienen, den sie brauchten.

»Wofür?«

»Um eine Lüge von der Wahrheit zu trennen.«

Sie sah ihn an. Er war ganz plötzlich verstörend nah. Er schien dies zu wissen, denn er sah aus, als wollte er noch etwas sagen oder, schlimmer noch, etwas tun, das sie beide noch bereuen würden.

»Und was für eine Wahrheit soll das sein?«, fragte sie.

Er rückte von ihr ab und ließ den Motor an. »Ich habe noch mal nachgedacht. Das Datum auf dem Vertrag bedeutet überhaupt nichts.«

»Welches Datum? Welcher Vertrag?«

»Der Vertrag mit *DragonFly Tonics*, mit dem Frazer Chaplin sich einverstanden erklärt hat, seine Vespa als Werbeträger für das Produkt zu benutzen. In dem Vertrag wird eine leuchtende Farbe gefordert und die Anzahl der Aufkleber festgelegt. Seine Unterschrift darunter erweckt den Eindruck, als wäre er unmittelbar nach Vertragsabschluss losgefahren, um die Arbeiten machen zu lassen.«

»Aber so war es nicht«, sagte sie und begriff jetzt. »Winston sieht sich die Filme auf eine giftgrüne Vespa mit Aufklebern hin an. Bei der Befragung der Anwohner wird nach einer giftgrünen Vespa mit Aufklebern gefragt.«

»Etwas, das man wahrscheinlich sehen und woran man sich erinnern würde.«

»Während er in Wirklichkeit gar keine grüne Vespa mit Aufklebern benutzt hat, um nach Stoke Newington zu fahren.«

Lynley nickte. »Ich habe bei der Lackiererei in Shepherd's Bush angerufen, nachdem mir Barbara am Telefon gesagt hatte, ich sollte ihren Maulwurf treffen. Frazer Chaplin war tatsächlich dort, um seine Vespa umspritzen und die Aufkleber anbringen zu lassen. Aber das war am Tag nach Jemimas Tod.«

Bella McHaggis wuchtete gerade eine neue Komposttonne aus ihrem Wagen, als Scotland Yard eintraf. Es waren die beiden Polizisten, mit denen sie bei der Met gesprochen hatte an dem Tag, als sie Jemimas Handtasche gefunden hatte. Sie parkten auf der anderen Straßenseite in einem altertümlichen Auto, weshalb sie ihr überhaupt aufgefallen waren. Wegen des Autos. Das Erscheinen eines solchen Wagens in der Oxford Road – wahrscheinlich in jeder Straße, dachte sie – musste einfach Aufmerksamkeit erregen. Es ließ auf Privilegien schließen, auf jede Menge Geld und hemmungslosen Benzinverbrauch. Wo blieb der Umweltschutz?, fragte sie sich. Wo blieb die Vernunft? Sie konnte sich nicht an ihre Namen erinnern, aber sie nickte zum Gruß, als sie über die Straße auf sie zukamen.

Der Mann – er stellte sich höflich als DI Lynley und seine Begleiterin als Superintendent Ardery vor – übernahm es, die Komposttonne aus Bellas Auto zu hieven. Er hatte gute Manieren, daran bestand kein Zweifel. Er war gut erzogen, was man ja von den meisten Leuten unter vierzig heutzutage nicht mehr sagen konnte.

Sie waren sicherlich nicht nach Putney gekommen, um ihr bei der Pflege ihrer Regenwürmer zu helfen, und deshalb bat Bella sie ins Haus. Der Inspector musste ohnehin die Tonne in den Garten hinter dem Haus tragen, und da der einzige Weg dorthin durchs Haus führte, bot Bella ihnen, da sie schon mal drinnen waren, korrekterweise eine Tasse Tee an.

Sie lehnten dankend ab, aber sie sagten – die Frau sagte es, Superintendent Ardery –, dass sie sich gern mit ihr unterhalten würden. Bella antwortete, natürlich, selbstverständlich, und sie fügte entschlossen hinzu, sie hoffe doch sehr, dass sie gekommen seien, um ihr mitzuteilen, man habe in dieser schrecklichen Sache von Jemimas Tod endlich jemanden festgenommen.

Sie stünden kurz davor, antwortete DI Lynley.

Sie seien gekommen, um mit ihr über Frazer Chaplin zu sprechen, fügte die Frau hinzu.

Sie sagte es ganz freundlich, und diese Freundlichkeit ließ

Bella all ihre Antennen ausfahren. Sie sagte: »Frazer? Was hat das mit Frazer zu tun? Haben Sie denn gar nichts wegen dieser Hellseherin unternommen?«

»Mrs. McHaggis.« Das war jetzt Lynley. Bella gefiel sein Ton überhaupt nicht, der aus irgendeinem unerklärlichen Grund bedauernd klang. Noch weniger gefiel ihr sein Gesichtsausdruck, denn er drückte etwas aus wie… War es Mitleid? Sie straffte die Schultern.

»Was?«, blaffte sie. Am liebsten hätte sie die beiden gleich wieder vor die Tür gesetzt. Sie fragte sich, wie oft sie diese Dummköpfe noch mit der Nase auf die einzig richtige Fährte stoßen musste, und die führte zu Yolanda, dieser übergeschnappten Hellseherin.

Wieder Lynley. Er begann, ihr langatmig etwas zu erklären. Es hatte etwas mit Jemimas Handy zu tun, mit Anrufen, die sie am Tag ihres Todes erhalten hatte, und mit Anrufen, die nach ihrem Tod auf dem Handy eingegangen waren. Mit Funksignalen von Sendemasten, was auch immer das wieder sein mochte. Frazer hatte sie anscheinend in dem Zeitraum angerufen, als sie ermordet worden war, aber danach nicht mehr, woraus die Polizisten offenbar schlossen, dass Frazer das arme Mädchen ermordet hatte. Einen größeren Blödsinn hatte Bella McHaggis ihr ganzes Leben noch nicht gehört.

Dann schaltete sich die Polizistin ein. Sie erklärte ihr irgendetwas über Frazers Motorroller. Sie ließ sich über die Farbe aus, über die Aufkleber, die er angebracht hatte, um sich ein bisschen Geld zu verdienen, und dass man auf so einem Roller wie dem von Frazer viel leichter von einem Ort zum anderen kam.

Bella sagte: »Moment mal«, denn sie war nicht ganz so begriffsstutzig, wie sie offenbar glaubten, und verstand plötzlich, worauf sie hinauswollten. Sie hielt ihnen entgegen, wenn sie sich schon für Roller interessierten, ob sie schon mal darüber nachgedacht hätten, dass der Roller, mit dem sie sich aufhielten, ein *italienischer* Roller war und dass man *italienische* Roller tageweise mieten konnte? Schließlich wohnte ein Italiener hier bei ihr, und zwar einer, der ganz dicke mit Jemima gewesen war, bis sie mit ihm Schluss gemacht hatte. Und ob sie dann nicht lieber Paolo di Fazio unter die Lupe nehmen wollten, wenn sie schon so wild darauf waren, dieses Verbrechen jemandem aus ihrem Haus anzuhängen?

»Mrs. McHaggis.« Wieder Lynley. Diese schwermütigen Augen. Braun. Warum hatte der Mann so blondes Haar und dazu so braune Augen?

Bella wollte nicht mehr zuhören und schon gar nichts mehr davon wissen. Sie erinnerte die beiden daran, dass nichts von dem, was sie sagten, eine Rolle spiele, weil Frazer am Tag von Jemima Hastings' Tod nicht mal in der Nähe von Stoke Newington gewesen sei. Er sei genau dort gewesen, wo er immer zwischen seiner Arbeit auf der Eisbahn und seinem Job im *Duke's* war. Hier im Haus sei er gewesen, er habe geduscht und sich umgezogen. Das habe sie ihnen längst gesagt, verdammt noch mal, und wie oft solle sie es ihnen noch …

»Hat er Sie verführt, Mrs. McHaggis?« Es war die Frau, die die Frage stellte, und sie stellte sie unverblümt. Sie saßen alle drei am Küchentisch, auf dem Salz- und Pfefferstreuer standen. Bella hätte sie der Frau am liebsten an den Kopf geworfen oder an die Wand, aber sie ließ es bleiben. Stattdessen sagte sie: »Wie können Sie es wagen?«, was eine altmodische Bemerkung war, die ihr Alter mehr verriet als alles andere, was sie gesagt hatte. Junge Leute – wie diese beiden Polizisten – redeten andauernd über solche Dinge. Allerdings benutzten sie nicht das Wort *verführen*, wenn sie unter ihresgleichen darüber sprachen, und sie dachten sich nichts dabei, was es bedeutete, derart in die Privatsphäre anderer Leute einzudringen.

»Es ist seine Art, Mrs. McHaggis«, sagte die Frau. »Das wurde uns bestätigt von …«

»In diesem Haus herrschen Regeln«, erklärt Bella steif. »Und ich bin nicht so eine. Anzunehmen … Auch nur zu *denken* … oder überhaupt zu *mutmaßen* …« Gott, sie fing schon an zu stammeln. Wahrscheinlich hielten sie sie für eine komplette

Närrin, eine alte Schachtel, die einem samtäugigen Don Juan auf den Leim gegangen war, der sie um ihr Geld erleichtern wollte, wo sie doch überhaupt keins hatte. Also warum hätte er sich dann mit ihr abgeben sollen? Sie riss sich zusammen. Und besann sich der Würde, die ihr geblieben war. Sie sagte: »Ich kenne meine Mieter. Ich habe es mir zur Angewohnheit gemacht, meine Mieter zu kennen, weil ich nämlich mit ihnen unter einem Dach wohne, verflixt noch mal, und ich will ganz bestimmt nicht mit einem Mörder unter einem Dach wohnen, was glauben Sie wohl?« Sie wartete nicht darauf, ob sie ihre Frage beantworteten, die ohnehin rhetorisch gemeint war. »Also hören Sie mir gut zu, denn ich werde mich nicht wiederholen: Frazer Chaplin wohnt hier, seit ich Zimmer vermiete, und meinen Sie nicht, ich hätte längst herausgefunden, dass er … wofür auch immer Sie ihn halten mögen …«

Die beiden Polizisten tauschten einen langen Blick aus. Es war der Mann, der das Gespräch wieder aufnahm. »Sie haben recht. Das war nicht besonders hilfreich. Ich glaube, Superintendent Ardery wollte sagen, dass Frazer einen Schlag bei den Frauen hat.«

»Und wenn schon?«, entgegnete Bella trotzig. »Das ist ja nicht seine Schuld.«

»Das will ich auch nicht sagen.« Lynley fuhr fort und fragte, ob sie vielleicht noch einmal auf das zurückkommen könnten, was sie ihnen darüber erzählt hatte, wo Frazer an dem Tag gewesen war, als Jemima Hastings ermordet wurde.

Das habe sie ihnen doch bereits gesagt. Sie habe es mehrmals wiederholt, und es werde sich auch nichts daran ändern, wenn sie es noch einmal sage. Frazer habe getan, was er immer tue …

Genau darum gehe es ihnen. Wenn ein Tag im Leben von Frazer Chaplin wie der andere war, bestehe da nicht die Möglichkeit, dass sie sich geirrt habe, dass sie vielleicht nur gedacht habe, was er getan hätte? Könne es sein, dass er später etwas gesagt oder getan habe, um sie glauben zu machen, er sei wie gewohnt zu der Zeit zu Hause gewesen, während er in Wahrheit gar nicht zu Hause gewesen sei? Ob sie ihn immer sehe, wenn er nach Hause komme, um zwischen den zwei Jobs zu duschen und sich umzuziehen? Ob sie ihn immer höre? Ob sie wirklich immer genau zu der Zeit zu Hause sei? Gehe sie manchmal einkaufen oder beschäftige sich im Garten? Verabrede sie sich manchmal mit einer Freundin auf einen Kaffee? Oder werde angerufen oder sehe sich eine Fernsehsendung an? Habe sie manchmal etwas zu erledigen, sodass sie aus dem Haus gehen müsse oder einfach nur in einen anderen Teil des Hauses, sodass die Möglichkeit bestehe, dass sie nicht genau wisse, es nicht beschwören könne, nicht gesehen habe, nicht bestätigen könne …

Bella wurde ganz schwindelig. Sie machten sie ganz verrückt mit all dem Gerede von so vielen Möglichkeiten. Die Wahrheit sei schlicht und einfach, dass Frazer ein guter Junge sei, nur sie könnten das nicht sehen, da sie Polizisten seien, und sie kenne sich aus mit Polizisten, wirklich. Ging es nicht allen so? Wusste nicht jeder, dass Polizisten immer das taten, was sie am besten konnten, nämlich jemanden des Mordes zu verdächtigen und dann die Fakten so lange zurechtzubiegen, bis seine Schuld feststand? Und hatte man das nicht oft genug in der Zeitung lesen können, wie Scotland Yard vermeintliche IRA-Mitglieder jahrelang aufgrund gefälschter Beweise wegsperrte, und, Gott, Frazer war schließlich auch Ire, und schon weil er Ire war, konnte er doch in ihren Augen nichts anderes als schuldig sein, oder?

Dann begann Lynley von der National Portrait Gallery zu erzählen. Er erwähnte Jemima und das Foto von Jemima, woraus Bella entnahm, dass er das Thema gewechselt hatte, dass es jetzt nicht mehr um Frazer, sondern um Societyfotos ging, und sie war selbstverständlich gern bereit, sich diese anzusehen.

»Ein bisschen zu viel des Zufalls für unseren Geschmack«, sagte Lynley gerade. Er erwähnte jemanden namens Dickens, und er brachte diese Person irgendwie mit Hampshire in Verbindung, und dann sagte er etwas über Frazer und dann über Jemima, und dann spielte es gar keine Rolle mehr, denn plötzlich war sie wie vom Donner gerührt und fragte: »Was hat *die* denn da zu suchen?« Ihr wurde ganz anders, und sie bekam eiskalte Hände.

»Wer?«, fragte Lynley.

»Die. Na, die hier«, und Bella zeigte auf das Foto, das sie mit der Wirklichkeit konfrontierte. Jetzt ging es ganz schnell, die Wahrheit raste wie ein Expresszug auf sie zu. Er pfiff *Närrin, Närrin, Närrin*, und es war ohrenbetäubend, während der Zug immer näher kam.

»Das ist die Frau, von der wir gesprochen haben«, sagte Superintendent Ardery und beugte sich vor, um die Frau auf dem Foto zu betrachten. »Das ist Gina Dickens, Mrs. McHaggis. Wir gehen davon aus, dass Frazer sie an jenem Abend kennengelernt …«

»Gina Dickens?«, sagte Bella. »Sie sind ja verrückt. Das ist Georgina Francis, wie sie leibt und lebt. Ich habe sie letztes Jahr rausgeworfen, weil sie eine meiner Hausregeln gebrochen hat.«

»Welche Regel?«, fragte Ardery.

»Die Regel wegen …« *Närrin, Närrin, Närrin.*

»Ja?«, ermunterte der Detective Inspector sie.

»Frazer. Sie«, sagte Bella. *Närrin, Närrin, Närrin, Närrin.* »Er hat gesagt, sie wäre weg. Er hat gesagt, er hätte sie nie wieder gesehen, seit sie ausgezogen ist. Er hat gesagt, *sie* wäre hinter *ihm* her gewesen … und er hätte das alles überhaupt nicht gewollt … nicht mit ihr.«

»Aha. Also, da hat er Sie wohl belogen«, sagte Lynley. »Können wir vielleicht doch noch einmal über den Tag reden, an dem Jemima Hastings umgebracht wurde? Woran erinnern Sie sich?«

32

Sie würde Riesenärger bekommen, das war klar. Sie war dermaßen spät dran – wenn sie jetzt ihren Job nicht verlieren wollte, müsste sie schon behaupten, sie sei von Marsmännchen entführt worden.

Denn mittlerweile war ebenfalls klar, dass sie diesmal nicht nur zu spät kommen, sondern den ganzen Tag fehlen würde. Als Meredith nämlich sah, wie Zachary Whiting und Gina Dickens sich miteinander unterhielten, stand für sie fest, dass sie in Aktion treten würde, und die Aktion, die ihr vorschwebte, hatte nichts damit zu tun, nach Ringwood zu fahren und sich brav an ihren Arbeitsplatz bei *Gerber & Hudson Graphic Design* zu setzen.

Trotzdem rief sie Mr. Hudson nicht an. Sie müsste es eigentlich tun, aber sie konnte sich nicht dazu überwinden. Er würde komplett ausrasten, aber wenn es ihr bis zum Abend gelänge, das Knäuel aus Gina Dickens, Zachary Whiting, Gordon Jossie und Jemimas Tod zu entwirren und als strahlende Heldin dazustehen, die die Schurken in die Knie gezwungen hatte, würde der Ruhm vielleicht ihre Chance sein, ihren Job nicht zu verlieren.

Zuerst kam sie sich ein bisschen wie ein kopfloses Huhn vor, als sie den Chief Superintendent mit Gina Dickens reden sah. Sie hatte keine Ahnung, was sie tun oder denken oder wohin sie fahren sollte. Sie schlich zurück zu ihrem Wagen und fuhr in Richtung Lyndhurst, denn dort befand sich die Polizeiwache, und auf die Polizei sollte man sich doch verlassen können. Nur, was hatte sie davon, dorthin zu fahren, dachte sie, wenn der Chef der Polizei von Lyndhurst auf Gordons Koppel stand und offensichtlich dick mit Gina Dickens befreundet war?

Meredith fuhr an den Straßenrand und ging noch einmal alles durch, was sie von Gina Dickens gehört hatte, was ihre eigenen Nachforschungen ergeben hatten und was sie von Michele Daugherty erfahren hatte. Sie versuchte, sich an jedes Wort zu erinnern, das man ihr gesagt hatte, und sich daraus ein Bild davon zusammenzusetzen, wer Gina Dickens wirklich war. Sie gelangte zu der Überzeugung, dass es irgendwo irgendetwas über Gina geben musste, ein Stückchen Wahrheit, von dem Gina selbst nicht wusste, dass sie es enthüllt hatte. Das musste Meredith finden. Und wenn sie es gefunden hatte, würde sie ganz genau wissen, was zu tun war.

Das Problem daran war natürlich das Wo. Wo sollte sie nach diesem Stückchen Wahrheit suchen? Wenn Gina Dickens eigentlich nicht existierte, was konnte sie – Meredith Powell – dann tun, um herauszufinden, wer sie war und warum sie mit Chief Superintendent Whiting unter einer Decke steckte bei … tja, bei welcher Sache eigentlich? Was genau war der Grund für die Partnerschaft der beiden?

Meredith vermutete, dass Gina alle Informationen darüber, was sie in Hampshire vorhatte oder wie ihr richtiger Name lautete, irgendwo aufbewahrte, wo sie stets in Reichweite waren. In ihrer Handtasche zum Beispiel oder vielleicht in ihrem Auto.

Andererseits ergab das auch wieder keinen Sinn, dachte Meredith. Das konnte Gina Dickens nicht riskieren. Denn wenn sie das Zeug mit sich herumschleppte, konnte Gordon Jossie viel zu leicht per Zufall darüber stolpern. Sie brauchte also einen viel sichereren Ort, um die Unterlagen aufzubewahren, die verrieten, wer sie wirklich war und was sie im Schilde führte.

Dann fiel es Meredith wie Schuppen von den Augen. Sie umklammerte das Lenkrad. Es gab einen Ort, wo Gina ungehindert diejenige sein konnte, die sie war: innerhalb der vier Wände ihres Pensionszimmers. Meredith hatte das Zimmer zwar durchsucht, aber sie hatte nicht überall gründlich nachgesehen. Zum Beispiel nicht zwischen Matratze und Sprungfederrahmen. Sie hatte die Kommodenschubladen nicht herausgezogen, um festzustellen, ob irgendetwas darunter klebte. Und die Bilder hatte sie auch nicht von der Wand genommen.

In diesem verdammten Zimmer musste die Antwort liegen, dachte Meredith, denn warum sonst hätte Gina es behalten sollen, wo sie doch bei Gordon wohnte? Warum sollte sie sich in solche Unkosten stürzen, wenn es keinen Grund dafür gab? Also befanden sich die Antworten auf alle Rätsel über Gina Dickens in Lyndhurst, wo sie die ganze Zeit gewesen waren. Denn in Lyndhurst lag nicht nur Ginas Zimmer, sondern auch Whitings Polizeirevier. Und das passte ja wirklich verdammt gut zusammen.

Meredith hatte sich das zwar alles sehr scharfsinnig zusammengereimt, doch allmählich hatte sie das Gefühl, dass sie in gefährliches Fahrwasser geriet. Mord, ein korrupter Polizist, falsche Identitäten… Das war nicht ihre Kragenweite. Dennoch würde sie all dem auf den Grund gehen müssen, da offenbar niemand anderes ein Interesse daran hatte.

Obwohl… Natürlich!, dachte Meredith. Sie holte ihr Handy hervor und wählte Rob Hastings' Nummer.

Er war – welch glücklicher Zufall – tatsächlich gerade in Lyndhurst. Er war – ein nicht minder glücklicher Zufall – unterwegs zu einer Sitzung mit anderen Wildhütern, die vermutlich anderthalb, vielleicht auch zwei Stunden dauern würde.

Hastig erzählte sie Rob, was sie auf dem Herzen hatte: »Rob, es sind Gina Dickens und dieser Chief Superintendent. Die beiden gemeinsam. Und es gibt übrigens überhaupt keine Gina Dickens. Und Chief Superintendent Whiting hat Michele Daugherty gesagt, sie soll aufhören mit ihren Nachforschungen über Gordon Jossie, dabei hatte sie noch gar nicht richtig damit angefangen, und…«

»Moment mal. Wovon redest du?«, fiel Rob ihr ins Wort. »Merry, was zum Teufel… Wer ist Michele Daugherty?«

»Ich gehe jetzt in ihr Zimmer in Lyndhurst.«

»In Michele Daughertys Zimmer?«

»Nein, in Ginas. Sie hat ein Zimmer über dem *Mad Hat-*

ter, Rob. In der High Street. Weißt du, wo das ist? Die Teestube …«

»Natürlich kenn ich das *Mad Hatter*«, sagte er. »Aber …«

»Es muss dort irgendwas geben, irgendetwas, das ich beim letzten Mal übersehen habe. Können wir uns dort treffen? Es ist wichtig, ich habe sie nämlich zusammen gesehen. Auf Gordons Grundstück. Er ist bis ans Haus gefahren, ausgestiegen, zur Koppel gegangen, und da haben sie die ganze Zeit gestanden und geredet …«

»Whiting?«

»Ja, ja. Wer sonst? Das versuch ich dir doch die ganze Zeit zu erklären.«

Er sagte: »Scotland Yard ist wieder hier, Merry. Eine Frau namens Havers. Du musst sie anrufen. Ich hab ihre Nummer.«

»Scotland Yard? Rob, wie sollen wir *denen* denn über den Weg trauen, wenn wir nicht mal Whiting trauen können? Das sind auch Polizisten. Was erzählen wir denen? Dass Whiting mit Gina Dickens redet, die eigentlich nicht Gina Dickens ist, wir aber nicht wissen, wer sie ist? Nein, nein. Wir müssen …«

»Merry, Himmel Herrgott, hör mir zu! Ich habe dieser Frau – dieser Havers – alles erzählt. Was du mir über Whiting berichtet hast. Dass du ihm die Informationen gegeben hast. Dass er gesagt hat, es wäre alles in besten Händen. Sie will bestimmt hören, was du sonst noch weißt. Und dieses Zimmer will sie sich bestimmt auch ansehen. Hör auf mich.«

Dann hatte er ihr gesagt, er sei unterwegs zur Wildhüter-Sitzung. Die könne er nicht ausfallen lassen, er müsse nämlich … Ach, egal, sagte er. Er müsse einfach dahin. Und sie müsse die Frau von Scotland Yard anrufen.

»O nein!«, rief sie. »Kommt gar nicht infrage. Wenn ich die anrufe, hält sie mich nur davon ab, in Ginas Apartment einzubrechen. Das weißt du genau.«

»Einbrechen?«, wiederholte er. »Einbrechen? Merry, was hast du vor?« Er bat sie, auf ihn zu warten. Er werde gleich nach der Sitzung zum *Mad Hatter* kommen. Er werde so bald wie möglich kommen. »Mach bloß keinen Unsinn«, sagte er. »Versprich's mir, Merry. Wenn dir irgendwas zustößt…« Er brach ab.

Zuerst sagte sie nichts. Dann versprach sie, auf ihn zu warten, und legte auf.

Sie hatte fest vor, ihr Versprechen zu halten, aber als sie in Lyndhurst eintraf, wurde ihr klar, dass zu warten nicht infrage kam. Sie konnte einfach nicht warten. Wenn es da oben in Ginas Zimmer etwas zu finden gab, dann musste sie es in die Hände bekommen.

Sie parkte am New-Forest-Museum und lief die High Street hinauf bis zum *Mad Hatter Tea Rooms.* Die Teestube hatte bereits geöffnet und war gut gefüllt, und so nahm niemand Notiz von Meredith, als sie durch die Tür gleich neben der Teestube trat.

Sie rannte die Treppe hoch. Oben angekommen, schlich sie auf Zehenspitzen weiter. Sie lauschte an der Tür gegenüber von Ginas Zimmer. Kein Geräusch war zu hören. Sicherheitshalber klopfte sie an. Niemand öffnete. Gut. Auch diesmal würde niemand sie bemerken.

Sie nahm ihre Kreditkarte aus der Handtasche. Ihre Hände waren feucht; das mussten die Nerven sein. In Ginas Zimmer einzubrechen, schien ihr diesmal gefährlicher zu sein als beim ersten Mal. Da hatte sie lediglich einen Verdacht gehabt. Aber jetzt hatte sie Gewissheit.

Sie fummelte so nervös mit der Karte herum, dass sie ihr zweimal aus der Hand fiel, bis es ihr schließlich gelang, die Tür zu öffnen. Ein letztes Mal sah sie sich um, bevor sie das Zimmer betrat.

Plötzlich spürte sie eine Bewegung zu ihrer Linken. Dann einen Luftzug und einen dunklen Schatten. Die Tür schloss sich hinter ihr und wurde von innen verriegelt. Sie wirbelte herum. Vor ihr stand ein Mann, den sie noch nie gesehen hatte. Einen Augenblick, und er war nur ganz kurz, schossen ihr die lächerlichsten Gedanken durch den Kopf – dass sie sich in der Tür geirrt hatte, dass das Zimmer an jemand anderen vermietet worden war, dass Gina überhaupt nie ein Zimmer über dem *Mad Hatter* gehabt hatte. Doch dann sagte ihr der Verstand, dass sie sich tatsächlich in Gefahr befand, denn der Mann packte sie am Arm, riss sie herum und hielt ihr brutal den Mund zu. Sie spürte, wie ihr irgendetwas gegen den Hals gedrückt wurde. Es fühlte sich verdammt spitz an.

»Ja, wen haben wir denn da?«, flüsterte er ihr ins Ohr. »Und was machen wir jetzt mit dir?«

Nach dem Anruf der Polizistin von Scotland Yard wusste Gordon Jossie, dass die Sache mit Gina vorbei war. Am frühen Morgen hatte es in der Küche einen Moment gegeben, als Ginas Beteuerungen ihn beinahe davon überzeugt hätten, dass sie die Wahrheit sagte. Aber als DS Havers anrief und fragte, warum Gina nicht bei ihr im Hotel in Sway erschienen war, begriff er, dass dies reines Wunschdenken gewesen war und nichts mit der Wirklichkeit zu tun hatte. Welch passende Beschreibung seines gesamten Erwachsenenlebens, dachte er verbittert. Es hatte zumindest zwei Jahre in seinem Leben gegeben – die Jahre mit Jemima –, in denen er sich eine Zukunft zurechtfantasiert hatte. Es hatte so ausgesehen, als hätte die Fantasie Wirklichkeit werden können – wegen Jemima, weil sie ihn gebraucht hatte. Sie hatte ihn gebraucht, wie eine Pflanze guten Boden und ausreichend Wasser brauchte, und er hatte geglaubt, dass diese Bedürftigkeit die simple Tatsache, einen Mann in ihrem Leben zu haben, wichtiger erscheinen ließ als die Frage, wer dieser Mann war. Und sie schien genau die Frau gewesen zu sein, die er gesucht hatte, auch wenn er in Wirklichkeit gar nicht gesucht hatte. Es wäre sinnlos gewesen zu suchen, weil die Welt, die er um sich herum aufgebaut hatte – oder besser gesagt, die Welt, die für ihn errichtet worden war –, ihm jederzeit um die Ohren fliegen konnte. Und dann war sie plötzlich da gewesen am Longslade Bottom mit ihrem Bruder und dessen Hund. Er war mit Tess dort gewesen. Sie hatte den ersten Schritt gemacht, wie man so sagte. Eine Einladung zu ihrem Bruder nach Hause, wo auch sie selbst lebte, eine Einladung auf einen Drink an einem Sonntagnachmittag, obwohl er keinen Alkohol trank und nie einen Drink riskieren konnte und wollte.

Er war hingegangen wegen ihrer Augen. Jetzt kam es ihm lächerlich vor, dass er deswegen nach Burley gefahren war, um sie wiederzusehen, aber so war es gewesen. Er hatte noch nie jemanden mit zwei verschiedenfarbigen Augen gesehen, und es gefiel ihm, in diese Augen zu schauen, das hatte er sich zumindest eingeredet. Also war er hingefahren. Und der Rest ... Welche Rolle spielte es noch? Der Rest hatte ihn dorthin gebracht, wo er jetzt war.

Ihr Haar war länger gewesen, als er sie, Monate nachdem sie ihn verlassen hatte, in London wiedergesehen hatte. Es schien auch eine Spur heller gewesen zu sein, aber seine Erinnerung konnte ihm auch einen Streich gespielt haben. Ansonsten war sie ganz die Alte gewesen.

Er hatte erst gar nicht verstanden, warum sie für ihr Treffen ausgerechnet den Friedhof in Stoke Newington ausgesucht hatte, aber als er den Ort gesehen hatte mit seinen gewundenen Pfaden, zerfallenen Monumenten und der wuchernden Vegetation, war ihm klar geworden, dass ihre Wahl damit zu tun hatte, dass sie nicht mit ihm gesehen werden wollte. Allein das hätte ihn in Bezug auf ihre Absichten beruhigen können, aber er hatte es aus ihrem Mund hören wollen. Außerdem hatte er die Münze und den Stein zurückhaben wollen. Und zwar unbedingt. Denn wenn sie sie behielt, konnte sie Gott weiß was damit anstellen.

Sie hatte gefragt: »Und wie hast du mich gefunden? Ich weiß von den Postkarten. Aber wie ... Wer ...«

Er hatte geantwortet, dass er nicht wisse, wer ihn angerufen habe, nur dass es ein Mann gewesen sei, der ihm von dem Zigarrenladen in Covent Garden erzählt habe.

Sie sagte: »Ein Mann«, mehr zu sich selbst. Sie schien in Gedanken die verschiedenen Möglichkeiten durchzugehen. Es gab sicherlich viele. Jemima hatte nie viele Freundinnen gehabt, sondern hatte immer Männer gesucht, Männer, die sie auf irgendeine Weise ergänzt hatten, wie sie es bei Frauen nicht fand. Er fragte sich, ob das womöglich der Grund war, warum Jemima jetzt tot war. Vielleicht hatte ein Mann ihre Bedürftigkeit missverstanden und etwas von ihr gewollt, das weit über das hinausgegangen war, was sie von ihm wollte. Das würde auf eine Weise den Anruf erklären, den er erhalten hatte – den man als Verrat betrachten konnte. Wie du mir, so ich dir. Du tust nicht, was ich will, also liefere ich dich aus an … nun, an wen auch immer, der nach dir sucht, weil es mir egal ist, wer es ist, weil ich nur will, dass es dir genauso dreckig geht wie mir.

»Hast du es irgendwem erzählt?«

»Deshalb suchst du mich also?«

»Jemima, hast du es jemandem erzählt?«

»Glaubst du wirklich, ich möchte, dass jemand davon erfährt?«

Er verstand, was sie meinte, auch wenn es sich eher anfühlte wie eine Verletzung und nicht wie eine Antwort auf seine Frage. Aber etwas an der Art, wie sie es gesagt hatte, weckte sein Misstrauen. Er kannte sie zu gut.

»Hast du einen Neuen?«, fragte er sie unvermittelt, nicht weil er es wirklich wissen wollte, sondern wegen dem, was es bedeuten konnte, wenn es so war.

»Ich sehe nicht, dass dich das irgendetwas angeht.«

»Hast du einen?«

»Warum?«

»Das weißt du genau.«

»Das weiß ich ganz und gar nicht.«

»Wenn du es jemandem erzählt hast … Jemima, sag mir einfach nur, ob du es jemandem erzählt hast.«

»Warum? Beunruhigt dich das? Ja, wahrscheinlich. Mich würde es auch beunruhigen an deiner Stelle. Aber ich frage dich jetzt, Gordon: Hast du mal darüber nachgedacht, wie *ich* mich fühlen würde, wenn jemand davon wüsste? Hast du mal darüber nachgedacht, wie beschissen *mein* Leben sein würde? ›Bitte nur ein kleines Interview, Miss Hastings. Sagen Sie uns doch, wie das für Sie gewesen ist. Haben Sie nie einen Verdacht gehabt? Haben Sie nicht gemerkt …?‹ Welche Frau würde nicht wissen, dass da irgendetwas absolut nicht stimmt? Glaubst du tatsächlich, ich würde so etwas wollen, Gordon? Mein Foto zusammen mit deinem auf der Titelseite irgendeiner Boulevardzeitung?«

»Sie würden dafür zahlen«, hatte er geantwortet. »Du hast selbst von einer Boulevardzeitung gesprochen. Sie würden dir eine Menge zahlen für ein Interview. Sie würden dir ein Vermögen zahlen.«

Sie war ganz bleich geworden. »Du bist wahnsinnig«, sagte sie. »Wenn das überhaupt möglich ist, bist du noch wahnsinniger, als du …«

»Okay«, sagte er schroff. Und dann: »Was hast du mit der Münze gemacht? Wo ist sie? Und wo ist der Stein?«

»Warum?«, fragte sie. »Was geht dich das an?«

»Ich will sie mit nach Hampshire nehmen, das ist doch klar.«

»Ach ja?«

»Die Sachen müssen wieder dahin zurück, wo sie hergekommen sind, Jemima. Es ist die einzige Möglichkeit.«

»Nein, es gibt noch eine ganz andere Möglichkeit.«

»Und die wäre?«

»Ich glaube, das weißt du längst. Vor allem, wo du schon nach mir suchst.«

Da hatte er gewusst, dass sie tatsächlich einen Neuen hatte. Und er hatte begriffen – trotz ihrer gegenteiligen Beteuerungen –, wie wahrscheinlich es war, dass der dunkelste Fleck seiner Seele jemand anderem preisgegeben würde, wenn es nicht bereits passiert war. Seine einzige Hoffnung – die Garantie ihres Schweigens und des Schweigens jeder anderen Person, die die Wahrheit kannte – lag darin, in alles einzuwilligen, was sie von ihm fordern würde.

Er wusste, dass sie etwas fordern würde, weil er Jemima kannte. Und der Fluch, der bis an sein Lebensende auf ihm lasten würde, war das Wissen, dass er selbst und nur er allein diese

Hölle zu verantworten hatte. Er hatte vorgehabt, die Münze und den Stein wieder zurück in die Erde zu legen, wo sie mehr als tausend Jahre lang vergraben gewesen waren. Vor allem hatte er die Gewissheit haben wollen, dass Jemima sein Geheimnis für sich behielt. Deshalb hatte er diese Postkarten verteilt, aber genau dadurch hatte er ihr einen Trumpf in die Hände gespielt. Und jetzt spielte sie diesen Trumpf aus.

»Wir brauchen das Geld.«

»Welches Geld? Und wer ist *wir*?«

»Du weißt, welches Geld. Wir haben Pläne, Gordon, und dieses Geld …«

»Darum geht es dir also? Deshalb bist du abgehauen? Nicht meinetwegen, sondern weil du das Zeug ausgraben und verkaufen willst, und dann … Was?«

Nein, so sei es überhaupt nicht gewesen, zumindest anfangs nicht. Geld sei okay, aber sie sei nicht deswegen gegangen. Mit Geld könne man vieles kaufen, aber das, was sie am dringendsten brauche, sei nicht für Geld zu haben, das sei schon immer so gewesen und würde auch immer so bleiben.

Da war bei ihm der Groschen gefallen. »Es ist der Typ«, sagte er. »Er steckt dahinter, stimmt's? Er will es. Für eure Pläne, wie auch immer die aussehen.«

Er wusste, dass er ins Schwarze getroffen hatte. Er hatte es daran gesehen, wie sie rot geworden war. Sie hatte ihn verlassen, um der Wahrheit über ihn zu entfliehen, aber auf ihre unnachahmliche Weise hatte sie sofort einen anderen kennengelernt, und diesem anderen hatte sie sein Geheimnis verraten.

»Warum hast du dir so viel Zeit gelassen? Die ganzen Monate? Warum hast du es ihm nicht gleich erzählt?«

Sie hatte sich von ihm abgewandt und antwortete erst nach einer Weile. »Die Postkarten.« Und in dem Moment hatte er begriffen, dass seine Angst davor, entdeckt zu werden, sein Bedürfnis, sich zu vergewissern, das ganz anders war als ihres und ironischerweise dennoch identisch, dazu geführt hatte, dass sie jetzt hier saßen. Jeder neue Liebhaber würde von ihr wissen wollen, warum jemand versuchte, sie zu finden. Wo sie hätte lügen können, hatte sie die Wahrheit gesagt.

»Also, was willst du, Jemima?«, fragte er sie.

»Das habe ich dir doch schon gesagt.«

»Ich muss erst nachdenken«, antwortete er.

»Worüber?«

»Wie das gehen soll.«

»Was meinst du damit?«

»Das ist doch klar, oder? Wenn du vorhast, alles auszugraben, muss ich verschwinden. Wenn ich das nicht tue... Oder willst du mich auffliegen lassen? Vielleicht willst du ja meinen Tod? Ich meine, wir haben einander doch eine Zeit lang etwas bedeutet, oder nicht?«

Sie schwieg. Die Sonne stand hoch am Himmel, die Luft war heiß und klar, und plötzlich wurde das Vogelgezwitscher um sie herum intensiver. Schließlich sagte sie: »Ich will deinen Tod nicht. Ich will überhaupt nicht, dass dir irgendetwas passiert, Gordon. Ich will das alles einfach nur vergessen. Das mit uns. Ich will ein neues Leben. Wir wollen auswandern und ein Geschäft aufmachen, und dafür... Außerdem bist du selbst schuld daran. Wenn du diese Karten nicht überall verteilt hättest! Hättest du das doch bloß nicht getan. Ich war total aufgelöst, und er wollte wissen, was los ist, also habe ich's ihm erzählt. Er hat mich gefragt – das hätte jeder getan –, wie ich das überhaupt rausgefunden hätte, weil er eher angenommen hätte, dass es das Letzte wäre, was du jemandem erzählen würdest. Also habe ich ihm auch das erzählt.«

»Das mit der Koppel.«

»Von der Koppel nicht, aber von dem, was du gefunden hast. Und dass ich dachte, wir würden irgendetwas damit anfangen, das Zeug verkaufen oder wie auch immer, und dass du das nicht wolltest, und dann... na ja. Warum nicht?, wollte er wissen. Dann musste ich ihm schließlich sagen, warum nicht.«

»Du musstest?«

»Natürlich. Verstehst du das denn nicht? Zwischen Menschen, die sich lieben, darf es doch keine Geheimnisse geben.«

»Und er liebt dich.«

»Ja, das tut er.«

Aber Gordon sah ihre Zweifel, und ihm wurde klar, dass diese Zweifel eine Rolle gespielt hatten bei dem, was gerade passierte. Sie wollte sich seiner vergewissern, wer auch immer er war. Er wollte Geld. Und die Kombination dieser beiden Wünsche hatte zum Verrat geführt.

»Wann?«, fragte er.

»Was?«

»Wann hast du beschlossen, es zu tun, Jemima?«

»Ich tue überhaupt nichts. Du wolltest mich sehen. Ich habe dich nicht um dieses Treffen gebeten. Du hast mich gesucht, nicht umgekehrt. Hättest du das bleiben lassen, hätte ich überhaupt keinen Grund gehabt, irgendjemandem von dir zu erzählen.«

»Und als das Geld zwischen euch zur Sprache gekommen ist, was war dann?«

»Es ist nicht zur Sprache gekommen, bis ich ihm erzählt habe, warum …« Sie brach ab, und er sah ihr an, dass sie dabei war, Schlüsse zu ziehen, die Möglichkeiten von etwas einzuschätzen, das er selbst nur zu deutlich sah.

»Es ist das Geld«, sagte er. »*Er* will das Geld. Nicht *du*. Das ist dir doch klar, oder?«

»Nein, das stimmt nicht«, entgegnete sie.

»Und ich glaube, dass du schon die ganze Zeit deine Zweifel hast.«

»Er liebt mich.«

»Wenn du das so siehst.«

»Du bist ein schlechter Mensch.«

»Wahrscheinlich.«

Er sagte, er werde sich auf ihren Plan einlassen, nach Hampshire zu fahren und ihre Ansprüche geltend zu machen. Er werde verschwinden, aber das werde einige Zeit in Anspruch nehmen, da er bestimmte Vorbereitungen treffen müsse. Sie fragte, wie lange, und er antwortete, das könne er nicht mit Gewissheit sagen. Er müsse mit bestimmten Leuten reden und werde ihr Bescheid geben. Natürlich könne sie in der Zwischenzeit die Medien verständigen und sich auf diese Weise noch ein bisschen zusätzliches Geld verdienen. Letzteres hatte er ziemlich verbittert gesagt, bevor er gegangen war. Was hatte er bloß für einen Riesenschlamassel angerichtet, dachte er.

Und jetzt Gina. Oder wer auch immer sie sein mochte. Wenn er nicht auf die Idee gekommen wäre, diesen Scheißzaun an der Scheißkoppel zu erneuern, wäre das alles nicht passiert, versuchte er sich einzureden. Aber die Wahrheit sah so aus, dass sich das, was ihn letztlich in diese Situation gebracht hatte, in einem überfüllten McDonald's ereignet hatte, als *Den nehmen wir mit* geführt hatte zu *Der soll ruhig ein bisschen heulen* und schließlich zu *Stopf ihm das Maul! Wie kriegen wir ihn dazu, dass er das Maul hält?*

Als Whiting einige Stunden nach Jossies Arbeitsbeginn am *Royal Oak* erschien, war Gordon gerade auf dem Dachfirst. Er sah das vertraute Auto auf den Parkplatz einbiegen, doch es machte ihn weder nervös noch ängstlich. Er war darauf gefasst gewesen, dass Whiting irgendwann aufkreuzen würde. Bei ihrer letzten Begegnung waren sie gestört worden, und Gordon wusste, dass der Chief Superintendent keine halben Sachen mochte.

Der Cop bedeutete ihm, er solle vom Dach kommen. Gordon gewährte Cliff, der gerade im Begriff war, ihm ein Bund Reet nach oben zu reichen, eine Pause. Da der Tag genauso heiß war wie all die Tage zuvor, sagte er zu ihm: »Geh einen Cider trinken, ich geb einen aus.« Er werde gleich nachkommen, fügte er hinzu.

Cliff ließ sich nicht zweimal bitten, murmelte jedoch, als er Whiting kommen sah: »Stimmt irgendwas nicht, Kumpel?« Wahrscheinlich wusste er nicht, wer Whiting war, aber er spürte die Bedrohlichkeit, die der Mann wie eine zweite Haut trug.

»Alles okay«, antwortete Gordon. »Lass dir ruhig Zeit.« Mit einer Kinnbewegung deutete er auf die Tür des Pubs und wiederholte: »Ich komme gleich nach.«

Nachdem Cliff sich verzogen hatte, erwartete er Whiting. Der Chief Superintendent baute sich vor ihm auf. Wie immer rückte er ihm zu nah auf die Pelle, aber Gordon wich nicht zurück.

»Du musst verschwinden«, sagte Whiting.

»Was?«

»Du hast mich gehört. Du wirst verlegt. Befehl aus dem Innenministerium. Du hast eine Stunde Zeit. Gehen wir. Lass den Pick-up stehen. Den brauchst du nicht mehr.«

»Mein Hund…«

»Vergiss den Hund. Der Hund bleibt hier. Der Pick-up bleibt hier. Das hier…« – eine ruckartige Kopfbewegung zum Pub, woraus Gordon schloss, dass er damit seine Dachdeckerarbeit meinte, seine Lebensgrundlage – »ist vorbei. Steig ein.«

»Wo werde ich hingeschickt?«

»Keine Ahnung, und es interessiert mich auch nicht. Steig in den verdammten Wagen. Wir wollen keine Szene. Du willst keine Szene.«

Gordon war nicht bereit, ohne mehr Informationen mitzuspielen. Er hatte nicht vor, unvorbereitet in diesen Wagen zu steigen. Es gab eine Menge entlegener Straßen zwischen diesem Ort hier und seinem Haus in der Nähe von Sway, und da Whiting zu Ende brachte, was er einmal angefangen hatte, vermutete Gordon, dass er ihn nicht auf direktem Wege nach Hause bringen würde, egal was er behauptete. Er konnte sich nicht einmal sicher sein, ob der Scheißkerl überhaupt die Wahrheit sagte, auch wenn Jemimas Tod und die Anwesenheit von New Scotland Yard in Hampshire das nahelegten.

Dennoch sagte er: »Ich gehe nicht ohne meinen Hund. Wenn ich gehe, kommt Tess mit.«

Whiting nahm die aufgesteckten Sonnengläser von seiner Brille und polierte sie an seinem Hemd. Es war nass geschwitzt und klebte ihm stellenweise am Körper. Die Hitze des Tages oder die Vorfreude. Wahrscheinlich beides, dachte Gordon.

»Glaubst du etwa, du könntest mit mir *verhandeln*?«, fragte Whiting.

»Ich verhandle nicht. Ich konstatiere eine Tatsache.«

»Ach? Tust du das, mein Sohn?«

»Ich nehme an, Ihr Auftrag lautet, mich irgendwohin zu bringen und dort zu übergeben. Ich nehme an, dass Sie eine bestimmte Zeitvorgabe dafür haben. Ich nehme an, man hat Ihnen aufgetragen, es nicht zu vermasseln, keine Szene zu riskieren, es so aussehen zu lassen, als würden zwei Kumpels ein bisschen miteinander plaudern, wobei ich am Ende in Ihr Auto steige. Alles andere würde nur Aufsehen erregen, nicht wahr? Die Leute da drüben im Biergarten sind schon aufmerksam geworden. Wir beide kriegen uns in die Wolle und gehen uns an den Kragen, irgendeiner ruft die Bullen, und wenn die Sache aus dem Ruder läuft – wenn Fäuste fliegen –, erregt es noch mehr Aufsehen, und dann wird sich später jemand fragen, wie Sie es geschafft haben, so einen simplen Auftrag dermaßen zu vermasseln.«

»Dann hol den Scheißköter«, sagte Whiting. »Ich will dich aus Hampshire raushaben. Du verpestest die Luft.«

Gordon lächelte schmallippig. In Wahrheit lief ihm der Schweiß wie ein Wasserfall über den Rücken. Seine Worte schienen knallhart, aber es steckte nichts dahinter außer dem Bedürfnis, sich zur Wehr zu setzen. Er ging zu seinem Pick-up.

Tess lag Gott sei Dank im Wagen und döste ausgestreckt auf der Sitzbank. Ihre Leine war durch das Lenkrad geschlungen, und er löste sie hastig und ließ sie auf den Boden fallen, wo er ungesehen hantieren konnte. Tess wurde wach, blinzelte, gähnte herzhaft und stieß eine Wolke Hundeatem aus. Sie wollte aufspringen. Er befahl ihr zu bleiben, wo sie war, und stieg ein. Mit einer Hand befestigte er die Leine an ihrem Halsband, während er mit der anderen Vorbereitungen traf. Auf dem Sitz lag ein Anorak, den er überzog. Er setzte seine Sonnenbrille auf. Er öffnete und schloss das Handschuhfach. Er hörte Whiting über den Schotter des Parkplatzes näher kommen und sagte: »Ich nehme an, Sie wollen nicht, dass ich in den Pub gehe. Ich muss Cliff eine Nachricht hinterlassen«, und er war dankbar dafür, dass er die Geistesgegenwart besessen hatte, das zu sagen.

Whiting sagte: »Aber beeil dich«, und kehrte zu seinem Wagen zurück. Er stieg nicht ein, sondern zündete sich eine Zigarette an, beobachtete ihn und wartete.

Seine Nachricht an Cliff war kurz: *Der Wagen gehört dir, bis ich ihn wieder brauche, Kumpel.* Mehr musste Cliff nicht wissen. Falls Gordon irgendwann eine Möglichkeit finden sollte, sich den Wagen später zurückzuholen, würde er es tun. Wenn nicht, würde er zumindest nicht Whiting in die Hände fallen.

Er ließ den Schlüssel im Zündschloss stecken, wie es seine Gewohnheit war. Er entfernte den Hausschlüssel vom Schlüsselring, befahl Tess zu kommen und stieg aus. Die ganze Prozedur hatte weniger als zwei Minuten in Anspruch genommen. Weniger als zwei Minuten, die dem Lauf seines Lebens eine neue Richtung gaben.

»Ich bin so weit«, sagte er zu Whiting, als er auf den Mann zuging. Tess wedelte wie immer mit dem Schwanz, als wäre der Wichser vor ihnen einfach nur jemand, der ihr den Kopf tätscheln wollte.

»Das will ich doch hoffen«, lautete Whitings Antwort.

33

Später sollte Barbara Havers einigermaßen verwundert denken, dass alles letztlich nur daran gelegen hatte, dass Lyndhurst im Zentrum ein Einbahnstraßensystem hatte. Dieses bildete ein beinahe perfektes Dreieck, und die Richtung, aus der sie kam, zwang sie, der nördlichen Seite des Dreiecks zu folgen. So kam sie zur High Street, wo sie auf halbem Weg direkt hinter dem mit einer Fachwerkfassade versehenen *Crown Hotel* in die Romsey Road einbiegen sollte, die zur Polizeiwache führte. Wegen der Ampel an der Kreuzung Romsey Road bildete sich fast immer ein Stau. Das war auch der Fall, als Barbara der Kurve um die ausgedehnten Rasenflächen und reetgedeckten Häuser von Swan Green ins Dorf und wieder aus dem Dorf hinaus folgte.

Sie stand hinter einem Lastwagen, der Abgaswolken in ihre offenen Fenster pustete. Während sie an der Ampel wartete, konnte sie noch schnell eine rauchen. Warum sollte sie nicht die Gelegenheit nutzen, auch etwas zu der Luftverschmutzung beizutragen, die ihr die Lunge schwärzte, dachte sie.

Als sie nach ihrer Umhängetasche langte, entdeckte sie Frazer Chaplin. Er kam aus dem Haus direkt vor ihr, und sie erkannte ihn sofort. Sie stand ziemlich nah am linken Bordstein, weil sie in die Romsey Road einbiegen wollte, und das fragliche Haus – ein Schild wies es als *Mad Hatter Tea Rooms* aus – lag auf der linken Seite der Straße. Im ersten Moment dachte sie: Was zum Teufel… Dann sah sie die Frau, die bei ihm war. Die beiden traten aus dem Haus wie ein Liebespaar, das gerade aus dem Bett kommt, aber irgendetwas an Frazers Art, seine Gefährtin mit beiden Armen festzuhalten, machte Barbara stutzig. Mit seinem rechten Arm hielt er ihre Taille umfasst. Mit seiner linken Hand hielt er ihren linken Arm oberhalb des Ellbogens fest. Sie blieben vor den Fenstern der Teestube stehen, und er sagte irgendetwas zu ihr. Dann küsste er sie auf die Wange und schenkte ihr einen schmachtenden Blick. Wären da nicht die Art, wie er sie umfasst hielt, und der völlig verkrampfte Körper der Frau gewesen, hätte Barbara annehmen können, dass Frazer das vorhatte, was er wahrscheinlich vorgehabt hatte, als sie ihm zum ersten Mal begegnet war und er breitbeinig auf Bellas Sofa gesessen hatte mit diesem Blick, der sagte: Sieh mal, was ich hier für dich habe, Baby. Aber die Frau bei ihm – wer zum Kuckuck war sie?, fragte sich Barbara – schien nicht gerade in den Nachwirkungen sexueller Verzückung zu zerfließen. Sie wirkte eher … als würde sie *abgeführt*, fand Barbara.

Sie schlugen dieselbe Richtung ein, in die Barbara unterwegs war. Einige Autos vor ihr überquerten sie jedoch die Straße. Sie gingen weiter auf dem Gehweg und verschwanden nach einigen Metern in einer Gasse. »Verdammt, verdammt, *verdammt*«, murmelte Barbara vor sich hin und wartete zunehmend ungeduldig darauf, dass die Ampel an der Kreuzung von Rot auf Gelb und auf Grün umsprang. Am Eingang zu einer schmalen Straße auf der rechten Seite entdeckte sie ein Schild mit dem universellen weißen P auf quadratischem blauem Hintergrund, was bedeutete, dass sich hinter den Häusern in der High Street ein Parkplatz befand. Die Annahme schien ihr berechtigt, dass Frazer die Frau dorthin brachte.

»Los, los, los«, befahl sie der Ampel, die schließlich kooperierte. Der Verkehr setzte sich in Bewegung. Bis zu der Seitenstraße waren es knapp dreißig Meter.

Eine Ewigkeit schien zu vergehen, bis sie endlich abbiegen konnte. Als sie an den Häusern entlangschoss, sah sie, dass der Parkplatz nicht nur für Kunden gedacht war, die für ihre wöchentlichen Einkäufe ins Dorf kamen, sondern auch für Besucher des New-Forest-Museums und für die Benutzer der öffentlichen Toiletten. Er war voll besetzt, und einen Augenblick lang dachte Barbara schon, sie hätte Frazer und seine Begleiterin irgendwo zwischen den Reihen der geparkten Fahrzeuge verloren. Aber dann entdeckte sie die beiden in einiger Entfernung neben einem Polo, und falls sie anfangs tatsächlich geglaubt haben sollte, Frazer Chaplin und seine Gefährtin wären gerade aus ihrem Liebesnest gekrochen, beseitigte die Art, wie sie ins Auto stiegen, ihre letzten Zweifel.

Die Frau stieg auf der Beifahrerseite ein, wie zu erwarten war, aber Frazer hielt sie fest im Griff und schob sich hinter ihr her auf der Beifahrerseite in den Wagen. Barbara konnte den weiteren Fortgang nicht mehr sehen, aber es war ziemlich klar, dass Frazer seine Begleiterin zwingen würde, auf den Fahrersitz durchzurücken, und nicht die Absicht hatte, sie dabei auch nur einen Moment lang loszulassen.

Plötzlich hupte jemand. Barbara sah in den Rückspiegel. Na klar, dachte sie, ausgerechnet jetzt musste natürlich jemand auf den Parkplatz einbiegen. Sie konnte das andere Auto nicht an sich vorbeiwinken, da die Durchfahrt zu eng war.

Sie bog in eine der Reihen ein, raste eine hinauf und eine andere hinunter. Bis sie wieder so stand, dass sie das Auto sehen konnte, in das Frazer eingestiegen war, hatte der Polo bereits rückwärts aus der Parklücke gesetzt und steuerte Richtung Ausfahrt.

Barbara fuhr hinterher in der Hoffnung auf zweierlei Glück: dass niemand auf den Parkplatz fuhr und verhinderte, dass sie an Frazer dranblieb, und dass der Verkehr auf der High Street zuließ, dass sie sich relativ leicht und ungesehen hinter ihm einfädelte. Es war nur logisch, dass sie ihm folgen musste. Ihre Absicht, sich mit Chief Superintendent Whiting auseinanderzusetzen, musste sie erst einmal aufschieben. Denn Frazer Chaplin war garantiert nicht in den New Forest gekommen, um Ponys zu fotografieren.

Sie fragte sich nur, wer die junge Frau in Frazers Begleitung war. Sie war groß und dünn und mit etwas bekleidet, das aussah wie ein afrikanisches Nachthemd. Es bedeckte sie von den Schultern bis zu den Zehen. Entweder war sie kostümiert, oder sie wollte sich gegen die Sommersonne schützen, aber in jedem

Fall war Barbara sich ziemlich sicher, dass sie sie noch nie zuvor gesehen hatte.

War das Meredith Powell? Aus dem, was sie vor einiger Zeit von Rob Hastings erfahren hatte, schloss sie, dass es sich einfach um Meredith Powell handeln *musste*. Wenn sie tatsächlich auf eigene Faust irgendwelche verrückten Ermittlungen angestellt hatte – was sie nach Hastings' Aussage getan hatte –, dann war es denkbar, dass sie irgendwie über Frazer Chaplin gestolpert war, dessen Anwesenheit in Hampshire den Schluss nahelegte, dass ihm das Wasser bis zum Hals stand. Und die Körpersprache zwischen den beiden sprach Bände: Meredith – wenn sie es denn war, aber wer sonst könnte es sein – war auf keinen Fall freiwillig bei Frazer. Und Frazer hatte offensichtlich nicht die Absicht, sie irgendwo freizulassen.

Am Ende der High Street bogen sie in die Einbahnstraße Richtung Süden ein. Barbara folgte. Die Straßenschilder wiesen nach Brockenhurst, und am nächsten Knotenpunkt des Einbahnstraßendreiecks bogen sie auf die A337 ein. Fast augenblicklich gelangten sie in ein riesiges Waldgebiet. Alles um sie herum war grün und üppig, und der Verkehr floss zügig, auch wenn man auf Tiere achtgeben musste. Da die Straße schnurgerade verlief, ließ Barbara sich zurückfallen, behielt aber den Polo im Blick. In Brockenhurst gab es nicht viele Möglichkeiten, und Barbara konnte sich genau vorstellen, welche Richtung sie einschlagen würden.

Daher wunderte sie sich nicht, als sie ein paar Minuten später nach Lymington abbogen. Diese Straße führte an Jossies Grundstück vorbei. Dorthin würde die Fahrt vermutlich gehen. Und Barbara glaubte auch den Grund dafür zu kennen.

Ihre Vermutungen wurden zumindest teilweise bestätigt, als ihr Handy »Peggy Sue« anstimmte. Da sie auf der Suche nach einer Zigarette den Inhalt ihres Schulterbeutels kurzerhand auf den Beifahrersitz gekippt hatte, konnte sie ihr Handy leicht greifen. Sie bellte »Havers« und fügte hinzu: »Fassen Sie sich kurz. Ich kann nicht ranfahren. Wer spricht da?«

»Frazer …«

»Was zum *Teufel*?« Der Typ konnte unmöglich ihre Nummer haben, dachte Barbara. Während sie fieberhaft alle Möglichkeiten durchging, wie er sie bekommen haben könnte, fauchte sie: »Wen haben Sie da in Ihrem Auto? Was haben Sie …«

»Barbara?«

Sie begriff, dass es DI Lynley war. »Verdammt, tut mir leid. Ich dachte, Sie wären … Wo sind Sie? Sind Sie hier?«

»Wo?«

»Hampshire. Wo sonst? Hören Sie, ich verfolge gerade …«

»Wir haben sein Alibi geknackt.«

»Wessen?«

»Frazer Chaplins. Er war nicht zu Hause an dem Tag, als Jemima umgebracht wurde, zumindest kann Bella McHaggis es nicht eindeutig bestätigen. Sie hatte angenommen, dass er da war, weil er zwischen seinen Jobs immer nach Hause kommt, und er hat sie in dem Glauben bestärkt, dass er das Übliche getan hatte an diesem Tag. Die Frau auf dem Foto von der Portrait Gallery …« Er unterbrach sich, als jemand im Hintergrund etwas zu ihm sagte. Er sagte: »Ja, richtig«, und fuhr dann fort: »Sie heißt Georgina Francis, Barbara, nicht Gina Dickens. Bella McHaggis hat sie identifiziert.« Wieder sagte jemand etwas im Hintergrund. Er fuhr fort: »Was Whiting betrifft …«

»Was ist mit Whiting?«, fragte Barbara. »Wer ist Georgina Francis? Mit wem reden Sie da eigentlich dauernd?« Sie glaubte, die Antwort auf die letzte Frage zu kennen, aber sie wollte es aus Lynleys Mund hören.

»Superintendent Ardery«, sagte er. Er ging hastig dazu über, ihr zu erzählen, wie Georgina Francis ins Bild passte: ehemalige Mieterin im Haus von Bella McHaggis, rausgeflogen, weil sie gegen McHaggis' Verbot von Liebschaften zwischen den Mietern unter ihrem Dach verstoßen habe. Frazer Chaplin sei der beteiligte Mann gewesen.

»Was zum Teufel wollte sie denn in der Portrait Gallery?«, fragte Barbara. »Das kann ja wohl kaum ein Zufall sein, oder?«

»Nicht, wenn sie da war, um die Konkurrenz auszuspähen. Nicht, wenn sie da war, weil sie mit Frazer Chaplin liiert war und ist. Warum sollte ihre Beziehung ein Ende genommen haben, nur weil sie eine andere Bleibe finden musste? Wir glauben …«

»Wer wir?« Sie kam nicht dagegen an, auch wenn sie sich hätte ohrfeigen können, kaum dass sie die Frage ausgesprochen hatte.

»Wie bitte?«

»Wer glaubt?«

»Barbara, Herrgott noch mal.« Er war kein Idiot.

»Schon gut. Sorry. Fahren Sie fort.«

»Wir haben uns ausgiebig mit Mrs. McHaggis unterhalten.« Dann ließ er sich lang und breit aus über *DragonFly Tonics*, Aufkleber, Frazers limonengrüne Vespa, Winstons Durchsicht der Überwachungsvideos aus der Gegend, die beiden Phantombilder, das gelbe Hemd und Jemimas Handtasche, die in der Oxfamtonne gefunden wurden. »Wir gehen davon aus, dass er die beiden Gegenstände Georgina Francis übergeben wollte, damit sie sie irgendwo bei Gordon Jossie deponiert. Aber dazu ist er nicht mehr gekommen. Nachdem Bella in der Zeitung von der Toten auf dem Friedhof gelesen hatte, hat sie die Polizei angerufen, und dann sind Sie dort aufgetaucht. Von da an war das Risiko für ihn zu groß. Er konnte nur noch stillhalten und auf eine bessere Gelegenheit warten.«

»Er ist hier, Sir. In Hampshire. Er ist hier.«

»Wer?«

»Frazer Chaplin. Ich folge ihm gerade. Er hat eine Frau bei sich, und wir sind unterwegs Richtung …«

»Sie hat Frazer in Sichtweite«, sagte Lynley zu seiner Genossin am anderen Ende der Leitung. Ardery erwiderte ziemlich forsch irgendetwas, und Lynley sagte zu Havers: »Fordern Sie Verstärkung an, Barbara! Das kommt nicht von mir. Das kommt von Isabelle.«

Isabelle, dachte Barbara. Verfluchte Isabelle. »Ich weiß nicht genau, wo wir sind oder wohin wir fahren«, sagte sie, »ich weiß also nicht, wohin ich die Verstärkung bestellen soll, Sir.« Sie war drauf und dran, unverantwortlich zu handeln, aus Gründen, über die sie lieber nicht nachdenken wollte.

»Fahren Sie so dicht auf, dass Sie das Kennzeichen lesen können, falls das geht«, sagte Lynley. »Sie können doch bestimmt den Autotyp erkennen, oder? Und die Farbe.«

»Nur die Farbe«, sagte sie. »Ich muss näher ran …«

»Verdammt noch mal, Barbara. Dann rufen Sie Verstärkung, erklären Sie die Situation, und geben Sie denen Ihr Kennzeichen und eine Beschreibung Ihres eigenen Wagens! Ich muss Ihnen nicht erst erklären, dass der Typ gefährlich ist. Wenn er jemanden bei sich hat …«

»Solange sie am Steuer sitzt, kann er ihr nichts tun, Sir. Ich rufe Verstärkung, sobald wir angekommen sind. Was ist mit Whiting?«

»Barbara, Sie bringen mindestens sich selbst in Gefahr. Das ist nicht der Zeitpunkt für …«

»Was haben Sie rausgekriegt, Sir? Was hat Norman Ihnen gesagt?«

Es folgten einige Sätze von Ardery im Hintergrund. Lynley sagte zu ihr: »Sie glaubt …«

Barbara fiel ihm ins Wort: »Ich muss auflegen, Sir. Der Verkehr hier ist grauenhaft, und ich habe kaum Empfang …«

»Whiting«, sagte er. Sie wusste genau, dass er das nur tat, um ihre Aufmerksamkeit wiederzubekommen. Typisch. Sie musste eine ganze Litanei von Fakten über sich ergehen lassen: Whiting vom Innenministerium mit dem Schutz von jemandem betraut; höchste Sicherheitsstufe; Lynley und Ardery glaubten, dass es sich bei der Person um Jossie handelte; es war die einzige Erklärung, warum Whiting die Beweise für Jossies Fahrt nach London nicht an New Scotland Yard weitergegeben hatte; Whiting wusste, dass die Met sich aufgrund der Beweise auf Jossie konzentrieren würde, und das durfte auf keinen Fall passieren.

»Selbst wenn die Beweise darauf hindeuteten, dass Jossie

jemanden umgebracht hätte?«, wollte Barbara wissen. »Heiliger Strohsack. Welche Art von höchster Schutzstufe kann denn so etwas erfordern? Wer ist dieser Bursche?«

Das wüssten sie nicht, aber das spiele jetzt keine Rolle, da sie im Moment hinter Frazer Chaplin her seien, und da Barbara ihn gerade im Blickfeld habe …

Bla, bla, bla, dachte Barbara. Sie sagte: »Alles klar. Okay. Verstehe. Oh, verdammt, ich glaub, der Kontakt bricht ab, Sir … ganz schlechte Verbindung hier … ich bin außerhalb des Funknetzes.«

»Rufen Sie Verstärkung, und zwar sofort!«, waren die letzten Worte, die sie hörte. Sie befand sich zwar nicht außerhalb des Funknetzes, aber vor ihr war der Wagen, dem sie folgte, am Ortsrand von Brockenhurst scharf abgebogen. Sie konnte sich jetzt nicht damit aufhalten, weiter mit Lynley herumzustreiten. Sie trat das Gaspedal durch, um aufzuholen, und wich, wo ein Straßenschild nach Sway zeigte, im letzten Moment einem entgegenkommenden Umzugswagen aus.

Ihr schwirrte der Kopf. Fakten, Namen, Gesichter und Möglichkeiten. Sie konnte entweder anhalten, die Verstärkung anfordern, auf der Lynley bestand, und versuchen, den Wust an Informationen zu entwirren. Oder sie konnte Frazer zu dem Ort folgen, den er ansteuerte, sich einen Überblick über die Situation verschaffen und die entsprechende Entscheidung treffen.

Sie entschied sich für die zweite Option.

Tess fuhr auf dem Rücksitz in Whitings Wagen mit. Dämlich, wie sie war, freute sie sich riesig, mitten an einem Arbeitstag spazieren fahren zu dürfen, wo sie normalerweise untätig abwarten musste, bis Gordon Feierabend machte und sie endlich etwas anderes tun konnte, als nur im Schatten herumzuliegen und darauf zu hoffen, dass sich ein Eichhörnchen blicken ließ, das sie jagen konnte. Aber jetzt waren die Fenster offen, Tess' Ohren flatterten im Wind, und ihre Nase sog die köstlichen Gerüche des Hochsommers auf. Gordon wurde klar, dass der Retriever ihm bei dem, was auf ihn zukommen würde, nicht helfen konnte.

Was auf ihn zukam, wurde schon bald offensichtlich. Anstatt in die Richtung von Fritham zu fahren – der ersten Ansammlung von Häusern auf dem Weg zu Gordons Grundstück –, lenkte Whiting den Wagen in Richtung Eyeworth Pond. Vor dem Teich gab es eine Abzweigung, die sie hinüber nach Roger Penny Way geführt hätte, und noch eine Straße, über die man relativ schnell Gordons Haus erreicht hätte, aber auch diese ließ Whiting liegen und fuhr weiter bis zum Teich, wo er die obere der beiden Terrassen ansteuerte, die einen notdürftig angelegten Parkplatz darstellten. Von hier aus hatte man einen Blick aufs Wasser.

Jetzt kannte Tess' Freude keine Grenzen mehr, weil sie sich einen Spaziergang in den Wald versprach, der an den Teich grenzte und sich über ein weitläufiges Gelände mit Wald, Hügeln und Schonungen erstreckte. Sie bellte, wedelte mit dem Schwanz und sah voller Vorfreude aus dem Fenster.

»Entweder der Köter hält die Klappe, oder wir lassen ihn raus«, blaffte Whiting.

»Fahren wir nicht …«

»Der Köter soll Ruhe geben.«

In dem Moment begriff Gordon. Was auch immer kommen würde – es sollte im Wagen passieren. Und das ergab auch einen Sinn, wenn man die Uhrzeit, die Jahreszeit und die Tatsache bedachte, dass sie hier nicht allein waren. Auf der unteren Ebene des Parkplatzes standen noch weitere Autos, in einiger Entfernung waren zwei Familien am Teich dabei, Enten zu füttern, eine Gruppe Radfahrer machte sich auf den Weg in den Wald, ein älteres Paar hatte es sich auf Campingstühlen unter einer Weide zu einem Picknick bequem gemacht, und eine Frau führte sechs Welsh Corgis zu einem Mittagsspaziergang aus.

Gordon drehte sich zu seinem Hund um. »Sitz, Tess. Später.« Er konnte nur beten, dass sie gehorchen würde. Er wusste, der Hund würde in den Wald stürmen, falls Whiting ihn dazu zwang, die Tür aufzumachen. Er wusste ebenso, dass der Polizist ihm sicherlich nicht erlauben würde, Tess wieder zurückzuholen, wenn sie einmal draußen war. Plötzlich war Tess ihm wichtiger als alles andere in diesem erbärmlichen Vorwand für ein Leben. Ihre Zuneigung zu ihm war wie bei allen Hunden bedingungslos. Die würde er in der Zukunft brauchen.

Tess setzte sich widerstrebend. Aber vorher schaute sie sehnsüchtig aus dem Fenster und dann zu ihm. »Später«, sagte Gordon. »Braver Hund.«

Whiting lachte in sich hinein. Er schob seinen Sitz zurück und ließ ihn einrasten. Er sagte: »Wie nett. Einfach rührend. Wusste gar nicht, dass du so gut mit Tieren kannst. Freut mich, was Neues über dich zu erfahren, wo ich doch dachte, ich weiß längst alles.« Er lehnte sich noch bequemer zurück und sagte: »So. Wir haben noch was zu erledigen, du und ich.«

Gordon erwiderte nichts. Er erkannte, wie clever Whiting diese Situation geplant hatte und wie gut der Polizist ihn von Anfang an durchschaut hatte. Beim letzten Mal waren sie gestört worden, aber es war genug vorgefallen, dass Gordon klar war, wohin jede künftige Begegnung mit Whiting führen würde. Whiting wusste, dass er Gordon nie wieder in so einer Situation treffen würde, in der sie an einem einsamen Ort allein waren und Gordon nicht darauf vorbereitet war, sich zu verteidigen. Sich in der Öffentlichkeit gegen Whiting zur Wehr zu setzen, würde große Aufmerksamkeit auf sich ziehen, und das konnte Gordon sich nicht leisten. Er saß wieder in der Falle. Er stand mit dem Rücken zur Wand. Und so würde es immer weitergehen.

Whiting öffnete seinen Hosenschlitz. »Sieh es mal so, Kumpel: Wahrscheinlich hast du ihn schon oft genug in den Arsch gekriegt, aber darauf steh ich nicht. Das andere reicht mir. Komm schon, und sei ein lieber Junge, ja? Dann sind wir quitt. Keiner erfährt etwas davon. Von gar nichts, mein Süßer.«

Gordon wusste, dass er dem ein Ende würde setzen können –

jetzt und hier und ein für alle Mal. Er war bereit. Aber die Folgen davon würden auch sein Ende bedeuten, und er war zu feige, das auf sich zu nehmen. Ihm fehlte einfach der Mut. So war er eben, und so war er immer gewesen.

Wie lange würde es dauern, und was würde es ihn kosten, es Whiting zu besorgen? Nach allem, was er überlebt hatte, würde er auch das noch überleben.

Er drehte sich um und sah Tess an. Sie hatte den Kopf auf die Pfoten gelegt, den traurigen Blick auf ihn gerichtet, und wedelte langsam mit dem Schwanz. »Der Hund kommt mit mir«, sagte er zu Whiting.

»Wie du willst.« Whiting lächelte.

Merediths Hände am Lenkrad waren glitschig vor Schweiß. Ihr Herz raste. Sie bekam kaum Luft. Der Typ drückte ihr irgendetwas in die Seite – denselben spitzen Gegenstand, den er wahrscheinlich schon bereitgehalten hatte, als sie so dämlich gewesen war, in Ginas Zimmer einzubrechen –, und er flüsterte: »Was glaubst du wohl, wie es sich anfühlt, wenn es dein Fleisch durchbohrt?«

Sie hatte nicht die geringste Ahnung, wer der Typ war. Aber offenbar wusste er genau, wer sie war, denn er hatte sie beim Namen genannt. Er hatte ihr sofort ins Ohr geflüstert: »Und *das* muss Meredith Powell sein, die mir meine hübsche goldene Münze geklaut hat. Ich habe schon viel von dir gehört, Meredith, glaub's mir. Aber ich hatte wirklich nicht damit gerechnet, dass wir uns mal kennenlernen.«

Sie hatte gefragt: »Wer sind Sie?«, aber im selben Moment hatte sie gewusst, dass ihr irgendetwas an ihm bekannt vorkam.

»Das«, hatte er gesagt, »ist eine gute Frage, Meredith. Aber du brauchst das überhaupt nicht zu wissen.«

Die Stimme. Sie hatte mittlerweile genug gehört, um sie mit dem Mann in Verbindung zu bringen, der auf Ginas Handy angerufen hatte, als sie das erste Mal bei ihr eingebrochen war. Sie hatte gedacht, es wäre Chief Superintendent Whiting gewesen –

wenn sie überhaupt irgendetwas gedacht hatte, Idiotin, die sie war –, aber jetzt war ihr klar, dass dieser Mann angerufen hatte. Die Stimme passte genau.

»Dass du hier reinschneist, ändert die Lage ein kleines bisschen«, hatte er gesagt.

Dann waren sie zu ihrem Wagen gegangen. Ihre Gedanken hatten sich überschlagen, als er sie auf den Fahrersitz gezwungen hatte. Und als er ihr befohlen hatte, sie zu Gordon Jossie zu bringen, hatte sie zuerst geglaubt, dass hier die Antwort lag: Dieser Typ und Gordon Jossie steckten unter einer Decke, und Jemima hatte sterben müssen, weil sie ihnen auf die Schliche gekommen war. Blieb allerdings die Frage, wie Gina Dickens ins Bild passte, was Meredith zu der Überlegung veranlasste, dass Gina und der Typ unter einer Decke stecken mussten. Das führte jedoch zu der Frage, wer Gina war, was wiederum die Frage aufwarf, wer Gordon war und welche Rolle Chief Superintendent Whiting spielte, denn Michele Daugherty hatte doch gesagt, dass Whiting wegen ihrer Nachforschung in Bezug auf Jossie bei ihr im Büro aufgetaucht war und ihr gedroht hatte. Und das brachte sie zu der Frage, ob Michele Daugherty ebenfalls in die Sache verwickelt war. Vielleicht war sie ja eine Lügnerin, weil sowieso alle Lügner waren.

O Gott, o Gott, o Gott, dachte Meredith. Wäre sie bloß zur Arbeit gegangen.

Zuerst hatte sie überlegt, ob sie einfach kreuz und quer durch Hampshire fahren sollte, anstatt direkt zu Gordon Jossie, wie der Mann es von ihr verlangt hatte. Wenn sie wie eine Verrückte durch die Gegend raste, bestünde vielleicht die Chance, dass jemand auf sie aufmerksam würde – ein Streifenwagen käme jetzt wie gerufen – und sie sich so retten könnte. Aber da war dieses Ding, das ihr in die Seite gedrückt wurde, und die Vorstellung, wie es langsam, aber sicher, schmerzhaft in ihre Haut eindringen würde, in der Nähe von … ja wovon? War das ihre Leber da unten? Wo genau saß eigentlich die Niere? Und wie weh würde es tun, erstochen zu werden? War sie heldenhaft genug, sich … und wenn … Aber würde er sie wirklich erstechen, während sie am Lenkrad saß? Und was wäre, wenn sie wild in der Gegend herumfuhr und er ihr befahl, irgendwo anzuhalten, und sie in den Wald zerrte … in einen der unzähligen Wälder hier … Wie lange würde es dauern, bis jemand sie finden würde, während sie langsam verblutete? Wie Jemima. O Gott, o Gott, o Gott.

»Sie haben sie umgebracht!«, stieß sie hervor. Es war ihr einfach rausgerutscht. Sie hatte vorgehabt, ruhig zu bleiben. Wie Sigourney Weaver in diesem alten Film über das unheimliche Wesen aus dem All. Oder wie Diana Rigg in dieser uralten Fernsehserie, die den Schurken mit ihren hochhackigen Stiefeln in die Fresse getreten hatte. Was würden die beiden tun in ihrer Situation? Was würden Sigourney und Diana tun? Für sie wäre es ganz einfach, weil es im Drehbuch stehen würde, und der Alien, der Böse, das Monster, wer auch immer … starb am Ende, oder nicht? Nur Jemima war schon tot, und Meredith schrie: »Sie haben sie umgebracht! Sie haben sie umgebracht!«

Die tödliche Spitze seiner Waffe drückte sich noch fester in ihre Seite. »Fahr«, sagte er. »Töten, habe ich festgestellt, ist viel leichter, als ich angenommen hatte.«

Sie dachte an Cammie. Ihr kamen die Tränen. Sie riss sich zusammen. Sie würde tun, was man ihr sagte und was notwendig war, um zu Cammie zurückzukommen.

»Ich hab eine kleine Tochter. Sie ist fünf. Haben Sie Kinder?«

»Fahr«, sagte er.

»Ich meine, Sie müssen mich gehen lassen. Cammie hat nur mich. Bitte. Das können Sie meiner Kleinen doch nicht antun.«

Sie sah ihn von der Seite an. Er war dunkel wie ein Spanier und hatte ein pockennarbiges Gesicht. Seine braunen Augen starrten sie an. Sie waren leer. Wie tiefe schwarze Löcher.

Sie konzentrierte sich wieder auf die Straße. Sie begann zu beten.

Wenn der Wagen vor ihr tatsächlich zu Gordon Jossie fuhr – was nicht anders sein konnte, denn aus welchem Grund hätte er sonst nach Sway abbiegen sollen? –, musste Gina Dickens auch dort sein, dachte Barbara. Oder Georgina Francis. Oder wer auch immer sie war, verflucht. Mitten am Tag würden sie nicht dorthin fahren, um Jossie zu treffen, der auf der Arbeit sein würde. Nein, die waren unterwegs, um jemand anderen zu treffen, und das konnte nur Gina/Georgina sein. Barbara musste ihnen nur in sicherem Abstand folgen und sich vergewissern, dass sie richtig lag mit ihrer Vermutung. Dann konnte sie Verstärkung rufen, falls sich herausstellen sollte, dass sie die Situation nicht allein in den Griff bekam.

Wenn sie sich Frazer Chaplin zu früh schnappte, bestand die Gefahr, dass Georgina Francis ihr entwischte. In dieser Gegend wäre das nicht schwierig. Zur Isle of Wight brauchte sie nur die Fähre zu nehmen. Den Flughafen von Yarmouth zu erreichen, wäre kein Problem. Auch Southampton lag nicht weit entfernt. Und der Flughafen von Southampton auch nicht. Also musste sie umsichtig sein. Sie durfte auf keinen Fall zu früh in Aktion treten.

Ihr Handy klingelte. *I love you, Peggy Sue.* Mit einem Blick auf das Display sah sie, dass es Lynley war, der sie bestimmt anrief, weil er dachte, die Leitung sei vorher unterbrochen worden. Sie überließ es ihrer Mailbox, den Anruf entgegenzunehmen.

Der Polo vor ihr bog in die schmale Straße ein, die an Gordon Jossies Grundstück vorbeiführte. Sie waren weniger als zwei Minuten von ihrem Zielort entfernt, und als sie ihn erreichten und der Wagen in Gordon Jossies Einfahrt einbog, war Barbara kein bisschen überrascht.

Sie fuhr weiter – für die anderen hoffentlich nur irgendein Auto auf der Straße –, bis sie etwas weiter die Straße hinauf eine Stelle entdeckte, wo sie ihren Mini in der Einfahrt zu einem Acker parken konnte. Zum Zeichen ihrer Bereitschaft, mit ihren Vorgesetzten zu kooperieren, steckte sie ihr Handy ein, schaltete es jedoch vorsichtshalber ab und eilte in die Richtung, aus der sie gekommen war.

Als sie Jossies Haus erreichte, bot ihr die Weißdornhecke, die das Haus vor der Straße verbarg, Sichtschutz. Sie schlich an der Hecke entlang, bis sie eine Stelle fand, von wo aus sie die Einfahrt und zumindest einen Teil der westlichen Koppel überblicken konnte. Frazer und seine Begleiterin hatten die Koppel betreten und durchquerten sie gerade. Nach knapp zehn Metern verschwanden sie aus ihrem Blickfeld.

Sie eilte an der Hecke entlang zurück. Sie war nicht wild darauf, sich durch die Hecke zu kämpfen. Das dichte, dornige Gestrüpp machte sie schier unüberwindlich. Sie musste eine andere Möglichkeit finden, auf Gordon Jossies Grundstück zu gelangen. Die fand sie, als die Hecke einen Knick machte, um ein Stück entlang der Grundstücksgrenze zu verlaufen. Dort befand sich eine weitere Koppel, die mit dem gleichen Drahtzaun umgeben war wie alles andere auf Jossies Grundstück. Hier war es einfacher durchzuklettern. Jetzt befand sich zwischen ihr und Frazer Chaplin nur noch die Scheune, in der Jossie Jemimas Auto und sein Werkzeug aufbewahrte. Wenn sie um die Scheune herumging, würde sie zu der Koppel gelangen, in die Frazer mit der Frau verschwunden war.

Von Gina Dickens war zunächst keine Spur zu sehen, aber als Barbara um die Scheune herumschlich, entdeckte sie Ginas Mini in der Einfahrt. Jetzt war der Zeitpunkt gekommen, Verstärkung anzufordern, aber zuerst wollte sie sich vergewissern, dass die Eigentümerin des glänzenden roten Autos tatsächlich anwesend war.

Sie erreichte die Rückseite der Scheune. Dahinter begann in einer Entfernung von vielleicht fünfzig Metern ein dichter Wald aus Kastanien und hoch aufragenden Eichen. Eigentlich ein perfektes Versteck, von dem aus sie einen hervorragenden Blick hätte. Allerdings würde sie aus der Entfernung nichts hören können, und auch wenn sie riesige Lauscher gehabt hätte, wäre es unmöglich gewesen, den Wald zu erreichen, ohne von der Koppel aus gesehen zu werden. Durchs Gras zu robben, hätte ebenfalls keinen Zweck, weil die Koppel nur durch einen Zaun begrenzt war und nicht durch eine Steinmauer, und auf dem Gelände zwischen Koppel und Wald boten nur vereinzelte Stechginsterbüsche Schutz.

Von der Koppel aus konnte man alles sehen, was sich auf dem Gelände außerhalb abspielte. Aber das funktionierte natürlich in beide Richtungen. Von der Scheune aus würde sie genug sehen können. Und als sie um die Ecke spähte, sah sie Frazer Chaplin, dessen Faust eine Waffe umschloss, die er Meredith Powell an den Hals hielt. Mit dem anderen Arm hatte er sie um die Taille gepackt. Sobald sie sich bewegte, würde sich das, was Frazer in der Hand hielt – wahrscheinlich ein Reetnagel, dachte Barbara, in Anbetracht des Orts, an dem sie sich befanden –, in Meredith Powells Halsschlagader bohren, genau so, wie ein anderer Nagel sich auf dem Friedhof im Abney Park in Jemimas Schlagader gebohrt hatte.

Jetzt Verstärkung zu rufen, wäre vollkommen sinnlos, erkannte Barbara. Bis die Kollegen aus Lyndhurst einträfen, wäre Meredith Powell längst schwer verletzt oder tot. Wenn sie das verhindern wollte, würde sie sich selbst etwas einfallen lassen müssen.

Er nannte sie George. Das soll der Name einer Frau sein?, dachte Meredith, bis sie begriff, dass es die Kurzform für Georgina war. Gina nannte ihn Frazer. Und sie war nicht sonderlich erfreut, ihn zu sehen.

Sie hatten Gina offenbar bei einem Anfall von gärtnerischer Arbeitswut auf der Koppel gestört, wo Gordon für gewöhnlich Ponys hielt, wenn sie besonderer Pflege bedurften. Sie hatte in der hinteren Ecke der Koppel eine Menge Unkraut und Gestrüpp abgeschnitten und ausgerissen und einen alten Steintrog freigelegt, der dort wahrscheinlich schon seit zweihundert Jahren stand.

Sie hatte gerufen: »Was zum Teufel willst du …«, den Satz jedoch abgebrochen, als sie sich umgedreht und Meredith erblickt hatte, die offensichtlich unfreiwillig in ihre Richtung geschoben wurde. Dann fügte sie hinzu: »Scheiße, Fraze. Was soll das?«

Worauf er antwortete: »Überraschung!«

Nach einem kurzen Blick zu Meredith sagte sie: »Musstest du sie …«

»Ich konnte sie ja schlecht dortlassen, oder?«

»Na, das ist ja großartig. Was sollen wir denn in Gottes Namen mit ihr machen?« Sie deutete auf ihr Gärtnerprojekt. »Es muss hier sein. Es gibt keine andere Möglichkeit. Wir haben keine Zeit, uns noch mehr Probleme aufzuhalsen, als wir sowieso schon haben.«

»Daran lässt sich jetzt nichts mehr ändern.« Frazer klang gelassen. »Ich hab sie ja schließlich nicht auf der Straße aufgelesen. Sie ist in dein Zimmer eingebrochen. Wir müssen uns um sie kümmern, und basta. Und das machen wir am besten hier.«

Um sie kümmern. Meredith wurde ganz übel. Sie sagte: »Ihr wollt es Gordon in die Schuhe schieben, stimmt's? Das habt ihr doch von Anfang an vorgehabt.«

»Siehst du?«, sagte Frazer zu Gina. Seine Stimme hatte einen bedeutungsvollen Unterton.

Sie musste keine Intelligenzbestie sein, um zu verstehen, was er meinte: *Die blöde Kuh ist uns auf die Schliche gekommen, und jetzt muss sie sterben.* Sie würden sie genauso töten, wie sie Jemima getötet hatten. Dann würden sie ihre Leiche auf Gordons Grundstück vergraben. Vielleicht würde es einen Tag oder eine Woche oder einen Monat oder auch ein ganzes Jahr dauern, bis man sie fand. Und wenn man sie entdeckte, würde man Gordon für den Schuldigen halten, denn bis dahin würden die beiden längst über alle Berge sein. Aber warum?, fragte sich Meredith. »Warum?«

Ihr wurde erst bewusst, dass sie die Frage laut ausgesprochen hatte, als Frazer seinen Griff um ihre Taille verstärkte und sich die Spitze seiner Waffe in ihre Haut bohrte. Sie spürte, wie die Haut platzte, sie fing an zu wimmern, und er sagte: »Das ist nur ein Vorgeschmack«, und: »Halt gefälligst die Klappe.« Und dann zu Gina: »Wir brauchen ein Grab.« Er stieß ein rohes Lachen aus. »Wo du schon mal beim Buddeln bist. So schlägst du zwei Fliegen mit einer Klappe.«

»Hier auf der Koppel?«, fragte Gina. »Das glaubt doch kein Schwein, dass er sie ausgerechnet hier vergraben würde.«

»Wir können uns leider den Luxus nicht leisten, uns darüber den Kopf zu zerbrechen, Georgina. Los, fang schon an zu graben.«

»Wir haben keine Zeit.«

»Wir haben keine andere Wahl. Es muss ja nicht tief sein. Gerade so, dass die Leiche reinpasst. Hol dir 'ne bessere Schaufel. In der Scheune ist bestimmt noch eine.«

»Ich will nicht mit ansehen, wie du …«

»Meinetwegen. Mach einfach deine gottverdammten Augen zu, wenn es so weit ist. Jetzt hol endlich die verfluchte Schaufel, und fang an zu graben, verdammt noch mal! Ich kann sie nicht töten, solange wir kein Loch haben, wo sie ausbluten kann.«

Meredith wimmerte. »Bitte. Ich hab eine kleine Tochter. Das könnt ihr doch nicht machen.«

»Oh, da irrst du dich aber gewaltig«, sagte Frazer.

Sie fuhren schweigend weiter. Hin und wieder pfiff Whiting eine heitere Melodie vor sich hin. Ab und zu gab Tess ein lang gezogenes Winseln von sich, für Gordon ein deutliches Zeichen, dass seine Hündin genau spürte, dass etwas faul war.

Die Fahrt von Fritham nach Sway dauerte nicht länger als normalerweise um diese Tageszeit. Aber Gordon hatte das Gefühl, als würden sie im Schneckentempo kriechen. Als würde er auf ewig auf dem Beifahrersitz von Whitings Wagen gefangen sein.

Als sie schließlich in die Paul's Lane einbogen, gab Whiting ihm die Anweisungen: ein Koffer, und der musste in einer Viertelstunde gepackt sein. Was mit dem Rest seiner Habe passieren würde, fragte Gordon. Darüber solle er sich mit dem zuständigen Behördenvertreter auseinandersetzen, der ihn abholen werde. Das Thema interessiere ihn nicht länger, sagte Whiting.

Der Chief Superintendent formte mit Daumen und Zeigefinger eine Pistole und tat so, als würde er den Abzugshahn spannen, während er sagte: »Du kannst von Glück reden, dass ich dich nicht verpfiffen habe, als mir das von deinem kleinen Ausflug nach London zu Ohren gekommen ist. Ich hätte es tun können, das weißt du«, sagte er. »Du hast richtig Schwein gehabt.«

Gordon begriff, wie es in Whitings Gehirn gearbeitet hatte und wie seine Fahrt nach London – von der Gina Whiting unterrichtet hatte, daran konnte kein Zweifel bestehen – alle Vorsicht, die Whiting in der Vergangenheit ihm gegenüber hatte walten lassen, zunichtegemacht hatte. Vor dieser Fahrt nach London hatte Whiting lediglich eine periphere Rolle in seinem Leben gespielt, war hin und wieder aufgetaucht, um sich zu vergewissern, dass Gordon »sauber blieb«, wie er sich auszudrücken pflegte, und um ihn einzuschüchtern. Aber er war nie über kleine Schikanen hinausgegangen. Als er jedoch von seinem Aufenthalt in London erfahren und diesen mit Jemimas Tod in Verbindung gebracht hatte, hatte sich der ganze Abscheu des Chief Superintendent entladen. Ein Wort von ihm ans Innenministerium, und Gordon Jossie fuhr wieder ein, weil er gegen die Auflagen seiner Freilassung verstoßen hatte und eine Gefahr für die Gesellschaft darstellte. Das Innenministerium würde ihm zuerst die Freiheit nehmen und erst später Fragen stellen. Gordon hatte gewusst, wie es laufen würde, und dieses Wissen hatte seine Kooperation garantiert.

Und jetzt… Mittlerweile konnte Whiting dem Innenministerium kaum noch melden, dass Gordon an dem Tag, als Jemima ermordet worden war, in London gewesen war. Er würde sich fragen lassen müssen, seit wann er Kenntnis davon hatte. Gina würde enthüllen können, wann genau sie die Informationen weitergegeben hatte. Dann wäre Whiting gezwungen zu erklären, warum Gordon sich immer noch in Freiheit befand, und das würde dem Chief Superintendent ganz und gar nicht schmecken. Lieber genoss er ein letztes Vergnügen am Eyeworth

Pond und übergab Gordon an wen auch immer, der ihn abholen würde.

»Im Grunde ist es Ihnen scheißegal, dass sie tot ist, stimmt's?«, sagte Gordon.

Whiting warf ihm einen Blick zu. Seine Augen waren hinter der dunklen Sonnenbrille verborgen. Aber er verzog angewidert den Mund. »Ausgerechnet du jammerst über irgendjemandes Tod?«

Gordon sagte nichts.

»Ah. Ja. Hätte mich auch gewundert, wenn einer wie du über dieses Thema reden wollte. Aber wenn du willst, können wir beide gern ein bisschen darüber plaudern. Ich habe da keine Vorbehalte.«

Gordon sah aus dem Fenster. Er sagte sich, dass es letztlich immer wieder darauf hinauslaufen würde. Nicht nur zwischen ihm und Whiting, sondern zwischen ihm und jedem anderen. Es würde ewig das Maß seines Lebens sein, und er müsste verrückt sein, etwas anderes zu denken, und wenn es nur für einen Augenblick war und ganz besonders in dem Augenblick Jahre zuvor, als er Jemima Hastings' Einladung auf einen Drink bei ihrem Bruder angenommen hatte.

Er fragte sich, wie er auf die Idee gekommen war, er könnte je ein normales Leben führen. Halb wahnsinnig und drei Viertel einsam, dachte er. Das war sein Leben. Die Gesellschaft eines Hundes reichte einfach nicht.

Als sie zu seinem Grundstück kamen, sah er sofort die Autos in der Einfahrt. Er kannte beide. Gina war zu Hause, aber auch Meredith Powell war aus irgendeinem Grund da. Er sagte zu Whiting: »Wie soll das denn jetzt gehen?«, als der Chief Superintendent neben das Haus fuhr und vor der Hecke parkte. »Es ist ja schließlich keine Festnahme, oder? Wenn man's genau nimmt?«

Whiting sah auf die Uhr. Vermutlich dachte der Chief Superintendent gerade über das Wann und Wo nach: wo er Gordon an jemanden vom Innenministerium übergeben musste und zu welcher Uhrzeit. Wahrscheinlich rechnete er nach, wie viel Zeit vergangen war, seit das Innenministerium ihn angewiesen hatte, Gordon abzuholen, einschließlich der Zeit für ihr Intermezzo am Eyeworth Pond. Die Uhr tickte, deshalb konnten sie nicht später noch einmal herkommen, um seine Sachen zu holen, wenn Gina und Meredith nicht mehr hier waren.

Er rechnete schon damit, dass Whiting ihm erklärte, dann müsse er eben ohne den einen erlaubten Koffer verschwinden, und seine Sachen würden ihm später nachgeschickt. Aber stattdessen sagte Whiting lächelnd: »Ach, ich glaube, dir wird schon irgendeine interessante Geschichte einfallen, mein Liebchen«, und Gordon dämmerte, dass auch dies zu dem Spaß gehörte, den sich der Chief Superintendent auf seine Kosten machte. Zuerst Eyeworth Pond und jetzt das: Gordon, der seine Sachen packte und Gina irgendwie erklären musste, warum er sich aus dem Staub machte.

»Eine Viertelstunde«, sagte Whiting. »Ich an deiner Stelle würde keine Sekunde damit verschwenden, mit den Damen zu schwatzen. Aber du kannst natürlich mit deiner Zeit machen, was du willst. Der Hund bleibt so lange hier. Sicherheitshalber. Du weißt schon. Betrachte ihn als Kaution.«

»Das wird Tess nicht gefallen«, sagte Gordon.

»Wenn du's ihr sagst, schon. Du kannst doch gut mit den Frauen, nicht wahr, mein Süßer?«

Gordon erkannte, dass es tatsächlich besser für ihn war, wenn der Retriever im Wagen blieb. Wenn sie Tess rausließen, würde sie schnurstracks zu Gina laufen und damit seine Anwesenheit verraten. Ohne sie konnte er vielleicht durch die Vordertür ins Haus gelangen, sich nach oben schleichen, tun, was er tun musste, und dann ungesehen wieder verschwinden. Keine Erklärung. Kein Gespräch.

Er nickte Whiting zu, befahl dem Hund zu bleiben und stieg aus dem Wagen. Vermutlich waren Gina und Meredith im Haus, wahrscheinlich in der Küche, aber auf keinen Fall im Schlafzimmer. Wenn er durch die Vordertür ging, konnte er die

Treppe hinaufschleichen, ohne dass sie ihn bemerkten. Die Dielen knarrten wie der Teufel, aber das ließ sich nicht ändern. Er würde so leise sein wie irgend möglich, und er konnte nur hoffen, dass die beiden sich so laut unterhielten, dass sie nichts hörten. Was Meredith wohl hier wollte? Aber diese Frage weiter zu verfolgen, würde ihm jetzt überhaupt nichts nützen. Es spielte auch keine Rolle mehr.

Als er in der Eingangstür stand, lauschte er auf ihre Stimmen. Aber es war still im Haus. Vorsichtig eilte er zur Treppe. Das einzige Geräusch war das Knarzen der Stufen unter seinem Gewicht, als er nach oben ging.

Er betrat das Schlafzimmer. Ein Koffer und eine Viertelstunde. Gordon wusste, dass Whiting es genau nahm. Eine Minute länger, und er würde auf das Grundstück schlendern, und Gordon würde erklären müssen, warum er abtransportiert wurde, oder Whiting selbst würde das übernehmen.

Gordon zog seinen Koffer unter dem Bett hervor. Er ging zur Kommode und öffnete die obere Schublade. Die Kommode stand neben dem Fenster, er musste also vorsichtig sein. Denn falls Gina und Meredith draußen waren und zufällig hochschauten… Er warf einen Blick nach draußen, um sich zu vergewissern.

Er sah sie sofort. Das Fenster lag zur Einfahrt und zu dem Teil der Koppel hin, wo die Ponys gewesen waren, die er benutzt hatte, um Gina von der Stelle fernzuhalten. Jetzt stand sie auf der Koppel und Meredith ebenfalls. Und bei den beiden war ein Mann, den Gordon nicht kannte. Er stand hinter Meredith und hatte seinen Arm in einer Weise um ihre Taille gelegt, die deutlich machte, dass sie keine freiwillige Teilnehmerin an dem Geschehen war.

Das Geschehen bestand aus hektischem Graben. Gina hatte einen Spaten aus der Scheune geholt und war dabei, eine rechteckige Grube auszuheben, direkt hinter der alten Pferdetränke. Sie hatte eine ganze Menge Unkraut ausgerissen. Sie musste wie eine Wahnsinnige geackert haben, seit sie zurückgekommen war – wo auch immer sie am Vormittag gewesen sein mochte.

Zuerst dachte er, wie gut er es gemacht hatte. Es sah alles genauso aus, wie er gehofft hatte. Dann begriff er, dass er Jemima zu Dank verpflichtet war. Sie hatte zweifellos einen Teil des Geheimnisses ausgeplaudert, aber aus irgendeinem Grund nicht alles. Aus perverser Loyalität ihm gegenüber? Aus Misstrauen gegenüber dem anderen? Er würde es nie erfahren.

Er wollte gerade vom Fenster wegtreten, weil er wusste, dass die drei sich bis nach China durchbuddeln konnten, ohne zu finden, wonach sie suchten. Aber plötzlich machte Meredith eine ruckartige Bewegung – als versuchte sie, sich aus der Umklammerung des Fremden zu befreien –, und dabei wirbelte sie herum und der Typ mit ihr, sodass sie Gina und ihrer Buddelei den Rücken kehrten und dem Haus zugewandt standen.

Der Typ drückte irgendetwas an Merediths Hals. Gordons Blick wanderte von dem Paar zu Gina. Endlich dämmerte ihm, was Gina da überhaupt tat. Er sah die Form und die Größe und fluchte leise. Sie hob ein Grab aus.

Das also waren Jemimas Mörder, dachte er. Er hatte die ganze Zeit mit Jemimas Mörderin geschlafen. Sie war also doch die Frau aus London, von der die Polizistin von Scotland Yard behauptet hatte, sie sei auf einem der Fotos von der Ausstellungseröffnung gewesen. Sie war nach Hampshire gekommen, um sich ihn zu angeln, und er – Idiot, der er war – war ihr prompt auf den Leim gegangen.

Mit diesen verfluchten Postkarten, die er überall verteilt hatte, hatte er ihnen direkt in die Hände gespielt. *Haben Sie diese Frau gesehen?* Und natürlich hatten sie sie gesehen. Jemima hatte diesem Typen alles anvertraut. Und der hatte es Gina geflüstert. Dann hatten sie alles genau geplant: einer in London und der andere in Hampshire, und wenn die Zeit reif wäre, würde der Rest ein Kinderspiel sein. Ein Anruf nach Hampshire, den der Typ gemacht hatte. *Sie ist da und da. Dort können Sie sie finden.* Von da an brauchten sie nur abzuwarten, was er tun würde.

Und jetzt das, was sich da unten in der Koppel abspielte. Das war ebenfalls geplant. Es würde noch eine Leiche geben. Aber diesmal sollte sie auf seinem Grundstück vergraben werden.

Er wusste nicht, wie es ihnen gelungen war, Meredith Powell erst in ihre Gewalt und dann hierher zu bringen. Er wusste auch nicht, warum sie es getan hatten. Aber während er sie beobachtete, sah er so klar und deutlich, was sie vorhatten, als käme der Plan von ihm. Jetzt wusste er, was er zu tun hatte.

Er ging zur Treppe.

Während Gina sich ins Zeug legte, wählte Barbara auf ihrem Handy dreimal die neun. Frazer würde sich seiner Gefangenen erst entledigen, wenn er einen Platz für die Leiche hatte. Die einzige Möglichkeit, es so aussehen zu lassen, als hätte Gordon Jossie Meredith getötet, bestand darin, sie irgendwo auf dem Grundstück zu verscharren und zu hoffen, dass die Leiche erst entdeckt würde, wenn sie lange genug in der Erde gelegen hatte und der genaue Todeszeitpunkt – und somit Jossies Alibi – nicht mehr nachweisbar war. Und das erforderte ein Grab.

Es war Meredith hoch anzurechnen, dass sie nicht willig auf den Stich wartete, der sie töten würde. Sie wehrte sich nach Kräften. Allerdings verletzte Frazer sie mit dem Reetnagel. Sie blutete stark am Hals, doch bisher hatte er es vermieden, den tödlichen Stich auszuführen. Gerade genug, um sie gefügig zu machen, dachte Barbara. Was für ein Schwein der Typ war.

Als ihr Anruf durchkam, identifizierte Barbara sich im Flüsterton. Die Notrufzentrale konnte sich Gott weiß wo in Hampshire befinden, und sie konnte ihren Aufenthaltsort nicht exakt bestimmen, was bedeutete, dass eine Verstärkung wahrscheinlich nicht rechtzeitig eintreffen würde. Aber Chief Superintendent Whiting würde wissen, wo Gordon Jossie wohnte, daher gab sie folgende Informationen durch: »Rufen Sie das Revier in Lyndhurst an, und sagen Sie Chief Superintendent Whiting, er soll sofort Verstärkung zu Gordon Jossie in der Nähe von Sway schicken. Er weiß, wo das ist. Ich bin auf dem Grundstück, das Leben einer Frau steht auf dem Spiel, und beeilen Sie sich, um Himmels willen, schicken Sie ein bewaffnetes Einsatzkommando, und zwar sofort!«

Dann schaltete sie ihr Handy aus. Sie hatte keine Waffe, aber die Chancen waren gleich verteilt. Sie war eine Meisterin im Bluffen, und wenn sonst nichts, hatte sie wenigstens das Überraschungsmoment auf ihrer Seite. Es war Zeit, es einzusetzen.

Sie eilte auf die andere Seite der Scheune.

Meredith konnte nicht schreien. Das spitze Ding drang zum dritten Mal in ihr Fleisch. Er hatte ihr einmal und dann noch einmal in den Hals gestochen und jetzt wieder, jedes Mal an einer anderen Stelle. Das Blut rann ihr über den knochigen Brustkorb und zwischen den Brüsten hinunter, aber sie wollte nicht hinsehen aus Angst, ohnmächtig zu werden. Sie fühlte sich auch so schon schwach genug.

»Warum?«, war das Einzige, was sie hervorbrachte. Sie wusste, dass »bitte« zwecklos war. Und das Warum bezog sich auf Jemima, nicht auf sie selbst. Es gab so viele Warums, die mit Jemima zu tun hatten. Sie hatten es offenbar so eingefädelt, dass die Spur die Polizei zu Gordon führen würde. Daraus schloss sie, dass sie sowohl Jemima als auch Gordon aus dem Weg räumen wollten, aber sie hatte keine Ahnung, welchen Grund es dafür geben könnte. Und es spielte wohl auch keine Rolle, denn schließlich würde sie selbst auch sterben. Genau wie Jemima, aber wofür, wofür, und was würde aus Cammie werden? Ohne einen Vater. Ohne Mutter. Aufzuwachsen, ohne zu wissen, wie sehr sie … Und wer würde sie finden? Sie würden sie begraben und dann und dann und danach und … o Gott.

Sie versuchte, sich zu beruhigen. Sie versuchte zu denken. Sie versuchte zu planen. Es war möglich. Es ging. Sie konnte es. Sie musste. Und dann. Wieder der Schmerz. Die Tränen liefen, obwohl sie nicht weinen wollte. Sie kamen mit dem Blut. Sie wusste weder, wie sie sich retten konnte, noch konnte sie … was? Sie wusste es nicht.

Wie verdammt blöd sie gewesen war. Ihr ganzes Leben war ein leuchtendes Beispiel dafür, wie blöd man sein konnte. Kein Hirn, Mädel. Vollkommen bescheuert und total unfähig, einen Menschen zu durchschauen. Sich selbst zu durchschauen. Irgendjemanden zu durchschauen. Und jetzt… Worauf wartest du?, fragte sie sich. Wartest du darauf, worauf du schon immer wartest… dass jemand kommt und dich rettet aus einer Situation, in die du dich selbst gebracht hast, weil du so verdammt idiotisch bist seit dem Tag deiner Geburt, so…

»So, das war's.«

Alles erstarrte. Die Welt drehte sich, aber es war gar nicht die Welt, es war der Mann, der sie festhielt, der herumwirbelte und sie mit sich riss, und da stand Gordon.

Er war auf die Koppel gekommen. Er kam auf sie zu. Er hatte eine Pistole in der Hand… eine *Pistole*. Woher in Gottes Namen hatte Gordon eine Pistole? Hatte er schon immer eine Pistole gehabt, und warum und…

Vor Erleichterung bekam sie weiche Knie. Sie machte sich in die Hose. Heißer Urin lief ihr die Beine hinunter. Es war vorbei, vorbei, vorbei. Aber der Mann ließ sie nicht los. Er lockerte seinen Griff nicht.

Er sagte zu Gina: »Ah, ich sehe, wir müssen es noch tiefer machen, George«, so als würde ihn das, was Gordon Jossie in der Hand hielt, kein bisschen aus der Fassung bringen.

»Da ist es nicht, Gina«, sagte Gordon unerklärlicherweise mit einer Kinnbewegung zu der Stelle, wo sie das Unkraut herausgerissen hatte. »Deshalb hast du sie getötet, nicht wahr?« Und zu dem Fremden: »Du hast gehört, was ich gesagt habe. Jetzt ist Schluss. Lass sie los.«

»Oder was?«, fragte der Mann. »Erschießt du mich dann? Spielst den Helden? Dein Foto auf allen Titelseiten? In den Abendnachrichten? In den Talkshows am Morgen? Ts, ts, Ian. Das kannst du nicht wollen. Grab weiter, George.«

»Sie hat es dir also gesagt«, erwiderte Gordon.

»Na klar hat sie's mir gesagt. Man fragt doch, oder? Eigentlich wollte sie nicht, dass du sie findest. Sie war … Also, ich will dich ja nicht beleidigen, aber sie war ziemlich angewidert, als sie erfahren hat, wer du bist. Dann, als sie die Postkarten gesehen hat … Sie kam völlig aufgelöst nach Hause … Man fragt doch nach, wenn die Geliebte … Tut mir leid, George, aber ich glaube, da sind wir quitt, Darling. Man fragt einfach. Sie hat dich genug verabscheut, um es mir zu erzählen. Du hättest sie in Ruhe lassen sollen, nachdem sie sich nach London abgesetzt hatte. Warum hast du das nicht getan, Ian?«

»Nenn mich nicht so.«

»Aber der bist du doch, oder? George, Liebling, das ist doch Ian Barker, oder? Keiner von den anderen beiden. Nicht Michael und auch nicht Reggie. Aber er spricht von ihnen, wenn er träumt, stimmt's?«

»Albträume«, sagte Gina. »Schreckliche Albträume. Du machst dir keine Vorstellung.«

»Lass sie los.« Gordon winkte mit der Pistole.

Der Mann packte noch fester zu. »Kann ich nicht, werd ich auch nicht«, sagte er. »Nicht so kurz vorm Ziel. Tut mir leid, Kumpel.«

»Ich werde dich erschießen, wer auch immer du bist.«

»Frazer Chaplin, zu Diensten«, sagte er. Er klang richtig gut gelaunt. Er drehte das, was er Meredith an den Hals hielt, ein wenig. Sie schrie auf. Er sagte: »Tja, so war das, sie hat die Postkarten gesehen, Ian, mein Freund. Da ist sie in Panik geraten. Sie ist wie angestochen rumgerannt und hat dummes Zeug geredet und dass dieser Typ aus Hampshire sie nicht finden darf. Da fragt man doch nach, warum. Natürlich fragt man da. Und dann ist alles aus ihr rausgebrochen. Ein böser kleiner Junge warst du, stimmt's? Es gibt bestimmt 'ne Menge Leute, die dich gern finden würden. Die Menschen vergessen nicht. Nicht so ein Verbrechen. Und deshalb wirst du mich auch nicht erschießen. Abgesehen davon, dass du mich wahrscheinlich sowieso verfehlst und die arme kleine Meredith direkt in den Kopf triffst.«

»O nein. Soweit ich das sehe«, sagte Gordon und richtete die Pistole nun auf Gina, »ist sie diejenige, die erschossen werden muss. Lass den Spaten fallen, Gina! Es ist vorbei. Der Schatz liegt nicht dort, Meredith wird nicht sterben, und es ist mir scheißegal, wer meinen Namen kennt.«

Meredith wimmerte. Sie hatte keine Ahnung, wovon sie alle redeten, aber sie wollte Gordon die Hand hinstrecken und sich bei ihm bedanken. Er hatte irgendetwas geopfert. Sie wusste nicht, was. Sie wusste nicht, warum. Aber es bedeutete …

Schmerz durchzuckte sie. Feuer und Eis. Er fuhr ihr in den Kopf und durch die Augen. Etwas explodierte, und etwas anderes gab nach. Sie sank zu Boden.

Barbara hatte die Ecke der Scheune erreicht, als sie den Schuss hörte. Sie erstarrte, aber nur für einen kurzen Augenblick. Als der zweite Schuss fiel, stürmte sie hinter der Scheune hervor und auf die Koppel. Sie hörte das Geräusch schwerer Schritte, die in ihre Richtung kamen, und die heisere Stimme eines Mannes, der schrie: »Lass die verdammte Pistole fallen!«

Sie nahm alles auf wie ein Standbild. Meredith Powell auf dem Boden, aus ihrem Hals ragte ein rostiger Reetnagel. Frazer Chaplin neben ihr hingestreckt, keine zwei Meter von Gordon Jossie entfernt. Gina Dickens, mit dem Rücken am Zaun, die Hand vor Entsetzen vor den Mund geschlagen. Jossie, der starr die Pistole in der Position hielt, aus der er seinen zweiten Schuss in die Luft abgefeuert hatte.

»Barker!«, brüllte Chief Superintendent Whiting. Er kam die Einfahrt hochgerannt. »Leg die gottverdammte Waffe auf den Boden! Jetzt sofort!«

Und dann auch noch der Hund, der jaulend im Kreis rannte und sprang.

»Lass sie fallen, Barker!«

»Du hast ihn erschossen! Du hast ihn umgebracht!«, kreischte Gina Dickens. Schreiend rannte sie zu Frazer und warf sich über ihn.

»Verstärkung ist unterwegs, Mr. Jossie«, rief Barbara. »Legen Sie die Waffe …«

»Halten Sie ihn auf! Mich erschießt er als Nächstes!«

Der Hund kläffte wie verrückt.

»Kümmert euch um Meredith«, sagte Jossie. »Kann sich verdammt noch mal irgendjemand um Meredith kümmern!«

»Lass erst die verdammte Waffe fallen!«

»Ich hab gesagt …«

»Willst du, dass sie auch stirbt? Genau wie der Junge? Geht dir einer ab beim Töten, Ian?«

Jossie richtete die Waffe auf Whiting. »Töten«, sagte er. »Was für eine gottverdammte Sinnlosigkeit.«

Der Hund jaulte.

»Nicht schießen«, rief Barbara. »Tun Sie's nicht, Mr. Jossie.« Sie rannte zu der gekrümmt am Boden liegenden Meredith. Der Reetnagel steckte ihr bis zur Hälfte der Spitze im Hals, hatte jedoch nicht die Halsschlagader getroffen. Meredith war bei Bewusstsein, aber sie stand unter Schock. Jetzt kam es auf Minuten an. Jossie musste es erfahren. »Sie lebt, Mr. Jossie, sie lebt. Legen Sie die Waffe weg. Lassen Sie uns gehen. Sie können nichts mehr tun.«

»Sie irren sich«, sagte Jossie. Und drückte noch einmal ab.

Michael Spargo, Reggie Arnold und Ian Barker wanderten zur Verbüßung des ersten Teils ihrer Strafe in Secure Units. Aus verständlichen Gründen wurden sie voneinander getrennt in unterschiedlichen Gefängnissen des Landes untergebracht. Die Zielsetzung der Secure Units lautet Erziehung und – häufig, jedoch nicht immer und »abhängig von der Kooperation des Gefangenen« – Therapie. Informationen darüber, wie gut sich die Jungen in diesen Einrichtungen führten, sind für die Öffentlichkeit nicht zugänglich, aber bekannt ist, dass mit Erreichen des fünfzehnten Lebensjahrs ihre Zeit in den Units endete und sie anschließend in sogenannte Jugendeinrichtungen verlegt wurden, im Klartext: Gefängnisse für jugendliche Straftäter. Mit achtzehn wurden sie in Hochsicherheitsgefängnisse verlegt, wo sie den Rest ihrer vom Europäischen Gerichtshof festgelegten Strafe absaßen. Zehn Jahre.

Diese Zeit ist natürlich schon lange vorbei. Alle drei Jungen – mittlerweile erwachsene Männer – wurden wieder in die Gesellschaft eingegliedert. Ebenso wie die berüchtigten Kinderkriminellen Mary Bell, Jon Venables und Robert Thompson erhielten auch diese drei Jungen eine neue Identität. Wohin jeder von ihnen entlassen wurde, ist bis heute ein streng gehütetes Geheimnis, und ob sie sich zu ordentlichen Mitgliedern der Gesellschaft entwickelt haben, ist ebenfalls unbekannt. Alan Dresser hat gelobt, sie zu jagen und »sie schmecken zu lassen, was sie John angetan haben«, aber da sie von der Polizei geschützt werden und nicht einmal ein Foto von ihnen existiert, ist es unwahrscheinlich, dass Mr. Dresser oder irgendeine andere Person sie je finden wird.

Wurde der Gerechtigkeit Genüge getan? Diese Frage lässt sich unmöglich beantworten. Dazu müsste man Michael Spargo, Reggie Arnold und Ian Barker entweder als abgebrühte Verbrecher oder uneingeschränkt als Opfer ansehen, doch die Wahrheit liegt irgendwo in der Mitte.

Auszug aus »Psychopathology, Guilt and Innocence in the Matter of John Dresser«

von Dorcas Galbraith, PhD

(der EU Convention on Juvenile Justice vorgelegt auf Bitte des Right Honourable Howard Jenkins-Thomas, M.P.)

34

Judi MacIntosh bat Lynley, gleich einzutreten. Der Assistant Commissioner erwarte ihn bereits, sagte sie. Ob er einen Kaffee wünsche? Tee? Sie klang ernst.

Verständlich, dachte Lynley. Die Nachricht hatte sich, wie immer, wenn es um den Tod ging, schnell herumgesprochen.

Er lehnte höflich ab. Eigentlich hätte er nichts gegen eine Tasse Tee gehabt, doch er hoffte, nicht so lange in Hilliers Zimmer zu bleiben, um die Zeit zu haben, sie auszutrinken.

Der Assistant Commissioner erhob sich, als er eintrat, und kam zu Lynley an den Konferenztisch. Er ließ sich auf einen Stuhl fallen und sagte: »Was für ein verdammter Schlamassel. Wissen wir wenigstens, wie in Gottes Namen er an die Waffe gekommen ist?«

»Noch nicht«, antwortete Lynley. »Barbara arbeitet daran.«

»Und die Frau?«

»Meredith Powell? Sie liegt im Krankenhaus. Sie ist schwer verletzt, aber nicht lebensbedrohlich. Um ein Haar wäre die Wirbelsäule verletzt worden. Sie hätte gelähmt sein können. Sie hat Glück gehabt.«

»Und die andere?«

»Georgina Francis? In U-Haft. Insgesamt ist es nicht gerade lehrbuchmäßig gelaufen, aber wir haben ein gutes Ergebnis.«

Hillier sah ihn durchdringend an. »Eine Frau in einem öffentlichen Park ermordet, eine andere schwer verwundet, zwei Tote, ein paranoid Schizophrener im Krankenhaus, ein drohender Prozess… Welchen Teil davon nennen Sie ein gutes Ergebnis, Inspector?«

»Wir haben den Täter.«

»Der tot ist.«

»Wir haben seine Komplizin.«

»Die womöglich nie vor Gericht gestellt wird. Was wissen wir denn über diese Georgina Francis, das für eine Anklage ausreichen würde? Sie hat einmal im selben Haus gelebt wie der Täter. Sie war die Geliebte des Täters. Sie war die Geliebte des *Mörders* des Täters. Sie könnte dies getan haben, und sie könnte jenes getan haben und so weiter und so fort. Wenn wir damit zur Staatsanwaltschaft gehen, stellen die den Lachsack an.« Hillier verdrehte die Augen himmelwärts, als suchte er göttlichen Beistand, was gar nicht zu ihm passte. Nachdem er den Rat von oben offenbar bekommen hatte, sagte er: »Sie ist erledigt. Sie hatte eine gute Chance, ihre Führungsqualitäten unter Beweis zu stellen, und sie hat versagt. Sie hat Mitglieder ihres Teams gegen sich aufgebracht, sie hat Detectives unsachgemäß und ohne Berücksichtigung ihrer Qualifikation eingesetzt, sie hat Ermessensentscheidungen getroffen, die die Met in die denkbar schlechteste Position gebracht haben, sie hat innerhalb und außerhalb des Yard das Vertrauen unterminiert… Seien Sie doch so gut, Tommy, und sagen Sie mir: Was ist daran ein gutes Ergebnis?«

»Ich denke, wir sind uns einig, dass sie behindert wurde.«

»Ach, sind wir das? Wodurch wurde sie denn Ihrer Meinung nach behindert?«

»Durch das Innenministerium, das über Informationen verfügte, die man ihr nicht geben konnte oder wollte.« Lynley ließ einen Augenblick verstreichen, um seine Worte wirken zu lassen. Es gab reichlich wenig, was er zur Verteidigung von Isabelle Ardery und ihrer Leistung als Acting Detective Superintendent vorbringen konnte, aber er fand, dass er es ihr schuldig war, es wenigstens zu versuchen. Er fragte: »Wussten Sie, wer er war, Sir?«

»Jossie?« Hillier schüttelte den Kopf.

»Wussten Sie denn, dass er unter Schutz stand?«

Ihre Blicke trafen sich. Hillier sagte nichts, aber das reichte Lynley als Antwort. Irgendwann im Lauf der Ermittlungen, dachte er, hatte man Hillier reinen Wein eingeschenkt. Man hatte ihm vielleicht nicht gesagt, dass Gordon Jossie einer der drei Jungen war, die vor Jahren an dem schrecklichen Mord an John Dresser beteiligt gewesen waren, aber er hatte gewusst, dass es sich bei Jossie um eine Person handelte, in deren Leben niemand Einblick erhalten sollte.

»Ich finde, man hätte sie informieren müssen«, sagte Lynley. »Nicht unbedingt über seine wahre Identität, aber darüber, dass er unter dem Schutz des Innenministeriums stand.«

»Ach, finden Sie das.« Hillier wandte sich ab. Er legte die Fingerspitzen gegeneinander und stützte das Kinn darauf. »Und warum?«

»Es hätte uns zu Jemima Hastings' Mörder führen können.«

»Hätte es das.«

»Ja, Sir.«

Hillier musterte ihn. »Sie setzen sich also für sie ein, wenn ich das richtig sehe. Läuft das unter *noblesse oblige*, Tommy, oder haben Sie vielleicht einen anderen Grund?«

Lynley hielt seinem Blick stand. Er hatte natürlich über diesen Punkt nachgedacht, bevor er den AC aufgesucht hatte, aber er war zu keinem endgültigen Schluss gekommen, was seine Absichten betraf. Er handelte rein intuitiv, und er konnte nur hoffen, dass sein Instinkt nichts anderes war als hehrer Gerechtigkeitssinn. Wenn es um Sex ging, konnte es leicht passieren, dass man sich etwas in die Tasche log.

»Weder noch, Sir«, sagte er ruhig. »Es war eine harte Umstellung für sie, und sie hatte kaum Zeit, sich einzuarbeiten, ehe sie eine schwierige Mordermittlung übernehmen musste. Hinzu kommt, dass man bei einer Mordermittlung auf Fakten angewiesen ist. Sie hat nicht alle bekommen. Und das, bei allem Respekt, kann man ihr nicht anlasten.«

»Wollen Sie damit sagen …«

»Damit will ich nicht sagen, dass man Ihnen das anlasten kann, Sir. Ich nehme an, dass auch Ihnen die Hände gebunden waren.«

»Also …«

»Aus diesem Grund hat sie meiner Meinung nach eine zweite Chance verdient. Mehr nicht. Ich sage nicht, dass man sie fest anstellen sollte. Ich sage nicht, dass Sie auch nur in Erwägung ziehen sollten, sie fest anzustellen. Ich sage nur, dass sie, nach allem, was ich in den vergangenen Tagen erlebt habe, und mit Hinblick darauf, worum Sie mich in Bezug auf ihre Anwesenheit hier gebeten haben, eine zweite Chance verdient.«

Hilliers Mund verzog sich. Es war weniger ein Lächeln als die wenn auch widerstrebende Anerkennung eines guten Arguments. Er sagte: »Also ein Kompromiss?«

»Sir?«

»Ihre Anwesenheit. Hier.« Hillier lachte in sich hinein, aber er schien über sich selbst zu lachen. Es bedeutete: *Wer hätte gedacht, dass ich mal in diese Situation geraten würde?*

»Sie meinen, dass ich meine Arbeit bei der Met wieder aufnehme«, bemerkte Lynley.

»Das wäre mein Angebot für einen Deal.«

Lynley nickte langsam, während Hilliers Worte in sein Bewusstsein drangen. Der Assistant Commissioner, dachte er, wäre ein hervorragender Schachspieler. Sie waren noch nicht bei einem Schachmatt angelangt, aber sie standen kurz davor. »Darf ich darüber nachdenken, Sir, ehe ich mich entscheide?«, fragte er.

»Nein«, antwortete Hillier. »Das dürfen Sie nicht.«

Isabelle telefonierte mit Chief Superintendent Whiting im Revier in Lyndhurst. Die fragliche Pistole, sagte er, gehöre einem der Wildhüter. Sie fragte nicht, welche Aufgaben ein Wildhüter hatte, und er erklärte es ihr auch nicht. Sie fragte jedoch, wer der Wildhüter und wie Gordon Jossie in den Besitz der Waffe gelangt sei.

Der Wildhüter sei der Bruder des Mordopfers, und er habe den Verlust der Pistole erst am Morgen gemeldet, allerdings zunächst nicht der Polizei. Nicht dass es etwas geändert hätte, wenn er es getan hätte. Vielmehr habe er es bei einer Besprechung seinem Chef mitgeteilt, der daraufhin alle Hebel in Bewegung gesetzt habe, was natürlich zu spät gewesen sei. Jossie, fuhr Whiting fort, habe die Waffe wahrscheinlich bei sich getragen, entweder in der Jackentasche oder im Hosenbund, sodass sie von der Windjacke verdeckt wurde. Oder, führte Whiting weiter aus, möglicherweise habe er sie im Haus aufbewahrt, denn er sei hineingegangen, um zu packen. Die erste Theorie scheine ihm die einleuchtendste, sagte Whiting, gab jedoch keinen zwingenden Grund dafür an.

»Es besteht die Möglichkeit, dass ein vergrabener Schatz in dem Fall eine Rolle spielt«, sagte Isabelle. »Vielleicht sollten Sie das im Auge behalten.«

»Ein *was?*«, fragte Whiting entgeistert. »Ein Schatz? Ein *Schatz?* Was zum Teufel …«

»Ein römischer Goldschatz«, erklärte ihm Isabelle. »Wir gehen davon aus, dass es sich dabei um das Motiv für den Mord handelt. Wir vermuten, dass Jossie auf seinem Grundstück irgendwelche Arbeiten durchgeführt hat und dabei zufällig fündig geworden ist. Er hat jedoch schnell begriffen, worauf er da gestoßen war, und Jemima wusste es ebenfalls.«

»Und dann?«, wollte Whiting wissen.

»Wahrscheinlich wollte sie den Fund melden. Das ist gesetzlich vorgeschrieben. Jossie hingegen wollte den Schatz in Anbetracht seiner Situation in der Erde lassen. Irgendwann wird er Jemima den Grund erklärt haben müssen, denn es ergab ja eigentlich keinen Sinn, so einen Schatz nicht zu heben. Und nachdem er ihr alles erzählt hatte … Tja, da war ihr klar, dass sie mit einem der berüchtigtsten Kindsmörder zusammenlebte, den wir jemals hinter Gitter gebracht haben. Das wird für sie ziemlich schwer zu verdauen gewesen sein.«

Whiting grunzte zustimmend.

»Weist irgendetwas auf dem Grundstück darauf hin, dass dort Arbeiten durchgeführt wurden? Ich meine Arbeiten, bei denen Jossie zufällig auf den Schatz gestoßen sein könnte?«

Allerdings, sagte Whiting nach kurzem Nachdenken. Ein Teil

einer Koppel sei neu eingezäunt worden, während der andere Teil in seinem alten Zustand geblieben war. Als am Morgen das große Chaos ausgebrochen sei, sei die Frau – Gina Dickens – gerade dabei gewesen, den Teil der Koppel umzugraben, der noch nicht in Ordnung gebracht worden war. Vielleicht sei sie auf der Suche nach …

Isabelle ließ es sich durch den Kopf gehen. »Der Schatz müsste eigentlich in dem anderen Teil der Koppel verborgen liegen«, sagte sie. »In dem, der bereits in Ordnung gebracht wurde. Denn man sollte doch annehmen, dass Gordon Jossie auf den Schatz gestoßen ist, als er selbst den Boden umgegraben hat. Lässt sich feststellen, ob in dem Teil gegraben wurde? Gibt es in dem Teil irgendetwas Neues? Irgendetwas Auffälliges?«

Neue Zaunpfosten, neuer Draht, ein neuer Wassertrog, sagte Whiting. Ein verdammt großer Wassertrog, wenn er sich's recht überlegte. Müsse eine halbe Tonne wiegen.

»Na, da haben wir's ja«, sagte Isabelle. »Wissen Sie was: Ich werde das selbst in die Hand nehmen. Von hier aus. Die Sache mit dem Schatz, meine ich. Ich werde die Behörden verständigen und darum bitten, dass man jemanden rausschickt. Sie haben genug um die Ohren.« Sie blickte auf, als sie eine Bewegung an ihrer Tür wahrnahm. Lynley. Sie hob einen Finger und bedeutete ihm zu warten. Er trat ein und setzte sich in einen der Besuchersessel vor ihrem Schreibtisch. Er wirkte entspannt. Sie fragte sich, ob irgendetwas diesen Mann jemals aus der Fassung bringen konnte.

Sie setzte ihr Gespräch mit Whiting fort. Der Pressesprecher der Polizei in Lyndhurst würde Gordon Jossie als Ian Barker identifizieren. Das würde zwar einerseits die Einzelheiten um den schrecklichen Mord an John Dresser wieder ans Tageslicht fördern, aber dem Innenministerium war daran gelegen, die Öffentlichkeit wissen zu lassen, dass einer der drei Kindsmörder durch seine eigene Hand den Tod gefunden hatte.

Isabelle dachte darüber nach. War das eine Geschichte mit

einer Moral? Dazu gedacht, der Familie Dresser endlich ihren Frieden zu geben? Dazu gedacht, Michael Spargo und Reggie Arnold, wo auch immer sie sich aufhalten mochten, als Warnung zu dienen? Sie konnte sich nicht vorstellen, wie das Aufdecken von Gordon Jossies wahrer Identität das eine oder das andere erreichen sollte. Aber in dieser Sache war ihre Meinung nicht gefragt.

Nachdem sie das Gespräch beendet hatte, saßen sie und Lynley sich eine Weile schweigend gegenüber. Draußen auf dem Korridor waren die unverkennbaren Feierabendgeräusche zu hören. Sie brauchte unbedingt einen Drink, aber noch dringender wollte sie wissen, was Lynleys Gespräch mit Sir David Hillier ergeben hatte. Sie wusste, dass er beim Assistant Commissioner gewesen war.

Sie sagte: »Die reinste Erpressung.«

Er zog die Brauen zusammen. Seine Lippen öffneten sich, als wollte er etwas sagen, doch er sagte nichts. Zum ersten Mal fiel ihr auf, dass er an der Oberlippe eine kaum erkennbare Narbe hatte. Sie schien schon ziemlich alt zu sein. Sie fragte sich, woher er sie hatte.

»Er hat gesagt, solange die Jungs bei ihm und Sandra in Kent bleiben, hält er den Mund. Er hat gesagt: ›Du willst dich doch bestimmt nicht vor Gericht um das Sorgerecht streiten, Isabelle. Du weißt genau, was dann ans Licht kommt, und das kannst du doch nicht wollen.‹ Ich bin ihm ausgeliefert. Er kann meine Karriere ruinieren. Selbst wenn er diese Macht nicht hätte, würde ich einen Prozess um das Sorgerecht verlieren. Und das weiß er.«

Er sagte nur: »Alkoholismus.«

»Ich bin keine Alkoholikerin, Tommy. Hin und wieder trinke ich ein Gläschen zu viel. Das tun die meisten Leute. Mehr nicht.«

»Isabelle ...« Er klang enttäuscht.

»Es ist die Wahrheit. Ich bin genauso wenig Alkoholikerin wie ... wie Sie. Oder Barbara Havers. Wo ist sie übrigens?

Wie lange kann man verdammt noch mal brauchen, um von Hampshire nach London zu fahren?«

Er ließ sich nicht ablenken. Er sagte: »Es gibt Therapiemöglichkeiten. Es gibt Programme. Es gibt … Sie brauchen nicht …«

»Es war der Stress«, fiel sie ihm ins Wort. »Wie Sie mich neulich vorgefunden haben. Das war alles … Herrgott noch mal, Tommy, Sie haben mir selbst erzählt, dass Sie nach dem Mord an Ihrer Frau viel getrunken haben.«

Er sagte nichts. Aber seine Augen verengten sich wie bei jemandem, dem man etwas an den Kopf wirft. Sand, eine Handvoll Erde, eine Gemeinheit.

Sie sagte: »Verzeihen Sie mir.«

Er änderte seine Sitzposition. »Dann bleiben die Jungen also bei ihm?«

»Ja. Ich darf sie … Er nennt es Besuche unter Aufsicht. Was er damit meint, ist, dass ich nach Kent fahren muss, um sie zu sehen. Dass sie nicht herkommen. Und wenn ich sie besuche, werden er und Sandra oder einer von beiden anwesend sein.«

»Das ist der Stand der Dinge? Bis wann?«

»Bis er es sich anders überlegt. Bis er entschieden hat, was ich tun muss, um mich zu rehabilitieren. Bis … Ich weiß es nicht.« Sie hatte keine Lust, das Thema noch weiter zu vertiefen. Sie wusste gar nicht, warum sie ihm überhaupt so viel erzählt hatte. Es war eine Blöße, die sie sich nicht leisten konnte und wollte. Sie war vollkommen erschöpft, dachte sie.

Er sagte: »Sie bleiben.«

Sie begriff nicht sofort, dass er das Thema gewechselt hatte. »Ich bleibe?«

»Ich weiß nicht, für wie lange. Er räumt ein, dass es keine ideale Situation war, Ihre Fähigkeiten zu testen.«

»Ah.« Sie musste zugeben, dass sie überrascht war. »Aber er hat doch gesagt … Weil Stephenson Deacon … Sie haben mir gesagt …«

»Das war, bevor die Sache mit dem Innenministerium ans Tageslicht gekommen ist.«

»Tommy, wir beide wissen ganz genau, dass meine Fehler nichts mit dem Innenministerium zu tun hatten, egal was für verrückte Geheimnisse dort gehütet werden.«

Er nickte. »Dennoch war es nützlich. Wenn von Anfang an alle Fakten auf dem Tisch gewesen wären, hätte diese Geschichte sicherlich ein anderes Ende gefunden.«

Sie war immer noch verblüfft. Aber die Verblüffung wich allmählich der Erkenntnis. Der Assistant Commissioner hatte ihr bestimmt nicht deshalb eine zweite Chance eingeräumt, weil das Innenministerium die wahre Identität von Gordon Jossie geheim gehalten hatte. Es musste mehr dahinterstecken, und sie konnte sich lebhaft vorstellen, dass die Entscheidung, sie nicht vor die Tür zu setzen, mit irgendwelchen Versprechungen vonseiten Lynleys zu tun hatte.

»Worauf haben Sie sich eingelassen, Tommy?«

Er lächelte. »Sehen Sie? Sie lernen schnell.«

»Worauf?«

»Auf etwas, das ich ohnehin in Erwägung gezogen hatte.«

»Sie treten Ihre Stelle offiziell wieder an.«

»Als Buße. Ja.«

»Warum?«

»Wie gesagt, ich hatte es ohnehin …«

»Nein, ich meine, warum tun Sie das für mich?«

Er sah ihr in die Augen. Sie wandte sich nicht ab. »Ich bin mir nicht sicher«, sagte er schließlich.

Eine Weile musterten sie einander schweigend. Dann öffnete sie die mittlere Schreibtischschublade. Sie nahm einen Metallring heraus, den sie am Morgen dort hineingelegt hatte. Ein Schlüssel baumelte daran. Sie hatte ihn machen lassen, war sich jedoch nicht sicher gewesen und war es immer noch nicht, ob die Wahrheit ausgesprochen werden musste. Aber sie war es schon lange gewohnt, der Wahrheit aus dem Weg zu gehen, und das tat sie auch jetzt.

Sie schob den Schlüssel zu ihm hin. Er betrachtete erst den Schlüssel, dann sie.

»Es wird zwischen uns nie mehr geben als jetzt«, sagte sie ganz leise. »Das muss von Anfang an klar sein. Ich begehre dich, aber ich liebe dich nicht, und ich werde dich nie lieben, Tommy.«

Er sah den Schlüssel an. Dann sie. Dann wieder den Schlüssel.

Sie wartete darauf, dass er seine Entscheidung traf, redete sich ein, dass es keine Rolle spielte, und wusste doch, dass es das tun würde.

Schließlich nahm er ihr Angebot an. »Einverstanden«, sagte er.

Es hatte Stunden gedauert, bis alle offenen Fragen geklärt waren, und Barbara kam erst sehr spät in London an. Sie hatte überlegt, in Hampshire zu übernachten, sich jedoch im letzten Moment entschieden, doch lieber nach Hause zu fahren, auch wenn ihr Häuschen nach zwei Tagen in dieser Hitze wahrscheinlich die reinste Sauna sein würde. Auf der Heimfahrt hatte sie noch einmal Revue passieren lassen, was auf der Koppel vorgefallen war, hatte die Geschehnisse aus allen erdenklichen Blickwinkeln betrachtet und sich gefragt, ob ein anderer Ausgang möglich gewesen wäre.

Anfangs hatte sie mit dem Namen gar nichts anfangen können. Als John Dresser ermordet wurde, war sie noch ein Teenager gewesen, und obwohl sie den Namen Ian Barker sicherlich schon einmal gehört hatte, hatte sie ihn nicht sofort mit dem Mordfall in den Midlands und mit dem Mann in Verbindung gebracht, der mit einer Pistole in der Hand auf der Koppel stand. In dem Moment war sie voll damit beschäftigt gewesen, sich um die schwer verletzte Meredith Powell zu kümmern. Sie hatte um Frazer Chaplins Zustand gefürchtet und der naheliegenden Möglichkeit ins Auge gesehen, dass Gordon Jossie noch auf jemand anderen schießen würde.

Dass er die Waffe gegen sich selbst richten würde, damit hatte sie allerdings nicht gerechnet. Nachher jedoch war ihr völlig klar geworden, warum er das getan hatte. Er hatte einfach keinen anderen Ausweg mehr gesehen. Es war abzusehen, dass auf die eine oder andere Weise seine wahre Identität ans Tageslicht kommen würde. Und dann würde die unfassbare Gräueltat, die er als Kind begangen hatte, erneut in allen Einzelheiten vor der Öffentlichkeit ausgebreitet werden, die immer und in alle Ewigkeit und verständlicherweise verlangen würde, dass er für seine Schuld bezahlte.

Während der Hund bellte, Barbara schrie, Whiting brüllte und Georgina Francis kreischte, hatte er sich den Pistolenlauf in den Mund gesteckt und abgedrückt. Und dann war tödliche Stille eingekehrt. Der arme, verdammte Köter war auf dem Bauch gekrochen wie ein Soldat im Gefecht. Winselnd war er seinem Herrchen zu Hilfe geeilt, während alle anderen sich der Verletzten angenommen hatten.

Vom Luftstützpunkt in der Nähe von Lee-on-Solent war ein Hubschrauber gekommen, um Meredith ins Krankenhaus zu bringen. Aus der Polizeiwache in Lyndhurst waren Kollegen eingetroffen. Ihnen dicht auf den Fersen wie immer kamen die Journalisten, die der Leiter der Pressestelle am Ende der Paul's Lane durch ein paar seiner Mitarbeiter abfertigen ließ. Georgina Francis wurde festgenommen und nach Lyndhurst gebracht. Und dann hatten sie zwei Stunden auf den Rechtsmediziner gewartet. Irgendwann waren die Dinge dann so weit abgeschlossen, dass zumindest Barbara nicht mehr vor Ort gebraucht wurde. Sie hatte per Handy mit Lynley in London telefoniert, war mit Whiting die Situation in Hampshire noch einmal durchgegangen, und das war's. Zeit, sich ein Hotelzimmer zu nehmen oder nach Hause zu fahren. Sie entschloss sich zu fahren.

Als sie in London ankam, fühlte sie sich wie gerädert. Sie wunderte sich, dass im Erdgeschoss des Vorderhauses noch Licht brannte, als sie das Törchen öffnete, dachte jedoch nicht weiter darüber nach.

Sie entdeckte den Zettel an ihrer Tür, als sie den Schlüssel ins Schloss steckte. Draußen war es zu dunkel, um die Nachricht zu lesen, doch sie erkannte Hadiyyahs Handschrift und die vier Ausrufezeichen am Ende.

Sie öffnete die Tür und machte Licht. Sie hatte fast erwartet, ein weiteres Modearrangement auf ihrem Bett vorzufinden, aber da war nichts. Sie ließ ihre Umhängetasche auf den Tisch fallen, an dem sie ihre Mahlzeiten zu sich nahm, und sah, dass ihr Anrufbeantworter blinkte. Sie ging zum Telefon, während sie Hadiyyahs Nachricht las: *Komm noch zu uns rüber, Barbara! Egal wie spät!!!!*

Barbara war fix und alle. Ihr war überhaupt nicht nach Gesellschaft, aber die Einladung kam schließlich von Hadiyyah, und sie sagte sich, ein paar Minuten Small Talk würde sie schon noch überleben.

Sie ging den Weg zurück, den sie gekommen war. Als sie den Rasen vor Taymullah Azhars Wohnung überquerte, wurde gerade die Terrassentür geöffnet. Mrs. Silver kam heraus, rief über die Schulter: »Hocherfreut, wirklich!«, und winkte fröhlich zum Abschied. Als sie Barbara erblickte, sagte sie: »Also wirklich, so was von charmant«, rückte ihre unvermeidliche Kochmütze zurecht und ging zum Vordereingang des Hauses.

Barbara runzelte die Stirn. Sie erreichte die Terrassentür, als Taymullah Azhar sie gerade schließen wollte.

Er sah sie. »Ah, Barbara.« Dann rief er ins Haus: »Hadiyyah. *Khushi*. Barbara ist hier.«

»Ah! Toll, toll, toll!«, jauchzte Hadiyyah übermütig. Sie tauchte unter dem Arm ihres Vaters hindurch und strahlte dermaßen, dass ihr Gesicht allein ausgereicht hätte, um das Zimmer zu erleuchten. »Komm rein! Es ist eine Überraschung!«

Dann hörte Barbara die Stimme einer Frau in der Wohnung, und sie wusste, wer es war, noch ehe sie die Frau gesehen hatte. »Als Überraschung hat mich noch nie jemand bezeichnet. Stell mich vor, Liebes. Aber sag wenigstens Mummy zu mir.«

Barbara kannte ihren Namen. Angelina. Sie hatte noch nie ein Foto von ihr gesehen, aber sie hatte versucht, sich vorzustellen, wie sie aussehen mochte. Sie hatte nicht weit daneben gelegen.

Dieselbe Größe wie Azhar und genauso dünn wie er. Durchscheinende Haut, blaue Augen, dunkle Brauen und Wimpern, modischer Haarschnitt. Schmale Hose, frisch gebügelte Bluse, schmale Füße in flachen Schuhen. Die Sorte Schuhe, die eine Frau trug, um ihren Mann nicht zu überragen.

»Barbara Havers«, sagte sie zu Angelina. »Sie sind Hadiyyahs Mutter. Ich habe schon viel von Ihnen gehört.«

»Das stimmt!«, krähte Hadiyyah. »Ich hab ihr ganz viel von dir erzählt, Mummy. Ihr beide werdet bestimmt gute Freundinnen.«

»Das hoffe ich.« Angelina legte ihrer Tochter einen Arm um die Schultern. Hadiyyah legte ihrer Mutter einen Arm um die Taille. »Möchten Sie nicht hereinkommen, Barbara?«, fragte Angelina. »Von Ihnen habe ich auch schon viel gehört.« Sie drehte sich zu Azhar um. »*Hari*, haben wir noch …«

»Ich bin völlig erledigt«, unterbrach Barbara sie. *Hari*. Nein. Die Wiedersehensfreude konnte sie nicht teilen. »Ich bin gerade erst von der Arbeit gekommen. Können wir das verschieben? Vielleicht auf morgen? Oder wie auch immer?« Und zu Hadiyyah: »Wär das in Ordnung, Kleines?«

Hadiyyah, den Arm immer noch um Angelinas Taille geschlungen, sah zu ihrer Mutter hoch, während sie zu Barbara sagte: »Na klar. Morgen haben wir ganz viel Zeit, stimmt's, Mummy?«

Angelina sagte: »Ganz, ganz viel Zeit, Liebes.«

Barbara sagte gute Nacht. Sie salutierte kurz, eine alberne Geste. Sie war viel zu müde, um das alles jetzt zu verarbeiten. Morgen war auch noch Zeit genug.

Sie war auf halbem Weg zu ihrem Häuschen, als er ihren Namen rief. Sie blieb auf dem Weg stehen. Sie wollte dieses Gespräch nicht, aber wahrscheinlich ließ es sich nicht vermeiden.

»Es ist …«, setzte Azhar an, doch Barbara fiel ihm ins Wort.

»Ihre Tochter kriegen Sie heute nicht mehr ins Bett«, sagte sie heiter. »Die tanzt bestimmt die Nacht durch.«

»Ja. Das nehme ich an.« Er blickte zurück in die Richtung, aus der er gekommen war, dann sah er wieder Barbara an. »Sie wollte es Ihnen schon früher sagen, aber ich hielt es für das Beste zu warten, bis …« Er zögerte. Die Pause drückte die ganze Beziehung zwischen ihm und Hadiyyahs Mutter aus.

»Unbedingt«, sagte Barbara, um ihn zu retten.

»Wenn sie nicht zurückgekommen wäre, sehen Sie, obwohl sie es angekündigt hatte, wollte ich Hadiyyah nicht in Erklärungsnot bringen. Das hätte ihre Enttäuschung noch verschlimmert.«

»Unbedingt«, sagte Barbara noch einmal.

»Sie sehen also …«

»Vollkommen klar.«

»Hadiyyah hat immer daran geglaubt.«

»Ja. Das stimmt.«

»Ich weiß nicht, warum.«

»Tja, sie ist immerhin ihre Mutter. Ein Band, das nicht zerreißt. Das wüsste sie. Sie würde es spüren.«

»Es ist nicht ganz klar …« Azhar kramte in seinen Hosentaschen. Barbara wusste, was er suchte, aber sie hatte keine Zigaretten eingesteckt. Er fand seine Schachtel und hielt sie ihr hin. Sie schüttelte den Kopf. Er zündete sich eine an. »Warum sie zurückgekommen ist«, sagte er schließlich.

»Wie bitte?«

»Ich weiß noch nicht, warum sie wirklich zurückgekommen ist.«

»Ah. Ach so.« Barbara wusste nicht, was sie sagen sollte. Sie hatten nie darüber gesprochen, warum Angelina ihren Mann und ihre Tochter verlassen hatte. Es hatte immer nur geheißen, sie sei verreist. Nach Kanada. Barbara hatte zwar von Anfang an geahnt, dass damit keine Vergnügungsreise gemeint war – falls Angelina jemals wirklich dort gewesen war –, aber sie hatte nie versucht, mehr darüber zu erfahren. Hadiyyah, hatte sie sich gesagt, würde nicht mehr wissen, und Azhar würde nicht bereit sein, ihr mehr zu erzählen.

»Ich schätze, Angelina hatte es sich anders vorgestellt«, sagte Azhar. »Das Zusammenleben mit ihm.«

Barbara nickte. »Sicher. Tja. So läuft's meistens, nicht wahr?«, sagte sie. »Irgendwann ist der Lack ab, und irgendwann zeigen die Leute ihr wahres Gesicht, egal wie sehr sie sich bemühen, es zu verbergen.«

»Sie wussten also, dass sie einen anderen hatte?«

Barbara schüttelte den Kopf. »Ich habe mich gefragt, warum sie abgehauen ist und wo sie war, aber ich hatte keine Ahnung, dass es einen anderen gab.« Sie sah zum Vorderhaus hinüber. »Soll ich Ihnen mal was sagen, Azhar? Ich habe immer gedacht, sie muss komplett verrückt gewesen sein, Sie beide zu verlassen. Vor allem Hadiyyah. Ich meine, Männer und Frauen haben ihre Probleme, das kapier ich ja. Aber wie sie Hadiyyah allein lassen konnte, war mir immer zu hoch.«

»Dann verstehen Sie also.« Er zog an seiner Zigarette. Es war ziemlich dunkel auf dem Gartenweg, und Barbara konnte sein Gesicht kaum erkennen. Aber an der glühenden Zigarettenspitze sah sie, wie stark er daran zog. Sie erinnerte sich, dass Angelina etwas dagegen hatte, dass er rauchte. Sie fragte sich, ob er es wohl jetzt aufgeben würde.

»Was verstehe ich?«, fragte sie.

»Dass sie Hadiyyah mitnehmen wird, Barbara. Beim nächsten Mal. Sie wird sie mitnehmen. Und das ist etwas … Ich will Hadiyyah nicht verlieren. Ich werde es nicht dazu kommen lassen.«

Er klang so entschlossen und, falls das möglich war, gleichzeitig so betrübt, dass Barbara spürte, wie etwas in ihr nachgab, ein Riss in einer Schale, von der sie gehofft hatte, dass sie ewig halten würde. »Azhar«, sagte sie. »Sie tun genau das Richtige. Ich würde es genauso machen. Das würde jeder.«

Denn er hatte keine Wahl, und das wusste sie. Er war in einer Situation gefangen, die er selbst herbeigeführt hatte, indem er seine erste Frau und zwei Kinder für Angelina verlassen hatte, sich aber nie hatte scheiden lassen und nie wieder geheiratet hatte … Eine albtraumhafte Situation, die vor Gericht enden würde, wenn Angelina es so wollte, und dann würde er den einzigen Menschen, der ihm in seinem zerrütteten Leben etwas bedeutete, verlieren.

»Ich muss tun, was ich kann, um sie zum Bleiben zu bewegen«, sagte er.

»Da bin ich ganz Ihrer Meinung«, sagte Barbara.

Und sie meinte es ernst, obwohl das alles ihre Welt genauso auf den Kopf stellte wie die des Mannes, der in der Dunkelheit vor ihr stand.

35

Zwölf Tage vergingen, bis Rob Hastings sich dazu durchringen konnte, Meredith einen Besuch abzustatten. Während dieser Zeit hatte er täglich im Krankenhaus angerufen, bis sie entlassen wurde und zu ihren Eltern nach Hause konnte, aber er hatte sich nicht mehr getraut, als sich nach ihrem Zustand zu erkundigen. Auf diese Weise erfuhr er ziemlich wenig, und er wusste, dass er mehr hätte in Erfahrung bringen können, wenn er persönlich hingegangen wäre. Er hätte sie sogar besuchen können. Aber er hatte es einfach nicht fertiggebracht, und selbst wenn, hätte er nicht gewusst, wie er mit ihr reden sollte.

Im Lauf dieser zwölf Tage fand er heraus, wer die Pistole aus seinem Landrover gestohlen hatte und was damit getan worden war. Er hatte die Waffe inzwischen wieder zurückbekommen, aber dass er den Diebstahl durch seine Unachtsamkeit ermöglicht hatte, hatte einen schwarzen Fleck auf seiner Karriere hinterlassen. Zwei Menschen waren tot, und wäre er nicht ein Hastings gewesen, dessen Familie seit Generationen im New Forest Dienst tat, hätte man ihn wahrscheinlich sogar gefeuert.

Die Zeitungen waren voll mit der Geschichte von Ian Barker, dem niederträchtigen Kindsmörder – ein Typ, der es geschafft hatte, nach seiner Entlassung aus dem Knast oder wo auch immer man ihn und seine mordlüsternen Freunde eingesperrt hatte, seine Identität zehn Jahre lang zu verschleiern. Als Erstes hatten Journalisten und Reporter sämtlicher Medien des Landes jeden aufgesucht, der jemals in Kontakt mit Gordon Jossie gekommen war, egal wie flüchtig. Es war, als haftete der Geschichte, die die Boulevardpresse so gnadenlos ausschlachtete, eine Art grausige Romantik an. Die Geschichte erschien unter der Schlagzeile: »MORDBUBE SCHLÄGT WIEDER ZU«, mit dem kleiner gedruckten Zusatz, dass er es diesmal getan hatte, um eine Frau zu schützen, und sich anschließend selbst getötet hatte. Das schien allerdings nach allem, was Meredith Powell und Chief Superintendent Zachary Whiting ausgesagt hatten, nicht ganz zu stimmen, denn nach deren Darstellung war Frazer Chaplin auf Jossie losgegangen, und erst da hatte Jossie ihn erschossen, aber das war natürlich nicht so ein symbolischer Akt der Wiedergutmachung wie die Vorstellung, dass Jossie jemandem das Leben gerettet hatte, ehe er die Welt von seiner Anwesenheit erlöst hatte. Die Boulevardzeitungen weideten lieber die erste Version aus.

Eine Woche lang prangte ein Kinderfoto von Ian Barker neben einem von Gordon Jossie auf den Titelseiten. Einige Zeitungen fragten tatsächlich, wie es möglich war, dass niemand in Hampshire den Mann erkannt hatte, aber wie hätte irgendjemand in einem wortkargen Dachdecker den Jungen von damals wiedererkennen sollen, der, wie die Schreiberlinge offenbar annahmen, einen Pferdefuß hatte und Hörner unter seiner Schulmütze verbarg? Kein Mensch wäre auf die Idee gekommen, in Hampshire nach Ian Barker zu suchen, der dort ein unauffälliges Leben führte.

Die Anwohner der Paul's Lane wurden interviewt. »Ich habe nichts geahnt« und »Von jetzt an schließe ich meine Haustür ab«, lauteten die Kommentare. Zachary Whiting und ein Sprecher des Innenministeriums ließen sich darüber aus, welche Pflichten die Polizei hatte, wenn einer Person eine neue Identität gegeben wurde, und ein paar Tage lang gab es immer wieder Meldungen, Michael Spargo und Reggie Arnold wären irgendwo erkannt worden. Die Geschichte verblasste erst, als sich ein Mitglied der königlichen Familie in Mayfair um 3:45 Uhr morgens ein Handgemenge mit einem Paparazzo lieferte.

Rob Hastings hatte es geschafft, das alles durchzustehen, ohne mit einem einzigen Journalisten zu sprechen. Er ließ den Anrufbeantworter eingeschaltet und rief niemanden zurück. Er hatte kein Interesse daran, irgendjemandem zu erzählen, wie der kürzlich verstorbene Ian Barker in sein Leben getreten war. Noch weniger Interesse hatte er daran zu erklären, wie seine Schwester mit dem Mann zusammengekommen war. Inzwischen wusste er, warum Jemima nach London gegangen war. Aber er verstand nicht, warum sie sich ihm nicht anvertraut hatte.

Darüber zerbrach er sich tagelang den Kopf und fragte sich immer wieder, was es bedeutete, dass seine Schwester ihm nicht gesagt hatte, was sie aus Hampshire fortgetrieben hatte. Er neigte nicht zur Gewalttätigkeit, und das hatte sie zweifellos gewusst, also würde sie wohl kaum damit gerechnet haben, dass er Jossie zur Rede stellen und ihm Gewalt antun würde, weil er Jemima getäuscht hatte. Was hätte das auch gebracht? Und ein Geheimnis konnte er für sich behalten, auch das musste Jemima gewusst haben. Von allem anderen abgesehen, hätte er seine Schwester, ohne Fragen zu stellen, liebend gern wieder bei sich in der Honey Lane aufgenommen, wenn sie ihn darum gebeten hätte.

Letztlich musste er sich fragen, was das alles über ihn selbst aussagte. Aber die einzige Antwort, die ihm darauf einfiel, warf wiederum eine neue Frage auf: Was hätte es gebracht, wenn du die Wahrheit gewusst hättest, Robbie? Und diese Frage zog die nächste nach sich: Was hättest du denn unternommen – du, der sein Leben lang immer zu viel Angst gehabt hat, um zu handeln?

Es war das Warum hinter dieser Angst, womit er nach all den Enthüllungen und Todesfällen nicht umgehen konnte. Das Warum hinter dieser Angst führte auf direktem Weg zum Kernpunkt seines Charakters, dem Wer und dem Was er war. Alleinstehend, aber nicht, weil er sich dafür entschieden hätte. Alleinstehend, aber nicht aus Notwendigkeit. Alleinstehend, aber nicht aus Neigung. Die traurige Wahrheit lautete, dass er und seine Schwester einander sehr ähnlich gewesen waren. Nur die Art und Weise, wie sie sich durchs Leben geschlagen hatten, war unterschiedlich.

Als ihm das nach endlosen Tagen, die er im New Forest ziellos umhergeritten war, klar geworden war, hatte er sich endlich entschlossen, nach Cadnam zu fahren. Er wählte den Spätnachmittag, in der Hoffnung, Meredith allein im Haus ihrer Eltern anzutreffen, sodass sie unter vier Augen miteinander reden konnten.

Aber es hatte nicht sollen sein. Ihre Mutter war da. Und Cammie ebenfalls. Sie kamen gemeinsam an die Tür.

Er hatte Janet Powell schon seit Ewigkeiten nicht mehr gesehen. Als Jemima und Meredith noch jünger waren, hatten er und Merediths Mutter sich regelmäßig getroffen, wenn die Mädchen irgendwo abgeholt oder hingebracht werden mussten. Aber seitdem sie beide den Führerschein gemacht hatten und nicht mehr hin- und hergekarrt werden mussten, war er der Frau nicht mehr begegnet. Er erkannte sie jedoch sofort wieder.

»Mrs. Powell. Guten Tag. Ich bin ...«

»Hallo, Robert«, fiel sie ihm freundlich ins Wort. »Was für eine angenehme Überraschung. Kommen Sie doch rein.«

Er wusste nicht recht, wie er auf die überschwängliche Begrüßung reagieren sollte. Er dachte: Kein Wunder, dass sie ihn wiedererkannte. Schließlich hatte er ein ziemlich unvergessliches Gesicht.

Wie üblich trug er seine Baseballmütze, die er abnahm, als er das Haus betrat. Er warf Cammie einen Blick zu, während er die Mütze in seine Gesäßtasche stopfte. Sie versteckte sich sofort hinter den Beinen ihrer Großmutter und sah ihn mit großen Augen an. Er lächelte das kleine Mädchen an. »Cammie erinnert sich bestimmt nicht an mich«, sagte er. »Ist schon 'ne ganze Weile her, seit ich sie das letzte Mal gesehen hab. Da war sie höchstens zwei. Vielleicht noch kleiner.«

»Sie ist Fremden gegenüber ein bisschen schüchtern.« Janet Powell legte ihrer Enkelin einen Arm um die Schultern, schob sie vor sich und drückte sie an sich. »Das ist Mr. Hastings, Kleines«, sagte sie. »Sag Mr. Hastings schön guten Tag.«

»Rob«, sagte er. »Oder Robbie. Willst du mir eine Hand geben, Cammie?«

Sie schüttelte den Kopf und wich einen Schritt zurück. »Oma«, sagte sie und drückte ihr Gesicht in Janets Rock.

»Kein Problem«, sagte Robbie. Dann fügte er mit einem Augenzwinkern hinzu: »Ich seh schon komisch aus, was, mit so vielen Zähnen im Gesicht?« Aber das Zwinkern war gezwungen, und er sah, dass Janet Powell es wusste.

Sie sagte: »Kommen Sie, Robbie, ich hab einen Lemon Pie in der Küche, der auf einen Gast mit Appetit wartet. Wie wär's?«

»Nein, danke. Ich war gerade auf dem Weg nach … Eigentlich bin ich nur gekommen, um … Ich hatte gehofft, Meredith …« Er atmete tief ein. Es war, weil die Kleine sich versteckte, und er wusste, dass sie sich vor ihm versteckte. Er wusste nicht, wie er ihr die Angst nehmen sollte, und das wollte er so gern. Er sagte zu Mrs. Powell: »Ist Meredith vielleicht …«

»Aber natürlich«, sagte sie. »Sie sind gekommen, um nach Meredith zu sehen. Schreckliche Geschichte! Wenn ich mir vorstelle, dass die Frau sogar in meinem Haus übernachtet hat. Sie hätte … na ja, Sie wissen schon …« Nach einem kurzen Blick in Cammies Richtung fuhr sie fort: »Sie hätte uns alle im Bett e-r-m-o-r-d-e-n können. Meredith ist mit dem Hund im Garten. Cammie, würdest du diesen netten Mann zu Mummy bringen?«

Cammie kratzte sich mit den Zehen ihres nackten Fußes am Knöchel. Sie zögerte, den Blick auf den Boden geheftet. Als ihre Großmutter sie noch einmal ermunterte, murmelte sie: »Mummy war im Krankenhaus.«

»Ja«, sagte Robbie. »Das weiß ich. Deswegen bin ich ja auch hergekommen. Um sie zu besuchen und zu sehen, wie es ihr geht. Du hast dir bestimmt Sorgen um sie gemacht, nicht wahr?«

Cammie nickte. Den Blick immer noch auf ihre Füße gerichtet sagte sie: »Der Hund passt auf sie auf.« Dann blickte sie auf. »Die Igel haben auch ein Krankenhaus.«

»Wirklich?«, sagte Robbie. »Du magst also Igel?«

»Oma hat mir erzählt, dass die ein Extrakrankenhaus haben. Sie sagt, demnächst fahren wir sie mal besuchen.«

»Da werden die Igel sich aber freuen.«

»Aber sie sagt, noch nicht. Erst, wenn ich ein bisschen größer bin. Weil wir nämlich da übernachten müssen, wenn wir hinfahren. Das ist nämlich weit weg.«

»Aha. Klingt vernünftig. Wahrscheinlich möchte sie nicht, dass du deine Mummy vermisst, wenn ihr dort übernachtet«, sagte Rob.

Cammie runzelte die Stirn und wandte sich ab. »Woher weißt du das?«, fragte sie.

»Dass du deine Mummy vermissen würdest?« Als sie nickte, sagte er: »Ich hatte mal eine kleine Schwester.«

»So eine wie ich?«

»So eine wie du.«

Das schien sie zu beruhigen. Sie löste sich von ihrer Großmutter und sagte: »Wir müssen durch die Küche. Kann sein, dass der Hund bellt, wenn wir in den Garten gehen, aber er tut nichts.« Dann führte sie ihn nach draußen.

Meredith saß in einem Liegestuhl hinter einem Gartenschuppen, der einzigen schattigen Stelle. Im ganzen Garten blühten Rosen, die so intensiv dufteten, dass Robbie das Gefühl hatte, er könne den Duft wie einen hauchdünnen Seidenschal auf seiner Haut spüren.

»Mummy«, rief Cammie und lief ihm voraus über den Kiesweg. »Ruhst du dich auch schön aus? Schläfst du? Hier ist Besuch für dich.«

Meredith schlief nicht. Robbie sah, dass sie zeichnete. Sie hatte einen großen Zeichenblock auf den Knien und zeichnete mit Buntstiften. Ein Muster aus Quadraten. Stoffmuster, vermutete er. Sie hatte ihren alten Traum also noch nicht aufgegeben. Neben ihr im Gras lag Gordon Jossies Hund. Tess hob den Kopf und legte ihn gleich wieder auf ihren Pfoten ab. Zweimal wedelte sie zur Begrüßung mit dem Schwanz.

Meredith klappte ihren Zeichenblock zu und legte ihn weg.

»Hallo, Rob.« Als Cammie auf ihren Schoß klettern wollte, sagte sie: »Noch nicht, mein Schatz. Das ist noch ein bisschen anstrengend für mich.« Sie rückte jedoch ein bisschen und klopfte mit der Hand auf die Stelle neben sich.

Cammie schaffte es, sich in den schmalen Spalt zu quetschen. Meredith schaute Robbie mit einem Zwinkern an und gab ihrer Tochter einen Kuss auf den Kopf. »Sie hat sich große Sorgen gemacht«, sagte sie. »Ich war vorher noch nie in einem Krankenhaus, und sie wusste nicht, was sie davon halten sollte.«

Er fragte sich, was man Merediths Tochter darüber erzählt hatte, was ihrer Mutter an jenem Tag auf Gordon Jossies Koppel zugestoßen war. Wahrscheinlich sehr wenig. Das brauchte sie nicht zu wissen.

Mit einer Kopfbewegung zu dem Golden Retriever hin fragte er: »Wie ist Tess bei dir gelandet?«

»Ich habe Mum gebeten, sie herzuholen. Das arme Tier tat mir so leid. Ich konnte den Gedanken nicht ertragen … na, du weißt schon.«

»Ja. Das war nett von dir, Merry.« Er sah sich um und entdeckte einen hölzernen Klappstuhl, der am Schuppen lehnte. Er zeigte darauf und fragte Meredith: »Darf ich …?«

Sie errötete. »Aber natürlich. Tut mir leid. Nimm doch Platz. Ich weiß gar nicht, was ich … Wie schön, dich zu sehen, Rob. Ich freue mich, dass du gekommen bist. Im Krankenhaus haben sie mir gesagt, dass du öfter angerufen hast.«

»Ich wollte wissen, wie's dir ging.«

»Wie nett von dir.« Sie berührte den Verband an ihrem Hals, zweifellos ein viel kleinerer als der ursprüngliche. Es kam ihm vor wie eine unbewusste Geste, aber das war sie anscheinend nicht, denn sie sagte mit einem humorlosen Lachen: »Wenn die mir den abnehmen, seh ich bestimmt aus wie die Frau von Frankensteins Monster.«

»Wer ist das?«, wollte Cammie wissen.

»Frankenstein? Ach, jemand aus einer Geschichte«, sagte Meredith.

»Deine Mummy meint, dass sie eine Narbe zurückbehalten wird«, erklärte Rob dem Kind. »Dann sieht sie bestimmt ganz distinguiert aus.«

»Was ist distinguiert?«

»Etwas, das einen Menschen vom anderen unterscheidet«, sagte Robbie.

»Ach so«, sagte Cammie. »Wie bei dir. Einen, der aussieht wie du, hab ich noch nie gesehen.«

»Also wirklich, Cammie«, schalt Meredith sie entgeistert und hielt ihrer Tochter den Mund zu.

»Ist schon in Ordnung«, sagte Robbie, aber er spürte, dass er rot wurde. »Es ist ja nicht so, als wüsste ich nicht …«

»Aber Mummy …« Cammie hatte sich aus dem Griff ihrer Mutter befreit. »Er sieht wirklich komisch aus. Er …«

»Camille! Halt den Mund!«

Schweigen. In der Stille hörte man die Autos vor dem Haus vorbeifahren. Ein Hund bellte. Tess hob den Kopf und knurrte. Ein Rasenmäher wurde angeworfen. Kindermund, dachte Robbie niedergeschlagen, sagt doch immer die Wahrheit.

Plötzlich kam er sich völlig unförmig vor. Wie ein Stier mit zwei Köpfen. Er sah sich um und fragte sich, wie lange er noch würde bleiben müssen, ohne dass es unhöflich wirkte, wenn er sich verabschiedete.

»Tut mir leid, Rob«, sagte Meredith leise. »Sie denkt sich nichts dabei.«

Er rang sich ein Lächeln ab. »Na ja, schließlich hat sie nichts gesagt, was wir nicht alle wüssten, stimmt's, Cammie?«

»Trotzdem«, beharrte Meredith. »Du weißt, dass man so etwas nicht sagt, Cammie.«

Cammie schaute zuerst ihre Mutter, dann Rob an. Sie legte die Stirn in Falten. Dann sagte sie in ganz vernünftigem Ton: »Aber ich hab noch nie einen mit Augen gesehen, die verschiedene Farben haben. Du?«

Meredith öffnete den Mund. Machte ihn wieder zu. Dann lehnte sie den Kopf an. »Mein Gott.« Sie sagte zu Cammie:

»Erst ein einziges Mal habe ich so etwas gesehen. Du hast völlig recht.« Sie wandte sich ab.

Zu seiner großen Verblüffung sah Robbie, dass Meredith sich schämte. Aber nicht für ihre Tochter, sondern für ihre eigene Reaktion, für das, was sie gedacht hatte. Dabei hatte sie nur dieselben Schlussfolgerungen aus Cammies Worten gezogen wie er: dass er hässlich war. Und sie alle drei wussten es, aber nur zwei von ihnen hatten es eines Kommentars für wert befunden.

Er überlegte, wie er die Situation retten konnte. Aber ihm fiel nichts ein, was nicht noch mehr Aufmerksamkeit auf das Thema gelenkt hätte, und so sagte er schließlich nur zu Cammie: »Also Igel, was, Cammie?«

Nicht zu Unrecht fragte sie: »Was ist mit den Igeln?«

»Ich meine, dass du Igel magst. Oder? Was ist denn mit Ponys? Magst du auch Ponys?«

Cammie sah ihre Mutter an, wie um zu sehen, ob sie darauf antworten durfte oder lieber den Mund halten sollte. Meredith zauste ihr das Haar und nickte. »Magst du denn Ponys?«, fragte sie.

»Am liebsten mag ich sie, wenn sie noch klein sind«, antwortete Cammie unbefangen. »Aber ich weiß, dass man nicht zu nah an sie rangehen darf.«

»Und warum darf man das nicht?«, fragte Robbie.

»Weil sie scheu sind.«

»Und was bedeutet das?«

»Das bedeutet, dass sie …« Cammie runzelte die Stirn, während sie angestrengt überlegte. »Dass sie leicht Angst kriegen. Und wenn sie Angst kriegen, dann muss man vorsichtig sein. Mummy sagt, bei jemandem, der leicht Angst kriegt, muss man immer vorsichtig sein.«

»Warum denn?«

»Weil so jemand leicht was falsch versteht. Zum Beispiel … Wenn man bei so jemandem zu zappelig ist, dann denkt er leicht was Falsches. Also muss man ganz still sein und behutsam. Oder sich ganz langsam bewegen. Oder so.« Sie wand sich auf dem Liegestuhl, um ihre Mutter besser ansehen zu können. »So ist es doch, oder, Mummy? So macht man das doch?«

»Ganz genau«, sagte Meredith. »Sehr gut, Cammie. Wenn man weiß, dass ein Tier Angst hat, muss man vorsichtig sein.« Sie drückte ihrer Tochter einen Kuss aufs Haar. Sie sah Rob nicht an.

Dann gab es anscheinend nichts mehr zu sagen. Das zumindest sagte sich Robbie Hastings. Er kam zu dem Schluss, dass er seine Pflicht erfüllt hatte und es Zeit war, sich zu verabschieden. Er richtete sich auf seinem Stuhl auf und sagte: »Also …«, im selben Moment, als Meredith sagte: »Rob.«

Ihre Blicke trafen sich. Er spürte, wie er schon wieder rot anlief, aber er sah, dass auch sie errötete.

»Cammie, mein Schatz, könntest du Oma mal fragen, ob der Lemon Pie fertig ist? Ich hätte gern ein Stück, und ich denke, du auch, oder?«

»Au ja«, rief Cammie. »Ich liebe Lemon Pie!« Sie kletterte aus dem Liegestuhl und flitzte los. Kurz darauf fiel die Gartentür hinter ihr zu.

Rob schlug sich auf die Schenkel. Das war das Signal für ihn, sich zu verziehen. »Tja«, sagte er. »Ich bin froh, dass es dir wieder gut geht, Merry.«

Sie sagte: »Danke.« Und dann: »Komisch.«

Er zögerte. »Was?«

»Niemand sonst nennt mich Merry. Nur du.«

Er wusste nicht, was er darauf sagen sollte. Er wusste auch nicht, was er davon halten sollte.

»Es gefällt mir«, sagte sie. »Wenn du mich Merry nennst, fühle ich mich wie etwas Besonderes.«

»Das bist du auch«, sagte er. »Etwas Besonderes.«

»Du auch, Rob. Das warst du schon immer.«

Das war der Augenblick. Er sah es so deutlich, wie er noch nie etwas gesehen hatte. Sie klang entspannt, und sie hatte sich nicht von der Stelle gerührt, aber er spürte ihre Nähe, und im selben Augenblick spürte er, wie die Luft um ihn herum kalt wurde.

Er räusperte sich.

Sie sagte nichts.

Dann hörten sie auf dem Schuppendach einen Vogel trappeln.

Schließlich sagte er: »Merry«, während sie sagte: »Bleibst du noch auf ein Stück Lemon Pie, Rob?«

Die Antwort fiel ihm ganz leicht: »Klar. Sehr gern.«

Danksagung

Vor allem der New Forest selbst hat mich zu diesem Buch inspiriert, aber Inspiration ist nichts ohne Detailwissen. Daher bin ich den Menschen sowohl in Hampshire als auch in London zu Dank verpflichtet, die mich beim Schreiben dieses Buchs unterstützt haben, allen voran der Dachdeckermeister Simon Winchester, der mir gestattet hat, ihm bei der Arbeit in Furzey Gardens zuzusehen, und der mir die zahllosen Techniken und Werkzeuge seines Handwerks erklärt hat. Mike Lovell hat sich mit mir in Lyndhurst getroffen und mir seine Arbeit als einer der fünf Wildhüter des New Forest dargelegt, während der Honorable Ralph Montagu und Graham Wilson mir Informationen über die Geschichte des New Forest und über die Aufgaben der königlichen Forstmeister und Aufseher zugänglich gemacht haben. Alan Smith von der Hampshire Constabulary hat mich in die Arbeit der Polizei in Hampshire eingeführt, und Terence Pepper und Catherine Bromley haben mir in London die nötigen Informationen über die National Portrait Gallery verschafft, die ich brauchte, um meine Version des Wettbewerbs für das Cadbury Photographic Portrait of the Year zu kreieren. Jason Hain war so freundlich, mich im *Segar and Snuff Parlour* in Covent Garden zu informieren, und ein liebenswürdiger peruanischer Maskenkünstler in der Jubilee Hall, der mich beinahe dazu überredet hätte, eine Gipsmaske von mir anfertigen zu lassen, hat mich dazu inspiriert, in diesem Roman einen Maskenkünstler auftreten zu lassen. Die einfallsreiche Swati Gamble hat mir wie immer auf meine zahllosen Fragen – zu Themen wie dem Innenministerium bis hin zu den Standorten der örtlichen Lehranstalten – Antworten gegeben. Schließlich waren das New-Forest-Museum in Lyndhurst und das British Museum in London wahre Fundgruben.

In den USA hat mich Dr. Tom Ruben einmal mehr zu medizinischen Themen beraten, wofür ich ihm danke. Meine Assistentin Leslie Kelly hat für mich zu Dutzenden von Themen recherchiert, während meine langjährige Leserin Susan Berner und meine neue Leserin Debbie Cavanaugh mich mit außerordentlichem Feedback zum vorletzten Entwurf meines Romans versorgt haben.

Wie immer hatte ich die Unterstützung meines Mannes Tom McCabe, meines literarischen Agenten Robert Gottlieb, meiner amerikanischen Lektorin Carolyn Marino und meiner britischen Lektorin Sue Fletcher sowie die meiner Pressereferentinnen Heather Drucker (USA) und Karen Geary (UK).

Elizabeth George
Whidbey Island, Washington